羅懷臻劇作集

THE DRAMATIC WORKS OF LUOHUAIZHEN

卷一

上海人民出版社

罗怀臻

当代剧作家。祖籍河南许昌县，1956 年出生于江苏淮阴市，1987 年迁居上海市。中国戏剧家协会副主席，中国文联全国委员会委员，中宣部文化名家暨“四个一批”人才，文化部授予“昆剧艺术优秀主创人员”称号，享受国务院专家特殊津贴。现为上海市剧本创作中心艺术总监，上海戏剧学院兼职教授。

自 20 世纪 80 年代起，致力于“传统戏曲现代化”与“地方戏曲都市化”的创作实践与理论思考，剧本创作涉猎诸多剧种，风格独立，影响深远，为推动中华传统戏曲文化的现代转型作出了卓越贡献。

另有《西施归越——罗怀臻探索戏曲集》《九十年代——罗怀臻剧作选》《罗怀臻戏剧文集》《烈酒与清茶——罗怀臻剧作自选集》《罗怀臻演讲集》出版。

序　为信仰而创作

毛时安

在中国戏曲界，罗怀臻是一个重要存在。1999 年 8 月我曾目睹他创作的淮剧《西楚霸王》在沈阳参加第六届中国戏剧节的演出，观众挤满了剧场，汗流浃背却如痴如醉，沉浸在两千年前的历史风云中，为那些古代的英雄时而担忧时而欣慰。演出结束，观众潮水般地涌到台前，欢呼喝彩，久久不肯离去。自 20 世纪 80 年代投身戏曲，在 30 来年的创作生涯中，罗怀臻潜心笔耕，在戏曲界栉风沐雨，摸爬滚打，为新时期戏曲创作贡献了近 40 部剧作，是活跃在文艺界前沿当之无愧的领军人物，真正是“天下何人不识君”的一代著名剧作家了。

我认识罗怀臻是在他的《金龙与蜉蝣》上演的 20 世纪 90 年代上半叶。当时我深为他作品中闪现的才华和焕发的力度所震撼，想了很多很多。但是真正熟悉作为剧作家的罗怀臻却已是在 90 年代的下半叶。1997 年我因工作之需调任上海市艺术创作中心任主任。不久，罗怀臻约见了我。我们在创作中心颇具艺术气息的一栋老洋房的三层小阁楼上，作了一次长长的真正促膝的深谈。头上是木板斜斜的屋顶，窗外飘着爬满老墙的藤蔓和绿叶。这也许是两个挚爱艺术的男人之间的敞开心灵的对话。我们谈了很久很久，几乎忘记了时间的流逝。那次谈话不久，他就给我写了一封言辞真切的来信表达他的心迹。二十年来我一直珍藏着那封信。信中最让我感动的是，他说，戏曲对他而言，差不多就是信仰。他之所以在坚持，不愿意犹豫旁顾，实在是以为自己是在坚持着理想和信念。他对戏曲的这种视若信仰的执着和坚守，令我想到了蔡元培先生"以美育代宗教"的思想。句到沧桑诗便工。这种时代变迁的重压和个人命运的莫测，最后促成了昆剧剧本《班昭》的问世。

众所周知，20 世纪 90 年代是中国传统戏曲面临着许多重大挑战和困难的战略转型期。就如我在 2004 年《中国戏剧》佛山会议上提出，当下中国戏曲遭遇的不是一般性的问题和困难，而是全面的深层次的行业性危机。它的性质，是行业性的危机而不是其他。它的表现，是全面的而不是局部的。它的原因，是深层次的而不是浅表的。盛世危言，旨在引起大家的高度关注。就是在这样一个戏曲陷于困境的历史时期，剧作家罗怀臻勇敢地坚守而且出击了。在剧本创作上，他有两个不可替代的"唯一性"。首先，他是同时代剧作家中唯一在 30 来年时间里创作并上演了近 40 部作品的剧作家。其中的轨迹也很清楚：先是他戏曲起步的淮剧，后来是他在上海落脚起点的越剧，接着是京、昆两个大剧种，大约在新世纪前后，他的创作如水银泻地延伸到了各种地方戏。难能可贵的是，这些剧本大都达到了相当的艺术水准，很少有"洼地式"的作品，从而构成了新时期戏剧剧本疆域里属于他的一片气象浑成的"高原"，而且其中还出现了几座"高峰"，即既代表着罗怀臻个人也代表着当代戏剧创作最高水准的具有时代标杆意义的优秀剧作。其次，他又是新时期唯一深入介入十余个剧种的剧作家，他用自己的剧作推动了一个又一个剧种的转型和发展。例如 2002 年他创作取材于柔石小说《为奴隶的母亲》的剧本《典妻》，以其对女性命运内心的深刻剖析和深切同情，加以极为生动的风俗化的舞台呈现，给滩簧家族中一度风雨飘摇的甬剧开创了鲜活的生命。

这些年在和罗怀臻的交往中，一直有两个生动的意象活跃在我的心里。一个是塞万提斯笔下的那个唐·吉诃德。他不顾一切，骑着那匹瘦马，捍卫着自己的骑士理想，用长矛挑战着现实世界。罗怀臻身上也有唐·吉诃德的那种理想主义的色彩。他时常会用唐·吉诃德的方式生活在自己的戏曲理想中。自1993年淮剧《金龙与蜉蝣》成功高举起“都市新淮剧”的大旗之后，他在中国戏曲界明确提出“传统戏曲现代化”和“地方戏曲都市化”的理论主张和现代意识。罗怀臻的现代意识，很有点像唐宋的古文运动、意大利的文艺复兴，是一种与城市文化嫁接了的归璞返真的现代意识。为了打通传统戏曲与现代接受之间的壁垒，除了现代意识还要现代的戏剧实现方式，从而完成一次真正意义的现代转换。此中充满了许多我们难以想象和几乎不可逾越的困难、障碍。在90年代以来二十余年荆棘丛生的探索中，怀臻出入各个地方戏曲剧种，像神农尝百草般尝试了各种叙事手段和方式，包括古典和现代的嫁接、综合，比如都市新淮剧、越剧青春剧、黄梅戏音乐剧等。他在京剧《宝莲灯》中突发奇想地加入猪牛羊虎猿蛇蜈蚣梅山七圣的插科打诨，这种增加戏剧性、松弛紧张度的处理灵感，或许来自民间戏剧的审美趣味，但其实际的功能却带有了现代的调侃和嬉皮意味，强化了戏曲现代层面上的可看性。他的许多唱词体系像大门敞开的公共空间接纳各式人等，大量融入了流行歌曲、现时话语、日常词汇等非常规戏曲的要素，不再微妙地暗示意蕴而是直接撩拨你的感官和心灵，更加便捷而不费力地让现代观众抵达戏曲情境的核心。他的许多作品取材于传统戏曲母题的改编，而他的改编经常又是富于冒险性的颠覆母题最脍炙人口的核心，如《宝莲灯》中的“二堂放子”，《白蛇传》中的盗仙草、水斗，《长恨歌》中的醉酒，杨国忠则被贵妃的乡里乡气的三个哥哥、三个姐姐替代。这种取消和重写的文化策略，使《长恨歌》和许多改编后的传统戏曲母题产生陌生化的审美效果。但是，这种对既定的也许积淀了千百年的审美定势的挑战，你可以说是“面目一新”，也可以说是“面目全非”。

在戏曲界写戏的人不少，但有如此明确完整戏曲理论理想的人很少，而且几十年如一日，始终不渝像宗教信仰那样不惜一切代价、燃烧自己去执着狂热追求的更是很少很少。他独自一人品尝着写作时青灯黄卷的寂寞，有时还得接受一些同行的不理解。而这许多年间，诚如他在一次演讲中透露的那样，“有过许多人生的挫折和心灵的无边痛楚”。他胯下的马并不彪悍，他手里的矛也并不那么锋锐，但正是这种唐·吉诃德式的献身于自己的理想和信念引领，罗怀臻才有了与命运抗争的峥嵘和衣带渐宽终不悔的倔强，才穿越了那片属于他的不易、艰辛和痛苦，步步登上了个人创作和人生的高峰。我们在他结集出版的这三卷剧作中，可以清晰地看到一种戏曲理想的坚持和渗透，看到他步履艰难而坚实的前进足迹。

另一个意象则是罗贯中笔下的赵云，人称常山赵子龙者。一身白袍一杆银枪，血战长坂坡，最后一骑白马杀出重围。在戏曲界，罗怀臻颇具赵云风范。他英勇无畏，凭一己之力，和戏曲界同行一道冲出戏曲危机的重围。就像保护胸前的幼主阿斗一样，保卫着自己心爱的中华民族最宝贵的戏曲财富，走向未来。在戏曲突围的大战中，罗怀臻是一个坚持战斗、坚持苦干的人。昆剧《班昭》，1997 年完成初稿，2001 年首演，前后五年无数次修改打磨剧本，逐字逐句地修改台词。就像贾岛那样，吟安一个字，拈断数茎须。我是从头到尾看着这个戏从无到有、从小到大、从小荷才露到灿烂绽放全过程，看着怀臻如何为了班昭的舞台形象呕心沥血的。诚如班昭修《汉书》那样，“从来学问欺富贵，真文章在孤灯下”。每个新剧本写出来以后，他不是把剧本交给剧团和演员就完事，相反，他会像看护自己孩子生长精心照料那样，积极投入地参与到剧目创作的各个环节，四处张罗，联络导演、舞美、灯光，和演员说戏分析人物，协调剧组的各部门，甚至解决各种矛盾。按理说，剧本完成，作家隐退。他不是，他事无巨细，天天泡在排练场找事干，找苦吃。他是个很苦干的剧作家，具有来自草根阶层才有的吃苦耐劳的坚韧品格。因为他明白，只有像赵云那样去苦战去血战，中国戏曲才能突出重围，才能走出困境，重塑辉煌。

对于上海文艺界来说，罗怀臻是个异类、异质的文化符号，是一个带着苏北文化背景的外来人，是一个突然的闯入者。也因为这个不可捉摸无法预测的异质的文化符号，在后来岁月中像跳动的火焰般地活跃介入，上海的剧坛和文化景观有了别样的生机和活力。也正因着这个"异"字，给略显沉寂的上海剧坛乃至全国剧坛带来了一股清新的风。他的"异"异在，其创作既有转型期中国知识分子特有的敏感、痛苦和思考，又有那种在江淮大地凛冽寒风中成长起来草根阶层独具的强烈野性和生命挣扎的力度。特别是在上海这样一座海派大都会里，他一开始显得特别的与众不同，有时甚至是格格不入。这就使得他早期的创作有点像民间底层驱寒的烈酒，有着摧枯拉朽的燃烧感。在奠定他剧坛地位的成名作《金龙与蜉蝣》中，一个带有浓烈莎士比亚色彩的父子间复仇故事，被赋予了罗怀臻极其个人化的全新理解和阐释。他对金龙从草民到国君色彩截然的对比中，从他对亲生儿子蜉蝣的残忍的迫害中，从蜉蝣遭戕害后的谄媚和阴毒的报复中，毫不掩饰地表达了自己对权势者灵魂深处黑暗的根深蒂固的厌恶和鄙弃。与之形成鲜明对照的是，在玉凤、玉荞这些草民身上所寄托的哀婉、美好的情愫。其中他对草根阶层图腾式的膜拜和崇敬，溢于言表。在《梅龙镇》中，他对传统题材"游龙戏凤"的最大改变，就是强化民间底层生活自在自足的祥和欢乐，用以置换帝王玩弄村姑的腐朽性，从根本上颠覆母题原来的趣味指向。当然，对于正德皇帝的行为、心理逻辑，我以为仍然可以探讨、商榷。这就像《乾隆皇帝下江南》的话本，其实是出自民间文人的朴素愿望和市民阶层自娱自乐的想象、创造一样。在《金龙与蜉蝣》里，城市观众看不到自己熟悉的物欲横流的场景，看不到生命委顿、灵魂苍白的人物。蜉蝣、孑孓、玉凤、玉荞，他(她)们渺小卑微，然则他们的生命代代相传。天老地荒，扑面而来的是强悍的草莽气息，是人物顽强抗争命运的野草般旺盛的生命力。就像一坛酒，那不是文人雅集品尝的绍兴酒，不是国宴享用的茅台、五粮液，那是苏北民间自酿的老白酒，是北方山民狩猎自饮的二锅头。决无半点文雅醇厚，只有呛人喉咙的辛辣、野性和蛮力。他能把金龙与蜉蝣的父子相认，写得何等的摧肝裂胆、回肠荡气。《金龙与蜉蝣》使扎根苏北大地的淮剧在保持原有质朴的前提下，星云膨胀般地张扬了民间人文潜在的原始的生命力。

和大都市人文知识分子不同，罗怀臻的创作很大程度上可能得益于他潜意识深处“外乡人”民间生活的童年记忆(这里“外乡人”一词出自他音乐剧《长恨歌》的一段歌词。在我看来，这段十分有趣的歌词，是解读他创作心理的一把或几把钥匙中的一把)。周而复始的童谣、民谚，如《金龙与蜉蝣》中的“大哥哥心太黑”、《宝莲灯》中的“天苍苍、地茫茫”、《梅龙镇》中的“我家有个小儿郎”、《典妻》中的幕内唱，像梦魇般纠缠在他剧情的躯干上。苍凉邈远悠长，一咏三叹。把我们重新带回到质朴的乡间，带回到遥远的童年，带回到大地母亲温暖的怀抱。怀臻在展示民间风情和世俗生活的时候，总是显得那样的一往情深，那么的心旷神怡、笔下生辉。从而使许多的戏曲场景成为情趣盎然、色彩明快的风俗画。

怀臻的剧本创作在他漫长的渐渐融入和思考的过程中，又兼具了文人一杯浓茶悠远绵长的回味感。就是说，有一个由酒到茶的或者酒茶并存的深刻变化。烈酒代表着山野民间，清茶象征着精英文人。其对文人的关注起始于《柳如是》、升华于《李清照》、完成于《班昭》、后续则是近年的《青衫・红袍》、《斗笠县令》、《建安轶事》、《影梅庵忆语》等。这些剧作里的主角迭经重大社会、人生、情感的变故，一步步体现着人文理想的飞升，直至生命融入辉煌和清空。《班昭》熔铸了怀臻对 90 年代中叶人文知识分子真切的生命体验，洋溢着摆脱自我软弱的力量，自我反省的深思，指示了知识分子事业和欲望、理性和本能之间的冲突，以及在这种冲突中挣扎、突围直至超越的灵魂图画。“最难耐的是寂寞，最难抛的是荣华。从来学问欺富贵，真文章在孤灯下。”这是每一位真正的人文知识分子的内心独白。目睹班昭的一生在我们面前次第掠过，就在太阳下山的时刻，完成《汉书》后 71 岁的班昭，耷下她如霜似雪的头颅——“小姐也走了。”轻轻收光。我们的思绪迷失在满台的黑暗中。

“这一杯清茶，不是酒，浓于酒，醉在人心头。”《班昭》形为酒，质为茶，以一种成熟的内敛的风致，与《金龙与蜉蝣》怒发冲冠式的狂野之美相映成趣，成为 20 世纪 90 年代罗怀臻思想艺术最为成熟的压轴之作。在某种意义上，也为 20 世纪中国当代戏曲的创作点上了一个完美的句号。

我曾经说，淮剧《金龙与蜉蝣》、昆剧《班昭》、甬剧《典妻》是罗怀臻戏曲剧本创作“高原”上三座突起的“异峰”。《金龙与蜉蝣》集中体现了 80 年代启蒙思潮的影响，中国戏曲悲剧达到的深度。《班昭》通过历经情感人生的坎坷砥磨鲜明表达了 90 年代中国知识分子面临市场化历史大转型时的内心困惑和走出迷惘的心路历程。进入 21 世纪问世的《典妻》体现了他在进入新世纪以后对女性命运的人文关怀。此后的京剧《建安轶事》和昆剧《影梅庵忆语》

则显示了他晚近艺术创作成熟时“绚烂之极归于平淡”的从容和灵动。对于人物的理解和把握，对于人性和命运的思索，对于中国戏曲本体和内核的新的认识。

这里，我要特别提醒的是，在20世纪90年代的十年中，怀臻就曾为我们先后塑造了班昭、虞姬、三公主、西施、柳如是、李清照、李凤姐、白娘娘、春宝娘、杨贵妃、刘兰芝等一系列光彩照人的女性典型。这些女性，职业身份性格各不相同，但都美得表里如一，为爱情、事业、理想，她们哪怕千回百折、赴汤蹈火甚至失去生命，也无怨无悔。最近几年，他又为我们奉献了蔡文姬、董小宛、钟妩妍、秀芬、刘玉指、金双枝、齐后、郑儿、梨花这些感人肺腑的女性形象。怀臻几乎在每一位女性的塑造中，都倾注了大量的心血，下笔时浸透了饱满的感情。透过那些古典美丽女性构造的镜子，人们可以照出世风日下时自己灵魂的低下与苍白。如此全力以赴地张扬女性的善良和美丽，当今剧坛可能无人出其右。从分析心理学的角度，这恐怕也是解索其创作心理和内心秘密的一条甬道。他对那些伟大女性的肃然起敬，同样使我们对他肃然起敬。

岁月写在脸上，沧桑刻在心头。三十年多的剧本创作，罗怀臻记录了一个大时代变化的轨迹，也写尽了刻在自己心头的沧桑。事实上，怀臻正处于他一生极为重要的历史转型期。2010年他当选为中国戏剧家协会副主席，我曾经一度杞人忧天地担心，失去了野性和痛苦的罗怀臻将怎么办？原来他是“真文章在孤灯下”，如今荣誉的聚光灯对着他，电视和媒体的闪光灯笼罩着他，他拥有了那么多的桂冠，他会不会慢慢地在失去压力和痛苦后而失重，会不会慢慢地失去一些最宝贵的东西？原来那些很民间很本色很代表底层的素质会不会随着环境的优化而慢慢地衰退？承蒙错爱，他当选后就给我发了短信，回来后，约在我家门口不远的咖啡店见面。见面时，我斗胆进言，期待他完成从一个年轻斗士到成熟名士的人生转换。斗士、名士、高士、隐士，中国古代士人有着自己不同于西方知识分子的人生路径和人生哲学。有些误解“批判”语义的知识分子总喜欢火力很猛地非此即彼地肯定一端否定另一端。人，其实在生命的各个年龄段是有着不同的人生目标和人生角色的。年轻时读《史记》我就非常感佩张良的急流勇退，感佩于范蠡的功成身退。退，对于一个人来说，有时是很难的，但有时候那也不失为一种进。人生，有时舍就是得，慢就是快，少就是多，退就是进。那天，风很轻，天很蓝，很高，又有宜人的阳光和绿荫。很适宜推心置腹。确实，成人的心门经常会关闭着。并不是经常轻易可以开启的。作为相识相交相知二十多年几乎无话不说的老朋友，我由衷地为他高兴。那天我们说了很多很多的话。没想到他那么快地就进入、适应了自己的新角色新岗位。不但自己继续潜心创作剧本，还针对戏曲创作高端青年人才严重匮乏的局面，作为全国戏剧创作高端人才研修中心主任，在方方面面的支持下有声有色有效地开办了青年剧作家、青年导演艺术家、青年戏曲作曲家、青年戏剧评论家和青年舞台美术家的研修班，以培养当代戏剧创作的一代精华。创办这些研修班，怀臻身体力行，自己编教案、排课程、请导师，把一切都打理得有条不紊后还把授课讲座的全部内容精心汇编成装帧极为考究的文集。他以自己的艺术才华和对年轻人才的满腔热忱，感动了戏剧界，赢得了大家发自内心的尊敬。我自己就曾应约先后为编剧班和评论班授课。如今，先后走出研修班的青年戏剧创作精英已经像候鸟般地飞翔到祖国的四面八方，成为各地戏剧创作的中坚，担负起当代戏剧民族戏曲繁荣复兴的重任。天高任鸟飞，海阔凭鱼跃。2017 年，我又有幸在上海和北京观看了他的新作淮剧《武训先生》和话剧《兰陵王》的首演。武训是罗怀臻几十年未解的一段心结。剧中，武训的忍辱负重，他在歧视目光中在拳脚交加中的乞讨，和他后来办起的义学，让我们看到了卑微的社会角色中升腾起来的崇高和坚韧的人格力量。剧中新添的武训和梨花的悲情的爱情桥段，看得令人凄婉欲绝。人物人生和内心的巨大的空间，给表演提供了极其开阔的天地。在我看来，梁伟平扮演的“这一个”武训，充分展现了这位淮剧表演艺术家的艺术才华，光芒四射，是他一生表演艺术集大成的高峰之作。而《兰陵王》则让我又回到了《金龙与蜉蝣》那个狂飙突起的年代。这里有《罗生门》诡异的悬念，有《哈姆雷特》飘忽的鬼影，无论在人物设置、戏剧结构都可以看到《金龙与蜉蝣》的变奏，最重要的是有一股前者独有的桀骜不驯的狂野的精神力量。经过王晓鹰的导演，那次国家话剧院的首演，真正是刀光剑影回肠荡气。

这几年，正值盛年的罗怀臻在上海文化的关键时刻受命出任上海市剧本创作中心艺术总监。我自己曾做过这个中心的主任，深知其中的甘苦冷暖。怀臻上任后也真的是真枪实弹拳打脚踢，充分调动自己的全部才能和资源，把创作工作组织得轰轰烈烈。当年我没做好，他远比我做得好。现在他正为他的戏曲信仰，向着一个新的境界升华着。

（作者为中国文艺评论家协会副主席、文艺评论家）

目　录

昆剧

班　昭

人物　班昭　马续　曹寿
　　　班固　傻姐　范伦

序　场

［幕启。

［东汉皇宫前。老年班昭由傻姐扶着，走出宫门，走下台阶。

［幕内唱“正宫·梁归燕”：

“白发萧萧出宫门，
寻旧友，
访故人。
遥向蓬莱忆前情，
对孤影，
独悲欣。”

班　昭　傻姐，今夕何夕？

傻　姐　永宁二年。

班　昭　你我入宫几载？

傻　姐　四十年啦。

班　昭　人都老了吧？

傻　姐　不老，小姐年方七十一，傻姐青春六十八。

班　昭　傻姐，我们这是要到哪里去呀？

傻　姐　哪里都不去，晒太阳。

班　昭　真是这样无事可做了？

傻　姐　无事可做。

班　昭　好吧，晒太阳……

傻　姐　入宫四十年，守寡五十载，一辈子都交给了一部《汉书》。如今，书成了，人却老了，那朝廷上下谁不尊称你为班女史，曹大家，连皇上见了面还赐你免跪呢！小姐，事情做到这个地步，是该歇着了！

［班昭坐地遐想。

傻　姐　瞧她人歇着，心却歇不下。而今最令她难忘的，恐怕还是那两个男人。

［马续、曹寿上场，分别吟诵司马迁《报任安书》、司马相如《上林赋》。

傻　姐　瞧见了吧，就他们两个，大师兄马续，二师兄曹寿。那一年，《汉书》还没解禁，马续、曹寿还在小姐长兄班固先生门下读书，小姐呢，她才十四岁，十四岁呀……

［傻姐、班昭隐下。

第一场

［字幕：汉明帝永平十一年。是年，班昭十四岁。

［班氏草堂。马续、曹寿书声朗朗，班固病容扶杖上。

班　固　二位贤契在读谁家文章？

马　续　禀先生，弟子在读司马迁的《报任安书》。

曹　寿　禀先生，弟子在读司马相如的《上林赋》。

班　固　一个在读司马迁，一个在读司马相如，依你们看，这前朝两位司马，哪个更值得后人推崇？

马　续　弟子以为，《史记》为天地立心，乃千秋大作，太史公更值得推崇！

曹　寿　师兄所言甚是。不过，真学问从来寂寞，而风流文章却容易受宠。想那太史公为著《史记》，惨遭宫刑，倒也教人不寒而栗！

班　固　依我看，司马长卿一支妙笔并非常人可比；而那太史公浩然正气更是千古无匹！（病痛）

马续、曹寿　先生珍重！

［太监范伦上。

范　伦　这是班固先生的家吗？

班　固　公公是……

范　伦　你就是班固先生吧？我是太后身边的，来给先生道喜！

班　固　寂寞寒儒，喜在何处？

范　伦　先生有个小妹，叫班昭？

班　固　是。

范　伦　今年一十四岁？

班　固　正是。

范　伦　啊呀，令妹可了不得，竟敢给皇太后上书！

班　固　班昭上书？

范　伦　班固先生！

（念）　小班昭上书朝廷，
　　　陈利弊开启书禁。
　　　皇太后纳言恩准，
　　　赦免你修史罪名。
　　　加封个兰台令史，
　　　再赏赐百两黄金。

这下，你们班氏两代人没编完的《汉书》，又可以继续了。

班　固　公公怎讲？

范　伦　皇太后开启了书禁,《汉书》可以修撰了。

班　固　(唱“南吕·太师引”)

降皇恩重开书禁,
全赖我小妹上书到宫廷!
续《史记》蒙冤戴罪,
修《汉书》罹遭狱刑。
数十年如临如履,
两代人舍家舍命。
喜今日雾散天晴,
不由我书生涕泪湿衣襟。

多谢皇太后,多谢公公!

范　伦　班先生先别忙着谢,太后还有事呢。

班　固　公公但请吩咐!

范　伦　听说班先生从前有过篇《两都赋》,文采斑斓,气势如虹。太后激赏班先生的文笔,命你再作一篇《长秋宫圣德颂》。

班　固　《长秋宫圣德颂》?

范　伦　对,长秋宫乃是太后住的地方,再过数月便是太后的四十大寿,这篇赋可是要在庆典上用的。

班　固　班固久不作赋,恐怕有负太后。

范　伦　哎,死学问要做,活文章也要写,这事你可不能推托。要不然,太后干嘛准你修史,赏你官做?

班　固　这……

范　伦　好了,就这么定了,到时候我要亲自来取。

班　固　容我三思。

范　伦　说了半天话,主角还没登场呢,我倒想见见这位小才女是个什么样儿。

班　固　马续,去叫惠班。

马　续　惠班！惠班！

［傻姐活蹦乱跳地上。

傻　姐　来啦来啦来啦……见过先生，见过大师兄、二师兄，见过这位不长胡须的公公。

范　伦　她就是班昭啊？

班　固　此乃小妹身边侍读的傻丫头。

傻　姐　丫头就丫头呗，还傻丫头。

马　续　傻姐，惠班呢？

傻　姐　你问我小姐呀，我不说。

马　续　为何不说？

傻　姐　我傻呀！

曹　寿　快去把小姐请来，宫里来人要见她。

傻　姐　我怕！

班　固　怕什么？

傻　姐　小姐让我保密呢。

班　固　保什么密？

傻　姐　先生您想啊，先生家的书房不是被朝廷查封了吗？若有人溜进书房偷看那些书稿，不就等于触犯了朝廷的王法吗？

班　固　傻丫头，你到底要说什么？

傻　姐　不是我要说什么，是我什么都不能说！

（唱“铧锹儿”）

暗自儿心中叫苦，
欲隐瞒阵阵慌怵。
你问询小姐去处，
她正读书。

班　固　在何处，读何书？

傻　姐　（唱）　潜入库房，

偷阅禁书。

班　固　啊，惠班好大胆！

傻　姐　（唱）　莫高声，

啊呀犯糊涂，

小姐有吩咐，

祸从口出。

［众人哄笑。

傻　姐　我怎么全说了，我可真是个傻丫头呀！

范　伦　无妨，无妨，太后已解除书禁，你家小姐她不算犯法了。

傻　姐　真的，不犯法了？我得告诉小姐，告诉小姐！小姐——（下）

班　固　公公同去书房？

范　伦　算了吧，我宫里还有事。班先生，哦，是班大人，告辞了！

班　固　曹寿，代我送公公。

曹　寿　公公请。

［曹寿送范伦，班固、马续内下。

曹　寿　公公慢走！公公，《圣德颂》何时来取？

范　伦　说来就来。

曹　寿　恐怕先生……

范　伦　怎么？

曹　寿　公公有所不知，先生身体一向多病，只怕顾得了《汉书》，顾不得辞赋，万一……

范　伦　（打量他）你叫什么名字？

曹　寿　学生曹寿。

范　伦　曹寿……我瞧你要机灵有机灵，要人样儿有人样儿，这事该怎么拿捏，你就多用着点儿心吧。

［范伦意味深长地下。曹寿独伫着，若有所得。

第二场

[班氏书房。少女班昭拥书打盹。幕内傻姐叫唤声。

班　昭　(慵懒地)谁在叫唤!(唱"中吕·粉蝶儿")

心旷神怡,
卧书房醉人香气。
望窗台日影西移,
人站立。
收拾起,
满地卷帙。
每日乐此不疲,
谁知我小小秘密。

[班固内声:"惠班,惠班!"

班　昭　(接唱"醉春风")

甚缘由拍门声声急,
莫不是傻姐儿堂上走消息?

这便如何是好!(紧张躲起)

[班固上,傻姐、马续、曹寿跟上。

班　固　(接唱"醉春风")

原以为竹简霉烂尘埃积,
却不料纤尘不染犯惊奇!
奇……

傻　姐　实话告诉你们,这可都是小姐一天天、一片片用心修补起来的。

马　续　（接唱）　　　　　案几上新鲜墨迹，

曹　寿　（接唱）　　　　　有芸香沁人心脾；

班固、马续、曹寿　（齐唱）　唤人儿四周寻觅……

傻　姐　小姐，别躲了，听朝廷的公公说，小姐没事。

班　固　是啊，惠班，你给皇太后的书信已获恩准，《汉书》解禁了。

班　昭　（冷不防从高处探出头）是真的？

班　固　是真的，快下来吧！

班　昭　（跃跃欲试地）我不敢……

马　续　大师兄扶你下来。

曹　寿　二师兄扶你下来。

班　昭　好，我就跳！

［班昭灵巧跳下，马续、曹寿接住。

班　昭　（大笑）哈哈……

马　续　惠班，摔着没有？

曹　寿　吓了我一跳！

傻　姐　小姐想试试你们俩，哪个真疼她。

班　昭　傻姐！

班　固　好了好了，不要闹了。惠班，快告诉兄长你是如何想到给皇太后上书，又怎敢私入书房，修补书简？

班　昭　我不是班彪的女儿，班固的妹妹么！

（唱“迎仙客”转“石榴花”）

我既是班氏女，
便要做有心人，
岂不知孰为重孰为轻？
那日偶入书房，
见满目断简心不平，
愤然上书到宫廷，

欣喜《汉书》又开禁。

修残补缺存书稿，

阅史临篇添长进。

从此后，兄长著书，小妹烹茗，

两师兄左右相帮衬——

傻　姐　还有我呢？

班　昭　（接唱）　还有你傻丫头烧火填薪。

曹　寿　（接唱）　愿早日书成。

马　续　（接唱）　愿早日书成。

班　固　（大笑）哈哈哈哈……（忽然咳喘不已）

马续、曹寿　先生珍重！

班　固　（沉吟有顷）惠班，你和傻姐烧些茶来，我与两位师兄有话要讲。

［班昭招呼傻姐同下。

班　固　（唱“红绣鞋”）

二贤契错投门下，

师徒们亲似一家，

同嚼粗饭咽苦茶。

可叹我妻孥早丧少根芽。

每忧患多病身，

择妹婿完婚嫁，

万一天不假年——

这汉书后继之人便是他。

“你们哪个愿意？”

马　续　（唱“快活三”）

太匆忙，怎思量？

曹　寿　（接唱）　怎思量，太匆忙。

马　续　（接唱）　刹时追问无主张；

曹　寿　（接唱）　刹时无主张……

马　续　（唱“朝天子”）

那惠班貌庄，

那惠班心强，

那惠班海棠花模样。

虽朝夕相依傍，

却怎敢奢望配成双。

曹　寿　（接唱）　这《汉书》百卷尺牍，

这《汉书》万斤分量，

又怎敢信口来承当。

马　续　（接唱）　思量……

曹　寿　（接唱）　思量……

马　续　想我马续，何德何能，敢配班昭，敢接书稿？

曹　寿　我与惠班倒也匹配，我若娶她，也算荣耀。

马　续　不过，纵不能娶她为妻，我也要一辈子追随先生。

曹　寿　只是这部书稿，未免太重，难道说为了一部《汉书》，便要耗尽平生？

马　续　（接唱）　欲待推托却惆怅……

曹　寿　（接唱）　欲待应允又迷惘……

马　续　回禀先生，弟子不配。

曹　寿　回禀先生，弟子不敢。

班　固　（缓和地）你们的心思我都知道，你们暂且出去，待我问过惠班再讲。

马续、曹寿　遵命。

班　固　慢，我若问明白了，你们待怎样？

马续、曹寿　（相互一视）但凭先生作主。

班　固　好，去吧。

马续、曹寿　是。

［马续、曹寿下。班昭捧茶上。

班　昭　兄长，两位师兄怎么走了？

班　固　（斟酌着）惠班，你看两位师兄如何？

班　昭　（不经意地）两位师兄，好哇。

班　固　哪个更好？

班　昭　（想了想）都好！

班　固　好在哪里？

班　昭　大师兄温良敦厚，二师兄机敏风流，各有千秋。

班　固　（点头）倒也评说得当。

班　昭　不过，大师兄若有二师兄的才气，二师兄若有大师兄的厚实，那就更好了。

班　固　说得不错，惠班，倘若兄长让你在两位师兄当中择一夫婿，你中意哪个？

班　昭　兄长在说笑话？

班　固　姑妄言之吧。

班　昭　既然不当真，我也就无妨一试。（稍一偏头）我要二师兄。

班　固　为什么？

班　昭　二师兄有才气呀。

班　固　那便曹寿。

班　昭　不，我要大师兄。

班　固　又为什么？

班　昭　大师兄有人品呀。

班　固　那便马续。

班　昭　不，不，不，我还是要二师兄。

班　固　怎么又变了？

班　昭　重人品的男人可敬不可爱，有才气的男人虽可爱却不可靠。哎，我也不知道喜欢哪个，不喜欢哪个。也罢，还是兄长替我作主吧。

班　固　此话当真？

班　昭　那个自然。

［班固郑重其事地将马续、曹寿的名字分写在两片竹简上。

班　固　惠班，你自己选吧。

班　昭　（惊异）兄长不是说笑的么？

班　固　兄长哪里是在说笑，兄长是要为《汉书》找一个继承人呀。惠班，难道你还不懂吗？

班　昭　可是我还小啊！

班　固　只怕兄长的来日已经不多了！

班　昭　兄长果然要嫁小妹？

班　固　不是马续，便是曹寿。

班　昭　这！（唱"四边静"）

望着那两片竹简，
战兢兢不敢向前。
共谁良缘，
须臾怎分辨？
信手一片，
明日怎相见？
看兄长情切切流泪眼，
这也不是嫁妹，
是把班昭嫁书简！

班　固　班氏一门，《汉书》为大，惠班，你就答应了吧。

班　昭　班氏一门，汉书为大，可是，我……

班　固　兄长求你了！

班　昭　兄长……

［班昭择简，班固捧下。班昭久久沉思着。

［幕内唱（班昭《女诫》）：

“得之一人兮，
是谓永毕；
失之一人兮，
是谓永讫……”

第三场

［班家庭院，马续肩背竹片上。

马　续　（唱“新水令”）

任翠紫青黄满高岗，
好风光无心恋赏。
上山采竹简，
儒服换轻装。

傻姐！傻姐！

［傻姐上。

傻　姐　花儿，给我的？

马　续　是给先生治病的草药。

傻　姐　我说呢，大师兄会送花儿给我。

马　续　快拿去给先生熬药，小心不要熬干了。

傻　姐　知道！（下）

班昭捧茶上。

班　昭　大师兄，请用茶。

马　续　惠班，先生的病好些了吗？

班　昭　只怕时日无多了。

马　续　师弟在先生面前很用功吧？

班　昭　倒也勤奋。

马　续　这就好，这就好，有师弟辅助先生，《汉书》便有望了。

班　昭　大师兄，兄长夸你削的竹简比皇家书院的还好呢！

马　续　先生夸我了？哎呀，不敢当，不敢当啊！

班　昭　（看着他，生出隐隐的歉疚）大师兄，你消瘦了，也黑了，你为何不在兄长身边治学，而要独自揽下这些杂事呢？

马　续　师弟学问比我好，如今他又成了先生的妹婿，师弟做的事情先生是格外放心。只要能为《汉书》出力，我也就心满意足了。哦，我去看望先生！

［马续拢起竹简，快步下。班昭望着他的背影，若有所失。

［曹寿匆匆上。

曹　寿　惠班，快，先生又昏过去了！

班　昭　夫君，你是去请郎中吗？

曹　寿　不，惠班，你还记得太后命先生作赋的事吗？范公公已经来催过几次。其实，我早就知道先生不会写这篇赋，所以暗地里代他作好了。要知道，今日已是太后的寿诞之期，我要赶快送进宫去呀！

班　昭　夫君，你回来，兄长命在旦夕，你应该守在兄长的身边才是！

曹　寿　不不不，我是担心太后怪罪先生，再说了，这也是一次机会。对了，惠班，你先听听我的这篇圣德颂，气势如何。（朗诵）“懿德巍巍兮，福被四海；圣德淑茂兮，光耀九州……”怎么，作得不好？

班　昭　作得好，作得太好了！我来问你，自从你我成亲之后，你终日埋首，苦心思谋，就经营了这篇美赋？

曹　寿　是啊。先生做事，总是太迂，殊不知一篇美赋便能平步青云，扶摇直上，强于苦守书斋，忍耐寂寞。好了，我速去速回！（急急忙忙地下）

班　昭　（久久回不过神来）天哪，我就是嫁给了他！

［暗转。

［班氏书房。班昭、马续、傻姐围着气息奄奄的班固。

班　固　曹寿……曹寿……

马　续　惠班，师弟呢？

班　固　夫君他、他请郎中去了。

班　固　我要把书稿托付于曹寿……惠班，曹寿他到底哪里去了？你说，你快说呀！

班　昭　夫君不在，大师兄不也一样吗？

班　固　（唱“雁儿落”带“得胜令”）

这书稿重如山，
觑着它沉甸甸，
却怎便推诿他人来承担？
我只得叫曹寿，一遍遍！

马　续　（接唱）马续才疏浅，
自思成书难。
唯有曹师弟，
能把重任担。

班　昭　（接唱）只怕是曹寿虽才力孤单，
成大事犹须心志坚。
倘若是身在书斋心别恋，
也只是空谈。

班　固　（敏感地）　此话何意？

班　昭　没有什么，我只是想得太多，太远……

班　固　惠班，你告诉我，曹寿他现在何处？你快说呀！

班　昭　（唱“折桂令”）

一刹时意乱如麻，
泪若泉涌，
心似刀扎。
那人远在天涯，
怀揣着美赋，
疾走着官衙。
只怕是空劳牵挂，
成《汉书》料非是他。
如此也罢，
如此也罢，
我只得把这书稿，
权且担下！

小妹班昭愿接《汉书》。

班　固　惠班，你……

班　昭　我乃班彪之女，班固之妹，传接《汉书》，义不容辞。

班　固　可你乃一女子。

班　昭　著书立说，女子何妨？

班　固　这……论才学，贤妹并不输于曹寿，然治学之苦，你又岂能耐得？

班　昭　父兄耐得，班昭因何耐不得？况有大师兄相助，小妹断不负这《汉书》！

班　固　为何偏偏不提曹寿？

班　昭　夫妻又何分彼此……

班　固　哎，早知如此，我又何必择婿！（挣扎站起）惠班，你来看，这满屋的书稿，都是父兄两代的心血，而今它就要交付于你。要知道，司马迁生前虽遭厄运，死后却被奉为史圣。司马迁死后，朝廷明令不准续写《史记》。父亲在世，曾暗自编修《史记后传》，为此锒铛入狱；父亲死后，兄长改《后传》为《汉书》，又几番沉浮；幸得小妹上书太后，史稿才得以重见天日！这《汉书》，上承《史记》，下启来世，起自高祖元年，迄于王莽地皇，凡二百二十九年，旧事尽录，包举一代，乃我朝一部大典。此后一朝朝，一代代，世代相延，永无中断，我华夏后人便有了一部大通史呀！（兴奋异常）惠班，你跪下，向书稿起誓！

班　昭　（郑重跪下）我班昭，五岁习《诗经》，七岁读《论语》，九岁熟诵《史记》，十岁而作篆书。自幼目睹家事变迁，领略史家悲喜，而今情势所迫，承继史稿，一息尚存，修行不辍，有生之年，定当完成《汉书》。天地为证！

班　固　如此，我便放心了！

［班固病逝。

［曹寿兴冲冲上。

曹　寿　圣德颂，皇太后；皇太后，圣德颂……啊，先生！

范　伦　（幕内）太后懿旨下！“兹因曹寿文采卓群，辞赋斑斓，《长秋宫圣德颂》命为国赋，曹寿官授内廷秘书，入住东观阁。”

曹　寿　啊，我要做官了，我要做官了！

班　昭　兄长……

范　伦　（幕内）曹寿谢恩呐！

曹　寿　太……太后千岁、千千岁！

第四场

[字幕:十数年后。是年,班昭三十岁。

[班氏书房,风雨之夜。班昭披衣著述,傻姐一旁沉沉酣睡。

班　昭　傻姐,温一壶茶来……傻姐——这个丫头,又睡着了。(将自己的衣服盖在她身上)哦,好清冷的长夜!

(唱"山坡羊")

这夜儿无端惆怅,
这夜儿无依无傍,
这夜儿清冷生寒,
这夜儿惹起愁千丈。
我殷殷望,
前后两迷茫。
亡兄日日魂魄在,
夫婿夜夜不归堂。
啊,心慌,
心慌夜更长;
啊,夜长,
夜长更凄凉。

傻　姐　(醒来)啊呀,我怎么又睡着了!小姐,天不早,我们去睡吧。

班　昭　你先去,我再坐坐。

傻　姐　坐什么,坐这儿写书,还是坐这儿发愣呢?你不睡,我可要去睡了。(欲下又止)哦,对了,有件事情我总忘了告诉小姐,是说我们家那位大才子的。(神秘兮兮地)小姐,你知道我们家这位大才子在宫里做什么吗？

傻　姐　做什么？

傻　姐　听人家说，我们家大才子在宫里陪伴太后。

班　昭　那又怎么样？

傻　姐　怎么样？小姐整日埋头书斋，从不关心外面的事情。听人家说，皇太后不仅喜欢曹寿的文才，更喜欢曹寿的模样，说是把他留在宫里当什么面首，嬖臣，小白脸儿，啊呀，羞死人啦！

班　昭　不要说了！

傻　姐　不说就不说……（嘀咕着下）

班　昭　（唱"急三枪"）

凌空霹雳炸，
当头泰山压；
似雷打，
似电击，
似天塌！
直教人羞欲死，
恨欲煞！
十数年名分空挂，
不归家，
怎地不疑他？

我要面见皇太后，面见曹寿——（欲行急止）且慢！

（唱"风入松"）

皇家宫院怎对质，
未可恶语起喧哗……
听窗外沥沥暴雨下，
对孤灯滔滔珠泪洒。

还须得强掩悲伤，

吞苦涩，咽落牙。

[马续捧茶上。

马　续　惠班，夜深了，用些热茶吧。

班　昭　（掩饰着）多谢大师兄。

[马续坐下。

班　昭　大师兄，有事吗？

马　续　没有。

班　昭　歇息去吧。

马　续　就去。

班　昭　大师兄，你？

马　续　（斟酌着）惠班，大师兄有件事情要与你商量。

班　昭　明日不行吗？

马　续　明日我就要走了。

班　昭　大师兄要走？

马　续　惠班，先生这部书稿，我能做的也都做了，余下的就全靠你了。记得先生生前最想写的是一部《天文志》，可先生力不从心，因为这要行万里路，要用许多年的时光。如今，先生去了，先生留下的这个心愿，理应我马续去做。惠班，你说呢？

班　昭　大师兄所言之《天文志》，确是不可或缺。只是大师兄一声说走就要上路，让我实在突然、太突然了。

马　续　趁着当下年轻，宜早不宜晚呀！

班　昭　延缓几日不行吗？

马　续　为何要延缓呢？

班　昭　哪怕一日，就一日？

马　续　惠班，难道你没有听到外面的传言吗？

班　昭　(回避地)什么传言,不知道。

马　续　传说曹师弟十余载不归,你我暗地——哎,捕风捉影,不说也罢!

班　昭　(又一惊)哦?既然如此,大师兄你走,你快走吧!

马　续　(立起身)哎,我去收拾一下,明日一早启程。(欲下)

班　昭　等等,大师兄,你再坐坐。

马　续　还坐?

班　昭　坐,坐嘛!

马　续　我坐,我坐……

班　昭　(为他斟上一杯茶)大师兄,你我兄妹都不会饮酒,今夜,我以这杯清茶代酒,为大师兄饯行。大师兄,你可要干,干哪!

[幕内唱:"这一杯清茶呀,
不是酒,
浓于酒,
醉在人心头!"

班　昭　(唱"南越调·小桃红")

伤心咽下茶一杯,
流泪眼怎相对也。
这离别泪和着苦水含着悲!
自幼相伴随,
你牵在手,驮在背,
不是亲兄妹,
胜如亲兄妹也。
今去也,呵护有谁……
既早去,便早回,
我这里再捧杯,盼兄归。

马　续　（唱“下山虎”）

苦茶别绪，
夜雨离愁，
道它不是酒，
醉在心头！
泪也难收，
人也难留，
从此天涯两悠悠。
黄卷寒灯你孤守，
书稿催你早白头，
教七尺也含羞！
欲说还休，
把壶中残茶都灌下喉！

班　昭　（取出一方锦帕）大师兄，这是小妹绘的一方锦帕，绣着一对鹣鲽，题着“天长地久”，我想送与未来的嫂嫂。

马　续　《汉书》不成，不言婚娶，我早就说过！

班　昭　大师兄所思所想，小妹岂能不明不白。万望大师兄早日成家，莫误年华。大师兄若是不应，小妹也就再不见大师兄了！

马　续　我应，我应！

班　昭　大师兄！

（唱“五般宜”）

想着你此一去天高地远，
想着你在旅途涉水跋山。

马　续　（接唱）　想着你鞠躬在灯前，
想着你听风听雨案边茶边。

班　昭　（接唱）　只愁你形单影单，

马　续　（接唱）　　只愁你朝寒暮寒。

班昭、马续　（齐唱）　哎呀，道不尽万语千言，

多珍重，莫挂念。

［马续挥泪下，班昭伤心久久。

［曹寿上，此时的他已全不见当年的倜傥。

曹　寿　（轻声地）惠班！

班　昭　（一惊）你……

曹　寿　我回来看看你……

班　昭　你走，你快走！

曹　寿　（静静坐下）我知道，我对不起你，对不起死去的先生，我今日回来，只想对你说一句话。

班　昭　你快说吧！

曹　寿　惠班，你和大师兄成亲吧！

班　昭　（猝不及防地）你说什么……

曹　寿　大师兄比我好，唯有他才能帮助你完成《汉书》，你就堂堂正正地和大师兄过吧！

班　昭　莫非你也听到了什么？

曹　寿　不，我是一片诚心。当初先生把你嫁与我就错了！这是休书，你拿去吧。

班　昭　不，你不能休了我，不能！

曹　寿　其实，我只是想作一点赎补，从今以后，你再不是我的妻子，我也再不是你的丈夫了。

班　昭　回来！这些年你都在哪里？做什么？你要原原本本地告诉我，你说，你说呀！

曹　寿　我还说什么，我只有悔，只有恨，我恨我自己呀！

（唱“越调·忆多娇”）

恨无穷，悔无边，

才情误我好少年。
功名利禄散如烟，
悔恨万千，
悔恨万千，
空教师友心寒！
悔无穷，恨无边，
风流误我好少年。
挚爱真情何曾见，
羞愧难言，
羞愧难言，
断送美好姻缘！

惠班，你忘了我吧，我不配做一个读书人，更不配做你的丈夫……

班　昭　（久久望着他，触动旧情）你抬起头来，告诉我，你将何去何从？我若原谅了你，你还能回到书斋，回到我身边，与我一同著书吗？

曹　寿　不，我做不了自己的主，我再也回不到你身边，我已经死了！

班　昭　我要你回来！只要你留下，我什么都不计较，不计较！你要知道，我是多么想念你，想念从前的二师兄啊！

曹　寿　二师兄……惠班，你能再叫我一声二师兄吗？

班　昭　二师兄！

曹　寿　惠班！

（唱“南吕·哭相思”）

一声呼唤回当年，
执手看，情意绵。
历历往事成虚幻，
越追悔，越伤感。

惠班，我要走了，你要善自珍重，你要完成《汉书》！

班　昭　不，我不放你走，不放你走！

范　伦　（突上）嘿，逮个正着！曹寿，你怎么偷着跑回来，太后还等着你写赋呢。

曹　寿　不，我不要为她写赋，我再也不想见到她！

班　昭　公公，放我夫君回家吧。

范　伦　回家，回哪个家呀？曹寿没告诉你，太后她死了。她老人家临终留下遗言，封你夫君为安内侯，让他为太后守陵，为太后写赋，千秋万代地写下去！

班　昭　啊！

［曹寿忽然挣脱范伦逃下。

范　伦　侯爷，您可不能闪着，侯爷！（追下）

班　昭　夫君！大师兄，快帮帮我！

［傻姐上。

傻　姐　小姐，大师兄不忍与你道别，他已经走了！

班　昭　快，与我追赶曹寿！

傻　姐　小姐，你看！

［潮水汹涌，曹寿投水自尽。

班　昭　还我的夫君，还我的二师兄……

［一声惊雷炸响，地动山摇。

傻　姐　小姐，雷把房顶打着了！

［大火即起。

班　昭　书稿，书稿，我的书稿！

［火光熊熊，一片慌乱，班昭慌乱中晕倒。

第五场

[字幕:二十年后。是年,班昭五十岁。

[皇家书院,陈设豪华。傻姐无聊地坐在班昭的书案前。

傻　姐　(打着呵欠)人老了,容易犯困,一不当心就睡着了。自打那年大师兄离去,二师兄投江,家中一把大火,小姐大病一场,万般无奈之下,小姐上书朝廷,搬进了皇家书院。人哪,不能出名,一出名应酬就多。起初小姐也不喜欢,可慢慢地就身不由己了。是啊,人都有个累,有个烦的时候,身边又没个人心疼,也是怪可怜的。可怜归可怜,说还要说她,总不能应酬的时候比在书案前还多。照这么下去,《汉书》什么时候才能完稿?唉,大师兄一走二十载,竟连个消息都没有,他在哪儿呢……

[班昭微醺上。

班　昭　(唱"逍遥乐")

奉内廷召请,
授业公主,
解惑王孙。
课后邀约频频,
与赵姬并坐抚琴,
陪李妃饮酒论诗文,
都是些闲情雅兴。
归来时犹自半醒,
下回婉拒,

收心,收心。

傻　姐　小姐回来了。

班　昭　(疲惫地)回来了。

傻　姐　书案整齐,快做学问吧。

班　昭　待我稍事休息。(就势一倒,昏昏欲睡)

傻　姐　瞧瞧,又做不成学问了。

[范伦引马续上。

范　伦　这便是东观阁,曹大家就在这儿做学问。

马　续　果然皇家气派!

傻　姐　你是……大师兄!

班　昭　(敏感地)谁在说话?

马　续　(凑近她,故意变调地)是我,曹大家!

班　昭　(睁开眼,大吃一惊)大师兄?

马　续　惠班!

班　昭　啊呀,真的是大师兄来了!(站立太猛,微微一晕)

马　续　(关切地)惠班,你怎么了?

班　昭　(轻轻推开他,淡淡一笑)多吃了几杯酒,不妨事。

马　续　你会吃酒了?

班　昭　刚学会,应酬而已。啊,大师兄怎么一个人来,我那嫂夫人呢?还有大师兄的儿女也该长大了吧?

马　续　(笑笑)惠班,先不说这些。

班　昭　(似乎很理解地)好好好,大师兄先请坐,范公公,上茶上茶!

范　伦　哎,是了是了!哎呀,而今的曹大家可不比从前了。上至后宫嫔妃,下至平民女子,谁不知道曹大家写的《女诫》?曹大家可是当今的女圣人,活楷模呢!就说这皇皇大著《汉书》吧,朝廷早就定为国书了,连皇上见了面还称一声班女史呢！想想从前的风流皇太后把个《圣德颂》捧上了天，而今的皇后娘娘却慧眼独具，就爱《女诫》，真是各领风骚，风水轮转。哟，瞧我瞎比方什么呢，我哪配讲，我闭嘴！马先生，我还要收拾你带来的那车书稿呢，我退下。（下）

傻　姐　老不死的，真讨厌！

班　昭　（一挥手）不要理他！来，大师兄，用茶，这可是皇家贡品！哎，你怎么总是看着我？

马　续　惠班，你变了。

班　昭　变老了还是变丑了？

马　续　不老也不丑，好像比二十年前更年轻，更有风韵了。

班　昭　大师兄倒比从前会说话了，哈哈……

马　续　惠班，听说我走之后，家中一把大火，师弟也死了，你是怎么熬过来的？

班　昭　刚见面，不说这些，用茶，用茶。

马　续　好吧，我先敬你一杯！

班　昭　敬我？这是为何？

马　续　看你这副轻松模样，我想《汉书》一定修齐了，我应该恭贺你呀！

班　昭　慢来，慢来，这茶我可不敢饮了。

马　续　为什么？

班　昭　大师兄，你想么，一把大火烧毁一半，修复它就是十年，我又是一个人，谁来帮我？

（唱“集贤宾”）

把心中郁闷对君吐，
二十年东观独处，
醒来时唯见有书。

回顾人生已过午，

想岁月几多乘除。

日穷常自怜，

消停又何如？

啊？啊？哈……

[马续起身，环顾四周。

班　昭　大师兄，你在打量什么？

马　续　惠班，我看这皇家书院不像是著书的地方。

班　昭　怎么不像？

马　续　太奢侈，太豪华，到处珠光宝气。

班　昭　哈哈……你当是班氏草堂么？这是皇家书院！不错，是奢侈，是豪华，可它与学问又有什么关系？难道非要忍耐清贫，忍受寂寞才能作得好文章吗？啊？哈哈……

马　续　惠班，你让我想起了毁掉的师弟！

班　昭　你说曹寿？我就知道你要说他。

马　续　惠班！

（唱“上京马”转“梧叶儿”）

惦记书稿二十年，

天涯羁旅心相牵，

重逢不识旧人面。

听着你笑语喧，

觑着你性悠闲，

倒叫我一阵一阵地心寒。

金壶光灿灿，

玉杯价无边，

宝器烹清淡，

无奈味道全变。

惠班，你把书稿交给我吧。

班　昭　你说什么，把书稿交给你？

马　续　让我修完《汉书》，完成先生遗愿。

班　昭　也好，就交给你，现在？

马　续　现在。

班　昭　（突然高声地）太晚了！哈哈……

马　续　你笑什么？

班　昭　（激动起来）我笑，笑你居然把我比作了曹寿；我笑，笑你竟要拿走我的书稿。不，我这不是笑，是哭，哭哇……（果然大声哭着，声泪俱下）我这一辈子，嫁人，人死了；写书，书烧了；我一个女人孤灯黄卷，又有谁来帮过我？就在那一夜，风雨交加，肝肠寸断，我是多想留住你大师兄啊，可你竟也不辞而别，离我而去！就因为我是班家的女儿，我便无所推托，而只能一天天，一月月，一年年，一个十年又一个十年地守在书斋，伏在案前，对着孤灯，握着笔管，一个字、一个字地写、写、写……说实话，我心已尽了，力已乏了，人已老了，头已白了，我为什么就不能像常人一样，享受几天人生呢？不就是喝几壶茶，饮几杯酒，赴几回宴，偷几日闲么，难道这也过分了吗？大师兄来得正好，你把书稿拿去，全都拿去，我再也不想见到它。我恨这部书稿，恨死了！

马　续　好吧，我拿去，我全都拿去！

傻　姐　大师兄，我也跟你走吧。

班　昭　傻姐，你也要走……

傻　姐　（抹着泪，十分委屈地）走！想想我傻姐也真傻，我干嘛一辈子不嫁人就侍候你，我图什么呀？不就是佩服你有才学，有志气吗？如今你这一撒手，我这几十年又算什么呢？大师兄，我们走吧，书稿在哪儿，傻姐我就在哪儿！

班 昭 （忽然不顾一切地冲过去抢夺书稿）不，不，你们不能走，不能拿走书稿，这是我的书稿！（放声大哭）

马 续 （回身走近她）惠班，我知道，知道你是不会放弃《汉书》的！

班 昭 大师兄！

马 续 （抚慰着她）惠班，我知道你心里很苦……假如师弟不死，假如我马续有曹寿的才学，一定不让你这样辛苦。你可以怨，可以恨，可你不能悔呀！因为你是班昭，唯有你才能完成先生的遗愿呀！（掏出那方锦帕）还记得这方锦帕吗？二十年来，我一直带在身边，只要一捧起它，我就想到我的班昭小妹，有她与我为伴，我知足、知足了……

班 昭 大师兄，我的好兄长……

马 续 惠班，你还是我的好小妹！

傻 姐 小姐，傻姐我也不走了！

班 昭 傻姐！

马 续 惠班，我这次回来，便不打算走了，我要陪伴你一同完成《汉书》。

班 昭 好，好，多谢大师兄。

马 续 我想去托托范公公，让他奏请皇上，我们还回班氏草堂去。

班 昭 对，回去，我们回去。

马 续 你等着，我去去就来。

班 昭 傻姐，你陪大师兄去。

傻 姐 哎，大师兄真好！

［马续、傻姐同下。

班 昭 （唱“醋葫芦一拍”）

锦衣玉食兮，

消磨得人慵懒；

金堂华宴兮，

消遣得身倦烦；

经坛高会兮，

消损得神思散；

荣名虚衔兮，

消折得心志残。

（转唱“醋葫芦二拍”）

优游岁月兮，

常自嗟叹；

痛心疾首兮，

年复一年；

焦灼于心兮，

其实不安；

每思发奋兮，

一延再延；

欲罢则难，

不罢则也难，

欲罢不罢则难上难；

最难马续一声喊，

梦惊醒，发全班！

[班昭收拾书简，重新坐回书案。

[幕内转唱“醋葫芦三拍”：

“最难耐的是寂寞，

最难抛的是荣华。

从来学问欺富贵，

真文章在孤灯下。”

[傻姐奔上。

傻　姐　小姐，不好了，大师兄本想奏请皇上和你回班氏草堂，可是皇上不准，大师兄为了能留在宫里陪伴你著书，他，他……自请了宫刑啊！

班　昭　啊呀！

[舞台深处，马续宫刑后过场。

班　昭　（爆发地）大师兄，小妹我对不起你呀……

第六场

[字幕：又是一个二十年。是年，班昭七十岁。

[老态龙钟的范伦上。

范　伦　江山还是汉室江山，社稷还是汉家社稷，转眼已是永宁年了。班昭入宫已经四十载了。终于，《汉书》完稿，将要成书了。皇上说，这可是继太史公《史记》之后我朝的又一部大典啊！可是，班昭、马续都没在《汉书》上署名，是他们自己不要。后人读《汉书》，就只知班固而不知班昭、马续啦。这两个人哪，也算一辈子，图个什么呢？（蹒跚着下）

[景同前场，现出简朴。书稿已搬运一空。

[一烛残烧，天已大亮。班昭疲倦地靠在马续背上，沉沉大睡。忽然，班昭惊醒，茫然寻顾着。

班　昭　书稿，书稿……

马　续　惠班？

班　昭　书稿，我的书稿呢？

马　续　朝廷派人运走了。

班　昭　(失魂落魄地)天哪,那是我的书稿,我的书稿!

马　续　惠班,你静一静!

班　昭　不!我要书稿,我的书稿呀……(嚎啕大哭)

马　续　你怎么哭起来了,书稿就要成书了,你应该高兴才是呀!

班　昭　(忽然一抹泪)是呀,我应该高兴才是,我不哭,不哭!(忽又抽噎)可我就是想哭……

傻　姐　小姐,别哭了,大师兄要走了。

班　昭　(一愣)你又要走?

马　续　是啊,《汉书》修齐,我该走了!

班　昭　你到哪里去,带着我吗?

马　续　(看着她,摇摇头)方才范公公来说,皇上要你留下。

班　昭　那你为何不留下?

马　续　皇上说,马续的事情做完了,出宫去吧!

班　昭　(忽然一挥手)我不管!要走一起走,要留一起留!

马　续　不,惠班,皇上怕后人看不懂《汉书》,要你为《汉书》注解。你就留下吧,也是为了这部《汉书》啊。

班　昭　那你可要等着我,啊?

马　续　我等着……

班　昭　(渐渐平静地)上茶,为大师兄饯行!

[幕内唱:"这一杯清茶呀,
不是酒,
浓于酒,
醉在人心头……"

班　昭　(唱"南吕·梁州第七")

这一杯酬谢知音,
好兄长意笃情深,

小妹心上你最亲！

马　续（接唱）　百年遭遇，

生死同心。

非关姻缘，

却是真情。

班　昭（接唱）　这一杯答谢傻姐姐，

辛勤伴我一生。

傻　姐　小姐，傻姐我来世也侍候你！

班　昭（接唱）　这一杯祭奠亡灵；

马　续（接唱）　悼师弟九泉冤鬼，

慰先生在天仙魂，

班　昭（接唱）　伤心……

马　续（接唱）　欢欣……

班　昭（接唱）　伤心有情总离别；

马　续（接唱）　欢欣离别最多情；

班昭、马续（合唱）　且把不尽相思泪，

含笑饮！

［班昭、傻姐依依送别马续……

［幕内唱“正宫·梁归燕”：

“白发萧萧出宫门，

寻旧友，

访故人。

遥向蓬莱忆前情，

对孤影，

独悲欣。”

尾　声

［景同序场。

［字幕：一年后，班昭七十一岁。

［班昭仍如序场时姿态，安静地坐着。

傻　姐　大师兄出宫没几天，就死了。小姐闻讯一声都没哭，她只是强撑着做完了她该做的事，就每天坐在这儿，想啊、想啊……太阳下山了，别把小姐冻着。小姐，该醒醒了！

［傻姐轻手一推，班昭耷下了如霜似雪的头颅。

傻　姐　小姐也走了……

［大幕缓重闭合。

昆剧

一片桃花红

人　物　钟妩妍　齐　王　田　婴　孟　嬴　奶　妈　白　猿

桃花女、小宦人及赵王、赵兵等等

故事背景　秦王统一中国前的战国时期

第一场　走出桃花源

［水雾山岚，美丽明艳，一处无纷无扰的桃花源。

［幕内唱“满庭芳”：

“绿水为障，
青山为屏，
隔断人世间万丈红尘。
留住清净，
也留住清新，
更留住桃花源美少女，
真性情，玉精神。”

［奶妈内声：“姑娘们，春光明媚，演兵去者！”

［桃花女们内应：“是！”

［奶妈执令旗，一群面抹桃花红的戎装女子呼啸上场、舞刀弄枪。

桃花女　（齐唱“水仙子”）

好、好、好，桃花源里真美好；
高、高、高，桃花女儿武艺高；
妙、妙、妙，舞刀弄枪真奇妙；
娆、娆、娆，人面桃花最妖娆！

奶　妈　哎，怎么不见妩妍姑娘？

桃花女 奶妈你看,那不是钟妩妍来了!

[钟妩妍内唱“醉花阴・换头”:

“饮朝露,含晚霜,骑白猿,下山冈!”

[钟妩妍手不释卷、骑白猿上场,钟妩妍脸上赫然一记胎印。

钟妩妍 (接唱“醉花阴”)

手捧着鬼谷兵书细思量,
看出些阴阳气象。
设戎机布战场,
巧运筹决胜八方,
全凭着用兵将。
啊呀,桃花源里属我美,
一片娇艳在脸庞;
桃花源里属我强,
万人武艺谁能当?

[白猿冷不防掀翻钟妩妍,钟妩妍坐地,桃花女们哄笑。

钟妩妍 (爬起来,尽现童真)好你个白猿,竟敢戏弄我,照打!

[钟妩妍与白猿追逐打斗,白猿不敌钟妩妍。

[齐王与田婴在众人不觉中走上。

齐　王 (忽然朗声地)真乃女中须眉、人间天神也!

[满场怔愣,一群木雕,桃花女们为齐王的高贵资质震慑,久久回不过神来。

奶　妈 (也有点发懵)哎,桃花源怎么混进来两个大男人?

[齐王潇洒地走进桃花女中间,肆无忌惮地在她们脸上抚摸,桃花女们非但不反感,反而争相迎合。

齐　王 啊,美、真美,太美了! 哈哈……(唱“传言玉女”)

人面朱砂,

美丽无瑕；
艳若云霞，
灿若桃花；
一片红衬映着俏脸颊。
飒爽英姿，
青春娇娃。
分明是灵山秀水育菁华，
直教人羡煞爱煞！

钟妩妍 （接唱） 美少年，
天降下。

桃花女 （齐唱） 眉目如画，
红唇白牙。

钟妩妍 （唱） 怎这般风流潇洒？

桃花女 （齐唱） 怎这般温文尔雅？

钟妩妍 （唱） 看一眼怦然心动，

桃花女 （齐唱） 看一眼爱他迷他！

奶　妈 哎哎哎，你是谁呀，凭什么在我们姑娘脸上乱摸？

齐　王 （专注着钟妩妍）倘若不错，这一位便是钟妩妍姑娘？

钟妩妍 （身心愉悦地）你我未曾谋面，怎知便是妩妍？

齐　王 （凑近她，压低声）天生一朵桃花艳，美丽谁比钟妩妍？

钟妩妍 （连连点头）是的、是的，唯有我的桃花红才是天生的！

齐　王 知道、知道！妩妍桃花红乃出自娘胎，独一无二。而她们不过是羡慕妩妍之美，笔墨涂绘。一个是真，一个是假，又焉能看不明白。妩妍姑娘非但文韬武略，更是人面桃花，美艳无双啊！不过，此话不可让她们听见喔！

钟妩妍 （心花怒放地）我知道，我知道！

桃花女 （都想挤过来）妩妍，你们在说什么呢？把大家都冷落了！

钟妩妍　（幸福地）我不告诉你们！哈哈……（唱"刮地风"）

一番话顺着耳颊，
软绵绵流入心芽。
脸儿红，
心儿跳，
醉了桃花。
谢他，夸我貌美；
谢他，赞我桃花。
再回头痴痴望他，
眼也直，人也傻。

［钟妩妍和桃花女们均被齐王的风流迷倒，一个个如痴如醉。

奶　妈　喂喂喂，那个少年听着，你是施了什么魔法，三下五除二就把我们桃花源姑娘的魂都给迷住了！喂，妩妍醒醒！喂，姑娘们醒醒！（大声）你们都给我醒醒！

钟妩妍　（如梦方醒地）天哪，我这是在哪里呀？

桃花女　（都愣愣地）是啊，我们都在哪里呀？

奶　妈　你们都在桃花源，碰见了一个风流魔障，你们看，就是他！

［钟妩妍和桃花女们齐刷刷地看着齐王，又齐刷刷地软瘫在地。

奶　妈　（戳着齐王和田婴）你们到底是什么人？跑到桃花源来干什么？快说！

田　婴　（上前一揖）实不相瞒，在下乃齐国丞相田婴。

奶　妈　田婴？不错，是田婴，我怎么没认出来。

田　婴　乳娘，记得十八年前，你怀抱钟妩妍离开齐国，那时头上还没有一丝白发。

奶　妈　而今老了？

田　婴　都老了！

奶　妈　（敏感地）他是谁？

田　婴　他是……

奶　妈　风流倜傥，巧舌如簧，活像是十八年前的齐王。

田　婴　先王早已驾崩，他是继位的新君。

奶　妈　（目视齐王，再看钟妩妍，忽然拉起妩妍就走）妩妍，快，跟奶妈走！

钟妩妍　（不解地）奶妈……

奶　妈　（似有难言之隐地）妩妍，跟奶妈走呀！

钟妩妍　（仍想接近齐王）奶妈，我……

奶　妈　听奶妈话，不要回头！

钟妩妍　（执拗地）可是，他……

奶　妈　（高喝）他是你前世的对头，今生的冤家！

钟妩妍　啊？奶妈此话何意……

奶　妈　你跟奶妈走，奶妈会原原本本告诉你。

钟妩妍　不，我不走，我不要不明不白地走！

［钟妩妍居然走近齐王，痴痴呆呆地近距离望着他。

齐　王　（忽然把钟妩妍搂入怀抱，一语双关地）啊，妩妍姑娘，孤王爱的就是你这脸上的一片桃花红呀！

钟妩妍　（无比陶醉地）我知道，我知道……

齐　王　（愈加温柔无比地）孤王今岁一十九，乃齐国之君，孤王愿立你为后，你也愿意陪伴孤王么？

钟妩妍　（连连点着头）我不管你几岁，也不管你王不王，我只知道我一看见你就喜欢，就想听你说话，你要我做什么都行！

齐　王　（深长一叹）哎，妩妍姑娘啊！（唱"四门子"）

是赵王无端来挑衅，
累寡人别宫闱急逃生。

因此求助妩妍女，

桃花源里出奇兵。（欲作揖，负痛）

钟妩妍 啊，你受伤了？大王快请起！（接唱）

听他哀声殷，

见他伤在身，

却教我莫名儿地怒气盛！

操起丈八刃，

呼啸姐妹们，

忙整肃，快快出兵！

姐妹们，为了这个美少年，不，为了齐王陛下，我们下山去！

桃花女 （早就迫不及待地）下山去！

奶　妈 且慢！请问齐王，适才所言，句句是真？

齐　王 一字不假。

奶　妈 那好，恳请齐王当着老丞相田婴，当着老身和钟妩妍，也当着众位桃花女，把刚才说过的话再说一遍。

齐　王 啊，请问奶妈，你要孤王说哪一句啊？

奶　妈 齐王爱妩妍，乃是爱她的——

齐　王 一片桃花红！

奶　妈 （砰然跪地）苍天在上，妩妍父母在天之灵，你们都听见了，齐王陛下他、他、他爱钟妩妍的一片桃花红呀！

[钟妩妍不解，桃花女不解，奶妈的呼喊声久久不散。

奶　妈 （一跃而起，踢腿撸袖）钟妩妍、桃花女，与我操家伙下山！

众 （齐声响应）下山！

[奶妈挥令旗，钟妩妍指挥桃花兵，集体“大起霸”。

钟妩妍 （唱“黄钟煞”）

呼啦啦旌旗展，

桃花女　（齐唱）　兴冲冲出桃源。

钟妩妍　（唱）　只因着心火燃，

桃花女　（齐唱）　岂为他甚江山！

钟妩妍　下山！

桃花女　下山！

［钟妩妍英姿飒爽，桃花兵威武雄壮……

齐　王　（忽然放声大笑）哈哈……

第二场　逃出齐王宫

［齐王宫殿。孟嬴在一群小宦人簇拥下，载歌载舞。

孟　嬴　（唱“双声子”）

艳、艳、艳……

小宦人　（齐唱）　金银饰最鲜艳！

孟　嬴　（唱）　绵、绵、绵……

小宦人　（齐唱）　慢歌弦娇语绵！

孟　嬴　（唱）　软、软、软……

小宦人　（齐唱）　玉指柔腰肢软！

孟　嬴　（唱）　甜、甜、甜……

小宦人　（齐唱）　齐王宫正香甜！

［内声：“齐王回宫——”齐王兴冲冲上。

齐　王　啊，孟嬴，孤的美人儿！

孟　嬴　一喜大王，夺回江山！

小宦人　一喜、一喜！

齐　王　哈哈……

孟　嬴　二喜大王，重返宫殿！

小宦人　二喜、二喜！

齐　王　哈哈……

孟　嬴　三喜大王，迎回孟嬴！

小宦人　三喜、三喜！

齐　王　哈哈……

孟　嬴　大王且慢笑，孟嬴还有四喜呢。

齐　王　美人道来。

孟　嬴　（唱“滴溜子”）

道一喜，
道二喜，
又道了第三喜。
道四喜，
道四喜，
四喜大王遇贤妻。
桃花红，
真美丽，
更一身武艺，
天作合、两般相宜！

小宦人　（哄笑）听说钟妩妍脸上是一抹红胎记，哈哈哈……

齐　王　好你个孟嬴，你在取笑孤王！（搔痒她）

孟　嬴　（乐不可支）嘻嘻……

小宦人　（拍手）哈哈……

齐　王　好了，都不要笑了。其实孤王去那桃花源，不过是为了向钟妩妍借兵！（唱“鲍老催”）

丞相苦劝，
丞相苦劝去桃源，

桃源求助钟妩妍。
嘱寡人，
纵嫌弃，
莫当面，
道有婚约早在先。
因此巧言相欺骗，
赚回这软香艳。

[齐王又搂抱孟嬴。

齐　王　啊，美人儿，孤王就是看你不够，爱你也不够。虽说那钟妩妍帮助孤王打败赵王，夺回江山，可孤王爱的还是你呀！告诉孤王，那赵王把你掳去后，待你可好？

孟　嬴　纵然赵王待我好，可我的心儿只在齐王。

齐　王　乃是真心话？

孟　嬴　自然真心话。

齐　王　孤的美人儿！

[幕内，传来钟妩妍的大嗓门："齐王在哪里？齐王在哪里！"

小宦人　啊，钟妩妍来了！

孟　嬴　大王真的要立丑女钟妩妍为后吗？

齐　王　孤王堂堂美男，岂能立她为后。美人暂且回避，待孤王敷衍她几句，劝她回山，也就是了！

[孟嬴与小宦人齐下。钟妩妍大步流星地上。

钟妩妍　（念）　无敌桃花兵，
一仗定输赢。
心系美少年，
大步进宫廷。

齐王在哪里？齐王在哪里？齐王！

齐　王　噢,原来是妩妍大将军!

钟妩妍　什么大将军,你呀,还是称我妩妍姑娘,听得舒坦!

齐　王　是是是,妩妍姑娘,妩妍姑娘!

钟妩妍　(惬意地)哈哈……(东张西望着)齐王,这就是你的王宫呀?

齐　王　是啊,妩妍进宫,莫非有事?

钟妩妍　没什么事,就是当面告诉你,我把赵王打败了!

齐　王　这个孤王早就知道了呀?

钟妩妍　知道了就好。我呀,还想顺便来看看你,怎么,你不欢迎?

齐　王　不,欢迎,欢迎……

钟妩妍　(又痴痴地望着他)齐王,你可是我从未见过的美男子呀!

齐　王　(敷衍着)是么,多蒙夸奖,多蒙夸奖……

钟妩妍　一个是美少年,一个是美少女,真是天造一对,地设一双呀!(先自害起羞来)啊,齐王……(唱"沉醉东风")

自桃源与你相见,
女儿心陡起波澜。
那声声的夸赞,
犹在耳畔,
驻留在妩妍心间。
也是你够大胆,
也是你够缠绵,
也是你够帅气,
也是你够可怜,
这便才舍生忘死出桃源!

齐王,说句心里话,我——喜欢你!(羞得蒙住了脸)

齐　王　(暗自拭汗)苦哇!(唱"忒忒令")

她那里兴致盎然,

我这里冷汗涟涟。

赚伊下山，

岂慕伊红颜？

说什么桃花红艳，

不过是信口胡编。

许什么后妃相伴，

更是些虚语枉言。

到如今宫闱来相见，

暗叫苦，

怕纠缠，

趣味已索然。

啊，钟妩妍听了，孤王念你退敌有功，有意嘉奖，你说，想要什么？

钟妩妍 我什么都不要，就要跟你好！

齐　王 这个么……孤王怕是做不到啊！

钟妩妍 为何做不到？你不是说要立我为后的吗？

齐　王 立后乃社稷大事，孤王一时也做不得主哇。

钟妩妍 其实呀，我才不在乎什么后不后的呢，我要的就是你，你，懂吗？

齐　王 可是你……

钟妩妍 我什么呀？

齐　王 你教孤王如何说得出口呢？

钟妩妍 说不出口？为什么？

齐　王 钟妩妍，孤王问你，你真的以为自己生得很美么？

钟妩妍 我只知道桃花源里的人都说我是第一美人儿。

齐　王 可你见过真正的美人儿是什么样么？

钟妩妍 什么样，不就是我这样吗？

齐　王　不不不，孤王今日要让你见识一位真正的美人儿。

钟妩妍　真正的美人儿？

齐　王　是，孤王让你与她比一比，赛一赛，这样，你就明白自己是否真的美了。

钟妩妍　噢，我倒想长长见识。

齐　王　美人儿，来也！

［小宦人簇拥孟嬴上，孟嬴与钟妩妍打照面，彼此均不以为然。

齐　王　（唱"胜如花"）

掌宫灯，照铜镜，

两佳人决赛输赢。

钟妩妍　（唱）　桃花源青春少女，

孟　嬴　（唱）　风尘中美艳卓群。

齐　王　（唱）　哪一位面容白净？

哪一位妖冶迷人？

哪一位姿态娉婷？

小宦人　（齐唱）　哎呀呀美与丑早比出输赢。

钟妩妍　（唱"前腔换头"）

只见她弄乖卖嗲，

活脱脱乱世娇娃。

小宦人　（齐唱）　亚赛那天上嫦娥，

更胜却人间仙葩。

孟　嬴　（重唱"胜如花"）

只见她，腰圆膀乍，

赫赫然脸上胎疤。

小宦人　（齐唱）　腰圆膀乍，一记胎疤，

哎呀呀教人笑煞。

钟妩妍 （唱） 说什么嫦娥仙葩，

白生生面无桃花。

孟　赢 （唱） 道什么人面桃花，

直教人见了害怕。

齐　王 （唱） 这一个娇滴滴美无瑕，

那一个直愣愣竟自夸。

众 （齐唱） 哈哈，笑煞！

笑煞，哈哈……

［齐王笑，孟嬴笑，小宦人笑，钟妩妍也笑，众人笑作一团。

钟妩妍 （不知深浅地）哈哈……我知道你们笑什么，笑她脸上没有桃花红，不美，对不对？其实呀，我们桃花源姐妹原本也没有桃花红，可她们用桃花汁妍成桃花膏抹在脸上，这不就有了吗？啊？哈哈哈，真笨！

孟　嬴 （笑得愈加疯狂）哈哈……明明是胎记，却说是桃花！

小宦人 哈哈……

钟妩妍 说得不错，我这脸上是胎记，可它生得巧，长得俏，它呀就像是天生的一朵桃花红，它是美的！

孟　嬴 胎记就是胎记，明明是丑的！

钟妩妍 不，是美的！

孟　嬴 是丑的！

钟妩妍 美的！

孟　嬴 丑的！

钟妩妍 美的！

孟　嬴 丑的！

钟妩妍 就美！

孟　嬴 就丑！

钟妩妍 美、美、美！

孟　嬴　丑、丑、丑！

小宦人　（齐声）丑——死——了——！

齐　王　放肆！（对钟妩妍，不无歉意地）啊，妩妍姑娘，对不起，孤王也想问问你，你是真的以为自己脸上的胎记美么？

钟妩妍　难道不美么？

齐　王　说句实话，不美。

钟妩妍　可你明明夸过它美呀？

齐　王　不错，孤王是夸过它美，可孤王那是权宜之计。

钟妩妍　权宜之计？

齐　王　是的，当初孤王夸它美，是要讨你的喜欢，说得白了，孤王是骗你的！

钟妩妍　骗我，你？

齐　王　（索性说下去）是，孤王被那赵王战败，一时无有救兵，所以听了田丞相的劝告，前去桃花源。孤王当面夸赞你的桃花红，说它美艳无比，其实都不是出自孤王内心，孤王真正要的是你带兵下山，舍命退敌。这下你明白了吧？

钟妩妍　不，你说的这些都不是真的，你我原本无冤无仇，你又何苦前来骗我？你说，你是真心赞美桃花红，也是真心喜欢我的，你说，是不是呀？（楚楚地望着他）

齐　王　（毕竟于心不忍）钟妩妍呀钟妩妍，铜镜在你面前照着，美人在你面前站着，你怎么就不看看自己的模样，怎么就不明白美与丑呢！

钟妩妍　你说我丑……

齐　王　是的，你丑，丑就丑在你这脸上的一片桃花红！

钟妩妍　（如遭雷击）啊……可是桃花源的姐妹都羡慕我，都抹上了桃花红啊，难道她们也是骗我吗？

齐　王　都在骗你！

钟妩妍　不，不！你胡说，胡说！

孟　嬴　你何不回桃花源问问桃花女，不就都明白了？嘻嘻……

小宦人　哈哈……

钟妩妍　（心慌意乱地）如此，钟妩妍暂且告辞！（欲下）

齐　王　等等！

钟妩妍　（回首望着他，无限期待地）齐王……

齐　王　（并无恶意地）妩妍姑娘，你不会再回来吧？

钟妩妍　我……

孟　嬴　（阴笑）嘻嘻……

小宦人　（大笑）哈哈……丑女！丑女！丑女！

［一片笑骂声中，钟妩妍失魂落魄地下。

［田婴内声："大王，大事不好了！"

齐　王　谁在大呼小叫？

一宦人　回大王，田丞相有大事禀报。

齐　王　什么大事？孤王爱美人才是大事！啊，孤的美人儿……

孟　嬴　大王……

［传来铺天盖地的战鼓声、喊杀声。

第三场　洗净桃花红

［桃花源，大雨滂沱。

［一道闪电，一记惊雷，传来钟妩妍绝望的一声悲号："不——"

［钟妩妍痛苦地倒退着上。

［幕内，桃花女们被放大的声音："妩妍姑娘，我们是在骗你，骗你……"

钟妩妍 （以袖遮面，无地自容）啊……（唱“新水令”）

电光闪闪霹雳炸，
狂风吼暴雨急下。
天哪，顷刻间破碎了泡影，
惊醒了神话！（转“折桂令”）
恍惚里地陷天塌，
泪若雨洒，
心似刀扎。
啊呀，羞、羞；
啊呀，怕、怕；
无端遗人笑把！
天上雨急急抛洒，
山中泉哗哗啦啦，
难洗心头羞耻，
怎去脸上胎疤。
始知貌丑，
羞比桃花！

［幕内，桃花女的歌声：

“桃花红，桃花美，
桃花源里笑语飞。
世间最美桃花女，
一片娇红染娥眉。”

钟妩妍 （唱“得胜令”）

呀！
不提防来了一个人，
蓦地里破了这宁静。
忽然间美梦被惊醒，

桃花红一片碎纷纷。

(仍痴情于齐王)那齐王,多风流,多英俊,多迷人啊……他可是第一个赞美我,亲近我,拥抱我的少年……可他现在却说我丑啊!(亮出短刀)我不要做丑女,我还要做美女,做美女!我也是豆蔻年少,我也是青春女儿,我也爱美,我爱美呀……(剐胎记,感觉流出了血)哈,不疼,哈哈,真的不疼,哈哈哈,一点都不疼!我要做一个美女,做一个美女……(疼得翻滚)啊,疼、疼、我疼啊……

[幕内唱:"这一种疼绝望;

这一种疼伤情;

这一种疼彻骨;

这一种疼剜心!"

钟妩妍 (接唱) 宁择死,不择丑,

美不再,何趣生!

[钟妩妍欲自刎……

[奶奶、桃花女急寻上。

奶　奶 (制止)妩妍,你不要这样!

桃花女 妩妍,你要活下去呀!

钟妩妍 不,你们为我造的这个梦太美,太美……可如今它破了,破了……

奶　奶 我苦命的女儿!(念"扑灯蛾")

莫叹息,莫放弃,

须知道姐妹们原本是善意。

桃花女 (齐念) 爱桃花发自心底,

一抹红就是美丽。

奶　奶 (念) 十数年桃花源里共风雨,

十数年亲如手足同相依。

桃花女　（齐念）　姐妹情义重，

生死不分离！（都亮出短刀）

你若寻死，我们也不活！

钟妩妍　不，不要——

奶　妈　妩妍，把刀给我！（对桃花女）你们也都收起来！唉，真是一群孩子！

钟妩妍　（撇刀大恸）奶妈……

奶　妈　女儿……

桃花女　妩妍……

钟妩妍　（唱“挂玉钩”）

生来不知有双亲，
唯有姐妹是亲人。
而今欲死心何忍，
直面人生又不能。
我悔呀悔，
悔不该走出山林；
我恨呀恨，
恨不该踩进红尘。
倒不如遁迹深山，
永绝红尘。

奶　妈　遁深山。

桃花女　绝红尘。

钟妩妍　永世不见伤心人。

［幕内唱“满庭芳”：

“绿水为障，
青山为屏，
隔断人世间万丈红尘。

留住清净，

也留住清新，

更留住桃花源美少女，

真性情，玉精神。”

第四场　情灭桃花山

［寂静山庄，薄雾环绕。

［田婴幕内：“大王，快走哇！”

［齐王幕内唱“九转货郎儿·换头”：

“一声叹息到山庄！”

［田婴催促着齐王上。

齐　王　（唱“九转货郎儿·一转”）

道不尽梦幻兴亡，

说不完感叹悲伤。

不提防赵国铁骑又踏碎了温柔乡。

无奈何来到这世外地桃花庄，

一路上耳听着喋喋不休的老丞相，

勉勉强强窝窝囊囊凄凄惶惶还头顶一纸悔恨状。

田　婴　（如训小儿地）来，大王，精神着点！记住，见到钟妩妍和桃花女，当讲的讲，不当讲的不要乱讲，听见没有？

齐　王　听见了，听见了，弄不好要挨打的。

田　婴　如此，快走吧。

齐　王　走。

田　婴　（忽然又不放心地）大王再等等。

齐　王　（不耐烦了）丞相还要啰嗦什么。

田　婴　当着老臣，你把那悔过书再操练一遍。

齐　王　还要操练呀？

田　婴　要操练！听好，态度要正，表情要真，口气么要轻，轻……来，念念！

齐　王　（忽然一拂袖）对不起，孤王不去了！（转身欲下）

田　婴　（高声）回来！田婴受先王重托，辅佐大王。如今江山被大王弄丢了，老臣我岂能袖手旁观。大王若再不听从老臣，老臣便一死以谢先王！

齐　王　（无奈地）好好好，孤王念，念！（念悔状，表情有点夸张）啊，俗话讲得好，人么不可貌相，水么不可斗量。相貌凭天赐，立世靠自身。只要自尊自强，便能独立世上。于是乎，丑也就不丑，丑也变成了美，丑——

田　婴　不行，不行，太过夸张，反而油腔滑调，重新来过！

齐　王　（憋住声音，细声细气）啊，俗话讲得好，人么不可貌相，水么不可斗量。相貌凭天赐，立世靠自身。只要自尊自强，便能独立世上。于是乎，丑也就不丑，丑也变成了美，丑——

田　婴　细声细气，非雄非雌，再重新来！

齐　王　（努力调整着，声调忽高忽低）啊，俗话讲得好，人么不可貌相，水么不可斗量。相貌凭天赐，立世靠自身。只要自尊自强，便能独立世上。于是乎，丑也就不丑，丑也变成了美，丑——（不自信地）啊，丞相，这回又如何呀？

田　婴　好些了，好些了。

［奶妈扫除上，与齐王撞个满怀。

奶　妈　（故意调侃地）哟嗬，这不是小齐王、老田婴么，怎么，又来求援兵？

田　婴　莫非乳娘都知道了？

奶　妈　知道了，知道了。赵王打回来，孟嬴又跑了。齐王，是不是呀？

齐　王　惭愧！

奶　妈　世外桃花源，不管红尘事。对不起，你们走吧。

齐　王　啊，奶妈，孤王此番前来就是要拜会妩妍将军。

奶　妈　你拜会她，只怕是想再骗一回她吧？哼哼，不打败仗料你也想不起她。告诉你，想见钟妩妍，没门！想借桃花兵，休想！还不快走。

齐　王　孤王今日可是一片诚心，孤王今日可是定要见她不可呀！

奶　妈　不让见就是不让见，有本事你把我给过了，你来呀！（举扫把）

齐　王　（跃跃欲试地）丞相……

田　婴　（鼓励着）大王，此时不过，更待何时？过！

［齐王低头前冲，被奶妈挡回，如此三番。

［幕内钟妩妍："奶妈，何人喧哗，扰我清静。"

奶　妈　你们还不快走！

［钟妩妍执书简上，桃花女们跟上。

田　婴　啊，齐王与田婴前来拜会妩妍姑娘！

钟妩妍　（转身回避）奶妈，请他们走！

奶　妈　走吧！

桃花女　快走！

齐　王　（扯开嗓门就叫）啊，俗话讲得好，人么不可貌相，水么不可斗量。相貌凭天赐，立世靠自身。只要自尊自强，便能独立世上。于是乎，丑也就不丑，丑也变成了美，丑——

［周围冷漠，桃花女们怒目相向。

齐　王　（有点慌）丞相……

田　婴　（挡住奶妈和桃花女）大王再念过，再念过！

齐　王　（钻着人群缝隙）啊，俗话讲得好，人么不可貌相，水么不可斗量。相貌凭天赐，立世靠自身。只要自尊自强，便能独立世上。于是乎，丑也就不丑，丑也变成了美，丑——（一跤跌倒）哎哟……

桃花女　（忍俊不禁）哈哈……

田　婴　啊，大王摔重了。

齐　王　不妨事，不妨事，哎哟……

奶　妈　你在念些什么？

齐　王　孤王念的悔过书呀！

钟妩妍　奶妈，不要听他的什么书，请他走吧。

奶　妈　快走吧！

桃花女　走！

田　婴　慢来，慢来。（向钟妩妍深深一揖）啊，妩妍姑娘，你手中握何书简？

钟妩妍　《逍遥游》。

田　婴　《逍遥游》，姑娘莫非要效法老庄，遁迹修道？

钟妩妍　远避红尘，逍遥自乐。

田　婴　可如今齐王有难，齐国有灾，你还能逍遥吗？

钟妩妍　齐王齐国，与我何干。

田　婴　可你乃是齐国臣民，乃是齐国的栋梁之后呀！

钟妩妍　丞相此话，从何说起？

田　婴　难道奶妈从未向你透露过身世？

钟妩妍　什么身世，不知道。

奶　妈　田婴，不许你在此胡说！

田　婴　奶妈，你仔细看了，如今陛下、妩妍都已长大成人，那从前的事情也该让他们明白了。

奶　妈　你这是往妩妍的伤口上再撒一把盐呀！妩妍，走，我们不要听。

钟妩妍　我要听，奶奶，我要知道在我钟妩妍身上发生的事情，都是为什么？

田　婴　大王，快念呀！

齐　王　（一时反应不及）啊，丞相，念什么呀？

田　婴　悔过书呀！

齐　王　哦，对了，悔过书，悔过书！（展开）啊，丞相，先念哪一段呀？

田　婴　十八年前。

齐　王　十八年前……找到了，找到了，你们听着！（唱“三转·换头”）

说来话长，
说来话长，
十八年前父债子来偿。

田　婴　（唱“三转”）

老田婴且把那旧话言讲，
道出来故事一桩。
莫追究一十八年先王错，
喜今日追悔来了新齐王，
续姻缘慰忠良。

奶　妈　（接唱）说什么姻缘忠良，

忿满腔老泪横淌。
怕无辜被伤，
咽藏苦涩，
苦涩咽藏，
十八年含着冤枉。

齐　王（唱"五转·换头"）

昭雪冤枉，

昭雪冤枉，

一桩桩都写在悔过书上！

田　婴（唱"五转"）

妩妍父钟子虞本是我齐国名将，

他一门几代人皆为忠良。

君与臣无间隙来来往往，

指腹婴成婚约，

百官作证在朝堂。

奶　妈（接唱）谁知晓妩妍生来一抹记，

老齐王视为异常称不祥。

当着众臣废婚约，

恶语恶言把人伤，

钟子虞口吐鲜血在朝房。

齐　王（唱"六转·换头"）

思来荒唐，

想来荒唐，

好姻缘翻作了啼血断肠！

田　婴（唱"六转"）

实可叹，

叹妩妍在齐国如何成长，

她生母拜乳娘带走远方。

奶　妈（接唱）我只得怀抱婴儿一步一泪出城邦，

桃花源远离红尘把身藏。

田　婴（接唱）你走后妩妍父母思成疾，

惚惚惶惶凄凄凉凉病病怏怏夫妻双双把命亡。

奶　妈　（接唱）　可怜我呵护妩妍在手掌，

则怕她饥饥饱饱的饭，

冷冷热热的床，

幸得桃花源中人善良，

桃花女一个个面绘桃花只缘怕把妩妍伤，

我更要她能文能武敢作敢为自信自强。

齐　王　（唱）　霎时间看见一条惨惨凄凄舍孤救孤泪水江！

钟妩妍　（唱“煞尾”）

心又受伤，

泪又流淌，

不由得声声哭爹娘。

爹娘啊……

齐　王　妩妍姑娘，从前之事，孤王也是方才知晓。先王不义，孤王代他向你一家谢罪！（一揖到地）

田　婴　还望妩妍姑娘不计前嫌，重返故国，解救齐王！（也作揖在地）

钟妩妍　（唱“风入松”）

伤心泪湿衣衫袖，

一十六载含冤仇。

实可叹有家不能回，

实可叹有国不能投。

胎记桃花今参透，

女儿心啊，一回回地伤到头。

齐王，你且听着！（转“急三枪”）

女儿心伤透，

桃花逐水流。

你英俊，

你潇洒，
你风流，
你得意轻狂全与我，
无干休。
而今你又失金瓯，
落荒走，
美人丢，
直如丧家狗！

我管你什么江山社稷。

桃花女 管他什么江山社稷。

钟妩妍 管你什么公仇私仇。

桃花女 管他什么公仇私仇。

钟妩妍 我只要你走、走、走！奶妈，姐妹们，赶他们走！

奶　妈 （一跃而起）与我操家伙！

桃花女 （齐齐亮出英武身姿）快走！

［桃花女们围定齐王，就要大打出手。

田　婴 （恐齐王吃亏）大王，好汉不吃眼前亏，还是暂避锋芒吧。

齐　王 （四周觑着，忽然硬气地扬起头）不，孤王还有话说！

田　婴 （息事宁人地）事到如今，大王还有何话可说？还是先避避吧！

齐　王 不，孤王是有几句心里的话，不吐不快呀！

田　婴 大王有心里话？

齐　王 心里话，心里话！唯有说出了心里话，孤王方才好受，方才可以无怨无悔地走呀！（阔步迈向钟妩妍）妩妍将军，不不，孤王还是叫你一声妩妍姑娘吧。妩妍姑娘，孤王此番前来，原是打算再施一点小伎俩，再骗一骗你，说说你的美丽，夸夸你的容貌，再赞美几句你的桃花红，孤王还特地央求丞相代笔写了这份万言悔过书，随便再奉上一个王后的空头名分。因为，孤王又战败了，孤王的这个坎儿又过不去了，所以只要能向你借得桃花兵，孤王是什么大话空话假话混账话都敢说都敢讲啊！只要……（一击自己）唉，其实这又何苦呢？丞相他是老一辈，这老一辈又如何懂得你我小一辈的心呢？丞相说，只要心灵美，那容貌就是美的，可是孤王做不到，就是做不到！本来嘛，美的就是美的，不美就是不美，哎，这和心灵又有何干？事到如今，孤王也就实话实说了吧，孤王夺江山保社稷是需要你，可要孤王发自真心地爱你，要孤王把你的胎记看成桃花，把缺憾看作美丽，孤王一时半刻还做不到，做不到！是的，孤王贪恋美色，孤王成了丧家之犬，可孤王如今知道错了，孤王今后改，一定改！不过，孤王不愿也不忍心再骗你一回，不愿意，也不忍心啊……（自责，惭愧）妩妍姑娘，不不，还是妩妍将军吧，你若以坦诚为念，你便帮帮孤王；你若还计较过往，你便不要下山。总之，孤王都愿意接受，都应该接受！好了，孤王已经把话都说白了，孤王告辞，告辞了！（以袖掩面，转头欲下）

田　婴　（鼓掌）哎，大王讲得好哇！

奶　妈　（斜睨着齐王，对他刮目相看）你说的是心里话吗？

齐　王　事到如今，信不信由之！

奶　妈　（点着头）我信，我信，我有点信……

田　婴　啊，妩妍姑娘，大王的话你都听见了吗？齐王他离不开你，齐国也离不开你呀！

奶　妈　（先自缓和）倒也是，不管怎么说，见人危难，总要相帮，妩妍你看……

桃花女　（早被齐王征服）妩妍，我们就再帮他一回吧？

众　人　妩妍……

钟妩妍　（看着齐王，忽然态度坚决地）不！我心已死，情已灭，义已绝，如今我唯有一个心愿。

众　什么心愿？

钟妩妍　（走近齐王，直视着他）我要看着这个风流齐王被赵王活捉，被那美人儿孟嬴羞辱，我要看着他死无葬身之地！

齐　王　（完全出乎意料）钟妩妍，你……

钟妩妍　（觑着他，挑衅地大笑）哈哈……

［齐王蒙羞，众人诧异，钟妩妍笑得舒展、笑得放纵。

田　婴　（跪求）妩妍……

［钟妩妍在笑。

奶　妈　（跪求）妩妍……

［钟妩妍在笑。

桃花女　（跪求）妩妍……

［钟妩妍仍在笑。

［唯独齐王挺立着，他在与钟妩妍对峙，久久对峙……

钟妩妍　（直指他）你——

齐　王　（一偏头）告辞！

钟妩妍　（追着喊）不送！

［齐王大步下，田婴追下。

［钟妩妍又是大笑，笑声被无限放大后，化为悲泣……

第五场　天降桃花兵

［月夜，铁牢内。齐王被羁押，垂头丧气。

[铁牢外,内声:“赵妃娘娘驾到!”

[小宦人簇拥孟嬴上,孟嬴隔着铁栅栏怪怪地笑着。

孟　嬴　嘻嘻……

小宦人　嘻嘻……

齐　王　孟嬴,我的美人儿!

孟　嬴　不是你的美人儿!

小宦人　是赵王的美人儿!

齐　王　啊,你又跟了赵王?

孟　嬴　谁是大王,我就是谁的美人儿!

小宦人　谁是大王,我们就是谁的宦人!

齐　王　念着往日情义,你要救救孤王啊!

孟　嬴　情义?什么是情义?嘻嘻……(唱“滴溜子”)

说情义,
道情义,
情义不值半分厘。
今事赵,
昨事齐,
往来都是谋生计。
魅惑他,
魅惑你,
全凭女儿家美丽。
可笑你不识桃花真情义,
风流命,只在朝夕。

齐　王　好个水性杨花的美人,好个无情无义的孟嬴,孤王恨你!

孟　嬴　那是你自作自受,对不起,美人儿要侍奉赵王去了!嘻嘻……

小宦人　我们也侍奉赵王去了!嘻嘻……

[小官人簇拥孟嬴嬉笑而下。

[田婴被押上。

田　婴　大王在哪里！大王在哪里！

齐　王　（如见亲人，放声嚎哭）丞相……

田　婴　（一推他）你呀！（唱"叨叨令"）

美色迷心劝不醒，
男儿败在石榴裙。
到如今失权柄，
深陷囹圄命难存。
眼睁睁江山凋零，
眼睁睁坏了名声，
眼睁睁人头落地空悲鸣！

齐　王　（委屈地）孤王如今好悔呀，丞相！

田　婴　（数落着）你不要叫我丞相，我不配，不配！我没有把你辅佐好，我上对不起国家，下对不起百姓，我惭愧，惭愧！可是大王啊大王，我也真不明白，那钟妩妍究竟怎么了？不就是脸上多块胎记吗？怎么就连孟嬴都不如呢？想那钟妩妍武艺高强，万人不当，有了她，你便能保住江山，保住社稷，保住你的人头不落地呀！可是你竟然嫌弃她丑，伤她的心，你呀你，你还配做一个君王嘛！（连连顿足）

齐　王　（忽然也爆发地）丞相不要说了！

田　婴　（意外地）怎么，伤大王自尊了？

齐　王　（反数落着）丞相，你听着！今日孤王也把话给你说明白了。孤王好歹也是一国之君，可你只拿孤王当小儿耍！是的，孤王与那赵王争夺秦公主，吃了败仗，但孤王还可以重整旗鼓，再战胜他。可丞相你却偏偏要孤王去那桃花源搬兵，去央求那一群桃花女子，还要孤王诈伤，做出一副可怜的模样。这些都还不算，你又偏偏不早不晚翻出那十八年前的陈年老账，好歹逼着孤王与那素不相识的钟妩妍结亲，孤王虽懂得丞相的良苦用心，可孤王心里却实实地不愿意。丞相这样做，岂不是拿孤王的难处与那钟妩妍的缺陷做交易么？哎，这算什么婚姻？这算什么爱情？丞相啊丞相，你倒是说，你倒是讲呀！（也连连顿足）

田　婴　（懵了）如此说来，倒是老臣错了？

齐　王　本来就错了！情爱拿去做交易，与那孟嬴人尽可夫有何异？

田　婴　这个……原以为权宜之计，听他言却有道理，强拉扯伤了两情义！（一击自己）唉！田婴老了，不懂得大王年轻的心，难怪大王总把那无名之气、窝心之火都泄在钟妩妍头上！大王，老臣好心办了坏事情，老臣向你赔不是！

齐　王　不，是孤王辜负了丞相，辜负了钟妩妍呀！

田　婴　大王！

齐　王　丞相！

［二人重又相拥而泣。

［幕内唱：

“凄凄复凄凄，
执手泪眼迷。
往事难追悔，
桃花何处觅？”

田　婴　大王，歇息吧。

齐　王　孤王如何睡得下。

田　婴　睡不下也要睡，这可是你我君臣的最后一夜。大王记住，来世你我还做君臣！

齐　王　孤王记住，记住了！

［田婴哄拍齐王入睡，齐王辗转反侧。

齐　王　（唱“快活三”转“朝天子”）

铁窗外月凄清，
数繁星听虫鸣。
万籁俱寂寒气侵，
心潮总难平！
倏忽儿妩妍，
倏忽儿孟嬴，
一个是虚幻一个乃是真。
那一个天生一派无羁性，
痴痴用情深；
这一个冶容魅影，
从无真情；
哎呀假假真真迷心旌。
那人，
这人，
教我悔恨深！

啊，丞相快醒醒，丞相快醒醒！

田　婴　大王，你怎么了？

齐　王　（一把攥紧他）丞相，你说人是有来世的，是吗？如果到了来世，孤王一定要亲手捧起钟妩妍的面庞，睁大眼睛仔细看，看她那一片桃花红，到底是丑还是美呀！

田　婴　大王说得对，可惜大王只能等到来世了。大王，睡吧。

［突然，战鼓惊天，人声鼎沸。一群傩面武士从天而降，她们是钟妩妍率领的桃花兵。

［铁监被打开，齐王、田婴被救下……

［赵王率兵汹涌冲上，大开打……

［桃花兵战赵兵，愈战愈勇……

［钟妩妍战赵王，愈打愈烈……

［奶妈揪出孟嬴，玩一场猫鼠游戏……

［白猿踢打厮咬，独当一面……

［赵兵败下……

［赵王败下……

［齐王、田婴返上，一支冷箭射向齐王——

钟妩妍 齐王！（挡护中箭）

桃花女 妩妍！

齐　王 啊，钟妩妍……

田　婴 啊，桃花兵……

齐　王 （轻轻抱起钟妩妍）回宫！

第六场　一片桃花红

［齐王宫。气氛凝重。

［齐王小心翼翼地放下钟妩妍，揭开她的傩面。

齐　王 （轻唤着）妩妍，妩妍……

众　人 妩妍，妩妍……

［钟妩妍悄无声息。

齐　王 （哽咽）妩妍，你醒醒，你醒醒啊……

众　人 （一片哽咽）妩妍，你醒醒啊……

［钟妩妍渐醒，茫然环顾，突然挣扎着抢过傩面，把脸遮住。

钟妩妍　啊,不要看我,不要……

齐　王　(拿下她的傩面,温柔地)妩妍,你就让孤王再看你一眼吧。

钟妩妍　(拼命低着头)不,不要……

齐　王　为什么?

钟妩妍　我丑,我丑,我丑……

齐　王　不,孤王就是要看一看你的桃花红。

钟妩妍　不是桃花红,是胎记,胎记……

齐　王　妩妍,你且告诉孤王,桃花兵怎会从天而降?

钟妩妍　因为我是齐国的女儿……因为故国有难……因为……

齐　王　可是你并未答应孤王下山呀!

钟妩妍　我为什么要答应你,我就是要亲眼看到你被赵王活捉,被孟嬴羞辱,被……(哽咽)是啊,我为什么要下山,为什么要救你呢……(痛苦地捶打自己)

齐　王　(握住她的手,眼中泪光闪耀)妩妍,孤王虽与你相识许久,可孤王从未用心看过你一眼,今日,你就让孤王用心看看吧……(也哽咽)

钟妩妍　(怯怯地望着他,仍然心有余悸)齐王……

齐　王　(唱"传言玉女")

人面朱砂,
美丽无瑕;
艳若云霞,
灿若桃花;
一片红衬映着俏脸颊。
飒爽英姿,
青春娇娃。
分明是灵山秀水育菁华,

直教人悔煞愧煞！

钟妩妍 （接唱） 美少年，

天降下。

桃花女 （齐唱） 眉目如画，

红唇白牙。

钟妩妍 （唱） 怎这般风流潇洒？

桃花女 （齐唱） 怎这般温文尔雅？

钟妩妍 （唱） 看一眼伤痛心痛，

桃花女 （齐唱） 看一眼怨他恨他！

奶　妈 哎，怎么是老词儿呀？

田　婴 不一样，不一样！

齐　王 （唱“悠悠曲”）

不一样的桃花分外娇；

钟妩妍 （唱） 不一样的口吻把我夸；

齐　王 （唱） 不一样的滋味心头涌；

钟妩妍 （唱） 不一样的目光闪泪花；

齐　王 （唱） 不一样的悲喜难言表；

钟妩妍 （唱） 不一样的感动靠近他。

桃花女 （齐唱） 靠近他，靠近他，

是美眷？是冤家？

［钟妩妍向齐王慢慢靠近，忽然伤痛不支，倒在齐王怀中。

齐　王 （锥心呼唤）妩妍，你要醒醒，醒醒啊！孤王从今再不会辜负你，孤王今日就立你为后呀，妩妍……

钟妩妍 （悠悠醒来，脸上洋溢着幸福之色）我才不在乎什么后不后的，我要听的还是那一句话。

齐　王 哪一句？

钟妩妍 齐王爱妩妍，乃是爱我的——

齐　王　一片桃花红！

钟妩妍　谢谢，谢谢……

齐　王　啊，妩妍，你不能抛下孤王，不能抛下孤王呀！（摇晃她，痛不欲生）

［蓦地，钟妩妍松开双手，死在齐王怀中。

齐　王　妩妍！

众　人　妩妍……

［一片哭泣声中，漫天桃花，纷纷落下……

齐　王　（托起钟妩妍，朗朗有声）颁孤王令！从今以后，凡我齐国女子，一律面绘桃花！

［满台一片桃花红。

［齐王额上也灿然绘出一朵桃花。

［幕内唱“满庭芳”：

“绿水为障，
青山为屏，
隔断人世间万丈红尘。
留住清净，
也留住清新，
更留住桃花源美少女，
真性情，玉精神。”

［大幕缓慢闭合。

昆剧

影梅庵忆语

人　物　董小宛——名白，字小宛，秦淮佳丽

冒辟疆——名襄，字辟疆，明末才子

冒　母——冒辟疆母亲

燕　儿——冒辟疆胞妹

玉　沁——董小宛婢女

鸣　泉——冒辟疆书僮

御医、家人、丫环、难民等

序　曲

[清康熙年。

[如皋冒家别室“影梅庵”。

[窗外白雪飘飞，窗前数枝腊梅。

[耄耋之龄的冒辟疆挥毫书写，宣纸从桌上绵长地拖到地下、展向远方。

冒辟疆　（吟咏《影梅庵忆语》）“爱生于昵，昵则无所不饰。缘饰著爱，天下鲜有真可爱者矣……”

[幕内唱“卜算子”：

梦醒红颜逝，
犹信在咫尺。
白发飘飘忆青丝，
悔恨凝成字。

冒辟疆　（复又吟咏）“亡妾董氏，原名白，字小宛，复字青莲。在风尘虽有艳名，非其本色……”

[冒辟疆搁笔，琴声自远处响起。长卷尽头，董小宛款款走来……

第一出　重　逢

［南明弘光年。

［金陵秦淮河，风雨将至，景色萧条，董小宛临水妆楼“青莲居”。

［玉沁招呼董小宛上。

玉　沁　小姐，你来看！

董小宛　来也！

（唱“画眉序”）

红粉叹无根，

风月沧桑早阅尽。

把皎洁心境，

托付真情。

玉沁，唤我看什么？

玉　沁　（唱）　河面上舟楫争行，

料必是江北吃紧。

看那些官船商船富贵人家的游船儿——

你争我抢如逃命，

端的战火将近！

董小宛　（“合头”）

胭脂河上舟船紊，

心中浪平波静。

玉　沁　听说小姐的那些手帕姐妹，寻靠山的寻靠山，投门路的投门路，连李香君和卞玉京也躲进了栖霞山，昔日大名鼎鼎的秦淮八艳，而今还留在金陵城里的除了尚书夫人柳如是，就剩你董小宛了，莫非小姐还在等？

董小宛 等，沏上碧螺春茶。

玉　沁 小姐真是铁了心！

［玉沁沏茶，一壶双杯。董小宛如有对饮者，相敬如宾。

董小宛 玉沁，此乃多少壶香茗？

玉　沁 正好是第七百三十壶。

董小宛 如此说来，冒公子已然别去二载。

玉　沁 可不是嘛，自从冒公子离别金陵，去往襄阳，小姐便每日沏上一壶碧螺春茶，空杯对双影，清晨到黄昏，雷打不动，天崩不惊。

董小宛 冒公子嘱我等他，我岂能不守诺言。

玉　沁 可是已然等了二载，冒公子还未见身影。

董小宛 那便再等。

玉　沁 再等？眼见着兵临城下，人心惶惶，再等只怕来不及逃命了！（嘀咕）这个冒辟疆也真是的，不见人还不见银子，拿我们小姐寻开心！

董小宛 玉沁，你在絮叨什么？

玉　沁 我在心疼小姐的钱。记得两年前冒辟疆滞留秦淮，与小姐相识，过往甚密，一日忽接家书，道他在襄阳做官的父亲惹上麻烦，急需送二百两银子前去消灾，奈何他人在金陵，不及回如皋家里去取，小姐闻之，倾其所有，借给他二百两现银，可是二百两呀，小姐连个字据都没留下。

董小宛 冒公子不是留下一句话么。

玉　沁 什么话？

董小宛 冒公子嘱我在秦淮河等他。

玉　沁 一个等字，值什么呀？

董小宛 什么都不值，又什么都值。

玉　沁 不懂，只怕小姐人财两空。

董小宛 续茶。

玉　沁 知道了，嫌我絮叨。

［玉沁续茶，董小宛奉茶如仪。冒辟疆、鸣泉上。

鸣　泉 公子，又到秦淮河了！

冒辟疆 （"前腔"）

国破社稷残，
锦绣河山血泪溅。
叹北疆崩陷，
南域悲咽。

鸣　泉 公子，前面便是董小宛的青莲居了。

冒辟疆 青莲居，绕道而行。

鸣　泉 为何？

冒辟疆 （唱） 游故地愁绪万千，
忆往昔莫名心颤。
只道是佳人才子偕缱绻，
原来一厢情愿。

（"滴滴金"）

曾经共饮碧螺盏，
曾经相看两无厌。
曾经一琴一箫管，
曾经拂晓唱到晚。
恍如昨天，
别后依稀芙蓉面。
梦里秦淮，
瞬息云烟。

鸣泉，记得那日离别秦淮，去往襄阳，数日之后回到如皋，我便托付友人送还董小宛的二百两银钱，还附了一股金钗一首诗，借以表明心迹，你道她为何漫漫二载，无有回书？

鸣　泉　董姑娘会不会没收到公子送还的东西？

冒辟疆　我是托了可靠的朋友，怎会收不到。

鸣　泉　友人东西送到，可有回执？

冒辟疆　无有。

鸣　泉　公子与那位友人后来可曾见过面？

冒辟疆　未曾。

鸣　泉　公子托的那位友人会不会出事了，抑或原本就不可靠？

冒辟疆　均未细加追究。

鸣　泉　公子以为董姑娘收到东西，必定回书公子，所以公子便眼巴巴地等着，一等等了两年？

冒辟疆　国事忧心，家事烦闷，也曾想到秦淮，一探究竟，却又每每拖延。

鸣　泉　公子是心有余悸吧？

冒辟疆　怎讲？

鸣　泉　公子害怕董姑娘是第二个陈圆圆。

冒辟疆　此话何意？

鸣　泉　想当初，公子与圆圆小姐山盟海誓，爱得死去活来，可是后来圆圆竟做起嫔妃梦，跟着一位太监去了京城。公子经陈圆圆这么一闪，数年都没缓过神来。

冒辟疆　陈年旧事，不提也罢。

鸣　泉　以我看董小宛可不是陈圆圆。公子不要忘了，两年前老爷在襄阳遇上麻烦，公子还是借了董姑娘的二百两银子前去打点的。公子也不想想，秦淮河从来就是销金窟，只有进，哪有出，董姑娘若不是敬慕公子的人品才学，怎会连字据都不要就把二百两银子借给你。公子临行留下一个等字，可不是要董姑娘等着你来还银子，而是等着你来续旧好，公子可不要辜负了人家。

冒辟疆 鸣泉，金陵之行，家母嘱办之事，俱已办妥？

鸣　泉 办妥了。

冒辟疆 走。

鸣　泉 哪里去？

冒辟疆 青莲居！

（唱“滴溜子”）

思虑甚，
思虑甚，
怏怏坐等；
思虑甚，
思虑甚，
却无询问。
莫做了负义郎君，
反误佳人。

［冒辟疆、鸣泉圆场。

董小宛 （敏感地）玉沁，听！

玉　沁 （摇头）什么没听见。

董小宛 再听！

鸣　泉 玉沁开门！玉沁开门！

玉　沁 冒公子书僮鸣泉的叫声，小姐真神了，待我前去开门。

董小宛 慢着。

玉　沁 为何？

董小宛 你看我妆容如何？

玉　沁　如花似玉。

董小宛　衣裙配饰?

玉　沁　宛若仙子。

董小宛　未曾见老?

玉　沁　未曾。

董小宛　也不憔悴?

玉　沁　不憔悴。

董小宛　待我亲自开门。

[董小宛开门,冒辟疆走进,二人注视良久。

冒辟疆　小宛姑娘,我来晚了。

董小宛　不晚,公子方才小别七百三十日。

冒辟疆　七百三十日,你一直守候?

董小宛　公子之命,焉敢不遵。

冒辟疆　我曾托付友人,送还银两,还附了一股金钗一首诗,你是否收讫?

董小宛　公子为我赋诗了?

冒辟疆　(吟)“香水临香居,

香居品香茶。

香茶浮香气,

香气发香芽。”

董小宛　敢问公子手泽何处?

冒辟疆　墨迹与金钗银票,一并拜友人送到,莫非?

董小宛　金钗银票何足道,手泽方是无价宝。

冒辟疆　如此说来,果然未曾送到。小宛姑娘,冒襄抱愧,实在抱愧!

董小宛　公子何出此言?

鸣　泉　董姑娘有所不知,我家公子借走你二百两银钱,未出半月便托友人送还,还附上了一股金钗和这首新诗,未料公子友人竟然未将钱物送到。公子以为董姑娘收到总会有封回书,谁知一等等了两年,幸好今日——

冒辟疆　鸣泉,不要说了。

玉　沁　我倒不明白了,与其等我家小姐回书,何不再写信问问?读书人写几个字,有那么难么?

鸣　泉　是我家公子不好,不过公子也是国事家事,操劳烦心,想不到一晃就过去了二载。

玉　沁　一晃二载,说的可真轻巧。

鸣　泉　其实我家公子心里也惦记,只是一时放不下矜持,故而——

冒辟疆　玉沁姑娘,请借纸笔。

[玉沁铺纸笔,冒辟疆颤栗着一挥而就。

冒辟疆　小宛姑娘,这是冒襄还你的诗,敬请收好。

董小宛　(吟)“香水临香居,

香居品香茶。

香茶浮香气,

香气发香芽。”(眩晕,不支)

冒辟疆　(接住她)小宛姑娘,你怎么了?

玉　沁　不瞒冒公子说,二百两银子在你们也许九牛一毛,在小姐可是大半家当。自你走后,小姐便闭门谢客,以刺绣维生,小姐对公子的悬望,从不出口,可人却一日日地消瘦,小姐本就体弱,又无边无际地等着,寝食难安,今日总算等来了公子。若是玉沁不曾解错,公子这诗里的含意,是对我们小姐动了真情吧?

冒辟疆　若蒙小宛不弃,愿与缔结连理。

玉　沁　小姐,你听见冒公子的话了么,小姐,你等得值呀!

董小宛　(挣扎起,握住那首诗)公子这首诗,两年之前便已作好?

冒辟疆　两年前为你作好，两年后你才看到，两年中你为我受尽了煎熬。

董小宛　玉沁，新沏一壶碧螺春。

玉　沁　是。小姐知道公子最爱碧螺春茶，每天沏好了一壶等着公子，这是第七百三十一壶了，公子、小姐请慢用。（哽咽）

冒辟疆　（唱“朝元歌”）

长吟短吟，
相似别离恨。
有情无情，
一样闲愁闷。
又见春来，
两番花尽，
芳菲忍看凋零。
慢饮细斟，
七百三十一壶茗，
滴滴渗透心。

董小宛　（唱）　品香笑靥盈，
又见你浅饮深饮。
长与短说甚离恨，
有甚离恨？

（“前腔”）

开门掩门，
只愿为君等。
花心琴心，
何必劳君问。
一度冬回，
两番雁去，

都是传送问询。

日落月升，

七百三十一壶茗，

壶壶为君温。

冒辟疆 （唱） 委婉慰我心，

感念你冰清玉润。

夜与昼两处凄冷，

两处凄冷！

神州蒙难金瓯残，江南战火须臾间。孤雁零落何处去，共我携手归家园。

董小宛 公子不弃风尘贱？

冒辟疆 不弃。

董小宛 公子不惧讪谤言？

冒辟疆 不惧。

董小宛 公子不怕结发妒？

冒辟疆 不怕。

董小宛 公子不畏家规严？

冒辟疆 不弃，不惧，不怕，不畏！

董小宛 如此，小宛夫复何言。

冒辟疆 小宛姑娘，冒襄断不负你。

董小宛 跟随公子，死而后已。

［董小宛抚琴，冒辟疆吹箫，一幅才子佳人风月图。

［幕内唱“尾声”：

山盟海誓何须问，

同是天涯沦落人。

一种相知一种恩！

第二出　回　乡

[如皋，水绘园正堂。冒母端坐，燕儿、鸣泉在侧，家人、丫环侍立。

鸣　泉　禀告老夫人，公子偕董姑娘堂下候见。

冒　母　为何不进来？

鸣　泉　董姑娘道，未见长辈招呼，不敢擅入正堂。

冒　母　倒也懂些规矩。燕儿。你那正房嫂嫂，现在何处？

燕　儿　回禀母亲，嫂嫂佛堂诵经，回说今日就不过来了。

冒　母　也好，眼不见，心不烦。鸣泉，唤公子与董姑娘来见。

鸣　泉　是。（下）

冒　母　我那襄儿，千好万好，就是这点情根断不了。

（唱“一江风”）

叹襄儿，
枉负报国愿，
埋没书与剑。
将高才，
付予红颜，
肆意流连，
难断痴心念。
前番陈圆圆，
今朝董小宛，
怕见还须见！

昔日陈圆圆，临嫁却生变。婚事未办成，家门失颜面。今日董小宛，又是一狐仙。秦淮勾魂女，岂有等闲篇。燕儿，敬神送神的东西备好了？

燕　儿　照母亲吩咐，备好了。

冒　母　看我如何打发她。

［冒辟疆挽董小宛上，鸣泉、玉沁跟上。

冒辟疆　孩儿向母亲大人问安。

冒　母　安，安，但愿我母子平平安安。

董小宛　老夫人万福。

冒　母　福，福，我儿带回一位仙女，冒家焉能不福。

冒辟疆　禀告母亲，孩儿已征得结发许可。

冒　母　你那个结发，只知拜佛，了无生趣，我儿娶一位如夫人，本来情有可原。

冒辟疆　多谢母亲体谅。

冒　母　燕儿，给董姑娘加一个座。

燕　儿　董姑娘，请坐。

董小宛　（拉起燕儿的手）这便是燕儿妹妹么，一路之上，公子不住地夸奖燕儿心灵手巧，往后还请妹妹关照。

燕　儿　哥哥夸奖我了？新嫂嫂请坐，新嫂嫂宛若画中之人，燕儿一见便喜欢。

冒　母　燕儿，你兄长与董姑娘尚未行礼，怎便称起嫂嫂。

燕　儿　还不是早早晚晚的事么。

冒　母　一日未行大礼，一日只便称董姑娘。

燕　儿　知道了。

冒　母　董姑娘。

董小宛　老夫人。

冒　母　我有一事不明。

董小宛　老夫人示下。

冒　母　像你这般看上去清清白白的女子，怎会陷落秦淮？

董小宛　家父早丧，家母久病，为了救治家母，无奈自卖自身。

冒　母　如今令堂安在？

董小宛　家母久病不治，独留小宛一人。

冒　母　倒也身世可怜。（语气和缓）董姑娘，襄儿对我说起，道你见难相助，慷慨解囊，这份侠义，委实难得。我冒家从不亏欠有恩之人，故而备下一笔酬谢，我想这些金银珠宝，当十倍于你当初借给襄儿的二百两银钱。（示意燕儿递过托盘）

冒辟疆　母亲这是何意？

冒　母　有恩报恩，借本还利。

冒辟疆　小宛已属孩儿，自家人何须回报。

冒　母　燕儿，将珠宝给她。

燕　儿　兄长说了，董姑娘是自家人了，不须回报，要送母亲自己送吧。

冒　母　（接过托盘）也罢，董姑娘，想我冒家乃名门望族，诗书人家，可不是你们这些风月女子的避难之所，请你拿上这些珠宝，离开冒辟疆，离开冒家，就算我央求你了！（躬身）

冒辟疆　母亲这是做什么！

董　母　董姑娘，求求你，快走吧！

董小宛　（并不慌乱地）老夫人在上，容小宛回禀！

（唱"粉孩儿"）

缓缓地跪埃尘聆教训，
早闻你好善乐施泽被乡井。
如今投奔前世因，
拜慈颜顾念情真。
在秦淮心心相映，

慕鸳鸯难舍难分。

(“红芍药”)

我钦敬公子人品，
我仰慕公子才情。
他见我金陵受危困，
可怜我无家可奔。
施恩，
权当雇佣人，
入庖厨细心烹饪。
扫庭院早起殷勤，
赐温饱何计名分。

冒辟疆 母亲！

(唱“耍孩儿”)

事出非常皆儿过，
怎奈情形迫，
望求你允忍娇娥。
莫莫，
顾念她独雁无寄所，
顾念我孤鹄久漂泊，
系上这红丝错。

冒　母 一只独雁，一只孤鹄，你要母亲如何成全你们的天作之合？

冒辟疆 望求母亲接纳董小宛，孩儿愿娶她为如夫人！(下跪)

燕　儿 燕儿也替兄长和董姑娘跪求母亲！(下跪)

玉沁鸣泉 老夫人大发慈悲！(同跪)

冒　母 (唱“会河阳”)

暗自沉吟，

心潮不平，

同声跪泣怕听闻。

玉人，

花样精神，

韵润青春，

恍若是神仙品。

苦人，

悲切切心何忍。

可人，

受斥问无怨忿。

都起来吧。

冒辟疆 母亲不允，孩儿不起。

冒　母 且应你们。

冒辟疆 多谢母亲！

燕　儿 （扶起董小宛）母亲就是金刚嘴，菩萨心，董姑娘慢慢就明白了。

董小宛 多谢燕儿，多谢公子，多谢老夫人！

冒　母 董姑娘听了。襄儿迎娶如夫人，好歹是我冒家一件大事，如今他父亲还在襄阳任上，总要待我禀过一家之主，方好择婚期，办大礼，你等得么？

董小宛 既蒙老夫人收留，名分早晚，并不介意。

冒　母 还有，为免邻舍闲话，委屈你暂住冒家别室影梅庵。

董小宛 别室也是冒家，何谈委屈二字。

冒　母 如此甚好。燕儿，陪母亲回房。

［燕儿扶冒母下。

冒辟疆 （终觉抱愧）小宛，对不起！

董小宛 公子说哪里话来，影梅庵，影梅庵，董小宛总算有家了。

［隐隐传来炮声。

冒辟疆　清军攻打扬州，大明已在不远！

［冒辟疆、董小宛紧相依偎。

第三出　出　行

［如皋城外，远处炮声不绝，难民络绎过场。

［鸣泉招呼家人抬一口大箱子上。

鸣　泉　公子，老夫人的箱子已从护城河里捞起来了！

［冒辟疆、董小宛上，玉沁随上。

冒辟疆董小宛　（合唱"醉花阴"）

为躲兵灾去逃难，

过城河车翻轮陷。

董小宛　（唱）　哪顾得香酥手小金莲，

哪顾得袜划鞋沾，

最珍贵这物件。

冒辟疆　（唱）　水渍玷衣衫，

点点污泥裙上溅。（为她擦拭）

董小宛　无妨，公子开箱查看，是否渗进污水。

冒辟疆　钥匙在母亲身上，打开此箱者，除非老人家。

董小宛　听燕儿说道，此箱内装得都是令尊收藏的绝世善本，万不可稍有差池。

冒辟疆　正是。（擦拭箱子）

［冒母、燕儿急急上。

冒　母　我的那口箱子在哪里？

冒辟疆　母亲请看，完好无损。

冒　母　（取出钥匙，打开查看）阿弥陀佛，阿弥陀佛！

冒辟疆　母亲放心了。

冒　母　放心了，放心了。听说董姑娘坐的那辆车已不能用，速将这口箱子抬到我的车上，还有董姑娘，一同上车。

燕　儿　母亲，车上顶多再给董姑娘挤个座，箱子是无论如何放不上去了。

冒　母　董姑娘上车，箱子便上不了车？

燕　儿　上人不上箱子，上箱子不上人，车上只有那么大地方。

冒　母　这便如何是好？

燕　儿　自然上人要紧。

冒　母　可这箱里装得都是你父亲的心肝宝贝。

燕　儿　心肝宝贝还能比人更宝贝？

冒　母　这……

董小宛　燕儿，公子，听说老夫人初嫁之时，令尊亲手把这口箱子的钥匙交予令堂，千叮咛，万嘱咐，要令堂无论如何守护好它。

燕　儿　是呀，多少年来母亲视箱子如命，片刻不离身。

董小宛　如此，怎能舍下箱子，舍下令堂对令尊的一往情深。

燕　儿　如今兵荒马乱，举家避祸，父亲若是知晓，也会体谅母亲。兄长，你道是也不是？

冒辟疆　小宛，随母亲燕儿上车。

燕　儿　母亲，我们与董姑娘一起上车吧。

冒　母　让我再想想……

（唱“喜迁莺”）

　　这边厢夫君重任，

　　那边厢儿女紧问，

两边厢做了难人。

权衡，

孰轻孰重，

孰重孰轻怎辩分。

哎呀心绪紊，

弃人不忍，

弃物不能。

襄儿、燕儿听了，母亲年事已高，颠沛流离，恐难经受，母亲想独自留在如皋，看守家园，襄儿保护好家人和箱子，赶快上路吧。

冒辟疆 孩儿岂能抛下母亲？

燕　儿 燕儿也绝不答应！

冒　母 非常之时，不得而已，你们快走吧。

冒辟疆 不！

燕　儿 不！

董小宛 （走至董母面前，缓缓跪下）恳请老夫人，容小宛留守。

冒　母 董姑娘，你？

董小宛 老夫人！

（唱“刮地风”）

危难时节见善心，

感动涕零！

世间万物情为本，

叩谢慈尊！

老夫人惜善本胜惜性命，

老夫人守然诺无惧死生。

这份情，

鬼神惊，

能不钦敬!

小宛恳求守家门,

送亲人速速登程!

冒辟疆　要走一起走!

燕　儿　要留一起留!

董小宛　公子乃家中长子,阖门安危,系于一身,切切不可任性。

冒辟疆　燕儿,带董小宛上车。

董小宛　不,老夫人若不上车,小宛便长跪不起!

燕　儿　这可怎么办呢!

冒　母　(走近她,双手扶起)董姑娘执意相让,情义可嘉。可是撇下你董姑娘一人,全家逃命,岂是我冒家所为。

董小宛　危急关头,老夫人尚能大义谦让,董小宛还有何托辞。

冒　母　我且问你,兵荒马乱,你一柔弱女子,如何避祸?

董小宛　影梅庵有地窖草木掩映,危急时聊可供隐蔽藏身。倘躲过大劫难侥幸存命,我还要在膝下敬奉孝心。

冒　母　到董家委屈你居住别庭,整花圃扫落红尢不尽心。无名无分无怨恨,侍茶侍饭费辛勤。回想进门那一日,教我每每抱愧深!

董小宛　老夫人说哪里话来,小宛心中从无怨恨。

冒　母　怎么还叫我老夫人,从今往后,叫我母亲。小宛,我的儿媳妇!

董小宛　母亲!

(唱“水仙子”)

呀呀呀,唤母亲,

呀呀呀,唤母亲,

梦梦梦,梦里几回唤到醒。

醒醒醒,醒后成真,

泪泪泪，泪珠儿滚。

喜喜喜，喜在女儿心，

笑笑笑，笑声儿直上彩云。

我我我，我今之后不孤零，

望望望，望断水远山峰近，

请请请，请母亲香茶润喉上车行。

冒　母　荒郊野地，何来香茶？

董小宛　此乃公子喜爱的碧螺春，儿媳随身一壶，暖在怀中，此时犹有余温，母亲请用。

冒　母　母亲用，母亲用……（泣不成声）小宛我儿，既然你心意已决，母亲也只好依顺，但愿劫难过后，一家重聚，母亲我定要为你和襄儿操办一场风光大礼，你可要答应母亲，等着，等着……

董小宛　母亲，我答应，等着，等着……

冒　母　燕儿，叫人抬起箱子，上车。

燕　儿　（哭泣）嫂嫂保重！

董小宛　嫂嫂等着母亲和燕儿平安归来。

［冒母、燕儿抹泪下，家人抬箱子跟下。

董小宛　公子因何还不上马？

冒辟疆　小宛，我不明白，你究竟是人还是菩萨。

（唱“黄钟煞”）

七尺须眉生羞愧，

累佳人独对安危。

教我心片片碎！

董小宛　（异常温柔地）公子还记得那日秦淮分手，你去了襄阳，公子临行要我等候你，我等了，可是心里并不安宁。今日，小宛我自愿等待公子和家人，纵然天塌地陷，海啸山崩，我也无所惧怕，因为小宛心中明白，我将等来的乃是公子的至情大爱，乃是一家人的融融亲情，如此，小宛还有何埋怨，有何后悔，有何不甘呢？公子请上马，一路珍重！

冒辟疆　（声泪俱下）如此，你便等吧，冒辟疆将用一生的至情至爱，回报你至善至美的董小宛！

董小宛　（按住他的嘴）公子，不说回报，不说……

冒辟疆　（痛苦地）不说，不说……

［幕内唱“卜算子其二”：

莫道女儿痴，
雁叫在咫尺。
风骤雨急马嘶嘶，
珍重两个字！

第四出　侍　病

［清顺治年。

［冒家影梅庵，夜。冒辟疆仰卧病榻，董小宛和衣打盹。燕儿叹息上。

燕　儿　（唱“夜行船”）

渡过劫波秋已尽，
归来后哥哥病沉。
可怜嫂嫂劳心，
兄长药石不进，
眼见他灯枯油尽。

冒　母　（上）燕儿，拿件衣裳给小宛披上，轻点，不要惊醒她。

燕　儿　知道了。（轻手轻脚为董小宛盖上衣服）

冒　母　燕儿，小宛为何非要把你兄长的病榻，从水绘园移到影梅庵来？

燕　儿　小宛嫂嫂说，移到影梅庵，她照应方便。

冒　母　眼见是不治的人了，她还是如此不舍不弃。

董小宛　（惊醒）呀，我怎么睡着了，母亲请坐。燕儿，前朝御医吴先生到了么？

燕　儿　已经到了。

董小宛　快请。

［家人引御医上。

燕　儿　吴先生，这是家母，这是董氏嫂嫂。

御　医　见过老夫人，久仰董氏少夫人。

董小宛　吴先生，请吧。

［御医为冒辟疆诊脉，摇头。

董小宛　先生明示。

御　医　浮弦邪表，热疾寒脉，抑郁攻心，药石无救，公子唯剩一口游气了。

董小宛　先生已无回天之力？

御　医　少夫人，准备后事吧。在下告辞。

［家人陪御医下。冒母、燕儿放声大哭。

董小宛　母亲、燕儿暂莫悲伤，我已差人去往杭州，延请高人，公子的病，或许还能起死回生。

冒　母　你的心意，全家人都明白，我们该尽的力，也都尽到了。明朝亡了，老爷隐居深山，做了道士。清廷三番五次招募襄儿做官，襄儿虽是一介书生，可他素来讲气节，重名节，胁迫之下，热火攻心，郁结成病，百药不能回生。既然襄儿自己想死，我们也是无能为力。燕儿，叫人把你兄长抬至正堂，准备后事。

董小宛 不要抬走公子，让我再陪陪他。

冒　母 也罢，你就再陪他一夜。（摸着冒辟疆的脸）襄儿，明朝亡了，家人还在，你如何忍心撇下母亲妹妹与小宛，撒手而去？你可不要忘了，我们冒家还欠小宛一场大礼呀！（俯身大恸）

董小宛 燕儿，扶母亲回房歇息。

燕　儿 母亲，走吧。

［冒母、燕儿嚎啕着下。董小宛净手焚香，奉茶如仪。

董小宛 都走了，剩下你我，今夜总算可以定定心心喝一壶茶，说一回话了。

（唱“三仙桥”）

更壶滴漏，
与你两相守。
一杯碧螺，
暗香捧在手。
舍下你怎能够，
教我未语先泪流。
长夜有尽头，
此生有尽头，
情和爱永无尽头。
唤你快回头，
奉茶守候。
你若赴冥幽，
陪伴你把黄泉走。

冒辟疆 （“前腔”）

荡荡幽幽，
惶惑已夭寿。
若无若有，
耳边频问候。
凄惨惨阴曹走，
游魂一缕又回头。（灵肉分离，缓缓坐起）

我这是在哪里呀？（看见董小宛）小宛，夜深了，怎么还不安寝？（见她无反应）记得逃难归来，我便急火攻心，抑郁成病，是你为我延医找药，费神劳心，怎奈我这一场大病实难救治，实难救治，我对你唯有抱愧，唯有抱愧！（见她仍无反应）小宛，我在对你说话，你听得见么？（走近端详她）你消瘦了，愈发消瘦了，呀，你在独自落泪！

见伊珠泪流，
茕茕更消瘦，
碧螺春茶余香留。
窃窃语温柔，
床前厮守。
上前问缘由，
你道她知否知否。（终于感觉到了异样）

她为何不见我身影，也听不见我声音，莫非我已灵魂出窍，莫非我已死了……想我冒辟疆，也曾胸怀大志，报效国家，怎奈书生忧国，一事无成，到头来抑郁成疾，英年早逝，还辜负了心心相映的红粉佳人，连累她成了孀寡青丝。小宛，小宛，冒生今生负你，来生定当报偿！（掩口）对了，不说回报，不说回报。（静静坐下，深情凝望她）

董小宛 （如叙家常地）公子最爱碧螺春，放在手边，醒来慢饮。

冒辟疆 （看着那杯茶）我真想再喝一杯碧螺春呀！

董小宛　公子还记得昔日的时光么，那时的冒公子可是风流倜傥，神采飞扬！

冒辟疆　记得，记得……

（唱“红衲袄”）

也曾经逞轩昂血气刚，

董小宛　（唱）　仰慕你真性情男儿样。

冒辟疆　（唱）　也曾经锋芒崭露斥阉党。

董小宛　（唱）　仰慕你忧患深深出衷肠。

冒辟疆　（唱）　也曾经赛诗才竞华章，

董小宛　（唱）　仰慕你好文采冠群芳。

冒辟疆　（唱）　也曾经擅场风流戏弄宫商，

董小宛　（唱）　仰慕你顾曲周郎慨而慷。

公子知否，小宛就是听着你臧否时势，斥责阉党，方才痴迷了你，小宛就是心仪公子气节，敬慕公子人品，喜欢公子的文章。公子还记得秦淮归来途中，你我夜宿江阴小红楼么？

冒辟疆　记得，记得……

董小宛　（“前腔”）

夜红楼美酒香，

冒辟疆　（唱）　醉佳人薄罗裳。

董小宛　（唱）　肆意缠绵几度风光，

冒辟疆　（唱）　几度风光懒下床。

董小宛　真想重上红楼，沉醉到死。

冒辟疆　小宛，我不想撇下你，我不想死呀！

董小宛　公子倘若死了，小宛生而何趣？小宛唯有陪伴公子，共赴黄泉。

冒辟疆　可你还如此年轻。

董小宛　莫非等到人老珠黄，才与公子团聚？

冒辟疆　此话何意？（见她不理）我问你此话何意？她听不见，听不见！

董小宛　（泼茶在地，拜别病榻）公子，你我一同上路吧。

［董小宛平静梳妆，平静展开一条白绫。

冒辟疆　啊，她这是要随我一死，不，不！母亲，燕儿，你们快来呀！

［冒辟疆疾呼无应，董小宛挂白绫，冒辟疆扯白绫，董小宛再挂，冒辟疆再扯，白绫终于挂好。董小宛搬椅，冒辟疆撤椅，董小宛再搬，冒辟疆再撤，椅子也终于放好，董小宛站了上去。

冒辟疆　（拼尽全力地）快来人哪！

［董小宛若有所闻，回身寻找。

玉　沁　（内声）少夫人，天明了，老夫人和燕儿姐姐来看你。

［董小宛急收起白绫，冒辟疆见之灵肉归一。玉沁、冒母、燕儿上。

冒辟疆　（喃喃有声地）小宛，小宛，你不能，不能……

燕　儿　兄长开口说话了！

冒　母　襄儿起死回生了！

董小宛　（扑过去）公子，我是小宛，我是小宛呀！

冒辟疆　（虚弱但有力地握住她）小宛，你不能死，我们都不能死……

董小宛　我的公子！

［董小宛与冒辟疆紧紧相拥，家人惊喜之中，同声唏嘘。蓦地，董小宛合上双眼，沉沉睡去。

冒辟疆　小宛，小宛！

冒　母　我儿死里逃生，儿媳心力用尽，赶快请回吴先生！

［冒辟疆反抱着董小宛，万分珍惜。

第五出　忆　语

［幕内唱“卜算子其三”：

用情用到痴，

忘记生和死。

奄奄一息婚嫁期，

忽见红喜字！

［水绘园，喜字高悬，红绸交错。冒母焦灼不安地上，燕儿随上。

冒　母　燕儿，你兄长回来没有？

燕　儿　下了三日三夜雪，积雪已有半人深，路断了，桥断了，人不能走，马不能行，恐怕兄长今日赶不回来。

冒　母　赶不回来，可怎么办？

燕　儿　兄长也是好意，为寻一贴偏方救治董氏嫂嫂，亲自骑马去了黄山，本来算好三日之前便可回来，谁知遇上这样一场大雪。

冒　母　真是急煞人也！

燕　儿　母亲莫急，再等一等。

冒　母　等，等，等，我家小宛为何总是等的命！（抹泪）

燕　儿　母亲，适才吴先生又为董氏嫂嫂把过脉了。

冒　母　怎么讲？

燕　儿　吴先生说，董氏嫂嫂本来体弱，为了照顾我兄长，积劳成疾，可又总怕麻烦家人，拖着病体，吴先生担心董氏嫂嫂熬不过今冬。

冒　母　（几欲晕倒）小宛的命为何这样苦！老天爷，你对董小宛不公，实在不公！这么好的一个媳妇，我为何直到今天才为她办大礼呢，我真糊涂呀！

玉　沁　（上）老夫人，少夫人闹着要上喜堂，劝都劝不住。

冒　母　为何要劝她，这喜堂本来就是为她张罗的，快把她请上来。

玉　沁　可是少夫人连路都走不动了。

冒　母　走不动就用花轿抬上来。你们都给我听着，今日谁都不许违拗小宛，凡事都要顺从她的心愿。

玉　沁　是，老夫人。（下）

冒　母　来呀，燃喜烛，奏喜乐，给我把喜堂装点得喜气洋洋。

［喜烛通明，喜乐嘹亮，大喜气氛里掩不住无尽的悲凉。

［家人抬花轿，鸣泉、玉沁扶花轿，董小宛垂首坐在花轿里，上。

冒　母　（轻声）小宛，小宛，你抬起头来，看看这是何所在？

董小宛　（无力抬头，目光涣散）是何所在？

冒　母　冒室正堂，今日是你与襄儿的喜堂。

董小宛　为何不见公子？

冒　母　大雪封路，襄儿骑马去黄山为你找药，今日恐怕赶不回来。不过，新郎何时归来，你们便何时拜堂，请问新娘子，你看可否？

董小宛　公子亲往黄山，为我找药，真是太难为他了。

冒　母　这是什么话，襄儿乃是理所应当。

董小宛　拜堂也好，不拜也罢，小宛都是公子的人。

冒　母　是，是，董小宛早就是我冒家的儿媳了！（见她又垂头）小宛我儿，你可要打起精神，等着冒辟疆回来。

董小宛　（艰难抬头）公子临行说，他会赶回来，他就一定会赶回来，我相信公子，我等着他。

［董小宛又垂下头，众人默默望着她。

董小宛 （忽然又敏感地抬起头，目中放着奇异的光）听，公子的脚步，我听见公子的脚步了……

冒　母 是，是，母亲我也听见了，你们都听见了，是不是呀？

众　人 是，我们都听见了，都听见了！

［众人面面相觑，不敢作声。

冒　母 都不要惊扰她，让她歇息片刻。

［冒母招呼众人，静静退下。

［舞台一隅，冒辟疆手捧药石，步行赶路。

冒辟疆 （唱“小桃红”）

归途漫漫雪弥天，
一路步蹒跚也。
心急切，
兼程哪顾朔风寒。

董小宛 （唱） 命若一丝悬，
魂欲散，
魄如烟，
黄泉近，
红尘远也。

冒辟疆董小宛 （合唱）

恨煞这雪岭冰川！
生隔断一心人，
大喜日不团圆。

［冒辟疆跌雪前行。

冒辟疆 （唱“下山虎”）

临嫁病险，

祈望回天。

但愿捧得灵丹转，

挽救我好姻缘。

董小宛 （唱） 远山足音，

雪送风传，

浅浅深深到耳边。

他舍死忘生把路赶，

一程程步履艰。

冒辟疆 （唱） 蓦地心房颤，

惶恐不安，

恨无双翼到堂前。

董小宛 （唱“五般宜”）

想着你在路上天寒地寒，

冒辟疆 （唱） 想着你患病中榻边药边。

董小宛 （唱） 想着你风啸雪也漫，

冒辟疆 （唱） 想着你殷勤等候炉前茶前。

董小宛 （唱） 只愁你路遥人远，

冒辟疆 （唱） 只愁你形只影单。

董小宛冒辟疆 （合唱）

哎呀道不尽两下挂牵，

这心声他(她)听得见！

冒辟疆 听得见！

董小宛 听得见！

冒辟疆董小宛 （齐声）听得见！

［董小宛、冒辟疆心灵相通，仿佛隔空对话。

冒辟疆 （唱“后庭花滚”）

越想越羞惭，

悔恨万万千。

董小宛 （唱） 莫说悔与恨，
痴情两心间。

冒辟疆 （唱） 一惭初识不解意，

董小宛 （唱） 无憾敬仰好儿男。

冒辟疆 （唱） 二惭别后音讯断，

董小宛 （唱） 无憾秦淮守诺言。

冒辟疆 （唱） 三惭也曾怀成见，

董小宛 （唱） 无憾盼你情志坚。

冒辟疆 （唱） 四惭入门遭冷眼，

董小宛 （唱） 无憾执手归家园。

冒辟疆 （唱） 五惭受屈居别院，

董小宛 （唱） 无憾清静影梅庵。

冒辟疆 （唱） 六惭亡命抛婵娟，

董小宛 （唱） 无憾劫后心相连。

冒辟疆 （唱） 七惭我病你熬煎，

董小宛 （唱） 无憾公子奇迹还。

冒辟疆 （唱） 八惭你病我行远，

董小宛 （唱） 无憾求药到天边。

冒辟疆 （唱） 九惭路断误佳期，

董小宛 （唱） 无憾归途不惧难。

冒辟疆 （唱） 十惭良缘缔结晚，

董小宛 （唱） 无憾等来这一天。

冒辟疆 （唱） 今生长相守，

董小宛 （唱） 来世再团圆。

冒辟疆 （唱） 今生长相守，

董小宛 （唱） 来世再团圆。

冒辟疆 （唱） 等等等，

董小宛 （唱） 盼盼盼。

冒辟疆 （唱） 愧难表，

董小宛 （唱） 无怨言。

冒辟疆 （唱） 团圆，

董小宛 （唱） 相守；

冒辟疆 （唱） 相守，

董小宛 （唱） 团圆。

冒辟疆 （唱） 盼，

董小宛 （唱） 等；

冒辟疆 （唱） 等，

董小宛 （唱） 盼。

冒辟疆董小宛 （合唱）

盼今生长相守，

等来世再团圆！

［冒辟疆冲上喜堂，家人涌上，董小宛神奇地站立起来，冒辟疆紧紧抱住她，董小宛慢慢地从冒辟疆怀里滑落、滑落……

冒辟疆 小宛……

冒　母 （抹净泪水，强作欢颜）新郎新娘拜堂！

［幕内司仪："一拜天地，二拜高堂，夫妻对拜，地久天长……"

［婚仪庄重圣洁。

［幕内老年冒辟疆吟咏《影梅庵忆语》："举室皆见，独不见姬。复遍觅之，但见荆人背余下泪。余梦中大呼曰'岂死耶?'一恸而醒……"

［幕内唱"卜算子"：

梦醒红颜逝，

犹信在咫尺。

白发飘飘忆青丝，

悔恨凝成字。

[《影梅庵忆语》长卷凌空垂下。长卷尽头，董小宛款款走来……

[剧终。

京剧

古优传奇

人　物　笑伶仃　喜妹子　皇太后　皇　帝　太史公　县　令

宰　相　刺　史　龏　优

以及朝臣、歌舞伎、三老、灾民、侍者、差役、校尉、御林军、蒙面人等等。

时间、地点　中国唐朝以前，上限至西周。

序　幕

［幕启。熏香冉冉，细乐悠扬，钟磬铿锵。

［皇帝御辇在仪仗簇拥中徐徐上场，朝臣、御优左右相随。

［旌旗高擎，上书："广察舆情，巡视海内"。

［流动的天幕景：奇峰、飞瀑、名刹、大川……

第一场

［百丈岩下，海神庙边。三老高举"灾书"，长跪道旁。

［刺史率校尉冲上，撕碎灾书，喝令殴打。

［县令内喊："住手——"匆匆奔上。

县　令　（抚慰三老）此皆乡里高龄长者，如何惹怒了刺史大人？

刺　史　问得好！当今皇帝，巡察天下民情，今日驾经本县，要在这百丈岩下用膳赏景。当朝宰相早已三令五申，吩咐御驾所过州县，务必渲染盛世，点缀太平。你身为县令，非但不铺排歌舞，架扎彩门，反而纵容刁民，拦截圣驾，居何用心？

县　令　（淡漠地）哦，下官明白了。（对三老）非官无品，不得面君。

阻驾惊驾，抄斩满门。朝廷律法森严，三老莫非未闻？

老者甲　我等身受四州八县数十万灾民之托，何惜一死！

老者乙　灾荒连绵不断，赋税有增无减，百姓求生无门！

老者丙　人道当今万岁少年聪颖，可如此严重的灾情，县大人，你说皇帝他……知道不？

县　令　（忌讳地）这……

［校尉上。

校　尉　报！御驾已过玉皇顶！

县　令　御驾抵临，三老速请回避。

刺　史　（慌乱地）快，快！驱赶刁民，准备接驾。县大人，你可要当心啦！

［刺史、校尉急急下。

三　老　拦驾告灾，我等愿舍一死！

县　令　国有国君，县有县令，三老请看！（取出一轴血疏）

三　老　血疏！

县　令　（唱）　犯颜直谏，血疏三篇；

不惧死的子虚县，为民代言！

一篇谏君王——

好大喜功，殷鉴不远；

图治须把风流敛！

一篇抨中朝——

粉饰太平，误国权奸；

弄虚作假称丰年！

一篇奏民情——

贫病饥寒，天怒人怨；

乞君放赈免苛捐！

三　老　（唱）　叩拜青天，

解民倒悬，

山穷水尽盼甘泉！

县　令　速请回避！

［三老感恩下。刺史上。

刺　史　宰相大人驾到！

［校尉拥宰相上，龛优随上，匍匐代座。

宰　相　你，便是那屡上灾疏的子虚县令？

县　令　正是，下官拜见宰相大人！

宰　相　（侧目）衣衫褴褛，蓬头垢面，怎便到得御驾前？

县　令　是啊，父母要奉养，上司须孝敬，遇着荒年，穷亲戚接踵求援。虽有几两俸银，也是杯水车薪，填不饱饥肠，更顾不得体面呀！

宰　相　这也不难！县大人官服太破烂，海神爷红袍倒新鲜，何不换一换？（起身，向龛优丢几枚碎钱）

［龛优爬上神案，剥下海神红袍。

宰　相　县大人，穿上吧。

县　令　（怒不可遏地）弄虚作假，欺世盗名！你……

宰　相　（掏出舌铗）来呀，将他舌头铗住，不许他胡说！

［校尉一拥而上，强行替县令更衣，龛优把舌铗塞进县令口中，县令挣扎不止。

宰　相　（仍不放心地）龛优，命你藏进红袍，操纵傀儡，不得让他乱动！

［龛优钻进县令红袍操纵，县令被动地作揖打躬，痛苦不堪。

宰　相　（对着红袍）来吧县大人，三拜九叩，手舞足蹈！哈哈哈……

［内声："接驾——"

宰　相　设香案，排歌舞，跪道相迎！

［喜妹子等民女被拉上，强迫舞蹈。

［仪仗拥舆辇徐徐而上。

宰　相　臣等恭迎圣驾！

众　吾皇——

［舆帘忽然张开，探出一张机灵可爱的笑脸，是笑伶仃。

笑伶仃　（神情诡秘地）嘘——

［众人屏声，辇内悠悠地传出打鼾声。

众　（压低音调）万……岁……

笑伶仃　（走出舆辇，被匍匐着的刺史绊了一跤）瞧你这屁股，快撅天上去啦！（戏弄地）恁大块儿，八成是个贪官吧？（见其不敢乱动，故意搔他痒处）

［刺史忍俊不禁，仰面大笑。辇内忽有动静，众人惊恐万分。

笑伶仃　御前嬉笑，可有欺君之嫌哟！

刺　史　优伶大爷，你可别拿下官的脑袋作耍呀！

笑伶仃　（故意挑逗地）嚯，宰相大人也跪着呢？平素瞧你阴阳怪气，威风八面，怎么一见万岁爷，就焉儿吧唧的！

宰　相　小小侏儒，不得放肆！

笑伶仃　（扯其胡须）嘿，你敢跟我抖威风！

［宰相负痛，众人窃笑。

宰　相　大胆弄臣，有朝撞在我手——都不许笑！

［众人忍笑，少年皇帝突然掀帘而出。

众　（急忙收敛）万岁，万万岁！

皇　帝　（揉着眼睛，犹带惺忪地）咦，一群歌女从何而至？

宰　相　回禀圣上，此皆当地美女，特来献艺！

皇　帝　哦，快快舞蹈起来，与朕解乏！

［歌舞悠悠……喜妹子舞姿出众，笑伶仃赞赏不已。

皇　帝　（拍手叫好）好，好，统统随驾进宫，与朕补充乐府。

笑伶仃　（有所挑选地）你、你、你、还有你，都跟我来吧！

喜妹子　不，我不去。

笑伶仃　小妹妹，你为何不去？

喜妹子　民女身有牵挂，乞求还家。

笑伶仃　哎，妹妹身怀绝技，岂可沉沦民间？何况宫里有饭吃，有衣穿，自在快活。

喜妹子　我就是不去。

皇　帝　笑伶仃，与朕带下去。

喜妹子　（哀求地）皇上，求求你……

笑伶仃　小妹妹，皇上说了话可就不是闹着玩儿啦。来，跟哥哥走吧！

宰　相　是啊，你瞧他，文不能文，武不能武，个儿没有三拳头高，可就是衣锦绣、食美味，终日养在宫里，说说笑话，活得多悠闲哪！

笑伶仃　怎么着，你还不服气？（走一溜绝技，逗得满场叫好）就这本事，你会吗？

皇　帝　好了笑伶仃，快把她们带下去，朕可要视察民情啦！

笑伶仃　是，圣上！（劝哄着喜妹子等，齐下）

皇　帝　（换了一副神情，极其严肃地）啊，《诗经》上讲，“七月流火，八月萑苇。”“九月筑场圃，十月纳禾稼”。按说正值收获之季，怎么满目肃杀呢？

刺　史　（紧张地）这……

宰　相　啊，皇上，此地官员，极重农时，虽值八月，早已收仓。

皇　帝　难怪！（感觉极好地）看得出，看得出，但凡歌舞兴盛，吏治必定清明！

宰　相　皇上治国有方！

众　治国有方、治国有方！

皇　帝　（踌躇满志地）啊，一路之上，湖泊山水，千奇百怪，这座通天石壁又叫什么？

刺　史　百丈岩。

皇　帝　百丈岩……唔，是个好地界！

（唱）　俯瞰四海带群山，

好一道巍峨百丈岩！

二十载寂处深宫院，

一朝饱览好河山。

民顺官清创盛世，

歌舞笙箫乐悠然。

众　盛世、盛世！

皇　帝　见此石壁，不虚此行，若在百丈岩上写几个字，那才叫好。

宰　相　对呀，皇上题字！

众　皇上题字、皇上题字！

宰　相　来呀，笔墨伺候！

刺　史　早备好啦！

皇　帝　（握笔在手）哎呀，写什么呢？

宰　相　“国泰民安，功德永驻”，如何？

皇　帝　滥，太滥！

刺　史　“当今万岁爷，到此一游”，怎样？

皇　帝　俗，忒俗！

［众人抓耳挠腮。

［一侧，县令在挣扎着，龛优紧紧钳制住他，笑伶仃返上，见状好奇。

笑伶仃　这一县官，怎么手脚抽风？

［笑伶仃近前，县令大张口，笑伶仃取出他口中舌铗，县令蹬出龛优，“跪步”直奔皇帝。

县　令　告灾血疏，圣上御览——

［众人惊愕。

皇　帝　（就手接过，认真翻阅）不错，真不错，是你亲笔所书？

县　令　本县民情，岂可他人捉刀，叩请皇上亲裁！

皇　帝　（把玩着）哎呀，朕等绞尽脑汁，卿却袖手旁观！来，你们都来看！

［宰相、刺史等忐忑靠近，不敢正视。

皇　帝　何等苍劲的先秦大篆！朕想啊，若用这笔字体，题上“风流千秋”四字，那才叫壮哉、美哉！

刺　史　（先是愣着神，慢慢缓过一口气来）对对对，壮哉、美哉！

众　壮哉、美哉！哈哈哈……

县　令　（不解地）皇上，你在说什么……

皇　帝　（亲切地挽着他，走至百丈岩下，唱）

叫一声朕的爱卿呀，
你可解了朕的围困。
这一手先秦大篆谁堪比，
端的是我朝上下第一人！
你看那百丈岩、万重岭，
恰正好题上“风流千秋”傲古今。
一边厢慰勉着清官勤吏好风气，
一边厢享受着欢歌曼舞庆太平。
最难得相中一笔好篆字，
直教朕喜在眉梢乐在心！

皇　帝　（向县令递还血疏）照此字体，勒石题记。起驾！

宰　相　起驾啦——

县　令　圣上！圣上……（血疏落地）

笑伶仃　（好奇地捡起血疏，不经意翻翻）“告灾血疏”……什么玩意儿！

［笑伶仃丢下血疏，随御辇、朝臣齐下。三老等灾民上。

三　老　县大人……

县　令　（痛苦地捧起血疏）征工匠，扎云梯，百丈岩上……题字……

［县令哽咽，三老等灾民失声痛哭。

第二场

［数月后，金銮殿。钟鼓筝磬，歌舞杂技，百戏纷呈。

［皇帝高坐，朝臣侍立助兴，笑伶仃调度自如。

宰　相　这班歌伎优伶，个个技艺超群，陛下不虚此行啊！

皇　帝　这才像个太平盛世嘛，哈哈哈……

［内声：“皇太后驾到！”

宰　相　（自语）老怪物来了，得小心着点儿。

［众臣神情紧张，手忙脚乱，整理衣冠。皇帝亲率朝臣，跪地恭迎。

［众乐伎执各种古乐器前引，皇太后神情狐疑地上，小心落座。

［众臣目不斜视，双手下垂。

［一侍者不慎碰翻了杯盏。

皇太后　（急忙搂护皇帝，惊呼）刺客，拿刺客！

宰　相　太后不必惊恐，此是宫中内侍，不是刺客。

皇太后　不，是刺客，要篡位，要弑君，快拿下！

皇　帝　拿下，拿下！

宰　相　绑出砍啦！

［御林军拉侍者下，旋即复上，呈献首级。

皇太后　死了？

宰　相　太后放心了吧？

皇太后　嗯，好倒好，只是日后休要嘴快！

宰　相　是……

皇　帝　母后上殿，有何训示？

皇太后　久居内宫，寂寞难熬，忽听殿上鼓乐喧嚣，禁不住过来瞧瞧。想不到你与臣下在此快活，却把母后搁在一边！

皇　帝　皇儿疏忽，母后息怒。

皇太后　你父皇驾崩之时，你还不足周岁，是我抱着你登了大宝。多少年来，我提心吊胆，战战兢兢，总算将你扶持到今天。说起来，我是皇帝老娘，至尊至贵，其实，我的痛楚又有谁知！（抹泪）

宰　相　太后可错怪圣上了，再过半月，便是太后的四十寿辰，那寿堂上进献的歌舞，皇上能不替太后先审看审看？

皇太后　皇家乐府的歌舞，有何要审看的？都是尔等这帮臣子，巧言令色，挟持皇上，我朝江山或有一日毁于尔手，也未可知。

宰　相　太后，臣乃一句实话……

皇太后　呆一边去！贼眉鼠眼，正反瞧着不顺溜。

宰　相　（退至一边）好厉害！

笑伶仃　（大笑）哈哈……

皇　帝　笑伶仃，给太后消气压惊！

笑伶仃　进献百戏——

[穿火、扛鼎、走索……各种优技。龛优翻滚跌扑，尤显卖力。

皇太后　哎，这个优人怎么总是这么点儿长，这么点儿高呢？说是进宫四十年了吧，原先也是伶牙俐齿，一副金嗓子，谁料出言无状，惹怒了先皇帝，愣给熏哑了。这样反倒好，越发逗人喜爱！来，滚一个，再滚一个！哎，好，好！

笑伶仃　太后，你再瞧我的！

[笑伶仃作"变脸"舞蹈。

皇太后　哈哈哈……就数笑伶仃绝技最多！我的宝贝儿，再来一个！

笑伶仃　（摹仿宰相）太后，你可错怪圣上了……那寿堂上呈献的歌舞，皇上能不替太后先审看审看？

皇太后　活脱脱一个乱世奸雄！哈哈……

宰　相　下贱优人，竟敢戏弄当朝宰相！（举手欲打）

皇太后　放肆！优人作戏，不过博个开心，有什么下不了台的！

笑伶仃　（故意拖长腔调）太后，臣乃一句实话……

[皇太后大笑难止，一口气未吸上来，浑身痉挛，众人七手八脚，为她揉捏。

皇太后　（渐舒缓）哎呀，还是伶仃招人疼哪！

皇　帝　难得母后如此开心，内侍，多取金银，个个有赏。

[内侍捧上金银，笑伶仃扬手撒去，众优纷抢。

笑伶仃　太后，还有好戏呢！

皇太后　哦，快些献来！

[笑伶仃向内招手，众优抬"舞盘"上。

笑伶仃　（近盘前低语）喂，你不要愁眉苦脸的。那个老妖精，不好伺候。（揭起锦盖）

[喜妹子反击羯鼓，玉立盘中，众人惊呼。

皇太后　（离座上前）啊呀，这怕是从天上掉下来的吧？

笑伶仃　这叫做《玉人舞金盘》。

［喜妹子作《羯鼓舞》，众优击掌和之，气氛渐趋热烈。

［蓦地，皇太后神色惊恐，眼直身僵，猝然倒地。众大惊。

宰　相　乐极生悲，如何是好？

皇　帝　刚才弹奏，是何鼓乐？

笑伶仃　《塞外羯鼓》。

皇　帝　后一曲呢？

笑伶仃　《武王伐纣》。

皇　帝　此曲刀光剑影，人喊马嘶，宫中一向列为禁曲，岂可贸然弹奏！太后惊恐至此，该当何罪？

笑伶仃　喜妹子乍到初来，不知禁忌，请陛下恩赦！

皇　帝　太后倘有不测，如何了得？

笑伶仃　这有何难。（接过羯鼓，慢叩轻击）

［皇太后渐清醒，众人长出一口气。

皇　帝　护送太后寝宫歇息。

皇太后　嗯……（手指乐器，连连示意）

皇　帝　（会意）呃，鼓乐陪送！

［乐伎前引，皇帝亲弹琵琶，与众臣护送皇太后下。

［众优人疲惫地东倒西歪，喜妹子大恸。

笑伶仃　小妹妹，你终日闷闷不乐，必有隐痛，此处皆戏场中人，何不吐露一番？

众　　是啊，说吧！

喜妹子　（唱）　敲不破的齐磬和羯鼓，
弹不断的秦筝与楚弦。
辉煌宫殿狂欢宴，
有谁知，汉南汉北灾荒饥馑已三年。

众　　是嘛，汉州灾情这样严重？哎呀，那可是我们的家乡啊！

笑伶仃　汉州灾荒？不对呀，明明是一路歌舞升平嘛！

喜妹子　（唱）　无雨粟谷不生产，
　　　　　　　　地裂河干秧苗蔫。
　　　　　　　　怨朝廷赈济不施赋不减，
　　　　　　　　恨官府雪上加霜额外又加捐。

众　　天哪！父老兄弟还有活路吗？

喜妹子　（唱）　弃女携男离乡井，
　　　　　　　　十室九空少人烟。
　　　　　　　　亲娘啊——

笑伶仃　你娘现在哪里？

喜妹子　（唱）　贫病交加谁怜念，
　　　　　　　　风前残烛怎延年？（悲泣）

［众同声唏嘘。

笑伶仃　皇上出巡，我未离左右，一路之上，歌舞声喧，哪里来的灾荒干旱？

喜妹子　（唱）　弄虚作假巧遮掩，
　　　　　　　　铺天盖地大谎言。

笑伶仃　（忽有所悟）百丈岩……七品官……告灾疏……口难言……啊，这帮浑小子，耍得好戏法！

众　　伶仃大哥，我们皆有亲属牵挂，你说该怎么办哪？

笑伶仃　（唱）　声声泪激起我把亲人思念，
　　　　　　　　笑伶仃也与老母弱妹生生离别十一年。

众　　你也有母亲、妹妹在汉州吗？

笑伶仃　（摇摇头）唉，还远哪！

喜妹子　小哥哥，你既有恻隐之情，又敢仗义执言，何不奏请皇上，放我们回家团圆。

众　　是啊，我们都想回去看看。

笑伶仃　行，行啊，圣上对我言听计从，太后对我另眼相看，为民请命，为君排险，为国除奸，这样的大好事，还有何难？

［内传："万岁驾到！"

笑伶仃　正好，待我见驾！（整衣）

［皇帝上。

笑伶仃　（迎上）宫廷御优笑伶仃接驾，吾皇万岁、万万岁！

皇　帝　（颇觉新鲜）笑伶仃，又有什么新戏法，变来朕瞧瞧！

［毳优忙弓身，皇帝就势坐在他的背上。

笑伶仃　伶仃欲奏一本。

皇　帝　奏章呈来。

笑伶仃　口呈不行吗？

皇　帝　好吧，讲来。

笑伶仃　万岁容禀！

（念）　奏旱情汉南汉北三个冬春，
地方官弄虚作假粉饰太平。
万岁爷乌云遮眼以假当真，
察舆情吹吹打打徒有虚名！

皇　帝　（勃然）小小弄臣，竟敢讥讽朝政，揶揄当今，这还了得，与我砍了！

［毳优惊惧软瘫，皇帝仰面跌倒，众优大惊。毳优连连叩头，使劲太猛，昏昏欲倒。皇帝慢慢站起，见毳优状，反被逗乐。

皇　帝　哈，哈哈……果然是个人毳！

［毳优掴自己的耳光，笑伶仃上前阻止。

皇　帝　哎！不要拉他，由他打，由他打！哈哈……嗯？伶仃，适才你讲些什么？

笑伶仃　（反而语堵）啊，没、没讲什么……

皇　帝　啊哟，朕的腰怎么有些痛啊！

笑伶仃　皇上日理万机，龙体劳顿，送皇上回寝宫歇息！

［数优伶搀扶皇帝下。

众　伶仃大哥，怎么办？

笑伶仃　让我想想办法……

［众人围绕笑伶仃，笑伶仃以手比划着。

第三场

［数日后，宫廷内苑。笑伶仃伺候皇太后下秋千，落座。喜妹子在练习箜篌。

皇太后　（心旷神怡地）啊呀，这几天可真够快活的！伶仃啊，日后我少不了封你个四品官爵，就是有朝本太后归了天，也一定要带上你去！

笑伶仃　（一伸舌头）太后如此宠爱，伶仃身受不起呀！

皇太后　（对喜妹子）又有长进了吧？

笑伶仃　这妹子悟性极高，凡乐府宫曲，尽已娴熟。

皇太后　弹上一曲，添些雅兴。

喜妹子　奴婢欲弹一支秦曲，不知太后愿听否？

笑伶仃　此乃民间乐曲，婉转缠绵，最是动情，只是唱起来有些凄苦。

皇太后　既是婉转缠绵，凄苦些又有何妨？只要不是那些杀伐之音就好。

喜妹子　（唱）　箜篌轻弹，缓缓作响，
悠悠丝弦，切切情长。

［皇太后摇头击节，神情怡然。

喜妹子　（唱）　汉州有个子虚县，

县里有位甄五娘。

五娘丈夫去得早，

领着双儿女度时光。

笑伶仃　（暗自发问）甄五娘？

皇太后　孤儿寡母，日子可不好过哟！

喜妹子　（唱）　那一年汉州闹灾荒，

沟涸地裂不生粮。

仓廪有粮不肯放，

索赋公差赛虎狼。

皇太后　这是哪朝哪代的事呢？

喜妹子　（唱）　那一朝皇帝好把功名讲，

吟山水颂太平欢乐把忧忘。

那一代官吏善撒谎，

布假象瞒灾荒迎合君王。

皇太后　皇帝昏聩，官吏弄权，皇室危殆！

喜妹子　（唱）　有一日御驾巡察子虚县，

地方官粉饰太平盖弥彰。

假盛世赚得皇帝心花放，

百丈岩错把灾疏当颂章。

皇太后　（大笑）这个风流皇帝，委实也太荒唐了！哎，那个甄五娘后来怎么样啦？

喜妹子　（唱）　甄五娘，命乖张，

女儿被征入宫墙。

饥肠病体无人问，

至今生死不知详。

皇太后　（落泪）这个甄五娘，倒是够苦的！哎，她不是还有个儿子？

喜妹子　早年卖身进宫，至今生死不明。

笑伶仃　他叫何名字，年岁多大？

喜妹子　名唤苦哥，二十挂零。

笑伶仃　喜妹子，你的原籍不是子虚县吧？

喜妹子　原籍本是河北山阴，为避蝗虫，迁徙而至。

笑伶仃　啊……喜妹子，我就是你离别了十一年的苦哥呀！

皇太后　哎，笑伶仃怎么变成苦哥哥啦？

笑伶仃　进宫日久，乳名再无人叫唤，这笑伶仃之名，不是你太后亲赐的吗？

皇太后　哦，不错。

喜妹子　记得苦哥小时，模样俊秀，怎么会是你这副头大身子小的怪样子？

皇太后　他呀，若不是被我放在坛子里养了六年，哪得这般讨人欢喜呀？

喜妹子　啊？那你掌心可有一颗红痣？

笑伶仃　（伸出手）喜妹子，你看！

喜妹子　（惊喜）苦哥……

笑伶仃　喜妹……

皇太后　（动容）喂呀……悲欢离合，这戏文听了好教人伤心哦……（突然警觉）这么说来，刚才所唱传奇，乃是我当朝之事啦？

喜妹子　正是当朝之事！皇太后，你可要救助百姓，惩治贪官呀！

皇太后　（神情陡变）与我把皇帝、朝臣一起叫来，快、快呀！

笑伶仃　太后有旨，万岁爷、朝臣一同进宫啊！

［皇帝与宰相等匆匆而上。

皇　帝　母后紧急相召，所为何事？

皇太后　（愤然）哼！

宰　相　（暗自）又怎么啦？

皇　帝　啊，母后因何事发怒？

皇太后　汉州一带，大荒三年，你可知晓？

皇　帝　（似觉耳熟）这个……

皇太后　身为国君，如此重大灾情，居然一无所知！

宰　相　请问太后，此话从何说起？

皇太后　（声严色厉）尔身为宰相，就该下情上达，为何要虚夸政绩，蒙蔽圣上？莫非想激起民变，乱中篡权！

宰　相　臣岂敢如此，岂敢……

皇　帝　不对呀，朕亲巡天下，并未见何处有灾呀？

宰　相　就是，就是，陛下亲见，岂会有假？

皇太后　喜妹子从汉州而来，她的话，焉能有错？

皇　帝　哦，原来是俳优之言！

宰　相　俳优之言，信口戏语，太后不要当真。

皇太后　确是一派戏词？

宰　相　逗趣而已！

皇太后　（打个呵欠）倒也罢了。

喜妹子　太后，奴婢所言，句句实情，绝无杜撰。

宰　相　休要多嘴！

笑伶仃　既然难分真假虚实，太后，何不委派钦差，前去实地查勘。

宰　相　多此一举！

皇太后　（一抬手）不，排除疑惑，未尝不好。

宰　相　徒然往返，谁人愿去？

笑伶仃　我愿去。

宰　相　小小优伶，无爵无品，怎能充当钦差大臣。

皇太后　这有什么，封他个官爵就是。

宰　相　可笑伶仃乃太后宠优，宫中又岂能一日无他。

皇太后　这倒是正经。

笑伶仃　啊，太后，母亲陷于危难，儿子哪得开心？太后疼我，怎能见死不救？还是让我去吧！

皇太后　好吧，封他个四品钦差，一来探视老母，二来勘察灾情。

宰　相　优人做官，岂不辱没朝廷？陛下，你看……

皇　帝　这个……优人好像是不宜做官。

皇太后　不能做官，那就找个官儿陪着去。

皇　帝　哪个去哩？

皇太后　（想了想）宣太史公。

宰　相　（暗笑）又是一个老怪物！

朝　官　太史公觐见！

［太史公老态龙钟，步履蹒跚，手捧书简，低头走上，不留神，额头碰着案角。

笑伶仃　老人家，看着点，瞧你，头都碰出血啦！

太史公　（忙用衣角揩书）无妨，小事一桩，只是不可弄脏了史书，一字不清，万世模糊！（揣好书）吾皇万岁，太后千岁，宰相大人长命百岁！

皇太后　太史公，本太后念你一向行事稳重，举荐你当个访灾的钦差，你可愿去？

太史公　访灾？老臣八十高龄，在宫中做了四十年的史官，所载所录，无不是歌舞升平，哪里会有什么灾呢？

笑伶仃　是啊，你终年闷在宫中抄录奏章，怎么知道外面的事情？万一以讹传讹，将错就错，你这太史公岂不是在杜撰历史，要遗臭万年吗？

太史公　这……

皇太后　伶仃说得是啊，人说耳听为虚，眼见为实嘛。

宰　相　千里行程，一路颠簸，太史公偌大年纪，如何经受得了？还是……

太史公 无妨，无妨，筋骨可劳顿，皮肉可受苦，治史务当求实，不能马虎。只是老臣年迈，须找个机灵随从充当耳目。

笑伶仃 我与太史公同行，如何？

太史公 倒也将就。

宰　相 不可不可，太后寿辰，距今只有半月，酒席宴前，岂能少了这个名优？

皇太后 半月之内，务必回宫。

太史公 千里之遥，半月来去，只怕来不及吧？

皇太后 多挑些快马，不就得啦！

太史公 （掐指计算）还是来不及呀？

皇太后 （不耐烦地）忒啰嗦啦！

［喜妹子悄悄拉笑伶仃至一边，低语。笑伶仃会意。

笑伶仃 太史公放心，半月行期，绰绰有余。

太史公 休夸海口，半月回宫是断断来不及的！

笑伶仃 来得及的。

太史公 来不及的。

笑伶仃 （搔其腋下）来得及，来得及……

太史公 （奇痒难当）来不及……嘿嘿……来得及！

皇　帝 如此，太史公、笑伶仃，你们速去速回！

笑伶仃 是，万岁！太史公，咱们走！

第四场

［紧接前场，山道。

笑伶仃 （内唱）攀藤觅径翻山岭——

［笑伶仃上，太史公气喘吁吁跟上。

笑伶仃、太史公 （同唱）

皇太后，动恻隐，
点钦差，察灾情，
太史伶仃、老少同行，
出宫廷、离京城、顶烈日、蹈火盆，
停停走走、走走停停！

［太史公趄趔不起，坐地。

笑伶仃 又不走啦？

太史公 （索性躺倒）不走啦！

笑伶仃 瞧那太阳多辣，你无遮无盖地躺在这儿，不怕烤熟了？前边有一山洞，何不进去歇会儿。怎么，豁出去啦？（触太史公痒处）起来吧！

太史公 （大笑，坐起）唉，一路之上，气也气昏了，笑又笑醒了，累也累死了，乐又乐活了。你呀，放着太后赐给的车辇不坐，偏要哄我走这险峻山路。想我半世读书，半世治史，几十年来，日伏案头，夜伴寒灯，何曾离过书斋，何曾出过宫廷，又何曾走过这许多路径？这下倒好，一把老骨头算是搁在这荒山秃岭啦！

笑伶仃 太史公，你这可就错怪人了。你是史官，凡事最要弄个究竟。如今去汉州访灾，总得访出个实情吧？鸣锣张伞，招摇过市，地方官若是有心做假，还不是又被蒙蔽。只有从这山间小路，悄悄而行，不声不响地过府串县，方保看得真切。再说，大道远，小路近，咱们走喜妹子指的这条近道，保管误不了行期！

太史公 真是伶牙俐齿，怎么说都是理。只是我口中干燥，足下无力，实在难以前行。

笑伶仃　再憋口气儿，翻过这道岭，便到子虚县城了。

太史公　腿也酸了，腰也闪了，脖子也不能转了，实实地走不动了！

笑伶仃　太史公，你不是老叫着口渴吗？

太史公　渴得很哪！

笑伶仃　瞧那岭上漫山长着酸葡萄，此物最能解渴生津。

太史公　（倏忽立起）哎，我怎么看不见呢？

笑伶仃　想是你老眼昏花，看不清楚，咱们何不登到山顶，摘些解渴。

太史公　（来了精神）说得是，我可要吃它一个饱，吃它一个够，走！

［二人圆场。

笑伶仃　（唱）　前面伶仃撒腿跑，

太史公　（唱）　后面太史紧跟牢。

笑伶仃　（唱）　三步并作两步到，

太史公　（唱）　因何不见酸葡萄？

［太史公四顾，笑伶仃口挂胡须，颤巍巍上前。

笑伶仃　（变声变调地）那一老头，东张西望，寻找什么？

太史公　（未抬头）酸葡萄……

笑伶仃　荒山秃岭，哪来的酸葡萄。

太史公　真的无有？

笑伶仃　无有。

太史公　（一屁股坐地）我的妈呀……

笑伶仃　哈哈……偌大年纪，这般贪吃，还叫爹叫妈！

太史公　（抬头）你是何人，胆敢取笑于我？

笑伶仃　小神乃本方土地。

太史公　（惊愕）土地！不在阴间，到此作甚？

笑伶仃　只因本方赋税太重，百姓缴纳不起，那税官手狠心贪，拼命搜括地皮，三年灾荒已括去了三层，小神如今无地藏身，只好四处飘零。

太史公　竟有这等事情！伶仃在哪里？伶仃！

笑伶仃　（摘去胡须）太史公，唤我何事？

太史公　（四顾）嗯，怎么不见了？

笑伶仃　谁呀？

太史公　适才土地神显灵，你可曾看见？

笑伶仃　光天化日，何来鬼神？

太史公　哎呀，活灵活现地，说是税官凶狠，括地皮三层，连土地神都无处藏身。

笑伶仃　耳听是假，眼见是真，到了灾区，一切自明。

太史公　说得是。可眼下筋疲力尽，如何挣扎前行？

笑伶仃　哎，太史公，你可爱吃梅子？

太史公　前面有片梅林，是不是？你的话，我再也不信了！

笑伶仃　好吧，不说梅林，你躺下歇着，我给你说个故事解解乏。

太史公　（躺下）唉，要是真的有片梅林，那该有多好！

笑伶仃　（绘声绘色地）兄弟二人，在外行商，一日，忽接家书，高堂病危，哥儿俩思母心切，急急往回奔。那日，骄阳如火，漫山丝丝冒烟。行至半路，又渴又累，寸步难移。眼见日头偏西，再不前行，非但过不了岭，夜间还会被大虫吞吃。那兄长心中暗急，突然问道，兄弟，还记得酸葡萄的滋味吗？兄弟说，嗨，提这个干嘛？兄长说，咱想想，想想是个啥滋味，那兄弟想啊想啊……猛地蹦跶而起，嘴里头嗞嗞地直冒甜水儿，哥俩儿又急忙上路，一路走，一路品着滋味，那滋味叫个酸，叫个甜，叫个解渴儿……

太史公　（咂着嘴）伶仃，别说了，我这嘴里好像已经有滋味儿了。

笑伶仃　什么滋味？

太史公　像是梅子。

笑伶仃　不对吧，明明是酸葡萄。

太史公　是梅子！

笑伶仃　也给我颗尝尝。

太史公　不给，不给，就不给！

笑伶仃　（追赶）你敢不给！敢不给！

［二人圆场追逐。

［子虚县界牌。

笑伶仃　到啦，到啦！喂——乡亲们，这边来——今有朝廷钦差，到此察访民情，惩治贪官，赈济灾民，来，来，快来呀！哎，你们躲闪什么？

太史公　四野萧瑟，满目苍凉，行者匆匆躲避，人人面色饥黄。

笑伶仃　哼，准又是那个刺史耍的花枪，不许百姓靠近我们。

太史公　伶仃，打道子虚县！

［二人圆场。

［县衙门前。

笑伶仃　子虚县到了！

太史公　上前通报。

笑伶仃　门上有人吗？

太史公　与我击鼓！

笑伶仃　（四顾）咦，这县大堂怎么连惊堂鼓都没有哇？

［一老役蹒跚上。

老　役　换饽饽吃啦！

笑伶仃　这是太史公，朝廷的钦差大臣。

老　役　见礼就是。

太史公　怎么不见县令？

老　役　县令？原先有一个，如今疯了。

笑伶仃　啊，疯啦？

老　役　有什么大惊小怪的，疯了就疯了呗。

太史公　县丞县尉，公差衙役，都疯了吗？

老　役　只因连年灾荒，请调的请调，还乡的还乡，县令一撒手，更是线断珠子散。眼下吃衙门饭的，就我一人了。你说，不是全疯啦！

太史公　皇室天下，败落至此，疯县令人在哪里？

老　役　老地方，百丈岩下。（径自下）

笑伶仃　太史公，咱们上哪儿去？

太史公　先去看望你母亲，然后去找县令。

笑伶仃　哎！

［二人圆场。

［茅舍一角。

笑伶仃　南山脚下……石板桥旁……到啦！

太史公　快去。

［笑伶仃奔下，随即传来犬吠声和笑伶仃的哭声。少顷，笑伶仃呜咽着上。

太史公　伶仃，你母亲她……

笑伶仃　已饿死多日……

太史公　（掏出银两）不要哭，赶快买棺下葬。

笑伶仃　不用了。太史公，咱们走吧。

太史公　好，可怜的孩子，咱们走。

［二人圆场。

［百丈岩下，天光渐暗。

［县令冠脱发散，神情呆滞地盘坐于神案下。

太史公　（打量有顷）伶仃，上前问话。

笑伶仃　这不是县大人吗，朝廷钦差在此，还不见过？哎，你怎么不说话，你那个“告灾血疏”干嘛不拿出来，给钦差大人瞧瞧。

太史公　(缓步上前)大人清白之名,朝野交口称赞。今日拜望,还请释惑解难。听说大人有一血疏,能否赐某一看……唉,奸臣专权,圣聪一时遮蔽,身为社稷臣子,理当胸怀坦荡,岂可郁积于心……哈哈!好一个装疯作癫的县大人,既搪塞了朝廷的摊派,又免去了向百姓催逼,只管在这神案底下修心养性,倒也是两全其美,一身超脱呀。哼哼,好一个巧用心机的糊涂官。笑伶仃,走,不必与他多言!

县　令　(震动)且慢!辨口音,像是龙山人……

太史公　不错,你是……

县　令　(跪拜)十年寒窗蒙教诲,阔别四十载,未敢忘师尊!恩师啊……

太史公　啊,是你!你怎会落到这般田地?

县　令　(唱)　十年书斋蒙教诲,

铭心镂骨四十春。

那一年,恩师钦点太史令,

学生补阙龙山行。

实难忘依依话别情,

恩师谆谆告诫深。

求是求实须秉正,

莫使钱财玷清名。

谁料想品行愈正官愈小,

愈甘清贫愈清贫。

谪贬调迁多厄运,

四品降为七品臣。

遇天旱治县重灾三年整,

不放粮不济赈租税赋敛愈加沉。

告灾疏，无处呈，
两手空空对饥民。
叹自身四十功名成泡影，
忧国事太平盛世不太平。

太史公 （唱） 朦胧书斋朦胧官，
朦胧史官朦胧人。
金殿上只把乐曲箫笙听，
青史里写多少歌舞庆升平。
一路上满目萧瑟凄凉景，
沟壑中驿道旁见多少鳏寡孺幼哭新坟。
十万饥民唤我醒，
两行泪洗眼放明。
我要秉直笔、书见闻，
谏君王、斥奸佞，
驱迷障、揭真情，
免赋税、济灾民，
消除天人怨，
重现日光明！

取来血疏，一同进京，面呈圣上，以正视听。

县　令　恩师稍等，待我取来！

［县令下。

太史公　伶仃，掌灯研墨！（情绪激烈，奋笔疾书）

［更鼓频传，天色微曦。

太史公　（欣然搁笔）伶仃，天色尚早，你也歇息片刻。

［笑伶仃上神案，渐入睡。

［太史公作“五禽戏”。人影绰绰，太史公惊觉，刺史突上。

刺　史　太史公，何必下此绝手？

太史公　（继续运势）你便是那个刺史吧？

刺　史　正是下官。

太史公　来此作甚？

［刺史击掌，四蒙面人捧礼盒上。

刺　史　这些都是稀世珍宝，价值连城。

太史公　拿来做什么？

刺　史　（出示假奏章）以物易物，稍作调整。

太史公　（接过）报太平书？不换！

刺　史　哈哈……大人何必如此认真？汉州三年干旱，朝野上下，除了你这个终年不见天日的太史，谁个不知，那个不晓？不过是瞒着万岁罢了。这是顶遮天盖地的大罗帐，你何苦要将他捅破呢？

太史公　巍巍大业，锦绣江山，岂能毁于你们这帮奸贼之手！

刺　史　太史公，你可真是马上不知马下苦哇！你在宫中衣来伸手，饭来张口，可这衣食费用从何而来呢？还不是全靠各地的征收。如今朝廷中落，国库空虚，加之天灾频繁，五谷歉收，皇家大业早已是宫倾船漏，可偏偏当今皇帝又好大喜功。人说有何主儿便有何奴儿，皇帝爱标榜盛世，官吏只好挤榨百姓，博取恩宠。再说，如不照数供奉，又拿什么来喂养你们这班评头论足的清闲太史、无聊编修？

太史公　呸！尔等祸国殃民，难道不怕世人唾骂，身后遗臭！

刺　史　当朝历史当朝修，后世晓得个屁！你太史公享用着皇家衣食，敢不颂德歌功？写了不就写了，照样彪炳青史，后世传诵。

太史公　住口！

刺　史　太史公，我劝你走马辨道，行船看风。

太史公　你与我滚、滚、滚！

刺　史　太史公既然不肯通融，那就恕我不恭了！

［蒙面人持刀进逼。

太史公　刺客！

［笑伶仃惊起，刺史急吹熄烛火。

［小开打。太史公托简，催促笑伶仃逃走。

［笑伶仃欲冲出，被击昏。太史公刀下毙命。刺史调换奏章，齐下。

［笑伶仃渐醒，随手摸着假奏章，郑重揣好，欲下。

［县令上。

县　令　啊！恩师——

笑伶仃　县大人，此处不便久留，快走！

第五场

［景同第二场。

皇　帝　都说伶仃回宫，如何未见踪影？

宰　相　是啊，太史公怎么也不见复旨呢？

［笑伶仃探头招呼，殿前侍者近前，被拽下。少顷，侍者复上。

侍　者　启奏陛下，笑伶仃殿外候宣。

皇　帝　过来就是，还宣什么？

侍　者　他说，奉旨出访，非比寻常，须殿下亲自宣召。

宰　相　笑伶仃随太史公出访，想必吃了不少的苦，陛下礼下优伶，更显出大度之风。

皇　帝　好好好，宣，宣！

侍　者　圣上有旨，宣笑伶仃上殿！

笑伶仃　（内声）遵旨！

（内唱）闻旨宣整衣衫拾级上殿——

［笑伶仃神情严肃地上。

笑伶仃　（唱）　怀奏章备忠谏郑重向前。

半月来访灾情所闻所见，

一桩桩一件件拨动心弦。

具具饿殍横眼底，

声声犬吠响耳边。

最难忍长哭太史千行泪，

潸潸汩汩流不干。

这宫殿滚去翻来多少遍，

忽觉得金壁斜倾玉柱偏。

端正起架子我把皇帝劝——

劝皇帝，睁睁眼，

亲圣贤，远权奸。

体恤民情施恩典，

方保得基业千千岁江山万万年。

宰　相　（故意热情地）啊，伶仃辛苦啦！哎，怎么不见太史公啊？

笑伶仃　（拂袖）哼！御优笑伶仃复旨见驾，吾皇万岁！

皇　帝　太后多日不见，恹恹不快，速去内宫侍候吧。

［笑伶仃俯伏不起。

皇　帝　哎？起来去呀！

笑伶仃　陛下，你不是还没问我访灾的事吗？

皇　帝　（一拍额头）呃，对了，太史公呢？

笑伶仃　启奏陛下，自那日别驾，我与太史公日夜兼程，历尽艰辛，终于查明灾情，正欲启程回京，不料太史公遭人暗算，他……在那百丈岩下饮刀丧生！

皇　帝　啊！何人大胆，杀我朝臣，着即查获，严惩不赦！

宰　相　可怜三朝老臣，不幸遭此厄运，怎不令人落泪伤心！不知太史公有无遗物遗言，留作凭证？

笑伶仃　（自语）他倒将我提醒！（呈奏章）此乃太史公亲笔所书的汉州见闻。

皇　帝　（接阅）好，好，太史公慧眼独具，体察入微，无愧我朝老臣。只是偌大年纪，未得善终，令朕痛心，来来来，我等君臣遥天三拜，聊慰忠魂！

笑伶仃　太史公！如今万岁已明白真相，你也该含笑九泉了……

［皇帝、宰相、笑伶仃等三拜舞蹈。

笑伶仃　陛下，殿外还有一县令待召。

宰　相　（警觉地）什么县令？

笑伶仃　嘿嘿，宰相大人想必是知道的！陛下，此县令有一血写奏疏，专记民情官风，十分详尽。

皇　帝　哦，一并呈来！

笑伶仃　（向内）县大人，陛下让你把血疏呈上来，快来呀！

［县令上。

县　令　子虚县令见驾，吾皇万岁！

皇　帝　把你那个什么，呈上来。

县　令　（呈血疏）万万岁！

笑伶仃　陛下还记得百丈岩的事吗？那回，陛下是把它当作凿刻壁文的字样儿的，今儿个再细瞧瞧，究竟是个什么东西。

［皇帝展阅血疏，神色渐变。

［宰相提心吊胆，察言观色。

［笑伶仃得意地对宰相挤眉弄眼。

皇　帝　（蓦地）推出去斩首！

笑伶仃　(推宰相)哈哈,走吧!

宰　相　(惊恐地)陛下,臣……

皇　帝　这一县令,诽谤朝政,谎报民情,斩首于市,以警朝臣!

宰　相　(如蒙大赦)陛下英明!

笑伶仃　错了,错了!陛下,那太史公的奏章上明明写着灾情,你怎么反说县令的血疏是谎称呢?

皇　帝　(扬起奏章)哈哈……朕的天下若有饥馑,那还叫什么太平盛世嘛!

笑伶仃　(觉得蹊跷)那奏章上到底写的什么?

皇　帝　(抛下)尔等看来!

笑伶仃　(阅之)“瑞年逢盛世,顺民遇明君。宰相孚众望,官吏得人心”……

县　令　(接阅)“百年绝灾荒,千里无饥民”……啊!这奏章有诈!

宰　相　太史公亲手所书,笑伶仃随身带回,诈在何处?

县　令　陛下,如今危机四伏,民不聊生,长此折腾下去,必然酿成大祸。到那时,非但陛下的太平盛世化为泡影,就连皇帝宝座怕也坐不安宁啊!

皇　帝　(大怒)危言耸听,推下去斩!

[宫尉拉县令下,旋即捧首级上。

笑伶仃　(茫然不知所措地)啊,这是怎么回事情呀……

宰　相　陛下,一切祸端,皆由伶仃而起,倘不是他蛊惑太后,无事生非,太史公怎会遭此大难!(抽泣)太史公啊,你为皇家撰史,兢兢业业,不料却因一个优人,刀下丧生,怎不叫人痛心哟……

皇　帝　一介侏儒,倚仗恩宠,肆意胡为,搅得朕不得安宁。来,一同推出斩首,以儆同类。

宰　相　拉出去!

[宫尉上前，欲拽笑伶仃。

[内传："皇太后驾到！"

皇　帝　且慢！明日乃太后寿辰，杀了笑伶仃，只怕……先把他押下去！

笑伶仃　（忽然蹦出一句声嘶力竭的呐喊）冤哪——

第六场

[当夜，宫殿一角。

[笑伶仃身系铁链，拴在雕龙柱上。

笑伶仃　（唱）　万岁爷骤然震怒，
县大人顷刻丧生。
众奸佞弹冠相庆，
太史公妄说太平。
咄咄怪事费思忖，
团团疑云胆边生。
难道说太史公别具用心——

[幻觉：太史公愤然疾书的造型，旋即隐去……

笑伶仃　不！太史公光明磊落，绝不会做此违心之事，他若怀有二心，又怎么遭人暗算，刀下毙命？可是……

（接唱）　那奏章却为何又变成谀文？

[幻觉：皇帝喜读奏章的造型，旋即隐去……

笑伶仃　此奏章乃是太史公亲手托付于我，路上从未离身，怎么会变了呢？

[幻觉：县令被绑押过场的情景……

笑伶仃　县大人……

(唱)　可叹你不明不白做了刀下冤魂——

[幻觉:宰相、刺史得意狞笑的造型,旋即隐去……

笑伶仃　(唱)　看他们倒遂了愿称了心一片笑吟吟。

这班奸臣,一定是他们杀害了太史公,还在那百丈岩下把我打昏,昏……我被打昏了? 是了,定是我昏厥在地,中了他们的调包之计。天哪,原来是以口封口,借刀杀人!

[幻觉:轮番闪现太史公书简,皇帝读奏章,县令被押,宰相、刺史狞笑的造型,尽皆隐去……

笑伶仃　乱臣贼子,你们好歹毒哇——(咆哮——昏厥)

[铜壶滴漏,更鼓频传。

笑伶仃　(渐醒)我这是在哪里呀……

(唱)　梆鼓声声报更紧,
铜壶滴漏催时辰。
伶仃生涯二十载,
勾魂阎罗即日临。
身将死,恨犹存,
无数憾事涌上心。
千奇百怪大世界,
何谓假来何谓真?
多少悲欢离合传奇事,
多少喜怒哀乐弄戏人。
场上真假易公断,
场下是非难辨明。
为什么大忠大奸分不清?
分不清,真作假来假作真;
假作真,一错再错错杀人,

错杀人，伶仃伶仃叹伶仃。

是非未辨，真假未分，我岂能坐以待刑？

［箜篌声响，遥远而清晰。

笑伶仃 喜妹子，想不到你我兄妹刚刚相认便要永诀。

［梆鼓声。

［笑伶仃灵巧地解脱锁链，悄然遁去。

［暗转。皇太后寝宫。

［皇太后横卧榻上，似已沉睡，喜妹子疲惫地弹着箜篌。

喜妹子 （唱） 寂寞深宫催人老，

无聊岁月实难熬。

白日歌舞强欢笑，

黑夜弹弦至深宵。

俳优好比金丝鸟，

巍巍宫殿是樊牢。

［皇太后辗转反侧，喃喃有声。

喜妹子 （振作精神，弹唱《诗经·七月》）

（唱） 七月流火，九月授衣。

无衣无褐，何以卒岁。

［皇太后急促地敲击床沿，喜妹子调快节奏，皇太后出现满意之色，呼吸渐均匀。喜妹子困倦，弹唱渐慢。皇太后复又催促。

喜妹子 （唱） 七月流火，九月授衣。

春日载阳，有鸣仓庚。

［笑伶仃暗上。

笑伶仃 喜妹子！

喜妹子 （惊喜）苦哥，你可回来了，母亲她怎么样？

笑伶仃 （支吾着）嗯，嗯……多亏乡邻相帮，送饭送水，熬药煎汤。

喜妹子 灾荒如此沉重，乡邻哪来的银两，想必是你在哄我。

笑伶仃 没有，没有。

喜妹子 那你笑一笑。

笑伶仃 笑？好，我笑，我笑……（掩饰不住，转笑为泣）母亲她，早已饿死了……

喜妹子 （大恸）娘……

笑伶仃 （抬腕制止，露出手铐）轻声！

喜妹子 啊！你怎么身披镣铐？

笑伶仃 喜妹呀！

［在“三枪”牌子声中，笑伶仃以手势比划，叙述原委。

喜妹子 朗朗乾坤，天理何存？

［皇太后焦躁地叩床，喜妹子弹拨箜篌，湮掩哭声。

笑伶仃 好妹子，不要伤心，我身虽死，恨不平！我还要唱曲，还要弄戏，我要化作空中的冤魂，我要——

喜妹子 可这又有什么用呢？

笑伶仃 是啊，没用，没用……

［兄妹久久无语，喜妹子悲愤地弹起《越王破阵曲》，乐曲慷慨激越，蓦地，箜篌弦断。皇太后忽地坐起，两眼圆瞪。

笑伶仃 啊，太后又犯惊啦！

喜妹子 真是个怪人。

笑伶仃 自从先皇帝驾崩以后，她一刻也离不了宫乐歌舞，连梦中都得有乐伎侍候。稍有中断，便心烦意乱，焦躁不安，有时还会突然惊起，大嚷大叫。

喜妹子 她现在醒了没有？

笑伶仃 没醒，这是梦中惊恐，身不由己。刚才你心头悲愤，错弹了《越王破阵曲》，这种杀伐之音，她听了，最易犯病。

喜妹子 堂堂太后，养尊处优，怎么会得此恐惧病？

笑伶仃　当今皇帝登基，还未满周岁，是她抱在怀中，敷衍朝政，心中时时担心有人篡位，即使风吹草动，也会惊恐失态。

皇太后　（惊叫）要谋反，要弑君，皇儿，你可要小心哪！

笑伶仃　奏一曲《赞太平》，便复归平静。（忽有所思）等等，让我想一想……（苦苦思索，少顷，凑近太后）母后，母后……

皇太后　（脱口而出）皇儿……

喜妹子　苦哥，你这是……

笑伶仃　（神情异样地）太史公，县大人，母亲！倘若你们阴魂未散，就请多多保佑！（轻唤）母后，皇儿在此，当今皇帝在此！

皇太后　（似欲清醒）嗯？

笑伶仃　母后，朝中出了奸臣，要谋反啦！

皇太后　谁，谁……

笑伶仃　为首的是宰相和汉州的刺史！

皇太后　为首……

笑伶仃　他们谋害了太史公和子虚县令，还要杀上龙廷，弑君篡位！

皇太后　（惊恐地）杀了他们，杀了他们……

笑伶仃　（突然反问）杀了谁呀？

皇太后　（嚅嚅着）杀，杀……

笑伶仃　当朝宰相，汉州刺史！

皇太后　（重复）宰相……刺史……篡位……弑君……

笑伶仃　宣召进宫，严加审问！

皇太后　宣召进宫，严加审问……

笑伶仃　内侍听旨！

［侍者躬身上。

皇太后　（断断续续地）汉州刺史……当朝宰相……宣召……宣……

笑伶仃　太后宣召宰相、刺史连夜进宫，还不快去！

侍　者　谨遵懿旨！（下）

笑伶仃　喜妹，怕吗？

喜妹子　我……不怕！

笑伶仃　（附耳低语）喜妹……

［宰相匆匆上。

宰　相　（唱）　懿旨惊醒酒后梦，

跟踉跄跄往前冲。

一路上只觉得头脑沉重——

夜半更深，宣召进宫，又要做甚？

想必是赏甘露又摆宴逍遥宫。

理须整冠慢走动——

［烛光摇曳，光线暗淡。

［笑伶仃身着皇帝衣冠，与皇太后并坐丹墀。

宰　相　臣奉旨见驾，吾皇万岁！太后千岁！（礼毕欲起）

笑伶仃　（以袖掩面）哎……跪下！

宰　相　（迟疑地）遵——旨。

（接唱）　万岁爷与往日似有不同！（抬头打量）

笑伶仃　低头！平素宠坏了你们，今儿个得讲些法度。深夜召你，知为何事？

宰　相　臣不知。

皇太后　（喃喃地）当朝宰相……汉州刺史……是奸臣，要篡位，要弑君……

笑伶仃　听听，听听！

宰　相　（诧异地）啊？此话从何说起！

笑伶仃　太后问你，是谁杀了太史，斩了县令？是谁欺君罔上，混淆视听？又是谁弄虚作假，隐瞒灾情？你说啊，讲啊！

宰　相　（自语）怪呀，怎么一夜之间都露馅了。启奏陛下，有灾无灾，陛下亲闻目睹，太后久居深宫，又怎能清楚？还望陛下明鉴！

皇太后　（突发地）杀了他！杀……

宰　相　（惊倒）太后，臣冤枉！

笑伶仃　母后息怒，且容他招供。

宰　相　（委屈地）陛下，今日夜审，实在蹊跷，臣终日伴君陪驾，怎会去害太史？那子虚县令谎报灾情，乃陛下钦令斩首，与臣有何干系？汉州民情，自有地方刺史过问，陛下有疑，何不召他一问。

笑伶仃　刺史现在何处？

宰　相　正巧借宿敝府。

笑伶仃　宣！

内　侍　遵旨！（下）

［毳优上，认出笑伶仃，上前嬉闹。笑伶仃慌忙将其推开，毳优赌气欲下。宰相暗暗叫住，塞给金锭，向其示意，毳优下。

［刺史战战兢兢地上。

刺　史　蹊跷蹊跷，四更宣召。慌忙晋见，怀中鼓敲。（窥视）啊呀不好，殿堂之上，烛光昏黄，彪形武士，排列两廊。宰相阶下长跪，太后目露凶光。没奈何，壮胆上，粗中有细，莫当替罪羊。微臣见驾，吾皇万岁！太后千岁！

笑伶仃　你把谎报民情，盘剥百姓，谋杀朝臣的事情一一招来！

刺　史　宰相大人乃群臣之首，何不问他？

宰　相　（抢答）我一无所知。

刺　史　微臣更是半点未闻。

笑伶仃　（另有打算）如此，好生反省着！

［笑伶仃作“更衣变脸”舞蹈——县令上疏、太史遇害、调换奏章……

［皇太后反复呓语，喜妹子乐曲紧奏。

［紊乱的音响，缭乱的人影……

［宰相、刺史神经错乱，伏地叩求。

笑伶仃 还不从实招来！

宰相、刺史 是……

［宰相、刺史在“三枪”牌子中招供，笑伶仃录供，令二人画押。

笑伶仃 （得意地）哈哈……万岁爷呀，这下你可该相信了吧！哈哈……

皇太后 （大叫着）杀——杀——杀呀——

宰　相 太后开恩……

刺　史 太后开恩……

笑伶仃 （唱）　耳旁杀字一声声，
不由顿起复仇心。
顺水推舟除奸佞。
一纸供词是证凭！

推出午门，斩、斩、斩！

［内声：“且慢——”众惊愕。

皇　帝 （内唱）　后宫内审朝臣半疑半信——

［皇帝上，毳优随上。

皇　帝 （接唱）　帷幕后听多时散魄飞魂！

［宰相、刺史、笑伶仃均跪步膝迎。

宰　相 陛下明鉴！

刺　史 万岁，臣冤枉！

笑伶仃 圣上来得正好！

皇　帝　（径自落座，冷峻地）嘿嘿……

（唱）　莫开腔，免辞令，

一出戏朕已看分明。

皇太后　皇儿，你要小心……

皇　帝　（唱）　皇太后，莫担心，

皇儿不是懵懂人。

（厉声对喜妹子）住手，送太后后宫安寝。

［喜妹子扶太后下。

［朝官慌忙上。

朝　官　启奏万岁，汉州饥民赴京请命，请求万岁惩治贪官。

皇　帝　（镇定地）报过了！

笑伶仃　（呈上供词）弥天大谎，今已揭穿，汉州百姓翘首以盼，请陛下惩处祸首！

皇　帝　内侍，宣诏！

侍　者　（念）汉州灾情，今已查明。免税三年，放粮万担。当朝宰相，谎报国情。汉州刺史，谋害大臣，着即处斩，以谢灾民。钦此！

笑伶仃　（高呼）万岁——

宰　相　万岁饶命！

刺　史　万岁饶命啊……

皇　帝　推了出去！

［宫尉拖宰相、刺史下，旋即呈上首级。

笑伶仃　万岁英明！

（唱）　是与非，得澄清，

奸臣伏法慰英灵。

一朝皇天开了眼，

满天尽散雨和云。

叹苍生饥寒饱暖谁来问，
欣喜得当今皇帝恤灾民。
感慨无限说不尽，
笑伶仃怎不泪湿襟。
舞一回《虞尧颂》，
吟一曲《赞太平》。
千拜万拜拜明君，
万岁万岁永康宁！

皇　帝　（敷衍地）慢来，慢来，今日乃太后寿辰，少不了让你炫耀一番。来，来，笑伶仃，朕念你谏君有功，赐予黄冠紫蟒，封你四品大臣，令你即刻登城宣诏，退去饥民。

笑伶仃　登城宣诏，伶仃领命，只是伶仃乃一优人，做不得官，捧不得印。

皇　帝　朕说做得官，你就做得官；朕说捧得印，你就捧得印。来，穿戴起来！

［笑伶仃穿戴衣冠，手舞足蹈。

皇　帝　笑伶仃！

笑伶仃　臣——在！

皇　帝　速速登城，慰抚饥民，各归其所，安心田耕。

笑伶仃　领旨！（捧圣旨下）

皇　帝　（对近臣）待饥民散尽，务将为首者捉拿！

朝　官　遵旨！（下）

皇　帝　（表情怪异地自言自语着）一个卑微的弄臣，假皇帝之衣冠，挟太后审朝臣，虽然说了真话，做了好事，可教朕的颜面又往何处放？朕岂能留他……

［鸡鸣声。

侍　者　（上）禀圣上，天色微明，寿筵已开，太后要见笑伶仃。

皇　帝　将那笑伶仃披上枷锁，牵至寿堂，待太后寿辰一过，便把他——（杀头手势）

侍　者　啊？

皇　帝　（侧视）嗯……

第七场

［景同第二场。

［红烛高烧，“寿”字赫然，又是百戏纷呈的热闹场面。

皇太后　（四顾）笑伶仃怎么还不来呀，没劲，太没劲啦！

皇　帝　把笑伶仃牵上来。

笑伶仃　（内唱）　蓦地里成阶下囚锁链缠身——

［笑伶仃颈套铁链，被行刑刽子手牵上。

笑伶仃　（唱）　　问明君伶仃我犯何罪名？

皇　帝　笑伶仃，你竟敢假天子衣冠，亵渎皇帝，朕念你访灾有功，再让你伺候一回皇太后，你与我唱一曲《赞太平》，唱罢了，朕再杀你！

皇太后　（迫不及待地）皇上，你在唠叨什么呢，快让笑伶仃唱，让他舞呀！

皇　帝　唱吧，舞吧！

笑伶仃　啊……

（接唱）　说什么访灾除奸有功勋，

说什么四品官袍赐伶仃。

伶仃访灾情，

伶仃除奸佞，

伶仃宣圣旨，

伶仃退饥民，

伶仃铸成伶仃恨，

伶仃亲手杀伶仃。

我不唱，我不舞，

我不翻，我不滚，

我也不悔也不怨，

我只有一片伤心！（掩面恸哭）

皇太后 哎哎哎，这是做的哪门子寿呀，半点儿不带劲！

皇　帝 朕倒不信，三千优伶不及一个笑伶仃，毳优哪里？

［毳优畏缩在一角，负疚地注视着笑伶仃，见召唤，竭力作嬉笑状，肌肉僵硬，不由自己，一急，自打嘴巴。

皇太后 （拍手叫好）打，再打，不许拉他！

［毳优越打越猛，头晕……笑伶仃制止，毳优大恸。

皇太后 来，还是伶仃逗人喜爱，来呀！

笑伶仃 （唱）

金殿上皇帝老娘要看戏，

玉阶下行刑刽子等杀人。

何日朝廷施仁政？

何日优伶唱真情？

皇太后 （冲皇帝大嚷）好端端的一个优人，怎么弄成这副德行，你是存心不让老娘开心啦！啊，苦啊……

皇　帝 （暴怒）叫他唱，叫他舞，叫他滚，叫他翻！

［刽子手牵引铁链，提、拉、顿、吊，笑伶仃身不由己，前仰后合，跌扑滚翻……皇太后见之，合掌击额，欢喜若狂。

笑伶仃 等等，我翻，我滚，我歌，我吟，我为你们助兴，我博你们开心！

皇太后 哎，对，对，对！

[笑伶仃挣脱刽子手，跃上御案，踢翻杯盏，舞动铁链，上下抡挥。

[喜妹子捧起羯鼓，重扣紧击。

皇　帝　（大叫）拿下，拿下，快快拿下！

[刽子手冲上，笑伶仃机灵躲闪。

[皇太后狂颠。

[场上如急风暴雨，波澜起伏……

[大幕急急闭合。

京剧

西施归越

人　物　西　施　范　蠡　勾　践　西施母　吴　优　东　施
　　　　越将甲、乙以及众越兵、众村姑等

本剧故事生发于中国春秋时吴越

第一场

[越国。苎萝村口，亡国景象。

[勾践、范蠡上。

勾　践　万种亡国恨！

范　蠡　一颗破碎心！

勾　践　范蠡大夫，一切是否妥当？

范　蠡　回禀大王，一切俱已妥当。

勾　践　请西施！

[民兵戒严，静场。

[西施内唱："一身使命难推诿——"

[西施上，似含无限怨尤。勾践、范蠡恭敬礼让。

西　施　（接唱）　西施衔恨姑苏行。

勾　践　西施姑娘，再用心地看上一眼吧！

（唱）　看一眼越国的青山越国的水，

这里是生你养你的苎萝村。

勿忘却亡国的苦难亡国的恨，

勿忘却故乡的亲邻捱饥馑。

莫忘却孤王的重托——

用你的美貌拯救越国！

待来日越国为你塑金身。

［西施拭泪，范蠡规避着。

勾　践　大夫，范大夫！你看，西施姑娘就要走了，难道你没有话对她说吗？

范　蠡　大王，我……

勾　践　去吧，去吧。

［范蠡走近西施，勾践一旁回避。

范　蠡　（斟酌着）西施，你，有什么话要对范蠡讲吗？

西　施　事到如今，还有何话好讲？

范　蠡　我知道，你心里有怨。怨大王，也怨范蠡。可是，范蠡又有什么办法呢？怨来怨去，只怨越国败得太惨，也怨你生得太美、太美了。西施，你骂我几句吧，或许范蠡会好受一些……（伤感）

［西施微微战栗，深情打量范蠡。

西　施　大夫，你我两小无猜。

范　蠡　青梅竹马。

西　施　大夫曾经托媒。

范　蠡　迎娶西施回家。

西　施　三月之前，大夫高车驷马，你说——

范　蠡　我说接你进京，完成婚嫁！

西　施　可是——

范　蠡　可是吴王要美女，越王要复仇，我生为亡国之臣，你教我怎么办呢！

西　施　难道别无良策？

范　蠡　（无奈地摇头）别无良策。

西　施　难道越国男儿都死绝了？

范　蠡　这……天地之大，竟找不出第二个西施。西施、西施，唯有西施！

西　施　大夫，你太绝情了！

范　蠡　不，西施！

（唱）　舍情取义非愿意，
苦无良计抗强敌。
美人一去千万里，
但愿归来还有期。

西　施　你还要西施回来么？

范　蠡　西施不归，范蠡终身不娶，天地为证！

西　施　（悲呼）大夫……

（唱）　越女也识亡国恨，
便将身首捐国门。
望大夫发奋图强解危难，
功成时勿忘为我来招魂。（拔示发簪）

我要将这支发簪，刺入那吴王的胸膛！

范　蠡　（大叫）不，你若这样，越国便完了！

勾　践　（疾步夺下西施的发簪）范大夫说得对，西施姑娘，用你的美貌和聪明去杀吴王，将比这发簪锋利万分啊！

西　施　（绝望地）天哪……

西施母　（内声）西施，西施！

西　施　娘，娘！

［西施母上，母女抱头痛哭。

西　施　母亲，儿……

西施母　不要说，不要说，娘都知道。我的丈夫，我的儿子，都为大王战死了。如今，我唯有这一个女儿，可是……

西　施　娘，恕儿不能尽孝！

西施母　西施，你去吧，谁让我们是亡国的臣民呢！

勾　践　啊，多好的女儿，多好的母亲！越国虽然败了，可是只要人心不死，总有复仇雪耻之日！

范　蠡　老人家衣食冷暖，自有范蠡照应。

西施母　儿啊，记住娘的话，娘老了，娘要等着儿回来为娘送终。无论经受多少磨难，你、你、你都要为娘活着回来呀！

西　施　儿回来，儿回来……

勾　践　天将破晓，姑娘起程吧！

西　施　（不舍地）娘……

西施母　（痛苦地）去吧……

勾　践　苍天在上，越国亡君勾践长跪于地，送我们的女儿出征了！

［西施解玉佩留赠范蠡，范蠡跪接。

［一片号哭，西施踽踽离去。

第二场

［字幕：数年过后。

［吴国。坍塌的姑苏台，火光熊熊，杀声震天，尸积如山。

［吴优慌张逃窜，藏匿尸堆。

［越兵如潮水般杀上。范蠡、勾践披挂上。

范　蠡　启禀大王，攻陷姑苏台！

勾　践　杀入城中，片瓦不留！

范　蠡　杀！

勾　践　杀！

［勾践、范蠡挥兵杀下。

［片时寂静中，西施在血泊中慢慢站起，茫然四顾。

西　施　（唱）　蓦地里一声轰响似雷霆，

醒来时但见满目是血腥。

为什么姑苏台不见踪影，

为什么四边厢尸体横陈。

啊呀，静、静、静，

啊呀，惊、惊、惊。

喧闹歌舞台，

孑孓一佳人。

［吴优满脸血污地从尸堆里爬出。

吴　优　娘娘！

西　施　（大惊）啊，你是谁？

吴　优　娘娘不要害怕，我是吴优呀！

西　施　吴优……你没死？

吴　优　（调皮地）死？吴优生来命大，不知死是什么。

西　施　大王呢？

吴　优　娘娘问哪位大王？吴国的大王，娘娘伺候过的夫君，他——赴宴去了。

西　施　赴宴？

吴　优　是啊，到阎王爷那儿赴宴去了。

西　施　你是说，吴王死了，夫差他死了……

吴　优　不能说死，要说驾崩。

西　施　这么说，越王胜了，越国胜了……

吴　优　也是娘娘胜了！娘娘不但是吴王怀里的宠物，更是越王手中的利剑，娘娘可算是越王复国的大功臣啊！

西　施　功臣？不，我不是，是越王自己带兵打败了吴国。越国胜了，西施该回去了？对呀，我该回去了！

吴　优　娘娘怕是回不去了吧？

西　施　为什么?

吴　优　娘娘忘了,娘娘肚子里已经有了孩子!

西　施　(愕然)我……

吴　优　娘娘,这可是吴王的骨肉呀,那越王容得你,也能容得他吗?

西　施　这……(瘫坐)

吴　优　(也坐下,如叙家常地)我说西施呀西施,像你我这样的人伺候谁不都是一样?齐国、楚国、秦国,哪里不是吃饭的地方?你有美色,我会逗乐,反正就是陪人家玩儿嘛,何必定要回越国呢?

西　施　(站起)不,我是越国的女儿,我为越国而来,理当回到自己的故乡!

(唱)　盼日出,盼天明,

盼穿了双眼盼碎了心。

终盼得云开雾散劫难尽,

越王攻陷姑苏城。(忽然兴奋起来)

我要回去了,我要回去了,我要回去了!

[范蠡内声:"西施——"

吴　优　听,有人唤你。

西　施　像是范大夫……

吴　优　娘娘快走吧?

西　施　不。

吴　优　快走吧!

西　施　不!我要见大夫,我要见大夫,我要见大夫!大夫——

[吴优躲避。范蠡寻上。

西　施　大夫!

范　蠡　西施!

［西施、范蠡冲到一起，紧相拥抱，泪水交流。

［幕内唱："凄凄复凄凄，

泪眼两迷离。

默默无言里，

多少旧话题。"

西　施　大夫，你在流泪。

范　蠡　西施，你也在流泪。

西　施　大夫憔悴了，

范　蠡　西施也憔悴了。

西　施　我一直在想你呀！

范　蠡　我也一直在想你呀！

西　施　我的那只玉佩呢？

范　蠡　你看，我一直佩戴在身旁，永远佩戴着！

西　施　永远？

范　蠡　永远！

［勾践兴冲冲上。

范　蠡　西施，快去拜见大王。

西　施　拜见大王！

勾　践　这不是西施么，你还……啊呀，数年不见，西施姑娘还是这般娇媚，这般迷人，难怪范大夫牵肠挂肚，不能释怀呀！哈哈……好，好，西施已然找到，孤王欠范大夫的这笔心债也总算偿还了。归国之后，孤王要亲自为二位举办婚典！

范　蠡　多谢大王！西施，谢大王呀？

西　施　这……大夫，你看我还是从前的西施吗？

范　蠡　此话何意？

西　施　只怕大夫心中的西施已经死了。

范　蠡　（微微一怔）不，西施，范蠡只知道你是为了大王，为了越国，为了苎萝村受苦受难的乡亲，出使了吴国。别的一概不知，也不想知道！

勾　践　（也觉出尴尬）是啊是啊，西施姑娘以身报国，乃我大越的功臣嘛，难道我们君臣反会因此而厌弃你？多虑，多虑了！

范　蠡　西施你看，姑苏台烧了，夫差死了，一切俱已烟消云散，你我又可以无忧无虑地生活了！

（唱）　一番生离死别后，
相爱再从头。
我与你夕阳晖下陌上走，
渔歌声里荡轻舟。
琴瑟相谐永作伴，
不离不弃共白头。

勾　践　（唱）　且忘忧，旧耻新仇一笔勾，
看今朝，乾坤翻转水倒流。
感西施，舍身报国奇功建，
迎功臣，孤王为你缔鸾俦。

范　蠡　西施，回去吧！

勾　践　姑娘，回去吧！

众兵将　西施姑娘，回去吧！

西　施　（环顾四周，心潮澎湃）回去，回去！

（唱）　声声呼唤西施归，
阵阵暖流涌心扉。
多少疑虑在肺腑，
刹时化作云烟飞。
大王啊，但愿从此熄战火，

永不见壮士流血女儿悲。

［吴优跟头翻上。

吴　优　恭喜越王，贺喜越王！

勾　践　你是何物？

吴　优　我么，天地之精，万物之灵，日月所化，水火所生。嘻嘻，我乃是一个人！

勾　践　你是个什么人？

吴　优　上连着天，下接着地；论说前朝三皇，调笑后代五帝；诸侯殿上任戏耍，天子面前敢放屁！

［吴优果然放了一串响屁，逗得众人哈哈大笑。

勾　践　（也松弛地）哦，你是吴王的玩偶？

吴　优　从前伺候吴王，现在归越王你了。

勾　践　这个弄臣，倒也招人喜欢！

吴　优　逗主子开心，是奴才的看家本领。

勾　践　好，随孤王归越，侍奉左右。

吴　优　谢大王！

勾　践　来呀，仪仗前导，将校簇拥，一路击鼓鸣号，孤王凯旋归越！

［应声漫起，气氛庄严。西施左顾右盼，一脸舒展。

吴　优　好戏开场了！

第三场

［越宫一隅，回廊纵深。幕内传出盛宴的喧哗。

［吴优舞蹈上。

吴　优　（唱）　越王宫，摆盛宴，

举国欢庆西施还。

你道美酒苦，

他道美酒甜。

究竟是苦还是甜，

各有滋味在心田。

[勾践神情郁闷，缓缓踱步上。

勾　践　（唱）　庆功宴，满朝文武把西施敬，

一杯杯一盏盏往来不停。

高踞首席人相忘，

莫名烦恼袭上心。

奇怪，未饮三巡，竟有些不胜！

[勾践步态踉跄，吴优伏地当座。

勾　践　是吴优呀，你都听见些什么？

吴　优　奴才什么也没听见。

勾　践　满朝文武，各国使臣，私底下没有议论些什么吗？

吴　优　没有，人家都在高高兴兴地喝酒，唯有大王自个儿溜出来害疑心病。

勾　践　吴优，你虽是个弄臣，可也见多识广。依你看，是谁救了越国？

吴　优　当然是大王啊！

勾　践　孤王称得上是个英雄？

吴　优　称得上也称不上，称不上也称得上。

勾　践　这算什么话？

吴　优　大王你想啊，大王卧薪尝胆，扶犁亲耕，当然称得上是一代复国英雄。可大王尝夫差粪便，送美女出国，则又称不上是英雄了。说得白一点，大王就跟奴才差不多，像个弄臣。

勾　践　胡说!

吴　优　是,大王。对了,大王不是想知道私底下的议论吗?有位使臣说的话,那才是入木三分呢!

勾　践　他说了什么话?

吴　优　奴才不敢说,说了怕杀头。

勾　践　说嘛。

吴　优　奴才可真说了?

勾　践　快说!

吴　优　(凑近他)那位使臣说,越王头上戴的不是王冠,是顶绿帽子!

勾　践　此话何意?

吴　优　越王复国,一半乃是靠的女色,越王勾践乃是个大大的绿乌龟!

勾　践　(震怒)啊,孤杀了你!

吴　优　大王,这可不是奴才说的,大王别对奴才发火,别对奴才发火呀!嘻嘻……(一溜烟逃下)

勾　践　(羞臊地)什么,难道我越王勾践,乃是靠的女色复国?荒唐,荒唐!

(唱)　悔不该迎还西施滥吹捧,
恰好比自家戳破自家脓。
选送美色本无奈,
贻笑世人说计穷。
荒唐盛宴快收场,
岂能再表女儿功!(愤然欲下,迅即止步)

且慢!

当年苎萝长相送,
也曾慷慨把信盟。

一旦话出怎反悔，

更有那范蠡仍把旧情钟。

弃施崇施均有碍，

此时彼时两不同。

且把羞辱暂忍耐，

伺机逐她出越宫。

[西施内唱："往日间只把愁容对行云——"

[西施醉态上。勾践见之，顿生反感。

西　施　（接唱）　今日里蛾眉舒展一身轻。

宴席上君臣举杯把我敬，

偿还了数年屈辱与艰辛。

我好似破笼欢飞金丝鸟，

我好似病树枯枝又逢春。

我回来了！我回来了！西施回来了……（喜极而泣）

[越将甲、乙举杯逐上。

越将甲　西施姑娘，来，再喝一杯！

西　施　不能喝，不能喝，再喝就醉了……（已经带着醉态）

越将乙　不能喝，那就再跳一个舞！

西　施　不能跳，不能跳，已经跳得只剩一只鞋了……（找鞋）

越将甲　不喝酒，不跳舞，那就让我们亲一个！

越将乙　亲一个！

西　施　胡说，你们拿我西施当、当什么人了！

越将甲　那吴王夫差亲得，我们弟兄倒亲不得，来，亲一个！

[越将甲、乙调戏西施。

勾　践　（突喝）放肆！

[越将甲、乙惊住，西施恍若酒醒。

勾　践　你二人好大的胆，竟敢当着孤王的面调戏功臣。难道你们不知，西施姑娘乃是范大夫的未婚妻吗？

越将甲乙 （大惊）啊！末将委实不知，委实不知。

勾　践 还不赶快赔个不是！

越将甲乙 西施姑娘，多有得罪，多有得罪！

勾　践 滚了下去！

越将甲乙 是……（逃下）

西　施 大王息怒，大王莫怪西施贪杯。

勾　践 哎，西施平安归越，理当一醉方休。不怪，不怪！

［范蠡内声："西施、西施！"

勾　践 啊哟，范大夫来了！孤王在此多有不便，孤王回避，回避！哈哈……

［勾践洒脱地下。范蠡拎着西施的一只鞋子上。

范　蠡 西施，看你怎么醉成这样？来，快把鞋子穿上！

［西施故意伸出一只脚，范蠡左右一看，无奈地替她穿上。

范　蠡 西施，听我一句话，你当有所约束才是。

西　施 约束，为什么要约束？

范　蠡 此地不是苎萝村，而是越王宫，凡事都要小心为要！

西　施 （看着他，有些不解地）大夫，你来，你坐下。

范　蠡 你要说什么？

西　施 你坐下嘛！

［范蠡坐下，西施幸福地依偎着他。

西　施 大夫，我问你，自从西施归越，大夫总是告诫西施，这也小心，那也不要，好像胜利之后，大夫倒不如从前那样潇洒、那样豁达了。大夫莫非有什么心事吗？

范　蠡 （叹了口气）怎么说呢，总之复国之后，心里常感到疲倦，好像丢失了什么，又总是说不清楚。

西　施 大夫丢失了什么？

范　蠡　我也说不清楚。不过，你可不要多心。来，高兴起来，跳，跳吧！

［范蠡牵动西施，西施已觉无趣。

西　施　大夫，我想回去了。

范　蠡　回去，回到哪里去？

西　施　苎萝村。

范　蠡　大王就要为我们举办婚典，你怎么能说走就走呢？

西　施　大夫情义，西施心领，可是……

范　蠡　可是什么？

西　施　我怕说了出来，大夫承受不起。

范　蠡　哈哈，你也太小看我了！想我范蠡，上为国家解难，下为黎民分忧，什么样的事情不曾经历？怕我承受不起，你说吧，我洗耳恭听！

西　施　（刚欲说出，忽然要呕吐）大夫，我……

范　蠡　你病了？

西　施　不是病，是……（又要吐）

范　蠡　莫非你怀有吴王的……

西　施　（痛苦点头）是，西施怀有吴王的骨肉！

范　蠡　（忽然大叫）噤声！

西　施　大夫，你怎么了？

范　蠡　（本能跳开）不要靠近我！

西　施　（追着他）大夫，我可是为了越国，为了大王，为了大夫你呀！大夫知道，西施本不愿去吴国，是你们——

范　蠡　（大声央求地）西施，求你不要再说了！

（唱）　听她言说身有孕，
好似万蚁咬我心。
我是个顶天立地伟男子，

怎承受这彻骨的耻痛撕碎的情。
少小年华多纯净，
一往一来总相亲。
当年的温馨哪里去，
昔日的西施何处寻。
她本是清白如玉女，
今成了含污带恨身。

西施啊西施，既然身怀有孕，你就不该归越！

西　施　（平静地）不，我那范大夫！

（唱）　我本是无忧无虑浣纱女，
我本是无疵无瑕清白身。
为复国越王遣我姑苏往，
你要我捐弃容颜换太平。
心中有怨难推诿，
孽海中挣扎了几冬春。
我本想破城之日寻自尽，
怎奈是思念你范蠡大夫难舍难弃那倚门盼儿的老娘亲。
早知今日生厌弃，
悔不当初姑苏行。
数载吴宫盼归越，
心头喋血到如今。
大夫啊，西施清白谁断送？
何人还我女儿身？

大夫说得对，西施不该归越，你就杀了我吧！

范　蠡　不，西施，原谅我，我知道你是为了越国，知道你是无辜的呀！

西　施　我对不起大夫。

范　蠡　是范蠡对不起你，越国对不起你，西施！

西　施　大夫！

［范蠡、西施重又痛苦相拥。

范　蠡　（忽然警觉地）怀孕之事，还有何人知晓？

西　施　吴优。

范　蠡　待我杀了他！

西　施　不，吴优他不会伤害西施。

范　蠡　（警惕四周）记住，此事万不可对人张扬，否则后果不堪设想！

西　施　大夫，我还是回苎萝村吧。

范　蠡　也好，先去苎萝村躲避一时，待分娩之后再作道理。走！即刻就走！

［西施恍惚欲下。

范　蠡　等等！（盯视她）此乃吴王之后，越国祸根，你可千万不能心怀恻隐！

西　施　我该怎么办？

范　蠡　一旦生下，立即弄死！

西　施　我知道了……（呕吐，痛苦地下）

范　蠡　（追赶几步）珍重！

［勾践上。

勾　践　怎么不见西施姑娘啊？

范　蠡　哦，大王，西施回乡去了。

勾　践　西施回乡去了，她怎么说走就走呢？

范　蠡　西施离乡日久，思母心切，故而未及向大王请辞，还请宽谅。

勾　践　哦，也是人之常情嘛！只是孤王答应的婚典……

范　蠡　越国刚刚恢复，百业待兴，儿女私事，怎敢劳烦。朝中尚有公务待理，范蠡请退。

勾　践　大夫请。

［范蠡急急而下，勾践狐疑。

勾　践　来人！

［越将甲、乙应上。

勾　践　西施还乡，需加保护，命你二人带兵驻扎苎萝村。

越将甲乙　遵命！（下）

勾　践　奇怪，她怎么说走就走了呢……

［一侧，吴优在观察勾践。

吴　优　西施呀西施，越王在打你的主意了！

第四场

［又是苎萝村口，但见山清水秀。

［村姑浣纱舞蹈。

［幕内唱："苎萝村头景色美，

浣纱石上笑语飞。

谁知当年浣纱女，

一路洒泪故乡回。"

［西施内唱："一腔怨苦向谁诉——"西施踽踽走上。

西　施　（接唱）　回乡路上叹孤独。

当年使吴是越娃，

今日归越成吴妇。

望家乡山水依旧美如画，

叹游子满心伤痕遍体污。

生死聚散难自主，

为什么去也哭，来也哭。

［西施掬水酣饮，村姑走近打量她。

村姑甲　东施姐姐，那不是西施吗？

东　施　西施。

西　施　东施。

东　施　（突叫）不要碰苎萝村的水！

西　施　为什么？

东　施　你脏！

西　施　东施姐姐此话何意？

东　施　西施，我问你，这几年你都在哪里？

西　施　我，在吴国。

东　施　做什么？

西　施　这，说不清楚。

东　施　说不清楚？哼！

村姑甲　西施，听说你是在吴国给夫差当妃子，是不是呀？

西　施　是。

村姑乙　听说你白天为吴王伴宴，夜晚为吴王伴寝？

西　施　是。

东　施　为了越王复国，我们姐妹吃了多少苦，受了多少累。你倒好，跑到吴王宫里去享清福。你呀你，把苎萝村的脸都丢尽了，居然还有脸回来！

众村姑　是啊，你还有脸回来！

西　施　姐妹们，你们听我说，听我说呀！

东　施　别理她，我们走！

众村姑　走！

西　施　(突然高声)你们都站住！

[村姑止步,冷漠相向。

西　施　(声泪俱下地)姐妹们！

(唱)　我情愿填干五湖,掘平九岭；
我情愿织千匹苎纱,伐万担柴薪；
我情愿火海里烧,地狱里滚；
我情愿刀砍斧劈受酷刑！
为复国,姐妹们尝尽万分苦,
我比万分苦万分。
大王他,设计将我当贡品,
我衔恨去国忍欺凌。
所亲非我爱,
所爱不能亲。
似这般使命谁堪领,
哪一家姐妹肯应承？
姐妹们呀,
仇人恨我我无怨,
亲人嫌弃痛碎心！

[西施泣不成声,村姑受到震动。

东　施　这么说,是越王设的美人计？

村姑甲　越王怎么忍心把无辜的女儿送到敌国去受践踏呢？

村姑乙　天哪,西施可真是太不幸了！

东　施　姐妹们,我们冤枉西施了！

众村姑　西施,对不起！

西　施　西施唯愿姐妹们知道我的苦,唯愿姐妹们还把西施当成姐妹！(饮泣)

东　施　(拥着她)西施妹妹,我们一块儿下河浣纱吧？

西　施　(憧憬地)浣纱!

[浣纱舞蹈再起,西施渐至忘情。

[越将甲、乙带兵上。

东　施　你们来干什么?

越将甲　奉大王之命,进驻苎萝村,保护西施。走开,都走开!

众村姑　为何把我们和西施分开?

越将甲　(低语)西施陷吴数载,恐怕滋生二心。为防不测,严禁与之往来,倘有违令者,将以通敌治罪!

[越兵驱散村姑,强行护卫西施下。

第五场

[字幕:数月过后。

[雷声隐隐,山里人家。

[盲了眼的西施母上。

西施母　(唱)　西施回乡数月整,
终日闷坐泪暗吞。
料她归来带了孕,
可怜无辜双身人。

西施,西施,天要下雨了。

[西施上。

西　施　娘,你又出去了。

西施母　娘去村头看看范大夫来了没有。

西　施　娘不用去看了,他不会来的。

西施母　是啊,看来那范大夫是不会来了。西施,来,你坐下,娘跟你说说话。

西　施　娘，你说吧。

西施母　儿啊，告诉娘，你是不是怀了夫差的孩子？

西　施　我……

西施母　娘的眼睛虽然看不见，可娘的心里明白。娘知道你心里有怨，你怕世人从此看不起你，可这又怎能怨你呢？要怨，就怨那越王，怨那绝情无义的范蠡，更怨那吴国的夫差呀！

（唱）　我一家居深山原本和顺，
几代人务农桑安分耕耘。
只因那君王骄奢把江山倾，
累百姓征战连年十男九死不得安宁。
曾几时你父兄从军丧命，
曾几时西施儿被迫远行。
到如今吴王战败越王霸业又重兴，
我的儿遍体鳞伤、满腹遗恨、
孤苦伶仃回到家，
被他君臣撇在一边不闻不问，
这太不公平！
眼瞎不见儿流泪，
梦里常闻儿泣声。
知儿痛处莫若娘，
可怜天下父母心。

西　施　（唱）　娘亲泪，慈母心，
点点滴滴总关情。
娘亲泪水流不断，
潸潸汩汩到如今。

儿从小揩到大，
还是揩不清。
儿自幼，多愁又多病，
老母亲，茹苦也含辛。
牵至田头恐日晒，
背在肩上怕雨淋。
一羹一饭哺育我，
一寸一分拉扯成。
娘想儿双目失明心操碎，
儿想娘只恨未报娘的恩。
娘啊，只道归越劫难尽，
谁料遗恨累在身。
但愿婴儿分娩后，
我还是娘亲膝下承欢人。
我伴娘行，伴娘寝，
我与娘日日夜夜不离分。（忽觉腹痛难支）
啊，为什么腹中疼痛阵阵紧？

西施母　（唱）莫非胎儿将临盆？

西　施　（唱）母亲呀，
世间女子真难做，
种种痛楚皆剜心。

西施母　儿啊，想是要分娩了，快跟娘进屋去，娘好帮帮你！

西　施　不，儿不能把他生在家里，万一被人知晓，我母女就更不好做人了。

西施母　可是外面阴云密布，大雨将临，你到哪里去生呢？听娘的话，啊？

［西施向外张望，越兵巡逻过场。

西　施　不,儿不能生在家中,不能让越兵知道,不能,不能!(挣扎着下)

西施母　西施回来,西施——(追出,跌倒)

[东施上。

东　施　西施娘,你怎么了?

西施母　东施,西施要分娩了,快,快把她追回来!

[东施扶起西施母,追赶西施下。

[越将甲、乙上,见状分头下。

[雷鸣电闪,场景转换。

[崎岖山路,烟雨茫茫。西施踉跄着上。

西　施　(唱)　一胎遗恨将分娩,
西施挣扎进深山。
狂风阵阵扑人面,
山道弯弯举步艰。
我抬头祈苍天,
苍天默无语;
我低头求大地,
大地作旁观。
浣纱女铸下了什么错,
担待这重重苦难劫数无边。

[西施欲向山林躲避,山林发出异响。

西　施　(接唱)　为什么青山忽然惊雷响?

[西施欲趟过小溪,溪水涌起波澜。

西　施　(接唱)　为什么溪流蓦地波浪翻?

[西施行路,似有惊雷闪电紧相追击。

西　施　(接唱)　莫不是腹中胎儿亵渎了地?
莫不是异国血气冲撞了天?

哎呀，风也惨，雨也漫，
雷也厉，电也寒，
天也转，地也旋，
石崩路断，四顾茫然。
谁怜见，我万般痛苦，一身伤残，
一步一疼痛，一步一蹒跚。
婴儿呀，我怨你投胎不睁眼，
我怨你累我受牵连，
如今都遭世人怨，
双双遗弃在荒山。

［西施终于不支倒地。

［一道强烈的电光闪过，长久的雷电间隙里，一声婴啼冲天而起。

第六场

［雨过天晴，村外山道。

［范蠡幕内唱："获密报出京畿催马潜行入山岭——"

［范蠡策马急上。

范　蠡　（接唱）　闻西施生孽子顷刻杀身祸将临。
复国后越王渐露骄横态，
负患难忌功臣早对范蠡起疑心。
挂冠辞朝思隐逸，
偕带西施遁山林。（急下）

［勾践幕内唱："悔不该优柔寡断留心病——"

[勾践在越将甲引领下，策马率兵上。吴优随上。

勾　践　（接唱）　到如今酿成后果成双人。

西施归越带孽种，

独自回乡瞒真情。

生养吴裔事重大，

一旦长成灾祸临。

深患来日又尝胆，

二十年后再卧薪。

勾　践　前面一将一马，却是何人？

越将甲　好像是范蠡大夫！

勾　践　（又一惊）啊！

（接唱）　原以为范蠡已把旧情忘，

却于暗中访山乡。

抢先一步是何意，

不敢想，偏思量，

不由心中暗惊慌。

股肱臣，最难防，

翻手之间便称王。

来呀，与我追！

越将甲　追！

[勾践率兵追下。

[景转山洞。西施母、东施在内。西施臂挽婴儿走上。

[幕内唱："一声婴啼息风雨，

几回儿吃牵柔肠。

为什么西施不将婴儿弃，

为什么几番进出几彷徨？"

东　施　怎么还没把他扔掉，又抱回来了？算了，你给我吧。

[东施接过婴儿欲下，婴儿啼哭，东施心慌。

东　施　西施，还是你去扔吧。

西施母　是婴儿在哭，西施，你怎么还没把他摔下山去？

西　施　娘，儿摔不下去。

西施母　你把他给我，我去摔！

[西施犹豫着把婴儿交给西施母，西施母走至山崖边。

西施母　孩子，委屈你了！（举起）

西　施　（惊呼）娘——

西施母　西施，你要干什么？

西　施　（扑通跪下）娘啊！

（唱）　再让女儿看一眼，
从此生死两无干。
哄他睡熟再摔死，
不觉疼痛不喊冤。

西施母　好吧，娘且依你。

西　施　（抱过婴儿，轻轻哄拍）啊，你从哪里来，又向何处去，你怎么不明不白地就投生了呢？你是个多么糊涂的孩子呀！喂，你怎么不说话，你说话呀，好歹你我也是一日母子，你跟娘说句话呀！我的儿……

（唱）　一声唤儿刚出口，
两行泪水不住流。
人家女十月怀胎情深厚，
西施怀胎十月愁。
儿啊儿，你乍到人世才一日，
话还不会说，
路还不会走，
就招来不明不白恨与仇。

幼儿生来本无过，

为什么冤冤相报偏偏与你做对头？

啊，你笑了，你怎么会笑呢？娘，东施，你们快来看，他笑了，他笑了，他笑得多开心，多甜蜜，他在跟我笑呀！

西施母 儿啊，快把孩子给我，再耽误你可就真的舍不得了。来，给我。

西　施 （已经舍不得了）不。

西施母 给我！

西　施 不！

西施母 快给我！

西　施 不，不，不——

西施母 儿啊，你舍不得这孩子，难道娘就舍得了你吗？娘求求你！

东　施 西施，你就狠狠心肠吧！

西　施 不，你们不要逼我，不要逼我……

［西施紧紧护着婴儿，西施母、东施无奈，三人哭作一团。

［范蠡突上。

范　蠡 西施！

东　施 范大夫来了。

范　蠡 请伯母暂且回避。

［东施搀扶西施母下。

范　蠡 西施，你受苦了！（见她背着身，走近她，忽然瞥见婴儿）啊，为什么不把婴儿摔死？为什么？莫非你要留下他？（见西施不语）西施呀西施，难道说你对自己和对范蠡的爱竟抵不过一个仇人的孽生子吗？

西　施 仇人，谁是仇人？

范　蠡 （指婴儿）他，和他罪恶的父亲！

西　施 那么，谁又是西施的亲人呢？

范　蠡　(一挺胸)我!

西　施　(觑着他)你?

范　蠡　(有点虚)是我!

西　施　(一笑)哈哈。

范　蠡　你笑什么?

西　施　西施没有亲人,西施只是个被人利用,被人玩弄,又被人抛弃的东西。

范　蠡　难道,这婴儿倒是你的亲人么?

西　施　他是我生的,便是我的儿子。唯有他,才知道我受的委屈,才懂得母亲的心情。我不能杀死他,我不能杀死我自己呀!

范　蠡　西施,我的西施!

(唱)　我也曾对天盟誓信,
西施不归不娶亲。
我也曾姑苏蹈敌阵,
血泊之中将你寻。
我也曾伤心屈辱暗自忍,
咬碎钢牙揉碎心。
虽然是回乡数月少探询,
我也是遭受猜忌无有自由身。
西施啊,世间哪有真男子,
谁无一些避讳心。
只要你狠狠心肠把婴儿弃,
我情愿挂冠归隐与你泛舟五湖效一对白头鸳鸯共死生。

西　施　大夫既然深爱西施,为何就容不下这无辜的孩子?

范　蠡　范蠡爱你,便容不下他。

西　施　为什么？

范　蠡　因为他是一个祸根，一条伤痕，因为他会永久在你我的心头落下一道阴影哪！快，把孩子摔死，快摔死！

西　施　（倔犟地）不！

范　蠡　西施，你可不能任性，这孩子一旦被越王看见，你就没命了！

西　施　我倒想问问越王，这孩子他是怎么来的。

范　蠡　可是你会连累我呀？

西　施　既然如此，大夫，你走吧。

范　蠡　西施，范蠡还是爱你的，范蠡实在是舍不下你呀！

西　施　不，大夫的爱是要西施做出违心的事情，大夫爱的只是大夫自己。

范　蠡　西施，你听我说——

西　施　不要说了。大夫，说句心里话，我——恨你！

范　蠡　西施，你到底要范蠡怎么样呢？

西　施　我要你走。（大声央求地）你走吧！

［范蠡沮丧。吴优活蹦乱跳地上。

吴　优　嘻嘻，小夫差，有意思。像吴王，也像娘娘。范大夫白捡了个儿子！

范　蠡　吴优，你怎么来了？

吴　优　奴才是陪大王来向大夫道喜的！

范　蠡　大王怎么知道我在这里？

吴　优　大王什么都知道，大王已经把整座山都给围起来了！

范　蠡　啊，勾践此行，来意不善。必须立即将婴儿摔死呈上，否则后果不堪设想！西施，你听见了吗？

［西施专注婴儿，浑若未觉。

吴　优　她没听见。

范　蠡　（深长一叹）唉，范蠡救不了西施，也救不了自己，我走了！

［幕内唱："空怀抱经天纬地书与剑，

只落得茫茫湖上一孤帆。"

［范蠡解玉佩掷地，痛苦离去。

吴　优　（拾起玉佩）娘娘，范大夫真走了。

［西施接玉佩，目送范蠡远去。

吴　优　奴才早就料到，娘娘会有今天。

西　施　我该怎么办？

吴　优　一个字，走！

西　施　往哪里走？

吴　优　（唱）　不要问，

只顾走，

走出吴国，

走出越国，

走出人世，

一直往前走……

西　施　那是哪里呀？

吴　优　我也不知道。

（接唱）　妲己褒姒前面走，

无数美女跟后头。

人人活着都娇媚，

个个在世皆风流。

可叹无一不夭寿，

芳魂艳骨总难收。

走走走，一直往前走，

看看看，一眼看到头。

西　施　你是劝我去死吗？

吴　优　不是吴优劝你去死，乃是世人不许你活。你瞧，催命的到了！

［传来勾践的爽朗笑声。西施急忙用衣服罩住婴儿。勾践上。

勾　践　西施！哈哈哈，多日不见，颇感惆怅，听说姑娘病了，孤王特来探望。啊呀，果然憔悴了许多！

西　施　（搂紧婴儿，小心回避着）大王国事繁忙，何必亲自探访。

勾　践　西施功高于天，孤王理应另眼相看。

西　施　西施无病，大王请回吧。

勾　践　孤王这就走，这就走。

西　施　送大王！

勾　践　且慢！西施姑娘，你为何双手捧心啊？

西　施　我心口疼……（婴儿迸出哭声，西施急躲）

勾　践　站住！西施姑娘，你不是说无病吗？

西　施　西施心疼，由来已久。大王，西施恐难奉陪了！

勾　践　等等！西施姑娘，那范大夫没来探望你吗？

西　施　没有。

勾　践　哎，这可就是范大夫的不是了！西施为了国家，吃辛受苦，如今落下病来，他范大夫怎可不闻不问呢？不像话，太不像话了！

西　施　（屏住婴儿，坚持着，瑟瑟发抖）大王，你说完了吗？

勾　践　没完！（忿忿地）西施姑娘，你告诉孤王，那范大夫待你是不是不如从前好了，若真是这样，孤王要当面训斥他！

西　施　（忍无可忍地）对不起，西施告辞了！

勾　践　西施！（走近她）西施姑娘，孤王再问你最后一句话？

西　施　（直视他）请问！

勾　践　（态度和蔼地）那吴王夫差待你可好吗？

西　施　（被他激怒）你！

勾　践　（微笑着）啊？

［勾践与西施久久对峙，婴儿啼哭渐渐微弱下去。

勾　践　（拍一拍手）好了好了，孤王这下该走了！（走了几步，忽又折回）哦，孤王险些忘了一件事，这是西施姑娘的发簪，孤王奉还，奉还了！啊？哈哈……（彬彬有礼地下）

［西施腾出一只手，试探婴儿，忽然一阵战栗，婴儿寂然落地。

西　施　（惊恐万状地）我杀人了……我杀人了……我杀人了……天那！西施杀死了自己的孩子呀！不，不，不是我杀的……不是我杀的……不是我杀的呀……（跌坐在地，神情恍惚）那夫差，多威风，多神气，他曾经是那样地宠我，爱我……可是，他的身躯，他的霸业，就在那一片温柔之中消失了……我是什么，美人？祸水？功臣？尤物？不，我是西施，苎萝村的西施，浣纱织布的西施！天地呀，你为什么要造就我？为什么要造就一个尤物？为什么！

（唱）　问苍天，为什么无边无尽？
问星辰，为什么亘古无声？
问大地，为什么万物生长？
问江河，为什么奔流不停？
问风儿，何以要吹？
问鸟儿，何以要鸣？
问月亮，凭什么有圆有缺？
问太阳，为什么升了要沉，沉了还要升？
为什么？为什么？
为什么天地间行走着人？
那么美妙，那么聪明，
那么苦难，那么辛勤，
那么温柔地爱？

又那么凄厉地恨？
人啊人，
为什么自相残杀？
为什么掠夺纷争？
为什么不同舟共济？
为什么不互爱相亲？
为什么？为什么？为什么——

［西施踉跄着四处奔走求解……

［寂静久久……

［幕内唱："只闻空谷送回声。"

［西施稍事平静，俯伏在地，深情捧起死婴，亲吻着，吟诵着，踽踽向远方走去。

吴　优　（看着她，泣不成声）西施，你走了，你到哪里去，哪里是你去的地方……

西　施　（唱）　孩子呀，
你是血肉的再塑，
你是生命的延伸。
没有仇，没有怨，
只有爱与情；
没有悔，没有恨，
唯有你我两个人。

［西施怀抱婴儿，走向水天深处。

［吴优哭了，第一次动了真情。

［西施没入江水，江水呜咽。

［剧终。

京剧

宝莲灯

人　物　三公主　玉帝之女，华山之神

刘彦昌　人间书生，三公主的丈夫

沉　香　三公主与刘彦昌之子

二郎神　玉帝之子，三公主之兄

玉　帝　西天神帝，三公主与二郎神之父

圣　母　玉帝恋人，三公主与二郎神生母

灵　芝　三公主侍女，前身为南国仙子

哮天犬　二郎神的神犬

梅山七圣　二郎神的护将，分别为猪、牛、羊、虎、猿、蛇、蜈蚣等七种动物神

天兵天将、仙女花神、猪勇牛卒等若干

序幕　西天封神

［西天境界，灵霄殿前。

［玉帝置酒高会，仙女裙袂飘飞。

众仙女　（载歌载舞）

西天缥缈兮，
仙乐飘飘；
神仙永生兮，
自在逍遥……

玉　帝　（不耐烦地）好了，好了，不要跳了！

（唱）　说永生，道逍遥，
无非是酒足饭饱看妖娆；
一万年看罢也无聊！
人间总道天上好，
须知天上最寂寥。

下去，都下去吧！（长叹一声）唉！

［玉帝昏昏欲睡，众神呵欠连天，仙女们下。

［蓦地，宝莲灯神奇飞来，玉帝等仰视着，莫不惊讶。

天神甲　那一神灯，煞是好看，忽明忽暗，凌空飞旋！

天神乙　此乃是三公主修炼的宝莲灯！

玉　帝　三公主，我的小女儿，是她修炼的宝莲灯……

［三公主捧灯神采奕奕上。

三公主　（唱）　美轮美奂宝莲灯，

光华四射照眼明。

能解心语通灵性，

能教梦幻变成真……

拜见玉帝、众神！

玉　帝　啊，我的小女儿，听说你这一盏宝灯十分神奇，能否让父皇与众神开开眼界？

三公主　玉帝、众神请看！

［宝莲灯悠然腾空，渐飞渐远，蓦地，云幕上出现了人间华山的美妙景幻。

玉　帝　啊，那一云中景幻，仿佛是人间华山！

三公主　正是华山。

玉　帝　怎么，你也知道那华山……

三公主　华山美景，赛过天庭，岂能不心向往之！

天神甲　啊，玉帝，想那西岳华山乃是人间最美的山水，三公主乃是天上最美的神仙，若是将三公主封为华山神女，那真是美上加美，美不胜收了！

众天神　是啊，是啊，美不胜收啊！

玉　帝　这个……想那人间华山，确实令人神往！不过……（转念一想）哎，也罢，我便封你为华山神女，让你亲自去走一走，看一看，也算是代我了却了一桩心愿！

三公主　（惊喜地）多谢玉帝！

玉　帝　谢什么，谢什么，啊，哈哈……

三公主　（唱）　辞别仙庭华山往，

天女去向人间行！

［三公主雀跃下，华山景幻亦随之消失。玉帝伫立着，忽

有所思。

玉　帝　哎呀且住！想那西岳华山，本是人间凡境，我岂能一时忘情，放走三公主，哎呀呀，我真是太糊涂了！速召二郎听旨！

天神乙　召玉帝之子二郎神君听旨！

［二郎神内应："来也——"威风凛凛上。

二郎神　二郎奉召，拜见玉帝！

玉　帝　二郎听旨，只因你仙妹三公主钟情人间华山，我已将她封为华山神女，命你速带哮天犬与梅山七圣去往华山，赶尽游人，断绝山路，不得让三公主与凡间男女稍有接触，快去！

二郎神　领旨！哮天犬、梅山七圣听令！

［哮天犬、梅山七圣应声齐上。

二郎神　华山去者！

［众将应声，随二郎神下。

［天庭渐隐……

第一幕　华山之春

［茫茫云天，风驰电掣，二郎神率神将渐行渐近……

二郎神　（唱）　急切切离了仙境，

驾长风破雾穿云。

看下界红尘滚滚，

莲花峰游人纷纷。

教人担心，

教人担心！

［莲花圣母上。

圣　母　（唱）　身在人间华山境，
心系九重神仙庭。
呵护一方花与草，
霜冻严寒总是春。

在下恭迎二郎神君！

二郎神　你是何人？

圣　母　本方花魁，人称莲花圣母。

二郎神　既为神仙，怎可称为圣母？忒俗气了！

圣　母　这个……

二郎神　（挥一挥手）速去莲花峰，准备迎候三公主。

圣　母　（洋溢着温情）三公主……二郎神君……

二郎神　为何还不速去？

圣　母　这就去，这就去，哈哈……

二郎神　你笑什么？

圣　母　我……哦，没有什么，没有什么……（小心退下）

二郎神　（看着莲花圣母背影）奇怪！

（唱）　这华山四遭烟火盛，
莲花魁怎把圣母称。
急传令驱散世俗气，
上界神不可染风尘！

来呀！

朝着这华山道把重雷抛倾，
向着那游春人将暴雨浇淋。
教华山从此绝路径，
攀山顶如同攀青云！

［山崩地裂，电闪雷鸣，二郎神率众作法下。

［雷雨肆虐中的华山莲花峰。

［刘彦昌内唱："游华山遭雷电举步艰难——"踉跄而上……

刘彦昌 （接唱） 一刹时虎啸猿啼鬼神怨；
风雨中挣扎盘旋！（舞蹈）
天哪天，甚缘由忽然阴晴变，
把游人纷纷地撵下山。
好端端兴致化凶险，
兀自儿上下两难间。
刘彦昌偏不遂天愿，
拼性命向那险峰攀！（下）

［稍顷，雷雨消歇，晴空万里，华山现出盎然春意。莲花峰上，三公主神像已亭亭玉立。

［三公主内声："灵芝，带路！"

［灵芝内应："三公主你看，前面就是人间华山！"

［三公主内唱："宝莲灯驱散了漫天乌云——"灵芝手捧宝莲灯前引，三公主在众仙女簇拥中翩翩而上。

灵　芝 （接唱） 霎时间满目里一片春情！

三公主 （接唱） 多少回遥望这奇峰秀景，

灵　芝 （接唱） 怎比得身亲临悦目赏心？

三公主 （接唱） 莲花峰正是我梦中幻境——

灵　芝 奇怪呀！
（唱） 却不见幻境中游人纷纷。

［三公主、灵芝到处寻望，莲花圣母上。

圣　母 小神见过三公主！

三公主 你是……

圣　母　在下乃玉帝钦封的莲花圣母，看护华山花草生灵，特来迎候三公主！

灵　芝　莲花圣母？你叫莲花圣母？哎，看你不出，倒和三公主长得有点像呢！

圣　母　小神岂敢攀附上界大神，取笑取笑……

三公主　（异常亲切地）啊，圣母娘娘在上，请问这华山之上为何这般冷清？

（接唱）　不见上山有香客，

不见下山有游人。

不见山前有路径，

唯有风淡云也清。

圣　母　这个……

灵　芝　什么这个那个的，三公主问你，你就快说吧。

圣　母　三公主有所不知，只因二郎神君害怕世俗之气冲撞了上界神仙，故而用雷雨把游人赶走，将山路劈断了。神君还命小神敦促三公主，早回天宫。

三公主　（情绪一落千丈地）哦，我知道了。

灵　芝　真扫兴！好不容易陪着三公主下一次凡，可脚刚沾地，就——哎，只好回去吧！

圣　母　其实，小神倒是想陪着三公主和二郎神游一游华山，可神君令下，只好——

三公主　多谢圣母一番好意，神兄之命不便违拗，只好后会有期了。（怏怏地）圣母请自便。灵芝，我们回去吧。

灵　芝　（不快地）回去，回去，都是二郎神君，自己不曾领略过凡间风情，却只会大惊小怪！

［灵芝气咻咻地率众仙女下。莲花圣母向三公主频频颔首，依依不舍地下。

三公主 （唱） 匆匆一游华山境，

临去惆怅竟莫名。

回首顾盼空山静——

［传来刘彦昌的爽朗笑声……三公主蓦然止步。

三公主 （接唱） 空山响彻笑语声！

［刘彦昌上。三公主避至神像背后。

刘彦昌 哈哈……

（唱） 千难万险到山顶，

岩洞之内巧藏身。

雨过天晴空山静，

风光不负有心人。

好一派华山美景……

［三公主探头窥望。

刘彦昌 （敏感回身，发现神像）哦，原来是座神女像……（上下打量，啧啧称赞）想这世间美女，倒也见过许多，什么大家闺秀，小家碧玉，无非骄娇二气，脱不净的是个俗字！你看她，含而不露，美而不艳，真正的诗性仙品……只可惜一双美目，未曾点睛，就仿佛在那明净心头罩上了一片乌云；让人虽可敬，却不可亲了……（灵机一动）哎，我不妨取出笔墨，为她点化，或许真能走下神坛，开口讲话哩！

（唱） 不羡功名不羡官，

游历天下访名山。

莲花峰前点神像，

要教仙女把情传。

［刘彦昌果然取出笔墨为神像点睛，神像顿时显出鲜活。刘彦昌与三公主见之，均皆吃惊。

［幕内伴唱：

“霎时间神像鲜活透灵性，
好一似怦然叩动我的心。”

三公主 （唱） 怪不得魂牵梦萦华山境；

刘彦昌 （唱） 这神女仿佛是我梦中人。

三公主 （唱） 但见他性儒雅，格清俊，
潇潇洒洒真性情。

刘彦昌 （唱） 但见她品高洁，貌娴静，
妩媚之中蕴深情。

三公主 （唱） 如梦又如幻；

刘彦昌 （唱） 疑假亦疑真；

三公主、刘彦昌（齐唱）
怎不教人心潮荡漾爱恋生！

［幕内伴唱：
“欲退还进被吸引——”

刘彦昌 （对着神像，真诚表白）啊，神女，人道神仙不可亲近，我却看你万分可亲，你若真能开口说话，我定将你迎娶回家，你说话呀，你说话呀！

三公主 （终于大胆一拜）君子有礼！

刘彦昌 （猛一回身，猝不及防）啊，你是——

三公主 （彬彬有礼地）君子！
（接唱）我乃是天——

刘彦昌 “天什么？”

三公主 （唱） 天雨围困一游人！

刘彦昌 奇怪呀，这位小姐与神像为何如此相像？

三公主 君子有所不知，这神像正是仿照小女雕塑而成。

刘彦昌 那小姐乃是……

三公主 我乃……刻石造像的匠人之女。

刘彦昌　（看看神像，再看看她）不，不，不，我看小姐衣饰华美，貌似天仙，实在不像出自寻常人家。

三公主　君子不必猜疑，只因我随家人出游，雨中失散，眼下独自一人，孤立无援，正欲求助君子送我下山，君子想必不会推却吧？

刘彦昌　这个……哎，明明是凡间玉女，我却偏当她神仙，难道神仙会与我这个俗人讲话吗？真是荒唐！啊，小姐，你我虽是初识，却如旧交，小姐放心，在下刘彦昌送你下山也就是了！但不知小姐怎样称呼？

三公主　君子就叫我莲花，不，叫我荷花吧……

刘彦昌　荷花，莲花，本是一样的花，好吧，荷花小姐，日将西沉，华山一派美景，你我这就边走边看，一同下山吧。

三公主　君子请。

刘彦昌　小姐请。

［二人并肩行走，默默传情。

三公主　（念）　华山美景看不尽；

刘彦昌　（念）　画中玉女更迷人。

三公主　（念）　寂寞莲峰遇君子；

刘彦昌　（念）　陌路结成同路行。

三公主　君子你看，下山之路俱已断了。

刘彦昌　不妨事，待我修好再走。

三公主　百丈山崖，岂是顷刻之功？

刘彦昌　是啊，是啊，难道你我今夜就要困在山上。

三公主　偌大莲花峰，只剩君子与我，这便如何是好？

刘彦昌　是啊，是啊……（看着她，忽然开怀大笑）哈哈……

三公主　君子笑什么？

刘彦昌　我笑今日一场大雨，真是下得好哇！

三公主　怎见得？

刘彦昌　（敛住笑，深深一揖）荷花！

（唱）　莫愁华山道路断，

绝处相逢正有缘。

莲花峰前风光无限——

看落晖，迎星汉，

赏明月，听风眠，

待到东方红日现，

又见朝霞映满天！

［红霞万里，一片绚烂。三公主与刘彦昌牵手奔向高处。

三公主　啊，美在华山！

刘彦昌　不，美在荷花……

［二人深深陶醉，天地为之眩晕……

第二幕　华山之夏

［字幕：一年后。

［华山莲花峰，夏日情景。

［哮天犬潜上，窥探动静，返身招手。

哮天犬　猪圣，牛圣快走哇！

［猪圣、牛圣慢吞吞上。

猪　圣　奉了神君命，来到华山境。

牛　圣　带走三公主，拆散一家人。

猪　圣　这个差事真不美；

牛　圣　这份活计太没劲。

猪　圣　想我老猪，也曾在高老庄里出过事情；

牛　圣　想我老牛，没少为牛郎织女伤透脑筋。

猪　圣　如今倒好，在什么问题上犯错误，就在什么问题上爬起来，这办法也真叫损！

牛　圣　眼下也是，越是不愿意做的事情，越是要派你去做，妈妈的，非教你里外不是人！

哮天犬　哎哎哎，你们牢骚发完了吗？该干公务了！

牛　圣　这也配叫公务？不就是三公主跟凡人恋爱生了孩子，就非得来抓她？

哮天犬　这乃是神君的命令！

猪　圣　要去你去，我们不去，反正谁都知道，哮天犬是二郎神的一条狗。

哮天犬　不错，我是一条狗，可狗的天职就是忠于主人，为主子效劳。我命你们速速去将三公主押回天宫，去，快去呀！

［猪牛二圣硬着头皮向里搜索，忽然有所发现，转身逃下。

哮天犬　哎，回来，反了，真是反了！（追下）

［刘彦昌与三公主相拥婴儿上。

刘彦昌　（唱）　　结缡白云下；

三公主　（接唱）　洞居在山崖。

刘彦昌　（唱）　　修成华山道；

三公主　（接唱）　融进百姓家。

刘彦昌　娘子你看，路已修到半山腰了。

三公主　但愿早日修成，夫妻双双下山。

刘彦昌　天色尚早，我再下去一回。

三公主　我也去。

刘彦昌　你去作甚？

三公主　我为夫君擦汗扶钎！

刘彦昌 哎，夏日炎炎，无遮无盖，怎能晒黑了我的娇妻？娘子便留在山上照看沉香吧！

［婴儿笑声。

三公主 夫君你看，沉香笑得真甜！

［刘彦昌亲吻婴儿，携带工具下。三公主将婴儿慢慢哄睡，陷入沉思。

三公主 （唱） 见沉香面带笑甜甜睡稳，
我心头忽惆怅思绪纷纭。
年余来在华山恍如梦境，
享受着人世间美妙亲情。
我也曾遥望着西天怔愣，
不知道何日里惩戒降临。
我也曾扪心儿自思自问，
三公主在人间能住几春？
但愿得下山路早日修竣，
华山情通到那万户千村。

［传来凿石声。三公主安置好婴儿，汲饮水下。

［哮天犬、猪牛二圣返上，发现婴儿，好奇争睹。

牛　圣 嘿嘿，是个胖小子！

哮天犬 倒是有点像咱们神君。

牛　圣 这叫外甥多像舅！

猪　圣 像什么？又不是三只眼！

牛　圣 来，叫声牛伯伯，猪伯伯！

哮天犬 不对，应该先叫一声狗大爷！

［风云陡起，地动山摇。

哮天犬 神君来了！

牛　圣 孩子怎么办？

猪　圣　待我藏将起来！

牛　圣　站住，你想拐卖婴儿啊？

［“急急风”，二郎神率梅山五圣及神兵上。猪牛二圣用身体护住婴儿。

二郎神　哮天犬、猪牛二圣！命尔等前来拘拿三公主，为何迟迟不返？

哮天犬　启禀神君，猪牛二圣行动太慢！

二郎神　三公主现在何处？

哮天犬　正与刘彦昌修筑山路！

二郎神　与我速去拘拿！

哮天犬　她来了！

三公主　（内唱）　忽然一阵狂风紧——（上）

华山来了二郎神！

我不妨殷勤上前把礼来敬——

啊，二郎神兄驾到，小妹这厢有礼！

二郎神　（懒洋洋不理地）哼！

三公主　（从猪圣手中接过婴儿，仍殷切地）啊，神兄！

（接唱）　这是你嫡嫡亲亲的小外甥。

［婴儿忽然又笑，众神将亦哄堂大笑。

二郎神　（恼羞成怒地）呀呀呸！

（念“扑灯蛾”）

一见婴儿怒气生，怒气生，

气得我跟前冒金星，冒金星；

仙妹做事太任性，太任性，

嫁了凡人她当母亲，当母亲！

三公主　神兄何必大动肝火？

二郎神　我且问你，为何滞留华山，不回天宫？

三公主　小妹乃玉帝钦封的华山神女。

二郎神　玉帝将你封神，并未许你下嫁，难道你不知天界神规？

三公主　既为一方神仙，理应入乡随俗，男婚女嫁，人间常理。

二郎神　事到如今，还敢强辩。来呀，将她押回天界，囚禁广寒宫！

三公主　且慢，神兄是要把我一家生生拆散？

二郎神　此乃玉帝旨意！

三公主　这……

哮天犬　启禀神君，那个刘彦昌和这个婴儿，如何处置？

二郎神　统统打死！

三公主　慢，我且问你，这也是玉帝的旨意么？

二郎神　神仙话柄，岂可留在人间。

三公主　也罢，华山之情由我而生，一切罪名凭我担待；神兄在上，小妹愿受天罚，只望饶过我那夫君姣儿。

二郎神　若是不饶呢？

三公主　宁为玉碎，抵死相拼！

二郎神　（略一对峙）且自依你！

三公主　还请兄长率神将暂且回避，容我与丈夫、姣儿话别几句，须知从今以后，我与他们是再也不能见面的了……（掩泣）

二郎神　（既怜又恨地）你呀！（一挥手，率神将先下）

［婴儿啼哭，刘彦昌浑然未觉地上。

刘彦昌　娘子，婴儿为何啼哭……（见她背身抽泣）娘子因何也在哭泣？（寻望四周，并无异样）娘子，这是为什么？

三公主　（尽量缓和地）夫君，为妻就要走了。

刘彦昌　走？娘子莫非要往天上飞？

三公主　正是要回天上……

刘彦昌　奇怪，娘子从不爱说笑话。

三公主　夫君，为妻原本就是天——

刘彦昌 又来了，天、天、天，天什么呀？

三公主 天界玉帝之女！

刘彦昌 （一怔，旋即大笑）哈哈……娘子是玉帝之女，那我便是玉帝女婿！好，好哇，我刘彦昌与玉皇大帝女儿做了夫妇……（看看神像，再看看她）难道娘子真是这位华山神女……

三公主 那正是为妻的塑像！

刘彦昌 （猛一颤栗，断然否定）不，我的娘子是荷花！

三公主 荷花也是为妻！

刘彦昌 啊，这是为什么，为什么？

三公主 夫君，你听我说。

刘彦昌 不，我不要听，不要听！

三公主 夫君！

（唱） 叫声夫君莫怨愤，
为妻对你说真情。
我本天女思凡境，
钦封下界华山神。
多亏夫君点神像，
唤醒一颗女儿心。
因此大胆来相爱，
真真切切想做人。
夫君啊，做人的滋味多美妙，
我是千年万载记在心。

刘彦昌 不，不！

（唱） 叫声娘子休任性，
一番言语不是真。
既是天女你却何必恋凡境，

既恋凡境你又何必回大庭?
你看这小姣儿活泼又娇嫩,
分明是你与我血肉延伸。

三公主 (唱) 怎忍心割舍你夫妻情分;
怎忍心抛下这骨肉亲生;
怎忍心离开这华山胜境;
怎忍心回到那寂寞天庭?
无奈天力难违抗,
二郎神兄已驾临。
倘若神兄被激怒,
只怕祸及无辜人。
夫君啊,求夫君把姣儿领带好,
莫忘华山一段情。
我就在那明月上,
迢迢万里望亲人。

[二郎神率众上。

二郎神 来呀,将三公主押上月宫!

刘彦昌 且慢!(忽然迎向二郎神,十足书生气地)想来足下便是二郎神君?啊,久仰神君威名,如雷贯耳,今日一见,果然非凡,幸会,幸会!

二郎神 (鄙视地)你就是那个刘彦昌?

刘彦昌 不敢,在下正是刘彦昌。

二郎神 大胆刘彦昌,竟敢引诱天女,私配仙凡,还生下孽子,你知罪吗?

刘彦昌 (哈哈一笑)男婚女嫁,人之常情,何罪之有?

二郎神 你是凡,她是仙,岂可乱了天伦?

刘彦昌 我有情,她有爱,为何不能成亲?

二郎神　好个狂生，竟敢亵渎天理，冒犯神明！

刘彦昌　难道神明就不讲情义？

二郎神　神明讲的只有尊严！

刘彦昌　那么人呢？难道人就没有尊严了吗？

二郎神　这……

猪　圣　论凶狠你是天上第一，可比口才你还比人家差点！

二郎神　（索性）与我打！

［灵芝捧宝莲灯上。

灵　芝　宝莲灯在此，休得无礼！

二郎神　大胆灵芝，你竟敢用宝莲灯阻挡执法，与我拿下！

［小开打，灵芝护卫三公主，三公主护卫刘彦昌和婴儿。终于，哮天犬咬住灵芝。

二郎神　来呀，收了宝莲灯，把灵芝镇在华山脚下，永不见天日！

三公主　灵芝，你为何不顾生死，以命救我？

灵　芝　（深情地）三公主！

（唱）　我本南国一仙子，
也曾恋人恋到痴。
五百年前受惩戒，
罚作苦役守瑶池。
自从侍奉三公主，
我爱你，敢思想、有胆识，
淡薄天规性率直，
我是暗暗赞许为相知！
这华山如诗如画如梦幻，
这人生似糖似蜜似胶漆。
爱一回太短，
死一回何辞，

纵使我百折千挠万遭死，

只要还能与人相爱一次——

我也心甘情愿再搏一回痴！

三公主啊，

愿你阖家重团聚，

华山下有我敬你爱你的小灵芝。

三公主　灵芝，我的好姐妹！

二郎神　与我分头押下！

三公主　灵芝！

灵　芝　三公主！

三公主　夫君！

刘彦昌　妻呀！

三公主　沉香！沉香儿呀……

［灵芝与三公主被分别押下，刘彦昌奋力向二郎神冲去，被神将击昏倒地。

哮天犬　神君，刘彦昌好像死了。

二郎神　（不以为然地）哼！

哮天犬　这婴儿……

二郎神　（一抬手）扔下山去！

哮天犬　是。（抱着走了几步，又折回来）神君，我看这孩子倒是怪可怜的。

二郎神　扔！

［莲花圣母迎上。

圣　母　神君且慢！

二郎神　你来做甚？

圣　母　神君呀！

（唱）　路见不平动恻隐，

忍看幼儿失双亲。

恳求神君施怜爱，

收养无辜小外甥。

二郎神　此乃本家私事，岂容旁人置喙。

圣　母　普救众生共理，焉能置若罔闻？

二郎神　堂堂神君，收养婴儿，成何体统？

圣　母　既然神君不愿收养，请把婴儿赐予小神。

牛　圣　这个花神，倒想白捡便宜。

哮天犬　神君，依我看不如将这位花神娘娘请回灌口去，让她帮助咱们哺养婴儿，神君譬如多养了一只小猫小狗嘛。

猪　圣　是呀，自家骨肉，总不能让别人抱走！

牛　圣　神君你看，这孩子除了少一只眼睛，别的都像你，说不定长大了，又是一位二郎神君！

二郎神　（再看婴儿，渐渐动摇）也罢，抱上婴儿，带花神上路！

圣　母　神君慈悲。

二郎神　（突然）且慢！这个婴儿乃是仙凡合一，上不归天，下不属地，我若将他养大成人，便是犯了天禁。记住，无论何时何地，不得对他言讲身世，否则……

圣　母　神君放心吧！

二郎神　走！

［二郎神率众仙下。莲花圣母回首向刘彦昌一挥拂尘——

圣　母　刘郎醒来！（下）

刘彦昌　（翻身而起）啊，娘子，沉香……天哪！还我妻儿啊——（复又栽倒）

［天光渐收，繁星点点，音乐悠远缠绵。

［月宫、神殿、华山地牢、莲花峰、灌口……舞台形成多个

视点。

［幕内合伴唱：

“心疼痛泪朦胧遥看苍穹，
莲花峰广寒宫息息相通。
望星空夜色浓心事沉重，
何日里一家人再得重逢？”

［三公主出现在月宫里。

三公主 （唱） 凄凉明月挂九重，
我身囚禁广寒宫。
亲人隔断难隔梦，
我心飞向莲花峰——

［刘彦昌出现在莲花峰神像旁。

刘彦昌 （接唱） 莲花峰前抚神像，
忍见神像泪泉涌。
神像便是荷花女，
荷花永在我心中——

［灵芝出现在华山地牢。

灵　芝 （接唱） 我心中无怨无悔——
我心中洋溢春风。
我祈祷玉帝通灵，
我祈祷夫妻重逢。

［玉帝出现在灵霄神殿。

玉　帝 （接唱） 也怪我一时冲动，
惹出这是非重重。
明知道情根难断，
又岂能包庇纵容。

［二郎神手捧宝莲灯出现在云端。

二郎神　（接唱）　手捧神灯暗心痛，
仙妹下凡理不容。
二郎誓死捍天律，
神仙凡人怎相通。

［莲花圣母呵护着婴儿出现在灌口。

圣　母　（哼唱）　天苍苍，地茫茫，
我家有个小儿郎。
天也大，地也大，
天地之间是我家……

三公主　（接唱）　想姣儿，心哀痛，
泪水潸潸挂腮容。

刘彦昌　（接唱）　想姣儿，泪眼朦，
忧心忡忡望月宫。

灵　芝　（接唱）　母亲知儿在人间，
父亲知儿在九重。

玉　帝　（接唱）　一面是儿女失了和，
一面是情理难通融。

二郎神　（接唱）　母子夫妻不相见，
斩断情丝各西东。

圣　母　（接唱）　沉香沉香快长大，
回到双亲怀抱中。

三公主　（接唱）　望夫君细心照看儿冷暖；

刘彦昌　（接唱）　望娘子嘱儿勿忘莲花峰；

灵　芝　（接唱）　望星空夜夜有情架鹊桥；

玉　帝　（接唱）　望女儿体谅父辈有隐衷；

二郎神　（接唱）　望仙妹慧剑斩断红尘梦；

圣　母　（接唱）　望上苍怜惜亲人苦痛中。

［幕内合伴唱，爆发地：

“天苍苍，地茫茫，
我家有个小儿郎。
天也大，地也大，
天地之间是我家……”

［声渐远去，归于静寂。

第三幕　华山之秋

［字幕：十年过后……

［莲花峰前，一池鲜荷，远山一片秋韵。

［沉香玩耍上，哮天犬寻上。

哮天犬　沉香！沉香！糟了，这孩子怎么玩到华山上来了！沉香——

［沉香忽然从神像后闪出，哈哈大笑。

哮天犬　沉香，你怎么一眨眼跑到这儿来了！

沉　香　这儿有什么不好，我就喜欢这儿！

哮天犬　这可是华山！

沉　香　华山怎么了？

哮天犬　若被神君知道，非打你不可！

沉　香　哈哈，你说错了，神君从来不打我。

哮天犬　走吧，沉香。

沉　香　我就不走！

哮天犬　你走不走！（挠沉香痒痒）

沉　香　哈哈哈，我痒，痒！

哮天犬　沉香听话，咱们走吧，神君还要教你练武呢。

沉　香　（忽然歪着头）哮天犬叔叔，你看这神像多美！你看她那一双眼睛，好像一直都看着我，我向左，她也向左；我向右，她也向右，躲都躲不开！哎，你知道她是谁吗？

哮天犬　（不敢正视神像）不知道。

沉　香　你骗我，我看出来，你知道，知道嘛！（央求他）

哮天犬　（莫名叹口气）唉，她是华山娘娘！

沉　香　华山娘娘……（仰望着）娘娘，娘娘，你为何老看着沉香，看得我心里好慌啊！

哮天犬　（发现有人来）沉香，有人来了，快走！

［哮天犬不由分说地拉起沉香急下。

［刘彦昌上。

刘彦昌　奇怪，明明看见人影，怎么眨眼不见了……（揉眼）兴许是我看错了……（对着神像）娘子你看，山路已修好了，山上山下又通了，那二郎神能将山路毁坏，我也照样能够修复它。

（唱）　十年修凿一条险，
　　　　华山重回人世间，
　　　　无奈云中难铺路，
　　　　不能直通到九天。

（坐下，自言自语）娘子，今日乃是人间的中秋佳节，可惜你我一家又不能团圆。我只能坐在神像面前与你和沉香孩儿说几句话，不知你们能否听见……（欣赏着满池荷花）娘子，说来也真神奇，自打娘子走后，这莲花峰上竟真地开出了荷花，而且四季不谢。就仿佛娘子你人虽走了，情却留在了华山！（渐觉困乏地）常听人道，荷花池边会有荷花仙子来访，她们三五成群，踩着月光，还翩翩起舞，

莺莺歌唱。若果真如此，那该多美呀……（说着话，渐渐睡着）

［夜幕徐降，月上中天，莲花峰一片圣洁。

［蓦地，荷花仙子成群结队，翩跹而至；三公主列在中间，长袖善舞，寻寻觅觅。

众花仙 （且唱且舞）

皎皎月色照花影，
翩翩仙子送花神。
花容月貌两相映，
花好月圆喜盈盈。

三公主 （且舞且唱）

千百次梦回华山相思切，
今夜冒险出宫阙。
静悄悄独自来到华山界，
提防行踪被察觉。
因此上扮作月下花仙子，
十年相思也只能匆匆来去这一瞥！

三公主 神像之前，冷冷凄凄，那沉睡之人，正是我的夫君。夫君！刘郎……

刘彦昌 （倏然坐起）谁在唤我啊？啊！难道真是天上的花仙下凡来了，慢来慢来，我不是在做梦吧？

三公主 夫君……

刘彦昌 （又一惊）娘子！莫非真是娘子……

三公主 夫君！为妻与你相会来了……

刘彦昌 娘子！

［二人惊喜相拥久久沉浸。

三公主 啊，刘郎，沉香儿可好啊？

刘彦昌　沉香？他不是随你去了么？

三公主　他不是留在你的身边么？

刘彦昌　他去了天上！

三公主　他留在华山！

刘彦昌　天上！

三公主　华山！

刘彦昌　（如梦方醒地）哎呀娘子呀，那日，我昏倒在地，待我醒来之后，沉香儿他已不见踪影。

三公主　沉香……（晕厥）

刘彦昌　娘子醒来，娘子醒来！啊呀妻啊……

三公主　（泣不成声地）夫君……

［二郎神内唱："天庭震怒又把圣旨下——"二郎神率梅山七圣及神兵上。

二郎神　（怒指三公主）你！

（接唱）　一再下凡为哪桩？

三公主　（唱）　思念亲人心难放，

探望夫君与儿郎。

二郎神　（唱）　你那儿郎今何在，

只怕来去是空忙。

三公主　（唱）　听他言来费思量，

莫非我儿被他藏？

二郎神　（唱）　婴儿正是我抚养，

来人与我唤沉香！

［沉香应声，英气勃勃上。

沉　香　（念）　听得一声唤，

来到神君前！

神君召唤何事？

二郎神　沉香，你去看来！

沉　香　是。（发现三公主）哎，这位娘娘，我好像见过？噢，我想起来了，你就是这莲花峰上的华山娘娘！

三公主　你是沉香？

沉　香　对呀，我就是沉香，娘娘也知道我的名字？

刘彦昌　（突然）儿啊，我乃是你的父亲刘彦昌啊！

沉　香　（吓一跳）刘彦昌，我的父亲？（觉得好笑）哈哈……这位先生怕是认错人了吧，我可没有什么父亲母亲的，神君说过，我沉香乃是天地之子！

二郎神　讲得好！

三公主　儿啊，他确是你的生身父亲，我也确是你的生身母亲啊！

沉　香　（愣了愣，显得不悦）你也这么说！

二郎神　沉香！你看那一对男女，男的是个凡人，女的乃是天仙，只因他们私自般配，违背了天规，如今，玉帝降下旨意，要将那仙女与凡夫分开，我命你前去执法，你从命吗？

沉　香　神君之命，焉能不从！（雄赳赳走向三公主和刘彦昌）呔！神君说了，你们违背天理，犯了天条，神君命我将你们拆散！

刘彦昌　儿啊！难道你真的要拆散自己的生身父母吗！

沉　香　还敢胡说八道，赶快散开！

三公主、刘彦昌　（齐声）儿啊，你不可如此！

二郎神　沉香，还不动手！

沉　香　是！

［沉香强行将三公主和刘彦昌拆开。

牛　圣　乖乖，果然说中了，是个小二郎神！

沉　香　（一抖威风）走！

［一侧，莲花圣母暗上，场上情景尽收眼中。

第四幕　华山之冬

［猪圣与牛圣巡山上。

猪　圣　（念）　一夜华山风雪漫；

牛　圣　（念）　神君下令来巡山。

猪　圣　（念）　冻得我两耳直发颤；

牛　圣　（念）　冻得我鼻子透心寒。

猪　圣　我说牛兄，你看这天气怪不怪，昨天还是中秋节，今儿个好像快过年了！

牛　圣　怪什么，不怪！就因为玉帝颁旨惩罚亲闺女，神君事情又做得太绝，这才引起了天界公愤！大家伙刮点风，下场雪，是给这对父子一点颜色看看！

猪　圣　说得对，这叫失道寡助，不得“神”心！

［哮天犬急上。

哮天犬　哎呀猪兄牛兄，大事不好了！只因三公主执意与凡人恋爱，二郎神君百般规劝，三公主是至死不悔。如今，二郎神君就要将三公主与那灵芝一起封死在华山地牢，恐怕三公主永不能重见天日了！

猪　圣　哎呀，这可怎么办呐？

牛　圣　咱们得想法子帮帮三公主一家！

猪　圣　怎么帮呢？

哮天犬　哎嘿，有了！依我看，只有沉香能够救出三公主。

牛　圣　对，这小子武艺不在神君之下，可是他不认亲娘又怎么救呢？

哮天犬　沉香不是最听莲花圣母的话吗？咱们不妨请出圣母娘娘，劝醒沉香！

猪、牛　对，好主意！

［哮天犬、猪牛二圣齐下。沉香内声："啊嘿——"练武艺上。

沉　香　（念）　身轻疾如燕，
飞步越山涧。
练就天地功，
要做大神仙！

［二郎神上，与沉香比试武艺。

二郎神　沉香，你的武艺愈发长进了！

沉　香　多蒙神君指点！

二郎神　好，严守华山，不得怠慢！

沉　香　神君放心！

［二郎神下。沉香跃上石坡，威武站定。

［风声怒吼，大雪飞扬。

圣　母　（内唱）　闻急报吓得我魂飞魄销——

［莲花圣母急步上。

圣　母　（接唱）　叹二郎镇压手足情义抛！
顾不得多避讳我心头气恼，
到山前劝沉香一路行来泪滔滔。
这一家情与怨谁人知晓，
是与非根与底桩桩件件老老小小无时无刻不挂在我心梢。
且把悲伤压心底——（拭泪）
劝沉香把亲娘救出山牢。

沉香，天寒地冻，滴水成冰，你独自站在那里，冷是不冷？

沉　香　不冷。

圣　母　这件寒衣，你披上吧。

沉　香　我不冷！

圣　母　哎，这可是圣母娘娘亲手为你缝制的！

沉　香　那我就披上！

圣　母　（为他披着衣裳）沉香，圣母待你可好？

沉　香　圣母待我好，圣母还给我做棉衣呢！

圣　母　那神君呢？

沉　香　神君也好，神君教我武功，圣母养我成人，神君可敬，圣母可亲。其实，沉香心里最亲的还是圣母娘娘！

圣　母　如此说来，圣母娘娘的话儿你是要听的！

沉　香　要听，圣母娘娘，你要说什么？

圣　母　沉香，神君他乃是你的亲舅舅呀。

沉　香　亲舅舅，舅舅是什么？

圣　母　就是你母亲的兄长。

沉　香　母亲，我没有母亲呀。

圣　母　人皆父母所养，为何独你无爹无娘？

沉　香　照你这么一说，连神君也有爹娘啦，你倒是说说，神君的父亲是谁，母亲又是谁？

圣　母　他乃玉帝之子。

沉　香　不错，那他的娘呢？

圣　母　这个……

沉　香　你说，你说呀！哈哈……你说不出了吧？告诉你，圣母娘娘，我是没有爹娘的，我乃是神仙，神仙你懂吗？神仙就是跟凡人不一样，凡人讲情、讲爱，神仙只讲威严！

圣　母　此话从何听来？

沉　香　神君就是这么教我的。

圣　母　可神君对你不是也有情，有爱吗？（循循善诱地）沉香！

（唱）　天地间哪能没有情和爱，

你就是天上人间共培栽。

十年前你亲娘思凡来到华山界，

与你父生下了你这取名沉香的小婴孩。

谁料想好姻缘不能长在，

那玉帝命二郎把恩爱夫妻两拆开。

从此后一家人生生破败，

娘在天上爹在人间你被那二郎舅舅隐瞒出身收养下来。

还有那见义勇为灵芝女，

被囚山牢也遭了灾。

沉香啊，华山下压的乃是生你养你爱你想你受尽苦难的生身母，

你懵懂无知混沌不开不认亲娘是非不白好不教人痛在心怀！

沉　香　圣母，你这些话都是在说我吗？

圣　母　圣母娘娘与你相依十载，何曾有过半句谎言。

沉　香　（震惊）这难道是真的吗……

［哮天犬与猪牛二圣上。

哮天犬　沉香，圣母之言句句是真！

猪、牛　对，我们可以作证！

哮天犬　不信，你看！（指远处高挂的宝莲灯）

沉　香　是神君的宝莲灯。

哮天犬　不，它是华山娘娘的，是娘娘用心血修炼了它。因为它，娘娘才来到华山；因为它，才有了你；因为它，娘娘才吃尽了苦哇！你看，宝莲灯正召唤你呢！

沉　香　（登高，摘灯）宝莲灯啊宝莲灯，你能让我见到母亲吗……（如此重复三次，一次更比一次动情）

［终于，宝莲灯神奇升空，悠悠旋转，沉香惊讶地仰望着……

［幕内伴唱：

“美轮美奂宝莲灯，
光华四射照眼明。
能解心语通灵性，
能教梦幻变成真……”

［华山绝壁上，渐渐显出三公主与灵芝牢狱受难身影。

沉　香　（试探地）母亲，母亲，母亲……

［沉香连声轻唤，三公主慢慢转过身体……

灵　芝　三公主，沉香救你来了！

三公主　（看着他，万种柔情地）沉香……我儿……

沉　香　（爆发地）亲娘——（跪下去，泪人似地）娘啊……

（唱）　生来不识亲娘面，
怎知娘亲在面前。
娘呀娘，一声唤儿儿惊醒，
娘心牵动儿心间。

三公主　（唱）　听儿唤娘娘无怨，
娘的苦涩化甘甜。
今日儿把娘亲唤，
春风吹进娘心田。

沉　香　（唱）　儿愿与娘长厮守，
紧紧依偎娘身边。

灵　芝　（唱）　你不见娘被压在华山下，
你与娘亲怎团圆？

沉　香　（唱）　我愿救母出牢狱，

利斧劈开太华山。

三公主　（唱）　儿不怕神君一旦翻了脸，

连累我儿怎心安？

沉　香　（唱）　他有情，沉香叫声亲舅舅，

他无义，孩儿与他斗凶蛮！

灵　芝　（唱）　你不怕惊动天庭山河变？

粉身碎骨一时间？

沉　香　（唱）　我愿学那孙大圣，

一路反上九重天。

只要沉香能救母，

纵死千遭也无怨！

灵　芝　三公主，沉香是个好孩子！

三公主　儿啊，母亲爱你！

［三公主与灵芝隐去。

沉　香　通灵通幻宝莲灯，赐我神斧救母亲！

［一道电光，飞出神斧，沉香稳稳握定。

沉　香　母亲，灵芝阿姨，沉香救你们来了——（耍斧，劈山）

［一声震天巨响，山开，灵芝扶着三公主从烟雾中走出。

［哮天犬、猪圣、牛圣引刘彦昌上。

沉　香　母亲！

三公主　沉香！

刘彦昌　娘子！

三公主　夫君！

沉　香　爹爹！

刘彦昌　儿啊！

［一家团聚，悲喜交集。

[二郎神率兵突上。

二郎神　好你个沉香，我煞费苦心，栽培于你，想不到你竟野性不改！

沉　香　舅舅拆散甥儿一家，也忒无情了吧？

二郎神　哮天犬，与我将他拿下！

哮天犬　（矛盾地）神君，事到如今，你就含糊着点吧，好歹都是一家人啊！

二郎神　猪牛二圣，与我一并拿下！

牛　圣　对不起，我们不听你的了！

二郎神　啊！梅山诸圣，与我调兵遣将，捉拿沉香！

[二郎神召唤天兵天将……猪牛二圣吆喝猪勇牛卒……两军对阵，一番厮杀，直打得滑稽诙谐，妙趣横生……

[沉香愈战愈勇……灵芝挥剑增援沉香……二郎神渐渐招架不住……

玉　帝　（幕内）住手！

[天门骤开，华光四射，仪仗导引下玉皇大帝乘龙辇徐徐降下……

[全体肃然下跪。

玉　帝　打呀，怎么不打了？我就知道，事情不弄到这个地步，不好收场！那一顽童，就是斧劈华山的沉香吧？

沉　香　是又怎么样？

玉　帝　你过来，让我看看！

[三公主对沉香耳语，沉香不情愿地走近玉帝。

沉　香　外公！

玉　帝　你高声些，我听不清！

沉　香　（大声）外公！外公！外公！

玉　帝　哎，哎，哎，嗬嗬哈哈……唉，我本当重罚他们，可如今又下不了手了。也罢，刘彦昌你过来。

刘彦昌 拜见玉帝！

玉　帝 我且问你，是要成仙，还是要做人？

刘彦昌 成仙怎样？做人又怎样？

玉　帝 成仙可享受永生，但不可有夫妻名分；做人嘛，一家则不能团圆。

刘彦昌 如此说来，我纵使做了神仙，也不能与妻儿团聚？

玉　帝 此乃天界神规！

刘彦昌 既然如此，刘彦昌宁可留在人间。

玉　帝 那你可就再也见不到他们了！

刘彦昌 虽然不能见面，可他们永远是我的妻儿。多谢玉帝一番美意，刘彦昌告辞了！（欲下）

沉　香 爹爹慢走！

玉　帝 沉香，让他去，外公带你一同上天！

沉　香 不，沉香自幼不曾享受父母之爱，今后也不能有爹无娘，有娘无爹。娘，娘，我们一块儿走吧！

玉　帝 沉香，你母乃是神仙，岂可下凡做人！

三公主 不，女儿正要恳求玉帝，下凡做人。

玉　帝 怎么，难道你要脱离仙籍，放弃永生，去过那百年一回的平凡人生？

三公主 玉帝在上，女儿就是要做一个平凡之人，一个妻子，一个母亲。

玉　帝 要知道，人是会死的！

三公主 不，女儿以为，人生不死。

玉　帝 胡说，只有神仙永生，哪有人生不死？

三公主 玉帝呀！

（唱） 人世间子子孙孙无穷尽，

都只为男欢女爱重真情。

天界永恒如止水，

人间百年代代新。

父母生儿女，

儿女有子孙。

只要爱不灭，

延绵难断根。

玉帝呀，世间情爱多美好，

女儿铁心去做人！

圣　母　（突跪）恳求玉帝，将三公主脱去仙籍，降为凡人，让他们一家三口人好好团聚吧！

玉　帝　什么，你也为他们说话？

圣　母　是，小神本当信守诺言，永生永世维护玉帝尊严。可是你，为什么让三公主来到华山，又为什么对她百般摧残，如今，你又为什么亲自来了？你教我如何能无动于衷，如何能不勾起那沉埋千载的心酸往事……玉帝呀玉帝，你不该这样……（伤心唏嘘）

玉　帝　唉，我也说不清，道不明……总而言之，我也有许多难言之隐……

（唱）　我也曾风流年少入情网，

在这西岳华山结识了他们的亲娘。

我也曾顽皮莽撞，

生下了儿女一双。

我也曾羡慕凡尘厌天上，

向往那小家儿女情意长。

无奈天规难更改，

也只得一个华山一个在天堂。

看起来是我播下了多情种，

为什么这情爱二字就恁般教人难提防。

罢罢罢，狠狠心肠把女儿放，

再不要弄出这天上人间怨声长！

三公主　多谢玉帝！

玉　帝　不，叫我爹爹！

三公主　(泣声)爹爹！

玉　帝　二郎、女儿，快去见过你们的母亲！

［莲花圣母早已在不知不觉中离去……

三公主　(寻唤地)母亲！母亲！母亲——

［远处，莲花圣母闻声蓦然止步。

玉　帝　二郎，快叫住你的母亲，她可是儿的生身亲娘啊！

二郎神　(久久地惊愣着，终于石破天惊地一声痛呼)娘啊……

［莲花圣母慢慢回转身，脸上露出欣慰的笑容……

［宝莲灯神奇地升空。

［幕内伴唱：

“美轮美奂宝莲灯，

光华四射照眼明。

能解心语通灵性，

能教梦幻变成真。”

［莲花圣母默默颔首，缓缓离去……宝莲灯降落在玉帝手中。

玉　帝　灵芝，你也回到南国去吧。

灵　芝　谢玉帝！(雀跃下)

沉　香　娘，娘，外婆走了，灵芝阿姨也走了！

玉　帝　是啊，她们走了，外公也要走了。我的女儿，这盏宝莲灯爹爹带走，爹爹想念你们的时候，也好远远地望一眼哪！

三公主　（动情地）爹爹！

刘彦昌　沉香，去和舅舅道别。

沉　香　舅舅……

二郎神　沉香！

［二郎神与沉香难分难舍，哮天犬、猪牛二圣伤感地劝慰着……

［龙辇重又升空，玉帝与二郎神向三公主一家挥手道别……

尾声　春回华山

［华山又恢复了春的气息。莲花峰上，三公主一家正逶迤走来。

［蓦地，宝莲灯凌空飞来，在三公主一家人上空悠悠旋转……

沉　香　娘，爹爹，你们看，外公和舅舅在看我们呢！

［幕内唱出“京歌”：

“像心中一盏明灯，
升上天空；
呼唤人间真情，
呼唤包容。
像心中一轮明月，
高挂九重；
深情俯瞰你我，
俯瞰苍穹。

让我们彼此相爱，
彼此感动；
让我们捧出真心，
心心相融。
无论天上，
无论人间，
无论天南，
无论地北，
在这爱的光辉里，
总能相通。
轻轻地说一声再见，
我们明日重逢，再重逢！”

[剧终。

京剧独角戏

暴风雨

（根据莎士比亚《李尔王》改编创作）

[幕启。荒原,暴风雨。

[一道闪电,一声惊雷,炸出一个顶天立地的李尔王来。李尔冠脱发散,精神亢奋——他呼风唤雨,满台狂奔。

李　尔　哈哈,暴风雨,暴风雨!嗬嗬,哈哈哈!(唱)

好烈的风暴拔山起,
好大的雨点决江堤,
好沉的雷霆轰大地,
好厉的闪电把天劈!

来,暴风雨!暴风雨,来吧!你们集结于我的麾下,听从于我的驱使——你们就是李尔的战将,李尔的猛士!你们听命于我,汇集成军,与我杀向邪恶,杀向虚伪,杀向人世间的阴谋与背叛!不要忘记,连同那些淫乱作奸的不法男女一并杀死!我李尔就是要借助大自然的威力重振雄风!要知道,正在向你们发号施令的,乃是一位高贵无比的国君——他叫李尔!李尔!李尔!

[暴风雨平息下去。

李　尔　奇怪,暴风雨怎么平息了?难道,李尔失去了主宰人世的威权,也失去了驾驭自然的威力?抑或,自然原本就不听从人君的调遣?如此说来,我李尔如今除却剩下一个尚能说话的年迈之身,竟再也不能支派什么了……唉!(唱)

暴风住兮余空寂,
失权势兮无计施。
昔为君兮今为乞,
立荒原兮独太息。

我，李尔，曾是一国之君。只因我突发奇想，决意把操持一生的国土分封给三个亲生的女儿。我原想，人老了，精力不济了，应该歇息歇息了，不要教人家背着骂你是个老不死的东西！这，也算人之常情吧？于是乎，我便传下旨令——来呀，召三位公主进宫！

［奏乐。

李　尔　(煞有介事地)父王老了，父王要把治国重担分摊在你们肩上！且慢，在父王还没有把国土分封给你们之前，告诉我，你们中的哪一个最爱父王？父王要看一看、比一比，哪个女儿最有孝心、最为贤德，父王便给她最大的恩惠！嗯，大女儿迫不及待地抢了过来，她最先开口："尊贵的父王呀，女儿我只说一句话！"噢，是哪一句？"女儿爱父王胜于爱自己的生命！"啊，嗬嗬哈哈哈！这句话倒也不假。没有父王又哪有女儿的生命呢？说得好，说得好哇。嗬嗬哈哈哈！好了，拿去你的一份国土！哟，二女儿过来了，这个丫头也不甘落后。她说："仁慈的父王在上，女儿对父王的爱也只有一句话！"好，话不在多！说，哪一句？"女儿爱父王胜于爱自己的丈夫！"哇，这话居然也说出来了！亲爱的女儿，你让父王听得骨头都酥了。哈哈！倒也不假，没有父王又哪有你的爱情和丈夫呢？来来来，我宝贝的二女儿，快拿去归你的一份。嗬嗬哈哈哈！等等，等等，你们可晓得我的三女儿？她美丽、聪明、贤淑，乃是我的心头最爱！实不相瞒，我将要分给她的土地要比她的两个姐姐更富庶、更广阔。听着吧，从她那智慧的舌尖一定会吐出最动听的音符……这时，我微眯上眼，轻摇着头，脸挂着笑，我要静听那发自小女儿之口的悦耳之声……嗯，她怎么一动不动？喂，三公主！你怎么一声不吭啊？“父亲，我无有话讲。”什么，她无有话讲？不不不，要讲，要讲！“父亲，女儿真的无有话讲。”真的无有？无有可只能换得无有哟？“那，女儿也只能安于贫穷了。”嗯？不要倒批父王的龙鳞，重新来过！“女儿对父亲的爱，只能是恪守女儿对父亲的本分，一分不多，一分不少。”此话怎讲？“父亲，若有一天女儿出嫁了，丈夫将得到女儿一半的爱。”什么？“正像母亲生前对您恪尽一个妻子的义务一样，女儿也应当留给自己丈夫一份爱的忠诚。”天哪，她竟然说出这样的话来！我、我、我……哇呀呀呀呀，呸！让你的忠诚做你的嫁奁吧！凭着当头朗朗的红日，凭着黑夜闪闪的星光，凭着周遭芸芸的众生，凭着我手中主宰生死的权杖，我发誓，我将永远割断与你的血缘，而只将你当作一个路人！不，还比不上一个路人，纵然是一个巫婆妖精，比起你这个我曾经钟爱的女儿，也不会更加令我厌恶！“父亲！”住口！我本想留给你最好的一块国土，并在你殷勤的看护中颐养天年，而今……“父亲！”去，不要让我再看见你的脸，听见你的声，去，快去！“父亲——”住口！来人啦，传我的旨令，将这个不忠不孝不仁不义的下贱女子许配给最最贫穷的丈夫！并将她立即赶出宫廷，撵出国门！让她带着她的忠诚和贫贱去向她的丈夫尽献义务，而把本当归她的国土重新划分给我的两个孝敬女儿。今生今世，我与她永绝父女情分！（少顷）哈哈！一代至高无上的君主，就这么三下五除二地草草了结了后事！我原打算，从今往后，就在那两个孝顺女儿的家中轮流住住，我想我已经把什么都给了她们，我应该高枕无忧了……

（唱）　谁料想，情势变，人心险，

是非善恶颠倒颠。

受惠的女儿翻了脸，

她们是这边推来那边撵，

那边撵来这边嫌，

我成了累赘的老头丧家的犬，

竟落得主人厌烦奴才赶，

连讨一口吃食也要低声下气装可怜！

我是有气无处泄，

有苦也难言，

忍气吞声在人前，

徒然哀呼冤、冤、冤——

［雷声隐隐滚来，暴风雨重新聚集。

李　尔　（振作地）听，暴风雨又要来了，那滚滚而来的雷霆似要惊醒我昏睡的良知。好，报应，报应！如果说，我李尔因为轻信甜言蜜语，爱听好话空话而受到两个女儿后来的虐待摧残，那是我自作自受；而我，仅仅因为小女儿说了一句实实在在的真话，便无辜把她推进深渊，这才是我永劫不复的罪孽呀！上天如若为此惩罚李尔，那么，狂风啊，来吧！暴雨呀，来吧！万钧的雷霆霹雳呀，你们都一齐来吧！向我——李尔，这个昏聩无知的人间魔障，一齐劈来吧！

［暴风雨果然狂烈。

李　尔　（唱）　呼风雨唤雷电李尔仰面对苍天！

苍天哪，

你鼓动狂风倾泻暴雨抛打惊雷挥舞闪电把那无穷无尽的威力显，

震醒我这麻痹的神经蒙昧的知觉可笑的虚荣僭妄

的梦幻让我睁开双眼明明白白看人间！

曾几时华服冠冕，

曾几时国土分三，

曾几时怂恿欺骗，

曾几时拒听箴言……

到如今，枉嗟叹，悔也晚，

多么想拥定那贤德小女在怀间。

她今在何处，

身心可安？

我期盼着父女重相见，

重相见呀又相对何颜……

狂风啊，暴雨呀，

吹净我李尔的虚荣与昏聩，

洗净我灵魂的垢渍与污斑。

让我脱去这世俗的华裳，

卸下这虚幻的冠冕。

清清爽爽，松松宽宽，

赤赤条条，无挂无牵，

相信那是是非非终有报，

善良人自有他立世存身的一片天，

如同这日月行程难改变——

蝇营狗苟、争名逐利的人们，你们听着，不要以为世俗抛弃了李尔，是李尔抛弃了整个世界！

（唱） 我快活怡然！

哈哈，暴风雨，你们在迎接李尔吗？哈哈，李尔来啦！（英文朗诵）吹吧，风啊！胀破了你的脸颊，猛烈地吹吧！你，瀑布一样的倾盆大雨，尽管倒泻下来，浸没了我们的尖塔,淹没了屋顶上的风标吧！你,思想一样迅速的硫磺的电火,劈碎橡树的巨雷的先驱,烧焦了我的白发的头颅吧……

[暴风雨中,李尔像一名凯旋的勇士,似一位哲思的贤人。

[风狂雨暴……

[幕落。

京剧独角戏

李慧娘

［夜。

［李慧娘内声："冤枉，冤枉，冤枉啊……"

［飘忽的怨声，飘忽的冤魂，飘忽的身影，李慧娘由远及近，飘然而至。

李慧娘 （唱） 李慧娘来至荒凉地面，

一个冤喊下地狱又喊上人间。

多亏了判官爷赐我宝扇，

要救那裴舜卿浊世俊贤。

想我李慧娘，只因在游湖之时，脱口称赞了裴生舜卿，便被那贾似道莫名嫉恨，一剑毙命。而今又闻老贼将裴生诓入府中红梅阁内，意欲加害。我这里哀请判官，求得阴阳宝扇一把，前去解救于他。看人间寂静，我便趁着夜色，行事去也！

（唱） 枉死城身后去得远，

奈何桥疾步过来欢，

鬼门关冲出快如箭，

是我这心急火燎的鬼婵娟！

徒恨脚下慢、慢、慢，

却原来阴阳两界遥遥相隔路三千。

顾不得厉声厉色我大步赶，

杭州城夜幕沉沉在面前。（一番犹豫不前）

哎呀且住！慧娘生前虽然花容月貌，可如今已是个屈死的厉鬼，我与那裴生人鬼有别，阴阳相隔，若是带着这一股怨气，一脸狰狞，前去见他，只怕非但救他不成，反倒生生将他吓死。罢罢罢，我还是回去了吧！

（唱） 行至杭城又回转，

人鬼有别两重天。

怀揣善意来救险，

活活吓死好儿男。（一番欲行又止）

慢……阴阳扇，除凶险；阴阳扇，随心愿。判官爷赐我的这把宝扇，我何不试它一试，我要变脸！

［李慧娘摇扇变脸，忽而狰狞，忽而妩媚。

李慧娘 哈哈，哈哈，哈哈哈哈哈！

（唱） 轻摇宝扇变了脸，

幽魂一缕再向前。

飘然站定旧墙院，

又见森森铁门环。

到了贾府，待我撞进高墙，解救裴生！（二番犹豫不前）哎呀且住！想那裴舜卿乃是一位堂堂正正的浊世佳公子，我这样一副形状，夜半三更，冒冒失失，鬼鬼祟祟，若是叩开了他的门，见着了他的人，他会怎样地看我，想我，他会不会骂我是个伤风败俗的轻浮女子，疑我前来媚惑他，引诱他，勾他的魂儿，坏他的名声？万一再被贾府中人窥见，传扬开去，那岂不要毁了他的清誉，断了他的前程？这这这，士大夫命不足惜，名节要紧；士大夫宁为玉碎，不为瓦全；士大夫最最懂得，人言可畏！我可不能为救他的命，坏了他的名呀！罢罢罢，我还是回去了吧！

（唱） 他他他，必骂我流莺夜燕；

我我我，出阴曹怎便明言。

恐恐恐，入红梅被人撞见，

退退退，读书人名重如山。（二番欲行又止）

慢……行无声，静无影，我乃是一个魂，谁能看得见？再者说，他是人，我是鬼，又有什么好纠缠？而现如今他身陷贾府，命在旦夕，我一个死都死了的女鬼，却还顾忌这，顾忌那，唉，实在荒唐，实在可笑，可笑，可笑，可笑呀！哈哈，哈哈，哈哈哈哈哈！

一挥袖推开了重门扇扇，
径直儿穿过了庭院花园。
驻足在红梅阁平息气喘，
待叩门忽然又局促不安。（三番犹豫不前）

哎呀且住！人道鬼魂无有心跳，慧娘怎地莫名心慌？人道鬼魂不知害羞，慧娘怎地满面发烧？莫非我、我、我爱上了他……不会吧，我与他素昧平生，西湖之上仅有一面，虽说慧娘仰慕他久矣，可他并不知道世间有我，他怎知有个他并不相识的女子，因为赞叹了他一句“壮哉少年”，便被那权臣贾似道利剑穿胸，呜呼哀哉！喂呀……可怜我因他而下地狱，又因他而返人间，我就是为了要救他、救他、救他么……人道女子不可痴情，一旦痴情比死还惨，一旦痴情永劫不返，我一个死了的女鬼，又何必苦苦儿单相思哩！哎呀，我怕，我怕，我怕呀……罢罢罢，我还是回去了吧！

（三番欲行又止）慢……慢……慢……

（唱） 李慧娘自幼儿独少温暖，
二八年掳为妾饱受摧残。
贾似道淫威下青春抛远，
女儿心从未开紧锁深山。
闲暇时喜读书聊作排遣，
最称羡人世间正义儿男。

早听闻裴舜卿俨然我心中巍巍英雄汉，

他在那太学中激扬文字痛陈国患怒斥权奸。

因此上与老贼结下仇怨，

贾似道每欲陷害罗织罪名几次又三番。

西湖上裴生怒骂在堤岸，

游船中慧娘壮哉赞一言。

这一言换来了慧娘饮剑，

这一言换来了裴生命悬。

哎呀呀，红梅阁前心烦乱，

窗影阑珊意缠绵。

但见他夤夜奋笔伏书案，

但见他伟岸身影映窗前。

这样的好男儿身处凶险，

我怎能畏情痴袖手旁观。

李慧娘生前不解爱滋味，

纵死后我也要怀揣一个梦幻在心田。

这梦幻带给我光华一片；

这梦幻照亮我地府阴间；

这梦幻它令我无悔无怨；

这梦幻昭示我来世姻缘。

想到此只觉得豁然灿烂，

罢罢罢，李慧娘从今以后不喊冤！

哈哈，哈哈，哈哈哈哈哈……(笑中含泪，悲中有甜)

[李慧娘整容修妆，一脸舒展，仿佛去完成一个隆重的仪式。

李慧娘 裴生，裴公子，裴舜卿，李慧娘救你来了！

[李慧娘下。

京剧

李清照

时　间　约在北宋绍圣四年至南宋绍兴十六年间，亦即公元1097—1146年

人　物　李清照　赵明诚　米友仁　林　康
琴　心　剑　鸣　何公公　酒　倌
建康四公子　婺州六酒客

第一场　“如梦令”

［幕启。

［一副秋千，半截粉墙，满园花卉。

［字幕：汴京，李清照少女时节。

［幕内唱李清照词《如梦令》：

“常记溪亭日暮，

沉醉不知归路。

兴尽晚回舟，

误入藕花深处。

争渡，争渡，

惊起一滩鸥鹭。”

［词曲中，李清照静静走上。婢女琴心观察着她，跟上。李清照坐上秋千，一副若有所思的神情。忽然，李清照笑了，笑得天真烂漫。

琴　心　小姐，是不是又想出新词了？

李清照　（一摆手）嘘——

琴　心　好，好，不说话，不说话。

李清照　（轻轻吐出）《如梦令》……

琴　心　《如梦令》。

李清照　（念《如梦令》词）“常记溪亭日暮，沉醉不知归路。”

琴　心　小姐是回忆去年夏天，约了一群小姐妹去溪亭游湖赏荷。

李清照　“兴尽晚回舟，误入藕花深处。”

琴　心　可不是嘛，天快黑了，船儿陷在荷花荡里，就是别不过头来。记得小姐还偷偷带了酒，大家都喝得半醉不醒，竟把回家的路都给忘了。

李清照　“争渡，争渡，惊起一滩鸥鹭。”

琴　心　当时姐妹们争着划桨，吵吵嚷嚷，叽叽喳喳，把湖滩上的鸥鹭都惊飞了！哎，小姐，这些词你都是怎么想出来的，简直是活灵活现呀！

李清照　我就是这么一想，就想出来了。

琴　心　（佩服得五体投地）小姐了不起，了不起！

李清照　哈哈……

（唱）　懒得闺房弄胭脂，
最爱写诗与填词。
秋千荡漾才思涌，
女儿乐事有谁知？

琴　心　小姐坐稳了，琴心把秋千荡起来！

[赵明诚携书僮剑鸣踮脚上。

赵明诚　“争渡，争渡，惊起一滩鸥鹭。”好词，好词！

（唱）　都云孺子痴，
隔墙捡新词。
入耳人已醉，
但恨不相识。

剑　鸣　公子，李清照在看我们呢。

琴　心　谁呀？偷看人家私家花园！

赵明诚　对不起，我们是顺道经过，不经意看了一眼，就一眼！

琴　心　看见了什么？

赵明诚　看见李清照小姐在荡秋千。

琴　心　怎么知道她就是李清照呢？

赵明诚　（吟）　“争渡，争渡，惊起一滩鸥鹭。”这般传神，如此清新，除非李清照！

［赵明诚与李清照隔墙对视。

李清照　（唱）　明眸皓齿，
儒雅精神。

赵明诚　（唱）　大家闺秀，
才女风情。

李清照　（唱）　忠诚相，却不愚笨；

赵明诚　（唱）　动和静，都见轻盈。

李清照　（唱）　怯生生，似有面缘；

赵明诚　（唱）　惊愣愣，如对天人。

李清照　（唱）　为什么墙外人儿别样亲？

赵明诚　（唱）　为什么墙内人儿别样亲！

剑　鸣　（招呼琴心）你叫什么名字？

琴　心　你叫什么名字？

剑　鸣　我叫剑鸣。

琴　心　我叫琴心。你家公子叫什么？

剑　鸣　我家公子叫赵明诚。

琴　心　可是那个喜金石、爱收藏、不肯做官的赵明诚公子？

剑　鸣　正是，你家小姐知道我家公子？

琴　心　知道知道，小姐说赵公子学问一流，诗词却很平常。小姐还说，日后有幸见到公子，要和他交个朋友呢。

剑　鸣　我家公子早就想认识你家小姐了。

琴　心　嘘——（示意赵明诚正在与李清照倚墙攀谈）

李清照　原来是赵家公子呀，久仰，久仰。

赵明诚　清照小姐!

（唱）　明诚我久慕才情仰芳名，

最喜你心灵辞巧语清新。

那日偶从墙外过，

听着你荡着秋千把新词吟。

因此每日来守候，

集成这一本清照新词文。

李清照　《新词集》,李清照。

（唱）　手捧词集心绪紊，

又是喜来又是惊。

早闻公子有学问，

未料竟是好知音。

心儿怦怦跳，

脸颊泛红云。

忽然胆儿大，

又把声放轻。

赋新词,本遣兴，

小伎俩,莫上心。

不避嫌,花园会，

嘱丫头,敞后门。

赵明城　不避讳,不避讳!

李清照　琴心,开门去!

［赵明城入内,才子佳人,诗情画意。

［幕内唱李清照词《浣溪沙》:

"绣幕芙蓉一笑开，

斜倚宝鸭衬香腮，

眼波才动被人猜。

一面风情深有韵，
半盏娇恨寄幽怀，
月移花影约重来。”

第二场　“忆吹箫”

［字幕：十二年后，青州归来堂，李清照与赵明诚婚后的隐居生活。

［日已高升，珠帘深垂，琴心在整理书斋。

［幕内唱李清照词《如梦令》：

“昨夜雨疏风骤，
浓睡不消残酒。
试问卷帘人，
却道海棠依旧。
知否？知否？
应是绿肥红瘦。”

琴　心　绿肥红瘦，绿肥红瘦，老爷和夫人真是一对神仙夫妻！

（唱）不是诗，便是酒，
文人夫妻自风流。
青州隐居十二载，
归来堂上乐悠悠。
一个是屡屡推辞不做官，
到处花钱买石头。
一个是治家理财都不会，
除却填词万事休。

道什么绿肥红瘦，
端的是闲来赋愁。

李清照 （捧茶器上）夜来煮酒兴未散，日起烹茗意阑珊。

琴　心 夫人早，夫人终于起来了。

李清照 起来了，老爷呢？

琴　心 老爷一清早起来就叫上剑鸣，陪他去相国寺淘古董了。

李清照 也不招呼我一声。

琴　心 夫人不是“浓睡不消残酒”么。

李清照 其实我又何尝浓睡，我是在想新词呢。

琴　心 夫人，早饭已经做好，是不是又不吃了？

李清照 既有早茶，何必早饭。不吃了。

［赵明诚内笑：“哈哈……”

琴　心 老爷回来了。

［赵明诚兴高采烈上，剑鸣抱断碑跟上。

赵明诚 （唱）　清晨闲逛街市上，
淘来宝贝喜洋洋。
怎奈银钱未带足，
折了扇子典衣裳。

夫人，你快来看！

李清照 明诚，这是什么宝贝？

赵明诚 我不说，你自己看。

李清照 一方碑头，依稀有“汉祝长”三字。

赵明诚 夫人不认识吧？

李清照 不认识，不认识。

赵明诚 夫人且把眼睛闭上，我要给你一个惊喜。

李清照 好，我闭上。

［赵明诚移出《汉祝长严诉碑》碑尾，拼接。

赵明诚 夫人请看。

李清照 《汉祝长严诉碑》，明诚，你终于找到它了！

赵明诚 找到了，从得到碑头到觅得碑尾，整整花费了六年。夫人你看，完整无缺。

李清照 背后记文，字字可辨。

赵明诚 真是踏破铁鞋无觅处，得来全不费功夫呀！琴心，剑鸣，你们小夫妻二人把它搬到藏珍阁去。

李清照 小心，小心！

琴　心 老爷、夫人放心！

［琴心、剑鸣抬碑下。

李清照 明诚，想这汉碑，乃是至宝，怎么你就一把折扇、一件衣裳，便换回来了？

赵明诚 是啊，原来珍贵之物，如今不值一钱，都因边关告急，金人犯境，弄得人心惶惶，所以将这些宝器收藏都拿出来廉价卖了。

李清照 明诚做得对，只要能将这些珍宝收购回来，就是典家什、卖衣裳，清照也无怨。

赵明诚 多谢夫人！

李清照 来，喝杯小龙团茶，暖暖身子。你告诉我，那边关的战事，究竟如何了？

赵明诚 （深长一叹）唉，夫人！

（唱）　我夫妻在青州十易春秋，
归来堂易安室无虑无忧。
明诚我研金石终日埋首，
夫人你赋新词其乐悠悠。
只道是神仙眷天长地久，
却不料漫生出无边新愁。

那金人鹰视虎步窥中原，
风声紧雨意浓鹤唳神州。
夫人哪，万一战火烧过来，
只怕安宁从此休！

李清照 金人一旦大举犯境，朝廷必定征用官员，我真担心你这进士之身，早晚要官袍相加呀！

（唱） 从汴京，到青州，
神仙夫妻不知愁。
这里有精心收藏的字与画，
这里有放置金石的十间楼。
这里有重金购买的无价宝，
这里有三代五季殷商汉周。
这都是你我两家几代人——

赵明诚 （唱） 节衣缩食，苦心搜求；

李清照 （唱） 一桩一件，亲如骨肉。

赵明诚 （唱） 为着我撰写一部《金石录》，

李清照 （唱） 为着你能把平生志向酬。

赵明诚、李清照 （齐唱） 怎忍一旦丢！

赵明诚 夫人，说句心里话，我真害怕国家动乱，我真想老于是乡啊！

李清照 明诚，清照又何尝不是呀！

［林康引何公公上。

林　康 老爷，朝廷来人了。

何公公 赵明诚接旨！钦任赵明诚为莱州太守，即刻启程，不得延误。钦此。

赵明诚 （感到突然）这……

何公公 （讪笑）赵明诚，赵公子，金石家，大财神，还不快谢恩！

赵明诚 臣接旨谢恩！

何公公　哈哈哈,就没见过这么怕做官的主儿。(东张西望着)早就听说赵明诚在青州有个归来堂,里面全是稀世珍宝,今日一见,果然看花了眼。(摸出一把壶)哦,我这儿有把玉壶,是孝敬来的,想请赵大人给瞧瞧,所值几何?

赵明诚　(略加鉴定)此乃岷壶,非玉壶也,所值有限。

何公公　不值钱?嗨,我还当它宝贝呢!

赵明诚　公公在看什么?

何公公　不看什么,嘿嘿……(大惊小怪地)哎呀,这位莫不就是赵夫人李清照?

李清照　(不卑不亢地)正是李清照。

何公公　大名鼎鼎的女词人,幸会,幸会了!

李清照　公公还有事么?

何公公　没有,没有了。我这就走,这就走!哈哈……(顾盼着下)

赵明诚　(一掷圣旨)推来推去,还是推不开一件官袍!

李清照　(捡起来,体谅地)明诚,你不要这样。

赵明诚　夫人,我实在不爱做官,也不会做官,我就是抛不下这归来堂,你懂么?

李清照　我懂,我懂。明诚放心,只要清照在,归来堂便在。

赵明诚　万一战火烧来,归来堂不在了呢?

李清照　归来堂不在,你的金石文器一定在。

赵明诚　我的好夫人!

(唱)　一纸委任来得紧,
从此无有自由身。
倘若情形不容缓,
宁舍家财与金银。
不吝重酬雇车马,
运送文器出危城。

待等局势重安定，

我自会辞去官职回山林，

与你归来堂上白头偕老共此生。

李清照 清照誓与文器共存亡，明诚，你就放宽心吧！（伤感）

赵明诚 夫人不要伤感嘛！（先自哽咽）

李清照 明诚，清照弹唱一曲，为你送行。

赵明诚 夫人，明诚吹箫伴曲，向你辞行。

［李清照弹唱，赵明诚吹箫，一种离愁别绪。

李清照 （弹唱《凤凰台上忆吹箫》词下片）：

“休休！

这回去也，

千万遍阳关，

也则难留。

念武陵人远，

烟锁秦楼。

唯有楼前流水，

应念我终日凝眸，

凝眸处，

从今又添，

一段新愁。”

第三场　“一剪梅”

［字幕：建康，秦淮河边。赵明诚转赴湖州任上，病滞途中。

［幕内唱李清照《一剪梅》词上片：

“红藕香残玉簟秋，
轻解罗裳，
独上兰舟。
云中谁寄锦书来，
雁字回时，
月满西楼。”

［四公子上。

公子周 （念） 十月江南菊花黄；

公子吴 （念） 骚人赏秋正繁忙。

公子郑 （念） 熙熙攘攘都是客；

公子王 （念） 秦淮河边好风光。

公子周 诸位仁兄，听说中原才女李清照来江南避祸，即刻就要从秦淮上岸，我等理当迎候于此，为她置酒接风。

公子吴 是啊，诗人相重，千古遗风，我等应尽地主之谊。

公子郑 听说那位赵明诚赵大人近来身体欠佳，恐怕都不能亲自来接她呢。

公子王 且去岸边水榭，饮茶守候。

四公子 （礼让着）请！

［赵明诚扶病上，林康陪上。

赵明诚 （唱） 叹只叹中原沦丧，
叹只叹没了家乡。
叹只叹亲人离散，
叹只叹山高水长。
小剑鸣应征从军赴战场，
好男儿立志报国血气刚。
火急书信家乡往，

盼夫人护送文器到建康。

惦记着我那归来草堂，

惦记着我那每件收藏。

啊呀呀，不敢想，偏思量，

偏思量，愁断肠！

林　康　老爷看，夫人上岸了。

［李清照风尘仆仆上。

李清照　明诚！

赵明诚　夫人！

［李清照与赵明诚执手凝望，久久无语。

［幕内唱李清照《一剪梅》词下片：

“花自飘零水自流，

一种相思，

两处闲愁。

此情无计可消除，

才下眉头，

却上心头。”

李清照　明诚，你病了？

赵明诚　夫人，你瘦了！

李清照　我把归来堂能搬的都搬来了，一共装了十五车。

赵明诚　听说家乡已经沦陷，这些东西，你是如何运出来的？

李清照　（唱）提起家乡泪先淌，

回望来路犹心慌。

那金人兵入中原烧杀抢，

青州城无辜百姓尽遭殃。

归来堂顷刻之间变火场，

眼见得文器尽数付汪洋。

多亏乡邻来帮助，
抢出珍宝暗埋藏。
趁黑夜，装成箱，
雇车马，把路上，
悄悄送我出危境，
这才平安到建康。

赵明诚 多谢乡亲，多谢夫人！

李清照 （唱） 叹只叹，中原从此改姓金，
叹只叹，朝廷无计抗强梁。

赵明诚 夫人莫发议论，莫发议论。

四公子 我等见过赵大人，见过易安居士！

赵明诚 诸位是？

公子周 我等词坛同好，周吴郑王，人称建康四公子。听说中原李易安驾到，特来秦淮接风，想与易安居士把酒论诗。

四公子 切磋，切磋。

赵明诚 多谢诸位美意，怎奈我夫妇分别数载，刚才见面。

公子吴 我等可是久仰李清照大名，一早就等候在此。

公子郑 易安居士，总要赏个脸吧。

赵明诚 夫人你看？

李清照 （落落大大方方地）既然如此，诸位幸会了。

公子王 易安居士来到秦淮，就请以秦淮河为题，赋诗一首，也不枉我等守候多时。

四公子 我等洗耳恭听！

李清照 客不争先，主不居后，理应诸位先请。

公子周 说得是，我便抛砖引玉，来一首打油诗。（想着）嗨，有了！（吟）“秦淮河上波光潋，诗人岂能尽漠然”。

四公子 好！

李清照　（吟）“怎奈心系大明水，一句未吟泪满衫！”

［僧人米友仁大步流星上。

米友仁　好诗！

赵明诚　米友仁！

李清照　米法师！

四公子　灵谷寺的大和尚！

米友仁　哈哈……不愧是李易安，文辞新，意境更深，自风和日丽的秦淮河，想到蒙受战乱的大明湖，由文人雅士的风流雅聚想到分崩离析的大宋江山。佩服，佩服！

（唱）　不诵经却诵你“绿肥红瘦”，
不参禅倒参你诗词数首。
只可惜易安词几人参透，
谁解得平淡中浅愁深愁。
望江南似累卵雨急风骤，
思国家如败局局局在丢。
君不见秦淮河画舫杨柳，
建康城依然是歌舞风流。

［四公子面露尴尬。

李清照　法师谬奖了。

米友仁　明诚，听说清照于南来途中，写了一首绝句，借楚霸王故事讽喻时局，如今朝野上下都在传诵呢！

赵明诚　夫人写了什么？

李清照　（吟）“生当作人杰，
死亦为鬼雄。
至今思项羽，
不肯过江东。”

四公子　“生当作人杰，死亦为鬼雄。至今思项羽，不肯过江东。”

佩服，太佩服了！

米友仁 听！

[幕内隐隐唱响李清照的《夏日绝句》：

“生当作人杰，
死亦为鬼雄。
至今思项羽，
不肯过江东……”

赵明诚 （忽然大声地）夫人，你写得好哇！（眩晕）

李清照 明诚，明诚！

第四场 “孤雁儿”

[字幕：建康，赵明诚寓所。

[雨夜，米友仁为赵明诚诊病，李清照不安地陪着。

[幕内唱李清照词《添字采桑子》：

“窗前谁种芭蕉树，
阴满中庭，
阴满中庭，
叶叶心心舒卷有余情。
伤心枕上三更雨，
点滴霖霪，
点滴霖霪，
愁损北人不惯起来听。”

米友仁 把我带来的几副药，先服下试试。

李清照 多谢法师，我这就去煎来。（下）

米友仁　多好的夫人，既有才华，又有德行。明诚兄，你可要珍惜。

赵明诚　我知道！

米友仁　天色不早，洒家要回灵谷寺去了。

赵明诚　法师慢走。（取过一副书帖）这是米芾米南宫先生的一副字帖，明诚收藏多年，今日物归原主。

米友仁　明诚兄竟藏有我米氏先人的手泽，这可是无价之宝哇！

赵明诚　敬请法师笑纳。

米友仁　也罢，洒家拜领。明诚兄多多珍重，告辞了。

［米友仁下。琴心心事重重地上。

琴　心　老爷。

赵明诚　琴心，有事么？

琴　心　没有。

赵明诚　剑鸣投军日久，怎么无有消息？

琴　心　他……

赵明诚　怎么，说话呀？

琴　心　（忽然跪下，放声大哭）老爷……

赵明诚　出了什么事，起来讲，起来讲。

琴　心　不瞒老爷说，昨日我碰巧打听到一个人，是和剑鸣一起投军的弟兄，他告诉我剑鸣打仗受了伤，如今一个人在江南漂流。

赵明诚　打仗受了伤，为何不回来，这里不是他的家么？

［李清照捧药上。

琴　心　老爷哪里知道，只因剑鸣的上司是主战派，而今朝廷跟金人议和了，剑鸣的上司就被罢了官，剑鸣也受到牵连，如今他不想回来，是怕连累老爷呀！

李清照　好个糊涂的剑鸣，是非忠奸，老爷焉能不明白。

赵明诚　琴心，你去把剑鸣给我找回来，我要骂他！

李清照　琴心，快去呀？

琴　心　老爷，夫人，我是一心想去找回剑鸣，可眼下老爷正病着，教我如何能走得开，如何又放心得下。

李清照　你去吧，琴心，老爷有我呢，只要把剑鸣找回来，就是对老爷的莫大安慰。

琴　心　好，我去，我去。

李清照　等等！（取几轴字画）琴心呀，老爷看似家大业大，其实都变换成了这些字画古董，你拿几件去，路上用吧。

琴　心　（摇手）不，我不要，我不要！

李清照　听话，快拿着吧。

琴　心　（再跪下）老爷，夫人，剑鸣和琴心一生一世都是你们的奴婢！

赵明诚　不，是亲人，亲人！你懂么？

琴　心　懂，懂，老爷、夫人多多保重！（用力磕几个响头，嚎啕着冲下）

赵明诚　（望着琴心下，感慨地）真是一个乱世，乱世呀！

李清照　明诚，药煎好了，你快喝下去吧。

赵明诚　（由着李清照喂药，慢慢地精神振作起来）夫人，你说怪不怪，这药刚一喝下去，竟仿佛神清气爽起来。

李清照　你呀，莫不是又犯书呆子病了。

赵明诚　（牵住她的手，异常认真地）夫人，我忽然生出一个疑问。

李清照　什么疑问？

赵明诚　我想这读书人一辈子，究竟应该做些什么？

李清照　做些什么？该做什么做什么，能做什么做什么。难道不对？

赵明诚　对呀！可是如今国不像国，家不像家，连个安定的书斋都没有，我又如何做得成学问呢！

（唱） 我这大半生，

做官不像官，

习文不像文，

无退也无进，

不浮也不沉。

蓦然回首心怅惘，

碌碌无为度一生。

李清照 （唱） 你呀你，生在豪门劳碌命，

无意向仕途，

死心做学问。

家财散尽为著述，

坐拥宝贝却耐贫。

一部大书《金石录》，

怎说无为度一生？

赵明诚 （唱） 为著述连累夫人受清贫，

无意间白发悄上你双鬓。

李清照 （唱） 年近不惑两鬓染，

莫非嫌我不年轻。

赵明诚 （唱） 这一世遭逢离乱虽不幸，

得遇夫人幸三生。

论才华明诚对你十分敬，

只可惜乱世辜负女词人。

李清照 （唱） 乱世也有乱世情，

乱世觅得大悲欣。

人言道夫唱妇随心照映，

难得你笔墨相知情意诚。

赵明诚 （唱） 我常把时光倒流岁月转，

最难忘青州十载好光阴。

难忘闺房“打马”戏——

李清照 （唱） 难忘把酒望月明。

赵明诚 （唱） 难忘堂前猜书卷——

李清照 （唱） 难忘斗茶比输赢。

赵明诚、李清照 （合唱） 但愿得陶醉书斋永不醒，

写诗词做学问快慰平生！

赵明诚 夫人，你看这些金石字画，犹如你我的性命，丢掉一件就仿佛剜去一块肉呀！

李清照 是啊，清照没有为你生下一男半女，这些古董就如同你我的骨肉，守住它们，就如同守住自己的儿女呀！

赵明诚 所以，我想及早把《金石录》写成，把这些珍贵的古董都记在上面，纵然百年之后，人不在了，东西散失了，可案目还在，还可以让后代子孙把它们找回来。

李清照 想这《金石录》一书，共三十卷，上自夏商周三朝，下迄隋唐五代，凡古来金文石刻尽录于上，可供后人考据古器，考订古史，考证古文字，实在是为后人写成的一部书呀！

赵明诚 可惜书稿未成，著书人却已病入膏肓。

李清照 （堵住他的嘴）明诚，不要这样说，不要这样说。

赵明诚 我不说，夫人也懂。（将她让座于自己的书案，为她舔好笔）

李清照 （心知肚明）你来说，我来录。

赵明诚 你的字，我的书。

［烛光融融，赵明诚与李清照合作著述。

林　康 （上）老爷，不好了，朝廷发下牒文，要拿你治罪！

赵明诚 （接阅牒文）冤枉，天大的冤枉！

李清照 明诚，出了什么事？

赵明诚 夫人，你看这牒文上的罪名，实在是子虚乌有。你还记得

数年在青州隐居，朝廷有位公公前来颁发圣旨，顺便让我为他鉴定了一只玉壶，而今那只壶不知怎么辗转到了金人手中。朝廷误信谣言，说我暗自通金，不明不白就定了我的通敌之罪！

李清照 （惊阅）不，那可是我亲眼所见，明诚，我要为你作证，为你辩诬，为你洗刷奇耻大辱。明诚，你告诉我，我能为你做什么？

赵明诚 夫人为我做两件事。

李清照 第一件？

赵明诚 把我的所有收藏都献与朝廷，既可证明我的气节，又可防止古董丢失。

李清照 第二件？

赵明诚 代我完成这部《金石录》，让它传于后世。

李清照 我答应，答应你！（见他站立不稳）明诚！

赵明诚 （抱住她的手，气息奄奄）夫人，我知道我的诗词写不过你，可我还是想找一首好词来表达心境，想来想去，想到了欧阳修的《玉楼春》。（唱欧阳修词《玉楼春》）：

“别后不知君远近，
触目凄凉多少闷。
渐行渐远渐无书，
水阔鱼沉何处问？
夜深风竹敲秋韵，
万叶千声皆是恨。
故攲单枕梦中寻，
梦又不成灯又烬。”

夫人，我真的不想走，真的舍不得离开你呀……（气绝）

李清照 明诚！

林　康　老爷!

［急风密雨,芭蕉声声。

［幕内唱李清照词《孤雁儿》下片:

“小风疏雨萧萧地,
又催下千行泪。
吹箫人去玉楼空,
肠断与谁同倚。
一枝折得,
人间天上,
没个人堪寄。”

第五场　“行香子”

［字幕:李清照为澄赵明诚冤案,携带收藏,水陆兼行,追赶行朝数载。

［幕内唱李清照词《行香子》上片:

“草际鸣蛩,
惊落梧桐,
正人间天上愁浓。
云阶月地,
关锁千重。
纵浮槎来,
浮槎去,
不相逢。”

［水天一色,李清照与林康风雨兼程,艰难行路。

李清照 （唱）为澄冤案买车舟，
追赶行朝独漂流。
忽而浮船忽而马，
越州明州又台州。
高节蒙尘错、错、错，
风雅受损羞、羞、羞。
纵然行遍江南路，
不还清白誓不休。
寒风刺骨衣衫透，
几度枝叶又悲秋。
风帆渐破马渐瘦，
书更散落帖更丢。
沿途拥堵难民潮，
一阵阵地心在揪。
谁曾见皇帝也在江湖走，
国不国家不家何处是尽头？
这收藏这古董是朋亦是友，
一款款一件件连筋更连肉。
叹朝廷土地江山已失守，
哪有心珍贵文器仔细收。
一旦尽数投进去，
能否保全也堪忧。
朝廷已然难自保，
何去何从再思谋。
罢罢罢，我献得什么古董，
追得什么行舟，
澄得什么冤案，

辩得什么案由，

倒不如小心翼翼守护好，

莫使这无价珍宝乱世丢。

［婺州八咏楼。

李清照 林康，到了什么地界？

林　康 夫人，到了婺州。

李清照 婺州，眼前高耸的便是八咏楼么？

林　康 是八咏楼。

李清照 如此你去找个客栈安顿下来，我们不走了。

林　康 夫人不想追赶朝廷了？

李清照 不想追赶了。

林　康 可老爷的冤案？

李清照 清自清，浊自浊，世人自有公议。

林　康 夫人说得也是，连皇帝自个儿都保不住，我们又何必自作多情。夫人不要走远，我速去速回。（下）

李清照 （突发诗性）人道自东阳太守沈约先生题写八咏楼，此后再无人敢题新诗，我倒不信。

（登高吟咏《八咏楼》诗，气势磅礴）：

“千古风流八咏楼，

江山留与后人愁。

水通南国三千里，

气压江城十四州。”（吟罢大笑）

哈哈哈……哈哈哈……（大笑化为低哭）

［何公公突上。

何公公 好诗，好诗！

李清照 （诧异）何公公？

何公公 想不到青州归来堂一别，又在婺州八咏楼见面了。只可惜赵明诚不是当官的命,早早就病死在任上。

李清照 明诚为流言所害,他是冤屈死的。

何公公 是啊,说起来还跟我有牵连,其实我那只玉壶也是被人偷走的,不知怎么就到了金人手上。不说了,反正人已经死了。赵夫人,听读圣旨吧。

李清照 (意外)圣旨?

何公公 皇上听说你为了替赵明诚澄冤,情愿尽献收藏,一路之上追赶行朝,这份苦心,把满朝文武都感动了。皇上命我前来接收赵明诚的财物,将东西悉数装载上船,运往海上。

李清照 运往海上?

何公公 皇上在海上避乱,朝廷自然也在海上。

李清照 公公可否带我与皇上见一面?

何公公 你信不过我,还信不过圣旨么?对不起,易安居士,此处不安全,我要抓紧搬运东西,后会有期!(拱手下)

李清照 (看圣旨,愈看愈疑)啊,这是一道假圣旨。林康,林康!

[林康衣帽散乱,紧抱一只藤箱上。

林　康 夫人,不好了,我们被人抢了!

李清照 你说什么,抢——

林　康 刚才一伙强人,在那个何公公差使下,急急忙忙把我们的财物装上船运走了,听围观的百姓说,何公公因为贪污受贿,早被撵出了宫,如今专门投机古董,夫人,我们这是遭人抢劫了!

李清照 这么说,他把我们的东西都抢光了?

林　康 抢光了,抢光了,唯有这箱《金石录》和《漱玉词》手稿,是我拼了老命才夺下来的,夫人,老爷珍宝都完了!

李清照 快去告官!

林　康 皇帝逃到海上,衙门全是空的,向谁告呀!

李清照 难道赵李两家几代人的收藏,就这么不明不白地被人骗、被人抢了? 骗子,强盗,强盗,骗子! 天哪,这是什么世界呀!

(唱) 蓦然间遭骗局财物殆尽,
懵懂里不知觉是幻是真。
茫茫然心绞痛四肢寒冷,
霎那时如踩进鬼蜮之门。
国破! 家毁!
夫丧! 财尽!
一迭迭的变故,
一回回的伤心,
一重重的劫难,
一声声的悲吟,
苍天呀,我要呼喊一声不公平!
我向哪里去,
我往何方行,
九泉下如何面对我夫君?
万念俱成灰,
孑然一妇人。

[李清照忽然笑了,笑得凄惨,笑得可怜。

林　康 夫人,你怎么了?

李清照 (抛撒着藤箱里的书稿词笺,一边抛撒,一边惨笑)什么《金石录》,什么《漱玉词》,都是没用的东西,没用! 哈哈哈……

林　康 夫人,你不能这样,不能呀!

[林康跪求,李清照仍自抛撒着、惨笑着,步态散漫地飘忽而下。

林　康　可怜的夫人！

［林康匍匐在地，一片片捡拾书稿、词笺。

［幕内唱李清照词《行香子》下片：

“星桥鹊驾，
经年才见，
想离情别恨难穷。
牵牛织女，
莫是离中。
甚霎儿晴，
霎儿雨，
霎儿风。”

第六场　“声声慢”

［字幕：婺州，李清照已近老年。

［幕内唱李清照词《声声慢》上片：

“寻寻觅觅，
冷冷清清，
凄凄惨惨戚戚。
乍暖还寒时候，
最难将息。
三杯两盏淡酒，
怎敌他，晚来风急！”

［一座小酒楼，六位老酒客。

［李清照衣着随便，举止落寂，失意而至。

酒客一　看，那位老妇人又来了。

酒客二　别看她年纪大，酒量可不小。

酒客三　听她口音，像是中原来的。

酒客四　兴许还有来头呢。

李清照　酒倌过来。

酒　倌　老妇人，唤我何事？

李清照　再赊我一坛老酒，我会一总还你的钱。

酒　倌　你已经赊得不少了。

李清照　我知道，再赊我一坛，就一坛。

酒　倌　好吧，今日只赊你一碗。

李清照　一碗怎么够，要赊就一坛。

酒　倌　好好好，一坛就一坛，这可是最后一回了。

李清照　多谢，多谢。（独自斟饮着，感慨无限）真是不堪回首啊！

（唱）　想当年蓬莱春、状元红，

酒阑歌罢玉壶空。

菊花笺上珠玑落，

锦绣文章入杯中。

今日物是人非旧，

只恨江山已不同。

罢罢罢，人生有酒须尽醉，

管它大宋与小宋。

故乡何处是，

忘却除非醉。

但愿人不醒，

春夏复秋冬。

李清照　（顷刻喝干）酒倌，再来一坛。

酒　倌　不行，照你这么喝，我这酒楼也要喝空的。

李清照　我说了，我会一总还你酒钱，你为何总不信我？

酒　馆　我凭什么信你，你又能拿什么来还？

李清照　我写几个字，你拿去卖钱就是。

酒　馆　你的字能卖钱，你是谁呀？

酒客五　（一直观察着）酒馆，给她上酒，酒钱归我付。

酒　馆　说话算数？

酒客五　算数。

酒　馆　好！老妇人，有人替你出酒钱了。

［酒馆又给李清照上了几坛酒，李清照也不道谢，顾自啜饮。

酒客五　我看这位老妇人，一定有大悲痛。

酒客六　人虽落魄，气度犹在，好像什么都不在她眼里。

［六酒客议论纷纷，林康引琴心和残缺了一只胳膊的剑鸣寻上。

林　康　夫人，你看谁来了？

李清照　任他是谁，碍不得我喝酒。

琴心、剑鸣　（双双跪下）夫人，是我们呀！

李清照　（吃惊）琴心，剑鸣，是你们？

剑　鸣　是我们，夫人，我们找了你许多年，想不到竟在这里找到你了。

琴　心　夫人，你怎么落魄成这个样子，教我们看了好不心疼！

李清照　（抬手制止地）不要大惊小怪，来，一起喝酒，喝酒。

林　康　（夺下酒碗）夫人，你这是何苦，你怎么就总也劝不醒呢！

李清照　林康，你敢对我发火？

林　康　不是老奴对你发火，是老奴为你着急，你怎么不想想你是谁，有多少事情要做，你怎么可以一直就醉在酒里呢！

李清照　我是谁，你说我是谁？

林　康　你是老爷的贤德夫人，你是体体面面的大家闺秀，你是大名鼎鼎的中原女词人李清照，你可不能这样作践自己呀，夫人！

六酒客　她是李清照？

李清照　不是，我不是！

琴　心　是，我们夫人是李清照！夫人，你怎么连自己是谁都不愿承认了呢？要知道，你在我们的心里永远都是高贵，都是富有的，我们永远都敬重你呀！

李清照　可是我如今一身落魄，两手空空，我连一碗酒都喝不起呀！

酒客五　不，你有诗，你有词，这便是你李清照的财富。（吟诵李清照词《醉花阴》）"薄雾浓云愁永昼，瑞脑消金兽。佳节又重阳，玉枕纱厨，半夜凉初透。"

六酒客　（齐诵）"东篱把酒黄昏后，有暗香盈袖。莫道不消魂，帘卷西风，人比黄花瘦！"

林　康　你听听，你听听，大家都爱你的词，夫人，你活得值呀！

酒　倌　老妇人，不不，大词人，你可从没欠过我酒钱，从没欠过！（抹泪）想不到我这个小酒馆来过李清照，李清照！

酒客五　来，大家同敬女词人一杯。

六酒客　易安居士，请！

李清照　（怆然环顾，不能自已）请……

（唱）　恍然一觉婺州梦，
直把生与死相同。
醉里思乡乡更渺，
梦中睹人人不逢。
我忘了疼，忘了痛；
颠了西，倒了东；

不知觉春夏与秋冬；
麻木了兴亡与哀荣。
只因惧怕醒时痛，
便把伤痛对酒盅。
今日猛然酒惊醒，
始知原非在梦中。

林康，琴心，剑鸣，你们看我生不像生，死不像死，你们还愿意收留我么？

琴　心　夫人说的什么话，琴心、剑鸣，还有林康老伯，我们大家不都是你最亲的亲人么？

李清照　亲人，亲人，我的亲人！（放声大哭）

［一人哭，众人哭，一片唏嘘。

琴　心　夫人，走吧，我和剑鸣虽不富有，可也有了几亩地，几间房，树上有柑橘，园中有花草，夫人去那里静心住下，修好老爷的《金石录》，编齐夫人的《漱玉词》，也算对得起老爷，不枉了夫人一生呀！

剑　鸣　我还为夫人竖了一副秋千呢！

琴　心　对呀，夫人一上秋千，便佳句泉涌！

李清照　秋千，秋千……好，我跟你们回去！

酒　倌　送女词人！

六酒客　送易安居士！

［李清照频频颔首，洒泪作揖，与琴心等下。

［幕内唱李清照词《声声慢》下片：

“雁过也，
正伤心，
却是旧时相识。
满地黄花堆积，

憔悴损，
如今有谁堪摘？
守着窗儿，
独自怎生得黑！
梧桐更兼细雨，
到黄昏，点点滴滴。
这次第，
怎一个愁字了得！”

第七场　无　题

［字幕：李清照古稀之年。

［一副秋千，半截篱围，满园花草，一幅农家恬淡图画。

［幕内唱李清照词《鹧鸪天》：

“暗淡轻黄体性柔，
情疏迹远只香留。
何须浅碧轻红色，
自是花中第一流。
梅定妒，
菊应羞，
画栏开处冠中秋。
骚人可煞无情思，
何事当年不见收。”

［米友仁踱步寻上。

米友仁　“何须浅碧轻红色，自是花中第一流”。嗯，这不正是李易安的人品么。

［李清照满头银丝，蹒跚走上。琴心、剑鸣随上。

李清照　谁呀，滥发议论。

米友仁　是我，易安居士，你的老朋友！

李清照　米友仁，老和尚，原来是你呀！

米友仁　哈哈……从灵谷寺来到天潼寺，怎么样，我这个爱诗词的和尚，也够心诚了吧？

李清照　赏他一枚柑橘！

米友仁　哈哈……我可是来化缘的。

李清照　我这个穷老太婆，你化什么缘？

米友仁　嫂夫人！

（唱）　天潼寺里当主持，

闲来无事仍做诗。

辛苦募得一笔款，

用来刻印《漱玉词》。

李清照　你募来的款，却印我的书？

米友仁　是啊，谁让你的词写得那么好呢。

李清照　慢来，让我想想。

琴　心　这么好的事，夫人还想什么。

李清照　我想起林康活着时的话，那人对你好，那人要什么？

米友仁　嫂夫人，你——

李清照　（招招手，凑近他耳朵）跟你开玩笑！

米友仁　哦，哈哈哈……

李清照　琴心，把那些烂纸片都找出来给他。剑鸣呢，去拿酒。

米友仁　对，拿酒来！

李清照　慢着！

米友仁　又怎么了？

李清照 对不起，我戒酒了。

米友仁 李清照戒酒？

剑　鸣 法师有所不知，自从去年夫人修完了《金石录》书稿，交给朝廷刻印，老爷的案子也就此翻了过来，那个何公公也被夫人告了下狱，夫人痛痛快快地大醉了一回，睡了三天，从此便再不沾酒了。

米友仁 喜事连连，为何反倒戒酒呢？

李清照 我呀，还想多活几年，等到中原收复，把明诚的尸骨移回青州去。

米友仁 （意味深长地）哦！

李清照 琴心，来，扶我上秋千。

［李清照又坐上了秋千，两腿悠悠地晃着，目光透出深远。

米友仁 嫂夫人，当心！

琴　心 嘘——不说话，不说话，夫人要吟新词了。

李清照 （轻轻吐出）《如梦令》！

［幕内童声唱响李清照少女时作的词《如梦令》：

“常记溪亭日暮，
沉醉不知归路。
兴尽晚回舟，
误入藕花深处。
争渡，争渡，
惊起一滩鸥鹭……”

［漫天花雨，纷纷坠下，李清照置身花海，仿佛重回少女时节。

［米友仁、琴心、剑鸣边抹泪边笑着，悲欣交集。

［大幕缓缓聚合。

京剧

建安轶事

时代背景　东汉建安年间

人　　物　蔡文姬——名琰，文学家，女诗人，年约35岁

董　祀——字公胤，屯田都尉，后为中郎将，蔡文姬最后一任丈夫，年约23岁

曹　操——字孟德，汉丞相，年约54岁

左贤王——蔡文姬在南匈奴的丈夫，年约40岁

卞夫人——曹操正妻，年约45岁

阿　迪——蔡文姬在南匈奴的长子，年约10岁

蔡　安——蔡文姬家仆，年约60岁

家　院——曹操家仆

胡　兵——左贤王随侍

汉军、随众、家丁、婢女等各数人

序　幕

［许都城外。

［冬日雪花，纷纷扬扬。

［风雪中，众汉军簇拥着曹操夫妇，曹操夫妇身上落满积雪，翘首远望。

［幕内唱："遣我汉使兮大漠远行，
金璧赎还兮孤女之身。
每思远道兮悲已不幸，
重返故国兮欲止欲行。"

［蔡文姬策马上，众随从护卫着上。

曹　操　（迎上去）蔡文姬！

蔡文姬　曹丞相！

曹　操　文姬侄女！

蔡文姬　曹世叔！

卞夫人　文姬！

蔡文姬　卞夫人！

曹　操　文姬，我们回家吧！

蔡文姬　回家……

（唱）　一声回家泪难禁，
是感恩，是遗恨，

是团聚，是离分，

一霎时百感交织五味陈。

[曹操夫妇呵护蔡文姬下，众汉军簇拥着同下。

[幕内唱："山不厌高兮水不厌深，

周公吐哺兮天下归心。"

第一场

[三月后。曹操府邸中庭。翠竹花草，溪水环流，琴声幽咽。

[曹操夫妇上。

曹　操　文姬归汉三月整，奈何岁已入春，人未入春。

卞夫人　夜闻悲泣，日见泪痕，琴声里分明愁长恨深，教人不忍听！

曹　操　夫人！

（唱）　莫非我料事差，

拆散她一个家。

卞夫人　（唱）　撇下了两幼小，

母与子隔天涯。

曹　操　（唱）　如何使她了牵挂？

卞夫人　（唱）　除非是再续一个家。

曹　操　夫人所言极是。

卞夫人　只是……

曹　操　怎么？

卞夫人　（唱）　文姬三十已过五，

不复青春好年华。

曹　操　名门之后，博学多才，你我夫妇皆视若掌上明珠，这样的女儿还愁嫁不出去？

卞夫人　文姬已是二嫁之身，倘若再嫁一回，岂不成了三嫁之女？

曹　操　三嫁之女，却又如何？

卞夫人　只恐招致非议。

曹　操　非议什么？

卞夫人　其情虽然可悯，节烈毕竟有亏。

曹　操　此话可是从孔融府中传出？

卞夫人　正是。

曹　操　腐儒！

（唱）　中平年，狼烟起，

战乱丢失蔡文姬。

她委身匈奴非愿意，

流亡十二载，

朝夕盼归期。

忆当年蔡氏风光谁与比，

伯喈文章最风靡。

我也曾拜在他的盛名下，

诗文唱和琴艺交流亦师亦友乐此不疲。

卞夫人　丞相不惜重金玉璧赎回文姬，且视若亲生，呵护有加，也算对得起蔡伯喈在天之灵了。

曹　操　一代名媛，理当回归故国，传承文脉。曹某迎还文姬，一则告慰老友在天之灵，二则还赖她完成一桩使命。

卞夫人　丞相所言之使命，便是那蔡伯喈生前未竟的《后汉记》一书么？

曹　操　正是。文姬之才，当不在班昭之下。

卞夫人　奈何她自归汉以来，郁闷伤怀，这般心境，如何承当重任。

曹　操　实话相告，我已在军中为文姬择了一位才俊。

卞夫人　他是何人，年岁几许？

曹　操　屯田都尉董祀，与文姬同郡，喜音律，擅操琴，颇负才名，只是年方二十有三，稍显稚嫩。

卞夫人　相差十二岁，也忒小了些。他二人可相识？

曹　操　并不相识。

卞夫人　那么董祀愿娶文姬么？

曹　操　亦未与之明言。

卞夫人　如此还只是你的一厢情愿。

曹　操　曹某的一厢情愿，自会变成他二人的两厢情愿。来呀！

家　院　（上）丞相有何吩咐？

曹　操　请蔡文姬来见，就说我要与她研磨琴曲。

家　院　是。

曹　操　再传屯田都尉董祀晋见，也道某将与他切磋音律。

家　院　遵命。（下）

［曹操与卞夫人耳语着下。

［蔡文姬、董祀内唱：

“闻听得一声唤抱琴晋见——”

［蔡文姬、董祀抱琴分别上，家院随蔡文姬上。

蔡文姬、董祀　（接唱）　曹丞相理万机难得清闲。

蔡文姬　（唱）　我这里拭泪痕蛾眉舒展，
莫叹气掩愁烦聊慰慈颜。

董　祀　（唱）　我这里笑盈盈意得志满，
与丞相论风雅兴味盎然。

蔡文姬　（唱）　中庭里如何不见丞相面，

董　祀　（唱）　是何人抱绿琴站立面前。

家　院　夫人、董都尉请坐。

［蔡文姬、董祀一边一座，遥遥相对。家院奉茶。

家　院　丞相请夫人、董都尉品茗稍候。(退下)

［蔡文姬端坐无语。董祀好奇打量蔡文姬。

董　祀　敢问对座之人，可是大名鼎鼎的文姬夫人？

蔡文姬　何以见得？

董　祀　在下听说文姬夫人归汉以后，一直寄住丞相家中。

蔡文姬　实不相瞒，正是蔡琰。足下是？

董　祀　在下董祀，字公胤，乃陈留人氏，与文姬夫人同郡，是曹丞相帐下的屯田都尉。只因喜爱诗文，略识宫商，今日奉丞相之邀，前来切磋音律，不想竟见到了仰慕已久的蔡文姬，真是三生有幸。

蔡文姬　原来是公胤先生，幸会，幸会。

董　祀　文姬夫人知道下官？

蔡文姬　听丞相说起，军中有位同郡，喜音律，擅操琴，想必便是足下。

董　祀　正是，正是。文姬夫人的《胡笳十八拍》，如今已经传遍中原。

蔡文姬　先生也知道我的《胡笳十八拍》？

董　祀　知道，知道。文姬夫人的《胡笳十八拍》真是声声泣泪泣血，拍拍断肠断魂哪！只是——

蔡文姬　怎么？

董　祀　既然文姬夫人已经回归中原，就应该化悲苦为欢笑，把胡笳作汉歌，如此方才不负曹丞相迎归之意，不负文姬夫人平生。

蔡文姬　(异样地打量他)化悲苦为欢笑，把胡笳作汉歌？

(唱)　恍若知音从天降，

寥寥数语暖胸膛。

胡笳翻成汉歌唱，

悲苦换作笑声扬。

奈何我一味忧伤思过往，

辜负了丞相迎还热心肠。

暗暗将他来打量，

军旅中竟有这英姿勃发的少年郎。

公胤先生金玉良言，蔡琰承教，承教！

董　祀　（觑着她，忽然失笑）哈哈……

蔡文姬　先生因何失笑？

董　祀　不好说，不好说。

蔡文姬　但说无妨。

董　祀　下官心中，蔡文姬乃是一位怨天恨地的悲愤诗人，可眼前的文姬夫人既可敬又可亲，仿佛朝夕相见的——

蔡文姬　什么？

董　祀　邻家姐姐。

蔡文姬　邻家姐姐？哈哈，公胤先生言语率真，可亲可爱，倒真像是一位邻家小弟。（越看越亲）哈哈，哈哈……

董　祀　文姬夫人笑了，蔡文姬笑了！

蔡文姬　是呀，蔡文姬自归汉朝，还从未如此开怀大笑。公胤先生，谢过了！

家　院　（上）曹丞相请董都尉书房相见。

董　祀　丞相命我书房相见。

家　院　卞夫人请文姬夫人去她房中说话。

蔡文姬　卞夫人唤我去她房中说话。

董　祀　后会有期，邻家姐姐！

蔡文姬　后会有期，邻家弟弟！

［蔡文姬与董祀回首一视又一笑，分别抱琴愉快地下。家院跟下。

第二场

［又三月。蔡文姬与董祀新婚寓所。

［蔡安引卞夫人上，家人婢女抬箱笼随上。

卞夫人　哈哈……

（唱）　起新宅陪妆奁心情舒畅，
　　　　好一似嫁闺女喜气洋洋。
　　　　文姬女归汉朝难平旧创，
　　　　琴声里掩不住无边苍茫。
　　　　从今后总算她有了依傍，
　　　　琴与瑟天作合谁不赞扬。
　　　　酒宴上宾客们杯来盏往，
　　　　离喧哗到新房细看端详。

丞相送给文姬的新婚妆奁都到齐了吧？

蔡　安　回夫人，都到齐了。

卞夫人　丞相派给文姬董祀的家丁婢女，也都到齐了？

蔡　安　都到齐了。还有丞相将董祀升为中郎将的印绶，朝廷也送来了。

卞夫人　蔡安，听说你原是蔡家旧仆，可要好生侍候文姬。

蔡　安　夫人放心，丞相和夫人对我们小姐可真是太好了！

卞夫人　丞相只愿文姬的心早日安定下来。

［蔡安陪卞夫人下。

［蔡文姬幕内唱："事来总觉太匆匆——"

［蔡文姬盛装上，婢女陪上，蔡安跟上。

蔡文姬　（接唱）　霎那时又披红恍若置身在梦中。

蔡　安　小姐，这是丞相夫妇送来的嫁妆，这是朝廷派人送来了印绶，恭喜新郎升官了。

蔡文姬　我这不是在做梦吧？

蔡　安　不是做梦。

蔡文姬　（唱）　情知非梦却疑梦，
恍若置身云雾中。

蔡安，你看我老了没有？

蔡　安　小姐何谈老，小姐不过在那荒原大漠生活了十二载，留下些风霜罢了。

蔡文姬　留下些风霜……还是老了！（叹气）

蔡　安　哎，小姐不能叹气，今天可是你的大喜之日。

蔡文姬　我不叹气，不叹气。你去迎候中郎将。

蔡　安　是，小姐。

蔡文姬　哎，不要再叫小姐了。

蔡　安　是，夫人！

［蔡安笑下。蔡文姬坐上妆台。

蔡文姬　（唱）　照菱花，修妆容，
毕竟今昔大不同。
膻肉酪浆饮腥血，
穹庐毡裘呼啸风。
大漠寒霜十二载，
华年消逝岁月中。
镜中人没来由地泪汹涌，
道不清是悲是喜是吉凶。

［董祀无精打采地上，蔡文姬笑脸相迎。

蔡文姬　丞相走了？

董　祀　走了。

蔡文姬　宾客散了?

董　祀　散了。

蔡文姬　丞相夫妇送来了嫁妆。

董　祀　哦。

蔡文姬　朝廷也送来了印绶。

董　祀　知道了。

蔡文姬　累了吧,待文姬为你奉茶。

董　祀　劳驾。

蔡文姬　公胤,不,夫君请用茶。

董　祀　搁下吧。

蔡文姬　(把茶捧到他唇边)应酬一日,夫君辛苦。

董　祀　(敏感地)不要靠近我。

蔡文姬　夫君?

董　祀　不要叫我夫君。

蔡文姬　为何?

董　祀　我——不是,不配,不要!

蔡文姬　夫君?

董　祀　蔡文姬呀蔡文姬,董祀我万万未曾料到,相府一晤,竟然缘定终身。

蔡文姬　相府一晤,缘定终身,难道不正合你的心意?

董　祀　非也。

蔡文姬　非也?啊,公胤且坐,待文姬问你一句话,你可要实说。

董　祀　你问吧,我实说。

蔡文姬　那日丞相书房召见,对你说了什么?

董　祀　丞相说,文姬夫人一见钟情,非董祀莫嫁。

蔡文姬　啊,我又何曾那样说?

董　祀　我也问你，那日卞夫人召你去她房中，对你说了什么？

蔡文姬　卞夫人说，董都尉爱慕久矣，非蔡文姬莫娶。

董　祀　啊，我又何曾那样讲？

蔡文姬　如此看来，乃是丞相夫妇的存心撮合？

董　祀　如此看来，乃是丞相夫妇的有意安排。

蔡文姬　我要面见曹丞相！

董　祀　不能去！

蔡文姬　为何？

董　祀　你我都不可违拗丞相的旨意。

蔡文姬　你害怕丞相？

董　祀　怕，普天之下，谁人不怕？莫说我一介董祀，就是当今皇上在丞相面前，也只能察言观色，唯命是从。否则，非但有杀身之祸，还要株连三族。文姬夫人！

（唱）　原谅我高攀梧桐非愿意，
原谅我勉从人意把头低。
原谅我鹧鸪凤凰难比翼，
原谅我董祀原本心有仪。

蔡文姬　先生原有心仪之人？

董　祀　太中大夫孔融之女，名唤孔飞燕，二八芳龄，能歌善舞，国色天香，董祀原有求娶之意，可如今——

蔡文姬　先生不必说，不必说了！

（唱）　一席话听得我浑身抖颤，
恰好比万枚针刺进心间。
原以为遇知音丝萝重绾，
却不料洞房夜遭此难堪。
梦未曾圆梦已断，
教我徒然呼苍天。

公胤先生，抱愧，实在抱愧！待我上书丞相，还你自由之身。

董　祀　文姬夫人，我且问你，既然丞相作了如此安排，他会轻易收回成命么？

蔡文姬　丞相当为你我设想。

董　祀　文姬夫人，我再来问你，倘若你我匆匆聚合，又匆匆离散，日后你将何以自处，何以为人，何以面对士大夫的滔滔众口，你都想过没有？

蔡文姬　我……真想一死！（顿足）

董　祀　不，董祀我已然想明白了。既然丞相有意将你我捆绑一起，便是你我的前世姻缘，董祀我愿舍弃心仪之女，陪伴你文姬夫人，吟诗作赋，度曲弹琴，举案齐眉，相敬如宾。活在丞相治下，我自甘认命！

蔡文姬　不，先生高情大义，文姬感念于心。只是我可以委屈自己，却不能委屈了你。天色已晚，先生自去歇息。容蔡琰三思。

董　祀　若想抚琴你便抚琴，若想歌哭你便歌哭，千万不要压抑着。

蔡文姬　多谢先生。

［董祀叹息入内。蔡文姬悲吟《胡笳十八拍》。

蔡文姬　（唱）“今别子兮归故乡，

旧怨平兮新怨长。

泣血仰头兮诉苍苍，

胡为生我兮罹此殃！”

［琴弦折断，蔡文姬大恸。蔡安上。

蔡　安　夫人，外面来了个孩子，哭着闹着要见你。

蔡文姬　孩子？

蔡　安　他说他叫阿迪，是你留在南匈奴的大儿子。

蔡文姬　阿迪，我的儿子！

［阿迪内声："阿妈——"

［蔡文姬大惊失色。

第三场

［次日。左贤王驿馆。左贤王上。

左贤王　（唱）　年年汉朝晋贡品，
今岁亲往中原行。
带上阿迪大儿子，
前来探望他娘亲。
觐罢汉帝拜曹相，
好言好语慰我心。
感念天朝恩德广，
胡汉两家总相亲。

［随行胡兵上。

胡　兵　王爷回来了。

左贤王　回来了。阿迪呢？

胡　兵　前去探望他阿妈，一直未归。

阿　迪　（内声）阿爸！

胡　兵　阿迪回来了！

阿　迪　（上）阿爸！

左贤王　（压低声）见到你阿妈没有哇？

阿　迪　见到了！

左贤王　你阿妈她好么？

阿　迪　阿妈她——早把我们忘了!

左贤王　这么快就忘了?

阿　迪　哈哈哈,我是骗你的!阿爸,阿妈她来看你了!

左贤王　你阿妈怎么还会来看我?

阿　迪　阿爸你看!

[蔡文姬上,左贤王惊得目瞪口呆。

蔡文姬　王爷,别来无恙。

左贤王　哦,听说你刚刚改嫁,不知道该称呼什么?

蔡文姬　称我文姬夫人吧。

左贤王　文姬夫人,别来无恙。快给文姬夫人上茶,上中原最好的茶。

蔡文姬　王爷,有羊奶么,我想喝。

左贤王　有,有,给文姬夫人上羊奶。

胡　兵　(捧上羊奶)文姬夫人,对不起,我还是习惯称呼您王妃娘娘。王妃娘娘,这是最新鲜的羊奶,是王爷随行带了十只活羊,刚接下来的。王爷说,万一在中原见到王妃,万一王妃还想喝匈奴的羊奶,你看,果然被王爷想着了。王妃娘娘,你请喝吧。

蔡文姬　多谢,多谢!

阿　迪　阿妈,你怎么就喝了一口?

蔡文姬　阿妈咽不下去……(抽泣)

阿　迪　阿妈怎么又哭了,阿妈不是说从前哭是思念家乡,如今阿妈回中原了,怎么还哭?

蔡文姬　阿妈不想哭,可是阿妈见到你们,眼泪就是止不住。

胡　兵　阿迪,我们出去玩,让你阿爸阿妈说说话。

[阿迪随胡兵下。左贤王、蔡文姬相对局促。

左贤王　文姬夫人,你好么?

蔡文姬　王爷,你也好么?

左贤王　我……好！

蔡文姬　我也……好！

左贤王　（唱）　一声好，心如捣；

蔡文姬　（唱）　一声好，泪滔滔。

左贤王　（唱）　一声好，怎相告；

蔡文姬　（唱）　一声好，暗悲号。

左贤王　（唱）　多谢夫人来探望，
不忘匈奴旧时交。

蔡文姬　（唱）　多谢王爷一碗奶，
多少关怀上心梢。

左贤王　（唱）　问夫人归来日月可安好？

蔡文姬　（唱）　问王爷别后怎度暮与朝？

左贤王　（唱）　问夫人再适之人可周到？

蔡文姬　（唱）　问王爷为何不筑新燕巢？

左贤王　（唱）　问夫人是否还把胡笳弄？

蔡文姬　（唱）　问王爷是否仍唱旧歌谣？

左贤王　（唱）　问夫人千言万语难言表，

蔡文姬　（唱）　问王爷一怀愁绪怎画描。

左贤王　文姬夫人，你为何一定要回中原？

蔡文姬　我是汉家女儿，中原是我家乡。

左贤王　曹丞相为何不惜重金，迎你归来？

蔡文姬　丞相怜我身世，惜我才学。

左贤王　不错，中原是你家乡，你的满腹才华在南匈奴是埋没了。可是——

蔡文姬　王爷请讲。

左贤王　（唱）　汉家女流落异邦非愿意，
十二载已然做了匈奴妻。

一双幼子来抛下，

你情何堪心何忍与儿生生永别离。

蔡文姬 王爷，我想跟你们回去。

左贤王 你说什么，你想跟我和阿迪回去？

蔡文姬 回南匈奴。

左贤王 回南匈奴？文姬夫人，你说这话可是真的？

蔡文姬 是真的。

左贤王 不，如今你已经不能回去了。

蔡文姬 为何，莫非王爷也嫌弃我了？我可以不做王妃，只做两个孩子的阿妈，王爷！

左贤王 对不起，文姬夫人。

（唱） 文姬夫人多抱愧，

恕我不能偕你归。

你既嫁为汉朝妇，

岂能再把匈奴回。

适才在那朝堂上，

曹相许我女娥眉。

青春年少汉翁主，

去做匈奴新王妃。

夫人呀，胡汉联姻大局系，

于情于理我不便推。

你可知大漠为你勒石像，

匈奴后代永不忘擅弄胡笳的蔡王妃。（深深一鞠躬）

蔡文姬 （无地自容）天哪！

（唱） 悲莫悲兮悲莫悲，

不知乡关何处兮不知魂魄何所归。

身还中原兮难舍大漠北，

一把浊泪兮胡汉两地挥。

请王爷再让我喝一碗南匈奴的羊奶水；

谢王爷曾予我十二年难忘却的乐与悲；

嘱王爷呵护我此一生再难见的两幼子；

托王爷常去我塑像前把旧时的胡笳吹。

莫念我，我自当平复怨怼；

莫念我，我自当夫唱妇随；

莫念我，我自当自珍自爱；

莫念我，我自当舒展愁眉。

深深匍匐还一拜，

愿你父子平安回。

王爷珍重，我去了。

左贤王 文姬夫人，实言相告，明日我就要带着翁主王妃回南匈奴，今生今世你我怕是再也不能相见了。不过请你放心，阿迪和阿眉永远是你的儿子，他们也永远会记住你这个汉朝阿妈。文姬夫人，汉朝礼数多，恕我不相送，珍重吧！

［阿迪上，胡兵跟上。

阿　迪 阿妈，你这是要走么？

蔡文姬 阿妈要走，阿妈要回到自己的家。

阿　迪 不，我不让你走！（死死抱住她）

左贤王 （故意高声地）阿迪，你怎么又把衣服扯破了！

阿　迪 不是早就破了嘛！

左贤王 去，跪到你阿妈面前，让你阿妈为你缝补好，再为你缝补一回！

［左贤王忍泣下，胡兵递给蔡文姬针线，也拭泪下。

阿　迪 （幸福地抱着蔡文姬）阿妈，我累了，我想抱着阿妈睡一会儿，就一会会儿，好么？

蔡文姬 睡吧，阿迪，阿妈的好儿子。

［阿迪入睡，蔡文姬为他补衣。

蔡文姬 （唱） 针儿细，线儿长，
阿妈为儿补衣裳。
针儿细，线儿长，
泪珠滴在儿脸庞。
针儿细，线儿长，
针针扎在妈心上。
针儿细，线儿长，
咬断针线别儿郎。

［蔡文姬亲吻阿迪。

蔡文姬 阿迪我儿，阿妈走了，阿妈再也不能为儿补衣裳了。

［胡兵捧奶囊上，蔡文姬双手接过，一步三回头下。

第四场

［半年后，风雪天。蔡文姬与董祀居所。

蔡　安 董祀一夜未回转，文姬通宵难入眠。名为夫妻实为友，彼此倒也两相安。这两个人哪，要说和谐真和谐，要说冷淡真冷淡。不过我还是能看出来，文姬对董祀，爱护在心里，从来不埋怨。董祀对文姬，大恭敬里夹着小任性，时不时还惹出一些小麻烦。我看长此下去，早晚会有真正恩爱的那一天！（拨弄炭火，退下）

［蔡文姬执卷上。

蔡文姬 （感慨地）又飞雪了。

（唱） 飞雪如絮归汉朝，

今日又见雪花飘。

一种严冬寒彻骨，

别样暖意上心梢。

渐把旧愁安排好，

珍惜眼前暮与朝。

公胤孔府去赴宴，为何天亮未回还？

［董祀匆匆上。

董　祀 （念） 满座高朋酒肉臭，

不及文姬淡饭香。

文姬姐姐，我回来了，外面可真冷呀！

蔡文姬 （为他掸雪）公胤弟弟，你吃酒了？

董　祀 嘘，轻声！丞相刚才颁布了禁酒令。

蔡文姬 既然知道，还明知故犯？

董　祀 不过，这顿酒倒把我喝醒了。

（唱） 太中大夫把女嫁，

应邀道贺去孔家。

三杯两盏喝下肚，

酸甜苦辣五味杂。

蔡文姬 恐怕只有一味吧。

董　祀 一味？

蔡文姬 酸味。（掩笑）

董　祀 你还笑，我都懊悔死了！

蔡文姬 懊悔什么？

董　祀 （唱） 这顿酒喝得我肝胆气炸，

这顿酒喝得我咬碎钢牙。

蔡文姬 什么事情值得你大动肝火？

董　祀　你哪里知道！

（唱）　婚宴上孔融把我来笑话，

他道我半老徐娘娶回家。

蔡文姬　孔融竟说出这样的话。

董　祀　呸！羞辱我夫人，与羞辱董祀何异？

蔡文姬　你待如何回应他？

董　祀　（唱）　夫人清誉岂容人践踏，

八个字痛痛快快回敬他。

蔡文姬　八个什么字？

董　祀　高华皎月，玉洁冰清！

蔡文姬　这是你对文姬姐姐的评议么？

董　祀　是。

蔡文姬　你是当着孔融面说的？

董　祀　当着孔融，也当着满座士大夫。

蔡文姬　公胤，你……真好！来，把手给我。

董　祀　做什么？

蔡文姬　看你这双手，都快冻僵了。（为他呵气）

董　祀　文姬，你为何总是对我这样好？

蔡文姬　我是你邻家姐姐，你是我邻家弟弟。

董　祀　不，你是我妻子，我是你夫君。

蔡文姬　那是当着丞相与外人，面上的夫妻。

董　祀　不只是面上，也是心里。

蔡文姬　公胤先生，还记得你对我说过的话么？

董　祀　什么话？

蔡文姬　既然丞相有意将你我捆绑一起，便是你我的前世姻缘，你愿舍弃心仪之女，陪伴文姬夫人。吟诗作赋，度曲弹琴，举案齐眉，相敬如宾。

董　祀　可是我并未做到，更未做好！

蔡文姬　有你这份心意，已经足够了！

（唱）　感君一份情意在，

青春逝去不回来。

一日相伴一日爱，

日日珍惜在心怀。

文姬半世遭离乱，

时不济来运又乖。

身似飘篷无可奈，

祸福聚散推不开。

载沉载浮十数载，

总算把心安下来。

愿君身体永康泰，

愿君长把笑口开。

愿君平生无灾害，

愿君得展鸿鹄才。

蔡文姬自从送走贤王后，

便立誓不再泪洒梳妆台。

就为你孔府当众一席话，

便不枉挥泪别雏归汉来。

董　祀　文姬夫人，你若愿意，我想从头再来。

蔡文姬　何处是头，文姬夫人的头可是太长太长了。

董　祀　就从你我相府相识的那一天，真情相守，真心相爱。

蔡文姬　真情相守，真心相爱？

董　祀　文姬，夫人！

蔡文姬　是文姬夫人，还是文姬，夫人？

董　祀　是文姬，我的夫人！

蔡文姬　不是邻家姐姐了？

董　祀　不是了！

蔡文姬　（咀嚼着，不禁泪下）邻家姐姐……我的夫人……

董　祀　夫人，你怎么又哭了？

蔡文姬　不是哭，是笑，是笑呀！

董　祀　夫人笑了，蔡文姬笑了！哈哈……

蔡文姬　夫君，文姬新作了一首汉诗，你愿听么？

董　祀　愿听，愿听！

蔡文姬　夫君愿为文姬抚琴么？

董　祀　愿意，愿意！

蔡文姬　夫君抚琴。

董　祀　夫人放歌。

［董祀抚琴，蔡文姬怡然放歌。

蔡文姬　（唱）　隆冬寒气侵，

一围炉炭生。

向火闲无事，

四周有余温。

十指抚琴瑟，

相对两知音。

等到雪融尽，

携手共游春。

［蔡安上，一汉将率数汉兵上。

蔡　安　夫人，丞相派人前来抓捕中郎将了！

汉　将　董祀，你可知罪？

董　祀　何罪之有？

汉　将　你在孔融府中宴乐，私自饮酒，违反朝廷禁酒令，曹丞相下令将你治罪。

董　祀　那孔融作何处置？

汉　将　孔融召合徒众，结党营私，还私自饮酒，谤讪朝廷，分明图谋不轨，意欲谋反，已被满门抄斩。

蔡文姬　丞相治我夫君何罪？

汉　将　董祀私自饮酒，本可免于死罪，然藐视丞相，阳奉阴违，罪加一等。着即将董祀押赴许都城外斩首，绑上了！

蔡文姬　且慢，请问将军，丞相所言之藐视，意指何为？

汉　将　文姬夫人，实话相告，所谓藐视，乃是丞相怪罪中郎将待你薄情，辜负了丞相夫妇的良苦用心，丞相听说董祀至今仍与你姐弟相称，气得咬牙顿足，忿然言道：杀了算了！来呀，将董祀带走。

董　祀　夫人，董祀辜负丞相，死不足惜。可是我这一死，放不下的唯有你呀！

蔡文姬　好夫君，文姬倘不能救你活命，情愿与你同死！

董　祀　不，你要活下去，好好活下去！

汉　将　带走！

［汉军绑董祀下。

蔡文姬　蔡安。

蔡　安　在。

蔡文姬　与我备马！

第五场

［许都街头，风狂雪暴。

［汉军押解董祀过场。

［蔡文姬内唱："地冻天寒大雪漫——"

［蔡文姬策马上。

蔡文姬 （唱） 蔡文姬久不坐骑身心倦，
为救夫君我奋不顾身又上雕鞍。
恨只恨中原战马行走慢，
一颗心急如火燎紧加鞭。
为什么坐下驽马气喘喘，
马儿呀，你可知我夫性命一线悬。

［蔡文姬跌落马下。

蔡文姬 （唱） 马失前蹄腿折断，
愈是焦急愈难前。
没奈何我只得弃马徒步赶，
跌跌撞撞奔向前！

［蔡文姬奔走下。

第六场

［曹操府邸书房。

［曹操抚琴吟唱《短歌行》。

曹　操 （唱） "青青子衿，
悠悠我心。
但为君故，
沉吟至今。"

［卞夫人上。

卞夫人 文姬来了，现在门外等候。

曹　操　外面天寒地冻，快快唤她进来。

卞夫人　文姬是来为董祀求情的。

曹　操　处死文状已发，恐怕难以收回成命。

卞夫人　看她蓬头垢面，涕泪交流，实在于心不忍。

曹　操　快快唤她进来。

卞夫人　文姬，曹世叔唤你进来。

［蔡文姬幕内颤声："来也……"，蔡文姬蓬头跣足上。

蔡文姬　文姬叩见丞相，叩见夫人！

曹　操　哎呀文姬，你为何蓬头跣足，如此狼狈。夫人快取衣巾鞋袜，与我文姬穿戴。

卞夫人　是。

曹　操　还有，温一壶茶，煮一锅汤，文姬难得回来，我要与她度曲、论诗、说文、辩史，快去快去！

卞夫人　就去就去！

［卞夫人下。蔡文姬瑟瑟发抖。

曹　操　文姬，到世叔身旁，一同向火。

蔡文姬　文姬不敢。

曹　操　因何不敢？

蔡文姬　夫君犯法，妻子同罪。

曹　操　赦你无罪。

蔡文姬　谢丞相。

［卞夫人上，家院、婢女捧茶汤衣物上。

［蔡文姬穿戴整齐，匍匐在地。

蔡文姬　文姬叩请丞相开恩，赦免董祀死罪。

曹　操　文状已发，恐难更改。

蔡文姬　那就请丞相赐文姬一死。

曹　操　董祀犯法当斩，你何必为他殉命？

卞夫人 是呀，听说那董祀待你并无恩爱。

蔡文姬 丞相、夫人有所不知，想那董祀与文姬，虽不如胶似漆，却也情同姐弟。况且，彼此相知相爱，恰正与日俱增。他若仓促一死，文姬断无生念。

曹　操 你是当真舍不得董祀？

蔡文姬 舍不得，舍不得，舍不得！

曹　操 这又是为何？

蔡文姬 丞相、夫人容禀！

（唱）　未言泪先淌，
哀哀诉衷肠。
回望过来路，
一步一重伤。
十七唯父母，
嫁与少年郎。
成婚未经岁，
丈夫暴病亡。
新寡遭离乱，
裹胁到北疆。
弱女无所寄，
勉从左贤王。
漫漫十二载，
始得回家乡。
幼子忍离弃，
泪湿干衣裳。
欲留欲归去，
进退两彷徨。
又适中郎将，

三做新嫁娘。
知其不得已，
也曾怨上苍。
无奈退路断，
离合惹惆怅。
喜他少城府，
喜他心善良。
喜他知音律，
喜他识宫商。
但愿人长久，
终可比凤凰。
谁料中道散，
孑孑遗孤孀。

卞夫人 不要说了，听得人肝肠寸断！

蔡文姬 丞相、夫人，想我蔡文姬，生逢离乱，命运乖蹇，一嫁死别，二嫁生离，三嫁虽非本意，却也彼此珍惜，倘若就此到头，难道文姬还真的要四嫁五嫁不成么？文姬虽然闭塞，那士林中滔滔谤讪，也偶有所闻。什么“才辩可敬，节烈有亏”，我一柔弱女子，如何自主沉浮？事到如今，唯求丞相大人顾念先人荫德，免董祀一死，大恩大德，譬如再生，蔡文姬有生之年，万死难报！

曹　操 听你如此一番倾诉，世叔倒是于心不忍了。怎奈董祀已然绑赴法场，纵然宽免，已是晚矣。

蔡文姬 丞相厩马万匹，虎士成林，何惜疾足一骑，刀下存命。

曹　操 如此，立遣飞骑，追回文状，赦免董祀。快去！

汉　将 追回文状，赦免董祀！（急下）

蔡文姬 文姬代免死之人董祀，叩谢曹丞相，叩谢卞夫人！（力竭

倒地）

曹　操　文姬！

卞夫人　文姬醒来，文姬醒来！

［卞夫人怀抱蔡文姬，曹操亲手为蔡文姬喂汤。

［汉将引董祀上。

卞夫人　文姬，你睁开眼睛，看看谁来了。

董　祀　文姬！

蔡文姬　公胤！

董　祀　夫人！

蔡文姬　夫君！

［蔡文姬与董祀抱头痛哭。卞夫人抹泪，曹操叹气。

曹　操　只道错点两鸳鸯，原是一对苦冤家。

卞夫人　（指点他）你呀！

曹　操　（一击额头）嗨！哈哈……

蔡文姬　公胤，快去谢过丞相和夫人。

董　祀　叩谢丞相和夫人救命之恩！

曹　操　（沉下脸）董祀呀，救尔命者，乃是文姬，要谢去谢你的贤夫人。

董　祀　叩谢夫人再生之德，董祀万死难报！

蔡文姬　夫君言重了。

曹　操　文姬，赦回董祀，遂了你的心愿，你还有什么遗憾之事么？

蔡文姬　回禀世叔，文姬已然无憾。

曹　操　心也安定了？

蔡文姬　安定了。

曹　操　好，看座奉茶，我要与文姬夫人商议大事。

［婢女奉茶如仪，各自归座。

曹　操　文姬，我来问你，令严生前家藏典籍，如今下落何处？

蔡文姬 家父所藏典籍，不下四千余卷，无奈尽付战火。

曹　操 可惜，可惜了！

蔡文姬 文姬不才，尚能默记四百余篇，丞相不弃，文姬愿背录成书，奉献世叔。

曹　操 世叔先自谢过。文姬，世叔真正要问你的乃是令严继班固之后修撰的《后汉记》一书，这部未竟书稿，你能否记得？

蔡文姬 皆可默诵。

曹　操 好！我以汉朝名义，恳请文姬夫人完成此书。

蔡文姬 文姬虽无班昭之才，然禀丞相之命，承先父遗志，默记遗稿，修齐全书，于公于私，断无推辞。

曹　操 如此世叔也就不枉接你回归汉朝了。世叔精选十名文吏，助你抄录典籍，修撰《后汉记》，你看如何。

蔡文姬 文姬一人之力，当可完成使命。

董　祀 董祀愿辞官爵，一心辅佐夫人。

曹　操 公胤此言，正合吾意。传我指令，赏千两金，粟二百石，布匹百丈，驾驷马，送董祀文姬伉俪回家。

蔡文姬、董祀 多谢丞相！

曹　操 拜托了！

［曹操夫妇目送蔡文姬夫妇下。

［迁景。曹操夫妇漫步缓行。

曹　操 蔡文姬用了七年光阴，默写下四百篇珍奇典籍，修好了《后汉记》。文姬之才，可追班昭。

卞夫人 文姬完成归汉使命，便与董祀溯洛水而上，隐居在终南山中。

尾　声

［十数年后。终南山。

［蔡文姬、董祀仙风道骨，飘逸行来。

董　祀　（唱）　终南山林好归处，

蔡文姬　（唱）　闲看云卷与云舒。

［虚无飘渺，琴音悠长。

［剧终。

京剧

大 面

登场人物　兰陵王　名高长恭，北齐名将

齐　后　北齐皇后，兰陵王生母

齐　主　北齐皇帝，兰陵王叔父

郑　儿　歌舞艺伎，兰陵王恋人

尉迟琳　北齐将佐，兰陵王好友

杨文、段武　北齐老臣

伶官甲、乙　宫廷伶官

伶人、朝臣、内侍、将士等

历史背景　北齐王朝，公元550—577年间

楔　子

[一副狰狞的神兽大面。

[一阕壮怀激烈的《兰陵王入阵曲》。

[一位戴着面具装扮成兰陵王仗剑起舞的演员。

[纯正的宫廷雅乐，华美的古典服饰，精湛的俳优表演。

[幕内唱："音容兼美兮，
貌柔心壮。
诞于王族兮，
身陷罗网。
头戴大面兮，
性情掩藏。
孰为豺狼兮，
孰为羔羊。"

[大面瞳孔里汩汩流出了血泪。

第一折　唾　面

[北齐，神武宫。

[伶官甲、乙上。

伶官甲　宫廷养优伶，

伶官乙　从古养到今。

伶官甲　练就好本领，

伶官乙　取悦帝王心。

伶官甲　某等，宫廷伶官。

伶官乙　乐府司仪。

伶官甲　相当于七品官员等第。

伶官乙　享受县令一级俸银。

伶官甲　话说今日齐主诏令，吩咐在新落成的神武宫摆宴庆典。

伶官乙　齐主还特意吩咐，要兰陵王亲自率领乐府伶人前来献艺。

伶官甲　要说兰陵王的才艺，那可是古往今来，无人可比。

伶官乙　非但才艺无人可比，容颜更是天下第一。

伶官甲　说的不错，兰陵王乃是须眉中的娥眉，娥眉中的须眉。

伶官乙　女人看他是男人，男人看他是女人。

伶官甲乙　总而言之，兰陵王是男人和女人都喜欢的人。

[礼炮声响，号角齐鸣。

伶官甲　齐主齐后上殿了！

[悠扬的乐曲声中，齐主、齐后率杨文、段武等朝臣登场。

众　声　齐主万岁！齐后千岁！

齐　主　（不可一世地）哈哈哈……

（唱）　九重金阙夺天工，

气象万千神武宫。

齐　后　（唱）　劳民伤财奢无度，

醉生梦死宴乐中。

齐　主　（唱）　逍遥自在帝王梦，

齐　后　（唱）　与狼共枕恨无穷。

齐　主　左仆射，右丞相。

杨文段武　臣等在。

齐　主　尔等既是先王旧臣，又是朕的新臣，以你们看，这座新建成的神武宫，较之先王生前排场如何？

杨　文　先王戎马半生，英年早逝，何曾有过陛下这般排场。

段　武　是呀，先王打天下，陛下享太平，陛下的同胞兄长先王，戎马半生才奠定了大齐国基。

齐　主　活该他的命短，无福消受荣华。伶官！

伶官甲乙　陛下！

齐　主　听说兰陵王殿下今日身着女装，前来献艺，是真的么？

伶官甲乙　千真万确。

齐　主　怎么还不见他上殿？

伶官甲乙　陛下且请稍待。

齐　主　这个兰陵王，可真是个天生的优伶，哈哈哈……

伶官甲乙　宴乐开始，伶人进贡百戏！

［一众伶人，一哄而上，展示百戏，绝技纷呈。

齐　主　（有点迫不及待地）兰陵王怎么还不登场。

伶官甲乙　兰陵王来了！

［兰陵王身着女装，惊艳亮相。

齐　主　男扮女装，几可乱真！

众　声　啊，美，太美了！

［兰陵王满场奔跑，领舞领唱；众伶人同声应和，伴舞伴唱。

兰陵王　（唱）　樱桃小口一点红，

众伶人　（唱）　一呀一点红；

兰陵王　（唱）　胭脂花粉赛芙蓉，

众伶人　（唱）　赛呀赛芙蓉；

兰陵王 （唱） 杨柳细腰摆如风，

众伶人 （唱） 摆呀摆如风；

兰陵王 （唱） 安能辨我为雌雄，

众伶人 （唱） 辨呀辨雌雄。

齐　主 兰陵王，可人儿！

（唱） 男扮女装伶戏弄，
风情万种乱雌雄。
分明身为须眉种，
却教娥眉拜下风。

［齐主追逐兰陵王，兰陵王故意避让着，仿佛牵引着木偶。

兰陵王 （唱） 高氏望族名长恭，
铁血世家称英雄。
先王戎马奠国基，
创建大齐百代功。
谁料功成身先死，
遭人鸩杀在深宫。
长恭是时年幼小，
叔父即位登九重。
将某朝夕严看管，
兰陵王号虚位封。
某也曾研兵法练武功，
某也曾走单骑射硬弓。
无奈身陷在罗网，
无奈四周危机重。
娱乐声里性情变，
醉生梦死歌栏中。

［齐后忽然离座，纷纷欲去。

兰陵王　（敏感地）啊，皇后因何离席而去？

齐　后　堂堂皇宫，乌烟瘴气，成何体统。

兰陵王　（拦住她）大家娱乐开心，皇后何必置气。

齐　后　（反感他）殿下不要靠近我。

兰陵王　皇后这是怎么了？

齐　后　你，讨厌！

兰陵王　皇后说什么？

齐　后　我说你讨厌，讨厌！

兰陵王　皇后说我讨厌，我讨厌……（不可思议）

齐　后　讨厌，讨厌，讨厌！

（唱）　红唇红袄红裙装，
非男非女非阴阳。
铁血世家枭雄后，
弄出一个伪婆娘。
终日俚歌复艳舞，
风流气焰满朝堂。
神武宫内蒙烟瘴，
掩鼻而去步踉跄。（踉跄着欲下）

齐　主　皇后慢走，皇后言重了。朕知道，皇后不喜欢这个伶人一般的兰陵王，可你也明明看到了，他是如此多才多艺，天赋才情，朕岂可埋没了他。

齐　后　什么多才多艺，天赋才情，分明销蚀血性，沦为弄臣。

齐　主　皇后说得对，太平之年，朕就是要将猛士驯化为弄臣。

齐　后　我真后悔。

齐　主　后悔何来？

齐　后　后悔做了你的皇后。告退！

兰陵王　皇后请留步，皇后！

（唱）　皇后平素多娴静，

为何今日冷冰冰。

讨厌二字如利刃，

深深刺痛臣的心。

臣自幼小失父母，

皇上皇后是双亲。

为讨宫中人欢喜，

弃文弃武效优伶。

臣不羡江山权位，

臣不羡富贵功名。

臣不羡男欢女爱，

臣不羡家室天伦。

臣只愿朝夕欢愉在宫殿，

无忧无虑度此生。

齐　后　兰陵王，高长恭，你到底要说什么？

兰陵王　臣请皇后把刚才说过的话收了回去。

齐　后　刚才说过的话？

兰陵王　就是那两个字。

齐　后　那两个什么字？

兰陵王　讨厌。

齐　后　（看着他，深深失望）讨厌，讨厌，讨厌！

兰陵王　（央求地）皇后！

齐　主　（厉声）皇后，朕命你把那两个字收回。

齐　后　不。

齐　主　朕再说一遍，收回！

齐　后　绝不！

齐　主　好，皇后不是也讨厌朕有杖毙大臣的习性么，今日恰好有个大臣得罪了朕，朕就是要当着你皇后的面，活活杖毙他。来人，将他带上来！

［一大臣被带上，齐主亲手执杖，当众将大臣活活打死。

齐　后　你这是拿人命要挟我？

齐　主　是，要挟你，朕还要做一件更加令你讨厌的事，活吃人的心肝。（一把抓住了伶官乙）这个伶官，既年轻，又白净，他的心肝，必然鲜嫩，拿利刃来！

伶官乙　（魂飞魄散）陛下饶命！殿下救命！

众伶人　陛下饶命！殿下救命！

兰陵王　陛下开恩，放过无辜，臣不再要求皇后收回便是。

齐　主　不，朕可是说一不二。

兰陵王　如此，臣恳请皇后屈从一回。

齐　后　屈从，想我平生最后悔的便是屈从二字，想不到这两个字居然出自你的口中——不，我不收回！

齐　主　也罢，朕已然没有胃口活吃人心了。朕索性一不做二不休，做一件令皇后讨厌到不能再讨厌的事情。

兰陵王　陛下要做什么？

齐　主　朕要亲手把你阉割为宫人。朕要皇后一看见你就讨厌，讨厌到死。来呀，拿刑具来！

兰陵王　皇后救我，快救我！

齐　后　（毫不犹豫地向齐主跪下）我收回，我收回！（痛不欲生）

齐　主　（心满意足地）朕就是要看看，谁敢挑衅朕的威严！（扶起齐后）皇后且请入座，稍后还有好戏看。

齐　后　（无奈地）谢陛下。

齐　主　兰陵王。

兰陵王　臣在。

齐　主　听说殿下新结识了一位来自秦地的卖艺女子，名唤郑儿。

兰陵王　是，陛下。

齐　主　听说这位郑儿非但容颜绝世，舞艺更是超群。

兰陵王　是，陛下。

齐　主　听说殿下将那郑儿挽留府中，日夕长谈，已然三月有余。

兰陵王　是，陛下，臣与那郑儿一见如故，切磋舞艺，相谈甚欢。

齐　主　朕倒也想见识见识那个郑儿的舞艺。

兰陵王　陛下此乃何意？

齐　主　宣郑儿上殿。

伶官乙　郑儿上殿！

兰陵王　（惊讶）啊……

［郑儿《踏歌》舞蹈上，众伶人击节和之。

郑　儿　（唱）　阳春三月柳色新，
踏歌女子陇上行。
绿丝条条拂人意，
道它无情却有情。
花黄黄，草青青，
牧童笛声报佳音。
鹊鸟殷勤来引路，
远征情郎转回程。

兰陵王　郑儿，你是如何入得宫来？

郑　儿　回禀殿下，郑儿被宫廷内侍挟持而来。

齐　主　实不相瞒，殿下金屋藏娇。朕得知线报，特地派人将郑儿请进宫来，献歌献舞。

齐　后　既然郑儿已献了歌舞，兰陵王殿下，你可将郑儿带回去了。

兰陵王　郑儿，走吧。

齐　主　慢，这个郑儿，朕甚喜欢，朕想把她留在宫中。

齐　后　陛下不妥吧？

齐　主　有何不妥？

齐　后　郑儿乃兰陵王殿下钟爱之人。

齐　主　皇后错了，兰陵王刚才说过，他不羡男欢女爱。

兰陵王　臣只羡郑儿一人。

齐　主　这是为何？

兰陵王　陛下眼中郑儿只是美女，臣的心中郑儿乃是知音，臣正要奏请皇上皇后，立郑儿为臣的王妃，不知皇上皇后意下如何？

齐　后　殿下若与郑儿真心相爱，倒是一件美事。陛下，你说呢？

齐　主　普天之下莫非王土，率土之滨莫非王臣。朕倒不信，兰陵王殿下竟敢与朕争抢美人。

兰陵王　陛下，郑儿与我，我与郑儿，心心相印，同气相求。

齐　主　同气相求，那又如何？

齐　后　郑儿，你说，你愿跟从哪个？

郑　儿　郑儿愿跟从兰陵王殿下，只此一念。

齐　主　兰陵工。

兰陵王　臣在。

齐　主　可人儿。

兰陵王　陛下。

齐　主　朕再问你一句话，你是真的要与朕争抢美人么？

兰陵王　陛下……

齐　主　嗯？

兰陵王　臣……

齐　后　兰陵王，高长恭，你乃堂堂须眉，凛凛壮士，陛下要夺你所爱，你怎么像只羔羊？

兰陵王　这……

（唱）　是羔羊，是豺狼，

是豺狼，是羔羊。

我是该争还是抢，

我是该忍还是让。

进退犯踌躇，

左右两徊惶。

拱手求皇后，

代我拿主张。

齐　后　（向他招手）兰陵王，不，可人儿，你走近来……

兰陵王　（走近她）皇后……

齐　后　（照着他的脸颊恨恨一唾）啐！

兰陵王　（愕然）皇后……

［齐后背转身，忿然下。杨文、段武悄悄跟下。

齐　主　（惬意地）哈哈哈……来呀，且将郑儿收入乐坊。

郑　儿　殿下！

［内侍挟郑儿下。齐主驱散朝官、伶人，亦下。

［尉迟琳悄上。

尉迟琳　殿下！

兰陵王　（兀自发愣）谁在叫我？

尉迟琳　殿下，是我。

兰陵王　你是？

尉迟琳　殿下认不出我了。我是殿下儿时伙伴，宫廷卫将尉迟琳。

兰陵王　尉迟兄弟，是你？

尉迟琳　是我。殿下且随我去一处地方。

兰陵王　那是什么地方？

尉迟琳　殿下去了便知。

兰陵王　好，我便随你去。

尉迟琳　殿下请！

［兰陵王木讷地跟随尉迟琳下。

［幕内唱："音容兼美兮，

貌柔心壮。

诞于王族兮，

身陷罗网。

头戴大面兮，

性情掩藏。

孰为豺狼兮，

孰为羔羊。"

第二折　祭　面

［先王庙宇。先王头戴大面，金盔金甲，驾金马车塑像。马车四周，俑将环卫，仿佛一支行进中的军队。

［先王声音："兰陵王，高长恭，我的儿子，先王对你讲话，你要用心倾听。当朝齐主毒死了你的生父，夺走了你的生母，他将你豢养宫中，是要销蚀你的血性，消解你的仇恨，他要把你驯化成一个俯首贴耳的弄臣，你明白么？记住了，你是兰陵王，你是高长恭，不是可人儿……"

［杨文、段武从塑像后钻了出来。

杨　文　段将军的声音可真像先王。

段　武　但愿你我双簧，能将殿下蒙混。

［齐后上。

齐　后　二位老臣，一切俱已安排妥当？

杨　文　俱已妥当。

段　武　皇后放心。

齐　后　（唱）　一入庙堂泪难禁，

灵前长拜未亡人。

先王在世创基业，

开疆拓土扫群伦。

打下大齐锦江山，

所向披靡如战神。

未料功成身先死，

罹遭暗害陨宫廷。

同胞手足篡大位，

鸩杀王兄诛忠臣。

胁持兄嫂做皇后，

祸乱朝野施暴行。

顾念遗孤年幼小，

忍辱负重担骂名。

我恨——恨奸佞；

我怨——怨无能；

我叹——叹不幸；

我悔——悔恨深；

我也不甘心——

不甘心失了先王失王子，

失了王子忘仇恨，

我把这奇耻大辱肚里吞。

归来兮，英雄毅魄；

归来兮，铁血精神。

杨文段武　请皇后节哀！

齐　后　先王遇害之后，二位老臣韬光养晦，忍气吞声，暗中庇护着我们孤儿寡母，今天我要当着先王的面，感谢二位。

杨文段武　皇后不要这么说，我等永远是先王的忠臣。

齐　后　二位老臣，我还是不明不白，九岁之龄的孩童，为何记不起自己的母亲。

杨　文　以臣观察，殿下记得皇后。

齐　后　那便是他装作不记得，他记恨我。

杨　文　也许殿下记恨皇后。

齐　后　记恨我在他父亲尸骨未寒之时，嫁给了他的叔父。

杨　文　臣以为殿下会这般思想，殿下当年毕竟方才九岁，殿下爱自己的父亲与母亲。

齐　后　十余年来，我忍辱负重苟且偷生为得什么，他能明白么？

段　武　也许殿下明白，也许殿下不明白。

齐　后　我看他是不明白，在他身上已看不到一丝先王血性，也看不出他对齐主的深仇大恨，不知不觉之中，他已被齐主驯化成了弄臣、戏子，每日看着他醉生梦死，阴阳怪气，我的心都痛成了碎片。我不能再等下去了，我要把真相告诉他。

段　武　皇后决定铤而走险？

齐　后　对，我之所以愿意牺牲名节，与狼共眠，就是为了保全先王的骨血，有朝一日，中兴神庙，雪耻澄冤，可他却变成了齐主淫乐消遣的玩偶。今日，冀望仰仗二位老臣，借助先王神性，唤醒我儿已然麻木的心，哪怕找回他一点羞耻心，我也甘冒断头风险。

［尉迟琳上。

尉迟琳　禀告皇后，殿下到了。

齐　后　请他进来吧。

尉迟琳　有请殿下！

［齐后示意杨文、段武，二人会意下。

［兰陵王上。

兰陵王　尉迟兄弟，此乃何处？阴气森森，毛骨悚然。

齐　后　殿下。

兰陵王　皇后也在此处？

齐　后　殿下，你过来。

兰陵王　（本能防卫地）皇后又要唾我？

齐　后　皇后不唾你。可皇后为何唾你，你应当明白。

兰陵王　明白。

齐　后　明白何来？

兰陵王　皇后不喜欢可人儿男扮女装，阴阳怪气。

齐　后　还有，皇后见你的心上人被人抢了，你却还如同羔羊。

兰陵王　在齐主面前，谁敢不做羔羊？对了，这里究竟是何所在？

齐　后　殿下举目观望。

兰陵王　穹庐罩头顶，不见大青天。

齐　后　殿下跨步向前。

兰陵王　俑将列兵阵，军威真豪迈。

齐　后　殿下凝神细观。

兰陵王　金盔金甲金马车，五彩神兽狰狞面，三军主将，好不威严。

齐　后　神武么？

兰陵王　神武！

齐　后　威风么？

兰陵王　威风！

齐　后　敬仰么？

兰陵王　敬仰！

齐　后　惧怕么？

兰陵王　惧怕！

齐　后　殿下既敬仰，又惧怕，殿下知道他是谁么？

兰陵王　是谁？

齐　后　大齐先主，殿下生父。

兰陵王　大齐先主，我的生父？

齐　后　此乃先主庙宇，供着不死英魂。

兰陵王　为何我却一无所知？

齐　后　当今齐主，就是要你忘记过去，沉湎声色，他要将你驯化成为一个优伶。

兰陵王　优伶如何，饱食终日，插科打诨，活得何等开心？（仰视先王塑像，不禁肃然起敬）这是先王，我的父亲？果然如传说中那样英武，那样神奇。你看他，手握长剑，昂立战车，俨然一尊威武天神。可是，先王为何将我生得这般模样呢，堂堂须眉，温润似玉，受人讥讽，遭人笑骂，还要被人当作伶人一般羞辱。既然如此，我便索性做个伶人好了，弄戏唱曲、击鼓抚琴，卖乖邀宠，游戏宫廷，哈哈哈，倒也不失为一种快意人生。不过，你别看我红裙红袄，红簪红唇，可是在这虚假的面容背后却还隐藏着一颗须眉之心，我就是存心这么笑着、闹着、疯着，忍着、看着、等着，总有那么一天，我要做回男人。对了，男人中的男人！时辰不早，我要回宫去了。皇后，尉迟琳，咦，怎么人都不见了？

［齐后、尉迟琳早已在不知不觉中隐下。

兰陵王　（环顾四周，渐觉异样）　先王，生父，庙堂，神像……

恍惚间如同置身古战场，

四壁下罡风飕飕透骨凉。

庙堂内空空荡荡无声响，

不由人一阵一阵心发慌。

［兰陵王主观视觉：一众塑像复活，先王驾驶金马车奔驰，

随军将俑发出潮水般呐喊。

兰陵王　（唱）　穹庐罩顶不见天晴朗，
　　密密匝匝遮住太阳光。
　　雄师呐喊掀起声声浪，
　　泥兵俑将托起戟与枪。
　　先王亲驾金马车，
　　如同天神云中降。
　　高擎长剑催三军，
　　排山倒海下山梁。（奔突，躲避，倒地，挣扎）

［喧嚣之声渐弱，庙堂复归寂静。

兰陵王　（爬起来，茫然地）明明四边寂静，忽然万马奔腾，明明万马奔腾，忽然又归寂静。我这是在哪里呀……哦，先王，父亲，父亲，先王，不孝之子高长恭，祈求先王神灵庇佑！（面朝塑像，磕头久久）

［先王塑像："高长恭，兰陵王……"

兰陵王　先王说话了，先王，我是高长恭，我是兰陵王。

［先王塑像："高长恭，王的遗孤，当朝齐主鸩杀了你的生父，夺走了你的生母，你知道么？

兰陵王　儿知道，儿知道。

［先王塑像："当今齐主将你豢养宫中，就是要销蚀你的血性，将你驯化为弄臣，你也明白？"

兰陵王　儿明白，儿明白。

［先王塑像："你是兰陵王，不是可人儿。"

兰陵王　兰陵王便是可人儿，可人儿便是兰陵王。

［先王塑像："兰陵王就是兰陵王，可人儿就是可人儿。"

兰陵王　请先王明示。

［先王塑像："兰陵王乃是王者，可人儿乃是弄臣。"

兰陵王　哦，我是王者，不是弄臣。

［先王塑像：“对，你是王者，不是弄臣。戴上先王大面，找回王者精神。”

兰陵王　戴上先王大面，找回王者精神。

［先王塑像：“但要记住，不可嗜杀成性。”

兰陵王　不可嗜杀成性……

［先王大面，哐然坠地。

兰陵王　（捧起大面，无比欣赏）多么狰狞的神兽大面，好美呀！（试着戴上，顿觉异常）啊呀……

（唱）　刹那时满腔热血俱沸腾，
分明是父王英魂来附身。
试一试身手力无尽，
恨不能横刀去出征。
莫以为甘心为弄臣，
无奈何忍气又吞声。
装优伶隐藏真心性，
等待着一朝露狰狞。
且看这大面多凶狠，
兰陵王找回王者尊。

父王说得对，我是王者，不是弄臣。王者王者归来兮！

［兰陵王取下泥偶手中兵器，轮番演练，欲罢不能。

［尉迟琳上，兰陵王冷不防一剑刺向他。

兰陵王　看剑！

尉迟琳　殿下戴上大面，好不狰狞。（见他又刺来）你我比试一番，重返少年！

［兰陵王、尉迟琳比武，难分难解，大面忽然从兰陵王脸上脱落，兰陵王招架不迭，尉迟琳收势。

尉迟琳 殿下身手，依然矫健。

兰陵王 （俨然换了一种神情）尉迟兄弟，你且过来。

尉迟琳 殿下要说什么？

兰陵王 尉迟兄弟，你说怪是不怪？这副大面，我一戴上，就力大无穷，只想杀人，可它一旦脱落，便心慌意乱，斗志全消。

尉迟琳 殿下不能总戴着大面，总在厮杀。不过，尉迟喜欢殿下头戴大面的狰狞模样，教人乍一看见，心惊胆颤。

兰陵王 尉迟兄弟，你听我说，我呀好像做了一个长梦，刚刚苏醒。

尉迟琳 殿下醒来想起什么？

兰陵王 想起你我年少时校场习武，驰马射箭，那情景恍若就在眼前。

尉迟琳 殿下还想起什么？

兰陵王 想起我的叔父，就是当今齐主，不让我去校场习武，倒将我送进乐坊。

尉迟琳 还有呢？

兰陵王 想起我怎么就喜欢上了伶人的表演，还喜欢上了男扮女装。

尉迟琳 其实殿下已经分不清自己是王侯还是伶人了。

兰陵王 而今我终于明白，我是王者，不是伶人。

尉迟琳 殿下怎么会把过去的事情全然忘记了？

兰陵王 九岁那年，先王遇害，叔父登基，过去的事情，就只想忘记。

尉迟琳 殿下想不起来的事情，何不去问问皇后？

兰陵王 皇后，不，不要问她。（又下意识地戴上大面）

［齐后与杨文、段武上，兰陵王莫名其妙地一声大吼。

兰陵王 看剑！

齐　后 （被刺中臂膀）啊！

尉迟琳 （打掉兰陵王的剑并摘下他的大面）殿下，这是皇后！

兰陵王 哦，是皇后，皇后受伤了？

齐 后 不妨事，不妨事，方才看见殿下头戴大面，奋力拼杀，就仿佛看见先王再世，殿下这一剑刺得好，殿下这一剑纵然刺死了我，我也心甘情愿。

兰陵王 这是为何？

齐 后 因为我在心里千呼万唤的兰陵王，终于回来了！

兰陵王 皇后说得是，伶人高长恭已死，王者高长恭归来。而今的兰陵王就是要做一个真正的王者，真正的猛将！

齐 后 殿下说得太好了！殿下，你来看，这是杨文，这是段武，都是跟随先王多年的老臣。还有他，忠良之后尉迟琳，自幼与你为伴，情同手足，如今他们都是你的心腹，愿辅佐你成功。

兰陵王 辅佐我成功，皇后意欲我何为？

杨 文 殿下，据边关战报，大周国调动数万兵马，就要大举伐齐。

段 武 眼下朝廷已在调集兵马，准备应战，只是挂帅之人难以挑选。

尉迟琳 殿下不妨请缨出征。

兰陵王 我，请缨出征？

杨 文 齐主贪生怕死，不会亲赴边关，殿下若以亲王名分代替御驾亲征，齐主必然求之不得。

兰陵王 齐主以为我只会演艺，不会打仗，他岂肯授我兵权？

段 武 殿下乃先王亲生，庸主篡位，名分不正，故而必欲加害殿下，以除后患，怎奈碍于皇后，难于下手，加之殿下沉湎声色，并无威胁，齐主方才容忍至今，长久下去，终究是他的心病。

杨 文 大敌当前，殿下主动请缨，就如羔羊送进狼群，齐主权衡利害，抑或应允。

兰陵王　我若得胜，齐祸可免；我若战败，将我抵罪。

段　武　殿下一旦兵权在握，又岂能任他裁定。

兰陵王　若是朝廷只拨给我少许兵马，齐主故意求败，又当如何？

杨　文　这个……还须三思而行。

兰陵王　哈哈哈……

杨　文　殿下笑什么？

兰陵王　（戴上大面）国恨家仇，吞噬我心，纵然单枪匹马，也要报仇雪恨！

齐　后　殿下稍安勿躁，我这里还有一计。

兰陵王　皇后有何计策？

齐　后　我看郑儿性情刚烈，虽已送进乐坊，绝然不肯入宫，我想游说齐主，把郑儿领到身边，谎称慢慢开导她，我让齐主钦点殿下出征御敌，就说一旦殿下抛尸沙场，那郑儿自然断念。

兰陵王　此计可行。

齐　后　只是殿下初次领兵挂帅，定要小心谨慎。

兰陵王　有先王英魂相助，我自无所惧怕。尉迟兄弟，与我一同出征。

尉迟琳　愿随殿下，冲锋陷阵。

兰陵王　好，一切依计而行。

（唱）　沉沉噩梦终苏醒，
乍醒之时犹惊心。
莫道英雄失血性，
只因时机未来临。
辞别王灵官闱返，
我还要装扮成阴阳怪气滑稽可笑的弄戏人。（欲下）

齐　后　殿下请留步！

兰陵王　皇后还有何事？

齐　后　殿下此去，凶吉难料，分别之时，不想知道我是谁么？

兰陵王　你是皇后。

齐　后　陛下真的不记得我么？

兰陵王　你是皇后。

齐　后　我是皇后，可我也是——

兰陵王　（制止地）不要说，不要说，待我报了家仇国恨，再说不迟。

齐　后　也好，我便等着殿下凯旋。

兰陵王　尉迟兄弟，带上大面，随我走！

尉迟琳　是，殿下！

［兰陵王踏着女伶步态，尉迟琳捧着先王大面，二人下。

段　武　（忽然大笑）哈哈哈……

杨　文　段将军因何大笑？

段　武　适才你我装神弄鬼，殿下竟然毫无察觉。

杨　文　段将军看，皇后独自在一边流泪。

段　武　皇后，殿下醒悟了，你当高兴才是。

齐　后　我高兴，可又总想哭，二位老臣还记得先王的一句话么？

杨　文　记得，先王言道，大面一旦戴上，卸下可就难了。

段　武　除非亲人鲜血，方可将之融化。

齐　后　先王既爱这副大面，又恨这副大面。

［隐隐不安的气息。

［幕内唱："音容兼美兮，

貌柔心壮。

诞于王族兮，

身陷罗网。

头戴大面兮，

性情掩藏。
孰为豺狼兮，
孰为羔羊。”

第三折　戴　面

［古战场。

［兰陵王内唱：“立马横枪赴战场——”

［尉迟琳率领众骑将持枪挎刀扬鞭飞驰而上。

兰陵王　（接唱）　旌旗展，尘土扬，
英姿勃发胆气昂，
行军道上铁蹄忙，
一路奔袭兵心壮，
跟随着披坚执锐骁勇善战，
如狼似虎的八百儿郎！

［众骑将行军舞蹈。

尉迟琳　禀报主帅，已近邙山。

兰陵王　登高瞭望，窥探敌情。

尉迟琳　敌情虚实，已然探明。

兰陵王　所设阵形？

尉迟琳　八卦阵形。

兰陵王　相距几许？

尉迟琳　二十里许。

兰陵王　好！
（唱）　铁蹄直逼邙山岗，

敌情虚实探周详。

八卦阵形如罗网，

突袭敌阵料难防。

且没山林暂隐遁，

等待夜幕出平冈。

听得一声军鼓响，

克敌入阵兰陵王。

［齐军隐没。

［静夜，篝火，朗月，徐风。

［蓦地，《兰陵王入阵曲》奏响，乐曲由缓至疾，由弱及强。

［兰陵王头戴大面，神秘亮相，尉迟琳率军跟随，入阵舞蹈。

［人喊马嘶，血色夜空，北周兵马四周杀上。

［兰陵王沉着镇定的指挥齐军，月夜鏖战，愈战愈勇。

兰陵王 （手持长枪，载歌载舞唱）

呼剌剌趁夜色跃出山岗，

明晃晃手执着剑戟刀枪。

齐刷刷降下了天兵天将，

威赫赫入敌阵急虎饿狼。

乒乓乓戟与矛如何抵挡，

骨碌碌血头颅滚落一旁。

乱哄哄北周兵熙熙攘攘，

笑呵呵卷旌旗败走仓皇。

［兰陵王头戴神兽大面，枪挑北周众将，剑砍万马蝼蚁，勒马屹立高处威武亮相，乐曲鼓声戛然而止。

尉迟琳 禀报主帅，敌阵已破。

兰陵王 敌阵已破，敌军何踪？

尉迟琳 偃旗息鼓，退守洛阳。

兰陵王 人人头戴神兽大面，个个手执刀枪利刃，一鼓作气，大举攻城！

尉迟琳 得令！

［神兽大面军杀上，惨烈的攻城舞蹈。

兰陵王 （唱） 传号令将大面全军戴上，
架云梯执利刃攀援高墙。
一霎时满城头魑魅魍魉，
吓得那守备军哭爹喊娘。

尉迟琳 禀报主帅，攻克洛阳。

兰陵王 清点人马，犒劳将士。

尉迟琳 捕获周军主帅，作何处置？

兰陵王 杀！

尉迟琳 百员降将？

兰陵王 杀！

尉迟琳 万余士卒？

兰陵王 杀，杀，杀！

尉迟琳 这个……得令！

兰陵王 众将官，凯旋还朝！

［排山倒海的欢呼声："兰陵王！兰陵王！兰陵王！"

兰陵王 （不可一世地）哈哈哈……

［凯旋舞蹈，威武雄壮。

［幕前，伶官甲、乙奔上。

伶官乙 不好了，不好了，兰陵王还朝了！

伶官甲 嗳，兰陵王还朝有何不好？要说不好，那是齐主想加害兰陵王的计谋破灭了。

伶官乙 对，那兰陵王凭借着三千猛士、八百骑将，一鼓作气，收复了洛阳，打败了大周国整整五万兵马。

伶官甲　是呀，兰陵王真厉害！

伶官乙　真厉害，且看那个活吃人心肝的齐主还能神气几天。

伶官甲　对！喂——兰陵王凯旋喽！

伶官乙　兰陵王凯旋喽！

［众伶人跑上跑下，奔走相告。

［景转神武宫。

［齐主宴乐，郑儿献舞，齐后、杨文、段武在座。

齐　主　左仆射，右丞相，兰陵王代驾出征，可曾送回战报？

杨文段武　无有战报。

齐　主　郑儿近前说话。

郑　儿　陛下又要说什么？

齐　主　告诉你，可人儿已经死了。

郑　儿　有何为证？

齐　主　你想么，朕只拨给他八百人马，而那周军有数万之众，可人儿又未曾领过兵，打过仗，如何退得周兵？实话相告，朕就是送他去死，你就死了心吧。

郑　儿　郑儿活要见人，死要见尸。

齐　主　岂能由得了你！

郑　儿　陛下如若强逼，郑儿宁愿一死。

齐　主　你！

齐　后　这就是陛下的不是了。陛下原本说好，让郑儿暂居乐坊，待我细细开导她，使之回心转意。陛下为了断绝郑儿对兰陵王殿下的念想，不惜以大齐国安危作为代价，钦点兰陵王为齐军主帅，代驾出征，以卵击石，而今兰陵王殿下生死未明，陛下便要强迫郑儿顺从，陛下身为一国之君，未免有失帝王威仪了吧？陛下，你说呢？

齐　主　朕何曾强迫郑儿?

齐　后　殿下生死都在陛下掌握中。其实,只要等兰陵王尸骸运回,郑儿自然断念。

齐　主　那就等着吧。

[伶官甲乙跑上。

伶官甲乙　陛下,陛下,兰陵王殿下回来了!

齐　主　快将他的尸首抬上来,让郑儿看看。

[兰陵王内唱:"高奏凯歌英雄还——",高傲的兰陵王头戴大面,威风八面地上,尉迟琳率军士跟上。

兰陵王　(接唱)　高奏凯歌英雄还,
重回宫殿两重天。
威风凛凛峥嵘面,
阴霾一扫散如烟。

齐　主　你是可人儿?

兰陵王　我是兰陵王。

齐　主　兰陵王就是可人儿,可人儿就是兰陵王。

兰陵王　可人儿就是可人儿,兰陵王就是兰陵王。

齐　主　朕且问你,这副大面,从何得来?

兰陵王　拜先主所赐。

齐　主　你去了先主庙堂?

兰陵王　去了。

齐　主　何人引你前去?

兰陵王　皇后。

齐　主　是你?

齐　后　是我。

齐　主　是你告诉他,先主是他生父?

齐　后　是我告诉他,先主是他生父。

齐　主　是你要朕钦点他为主将，挂帅出征？

齐　后　是我要你钦点他为主将，挂帅出征。

齐　主　如今他已不是可人儿，而是兰陵王？

齐　后　他本来就不是可人儿，而是兰陵王。

齐　主　朕真后悔。

齐　后　后悔何来？

齐　主　后悔让你做了皇后，后悔不曾斩草除根。

齐　后　我更后悔。

齐　主　后悔何来？

齐　后　后悔隐忍了十数载的家仇国恨。

齐　主　将她拿下！

兰陵王　将他拿下！

［齐主被擒。

齐　主　你敢弑主？

兰陵王　弑主者尔也！

（念）　为谋大位亲兄害，

投毒弑主在宫阶。

饮恨衔愁十数载，

今日要尔祭头来。

齐　主　道朕弑主，有何凭证？

兰陵王　伶官哪里？

伶官甲乙　伶官在。

兰陵王　还记得我为你们编排的一出偶戏《杀宫》么？

伶官甲乙　记得。

兰陵王　安排人偶，敷演上来。

伶官甲乙　是！伶人听着，敷演《杀宫》！

［偶戏表演的第一种表述：先主与皇后相亲相爱……齐主

鬼鬼祟祟探上…… 齐主招呼御厨献食，暗中向酒里投毒……御厨献食，皇后斟酒敬先主，先主饮酒暴毙……齐主闪上，刺死御厨，与皇后跪抚先主尸体大恸……齐主戴上先主王冠，将后冠捧给皇后，皇后拒绝再三，终于戴上后冠……

齐　主　伶官，不是这样！

伶官甲乙　那是怎样？

齐　主　（向他们比划）是这样……

伶官甲乙　明白了，再演《杀宫》！

［偶戏表演的第二种表述：先主与皇后激情拥吻……御厨鬼鬼祟祟献食上……御厨暗中向酒里投毒……御厨献食，皇后斟酒敬先主，先主饮酒暴毙……御厨欲逃，齐主冲上，刺死御厨，齐主跪抚先主尸体大恸……皇后戴上后冠，将王冠捧给齐主，齐主拒绝再三，终于戴上王冠……

齐　后　伶官，不是这样！

伶官甲乙　那是怎样？

齐　后　（向他们比划）是这样……

伶官甲乙　明白了，再再演《杀宫》！

［偶戏表演的第三种表述：先主与皇后相敬如宾……齐主鬼鬼祟祟探上…… 齐主招呼御厨献食，暗中向酒里投毒……御厨献食，皇后斟酒敬先主，先主饮酒暴毙……齐主闪出，刺死御厨，皇后跪抚先主尸体大恸……齐主戴上先主王冠，将后冠捧给皇后，皇后严厉拒绝，唾骂齐主……齐主示意掐死皇后幼子以相威胁……皇后痛苦久久，被动地戴上后冠……

兰陵王　伶官，不是这样！

伶官甲乙　啊，殿下还有说法？

兰陵王　（也向他们比划）真相是这样……

伶官甲乙　明白了，明白了，来呀，再再再演《杀宫》！

［偶戏表演的终结表述：先主与皇后相亲相爱，少年兰陵王在帷幔旁安静读书……兰陵王发现齐主鬼鬼祟祟探上，好奇地藏身在帷幔后窥望……齐主招呼御厨献食，暗中向酒里投毒……御厨献食，皇后斟酒敬先主，先主饮酒暴毙……齐主闪出，刺死御厨，与皇后跪抚先主尸体大恸……齐主戴上先主王冠，将后冠捧给皇后，皇后左顾右盼，拒绝再三，然后戴上了后冠……帷幔后，少年兰陵王瑟瑟发抖，痛苦不堪……

［兰陵王挥手，伶官甲乙示意伶人退下。

郑　儿　一场祸乱，各执一端，请问殿下，究竟哪个是真？

兰陵王　以你之见呢？

郑　儿　我相信殿下，更相信皇后。

兰陵王　为何？

郑　儿　郑儿虽然未曾做过母亲，但郑儿相信一颗做母亲的心。

杨　文　原来殿下亲眼得见。

段　武　原来殿下隐忍痛苦十数年。

齐　主　可人儿，你不是羔羊，你是豺狼！

兰陵王　来呀！

（念）　将逆贼押进监房，
待明日绑赴庙堂。
斩头颅祭奠先主，
雪沉冤罪恶报偿。

尉迟琳　押下去！

［军士绑齐主下。齐后走近兰陵王。

齐　后　（万种怜爱地）想不到当年悲惨一幕，殿下竟亲闻目睹，可怜九龄稚童，情何以堪，伤何其重。难怪殿下心怀怨恨，故意装作忘记了母亲。今日，母亲要对你说一声对不起，真的对不起……（深深一躬）

段　武　皇后屈从逆贼，实是出之无奈。

杨　文　舐犊之情，人神共鉴。

齐　后　殿下卸下大面，让母亲看一看你。

兰陵王　（冷漠地）皇后不要碰我。

齐　后　儿啊，这是为何？

兰陵王　不要叫我儿子，我也没有母亲。普天下人都知道，兰陵王没有母亲。

齐　后　可是你的母亲就在身边，她一直都在暗中保护着你，为你忍受着奇耻大辱。

兰陵王　我的母亲，先王的爱妻，竟然做了弑君者的皇后。

齐　后　殿下，你听我说。

兰陵王　我不要听，我的母亲，先王的爱妻，竟然在我父亲尸骨未寒之时，当着九岁孤儿的面，做了杀父仇人的皇后。

齐　后　原谅我殿下，我不知道，我没看见。

兰陵王　可是我看见了，我的心在流泪，在滴血。十数年来，我把痛苦埋在心底，为了活命，失去人形，为了讨齐主欢心，我装男变女，混同优伶，而你却头顶后冠，与贼共眠，每当我看见自己的母亲在杀父仇人面前恭恭敬敬温柔小心的样子，我就恨不得冲上去唾你骂你，恨不能没有你这个母亲！

齐　后　（无地自容地）求殿下不要再说，不要再说，求你了……

兰陵王　来人啦，将她送进先王陵庙，为先王守陵，一直守陵到死！

杨　文　殿下不可！

段　武　殿下不可亲者痛仇者快呀！

兰陵王　杨文，段武，还有你们！

（念）　忍气吞声在宫廷
　　　　枉称前朝大忠臣。
　　　　歌功颂德十数载，
　　　　苟且偷生昧良心。

杨　文　我等是韬光养晦，暗中保护着皇后，保护着你呀！

兰陵王　明明贪生怕死，还要文过饰非。来呀，将这两个先王遗臣也送进先王陵庙，面壁悔过！

郑　儿　殿下！

兰陵王　郑儿，你要说什么？

郑　儿　殿下！

（唱）　威权下郑儿也曾献歌舞，
　　　　也曾违心颂明君。
　　　　也曾强颜作欢笑，
　　　　也曾忍气又吞声。
　　　　心中有爱不后悔，
　　　　暗夜沉沉盼天明。
　　　　须知道默默之中有火焰，
　　　　照亮受苦受难人。
　　　　这受苦受难的第一人，
　　　　便是你忍辱含恨的生身母亲。
　　　　倘若是皇后含冤入灵庙，
　　　　郑儿我情愿陪伴共余生。

兰陵王　郑儿，你——

（念）　是非不辨，
　　　　爱憎不明。
　　　　自以为是，

逞强任性。

不识廉耻，

枉施怜悯。

一并送走，

落得清静！

尉迟琳　殿下，你疯了么？

兰陵王　（拔出剑）尉迟琳，莫非你也想去为先王守陵么？

尉迟琳　（也拔出剑）尉迟只想奉劝殿下，不要被怨恨泯灭了良心。不过，尉迟还不能离开殿下，尉迟要留在殿下身边，保护殿下。（收起剑）

兰陵王　都带下去，带下去，我一个人都不想看见，不想看见！

［军士护送一众人下，尉迟琳亦无奈地下。

［夜色降临，更鼓敲响，烛光摇曳，帷幔飘荡。

［兰陵王顾影自怜，自言自语。

兰陵王　这是谁，身穿铠甲，头戴大面，孤家寡人，自思自叹。

（唱）　一更天，想从前，

往事历历不堪言。

少年种下仇和怨，

沉沉阴霾罩心田。

亲见叔父施诡计，

亲见先主命归天。

亲见生母名分变，

亲见惨剧在面前。

心事不敢对人讲，

掩埋痛楚在心田。

二更天，添愁烦，

虎穴狼窝求保全。

易男易女颠倒颠，

邀宠卖乖君王前。

谁知媚眼是泪眼，

谁知妆面是愁颜。

谁知笑靥是梦魇，

谁知可人是可怜。

十足无聊当有趣，

百般委屈心里填。

三更天，抚大面，

扬眉吐气在今天。

壮士豪情铁血剑，

阴霾驱散似云烟。

戴上大面性情变，

戴上大面力无边。

戴上大面心肠铁，

戴上大面了挂牵。

一更二更三更残，

漫漫长夜苦熬煎。

牙还牙来眼还眼，

宁择残暴不施怜。

[梆声报更，邈远空灵。兰陵王试着想卸下大面，努力了几次，却怎么也卸不下来。兰陵王索性戴着大面，枕着长剑，在皇宫台阶上倒卧歇息。

[齐主鬼鬼祟祟上，伶官甲乙随上。

齐　主　（唱）长恭将我押监房，

不知监房有名堂。

暗道藏在夹墙内，

饶幸逃脱大齐王。

伶官甲 这是陛下要的滚油。

伶官乙 这是陛下要的火种。

齐　主 滚油浇瞎他的眼睛，火种烧死他在宫廷。

伶官甲 伶官不敢。

伶官乙 伶官不愿。

齐　主 朕只要不死，就是大齐皇帝，尔等胆敢违抗圣旨？

伶官甲 要去陛下自己去。

伶官乙 我等伺候不起了。

［伶官甲乙放下铁水火苗，溜之大吉。

［齐主悄悄点着帷幔，残忍地将铁水注入兰陵王双眼。

兰陵王 （痛醒）啊，我的眼睛，我的眼睛……

齐　主 （幸灾乐祸地）哈哈哈，可人儿变成瞎人儿了！

兰陵王 尉迟兄弟在哪里，尉迟兄弟！

［尉迟琳闻声上，见状打翻齐主。

尉迟琳 殿下，你的眼睛在流血？

兰陵王 （摸索着）逆贼在哪里？

尉迟琳 逆贼在此。

兰陵王 （一阵猛刺）还我先王，还我母亲，还我眼睛！

［齐主被兰陵王乱剑刺死。兰陵王撇剑倒地，疼痛不已。

兰陵王 痛、痛、痛啊……

尉迟琳 殿下，逆贼用烧化的铁水浇瞎了你的双眼。

兰陵王 尉迟兄弟，快将我的大面卸下来。

尉迟琳 （试图卸大面）殿下，大面卸不下来。

兰陵王 为何卸不下来？（自己卸，仍卸不下）为什么？为什么？

尉迟琳 殿下，神武宫起火了，我们快走！

兰陵王 我要卸下大面，卸下大面！

[火势弥漫开，兰陵王抱着大面，团团打转。

尉迟琳 大火烧起来了，殿下快走！

兰陵王 走，我到哪里去，谁是我的亲人，谁是我的朋友，尉迟琳，你就让我戴着这副神兽大面，怀着怨恨，烧死在神武宫中吧。

尉迟琳 殿下！

（唱） 大火熊熊燃烧起，
快快逃离莫迟疑。
心头纵有千般恨，
一朝消弭终有期。
那皇后她是你慈爱的好母亲，
那郑儿一往情深对你心不移。
朝野中有多少忠臣义士拥戴你，
尉迟我更是你肝胆相照的好兄弟！
殿下呀，冲出这层层宫帷又见新天地，
解开那重重心结但见朗朗日光煦。
手挽手扶起殿下出宫去，
找回那失却的亲情爱情和友谊。

[尉迟琳背起受伤的兰陵王，冲出火场。

[幕内唱："音容兼美兮，
貌柔心壮。
诞于王族兮，
身陷罗网。
头戴大面兮，
性情掩藏。
孰为豺狼兮，
孰为羔羊。"

第四折　卸　面

［先王庙宇。清冷，寂静。

［兰陵王头戴大面，倒在齐后怀中，齐后哼着童谣，仿佛哄着熟睡的婴儿。

齐　后　（唱）　日头头落下月头头亮，

望门门娃娃盼着他娘。

娃娃娃娃长大后，

娘亲望门盼儿郎。

兰陵王　（痛醒）谁在吟唱歌谣，这是儿时母亲唱给我的歌。

齐　后　是母亲在为儿吟唱。

兰陵王　母亲九岁那年抛下我，从此再也听不见母亲的歌。

齐　后　母亲歌谣为儿唱，唱在心里从未消。

兰陵王　这是在哪里？

齐　后　先王陵庙。

兰陵王　先王在哪里？

齐　后　先王在天上。

兰陵王　谁能为我卸下大面，我快要闷死了。

齐　后　先王生前说过，这是一副嗜血的神兽大面，戴上它，既可以无敌天下，也可能种下仇恨。母亲让你戴上面，本意是要唤醒你的血性，不料却再次导致了儿的不幸，时至今日，母亲真不知该庆幸还是后悔。

兰陵王　是你们把我带进先王陵庙，是你们让我戴上大面，为什么？

齐　后　因为爱，因为恨。

兰陵王　因为爱？因为恨？

齐　后　事到如今，恨的深渊，只能用爱填平。

兰陵王　我只想卸下大面。

齐　后　若想卸下大面，除非……

兰陵王　除非什么？

齐　后　除非最爱你的亲人，用她的一腔鲜血，方能将大面融化。

兰陵王　可是，谁是最爱我的亲人，谁又是我的亲人，我没有亲人，没有爱人，唯有仇人，唯有仇恨，兰陵王只能一生一世戴着狰狞大面，度过残生。

郑　儿　最爱殿下的亲人，就是殿下的母亲。

兰陵王　不，儿时的母亲是，现在的皇后不是。

齐　后　（抱紧他）儿啊，告诉我，你能听到母亲的心跳么？

兰陵王　能。

齐　后　你能闻到母亲的气息么？

兰陵王　能。

齐　后　你能摸到母亲的泪水么？

兰陵王　能。

齐　后　叫我一声母亲，好么？

兰陵王　我……

齐　后　儿啊，叫我一声母亲，最后再叫一声。

兰陵王　不，不！（还是痛苦地推开了她，挣扎着站立起来）兰陵王没有母亲，没有，没有！

齐　后　不，普天下的儿女都有母亲，普天下的母亲都爱儿女，只是你我母子的情分被扭曲、被误解、被伤害了……

（唱）　千声呼万声唤千呼万唤，

一声悲一声泪悲泪潸潸。

怀抱着亲生儿长歌当叹，

把心中无限恨诉说一番。
娘也曾与先王共度患难，
娘也曾与先王露宿风餐。
娘也曾与先王南征北战，
娘也曾与先王恩爱无间。
不提防那一日命运突转，
刹那间风云变浪打船翻。
忍见我儿红唇面，
忍见我儿坠钗环。
忍见我儿把戏弄，
忍见我儿壮志残。
想不到易了妆面成铁面，
想不到血性归来变凶残。
我儿满目皆是仇，
我儿满眼都是怨。
我儿满心怀愤懑，
我儿落得一身单。
儿的心结谁来解，
娘今日一腔血喷洒儿面灌进儿心田。

[齐后拔下针簪，刺进心房，鲜血注满兰陵王大面，大面寂然落下，齐后倒地。

众　人　皇后……

兰陵王　（恍然觉醒，抱紧齐后）啊……母亲，母亲，我的母亲！

齐　后　（久久望着他，无限依恋）兰陵王，我的儿子……

[齐后死去，众人呜咽。

兰陵王　（仰天悲号）母亲！

（唱）　一声呼唤一叩拜，

生身母亲卧尘埃。
浑浑噩噩十数载，
生生死死永分开。
紧紧拉住母亲手，
静静依偎母亲怀。
母亲心房不再跳，
母亲泪水挂在腮。
母亲为儿忍耻辱，
怎奈孩儿竟不解。
多少回思念母亲不成寐，
多少回思念母亲久徘徊。
多少回思念母亲心痛碎，
多少回思念母亲独悲哀。
十数年的耻辱翻作仇忾，
十数年的羔羊翻作狼豺。
十数年的委屈翻作怨恨，
十数年的郁闷翻作独裁。
戴上大面性情改，
戴上大面犯疑猜。
戴上大面心似铁，
戴上大面难再摘。
如今是复了仇，偿了债，
情难追，爱不再，
黯然神伤枉留恨，
人死魄散唤不来！（缓缓抱起齐后）

母亲，你看，这是先王的金马车，儿子带上你，带上郑儿，带上这些重情重义的长辈兄弟，不是去征战，而是去寻找一份无纷争无怨恨无猜忌无阴霾的清平……

［郑儿、尉迟琳、左仆射、右丞相纷纷坐上金马车，兰陵王焕发精神，一抖缰绳——

兰陵王　驾！

［奔驰的金马车，天地一片金色。

余　韵

［一副狰狞的神兽大面。

［一阕壮怀激烈的《兰陵王入阵曲》。

［一位戴着面具装扮成兰陵王仗剑起舞的演员。

［纯正的宫廷雅乐，华美的古典服饰，精湛的俳优表演。

［幕内唱："音容兼美兮，

貌柔心壮。

诞于王族兮，

身陷罗网。

头戴大面兮，

性情掩藏。

孰为豺狼兮，

孰为羔羊。"

［大面忽然咧开了嘴，发出朗朗笑声。

［剧终。

川剧

李亚仙

人　物　李亚仙——青楼女子
郑元和——科考士子
银　筝——李亚仙丫环
来　兴——郑元和书僮
妈　娘——李亚仙养母
八　仙——戏称吕洞宾、汉钟离、何仙姑、蓝采和、张果老、铁拐李、曹国舅、韩湘子的一群市井叫花子。

第一场　对目传情

[长安夜市，灯彩通明，繁华街景。

[一群市井叫花子戏仿传说中“八仙”装扮，唱莲花落上。

八　仙　（唱）叫花子，疯癫癫，
唱莲花，仿八仙。
看透世道冷与暖，
尝遍人间苦和甜。

吕洞宾　俺吕洞宾。

汉钟离　俺汉钟离。

何仙姑　俺何仙姑。

蓝采和　俺蓝采和。

张果老　俺张果老。

铁拐李　俺铁拐李。

曹国舅　俺曹国舅。

韩湘子　俺韩湘子。

八　仙　（唱）无忧无虑无愁烦，
不羡富贵只羡仙。
哈哈莲花落也……

吕洞宾　看那边，过来一位游客——

八　仙　少年！

汉钟离　坐下五花宝马——

八　仙　有钱！

何仙姑　身上绫罗绸缎——

八　仙　富贵！

蓝采和　想必进京赶考——

八　仙　求官！

［郑元和策马上，来兴随上。

郑元和　（唱）　科比离乡井，

功名入帝京。

闲来夜市赏灯景，

蓦地马惊不前行。

定睛阑珊处——

［帮腔："天仙降凡尘！"

［市嚣声顿止，郑元和勒马观望。

张果老　再看这边，袅袅婷婷翩翩——

八　仙　粉面！

铁拐李　自幼陷落烟花——

八　仙　可怜！

曹国舅　莲花出自淤泥——

八　仙　不染！

韩湘子　红尘一支清流——

八　仙　亚仙！

［李亚仙款款上，银筝背琴囊随上。

李亚仙　（唱）　应邀赴豪门，

琴曲伴王孙。

［帮腔："散宴归来人微醺——"

李亚仙　（唱）　吐纳清新漫步行。

长安夜市好风景，

人来人往灯彩明。

最羡街边寻常家，

卿卿我我一盏灯。

［郑元和、李亚仙目光遭遇，相互注视。

郑元和　（唱）　惊见天人……

李亚仙　（唱）　悦目赏心……

郑元和　（唱）　分明是上界仙姝。

却怎地坠落凡尘？

李亚仙　（唱）　没来由萍水相遇，

恰正好别样清新！

郑元和　（唱）　似曾相识……

李亚仙　（唱）　似曾相识……

郑元和　（唱）　她美目顾盼柔若水，

李亚仙　（唱）　他欲言未言似传情。

郑元和　（唱）　欲上前……

李亚仙　（唱）　欲上前……

郑元和　（唱）　身僵硬。

李亚仙　（唱）　暗沉吟。

郑元和　（唱）　这一眼……

李亚仙　（唱）　这一眼……

郑元和　（唱）　看得我马上眩晕。

李亚仙　（唱）　看得奴笑意盈盈。

［李亚仙对着郑元和甜甜一笑，郑元和马鞭失手坠地。

［帮腔："一看惊魂魄，

丝鞭坠埃尘。"

李亚仙　（低头拾起马鞭，大大方方地递给他）公子，你的鞭儿坠

了!(掩口一笑,故意遗落手绢,逶迤欲去)

郑元和 姐姐慢走!(下马,拾起手绢)姐姐,你的绢儿丢了!

李亚仙 多谢公子!

郑元和 多谢姐姐!

[郑元和、李亚仙交接手绢,欲语还休。

李亚仙 (依依不舍地)银筝,我们回去吧。

银　筝 是,小姐。

[李亚仙、银筝下。

郑元和 姐姐慢走,姐姐留步,姐姐怎么说走就走,啊,姐姐!

吕洞宾 公子不要叫,李亚仙已经走远了!

郑元和 李亚仙?

汉钟离 就是为公子拾鞭的姐姐!

郑元和 姐姐,李亚仙;李亚仙,姐姐……但不知她是谁家的千金?

吕洞宾 实不相瞒,她是宜春楼的姐儿。

郑元和 宜春楼是何所在?

汉钟离 就是一处春院。

郑元和 胡说!你看她,貌似天仙,气质如兰,怎会是位青楼女子?李亚仙,不像;李亚仙,不是!

张果老 宜春楼虽是鼎鼎大名的春院,李亚仙却是大名鼎鼎的好人!

何仙姑 李亚仙卖艺不卖身,还时常接济我们穷叫花子呢!

八　仙 对头,义妓!

铁拐李 就像我们叫花子,虽然贫贱,却从来不偷鸡摸狗。

八　仙 对头,义丐!

郑元和 哦,幸会众位丐帮兄弟,我倒想再见见那位义妓李亚仙。

吕洞宾 拿来。

郑元和 什么?

吕洞宾　带路钱。

郑元和　来兴，多将些散碎银两，分送各位。

［来兴分散碎银，八仙引路，郑元和、来兴随下。

［优雅琴声里，宜春楼移近，李亚仙坐楼抚琴，银筝在一旁侍陪着。

［八仙引郑元和、来兴上。

吕洞宾　公子，宜春楼到了。

郑元和　如此雅居，这般琴声，却说它是一处春院！

银　筝　小姐你看，刚才那个坠鞭少年，正在楼下看你呢！

李亚仙　（早已一目了然）我也在看他……

（唱）　朝云暮雨为谁忙，
心恋襄王，
梦绕高唐，
何日里卸却粉妆出平康？
举目望，少年郎，
驻足楼前自彷徨。
无心招惹蜂蝶浪，
不由莫名起慌张。
我这里佯装弄琴试心曲，
高山青，流水长。

郑元和　（唱）　啊，娇喉婉转，琴音悠扬，
高山流水情意长！
道什么章台柳、烟花巷，
我只想共交鸣、凤求凰。

李亚仙　（唱）　明眸闪烁用情望，

郑元和　（唱）　秋波荡漾魂魄扬。

李亚仙　（唱）　他鞭儿坠，一副痴迷纯情样，

全不似，风流客颠三倒四狂。

郑元和 （唱） 她绢儿丢，虽则无言传情况，

一笑间，万千话语在眉黛藏。

李亚仙 （唱） 且喜他心有灵犀犹带羞怯状，

郑元和 （唱） 且喜她暗通款曲落落又大方。

李亚仙 （唱） 我这里凝神遐想……

郑元和 （唱） 我这里倒海翻江……

李亚仙 （唱） 我这里游目瞩望……

郑元和 （唱） 我这里心驰八荒……

李亚仙 （唱） 他望……

郑元和 （唱） 我望……

李亚仙 （唱） 我望……

郑元和 （唱） 他望……

［帮腔："望到两相忘！"

［李亚仙、郑元和视线相连，身心共振。

［楼台随之下降，院门随之打开，郑元和被李亚仙的视线牵引着，一步步向宜春楼走近。

八　仙 （唱） 这一边，那一边，

男一边，女一边。

这边那边各一边，

男边女边合一边！

哈哈莲花落也……

［宜春楼隐去。

第二场　比目离分

［八仙唱莲花落过场。

八　仙　（唱）　一季春去一季夏，
哥儿进了姐儿家。
不知银钱使尽后，
妈娘能否容得他。
哈哈莲花落也……

［宜春楼内景，李亚仙、郑元和恩爱上。

郑元和　（唱）　宜春楼与亚仙三月厮守，

李亚仙　（唱）　琴和瑟共交鸣心意相投。

郑元和　（唱）　也曾经学经济仕途上走，
哪比得执子手其乐悠悠。

李亚仙　（唱）　原以为陌路相逢聘荒谬，
露水夫妻暂风流。
谁知真情难放手，
唤醒心底万种柔。

郑元和　（唱）　万种柔，万种柔，
郑元和愿与姐姐到白头。

李亚仙　（唱）　这一位真心公子世少有，
正是我日里想来梦里求。
他为我点唇描眉情意厚，

郑元和　（唱）　她为我抚琴唱曲解忧愁。

李亚仙　（唱）　他为我千金散尽误科考，

郑元和　（唱）　她为我亲手绣襦情意稠。

［帮腔："绣，绣出个天长地久；

绣，绣出个鸳鸯白头。"

［来兴上。

来　兴　小姐，刚才有位常州来的客人，到门前送了一封信，说是给郑公子的。

郑元和　哦，定是家父从常州寄来了银两，这就好了，这就好了，快拿来我看。（阅信，慌张）哎呀不好了！

李亚仙　郑郎因何慌张？

郑元和　亚仙姐姐呀！

（唱）　滞留京城误大选，

传回常州当笑谈。

我本仕宦名门后，

诗书人家管教严。

叹慈严，忍将亲生抛得远，

发绝誓，斩绝父子两情缘。

本想书信求济款，

京城用功比来年。

如今飘篷又断线，

羞涩钱囊对婵娟。（交信）

李亚仙　（阅之）下到黄泉不相见，除非孺子中状元……啊，郑郎，看来令尊大人并未绝情，只是怪你未中啊！

郑元和　未中，我本来就未考。我知道，他们计较的不是功名，而是……

李亚仙　（微怔）郑郎，你就收拾行装，回乡去吧。

郑元和　不，我不回去，我要与你在一起。

李亚仙　可是……

郑元和　可是什么？可是我资费已尽，姐姐不便相留，妈娘会赶我出门么？

李亚仙　不是，元和，你听奴家对你说……

郑元和　不要说，我知道，一定是妈娘见我囊中空空，不肯相容。可是我不走，也不回常州，我就是与叫花子为伍，唱莲花落，也要每日经过宜春楼，看看姐姐！

李亚仙　不，郑郎，你不能任性，想你离乡日久，高堂悬望，理应返回家乡，重叙天伦。三年之后，郑郎还要来京赴试，到那时，郑郎若还记得奴家，顺道过来坐坐，喝杯茶，叙叙旧，奴家也就心满意足……（背身掩泪）

郑元和　不！你在说些什么？难道我郑元和与你就是萍水相逢，做一场露水夫妻么？不，不，我要与你生在一起，死在一处，生生死死也不离分呀！难道你不明白？

李亚仙　奴家明白，明白，可是……

郑元和　只要我有一口饭吃，只要不把我与姐姐分开，三年之后，我就 定考出个头名状元。到那时，我为姐姐买了自由；到那时，我送姐姐凤冠霞帔；到那时，我与姐姐同归故里！姐姐，姐姐，你信也不信？

李亚仙　奴家……信，信，可是……

郑元和　唉……我的马儿卖了，我的囊儿空了，我郑元和如今是有家难回，有情难守，有志难酬，我枉为七尺呀！（也背身掩泪）

李亚仙　郑郎，你不该瞒着亚仙卖了心爱的五花马呀！郑郎，你也不要难过，奴家怎会赶你出门，你就留下来，在这宜春楼用功读书吧。

郑元和　可是妈娘她……

李亚仙　凡事总有商量，郑郎放心！

［银筝急上。

银　筝　小姐，不好了！

李亚仙　银筝，你说什么？

银　筝　银筝陪妈娘去南山烧香，不料妈娘下山路上把脚崴了，妈娘要我回来叫郑公子，请郑公子上山接她下来。

李亚仙　如此有劳郑郎辛苦一趟，雇一辆车马把妈娘接了回来。

郑元和　好，我速去速回。

［郑元和下。妈娘闪上。

妈　娘　嘻嘻……女儿，快，收拾细软，跟妈娘上车！

李亚仙　妈娘你……

银　筝　妈娘不是脚崴了吗？

妈　娘　我是骗那穷酸的！

（唱）　声东为击西，

调虎把山离，

设下金蝉脱壳计，

趁机把家移。

嘻嘻，收拾起，

嘻嘻，教他干着急！

李亚仙　妈娘这是何意？

妈　娘　女儿，你想呀，我们是做什么生意的，未必让一个穷酸反过来吃我们的软饭？那个郑元和，银子花光了，家里没接济，我们怎便再留他。碍着女儿面子，妈娘不好当面翻脸。所以，我在别处租了房子，我们重打锣鼓另开张。外面车马雇好，赶快收拾上车，等那穷酸回来找不到我们，不就死心了？走，快走吧！

李亚仙　啊，妈娘好歹毒……

妈　娘　为了银子，不，为了女儿你，妈娘什么都做得出。

银　筝　小姐,想那郑公子初到宜春楼,也是腰缠万贯,妈娘如今这般做法,也忒无情了吧?

妈　娘　你懂什么,宜春楼乃是销金窟,可不是济贫所,未必你要姐儿倒贴小白脸,坐吃山空么?

银　筝　妈娘,你!

妈　娘　少废话,快给我上车!

李亚仙　(隐忍着)银筝,你去外面候着,我与妈娘说几句话。

银　筝　是,小姐。(不满地下)

妈　娘　(换一副笑脸)啊,我的女儿,你要对妈娘说什么?

李亚仙　哦,妈娘,还记得郑郎初来之时,妈娘是何等殷勤?

妈　娘　那时他有银子。

李亚仙　还记得郑郎以五百两纹银,奉作聘礼,与亚仙订下白首之盟,妈娘是何等开心?

妈　娘　此一时,彼一时。

李亚仙　既然妈娘当初收下聘礼,而今就不该反悔,纵然妈娘你反悔了,亚仙我也不能背信弃义呀?

妈　娘　我才不管什么信义,我只晓得女儿不接客赚不到钱。

李亚仙　哎呀妈娘!虽我门户人家,也要顾些仁义,惜些廉耻,何故这等狠毒,天不容,地不载呀?

妈　娘　如此看来,莫非你真的对那郑元和动起心念,真的做起从良美梦了?

李亚仙　(唱)　儿与郑郎有盟证,
生死相偕不离分。
望求妈娘休怨恨,
翻脸无情万不能。

妈　娘　(唱)　我儿说话好愚蠢,
哪有烟花守洁身。

李亚仙 （唱） 儿与妈娘有约定，
卖艺卖唱不卖身。

妈　娘 （唱） 多少王公你不从，
却为书生动了心。

李亚仙 （唱） 王公有的是黄金，
郑郎有的是真情。

妈　娘 （唱） 黄金能使鬼推磨，
真情难称屁半斤。

李亚仙 （唱） 儿心似铁难从命，
除非海枯日东沉。

妈　娘 （唱） 妈娘自幼收养儿，
你本路旁一弃婴。

李亚仙 （唱） 养育之恩儿铭记，
忍辱含羞十八春。

妈　娘 （唱） 养你就要赚足本，

李亚仙 （唱） 儿愿早日离风尘。

妈　娘 （唱） 妈娘老来靠谁养？

李亚仙 （唱） 淡饭粗茶奉娘亲。

妈　娘 （唱） 劝你莫任性，

李亚仙 （唱） 劝你施悲悯。

妈　娘 （唱） 劝你弃穷生，

李亚仙 （唱） 劝你死了心。

妈　娘 （唱） 与我上车走，

李亚仙 （唱） 绝不离家门。

妈　娘 （唱） 我要财，

李亚仙 （唱） 我要人。

妈　娘 （唱） 我要钱，

李亚仙 （唱） 我要情。

妈　娘 （唱） 要财，

李亚仙 （唱） 要人。

妈　娘 （唱） 要钱，

李亚仙 （唱） 要情。

妈　娘 （唱） 财！

李亚仙 （唱） 人！

妈　娘 （唱） 钱！

李亚仙 （唱） 情！

妈　娘 （唱） 快快行——

李亚仙 （唱） ——等郎君！

妈　娘 （贴身抽出一把菜刀）李亚仙，你走是不走？

李亚仙 啊，妈娘，你要做什么？

妈　娘 要你走，你若不听话，妈娘我就劈开脑壳死给你看！

李亚仙 妈娘不要……

妈　娘 你与我乖乖地走、走、走！

李亚仙 哎呀我那郑郎呀……

［妈娘逼迫李亚仙下。

第三场　泣目听歌

［八仙唱莲花落上。

八　仙 （唱） 一季夏去一季秋，
哥儿姐儿不到头。
可怜哥儿无路走，

花子把他来收留。

哈哈莲花落也……

何仙姑 想想那郑元和也怪可怜的，银子一花光，就不值一文了。

铁拐李 还不都是妈娘使的坏么，骗走了郑元和，又带走了李亚仙，生生拆散了一对好鸳鸯。

蓝采和 要说倒霉，郑元和可真算倒霉，偏巧他那做官的父亲经过曲江，郑元和前去认父，可郑老爷非但不可怜落难的儿子，还生生用木杖把儿子打闭了气。这还不算，尸首未寒就抛在曲江边上了。要不是我们花子好心，看见的早，他呀怕是救都救不活了。

曹国舅 要不是我们花子好心，看见的早，他呀只怕救都救不活了！

张果老 我看郑公子如今当当叫花子，唱唱莲花落，倒也好不快活！

八　仙 哈哈哈，对头，对头！

吕洞宾 听说李亚仙又搬回宜春楼了，我们何不带上郑公子，到宜春楼下唱莲花落，再试试李亚仙，不过，暂不对郑公子明言，免他伤心。

八　仙 要得！

吕洞宾 郑公子走上！

郑元和 （内声）来也！

［郑元和穿丐衣、执花棍，唱莲花落上。

郑元和 （唱） 打起莲花往前走，

公子流浪在街头。

昔日风光难回首，

心头伤痛几时休？

恨妈娘势利奸诈世少有，

怨亚仙恩爱一去逐水流。

叹家严忍对亲生下毒手，

痛来兴自卖自身为我把药求。

多亏了丐帮兄弟与我做朋友，

郑元和莲花怨唱到九州。

哈哈莲花落也……

何仙姑 唱得好，唱得好，唱得我眼泪水儿都出来了！

郑元和 （愈加可怜状地）老爷夫人行行好！

八　仙 行行好，行行好！

（唱） 叫花子，疯癫癫，

唱莲花，讨赏钱。

买个馒头填饥肠，

买片棉絮避风寒。

哈哈莲花落也……

[八仙簇拥郑元和行乞下。

[宜春楼，还是李亚仙旧时居所。

[银筝上。

银　筝 （唱） 可叹妈娘心毒狠，

棒打鸳鸯两离分。

小姐宁死不接客，

妈娘又把歹计行。

忽然一夜无踪影，

卷财而去太绝情。

小姐无奈回旧居，

垂帘谢客紧闭门，

典当衣饰度日月，

到处寻访心上人。

来兴，来兴！

[来兴内应："来了"，来兴上。

来　兴　（念）　银筝唤来兴，

小姐赎奴身。

谁知烟花女，

原来也多情。

银筝姐姐，你叫我？

银　筝　来兴，你看今夜月亮多好，我们把小姐请到楼台上来，赏月散心吧。

来　兴　好哇，我去请小姐。

［来兴下。李亚仙捧襦上，来兴跟上。

［帮腔："每日捧襦凭栏杆——"

李亚仙　（唱）　何日为郎披衣衫。

两眼望穿肝肠断，

明月岂为离人圆。

过尽行人终不见——

［帮腔："心上人儿在哪边？"

［李亚仙捧襦落泪。

银　筝　唉，小姐又伤心了！

［郑元和与八仙唱莲花落上。

八　仙　（唱）　叫花子，疯癫癫，

唱莲花，仿八仙。

看透世道冷与暖，

尝遍人间苦和甜。

哈哈莲花落也……

郑元和　众位花子哥哥，这是到了什么所在，怎生这般面善？

吕洞宾　宜春楼，郑公子与李亚仙定情之所，怎么忘了？

郑元和　妆楼易主，物是人非，绕道而行吧。

何仙姑　莫非郑郎还恋着李亚仙？

郑元和　不恋，不恋，早就淡忘了！众位兄弟帮帮场，元和献丑了！

（唱）　小乞儿捧定一个破瓢儿，
叫一声爷儿奶儿和姐儿。
你看那风儿雨儿加霜儿，
赏些个鞋儿帽儿汤儿水儿馒头屑儿给叫花儿。

八　仙　（唱）　叫花儿，叫花儿，
今日捧个新人儿。
唱出一段怨曲儿，
赚来你的泪水儿。

郑元和　（唱）　尊一声看客们你细听了，
叫花儿未开言把泪先抛。
我本是宦门子来京科考，
不料想烟花楼闪折了腰。
想当初揣宝钞千好万好，
到如今宿街头苦命根苗。
我的金儿银儿空了，
我的姐儿妹儿跑了，
我的马儿僮儿当了，
我的心儿肝儿碎了，
直落得沿街卖唱独悲号！

八　仙　（悲腔）哈哈莲花落也……

郑元和　（触景生情）妆楼依旧，佳人何方？李亚仙，李亚仙，我那狠心的姐姐呀……

银　筝　小姐，那个叫花子在唱你和郑公子的故事，叫唤你的名字呢！

来　兴　好像是我家的主人，公子，公子！

李亚仙　啊呀——

［帮腔："惊煞，是他！

痛煞，是他！"

李亚仙 （唱） 衣儿破了，

发儿散了，

腰儿瘦了，

面儿枯了，

当日的风流哪里去了，

直一个蓬头鬼活活饿殍！

哎呀呀，痛得我肝肠如铰；

痛得我珠泪滔滔！

叫一声郑郎你举目望——

奴就是寻你盼你思你想你痛你怨你的李亚仙——

［帮腔："等你在暮暮朝朝！"

李亚仙 郑郎，郑郎，奴是亚仙，你抬头看，奴是亚仙呀！

郑元和 （痴痴地望着她）亚仙，真的是你么？

李亚仙 （也痴痴地望着他）是奴家，真的是奴家呀！秋风侵骨，郑郎快把襦衫披上。

郑元和 （痛苦地望着她，忽然抛还襦衫）花子兄弟，我们走吧！

李亚仙 郑郎因何弃奴而去？

郑元和 不是我弃你而去，而是你弃我而去！

李亚仙 郑郎，你不要走，你听奴家说，奴家可是到处找你、找你、找你，找得奴家好苦、好苦哇！

郑元和 哼，骗我的银子不算，还骗我的心；骗了我的心，又把我骗将出门；骗出门去，可就再也找、找、找不到你了！

银　筝 公子哪里知道，一切皆是鸨儿妈娘所为，如今小姐已经与她翻了脸，绝了交，小姐她在为你守候，死心等你呀！

郑元和 我不信，不信！

来　兴　主人！

郑元和　来兴？

来　兴　主人，狠心的主人，你把我典当人家，是小姐把我赎了回来，你怎能不问青红皂白，伤小姐的心呀！

郑元和　如此说来，是我郑元和冤枉了李亚仙……

李亚仙　不，是我对不起郑郎，让你受苦了，郑郎，你回来吧！

郑元和　亚仙……

李亚仙　郑郎……

［李亚仙、郑元和重又视线相连，身心共振。

［帮腔："匆匆复匆匆，

旧地又重逢。

多少别离话，

尽在呜咽中……"

［楼台随之下降，院门随之打开，李亚仙细心地为郑元和裹上襦衫，二人执手呜咽。

八　仙　（唱）　叫花了，疯癫癫，

唱莲花，庆团圆。

有情鸳鸯拆不散，

郑元和与李亚仙。

哈哈莲花落也……

第四场　刺目劝学

［众乞儿唱莲花落过场。

八　仙　（唱）　一季秋去一季冬，

有情冤家再重逢。
今日红袖夜添香，
明朝赢来锦袍红。
哈哈莲花落也……

[宜春楼，已是冬日景象。李亚仙捧襦衫上。

李亚仙　一围炉火旺，满室有书香，正是读书好时光。郑郎，郑郎，读书了！

郑元和　（内应）来也！

[郑元和哼莲花落上。

郑元和　（唱）　叫花子，疯癫癫，
唱莲花，讨赏钱。
无忧无虑无烦恼，
不羡富贵只羡仙。
哈哈莲花落也……

李亚仙　哎呀郑郎，时辰不早，用功读书吧！

郑元和　好吧，读书，读书！哎，我读书，姐姐做什么？

李亚仙　奴家在一旁做针线，服侍你呀。

郑元和　好，好，红袖添香夜读书！不过，你可不要走开哦？

李亚仙　奴家晓得！

郑元和　（读书）子曰，学而时习之，不亦乐乎……

李亚仙　呀……

（唱）　夜悄悄，烛光摇，
书声琅琅慰寂寥。
但见他眉乍敛、头轻摇，
时而沉思时而笑，
这时的郑郎百般好，
教人欢喜在心梢。

为了我，他父子反目结仇怨，
为了我，他潦倒行乞在市朝。
今宵劝郎夜读书，
明朝报他紫锦袍。
愈思愈想愈舒畅，
红袖添香乐陶陶。

郑元和 啊，姐姐，茶来。

李亚仙 来了，来了，茶到，茶到，郑郎请慢用。

郑元和 啊，姐姐，饭来。

李亚仙 来了，来了，饭……不是刚才用过，怎么又饿了？

郑元和 对对对，用过了，用过了。啊，姐姐，敲背。

李亚仙 敲背，敲背。

郑元和 轻点。

李亚仙 轻点，轻点。

郑元和 啊，姐姐，手冷。

李亚仙 奴家替你呵呵，呵呵。

郑元和 啊，姐姐，脚凉。

李亚仙 奴家把火炉挪近，挪近……这下好了么？

郑元和 好了，好了。啊，姐姐，你又在绣什么？

李亚仙 绣你春天穿的衣裳呀。我说郑郎，你就不要再问长问短，安心读书吧。

郑元和 我本来就安心嘛！（又念）子曰，有朋自远方来，不亦乐乎……

李亚仙 （拭汗）总算又安静了。（刚欲针线）

郑元和 啊，姐姐，天色不早，我们睡觉吧？

李亚仙 天色还早，再读一会儿睡吧。

郑元和 好吧，我听姐姐的话，再读一会儿。

李亚仙　好乖!

郑元和　(捧书踱至窗前)啊,姐姐,你看院中寒梅绽放,景色真美!

李亚仙　是呀,美,美。

郑元和　既然姐姐也说美,那你我何不出去到院中,采折几枝?

李亚仙　院中寒冷,还是书斋用功吧。

郑元和　姐姐,非是我夸海口,想这宇内文章,无不览遍,再读已是无趣了。

李亚仙　啊哼!有道是书囊无底,学问无穷,这书岂是你读得尽的?不要混讲,好好用功,莫要误了功名前程。

郑元和　什么功名,什么前程,想我郑元和赴京不赶考,逍遥烟花市,不就是厌弃仕途么?如今,你我朝夕相伴,恩爱有加,这不就是我的功名,我的前程么?须知一旦真的红袍加身,你我倒不如现在自由了。我说你呀,就不要与我说那些大道理,我比你懂!

李亚仙　奴知道你懂,可如今奴既然把你留下,就要尽奴的本分,尽奴的心,奴就是要劝你用功,督你上进,日后博一个功名,扬眉吐气,这才不枉你对奴的一番用心,不枉你为奴受的苦、遭的罪,不枉你与奴恩爱一场呀,郑郎,郑郎,这你也懂么?

郑元和　唉,说一千,道一万,你就是要劝我读书。

李亚仙　对,读书,读书,读书,唯有见你用功读书,奴才宽心。

郑元和　好吧,我就为你读,读,不过,你要答应我一件。

李亚仙　只要你读书,奴家都答应,你说吧。

郑元和　我读一会儿书,看你一会儿,好不好?

李亚仙　不好,不好,天天都在一堆儿,还有什么看不厌。

郑元和　看不厌,看不厌,记得初次相遇,你迎面走来,流波一转,我的马鞭惊艳坠地。自那以后,我就离不开你这一双眼睛，看不厌，今生今世看不厌呀！

李亚仙　好吧，你看，看饱了去读书。

郑元和　多谢娘子，多谢娘子！（移灯照看，喜不自禁）呵呵……

（唱）　一双俊俏含情眼，

秋波玉溜招人怜。

楚楚生在粉妆面，

何来心思读圣贤。

李亚仙　好了，看也看了，快读书吧。

郑元和　且读一会儿书，再看！（读书）关关雎鸠，在河之洲。窈窕淑女，君子好逑。参差荇菜，左右流之。窈窕淑女，寤寐求之……（又出神望她）

李亚仙　读呀，怎么又看了？

郑元和　看那绣花针在你手中，上下翻飞，游刃有余，煞是神奇。

李亚仙　你呀，总是想入非非，我到外间绣吧。

郑元和　不要！圣人云，红袖添香夜读书，你到外间绣，谁来服侍我，你难道连圣人的话也不听了么？坐下，坐下！

李亚仙　好吧，奴家坐下了。

郑元和　好乖！

［郑元和重又捧起书读，李亚仙低头针绣。郑元和用书遮挡着，为李亚仙画像。

李亚仙　郑郎，你把书遮住脸，又在做什么？

郑元和　我在为你画像，你看看，像么？

李亚仙　拿来奴看。（欲撕）

郑元和　（惊呼）不能撕，撕了就破相了！

李亚仙　破相就破相！（愤而撕碎）

郑元和　哎呀姐姐，你好狠心哟！

李亚仙　不是奴狠心，是你太不专心，真是气死人了！（生气）

郑元和　姐姐真的生气了？

李亚仙　郑郎，你呀！

（唱）　好话说了千万遍，
　　　　全无心思读圣贤。

郑元和　（唱）　寒夜沉沉早困倦，
　　　　只想鸳枕话缠绵。

李亚仙　（唱）　苦口婆心来相劝，
　　　　怕你一误又三年。

郑元和　（唱）　只要真情永相伴，
　　　　纵使王侯也不贪。

李亚仙　（唱）　痴心情种劝不转，
　　　　生生急坏李亚仙。

郑元和　呵呵，甚好，甚好，姐姐就是生气，这双眼睛也是美的！

李亚仙　郑郎，我问你，你到底还要不要读书，要不要科考，要不要求一个功名回家乡、见高堂，你说，你说嘛！

郑元和　要，要，我不是说了嘛，我还要送你凤冠霞帔，我还要与你结为夫妻，我还要带着你耀武扬威回家乡！

李亚仙　那你就该发奋用功才是啊！

郑元和　我是想发奋用功，可又想看你的眼睛，你不知道，你那双美目只要一晃，我这心儿就荡、荡、荡起来了，你说我这书还能读得进去嘛，啊？

李亚仙　你说什么，未必你不好好读书，倒怪奴家生了这双眼睛？

郑元和　怪你，怪你，都怪你，从与你相识，到与你重逢，不都是因为你的这双眼睛么？姐姐的这一双美目呀，就像两把金钩，把我的魂儿都勾去了。今生今世，只要守着姐姐的这一双眼，我就无怨无悔，心满意足，什么功名，什么前程，都不要，都不要了！

李亚仙　(震惊,忽然一把抱紧他)郑郎,你说的这些都是真话?

郑元和　自然是真话呀!

李亚仙　你说你不好好用功,就因为我这双眼睛生得美么?

郑元和　是呀,你看看,那么清纯,那么明净,那么热情如火,那么温柔似水,哎呀真是美、美、美呀! 呵呵……

李亚仙　(暗自叫苦)天哪……

［帮腔:“一霎时醍醐灌顶天地旋!”

李亚仙　(唱)　这双眼害得他章台沦陷——
害得他用尽盘缠;
这双眼害得他功名不见——
害得他难回家园;
这双眼害得他无辜遭骗——
害得他乞讨街沿;
这双眼害得他不思勤勉——
这双眼——

［帮腔:“害得他心志不专!”

李亚仙　想奴李亚仙,一个区区歌台女,郑郎为了奴家,已经遭罪不浅,倘若奴家再耽误他,那,这世上的人言,这脚下的地,这头上的天,能放过我李亚仙么? 不,不,不,为了郑郎家人团聚,重叙天伦;为了不负郑郎寒窗十载,学富五车;也为了我和他日后有一个真正的家。我必须劝导他,勉励他,报答他呀! 纵然有朝一日,郑郎成就功名,奴家攀不上了,奴家也无悔无怨!(看着手中的绣花针,凄惨地)今夜劝学,难道真要奴家先舍去这双眼睛,他才能醒么? 天哪……

［帮腔:“心在抖,泪在流……”

李亚仙　(唱)　泪在流,无计求……

［帮腔："无计求，难下手。

不下手——"

李亚仙　（唱）　怎回头！

郑元和　姐姐，你在说什么呀？

李亚仙　（掩饰着）哦，郑郎，你不是爱看奴家的这双眼睛么？

郑元和　爱看，爱看。

李亚仙　那你就再看看吧。

郑元和　我在看，在看。

李亚仙　美么？

郑元和　美！

李亚仙　爱么？

郑元和　爱！

李亚仙　你可要记住了，奴家的这双眼睛，可是为你而生呀！

郑元和　我知道，我知道！

李亚仙　那你就再看、再看一眼吧……

郑元和　呵呵，美，美，真是美呀！呵呵……

［李亚仙刺目，郑元和大惊。

郑元和　啊，姐姐，你、你、你这是为何呀？

李亚仙　郑郎，姐姐的眼睛从此不美了，你、你可要用心读书哇！

郑元和　不！我不要读书，不要做官，我只要你的一双美目，我要你望着我，望着我，望着我呀……

［银筝、来兴急上。

银　筝　啊，小姐，你的眼睛怎么了？

来　兴　小姐的眼睛在流血呀！

李亚仙　（推开他们，摸索着整理书案，研墨，奉茶，依然平静如初地）郑郎，来，姐姐服侍你，读书吧。

郑元和　（望着她，哭泣着，不无惧怕地）是，是，我读书，我读书，我

读书哇……（奔至案头，捧起书本，高声朗诵）

［李亚仙静静坐下，凝神谛听，脸上仿佛透出欣慰神情。

［银筝、来兴同声抽泣。

郑元和　（如放悲歌地）子曰，譬如为山，未成一篑，止吾止也；譬如平地，虽覆一篑，进吾进也……

第五场　绣目留影

［八仙唱莲花落过场。

八　仙　（唱）　冬季过去又是春，
哥儿灯下读书勤。
姐儿送哥进考场，
要夺天下第一名。
哈哈莲花落也……

［宜春楼，李亚仙期盼中。

李亚仙　等得人好心焦啊！

（唱）　红杏花送来满院香，
孤独不觉换韶光。
自从郑郎考场上，
期待佳音九回肠。
欣喜他浪子回头立志向，
疼爱他废寝忘食读文章。
盼郑郎风云际会青云上，
却又怕从此柔情不久长。
郑郎啊，莫笑奴家多思量，

到此刻忧喜进退费猜详。

只要郑郎登金榜，

李亚仙受折磨又待何妨？

［吹打声顿起，李亚仙吓了一跳。八仙欢腾上，奔走相告。

八　仙　郑元和中状元了！郑元和中了！中了！

李亚仙　（反应复杂地）啊，中了！中了！果然中了……

［八仙过场下。银筝闻声上。

银　筝　小姐，是不是郑公子中了？

李亚仙　好像是中了，中了……

银　筝　太好了，郑公子中了！姐夫中了！

［来兴跑上。

来　兴　小姐——小姐！银筝！公子要我先回来报一声喜，公子中了头名状元！公子说，待他游完街就回来，公子请小姐不要着急，耐心等着他。好了，我去了！

［来兴跑下，吹打声随之远去。

李亚仙　（忽然有点手足无措地）银筝，银筝，我该做些什么？

银　筝　你呀什么都不用做，就等着新科状元回来为你戴凤冠吧！

李亚仙　可是，我总要换一件衣裳吧？

银　筝　换，小姐打扮得漂漂亮亮的，准备迎接状元老公！

李亚仙　可是，我的衣裳首饰这几年都典当了，哪里还有好看的呀？

银　筝　放心，我还为小姐藏着几件呢，我把它们翻出来让小姐试，哪一件最好看，就穿哪一件。

李亚仙　快翻，快试！

［银筝翻箱倒柜，李亚仙试衣。

李亚仙　（唱）　这一件金缕衣煞是耀眼，

又恐怕太俗气不够雅观。

这一件百褶裙素白清淡，
又恐怕太寻常不够光鲜。
这一件珍珠衫富贵罕见，
又恐怕太华丽不够淑娴。
这一件皂罗袍飘逸舒展，
又恐怕太轻浮不够庄严。

［帮腔:“换换换——”

李亚仙 （唱） 换了一件少一件。

［帮腔:“翻翻翻——”

李亚仙 （唱） 翻得衣箱底朝天。（愣着）

银　筝 小姐,怎么不试了?

［帮腔:“忽然之间主意变——”

李亚仙 银筝,拿郑郎的襦衫来,今日我便穿它。

银　筝 那是小姐为郑公子做的襦衫,为啥穿它嘛?

李亚仙 你不懂。

（唱） 我的心我的恋我的情我的盼都在上边。

［吹打声忽又迫近。

李亚仙 啊,银筝,你听,仪仗过来了,郑郎他、他、他就要进门了!

银　筝 是啊,小姐就要做状元夫人了!

李亚仙 状元夫人……银筝,我们不是在做梦吧?

银　筝 不是梦,是真的,小姐,是真的呀!

李亚仙 是真的,是真的,银筝,快,快扶我迎接状元公呀!

［李亚仙兴奋着、摸索着,一路跌跌撞撞。

［吹打声划门而过。

李亚仙 啊,银筝,仪仗因何又去远了?

银　筝 是啊,因何又去远了?

［来兴又跑上。

来　兴　小姐——小姐！银筝！公子要我回来再报一声喜，公子说，公子的父亲大人正巧在京公务，闻知公子没死，还中了状元，后悔当初责子太严。公子不记父仇，和好如初。老人家一时感动，慷慨答应了公子与小姐的婚事，还说要亲自登门来看望小姐呢！仪仗划门而过，是公子先去接老爷，然后陪着老爷一起过来。公子要我嘱咐小姐，把家里收拾干净，插上花，沏好茶，等着他们来。小姐快点，我去了！

［来兴又跑下，吹打声又随之去远。

李亚仙　（忽然兴奋地）啊，银筝，来兴的话你都听清楚了么？

银　筝　听清楚了，小姐总算苦尽甘来呀！

李亚仙　你再说一遍我听听。

银　筝　来兴说，郑公子的父亲大人从常州来了，老人家慷慨答应了小姐与公子的婚事，还要亲自来宜春楼看望小姐，公子嘱咐小姐把家里收拾干净，插上花，沏好茶，等着他们父子过来。小姐，银筝可是一个字都没听错吧？

李亚仙　（就是要听她说，好再享受一次）没听错，没听错，下到黄泉不相见，除非孺子中状元……哈哈，如今中了，中了！啊，银筝，你我快收拾起来呀！

［李亚仙催着银筝，轻快地摸索忙碌着，似在云中舞蹈。

［帮腔："快快快——"

李亚仙　（唱）　满地衣裳收起来！

银　筝　小姐，你坐着，我来收！

［帮腔："快快快——"

李亚仙　（唱）　洗刷楼板擦窗台！

银　筝　我知道，你就不要添乱了！

［帮腔："快快快——"

李亚仙　（唱）　盆景鲜花门前摆！

银　筝　看看，又摔倒了吧，叫你坐着你就坐着，真不听话！

李亚仙　（唱）　快快快——

［帮腔："早春露水先烧开！"

银　筝　我去烧，我去烧，你可不要撞来撞去的了，坐好，坐好！

［银筝入内，李亚仙又忽地站了起来。

李亚仙　哎呀，沏什么茶才好呢？

（唱）　龙井毛峰滋味淡，
祁红滇绿太浓酽。
苦丁性甘名位贱，
茉莉馥香欠天然。
菊花待客怎上品，
雪莲下肚脾胃寒。
普洱茶色难恭维，
乌龙续杯不胜烦。
挑来选去满头汗，
一壶茶也这样难！

［吹打声又一次迫近。

李亚仙　哎呀，来了，来了，银筝！银筝！

［银筝上。

银　筝　小姐，水到，壶到。

李亚仙　你听，郑郎父子已经到门前了！

［吹打声又一次划门而过。

李亚仙　怎么又去远了……

银　筝　是呀，为什么……

［来兴第三次跑上，显见情绪不及前两次高涨。

来　兴　小姐——（摔了一跤）

银　筝　（扶他起来）来兴，看你高兴的，又有什么喜事告诉小姐吧？

来　兴　我也不知道算不算喜事，反正这回不是公子要我回来说的，是我自己想先告知小姐。

银　筝　哎哟，还要腔调，什么事情，你快说嘛！

来　兴　是这样的，小姐，听说朝廷传出话来，说有人向皇上奏本，告发公子和小姐的事，皇上知道了大为不悦，还发了几句难听的话下来，这可吓坏了我家老爷，也气坏了我家公子。适才仪仗划门而过，就是皇上要召新科状元去训话呢！

李亚仙　（预感不祥）来兴，你知道那皇上发了什么话么？

来　兴　皇上说公子与小姐是先媾后娶，败坏时风；说我家老爷纵子狎妓，昏了狗头；还说就是公子喜欢小姐，也只能辟为外室，不能正娶。

李亚仙　（当头冷水）哦……

银　筝　这个皇帝也真是的，多管闲事！男婚女嫁，碍他何事嘛？来兴，你说，难道你家公子就这么答应了？

来　兴　公子说了，妻也好，妾也罢，他这一生一世就是李亚仙一个女人！好了，我要去了，小姐你也不要难过，反正我家公子对小姐的心是不会变的。哦，还有老爷说他明日就回常州，就不来看望小姐了。小姐，我去了。（没精打采地下）

银　筝　（忿忿不平地）哎，小姐，你说说，这算什么嘛，皇帝老爷不通人情也就罢了，可那郑元和父亲也未免变得太快了吧，真是欺人太甚！

李亚仙　（兀自颤抖，努力克制着）银筝，你让我独自想想，想想……

银　筝　小姐，你可不要太难过，不要太难过，啊……（捂泣入内）

李亚仙　我不难过，我不难过，不难过……天哪，我难过，难过哇……（放声大哭）

［帮腔：“不见刀，不见棒，

不见血，不见伤——”

李亚仙 （唱） 李亚仙破了梦境碎了肝肠！

手抚双目泪在心里淌，

脚下摇晃一步一踉跄。

一日里喜报频传心花放，

猛然间冷水浇头四肢凉。

思来想去奴无怨，

冰心一壶待郑郎。

郑郎呀，你爱奴不避出身烟花巷，

奴却怕英才陷落风月场。

你对奴许下天长与地久，

奴却怕旦夕分飞两鸳鸯。

莫怪奴一心要你仕途闯，

岂不知红袍加身就要各一方。

奴愿你男儿发奋有志向，

奴愿你鲲鹏万里任翱翔。

奴愿你阖家欢庆共团聚，

奴愿你太平人生享安康。

奴愿你莫要再把奴牵挂，

奴深知鹏雀双飞不久长。

世道的冷与暖；

官场的风与霜；

亲友的讥与谤；

人言的毁与伤；

从今后都要你与奴一起尝！

不敢想，费思量，

费思量，痛断肠，

痛断肠，走四方，

走四方，毋相忘，

毋相忘，铭心房，

铭心房，不虚枉！

罢罢罢，含笑吞下愁和苦，

含笑咽下悲与伤。

回首揖别鸳鸯梦，

青春韶华永埋藏。

人生难逢一知己，

无怨无悔这一场。

莫道眼前黑茫茫，

心头存留一片光！

［帮腔："绣目留影长相忆，

请君江湖听歌郎。

哈哈莲花落也……"

［李亚仙飞针走线，绣目留影，而后招呼银筝，背起琴囊，走出宜春楼。

［八仙上，簇拥着李亚仙和银筝，唱起莲花落。

八　仙　（唱）　叫花子，疯癫癫，

唱莲花，仿八仙。

看透世道冷与暖，

尝遍人间苦和甜。

哈哈莲花落也……

［李亚仙在八仙与银筝的簇拥下，渐行渐远……

［郑元和、来兴穿丐衣、打莲花落上，尾随而行……

［剧终。

（本剧创作参照明传奇《绣襦记》及同名川剧）

豫剧

斗笠县令

人　物　曹　谨　河南怀庆人，道光 17 年任台湾凤山县令

曹夫人　曹谨夫人

让　号　台湾高山族泰雅人，凤山曹公圳工程总领

海　妹　高山族泰雅人，曹谨夫妇义女，让号恋人

依鲁伯　高山族泰雅人，海妹之父，让号师傅

董　良　凤山县县丞

林　兴　曹谨管家

刘公公　朝廷钦差

高山族原住民、众后生、众民工、衙役、官兵等

时　间　清道光年间

序　幕

[幕内："圣旨下！"

曹　谨　臣接旨。

[幕内"兹因台湾凤山县民生凋敝，盗贼四起，赋税歉收。钦命河南怀庆府曹谨中止省亲，且卸去闽县县令之职，即往凤山县赴任。"

曹　谨　万岁！

[海浪声即起，浩瀚无垠。曹谨手执斗笠，登高望远。

曹　谨　台湾！

[幕内高呼："抓让号！"

[让号、海妹逃上，官兵追上，海妹掩护让号，引官兵反向下。

[曹谨若有所见，忧心忡忡。

曹　谨　凤山……

第一场

[清道光17年春，台湾凤山县。

［海妹家，山地民居，海妹着泰雅族服饰上。

海　妹　（唱）　海上风吹来了云彩儿片片，

云彩儿来又去雨讯儿杳然。

天不落雨禾苗枯，

连年大旱人熬煎。

官府横征又暴敛，

师哥被逼逃外边。

老阿爸忧心多病患，

海妹俺日夜把心耽。

叹只叹泰雅人生计苦，

谁能把山地民福祉放心间。

［岩石后，口笛声，海妹闻之一惊。

海　妹　谁？

让　号　（闪出）我。

海　妹　让号哥，是你！

让　号　是我，海妹，我在山上牵挂师傅和你，来给你们送稻米和山果的。

海　妹　师哥，官府到处抓你，你快走吧。

让　号　好，我走，你告诉我，师傅的病好些了吗？

海　妹　阿爸的病倒是好些了。

让　号　真的，那就好。

海　妹　说来奇怪，前几天阿爸忽然结识了一位曹先生，此人和阿爸特别投缘，还给阿爸诊脉治病，阿爸心情一好，人也精神了。

让　号　曹先生，哪个曹先生？

海　妹　说客家话，像是刚从中原来的。

让　号　刚从中原来的，莫非是新来的县令？

海　妹　县令，我看不像。

让　号　咋不像？

海　妹　脚下一双布鞋，头上一顶斗笠，见人不打官腔，坐下便拉家常，分明就是一个平平常常的过路客。

让　号　过路客，那就好。（心怀成见地）中原官，来凤山，不是贬官就是贪官。

海　妹　师哥，你快走吧。

让　号　（欲下又止）海妹，你看……

海　妹　正是那位曹先生。

［让号闪下。

［曹谨内唱："别中原渡东海赴任凤山——"曹谨戴斗笠，着便装，大步流星上。

曹　谨　（接唱）　察灾情，体民怨，观地理，访乡贤，

斗笠芒鞋、露宿风餐，我走过了海岛山川！

不忍看农田干裂连年大旱，

不忍看百姓无粮生计艰难。

要治理凤山县水是关键，

田有水，人有粮，百业兴盛，国富民安。

寻水源来到了高屏溪畔，

访奇人访到了依鲁伯，泰雅人的活鲁班。

实可叹引水梦他梦了几十载，

为治水他师徒又遭难蒙冤。

几天来话语虽投机，他心仍存疑念，

看起来这内伤并非一日寒。

但愿得依鲁伯身体康健，

化积怨引圣水再造凤山。

［依鲁伯上。

依鲁伯　河洛老弟！

曹　谨　泰雅老哥！

依鲁伯　我说曹老弟，咱哥儿俩可算是相见恨晚哪。

曹　谨　老哥，在我看来，晚也不晚。

依鲁伯　怎讲？

曹　谨　古人云“朝闻道，夕死可矣”。

依鲁伯　哈哈……唉，可惜中原曹老弟，不是凤山父母官。

曹　谨　如果你老弟我真的就是呢？

依鲁伯　如果你真是，那可就是上苍开眼，朝廷英明，凤山百姓有福了。

曹　谨　实话相告，你老弟我就是。

依鲁伯　是啥？

曹　谨　新任凤山县令。（摘下斗笠）你看我不像吗？

依鲁伯　（慌忙下跪）县官大老爷在上，小民有眼无珠，多有冒犯，死罪死罪！

曹　谨　（扶起他）民众畏官，竟致如此，老哥快请起！

依鲁伯　大人屈尊纡贵，如此亲民，究竟所为何事？

曹　谨　为朝廷，为社稷，为凤山，为百姓。

依鲁伯　为凤山，为百姓……大人说的都是真话？

曹　谨　上对着天，下对着地，面对着海，心对着民，绝无半点虚假。

依鲁伯　如此看来，我依鲁老汉的梦想真的会实现？我那爱徒让号的冤案真的会昭雪……（连连咳喘）

曹　谨　（扶他坐下）老哥说的让号冤案，究竟是怎么一回事？

依鲁伯　说来话长，只因前任县令魏是太以治水为名，欺上瞒下，几年间在凤山敛钱十数万，可到头来连个水沟也没挖，却修了个龙王庙搪塞百姓。那龙王庙不过花了三万银钱，魏是太却要按十万造账，让号是修庙的领工，当然不肯就范。就在这时候，管账目的王先生突然又不明不白地溺水而亡，近十万治水款从此便不知去向，那魏是太却随之官运亨通，升任台湾知府，他把让号定为了谋财害命的要犯，真是天大的冤枉呀！

曹　谨　原来如此！

依鲁伯　让号是个孤儿，七岁就跟我学艺，这孩子悟性好，办法多，是我们泰雅族的好后生，也是个领大工程的料，可如今他却成了官府的逃犯。

让　号　（闪出）师傅！

依鲁伯　号儿！

让　号　师傅，徒儿回来看看你。

依鲁伯　快来见过新任县官曹大人。

让　号　新任县官，师傅竟和县官老爷坐一条凳子？

依鲁伯　不要胡说，快些过来。

让　号　不，这些当官的对我们不会存善心。师傅，我走了！（欲下）

曹　谨　（善意地拦住他）你就是前任县令缉拿的逃犯让号？

让　号　我就是让号，你待怎样？

曹　谨　我想请你坐下来，一块儿说说话。

让　号　哼，想抓我，没那么容易！（转身就跑）

［幕内："抓让号！"董良突然率衙役堵上。

董　良　让号，我可早就盯上你了，今天是你自投罗网。

海　妹　（本能护卫）不许你们抓我师哥，我师哥不是罪犯。

董　良　（对衙役）上，抓，绑！

［衙役一拥而上，让号措手不及被缚。

董　良　带走！

曹　谨　（挡住去路）慢着！

董　良　你是何人，面生得很？

曹　谨　你是凤山县县丞，名叫董良，对么？

董　良　你到底是何人，胆敢拦截公务？

曹　谨　我姓曹，单名谨。

董　良　（一愣）曹谨，你是曹大人？（慌忙作揖）曹大人，卑职我早几天就接到驿报，说曹大人要到凤山县履新，卑职带着吏员乡绅每天到码头上迎候，可是接连迎了几天，都没见曹大人，原来大人早已登岸，微服私访。佩服，佩服！

曹　谨　董县丞，你去把让号的案卷调来，我要重新阅处。

董　良　曹大人，让号乃是逃犯，这怕不妥吧？

曹　谨　有何不妥？莫非这个案子办得不实？

董　良　那倒不是，只是让号一案乃是前任凤山县令、而今台湾知府魏是太魏大人亲自办的，下官不敢随便翻动案卷。

曹　谨　现任凤山县令是我，难道我也不能调看本县案宗？

董　良　这，下官照办就是。

曹　谨　你先替我给让号松绑。

董　良　（对衙役）曹大人吩咐给让号松绑，你们就松绑，但是人决不能放。

［让号松绑后，冷不防推倒衙役，疾步逃下。

董　良　追！

曹　谨　（厉声）站住！

董　良　曹大人，放走让号，这可是给你自己添麻烦呀！

曹　谨　曹谨我既然来到凤山，就不怕什么麻烦。

董　良　好吧，人是你曹大人放的，与我董良无关。曹大人，我去县衙安排一下，恭候曹大人就任。告辞。

［董良率衙役下。

依鲁伯　曹大人，对不起，我让你受牵连了。

曹　谨　老哥说哪里话来，让号是你的好徒弟，也是凤山百姓的好儿子。老哥,你知道恁老弟微服私行,几番造访,又放走让号,究竟为了何事吗?

依鲁伯　大人为何?

曹　谨　我要为凤山县民众治水呀!

依鲁伯　治水,治水……(怀中取出一张图)大人请看!

曹　谨　(展看)凤山引水图!

依鲁伯　曹大人!

(唱)　一张图,献大人,

献上了我师徒一片心。

凤山百姓盼治水,

更盼望官府清廉能爱民。

盼穿双眼盼不到,

总算盼来你,我的新交知己曹大人!

曹大人,要引水,要开圳,要救凤山……(气绝)

曹　谨　(抱住他)老哥!

海　妹　阿爸!

第二场

[凤山内衙,曹谨书房。林兴上。

林　兴　夫人,到了!

[曹夫人内唱:"风雨路程千万里——",曹夫人风尘仆仆上。

曹夫人　凤山,凤山,总算到了!

(接唱)　风雨路程千万里,

宝岛景物梦依稀。

夫君赴任我多牵记，

日思夜想度朝夕。

林　兴　夫人连一封书信都没有，就突然到了，老爷若是知道夫人到了凤山，不知要高兴成什么样子。

曹夫人　林兴，你家老爷身子骨可好？

林　兴　好，老爷只要一有事情做，身体可好着呢。这不，访查，判案，赈灾，治水，忙得不可开交，可越是忙越有精神，真应着夫人的一句话，老爷就是劳碌命！对了，夫人，夫人带来的怀庆老酒，你可真是雪里送炭，老爷这些天都在后悔走得匆忙，没顾上带点家乡的老酒呢！夫人先在书房歇着，我去叫老爷。

［林兴下。曹夫人好奇地环顾四周，不经意瞥见了案头公文。

［幕内训斥声："曹谨到任凤山，不思除盗安民，却为案犯让号叫屈鸣冤，且以兴修水利之名，妄言翻案。让号罪不可赦，无庸复审，着即拘拿归案，不得有误！"

曹夫人　（惊恐）啊……

［曹谨内声："夫人在哪里，夫人在哪里？"曹夫人闻声合起公文。

曹　谨　（奔上）夫人！

曹夫人　夫君！

曹　谨　（抓住她的手）快教我看看……

曹夫人　（也抓住他的手）你也教我看看……

曹　谨　夫人一路上晒黑了！（心疼）

曹夫人　本来只有几根白头发，如今白花花一大片了……（鼻酸）

曹　谨　哎哎哎，刚见面，可不兴哭？林兴说，夫人还给我带来了咱家乡的老酒？

曹夫人　你呀，在家时也未见你贪杯，离了家就老念着这家乡的酒。

曹　谨　（打开盖子闻了闻）家乡老酒的味道，总让我想起在家过年时跟咱爹咱娘喝团圆酒的气氛，真是离乡越远越久越想家呀！

曹夫人　夫君在凤山都好吗？

曹　谨　差不多吧。

曹夫人　差不多，就是不恁好？

曹　谨　倒也不是。

曹夫人　倒也不是？我看差不多。夫君，你那案上的公文，被我不经意看了，好像夫君的直脾气又惹上麻烦了，看来我不打招呼提前来台倒是对了。

曹　谨　夫人此话何意？

曹夫人　夫君不知，自你来台赴任，没走几天，你的恩师蒋励堂大人去到怀庆巡察，是他要我及早动身，给你带一个字来。

曹　谨　怎么，我那恩师让你千里迢迢来到台湾，就给我带一个字来？

曹夫人　正是。

曹　谨　那是一个什么字，如此金贵？

曹夫人　一个谨字。

曹　谨　金银的金？

曹夫人　不是。

曹　谨　晋升的晋？

曹夫人　也不是。

曹　谨　那就是尽心尽力的尽？

曹夫人　都不是。

曹　谨　难道是斤斤计较的斤？

曹夫人　你是明知故问吧？

曹　谨　哈哈……我岂能不知？恩师带来的这个字，肯定是谨慎的谨呀！

曹夫人　既然明白，为何总是做不到？曹谨呀曹谨，你可不能辜负了老恩师的一片苦心呀！

（唱）　嘉庆年你就任县令一共任了多少任，

从直隶到福建后生熬成了白发人。

就因你性情耿直嫉恶甚，

二十年官职未曾升半分。

老恩师他曾为你改名玉“瑾”为言“谨”，

就要你小心谨慎方可平步上青云。

名字改为“谨”你性情何曾“谨”，

教恩师二十年来千里万里还要为你操着心。

更莫说我这只会操心的无用人，

一想起夜里梦里也犯惊。

曹　谨　曹谨有负恩师，有负夫人！

曹夫人　恩师还让我转告你，他已向吏部举荐于你，只要你在凤山平平淡淡待上几年，不出事情，一定保举你升任知府。恩师的话，你记下了吗？

曹　谨　记下，记下了。林兴，且带夫人内房安顿。

林　兴　夫人请。

［曹夫人随林兴下。

曹　谨　（心潮起伏）谨，谨，谨……

（唱）　老恩师贤夫人深情相劝，

一字字撼我肺腑，

一句句动我心肝，

字字句句句句字字分明都是由衷言！

二十年宦海沉浮一叶船，

历尽坎坷与辛酸。

满腔抱负难实现，
一石补天难又难。
来凤山只想为民做点事，
谁知难题环扣环。
头一桩迎面撞上个让号案，
再前行就要把前任旧案翻。
引水图如大纛心头招展，
依鲁伯呼唤声如在耳边。
凤山百姓盼廉政，
凤山良田盼甘泉。
盼了一岁又一载，
辜负百姓心何安？
谨字在心气莫短，
我当守职责，避风险，
辨虚实，巧周旋，
步步踩实渡难关，
谨慎走出一线天！

林兴！

林　兴　（上）老爷。

曹　谨　上笔架山！

第三场

［笔架山，山峦峻峭，竹林茂盛。

让　号　（唱）　绵绵翠竹岭，

高高笔架峰。

崎岖深山路，

难断思乡情。

后生甲　(上)让哥，海妹上山来了。

让　号　海妹来了？

后生甲　海妹身边还跟着一个陌生人。

让　号　陌生人？

后生甲　上了点岁数，一路上跟海妹有说有笑，看样子不像坏人。

让　号　(思索)莫非曹谨亲自上山……

众后生　曹谨，新来的凤山县令？

后生乙　山路崎岖，一个中原做官人，咋会吃这个苦，莫非是来抓你的？

让　号　和海妹同行，肯定不是抓人。不过，当官的诡计多，你们操紧家伙，不要走远。

[众后生操武器隐下。

[曹谨便装斗笠、身背竹篓与海妹上。

曹　谨　这就是让号的藏身之所？嗨，风景不错嘛！

海　妹　大人坐下歇歇，我叫师哥和弟兄们。(叫唤)喂——弟兄们，咱凤山的父母官曹大人来看望大伙，还给大伙带来吃的，快来分，快来拿呀！

[众人操武器默默上。

海　妹　哎，你们这是干啥，手里还拿着家伙，我可告诉你们，谁敢动曹大人一根汗毛，我可跟他拼命。咋了，都哑巴了？(踢让号一脚)师哥，你为啥坐着不说话？曹大人来了，还不起来给曹大人行礼，你起来，你快起来呀！(连踢他几脚)

让　号　(很没面子)海妹，你踢我干啥？

海　妹　我要你见曹大人。

让　号　我就不见。

海　妹　为啥不见?

让　号　他是当官的。

海　妹　当官的咋了,当官的就不兴有好人吗?我就是要你起来见!

让　号　我见,我见,还不中吗。山民让号,见过县官大老爷!

海　妹　这是啥见,你那眼睛都看到天上去了,你给我重新见过!(扯他的耳朵)

让　号　(躲着她)海妹,别胡闹!

曹　谨　(开怀大笑)哈哈哈……让号呀让号,你口中称我大老爷,心中骂我王八蛋,看来你对天朝官员的成见很深呀!咱不说别的,单说大老爷我五十多岁的人,爬几道山来看你和你的这些弟兄们,你就该给我让个座,递口水,让我喘喘气,歇歇脚,可你倒好,坐在那里纹丝不动,倒比我这个大老爷还像大老爷呢,我倒要问问,你们泰雅人就是这样待客的?

让　号　(看看众人,看看海妹)这……

海　妹　这啥,我的让号大老爷!(故意给他鞠躬作揖)

让　号　来呀,上酒,上大碗酒!

曹　谨　哈,还跟我较劲。上就上,谁怕谁呀!(撸袖子)

[上酒,竹筒盛酒,木碗斟酒,让号和曹谨你来我往,连干三碗。

让　号　干!

曹　谨　干!

让　号　再干!

曹　谨　再干就再干!

让　号　满上!

曹　谨　满上！

让　号　接着干！

曹　谨　接着干……（有点打晃）

众后生　哈哈哈……

海　妹　（抢过曹谨酒碗）师哥，来，我跟你干，谁不喝倒谁不是泰雅人的好汉！

让　号　算了，不喝了，给曹大人让座。

曹　谨　不中！你说喝就喝，你说不喝就不喝了？来，大伙都端碗，要干一起干！

海　妹　（担心地）曹大人……

曹　谨　（控制住脚下打飘）我的意思是说，大家端碗慢慢喝，慢慢谈。

海　妹　中，都斟上，斟上，曹大人背篓里还有咸菜咸肉，大家就着喝。

［众后生人手一碗酒，海妹分送背篓里的食物。

让　号　酒要喝得明白，话要说得清楚，请问曹大人，这话题从何说起？

曹　谨　就从你的冤案说起？

让　号　我听说曹大人有心为我平反昭雪，但不知是真心还是假意？

曹　谨　九分是真？

让　号　那一分呢？

曹　谨　一分也不假。

让　号　既然如此，办得如何？

曹　谨　有点难度。

让　号　难在何处？难在何事？难在何人？

曹　谨　一言难尽。

让　号　曹大人应该不是难，而是怕吧？

曹　谨　怕？

让　号　翻前任旧案，乃官场避讳，何况昨日的前任又是今天的上司。

曹　谨　嗨嗨，你还懂点官场学嘛，说的不错，要说避讳，是有避讳，可事情摆在面前，想绕又绕不开，所以只好硬着头皮，知难而上。

让　号　你真想查？

曹　谨　想。

让　号　真敢查？

曹　谨　（喝一口酒）敢！

让　号　不怕受牵连？

曹　谨　不怕！

让　号　不畏丢乌纱？

曹　谨　不畏！

让　号　那好，何时还我清白？

曹　谨　这个……少则一两月，多则过半年，再多不过三两载，总之在我曹谨任上，肯定还你清白。

让　号　哈哈……曹大人还是没有底气。

曹　谨　谁说我没有底气，酒都喝了，底气更足，就看你配合不配合。

让　号　此话何意？

曹　谨　让号，我先问你，你说我千辛万苦上山找你，所为何事？

让　号　不明白。

曹　谨　不明白，我说给你听！

（唱）　曹谨我千辛万苦翻上山，

就为着召唤你一众弟兄返家园。

上山来先把你的冷脸看，
再听着你冷言冷语直往我这心里钻。
只因为凤山县连年大旱，
我曹谨来请你担当开圳引水的大总管。
你的难你的冤我何曾不见，
且容我费些时用些心想些办法来周旋。
眼下是冤情虽重那旱情更重，
你和我都须把这私人恩怨暂放一边。
有我在谁敢把你上锁链，
你权当蒙着冤屈戴着罪名把功劳建。
你这样不闻不问乡亲苦，
还枉把土匪恶名身上担。
下山吧，下山吧，我的让号好兄弟，
官民们携手同心共造凤山新家园。

让　号　官民携手，共造家园，哈哈，说得真好听！

（唱）　我让号平生最恨一个官，
从不见官为民众解危难。
凤山县一任一任大老爷，
哪一任把咱百姓疾苦放心间。
让号我如今是逃犯，
弟兄们跟我上山一半也是为避官。
说什么请我开圳当总管，
分明是变着法子诓我让号走下山。

我让号不笨不傻，不会上你们官府的当，来人，送大老爷下山！

众　人　（抛下酒碗，操起武器）送大老爷！

海　妹　（大声）谁敢！

让　号　海妹，你这究竟是为啥！

海　妹　我为啥，我能为啥，我就为你这个又笨又傻又糊涂又犟的师哥呀！

（唱）　你不问青红皂白把脸翻，

我阿爸未竟心愿统统抛弃脑后边。

你既然是我阿爸的好弟子，

就应该去引来他梦里甘泉。

你既然是山地民的好儿子，

就应该把百姓福祉放心间。

今日是，你答应下山要把山下，

不答应我死拖硬拽也要把你带下山。

你知否那天家门之前你跳海走，

我阿爸气绝倒地再也没有睁开眼。

曹大人见我孤苦伶仃太可怜，

收下我这个泰雅姑娘干闺女疼爱呵护在身边。

海妹我认了中原干爹爹，

你就是我干爹明日的女婿孝儿男。

师哥呀，你咋不思来咋不想，

从来只有官欺民，

哪有个县太爷与咱土居儿女把亲攀。

让　号　海妹，这都是真的吗？

海　妹　师哥，你看这是什么？（背篓里拿出引水图）

让　号　师傅的引水图！

海　妹　阿爸临终把图交给曹大人，恳求曹大人为你鸣冤，劝你下山，完成他老人家一生的心愿，可是你……（泣不成声）

让　号　（跪倒，捶地）师傅，师傅，师傅……

（唱）　哭一声师傅我的泪难禁，

宽恕我懵懵懂懂不忠不孝不仁不义的糊涂人！
七岁上孤儿拜师把门进，
你教养传艺胜过父子亲。
匆匆一面成永恨，
再不能回报寸草心。

曹　谨　（亲自扶起他）起来，起来，男儿不流泪，男儿长志气，男儿要做个顶天立地的人！（斟上一碗酒）弟兄们，我知道你们中间有高山人，也有汉人，大家都是对官府不满，才结伙上山。可是眼下春耕在即，时不等人，若是再不下山耕田，难道今后再不以粮为生了吗？

后生甲　我们本来就是种田人，可是老天不下雨，官府逼粮款，就是想种田也种不成呀！

众后生　是呀，不如躲在山上，既逃了粮款，又少受欺负。

曹　谨　连年大旱，稻禾不收，加之县政昏暗，恶吏坑民，不管是高山人，还是闽南人、客家人，老百姓的日子都很不好过。为此，我以凤山知县的身份，向各族兄弟深表歉意，请求大家宽恕！（深深鞠躬）

众后生　（深受感动）曹大人不必如此！

曹　谨　弟兄们，曹谨还有一言，你们数百人聚在山上，缺吃少穿，无所事事，可弟兄们在家中守望着的父母妻儿，那日子更加难过呀，难道你们就甘心情愿过着这样妻离子散、狼狈不堪的生活吗？这是什么样的生活呀！

众后生　（尽皆无语，有人叹气，有人抹泪）曹大人说得是呀……

曹　谨　弟兄们，喝了这碗酒，我们一同下山吧。来，大家一起端碗。

众后生　（齐端碗）曹大人！

曹　谨　弟兄们！

（唱） 站在高山放眼望，

万顷良田好家乡。

只因天旱不落雨，

饥民遍地闹灾荒。

开圳引来淡溪水，

百里凤山变粮仓。

从此再不怕天旱，

子孙后代福绵长。

干！

众后生 干！

［内声："不好了，官兵上山抓人了！"

［董良率衙役冲上。

董 良 拿下让号！

曹 谨 住手！

董 良 （意外地）曹大人？

曹 谨 董良，谁让你调动县衙兵勇？

董 良 职下未动本县一兵一卒。

曹 谨 这些兵勇，从何而来？

董 良 实话相告，乃是府兵，职下乃是奉了台湾知府魏大人之命。

曹 谨 哦，魏大人？我再问你，你现在是谁的职下？

董 良 曹大人乃是职下的顶头上司。

曹 谨 既然如此，你且听命顶头上司。（交给他一卷纸）此乃本县安民告示，董县丞，你与我代念。

董 良 职下遵命便是。（接看告示）曹大人，这恐怕不妥吧？

曹 谨 你是念还是不念？如若不念，本县马上视为抗命。

董 良 我念，我念便是。"本县令：官借商粮，以工代赈，在淡水溪修建开圳引水工程……”

众后生　官府真的要为凤山修渠开圳了，太好了！

曹　谨　再念。

董　良　“招抚各族流散民众，以诚相抚，概不追究……”曹大人，这里面也包含让号吗？

曹　谨　你说呢？

董　良　我听顶头上司的。

曹　谨　要我说，让号本来就是一桩彻头彻尾的假案冤案。

董　良　那是你曹大人说的，职下可不敢说。

曹　谨　（忽然变换话题）董县丞，这山路崎岖，你是如何上山的呀？

董　良　我是轿子抬上来的。

曹　谨　能否把董大人的轿子借我一用呢？

董　良　可以，可以。来轿，抬曹大人下山。

［衙差抬轿上。

董　良　（毕恭毕敬地）曹大人，请上轿！

曹　谨　（推开董良，走近让号，也毕恭毕敬地）大总管，请上轿！

让　号　（吓得直往后退）曹大人，你不要开玩笑，不要开玩笑。

海　妹　师哥，干爹让你上轿你就上嘛！

让　号　海妹，师哥可不敢，可不敢……

曹　谨　（一把逮住他）我看你还往哪儿跑！来呀，凤山县修圳引水大总管让号，上——轿——了——！

［众后生抬起让号，扔上轿子，轿子被抬起，众后生兴奋异常。

众后生　大总管下山了！

［抬轿，颠轿，行轿，一片欢声笑语。

第四场

［一月后。

［工地，寮棚。海妹上。

海　妹　（唱）　淡水溪变幻了人间风景，
工地上号子响热气蒸腾。
师哥他掌大局抖擞精神，
不愧是干爹的军师孔明。
我在那炊棚中烧茶煮饭，
也算是为工程出力尽心。
这两天筹集粮眼看耗尽，
但等着官粮到加快工程。

［让号上，海妹闪到他身后。

海　妹　大总管！

让　号　（回身）海妹，你不待在炊棚，跑到工地上来干啥？

海　妹　我来看看你嘛。（伸出手）给，把这个吃了！

让　号　鸽蛋，你咋不吃？

海　妹　俺和干娘在炊棚管你们吃饭，还能饿着了？

让　号　曹夫人真了不起，亲自为民工做饭。海妹，听说曹夫人对你可亲。

海　妹　干爹干娘待我就像亲爹亲娘一样好。

让　号　海妹，这两个鸽蛋还是你吃了吧。

海　妹　你在工地上忙，比我累，还是你吃吧。

让　号　那就还像俺俩小时候一样，你吃一个，我吃一个。

海　妹　中，我给你剥！

（唱）　　你一个，我一个，

剥个鸽蛋给哥哥。

让　号　（唱）　　哥一个，妹一个，

妹妹不吃为什么？

海　妹　（唱）　　哥哥吃了身体好，

妹妹心里最快活。

让　号　（唱）　　妹妹吃了好唱歌，

听得哥哥笑呵呵。

海　妹　（唱）　　哥哥处处让妹妹，

让　号　（唱）　　妹妹事事想哥哥。

海　妹　（唱）　　哥，

让　号　（唱）　　妹，

海　妹　（唱）　　妹，

让　号　（唱）　　哥，

海妹、让号　（齐唱）　快快活活乐乐呵呵无忧无虑白头到老过生活！

［海妹、让号你来我往间，海妹把鸽蛋都塞进了让号口中。

让　号　哎呀，两个鸽蛋我咋一个人吃了？

海　妹　哈哈哈，就要你吃，就要你吃！

让　号　好哇，你骗我！（追逐）

［海妹忽然体力不支，跌倒在地。

让　号　海妹，你咋了？

海　妹　没事，就是有点头晕。

让　号　你是饿的吧，听曹夫人说，你这两天在食堂里，一口粮食都舍不得吃。

海　妹　工地上粮食不多，曹夫人也是光喝汤，不吃馍。（站起又晕倒）

让　号　(抱着她,心疼万分)海妹!

［曹谨摇着斗笠当扇子,大步流星地上,一群民工随上。

曹　谨　大总管,大总管,我派董县丞去府城调运粮食,咋还没回来?

让　号　(欲言又止)曹大人……

曹　谨　快说呀,干活的弟兄可都等着吃饭呢。

让　号　董县丞昨天就回来了。

曹　谨　粮食呢?

让　号　粮食一粒没有?

曹　谨　一粒没有?

让　号　知府魏大人说,凤山县开圳,上峰还没批准,所以工粮暂时不能下拨。

曹　谨　农时催人,我能一等再等吗?工粮暂时不能下拨,那朝廷发来的赈灾粮,为何也扣着不发呢?

让　号　董县丞说,魏大人不发赈灾粮,是因为凤山县的税款没缴齐。

曹　谨　那不是因为连年旱灾,老百姓交不起吗?他魏大人刚从凤山离任,难道不知道这里的情况?

让　号　曹大人,说句实话,魏是太一直就没有向上面报告凤山县的灾情,还年年加派税款,若不是你曹大人向上面说了实话,恐怕今年上面非但不发救济粮,还要再加税款,弟兄们就是被这些欺下瞒上的贪官庸官残害,才不得已结伙上山的。

曹　谨　这个魏是太,他倒是凭着风调雨顺,吏治清明的虚假报告升官发财了。

让　号　董县丞还威胁我,说那魏是太马上又要升任福建按察使了,魏是太让董县丞带话给大人和我,说大人的新账和我的旧账，早晚要一起算。

曹　谨　算我什么账？

让　号　包庇罪犯，擅自用工。

曹　谨　啊呸！天日昭昭，我倒不信，他魏是太真能颠倒黑白！

让　号　大人，让号冤案，不足为虑，可眼下的开圳工程，乃是凤山百年大计，这工程万万不可停呀，大人！

曹　谨　我知道，我知道，可这粮食又从哪里来呢……

［曹夫人忧心忡忡地上，又一群民工跟上。

曹夫人　老爷，听说上头不发工程粮，还扣下了救灾粮，是吗？

曹　谨　是。

曹夫人　可是米库都见底了，我这个管吃饭的巧媳妇，也难为无米之炊了呀？

曹　谨　夫人不要着急，我正在想办法。

曹夫人　粮食落空，人心浮动，如此下去，工地就要停伙，这圳还修不修了？

曹　谨　（不耐烦地）夫人，我不是说在想办法吗，你急什么！

曹夫人　你对我发火？

曹　谨　不是我对夫人发火，是我这心里窝火！

曹夫人　窝火你就拿我出气？好，我不管你了，我回去，我回老家去！

海　妹　（气喘吁吁地）干娘……

曹夫人　海妹，干闺女，你这是咋了？

海　妹　（紧紧攥着她）干娘，你可不能走呀！

（唱）　叫一声我的干娘你不能走，
干闺女我叩头央求把你留。
自从我干爹干娘来到凤山后，
凤山人才算有了好盼头。
为修圳干爹他日夜辛苦把心操透，

为修圳干娘你睡工地住炊棚亲手为民工和面蒸馍熬米粥。

这样的好爹娘我怎能够撒开手，

海妹我就是不吃不喝累死饿死也要跟着你们把渠修。

干娘不能走，不能走哇！

众民工 曹夫人不能走呀！

曹夫人 （拭泪）我不走，我不走，可我就是气他！

海　妹 干爹，你就给俺干娘赔个不是吧，干闺女求你了！

曹　谨 （搂着她）夫人，对不起，对不起！

曹夫人 （别样小鸟依人地）我知道嫁你就认这个命，可你不该对我发火，还当着这么多人，当着我的干闺女。

曹　谨 我错了，我实实错了，下次再也不敢。

曹夫人 不是不敢，是不该。

曹　谨 不该，不该！

曹夫人 （扶起海妹）闺女，干娘包袱里还有一把花生米几颗红枣，那可是干娘从中原家里带来，不是公家的，你跟干娘去吃，无论如何，干娘不能饿坏自己的干闺女，走。

海　妹 （依偎着她）干爹干娘真好！

［曹夫人、海妹下。林兴上。

林　兴 老爷，有粮食了。

曹　谨 哦，林兴，粮食在哪儿？

林　兴 老爷，听说凤山有一座康熙年就建成的大粮仓，每年转存粮食不下万石，何不借来应急？

曹　谨 你说的是朝廷备战用的军粮库南关仓吧？

林　兴 是，我让人领着去看了，满仓满屯都是稻米呀。

曹　谨 南官仓乃朝廷设置的秘密军仓，由福建按察司直接掌管，不到战时，不、得开仓，我一个小小县令，岂敢擅自调用。

让　号　灾情如火，大人可以装作不知，让让号这个戴罪之人去抢来用吧。

曹　谨　胡说！你那罪名是假，而抢军粮就是触犯朝廷大法，是真正的犯罪，这个罪一旦犯下，任谁都救不了你。切记，没有我的认可，任何人不得靠近南关仓！

让　号　知道了，大人。

曹　谨　林兴，速叫夫人，与我更衣备马，我要面见福建按察使，求他亲自下令，开仓借粮。

林　兴　是，大人。（下）

让　号　大人，听董县丞说，福建按察使即将调任，马上接替他的就是知府魏是太，大人此刻去求按察使，恐怕不是时候吧？

曹　谨　民以食为天，田以水为粮，我就不信，满朝官吏都和魏是太一样坑害百姓，铁石心肠。

［曹夫人捧官服官帽上，默默地为曹谨更衣正冠。

曹　谨　夫人，烈日如火，这顶斗笠，你戴上吧。（为她戴好系好）

曹夫人　夫君早去早回。

曹　谨　夫人，告辞。

曹夫人　夫君，珍重。

曹　谨　林兴，走。

曹大人　老爷！

曹　谨　夫人？

曹夫人　（哽咽着）外面莫发火，还是回家发……

曹　谨　（也哽咽着）中，中……

［曹谨、林兴下，曹夫人和众人目送远去。

第五场

[数日后。

[门官过场上。

门　官　见过愣的横的，没见过这么不要命的。来过送钱送礼的，没来过啥都不送的。我说的这个愣的横的，空着两手不要命的，就是凤山县令曹谨！你说他啥都不送倒也罢了，反过来还要上官为他担责做事，上官不答应，他就赖着不走，每天到上官府邸门前跪着，害得上官只好躲着他走后门。难怪上官说。像曹谨这样的人，活该一辈子当县官，当到老，下辈子都莫想提拔。你看，他又来了！

[福建按察使府邸门前。曹谨头顶文状，跪在台阶下。林兴垂手侍陪。

曹　谨　凤山县令曹谨求见按察使大人！

门　官　我说曹大人，你还讲理不讲，我家大老爷已经回绝你十八遍了，你还每天跑来胡搅蛮缠，一个下官每天跪在上官府邸门口，算哪一道风景？

曹　谨　门官老弟，可怜见凤山县修圳工程面临断粮之危，下官恳求按察使大人破例开仓，借取军粮，也是迫不得已呀！

门　官　我不是跟你说了，这事若是放在平时，我家大老爷或许会答应你的请求，可如今我家大老爷就要奉调进京，接任他的偏偏又是你的死对头魏是太，那魏大人挟着私愤，原本就不赞成你修那个圳，这般时候，我家大老爷干啥非要帮你这个忙，想想我家大老爷好歹也在官场上混了几十年，这种毫不利己，专门利人的事，他为啥一定要做呢？你也要设身处地地为上官想想嘛，是不是这个理呀？

曹　谨　哎呀门官老弟，凤山连年荒旱，开圳引水，实为造福一方的百年大计，眼见渠圳已延伸嘉南大地，而在此千钧一发之际，本县突然下令停工，实在是有负黎民苍生呀。只要按察使大人下令开仓借粮，我保证当年丰收便如数还仓。今后，凤山县便是我天朝的一座永久粮仓呀！

门　官　都是管自己眼前一碗饭的人，谁管得了今后那么多。我说曹谨你呀，真是个中原实诚的书呆子！天要下雨了，你就快回去吧。（摇着头下）

［迅雷，急雨，曹谨仍然跪着。林兴撑伞为他遮雨，曹谨摇手谢绝。

林　兴　老爷，人家不想理你，你还跟谁较劲？夫人若知道你一把年纪，跪在雨里，不知要心疼成什么样子。（收伞，陪着他跪）

［闪电，霹雳，豪雨，曹谨纹丝不动……

［雷雨声渐化为海潮声……

［凤山工地寮棚，曹夫人手捧斗笠，忧心远眺。

曹夫人　（唱）　海潮声如呜咽凄凄惨惨，
望远方望不见莫名胆寒。
似听见官府内厉声恶言，
似看见夫君他哀哀乞援。
路遥遥风漫漫心头悬念，
悔不该这斗笠不随他身边。
遮遮风遮遮雨也好遮遮脸，
免得他赤条条总面对着天。
半生伴夫浮宦海，

风雨相随二十年。

知他撞墙也不回头，

性情宁折绝不弯。

积劳成疾患，

一年复一年，

只怕他这回遭遇更凶险，

一条老命要丢凤山。

百般无计我求上苍，

求上苍佑我夫君得平安。

得平安，我愿日日磕头夜夜拜，

吃斋念佛供神仙。

神仙神仙你可听见，

体恤他舍生忘死为民请命的七品官。（深情呼唤）夫君，夫君，你在哪里，快回来吧……

［雷停雨住，一天星斗。曹谨岿然跪地，林兴伏地睡着。

曹　谨（唱）雷雨过后星光灿，

夜幕压来透心寒。

想起了凤山百姓殷切盼，

想起了贤德夫人把心担。

为开圳，乡亲们饥肠辘辘把活干，

挡饥饿靠的是腰带紧紧缠。

倘若是空手而归人心乱，

面对着饥饿的百姓一颗颗心、一双双眼我怎么答言？

叩不开上官紧闭三尺坎儿，

换不来一众百姓康泰平安。

问上官，可听见哀鸿遍野都是怨；

问上官，是非颠倒可羞惭；

问上官，月食俸禄多少石；

问上官，怎读圣贤怎为官。

朝廷用你把国保，

圣贤教你把民安。

不问灾，不问难，

不问桑麻不问田，

不问百姓倒悬苦，

不问地方祸连年。

你你你……掌的什么朝廷印；

做的什么父母官；

讲的什么圣贤理；

安的什么心和肝。

上官你今天不把下官见，

为凤山我情愿把石阶来跪穿！

曹夫人 （呼唤）夫君……夫君……夫君……

林　兴 （惊醒）老爷，好像夫人在唤你。

曹　谨 （无力地）夫人，夫人，夫人……（无力地伸出手，终于力竭倒地）

林　兴 老爷，我可怜可敬的老爷……

第六场

［又数日。

［凤山，工地。曹谨卧在绳床上被抬上。

曹　谨　让我下来，让我下来，叫夫人看见像什么样子！

［曹夫人急上，林兴跟上，让号、海妹、众民工齐上。

曹夫人　夫君在哪里，夫君在哪里？（扑上去）夫君！

曹　谨　（挣扎地向她伸出手）夫人，我没有给你这个巧媳妇求来粮食，我惭愧！

曹夫人　不要说了，我都知道，你咋就这样不要命呢！（抽泣）

海　妹　干爹，这才几天，你咋瘦成这样了！（大哭）

曹　谨　夫人，干女儿，恁俩扶我一把，我要登高看看。

［曹夫人和海妹一人一边扶着曹谨，走上堤坡。

曹夫人　夫君，你在望啥？

曹　谨　望中原，望家乡，望咱的白发亲娘。

曹夫人　恁远，你能望得见？

曹　谨　望得见，望得见。夫人，你还记得咱家的那幅中堂么？

曹夫人　那是夫君亲手写的杜甫诗句，“位卑未敢忘忧国”。

曹　谨　“位卑未敢忘忧国”，可是恁夫君我做官一辈子，到底又为国家为百姓做成了什么事呢？

曹夫人　夫君，你不要再这样为难自己了。

让　号　大人，老百姓能遇上你这样的好官，已经很知足了。

曹　谨　一事无成，一事无成，我不甘心哪！让号，咱这工地的情况怎样？

让　号　大人不用再操心了。

曹　谨　让号总管，本县在问你呢。

让　号　不瞒大人说，伙房已经断炊，民工走散大半，这圳怕是修不成了。

曹　谨　圳修不成，你们打算干啥？

让　号　有些弟兄又上山了。

曹　谨　又上山了，那不是还是啸聚山林，形同匪盗吗？

让　号　人无活路,管不了恁多了。

曹　谨　住口!本县在,民众不能上山,凤山更不能乱,圳还要修。

让　号　没有粮食,活命都难,圳怎么修?

曹　谨　谁说没有粮食,那南官仓不是有吗?

让　号　(吃惊)大人,你这是……

曹　谨　夫人,把斗笠给我,这顶官帽我不打算戴了。

曹夫人　夫君此话何意?

曹　谨　我想开仓。

曹夫人　啊,夫君不是说,私开军仓,动用军粮,就是触犯天朝大法吗?

曹　谨　触犯大法,也是恁夫君一个人干的事,与民众无关。

让　号　大人,你不能如此,不能如此呀!

曹　谨　难道就兴你以身试法,不兴我胆大冒险么?再说了,你是我快过门的干女婿,我干闺女这一辈子还要靠你呢!去,听我的令,准备开仓。

曹夫人　(一把抓住他,浑身颤抖)夫君,我问你,难道再无别的办法了?

曹　谨　(无奈地摊开双手)没有办法了。

曹夫人　(绝望地)天哪……

后生甲　(上)大人,村里已经有人饿死了!

后生乙　(上)大人,剩下的弟兄也要上山,拦都拦不住呀!

后生丙　(上)大人,上山的弟兄冲下山,直奔南关仓而去,看样子要抢粮呀!

曹　谨　啊……

(唱)　饥民挣扎生死线,

情势逼迫我难两全。

遥拜朝廷泪满面,

罪臣曹谨表心田。

今借军库一仓米，

救得凤山万民安，

倘若因此降罪祸，

县令曹谨一人担！（向曹夫人）

夫人，曹谨无畏无憾，唯有对你不起，我先请罪了！（跪地）

曹夫人 （痛苦地）不，不，不！

（唱） 天有眼，人有心，

天地人心谁不懂我夫君殷殷爱民赤子情。

开军仓，把粮赈，

天大罪名，也只好由你一人来担承。

数十年不避烦言总是劝你谨，

我心中明白你一言一行皆为民。

罢罢罢，从此不再劝夫君，

我就做你到死不谨的同路人。

你若罢官我安贫，

你若杀头我陪殉。

这凤山若是你的葬身地，

也是我曹氏女的埋尸坟。

曹　谨 我的好夫人！（伏地磕头）

曹夫人 快起来，快起来，好歹还是朝廷命官，磕头捣蒜，像啥样子！

曹　谨 （起身，施令）让号听令！

曹夫人 慢！

曹　谨 夫人莫非变卦？

曹夫人 老爷，你且过来，我忽然想到一个办法，不知是否可行。

曹　谨 夫人快说。

曹夫人 夫君速速书写奏章。

曹　谨　写奏章？

曹夫人　由我火速送往京城。

曹　谨　去京城？

曹夫人　恳请你的恩师蒋励堂大人转呈圣上。

曹　谨　奏圣上？

曹夫人　倘若圣上明察下情。

曹　谨　圣上明察？

曹夫人　或有一线转机！

曹　谨　（豁然开朗）夫人不愧是大家闺秀！可是，关山万里，宫阙九重，夫人乃一柔弱女子，怎能赴此生死之旅？

曹夫人　夫君呀！

（唱）　北望家乡黄河远，
庭院空空待君还。
白发娘亲夜夜盼，
亲眷梦里泪涟涟。
此生与君结同命，
生同祸福死相牵。
莫道关山远，
何惧宫阙难，
你妻我要蹈海浪、越关山、叩圣庭、呼民怨，
绝境中力争那峰回路转，化险为安！

曹　谨　（感动地）夫人！林兴，把那坛怀庆老酒拿出来。

林　兴　是。（下）

曹夫人　夫君，你莫非要喝诀别酒么？

曹　谨　不，是团圆酒，我等着贤德夫人平安归来。夫人，喝吧。

［林兴捧酒坛上，为曹谨和夫人倒酒。

曹　谨　愿我的贤夫人，一路顺风！（饮）

曹夫人　愿我的犟夫君，平安无事！（饮）

曹　谨　待我写来！（咬指血书）

海　妹　我要陪伴干娘上路。

曹夫人　好闺女，俺娘儿俩一同上路。

让　号　（嘱咐）海妹，路上照顾好夫人。

海　妹　师哥放心。

曹　谨　（交付血书，为曹夫人戴上斗笠）夫人珍重！

曹夫人　夫君珍重！

众民工　送曹夫人！

［曹夫人回首一瞥，与海妹毅然下。

曹　谨　传本县令，灾情重，人心不可散，民心不可乱，本县决定借南官仓万石存粮，安民治水。待灾后丰收，悉数归还。还有，凡私抢军粮、乘机作乱者，严惩不贷！开仓！

众民工　（齐跪）大人！

第七场

［数月后。

［工程宏伟，渠沟纵横。

［内声："曹夫人、海妹回来了——"，曹谨、让号和众民工迎上。

［曹夫人、海妹风尘仆仆上。

曹　谨　（见她不言语，忐忑不安）夫人莫非也是无功而返？

曹夫人　（故意地）你说啥，我会无功而返？你看我给你带回来个啥东西！

曹　谨　啥东西？

［幕内："钦差大人到！"

曹　谨　我的妈呀，俺媳妇带个钦差回来了！

［官兵开道，钦差刘公公上。董良随上。

曹　谨　上差大人！

刘公公　凤山知县曹谨听旨！

曹　谨　卑职曹谨，吾皇万岁！

刘公公　（刚要念旨，忽然停下）皇上说，台湾的茶叶不错，走的时候不要忘记给我捎上。

曹　谨　上差放心。

刘公公　其实呀，皇上看了蒋励堂大人转呈的你的贤夫人送来的你蘸血写的奏章，还真是一时拿不准主意呢。皇上说，我朝办事就讲究个中庸，偏向谁不偏向谁都好像不中，所以皇上左思右想，也就派了我这个不上不下不左不右不阴不阳不男不女的人儿来了。皇上这叫平衡，平衡你们懂不懂？平衡就是制衡！好了，我还是念旨吧。（怪声怪气地）"奉天承运，皇帝诏曰：经举报查证，凤山县令曹谨救灾修圳，造福于民，功不可没，本该重用。然擅开官仓，借用军粮，罪又不容赦。着即免去凤山知县之职。但，享受七品俸禄，回乡养老，永不叙用。"

曹　谨　（抬头，苦涩）这……

刘公公　这啥？我还没念完呢，念完你就心理平衡了。（接念）"又经举报查证，现任台湾知府魏是太于凤山知县任上，隐瞒灾情，县政败坏，私吞十万修圳官银，且谋害账房王某一命，现已解送京城待审。"

曹　谨　（欢呼）圣聪圣明！

刘公公　知道你会叫好！还有呢。（再念）"魏是太一案所牵连之泰雅族人让号，实为人为冤案，着即平反。行杀账房王某之真凶董良，立送福建按察使法办。”来呀，抓人！

［董良被抓。

刘公公 还有。“凤山县知县空缺，暂由让号代理，待礼部考察之后，再行正式任命。”我的天，总算念完了。曹谨、让号谢恩吧。

曹谨、让号 万岁、万万岁！

刘公公 带上茶叶，押走董良，打道回京。

曹谨、让号 送上差！

刘公公 （走了两步，又回过身）曹谨，说句实话，我朝像老弟这样的好官僚，还真是不老多！

［官兵护送刘公公下、押解董良下。众人同情地涌向曹谨。

众　人 曹大人……

曹　谨 （良久无语，忽然把手一挥）哈哈，夫人，我想办件喜事。

曹夫人 没办丧事已然万幸，喜事又从何来？

曹　谨 大喜事，还不止一件。

曹夫人 你快说。

曹　谨 今天是凤山开圳通水的日子，我想借这个好时辰把俺干闺女的婚事一并办了，你看中不中？

曹夫人 这事么，我看中。

曹　谨 咱说办就办？

曹夫人 办！

曹　谨 海妹过来。

海　妹 （抱住他放声大哭）干爹，你太冤枉了……

让　号 大人冤枉，大人不能走哇！

众　人 曹大人，你不能离开凤山呀！

曹　谨　(不无苦涩地)呵呵,官场中人么,生平起落,哪能事事顺心,事事由得自己么。来吧,曹谨拜托大伙儿最后一件事,替俺干闺女干女婿办个轰轰烈烈的婚礼,中不中?

让　号　(扑通跪下,泣不成声)大人,夫人,你们不是我和海妹的干爹干娘,是俺俩的亲爹亲娘,俺俩今天就当着爹娘的面成亲了!

曹　谨　起来,起来,带新娘子好好准备一番,马上就在这新圳前举行婚礼。

[让号、海妹下。

曹　谨　夫人,你我再到圳上看看。

[曹谨拉着曹夫人的手走上堤坡,众人默默地跟随着他们。

曹夫人　几个月不见,工程竟如此壮观。

曹　谨　壮观,壮观呀!

(唱)　引水圳如巨龙越岭过川,
眼看着清泉水就流到台南。
人生一瞬间,
转眼是百年。
谁识王谢堂前燕,
将相坟头渔樵闲。
忧国忧民几十载,
无所作为实汗颜。
开圳办成事一件,
不枉今生做回官。
少年抒怀黄河岸,
白发不悔到凤山。
夫人哪,人生自古谁无死,

几人梦魂伴清泉。

荣辱沉浮转瞬散，

这清泉永远长流在人间。

夫人，你说我悔不悔？

曹夫人 （摇头）不悔。

曹　谨 你说我怨不怨？

曹夫人 （再摇头）不怨。

曹　谨 可是我总觉得对不起你呀！

曹夫人 （捂住他的嘴）不要说了，我的好夫君！

（唱） 曾盼夫君宏图展；

曾盼夫君伴君前；

曾盼夫君铸青史；

曾盼夫君升高官。

到如今只盼夫君福寿绵长老来伴，

平平安安康康健健共守田园度百年。

只说是梦碎异乡泪空咽，

抬眼望，却见那椰林多情天高海也蓝！

不说遗憾不伤感，

共担忧患在凤山。

平生无悔也无怨，

荣与辱、安与危、生与死、贵与贱，

有幸陪伴你身边，

从此后凤山凤山永在你我的心头牵。

曹　谨 夫人说得好哇！

曹夫人 （忽然灵机一动地）夫君，我想斗胆改先贤一个字。

曹　谨 什么字？

曹夫人 位卑未敢忘忧国，我想把“国”字改为“民”。

曹　谨　为何?

曹夫人　小小士大夫开口国家大事,闭口社稷千秋,未免大话空话,倒不如脚踩实地,为老百姓做些看得见的实事,更加实实在在。

曹　谨　(品评着)嗯,改得好,改得好! 想这历朝历代的士大夫总是说的多,做的少,殊不知为官一任,真能为老百姓做成一件事,譬如开一条河,修一条路,乃至活一个人,种一排树,已经足矣,足矣!

[内声:"通水了! 庆婚了!"。海妹、让号被涌上,盛大的庆典场面。

众　人　(合唱)　迎新娘,闹新郎,

婚礼办在新圳旁。

拜过天地拜父母,

到处一片喜洋洋。

[林兴司仪,众人庆贺,曹氏夫妇接受新人跪拜。

[奔涌的流水。欢乐的人群。

[场面渐冷,民众为曹谨夫妇送行,曹谨把那顶随身斗笠,郑重地戴在让号头上。

海　妹　爹,娘,你们不要忘记回来看我……

曹夫人　闺女,你也要去中原家里看望爹娘……

曹　谨　乡亲们,回吧,回吧……

让　号　送干爹干娘……

众　人　送曹大人,送曹夫人……

[民众跪送,呜咽一片……

[林兴挑担,曹夫人手挽曹谨一步一回首,渐行渐远……

[剧终。

THE DRAMATIC WORKS OF LUOHUAIZHEN

上海人民出版社

目　录

淮剧

金龙与蜉蝣

人　物　金　龙——一代国君

蜉　蝣——金龙的儿子

玉　凤——金龙的妻子

玉　荞——金龙的儿媳

牛　牯——金龙的追随者

孑　孓——金龙的孙子

老　王——金龙的父亲

优伶甲、乙，小宦者，诸先王，兵士，众嫔姬

时　间　西周以降，华夏某诸侯国，大体为楚流裔一脉

序幕　流　亡

[幕启。

[玉碎宫倾，一片死寂。老王悬挂在王座上方，背后插着一柄剑。

[马蹄声骤起。幕内一片欢呼声："公子金龙狩猎回宫！"

[金龙猎装冲上，目睹惨状，悲怆不已。

金　龙　父王，你死得好惨！

[杀声如潮，似由八方袭来。

[牛牯——一员浓须战将，紧张退上。

牛　牯　叛军杀回来啦，公子快走呀！

金　龙　（沉浸在哀伤里，不可自拔）不，让我与父王死在一起！

牛　牯　公子使命在身，不可忧丧误国。公子快走，末将掩护你！

金　龙　（固执地）不，我死也不走！

[牛牯情急，踹倒金龙。金龙愕然。

牛　牯　（催促地）公子快走！

[金龙退着步，转头欲下。

牛　牯　（突叫）回来！

[金龙蓦止，牛牯摘下头盔与其交换。

金　龙　（感激地）将军姓名？

牛　牯　（示头盔）在公子手里！

金　龙　(读诵)牛牯!

[背景隐去。金龙顶盔潜逃。

[转景:海天一角,一片湛蓝。金龙在惊心动魄的奔突中,力渐不支。

[蓦地,一张渔网凌空罩下,金龙被缚,动弹不得。

[玉凤——一跣足露肘的渔家女小心逼上。

玉　凤　男人有手有脚是只狼,没手没脚是只羊……

金　龙　你是谁?

玉　凤　渔家女儿唤玉凤。

金　龙　玉凤,你见过狼?

[玉凤摇头。

金　龙　羊呢?

[玉凤再摇头。

金　龙　其实狼就是羊,羊就是狼!

玉　凤　不对,狼是狼,羊是羊,我娘生前讲过,不一样!

金　龙　不信你放了我,保证一样!

玉　凤　我是个单身女子,怕你不老实!

金　龙　天地为证!

[玉凤犹豫着放开金龙。金龙随手甩开头盔,盯视玉凤。

玉　凤　大哥,你看我?

[金龙点点头。

玉　凤　我很丑?

[金龙摇摇头。

玉　凤　不丑也不俊?

金　龙　俊!

[金龙冷不防扑倒玉凤,玉凤挣扎无效。

[幕后如怨似尤的独唱声:

“大哥哥心太黑，
想得出就做得出；
小妹妹心太软，
有办法也没办法。
从今只求你一件事，
一辈子不离妹半尺……”

第一幕　出　海

［字幕：三年过后。

［依山傍水，打渔人家。玉凤一面烧煮头盔中食物，一面摇晃着吊网中的婴儿。

玉　凤　（唱）　我家有个小儿郎，
白白胖胖嫩江江。
没病没灾见风长，
长大做个打渔郎。

［金龙肩网提篓，兴冲冲地上。

金　龙　（唱）　打渔归来心欢畅，
又见妻子与儿郎。
渔家自有渔家乐，
太太平平度时光。

（放下渔具，直奔婴儿）哈哈，我的儿子！

玉　凤　看你，又把孩子吓哭啦！

金　龙　是我把他吓哭了？真是怪呀，这孩子看见爹爹就哭，看见娘倒笑，爹爹终日为儿下海打鱼，真是白白辛苦一场啦！

玉　凤　谁让你风风火火，不好好逗他！

金　龙　（摩拳擦掌地）好，爹爹今天非要逗他一个笑！

［金龙逗婴儿，婴儿咯咯笑。

金　龙　嘿，这顶头盔倒教你派上用场了。（读诵头盔，若有所思）牛牯……

玉　凤　大哥，你看这头盔上的名字，已经被水煮得模糊啦。

金　龙　模糊了好，模糊了就不再是顶头盔，而是一只锅啦！

玉　凤　大哥，你为什么从来不肯说出自己的身世？

金　龙　（掩饰地）我的身世？哈，我有什么身世，我只是一个日出而作、日没而息的渔夫。怎么，你为何总要询问我的身世？难道你对我还有什么不放心吗？

玉　凤　不，我只知道你是我男人，这是我儿子，别的什么都不管，不管……（幸福地偎着他）

金　龙　玉凤，我会陪伴你一辈子！

玉　凤　（甜美地）大哥……

金　龙　（惬意地）哎！

［陡地传来龙舟号子，声势浩大。似有一支庞大船队，从海上经过。玉凤挣脱金龙，奔跑过去。

玉　凤　（欢呼地）嗽嗽，海上过龙船喽！

金　龙　（愣愣地）天、子、巡、朝……（唱）

　　忽见龙船过水上，
　　蓦地心底起苍凉。
　　往事如烟重忆起，
　　始觉悠然大梦长。（踱步、沉思）

［金龙幻觉：死去的老王凌空显现，神秘威严。

老　王　金龙……

金　龙　（跪下，虔诚地）父王……

老　王　你是一代君主，不是一介渔夫……

金　龙　金龙知道……

老　王　回去吧，继续祖先开创的基业，登临万民仰望的宫廷，不要忘记你是谁的子孙……

金　龙　是，父王……

［老王隐去。

金　龙　对！我应该走，我应该离开这地方，我应该去打天下！

玉　凤　大哥，你怎么了？

金　龙　我要去打天下……

玉　凤　什么打天下？

金　龙　我……

玉　凤　拿来。

金　龙　什么？

玉　凤　（指头盔）你这个不给我，我拿什么煮饭呀？（夺过头盔）我说大哥，你还是好好地陪我打鱼吧！

（用渔网套住他）

金　龙　（看着她，扯下渔网）不！玉凤！（唱）

莫再为我披渔网，
我本不是打鱼郎。
穷途末路相遭遇，
懵懂逗留三载长。
你知道我是谁，
你晓我来何方？
我只是匆匆过客相来往，
云鹄暂栖你身旁。

玉　凤　（不解地）你在说些什么？

金　龙　（唱）　玉凤啊，感激你患难之时相为伴，感激你疗伤抚痛情意长。
感激你果腹御寒一张网，
感激你三年相爱恩一场。
今日饮你一泉水，
它年报还十条江。

玉　凤　（心碎）大哥！

［金龙欲下又止。

玉　凤　（唱）　大哥呀，你一声说去就动身，
好似流水风样轻。
我问你忽然中了什么邪，
为什么转眼有情变无情？
事到今日从头问，
你是何方一尊神。
为何留三载，
为何滞渔村，
为何忍心抛妻子，
为何要向远方行？
三年恩爱不算短，
三年情义海样深。
三年共织一张网，
一丝一扣不能分。

［金龙犹豫不决，老王重又出现。

老　王　（重复地）金龙，你是君主，不是渔夫……

金　龙　（矛盾地）不、不、不……

玉　凤　大哥，你就不要走了吧……

金　龙　（推开她）不！

老　王　金龙，你是个不肖的子孙……

玉　凤　大哥,你不能这样绝情……

［海上风浪骤起,金龙奔赴高处。

［风雷疾电,天倾地旋。

金　龙　(唱)　风骤起,雷乍响,

风雷催我去远方。

上天先人频召唤,

地下妻儿欲断肠。

扑面万仞高山起,

低头脚下人一双。

一腔奔涌都是血,

斩断羁绊莫彷徨。

(接过襁褓,语重心长地)儿子,爹爹走了,你不要啼哭……好好陪伴母亲,快些长大……记住,爹爹不是寻常之人,你也不是生在等闲人家……或许有那么一天,爹爹成功了,到那时,你就知道爹爹是谁,爹爹会交给你一座江山!

玉　凤　大哥,你真的要走?

金　龙　要走。

玉　凤　你往哪里走?还会回来吗?

金　龙　(摇摇头)不知道……

［婴儿哭声。

玉　凤　大哥,我们的儿子还没有姓名,日后长大,算是谁的子孙?

金　龙　不是渔夫,就是王侯!

［金龙毅然离去,玉凤痛心疾首。

［幕后独唱:

“大哥哥心太黑,

想得出就做得出;

小妹妹心太软，
有办法也没办法。
从今只求你一件事，
一辈子不离妹半尺……”

第二幕　入　宫

［宫殿。一声巨响，万籁俱静。激战后的阶石下，死尸狼藉。

［阶石之上，王座孤独地立着。

［字幕：二十年后。

［牛牯得胜冲上，手舞足蹈，形似疯狂。

牛　牯　啊哈，胜利啦——

［兵士冲上，欢声雷动。

［金龙内唱：“血泊中返宫廷悲喜交进——”上。

金　龙　（唱）

偿还我二十年戎马艰辛。
叹先朝失王政玉碎宫倾，
抚王座不由得触目惊心。

（泣声）父王，金龙又打回来啦……

［牛牯忘形地跳上王座，振臂高呼。金龙见之，悚然一惊。

金　龙　（一声断喝）牛牯！

牛　牯　（未曾经意，仍自欢呼）啊哈，老子又打回来啦，老子要坐江山啦！

金　龙　（忽地拔出剑，直指着他）你给我下来！

［静场。

[牛牯猛然意识到了什么,慌忙跳下。

[金龙从容步上阶石,款款入座。

[牛牯斜睨着,冷不防飞起一脚,金龙扑倒在地。

[全场哗然。

金　龙　兄弟,你——

牛　牯　(顽皮地)大哥,还记得这一脚吗?

金　龙　(口气旋转温和)金龙不敢忘记。

牛　牯　大哥寻思,若没有牛牯当初这一脚,公子能有今天?

金　龙　没有,断然没有!

牛　牯　那你总该客气一声吧?

金　龙　(躬着身,佯装小心)是,金龙该死,兄弟请上座!

牛　牯　(豪爽一笑)哎,大哥说到哪里去啦!这王位本来就是大哥家里祖传的,兄弟我怎敢犯上?来,大哥请吧,兄弟一生一世都是大哥的忠臣!

金　龙　(固执地)不,兄弟请,还是兄弟请,兄弟称君,金龙称臣……

牛　牯　(看看他,信以为真)也罢,兄弟我就碰碰屁股,好歹也算过了帝王之瘾!

[牛牯调皮入座,把玩有顷。金龙潜至背后,突起一剑。牛牯死去。金龙踢开牛牯尸体,沉稳坐定。

金　龙　来呀!鸣鼓放炮,祷告列祖列宗,公子金龙,入主临朝!

[鼓炮声骤起,欢呼声如潮。

兵　士　大王万岁!大王万岁!

[兵士舞蹈,舞步践踏在尸体周围。金龙正襟危坐,不可一世。

[蜉蝣忽从金龙王座下钻出,东张西瞅,一脸冒失。金龙及众兵士大惊。

蜉　蝣　奇怪，明明在打仗，怎么一眨眼睛就睡着啦？

金　龙　（紧张地）你是何人？

蜉　蝣　（望望金龙，有些自来熟）我叫蜉蝣，就是小虫子，一点点，这么大，浮在水里，游呀游地！

金　龙　蜉蝣，这便是你的名字？

蜉　蝣　是呀，我娘说，起个贱名字，养得活！

金　龙　你是叛朝的兵勇？

蜉　蝣　什么兵勇，我是被人抓得来的！

金　龙　抓来也是叛兵，孤王概杀无赦！

蜉　蝣　（扑通跪倒）哎呀大王，可怜可怜我吧！想我蜉蝣上有老娘，下有妻房，一旦客死异乡，岂不绝了全家生望？大王将心比心，慈悲心肠，蜉蝣给你老人家磕头啦！（连连磕响头，如鸡啄米）

金　龙　（觉着有趣）这一少年，伶牙俐齿，憨态可掬，倒也招人喜欢！

蜉　蝣　（愈发起劲）大王喜欢蜉蝣，蜉蝣譬如就是大王的儿子，大王饶了蜉蝣，譬如饶了自己！

金　龙　（不禁笑出声）哈哈，真是一个尤物！（俯身摸着他的头）啊，蜉蝣，你是谁家的孩子，为何吃粮当兵，与孤王从实讲来，孤王饶你不死。

蜉　蝣　（磕个响头）多谢大王！（唱）

我名叫蜉蝣，
蜉蝣小东西。
从小命儿贱，
有娘没有爹。
大王啊，对头本无意，
杀戮没道理。

何不积一德，

放我去寻爹。

金　龙　看你不出，倒是个孝子！

蜉　蝣　孝子孝子，饶个不死！（再磕头）

金　龙　（点头）唔，蜉蝣，看你言谈举止，倒令孤王有几分不忍。告诉孤王，你爹爹是做什么的？

蜉　蝣　听娘说，他是一个威风凛凛的壮士！

金　龙　他叫什么名字？

蜉　蝣　大王，我爹爹名叫牛牯！

金　龙　（一惊）牛牯？

蜉　蝣　是，叫牛牯。大王纵横八方，见多识广，想必认识我爹？

金　龙　（神色陡变）蜉蝣！你爹爹牛牯本是孤王手下一员大将，只因他入宫之时，反状毕露，被孤王手起剑落，一命呜呼，你若是早来一步，或许你父子还能见上一面，如今晚了！

蜉　蝣　啊呀，爹爹！（唱）

千山万水来找寻，

待到相逢生死分。

爹爹呀，早知父子无缘分，

蜉蝣我何必离家来寻亲。

金　龙　蜉蝣，你听着！（唱）

牛牯功成露反骨，

大王无奈才翦除。

念他生前战功著，

留你宫帷陪伴孤。

蜉　蝣　蜉蝣一不会行文，二不会杀人，大王留我有何用？

金　龙　孤王乃是喜欢你，孤王要让你成为一个俯首帖耳的侍臣。来呀，送入内廷，施以宫刑。

蜉　蝣　宫刑……侍臣……啊！大王是要阉割我？不，我不当侍臣，不当阉人。大王，我家中还有妻子呀！

金　龙　（冷冷地）孤王留下叛臣之子，乃是要向天下人昭示仁慈。记住，不要学你的父亲，有始无终！带下去！

［兵士架蜉蝣下。

金　龙　（玩味地）牛牯的儿子成了阉人……哈哈……（十分惬意）

［传来蜉蝣受刑的一声惨叫，金龙蓦然一个趔趄，险些栽倒。

金　龙　（唱）　没来由手足冷，头眩晕，

莫名惶恐漫上心。

五脏如被人牵扯，

一阵疼痛紧一阵。

我这是怎么啦？（唱）

玉柱似风摇，

金殿如山倾。

王座荡漾若飘飞，

丹墀向下沉。

抓也抓不住，

唤又唤无声，

旁顾四遭皆无应，

真是急煞人！

［蜉蝣受刑惨叫声持续，金龙在王座上挣扎翻腾。有顷，惨叫声戛然停止，金龙硬挺于王座上，如同僵尸。一片寂静。

［幕后伴唱：

“蓦地里风起云奔，

转眼时浪尽波平。”

[兵士架受刑后的蜉蝣上，金龙见之，突觉茫然。

金　龙　他是谁？

一兵士　牛牯之子，大王吩咐阉割的少年。

金　龙　是孤王的吩咐？孤王要阉割他？

一兵士　是，大王。

金　龙　如此说来，牛牯的儿子阉啦？

一兵士　是，大王。

金　龙　他再不能生儿育女，传宗接代啦？

一兵士　是，大王。

金　龙　这么说来，这江山永远是我金龙家的了……来呀，与孤王广采美女，大选嫔姬，孤王要生一群龙子龙孙！

[众兵士簇拥金龙下场。蜉蝣挣扎呻吟，痛不欲生。

蜉　蝣　（唱）不提防受刑戮祸从天降，
好端端蒙耻辱身心两伤。
昏沉中强睁眼周遭四望，
不知我此时间身在何方。
曾记得那一日寻父把路上，
一家人送别我情深心意长。
娘为我做干粮泪水和面淌，
妻为我备行囊揉碎了肝肠。
娘嘱我路上须知寒与暖，
妻嘱我寻到爹爹早返乡。
谁知今日寻到此，
爹爹死在玉阶旁。
恨昏王无故向我把刀举，
害得我一副身心、鲜血流淌，
投亲不成，反受创伤，

有家难回，有苦难讲，
万种牵挂，都成断想，
欲死欲生，痛苦难当，
思家乡，想亲娘——

［另一表演区。玉凤与玉荞伫立海岸，一脸期盼。

玉　凤　（接唱）娘在家乡想儿郎。

玉　荞　（唱）　郎呀，你此时此刻在何方，
可曾寻到爹，身心可健康？

蜉　蝣　（唱）　康健之躯不复有，
何颜重归我家乡。
玉荞妻呀，新婚二载成永诀，
一生累你守空房。

玉　凤　（唱）　房里无妻不成家，
家中少男唉声长。
儿呀儿，你爹爹此刻在何处，
哪年婆媳共成双？

玉　荞　（唱）　双飞双宿心向往，
一旦分离苦难当。
何日夫妻共鸳枕，
双双重入温柔乡。

蜉　蝣　（唱）　双飞双宿成梦想，
父子永远难回乡。
丈夫脚下血泊路，
一程落得一重伤。

玉　荞　（唱）　伤心泪，长流淌，
泪水淌出一条江。

玉　凤　（唱）　江水这头是女子，

江水那头是儿郎。

蜉 蝣 （唱） 郎在阶下跪——

玉 荞 （唱） 妻在倚门望——

玉 凤 （唱） 娘在家中想——

蜉 蝣 （唱） 一想一断肠！

玉 凤 （唱） 想人的日子怎么过？

玉 荞 （唱） 娘啊，倒不如弃家远行走四方！

［漫漫长路，一线延伸。

［幕后独唱：

“寻儿归，唤夫归，
一寻一唤一伤悲。
它年亲人重聚首，
满腹滋味说与谁？”

第三幕 盘 桓

［宫墙之内，花园一景。

［字幕：又逾八年。

［金龙踱步寻思，形神俱衰。

［幕后伴唱：

“后宫嫔姬三千众，
数年难得一龙种。
试遍养精百味药，
终归徒劳一场空。”

金 龙 （唱） 人是从前人，

身是昔时身，

为何不中用，

忧心每如焚。

愈是盼子愈无子，

逐年减精神。

那年流亡海岛，也曾生下一子，入宫之后，派人找寻，竟然踪影全无。难道说这竟是我的一个梦吗？不，我是有过儿子的，有过……

[蜉蝣上。他经历数载磨练，已变得老成圆滑。

蜉　蝣　（对一小宦者）坐在这里干什么，还不去征选民女？记住，要养过儿子的！

[小宦者应声下。蜉蝣走近金龙，一手搭肩，一手抚臂，轻揉慢捏，煞有介事。金龙头也不回地配合着，二人似已默契。

蜉　蝣　大王又在想什么？

金　龙　蜉蝣，你说孤王还行吗？

蜉　蝣　（明知故问地）大王什么行不行啊？

金　龙　自然是生养儿子。

蜉　蝣　（眯着眼，有气无力地）行啊，大王怎么不行，大王是阳刚之人，哪里会不行呢？行，大王就是行！

金　龙　可是……（有点难于启齿）怎么太医说，纵欲过甚，反倒难成呢？

蜉　蝣　那都是胡说，太医是吃大王的醋。凭大王这副钢铁身板，什么儿子养不出来？大王行，大王真正行！

金　龙　经你这么一说，孤王倒又精神些了。

蜉　蝣　精神好，精神妙，精神来了好睡觉。来呀，还不都来伺候！

[数名美姬应上，金龙强打精神，勉力应付。

蜉　蝣　（阴阳怪气地）来呀！（唱）

　　　　这一个姿容姣好，好一把剔骨钢刀；

　　　　这一个杨柳细腰，似一条毒蛇缠绕；

　　　　这一个妩媚万分，绝掉你子子孙孙；

　　　　这一个柔弱无比，纤纤手搬走金交椅！

　　　［金龙力不从心，终于气喘坐地。

蜉　蝣　（对众美姬）大王今日到此，明日再请诸位，各自回宫去吧！

　　　［众美姬昂首挺胸，列队而下。

　　　［优伶甲、乙上场。

优伶甲　宫里养优伶，

优伶乙　大肉加白银。

优伶甲　每天说笑话，

优伶乙　日子蛮开心。

优伶甲乙　见过大王，见过大宦者！

蜉　蝣　（拉过一边）昨日教给你们的节目，可曾记熟？

优伶甲乙　滚瓜烂熟！

蜉　蝣　好，口齿要清，表情要真，有赏无赏，全看本领！

优伶甲乙　是！

　　　［优伶甲扮君主，优伶乙扮王妃，一本正经。

蜉　蝣　大王，平平气，定定神，一出优伶戏，看着长精神！

　　　［金龙坐起，优伶甲、乙放肆地跳上跳下。

优伶甲　这是一方御榻，我朝上头一睡，我就是国君。

优伶乙　这是一方御榻，我朝旁边一睡，我就是王妃。

优伶甲　君王是一个男人。

优伶乙　王妃是一个女人。

优伶甲　两个人合在一起。

优伶乙　要养一个小人。

优伶甲　拿来?

优伶乙　什么?

优伶甲　儿子。

优伶乙　拿去。

优伶甲　什么?

优伶乙　种子。

优伶甲　我要的是儿子。

优伶乙　种子不发芽,儿子哪块来?

优伶甲　明明怪你。

优伶乙　明明怪你。

优伶甲　怪你、怪你、就怪你!

优伶乙　怪你、怪你、怪自己!

[优伶甲、乙争吵不休,扭打成团。蜉蝣幸灾乐祸,抚掌窃笑。

金　龙　(恼羞成怒)放肆!

[优伶甲、乙惊愕,蜉蝣溜向一侧。金龙拔剑一挥,优伶甲、乙砉然毙命。

蜉　蝣　(手舞足蹈)反啦,反啦!竟敢当面揭痛大王疮疤!大王杀得好,大王一杀人,威风全出来啦!

金　龙　(猛然抛剑,恨叹一声)唉!(唱)

二优伶装鬼弄神似有意,
揭出我隐在心头一种疼。
帝王也有帝王苦,

身后常虑一传人。

巍巍宫廷总险峻，

百年之后谁支撑？

蜉　蝣　只要大王舍得播种，何愁没有收成？

金　龙　孤王不信，孤王就不是一个男人！

［金龙忿忿而下。

蜉　蝣　（一脸快意，唱）

这也叫一报一报还一报，

一刀一刀偿一刀。

你把我废了，

我将你折腰。

耗干你的血，

掐断你的苗。

绝掉你的下一代，

心头气方消。

［小宦者上。

小宦者　启禀大宦者，大王颁令征来的少妇，俱已在册。

蜉　蝣　（拿腔作调）大王要找的乃是生过儿子的年轻婆娘，你可不要选错了人。

小宦者　大宦者放心，个个都是养得儿子。

蜉　蝣　挨个带上来，让我先瞧瞧。

［小宦者应声下。蜉蝣正襟危坐，一副傲态。

［小宦者推搡玉荞上。

玉　荞　（唱）　扶老携幼到京都，

八年漂泊消息无。

街头失散被征选，

强逼入宫唯呜呼。

小宦者　见过大宦者！

［玉荞厌恶地看一眼，扭过头去。

［蜉蝣一惊，本能地直立起来。玉荞忽觉异样，怔怔地回身打量。

［幕后伴唱：

“只道今生难再逢，
相逢恍如在梦中。
是惊是喜怎言表，
一任热泪径自涌。”

玉　荞　你怎么这身装束？

蜉　蝣　你怎么到了宫中？

玉　荞　我被强征而来，你……

蜉　蝣　（无言以对，满面羞辱）我……

小宦者　他是大宦人。

玉　荞　大宦人？

小宦者　对，就是阉人，我们都是阉人。

玉　荞　阉人？夫啊，你……怎么成了个阉、阉人……

小宦者　蜉蝣有女人，报与大王听！（下）

蜉　蝣　（痛不欲生，砰然跪倒）玉荞，我对不起你……

玉　荞　这是为什么……

蜉　蝣　你教我从何说起……

玉　荞　难道你忘了妻儿，忘了家乡，忘了我吗？

蜉　蝣　不，我没忘，我一辈子忘不了，我每日每夜都在想、想你们呀……玉荞……（泣不成声）

玉　荞　夫呀，你知道我们一家等你、寻你，已经整整漂泊了八年，想不到你竟醉生梦死，做了宦臣，你教我白白辛苦一场啊……

蜉　蝣　玉荞你听我说，听我说呀！

玉　荞　我不要听，不要听……

［小宦者上。

小宦者　大王来啦！

蜉　蝣　（忽然惊悟，拉起玉荞）玉荞，快走！

玉　荞　哪里去？

蜉　蝣　（急切地）大王征选民妇，乃是为了生养龙种，一旦被他看上，你可就永无出宫之日啦！

玉　荞　啊……

蜉　蝣　快走！

［金龙突上，盯视玉荞，玉荞藏至蜉蝣身后，惶恐不已。

蜉　蝣　（旋即换了一副面孔）大王来啦，大王以为这个女人如何？

金　龙　（斜睨着）天然秀色，全无涂抹。

蜉　蝣　大王喜欢，那就留着受用，瞧她这模样，倒也是个天生的王妃、天生的娘娘！

玉　荞　（不解地）蜉蝣，你……

蜉　蝣　（摇着手，暗示她）不要大惊小怪，蜉蝣这是为你好！

金　龙　蜉蝣，她是你的妻子吗？

蜉　蝣　从前是，现在被大王选中，便是大王的了。

金　龙　噢，你倒做得出？

蜉　蝣　（故意一笑）蜉蝣是大王的侍臣，还要女人何用？玉荞，听我的话，留在大王身边，享受宠爱，当王妃，当国母，当……

金　龙　美人，来，孤王并非好色之徒，孤王要把一座江山，托付在你的肩上，孤王要一个传人啊！（乞求地张开手）

蜉　蝣　大王在叫你，还不快去！

［玉荞羞怒地打蜉蝣一记耳光。

蜉　蝣　打得好，尽管打，蜉蝣侍候大王，自然也侍候娘娘。娘娘什么时候想打奴才，就打吧！（凑上去）

玉　荞　（捂面）天哪！他就是我从前的夫君吗……

金　龙　蜉蝣啊，你劝劝她，你要让她明白，伺候大王就是伺候国家，为大王养儿子就是替天下人生父母。教她像你一样，做大王的忠臣义仆，为大王排忧解难。不要把大王惹火了，惹火了，大王是要杀人的。

蜉　蝣　大王放心，奴才自会开导她，大王就耐心地等着吧。

金　龙　（点头）好，你顺便告诉她，普天之下，莫非王土。率土之滨，莫非王臣。想逃是逃不脱的！

蜉　蝣　（表情复杂地）是……送大王！

［金龙下。

玉　荞　夫啊，你真的要把我献给大王吗？

蜉　蝣　不，不是……

玉　荞　那是要带着我逃走？

蜉　蝣　大王说了，你逃不出去……

玉　荞　那你打算怎么办呢？

蜉　蝣　我也不知道……

玉　荞　（走近他，央求地）蜉蝣，你要想个办法逃走，我们去找母亲和儿子，我们要一起回家呀！

蜉　蝣　不，我不能回去，我不能回家。玉荞啊玉荞，我已经不是你的男人了，我没有脸再做人了……

玉　荞　不，你是我男人，我不嫌弃你，只要你肯带我出去，带我回家。

蜉　蝣　回家，我跟你回家做什么，我已经是个废人了，难道你一点不明白吗？

玉　荞　可是，你总不能待在宫里一辈子吧？

蜉　蝣　说得对，我就是要待在宫里一辈子，我要陪伴大王，陪伴到死，我要报这杀父之仇啊！

玉　荞　杀父之仇？

蜉　蝣　是的，我爹爹牛牯也是被大王杀死的。

玉　荞　那你为什么不也去杀了他？

蜉　蝣　我不要他这样去死。他阉割了我的身子，我也要他生不出儿子，像我一样，活得不舒服，活得不自在！

玉　荞　你这又是何苦呢？

蜉　蝣　何苦？哼，我这都是他逼出来的。玉荞，说句心里话，我已经不想离开他了。

［内声："大王传蜉蝣问话！"

玉　荞　我与他拼了！（欲下）

蜉　蝣　回来！（忽然异样地看着玉荞）玉荞，你能听我一句话吗？

玉　荞　你要说什么？

蜉　蝣　我要你留下来当王妃，陪大王，用你的美貌和聪明去摧残他，一直摧残到死！哈哈，蜉蝣要用自己的婆娘来报这杀父之仇、阉割之恨啊！

玉　荞　不，我不去，死也不去！

蜉　蝣　玉荞，我求求你啦！

［小宦者上。

小宦者　启禀大宦者，墙外有一老一小祖孙二人，要见玉荞。

蜉　蝣　（紧张地）啊，我娘来啦！

玉　荞　（挣脱蜉蝣）娘，娘！

［玉凤拄杖摸上，孑孓身背讨饭头盔跟上。

玉　荞　娘啊，他要将我献给大王……

玉　凤　他是谁？

玉　荞　他就是你的儿子……（泣不成声）

玉　凤　蜉蝣，我的儿子？他怎么会在这里？

孑　孓　娘，蜉蝣不是我爹爹的名字吗？

玉　荞　正是你狠心的爹爹……

玉　凤　蜉蝣在哪里？我儿在哪里？蜉蝣——

蜉　蝣　（惨不忍睹，双膝下跪）娘，儿在这里……

玉　凤　（摸索有顷，忽然将蜉蝣掴翻在地）小畜生！

（唱）　儿离家门无音讯，
原来浪迹在京城。
上有老母不奉养，
下有妻儿不关心。
八年生死两不问，
到头来反将妻子献宫廷。
我问你爹爹可曾有下落，
我问你为何忘记一家人？
我问你如今良心在何处，
我问你是否还认老娘亲？

孑　孓　奶奶，奶奶，你为什么要打我爹爹？

蜉　蝣　孑孓，我的儿子……（唱）

娘啊娘，莫怪孩儿太绝情，
儿被仇恨割碎心。
娘不知，爹爹惨死在宫廷；
娘不知，亲生儿子成宦人；
娘不知，儿媳入宫难逃走；
娘不知，蜉蝣一颗复仇心。
望求娘，领带孙儿去逃命，
我一家与大王结下仇恨海样深。

玉　凤　如此说来，都是那大王将我一家害到了这步田地？

［内声："大王有令，将玉荞沐浴更衣，送入内宫！"

玉　凤　我要闯入内宫，与大王评理！（唱）

唤一声我的儿子与孙孙，

前有呼后有应紧紧围定我这不怕死的人。

牛牯一家败到此，

说理拼命入内廷。

走！

［蜉蝣凝眉思谋，继而亮出利刃。

第四场　闯　宫

［沉香重帷，宫廷内景。

［数名宦者捧玉荞过场。金龙拈香祈神。

金　龙　列祖列宗在天之灵，保佑金龙延子得孙——无后之罪，金龙担当不起。

［金龙深伏于地，蜉蝣执刃暗上。

金　龙　（敏感地）是蜉蝣吗？这里用不上你，你下去吧。

蜉　蝣　是，大王。（隐下）

［玉凤内声："还我亲人呐——"

金　龙　（本能一怔）谁在叫嚷？

［小宦者上。

小宦者　启禀大王，一个瞎眼婆婆闯了两道宫门，拦都拦不住呀！

金　龙　她是谁，如此大胆？

小宦者　牛牯的妻子，玉荞的婆婆。

金　龙　噢，她要做什么？

小宦者　她向大王讨要亲人。

金　龙　放她进来。

小宦者　这瞎眼婆子可凶得厉害呀！

金　龙　哈哈，孤王连牛牯都不怕，还怕他老婆不成。带进来！

小宦者　是！（急下）

［玉凤内唱：“一迭声三项噩耗从天降——”跌撞上。

玉　凤　（唱）　丈夫死，亲儿伤，
儿媳被逼入宫墙，
好一似霹雳炸开我胸膛，
绝了我万种期盼、千回梦想、百般牵挂、一生希望，
唯剩下，满腔怨愤、冲天怒火，
我顾不得年迈之身、横冲直闯、面见君王论短长！

昏王在哪里，昏王在哪里？

金　龙　（打量着）你是牛牯的妻子？

玉　凤　（指点着）你是杀了我丈夫的大王？

金　龙　是我杀了他。

玉　凤　你是残害了我儿子的国君？

金　龙　是我阉割了你的儿子。

玉　凤　你是抢夺我儿媳的狼么？

金　龙　孤王征天下之民女，何用一个抢字。

玉　凤　你这无道昏王！

金　龙　（大笑）哈哈……

玉　凤　你笑什么？

金　龙　我笑你这婆婆妈妈的事情，居然拿到我的宫廷来讲。

玉　凤　难道宫廷就不讲理么？

金　龙　讲，当然讲，但不是讲这些个家长里短，悲欢离合。孤王要讲的乃是他的江山，他的基业，他的百岁千秋。这个你

就不懂得了吧?

玉　凤　我不懂。我只向你要儿子,要儿媳,要我的亲人!

金　龙　念及于此,大王才决定不杀你,大王决定与你了结这笔恩仇。说吧,你想要什么?

玉　凤　我要你偿命!(唱)

骂一声凶暴残忍的无道昏王,
我要你把我一家三口的冤债偿。
我丈夫牛牯他犯何罪,
为什么玉阶之上把命丧?
你可知我一家盼他多少载,
我盼瞎了双眼盼断了肠。
我儿蛘蟒来寻父,
你一不杀,二不放,
偏偏把他的身儿伤。
你叫他有家难返、有苦难讲、不死不活地守在你身旁
你是何等歹毒、何等凶狂、何样的一副豺狼心肠!
这世上多少美妇与姣女,
你为何偏把我家儿媳抢?
丈夫驾前供驱使,
妻子深宫伴君王。
你究竟存的什么心,
弄出这凄凉景象荒唐又荒唐。
我斗胆犯上问一声:
你家可有姐和妹,
你家可有爹和娘,
你家如有这样事,

你将何颜立世上?

我一怒之下,手举起竹杖向前闯——

骂一声呀凶残的狼,

杀我丈夫,害我儿郎,

占我儿媳,断我希望,

人走绝路,老命拼上,

走一步,骂一声,

骂一声,舞一杖,

轰轰烈烈,张张扬扬,

跌跌撞撞,乒乒乓乓,

管你是什么王不王!

金　龙　来呀,轰出去!

［兵士赶玉凤下。

金　龙　(忿忿地)牛牯啊牛牯,想不到孤王这一剑竟招来如此的麻烦!(拔剑乱舞,似要驱散什么)

［孑孓寻上,觉着新奇。

孑　孓　(冒失地)爷爷!

［金龙一怔,宝剑失手落地。

金　龙　(诧异地)你是谁,你叫我什么?

孑　孓　老爷爷,我在看你舞剑!(顺便坐在阶石上)

金　龙　你是谁家的孩子,你叫什么名字?

孑　孓　我叫孑孓。

金　龙　孑孓?

孑　孓　就是小虫子,一点点,这么大,浮在水里,游呀游地!

金　龙　(觉得熟悉)孑孓,小虫子,游呀游地……这便是你的名字吗?

孑　孓　我奶奶说,取个贱名字,养得活。

金　龙　你奶奶是谁？

孑　孓　是爹爹的娘。

金　龙　你爹爹是谁？

孑　孓　是爷爷的儿子。

金　龙　那你爷爷又是谁呢？

孑　孓　（想了想）我奶奶说，我爷爷叫牛牯。

金　龙　（一愣）牛牯？

孑　孓　（认真地）是牛牯，奶奶教孑孓从小记住爷爷的名字，不要忘了！

金　龙　（变色）如此说来，你是牛牯的孙子？牛牯他还有孙子！

孑　孓　是啊，老爷爷，你有孙子吗？

金　龙　（阴沉地）老爷爷没有孙子，老爷爷是孤家寡人！

孑　孓　（偏着头）什么叫孤家寡人，孤家寡人就是你的名字吗？

金　龙　是的，是我的名字。可是，我也不许牛牯有孙子，我要掐死他的孙子。（追赶）

［孑孓逃下，遗落头盔。金龙拾起，神情顿异。

［玉凤的声音："大哥，你看这头盔上的字迹已经模糊了……"

［金龙的声音："模糊了好，模糊了就不是一只头盔啦……"

［玉凤的声音："大哥，你为什么不说自己的来历？为什么不说，为什么不说……"

［玉凤的声音反复回响，金龙似乎灵魂出窍。

金　龙　天哪……

［蜉蝣潜上。

蜉　蝣　他在做什么？难道他知道今天是他的末日吗？（逼近）昏王啊昏王，我要先下手啦……

［蜉蝣行刺，金龙本能避让，受伤。

金　龙　啊，是你！你为什么要杀我？

蜉　蝣　（高举利刃，讪笑着）哼哼，你还问我！你以为阉割了我的身子，也阉割了我的仇恨吗？我是要杀你，我要为我的父亲报仇！

［蜉蝣追杀。

金　龙　（突然）蜉蝣，你看那是什么！

蜉　蝣　（发现头盔）我父亲的头盔，怎么落在这里？

金　龙　告诉我，你爹爹是谁？

蜉　蝣　我爹爹是被你杀死的牛牯。

金　龙　你娘是不是名叫玉凤？

蜉　蝣　是又怎么样？

金　龙　你爹爹牛牯当年出走之时，你是不是还在襁褓之中？

蜉　蝣　是的，我是在襁褓之中，可是我记住了爹爹的名字。他叫牛牯！（继续追杀）

金　龙　（且逃且说）蜉蝣啊蜉蝣，难道说你一家数口，都相信这头盔上的牛牯二字，便是你的爹爹吗？

蜉　蝣　我娘说是便是，难道我爹爹还有假么？

金　龙　蜉蝣，你听我说，牛牯不是你的爹爹，你爹爹名叫金龙！

蜉　蝣　金龙？你才叫金龙！我爹爹叫牛牯，牛牯！（用刀抵住金龙咽喉）

金　龙　（双手力推，渐不能支）蜉蝣，你听我说，听我说呀！只因当年叛臣作乱，先王被杀，公子金龙为逃活命，与战将牛牯交换头盔，潜逃出宫。在那海岛，与你母亲玉凤相爱三年，生下了你。因我树大招风，举国追捕，唯恐被人缉拿，连累你母子，所以一直不曾流露真实姓名。三年之后，我离开渔村，无意之中留下了这顶头盔，谁知你们母子竟把这头盔上的牛牯二字当作了我的名字，真是大错特错啊！

蜉　蝣　（松力）啊？你说的这些，全是真的？

金　龙　是真的，爹爹一句也不曾骗你！

蜉　蝣　不，你不是我爹爹，你是杀我爹爹的仇人！（又欲刺杀）

金　龙　蜉蝣，快放下刀子，你是我的儿子呀！

［金龙栽倒在地，蜉蝣举刀欲杀。

金　龙　（乞求地）儿了，我可怜的儿子，你就饶了我吧……

蜉　蝣　（利刃脱手）不，不，不是！我不是你的儿了，不是——（奔下）

金　龙　（惨呼）儿子——

第五幕　祭　祖

［雷声滚动，闪电曳空。帝王陵墓，一片荒凉。

［金龙冠脱发散，蹒跚寻上。

金　龙　儿子，我的儿子……

［雷霆炸响，诸先王出现，金龙惊骇跌坐。

金　龙　列祖列宗在上，金龙请罪来啦……

诸先王　金龙，你是个不肖的子孙……

金　龙　我是个不肖的子孙……

诸先王　你阉割了自己的传人……

金　龙　是的，我阉割了自己的传人……

诸先王　你要受到祖宗的惩罚……

金　龙　我是要受惩罚……可是，我为什么会这样做呢？我一生戎马，苦苦征伐，好不容易夺回这座江山；我盼望儿孙，祈求传人，到头来却落得如此下场，我这是为什么？

［诸先王无语，面面相觑。

金　龙　（一跃而起，拔剑挥劈）哎，你们怎么都不说话，怎么都装聋作哑？你说呀，你说呀，你们都说呀！（砍斫碑牌，形似疯狂）

［诸先王隐去。

金　龙　天回答我——

［一记惊雷轰然掠过。

金　龙　（唱）　擎长剑，问苍天，
苍天冷眼好漠然。
转对王陵声声唤，
列祖列宗也无言。
冷眼倒也罢，
无言便无言，
为何雷电劈打我，
分明难恕我罪愆。
我一生负重担苦苦征战，
失江山夺江山二十余年。
入宫来杀牛牯为防后患，
除祸种阉蜉蝣势使必然。
我也曾登高处思深虑远；
我也曾想大海追忆从前；
我也曾遣官吏四处寻遍；
我也曾盼儿孙苦不堪言。
桩桩件件有何错，
谁知亲儿在身边。
先圣若有后来眼，
何不及时把灵显。

亲手将，儿身残；
亲手将，儿媳占；
亲手将，妻子撵；
亲手将，亲人煎。
大错铸成悔也晚，
一副破碎怎补连？
一面是祖宗交予千秋业，
一面是阖家老小共团圆。
大路迢迢何处去——
一片苍茫在心田。

［蜉蝣惨然泣上。

蜉　蝣　天哪天，我到底是谁家的子孙，何人的后代呀……

金　龙　他就是我的儿子，他本该继承先王的基业，可是，我已经把他废了……

蜉　蝣　大王啊大王，你不该生我……

金　龙　蜉蝣，来，叫我一声爹爹！

蜉　蝣　不，我没有爹爹，我爹爹死了，他死了……

金　龙　他没有死，他不会死，他就站在你的面前。他是一个君主，一个大王！儿啊，来，到爹爹身边来！

蜉　蝣　不，大王，你的儿子死了，他死了……

金　龙　我可怜的儿子……

［金龙乞求着拥抱蜉蝣，蜉蝣恐惧地躲避着。金龙一个趔趄，重重栽倒。

金　龙　蜉蝣，你还是杀了爹爹吧。

蜉　蝣　（终于感动）爹爹！

金　龙　儿子！

［父子相认，哭作一团。

蜉　蝣（唱）寻生父认生父噩梦一场，
想爹爹怨爹爹欢喜悲伤。
自幼儿只见娘长年泪淌，
今日里终见父动了肝肠。
抹一把爹爹泪爱恨难讲，
望一望爹爹面犹自心慌。
爹爹呀！你当年生儿大海上，
独自闯荡去远方。
不问娘亲一声短，
不问孩儿一声长。
你可知人家的儿郎多欢喜，
父母在堂喜洋洋。
蜉蝣生来少父爱，
没有爹爹唯有娘。
想不到一朝父子见了面，
爹爹挥刀把儿伤。
一颗心儿来寻父，
生生劈碎在宫墙。
早知落得这般样，
我离得什么故乡，
抱得什么希望。
寻得什么亲父，
离得什么亲娘。
如今是寻也悲伤，认也悲伤，
亲也悲伤，仇也悲伤，
生也悲伤，死也悲伤。
你教我何颜唤你亲爹爹，

你有何颜认儿郎！

金　龙　（唱）　心惨惨，泪悠悠，

一行一行往下流。

问蜉蝣，心中可把爹爹恨？

蜉　蝣　（唱）　一半是泪水，一半是怨仇。

金　龙　（唱）　问蜉蝣，你娘因何瞎了眼？

蜉　蝣　（唱）　错嫁了人儿泪长流。

金　龙　（唱）　问蜉蝣，从前的日子怎么过？

蜉　蝣　（唱）　白日是辛苦，梦里是担忧。

金　龙　（唱）　问蜉蝣，今后还有何所求？

蜉　蝣　（唱）　只求一家再从头。

金　龙　（唱）　同在京城享富贵？

蜉　蝣　（唱）　蜉蝣不愿宫中留。

金　龙　（唱）　留下大业谁厮守？

蜉　蝣　（唱）　情愿天涯去放舟。

金　龙　（唱）　江山托付谁？

蜉　蝣　（唱）　霸业早厌透。

金　龙　（唱）　渔夫不是帝王后，

蜉　蝣　（唱）　帝王与我是对头！

金　龙　儿啊，你真的要走？

蜉　蝣　走！

金　龙　不能饶恕爹爹了吗？

蜉　蝣　不能！

金　龙　好，你走吧，爹爹不留你，可你要将孑孓留下。

蜉　蝣　不，他是我的儿子！

金　龙　他是我的孙子！

蜉　蝣　孑孓是渔家的后代，理当打渔为生！

金　龙　他是龙子龙孙，理当成为一代传人！

蜉　蝣　那我就杀死我的儿子！

金　龙　我先杀死我的儿子！

［金龙冲动拔剑，刺中蜉蝣，蜉蝣扭曲跪地。

蜉　蝣　大王，你杀得好……可是，你要记住，孑孓他永远忘不了自己的爹爹！（猛一用力，抱剑死去）

金　龙　（大恸）我的儿子……

尾声　入　主

［宫殿辉煌。兵士匍匐。

［金龙捧蜉蝣尸体上。

金　龙　孤王金龙，劳碌终生，不求世人宽恕，但求无负神明。

［玉凤走上，身后跟着玉荞和孑孓。

玉　凤　（俯下去，抚摸着儿子）蜉蝣，你死了比活着欢活……（气绝）

［玉荞拾剑自刎，孑孓哭抢上去。

金　龙　（挽定孑孓）来，孙儿，跨过你爹娘的尸体，走上去，你将成为一代新君！

［金龙将孑孓按坐在王座上，孑孓冷不防一剑洞穿了他。金龙艰难地回首注视孑孓，肯定地点了一下头，宽慰地倒下去。

［兵士呆立良久，忽然整齐地拜倒在孑孓脚下。

兵　士　大王！

［孑孓一惊，旋捧起那顶头盔，脸上逐渐现出迷惑的神情……

［兵士匍匐着。

[幕内伴唱：

“大哥哥心太黑，
想得出就做得出；
小妹妹心太软，
有办法也没办法。
从今只求你一件事，
一辈子不离妹半尺……”

[大幕缓重闭合。

淮剧

西楚霸王

人　物　项　羽　虞　姬　韩　信　范　增　钟离昧　项　伯

楚军将士若干　汉军将士若干

时代背景　中国秦末楚汉时期

序　幕

[幕启。

[一辆战车，一支长戟，长戟上挑着一顶军盔，军盔下悬挂着霸王的衣甲。

[项羽的幕外独白："某自起兵，历时八岁。所击者破，所当者摧。七十余战，未曾败北。天亡我楚，非战之罪！哈哈……"笑声旷时持久……

[幕内伴唱（爆发地）：

"一见你威猛，
我就冲动；
一见你沉默，
我就心痛。
你就是我心中的神明呀，
让我融化在你的狂热中……"

第一幕　投军渡河

[风声，雪花，韩信与钟离眛执戟而上。

［凛冽的寒风里，可见“楚上将军宋”大纛。大纛下，韩信、钟离昧执戟站岗。

钟离昧　韩信，你在看什么？

韩　信　看秦军攻打赵国。

钟离昧　上将军为何还不下达渡河命令，让我们楚军去救赵国呢？

韩　信　他在等。

钟离昧　已经等了三个多月，还等什么？

韩　信　等别国援军去和秦军交手，然后乘虚而入，渔翁得利。

钟离昧　可是除了我们楚军，谁敢去碰秦军的毫毛，不是眼睁睁看着秦军把赵国吞了，然后回过头来再各个击破？

韩　信　所以说，宋义用兵，书生意气！

钟离昧　对，书生意气！

［虞姬女扮男装，窥视上。

韩　信　谁？

虞　姬　是我。

韩　信　干什么的？

虞　姬　投军。

韩　信　从哪里来？

虞　姬　楚国彭城，项羽的家乡。

钟离昧　（感兴趣地）哦，是从彭城来的？过来，快过来！小兄弟，家乡有什么消息吗？

虞　姬　有哇。自从楚军离开家乡，西出抗秦，楚国父老无不翘首以待，日夜担心，盼望着能够早日凯旋，打败强秦。可是，已经过去三个多月了，听说楚军连秦军的皮毛还没有碰上。真让人太扫兴了！

钟离昧　说得对，唉，这哪还是楚国的军队。

虞　姬　二位大哥，你们能告诉我这是为什么吗？

韩　信　你去问他！（指大纛）

虞　姬　上将军宋……上将军宋是谁呀？

钟离眛　宋义，他是我们楚军的主帅。

虞　姬　没听说过，楚国百姓只知道项羽项家军。

钟离眛　看，那边打起来了。

虞　姬　谁跟谁打起来了？

钟离眛　项将军和宋义打起来了。

虞　姬　项将军怎么样了？

钟离眛　放心，宋义不是项将军的对手。

韩　信　哈哈，宋义完了！

［项羽内唱："九天阴霾一扫光！"

［项羽英气勃勃上，范增、项伯等护卫其后。

项　羽　（接唱）　大丈夫头颅高悬画戟上，
慷将以慨，
慨将以慷，
把一腔热血洒疆场；
祭江河，
染江日，
博得个英雄气短，
儿女情长，
百世流芳！

宋义懦弱无能，某已取而代之。

范　增　从今以后，项羽便是楚军主帅。

钟离眛　杀得好，我们本来就是项家军的子弟，弟兄们，拥护项将军！

众楚军　项将军！项将军！项将军！

项　羽　弟兄们，谁敢渡河抗秦，唯我大楚项军！

范　增　弟兄们，破釜渡河！

众楚军　渡河！渡河！渡河！

虞　姬　等等！

［一声马嘶，惊天动地，随着滚滚而来的马蹄疾驰声，众人无不驻足惊叹。

范　增　一匹好马！

项　伯　是一匹乌骓马！

［马蹄声近，乌骓马似在人群中横冲直撞。

［韩信暗暗地张开了弓箭……

项　羽　（断喝）住手！

［韩信收弓。项羽似与马在周旋，终于，项羽收伏烈马。

众楚军　（齐声）好！

项　羽　（似在对马说话）好一匹乌骓马，你是从哪里而来？欲往何处而去？你的主人呢？他一定是位威猛的将军。

虞　姬　（纳头匍匐）拜见项将军！

项　羽　（蹲下身，饶有兴趣地）你是谁，怎么像个孩子？

虞　姬　（轻声地，满脸的单纯和稚气）一个崇拜英雄的少年。

项　羽　噢，谁是你崇拜的英雄？

虞　姬　你，项羽项大将军。

项　羽　你见过我吗？

虞　姬　见过，儿时家乡庙会，目睹将军举鼎，只此一面，终生难忘。

项　羽　是吗，我怎么不记得你呢？

虞　姬　英雄所经之处，万人争相跟从，你怎么会留意一个不起眼的孩子。

项　羽　哈哈……（站起身）看他人虽长大，稚气却还未泯。

虞　姬　（追随着）在项将军眼里，我愿永远年轻。

钟离昧 项将军,这孩子是来投军的。

项　羽 哦?(回头细看她,越看越疑)你,投军?

虞　姬 对,投军,将军嫌我太小?

项　羽 (摇摇头)不……

虞　姬 那,恐怕我单薄?

项　羽 (再摇头)不,不。

虞　姬 看将军的神情,好像看不起我?

项　羽 (环视着她,忽然出人意料地)你不是男儿,你是个女子!

[众人骚动。

钟离昧 什么,她是女人?

韩　信 是女人,美妙绝伦的女人……

[虞姬在项羽目光注视下,缓缓抖落瀑发。

[众人惊呼。

众楚军 啊,真美!

项　羽 (逼近地,仿佛止住呼吸)告诉我,你究竟是谁?

虞　姬 (嫣然颔首,款款一揖)项将军!

(唱) 我本是韩国后裔世虞姓,
未曾出娘胎,
已做亡国人。
恨嬴秦把我故国破,
一族亲人无辜被杀在那荥阳城。
母亲逃亡生下了我,
隐居彭城长成人。
自幼儿立下志向报仇恨,
却无奈爹娘生我女儿身。
心中常把英雄敬,
最慕项羽有威名。

因此千里来追随，

生死跟定大将军。

这匹乌骓马，乃是我亲手驯养，日行千里，通晓人性，今天我把它，它把我，一齐奉献给自己的主人！

［虞姬长跪，乌骓长嘶，项羽左抚右摩，激动不已。

项　羽　谢苍天！

（唱）　谢苍天，赐双美，

佳人战马来相随。

项羽从此何所畏，

不灭嬴秦誓不归！（挽起虞姬）

虞呀虞，

男儿沙场拼生死，

英雄路上白骨堆。

前方布满血与火，

这生与死，安与危，悲与喜，苦与累，

你柔肠弱质，

能经几回？

虞　姬　（唱）　君似骄阳出东水，

妾如火鸟向日飞。

羽翼焚烧终不悔，

唯愿融进万丈晖。

项　羽　好，传令三军，渡河抗秦！

众楚军　渡河——

［项羽领唱领舞，全体“起霸”……

项　羽　（唱）　力拔山兮——

众楚军　（唱）　气盖世！

项　羽　（唱）　渡江河兮——

众楚军　（唱）　驱雄师！——

项　羽　（唱）　破强秦兮——

众楚军　（唱）　灭嬴政！

项　羽　（唱）　虞兮虞兮喜同车！

［集体舞蹈，气势如虹。

［一轮骄阳，横空出世。

第二幕　坑卒焚宫

［战鼓惊天，战旗飞扬，一幅流动的楚军作战图。

楚兵甲　报，秦军已放弃赵国，向西而逃！

楚将甲　传上将军令，追！

［阵形变化……

楚兵乙　报，秦军主力已被我军包围！

楚将乙　传上将军令，打！

［阵形变化……

楚兵丙　报，生擒秦卒二十万，如何发落？

［韩信，钟离昧前导，项羽在范增、项伯护卫中威风凛凛上。

楚兵丙　（重复）启禀上将军，生擒秦卒二十万，如何发落？

范　增　生擒秦军二十万！

项　伯　生擒秦军二十万！

范　增　如何发落……

项　伯　如何发落……

项　利　（斩钉截铁地）坑！

项　伯　(吓了一跳)坑?

范　增　(赞同地)坑!

［阵形散开,嚎哭声顿起,转眼间天地一片血红。

［虞姬走上,场上一片静寂。

项　羽　虞,你来看,多么壮美的景色,这是项羽送给你最珍贵的定情礼物!

(唱)　譬如朝霞,
染红了英雄图画;
譬如鲜花,
点缀着将军生涯。
道什么嬴秦王霸,
我看它垒土聚沙。
来,来,来,且随我战场漫步,
遣余兴,说情话,数飞鸦……

［项羽执着虞姬的手,似在进行一场巡礼。

虞　姬　(唱)　遍野里尸藉横躺,
莫名儿心头慌张。
道它是喜,
却怎地笑声难放;
说它是愁,
又分明愁绪难详……
想来铁血属男儿,
小女子毕竟柔肠。

将军,我有点冷……

项　羽　(敞开战袍裹紧虞姬)告诉我,还冷吗?

虞　姬　不冷了。

项　羽　哈哈……

［项羽与范增、项伯等聚拢议事，虞姬静静地为他们奉茶。韩信、钟离昧在一边低声议论。

韩　信　坑杀降卒二十万，等于树敌百万。

钟离昧　此话怎讲？

韩　信　你想么，一名秦卒至少有五位亲属，合在一起，岂非百万之众？

钟离昧　这是什么话？想当年秦灭六国，不知滥杀了多少无辜，这笔账，你倒不去算？

韩　信　依我看，秦皇之后，未必是项羽。

钟离昧　还有谁？谁还配是上将军的对手？

［韩信沉默不语。项羽忽然大笑着转过身来。

项　羽　亚父说得对，秦王之后，天下只有一个英雄，那就是我，西楚霸王！

范　增　西楚霸王？

项　伯　西楚霸王，多么响亮的称号！

范　增　不过，我还是要再二提醒你，务必要提防那个野心勃勃的小人。

项　羽　亚父说的是那个抢占咸阳的刘邦。

范　增　对，就是他。此人虽是流氓作派，小人伎俩，然而却有远大志向，虽说他不敢在上将军之前称王，可他的帝王之心，上将军却不能不防啊！

项　羽　亚父放心，任他流氓小人，阴谋伎俩，在项羽面前，都只是徒劳一场。来呀，与我驱动大军，直奔咸阳，我要站在秦宫废墟上号令诸侯。

范　增　不，不，不，将军是要坐在秦始皇的宝座上接受三拜九叩。

项　伯　是啊，是啊，上将军就要成为一朝天子了。

项　羽　（默默走近虞姬，语调极为温和地）虞，我要为你和天下人报仇雪恨。

虞　姬　（望着他，无限深情地）虞美人的仇恨已经化为对将军的崇敬，虞美人只祈望着将军的事业成功。

项　羽　多谢虞美人。来呀，与我带乌骓马！

［乌骓马嘶鸣，战鼓咚咚，项羽威武上马，率楚军驰下。

钟离昧　看哪，霸王真像一尊天神！

韩　信　等着吧，刘邦也绝非等闲之辈！

［虞姬忽然莫名大笑。

钟离昧　（对韩信）你看，夫人怎么一个人在笑。

［虞姬忽又纳头沉思。

钟离昧　奇怪，夫人忽然又沉默了。

韩　信　（冷冷地观察着）其实，虞美人已经在为楚霸王担心了。

［远处火光突起。

钟离昧　看，咸阳城起火了！

韩　信　咸阳起火，必是楚军所放，莫非项羽已有东归之心……

钟离昧　韩信，快来护卫虞夫人！

［虞姬在钟离昧、韩信护卫中，急下。景转咸阳城，秦朝宫殿正在大火中片片坍塌。

范　增　（内唱）一把火烧断了千秋帝梦——（跌抢而上）

叹霸王焚秦宫遗恨无穷。

多少年聚繁华一旦葬送，

三百里阿房宫火光熊熊。

眼见得定关中将成一统，

哪一年才能够重造天工。

［韩信负剑走上。

韩　信　范将军，你在为谁伤心？

范　增　烧了，都烧了哇……

韩　信　烧了好哇，烧了咸阳秦宫，好回彭城建都。

范　增　你是谁，你怎么也料到霸王要回彭城？

韩　信　当了几年的执戟郎，还能不了解他。在他眼里，只有楚国才是家乡。西楚霸王，哼，我看他还不具备帝王的宏才大略。

范　增　（暗暗吃惊，仔细打量他）你就是那个好发议论的执戟郎韩信吧？怎么，你要走？

韩　信　良禽择木而栖，良臣择主而事。大丈夫平生总不能死守着一杆长戟。

范　增　（赞赏地）嗯，有志气！韩信，我知道你志存高远，怀才不遇，今天，范将军要亲自向你讨教，你随我来。

［范增不由分说地强拽韩信下。

［楚军内呼："霸王万岁！霸王万岁！"项羽在楚军的欢呼声中偕拥虞姬上。

项　羽　（唱）　诛子婴焚秦宫心头舒畅，

封诸侯贬刘邦裂土分疆。

三百里阿房宫浓烟直上，

曾几时秦始皇跋扈飞扬。

看四周咸阳城火光通亮，

顷刻间将化作断壁残墙。

面对着一座座冲天火场，

对虞姬诉说我一片衷肠。

虞啊虞，

我今一把大火放，

与你双双回故乡。

从此强秦不复在，

共度太平好时光。

虞　姬　（唱）　谢大王为我报了家国恨，

虞美人我面对大火却惊心。

想当初一腔热血来投奔，

到如今只愿天下永太平。

愿只愿，

与君相爱长厮守；

与君白头共此生。

有朝荥阳去祭扫，

回一遭故乡，

拜一拜四邻。

项　羽　夫人放心，我一定陪你荣归荥阳。

虞　姬　多谢大王！

项　羽　来呀，与我纵情歌舞！

［楚军将士群舞，舞出激情与狂热……

［虞姬独舞，项羽为她击打节拍……

［项羽举鼎，场上欢呼沸腾……

［范增挽着韩信气咻咻上。

范　增　（突然高声地）不要舞啦！

［静场。

项　羽　亚父因何大动肝火？

范　增　请问霸王，为何要火烧咸阳？

项　羽　因为它是秦朝旧都。

范　增　秦朝旧都为什么不能再成为你的新朝呢？

项　羽　楚霸王的新朝岂能建在秦始皇的废墟上？

范　增　我再问你，烧掉咸阳，何处建都？

项　羽　我决定东归彭城。

范　增　就因为彭城是你的家乡吗？

项　羽　彭城是我的家乡，也是楚军弟兄们的家乡，我岂能不带领他们回家团聚？

范　增　我说霸王啊霸王，你究竟是要当诸侯的霸主，还是要做百姓的乡长，难道你不明白帝王乃是以大国为家吗？

项　羽　听亚父之意，项羽回彭城就不是霸王了？

范　增　当然不是！

项　羽　哈哈……

范　增　你笑什么？

项　羽　亚父，你看那一轮骄阳，无论它走到哪里，都能光照四方。彭城也好，咸阳也罢，只要我是西楚霸王。

［韩信忽然大声发笑，项羽敏感。

韩　信　哈哈……

项　羽　谁在笑？

韩　信　（不慌不忙地）是我，霸王从前的执戟郎。

项　羽　（鄙夷地看他一眼）韩信，你又要耍什么聪明？

韩　信　（并不动怒地走近项羽）霸王，我是来向你辞行的。

项　羽　（挥挥手）天高地远，去留听便。

范　增　等等！霸王，你难道也不问问韩信此去欲投奔何人吗？

项　羽　一介执戟郎，去留何足挂齿。

范　增　告诉你，韩信十有八九是要投刘邦啊！

项　羽　那又怎样？

范　增　只怕今日放走一个韩信，日后要多打十年恶仗！

项　羽　哦？（走近了打量韩信，冷冷一笑）走吧。

范　增　慢着！

项　羽　（不满地）亚父！

范　增　霸王，据我所知，韩信乃不可多得之人才。大王不杀刘邦已经酿成大错，若再放走韩信，不啻为虎添翼呀！

项　羽　一个向妇人乞食、钻无赖裤裆的小人，本不配在霸王帐下当兵，让他走！

范　增　来人哪，把韩信杀了！

韩　信　（不解地）亚父？

范　增　（走近他，恨恨地捏住他一只耳朵）你这个人哪，可用可杀不可放！

韩　信　范增，你——

项　羽　放了他！

范　增　霸王？

项　羽　我倒要看看，一个无赖，一个胯夫，合在一处能成就什么气候。放！

虞　姬　等等！

项　羽　（意外地）虞，你要说什么？

虞　姬　（走近韩信，和颜悦色地）记住，日后若有作为，是霸王造就了你。

［韩信点点头，默然转身离去。

虞　姬　（目送韩信下场，仿佛松了一口气）啊，大王，我们回楚国去吧。

项　羽　传令楚军，凯旋东归！

钟离昧　凯旋啦——

众楚军　东归喽——（齐唱）

战强秦兮强秦亡，
奏凯旋兮楚霸王。
旌旗扬兮浩荡荡，
浩荡荡兮回家乡。

［项羽拥定虞姬，在熊熊燃烧的秦宫废墟前率楚军下。

第三幕　围城会战

［一年后。

［“汉大将军”纛旗下，韩信率兵隆重登场。

韩　信　（唱）　望旌旗迎风展艳阳灿烂，
领雄兵出巴蜀威武入关。
过咸阳吊故垒感慨无限，
忆往昔看今朝涌动心澜。
仗剑背楚去投汉，
拜授帅印登祭坛。
丈夫胸襟自高远，
豪气直上九重天。
试看我倒乾坤，覆楚汉，
谈笑胜负股掌间。

［一汉将报上。

汉　将　报，项羽亲率大军，前来应战。

韩　信　打！

［战车隆隆，人喊马嘶，楚汉两军对垒，激烈鏖战。

［反复变幻的旌旗，反复变化的兵阵，力与力的较量，血与火的交拼……

［蓦地，韩信率领汉军神秘消失。

钟离眛　大王胜利了——

［范增急上。

范　增　钟离眛，速速禀报霸王，活捉刘邦！

钟离昧　范将军，你说什么？

范　增　刘邦率小股人马与主力走散，现正仓皇逃向荥阳小城。速报霸王派兵围捕，活捉刘邦！

钟离昧　是！（欲下又止）哎呀糟了，虞夫人在项伯将军陪同下，于昨日回荥阳祭祖，此刻恐怕正陷在城中，万一……

范　增　休要啰嗦，快带我去见霸王。

［钟离昧、范增急下。

［荥阳城下，紧张气氛里楚军大兵压上。

项　羽　（内唱）望荥阳犯踌躇踯躅不定——

［项羽策动乌骓马矛盾着上。

项　羽　（接唱）乌骓马通人性它也匍匐不行。

范　增　霸王，你还犹豫什么？这可是千载难逢的良机呀！

项　羽　这个……

（唱）　曾记得在秦都许下誓信，

送虞姬返故里探望乡邻。

未料想那刘邦突把兵兴，

燃战火起纷争我重操画戟携带佳人，

披坚执锐统领大军东征西讨数载风尘，

她任劳任怨无悔无恨步步紧随在身旁，

历尽了血火霜冻箭雨枪林！

范　增　霸王，你可不能为一个女子，误了霸业呀！

项　羽　（接唱）女儿家心头夙愿犹未了，

怎忍心泰山压顶玉石焚。

范　增　想当年坑杀降卒二十万，火烧咸阳数百里，霸王可是眉头都不皱一下，而今你——

项　羽　（接唱）当年暴秦种仇恨，

今日楚兵添新坟；

旧恨新仇怎相混，
教我如何对乡邻？
罢、罢、罢，
下令后退三箭地，
不为霸业为佳人。

[钟离昧急上。

钟离昧 大王——大王，在下命人潜入城内打听，虞夫人与项伯将军已于清晨出了荥阳。

项　羽 那汉王刘邦呢？

钟离昧 刘邦化装成老百姓，趁大王犹豫之机，缒城跑了。

项　羽 来呀，快与我追！

钟离昧 大王，只怕已经追不上了。

项　羽 也罢，他跑过今日，跑不过明朝。

范　增 还说呢，都是你，优柔寡断，妇人心肠，眼睁睁看着那刘邦从眼皮底下捡了一条命，你呀！

项　羽 亚父息怒，今日之事，实出无奈，好在——

范　增 别说了！

[范增发怒，项羽尴尬。项伯叫上。

项　伯 大王！虞夫人回来了！

[虞姬冲上，拥抱项羽。

虞　姬 大王！

项　羽 虞，你让我好不担心！

虞　姬 大王放心，虞美人安然无恙。

范　增 （忿忿地）哼！

[项羽示意虞姬，虞姬恭敬地走向范增。

虞　姬 亚父在上，这是我在荥阳城里求购的草药，专为亚父疗治背疾，请亚父收下。

范　增　一个离死不远的老人，还要疗治什么。

项　羽　亚父有什么不快，尽管向着我来，何必迁怒虞美人？

范　增　奇怪，我又说她什么了？

［项羽欲发作，范增故意佯装不理，虞姬一旁悄然欲下。

项　羽　虞，你要到哪里去？

虞　姬　（仍旧一脸平和地）大王，我去为亚父煎药。

［虞姬下。空中箭镞之声。

钟离昧　大王当心！

［一支信箭落下，项伯小心拾起。

项　伯　大王，是韩信射来的战表。

项　羽　念。

项　伯　（念战表）项楚气已尽，天下将属刘。会战九里山，要取霸王头！（倒吸一口气）

项　羽　（不动声色地）再念一遍。

项　伯　（再念）项楚气已尽，天下将属刘。会战九里山，要取霸王头！（战表落地）

项　羽　（大笑）哈哈……好个韩信，学会了项羽的口气。（对项伯）好，告诉他，霸王我应战就是了。（想了想，转对范增）亚父，你看……

范　增　（狠狠地瞅他一眼，故意背转身）哼！

项　羽　（隐忍着）亚父，我在问你呢。

范　增　我问你，此一会战，关系胜负，你不怕中了韩信埋伏？

项　羽　（略停顿）不怕！

范　增　（大笑）哈哈……霸王啊霸王，我就知道你是被韩信的口气激怒了，你呀你，还真不比那胯下小人有肚量呢。哈哈……

项　羽　此话何意？

范　增　(忽又拍打着他，语重心长地)霸王啊霸王，你乃统带三军的主帅，可不是邻家斗气的孩子，你跟那韩信计较什么呢？听话，把这口恶气咽了，咱们的路还长着呢！

项　羽　亚父的意思，是要项羽对韩信挂起免战牌？

范　增　那有什么呢，此一时彼一时嘛，想那韩信当年不还给你项羽当过兵、站过岗吗？算了，算了，就让他在你霸王面前耍一回威风，又能怎样呢？

项　羽　我倒不信，堂堂西楚霸王，竟被胯夫吓住。

范　增　(故意不负责任地搡他一把)那你就去打，你去打吧！

项　羽　(不快地)亚父！

范　增　(再回过头来，连哄带劝地)亚父都是为你好！

(唱)　多少回苦口婆心来提醒，
你总是意气用事掉以轻心。
在咸阳你放虎归山忘教训，
到如今又妇人心肠让那刘邦逃了生。
你自恃威猛好任性，
把一场生死之战当游戏，
还津津有味很认真。
我把你比作那匹乌骓马，
亚父我便是一根勒马绳。
只要你对我计必从来言必信，
我包你西楚霸王大业成。

记得项梁临死把你托付给我，我就一直拿你当儿子，可你总不能倚小卖小，老是长不大呀？再者说——

项　羽　亚父，你说完了吧？

范　增　先说到这里，以后有得说哩，反正——

项　羽　恐怕亚父没有以后了。

范　增　(敏感地)你这是什么意思?

项　羽　我要你走了,亚父,你走吧。

范　增　哟嗬,又赌气了不是?你呀你呀,怎么就不明白亚父对你的一片苦心呢?我可是一直拿你当儿子!

项　羽　(终于爆发)你错就错在拿我当儿子,范增!

(唱)　你倚老卖老太过火,

指手画脚牢骚多。

错把霸王当小儿,

唠哩唠叨太啰嗦。

告诉你,项羽天生无羁马,

不须你一手加鞭一手勒缰索!

范　增　(观察地)当真了?

项　羽　亚父,说句心里话吧,我讨厌你!

范　增　(跳起来)什么,你讨厌我?好你个项羽,多少年来我鞍前马后,吃尽辛苦,熬心熬血,殚精竭虑,虽说一张老嘴啰嗦了点,可哪一句话又不是为了你好。到头来,功劳没有,苦劳也没有,就落了你两个字——讨厌,讨厌……(咀嚼着,伤心哭起来)你说我讨厌……

[项羽无语,众人无语,项伯欲息事宁人。

项　伯　大王,念亚父忠心耿耿,你就……

范　增　(嘴巴硬地)不要劝他!我走,我走就是了,我倒不信他项羽真能离得开我!(气呼呼欲下)

项　伯　(劝止地)亚父,你老也不能太倔,大王的脾气你又不是不知道嘛!

范　增　(仍硬撑地)不行,你让我走,我咽不下这口气!

项　羽　(慢慢走近范增,语气平缓地)亚父,你走吧。

范　增　(回过头,渐渐透出害怕)大王真的不要我了……(见项羽转过身去）假如，假如我向大王认个错呢……（见他没有反应）大王，我向你认错，还不行吗？（观察他，终于感觉失望）霸王，你就留下我吧，你看我一把岁数，满头白发，你就譬如收养一个老人。我改，我保证改……（伤心地抽泣着，像个认错的顽童）

项　羽　（终于不忍地回过身）亚父，你就饶了我吧！

范　增　（眨眨眼，迅即一抹泪）不行，我不能走，我不能离开你，我就是要管教你、扶持你。没有我，你就不是西楚霸王呀！

项　羽　（忽然擎起佩剑）来呀，传令三军，整顿兵马，准备决战九里山！

众楚军　是！

［乌骓嘶鸣，战鼓频催，项羽率众“趟马”舞蹈……

［幕内合唱：

“乌骓乌骓，无羁无辔；
乌骓乌骓，驭者为谁；
乌骓乌骓，纵山越水；
乌骓乌骓，任我驰飞……”

范　增　（呼天抢地）天哪，劝劝项羽吧！

［项羽率众将冲下，虞姬默默捧药盏上。

虞　姬　亚父。

范　增　（猛然回身，大吃一惊）你，你来干什么？

虞　姬　亚父，药已煎好，趁热喝吧。

范　增　（不敢置信地）你不记恨我？

虞　姬　（摇摇头）亚父都是为了霸王好。

范　增　（不禁感慨地）想不到范增对项羽的苦心，竟只有一个女人懂得。

虞　姬　最懂得亚父的还是霸王。

范　增　可他从来不听我的话。

虞　姬　那是亚父不懂得霸王。

范　增　我不懂得霸王？笑话，我可是看着他一天一天成长起来，看着他成为西楚霸王，你说我居然会不懂得他？

虞　姬　亚父以为霸王凡事任性，其实霸王心里比谁都明白，霸王就是要以自己的性情处事呀。

范　增　你的话也许是对的。

虞　姬　亚父，这是霸王让我为你缝制的一件皮坎肩。霸王说，亚父一到寒天，背疾便会发作，霸王要我一针针、一线线，亲手为你缝制。适才，霸王又嘱咐我，一定要追上亚父，请亚父穿上，霸王要你老人家路途保重。

范　增　（哽咽着跪下）霸王……

虞　姬　亚父，风雨如晦，前程莫测，请上受我一拜！（拜范增）

范　增　（感动地）虞姑娘！

虞　姬　（唱）　捧药盏，

范　增　（唱）　送坎肩。

虞　姬　（唱）　点点滴滴，

范　增　（唱）　针针线线。

虞　姬　（唱）　我代霸王送亚父，

一叩一拜泪涟涟。

山高水长路途远，

保重身体福寿延。

它日楚营重相聚，

殷勤侍奉在膝前。

范　增　（唱）　莫怪我言语不敬多冲撞，

今方知霸王为何恋红妆。

你深爱项羽明事理，

把多少辛苦忧愁心底藏。

临行时恭敬下跪还一拜，

老范增将霸王郑重托付你肩上。

虞姑娘，范增告辞了……

虞　姬　虞姬代霸王送别老人家……

［虞姬三拜，范增三回首，二人难舍难分。

［幕内唱：

“凄凄复凄凄，

泪眼两迷离。

回首望云天，

惨惨夕阳西。”

［寒鸦聒噪，风声嘶鸣，一片萧索。

第四幕　访信别姬

［激越的琵琶独奏曲顿起，弹出惊心动魄的旋律；旋律中裹挟着千军万马厮杀的声音……声音渐远渐轻，代之以弥漫的箫声……

［垓下，“西楚霸王”的大纛孤独地悬挂着，纛旗下，楚军三三两两地卧立着，或吹箫，或哼鸣，士气一片低落。

［项羽军帐，项羽与虞姬在对坐饮酒。

项　羽　听，帐外是什么声音？

虞　姬　是楚军弟兄在唱楚歌。

项　羽　为何唱得如此凄凉？

虞　姬　是将士们思念家乡。

项　羽　难道楚军要败了?

虞　姬　不,楚军不会败,楚军永远无敌于天下。

项　羽　再拿酒来。

虞　姬　大王不能再喝了。

项　羽　好,不喝了。(立起身,踉跄了几步)怎么,霸王的腿也会发软吗?

虞　姬　是大王太累了,大王整整厮杀了七个昼夜,大王的画戟挑翻了上百员汉将。大王,你应该趁着间隙,歇息片刻。

项　羽　对,我应该歇息片刻。

［虞姬照料项羽躺下。

项　羽　虞,为霸王唱支曲。

虞　姬　(哄拍着他,哼唱)

力拔山兮气盖世,
渡江河兮挥雄师。
破强秦兮灭嬴政,
虞兮虞兮喜同车……

［项羽渐渐安静,虞姬久久凝视着他。

虞　姬　(唱)　见大王枕戈戟沉沉睡好,
虞美人在身旁泪水暗抛。
眼见得陷重围凶多吉少,
生和死聚与散就在朝朝。
恨无刑天力,
不能挽狂涛;
枉然爱英雄,
忧患亦徒劳。
偏红颜不甘空望旌旗倒,
又怎能酥手托起红日骄。(忽然传来一声马嘶)

啊，蓦然间心惊肉跳，

拼生死出走一遭。

大王啊，深深一拜虞去了，

此一去如上刀山下狼壕。

［虞姬拜别项羽毅然下，旋即传来一阵疾驰的马蹄声。

项　羽　（惊起）虞，虞，虞……

［项伯跑上。

项　伯　大王，不好了，虞美人骑上乌骓马，逃、逃走了！

项　羽　胡说！

项　伯　大王，虞美人真的逃走了呀！

项　羽　不，虞美人不会逃走，虞美人不会离开楚霸王。你下去吧。

项　伯　是，大王。（退下）

［钟离昧上。

钟离昧　大王，人马已清点完毕。

项　羽　还剩下多少？

钟离昧　骑将百员，步卒三千。

项　羽　好，还可以较量较量。

钟离昧　（压低声）大王，据末将探察，韩信只设了九面埋伏，他故意留了一条乌江之路。

项　羽　哦？韩信的意图是要逼我走这条逃亡之路，在诸侯面前羞辱我，然后屯兵于乌江口，一举消灭项羽。

钟离昧　大王只会从九面突围。

项　羽　钟离将军，你是了解我的。

钟离昧　大王，虞夫人真的会逃走吗？

项　羽　（搂着他，走到一侧）钟离，我有一事相托，望你万勿推辞。

钟离昧　赴汤蹈火，在所不辞。

项　羽　项羽平生所爱，一匹马，一位女子，我想请你带他们突围逃生。

钟离昧　大王？

项　羽　垓下之战，生死难测，项羽不忍连累他们。

钟离昧　可是我……

项　羽　我知道你也舍不得离开我，可这比我的性命更宝贵。钟离兄，拜托了！

钟离昧　大王……（转身掩泣）

项　羽　（故意嗔怪地）哎，怎么哭了，像什么话！

钟离昧　是，大王。（拭去泪）

项　羽　快去准备一下，待虞美人回来，马上就走。

［钟离昧下。楚歌声又起，项羽渐显不安。

项　羽　虞，兵荒马乱，你到哪里去了……

（唱）　夜色沉楚歌悲心烦时候，
项羽我面临着生死关头。
七昼夜苦鏖战精神抖擞，
却为何一刹那魂落魄丢？
虞啊虞，你不辞而别悄然走，
教我怎能不担忧。
战地处处伏凶险，
红尘时时涌暗流。
你单骑孤身何处往，
去向不明令人愁。
哎呀，愁、愁、愁，忧、忧、忧，
虞呀虞，你知否知否……

［优雅的古琴声，景转韩信军帐。韩信正纳头抚琴。

［虞姬戎装急上，一汉将随上。

汉将军 小将军，韩元帅有请。

虞　姬 多谢了。

［汉将下，虞姬从容地走入韩信军帐。

虞　姬 （落落大方地）将军临阵不惊，从容弹琴，真是大将风范，令人钦敬！

韩　信 （头不抬地）是哪一位，说话如此动听？

虞　姬 你抬头看！

韩　信 （抬头，故意大吃一惊地）啊呀，这不是虞夫人么？你看看，你看看，韩信竟失礼了！

虞　姬 昔日执戟郎，今日大元帅，韩将军可不比从前了！

韩　信 哪里，哪里，在虞美人面前，韩信永远是个兵，对了，是个兵！哈哈……来，虞夫人请上座。

虞　姬 多谢韩将军。

［二人坐定，一时无语。

韩　信 （打破沉默）敢问虞夫人屈尊造访，有何见教？

虞　姬 既蒙将军动问，我就直说了吧。韩将军！

（唱） 暴秦既亡天下定，
不意楚汉起纷争。
干戈无度百姓苦，
何不罢兵求太平。

韩　信 虞夫人深明大义，悲悯情怀，足令韩信由衷敬佩，只是……

虞　姬 将军但请明言。

韩　信 （唱） 我虽是三军元帅负重任，
却还是汉王手下一命臣。
如今是项刘两家争天下，
我只能忠心事主来将兵。

叹只叹当年楚营未得志，

才落得而今临阵两难人。

虞　姬　哦，莫非韩将军还怀有旧情？

韩　信　那是当然了。记得霸王放走韩信之时，虞夫人还当面嘱咐我一句话呢。

虞　姬　这句话你也记得？

韩　信　记得，记得，韩信得有今日，怎能忘记霸王的不杀之恩。

虞　姬　只怕你言不由衷吧？

韩　信　（深深一揖）虞夫人！

（唱）　我也是堂堂男儿热血性，

怎能不英雄爱英雄，

惺惺惜惺惺。

想当年追随项羽拼性命，

也曾经历尽箭雨与枪林。

无奈两相少缘分，

抱憾投奔汉家营。

虞夫人啊，莫以为我时过境迁尚怀恨，

须知我敬仰霸王如敬神。

更念你忠烈胆、侠义心，

生死恋、儿女情，

天生丽质与聪敏，

我是常叹身边少知音。

罢、罢、罢，韩信垓下全大义，

一半为旧主，

一半为佳人。

虞　姬　此话何意？

韩　信　（展示地图）虞夫人请看！

（唱）这里是十面埋伏阵，
九面布兵一面是空营，
恳请霸王向东走，
韩信亲自去送行。

只要楚军向东，便可走出重围，到达乌江；渡过乌江，便回到了江东；而江东乃是楚军后方，只要隔江而治，天下从此太平！

虞　姬　多谢韩将军！（惊喜一揖，转身欲走）

韩　信　等等！

虞　姬　（急止步）将军还有何事？

韩　信　（犹豫着，终于恢复镇定）夫人多加珍重！

虞　姬　（一笑）告辞！（急下）

［马蹄声起，韩信紧追几步，旋又站定叹息。

韩　信　可惜！

［景转垓下项羽军帐。项羽正全副武装与项伯下棋。

项　伯　（心神不宁地）大工，虞姑娘怎么还没有消息呢？（见项羽心在棋上）大王，十之八九虞姑娘是投别处去了，要不她何必带走乌骓马呢？（见项羽仍不搭理他）大王，你怎么一句话也不回答我呢？不管怎么说，我项伯论起辈分来也是你霸王的叔叔，我的话你怎么从来就听不进去呢？

项　羽　（头未抬地）你让我想起范增！

项　伯　是是是，项伯不敢，不敢……咦，大王怎么赢了？（敏感地）大王，你听！

［细碎的马蹄声由远而近……

项　羽　（兴奋地）虞！虞！

［虞姬冲上。

虞　姬　大王！

项　羽　虞！

［项羽展开双臂接住扑过来的虞姬，二人久久凝望，悲喜交加。

［幕内唱：

“流泪眼看流泪眼，

好似分别一千年。”

［项伯悄然溜下。

虞　姬　（忽然紧迫地）大王，快，快突围吧，我们从乌江回江东去！

项　羽　（意外地）虞，你何出此言？

虞　姬　大王不必多问，快走吧！

项　羽　（托住她的下巴，温和地）虞，实话告诉我，你到哪里去了？

虞　姬　大王一定要问吗？

项　羽　（点头）要问。

虞　姬　（推开项羽，先自跪下，好似做错了事）大王，你不责骂我好吗？

项　羽　好，我不责骂你。

虞　姬　（欲言又止）大王，我要是说出来，你会讨厌我吗？

项　羽　（异样地）为什么？

虞　姬　因为……因为我做了一件大王最不喜欢的事情。

项　羽　（有些紧张地）你到底做了什么？

虞　姬　我去了一趟汉营。

项　羽　你？去了汉营？

虞　姬　拜访了韩信。

项　羽　拜访……韩信？

虞　姬　是，大王，韩将军要我转告你，他为大王留了一条生路，他让大王——

项　羽　（突然高声地）不要说了！

虞　姬　（委屈地）大王，我可是为了楚军、为了百姓、为了大王你——

项　羽　不——要——说——了！（痛苦地扭过头去）

虞　姬　大王不要这样，虞美人对你可是忠心耿耿，玉洁冰清，大王你千万千万要相信我呀！（跪求他）

项　羽　（忽地转过身，痛不欲生地）我的美人儿，你在说些什么！

（唱）　是爱怜是悲愤是屈辱是伤心，
虞呀，你教我打不能来骂不能！
忆当年嬴秦暴政天下愤，
项氏东吴起义军。
江南壮士齐归附，
募集八千子弟兵。
同生死，共命运，过乌江，抗秦军，
入咸阳，灭嬴政，斗汉王，战韩信，
冲锋陷阵共八载，
浴血同心到如今！
如今是啊，十人兄弟去八九，
往日亲随尽凋零。
教我何颜江东去，
何颜面对众乡亲？
那韩信分明设下的胯下路，
霸王我岂能偃旗息鼓，低声下气，
摧眉折腰，感恩戴德，狼狈逃逸；
把一世英名付流水，
落得个怕死贪生！

虞　姬　（唱）　听大王一番话如同雷震，
我不该走单骑私访汉营。

大王慷慨对成败，
虞姬岂独畏死生。
事到如今唯悔恨，
悔恨交织泪淋淋。

大王，是我错了，我不该瞒着大王私自出营。可是，我爱大王，我不愿意看到堂堂的西楚霸王，败在一群他最看不起的流氓手下！所以，我才悄悄地去了。我原想以自己的勇敢来换得大王的无敌，可是我想错了，大王是无所畏惧的。大王，你责骂我吧，责骂我这个自作聪明的女人。大王……（匍匐在地，泣不成声）

项　羽　（挽起她，万分爱怜地）不，霸王不责怪你，霸王不责怪一个把他当作神明的女子！

（唱）　原谅我无遮无拦火样性，
我这里一往情深对佳人。
多少年戎马跟随无怨悔，
你是我世间唯一最亲的人。
我今垓下被围困，
生死不测怎放心。
有心送你出战阵，
虞啊虞，
天荒地老不忘你女儿深情！

［钟离昧牵乌骓马上。

项　羽　钟离昧，速带乌骓马和虞美人，突围逃生。

钟离昧　虞夫人，走吧。

虞　姬　不，我死也跟定大王！（冲过去死死抱住项羽）

项　羽　（决断地）快走！

［虞姬忽然平静地立起，卸除戎装，露出红裙。

项　羽　(不解地)虞……

虞　姬　(望着他,万种温柔地)大王,我答应你,我走。我不能连累大王,可是我要大王再多看我一眼。

项　羽　(深情地凝视她)虞……

虞　姬　大王,你看虞美人的头上已经有几丝白发了。

项　羽　(吃惊地)啊?

虞　姬　虞美人的白发可都是为大王生的。

项　羽　虞,我对不起你!

虞　姬　不,大王,虞美人无怨无悔!

项　羽　(动情地抱紧她)美人!

虞　姬　哦,大王的怀抱真好,虞美人真想倒在大王的怀抱中死去……

项　羽　(敏感地)虞,你在发抖?

虞　姬　大王,再给我一把火吧。

项　羽　火!

[火光应声漫延开,霎时火红一片。虞姬从项羽怀抱中挣脱,轻盈舞蹈……楚军将士纷纷走上,目视着虞姬。

虞　姬　(唱)　君似骄阳出东水,
妾如火鸟向日飞。
羽翼焚烧终不悔,
唯愿融进万丈晖。

[蓦地,虞姬抽出项羽佩剑,毅然自刎。项羽猝不及防,痛苦惨叫。

项　羽　虞,虞,虞呀……

[虞姬惨笑着,渐渐垂下头颅。乌骓马声声哀鸣着。

项　羽　(唱)　力拔山兮气盖世,
时不利兮骓不逝。

骓不逝兮可奈何，

虞兮虞兮奈若何！

［项羽解下披风包裹虞姬，楚将护送虞姬遗体，投入大火。火焰蒸腾中虞姬化为一片猩红，飞上夜空。

项　羽　（久久沉默，迸出号令）突围！

众楚军　突围！

［低沉的号角，压抑的鼓声，楚军将士跟随项羽沉默疾行。

［军鼓声渐化为浪涛声……

第五幕　乌江悲歌

［乌江一派，烟雨茫茫。岸堤上，一老叟背身垂钓。

［幕内，项羽一声力吼："走！"项羽冠脱发散，英气勃勃，率部疾上。

钟离昧　大王，看！

项　羽　前面到了什么地方？

钟离昧　好像是乌江。

项　羽　（大惊失色）啊，乌江！

钟离昧　大王，韩信用兵果然诡秘，突来突去还是被他逼上了这条路！

项　羽　（微闭双目，略事喘息）还有多少人马？

钟离昧　只剩二十八骑。

项　羽　好，还可以冲杀一回！

钟离昧　对，杀回去，杀一个够本，杀两个是赚！

项　羽　（猛吸一口气）杀！

[岸堤上垂钓老叟忽然转过身来，哈哈大笑，是范增。

项　羽　亚父，你还活着？

范　增　我当然活着！霸王天下一日不定，范增这口气一日不咽。怎么样，想不到吧？哈哈……可恨韩信小儿，以为把你逼上乌江，便必死无疑。谁知我弄了一条小船，早就人不知鬼不觉地等在这里。霸王，来，把手伸给亚父，咱们回江东去。有朝一日，东山再起！（见项羽背转身）你看，又要小孩子脾气了，难道你真的不想做霸王了？

项　羽　不，项羽永远是霸王！

范　增　坏脾气！宁死不改的坏脾气！（咳喘着，情绪异常激动）项羽，我再问你一句话，你到底过不过江？

项　羽　（一扬头）不！

范　增　你！（想打他，又缩回手，转而指点钟离昧等）你们都愣着干什么？你们若是爱他，就应该去劝他，劝他过江！

钟离昧　（为难地）亚父，我们……

范　增　（灵机一动）对了，你们可以先死，死给他看嘛！对，你们死！

[钟离昧似有所悟，示意二十八骑向项羽进逼。

钟离昧　大王，亚父说得有理，只要大王还在，就能重振旗鼓呀！

众骑将　大王，走吧！

项　羽　（向后退着，不无恐惧）不，钟离兄，你们不要逼我……

钟离昧　大王，走吧，钟离昧等愿以死相劝！

[钟离昧自裁倒地。

项　羽　（大叫）钟离！

众骑将　大王，走吧！

[二十八骑自裁，迭次倒地……

项　羽　（痛苦万状地）不，不，不——

［一片死尸，横倒竖躺，乌骓马忽然一声高嘶，向远处冲去……

范　增　看，乌骓马也跳江自尽了！

项　羽　乌骓！

［项羽痛苦地蹲下身，双手抱紧头颅。

［范增忽然预感生命将尽，垂死地靠近项羽。

范　增　霸王，走吧……（见项羽毫无反应，奇迹般地大吼一声）霸王，走吧！

项　羽　（立起身，用力迸出）不！

［范增猛一抖动，撒手而毙。

项　羽　亚父！亚父！亚……

［流水滔滔，声势浩大。项羽冲动地奔上堤坡。

项　羽　（唱）　滔滔一派东逝水，
滚滚向前头不回。
英雄争霸何言败，
头颅未断安可归！

［一杆“西楚霸王”大纛神奇地直立起来。

项　羽　（接唱）望纛旗，思将尉，
如见大军挟惊雷。
旧部纷纷化雄鬼，
只待重把霸王随。

［传来乌骓马的嘶鸣声……

“啊！忽然间，心欲碎，
霸王泪，点点垂。
项羽一生何所慰，
除却虞姬是乌骓。
我岂能抛撇双美孑然归，

留下这苍茫心头一片悲。
就让我重回他们怀抱中——
携拥美人，驰骋骏马，
挥舞长戟，统带三军，
豪歌壮舞，奋勇无畏——
哈哈！
英雄生涯谁似我，
头颅不断气不亏！”

［韩信率兵无声压上，项羽缓缓回身，镇定如常。

［项伯挟在汉军中，欲避不能。

项　羽　那不是我的叔叔项伯吗？听说你现在改了姓，叫刘伯，是吗？

项　伯　（不敢正视地）大王，我……

项　羽　既然汉王重金买项羽人头，这个人情，我何不送给你呢？来，拿了去！

项　伯　不，项伯不敢，刘伯不敢……

项　羽　（挑衅地）还有谁，来嘛！

［韩信示意，汉军整齐后退。

项　羽　（拾起剑，不无寂寞地）唉，如此看来，敢取项羽人头的，只有一个人了。

韩　信　谁？

项　羽　（大喝）西楚霸王！

［项羽横剑自刎，尸身久立不倒。

［项伯跪下，韩信跪下，汉军跪倒一片。

众汉军　霸王！

［项羽的幕外独白：“某自起兵，历时八岁。所击者破，所当者摧。七十余战，未曾败北，天亡我楚，非战之罪！哈

哈……”笑声旷时持久……

[幕内伴唱,深情地:

“一见你威猛,
我就冲动;
一见你沉默,
我就心痛。
你就是我心中的神明呀,
让我融化在你的狂热中……”

[蓦地,疾驰的马蹄声由远及近,虞姬手执马鞭飘然而至。范增,钟离昧及倒地的楚军将士亦纷纷起立,重新聚拢于项羽周围。

[项羽一脸快意,高蹈轻扬……全体组合成一只飞翔的金色大鹏。

[红日升腾,一片辉煌。

[幕内合唱:

“乌骓乌骓,无羁无辔;
乌骓乌骓,驭者为谁;
乌骓乌骓,纵山越水;
乌骓乌骓,任我驰飞……”

[大幕在辉煌诗化的场面上缓缓落下。

淮剧

武训先生

人　物　武　训　小名武七，行乞兴学者

梨　花　爱恋武训之村妇

了　证　僧人，武训终身之好友

张老辫　地主，武训之姨父

卫驼子　屠夫，梨花之丈夫

管　家　张老辫之管家

张老辫家的帮工，集市上的村民和观者，义学开馆参加庆典的乡绅，学童，梨花的儿子孙子等

时　间　清咸丰至光绪年(1858 年—1896 年间)

地　点　山东堂邑(今冠县)一带

序　幕

[一望无际的平原，一条蜿蜒的村路。武训沿途乞讨，踽踽行来。

[两名学童背着书包雀跃上。武训站在路边为学童让路。学童不小心撞到武训，一本线装书《三字经》从武训怀中掉落。一学童捡起来还给他。另一学童将武训拿倒了的书倒过来，武训感激作揖。两学童彬彬有礼下。

[武训忽有所闻，屏声息气，四顾寻找。传来学童吟诵《三字经》的声音，声音渐近渐强，俄顷如大江涌潮，充盈天地。

[童声吟诵："人之初，性本善。性相近，习相远。苟不教，性乃迁。教之道，贵以专。昔孟母，择邻处。子不学，断机杼。窦燕山，有义方。教五子，名俱扬。养不教，父之过。教不严，师之惰……"

第一场

[春天，僻静的乡村，一轮太阳升起，几树梨花正开。

［字幕：清咸丰八年，即公元1858年，是年武训20岁。

［少年和尚了证双手合十跑上，眺望四周，向内招手。

了　证　阿弥陀佛！

（念）　小和尚，闲操心，
大清早，出庙门。
来到村头梨树下，
帮助友人牵红绳。

［青年武训、梨花分别上。

武　训　（憨憨地）行不改名，坐不改姓，小名武七，大名武训。17岁来到姨父张老辫家帮工，辛苦三载，今年二十挂零。说实话，旁的不想，只想一样，你说什么，成家立业，娶妻生子？对了，你懂的。（咧嘴一笑）

梨　花　（朗朗地）梨花树下，来了梨花，这个武七，还真心花。其实啦，都在一个屋檐底下讨生活，他做帮工，我做女佣，抬头不见低头见，有什么话不好当面讲。对了，装，他装我也装，大家一起装。（抿嘴一笑）

武　训　（东张西望着）梨花……

梨　花　哪个喊我梨花？

武　训　（故意望着树上）有的梨花白，有的梨花红，有的梨花黄……

梨　花　不是喊我呀？好吧。（故意驱赶树上鸟雀）呜起——

武　训　哪个喊我武七？

梨　花　什么武七武八，我在撵树上乌鸦，呜起——

武　训　我晓得，你不是撵树上乌鸦。

梨　花　我也晓得，你不是望树上梨花。

武　训　一个东家做工，三年了，你从来不跟我搭腔。

梨　花　我没跟你搭腔，你也没跟我搭腔。

武　训　嘴上没跟你搭腔，手上没少帮你做事。

梨　花　这个我晓得，脏事重事你都偷偷帮我做，我又不是瞎子。

武　训　你也是的，背地里帮我洗洗涮涮，补补连连，还当我不晓得。

梨　花　我晓得你晓得，我看见你眉毛动来动去的，那个就叫眉来吧。

武　训　我也晓得你晓得，我也看见你眼睛珠子翻上翻下的，那个就叫眼去吧。

梨　花　你咒我死人翻白眼。

武　训　我没咒。

梨　花　你咒了，看我不收拾你！（追）

武　训　冤枉，冤枉啊！（逃）

了　证　（挡在二人中间）二位有话好好讲，好好讲。

梨　花　我说了证小和尚，你一大早把我喊出来，说有人有话跟我讲，莫非就是要讲这种倒头话么？

了　证　梨花，你听我讲嘛。

（唱）　叫声梨花莫气愤，
听我了证说分明。
大家同在庄上住，
你来我往有交情。
你们二人心中事，
都曾诉与了证听。
今日了证来撮合，
莫要辜负好心人。

我说武七，今天是你要我把梨花喊出来的，你先开口吧。

武　训　我……

梨　花　你看你看，还是吞吞吐吐。

（唱）　　了证了证做媒证，

武七武七把话云。

过往神仙睁开眼，

替我梨花听分明。

武　训　好吧，我讲。

（唱）　　人在说话天在听，

梨花梨花听我云。

你我相识三年整，

虽无一言肚里明。

妹妹年已十八春，

梨　花　（唱）　　哥哥二十正挂零。

武　训　（唱）　　我想辞工回家转，

梨　花　（唱）　　我也不想伺候人。

武　训　（唱）　　我想盖上几间房，

梨　花　（唱）　　我想嫁上一个人。

武　训　（唱）　　盖房盖的是新婚房，

梨　花　（唱）　　嫁人嫁的是勤快人。

武　训　（唱）　　老老实实，

梨　花　（唱）　　本本分分；

武　训　（唱）　　勤勤恳恳，

梨　花　（唱）　　太太平平；

武　训　（唱）　　和和顺顺，

梨　花　（唱）　　安安宁宁；

武　训　（唱）　　快快活活，

梨　花　（唱）　　开开心心；

武训梨花　（合唱）　早日结成小夫妻，

恩恩爱爱过一生。

武　训　我没读过一天书，我不认得一个字，你不会嫌弃我吧？

梨　花　我也没读过书，我也不认得字，你我正好一对睁眼瞎。

武　训　假如我们成了家，假如日后有了儿女，一定要供他们读书。

梨　花　再苦再穷，也要教儿女读书。

武　训　讨饭行乞，也要教儿女识字。

梨　花　你的话都说到我心里去了。

武　训　你的话也说到我心里去了。

梨　花　武七哥哥，你真好！

武　训　梨花妹妹，你真俏！

［武训、梨花相视而笑，一笑不可收拾。

了　证　（亦喜悦地）阿弥陀佛！

武　训　（不由自主地牵起梨花的手）梨花妹妹，我来问你，我在姨父张老辫家的三年工期已满，我想结算工钱，回家种田，你愿意跟我一起回家么？

梨　花　愿意。

武　训　真的？

梨　花　真的。

武　训　梨花，做我老婆吧，我会对你好。

梨　花　好一时，还是好一世？

武　训　好一时。

梨　花　啊？

武　训　也好一世。假如有来世，还要对你好。

梨　花　赌咒。

武　训　赌咒。

梨　花　发誓。

武　训　发誓——我若欺负梨花，一辈子打光棍，断子绝孙！

梨　花　你打光棍，我怎么办？不是讨饭行乞，就是断子绝孙，尽说这些晦气话，替我打嘴！

武　训　打嘴！

梨　花　再打！

武　训　再打！

梨　花　（拦住他，心疼地）你还真打，不怕疼呀。

武　训　嘻嘻，看你心疼不心疼。

梨　花　你坏！（又打）

武　训　嘻嘻……（再逃）

了　证　武七哥哥，梨花姐姐，你们真是天生一对。

武　训　了证兄弟，快快背上你家嫂嫂，回庄去也！

了　证　嗯哪！叔叔背嫂嫂，一路加小跑。

［了证驮着梨花跑下，武训追赶着下，留下一串青春笑语。

［梨树后，张老辫与管家鬼鬼祟祟闪上，不怀好意地交头接耳着。

［幕内唱："同工三长载，
三载未开言。
可怜青春梦，
匆匆化灰烟。"

第二场

［当日晌午。张老辫家客堂。张老辫与管家由内而外神秘兮兮地上。

张老辫　管家。

管　家　老爷。

张老辫　太太送走了？

管　家　送走了。

张老辫　嘻嘻嘻，送走了好，送她到闺女家住几天，眼不见心不烦。

管　家　老爷讲得对，毕竟是亲姨妈和亲外甥嘛，老爷不便当面做手脚。

张老辫　说得对。嗳，管家，那个在集市上杀猪的驼子姓什么来着？

管　家　姓卫，卫驼子。

张老辫　对，卫驼子。他来了么？

管　家　来了，买人的票子跟绑人的绳子一块带来了。

张老辫　武七的合约，梨花的文契，也都准备好了么？

管　家　准备好了，老爷放心。

［卫驼子上。

卫驼子　见过张老爷。

张老辫　卫掌柜的艳福不浅，这个梨花可是黄花闺女。

卫驼子　多谢张老爷。

张老辫　叫武七、梨花。

管　家　武七，梨花！

［武训、梨花内应："来啦！"武训、梨花身背包裹手挽着手兴冲冲上。

张老辫　武七、梨花，你们身背包裹，手挽着手，这是要做什么？

武　训　姨父大人在上，外甥武七，手挽梨花，辞工回家。

梨　花　是的，张家老爷，我要跟随武七回家。

张老辫　我明白了，原来你们二人在我庄上偷偷摸摸，私订了终身。

武　训　这个叫前世缘分。

梨　花　这个叫福报今生。

张老辫　呵呵呵，前世缘分，福报今生，我要恭喜你们好事成双。

武　训　多谢姨父。

梨　花　多谢老爷。

张老辫　武七、梨花，看你们急急乎乎的样子，好像今日就要走？

武　训　算清工钱，马上就走。

梨　花　拿回田契，即刻双飞。

张老辫　一个要算工钱，一个要拿田契，管家，把他们要的东西拿给他们。

管　家　（早已有备）这是武七的合约，这是梨花的文契，你们可要看仔细了。

武　训　（拿着合约发愣）我没念过书，看不懂。

梨　花　（捧着文契发呆）我不认得字，不明白。

张老辫　看不懂，不明白，那就请管家念给你们听。

管　家　武七先听好。（念）"东家张老辫，帮工武训，既为亲戚，亦为主仆，公平相待，订立合约。双方议定帮工三年，每年工钱十六吊，年中年尾，随时支取，三年期满，总共铜钱四十八吊。"武七，这上头写得不错吧？

武　训　不错，请姨父结账吧。

张老辫　还结什么账，你的账不是结清了么？

武　训　结清了？我可是一文铜钱没支过！

张老辫　一文铜钱没支过？笑话，合约上的手印是不是你按的？

武　训　是我按的，那是姨父你说一年没有支工钱，一年按上一个手印，外甥我三年没有支工钱，一共按了三次，对不对？

张老辫　不对，合约上明明写着支取一年，按上一次，你总共支了三回，每回支取十六吊钱，三年四十八吊钱都被你支取光了。这字据，这手印，明明白白写着，难不成你想讹亲姨父么？

武　训　你让我看看……（捧着合约，拼命地看，却把合约拿倒了）

管　家　（替他倒过来）目不识丁，看什么看？

武　训　姨父，你这是欺负我没念过书，欺负我不认得字。

张老辫　不错，姨父我是欺负你了。可谁让你没念过书，不认得字呢？

武　训　姨父，亲姨父，你未免太狠毒了！

（唱）　武七我三年庄上卖性命，
三年帮工受苦辛。
三年里一天没回过家，
三年里没支过钱一文。
一天天一月月一季季一年年，
做了活流了汗出了力尽了心，
到头来你设下圈套挖了陷阱，
欺负武七目不识丁不能断文，
坑蒙外甥受骗上当按下手印，
三年劳碌血汗工钱被你独吞，
你呀你，枉称武七的亲姨父，
你呀你，还有脸叫我亲外甥，
我把你心肠有一比，
你比毒蝎还毒十分。

姨妈在哪里，我找姨妈评理！

张老辫　你姨妈到你表姐家去了。

管　家　武七，你姨妈她也不识字，恐怕帮不了你。

武　训　我到县衙门去告状。

张老辫　告状，呵呵呵，合约上白纸黑字，按着手印，就是铁证，你就是告到金銮殿上也无用。

武　训　姨父，我还有一句话问你。

张老辫　问吧，自家亲戚，不必客气。

武　训　三年之前，我因何来到你家？

张老辫　因你在邻庄王举人家帮了一年工，被王举人黑了工钱。

武　训　那王举人如何黑了我的工钱？

张老辫　王举人做假账，说你回家探望母亲，支走了工钱。

武　训　王举人黑了我的工钱，我才不相信外人，来到亲戚家里帮工。想不到三年前王举人造假账坑我，三年后亲姨父又造假账坑我，你们这些识字的富人，为何要欺负我们这些不识字的穷人？今天，我一定要拿回我的工钱，我要拿回我的四十八吊钱。

张老辫　四十八吊钱，除非再签三年合约。

武　训　我就是行乞讨饭，也不在你家帮工。

张老辫　那就请便，来呀，请他出去。

武　训　不，我要我的工钱。（扭住他不放）

张老辫　管家，招呼帮工，给我打他！

［管家招呼几个青壮帮工上，围殴武训。

梨　花　住手，你们不能这样欺负人！（护着武训，为他擦拭脸上鲜血）武七哥哥，好汉不吃眼前亏，你的工钱拿不到，还有我的几亩田，只要我们辛勤耕种，照样丰衣足食，照样生儿育女，照样活得好好的。（对张老辫）拿来！

张老辫　什么？

梨　花　田契。想我梨花，幼年丧母，五岁之上跟随经商的父亲途经此地，不料爹爹偶染痢疾，一病数月，病愈之后，为赶行期，爹爹把我寄养在你这个朋友张老辫的家里。爹爹担心我受苦，花了二十两银子买了五亩肥田，并把这五亩肥田反租给你，收取薄租，当作我的寄养费用。想不到爹爹一走就是十三年。十三年来，我从一个寄养的小姐变成了你家的佣人，今天我要把我爹爹寄放在你手上的田契拿走，跟我的武七哥哥过生活。

张老辫 对不起，田契没有，卖身契倒有一张。

梨　花 卖身契，你说什么，我爹爹他把我卖给你了？

张老辫 是的，你爹爹把你卖给了我，你爹爹从我这里拿走二十两银子，亲笔在文契上写道，十八岁前做丫鬟抵饭钱，十八岁后听由买卖，值回二十两银子。你若不信，让管家念给你听。

梨　花 我不要听，不要听，肯定又是你们做了手脚，我只怨爹爹为何还不回来，为何把亲闺女寄养在这样的人家，还说是朋友，明明是人贩子。我爹爹他绝不会卖女儿。（泣不成声）

管　家 我可以作证，梨花爹爹交给老爷的的确是卖身契。

梨　花 （捂着耳朵）我不相信，不相信！骗子，强盗！

（唱）　我骂一声狼心狗肺的张老辫，
你昧了良心欺了天。
你在那合约上头记假账，
私吞了武七哥哥血汗钱。
又弄出这卖身文契来坑我，
满口的胡话与谎言。
你假仁假义装良善，
你害人害己积罪愆。
你欺穷欺弱欺贫贱，
你无情无义造沉冤。
可怜我小小年岁做帮佣，
白白辛苦十三年。
到头来还要被你来典卖，
生生地拆散我与武七哥哥好姻缘。

从今后我要日里咒夜里骂，
没日没夜日日夜夜诅咒你诅咒你诅咒你，
诅咒你行路路塌过桥桥断盖房房倒造楼楼垮，
一生一世不得安生不得太平不得好死你就是死了也尸首不全。

张老辫 卫掌柜的，这个梨花你还买不买？

卫驼子 泼辣女人帮夫命，我买，我买。

张老辫 好吧，一手交钱，一手交货。

卫驼子 （交银票）银票拿好了。

张老辫 把人带走吧。

卫驼子 梨花姑娘，跟我走吧。

梨　花 你是谁？

卫驼子 我是在杨二庄集市杀猪卖肉的卫驼子，从今以后你就是我的老婆了。

梨　花 啐，我不认识你，不会跟你走。

卫驼子 那我就动粗了。（解绳子绑人）

梨　花 武七哥哥，快救我！

武　训 （护着她）张老辫，不，姨父，亲姨父，你坑了我三年工钱，我认了；你骗了梨花的田契，我也劝她争不过你不要争了；这些我们都认命了，认命了！如今，只求你念在亲戚份上，念在外甥为你白白做了三年、梨花为你白白做了十三年帮佣的份上，不要把梨花卖给人家，武七跟梨花情愿还在你的庄上做活，一个铜板都不要，只求你不要把我们分开。梨花，跪下来给姨父叩头，求求他成全我们，你快跪下叩头呀！

梨　花 我不跪他，我恨他！

张老辫 卫驼子，赶快绑人走！

梨　花　我不走！（紧紧抱住武训）

卫驼子　（对武训）你放开她。

武　训　我不放她。

卫驼子　她是我的人。

武　训　她是我的命。

卫驼子　你若不放，剁你的手。

武　训　剁我的手，我也不放。

卫驼子　（腰间抽出杀猪刀）张老爷，我剁了？

张老辫　剁，剁出事情我担着。

卫驼子　剁猪蹄剁羊蹄剁牛蹄，还是头一回剁人蹄——（举刀）

梨　花　住手！你这个挨千刀的屠夫，我跟你走！（顺手一个耳光）

卫驼子　（并不愠怒）梨花，你讲的是真话？

梨　花　真话，我跟你走，你让我再跟武七哥哥讲几句话。

卫驼子　好，讲吧。

张老辫　卫驼子，把人带走！

卫驼子　张家老爷，畜生临死还哼哼几声呢，让他们讲几句话又何妨。

武　训　梨花，你真的要跟他去吗？我不要你跟他去，我不放你跟他去！

梨　花　武七哥哥，我们都不要犟了，犟也犟不过人家，谁让我们从小没念过书，不认得字呢，我们从一开始就输给了人家，一开始就注定了受骗上当。

武　训　只怪我们穷，上不起学，念不起书。

梨　花　（捧出一个包裹，层层解开）这是我爹爹临走留给我的，爹爹说这书名叫《三字经》，爹爹曾经教会我几句。“人之初，性本善。性相近，习相远……”爹爹说等他回来好好教我，可他至今没回来，恐怕梨花这辈子念不了书了。这本《三字经》，我就送给武七哥哥你吧。

武　训　我不要，我请不起先生教我认字。

梨　花　你不是说，假如日后有了儿女，讨饭行乞也要让他们读书吗，怎么忘了？

武　训　我没有忘，我忘不了，可是我跟哪个生儿育女呀。

梨　花　那我不知道，也管不了，反正我梨花这辈子是你武七哥哥的，人不是，心是，一辈子……

武　训　（痛不欲生）梨花……

［梨花把《三字经》郑重交给武训，二人无言对拜。

［幕内唱：“一拜二拜连三拜，

三拜在地起不来。

妹妹今日嫁人去，

哥哥千万莫伤怀。”

［卫驼子扛起梨花，大步流星下。武训目送梨花远去，气绝倒地。

管　家　哎呀，死过去了。

张老辫　连人带包裹甩出去。

［青壮帮工抬起武训下。张老辫、管家相视而笑。

第三场

［字幕：三日后。

［了证上。

了　证　（唱）　想不到村头一场梨园会，

竟落得无情棒打鸳鸯飞。

风雨飘摇破庙内，

一灯如豆四方悲。

［破庙内，夜，武训昏迷中，了证悉心照料他。

［武训霍然坐起，怪目圆睁，他的主观视觉中张老辫装扮判官、管家与卫驼子装扮黑白无常、帮工们装扮众小鬼，挟持着双手被缚、白布蒙面的梨花，如一副乡村戏班子吹吹打打地上。

武　训　判官老爷，不，你是张老辫……黑白无常，不，你是张老辫的管家，你是卖肉的卫驼子……还有你们，一群装成小鬼的帮工……你们这是要把梨花带到哪里去？你们放下她，放下她。

张老辫　不得无礼，判官在此。

武　训　（揭掉他的面具）你不是判官，你是张老辫。

管　家　黑无常在此。

卫驼子　白无常在此。

武　训　（打掉他们的帽子）什么黑白无常，明明是恶管家、卫驼子。

众帮工　小鬼在此！

武　训　（举起铜勺挥打他们）你们不要狗仗人势，龇牙咧嘴，你们都是张老辫的帮凶。

［武训掀起梨花的白盖头，梨花露出一张白惨惨的脸。

武　训　啊，梨花，你怎么变成这样？（见梨花对他惨笑，毛骨悚然）梨花，你不要这样望着我，不要这样对着我笑。不要！我知道，他们是要把你带下地狱，好让你我今生今世永不相见。

［张老辫指使“小鬼们”带走梨花，武训拦住去路。

武　训　你们把我的梨花留下，把她留下！

张老辫 小鬼们，与我打！

［武训与“群鬼”打斗，争夺梨花，交手中《三字经》从怀里掉落。梨花捡起《三字经》还给武训，手指指书，手指指心，喃喃有词。武训手捧书本惊愣着，倏忽间人与“鬼”俱已不见。

武　训 （恍然惊醒，茫然若失）梨花，梨花……

了　证 （亦被惊醒）武七醒了，嗳，你为何手捧书本，满头大汗？

武　训 了证兄弟，我这是在哪里呀？我好像刚刚去了一趟阴曹地府，刚刚还看见了梨花。

了　证 你在说什么胡话？

武　训 了证，你告诉我，我是不是在张老辫家的客堂上，被他气死过去了？

了　证 是的，张老辫欺负你和梨花不识字，骗了你的工钱，骗了梨花的良田，又把梨花卖给了杀猪的卫驼子，你一气之下昏死过去，是我把你背到了这个没有香火的破庙里。你已经昏迷了三天三夜。

武　训 我昏迷了三天三夜……可我好像一直醒着，一直在想什么。

了　证 你在想什么？想梨花么？可梨花已经不是你的人了。

武　训 我想梨花，也想梨花分手时跟我讲的话。梨花把她的《三字经》送给我，要我日后有了儿女，一定要供他们读书。如今梨花走了，我也不想成家，不会有儿女了。我想做一个不出家也不成家的人。

了　证 不出家也不成家？

武　训 一个无拘无束无牵无挂的人。

了　证 无拘无束无牵无挂？

武　训 我想讨饭行乞，积攒钱财，兴办义学，我想让周围百里跟我和梨花一样从小读不起书的孩子，识文断字，知书明理，不再受张老辫、王举人他们的欺。

了　证　凭你一人讨饭得来的钱，就能兴办义学？

武　训　能，能，了证兄弟，你听我讲。

（唱）　与其帮工受人欺，
不如讨饭随自己。
武训生在武家庄，
叔伯兄弟排第七。
自幼家道已中落，
八岁时候死了爹。
每到饥荒断粮炊，
九岁跟娘去行乞。
手上一个讨饭碗，
身上一件百衲衣。
讨来残羹与剩饭，
一顿饱来一顿饥。
十三岁学种地，
能耕能割能耙犁。
无奈家中土地少，
十六出门卖苦力。
先是遇到王举人，
黑我工钱把我欺。
再遇姨父张老辫，
骗我钱夺我爱险些气得我命归西。
昏昏沉沉三日夜，
恍然悟出一道理。
我愿穷人能识字，
不再受那富人欺。

从此甘心做乞丐，

一勺羹，

一文钱，

一缕麻，

一根线，

一片布，

一块皮，

一汤一饭，

一分一厘，

聚少成多，

盖房置地。

总有一日，

扬眉吐气。

办成义学，

造福乡里。

想到此，千辛万苦都愿意，

乞讨终身志不移。

了　证　行乞兴学，千古奇丐。武七，了证我听了你的一番话，好像也悟出了一点道理。

武　训　你悟出了什么道理？

了　证　（唱）　你发愿乞讨兴建义学院，

我也想立志苦行去化缘。

了证我少小出家百佛堂，

见堂上佛像破残多不全。

我思忖托钵苦行去募捐，

走大千芒鞋孤旅求善钱。

修复好百尊佛像遂心愿，

纵然是耗费年华无怨言。
从此后一丐一僧江湖远，
怀夙愿行乞化缘心相连。

武　训　你要化缘修整佛像？

了　证　我要化缘修整佛像。

武　训　凭你一个人化缘得来的钱，就能把百佛堂修好？

了　证　你若能，我便能。

武　训　我若能，你便能？

了　证　正是。义丐在上，了证和尚就此别过。

武　训　义僧了证，一路之上，多多保重。

［武训与了证深深拜别。

［幕内唱："一拜二拜又三拜，
三拜过后各分开。
一僧一丐江湖上，
苦海作舟渡蓬莱。"

第四场

［字幕：数月后。

［乡村集市，熙熙攘攘。张老辫、管家上，几个青壮帮工随上。

张老辫　（唱）　可恼可恼真可恼，
老婆归家兴波涛。
不吃不喝不睡觉，
终日吵闹哭嚎啕。

怨我坑骗亲外甥，

骂我为人太奸刁。

要我把他找回去，

否则上吊在今朝。

无可奈何装个孬，

柳林集市走一遭。

管家，听说武七做了要饭花子，每逢柳林集市，必来此地卖艺行乞。怎么今天没看见他？

管　家　老爷不妨先到对面小酒馆坐坐，让帮工们在此候着。一旦看见武七过来，马上报告老爷不迟。

张老辫　也罢，小酒馆去者。

［管家吩咐帮工留守，自己陪着张老辫下。

武　训　（内唱）　太阳出来把路上——

［艳阳炫目，集市喧嚷，武训身着丐装，手持铜勺，一路高蹈轻飏上。

武　训　（接唱）　但只见集市之上，

人来人往；

男男女女，

熙熙攘攘；

老老少少，

好不繁忙；

且看我身穿着百衲装，

裢褡子挎肩膀；

手持着破铜勺，

半痴呆半癫狂；

这边厢脑袋瓜上翘辫子晃，

这边厢寸草不生的溜溜光；

大摇大摆独来独往，

嬉皮笑脸说说唱唱；

一文钱叫你一声爹，

半块饼喊你一声娘；

你就是唾我骂我打我踢我，

只要你唾了骂了打了踢了之后能解囊；

即便是再唾再骂再打再踢，

我也是不推不挡不躲不让满脸赔笑喜洋洋。

［村民、观者聚拢而来，武训卖艺行乞。

观者1　武七，年纪轻轻不干活，为何却要出来讨饭？

武　训　为人帮工受人欺，不如讨饭随自己。

观者2　武七，你是不是被王举人、张老辫坑骗怕了，不敢再到富人家帮工了？

武　训　富人不仁似禽兽，亲戚不亲如对头。

观者3　沿街讨饭，你就不怕丢人现眼？

武　训　别看今天我讨饭，早晚修个义学院。

观者4　好好的辫子为何剃了？

武　训　这边剃，那边留，办个义学不犯愁。这边留，那边剃，积钱置块义学地。

观者5　看你穿得破破烂烂，哪家闺女能看上你？

武　训　破帽头，破衲袄，修个义学少不了；穿得烂，穿得破，一个男人照样过。

观者6　武七，你总不能当一辈子讨饭花子吧？

武　训　一把铜勺来讨饭，一生修个义学院；背着褡子沿街溜，修个义学不犯愁。

观者7　竖个钉，打个滚，学个蛤蟆满地爬。

武　训　竖一钉，一个钱；打个滚，两个钱。要竖要滚都情愿，我要修个义学院。

观者8　武七，听说你敢吃蝎子、蜈蚣，你吃给我看看，我给你铜钱。

武　训　吃蝎子，吃蝎子，毒死拉倒我的事。吃蜈蚣，吃蜈蚣，蜈蚣下喉毛茸茸。

观者9　武七，趴下，让我当驴骑，边爬边叫加你钱。

武　训　骑得稳，爬得快，修个义学真不坏。学驴喊，学驴叫，拿到铜钱眯眯笑。

观者10　武七，你过来，老子今天不痛快，就想打人解闷。

武　训　打一拳，一个钱；踢一脚，两个钱；一个耳光三个钱，两个耳光五个钱。

［一人打，众人打，观者一哄而上，武训承受着纷纷拳脚，满地找钱。张老辫、管家上，张老辫用脚踏住了武训捡钱的手。

武　训　（抬头一看一笑）老爷老爷抬抬脚，武七地上把钱找。

张老辫　（抬脚踹倒他）没出息的武七，竟然做起要饭花子。

武　训　（就势抱住他的脚）老爷老爷踹一脚，五个铜钱不能少。

张老辫　（又踹一脚）去你的！

武　训　踹得好，踹得好，十个铜钱归我了。

张老辫　什么铜钱，随我回庄去，跟你姨妈要。

武　训　不许溜，不许跑，十个铜钱少不了。

张老辫　武七，你姨妈叫你回庄上帮工，以后一个月结一次工钱，放心了吧？（见他不感兴趣）十天结一次？（见他仍不感兴趣）难道你要一天结一次？那也行！

武　训　不帮工，不回庄，帮工回庄尽白忙。不认人，不认亲，十个铜钱快结清。

张老辫　好吧，我给你十个铜钱，以后你可再也不要到姨父庄上去了。

武　训　拿到钱，笑哈哈，亲戚二字休提它。若要提它倒也罢，还我工钱与梨花。

管　家　老爷，我们走吧，我看武七是走火入邪魔了。

张老辫　走。

武　训　走走走，莫回头，回头看看是对头。

张老辫　（回头唾他一口）呸，臭要饭花子！

武　训　（一把扭住他）哈哈，唾一口，一个钱。

张老辫　我还唾！

武　训　唾两口，两个钱。

张老辫　不错，我唾了你两口，我就是不给钱，怎么样？

观者1　讨饭花子的账也赖，太不像话了。

众观者　两文钱，拿出来！

张老辫　好吧，唾一口一文钱，踢一脚两文钱，我买你二十文钱的拳打脚踢。

武　训　头上太阳照，今朝运气好。眨眼二十钱，马上到腰包。你打、你踢，你踢、你打，踢踢踢、打打打，二十文，到我家，哈哈哈……（反而快意）

张老辫　（摩拳擦掌）呸，今天算我破财！

［张老辫踢打武训，用力过猛，一跤倒地。众人见之，哈哈大笑。管家抛下二十文钱，与随行帮工抬起张老辫下。观者亦纷纷散下。

［梨花腆着大肚子上，不经意看见了武训。武训瞥见梨花，转头欲下。

梨　花　武七哥哥！

武　训　（止步，回头）梨花妹妹……

梨　花　（上下打量他，悲从中来）真的是你……

武　训　（莫名伤感）真的是我……

［幕内唱："陌地相逢无话讲，

不知何处叹凄凉。

上上下下细打量，

不由辛酸泪双行。"

武　训　（强作笑颜）梨花，恭喜你，要当娘了。

梨　花　多谢。

武　训　听说卫驼子的肉案摆在杨二庄上，怎么在柳林集市撞见了你？

梨　花　杨二庄集市被镇长侄儿霸占，生意不好做，他就把肉案移到柳林来了。

武　训　早晓得会在柳林撞见你，我就是绕行一百里也不打这边过。

梨　花　武七哥哥，你是不是恨我？

武　训　不是恨你，是不想让你看到我这副模样。

梨　花　天下多少路不好走，你为何非要做要饭花子？

武　训　我不知道，也说不清楚。自从王举人、张老辫欺骗了我，自从你跟卫驼子走后，我就万念俱灰，百无牵挂，一心一意想当一个叫花子，积攒钱财，筹办义塾。我就想让这堂邑县方圆百里的穷孩子都能读得起书，上得起学，日后不再走你我这样的路，不再受王举人、张老辫他们的骗。梨花，这是你送我的《三字经》，我一直揣在怀里，有朝一日，我要听到穷人家的孩子像发洪水一样从四面八方传来读书声……人之初，性本善。性，性，性……哎呀，我不识字，念不上来。（一脸的羞愧）

梨　花　（看着他，声音哽咽）武七哥哥，我心里难过。

武　训　我好好的，你难过什么？

梨　花　你走近来，让我替你揩一把脸。

武　训　我走近来，你替我揩。

梨　花（唱）　指一把脸上尘土和泥浆，
哥哥你数月不见胡须长。

武　训（唱）　梨花梨花莫悲伤，
哥哥我无牵无挂走四方。

梨　花（唱）　揩一把嘴边白沫和血水，
哥哥你忍受多少拳脚伤。

武　训（唱）　今日伤，明日养，
一拳一脚有报偿。

梨　花（唱）　揩一把眼角泪水一行行，
哥哥你多少委屈心里藏。

武　训（唱）　眼中本来没泪水，
不知何故涌两行。

梨　花（唱）　揩一把满脸辛劳和风霜，
哥哥你为办义塾苦奔忙。

武　训（唱）　苦奔忙，苦奔忙，
哥哥心中亮堂堂。
有朝义学办起来，
不枉乞讨这一场。

梨　花（唱）　哥哥呀，想着你在路上风雪寒霜，

武　训（唱）　梨花呀，但愿你自珍重免受风凉。

梨　花（唱）　想着你，想着你在路上常回头望，

武　训（唱）　梨花呀，但愿你自珍重莫再哀伤。

武训梨花（合唱）　哎呀，多少话哽在喉难道难讲，
一字字一句句化作了泪水千行。

武　训　梨花，我走了，你要保重自己。

梨　花　日后经过柳林，不要绕道而行。

武　训　晓得了。

梨　花　你走吧。

［卫驼子提着一块肉上。

卫驼子　武七兄弟慢走。武七兄弟不见外的话，请把这块肉收下。

武　训　（瞬间满脸堆笑）一块肉，一块肉；又有肥，又有瘦；多谢贵人来施舍，武七给你来磕头。不过，我想把这块肉卖给卫掌柜的，你看行么？

卫驼子　我给你的肉，你再卖给我，这算什么意思？

武　训　我一个讨饭的，哪里配吃肉？卖给卫掌柜的，我要换现钱。

卫驼子　哪有这个道理？不换。

梨　花　（一跺脚）换！

卫驼子　好，换！武七兄弟拿好了，这是半吊子钱。

武　训　嘻嘻，半吊钱，半吊钱，不要肉，要现钱。都说猪肉最好吃，不如修成义塾院。多谢掌柜的，多谢掌柜的娘子，要饭花子告辞了。

梨　花　等等。（劈手夺下卫驼子手上的肉，递给武训）拿走！

武　训　（手举着肉，高声吆喝）卖肉啦，半吊子钱！（下）

梨　花　（忽然抱紧肚子）哎哟喂，疼死我了……

卫驼子　不是要生了吧？

梨　花　生你个头呀！哎哟喂……

［梨花一边喊着疼一边抹着泪下，卫驼子跟下。

第五场

［字幕：10 年后，是年武训 30 岁。

［还是那座破庙。了证上。

了　证　（唱）　破钵芒鞋走四方，

江湖化缘十载长。

回到堂邑思旧友，

探访武七话短长。

听说他十年不改大志向，

为办义塾行乞忙。

日间讨饭独来往，

夜里栖身在庙堂。

谁道修行深山里，

红尘何处不道场。

来此已是武训栖身之所，待我唤他。武七开门，武七开门！天光才收，便已安睡。也罢，待我明日一早，再来拜访。

［了证下。武训在管家和两个帮工搀扶下醉醺醺上。

武　训　到了，到了，管家，你们请回吧。

管　家　老爷吩咐，一定要把你送进庙里。

武　训　送到即可，送进不必，我那庙里又脏又乱。

管　家　那好，我们这就回。（对两帮工低语）老爷说，就是要借武七喝醉了酒，嘴上没加栓，心里没加锁，想方设法弄清楚他藏钱的地方。

武　训　（敏感地）嗳，你们怎么还没走？管家，你在说什么？

管　家　哦，我们即刻就走。

武　训　管家，你过来，我问你话。

管　家　请问。

武　训　今天是我姨妈五十大寿，对不对？

管　家　对。

武　训　我武七不计较跟张老辫的恩怨，跑去为姨妈祝寿，该不该？

管　家　该。

武　训　寿也祝了，头也磕了，酒也喝了，你说张老辫他现在为何对我这样好？

管　家　今非昔比，因为你武七有钱了。

武　训　我一个要饭花子，有什么钱？

管　家　谁不知道你武七讨了十年饭，攒了大几百吊钱，想这一吊钱就是一两银子，几百吊钱就是几百两银子，足够盖几间大瓦房，买几十亩地，谁还敢小看你武七呢？

武　训　我攒了几百吊钱，你们怎么知道？

管　家　是你在酒桌上亲口对你姨妈说的。

武　训　我那是想请姨妈找个可靠的人替我放贷，养出小钱来，想不到姨妈又跟姨父说了。难怪张老辫今天对我这么客气，一边给我敬酒，一边问我钱放在了哪里。钱放在哪里，我能告诉他么？告诉了他，我的钱还是我的么？好了，你们走吧。武七虽然生来头一回喝酒，还喝了那么多，但是我心里明白，我是不会放你们进我的庙门，更不会让你们知道我在神龛底下挖了一口地窖——嗳，我说这些干什么，我跟你们说什么了？

管　家　你没跟我们说什么，我们什么也都没听见。

两帮工　对对对，我们什么都没听见。

武　训　那就好，我没说，你们没听见，快走吧。

［武训晃荡着走进庙门，上杠加栓。

管　家　果然嘴上没加栓，心里没上锁。武七的话，你们听懂了？

两帮工　听懂了。

管　家　一个陪我蹲在这里，一个回去报告老爷。记住，不要惊动太太。

［一帮工应声下，管家与另一帮工隐下。

［破庙内，一片漆黑，武训独自盘坐在神龛上，半醉半眠。

武　训　天黑了，又是一天过去了。天黑了真好，我就喜欢天黑，伸手不见五指，对面不见人形，天黑之后我就可以回到我的破庙里，坐在神龛前，躺在土炕上，想想昨天，想想今天，想想明天，想想后天，然后把我打从头一天要饭积攒下来的铜钱从地窖里起出来，从头至尾数一遍，再数一遍，一直数到天亮。不瞒你们说，武七我就是喜欢数钱，白天在外讨饭走路心里数，晚上回到破庙合着眼睛手上数，夜里做梦梦里还在数，数呀数，数呀数，一块铜钱一枚小钱都不能漏过，因为这些钱都是我的，我要攒足一千吊、两千吊、三千吊，那时候我就可以盖房子，请先生，办义学了。想到这里，我真开心！可是有的时候，我也不开心。十年之前，我的梨花被卫驼子抢走了；五年之前，我的亲娘病死了；我唯一的朋友了证和尚也是一别十年无消息。说心里话，我想他们，每天每夜都想，想梨花，想亲娘，想了证，想他们的时候，我就把他们想成这些铜钱，想着他们像这些铜钱一样陪伴在我身旁。你看，这一堆比如是我娘，这一堆比如是梨花，这一堆比如是了证。我看看它们，跟他们说话，一枚一枚数着他们，一枚一枚打我手上经过，我这心里头就变得开心，变得踏实了，我就离我建成义塾的梦想越来越近，越来越近了……

［武训说话间移开神龛，挪开巨石，下到地窖里，把钱币一吊一吊地起上来，俄顷，钱币堆积如山，武训在暗夜中数着那些钱币，神情怡然。

武　训　（唱）　夜深沉十方静掩上庙门，
佛龛下数铜钱叮当有声。
这铜钱数在手神闲气定，

叮当声暗夜里宽慰我心。
这铜钱数在手难舍难分，
就好比与亲朋手足情深。
这铜钱数在手唤起恻隐，
是它们陪伴我度过艰辛。
这铜钱数在手心痛难忍，
一枚枚沾满了血迹泪痕。
这铜钱它是我十年见证，
见证我整十载乞讨人生。
这铜钱它是我寂寞知音，
十年来伴随我多少晨昏。
这铜钱它是我希望之本，
为了它我情愿忍受欺凌。
这铜钱它是我再生之门，
为了它吃尽苦我也甘心。
铜钱呀铜钱，
你是我的性命；
铜钱呀铜钱，
你是我的亲人；
铜钱呀铜钱，
你是我的来世；
铜钱呀铜钱，
你是我的今生；
我为你行了多少乞讨路，
我为你受了多少暴雨淋。
我为你顶了多少日头晒，
我为你趟了多少霜和冰。

我为你挨了多少疯狗咬，
我为你吃了多少闭门羹。
我为你遭了多少拳脚打，
我为你听了多少嘲骂声。
这铜钱我不能用它砌瓦屋；
这铜钱我不能用它去娶亲；
这铜钱我不能用它置寒衣；
这铜钱我不能用它半分文。
事到如今，
无悔无恨；
事到如今，
无怨无嗔；
事到如今，
无悲无戚；
事到如今，
无愤无憎；
一厘厘一分分一吊吊一文文，
厘厘分分吊吊文文，
有朝一日建成义学大事情，
我小小乞丐千难万劫也欢欣。

[暗夜中，响起学童吟诵《三字经》的声音，书声朗朗，弥漫庙室："人之初，性本善。性相近，习相远。苟不教，性乃迁。教之道，贵以专。昔孟母，择邻处。子不学，断机杼。窦燕山，有义方。教五子，名俱扬。养不教，父之过。教不严，师之惰……"

[武训怡然数着铜钱，怡然听着书声，心满意足地酣然入睡。

［张老辫与管家带着几个青壮帮工上。一帮工撬开庙门，张老辫、管家等似一群田鼠，钻进破庙，爬进地窖，盗走铜钱。

［一声鸡啼，天光大亮。了证走上。

了　证　天气晴朗梨花香，探访武七到庙堂。庙门大开，待我进去。武七醒来，武七醒来！

武　训　（猛然惊醒）谁在叫我？

了　证　是我，了证。

武　训　了证，你回来了。

了　证　回来了。（见他望着四周发抖）武七，你这是怎么了？

武　训　不好了，我的铜钱被人盗了。

了　证　你说什么，你的铜钱被人盗了？

武　训　天哪，这是要我的命了，我活不了了，活不了了，天哪！

了　证　武七，你平平气，慢慢讲，到底发生了什么事情。

武　训　（喘息着，语无伦次）我该死，我糊涂，我混账，我不该去给姨妈祝寿，我不该在酒席上喝酒，我不该跟姨妈说放贷的事情，千不该万不该不该和张老辫来往，可怜我那十年辛苦攒下的八百七十几吊铜钱都被狼心狗肺的张老辫盗走了。这哪里是盗走我的钱，分明是盗走我的命。我活不成了，活不成了，活不成了……（嚎啕大哭）

了　证　武七，你静静，你静静，你的意思我听明白了，张老辫盗走了你十年的讨饭钱，你遭此大劫，万念俱灰，只想一死，是也不是？

武　训　是，我该死，我糊涂，我混账，我明明知道姨妈做寿，我去不去人家都不会在乎，可我居然人五人六地去了，还送了半吊子钱，半吊子钱呀，要挨多少个嘴巴，叫多少声亲爹亲娘呀！一个要饭花子，要的什么脸面，我把十年的辛苦，十年的孤独，十年的风风雨雨，十年的人不像人鬼不像鬼，一顿饭几杯酒就都吃光喝光了，十年来我可是一文钱也没有舍得给自己用，可如今——我真混呀！（狠狠打自己耳光，试着用脚踢自己，没踢着，反栽了个跟头）

了　证　（抱着他，万分同情）事到如今，我问你，你想怎样，告官么？

武　训　这般世道，告官何用。

了　证　告官无用，去乞求张老辫，把钱还给你？

武　训　他不会承认偷盗，乞求也无用。

了　证　如此说来，这笔钱是回不来了。

武　训　我去死，我死到张老辫家的客堂上。

了　证　你已经在他家的客堂上死过一回，再死一回他也无动于衷。

武　训　我不明白，为什么读了书识了字的人，反而做出禽兽不如的事，为什么？

了　证　有人读书为了识字，有人读书为了明理，有人读书为了利己，有人读书为了利人，古往今来，书里书外，小人君子，千差万别。

武　训　那你告诉我，我该怎么办？

了　证　我只想问你一句老话。

武　训　什么话？

了　证　武训，你还想凭一己之力，兴办义学么？

武　训　这个……

了　证　你说呀，你害怕了？

武　训　（不寒而栗）我不知道……

了　证　武训先生，我要感谢你呀。

武　训　你说什么，你感谢我，你还叫我先……生？

了　证　是的，武训先生！

（唱） 了证我原是路旁一弃婴，
襁褓中僧侣收养育成人。
原只想安心念经做佛事，
多亏你一言点悟懵懂心。
你为办义塾去乞讨，
我江湖化缘报佛恩。
敬佩你身虽卑贱志向广，
效法你破钵芒鞋举善行。

武　训　如此说来，你化缘十载，已经捐够了修复佛像的钱款？

了　证　不但捐够了修复佛像的钱款，我还要将百佛堂扩成千佛殿。

武　训　百佛堂扩成千佛殿，恭喜你功德圆满。

了　证　不，了证的功德尚未圆满，我还要重新上路，继续化缘。

武　训　你还要上路化缘？

了　证　我还想把千佛殿建成万佛庙。

武　训　百佛堂，千佛殿，万佛庙，就凭你一个穷和尚，托钵化缘一辈子，就能建成万佛庙？

了　证　积沙成塔，心想事成，何事不可。武训先生，你说呢？

武　训　你不要叫我先生，我要叫你先生。先生在上，不，了证法师在上，法师的一番教诲，武七听懂了，就当我劫数未尽，从头再来吧。

了　证　你我十载分别，匆匆一聚，又要各奔前程。

武　训　等等，我真想抱着你大哭一场。

了　证　贫僧何尝不想与你相拥，放声一哭。

武　训　哭？

了　证　哭！

武　训　不，不哭，笑！

了　证　对，笑！

武　训　哈哈！

了　证　哈哈！

武　训　哈哈哈……

了　证　哈哈哈……

[二人笑中有悲，泪中含笑，五味杂陈。

[幕内唱："笑中含着泪，

笑中含着悲。

笑中有深情，

笑中无怨悔。"

尾　声

[张老辫着丐衣拄杖上。

张老辫　劝人莫做亏心事，迟早报应到自身。在下张老辫，想当年武七、梨花在我家帮工，是我赖了武七的工钱，骗了梨花的田契，也是我盗走了武七藏在破庙地窖里的铜钱。想不到我张老辫前半辈子害人，后半辈子遭了报应。就在我偷盗武七铜钱的第二年，一把大火把我全部家当烧了。我的老婆，就是武七的姨妈，她撇下我进了尼姑庵。想我张老辫平时刻薄为人，落难了到处遭人嫌弃，女儿也不欢迎我进门。无奈何，只得仿效外甥武七，做起讨饭花子。一讨就讨到了这把年纪。嗳，都这把年纪了，怎么还不死呢？大爷大妈行行好，赏一口剩饭填填饱……（蹒跚着下）

[鞭炮齐响，人声鼎沸，"崇贤义塾"开馆庆典，学童、乡绅、村民上。

［字幕：29 年后，清光绪二十二年，即公元 1896 年。是年，武训 59 岁，临清、杨二庄、柳林三所义学先后开馆。是时，武训已两耳失聪，病入膏肓，但他至死没有中止行乞。

乡绅甲 “崇贤义塾”开馆，武训先生怎么还不来呢？

乡绅乙 学童们还等着给武训先生行礼呢！

一村民 看，武训先生来了。

［武训身背草席，步履艰难地上。

武　训 打一拳，一个钱。踢一脚，两个钱。莫要笑我命儿贱，照样修成义学院。

乡绅甲 武训先生，三所义学修成，你老就不要乞讨了。

武　训 义学院，要供养。行乞路，还漫长。大钱留住好先生，才能教出好学生。

乡绅乙 请先生进馆受礼，学童们还等着给你老磕头呢。

武　训 （探头望望，又缩回来）不识字，不断文，不敢脏了义塾门。

乡绅丙 听说大清皇帝赐下黄马褂，朝廷还封先生为“义学正”呢。

武　训 黄马褂，没有用。义学正，不用封。行乞办学我乐意，义塾开馆乐融融。

［武训铺展草席，坐在墙角，远远地看着学馆。了证上。

了　证 武训先生在哪里？好你个武训，你这一辈子受人骗，可你却骗了我一回。

武　训 你说什么，我骗你了？

了　证 骗了！你赖在我的庙里三天三夜不走，好说歹说，要我把建万佛庙的款捐出一半，帮你在杨二庄建成了义塾“育英堂”。

武　训 千尊佛，万尊佛，不如弟子把书读。

了　证 敬鬼神，修来生，不如渡人在今生。

武　训 （望着他）呵呵。

了　证 （默契地）呵呵。

武训了证　（开怀地）呵呵呵……

［梨花领着儿孙上。

梨　花　武七，武七，我要恭喜你呀，恭喜你要了一辈子饭，总算把义学办成了。你看，这是卫驼子留下来的小驼子，这是小驼子养的小小驼子，你一辈子无儿无女，他们就是你的儿孙。你死了，他们为你披麻戴孝。

［梨花的儿孙给武训磕头，武训捧出那本已经破烂了的《三字经》，跪着送给小小驼子，小小驼子把书顶在头上，庄重地走进学馆。

［学童吟诵《三字经》的声音如潮水涌来，俄顷弥漫了天地："人之初，性本善。性相近，习相远。苟不教，性乃迁。教之道，贵以专。昔孟母，择邻处。子不学，断机杼。窦燕山，有义方。教五子，名俱扬。养不教，父之过。教不严，师之惰……"

［武训闭目听着学童书声，摇晃着，摇晃着，末了轻轻一倒，安静地死在了证怀中。

了　证　阿弥陀佛！

［众人下跪，一片哀嚎。

众　人　武训先生！

［一页一页中国古代蒙学、经学经典，漫天里纷纷坠下，似梨花，似飘雪，似纸钱，伴着朗朗读书声……

淮剧

韩信之死

剧中人物 韩　信——西汉开国重臣，封楚王，后贬为淮阴侯

殷桃娘——韩信夫人

萧　何——西汉开国丞相

吕　后——西汉开国皇后

钟离昧——西楚霸王项羽部将

秋　兰——吕后侍女

刘　邦——西汉开国皇帝

张　良——西汉开国重臣，封留侯

胡　屠——韩信卫官

岳　中——宫廷卫士

审食其——吕后侍臣，后封辟阳侯

樊　哙——吕后妹夫，西汉开国将领，封舞阳侯

吕　台——吕后侄儿，宫廷卫尉

栾　魁——韩信府中家人

栾　仲——吕后亲信，栾魁之弟

将校、兵士、武士、宫女、太监、家丁等若干

时　间 公元前，汉高祖 5 年至 11 年间。

第一场

［长安，长乐宫。

审食其 皇帝宣旨，丞相萧何、留侯张良、楚王韩信，三杰上殿！

［萧何、张良、韩信上。

审食其 皇帝、皇后驾到！

［刘邦、吕后上。

三　杰 皇帝万岁、皇后千岁！

刘　邦 众卿平身、赐坐。

三　杰 谢万岁！

刘　邦 哈哈……

（唱） 称孤道寡心欢畅，
邀请三杰聚一堂。
长乐宫里置酒会，
评功论好说短长。

三位爱卿，朕有一言相问。

三　杰 恭听圣诲！

刘　邦 刘邦乃一布衣，因何称孤道寡，领袖万方？

萧　何 陛下乃赤帝子，奉天承运，拯救生灵，自然为人之主。

刘　邦 不对。

张　良 陛下上应天时，下合地利，为民除暴，安定海内，乃天地共立。

刘　邦　也不对。

韩　信　以臣之见，秦皇暴政，天下逐鹿，陛下应势而起，顺合民心，故尔成就大业。

刘　邦　哈哈哈，你们都只说对了一半。其实朕得天下，全在用人二字！若论镇国安民，朕不及萧何；论神机妙算，朕不及张良；论带兵打仗，朕更不及韩信。萧何、张良、韩信，乃汉之三杰，辅佐寡人，功劳最大，朕今日要亲自捧杯，为三杰论功！

三　杰　臣不敢当！

刘　邦　萧何丞相！

（唱）　玉杯斟满酒一觞，
敬上丞相理应当。
萧何忠诚辅汉室，
鞠躬尽瘁不张扬。
入关拟定三章法，
镇守汉中定后方。
招兵买马充军备，
致力耕种保军粮。
寡人亲斟琼浆液，
祝愿丞相永安康。

萧　何　臣萧何谢主隆恩！

刘　邦　留侯张良先生！

（唱）　寡人再斟二杯酒，
走上前来敬子房。
卿本韩国丞相后，
博浪沙前刺秦王。
文武精通才德广，

深通韬略精阴阳。

运筹帷幄谋奇计，

决胜千里世无双。

寡人亲奉镶玉盏，

敬上帝师汉张良。

张　良　臣张良谢主隆恩！

刘　邦　楚王韩信，朕的大将军、大元帅！

（唱）　三杯酒，敬韩信，

智勇双全大将军。

冠三军，捧帅印，

韩信威名四海惊。

所向披靡谁能敌，

攻城略地百战赢。

十面埋伏天下定，

项羽乌江命归阴。

如今封作大楚王，

你就逍遥自在再不用铠甲裹身去领兵。

韩　信　臣韩信谢主隆恩！

［审食其对吕后耳语，吕后转而耳语刘邦。

刘　邦　宣樊哙进殿。

审食其　宣舞阳侯樊哙进殿！

［樊哙上。

樊　哙　启禀皇帝皇后，臣已发现项羽部将钟离昧踪迹。

刘　邦　钟离昧？他现在何处？

樊　哙　臣郊外狩猎，草荆中搜出一人，不想却是钟离昧！

刘　邦　拿住了？

樊　哙　钟离昧武艺高强，臣战他不过，被他逃走了。

刘　邦　逃向何处？

樊　哙　东南而去。

刘　邦　钟离眛乃项羽帐下一员猛将，此人不除，寡人难安。

萧　何　陛下不必忧患，一介亡国臣，不足道也。

张　良　是呀，项羽既死，一员遗将，何足为虑。

刘　邦　想那睢水之战，寡人只剩数十人马，是钟离眛苦苦追杀，险些夺命，寡人今日又岂能放过他！

吕　后　圣上息怒，依臣妾之见，钟离眛乃一逃犯，谅他无处安身，只要朝廷悬赏缉拿，还愁拿他不住？

刘　邦　布告天下，生获者封万户侯，捕杀者赏三千金，如有藏匿，夷灭三族！

韩　信　陛下不可如此，依臣之见，钟离眛破秦有功，为人忠直，况且是一员难得的猛将，不如赦免于他，为我汉室所用。

萧　何　楚王言之有理，自古“人为其主，各尽其忠”，陛下理当宽宏大量，方显明君风范。

张　良　项羽虽死，遗臣散勇甚多，江东子弟，又岂能斩尽杀绝？天下初定，四海向汉，陛下当施以仁政，安定人心。

吕　后　只怕归降之人，难免存有二心。

韩　信　皇后此言差矣！想韩信、张良，皆是归顺之人，忠心辅汉，屡建奇功，何曾存有二心呢？皇后多虑了。

吕　后　素闻楚王与钟离眛有私交，不知可有此事？

韩　信　确有此事。

吕　后　那就难怪你对他讲义气了。

韩　信　臣为天下计，无关私情。

萧　何　好了，不必争论，恭听圣命。

张　良　是呀，楚王，恭听圣命。

吕　后　圣上，天下初定，遗患不可不除呀！

刘　邦　朕有三杰相辅，何愁天下不安，还稀罕什么钟离昧！

韩　信　圣上……

萧、张　楚王，不必多言了。

刘　邦　啊，朕三杯下去，竟有些不胜，朕且告退，告退了！

三　杰　送万岁！

［刘邦不悦下，吕后等随下。萧何、张良指点韩信，韩信解嘲而笑。

第二场

［楚王府内苑。韩信舞剑。

韩　信　（唱）　雄鸡唱天晴朗鸟语花香，
　　　　三尺剑常跟随征战儿郎。
　　　　休看这太平年养息书房，
　　　　待来日狼烟起驰骋疆场。

［殷桃娘上。

殷桃娘　（唱）　卸除铠甲换青衣，
　　　　撇下刀枪织绣忙。
　　　　历尽十载征战苦，
　　　　迎来太平好时光。

啊，夫君！

韩　信　桃娘，夫人！

殷桃娘　夫君昨夜灯下著书，直至三更方眠，今日闻鸡起舞，莫要伤坏身子。

韩　信　夫人，你看这朗朗清晨，百鸟欢唱，真教人心旷神怡呀！

殷桃娘　是啊，夫君何不品茗赏花，舞刀弄枪岂不有煞风景？

韩　信　兵在于精，艺在于勤，为王侯者，理应常怀忧国之心。

殷桃娘　你呀，就知道为国为民为君，著书舞剑练兵，韩氏后继无人，却一点也不操心。

韩　信　这倒也是，你我夫妻十载，膝下尚无儿女。我看夫人冲锋陷阵，倒也不让须眉，可是这生男育女么……

殷桃娘　怎样？

韩　信　力不从心！

殷桃娘　你！

韩　信　夫人不要生气！哈哈……

殷桃娘　好你个钓鱼郎，欺人太甚，招打！

［二人交手，仿佛练武。

殷桃娘　（忽然撤招）啊哟……

韩　信　夫人怎么了？

殷桃娘　我呀，已经有了！

韩　信　夫人怎么不早说？当心，当心！

殷桃娘　看你吓成什么样！

韩　信　哈哈……待我搀扶夫人，回房歇息。

［韩信、殷桃娘欲下，胡屠上。

胡　屠　将军！夫人！

韩　信　胡屠回来了。

胡　屠　回来了，将军让我给漂母送去的钱粮，我都送到了。

韩　信　漂母身体可好？

胡　屠　老人家十分健朗。夫人，我把你亲手缝的棉衣送给漂母，漂母感动得都落泪了。可是，近来有件事情令漂母很不舒心。

殷桃娘　什么事情，令老人家不舒心？

胡　屠　夫人，将军，朝廷近来不是在征选宫女吗，漂母孙女秋兰竟被选中了，数日前秋兰被送出淮阴时，祖孙二人哭得死去活来呀！

韩　信　秋兰中选，怎么方才知晓？

胡　屠　早知道也没办法呀，有皇后亲发的懿旨，谁敢阻挡？

韩　信　秋兰入宫，漂母何人照料？

胡　屠　我想是呀，索性就代将军和夫人作主，把老人家接过来吧，可漂母就是不肯，说怕给将军和夫人添麻烦。小的无奈，只好先回来了。不知将军有没有办法把秋兰从宫里放回来，要不漂母也太可怜了。

殷桃娘　夫君，你要想想办法。

韩　信　不日上朝，陈情圣上，放秋兰回乡也就是了。

胡　屠　那太好了！

韩　信　一路辛苦，胡屠，你且歇息去吧。

胡　屠　是，将军。

韩　信　夫人也回内房歇息。

殷桃娘　好吧。

［胡屠、殷桃娘下。家人栾魁上。

栾　魁　王爷，王爷！

韩　信　栾魁何事？

栾　魁　外面有一壮士，自称是王爷的朋友，要见王爷。小人见他衣衫褴褛，满身血污，心想肯定来头不善，因而不与他通报，谁知他竟要闯进府来，小人拦都拦不住他。他来了！

［钟离昧上。

钟离昧　韩元帅别来无恙！

韩　信　你……钟离昧！

钟离昧　昔日执戟郎，今日大楚王。患难之交，想必忘了？

韩　信　这……栾魁，你将钟离眛，不，将这壮士带入后堂，不得声张！

栾　魁　是，王爷。

［栾魁带钟离眛下。韩信警惕四顾。

第三场

［楚王府后堂。胡屠挎刀侍立，韩信上。

韩　信　那日长乐宫中，圣上宴请三杰。忽然樊哙来报，发现钟离眛行踪。圣上为此动了肝火，韩信为此与皇后争执，终了不欢而散。谁知钟离眛真的投上门来，好教我一时手足无措！想这钟离眛，曾与韩信同在项梁帐下做执戟郎，倒也相交甚笃。此后韩信背楚投汉，往日好友，致为劲敌。如今项羽已死，他通缉在逃，今日忽然到来，意欲如何？来呀，带钟离眛，不，带那壮士进来。

胡　屠　是。（下）

［钟离眛内唱："亡命人身带伤脚步踉跄——"

［胡屠带钟离眛上。

钟离眛　（唱）　抬头望见韩信端坐内堂。

忆当年在楚营兄弟一样，

到如今我为寇他为诸侯王。

但愿他念故交旧谊莫忘，

也不枉同执戟生死一场。

韩　信　胡屠，看座。

胡　屠　壮士请坐。

钟离眛　大元帅，不，楚王爷！

（唱） 有罪之人来投奔，

自思九死无一生。

倘若难容求速决，

不必解送到京城。

韩　信　（唱） 仁兄不要怨气盛，

来了便是座上宾。

今日一统天下定，

何妨再叙旧交情。

垓下一战，霸王自刎，仁兄匹马突围，何处安身？

钟离昧　（唱） 垓下突围自亡命，

东躲西藏似漂萍。

终日惶惶无处奔，

无奈叩响楚王门。

韩　信　（唱） 何不自首往京城？

钟离昧　（唱） 只恐汉王不容情。

韩　信　（唱） 投奔韩信意何求？

钟离昧　（唱） 只求苟活寄残生。

韩　信　（唱） 你不知圣上钦发通缉令？

你不见悬赏图形挂五门？

生擒封为万户侯，

捕杀领取三千金。

倘有藏匿降重罪，

株连三族抄满门。

钟离昧　呜呼呀！

（唱） 果然刘邦做事狠，

斩尽杀绝不留情。

早知横竖是一死，

不如匈奴去投诚。

韩　信　糊涂！

（唱）江山一统初安定，

岂可边疆起纷争。

投靠匈奴罪上罪，

劝你三思而后行。

钟离昧　（唱）钟离原是中原后，

岂甘沦为异邦人。

怎奈身无立锥地，

想做顺民都不能。

罢罢罢，且将项上作酬礼，

送给旧友换千金。

［钟离昧欲夺剑自刎，韩信阻拦。

韩　信　（唱）仁兄且莫寻自尽，

还听韩信把话明。

你虽然追随项王来效命，

想当年破秦也是有功臣。

嬴政无道天下愤，

齐心协力破强秦。

惜乎楚汉龙虎斗，

楚家战败汉家赢。

如今战尘已落定，

理应共同享太平。

韩信入宫把理辩，

你且暂留放宽心。

钟离昧　蒙君收留，感激涕零，只是不可连累楚王。

韩　信　韩信乃开国功勋，社稷重臣，圣上不会轻易加罪。胡屠，准备酒宴，与将军更衣。

胡　屠　将军请。

［胡屠引钟离昧下。殷桃娘上。

殷桃娘　夫君，听说钟离昧前来投奔，你打算收留他。

韩　信　夫人之见呢？

殷桃娘　钟离昧乃圣上钦点的重犯，夫君若是收留，恐怕引火烧身呀！

韩　信　钟离昧是圣上钦点的重犯，可钟离昧也是韩信的好友、亡秦的功臣。当年生死交，今日亡命徒，韩信实在不忍拒之门外呀！

殷桃娘　可是，圣旨难违呀？

韩　信　圣旨难违，朋友难推。我想暂且收留数日，将他的伤养好，然后亲自递解进京，请旨定夺。

殷桃娘　如此切切不可走漏风声，弄巧成拙。

韩　信　我已命胡屠吩咐下去，守口如瓶，夫人放心吧！

［胡屠上。

胡　屠　酒宴齐备。

韩　信　夫人一同去吧？

殷桃娘　这……夫君请。

［韩信与殷桃娘下。

第四场

［景同第二场。栾仲上。

栾　仲　（念）　奉了皇后命，

前来探实情。

怀揣形影图，

仔细看分明。

［栾魁上。

栾　魁　哪位找我栾魁。

栾　仲　栾魁兄长！

栾　魁　栾仲兄弟！兄弟，你怎么来了？

栾　仲　听说兄长在楚王府里混得不错，兄弟来看看你。

栾　魁　好，跟我进去。

栾　仲　等等，我先给你看一个人，兄长是否认识？（示图）

栾　魁　昨日刚来的，说是楚王爷的朋友，叫钟离……

栾　仲　钟离昧？

栾　魁　对，就是他，跟画中一模一样。不过，王爷吩咐，不许说漏他的名字。

栾　仲　钟离昧现在哪里？

栾　魁　就住在府中，楚王可是待他如上宾，还称兄道弟，兄弟为何打听他呀？

栾　仲　实话相告，钟离昧乃皇上钦点的重犯，兄长多多留意着，不要声张。

栾　魁　这是为何？

栾　仲　不要多问，自有你我兄弟的好处。

栾　魁　他来了。

［钟离昧、胡屠上。栾氏兄弟避下。

钟离昧　（唱）　沉沉一觉醒来早，

昨夜畅饮到深宵。

闲来踱步后花园，

一片芬香自逍遥。

胡屠兄弟，你家王爷尚未起么？

胡　屠　将军有所不知，我家王爷闻鸡起舞，四季不辍，此刻已在郊外跑马了。

钟离昧　太平之年，还是这般勤勉。

胡　屠　将军常说，天下虽已太平，还须内防祸乱，外防侵扰，唯有常备不怠，方可长治久安。

钟离昧　真乃汉室栋梁！

胡　屠　别看他功高位显，待人可是亲和，就是从前欺辱过他的人，也不予计较。

钟离昧　听说楚王少年时曾受胯下之辱，不知此仇可报？

胡　屠　这个……在下倒是亲眼目睹。

钟离昧　愿闻其详。

胡　屠　（念）　将军生长淮阴城，
双亲早亡孤伶仃。
自幼喜爱研兵法，
时常佩剑长街行。
有一日，几个少年来挑衅，
拦住去路把事寻。
为首的恶少当街站，
叉开两腿骂不停。
他说道，别看你整天佩剑挺精神，
不过是摆摆架势吓唬人。
是好汉你就拔剑杀了我，
是孬种你就钻我裤裆门。

钟离昧　这个恶少，欺人忒甚！

胡　屠　（念）　韩信气得涨红脸，
一团怒气胆边生。

猛地抽出青锋剑，

一道寒光冷冰冰。

钟离昧 杀了他！

胡 屠 （念） 那少年一见宝剑傻了眼，

吓得大汗不住淋。

忽然韩信收了剑，

双眉紧锁伏下身。

只见他剑入鞘牙咬紧低下头躬下身，

一步一步爬出耻辱门。

钟离昧 若是我，一百个都杀了！

胡 屠 （念） 十年后，韩信衣锦回故里，

找到当年受胯人。

那小子吓得白了脸，

叩着响头求开恩。

钟离昧 哈哈哈，早知今日，何必当初，一刀杀了！

胡 屠 没杀。

钟离昧 奇耻大辱，为何不杀？

胡 屠 非但没杀，将军还和颜悦色，他说。

（唱） 男儿量小非君子，

睚眦必报是小人。

当年若以命相拼，

何来日后成功名。

亲授少年中尉官，

报答贫贱励志人。

钟离昧 真君子也！

（唱） 磊落胸襟令人敬，

腹内容得百舟行。

能忍小辱磨大器，

古往今来第一人。

不知那个淮阴恶少现在哪里？

胡　屠　远在天边，近在眼前。

钟离昧　是你？

胡　屠　惭愧，正是在下。

钟离昧　哈哈哈，真是一段趣闻，哈哈哈……

［马嘶声，韩信上。

胡　屠　将军回来了！

钟离昧　楚王居安思危，真乃社稷栋梁。

韩　信　仁兄夸奖了。啊，仁兄，韩信闲来著得兵书三篇，正想请教。

钟离昧　败军之将，岂敢谈兵。

韩　信　不必过谦，书房请教。

［韩信、钟离昧下，胡屠牵马下。

［栾氏兄弟上。

栾　仲　果然不出皇后所料，钟离昧藏在韩信府中，待我速速回去禀报。

栾　魁　哎，兄弟，怎么说走就走？

栾　仲　兄弟此行，兄长万不可走漏风声，兄弟去了！（急下）

第五场

［未央宫。秋兰上。

秋　兰　（唱）　可叹秋兰命儿薄，

强征进京做宫娥。

思念家乡常悲泣，

每日伤感泪婆娑。

何时才能见天日，

重回淮阴孝祖母。

［岳中暗上。

岳　中　秋兰妹妹！

秋　兰　岳中哥哥！

岳　中　皇上在和戚夫人饮酒，我是悄悄跑过来的。皇后不在？

秋　兰　在里面和审食其下棋。

岳　中　秋兰妹妹，我来向你报个喜讯。

秋　兰　什么喜讯？

岳　中　昨天我见到一个楚地来的商客，我请他用你的名义带信给楚王，请楚王跟皇上说一声，放你出宫，我想皇上肯定答应。

秋　兰　太好了！不过，皇后她能答应吗？

岳　中　楚王是开国功臣，皇上都听他的，皇后还敢不听？

秋　兰　对！不过岳中哥哥你……

岳　中　只要你能出宫，我就高兴了。见到楚王代我多磕几个头，说我岳中很崇拜大将军！

秋　兰　如果我能回去，也一定请将军保你出宫，我们一起侍候将军夫妇，好吗？

岳　中　好，好！

秋　兰　我们不是在做梦吧？

岳　中　不是做梦，秋兰，你多保重，我去了。

［岳中下，秋兰亦下。

［审食其偕吕后上。

审食其 （唱） 不是太监内宫往，

不是天子卧龙床。

单凭一表玲珑相，

博得专宠伴皇娘。

吕　后 审爱卿，你笑什么？

审食其 （唱） 看不够闭月羞花芙蓉面，

赏不尽倾国倾城娇红颜。

莫道深宫多寂寞，

奴才是善解人意的小潘安。

吕　后 哈哈哈，你呀你呀！

（唱） 好一张玲珑巧口蜜样甜，

怎知我腹内沟壑万万千。

审食其 （唱） 皇后有难请差遣，

娘娘有忧奴分担。

莫非皇上宠戚妃，

正宫冷落美婵娟？

吕　后 （唱） 寂寞常有爱卿伴，

落得自在图安闲。

审食其 （唱） 莫非皇上欲废长，

改立戚妃如意男？

吕　后 （唱） 废长立幼事关天，

百官不依也枉然。

审食其 这就奇了，娘娘乃一人之下，万人之上，难道还有不称心的事么？

吕　后 只因我近日观测云象，见那正东南方隐有杀气，此乃不祥之兆呀！

审食其 正东南方，不是韩信所辖的楚地吗？

吕　后　正是。

审食其　韩信乃开国功勋，领兵有术，治民有方，岂有不祥之理呢？

吕　后　自古天下乱，留意将；天下治，留意相。韩信兼有将相之才，功高盖主，况乃归降之臣，一向自恃清高，今又雄踞楚地，令人担忧呀！

审食其　可皇上对韩信却是十分亲信呀？

吕　后　皇上对韩信乃是念其功，用其才，厌其骄，防其变呀！

审食其　既然皇上和皇后都讨厌他，何不就设计斩了，以绝心头隐患？

吕　后　杀戮功臣，谈何容易。

审食其　以奴才之见，天下乃汉室天下，江山乃刘氏江山，娘娘但管在羽翼之下享受清福，何苦忧虑重重，操那份闲心。

吕　后　说得轻巧，殊不知人无远虑，必有近忧。就拿你来说吧，我是几次奏请皇上封你和侄儿吕台为侯，可是韩信、萧何一帮开国功臣就是百般阻挠。

审食其　这是为什么，奴才没招他们惹他们了呀，凭什么他们就能封王拜侯，我们就不能呢？

吕　后　还不是推脱老规矩，无战功者不封侯嘛。

审食其　如此看了，非得先除掉韩信一伙，我审食其才得封侯呀。娘娘，我看不妨先拿韩信开刀。

吕　后　皇上所虑者，正是开国三杰。

审食其　皇上也忌讳功臣？

吕　后　刘氏也好，吕氏也罢，为身后计，功臣必除。

审食其　那就哪个功劳最大先杀哪个。

吕　后　论功劳，自然韩信最大。不过，杀他可要有罪名才是。

审食其　那还不好办，就说他蓄意谋反，皇上最怕的就是这个。

吕　后　楚将钟离昧，近日正在韩信府中藏匿，我已暗中奏请皇上，选派心腹，潜入他府中打探，一旦查实，谋反罪名也就有了。

审食其　万一查不实，那钟离昧闻风逃走了呢？

吕　后　皇上不满韩信，由来已久，早晚必诛之。

［秋兰上，闻声止步。

［吕台带栾仲上。

吕　台　姑母，栾仲回来了。

栾　仲　叩见皇后！拜见审大人！

吕　后　差你之事，可曾查实？

栾　仲　楚王藏匿钟离昧，奴才亲眼所见。

吕　后　绝无差错？

栾　仲　千真万确。

吕　后　不可走漏风声。

栾　仲　皇后放心，奴才知道。

吕　后　好，与我去见皇上。

栾　仲　是。

［吕后等下。秋兰一脸惊恐。

第六场

［长乐宫。刘邦、吕后、萧何、张良、樊哙、审食其，吕台上。

刘　邦　（唱）　遣细作去楚地暗中查访，

钟离昧果然被韩信隐藏。

召重臣聚朝中紧急商量——

众　臣　吾皇万寿无疆！

刘　邦　罢了!

（唱）　臣谋反哪来的万寿无疆!

审食其　现已查明,楚王韩信公然收留钦犯钟离昧,反状已露,圣上急召众臣,共议讨伐之计。

［众臣皆惊。

吕　后　圣上,想那韩信乃归降之人,谋反之心,早已有之,今收留项羽旧将钟离昧,更是如虎添翼,望陛下快作决断,斩草除根。

刘　邦　众卿意下如何?

［众臣面面相觑。

刘　邦　萧丞相?

萧　何　萧何斗胆动问,怎见得楚王收留钟离昧,便是谋反?

吕　后　收留重犯,公然抗旨,怎见得不是谋反?萧何到底偏袒韩信。

萧　何　不是萧何偏袒韩信,是因韩信乃大汉功臣,伐秦灭楚,立有十功。如此重臣,岂可因收留一败军之勇而妄加死罪?望皇上皇后三思!

吕　后　丞相,我来问你,自古皇帝一言?

萧　何　驷马难追。

吕　后　缉拿钟离昧,皇上是否早有圣喻?

萧　何　有的。

吕　后　生擒者?

萧　何　封万户侯。

吕　后　获首级?

萧　何　赏三千金。

吕　后　若有抗旨藏匿者?

萧　何　这……

吕　后　丞相还是忘了？

萧　何　老臣未敢忘。

吕　后　讲呀？

萧　何　斩首夷族。

吕　后　既然如此，皇上难道不该定韩信的死罪吗？

萧　何　可是，他毕竟是韩信呀？

吕　后　是韩信就该谋反？

萧　何　可韩信哪里就反了呢？

吕　后　不反养着一只恶虎做什么？

萧　何　这个韩信，纵然你与钟离昧曾是旧交，可如今他是罪犯，你收留他做什么呢？唉，你呀，真是！

吕　后　一说到韩信，看丞相急的！

萧　何　皇后高抬贵手，萧何说你不过。子房，你倒也是说呀！

张　良　请问皇后，若楚王韩信确有藏匿钟离昧之事，就一定要斩么？

吕　后　当然要斩。

张　良　圣上也是此意么？

刘　邦　这……韩信辅朕夺天下，劳苦功高，朕岂能忍心杀他。不过，朕并未料到韩信会藏匿钟离昧，朕说过的话，又不好收回，朕，唉……

张　良　因一逃将，祸及重臣，恐怕得不偿失呀。

刘　邦　那倒也是。不过，钟离昧乃项羽心腹，楚王公然抗旨，又是何意呢？

张　良　韩信此人，用兵慎之又慎，为人处事却每每大意。据臣所知，那钟离昧曾与韩信同为项羽帐前执戟郎，二人素有交情，而今钟离昧前去投奔，也不过求个生机，楚王一时意气用事，收留下来，也就如此而已。

吕　后　那他也该先奏再留吧？事到如今，教皇上又如何收回陈命呢？

樊　哙　是呀，韩信也太骄狂，太不把皇上放在眼里了。依我看，还是发兵征讨！

吕　台　对，先发制人，后发制于人！

樊　哙　樊哙愿与吕台各领十万人马，包夹韩信，一举扫除后患！

萧　何　就你们二人，也配和韩信交兵？

樊　哙　那就各领二十万！

张　良　你就是领百万大军，也未必是韩信对手。依臣之见，圣上不妨召见韩信，问明情由，再行论罪不迟。

萧　何　圣上，留侯所言极是、极是！

刘　邦　这……

（唱）　朝堂上言纷纷难煞孤王，
有何人能解得朕的衷肠。
登九五方领悟万民景仰，
道朕躬才知道功臣难防。
汉三杰总是要三分谦让，
好教朕不舒心郁闷胸膛。
今日事足令朕费尽思量——

审食其　（谄媚地）陛下……

刘　邦　（唱）　莫看这阴阳人每有主张。

审食其，你有什么高见？

审食其　臣有一事，请教陛下。

刘　邦　讲来。

审食其　陛下寻思，我朝领兵之将，可有胜于楚王者？

刘　邦　好像无有。

审食其　京朝之师可比楚军强悍？

刘　邦　恐怕不比。

审食其　既然如此，倘若陛下征讨韩信，自思能否决胜？

刘　邦　未必能胜。

审食其　这就是了，韩信将兵，百战百胜，况有猛将钟离昧，如若兴兵，项羽旧部彭越、英布势必响应，到那时夺取天下，易如反掌。

刘　邦　以你之见呢？

审食其　依臣之见，陛下不妨效法古代帝王，巡游天下。

刘　邦　朕哪有闲心游山玩水。

审食其　古来帝王巡游天下，从来意不在山水。

刘　邦　嗯，朕好像有些明白了。

审食其　云梦泽乃古之名胜，正好与楚地接壤，圣驾到达之时，楚王必亲往躬迎，陛下身边只须备几名武士，便可将韩信一举擒获，到那时陛下或杀或贬或赦，不就随心所欲了？

刘　邦　哈哈，好计，好计，真看你不出！哦，丞相，留侯，你们看呢？

萧　何　陛下，萧何以为，君臣之间当开诚布公，光明磊落，不可使奸诈之计。

张　良　倘若韩信并无谋反之意，今后陛下与楚王岂不心存芥蒂？

刘　邦　皇后，樊哙，吕台，你们看呢？

吕樊台　（齐声）此计甚好，圣上速断！

刘　邦　也罢，樊哙、吕台，重兵殿后，轻骑随行，朕，巡游云梦泽。

哙、台　遵旨！

刘　邦　丞相，留侯，审食其，辅佐皇后，留守京都。

萧张审　遵旨！

刘　邦　退朝！

众　人　万岁、万万岁！

［刘邦昂首而下，萧何、张良交流不安神色。

第七场

［景同第三场。秋兰女伴男装上。

秋　兰　（唱）　岳中助我出宫墙，

乔装改扮返家乡。

哪顾途中路难闯，

急把凶信报楚王。

［胡屠上。

胡　屠　秋兰！你怎么回来了？

秋　兰　胡屠大哥，快，我要见将军和夫人！

胡　屠　有请将军、夫人！

［韩信、殷桃娘上。钟离昧暗上。

秋　兰　将军！夫人！

韩　信　秋兰？

殷桃娘　秋兰，你怎么回来了？

秋　兰　将军、夫人呀！

（唱）　秋兰被征入宫闱，

吕后娘娘身边陪。

今日回乡报凶信，

未曾开言心先悲。

殷桃娘　不要急，慢慢讲。

秋　兰　听说将军收留了项羽的部将钟离昧，皇上为此派了密探前来侦查，果不其然。而今吕后他们在宫中密谋，要以抗旨罪名，加害将军呀！

（唱） 将军将军你要早防备，

那吕后心狠手辣不输须眉。

殷桃娘 将军正要向皇上禀告此事，不想却被他们先知道了。

韩　信 秋兰，你就是为了报告此事才回来的么？

秋　兰 是呀，多亏岳中哥哥为我乔装改扮才混出宫来。

韩　信 既已回来，不必回去了。

秋　兰 将军，我是称病偷着回来的，万一吕后知道我是给将军报信，恐怕于我于将军还有岳中哥哥都不利呀！夫人，你说呢？

殷桃娘 还是秋兰想得周到，夫君，放秋兰先回宫吧。

韩　信 也罢，你且回去，容后奏请圣上，保你与岳中一同回乡。

秋　兰 将军、夫人保重，秋兰告辞了。

殷桃娘 胡屠，备马相送！

［秋兰、胡屠下。

殷桃娘 夫君，看来事情麻烦了。

韩　信 无妨，待我修书一封，奏明实情，明日派人送达圣上。

殷桃娘 夫君，我看还是你亲自上朝，面见圣上，开诚布公，方显诚意呀！

韩　信 夫人说的是。

钟离昧 （上前）楚王，夫人，钟离昧连累你们了。

韩　信 仁兄说哪里话来，一切自由韩信料理，仁兄放心！

［萧何内声："楚王在哪里，韩信在哪里！"

殷桃娘 萧丞相来了？

韩　信 夫人，钟离兄，暂且回避。

［殷桃娘、钟离昧下。萧何微服奔上。

萧　何 好你个韩信，竟敢私藏重犯，该当何罪！

韩　信 丞相有话，慢慢讲来。

萧　何 （点着他）你呀你！

（唱） 楚王做事欠思忖，

公然违旨是何因。

无端招惹君王忌，

引火烧身不聪明。

韩　信（唱） 收留钟离别有因，

有违圣意非居心。

择日上朝去保荐，

汉室再添猛将军。

萧　何（唱） 而今天下已平定，

非比当年聚群英。

韩信尚且摘帅印，

还要什么猛将军。

韩　信（唱） 纵然不要猛将军，

还须念及旧交情。

江东子弟杀不尽，

四海归心始安宁。

萧　何（唱） 罢罢罢，萧何不与韩信争，

我要你明哲保身免祸临。

韩　信（唱） 好好好，我与你带了钟离朝堂进，

求圣上赦他为民开皇恩。

萧　何 韩信呀韩信，我劝你就别做美梦了！实话告诉你，审食其献了伪游云梦之计，圣上要亲自来楚地拿你，你就等着做阶下囚吧。

韩　信 君臣之间，纵有误会，尽可坦然相对，何苦大动干戈，使用诡计！

萧　何 你还当楚汉纷战，人家离不开你，凡事对你谦让三分？而今太平了，你那股子正气傲气骄气，既招人嫌，也让帝王

不放心哪!

韩　信　如此,韩信当如何处之?

萧　何　听我一言,先把钟离昧杀了,提着首级向圣上谢罪,我和子房再多说好话,从中斡旋,或可化险为夷,渡过难关。

韩　信　卖友求安,此等不义之举,岂是韩信所为呀?

萧　何　那你就甘为朋友,断送前程性命,到头来打下天下,倒落个谋反罪名!

韩　信　这……

萧　何　告诉你,萧何可是瞒了圣上,微服传信,一旦被人知晓,便是串联之罪。你那个朋友倒是顾及了,我这个朋友就该遭殃么,嗯?

韩　信　多谢丞相教诲,丞相请回,容韩信三思。

萧　何　情势紧急,你要快思快想,快、快、快!

[萧何急下。钟离昧上。

钟离昧　贤弟不必踌躇了。

韩　信　不,钟离兄,韩信这便与你去见圣上,请求宽免。

钟离昧　萧何说得对,汉王今日只要太平,不要将军,他怎会宽免于我。

韩　信　如此,天高地远,韩信备足宝马重金,送仁兄另谋高就。

钟离昧　除了投奔匈奴,便是汉室世界,还有何处可去?

韩　信　那么,韩信自请免去王号,与钟离兄同归田垄。

钟离昧　(一笑)韩元帅,你还记得霸王的垓下歌么?

韩　信　记得,气势如虹,惊心动魄!

钟离昧　(唱)　力拔山兮气盖世,
时不利兮骓不逝。
骓不逝兮可奈何,
虞兮虞兮奈若何!

［钟离昧唱罢自刎。韩信大恸。

韩　信　钟离兄……

［内声："圣上巡游云梦，楚王速往迎驾！"

韩　信　楚王遵旨……

第八场

［夜，淮阴侯府。殷桃娘上。

殷桃娘　（唱）　听钟楼起更声长夜漫漫，
哄娇儿入梦乡辗转难眠。
楚王在云梦泽侥幸赦免，
被贬为淮阴侯无奈赋闲。
见夫君怀孤愤终日长叹，
不由我对朝廷渐渐心寒。
秋风凉又吹开棂窗两扇，
秋雨侵莫淋湿夫君书篇。
整理好案上竹简和笔砚，
又听见小娇儿夜啼声喧。

［殷桃娘轻手轻脚下。韩信秉烛上。

韩　信　（唱）　夜深沉寒蝉唱烛影摇晃，
写兵书遣寂寞步进书房。
遭猜忌被贬损满怀冤枉，
勾起我一腔悲九曲愁肠。
数万里征战逐水淌，
十余载功名付长江。

耿耿衷肠共谁讲，

空对着无情夜色暗淡月光。

多亏了丞相萧何与张良，

云梦泽险些流尽血一腔。

太平冷落忠良将，

且自忍耐在胸膛。

撰写兵书传后世，

留住儿女情意长。

［殷桃娘上，为韩信披衣。

殷桃娘 深秋夜寒，夫君爱惜身体。

韩　信 多谢夫人，娇儿睡了？

殷桃娘 睡了。

韩　信 夫人何不安睡？

殷桃娘 夫君寅夜著书，桃娘如何安枕。

韩　信 如此我便陪夫人说说话吧。

［夫妇执手相看，却又无言。

韩　信 （不禁一叹）唉……

殷桃娘 （也不禁一叹）唉……

韩　信 夫人怎么叹气了？

殷桃娘 你不也在叹气么？

韩　信 我是心有不平之事，故而叹气。

殷桃娘 夫君心中的不平，也是桃娘的不平。夫君叹气，桃娘也就叹气呀！

韩　信 那么，你我夫妻何妨倾吐一番。

殷桃娘 倾吐一番，夫君先讲。

韩　信 还是夫人先讲吧。

殷桃娘 也罢，我便先讲。夫君哪！

（唱） 夫君云梦遭谪贬，

桃娘每日心忧烦。

有番话儿憋在心，

几回欲吐又难言。

韩　信　今夜夫人便痛痛快快地讲出来吧。

殷桃娘　（唱） 殷桃娘与将军自配姻缘，

十余载随军行从无怨言。

曾几回探敌情乔装改扮，

曾几回挺长枪流血阵前。

曾几回陷绝境共处患难，

曾几回大雪夜露宿营盘。

到如今功名就王侯爵显，

却反而怀惶恐时常不安。

韩　信　夫人不必忧虑过甚。

殷桃娘　我那耿直清高的夫君哪！

（唱） 太平年不比征战年，

忠直臣易遭君王嫌。

倒不如仿效越范蠡，

识进退隐居返庄园。

韩　信　哦，这便是夫人想对我说的话么？

殷桃娘　正是。

韩　信　（唱） 贤夫人这番话深情一片，

夫君我感念你记在心田。

虽然是梦羞耻暂遭谪贬，

终有那出头时荣耀一天。

汉江山初安定良将疏远，

或有日烽烟起重登帅坛。

殷桃娘　夫君以社稷为忧，令人钦敬。不过，如今你虽封为淮阴侯，却不能回淮阴居住，长安乃皇城京都，凡事俱要小心才是啊！

韩　信　夫人放心吧。天将破晓，你我歇息去吧。

［胡屠上。

胡　屠　将军，夫人，不好了，陈豨在代地造反了！

韩　信　胡屠，你说什么？

胡　屠　将军，听说陈豨在代地起兵造反，朝廷又要打仗了。

韩　信　陈豨造反，又要打仗？

胡　屠　外面传说，陈豨杀了朝廷使臣，聚集二十万大军，就要向京城进发，攻打长安，城里的百姓都往外逃了。

韩　信　哦，又要打仗了，又要打仗了，哈哈哈……（莫名兴奋）

殷桃娘　夫君，你怎么在笑？

韩　信　我笑，笑那陈豨自不量力；我笑，笑他忘了我韩信还在；我笑，笑丞相又要追韩信；我笑，笑圣上又要筑帅坛！我笑，我笑，哈哈哈……

胡　屠　夫人，将军怎么像吃醉酒了？

殷桃娘　是啊，夫君，你怎么像吃醉酒了？

韩　信　我何曾吃醉了酒，我这是莫名高兴，莫名伤心，夫人，胡屠，你们懂么？

胡　屠　小人不懂。

殷桃娘　夫君，你这心情可不能对外流露，知道吗？

韩　信　夫人，我知道，知道！来，与我更衣备马。

殷桃娘　夫君要做什么？

韩　信　夫人说得对，太平不比战时，韩信不能自恃清高，等着圣上前来三请四邀，我要面见圣上，自请征讨。

殷桃娘　未见朝廷相召，夫君还是家中待命吧。

韩　信　不，与我更衣，与我备马，我要自请挂帅！

（唱）　闻战报，唤征人，

一腔热血已沸腾。

更衣备马上朝去，

领兵挂帅自请缨。

夫人，我去也！

[韩信急急而下，殷桃娘忧心忡忡。

第九场

[点将台。刘邦、吕后等上。

刘　邦　（唱）　恨陈豨在代地起兵造反，

声势猛应者众危及长安。

恐兵权再旁落亲自征战，

校场上会诸侯共登将坛。

樊　哙　征讨先锋舞阳侯樊哙禀奏陛下，除了梁王彭越，淮南王英布称病未到。其余各路诸侯俱已响应到齐。

吕　后　彭越、英布果真生病了么？

樊　哙　听说他二人知道不是韩信挂帅，才托病不愿随征。

刘　邦　哼哼，除了韩信，就连朕也不能挂帅了？还有何人称病？

萧　何　陛下，留侯张良托臣转呈书信一封。

刘　邦　张良何意？

萧　何　张良将陛下多年所赐财物，悉数编目归还，他……

刘　邦　他要做什么？

萧　何　他已挂冠归隐。

刘　邦　挂冠归隐？

萧　何　是，陛下。张良临行留下一言，臣不知是否应当转奏。

刘　邦　张良之言，字字千金，丞相请讲。

萧　何　陈豨起兵，张良之意陛下不宜御驾亲征。

刘　邦　朕不亲征，何人挂帅？

萧　何　淮阴侯韩信。

刘　邦　韩信，这是丞相的主意么？

萧　何　萧何岂敢，乃是张良留言。

刘　邦　张良留言，那么丞相的意思呢？

萧　何　陛下适才言道，张良之言，字字千金，老臣以为，陛下此言甚是。

刘　邦　哈哈……只怕淮阴侯韩信，也会回朕一个生病难行吧？

萧　何　臣不得而知。

［马嘶声，韩信急上。

萧　何　陛下，韩信来了。

韩　信　臣淮阴侯韩信见驾，吾皇万岁！

刘　邦　淮阴侯莫非前来送驾？

韩　信　臣非送驾，是来请缨。

刘　邦　可有朕的圣召？

韩　信　无有圣召。

刘　邦　可有朕的委任？

韩　信　无有委任。

刘　邦　那你来做什么？

韩　信　陈豨起兵，来势汹汹，韩信身为武将，理当随驾效命。

刘　邦　将军征战多年，劳苦功高，此番平乱，就不敢劳请了。

韩　信　不知谁人挂帅，何人用兵？

刘　邦　御驾亲征。

韩　信　御驾亲征，臣以为不可。

刘　邦　为何不可？

韩　信　陛下乃一国之主，朝中岂可一日无君，万一祸起萧墙，岂不腹背受敌。

刘　邦　依你之见，朕应当把帅印拜托于你？

韩　信　正是。

吕　后　大胆淮阴侯，竟敢当面藐视圣上，难道圣上不及你么？

韩　信　韩信怎敢当面藐视圣上，不过是君臣推心置腹，知己知彼也。

刘　邦　淮阴侯，朕倒要问问你，你看朕究竟能带兵多少？

韩　信　陛下可带十万兵。

刘　邦　淮阴侯可带多少？

韩　信　臣多多益善耳。

刘　邦　既然淮阴侯多多益善，为何在云梦泽为朕所擒？

韩　信　这个……

刘　邦　你讲呀？

韩　信　陛下虽不善带兵，却善带将，此乃韩信所不及也。

刘　邦　哈哈……你也知道有所不及。朕再问你，朕此番带兵百万，能否获胜？

韩　信　愿闻攻略。

刘　邦　一鼓作气，长驱直入。

韩　信　此乃下策。

刘　邦　怎么下策？

韩　信　陈豨起兵之地，关隘重叠。东与匈奴接壤，北同胡虏连境，此两小邦国素与中原不睦，若是起兵，必助陈豨。况且陈豨骁勇善战，要守，有险可凭；要退，有路可遁。陛下驱百万之众，虽能收复失地，但必不能将其平息。倘若陈豨避我锋芒，迂回中原，陛下将首尾不能兼顾，长安之危，可想而知。所以，臣以为陛下攻略，实为下策。

刘　邦　（不能不佩服）朕明白了！可是何为上策呢，请将军赐教。

韩　信　倘韩信用兵，必先诱敌深入，形成包围，而后调动梁王彭越，淮南王英布两支劲旅，深入敌后，截断归路，所谓合围攻略。那时节，陛下只须坐镇长安，发一声号令，韩信便可全歼陈豨，平定叛乱。如此既除陈豨之患，又免京城之忧，岂非上策。

萧　何　好，淮阴侯果然用兵如神！

众　将　淮阴侯真乃孙膑再世！

萧　何　陛下，以臣之见，还是请淮阴侯挂帅吧。

众　将　我等愿听韩元帅调遣！

［众将喧哗，韩信愈加自信。

刘　邦　（唱）　韩信果然韬略深，
料敌用兵真如神。
众望所归淮阴侯，
不由刘邦暗心惊。
若是请他挂帅印，
日后怎能服众臣。
若是不让他挂印，
留在长安怎放心？

淮阴侯攻略虽好，无奈英布、彭越二人患病不能出征，却又奈何？

韩　信　英布、彭越称病，恐怕别有原因，只要韩信挂帅，二人即刻响应。

吕　后　圣上的号令倒不及你淮阴侯的威信，淮阴侯也未免忘乎所以了吧？

韩　信　彭英二将深知韩信用兵，二人托病，或是为了麻痹陈豨，而于暗中摆成掎角之势，待陈豨深入中原，便可合力围歼，正所谓将知帅，帅知将也。

吕　后　哈哈，真是越说越玄！

萧　何　圣上，韩信说的都是实情，圣上就快作决断吧。

众　将　圣上英明！

刘　邦　这……

（唱）　英布彭越同称病，

原是暗中有隐情。

寡人挂帅不响应，

韩信挂帅才出兵。

思前想后乱方寸，

帅印怎能再离身。

不善用兵也要用，

不便出征也出征。

破敌借他上上计，

安内授意枕边人。（与吕后耳语，吕后会意）

刘　邦　朕倒不信，百万大军，打不败陈豨二十万乌合之众。

韩　信　以众征寡，陈豨必然望风披靡，散于广阔沙漠，其患仍不可除，陛下岂非徒劳无益。

刘　邦　御驾亲征，朕意已决，淮阴侯休再多言。

韩　信　不能挂帅，臣愿为先锋。

樊　哙　先锋乃是我樊哙，淮阴侯何必屈才。

韩　信　如此，韩信愿在主帅帐前，做一执戟郎官。

刘　邦　做执戟郎，淮阴侯这又是何苦？

韩　信　实话相告，圣上带兵，臣实在放心不下。

刘　邦　那就等寡人战败之后，筑坛拜帅，再来听你韩元帅调遣吧！

韩　信　陛下误会，臣——

刘　邦　（不予理睬地）哼！

韩　信　（还欲申辩）陛下——

萧　何　韩信，你、你、你就不要再饶舌了！

韩　信　（终于失望地）身为忠良将，不能赴沙场。也罢，臣告辞了！（即下）

［烈马昂嘶，奔腾而去。

刘　邦　（咬牙切齿地）好一匹烈马……

萧　何　烈马良驹，世间难得，困顿槽厩，不免昂嘶呀！

吕　后　这么难驯的烈马，还不如杀了。

萧　何　杀？

吕　后　杀！

刘　邦　杀……

萧　何　圣上？

刘　邦　马……

萧　何　哦。

刘　邦　朝中政务，一应由皇后亲理。如遇大事，请教萧何。

吕　后　（心领神会地）臣妾明白。

刘　邦　出征！

［出征号懒洋洋响起。

第十场

［景同第五场。吕后上。

吕　后　（唱）　送御驾讨陈豨亲征代地，

受嘱托理朝政国事主持。

吕雉我虽女流须眉胸志，

怎甘心在深宫挠首弄姿。

点将台论烈马领会圣旨，

用计谋斩韩信把令来施。

［吕台带栾仲、栾魁上。

吕　台　栾魁带到。

吕　后　稍时萧丞相到来，你可要大胆讲话。

栾　仲　娘娘放心，奴才都吩咐好我家兄长了。

栾　魁　小人一定大胆讲。

吕　后　侄儿，带他们下去候着。

吕　台　随我来。

［吕台带栾氏兄弟下。审食其上。

审食其　萧何到了。

吕　后　请他进来。

审食其　有请萧丞相！

［萧何上。

萧　何　（唱）　皇后忽然相召请，

不明其中是何因。

一路行来主意定，

凡事只听不吭声。

萧何见过皇后！

吕　后　请坐。

萧　何　谢坐。

吕　后　听说丞相近日身体欠佳？

萧　何　回皇后，是。

吕　后　丞相年事渐高，还望珍惜才是。

萧　何　回皇后，是。

吕　后　御驾亲征，未知战局如何，丞相也是忧心忡忡吧？

萧　何　回皇后，是。

吕　后　太子年少，本宫力单，朝中诸事，还赖丞相。

萧　何　回皇后，是。啊不，全凭皇后做主。

吕　后　丞相……（见其假寐，高声）丞相！

萧　何　（故意一惊）回皇后，啊不，皇后说了什么？

吕　后　丞相怎么犯困了？

萧　何　老臣犯困了？老臣怕是年事渐高，神滞耳背，皇后要说什么？

吕　后　请问丞相，京中诸侯近来是否安分？

萧　何　（极其敏感地）安分，安分！

吕　后　淮阴侯呢？

萧　何　淮阴侯么，更是安分，安分得很哪！

吕　后　怎样个安分呀？

萧　何　闭门著书，概不会客，便是老臣前去，也是自讨闭门羹。

吕　后　据本宫所知，淮阴侯并不安分。

萧　何　怎么个不安分呀？

吕　后　私通陈豨，密谋起事。

萧　何　皇后说话，可是要有凭证的。

吕　后　现有淮阴侯府中舍人上告。

萧　何　舍人上告？

吕　后　带了上来。

［吕台带栾仲、栾魁上。

吕　后　栾魁，你将淮阴侯密谋造反之事，具实讲来。

栾　魁　小人栾魁，乃是淮阴侯府中舍人，跟随韩信多年，知他素怀野心，近日又知他与人密谋，欲联合陈豨共谋汉室，还说要乘着皇上亲征之际，调动淮南王英布，梁王彭越人马攻打长安，到时候韩信在内中起事，放出死囚犯，先杀死皇后与太子，然后登基称帝。

萧　何　你说的可全是实话？

栾　魁　句句实话！

萧　何　不是编造？

栾　魁　不是编造！

萧　何　我问你，你说淮阴侯与人密谋，是与何人密谋，密谋在何处？

栾　魁　是与他夫人殷桃娘密谋，在他们的卧房内。

萧　何　除了夫妇二人，还有何人共谋？

栾　魁　并无他人共谋。

萧　何　不对，分明还有一人。

栾　魁　没有了。

萧　何　有。

栾　魁　那是谁呀？

萧　何　是你！

栾　魁　我？不，小人冤枉！

萧　何　冤枉？哼，既然你并未共谋，那夫妻卧房中密语又如何得知？分明是蓄意陷害。来呀，与我绑起来，老臣带回府中亲自审问。

栾　魁　栾仲兄弟快救我！

栾　仲　丞相息怒。小的栾仲，乃栾魁一母兄弟。上次侦查钟离昧，便是小的去了淮阴。小的常听兄长说起，韩信夫妇平素就是满腹牢骚，每每对圣上和皇后多有微词。陈豨去代地之前，曾经转道淮阴，与韩信共谋造反。

栾　魁　陈豨与韩信在淮阴共谋造反，小人也是亲眼所见。

栾　仲　这是我兄弟二人的笔录，请丞相过目。

萧　何　分明是罗织杜撰，一派胡言！

栾　魁　信不信由你，反正我们兄弟是豁出去了。韩信如今不过是小小的淮阴侯，我们兄弟要升官发财，自然要投靠皇后娘娘！

吕　后　住口，胡说些什么。

萧　何　小人！小人！小人！

吕　后　吕台，带他们下去。

吕　台　是。

［吕台带栾氏兄弟下。

萧　何　皇后，老臣告辞了。

吕　后　慢着。丞相，朝中出了这么大事，你怎么还能走呀？

萧　何　无中生有，无稽之谈，圣上远征在外，萧何岂敢胡作非为。

吕　后　韩信密谋造反，人证笔录俱在，你身为丞相，怎能坐视不管？

审食其　是呀，丞相，皇后还仰仗你拿主意呢！

萧　何　若依老臣之见，皇后可派快马飞报圣上，请旨彻查，切不可轻信诬告，擅作主张。

吕　后　往返几千里，来去数十日，万一贻误时机，酿成祸害，丞相担待得起？

萧　何　那也不能由着你我，裁定韩信生死。

吕　后　圣上临行嘱咐，朝中如有异变，可先斩后奏。

萧　何　先斩后奏，可这是韩信！无有实据，谁敢斩？无有圣旨，谁能斩？

吕　后　我敢，我能。

萧　何　你？

吕　后　是，本宫。

萧　何　你可知道，韩信、张良、萧何，乃大汉三杰，功高齐天！

吕　后　什么大汉三杰？什么功高齐天？哼哼，一个挂冠逃遁，一个蓄意谋反，还有一个置大汉安危于不顾，徇情偏袒，狼狈为奸！

萧　何　你——血口喷人！

吕　后　好哇，萧何，你竟敢当面辱骂本宫。我还告诉你萧何，皇上既然授权于我，代理朝政，我就当得了家，做得了主，我还想斩谁就斩谁呢，你信不信？

萧　何　我信，我信，我怎敢不信！唉……

（唱）　吕后娘娘怒气盛，

口口声声要杀人。

妇人当道手段狠，

不由萧何不惊心。

我若不保韩信命，

无辜屈死栋梁臣。

我若来把韩信保，

只怕吕后不通情。

一时无计心绪紊，

啊呀，想起了校场杀马弦外音。

吕　后　其实本宫能有多大胆量，敢杀韩信。丞相跟随圣上多年，应该知道圣上的忌讳。那韩信五次三番藐视圣上，圣上也都忍了。为什么，不就是念他是匹好马吗？可如今圣上亲征在外，韩信留在长安，圣上实在不放心！

萧　何　不放心……

（唱）　怪不得圣上把烈马来论，

怪不得张子房及早抽身。

怪不得对萧何少了信任，

怪不得淮阴侯不能带兵。

怪不得授内人执掌朝政，

怪不得怂小人诬陷功臣。

思前想后事有因，

早有密旨授内廷。

可叹君王少仁义，

兔死弓藏走狗烹。

想到此处心寒冷，

不由萧何泪纵横。（叹息，无奈）

既然圣上授意杀韩信，老臣也无能为力。老臣告辞！

吕　后　丞相慢走，本宫还有一事相求。

萧　何　皇后不是要萧何亲自操刀，去杀韩信吧？

吕　后　谁不知丞相乃韩信伯乐，怎好劳丞相亲自动刀。本宫是怕韩信武艺高强，前去拿获，难以降伏，故而请丞相亲自走一趟，把韩信诓入未央宫。

萧　何　萧何诓韩信，与执刀何异，不，不去！

吕　后　只要丞相答应本宫，本宫可保两件事情。

萧　何　什么事情？

吕　后　一保韩信全尸。

萧　何　二呢？

吕　后　二保萧何善终。

萧　何　这……

吕　后　审大夫，送萧丞相。

审食其　丞相请。

萧　何　请，请，请……

（唱）　卖友求荣图什么，

从此世人骂萧何。

成也萧何败也何，

萧何萧何莫奈何！

[萧何垂头丧气地下。

第十一场

[景同第八场。胡屠上。

胡　屠　禀侯爷，萧丞相到。

[韩信、萧何分别上。

韩　信　丞相。

萧　何　将军。

韩　信　丞相前来，是否通报战况？

萧　何　不是。

韩　信　不知前方战事，究竟如何？

萧　何　将军管它作甚。

韩　信　韩信已致书彭英二将，依计鼎助圣上，料必平定陈豨，指日可待。

萧　何　大将军还在运筹帷幄，决胜千里么？

韩　信　圣上亲征，殊不知还是韩信用兵。

萧　何　（看着他，深长一叹）唉！

韩　信　丞相因何叹气，莫非前方战事不顺？

萧　何　将军料敌如神，千里用兵，那陈豨又怎堪一击。

韩　信　如此说来，圣上已大获全胜了？

萧　何　圣上大获全胜，圣上他、他、他已班师回朝了。

韩　信　哦？哈哈……我就料到了！丞相是来邀我进宫的么？

萧　何　啊，进宫，将军何以知晓？

韩　信　圣上凯旋回朝，自然邀集群臣，大摆庆功宴，你我理当前去庆贺。

萧　何　是，是，将军当真要去庆贺？

韩　信　那是当然。

萧　何　果然要去？

韩　信　要去要去。

萧　何　既然是你自己要去，那就怪不得我萧何了。将军，我看你还是和夫人幼子道个别吧。

韩　信　既非远行，又不出征，丞相，我们走吧。

萧　何　不，你要道，你一定要道，韩信呀韩信，你就听我一言，道个别吧……

［萧何背身拭泪，殷桃娘走上见之。

韩　信　哈哈哈，也罢，也罢，韩信便道别一声，道别一声！

萧　何　慢着，萧何我先走一步，我在那未央宫前等候将军，你慢慢地来吧。

［萧何忍泣奔下。殷桃娘蓦然惊讶。

殷桃娘　啊，夫君，萧丞相因何洒泪而去？

韩　信　无有呀？圣上班师回朝，丞相邀我入宫庆贺，我正要与你道别一声。

殷桃娘　不，丞相分明洒泪而去，似有无限悲伤。怎么，丞相说圣上回朝了？

韩　信　是呀。

殷桃娘　三军凯旋，浩浩荡荡，怎会无声无息？

韩　信　这倒也是。

殷桃娘　夫君入宫庆贺，可是圣上相邀？

韩　信　想必是吧。

殷桃娘　拿来我看。

韩　信　什么？

殷桃娘　圣旨呀？

韩　信　无有。

殷桃娘　即无圣旨，又无宫谍，你如何入得宫去？

韩　信　丞相言道，他在未央宫前等候韩信。

殷桃娘　未央宫，怎么不是长乐宫？夫君，想那未央宫乃吕后宫殿，圣上庆功怎会不在长乐宫？莫非……

韩　信　莫非什么？

殷桃娘　莫非圣上并未还朝？未央，未央，未可央也，夫君还是不要去吧？

韩　信　为何不去？

殷桃娘　夫君你想么，那吕后一向视你为眼中钉，肉中刺，必欲除之而后快，而今仅凭丞相一言相邀，贸然前去，岂非自投罗网嘛。

韩　信　萧何邀我，难道还会有诈？夫人纵信不过吕后，还信不过萧何么？不必多虑，不必多虑！

殷桃娘　可桃娘分明看见萧何眼中一汪泪水呀！

韩　信　不，不，韩信得有今日，皆拜萧何所赐，萧何萧何，韩信伯乐。

殷桃娘　夫君——

韩　信　好了，你将娇儿抱出来，让我看看。

［殷桃娘下，旋抱婴儿上，韩信逗弄着。

韩　信　哈哈，萧丞相要我与娇儿道别，我就与你道别，怎么，你还不笑，哎呀，怎么哭起来了。

［殷桃娘抱过婴儿，母子同悲。

韩　信　啊呀夫人，娇儿啼哭，你怎么跟着他哭。

殷桃娘　（愈加伤心地）夫君！

（唱）　丞相嘱你别儿郎，
料定此去不寻常。
你不是横枪立马去战场，
你不是挂帅出征去远方。
你不是冲锋陷阵去杀敌，
你不是建功立业去边疆。
你是去不知深浅的地方，
你是入不知凶吉的未央。
你是赴不知有无的盛宴，
你是随悲悲切切的丞相。
这点点滴滴异常迹象，
你一丝一毫都不放心房。
夫君呀，将军哪，莫怪我重重忧愁在脸上，
种种不祥教我暗神伤。
烽火年月常分手，
虽然惆怅不悲伤。
而今长聚却多梦，
每回惊醒泪汪汪。
今日事太多疑团令人费思量，
就好像一旦撒手永再难成双。
但愿我忧虑过甚生幻想，
今夜晚还与你灯下弄儿喜洋洋。

夫君，你就再看看婴儿，看看桃娘吧。

韩　信　（唱）　一番话听得我顿生惆怅，
一片情一分爱教人感伤。
男儿们豪气干天总孟浪，

不体会女儿柔情与细肠。
桃娘啊，多少年累你操神心难放，
多少回累你忧愁泪暗淌。
多少事累你费神费思量，
一件件一桩桩感动在心房。
夫人夫人把心放，
无风无雨莫惊慌。
夫君去了就回转，
今夜依然弄儿郎。
你看他一双眼睛多明亮，
望着父又望着娘。
等到来年菜花黄，
带他一同回家乡。
哎呀娇儿又把悲声放，
莫奈何且放下儿女情长。

夫人，我去了！

［韩信下，婴儿大哭。胡屠急上。

胡　屠　夫人，将军哪里去了？

殷桃娘　进宫去了。

胡　屠　夫人，大事不好，吕台带兵围在府外，说将军谋反，被萧何诓至未央宫问斩，吕台和栾氏兄弟带着吕后的懿旨，要抄斩将军全家，怎么办？

殷桃娘　啊呀……（晕眩）

胡　屠　夫人醒醒，夫人醒醒！

殷桃娘　（忽地立起，迅速镇定）胡屠兄弟，来，抱上婴儿，藏好兵书，请上受殷桃娘一拜！

（唱）　不提防果然大祸临，

拼生死保全一条根。

拜胡屠暗道去逃命，

托孤儿千里回淮阴。

从今后改名换了姓，

全看作是你的亲生。

这兵书行行血泪浸，

留着它传于后来人。

倘若是九泉有感应，

我夫妻叩拜你的大恩情！

胡　屠　夫人放心，胡屠一定把公子养育成人，一定让兵书传于后世！

殷桃娘　快走！

［胡屠抱婴儿下。殷桃娘披挂上身，裹一假襁褓缠在胸前，点火烧房。

［吕台和栾氏兄弟带兵上。

吕　台　将韩信妻儿统统杀死！

［开打，殷桃娘武艺了得，杀死数人并栾氏兄弟，纵入大火，烈焰腾空。

吕　台　好，好，看着他们母子活活烧死！

第十二场

［未央宫。韩信上。

韩　信　（唱）　宫门前见萧何引入大殿，

淮阴侯整衣冠迈步向前。

为什么空寂寂不见盛宴?(寻唤萧何)

丞相,丞相!

唤丞相人不见所为哪般?

啊呀,大殿无声透凶险,

气象森严伏机关。

待我转了回去!

[绊绳纵横,武士涌上,韩信被擒。吕后、审食其、吕台等上。

吕　后　哈哈……

韩　信　皇后因何缚我?

吕　后　奉旨擒贼,还不下跪!

韩　信　圣上何在?

吕　后　远征未归。

韩　信　诱捕韩信,可有圣旨?

吕　后　无有圣旨,却有圣意。

韩　信　圣意怎解?

吕　后　烈马不驯,何妨杀之。

韩　信　丞相现在何处?

吕　后　萧何诓韩信,大功已完成。

韩　信　啊,原来尔等串通一气,加害韩信!

吕　后　密谋造反,死有余辜。

韩　信　有何凭据?

吕　后　私藏逃犯,意图造反,此其一也。

韩　信　还有二么?

吕　后　勾结陈豨,密谋篡汉,此其二也!

韩　信　有无证人?

吕　后　门下栾魁。

韩　信　栾魁？唤来对质。

吕　后　不用了，栾魁兄弟随吕台前去抄斩淮阴侯府，已被你夫人殷桃娘所杀。

韩　信　你们把我妻儿怎么样了？

吕　后　怎么样，是他们自己投身火海，烧死了。

韩　信　天哪……你竟敢如此对待韩信，蓄意陷害功臣。快与我松绑，我要面见圣上，辩白冤情！

吕　后　冤，你还有冤？

韩　信　冤，冤，冤！

吕　后　好，我倒想听听你冤在何处？

韩　信　吕后，你与我听着！

吕　后　我听着呢。

韩　信　（慷慨陈辞地）嬴秦暴政，诸侯纷起，韩信仗三尺剑，背楚投汉，辅助刘邦。蒙萧何保荐，汉王筑坛拜将，是我统帅数十万大军，明修栈道，暗渡陈仓，收复齐赵，平定三秦。那时节，天下大局系于韩信一身，不错，是有人劝我抛弃汉王，三足而立，我若想称王称霸，可谓易如反掌，可是韩信却未曾反。垓下之战，十面埋伏，楚霸王败走乌江，此刻，又有人劝韩信反，放项羽过江，自立为王，牵制楚汉，独自坐大，可是韩信还是不反。项羽自刎，汉王称帝，夺我帅印，封我楚王，纵然那时，我依然握有雄兵十万。收留钟离昧，圣上假游云梦泽，是时，还是有人劝我反，要我在云梦泽哗变，拘拿圣上，取而代之，可是韩信还是不反。如此一而再，再而三，韩信若反何不早反？而今贬为小小的淮阴侯，形同软禁，失重朝野，这般时节，我倒要反了？哈哈，哈哈，哈哈……韩信何至于这般愚昧！想我韩信，光明磊落，坦坦荡荡，所以忠诚不改，乃是感恩圣上，若不是圣上重用韩信，韩信哪有今日成就，今日功名？我这是以仁报仁呀！谁知竟一再遭受猜忌，教我一腔忠诚，无所适从。最后竟然落在你吕雉的妇人之手，我不甘心哪！

吕　后　（早已不耐烦地）你说完了吧？淮阴侯，死到临头，你还有什么请求？

韩　信　有，我要见皇上，见刘邦！

吕　后　怕是你今生今世也见不到了！韩信，你记住，明年今日便是你的周年。本宫姑念萧丞相的情面，留你一具全尸。带下去！

韩　信　不，我要见萧何，见刘邦，见刘邦！

［吕台打昏韩信，命武士抬下。

吕　台　请问姑妈，怎样才是全尸？

吕　后　关进钟室，活活震死。

第十三场

［钟室。室内韩信倒卧。室外一名宫尉执戟看守。吕台上。

吕　台　子时一到，千钟齐震，无有令止，不得停敲。

宫　尉　是。

［吕台下。岳中与秋兰潜上，岳中杀死宫尉，打开钟室。

秋　兰　将军，将军！

韩　信　秋兰？

秋　兰　将军！

韩　信　这是什么所在？

岳　中　未央宫钟室。

韩　信　为何把我关进钟室?

岳　中　吕后想用钟声把将军震死。

韩　信　为何还不撞响?

岳　中　子时撞响,还有不到一个时辰。

秋　兰　将军,我们是来救你的!

韩　信　你们救我?

岳　中　将军,钟室下面有条通水暗道,直达郊外,将军只要钻下水洞,便可出宫。秋兰,你陪伴将军逃生,岳中掩护你们。

秋　兰　将军,我们快走吧。

韩　信　且慢,这钟室下面有条水洞,你们要我钻了下去,暗道逃生?

岳　中　是啊,将军快走吧。

韩　信　不,不,不,韩信岂能如此逃生。

岳　中　为什么?

韩　信　你们听着!

（唱）忆当年韩信曾受胯下辱,
只因为未酬壮志与宏图。
今日我地洞逃遁求活路,
教世人讥讽偷生大丈夫。
谢不尽侠肝义胆来救护,
我这里三桩遗愿相托付。

秋　兰　将军,你说吧,我们听着。

韩　信　（唱）第一桩悄悄拜访丞相府,
说韩信对他萧何怨愤除。
体谅他一眶老泪莫能助,
愿丞相效法张良走江湖。

岳　中　将军放心，岳中一定转告萧丞相。

韩　信　（唱）　第二桩回乡拜上老漂母，
说韩信临终不忘一饭哺。
原谅我未曾尽孝送入土，
未央宫遥向淮阴作一哭。

秋　兰　将军放心，秋兰记下了！

韩　信　（唱）　第三桩韩信死后遗骸骨，
把我们患难夫妻葬一窟。
那坟茔就在清河钓鱼处，
刻一行韩信桃娘好夫妇。

秋　兰　将军放心吧……将军，听说公子没死，被胡屠大哥救走了，胡屠大哥还带走了将军写的兵书呢！

韩　信　（唱）　平生兵法简上著，
侥幸身后留遗孤。
年年清明雨如注，
听取后人为我呼。

秋兰、岳中，你们快走吧！

秋、岳　（痛不欲生）将军……

韩　信　快走！

［秋兰、岳中下。

［钟声撞响，起时沉闷，继而响亮……

韩　信　哈哈，韩信生也轰轰烈烈，死也动地惊天！哈哈，哈哈，哈哈……

［韩信长笑不已，韩信的笑声与丧钟的轰鸣汇成交响……

［剧终。

越剧

真假驸马

人　物　董文伯　董文仲　公　主　董　母　匡　正　小　慧
皇　帝　皇　后　家　人　婢　女　仪　杖　宫　尉
(注)董文伯、董文仲系孪生兄弟，剧中由同一演员兼饰。

第一场　荣　归

［幕启，青山秀水，景色宜人，一座飞翘的绝壁上题着“阴阳岭”，于静谧中透出危机。

［幕内唱：“荣华一场梦，

转头皆成空。

高处不胜寒，

盛极时已穷。

爱也痛，恨也痛，

聚也痛，散也痛，

冥冥之中谁主宰，

一怀愁绪问苍穹。”

［喜乐声起，仪仗吹打上。

仪　仗　状元驸马，荣归省亲，公主随行，返回京城！

［仪仗站立，董文伯偕公主神采飞扬地上。

董文伯　（唱）　中状元、招驸马，

喜荣归、接亲眷，

董文伯三世寒门本贫贱，

飞身跃上九重天！

公主，你来看！

远山近水带笑脸，

花草树木也称羡。

眼前风景如画卷，

一路回京喜乐喧。

［董文伯、公主漫步赏景。

公　主　（唱）　金枝玉叶长宫苑，

笼中深锁十六年。

今随驸马回桑梓，

方知最美是自然。

驸马，你也来看！

百鸟赛歌绕山啭，

秀峰隐映白云间。

何不携手同登顶，

绝处一览众山巅。

董文伯　不可，不可。

公　主　因何不可？

董文伯　公主有所不知，此处乃是阴阳岭，虽是天下奇观，脚下却是万丈悬崖，一旦失足，便有去无还，还是绕道而行吧。

公　主　我要去，我要去嘛！

董文伯　也罢，待我小心翼翼，保护爱妻。下面听了，状元公与公主上山观景，你们在此迎候老夫人和二公子。

［董文伯与公主上山舞蹈，仪杖退下。

［阴阳岭上，忽然电闪雷鸣，风雨交加，公主不慎滑倒，董文伯上前救护，自己却翻身坠崖。

公　主　（惊呼）啊，驸马！驸马——快来人哪，快来搭救驸马呀！

［风狂雨暴，无人应答。

公　主　（绝望地）天哪——

（唱）　霎时间雷鸣电闪天地旋，

驸马他飞身救我坠深渊。

黑沉沉万丈谷底人不见，

独自儿呼天抢地困山巅。

［公主呼救中晕倒。董文仲寻唤上。

董文仲 哥哥，嫂嫂，你们在哪里……啊，嫂嫂怎么倒在地上？公主醒醒！嫂嫂醒醒！

公　主 （醒来，猛然抱住董文仲）啊，驸马……

董文仲 嗨，嫂嫂，你怎么又把我当成驸马了，我不是驸马董文伯，我是董文伯的孪生兄弟董文仲啊！嫂嫂，我兄长呢，怎么不见他？

公　主 啊呀文仲兄弟呀！

（唱）　只因我把风景恋，

风景绝处遭风险。

驸马为了救护我，

他、他、他……失足坠下万丈渊！

董文仲 你说什么，我兄长董文伯为了救你，他、他、他……跌下了万丈深渊！

（唱）　猛然间沉了地、坍了天，

生离死别顷刻间。

一路上母亲叮嘱慢、慢、慢，

果然失足在山涧！

公　主 文仲，好兄弟，你要赶快叫人搭救驸马呀！

董文仲 公主，想这阴阳岭下乃是万丈深渊，古往今来，不知有多少游客在此丧生，莫说搭救，就是连尸骨也难收回呀！兄长……

（唱）　兄长啊，我与你虽是孪生亲兄弟，

可如今，你的命贵我命贱。

恨不能失足丧命是文仲，

恨不能替兄而死换兄还。

兄长悬崖一撒手，

留下老母怎延年。

母亲还等着兄长和公主下山，可兄长……教我如何忍心告诉她老人家呀……

公　主　（深深内疚）这……

（唱）　一路春风回家园，

满面荣光返宫院。

因我一时任了性，

转瞬欢喜变愁怨。

我当怎自处，

我该怎么办，

难道说就此分道各一边，

这教我今生今世心何安？

董文仲　想想母亲自小偏爱兄长，好的给他吃，新的给他穿，而文仲我五岁就上山打柴，七岁便下田耕地，一家人吃辛受苦，就盼着兄长能考取功名，日后有个依靠，可是转眼之间便烟消云散！也罢，兄长文伯死了，还有兄弟文仲，文仲我就是再去打柴卖鱼，也要独自奉养母亲！公主，我们下山吧。

公　主　（思索着）文仲且慢……

（唱）　文仲兄弟悲声咽，

孝心奉母实堪怜。

一家辛苦荣华梦，

砰然爆碎在面前。

我若是奉婆母去到乡间，

娇公主蓬门守寡实在难。

我若是偕他们回返宫苑，

又恐怕长居皇宫难久安。

罢罢罢，狠心抛撇京都转，

美姻缘洒泪埋葬离恨天。

文仲兄弟，我们下山！（趔趄）

董文仲 啊，公主受伤了？

公　主 （负痛）啊哟……

董文仲 公主，山路难行，就让我背你下山吧？兄长已经失事，你可再不能有危险了，公主，来吧。

公　主 不，不……（挣扎又跌倒）

董文仲 （着急地）公主，就让文仲背你吧，不管怎么说，你都是我母亲的儿媳，是我文仲的嫂嫂呀，等我把嫂嫂平安地背到山下，然后，然后……

公　主 然后便怎样？

董文仲 然后母亲就再也没有儿媳，文仲就再也没有嫂嫂了……（伤感）

公　主 （亦伤感）好，文仲，你就背背嫂嫂吧……

［董文仲弯腰背起公主，缓慢移步。

董文仲 （唱）　寸寸儿移步慢、慢、慢，

公　主 （唱）　泪珠儿滴落二弟肩。

董文仲 （唱）　兄长也曾背嫂嫂，

公　主 （唱）　那是调皮和喜欢。

董文仲 （唱）　兄长背的是团聚，

公　主 （唱）　兄弟背的是离散。

董文仲 （唱）　从此兄嫂两不见，

公　主 （唱）　想到离散情何堪？

［幕内唱:“啊,慢、慢、慢,

啊,难、难、难,

情难舍? 心怎安?

猛然一念上心间!”

公　主　文仲,快放嫂嫂下来,嫂嫂有话要讲!

董文仲　好吧,嫂嫂小心。

公　主　(上下地打量着他)文伯……文仲……

董文仲　(不解地)嫂嫂为何盯住我看?

公　主　(喃喃地,若有所思)像……像……太像了……

董文仲　嫂嫂,你在说什么? 我们快下山吧!

［幕内唱:“为什么辗转不定?

为什么心事沉沉?

那一边文伯撒手匆匆去,

这一边难离难弃两亲人。”

公　主　啊呀文仲兄弟呀! 嫂嫂我虽是皇家之女,但既嫁与董家,便是董家之媳,天长日久,荣辱与共!

董文仲　嫂嫂此话何意?

公　主　文仲!

(唱)　董氏世代皆寒门,

婆母二弟倍艰辛。

眼见得苦尽甘来灾祸临,

我岂能袖手旁观独自行。

文仲啊,只因嫂嫂铸大错,

愿做董氏未亡人。

董文仲　董氏未亡人,这是什么意思,莫非嫂嫂不回宫了?

公　主　不,嫂嫂愿偕婆母与二弟一同回京。

董文仲　哥哥死了,我和母亲还进京作甚?

公　主　哥哥死了，还有弟弟，文伯死了，还有文仲，驸马府依旧灯火阑珊！

董文仲　嫂嫂这又是何意，文仲不懂。

公　主　懂也罢，不懂也罢，一切听从嫂嫂安排。文仲兄弟，下山吧！

（唱）　李代桃僵难辨分，
且保荣禄与门庭。
文仲他日后可纳妾，
公主我愿担夫妻名。

［小慧寻上。

小　慧　公主，老夫人带人找上山了，老夫人不放心驸马和公主，要你们快快下山赶路！哎，怎么不见驸马呀？

公　主　小慧，你去把老夫人搀扶过来，就说我有大事商议！还有，除了你和老夫人，任何人不得靠近！

小　慧　是！（疑惑地下）

董文仲　公主，我们快下山吧。

公　主　（异样地看着他）文伯……

董文仲　（不解地）公主……

公　主　（走进他）驸马……

董文仲　（有点怕）嫂嫂……

［夕阳西坠，孤鸦声凄……

第二场　寿　诞

［字幕：三年过后，董母寿辰。

［董府寿堂，张灯结彩，家人婢女往来忙碌。

[幕内唱:“红烛烧,喜乐闹,
拜寿礼,献寿桃。
各部官员都来到,
宴厅饮酒醉方了。
再到堂上加官跳,
老夫人寿比南山高。”

[公主、董文仲拥着董母上,小慧随上,俨然喜庆气象。

董　母　哈哈哈……

(唱)　满眼里富贵与荣耀;
满耳里笑声乐陶陶;
满怀里愉悦和欢喜;
满心里舒泰意气高!

公　主　啊,驸马,今日婆母添寿,你我当拜大礼。

董　母　贤媳身怀有孕,不拜也罢。

公　主　人之孝道,理当要拜。

董文仲　对,要拜,要拜!哈哈……

(唱)　厅里堂上笑声嚷,
母亲祝寿心花放。
董文仲诗书未曾读几行,
凭空做起状元郎。
百官敬我为驸马,
皇上称我是东床。
若不是公主示范我模仿,
早就出乖露了相。
如今是三年学成书生样,
寿堂上,红袍乌纱喜洋洋。

公　主　(唱)　堂前欣闻笑语声,

厅里宾客庆寿辰。

三年如临亦如履，

今日始觉一身轻。

啊，驸马，堂上高朋满座，你我搀扶婆母前去受礼。

董文仲 说得是。

董　母 （脚下一滑，险些跌倒）哦呦呦，遍地烛油，险些滑倒。

公　主 婆母小心。

董　母 不妨事，不妨事，待我前去受礼，哈哈哈……

［小慧搀扶董母下。

［内声："刑部尚书匡正匡大人到！"

董文仲 公主，这个匡正又是谁呀？

公　主 是驸马的同年榜眼，而今的刑部尚书，你可不能怠慢于他。

董文仲 我知道了，同年榜眼，刑部尚书……

［公主附耳交待，文仲仔细聆听。

［匡正上。

匡　正 （唱）边陲三载立功勋，

辗转提升回帝京。

三载未谋驸马面，

今日重续同科情。

忆当年他壮志凌云怀抱负，

谁知晓温柔乡里度三春。

哈哈哈……啊，恭喜公主驸马，贺喜董老夫人！

董文仲 啊，老同年驾到，有失远迎，望乞恕罪！

匡　正 岂敢，三年不见，我还真怕你不认老朋友呢？

董文仲 哪里话，我董文伯岂能不认你方大人！

匡　正 什么？

公　主 （低语）是匡大人。

董文仲　（一拍额头，掩饰地）对对对，汪大人！

匡　正　啊？

公　主　驸马，你的酒吃多了，明明是匡大人，你怎么叫起方大人、汪大人了？

董文仲　（机警改口）哎，我不是在叫匡大人么，你怎么听成方大人、汪大人了？难道我的同年老朋友，而今的刑部尚书匡正，我还能认不出么？匡大人，你说是也不是？

匡　正　是啊，是啊，驸马好像是没有叫错呀，不过，就是叫错也不要紧哪！

董文仲　为何？

匡　正　贵人多忘事嘛！

董文仲　啊？

匡　正　啊？

董文仲　哈哈哈……

匡　正　哈哈哈……

董文仲　匡大人，不不，匡仁兄请！

匡　正　驸马、公主请！（隐隐不悦地下）

董文仲　（拭汗）好险哪！

［公主提示着，董文仲点着头，二人同下。

［小慧叹息着上。

小　慧　（唱）　今日里宾客满座酒肉香，
寿烛溢油笑声扬。
忽然想起董文伯，
孤魂寂寞在他乡。
后悔生前少侍奉，
总像欠下一本账。

想我小慧本是公主身边的贴身宫女，自从董文伯死后，公主就再不拿我当使唤了，董家也把我当主人待，公主还说要为我谈婚论嫁，可我总觉得这些都是用董文伯的死换来的，所以心里也总是不安。不过再想一想，这些事情原都是不得已而为的。我还是不要多想什么，快活一日且一日吧。（拭泪，破涕为笑）

［董文伯衣衫褴褛地上，较之三年前，明显地憔悴衰弱。

董文伯 （唱） 只缘此身坠深山，

虽生犹死逾三年。

大难过后获天光，

无奈身心两受残。

为什么一路正名无人信；

为什么反讥文伯是疯癫？

难道是衣烂形销难认辨；

难道是一缕幽魂在人间？

眼前还是旧庭院，

是否换了新门环。

（试探地）公主！公主——

小　慧 外面有人叫唤，待我出去看看。

［小慧走出，董文伯避让。

小　慧 哦，原来是个落魄书生。你过来，这是一两银子，你拿去吧。

董文伯 哎，你不是公主身边的贴身丫环小慧么，怎么，连你也认不出我了？

小　慧 你是……

董文伯 我是你的主人董文伯呀！

小　慧 董文伯，驸马爷，大公子……

董文伯 是我呀！

小　慧　啊呀呀，果然是公主的驸马，你没有死呀？

董文伯　死了还会回来么？

小　慧　啊呀大公子，这可真是人间奇迹了，你快跟我进来！（领着董文伯进门，放声大叫）老夫人、公主、二公子，驸马回来了！

［小慧欢天喜地叫下。董文伯打量四周，渐渐找回感觉。

董文伯　万想不到，朝廷还保留着我的爵禄，真是谢天谢地呀！但不知公主与我母亲、二弟，这三年又是如何度过？

［小慧拉着公主和董母上。

董　母　人死岂能复生，小慧，你一定是看错人了吧？

公　主　是啊，小慧，看你疯疯癫癫地，一定是喝醉了酒。

小　慧　公主、老夫人，你们看——

董文伯　（激动不能自已地）公主……母亲……

公　主　（有点发愣）你……

董　母　（仍不介意地）嗯，倒是有点像我的儿子，像死去的文伯，也像活着的文仲……

董文伯　（砰跪跪倒）母亲！儿是文伯，儿回来了……

董　母　（震惊）啊！文伯儿，你、你、你……没有死吗？

董文伯　母亲大人哪！

（唱）　那一日坠落深山未丧命，
倒悬枯藤侥幸生。
醒来时遍体鳞伤周身疼，
满目白骨阴森森。

董　母　你是怎么活下来得呢？

董文伯　（接唱）饮山泉，嚼草根，
掏山凿洞求生存。
逃出死谷把县衙寻，

那糊涂官竟将我当作疯癫关入大牢三年整。

董　母　你是当朝驸马，他怎敢关你呀？

董文伯　（唱）　他说道当朝驸马未丧命，

与公主恩恩爱爱在京城。

公　主　原来如此……

董　母　好个糊涂的县官！

董文伯　母亲，公主，你们都不必责怪，不管怎样，我总算活着回来了。文仲弟弟呢，怎么不见他？小慧，你与我砌杯香茶来，我要把这三年的辛酸与母亲和公主从头谈谈。

小　慧　是，大公子。（下）

［忽然，幕内爆发出宾客的喧闹，董母、公主又悚然一惊。

董　母　啊……

公　主　天哪……

［幕内唱："是前缘，是神话；

是亲人，是冤家；

是悲是喜，是惊是怕；

是荣华富贵，是酸甜苦辣；

庆团圆——

慌慌张张驸马家！"

董　母　（唱）　文伯儿死里逃生回到家，

怎忍把别后离情来表达……

公　主　（唱）　只道是尸骨难收阴阳岭，

又谁知侥幸生还一个他……

董文伯　母亲，公主，你们在想什么？

董　母　（痛苦万分地）儿啊，你这状元得来不易，招为驸马更是锦上添花，可你为何要死呢？既然死了，又回来做什么？

董文伯　母亲此话何意？公主，母亲她……

公　主　（也痛苦万分地）文伯，你在那地狱中度过了三年，可这三年来世上的事情你都不知道，有些事，一时半刻又讲不清楚……我看你还是先歇息一宵，有些事待明日再告诉你吧，啊？

董文伯　莫非家中出了什么事情？文仲呢，他怎么也不来见我？

董　母　今日乃母亲寿诞，文仲他正在应酬宾客。

董文伯　我去找他。

公　主　（急拦）你不能去！

董文伯　为什么？

公　主　不为什么，就是不能去，不能……

董文伯　奇怪，一路之上，世人把我看成疯子；回得家来，你们也吞吞吐吐，好像我九死一生挣扎回来，倒有什么不妥之处？

董　母　儿啊，你不要胡思乱想，看你衣衫褴褛，面容憔悴，哪里像个状元驸马，又怎便去见客呀？

董文伯　说得倒是。

董　母　儿啊，听公主的安排，先到后花园去换件衣裳，歇息歇息，等到客人散尽，一家人再叙再谈，你看好吗？

董文伯　也好。

公　主　小慧，带驸马去后花园。听着，当说的说，不当说的暂且不要说。

小　慧　公主，我知道了。大公子，走吧。

［董文伯无奈地跟随小慧下。公主、董母始觉大难临头。

公　主　婆母，儿原是权宜之计，没有想到……（说不下去）

董　母　儿啊，婆母不怪你，不怪你呀……

（唱）　原以为新肉已将旧伤补，

谁知他死去三年又回来。

公　主　（唱）　原只想李代桃僵把名分担戴，

到如今木已成舟怎挽回。

董　母　（唱）　事到如今难更改；

公　主　（唱）　离别重逢两可哀。

董　母　（唱）　若把兄弟再颠倒；

公　主　（唱）　身败名裂招祸灾。

董　母　公主，怎么办？

公　主　儿媳方寸已乱……

董　母　不能乱，不能乱呀……

公　主　婆母，时至今日，木已成舟，为保两全，只有让他兄弟二人变换名讳；兄称弟，弟称兄，府里文伯是一家之主，外面还由文仲周旋……

董　母　事到如今，实出无奈，也只好如此了……

公　主　文仲尚在厅堂应酬，婆母，你我也要打起精神，敬酒去呀！

董　母　敬酒……敬酒！

公　主　（唱）　且含住千行泪；

董　母　（唱）　咽苦涩吞伤悲！

［董母与公主相互扶持着，踉踉跄跄地下。

［匡正闷闷不乐地上。

匡　正　（唱）　叹人生，太炎凉，

昔日友情转眼忘。

酒冷情淡心不畅，

愁眉不展离宴堂。

这也真教人奇怪，我与董文伯刚刚分别三载，怎么竟如此健忘呢？

想当初结伴赴试京城往，

同行同住温华章。

金榜双双得高中，

携手上殿面君王。

驸马府同举玉樽抒宏愿，

他说道男儿不恋温柔乡。

他二弟葬身山崖我也曾来看望，

却不知为何被阻在门墙。

三年来几次晋京几番访，

回回难见驸马郎。

今日总算得相见，

他居然忽而方来忽而汪。

为何他眉间少了灵秀气，

为何他举止言谈总失常。

倒是那公主殷勤来周旋，

上下左右一人当？（似有所闻）

喜庆之日，花园内哪来男子叹息声？（忽有所见）公主不在堂上应酬，为何神色慌张，步履忙乱，急急匆匆往后花园而去！（思索）

看起来府中定有异常事，

且待我暗中观察探真相。

［公主过场下，匡正尾随而下……

第三场　相　会

［月夜，花园，不断传来宴席的喧哗声。

［董文伯换了洁净，独自徘徊。

［幕内唱："几人酒醉几人醒，

几人笑里泪水淋。

荣华深处愁正浓，

尴尬人对尴尬人。”

董文伯 （唱） 堂上喧闹一阵阵，

后花园里冷清清。

一轮寒月独照我，

团团疑云心头生。

为什么母亲言辞含混脸上布愁云？

为什么公主欢笑声里却闻啜泣声？

为什么堂前难见文仲面？

为什么小慧对我也瞒隐情？

满怀希望回家来，

关在后院锁上门。

人前不许我露面，

驸马府藏起驸马君。

疑、疑、疑，闷、闷、闷，

我好似一个多余人。

［公主上。

公　主 （唱） 急切来把驸马会，

走至近前步难挨。

多少话儿鲠在喉，

待要说时口难开。

三年来，他尝尽人世万般苦，

未曾开言我心先碎。

董文伯 谁在哭泣？

公　主 文伯，我与你相会来了……（泣不成言）

董文伯 是公主来了，你为何总是泪水涟涟，莫非家中真的出了大事？你讲，你怎么不讲呢？

公　主　（仍难以启齿）文伯，我……

董文伯　不要再吞吞吐吐，把人都急死了！

公　主　文伯，你不要急，我讲，我讲就是……

董文伯　讲呀！

公　主　哦，文伯，我是万万未曾料到，你还会活着回来呀。

董文伯　我也是万万未曾料到，九死一生挣扎回来，一家人对我竟如此冷漠！

公　主　文伯，你不要这样想，不要……

董文伯　那又到底为什么，你快讲嘛。

公　主　驸马有所不知，只因你掉下山崖，大家都当你死了，再不会回来，所以就让文仲顶替你的名讳，做了状元驸马。

董文伯　文仲用我的名讳，做了状元驸马，难道这状元驸马也可以顶替么？

公　主　文伯呀！

（唱）　那日岭上恋风景，
累你落崖险丧命。
只道自古无还者，
悔恨交集痛碎心。
念婆母从此身边无依靠，
念文仲无官无才少功名。
为保董氏荣华在，
李代桃僵一计生。
对外假意称夫妻，
府里谨守叔嫂情。
不提防真真假假两难处，
我……

董文伯　怎么?

公　主　(接唱)　种种无奈皆为着你董氏一门。

董文伯　为了保住荣华,不惜冒此风险,万一露出破绽,岂不身败名裂?大胆,无知,荒唐!

公　主　文伯说得是,可事到如今,你又能体谅我一二吗?

董文伯　(想了想)唉,你也用心良苦!公主,我的妻呀!

(唱)　难得你费尽苦心做安排,

难得你保全董家荣与贵。

难得你母亲面前常抚慰,

难得你领带文仲倾心怀。

难得你假扮夫妻顶名讳,

难得你尽节尽孝的女裙钗。

公　主　(情不自禁地)文伯,驸马……

董文伯　(拥抱着她)啊,阴阳岭上一别,恍如隔世,想不到还有今天!

公　主　(忽又敏感地推开他)文伯,你不要……

董文伯　(不解地)怎么,难道你我也成了假夫妻?(又要抱她)

公　主　(逃避地)不,文伯,你不要,不要……

董文伯　这到底是为什么,为什么?

公　主　我……已经身怀有孕!

董文伯　(大惊)身怀有孕,这是真的……

公　主　是真的……

董文伯　那么,你与文仲并非是假夫妻,而是真夫妻了?你——

公　主　文伯,你听我说,听我说——

董文伯　我不要听、不要听!天哪,真是无耻之极、无耻之极呀!

公　主　(跪下)文伯、文伯、文伯呀——

(唱)　呵斥辱骂我不怪,

求你听我诉悲哀。
原只想暂把名分来担待，
谁料及假戏做出真戏来。
你人情练达明事理，
须懂得日久生情难推开。
对婆母百依百顺尽孝心，
对文仲苦口婆心施教诲。
只说是就此相安度时日，
谁料你重又生还把家归。
我与你夫妻虽三月，
我与他恩爱已三载。
文伯呀，你学富五车才华高，
还可以重夺功名再婚配。
如今是定局已被人认可，
央求你就此屈用弟名讳。
对外文仲充兄长，
家中仍尊你为贵。
生前负君君垂爱，
容变牛马效泉台。

董文伯 （唱） 晴空霹雳将我震，
万把钢针刺我心，
说不出是爱还是恨，
道不明羞辱与伤心。
盗我者，是我一胞同生的亲兄弟；
欺我者，是我牵肠挂肚的老母亲；
负我者，是我日思夜想的结发妻；
伤我者，都是我相敬相爱的自家人。

结发妻子叫嫂嫂，
孪生兄弟称兄尊。
我挣扎回来图什么，
如今是死不算死，生不算生。
天地呀，你包罗众生育万物，
为什么独独不容我一人？

公　主　文伯，你骂我，你打我吧，只要你心里好受。

董文伯　事到如今，打你骂你又有何用？只恨当初我没有摔死，我又回来做什么呀！

［董文伯痛不欲生，公主无地自容。匡正闪过。

［小慧上。

小　慧　公主，驸马他——不不，二公子他到处找你，老夫人请你快过去。

公　主　（犹豫地）文伯，我……

董文伯　（挥挥手）你去吧！

［公主负疚地下，小慧随下。

［匡正闪出。

匡　正　真是古今奇谈，闻所未闻呀！

董文伯　你是匡正匡仁兄？

匡　正　正是，想不到堂堂状元驸马，竟落到这般田地。

董文伯　惭愧、惭愧！

匡　正　事到如今，贤弟有何打算？

董文伯　这个……

（唱）　占我功名非外姓，
辱我欺我皆亲人。
一朝反目成冤仇，
自相残伤怎忍心。

匡　正　这倒也是啊，不过贤弟在这个家中又何以自处呢？算生还是算死？算兄还是算弟？算丈夫还是算外人？唉，真是个尴尬呀！

董文伯　依匡仁兄之见，我又当何以自处呀？

匡　正　一局乱棋，只怕怎么下都下不好了。我看这样吧，你不妨先到我府中暂住几日，待心气平静之后，再作道理。

董文伯　也只好如此。待我去和公主道别一声。

匡　正　算了吧，何必自寻无趣，走吧！

董文伯　唉！

［董文伯与匡正下。小慧寻上。

小　慧　哎呀不好了，大公子不见了！大公子——董文伯——驸马——

［小慧唤下……

第四场　彷　徨

［多个表演区。家人、婢女挑着灯笼，往来穿梭。

［幕内唱："挑起灯笼四处奔，

大街小巷去找寻。

驸马离了驸马府，

急坏公主老夫人！"

［公主上。

公　主　（唱）　驸马悄然走，

令人心担忧。

暗中派人细查访，

只闻更声响钟楼。
我这里痛心疾首心愧疚,
老人家长吁短叹泪难收。
听帘内文仲鼾睡正香甜,
他怎知家中大难将临头。
几番欲把真情透,
几番话又咽下喉。
只怕他性情单纯人忠厚,
大波大澜难经受。
文伯呀,你现在何方,
是否安睡、是否忘忧?
可知我牵心挂肠、百虑千愁!

[董文伯上。

董文伯 (唱) 耳听谯楼起更声,
倍觉寂寞夜深沉。
冷月孤灯相辉映,
一颗心儿寒如冰。
翘首望,思亲人,
思亲人,更伤情,
更伤情,泪纷纷,
泪纷纷,暗呻吟,
暗呻吟,一声声,
一声声,唤娘亲!

娘,娘啊,你在哪里,你可知道儿在想你么……

[董母上。

董　母 (唱) 听儿唤,一声声,
娘亲思儿正心疼!

我一家书香门第本清贫，

儿的父应试未中病死在京城。

孪生兄弟仅三岁，

含辛茹苦养成人。

原以为望子成龙耀门庭，

谁料想好景不长祸又生。

文伯出走无音讯，

五内如焚痛娘心。

文伯，我儿，你快回来呀——

公　主（唱）只怪我思虑不周失谨慎，

害得他母子兄弟两离分。

董　母（唱）只怪我难舍公主婆媳情，

害得她面对兄弟难做人。

公　主（唱）两离分，心何忍，

耳边如闻叹息声。

董　母（唱）难做人，心何忍，

都是为我董家人。

公　主（唱）我听见文伯声声把我怨，

一声一声痛我心。

董　母（唱）我听见文伯声声把娘恨，

一声一声伤娘情。

董文伯　不，不，不——

（唱）育我成人是母亲，

兄弟助我求功名。

公主待董家情义重，

夫妻三月恩爱深。

我不能亲人反目图私愤，

我不能负了情义负了恩。

公　主（唱）　望文伯千万莫把我来怨——

董文伯　不怨，不怨！

（唱）　只怨造化作弄人。

董　母（唱）　望我儿千万莫把娘来恨——

董文伯　不恨，不恨！

（唱）　谁能料儿死之后又重生。

公　主（唱）　肝肠断、痛苦深——

董文伯（唱）　公主啊，悔不该言语不逊伤你心。

董　母（唱）　心潮涌、难平静——

董文伯（唱）　母亲啊，悔不该不辞而别出家门。

三　人（重唱）　说什么怨，道什么恨，

夫妻恩爱，母子情深，

手足兄弟，难舍难分，

天各一方心相印，

声声唤亲人、唤亲人——

公　主　文伯——

董　母　儿啊——

董文伯　公主——母亲——

［公主、董母、董文伯在灯笼间寻寻觅觅……公主、董母渐下。

［匡正上。

匡　正　文伯贤弟，大事不好！

董文伯　匡仁兄，何事不好？

匡　正　只因你此番归来，一路上口口声声说自己是状元驸马，弄得朝野上下满城风雨。皇上闻知，龙颜大怒，断定你是个犯上作乱、欺世盗名的歹人，要我速速将你拘捕，明日早

朝，押上金殿，皇上要亲自审处！

董文伯　啊……匡仁兄，这便如何是好？须知我乃真的驸马，金殿之上万一张扬开去，必将伤及公主，殃及我全家，而公主一女二夫，皇家尊严又何以堪？匡仁兄，皇上他不知内情，你可要想方设法劝止皇上啊。

匡　正　嗨，我早就说了，可皇上哪里肯信我的话！皇上知道你就住在我的府内，连我也都有了犯上之嫌，现在朝廷已绕开刑部立案，就是想瞒都瞒不住了。

董文伯　瞒不住也要瞒呀，难道要我董文伯当着皇帝和满朝文武，说公主一女嫁了二夫，说文仲欺名盗嫂，说我母亲纵容做奸吗？不，不！

匡　正　以我之见，贤弟还是实话实讲。公主重婚，虽然于理不通，却也于情可谅。况且她是金枝玉叶，纵然做事出格，皇上也自会庇护。倒是你我读书之人，诚信守法，仁义礼智，不可罔上欺君呀，贤弟！

（唱）　事出有因不得已，
　　　　真情蒙蔽终有期。
　　　　金殿磊落诉原委，
　　　　定能凶险化平夷。
　　　　只要正得名分在，
　　　　何愁鹏鲲不万里。
　　　　纵因诚信受刑处，
　　　　臣子本性总未移。

董文伯　如此说来，还是实讲得好？

匡　正　实讲得好。

董文伯　不会招致灭门之祸？

匡　正　应该不会，毕竟事关公主，皇上也会投鼠忌器。

董文伯　也罢！想我董文伯别无他求，事到如今，也只愿世人承认于我，我还是我自己！

匡　正　好，匡正一定为你作证，也一定为你一家求情。

董文伯　多谢匡仁兄！

匡　正　贤弟请起！

［内声："圣旨下——"

匡　正　接旨！

［匡正跪地接旨，董文伯惶惑不安……

第五场　惊　梦

［夜，董府寿堂，风卷帷帘，已见萧条景象。

［幕内连声地："圣旨下……"

［公主捧烛慌乱地上。

公　主（唱）　乱纷纷，帷帘翻飞风声紧；

冷冰冰，圣旨降下灾祸临；

战兢兢，手足无措脚步紊；

泪淋淋，内忧外患愁煞人！

父皇啊父皇，你不问青红皂白就发下圣旨，你教女儿如何上得金殿，如何与那文伯当面，你、你、你好糊涂呀！

谁不羡荣华富贵；

谁不羡山水秀美；

谁不羡亲人和睦；

谁不羡夫唱妇随。

我不要负疚含恨度终身；

我只要亲人团聚常伴陪。
我不要郁郁守寡立牌坊；
我只要两情依依不分开。
人之常情谁无有，
所作所为不后悔。
扪心自问无过错，
错的是不通人情的法与规。

［**董母上。**

董　母　公主，外面是什么声音？

公　主　父皇发下了圣旨，要儿明日一早带着婆母、文仲到金殿上与文伯对面……

董　母　莫非文伯将我们告了？

公　主　不，我想定是那匡正看出破绽，胁迫文伯上疏。

董　母　怎么办，难道真的要在皇帝面前道明真相吗？

公　主　不，事关皇家体统，董家安危，绝不可家事外露。

董　母　那又如何应对呢？

公　主　婆母，文伯一路回来，到处宣称自己是驸马，而世人皆以为文伯是个口出胡言的疯子，而今唯有将疯就疯，不认于他。

董　母　不认他，可他说的并非疯话，而是实情呀？

公　主　朝廷自有王法，疯癫之人，不假其罪，唯有如此，皇家体面可保，董家危机可消，文伯他也可暂保活命。

董　母　那今后又怎么办呢？

公　主　且顾眼前，再缓而图之。

（唱）　山重水复天地暗，
忽然透出一线天。
为保董家免灾祸，
指认文伯为疯癫！

董　母　（唱）　一面是亲生骨肉遭离散，
一面是贤媳儿孙绕膝前。
手心手背心相连，
要保兄弟两儿男。
金殿之上不认子，
儿啊儿，你要帮助公主渡难关！

事到如今，唯有如此，只是文仲还蒙在鼓里，教人放心不下。

［董文仲一脸阳光地上。

董文仲　母亲，公主，深更半夜，外面吵吵嚷嚷，什么声音？

董　母　儿啊，告诉你一件事，你兄长董文伯他回来了。

董文仲　什么，我兄长都死了三年了，他怎么还会回来呢？

公　主　他没有在阴阳岭下摔死，他是真的回来了。

董文仲　你怎么也来骗我。

公　主　绝非戏言。

董文仲　是真的？我兄长他是真的回来了？（忽然高兴起来）好、好啊！我兄长没有摔死，他在哪里？兄长，兄长——这下可好了，我这个状元驸马总算可以还给他了，省得我和公主终日提心吊胆地！（忽然觉得不对）你们说什么，我兄长回来了？他没有摔死？他没有摔死……

（唱）　一声兄长回家转，
欢喜悲伤两相掺。
原以为人死不能再复还，
因此才叔嫂暗中把红绳牵。
到如今三年恩爱成非分姻缘，
对兄长我无以言表唯羞惭。
哎呀我该怎么说？

哎呀我该怎么办？
状元名分我不恋，
奉还嫂嫂心不甘。
公主呀，你腹中已然怀身孕，
教文仲如何面对这两难？

不，我不要兄长回来，不要他回来……不不，我要兄长回来，要他回来……天哪，我可怎么办哪……

公　主　（痛苦地）文仲……

董文仲　公主……不不，嫂嫂……

董　母　文仲，我儿，你不要哭，你要听娘讲话，你那兄长他把我们都告了！

董文仲　啊？

董　母　为了你和公主，也为了他，娘要你去金殿上反告于他！

董文仲　告……

董　母　告他不是驸马董文伯。

董文仲　可他是呀？

董　母　他不是，你才是，他是个胡言乱语的疯子！

董文仲　疯子，我兄长成了疯子？母亲，你为何要这样说话！

公　主　文仲，你想呀，他若不是疯子，那我们全家岂不就犯了欺君之罪吗？

董文仲　公主，欺君之罪是要杀头的！

公　主　所以，你要一口咬定了他。

董文仲　你要我诬陷兄长？

公　主　不是诬陷，是救他，疯癫之人不加罪，这是朝廷的王法，也是权宜之计呀。记住了，上了金殿，要看着我的眼色讲话，当讲的讲，不当讲的不可乱讲。

董文仲　当讲……不当讲……

（唱）　顷刻之间大祸降，

孪生弟兄自残伤。

情难舍，心爱的嫂嫂离我去；

理难容，孪生的兄长被我谤。

道出真情法难容，

说出假话丧天良。

左难右难两彷徨，

宁可断舌不上堂。

［董文仲咬断舌头，痛苦不堪。

公　主　啊，文仲，你这是何苦，这是何苦呀……

董　母　我可怜的儿啊……

［小慧上。

小　慧　公主，车马已在门外等候。

公　主　小慧，你把文仲安顿好，我与婆母去上金殿。

小　慧　是，公主。

［小慧扶董文仲下。公主忽然踉跄了一下。

董　母　公主，你不要紧吧？

公　主　婆母，你我婆媳相互搀扶，金殿去者！

董　母　公主……

［董母与公主相互搀扶、顽强偎倚……

第六场　梦　醒

［金殿辉煌，仪仗整肃，皇帝、皇后正襟危坐。

［幕内唱："辉煌宫殿金灿灿，

真龙天子势威严。

是非真假待揭晓，

金口玉言——”

皇　帝　宣！

［幕内接唱：“宣、宣、宣——”

［匡正、公主、董母上，山呼万岁。

公　主　（扑上去）母后，你要为儿做主哇！

皇　后　儿啊，你乃金枝玉叶，怎会无视王法？不要怕，不要怕！

皇　帝　（打了个长长的呵欠）清平世界，朗朗乾坤，朝野无事，万民相安，从何又冒出一个驸马来，弄得风生水起，私议纷纷，教朕不得安宁。

匡　正　这个……启禀皇上，该驸马乃是真驸马，望皇上亲自裁定。

皇　后　哼！驸马与公主相守三年，恩爱无间，这还能假？真是无事生非。

皇　帝　既然匡爱卿又变出一个真驸马来，那就让朕也开开眼界。来呀，宣！

匡　正　宣董文伯上殿！

董文伯　（内唱）　又听得吾皇万岁一声宣——（上）

恍然间当年恩宠又重现！

万岁呀，公主欺瞒非本愿，

金殿上，怎敢对天布疑团。

臣，状元驸马董文伯，觐见吾皇万岁、皇后千岁！

皇　帝　好一个状元驸马董文伯，你把头抬起来，让朕看看！（看一眼，哈哈大笑）哈哈哈……难怪匡爱卿无事找事，那模样儿倒是确有几分乱真啊？哈哈哈……（忽然沉脸）大胆狂徒，犯上作乱，居何用心，从实招来！

董文伯　这……

匡　正　请陛下先屏退左右。

皇　帝　为何？匡爱卿是要朕遮遮盖盖，掩人耳目吗？你也不想想，朕若真的相信此事，还会当着满朝文武宣他上殿吗？朕就是要教天下人看见，皇室尊严，岂容亵渎！招吧，连带上刑部尚书匡正，一并儿招！

皇　后　就是，难道公主会一女二嫁？难道我自家的乘龙快婿也会看错？荒唐！

皇　帝　快讲！

董文伯　（犹豫地）匡大人？

匡　正　（下决心地）讲吧！

董文伯　也罢，此事本不该当众张扬，无奈君要臣讲，臣不得不讲，唯愿讲了之后，皇上不要降罪于公主，不要降罪于我董氏一家。

皇　后　煞有介事，还不快讲！

董文伯　是，皇上、皇后，臣就是三年前落难未死的董文伯呀！

皇　帝　胡说！坠崖丧命的乃是董文仲。

董文伯　只因公主贪恋风景，招来祸端，又怜惜叔婆，不忍遽散，故而兄弟颠倒，李代桃僵。

皇　后　李代桃僵，哼哼，皇家千金，怎会做此下流之事。

董文伯　正因事关名节，事关皇家，公主才不得已瞒骗至今。皇上、皇后如若不信，可唤二弟文仲上殿问询。

皇　帝　儿啊，驸马呢？

公　主　驸马闻听此事，义愤填膺，一气之下，卧病在床。

皇　帝　你看看、你看看，驸马都气得病了！

皇　后　啊，董老夫人，你看他可像是驸马？

董　母　像，但他不是……

皇　后　那么女儿你看呢，难道他会是你的驸马？

公　主　他不是，我不认识他，他、他、他是个骗子、疯子！

董文伯　（大惊）啊？母亲，公主，你们这是何意？一应不幸皆由我文伯担待，你们为何反要诬陷于我？为何说我是骗子、疯子，这是为何呀？

公　主　（盯视他，一语双关地）你若不是疯子，怎敢在金殿上胡言乱语？怎敢当着天下人的耳目亵渎我皇家？难道不知这是犯了欺君罔上、欺世盗名的弥天大罪吗？

董文伯　不，我没有欺君，没有欺世，我更没有疯。皇上、皇后，我是董文伯，我是状元驸马，我讲的都是实话呀！

皇　帝　你说你是状元驸马，有何凭据，不妨讲来听听？

董文伯　好，我讲，我讲！三年之前，皇上因何招董文伯为驸马？

皇　帝　我看他才华出众，品貌端正。

董文伯　为试才华，皇上曾当面命题，不知皇上还记得否？

皇　后　你竟敢设皇上的圈套！

董文伯　皇上不必亲口说，董文伯我可是铭记不忘啊！记得那日，红日东升，霞光万里，也是在这金殿之上，当着满朝文武，皇上赐下了笔墨。

皇　帝　朕以何为题？

董文伯　“忠信”二字。

皇　帝　不错。

董文伯　臣不出三刻，写就奉上，皇上阅罢，龙心大悦。当即便招——

皇　帝　招他为驸马！（大惊掩口）

董文伯　还有，完婚之日，皇后也曾戏问儿臣，孪生兄弟可有标志？

皇　后　是啊，有什么标志呢？

董文伯　儿臣言道，兄弟掌中，各有一痣，兄在右，弟在左，皇后命儿

臣伸出右手,把看良久。皇后,你再看哪——(摊出右掌)

皇　后　(也大惊掩口)啊!

[皇帝、皇后面面相觑;公主、董母紧张不安。

董文伯　万岁、母后,儿臣可是讲了真话。

匡　正　是啊,臣也并未无事生非。

[皇帝忽然离座,环视董文伯、环视公主与董母……

皇　帝　(忽然高声)来人哪!

皇　后　慢!(急步走近皇帝,竭力暗示地)啊,皇上,他哪里是什么驸马?臣妾何曾问过他什么标志?明明是一派胡言乱语、是个疯子嘛!

皇　帝　(不解地看着她)嗯……

皇　后　皇上,你我怎好当着满朝文武,当着天下人耳目,听信一个疯子的话,任由他败坏公主的名节,亵渎皇家的体面?他若真是驸马,那我皇家的尊严,岂不丧失殆尽了吗?啊……

皇　帝　(惊悟)噢,朕明白了!

(唱)　掩失态,忙镇定,
　　　莫教天下遗笑柄。
　　　驸马易人已三载,
　　　错把黄铜认作金。
　　　事到如今难纠正,
　　　打落牙齿肚里吞。
　　　公主一朝成淫妇,
　　　寡人如何称圣君。
　　　幸喜家丑未外扬,
　　　急忙收起保名声。

若非梓童提醒,险些铸下大错!是啊,是啊,朕又何曾命题“忠信”？朕的命题乃是“忠心”，这“忠信”、“忠心”，虽一字之差，却谬误万里呀！啊，董老夫人，你再去看看，他到底是不是你的儿子，你可不要改口、不要反悔哟，啊？

皇　后　是啊，知儿莫如母嘛！

董　母　启禀皇上、皇后，他不是我的儿子，我……不认识他！

董文伯　母亲，你这是要置儿于不忠，是要毁儿的前程呀！

皇　帝　女儿，你也再去辨认一番。

董文伯　公主，你我夫妻一场，你可要为我证明，我董文伯自幼熟读孔孟，做人唯讲忠信，我不要说谎，我不愿欺君，公主、公主、公主，妻呀！

公　主　你、你、你……这个无耻的疯子！（打他一记耳光）

董文伯　（倒地）啊……

皇　帝　哈哈哈……不是还有个自作聪明的匡正么？匡爱卿，你可是朕的心腹之臣哟，你也再去看看，他究竟是疯子还是驸马？

匡　正　这……

（唱）　眼前事，费疑猜，

万岁他为何错勘真与伪？

（咀嚼着）　疯子……疯子……疯子……对，是疯子！

人世间哪有什么忠和信，

只可笑我自作聪明惹是非！

（看着董文伯，故意大笑）疯子，疯子！哈哈哈……

董文伯　（紧张地）匡正，你在笑什么？

匡　正　我笑，笑我堂堂刑部尚书，居然被一个疯子骗了！哈哈哈……

董文伯　不！我不是疯子，不是疯子！

匡　正　胡说！（逼视他，一语双关地）公主说你是疯子，董老夫人说你是疯子，皇上、皇后都说你是疯子，连我也说你是疯子，你、你、你……为何还不是疯子呢？真是个疯子里的疯子！

董文伯 不——我不是，不是！（四处告求）啊，公主、母亲、皇上、皇后、匡仁兄，念在你们与我的夫妻、母子、君臣、朋友的情分上，我求求你们、求求你们哪……

众　人 疯子、疯子、疯子……

［小慧突上。

小　慧 不！他不是疯子，他是驸马、是驸马！公主，老夫人，大公子千辛万苦地挣扎回来，你们为什么都不认他呀？

公　主 （暗示着）小慧，不要胡说！

小　慧 我没有胡说，公主，是你们在胡说，你们都在胡说呀！（对董文伯，声泪俱下地）大公子，他们为什么要把事情弄成这样，又为什么要这样对你，我不明白，不明白呀……

皇　后 好个放肆的小慧，竟敢擅闯金殿，满口胡言，与我推下去——斩！

公　主 （于心不忍地）母后……

皇　后 快推下去！

皇　帝 推下去！

［小慧被宫尉推下，旋即传来刑斩惨叫。

董文伯 （忽然高声地）啊呀醒了！我——醒了！

（唱）　一声惨叫梦方醒，
　　　直到此刻始惊心。
　　　亲人们用尽心机保全我，
　　　我却是懵里懵懂不知情。
　　　多少年青灯黄卷度春秋，
　　　直把那做人灵性都销尽。

且撇开常伦王法与“忠信”，

将疯就疯保性命！

(变得玩世不恭)我不是状元，不是驸马，也不是董文伯，我是疯子，是疯子！哈哈哈……(手舞足蹈着，欲下)

皇　帝　疯子慢走。

公　主　啊，父皇，他既然承认了是疯子，那就让他走吧！

董　母　是啊，万岁就放他一条生路，饶他不死吧！

匡　正　疯子快走，快走呀！

皇　帝　站住！

董文伯　万岁……

皇　帝　你是疯子？

董文伯　我是疯子。

皇　帝　不是驸马？

董文伯　不是驸马。

皇　帝　(变色)既然不是，为何羞辱公主，玷污皇家！

董文伯　因为我是疯子呀？

皇　帝　哈哈哈……疯得好、疯得好！来呀，赐他一杯御酒，让他喝下去清醒清醒！

公　主　啊，父皇，他是疯子，为何还赐酒于他？

皇　帝　儿啊，父皇怎能听任一个自称驸马的疯子，到处招摇？父皇是不放心呀！

公　主　那就把他交给女儿，让女儿把他关在府中，一直关他到死！

董　母　是啊，万岁，这个疯子也怪可怜，就把他交给我们吧！

匡　正　万岁，你就恩准了吧！

［公主跪下，董母跪下，匡正跪下，三人同声哀求。

皇　帝　嗯，难道你们真的与这个疯子有什么关联么？

公　主　不，不……

董　母　没有，没有……

匡　正　万岁明察……

［公主、董母、匡正陆续站立起来。

皇　帝　来呀，赐酒！

［宫尉捧御酒上。

皇　帝　喝吧，疯子，喝下去朕才放心，你也可以解脱了。

董文伯　好，好，我喝，我喝……

［董文伯欲饮毒酒，公主、董母扑上去阻拦。

董　母　儿啊，你不能喝，不能喝……

公　主　驸马，你不能喝呀……

皇　帝　（施威地）嗯……

董文伯　（用力推开她们）谁是你的儿子？谁又是什么驸马？你们都弄错了！

董　母　不，你是我的儿子，儿啊，娘把你害苦了！

（唱）　原以为指儿为疯救儿命，
未料想害儿杀儿是娘亲。
儿啊儿，事到如今心何忍，
白发人送黑发人。

公　主　文伯，驸马，夫哇……

（唱）　我好悔呀我好恨，
结发妻逼死了结发夫君。
为今日多少机关都算尽，
到头来还是破碎血淋淋。

董文伯　你们都不许胡言乱语，都不要招祸上身，你们要用心听我说、听我说呀！

皇　帝　不许胡说！

皇　后　（也已于心不忍地）啊，皇上，就让他说说吧。

［皇后、皇帝故意背转身去。

董文伯　（跪对董母，无限深情地）老、人、家呀！

（唱）　可怜天下父母心，
爱是情来恨是情。
娘养儿郎十数载，
娘把儿郎育成人。
儿长大，娘亲双鬓发渐白，
儿理应，尽孝膝下报娘恩。
儿的路，皆是由儿自己走，
儿怎会，不懂娘亲爱儿心？
千拜娘呀万拜娘，
千拜万拜老娘亲。
儿身虽死无遗恨，
愿为亲人留太平。
愿天下生儿父母都安宁，
儿纵使屈死黄泉也欢欣……（转而跪向公主，仍一往情深地）
公主呀，莫悲伤，莫泪涟，
情爱绵绵谁不恋？
你有冤，我有冤，
各有苦衷在心田。
疯癫之人不足怨，
但愿明朝艳阳天。
董氏一门虽贫寒，
却有真情在心间。
高堂老母发斑斑，

劳你颐养到天年。

还有一男知识浅，

劳你用心勤指点。

待等云开迷雾散，

告别荣华归田园。

夫妻同耕种，

恩爱过百年，

平安生下男或女，

替我抱一抱，亲一亲，

带到坟前见一面，

我纵死千回也心甘。

［董文伯捧酒欲饮，董母抢过灌下，众人大惊。

董　母　（毒性发作，挣扎地）儿啊，再叫我一声娘吧……

董文伯　不，不能叫，不能啊……

董　母　我的儿……（痛苦死去）

公　主　婆母……

皇　帝　来呀，快将董文伯——不，快将这个疯子推出去——斩、斩、斩！

［董文伯被宫尉推下，公主疯狂阻拦。

公　主　不——他是驸马，是驸马呀！

皇　后　公主气昏了，快把公主扶下去！

［公主叫喊着被宫尉扶下，皇后跟下。

［匡正忽然摘掉乌纱帽跪下。

匡　正　臣错认驸马，有负君恩，恳请革职还乡。

皇　帝　不，匡爱卿知错纠错，朕免于处罚，岂可挂冠？

匡　正　不不不，臣实在迂腐无能，请皇上恩准！

［匡正不待皇帝应允，撇下乌纱，径自而下。

［董文仲内声："啊、啊、啊……"

皇　帝　何人高声叫嚷？

［董文仲冲上，手指断舌，对皇帝比比划划。

皇　帝　驸马，你这是怎么了？（见状）啊……

［传来董文伯的斩锣声，董文仲闻声昏厥。

皇　帝　快把董文仲——不，快把驸马抬下去、抬下去！

［董文仲被抬下。

皇　帝　退朝！退朝！退朝——

［宫尉仪仗，蜂拥退朝，一片慌乱景象……

［幕内唱："荣华一场梦，

转头皆成空。

高处不胜寒，

盛极时已穷。

爱也痛，恨也痛，

聚也痛，散也痛，

冥冥之中谁主宰，

一怀愁绪问苍穹。"

［大幕缓缓闭合。

越剧

梨园天子

人　物　宁　王　皇帝第九子，后继位

倩　娘　宁王生母，艺伎出身

馨　儿　宫廷艺伎

乐　师　宫廷乐师

大　保　资深太监

董太师　文臣

窦太尉　武将

梨园子弟，朝官、禁兵、仪仗等等

本剧历史背景以中国宋明时期为宜

第一场

[幕启。宫廷乐坊，又称“梨园”。各种乐器道具琳琅满目，摆置有序。

[不远处，宫殿巍峨。

[天色阴沉，隐有雷声。

[幕后合唱

“染沉疴天子昏迷难再起，
皇宫内争权夺利吵得急。
帷幔旁多少后事在商议，
雷雨天气息窒人隐杀机。”

[宁王闷闷不悦地上。

宁　王（唱）红日将沉落中天，
探病难近御榻前。
二王兄觊觎龙廷非一日，
众僚臣联邦结派拥一边。
自思量势单位卑难登殿，
忍将豪情弄丝弦。

乐师，馨儿！都到哪里去了？（拨弄琴弦，喟然放歌）

抚弦索兮心惆怅，
感浮生兮独凄凉。

天既授我真龙种，

究何忍看弄宫商。

［乐师，馨儿，梨园子弟数人上。

乐　师　宁王，宁王殿下！

宁　王　呃，是乐师先生，馨儿，大家都好。

众子弟　拜见宁王殿下！

宁　王　（随和地）勿须多礼，快请平身。

馨　儿　殿下因何闷闷不乐？

宁　王　（掩饰）没有什么，唉——（不禁又长叹）

乐　师　听说圣上御体欠安，不知——

宁　王　恐怕只在早晚……

［众均无语。

宁　王　（缓和地）对了，前日差大保送来一支新曲，不知乐师先生是否已经赐阅？

乐　师　是那首《易水歌》吧？殿下的曲子真是愈写愈精妙了！不过，殿下乃太平王子，为何却喜欢燕赵悲歌呢？

宁　王　（沉吟一下，侃侃而谈）乐曲者，心之声也，所谓有感而发。好比近日之天气，阴沉过重而令人不安，索性来场暴风雨，反倒痛快。

馨　儿　殿下说的是啊，听说宫里正为两位王子继位之事争吵不休，真不知又会生出什么祸乱来呀！

宁　王　记得父皇时常讥笑我，说我很像南唐的李后主。其实在我看来，那李煜先生未必不是治国平天下的英才，只是即位之初，国势已衰，先生审时度势，不愿拿百姓的性命去作那无望的挣扎罢了，这才把豪情用在了词曲上，不想竟招来后人诸多非议，真是千古之俗见。

乐　师　殿下所言，倒也独树一帜。

宁　王　原是此理。好了，子弟们，试乐吧。

乐　师　殿下，宫里关照，不许动乐。

宁　王　良药既不能起死，雅乐当可以安魂，子弟们，预备着！

［宁王结束停当，执槌击磬。众子弟纷纷操乐。

［乐起——悲壮，凄楚。

馨　儿　（伴唱伴舞）

风萧萧兮易水寒，
壮士一去兮不复还。
安得神剑兮定乾坤，
使我子弟兮开心颜。

［大保呼喊上。乐止。

大　保　不好了，天下大乱啦！

宁　王　大保，何事惊慌？

大　保　我的主子吔，你还蒙在鼓里呢！

宁　王　（预感不祥）莫非圣上——

大　保　宁王呀！

（唱）　圣上早已升天堂，
后宫秘而不发丧。
两位王子争皇位，
各方势力正相当。
据名分，大太子急急乎乎要登殿，
亮遗诏，二王子自称贤明要封皇。
王公大臣两边站，
一方要比一方强。
争吵数日难收场，
先皇帝冷冷清清闷声不响晾一旁。

宁　王　（恸呼）父皇——（跪拜）

（唱） 病中未曾尽孝心，

噩耗传来更伤情。

莫怪我病榻之前少问询，

王兄阻，皇后拦，

几番见驾难近身。

尸骨未寒内讧起，

天理良心究何存？（欲行）

大　保　殿下哪里去？

宁　王　（愤愤地）回宫！

大　保　做什么？

宁　王　与他们辩理！

大　保　殿下听——

［内起厮杀声。宁王愕然。

大　保　（念） 听听听，刀枪剑戟正相拼。

看看看，宫里宫外在杀人。

皇后传出一句话，

杀尽王子绝祸根！

如今，除了皇后生的太子和争皇位的二王子生死未卜，其余大小王子俱已被捕杀干净，就是九王子你还在喘气了！

宁　王　（大惊）啊！

馨　儿　殿下须赶快躲避呀！

大　保　对，三十六计，走为上策。皇宫里的事一时还很难说哩。不好，有人来了！（溜下）

众子弟　殿下快走吧！

宁　王　（犹豫着）皇后要杀我，我往哪里走！

馨　儿　师傅，快想想办法吧！

乐　师　（沉思有顷）好吧，殿下随我来。

宁　王　哪里去？

乐　师　不要多问，快走！

馨　儿　等等！

［馨儿不由分说，迅速为宁王改装，并将宁王衣服穿在自己身上。

宁　王　（明白用意）馨儿不可如此！

馨　儿　师傅速速保护殿下，快走！

乐　师　（不舍地）馨儿，你要多加小心！殿下，走吧！

宁　王　（固执地）不，不！

馨　儿　（跪送）殿下！

（唱）　艺奴儿命似草芥贱，
为殿下抛却无怨言。
谁曾见帝王家把乐工当人看，
谁曾见王哥哥与梨园子弟情相连。
天下知音何其少，
点滴入心报涌泉。

宁　王　（唱）　危难中舍生相救见真情，
劝馨儿莫将生死等闲轻。
你乃是人间造化一精品，
须珍惜多才多艺好人生。
帝王家从来有凶险，
把不住的今朝，测不定的前程。

乐　师　馨儿！

（唱）　莫怪我忍痛撇下师徒情，
我与他一段恩怨连着心，
梨园中不恋富贵不做官，
只为知音鸣不平。

殿下！情势急莫任性速速离宫廷，

有一所芳草园暂可隐身形。

[人声迫近。

馨　儿　殿下快走！

乐　师　(拉扯)走吧！

宁　王　(唱)　仓皇之间难倾吐，

化作誓言对天盟。

一行爱字铭肺腑，

重逢之时系同心。

馨儿保重！(揖拜)

馨　儿　(深情地)送殿下！

[宁王、乐师挥泪下。大保悄悄尾下。

[一声炸雷，众子弟散下。

[馨儿反向而下，追声遁去。

第二场

[郊外山道，雷雨交加。

[乐师、宁王“圆场”上。

宁　王　(唱)　乔装扮潜出城落荒逃遁，

帝京里血成渠触目惊心。

叹先帝尸骨未殓内乱起，

祸及了多少无辜染血腥。

有心济世命乖蹇，

恨无神剑定乾坤。

击磬弹弦出无奈，
每向笛箫呼不平。
感馨儿，慷慨义举解危困，
生死莫测悬在心。
问乐师此行向何处，
哪方天地可容生？

乐　师　殿下不必多问，快走吧！

［宁王跌跤，乐师扶持中胡须落地，宁王正在犯疑，冷不防一记响雷，惊吓跌坐。

乐　师　（急忙安上胡须）殿下快走！

［乐师挽起宁王，挣扎又行。

宁　王　（唱）　天公仗义息雷电，
艳阳当照苦行人。

［果然风住雨歇，云蒸霞蔚。宁王惊叹不已。

宁　王　啊……果然天不绝我！

［天幕景：芳草山庄，万丛掩映。当壁题写——“人间禁地”。

乐　师　殿下，到了！

宁　王　（唱）　好一座玉宇琼台云中隐，
莫不是梦里神游上天庭。

人间禁地，啊，乐师，此处是何所在？

乐　师　殿下随我来。

［乐师引宁王下。大保追上。

大　保　奇怪，乐师为何将宁王拐至郊外山上？人间禁地……这是哪里？哦，我想起来了！素闻万岁有座密宫，藏着位绝色佳人，莫非正是此地？待我看个清楚。且慢，还是先去宫里打探一番，若有一方得胜，便把宁王交上去，万一——（得意）反正有张王牌，好歹都是赢家！（返下）

［变景——山庄内苑，雕栏玉砌，梨树清泉。

［乐师引宁王上，宁王好奇地向四处打量。

宁　王　请问乐师，此处究竟是什么地方，住着何人，这样神秘？

乐　师　（颇多感慨地）殿下莫急，说来话长啊！

宁　王　先生明示！

乐　师　殿下啊！

（唱）　弹指间一十八年匆匆过，
小庭院风雨中冷落已斑驳。
想当年皇上宠爱一美姬，
后宫里生出一场醋风波。
皇后怕失宠，
使人暗下毒，
美人险丧命，
万岁莫奈何。
迫于外戚势力大，
暗设密宫藏娇娥。

宁　王　噢，原来是一位皇妃。

乐　师　（接唱）有件事隐瞒殿下未点破，
几番欲言话难说。
一怕殿下难经受，
二怕美人风险多。

宁　王　什么事？

乐　师　殿下听好，这美人乃是你——

宁　王　（突叫）有人！

［倩娘闪过。

乐　师　（搜看）呃，殿下，她就是我说的那位美人呀！

宁　王　既是先帝遗妃，我倒应当见见她。

乐　师　（很激动）是啊，殿下早就应当见她了！

宁　王　（寻找）美人在哪里，美人在哪里？

［倩娘——人已中年，依然少女情态，轻手蹑足间，透出十二分的小心。

宁　王　（迎上去）见过皇妃娘娘！

［倩娘虽露惊恐，但并不离去，远远地打量着宁王。

宁　王　（彬彬有礼）美人一向可好？

［倩娘渐渐走近。乐师关切地注视着。

宁　王　（忽然生出兴趣）啊，乐师，我怎么觉着这位美人面善得很啊？

乐　师　殿下听我说……

宁　王　等一等！美人过来，过来呀！

［倩娘果然走近，与宁王执手对视。

［幕后伴唱：

“执手看，竟无言，
似曾相识在梦间。
无限爱意缘何起，
总有一线心头牵。”

宁　王　（唱）　她好似彩虹身边云一片，
绚丽轻柔又翩跹。
雨后霞飞总带泪，
伤心凝在黛眉尖。（仿佛相识已久）

美人，你告诉我，你是怎么受皇后欺负的？怎么来到这里？又是怎样地度过了许多岁月？哎呀，你怎么哭了？（安慰她）如今倒好，你又多了一个陪伴，我与你乃是同命相怜呀！（亦觉伤感）

乐　师　真是母子连心！（拭泪）

宁　王　（一怔）乐师，你在说什么？

乐　师　殿下，容臣把倩娘身世详细告知！

宁　王　倩娘？她叫倩娘，多好的名字呀！（看着乐师，仿佛在回味什么）你刚才说什么，我怎么一时想不起来？呃，对了，馨儿生死不明，我心中十分不安，你快去寻找下落，把她也带到这里来。

乐　师　殿下且慢——（急欲言）

宁　王　（不悦）难道还有比馨儿性命更要紧的事吗？你快去吧。

乐　师　殿下听我说——

宁　王　（不耐烦）先生今日怎么啦？

乐　师　（欲坚持）也罢，殿下不要离开，臣即刻就来。（招手）倩娘，你可要仔仔细细看看他呀！

［倩娘乖觉地点点头，乐师意味深长下。

［倩娘紧盯宁王，突然抬起他的下巴，一阵战栗后，伤心痛泣。

宁　王　（不可思议地）真是个古怪的美人啊！美人娘娘，我知道你一定很寂寞，如今圣上又——（避讳）所以你便愈加伤感！可是，过去的事情已经过去，就把它忘了吧，再伤感又有什么用呢？你说不是吗？

倩　娘　（无限怨尤地）你，你太、太狠心了！

宁　王　（拍手）好，好，好，你终于开口说话了！

倩　娘　我问你，这许多年为什么连个音讯都没有？

宁　王　（不解地）我？

倩　娘　你把我的孩子弄到什么地方去了？你讲，你讲啊！

宁　王　（愈加不解）孩子，什么孩子？

倩　娘　你早就把我忘记了！（又泣）

宁　王　（觉着好笑）你说什么，我把你忘记了？哈哈，我根本就不知道有你这样一个人，也不知道这个地方，我若是知道，一定早就来了，强似在宫里看那皇后冷冰冰的脸色。

倩　娘　你是真话?

宁　王　当然是真话。

倩　娘　(深叹一声，似乎宽慰了一些)唉——

(唱)　悠然间不知岁月有几轮，
　　　掐指算花落已过十八春。
　　　他为何经年累月不见老，
　　　依然翩翩少年身。

宁　王　(唱)　异地乍相逢，
　　　分明是陌生。
　　　对面不相识，
　　　心头别样亲。
　　　她纯净犹然胜处子，
　　　一呼一息皆温馨。

啊，美人娘娘，我好像在哪里见过你，可一时又想不起来，你究竟是谁呢?(苦思冥想)

倩　娘　(失望地)难道你真的把从前的事情都忘光了吗?

宁　王　从前的事情，从前有什么事情呢?

倩　娘　(唱)　可记得十八年前明月光，
　　　你对我指天为盟把话讲?

宁　王　十八年前?哈哈，我能讲什么话!

倩　娘　(唱)　月儿圆圆月儿亮，
　　　月圆人圆好时光。
　　　一年三百六十夜，
　　　每到十五聚山庄。

宁　王　我?哈，那时我还不会说话呢!

倩　娘　（唱）　十八年前一席话，

余音袅绕在耳旁。

你要我答应皇儿抱入宫，

孤身独居在山庄。

有朝一日除外戚，

与儿重逢在宫墙。

一句空话守到死，

十八年未改心肠。

旦旦信誓你全忘，

岁月染我青丝黄。

不是乐师常相看，

哪有今日会倩娘。

你把他也害苦了！

天下不幸是女子，

人间无义是君王。

我的孩子现在哪里？你把他还给我吧？（乞求）

宁　王　（恍然大悟）这下我算是明白了！

（唱）　她一番哀怨和泪讲，

错把王子当君王。

漫漫岁月心不死，

不知父皇已病亡。

欲把噩耗报，

美人恐断肠。

一十八年既度过，

再等十载又何妨。

问倩娘，所生婴儿今几许？

倩　娘　（唱）　一十八年岁月长。

宁　王　（唱）　问倩娘，婴儿是男还是女？

倩　娘　（唱）　白白胖胖一儿郎。

宁　王　（暗惊）　十八儿郎……

（唱）　不由得，暗思量，

十八儿郎在宫墙。

宁王生来无生母，

莫非亲娘是倩娘？（紧张思索）

不对呀！

父皇生前曾言讲，

短命宫娥是亲娘。

生儿之时遇血崩，

未延三日一命亡。

宁王自幼性乖僻，

只缘出生太悲凉。

再说皇宫里公主成群，王子成堆，十八儿郎也并非宁王一人。不是，不是，我的生母早已死了。

倩　娘　陛下，你在想什么？

宁　王　奇怪，她因何将我当作圣上，难道我与父皇竟如此相像吗？啊，倩娘，请问你这一位皇嗣的身上，有什么标记吗？

倩　娘　（想）皇儿生下三天，我便来到这里，此后从未见面，标记嘛——（摇头）

宁　王　那么，你又为什么把我当成圣上了呢？

倩　娘　难道你不是？

宁　王　我乃是圣上的儿子，九子宁王啊！

倩　娘　宁王……（渐觉陌生）那，我的儿子呢？他在哪里？他在哪里？你讲，你讲啊！（很迫切）

宁　王　也罢，你听着！

（唱） 此时刻宫里正在动刀枪，

二王兄为争帝位已疯狂。

先皇灵柩尚未葬，

皇后无故杀诸王。

血雨腥风漫天起，

王子们凶多吉少非死即伤。

［倩娘大惊倒地，宁王呼唤。

宁　王　倩娘醒来，倩娘醒来！乐师先生怎么还不来呀！

倩　娘　（突然惊起）有生人！

宁　王　（亦惊）谁？

［大保唤上，倩娘忽地跃起，迅速避下。

大　保　殿下，宁王殿下！

宁　王　大保，你怎么来了？

大　保　啊呀我的主吔！外头天翻地覆，你倒还笃笃定定，悠闲自在，快跟奴才走吧！

宁　王　（警惕地）哪里去？

大　保　哈哈，你还蒙在鼓里呢！告诉你，两位王子俱已死了，其余大小王子也被皇后杀得一干二净，如今这皇帝的宝座，轮到宁王你啦！

宁　王　（猝不及防）你说什么？

大　保　奴才是来请宁王登基的！

宁　王　（仍不敢相信）登基，我？

大　保　是殿下！殿下你看，那山下的人山人海，都是你的臣民呀！殿下，不，陛下请吧！

宁　王　（咀嚼）陛下……登基……哈哈……（一下子兴奋起来）好哇！

（唱） 蓦地里，心欢喜，

称孤道寡来得急。

多少年来怀怨气，

一朝扬眉我登基。（大笑不已）

哈哈……喃喃……（转为哭声）

大　保　宁王怎么哭了？

宁　王　（接唱）难言表何样滋味在心里，

只觉得苦辣酸辛相交集。

［大保搀定宁王，倩娘窥上。

第三场

［金殿。大保颐指气使，发号施令。

大　保　万岁登殿，百官站朝，议事啦！

［仪仗拥宁王上，窦太尉率群臣随上。

［宁王步履沉稳，顾盼四方，俨然新君。

众　臣　吾皇万岁，万万岁！

宁　王　众卿平身！

（唱）　血泊中登龙廷悲欣交迸，

蓦地里风云变倒转乾坤。

多少年感孤愤有志难展，

不提防天降下大任在身。

从今后重整山河施仁政，

做一个名垂千古有为明君。

处决后党，斩尽余孽，以绝后患！

窦太尉　遵旨（下）

［内起刑声，惊心动魄。宁王似觉不忍，背身掩饰。

窦太尉 （上）斩讫复旨！

宁　王 收殓诸王皇后尸骨，安葬举哀！

窦太尉 是！

宁　王 （疲惫地）退朝。

大　保 退朝——

［众官员退下。

大　保 奏陛下！

宁　王 还有何事？

大　保 窦将军平叛有功，理当升赏。

宁　王 钦封太尉，统天下兵马。

窦太尉 谢万岁！

［大保向窦太尉示意，窦会意。

窦太尉 奏陛下！

宁　王 太尉何事？

窦太尉 大保扶主有功，当委重任。

宁　王 钦任内廷总管，掌理皇宫事务。

大　保 谢主隆恩！

董太师 （内声）且慢——

［董太师颤颤悠悠上。

董太师 就凭尔等庸才，便能扶助天子，调理国家？哈哈，何其可笑乃耳！哈哈……（气喘不迭）

大　保 谁家棺材没盖紧，跑出来一具僵尸！

窦太尉 （气势汹汹）擅闯金殿，该当何罪？

宁　王 （示意制止）董老夫子一代鸿儒，三朝太傅，莫非有甚教谕？

董太师 （郑重其事地）万岁容禀！

（唱） 莫笑我一具老朽难经风，

皮囊内多少文治与武功。

一生正直未获宠，

满眼得志是奸雄。

我也曾与专权外戚斗智勇，

我也曾辞官退隐山林中。

窦太尉 明明罢官，反说退隐。

大　保 死要面子！

［太尉，大保讥嘲大笑。

董太师 万岁！

（接唱）愿把这博学文章作供奉，

呕心沥血献愚忠。（长跪）

宁　王 先生请起！

（唱） 万众归心向新君，

上下协力开清明。

老先生资深博学奉太师——

董太师 （一拜不起）臣谢恩……

大　保 （转而恭敬）恭喜太师！

窦太尉 贺喜太师！

董太师 （喜滋滋地）彼此，彼此！

［大保，窦太尉扶起董太师，三人搅做一团。

宁　王 （突然）众卿听了！（拔剑在手）

（接唱）剑下不容二心人！

［三人齐跪，连连称是。

宁　王 下去吧。

三　人 万万岁！（小心退下）

宁　王 （唱） 但愿从此免忧患，

国泰民安永太平。

[传来清脆的吟唱，且伴有丝竹。

宁　王　何来的丝竹吟唱，这样亲切？

大　保　（上）启奏圣上，一群梨园弟子请求见驾。

宁　王　（喜悦地）是他们，快请上殿！

大　保　梨园中皆下流之人，不可玷辱圣殿。

宁　王　一派胡言！

大　保　这是太师说的！依奴才看嘛，人不分大小，行不论贵贱，难道梨园之中就没有好人嘛？是不是，陛下？

宁　王　这便才是，快去。

大　保　是，陛下！这个老夫子，迂腐透啦！（不满下）

[众子弟簇拥乐师，一哄而上。

众子弟　宁王万岁——

宁　王　（高兴地）子弟们！

乐　师　陛下，你看谁来了！

[馨儿上。

宁　王　（激动地）馨儿！

馨　儿　吾皇万岁！（行礼）

[宁王扶起馨儿，馨儿臂伤负痛，宁王爱抚。

宁　王　（唱）　好馨儿啊……

生死不明心惆怅，

无时不挂我心房。

听说你为我受刑挨拷打，

筋断骨折遍体伤。

伤在哪里，快告诉我？

馨　儿　（唱）　区区伤痛何足讲，

只愿宁王得安康。

多亏了圣上差人送汤药，

劳君挂怀愧难当。

宁　王　（唱）生死交，不相忘，

救命之恩当报偿。

朕有心翻造一座大梨园，

闲来还要弄宫商。

子弟们，你们看可好？

众子弟　（起哄）好！

宁　王　馨儿！

（唱）朕要你一生一世为君唱，

馨　儿　（接唱）我只愿琴弦不离琴身旁。

宁　王　（感情炽热地）这几年我留心地看下来，就数馨儿品性最好，人也聪明，你们看这双眼睛，真像在说话哩！

［众子弟哄笑，馨儿羞涩地钻到乐师背后。

乐　师　陛下，臣有一句话还没有问过圣上呢？

宁　王　（看着馨儿）朕知道。朕知道朕这一生与皇家梨园，有段截不断的姻缘。

乐　师　圣上的意思是——

宁　王　乐师不必说了，朕什么都明白。如今，朕乃一国之君，万乘之主，还有什么事情做不得主呢。

乐　师　是啊，是啊。总算盼出头了！

［董太师故意咳嗽一声，执帚扫上。众拘谨。

宁　王　太师这是何意？

董太师　朝廷染不洁，乃臣子之过，老朽打扫金殿。

宁　王　有话直讲。

董太师　圣上听说过后主误南唐的故事吗？

宁　王　朕只听说过南唐误后主。

董太师　圣上如此宠惯戏子，老臣只好告老还乡。（摘下纱帽，佯作抛势）

宁　王　太师如此刻薄子弟，朕只好悉听尊便。

董太师　圣上既然不做唐太宗，臣也就不当魏征了。（怏怏而下）

［众子弟哄堂大笑。

宁　王　（下意识地）不要喧哗！

［笑声突止，众子弟面面相觑，均有怯色。

宁　王　（缓和地）其实，也没有什么，哦，子弟们，天色不早，暂请回去吧？

［众子弟轻手轻脚，绕过宁王下。

［乐师、馨儿欲下。

宁　王　怎么，馨儿也要走吗？

乐　师　陛下，时候是不早了，你也该歇息了。

宁　王　也好，馨儿好生将养身体，朕会派人送药来的。

馨　儿　馨儿告辞。（又欲行礼）

宁　王　不要拘礼，不要拘礼嘛。乐师挽扶馨儿，一路小心！

［乐师、馨儿下。

宁　王　（疲倦地）真是日理万机，日理万机呀！

［大保内声：站住！

［倩娘冲上，大保追上。

大　保　大胆妇人，竟敢擅闯金殿，待我拿下！

倩　娘　宁王救命！

宁　王　（护卫）先帝爱姬在此，不得无礼！

倩　娘　（探身）大保公公，不认识我啦？

大　保　（辨认）你是——

倩　娘　我是倩娘呀！

大　保　倩娘？你不是分娩死了吗？

倩　娘　万岁杀了一名宫女，将我藏了起来。公公，我那皇儿呢？

大　保　你的皇儿……（忽然明白过来，双膝一软，纳头便拜）啊，奴才该死，奴才该死……

宁　王　大保因何如此模样？

大　保　万岁呀万岁，她便是你的生母，当今皇太后呀！

宁　王　（大惊）你说什么？

大　保　十八年前，倩娘怀孕在身，皇后妒忌倩娘美色，生怕生下男儿，被皇上立为太子，便百般陷害。谁知倩娘果然命短，分娩时血崩而逝。皇上恐日后皇后不容小王子，便命奴才传言，说小王子乃一宫女所生。奴才本想把此事告知小王子，想想倩娘死了，谁生的反正一样，故而隐瞒至今。万万没料到倩娘没死，那个宫女是假的。事到如今，你们就母子相认吧！

宁　王　你原来是母后……

倩　娘　你原来是皇儿！（伸出手）皇儿！

宁　王　（蹒跄）母亲——

（唱）　生来不见亲娘面，

梦里呼唤十八年。

那一日芳草山庄未相认，

不知生母在眼前。

母亲啊，快将郁泪尽情洒，

从今后再不用提心吊胆忍受熬煎。

［倩娘只是抽搐，不能成声，像个饱受委屈的孩子。

大　保　倩娘呀倩娘，有什么委屈就只管说吧，如今皇后死了，为非作歹的后党外戚也铲除了，虽说先皇帝不幸驾崩，可当今万岁乃是你亲生的儿子，身为皇太后，难道还怕谁不成吗？说吧！

［大保煞有介事地拍打一番，倩娘终于“哇”地哭出声来。

大　保　好了，好了，十八年的苦水总算开闸了！

［倩娘哭泣有顷，渐渐恢复常态。

倩　娘　儿啊，过去的事情已经过去，还讲它做什么。

大　保　（夸张地）哎呀，真是仁义国母啊！

宁　王　母后说得对，如今晴空万里，天下太平，一切均可重新开始！大保，铺排酒宴，邀集群臣，为太后压惊。

大　保　遵旨！来呀，铺排酒宴，邀集群臣，为皇太后压惊哪！

［内应。

宁　王　母后请！

［倩娘在宁王搀扶中，一脸舒畅。

第四场

［皇家梨园，装点一新。

［宁王兴致勃勃，搀倩娘上，大保，窦太尉，董太师随上。

［幕后伴唱：

“庆大典，重开新政；
迎太后，苦尽甘临；
喜相逢，笙箫又起；
纵歌舞，一派升平。”

［一声鼓响，梨园子弟粉墨登场，跳“假面舞”。

［舞至酣热，宁王亲自下场，击磬助兴。

［倩娘跃跃欲试，终于参与舞蹈。

［倩娘、乐师“双人舞”，配合默契。众子弟渐渐停舞观赏。

宁王则愈加起劲。

[董太师以袖遮脸，作不堪睹视状。

[一曲终了，众子弟喝彩；倩娘兴犹未尽，再邀乐师，二人复缓起舞。

董太师　启奏圣上，老臣耳眼不适，容请告避！

宁　王　（不快地）太师自便！

[董太师拂袖下，窦太尉跟下。

大　保　（悄声）请教圣上，太后与乐师所舞何曲？

宁　王　（赏兴正浓，极不耐烦）庄生梦蝶，真是孤陋寡闻。

大　保　（自作聪明）奴才懂了，庄生者，男人也，蝴蝶者，爱虫也，双双对对，比翼齐飞，想必是一支恋曲？

宁　王　（反感地）狗屁不通！

[大保自讨没趣，怏怏而下。宁王似有所触，渐渐显得心不在焉。

[场上舞蹈，如梦如幻。

馨　儿　（伴唱）昔者庄生梦为蝶，
　　不知生梦蝶抑蝶梦生。

乐　师　（且舞且唱）
　　栩栩然蝴蝶飞入庄生梦；

倩　娘　（且舞且唱）
　　蘧蘧然庄生落在粉丛间。

馨　儿　（伴唱）
　　俄然一觉醒来后，
　　蝴蝶庄生两不见。

[倩娘忽然伏在乐师肩头，伤心抽泣。

[乐止，众皆愕然，宁王生疑。

宁　王　母后因何伤心？

乐　师　呃，太后从前常听此曲，时隔多年，今非昔比，一时勾起伤心，不妨事的。

宁　王　（认真）母后究竟为了何事？

倩　娘　（揩泪）皇儿不必介意。

［宁王怏怏不乐，倩娘走近抚爱他。

倩　娘　儿啊，母后有桩事情，想当着乐师和子弟们的面与你商量商量。

宁　王　（心不在焉）什么事情，母后只管讲来。

倩　娘　馨儿，你过来！听说你为了圣上险些被皇后打死，我真想让你一辈子陪伴圣上呢！难道你不愿意？

［馨儿看看乐师，又看看宁王，点了点头。

倩　娘　皇儿，你呢？

宁　王　朕原有此意，待与大臣们商议之后，即当册封。

倩　娘　为何要与臣子商议，难道皇上还做不得主？

宁　王　哪里，既有母后做主，朕答应了！

倩　娘　好！我总算为梨园子弟出了口气！我倒不信，梨园里是猫儿狗儿，不能堂堂正正地陪王伴驾！

乐　师　（一直在犹豫）太后三思而行！

宁　王　乐师这是何意？

乐　师　依臣仆之见，馨儿还是不要进宫的好，圣上喜欢，常来常往也就是了，何必非要担什么名分？

宁　王　（不悦）奇怪，世间竟有不愿为主反愿为奴之人？

乐　师　圣上不要多心，臣仆意思馨儿乃一艺伎，倘若进宫，恐生是非呀？

宁　王　（激怒）朕乃国君，朕为天子，朕所喜欢的人谁敢说个不字！

倩　娘　皇儿不必发怒，乐师乃担心宫廷里人心莫测，万一馨儿再走上母后老路啊!

宁　王　笑话,朕又不是父皇,岂能将所爱之人藏之深山。再说,皇后已死,朝中何人还敢大胆生事。

乐　师　但愿如此。

倩　娘　乐师放心吧。

馨　儿　(忽然手指幕内)你们看!

[众人看过去,均露惊疑。

[窦太尉,大保抬一黑漆棺材上,董太师忽地从棺内爬出,手擎疏简,当堂跪定。

董太师　臣等一百单八名文武要臣联名上疏,圣上御览!

宁　王　(微微吃惊)卿等上疏何事?

董太师　陛下容禀!

(唱)　为君者行止如仪天下敬,
师表群臣服万民。
自古帝王折声色,
江山从来失美人。
周幽王千金一笑失王政;
姑苏君宠爱西施祸乱生;
唐玄宗娱乐声里江山倾;
李后主一双绣鞋是克星。
请圣上前辙为鉴速自省,
废梨园远戏子悬崖勒马做明君。

宁　王　放肆!

(唱)　絮叨叨,不大恭敬,
管寡人,弄弦听音,
设梨园,皇家所好,
何须尔,枉操闲心。

下去吧！

董太师　臣等愿以死谏！

窦太尉　水能载舟，亦能覆舟！

大　保　（起哄）良药利病，忠言利行！

［宁王犹豫，僵持。

［倩娘忽然一声尖叫，放身便倒。众人忙乱。倩娘渐醒。

倩　娘　（唱）　蓦然间手儿冷魂儿惊，
心儿怦怦跳不停，
一十八年旧时景，
忽然之间又重生。

乐　师　太后醒醒，倩娘醒醒！

倩　娘　（握住他）乐师……

宁　王　（看在眼里）母后！

倩　娘　儿啊……

（唱）　我也是梨园之中一名伶，
先帝面前受宠幸。
一朝入宫便招祸，
无端获罪担恶名。
三公九卿看不惯，
皇后忌恨波澜生。
把我比做琵琶女，
说什么美色祸国祸宫廷。
百官齐上疏，
难为前朝君，
婉转贬我去山庄，
亲生骨肉也离分。
从此君王无消息。

一曲离歌唱到今。

想不到旧时情景又重现，

一班朝臣两代人。

当年伴驾出无奈，

今日陪王是知音。

世间人人爱知己，

为什么梨园女子不是人。

儿啊，你要为梨园中人争一口气！

宁　王　（决心渐下）母后放心！

（唱）　普天之下皆王土，

率土之滨俱王臣，

父子同朝不同类，

寡人称君独断行。

册封馨儿为皇后，

三日之后入宫廷。

一言既出重九鼎，

谁敢上疏不留情。

尔等还不下去，等些什么？

大　保　（见势不妙，早已收敛）奴才早就说过，太师狗眼看人，说白了，不过是邀宠卖直！当年若不是你带头起哄，那皇后娘娘岂能得逞？倩娘又怎能受这许多委屈！

窦太尉　自己活够了，还要拉上别人，我本不赞成！

董太师　（松劲）你们卖乖，我也得过且过！（欲下）

宁　王　等等！（对大保、太尉）命你二人将这口棺材抬到太师府去！

［众子弟七手八脚地将董太师塞入棺材，窦太尉、大保抬下。

［一片欢腾。

倩　娘　（对乐师）这下总算扬眉吐气了吧？

［乐师连连点头，一脸快慰。宁王看在眼里，愈加起疑。

第五场

［宫廷内苑，宁王踱上。

宁　王　（唱）　连日上朝耗心力，

大小事由皆难题。

看起来称孤道寡也不易，

千头万绪费心机。

大　保　（上）启奏万岁，董太师求见！

宁　王　（不耐烦）有何事情，朝中去议！

大　保　太师说，事情紧急，耽误不得。

宁　王　凡事一经他嘴，便是急字，难道朕就不可有片刻安静？

大　保　圣上日理万机，确实辛苦，可是，董太师也是为了社稷着想啊！

宁　王　究竟是何事情？

大　保　不就是圣上立后的事嘛！

宁　王　（光火）朕不明白，朕自家娶媳妇非得要经朝廷决议，真是岂有此理！

大　保　圣上若真是娶媳妇，一千个，一万个又有何妨？然而立后之事，关系国家，不经朝廷决议，是不能算数的呀！这也是历朝的规矩。

宁　王　不，朕决不答应！朕知道你们无非要立窦太尉之女，什么馨儿出身卑贱,只能为妃,不可立后,真是无稽之谈!

大　保　圣上三思。

宁　王　朕意已决,断难更改,明日即行皇婚大典!

大　保　圣上记得太尉一句话吗?

宁　王　什么话?

大　保　水能载舟,亦能覆舟呀!

宁　王　(忿然)谁敢作乱,朕先杀了他!

大　保　圣上这又是何苦呢?那窦太尉扶主有功,如今又重兵在握,若能与圣上结为亲家,岂不更加效忠朝廷?何况董太师与朝中要臣都合力保荐,圣上何必把事情弄僵呢?

宁　王　哼!企图效法前朝,挟令天子,打错了算盘!

大　保　圣上一意孤行,弄不好真的变成孤家寡人了。

宁　王　这……(犹豫)

大　保　为圣上计,何不缓而图之?

宁　王　婚期在即,如何缓得?况且母后亲自主婚,朕又如何推诿?

大　保　那还不都在圣上嘴里一句话?至于太后嘛——(左右瞅瞅)圣上不曾听到什么?

宁　王　(敏感地)此话何意?

大　保　嗨!不就是与乐师——

宁　王　(制止)轻声!

[大保诡秘耳语一番——

大　保　……难道圣上丝毫没有察觉吗?

宁　王　(脸色阴沉)此事万不可随意张扬。

大　保　那当然,事关国体嘛。奴才下去啦?

[宁王挥挥手,大保下。宁王渐显烦躁。

宁　王　(唱)　两眼未盲看得清,

充耳岂能不相闻。
事关生母非儿戏，
隐而未发憋在心。
秘密山庄无人晓，
乐师焉得识内情。
皇妃宫女多避讳，
须眉怎能送殷勤。
母后原是梨园女，
他是乐府弄曲人。
十八年来未间断，
旧曲复发昔时情。
为什么乐师多年待我厚，
馨儿甘愿做替身？
为什么疼爱爱徒如生女，
待立后却佯作吐吐吞吞？

莫非他……是个伪善之人？

欺君罔上通国母，
又使爱徒主内廷。
辗转娥眉俱为后，
曲经通上九龙庭。
想到此不由得冷汗津津，
朕身旁皆叵测陷阱重重须小心。

［倩娘唤上。

倩　娘　圣上，圣上！

宁　王　（暗唱）且移开心头块垒再打听，
须提防误伤好人冤案生。

（主动迎上）母后来了，母后快请坐下。

倩　娘　圣上仿佛有何心事?

宁　王　(掩饰)没有,没有啊,呃,朕只是有些疲倦。

倩　娘　(关切地)皇儿,你可要多加珍重啊!

宁　王　母后放心,不妨事的。

倩　娘　(略一斟酌)儿啊,母后有桩心事,一直想对你说,可是又不知道圣上能否应允?

宁　王　(警惕)哦,母后且讲出来,皇儿听听。

倩　娘　皇儿,你听着。(欲言)

宁　王　等等!(警惕地看看四周)母后请讲。

倩　娘　其实也没有什么大不了的事情,儿啊,你看乐师此人怎样?

宁　王　(敏感地)乐师嘛——母后且说清楚。

倩　娘　(深情地)皇儿!

(唱)　母亲一生无所嗜,
唯爱词曲与弦琴。
老乐师艺技高深品行正,
我与他原是一对好知音。
多少年独居山庄无人问,
亏得他暗中往来嘘寒温。
今日虽居宫墙内,
无奈身边仍凄清。
向皇儿讨个圣旨图方便,
我往他来随意行。

皇宫森严,免得进出盘问。

宁　王　(早已听不进去)这个——

(暗唱)一席话说得我毛发凛凛,
她倒是不慌忙淡淡轻轻。

怪不得见他们举止含混，
却原来早已是暧昧不清。
多日来猜谜团胆战心惊，
怕出丑偏丢人好不伤情。
到如今不由人义愤填膺，
梨园中果然皆下流之人。

倩　娘　皇儿意下如何？

宁　王　此事非同小可，朕一时尚难下定决心。

倩　娘　区区小事，不足挂齿，皇儿何必煞费踌躇？

宁　王　宫闱禁地，岂容男子进出，母后不要过于任性。

倩　娘　（失声笑出）哈哈，什么男子，乐师又不比旁人？（转而又深叹一声）唉，可怜的人儿，还有什么禁忌？皇儿就答应了吧！

宁　王　母后也太性急了！

倩　娘　（听出异常）皇儿何意？

宁　王　呃，此事皇儿定当从速决定，母后放心吧。

倩　娘　也好。（起身欲行，又止）啊，皇儿，那乐师与母后的经历，母后也当告诉于你才是。

宁　王　母后不用再说了，朕全都明白。你且回宫去吧。

倩　娘　（欲行又止）啊，皇儿连日理朝，可要珍惜身体呀！

宁　王　（不耐烦）母后放心。

倩　娘　（欲靠近他）千万不可累坏哟？

宁　王　（轻推一把）快去吧！

［倩娘依依不舍地下。宁王百感交织，痛苦掩面。

［大保、太师、太尉齐上，唉声叹气作沉痛状。

大　保　（悄声）圣上！

宁　王　你们都知道了？

董太师 真是皇门不幸啊！

宁　王 朕当如何处置才是？

董太师 俗话说，清官难断家务事，圣上还是自己拿主张吧。二位，我们走吧，让圣上清静清静。

［三人狡黠示意，齐下。

［宁王辗转有顷，忽然抽出佩剑，痛苦劈下。

宁　王 啊——

第六场

［景同四场。

［馨儿隆装待嫁，众子弟欢声笑语，一团喜气。乐师忐忑不安地向外窥望。

［幕后伴唱：

“新人隆装尚未试，
匆匆已届待嫁时。
羞怯怯馨儿等候行大典，
乐陶陶忙煞梨园众弟子。
谁知幕后有凶险，
大祸临头在咫尺。”

馨　儿 师傅在看什么？

乐　师 呃，我在等迎嫁的仪仗。（抚爱着她）馨儿，你就要入宫做皇后了，临行之前，师傅有几句话想对你说。

馨　儿 师傅请讲。

乐　师 （唱） 此去皇宫忌任性，

莫把恩宠放在心。

对太后事事关怀奉孝敬，

对圣上处处体谅禀忠诚。

国事政务莫参议，

太监宫娥莫看轻。

深宫里人人不大也不小，

个个都是精明人。

你走后愚师潜心修宫谱，

为宫廷编撰一部五音经。

馨　儿　（唱）师傅临行一番话，

馨儿牢牢记在心。

十余年缠绕膝下承教诲，

劳师傅春夏秋冬费辛勤。

师傅啊，恩人啊，

五岁进园你收养，

不是父女胜亲生。

师傅在上，受徒儿一拜！

［馨儿拜倒在地，众子弟尽皆动情。

众子弟　（难舍地）馨儿……

馨　儿　（接唱）众兄弟自尊自爱多珍重，

待来日偕宁王同来续新音。

［馨儿与众子弟依依话别。

［一声炮响，随之一声呼告：“圣上大婚啦——”

乐　师　馨儿，快，准备进宫！

［持续的礼炮中，又一阵忙乱。

［大保率禁兵上。

大　保　圣旨下！

乐　师　（忙不迭地）来啦，馨儿快上鸾驾！

大　保　鸾驾？哈哈……做梦去吧！窦太尉的千金小姐早和万岁入洞房了！

［众皆愕然。

乐　师　这是为什么？

大　保　（阴阳怪气地）为什么，你还不清楚吗？来呀，先把这位乐师先生押入钟楼，披枷戴锁，撞钟撞到死！

［禁兵涌上，馨儿扯下盖头，冲上拦护。

馨　儿　凭什么无故降罪？

大　保　哎呀姑娘，这话可不能挑明哟！

馨　儿　不，你要说清楚！

大　保　说清楚？哎呀姑娘，宫闱里的勾当杂七八拉，不是女儿家好听的哟，慢慢来吧，你还嫩！

馨　儿　我去问圣上！（欲行）

大　保　慢着！真是个犟丫头。好吧，多少透点给你，怎么说呢？反正梨园里没有什么好人吧。

馨　儿　你胡说！难道太后也不是好人吗？

大　保　所以皇上又把她禁在芳草山庄啦！

乐　师　冤枉！

大　保　带走！

馨　儿　师傅——

［乐师被带下，馨儿恸呼。

大　保　（换一副嘴脸）姑娘不要伤心嘛，圣上念你保驾有功，卖相不错，所以传下圣旨，封你为美人，怎么样，知足了吧？接旨。

馨　儿　（惊住哭泣）什么，进宫，做美人？哈哈，好个忘恩负义的多情皇上！

大　保　你敢诽谤天子？好个下贱的奴儿！带走！

［禁兵欲上，馨儿拔簪在手。

馨　儿　不许碰我！（扯掷衣饰，忿忿有词）谁稀罕做什么皇后、美人，你这个可怜的王子，不义的昏君，我恨你、恨你、恨你呀！（手舞足蹈）

大　保　当心，不要弄破眼睛，皇上说了，你那玻璃球子长得漂亮！

馨　儿　你说什么，皇上喜欢我这双眼睛，好哇，我便送给他！

（唱）　一双眼睛空有神，
　　　　不识假意与真情。
　　　　梨园女子好使性，
　　　　送与君王寻开心。（剔目）

［馨儿痛厥，众子弟冲上救护。

大　保　你们都听着，圣上悔过自新，不再弄曲填词，即日起关闭梨园，遣散弟子，尔等速速打点行装，自谋生路去吧！

［禁兵遣散众子弟。

大　保　（对馨儿）倒也可惜。走！

［大保招呼禁兵齐下。

［馨儿负痛翻滚，触着一琵琶，就势卧弹。旋律激愤、紊乱。

［幕后伴唱

“恨难平，痛难忍，
多少羞辱攻入心。
长歌当哭诉一曲——”

［馨儿用力过猛，琵琶弦崩。

［幕后伴唱

“无奈琴弦也绝情。”

［馨儿疼痛有顷，渐趋镇定。

馨　儿　（唱）　且把创痛等闲看，

梳妆权作游戏观。

从前是非全是梦，

俄然醒来皆看穿。(露出丝丝惨笑)

宁王啊——圣上！

烦闷时只管寻消遣，

又何必惺惺假意对婵娟。

你那里似有似无一句话，

我这边字字咽下刻心肝。

你曾说不爱江山爱丝管。

不恋王冠恋伶官，

你曾说唯羡琴瑟情真切，

终生厮守好姻缘；

你曾说有朝知音成连理，

我舒广袖君奏弦；

你曾说一旦登上金銮殿，

人间变成大梨园。

我说道陪王伴驾非我愿，

只求琵琶莫断弦。

宁王啊，天子呀！

为什么命儿一转脸就变，

为什么脸儿一变恩成怨。

难道说生身母亲也下贱，

难道说君王必定远梨园。

人之常情都不恋，

有什么仁政保民安？

我不悔，我不怨，

我把泪水先流干。

断弦琵琶走天下，

负心故事江湖传。

［馨儿怀抱琵琶，弹唱而下。

［幕后伴唱：

“不后悔，不埋怨，

不恨生长在梨园。

琵琶弦断心不死，

无情故事江湖传。”

第七场

［数月后。冬日，雪天。

［芳草山庄。倩娘露天而坐，满身积雪。

倩　娘　（唱）腊月天，雪飞扬，

北风呼啸过山庄。

天寒地冻不觉冷，

只因心头凝成霜。

抬头望天——天濛濛；

低眉看地——地茫茫。

［幕后伴唱：

“倩娘啊，凄凄凉凉等什么，

何人听你诉衷肠。”

倩　娘　（接唱）当年天子疏红妆，

今朝皇上贬亲娘。

倩娘为何命儿苦，

苦难生涯恁般长。

不知解，费思量，

费思量，痛断肠。

[宁王上。

宁　王　（唱）　莫道天良已改变，

圣贤无愧立人前。

俗子常情留少许，

踏雪探母问寒暄。

母后，母后在哪里？

[倩娘见宁王，置之不理。

宁　王　母后，朕看你来了！（见其不应）母后，儿看望你来了！（见其欲去）等等！母后为何不理不睬？

倩　娘　是啊，见了皇上，倩娘应当三拜九叩呀！（故意恭敬）万岁御驾亲临，有何发落？

宁　王　（忍住不发火）不管怎么说，你总是朕的母亲吧？

倩　娘　不管怎么说，你总是我的儿子吧？

宁　王　所以朕来看你。

倩　娘　所以我要你走，你走吧！

宁　王　母后何必大动肝火？

倩　娘　万岁何必虚情假意？

宁　王　朕不明白，母后因何理直气壮？

倩　娘　我也不明白，十八年前来到这里，十八年后又来到这里？

宁　王　十八年前母后忍辱含冤；十八年后你——儿不想说！

倩　娘　不，我要你说，说清楚，否则，我死不瞑目！

宁　王　好吧，我说！我问你，你与乐师是何关系？

倩　娘　乐师？关系？这怎么一下说得清楚。

宁　王　你是不想说。

倩　娘　是不想说，难道——（预感不祥）

宁　王　（唱）　你与乐师有来往，

倩　娘　不错。

宁　王　（唱）　彼此暧昧非寻常。

倩　娘　这怎么说呢？

宁　王　（唱）　十八年来未间断，

倩　娘　是的。

宁　王　（唱）　芳草山庄每成双。

倩　娘　那又怎样呢？

宁　王　（唱）　无视伦常犯国法，

暗度陈仓实荒唐。

事到如今尚不悔，

皇家尊严撇一旁。

你把我两代君王置何地？

叫儿何颜立朝堂。

倩　娘　（战栗）天哪，原来是为了他……

宁　王　实不相瞒，乐师已被打入钟楼，终身监禁。哼，馨儿也好没道理，居然剔出双目，拒不入宫，到底是梨园中人。（仍忿忿不平）

倩　娘　你这个昏君！（狠狠打他一耳光）

宁　王　你还打我？好，从今以后我再也没有你这个母亲了！（欲去）

倩　娘　站住！

宁　王　（不情愿地）还有何言？

倩　娘　你抬头看——

宁　王　（不解地）漫天飞雪。

倩　娘　听！

宁　王　风声嘶鸣。

倩　娘　枉生双眼，不辨黑白；徒长两耳，混淆听闻；你，你是个不仁不义之人！

（唱）　难道说天下男女俱暧昧，

人间从无真挚情。

乐师虽是一男子，

十八年前受宫刑。

宁　王　（惊愕）什么，他是太监？分明胡须丛生……

倩　娘　那是假的！

宁　王　假的……（回忆）啊！天哪，究竟是怎么一回事情？

倩　娘　（唱）　我与他梨园之中共长成，

歌舞里彼此同生爱慕心。

拳拳心曲尚未吐，

我奉御召入宫廷。

只说是从此别离随君度，

未料及后宫遭嫉波澜生。

宫里难相容，

求赐平民身。

圣上未可否，

禁我在山林。

准许乐师来探望，

未来之前先受刑。

可怜他无端因我遭不幸，

奇耻大辱肚里吞。

人间挚爱如山重，

帝王之家怎能明，

当年的艺伎生下你，

乐师引你来逃生。

馨儿为你解危困，
遍体鳞伤血淋淋。
斑斑血泪如印记，
重重涂满你一身。
没有梨园哪有你，
你是个梨园天子弄曲的君。
你父贬我因皇位，
你碍虚荣贬母亲。
亲情爱情皆抛尽，
你是不义一昏君。

我恨你们！

恨你们父子俱不仁；
恨梨园子弟错立身；
恨混沌世界欠公道；
恨皇家山庄葬活人。
莫说与他难真爱，
纵然有，也是你父子造就成。

你走吧，我不要看到你，不要再看到你们！

宁　王　（早已痛苦不堪）母亲，你听我说、听我说呀！

倩　娘　（掩耳）我不要听，不要听！

宁　王　（跪求）母亲——

（唱）　无意铸成一错鼎，
容儿即刻把冤澄。
乐师免刑请进宫，
朝夕陪伴在宫廷。
改立馨儿为皇后，
生死不弃永相亲。

三拜九叩迎母后，

浩浩荡荡过街心。

但愿从此无伤痛，

和和欢欢享天伦。

母后，是儿错了……（泣）

倩　娘　（唱）　你一声“错了”鸿毛样轻，

是怎样把一座冤山堆砌成。

我问你，心碎如何再修补？

我问你，眼瞎如何再透明？

我问你，岁月如何再重度？

我问你，身残如何再康宁？

宁　王　母亲总得给儿一个补过的机会吧？不然，儿的心不会安，先帝的灵魂也是不得超生的呀……（泣不成声）

倩　娘　（接唱）生前只知为自己，

哪管他人死与生。

一旦撒手做了鬼，

灵魂却要上天庭。

你们太自私了，我不能原谅你们，不能！

宁　王　母亲……

［宁王伏地哀求，倩娘渐觉心动……

［蓦地传来钟声，倩娘禁不住一阵抽搐。

倩　娘　那是谁在撞钟？

宁　王　（害怕）是、是、是乐师。

倩　娘　（神情异样）好，好一个知人善任的行家，好一个薄情寡恩的君王，好一个儿子……

宁　王　（恐惧）母亲不要这样，不要这样！

倩　娘　不！你是皇上，你是万岁、万岁、万岁、万岁——（跪在地

上，碰头有声）

宁　王　（惊恐万状）啊，啊，啊——（抱头冲下）

［倩娘缓缓立起，寻找钟声——

倩　娘　他在哪里？他在哪里……（循着钟声，飘然而下）

［暗场。变景——白雪皑皑，一片空旷。

宁　王　（内唱）蓦地里，魂魄惊飞九万里——（冲上）

心迷离，不识脚下高与低。

慌慌张张逃什么，

欲往何处把身栖？

［宁王脚步踉跄，恍若梦游。

［又一表演区，馨儿弹琵琶过场……

宁　王　馨儿，你到哪里去？听说你流浪街头，四处卖唱，你为什么不理我？你看不见我？我知道你是不能宽恕我的，可是……你等等，馨儿，馨儿——

［又一表演区，乐师面无表情，撞击巨钟……

宁　王　乐师，我的好先生，多少年来你我患难相交，你是我慈爱的师长，那天，我见你胡须落地，可是，我为什么没有放在心上呢？你听我说，听我说呀……

［又一表演区，倩娘一脸痴呆，形若木雕……

宁　王　母亲，你是天底下最温柔最多情的女子，可是，你又是最不幸的人，母亲，你不该将我生在皇家呀……

［梨园子弟纷纷上，蹦蹦乐乐，各行其是……

宁　王　子弟们，听说你们身无着落，却又快快活活，其实我也想活在你们中间，可是，可是……

［众人合做一处，簇拥隐下。

宁　王　大家不要走，不要走，站住！你们连圣上的话也不听了吗？他们还是走了……（垂头丧气）

［大保、董太师、窦太尉上。

三　人　（卑微地）臣等叩见圣上！

宁　王　啊，我不要见你们，不要见你们！（躲闪）

三　人　（紧紧围绕）万岁——

［宁王大叫一声，抽出剑来，上下抡挥——

［三人隐下。

［宁王气喘吁吁，力竭倒地。

［钟声紊乱，宁王渐醒。

宁　王　（唱）　阵阵钟声心上擂，

疑是上天降冬雷。

沉沉噩梦被惊醒，

魂兮魂兮胡不归？

我这是在哪里呀？

上无天下无地层层遮盖，

来无路去无踪踽踽徘徊。

冥空里谁主宰人间仇爱，

随意儿把亲情生生拆开。

无辜者遭刑宪含冤戴罪，

有情人不成双难相依偎。

普天下众生灵个个说爱，

到头来反倒是人人自危。

为什么对亲眷不加体慰，

为什么对友朋不敞胸怀。

为什么有疑团不思化解，

为什么听凭那冷风阴吹。

童年泪，暗对宫墙垂，

少年愁，滋味说与谁？

笛箫为我畅心曲，
丝弦为我舒双眉。
欢歌偕带烦闷去，
笑语伴同慰藉来。
声情并茂数馨儿，
檀板一响唱到黑。
是何异物在作祟，
耿耿于怀难剔开。
一朝登基便泛起，
信马由缰到悬崖？
大千世界我独尊，
芸芸众生任剪裁。
信手接来砖一块，
转眼砌成冤枉台。
无情剑下金玉碎，
苦涩黄连亲手栽。
亲友俱离散，
情爱难追回。
独对漫天雪，
徒然作伤悲。
孤家寡人好凄凉，
苍茫世界雪皑皑。

［钟声迴响……

［宁王踽踽独行在茫茫雪原。

［幕缓缓闭合

越剧

蛇　恋

人　物			
	白　蛇	许　仙	青　蛇
	法　海	艄　翁	蓬莱圣母
	求药少女	吹笛少年	小沙弥甲、乙
	仙童甲、乙	众市民	众僧等等

序　幕

［烟波浩淼的钱塘江，一条舞蹈着的白蛇。

［远处江堤上，一名少年横笛在吹。

［江潮汹涌，狂风大作，顷刻间漫天雪飘。

［白蛇无处归依，渐渐冻僵。

［吹笛少年脱下衣衫，裹护白蛇。白蛇苏醒，感恩地环绕少年三匝，逶迤离去。少年怅然若失……

［一道电光，一声霹雳，现出两条修炼中的“蛇”——白蛇与青蛇，她们正在承受着痛苦的蜕变……

［电光在闪，霹雳在炸……

青　蛇　（痛不欲生地）姐姐，我不要做人，也不想成仙，就让我永远做一条小青蛇吧。你看，我的皮在脱，我的血在淌，我好痛苦、好难受！啊……

白　蛇　（也痛不欲生地）妹妹不要说傻话，我们好不容易修炼了一千年，眼看就要脱去蛇形变成人了，就是再大的痛苦也要坚持、也要承受！啊……

青　蛇　好姐姐，我听你的！啊……

白　蛇　好妹妹，你要挺住！啊……

［主题歌：“血在淌，泪在流，

忍住这千悲万愁。

付出情，付出爱，

只为那一点温柔。

人世间，风雨骤，最难相守；

我心如，磐石坚，覆水难收。

不叹息，不放弃，

执着向前走；

我期待，那一天，

阳光照心头！”

［白蛇、青蛇终于脱出人形，她们相互欣赏着。

青　蛇　白白的脸庞、红红的嘴唇、黑黑的长发、细细的腰身……姐姐，这就是人吗？

白　蛇　是啊，我们已经变成人形了，变成了两个最美丽的女人。

青　蛇　我也和姐姐一样美吗？

白　蛇　一样美、一样美呀！

青　蛇　啊，我们真美……

［青蛇与白蛇相互抚摸、深深陶醉着。

［云开雾散，一缕霞光，霞光里现出蓬莱圣母。

圣　母　白蛇、青蛇，你们千年修行，功德已满，上天命我引渡你们去往蓬莱，位列仙班。

白　蛇　启禀圣母娘娘，我们不想成仙，我们只想做人。

圣　母　人生只有百年，神仙可以永生。

白　蛇　人间有情，人间有义，人间有爱。

圣　母　白蛇，我知道你曾在一千年前受人一恩，可是当初救助你的那个少年，早就化成了白骨青烟。

白　蛇　我知道，但我还是要去人间寻找真，寻找善，寻找美。

圣　母　可人间也有假，也有恶，也有丑。

白　蛇　我不管，我不管。

圣　母　青蛇，你呢？

青　蛇　我只听姐姐的，姐姐成仙，我便成仙；姐姐做人，我也做人。

圣　母　既然如此，你们就去做一回人吧。但要记住，蓬莱留有你们的仙籍，如若反悔了，还可以回来。

白　蛇　若是一去不返呢？

圣　母　古往今来，凡是去过人间的，还没有一个不愿意再回来做仙。好了，去做你们的什么人吧，世间之事，唯有亲历了，方知道后悔。

［蓬莱圣母消失。

白　蛇　（跃跃欲试地）青妹，走，我们做人去！

青　蛇　（兴奋地欢呼）我们做人去喽——

［天地回声，久久不散……一刹时百鸟齐喧、流水潺潺。

第一场

［杭州西湖，断桥在望。

［白蛇、青蛇上。

白　蛇　（唱）　急切切离开了峨眉仙境；

青　蛇　（唱）　与姐姐下山来寻找真情。

白　蛇　（唱）　西子湖依然是旧时风景；

青　蛇　（唱）　看人间处处惊奇事事新。

姐姐快看，那边过来一个人！

白　蛇　在哪里？

青　蛇　在桥上，你看，宽宽的肩膀，高高的鼻梁，长得比我们还好看呢，哎呀不好，他朝我们走过来了！

［白蛇、青蛇闪在一侧。许仙上。

许　仙　（唱）　偷得浮生半日闲，

来到美丽西湖边。

数番杭城匆匆过，

留下遗憾在心田。

为人雇佣讨赊账，

到处奔走受饥寒。

好在无家一身轻，

落得一地一游玩。

你看这美湖色映照我新衣衫，

无穷烦恼一挥间。

［白蛇示意青蛇，青蛇迎上去撞许仙一把，许仙笑一笑，继续前行。

［白蛇也迎上去撞许仙一把，许仙就势转着圈多看她几眼，末了，仍旧前行。

［白蛇、青蛇作法弄雨。

许　仙　哎呀，落雨了！（急跑几步，一屁股坐地）

［白蛇、青蛇开怀大笑。

许　仙　（极不自信地）哎呀不好，那边两个女子，肯定是在笑我。当着如此美貌的女子摔跤，真是丢死人了。待我爬将起来，快快离开！（东张西望着）啊，艄翁——快快摇船过来！

［艄翁内应："来啦——来啦——"

［白蛇与青蛇窃窃私语着，艄翁划船上。

艄　翁　（唱）　最爱西湖三月天，

烟波画船雨绵绵。

十世修得同舟渡，

百世修得共枕眠。

客官，你们是要上船吗？

许　仙　不是我们要上船，是我要上船。

青　蛇　（见白蛇示意）艄翁说得对，是我们要上船。

艄　翁　我说呢，一看便知道是一家人。

青　蛇　对对对，一家人，一家人！

许　仙　（私语地）她说什么，一家人？我许仙可没有这个福分呀。

白　蛇　（主动地）啊，相公，天降暴雨，行个方便吧？

许　仙　（不敢正视地）这个……

白　蛇　啊，相公，艄翁刚才唱得好，十世修得同舟渡呀。

许　仙　倒也是，倒也是，如此请吧。

白　蛇　请。

［艄翁伸出桨，白蛇、许仙、青蛇鱼贯上船。

艄　翁　（自说自话地）这一位是娘子，这一位是相公，这一位是丫环。

青　蛇　谁是丫环？她是我姐姐！

白　蛇　青妹，尊敬长者，不可高声。

青　蛇　（故意细声细气地）是！对不起，老、伯、伯……

［众人笑。

艄　翁　哈哈哈……真是神仙姐妹、恩爱夫妻呀！相公，把你家娘子抱稳了，我要行船啦！

［艄翁撑船，三人摇晃，白蛇故意一闪，扑在许仙怀中——二人目光对视，久久不移。青蛇调皮地撑开一把伞，挤在他们中间。

［行船。

白　蛇　（唱）　这一眼，似穿过岁月千年；

许　仙　（唱）　这一眼，像梦里巧遇天仙。

白　蛇　（唱）　这一眼，苦熬过峨眉修炼；

许　仙　（唱）　这一眼，幻想过冬天夏天。

白　蛇　（唱）　千年前，也是这样一双手，
把我拥护怀里边；

许　仙　（唱）　梦境里，也是这样一双手，
纤纤玉指软又绵。

白　蛇　（唱）　千年前，也是这样一双眼，
善良慈悲映心田；

许　仙　（唱）　梦境里，也是这样一双眼，
美目顾盼记心间。

白　蛇　（唱）　下峨眉，旧地重逢这双眼，
悲欣交集泪满衫。

许　仙　（唱）　游西湖，蓦然相对这双眼，
莫非萍水有奇缘？

白　蛇　（唱）　哎呀呀，心一动，涨红了脸；

许　仙　（唱）　哎呀呀，念一闪，心意儿旋。

白　蛇　（唱）　定定睛再把他来看——

许　仙　（唱）　凝凝神再把她来看——

白　蛇　（唱）　看呀——

许　仙　（唱）　看呀——

白　蛇　（唱）　再看——

许　仙　（唱）　再看——

白、许　（合唱）　看……

青　蛇　哎哎哎，你们两个人看过来、看过去，怎么只顾看，不交谈呢？

白　蛇　谈了。

青　蛇　谈什么了？

白　蛇　该谈的都谈了。

青　蛇　（对许仙）那你呢？

许　仙　也谈了。

青　蛇　谈什么了?

许　仙　能谈的都谈了。

青　蛇　(百思不解地)这才怪了!

白　蛇　(情绪极好地)啊,雨过天晴了!

许　仙　是啊,雨后西湖,景致最美!

艄　翁　(凑趣地)这就叫山美、水美、人更美! 哈哈哈……

青　蛇　就是我一头雾水!(收伞)

白　蛇　(故意挨近地)啊,相公,刚才经过了什么景致?

许　仙　好像是三潭印月。

白　蛇　(再挨近地)啊,相公,那远处高高的又是什么?

许　仙　那是六和塔。

白　蛇　(索性把手搭在他的肩上)啊,相公,刚才那座桥,却叫什么桥?

许　仙　断桥。

白　蛇　怎么没有断呢?

许　仙　这个……我也不明白呀。

白　蛇　叫断桥,却未断,想来非比一般。

[白蛇紧紧依靠着许仙,许仙不支一闪,身上掉下物件。

白　蛇　(不经意地)啊,相公,这是什么呀?

许　仙　哦,这是笛子。

白　蛇　(又一惊)笛子,相公,你也会吹笛子?

许　仙　会吹,会吹。

[许仙吹笛,曲音悠扬;白蛇痴痴地看着他,仿佛灵魂出窍。

青　蛇　(奇怪地看着白蛇)哎,姐姐,你的眼睛怎么对上了?

[许仙悠然吹曲,白蛇对青蛇低语,青蛇会意。忽然,白蛇怪叫一声,跌下湖面。

青　蛇　（大惊小怪地）不好了，我家姐姐掉下水了！

［许仙、艄翁见状大惊，白蛇故意在水里载浮载沉。

许　仙　不好，要淹死人了！艄翁，你快下水救人啊！

艄　翁　客官不要慌，待我下水去救！

青　蛇　不要——不要艄翁下去，我要他下去！

许　仙　我，哎呀，我可是不会水呀！

青　蛇　不会水我也要你下去，要不然，我姐姐可就没命了！

许　仙　这……哎呀这可怎么办哪！（急得团团转）

青　蛇　（冷不防推他下水）你就下去吧！

艄　翁　哎，小妹妹，你——

青　蛇　（嬉皮笑脸地）老伯伯放心，我们是不会淹死的！哈哈哈……

［青蛇也纵身入水。湖面上，白蛇、青蛇嘻嘻哈哈，如履平地，她们架起许仙，飞逝而去。

［白蛇和青蛇的声音："老伯伯——谢谢你——"

艄　翁　（惊愣着）啊，她们到底是人还是仙哪？

［幕内唱："不是人也不是仙，

初来乍到西湖边。

山野性情尚未变，

一头撞入人世间。"

第二场

［西子湖畔，一篷草庐。许仙昏迷不醒，白蛇抚笛沉吟。

白　蛇　（唱）　手抚短笛思绪紊，

如见当年救命人。
一样的眉目传情性温顺，
一样的短笛声声奏清音。
一样的救助危难怀恻隐，
一样的腼腆之内蕴深情。
峨眉山上苦修行，
只为来把爱恋寻。
感谢上苍不负我，
千古少年又重生。
再生缘，隔世情，
疑是梦，却是真，
人间真奇妙，
男人和女人。
情爱多美好，
惺惺惜惺惺。

［许仙忽然坐起，大声喊叫。

许　仙　快救人呀——

白　蛇　相公……

许　仙　（一把握紧她）啊，小姐，你没有淹死吧？

白　蛇　（含情脉脉地）没有，多亏了相公下水相救。

许　仙　我下水了？我救人了？

白　蛇　是啊，相公真勇敢。

许　仙　勇敢？我居然勇敢下水救人？对了，还有一位小姐呢，她也没有事吧？

［青蛇闻声捧汤走上。

青　蛇　没事，没事，我早就说了，我们是淹不死的！姐姐，参汤好了，你快让相公喝下去吧。

白　蛇　（接过汤碗）相公，请。

许　仙　等等，小姐刚才说，是我下水救了你，可我明明不会水呀？

白　蛇　（忍住笑）相公是真的不会水，可相公也是真的下水救了。

青　蛇　是啊，要不是相公这一下水呀，我家姐姐怎会喜欢上你，还带你回家？

许　仙　你说什么，你家姐姐她喜欢我？

白　蛇　青妹休要多嘴。相公，先把参汤喝了，免受风寒。

许　仙　（接过碗）多谢、多谢！

［许仙喝下参汤，白蛇把碗接住，二人复又目不转睛地对视着。

许　仙　啊，敢问小姐何方人氏，芳龄几许？小生何福之有，得遇佳人？

白　蛇　相公又是何方人氏，贵庚几何？小女子何福之有，得遇郎君？

许　仙　（深长一叹）唉——

白　蛇　（也深长一叹）唉——

许　仙　小姐请讲。

白　蛇　（唱）　我本是伶仃女幼失双亲；

许　仙　（唱）　我也是单身汉孤苦一人。

白　蛇　（唱）　西湖边与义妹采莲度日；

许　仙　（唱）　镇江城为店主讨债谋生。

白　蛇　（唱）　年十七正青春待字闺门；

许　仙　（唱）　一十九还未曾托媒说亲。

白　蛇　（唱）　无依靠常对镜伤心照影；

许　仙　（唱）　少温存每耐着孤灯寒衾。

白　蛇　（唱）　我唤白娘名素贞；

许　仙　（唱）　我叫许仙字汉文。

白　蛇　（唱）　萍水相逢心相映；

许　仙　（唱）　一见小姐便动心。

青　蛇　哎哎哎，又来了，又来了，一对上眼就没有个完，坐下，都坐下谈吧。

白　蛇　（彬彬有礼地）许相公，请坐。

许　仙　（也彬彬有礼地）白小姐，请坐。

［二人久坐无语。

青　蛇　哎哎哎，都说话呀！

白　蛇　素贞山野之性，唯恐不会做人。

许　仙　许仙为人拘谨，遇事总是小心。

白　蛇　我无有媒妁之言。

许　仙　我没有父母之命。

白　蛇　我无珍宝陪嫁。

许　仙　我无车马迎亲。

白　蛇　我唯有一颗心。

许　仙　我只有一身贫。

白　蛇　我若能嫁得郎君，绝无二意。

许　仙　我若能娶得佳人，保证忠诚。

白　蛇　我可以指天为证。

许　仙　我也敢唾地为凭。

白　蛇　我若有朝反悔，刀砍火烧！

许　仙　我若一旦负心，电打雷——（有点怕）雷、雷、雷……

白　蛇　（按住他的嘴，慢慢摇着头）已经足够、足够了！

许　仙　（抱住她的手，生怕丢失地）反正、反正、反正我会对你好！

［一阵锣鼓，一阵喧哗。

许　仙　（吓了一跳）外面什么声音？

青　蛇　照姐姐的吩咐，马上结婚，马上洞房，连贺喜的宾客都请来了。

许　仙　这不是在做梦吧？

白　蛇　不是梦，不是梦！（试探地）许郎，官人……

许　仙　（一愣神，也试探地）素贞，我的娘子……

白　蛇　青妹，快来见过姐夫呀？

青　蛇　见过姐夫！

许　仙　青妹……姐夫……结婚……洞房……（蓦地跳起来）啊，不是梦、不是梦、真的不是梦啊！哈哈哈……

（唱）　这真是天上掉下好姻缘，
得来全不费周旋。
许汉文此生福份不算浅，
西湖边娶了位美婵娟。

白　蛇　（唱）　西湖巧遇美少年，
不枉此番到人间。

青　蛇　（唱）　美少女、美少年，
教人越看越喜欢。

许　仙　（唱）　喜欢——

白　蛇　（唱）　喜欢——

青　蛇　（唱）　喜欢——

三　人　（齐唱）　喜欢！

青　蛇　新婚大喜，宾客盈门，来来来，按照人间风俗，洞房花烛！

［青蛇弄法，转眼一派喜庆，白蛇、许仙也换上新装。

［众市民一拥而上，吵吵嚷嚷。

一壮男　啊，俊男美女，天作之合！

一弱女　私奔，肯定是私奔，一对野鸳鸯！

一老者　无父母，无媒证，名不正，言不顺！

一孕妇　识君恨不未嫁时，我真后悔死了！

壮　男　啊，恭喜白头到老！

弱　女　啊，恭喜地久天长！

老　者　啊，恭喜财源滚滚！

孕　妇　啊，恭喜多子多孙！

许　仙　（喜不自禁，左右逢源地）多谢，多谢！哈哈，哈哈！哈哈哈……

［许仙一得意，不留神又是一屁股坐地，许仙笑，众人笑，一片笑声。

［幕内唱："是梦幻，
是奇缘，
是苦涩，
是甘甜，
啊，新婚多美满，
一片笑语喧。"

第三场

［小沙弥甲、乙活蹦乱跳地上。

两沙弥　活菩萨下凡啦！活菩萨下凡啦！

沙弥甲　城东药房新开张；

沙弥乙　招牌挂出保和堂。

沙弥甲　店主名字叫许仙；

沙弥乙　许仙太太唤白娘。

沙弥甲　白娘娘，医道强，祖传秘方和心汤；

沙弥乙　和心汤，真灵光，一剂下肚除病殃。

沙弥甲　如今满城颂神仙；

沙弥乙　神仙就是白娘娘。

沙弥甲　白娘娘？

沙弥乙　白娘娘？

两沙弥　人人见了喜洋洋！哈哈哈……

沙弥甲　哎，小师弟，想这镇江城里红热病横行，老百姓到金山寺烧香拜佛都没有用，谁知道竟被白娘娘的和心汤治好了，你说神不神？

沙弥乙　是啊，小师兄，师傅总是吹嘘自己的香火最灵验，这回下不了台了吧？

沙弥甲　走，气气师傅去。

沙弥乙　快走！

［两沙弥飞奔下。

［保和堂。许仙拨打算盘上，白蛇、青蛇跟上。

许　仙　哈哈，结婚了，娘子、青妹，我好开心啊！

（唱）　乒乒乓乓乒乒乓，

算盘珠儿响声长。

世间多少动人曲，

不及此声最悠扬。

累也不觉累，

忙也不觉忙；

烦也不觉烦，

放也不想放；

撇开半刻便要想，

索性抱在怀中央——

入梦梦也香。

二五添作一，

四五十一双；

药行虽不比典当行，

也能奔小康。

青　蛇　（唱）　奔小康，奔小康，

日子愈过愈兴旺。

终日盘算一本账，

千万莫要忘新娘。

许　仙　（唱）　不能忘，不能忘，

算账也是为新娘。

一笔钱用来置家当，

为娘子买个雕花床。

挂灯笼，缝罗帐，

再添四季新衣裳。

想当初结婚穷得叮当响，

到明日补上一个大排场。

白　蛇　官人说到哪里去了?

许　仙　（接唱）　一笔钱用来办嫁妆，

为青妹择个称心如意郎。

八抬大轿送过去，

一路吹打进洞房。

谁让我是她姐丈，

我不承当谁承当?

青　蛇　去你的，我才不和姐姐分开!

许　仙　（接唱）　一笔钱用来生——

白　蛇　生什么?

许　仙　你说生什么?当然是生儿子啦!哈哈哈……

（接唱）　一笔钱用来生儿郎，

许汉文欢天喜地把爹爹当。
许家七代是单传，
我要它子子孙孙坐满堂。
三件心意都如愿，
我便是顶顶快活的快活王！

白　蛇　（唱）　听官人三桩愿心花怒放，
我好似甜甜心又加蜜糖。
许郎啊，只愿一家长相守——

许　仙　（唱）　常相守！

青　蛇　（唱）　勿相忘——

许　仙　（唱）　勿相忘！

三　人　（齐唱）　不是快活王，也是快活王！

［众市民提篮捧酒上。

男市民　新鲜菜，时鲜果，慰劳神医女华佗。

女市民　雄黄酒，表心意，薄酒深情莫推托。

男市民　保和堂解民疾苦，白娘子药到病除。

女市民　真是救世观音、人间活佛。

一市民　今日乃端阳佳节，我等特来敬白娘子几杯雄黄酒。

众市民　对对对，雄黄酒，雄黄酒。

许　仙　端阳雄黄酒，自然要饮，来来来，娘子接杯。

白　蛇　（接杯在手，一脸舒畅）啊，多谢街坊四邻；啊，多谢父老乡亲。

青　蛇　（暗示她）姐姐，这可是雄黄酒啊。

白　蛇　（陡地一惊）哦，雄黄酒……

许　仙　娘子，饮呀，这可是父老的一片心意。

青　蛇　（示意不可）姐姐……

白　蛇　（犹豫地）青妹，就饮此一杯……

青　妹　(断然制止地)姐姐!

许　仙　(催促着)娘子快饮,快饮呀!

［白蛇无奈,推让间饮下一杯,众人叫好。

许　仙　娘子,再饮一杯。

［白蛇推让着又饮下一杯,众人又叫好。

许　仙　饮酒须三杯,来来来,娘子再饮最后一杯!

［白蛇勉强三杯饮下,已觉浑身不适。

白　蛇　啊,官人,我有些不适。

许　仙　既是娘子不胜酒力,那就不多饮了吧。

众市民　好好好,我们也不打扰许官人了,我们走了。

［众市民一哄而下。

许　仙　啊,青妹,你将娘子扶入房内歇息,我再算一回账。

白　蛇　(已经摇摇欲倒)官人,你过来……

许　仙　娘子不要紧吧?

白　蛇　官人,适才西门张老伯前来讨药,说他的儿子也患上了红热病,我已将汤药配好,你亲自送去吧。

许　仙　好,我送去。(入内取药)

青　蛇　姐姐,我看还是趁早去郊外山上躲一躲吧,万一现出蛇身,吓坏了姐夫,那可闯大祸了。

白　蛇　青妹不要怕,我料这三杯雄黄还抵挡得住,要不你就一人去吧。

青　蛇　不,姐姐调制的和心汤,乃是滴进了你的鲜血,数月下来,姐姐的身体已经日渐虚弱,我真怕你万一抵挡不住呀。

白　蛇　无妨无妨,青妹,你就放心去吧。

青　蛇　姐姐,你可要见机行事啊!

白　蛇　我知道、我知道……

［青蛇不放心地下。许仙取药返上。

许　仙　娘子，你不要紧吧？

白　蛇　官人放心，我只是有些累了。

许　仙　那就让我服侍你睡下再走。

［许仙小心翼翼地扶白蛇入内。法海上，两小沙弥随上。

［许仙返上，出门正和法海撞个满怀，许仙手中的药罐跌碎。

许　仙　哎呀，可惜了我娘子的和心汤！

法　海　阿弥陀佛！

许　仙　哦，原来是金山寺的法海师傅。

法　海　老衲冲撞了许官人，告罪告罪。

许　仙　既然是法师，那就算了。

法　海　啊，何来的血腥之气？

许　仙　血腥之气？没有呀……

法　海　不对，不对。

许　仙　什么不对？

法　海　这汤罐里的药不对。

许　仙　药不对，这可是我娘子调制的和心汤。

法　海　和心汤？不不不，这汤里分明有血。

许　仙　血？

法　海　蛇血。

许　仙　蛇血？不会吧，从未听说我娘子用蛇血和汤呀？

法　海　许官人，恕老衲直言，你家中有妖。

许　仙　你说什么，我家中有妖？法海师傅，你不曾看错人吧？

法　海　许官人倘若不信，不妨请你家娘子出来晒晒太阳，只要她在这午时的太阳底下站上一站，不需片刻，定让你大吃一惊。

许　仙　你的话我怎么半句也听不懂？

法　海　不懂不要紧，只要你照老衲的话做，便知端详。告辞！（下）

许　仙　哎哎哎！这个法海和尚，胡说些什么。（不经意踩着药汁，本能地一慌）啊，蛇血……不不不，我家中没有蛇？又哪里来的蛇血？我娘子怎会用蛇血和汤？不会的，不会的。可是……我娘子的和心汤又到底是何配方呢？娘子和药一向都要避开我，难道——不要乱猜，娘子总有娘子的道理。不过，这午时的太阳又是何意？我还是当面问问娘子吧。

［求药少女上。

少　女　许先生，救救我爹爹吧！

许　仙　你是谁家的女儿，为何哭哭啼啼？

少　女　我是西门张家的孙女，我爷爷叫我来讨白娘子的和心汤，许先生，我爹爹快不行了，你快救救他吧！

许　仙　你说什么，你爹爹患了红热病，你爷爷要你来讨我娘子的和心汤？

少　女　是啊，许先生，求求你了！（跪下磕头）

许　仙　起来，快起来，许先生给你，给你。

［白蛇闻声上，神情显得十分慵懒。

白　蛇　是谁在门前哭泣？啊，这正午时的太阳真毒、真狠啊……

许　仙　（闪到一侧，向少女示意着）小妹妹，你去求我家娘子，求她再给你配一服药，你去呀！

少　女　求求白娘娘，救我爹爹一命吧！

白　蛇　（困乏地）你是谁呀？啊，多么可爱的小姑娘。你为何要哭，我能帮助你吗？

少　女　求白娘娘再给我爹爹配一服药。

白　蛇　噢，你是张老伯的孙女，你爹爹的药我已经请官人送去了，你不要哭，你爹爹的病就会好的。

［许仙指点洒在地上的汤汁，再向少女示意。

少　女　许先生说，汤罐跌碎了，汤药也洒掉了，求白娘娘再给我爹爹配一服。

白　蛇　这个官人，竟把我的血都洒了。好了，你不要哭，白娘娘虽然血已不多，但总不能见死不救呀，你等等……

［白蛇歪歪扭扭地返回内室，许仙探头窥望。

许　仙　啊，我娘子果然在刺脉放血！天哪，我娘子原来是用自己的血救人呀！

［白蛇捧药罐返上。

白　蛇　小妹妹，你来，你把汤罐抱好，可不能再洒了，再洒了白娘娘可就放不出血，也救不了你爹爹的命了！

少　女　多谢白娘娘！

白　蛇　不用谢，不用谢，快去吧。

［少女捧药下。白蛇无力晕倒。

［法海上，众市民随上。

法　海　（指着地上）你们闻、闻……

市民甲　是蛇血，腥气冲天！

市民乙　这么说，我们都喝过蛇血了？

市民丙　（呕吐）哇……

众市民　（一齐呕）哇……

市民丁　许仙，你安的是什么心，为什么用蛇血治人？

许　仙　错了，你们都错了，那不是蛇血，是我娘子的血，我娘子用自己的血在为你们治病呀！

市民甲　啊，女人的血，更不像话了！

众市民　荒唐、太荒唐了！

法　海　只怕许官人的娘子不是人，是蛇吧。

许　仙　法海师傅，我与你往日无怨，近日无仇，你为何要血口喷人呢？

法　海　许官人，老衲是在救你。

许　仙　走，你们都给我走！

白　蛇　（似有所闻地）官人，你在和谁争吵？

许　仙　金山寺的大和尚，无事生非。

白　蛇　谁？法海……

法　海　白蛇，想必你也知道老衲的法号。

白　蛇　（猛然开眼，现出惊惧）法海，你、你要做什么……

法　海　为民除妖。

白　蛇　妖、谁是妖……

法　海　你，峨眉山千年道化的白蛇！

［众市民惊呼躲避。

白　蛇　不，我不是！我是许官人的娇妻，不是蛇，官人，你说，你快对他们说呀！

许　仙　（护卫着她）我娘子是人，不是蛇，更不是妖。你们看，天底下会有如此善良的蛇，如此美丽的妖吗？分明是法海师傅胡说！

［众市民又怀疑地看着法海。

法　海　好一条白蛇，还敢妖言惑众！

（念）　清净世界佛为本，

岂容异类来横行。

泼洒雄黄燃菖蒲，

定教蛇妖现原形！

［众市民先是小心翼翼，继而议论纷纷，终了激动亢奋——他们洒雄黄、燃蒲草、围攻白蛇……许仙保护着白蛇东突西躲……人群终于把他们冲开。

［人声鼎沸，火光冲天，白蛇被人群紧紧包围着。

白　蛇（唱）啊……

金钵放光芒，

毒日透脊梁。

菖蒲燃烟瘴，

雄黄烧胸膛。

想要躲闪被阻挡，

欲待逃窜无处藏。

人啊人，我为你们流鲜血，

我为你们救死伤。

为何对我这样狠，

不以善良报善良？

看那边，官人急得泪水淌，

一声一声唤白娘。

这声声唤，慰我心，

这声声唤，暖我肠。

人人嫌我我不怕，

只要官人在身旁。

挺过这一关，

逃过祸一场。

万万不能够，

吓坏我许郎。

求求父老众乡亲，

求求四邻好街坊。

求你们放了我白素贞，

求你们饶过我白娘娘。

给我活的路，

大恩当报偿。

给我生的望，

大德记心房。

许　仙　（冲破人群，扑向白蛇）不许你们伤害我娘子，我娘子是无辜的，她是无辜的呀……

白　蛇　（抱紧他）官人！官人呀……

法　海　拉开许仙，快拉开他！

［许仙又被众人拉开。

白　蛇　（无助地）官人——

法　海　（断喝）白蛇，还不现形！

［白蛇猝不及防，现出蛇身。

法　海　许仙，你快回头看！

许　仙　（猛回头，大惊厥倒）啊——

众市民　啊，果然是蛇，果然是妖！

一市民　许仙被蛇妖吓死了！

众市民　打蛇妖，打蛇妖呀——

［众市民疯狂地向白蛇吐唾沫、掷杂物，白蛇蜷曲在地，瑟瑟发抖。

［求药少女忽然冲开人群，以她弱小的身体护住白蛇。

少　女　求求爷爷奶奶、求求婶婶大伯、求求你们放了白娘娘吧！我爹爹喝了白娘娘鲜血和制的汤药，病已经好了，真的，全好了！（对白蛇，哽咽着）白娘娘，谢谢你，我一家人永生永世都忘不了你的救命之恩……我爹爹他要我来给你磕头、磕头……白娘娘，你真好，可你为什么是一条蛇呢？你要真是一个人，那多好啊……

［众人沉默，少女分开道路，放白蛇逃生。

［白蛇回头扑在许仙身上，久久地不愿离去，她的姿态显得万分痛苦。

少　女　白娘娘,你要是舍不得许叔叔,就把他带走吧,反正,他已经死了。

［白蛇悲凉地驮负起许仙,艰难地、一点一点地向前挪动……

［主题歌:“血在淌,泪在流,

忍住这千悲万愁。

付出情,付出爱,

只为那一点温柔。

人世间,风雨骤,最难相守;

我心如,磐石坚,覆水难收。

不叹息,不放弃,

执著朝前走;

我期待,那一天,

阳光照心头。”

法　海　阿弥陀佛!

众市民　阿弥陀佛……

第四场

［蓬莱仙岛。云蒸霞蔚,鸟语花香。护山仙童甲、乙舞蹈上。

仙童甲　坐山观虎斗,

仙童乙　卧石听鸟鸣。

仙童甲　最笑人世间,

仙童乙　惺惺惜惺惺。

仙童甲　奇怪，圣母命你我二人在此拦截白蛇，怎么还不见她的身影？

仙童乙　想那白蛇，若要到得此地，须经七山、六岭、五峰、四河、三江、二湖、一海，这一路艰难困苦，说不定早回去了。

仙童甲　听说白蛇此番前来，是要向圣母讨取回生丹。

仙童乙　圣母说了，仙界之物怎可随便予人，只怕她纵使到了蓬莱，也要空手而归呀。

仙童甲　看，她居然来了！

[白蛇打探上，二仙童上前拦截。

白蛇拜　拜见二位仙官！

仙童乙　白蛇听了，你此番来意，圣母早已洞知。圣母传话，要么从此收心，留在蓬莱；要么原路回去，仍旧做人。至于回生丹么，那是仙界之物，不能给你。

白　蛇　请问圣母何在？

仙童甲　圣母正在云霄阁上俯看沧海。

白　蛇　容我去见圣母。

仙童乙　见圣母，好啊，九万、九千、九百、九十、九级台阶，你能上得去？

白　蛇　上得去。

仙童甲　不许步行，只许跪拜，你还要上吗？

白　蛇　要上，就请二位仙官带路！

二仙童　好，白蛇，请上仙台！

[二仙童作法，顷刻炸雷轰响、暴雨如注。白蛇以膝代步，顽强上山。

白　蛇　（唱）　顷刻间雨暴风狂炸雷响，
　　　　　　　　好一似有心将我来阻挡。
　　　　　　　　白素贞为求救夫回生丹，

跪步云天不彷徨！
抬头望，漫漫阶石通天上，
怎比我，解救许郎情意长。
许郎啊，实指望百年人生共一场，
实指望夫妻恩爱有依傍。
实指望坐堂诊病行善事，
实指望刺血和汤救死伤。
谁知道白蛇对人心一片，
却落个家破人亡独悲凉。
这苦难儿向谁诉？
这冤楚儿对谁讲？
天地呀，你造化生灵太莽撞，
竟教我蛇的身形，人的心肠！
膝下路，水汪汪，
过来石，血两行。
皮肉跪破痛心房，
此痛怎及那痛长。
官人哪，倘能救活你的命，
跪上九天又何妨？
倘若白蛇空手归，
倒头死在你身旁。

［雨过天晴，霞光万丈，蓬莱圣母端坐于祥云之间。

白　蛇　(终于不支)圣母救我……

圣　母　白蛇，你历尽磨难，跪步云天，就是为了救活许仙吗？

白　蛇　是，我夫许仙还有一线生机，请求圣母赐我回生丹。

圣　母　(叹一口气)唉，好一个痴情的白蛇！

白　蛇　白蛇做人，原是为了一份真情，那许仙因我而死，我又岂能抛却于他。

圣　母　你对人是一片真情，可人对你却没有一点情义。你爱人，人却并不爱你呀！

白　蛇　不，人也爱过我，他们也曾赞美我、颂扬我，他们——

圣　母　痴种，你都当真了！须知人在赞美你的时候，正是在赞美他们自己，赞美他们的病治好了。

白　蛇　不管怎么说，人总有善良，人生总有美好啊。

圣　母　到底有没有，只有等你把人做到头，才会真正明白。

白　蛇　那就请求圣母，让我再做一做人，让我夫妻再团聚团聚！

圣　母　（无奈地）我就知道你的情根未断。好，成全你，赐你一丸回生丹，拿去救你的什么许仙吧。记住，回生丹虽可救命，却救不了心！

白　蛇　谢圣母……

［白蛇跪伏，圣母隐去。

第五场

［山林深处，世外桃源，青藤交错，流水潺潺。

［许仙浑浑噩噩地上。

许　仙　我这是在哪里呀？不见天、不见地，不见日月、不见星辰，不见了人间烟火、不见了街坊四邻……我的保和堂呢？怎么都不见了……这是什么地方？我好像从来没有到过呀？我的家怎么搬到郊外来了……啊，这可是蛇蝎横行的地方呀！蛇？对了，我娘子是蛇，许仙娶了一条蛇！还有小青，她也一定是蛇，一共有两条蛇……她们要做什么呢？我一无权，二无势，三无万贯家财，她们能得到我的什么？不，我娘子不是蛇，青妹也不是蛇，人世间没有这样温柔、这样多情的蛇，没有，从古到今都没有。可是，我为什么被吓死了？又为什么活过来了？是谁把我弄到了这个地方？奇怪，一切竟是如此地不可思议……

［白蛇、青蛇小心走上。

青　蛇　姐姐你看，姐夫醒了，回生丹起效了。

白　蛇　（惊喜地）啊，官人！

许　仙　（猛然见面，本能恐惧地）啊，你们不要过来、不要过来……

白　蛇　官人，为什么？

许　仙　因为……因为……（不知道该如何表达）

青　蛇　姐夫，你受惊了。

白　蛇　官人，你好些了吗？

许　仙　我，我不知道……

青　蛇　姐夫，你看这里多好，有山，有水，有花，有树，真是个世外桃源呀！

白　蛇　对呀，官人，这里没有人烟，没有纷扰，有的只是你我夫妻的恩爱、姐妹的情义呀！

许　仙　（努力回忆着）为什么？为什么保和堂生意做得好好的，你们却要搬到这个地方来？

青　蛇　姐姐怕你经不住别人的挑拨，听不得市井的流言，这才搬了出来呀。

白　蛇　望官人体谅为妻的一片苦心。

许　仙　苦心，什么苦心？我是人，应该住在有人的地方，没有人，我的保和堂怎么开？没有人，我吃什么，穿什么？你们总得为我想一想呀？

青　蛇　这里什么都有，姐姐为你把一切都准备好了。

许　仙　不，这里唯独没有人，人，你懂嘛？

青　蛇　（有点激动）人？对不起，我不懂！我只懂得人并没有想的那么好。

白　蛇　青妹，不许胡说。（走近他，极尽温柔地）官人，你刚刚大病了一场。

许　仙　什么，我生过病了？我怎么一点都不知道呢？

白　蛇　官人端午节气，突发疾病，病得很重，昏睡不醒，为妻这才将你移到城外，静心调治，所幸，官人终于有了起色。

许　仙　（想了想，忽然如释重负地）哦，原来如此！哈哈哈……你们看，你们看，我居然把病中发生的事当作了真！哈哈，可笑、太可笑了！哈哈哈……（忽然变得神气起来）娘子、青妹，你们来，我把梦里的事情讲给你们听。（绘声绘色地）我呢，做了一个梦，梦中娘子变成了白蛇，青妹呢，她变成了青蛇，只见那个金山寺的法海和尚，让人拿雄黄酒泼洒娘子，娘子逃呀逃呀，最后终于变成了蛇。围观的人可真多呀，黑鸦鸦的一片，他们都打娘子，骂娘子，说娘子是蛇、是妖，那个架势，可吓人啦！

青　蛇　那你又怎么想呢，难道你也相信姐姐是蛇吗？

许　仙　我当然不相信，我被他们拦住，远远地叫着娘子，想上前保护，想和他们抗争，记得我当时心里很难过，很伤心，我看到娘子被人追，被人打，我的心都要碎了……（心有余悸地哭泣起来）

白　蛇　（为他擦着泪）官人，好官人，有你的这份心，我就是死了也值呀！

许　仙　嗨！说什么死不死的，不吉利，快呸，快呸呀！

白　蛇　好好好，呸、呸！

许　仙　（忽然又起疑地）啊，娘子，你们真的不会是蛇变得吧？

白　蛇　你说呢?

许　仙　我要你说。

白　蛇　我问你,我是你的娇妻吗?

许　仙　是啊?

白　蛇　小青她是你的妹妹吗?

许　仙　当然是。

白　蛇　那你还要问什么?

许　仙　对对对,不问,不问了。倒也是啊,世上哪有像你们姐妹这样美貌、这样善良的蛇妖呢? 没有,断断没有!

白　蛇　那就好,那就好!

青　蛇　姐夫若能这样想,我和姐姐也都放心了!

许　仙　(打着呵欠)啊,我有些累了,娘子,青妹,我想歇息……

[白蛇哄拍许仙,许仙很快入睡。

青　蛇　姐姐,我看还是将实情告诉他吧,免得日后再生嫌疑。

白　蛇　人蛇通婚,终非常理,还是见机行事吧。

[白蛇、青蛇轻手轻脚地走下。

[远处传来木鱼的敲击声,时缓时急。

[许仙渐现不安,辗转反侧。

[木鱼的敲击声在不断加重。

[许仙忽地坐起。

许　仙　啊,蛇、蛇、蛇! 你们看,这里挂着一条蛇,那里也挂着一条蛇! 啊,一条、两条、五条、八条,蛇、蛇、蛇、蛇! 啊,这里到处都是蛇呀!

(唱)　满眼中蛇起蛇落遍地跑,
剎时间吓死吓活魂魄销。
许汉文忽然掉进毒蛇坳,
撒开腿却又想逃无处逃。

蛇来了、蛇来了、快打蛇呀——

打、打、打，
打跑了一条又一条；
逃、逃、逃，
逃不出蛇网与蛇牢。
天啊天，
我这是无故招来什么报，
娶不成妻子反倒娶蛇妖！

妖……我娘子是妖！青妹也是妖！她们都是妖哇——

一想蛇妖心口跳，
是悔是怕泪水抛。
娘子啊，既是蛇妖你为何把我爱？
既爱我，你又为何是蛇妖？

我要走、走！我要逃离这个地方！我是人、人，我要回到人的世界！娘子、青妹，你们不要再哄我了，我知道你们是蛇，是蛇呀——

道别娘子我去了，
央求你们把我饶。
让我重回人间去，
许仙为你们把香烧。

［许仙磕着头、退着步，随着木鱼的敲击声渐行渐远……

［白蛇、青蛇上。

白　蛇　啊，官人、官人、官人！

青　蛇　姐姐你看，许仙他直奔金山寺而去！

白　蛇　（撕心裂肺地）官人——

［木鱼声铺天盖地……

第六场

［金山寺佛堂。法海瞑目端坐。小沙弥甲、乙上。

沙弥甲 回禀师傅，许仙不肯剃度。

法　海 不肯剃度，上山作甚？

沙弥乙 是啊，徒弟都跟他说了，不剃头算什么和尚，可他就是不剃。徒弟想啊，许仙心里肯定还想着白娘娘呢。

法　海 休要饶舌，且做功课吧。

沙弥甲 那许仙呢？

法　海 也让他来。

两沙弥 是。（同下）

［法鼓频敲，佛乐齐鸣，许仙着僧服随众僧上。

法　海 （默诵）南无阿弥陀佛……

众　僧 （齐诵）南无阿弥陀佛……

［许仙心不在焉，动来动去。

［幕内唱："身在金山上，

无奈着僧装。

口中诵佛祖，

心里念白娘。"

许　仙 （唱） 念白娘待我千般好——

众　僧 （和） 南无阿弥陀佛……

许　仙 （唱） 念小康人家鱼肉香——

众　僧 （和） 南无阿弥陀佛……

许　仙 （唱） 念保和堂生意做得隆——

众　僧　（和）　南无阿弥陀佛……

许　仙　（唱）　念许家少一个小儿郎——

众　僧　（和）　南无阿弥陀佛……

南无阿弥陀佛……

法　海　许仙，今日本法师为你剃度，你为何不允？

许　仙　师傅在上，想我许仙乃有妇之夫，剃度之事，还须三思。

法　海　莫非你还牵挂蛇妖？

许　仙　这个……师傅道我娘子是妖，我娘子却道她是人，到底谁是谁非，还须看看再说。

法　海　胡说八道，是妖是人，本法师岂会弄错？来呀，法事伺候。

许　仙　且慢，师傅这一刀子下去，许仙可就真的变成和尚了。

法　海　出家人无牵无挂，岂不干净利索。

许　仙　不不不，容我再思、再想……

［青蛇内声："法海，快放出我家姐夫！"

［小沙弥乙应声奔上。

沙弥乙　师傅，师傅，那个白娘子和小青找来了，指名要见许仙。

法　海　哦，她们竟敢找到我的金山寺来了。

许　仙　啊，我娘子来了，我要去见她。

法　海　站住！许仙，你还想再吓死一回吗？

许　仙　我……

法　海　来呀，关了山门，念佛诵经。

许　仙　等等！师傅容我与娘子说一句话，就说一句，好吗？

法　海　说什么？

许　仙　我想再问问她，到底是不是蛇？

法　海　你既然不相信自己的眼睛，又不听信师傅的忠言，那好，你去问吧。

许　仙　（欲行又止）不问也罢。

［白蛇与青蛇冲上。

白　蛇　官人——

青　蛇　姐夫！

许　仙　娘子，青妹……

法　海　许仙，还不速去后堂打坐！

许　仙　师傅，我……

法　海　白蛇、青蛇，你们竟敢擅闯经堂，扰我清静！

白　蛇　法海师傅在上，我是来找我的丈夫，望师傅慈悲为怀，与人为善，放我丈夫许仙回家团聚。

法　海　与人为善？哈哈，你是人吗？

白　蛇　我——

法　海　说呀？当着你那丈夫许仙，把来龙去脉都说清楚。哈哈……

青　蛇　法海，你不要欺人太甚！

法　海　欺人太甚？哼，一条小青蛇，也配谈人。来呀，与我撵出经堂，赶下金山！

许　仙　且慢！（走近白蛇，一脸恳切地）娘子，我的好娘子，当着堂上佛祖的面，你要郑重其事地回答我，你和青妹到底是人还是妖？你说，你要照实说！

白　蛇　我……

许　仙　你——

青　蛇　姐姐，不要再搭理他，我们走吧。

白　蛇　（犹豫着）不，官人，我也要你郑重其事地回答我，自从我和青妹与你相识，可曾有过一点对你不起的地方？我们对你的情，对你的爱，难道就抵不过这法海师傅的一句话吗？

许　仙　这……

法　海　许仙，你听见了，她们不敢回答。

许　仙　这……

白　蛇　官人，跟我们走吧？

许　仙　不……

白　蛇　官人哪官人，难道你真的要抛弃为妻、真的要出家为僧、真的要将你我夫妻永久离分嘛！官人，为妻求你了……（下跪）

许　仙　（痛苦地）不、不、不——（也对她跪下）娘子对我的好，我都记在了心里，可是，我这心里又总是担心，总是害怕，总像是罩着一层阴影……我知道，我离不开娘子，可是我也知道，我纵使和娘子在一起，这心里头也不会平净，所以我宁愿投进佛门，寻求安静。娘子啊娘子，你难道就不明白我的心吗……

白　蛇　不、不、不——我不要和你分开，不要你留在佛门，我只要和你做一对夫妻、夫妻、夫妻呀……

许　仙　（咬咬牙推开她）不——你不要再逼我了，我心里乱、乱、乱呀……我不知道我做了什么，也不知道今后该怎么做，你、你、你就权且当我死了、死了……过去的一切，都只当是一场梦、梦、梦啊——

［许仙撇下白蛇，嚎啕欲去，白蛇高声喝止他。

白　蛇　官人！为妻还有一句话，你可要听？

［许仙背身而立，似在听着。

白　蛇　官人，为妻已身怀有孕。

许　仙　（猛回首，目瞪口呆）啊，你、你、你说什么……

白　蛇　（抽泣着）为妻已怀有你许家的后代了……

许　仙　啊呀……（软瘫）

法　海　快，把许仙架进去，把蛇妖赶出去！

［众僧驱赶白蛇、青蛇下。

［景转金山寺外。乌云滚滚，浊浪滔天。

［许仙与众僧混杂在一起逃上。

众　僧　（合唱）　寺外一声喊，

大水漫金山。

师傅闯下祸，

徒弟把罪担。

快把许仙抛出去，

大家好过鬼门关。

［众僧托举许仙下。

［白蛇、青蛇戎装上。

白　蛇　（唱）　为救官人来相会；

青　蛇　（唱）　何惜洪水犯天威。

白　蛇　（唱）　纵然神明降下罪，

青　蛇　（唱）　打入地牢也无悔。

白　蛇　（唱）　抛长袖舞双臂呼唤东海水，

青　蛇　（唱）　招风雨兴波澜浪潮往上推。

［白蛇、青蛇舞蹈下。

［许仙逃上，小沙弥甲、乙跟上。

沙弥乙　许官人，快拉我们一把，你看，大水已经漫上来了。

［许仙和两小沙弥爬上了房顶。

两沙弥　许仙，你快看！

许　仙　（紧张地四周望去）啊！

（唱）　耳边阵阵杀声高，

四遭一望魂魄销。

铺天盖地都是水，

金山佛寺成水牢。

沙弥甲　许仙，快看你娘子！

许　仙　（唱）　但只见娘子手中令旗摇，
　　　　　　　　青妹威武立云霄。

沙弥乙　许仙，你家娘子功夫还真不错呀！

许　仙　（唱）　一双剑出神入化卷风暴，
　　　　　　　　我娘子英姿飒爽称英豪。
　　　　　　　　你看她左盘右旋剑法好，
　　　　　　　　只杀得法海师傅夺路逃。（拍手大笑）

　　　　哈哈，娘子好身手、好身手呀！

沙弥甲　不好了，师父祭出了镇山金钵，你娘子要败阵了。

许　仙　啊呀不好！
　　　　（唱）　忽见娘子力不济，
　　　　　　　　双手捧腹汗水抛。
　　　　　　　　分明身孕受连累，
　　　　　　　　拼死保护许家苗。

　　　　娘子，不要打，不要打了！青妹，青妹！快去救助你姐姐！

沙弥甲　哎，许仙，白娘娘是你的老婆，她肚子里有你的孩子，你倒好，非但不去帮她，却跟我们在一起看热闹，你说你这个丈夫好笑不好笑？

许　仙　小师傅说得是，我应当去帮助娘子。（摩拳擦掌地）娘子，许仙来也！

　　　　[许仙欲下房顶，却又害怕下水，情急之中，团团打转。

许　仙　可我还是不会水，不会水呀！（呜呜地哭起来）我的娘子……

沙弥乙　哎，许官人，你怎么坐在房顶上哭？

许　仙　我想哭就哭，碍你什么事，娘子……

沙弥甲　我说许官人，放着这么爱你的娘子不要，你出的什么家呢？

许　仙　还不是师傅的一句话，说我娘子是蛇妖所变。

沙弥甲　蛇又如何？妖又怎样？只要她对你好，你管她是什么变的。

许　仙　说得倒也是，可是……

沙弥甲　可是什么，如今倒好，娘子没有了，骨肉也散了，一切鸡飞蛋打！

许　仙　小师兄，你说我该怎么办呢？

沙弥甲　怎么办？要我就下山找她们去，不就是赔个礼，认个错嘛，娘子总归是娘子。

许　仙　下山去？

沙弥甲　下山去！

许　仙　让我再想想、想想……

沙弥乙　哎，小师兄，你倒真会出主意，要是许仙真跑了，师傅问起来怎么说？

沙弥甲　成人之美，与人为善，这也是佛祖的教导。

沙弥乙　行，主意是你出的，人也是你放的，和我无关，无关。

沙弥甲　许官人，你还犹豫什么？

许　仙　（下决心地）　对，下山！

（唱）　小师傅一句话醍醐灌顶，

许汉文下金山重续旧情。

沙弥甲　许仙你看，大水退下去了，你快走吧！

许　仙　多谢小师兄，许仙去也！

［许仙跳下房顶，急匆匆而下。两个小沙弥似乎争吵起来。

第七场

［又是西湖旧地，已是满目悲秋。

白　蛇　（内唱）　乘洪峰随浊流一路伤心往前走——

［青蛇搀扶白蛇激愤走上。

青　蛇　（接唱）　想不到金山寺前一场苦斗，
两败俱伤遗恨空留！

哎呀，怎么又到断桥了！

白　蛇　（唱）　断肠人来到断桥口，
却原来断桥二字有来由。
有情人儿难厮守，
患难夫妻不到头。

青　蛇　（唱）　都只怪你我世事未参透，
莽撞来把人生投。
世间哪有情和义，
除却冤家是对头。

白　蛇　（唱）　一声冤家说出口，
两行悲泪不住流。
西湖景致还依旧，
眼中唯见满目秋。

青　蛇　（唱）　他无情把你负，
他无义将你丢。
他若有一丝爱，
怎会把佛陀求？

事到如今应撒手，

蓬莱仙岛可忘忧。

白　蛇　（唱）　看起来你我修行还不够，

区区千个春与秋。

蓬莱仙岛虽宁静，

怎奈此刻难罢休。

要走我只向峨眉走，

再修一万年，还把人来投。

我不信人间真情得不到，

只要痴心在，江河能倒流。

青　蛇　姐姐呀姐姐，我看你也太固执了吧？这些日子，我小青留心地看下来，越来越看出了人的自私，人的世故，虽说我没有你爱得深、爱的切，可我的心已经寒了。说句实话，这样的人我不想做，不想做。

白　蛇　青妹，你可千万不能这样想啊！

（唱）　人滋味，岂能尽参透，

恩与怨，爱和仇，它总是悲欣两悠悠。

就好比十月怀胎虽难受，

却有那万种滋味在心头。

［艄翁摇船过场。

艄　翁　（唱）　最爱西湖八月天，

秋风秋雨听秋蝉。

十世修得同舟渡，

百世修得共枕眠……（声渐远去）

白　蛇　青妹，你听、你听啊！

青　蛇　我不要听，不要听！姐姐，我们快走吧！

白　蛇　我不是在走，在走嘛……

［幕内唱："走呀走，走呀走，

迈出一步三回头。

断桥难舍白娘子，

西湖无语也含忧。"

［许仙内声："娘子——青妹——"

白　蛇　（敏感地）青妹，你听，好像是官人追来了。

青　蛇　（回头望）是他来了，这个时候他还来做什么呢？姐姐，我们快走！

白　蛇　青妹，不……

青　蛇　姐姐！

白　蛇　青妹呀！

（唱）　纵然是从此天涯两分手，

又何妨临去一揖片时留。

［许仙气喘吁吁地追上。

许　仙　娘子，青妹，你们让我追得好苦啊！

青　蛇　许仙，你来干什么？

许　仙　咦，找我的娘子呀？

青　蛇　这里没有你的娘子，你还是回金山寺当和尚去吧。

许　仙　这话可是你说的？好，我走了！（转身欲去）

白　蛇　官人！

许　仙　（回身大笑）哈哈哈……我就知道娘子不会赶我走。娘子，青妹，我是来向你们认错的。你们看，我这不是给你们作揖了吗？（一揖到地）

青　蛇　哼，虚情假意！

许　仙　难道青妹真的要我和娘子分开？

青　蛇　许仙，你且回答我，你追赶我们是为什么，你可要说实话。

许　仙　我说实话，说实话！

（唱） 常言道不孝有三无后乃为大，

许汉文为寻骨肉卸去了袈裟。

顾不得佛法森森我把金山下，

找不到娘子我要寻遍了天涯。

青妹呀，念及我许氏香火这一脉，

央求你成全我与娘子还是一个家。

青　蛇　姐姐，你听听、你听听，事到如今，他所牵挂的还是自己的骨肉！

白　蛇　啊，青妹，传宗接代，乃人生大事，官人他既然牵挂着骨肉，也就牵挂了姐姐呀！

许　仙　娘子说得是。

白　蛇　啊，官人，我来问你，你当初为何抛下我们姐妹，去上金山，又为何拜那法海为师，出家为僧呢？

许　仙　唉，千错万错，都是听信了法海的挑拨，他说娘子和青妹是蛇变的，我能不怕吗？

白　蛇　如今你又追到断桥，难道就不怕了？

许　仙　这……我想我还是应该相信娘子，相信青妹。

白　蛇　假如你的娘子和青妹，都是——

许　仙　都是什么？

白　蛇　是——

许　仙　是什么？娘子，你讲啊！

白　蛇　（似在下决心地）只怕一旦讲了出来，你又要吓死了。

许　仙　（怔怔神，也似下决心地）娘子你就讲吧，不管你们到底是什么，我都不怕了！

白　蛇　真的不怕？

许　仙　（挺挺胸，大声地）不怕！

青　妹　（仍欲制止地）姐姐！

白　蛇　青妹，姐姐我就是要学你的真诚，学你的坦荡，你曾说过瞒是瞒不住的呀。（回身对着许仙跪下，抽泣着）官人，为妻不该骗你呀……

许　仙　（也感动地跪下）娘子不要这样，不要这样！

白　蛇　我的好官人！

（唱）　妻本峨眉一蛇仙，
修行千载到人间！（见许仙本能一倒，紧紧抱住他）

白　蛇　官人？

许　仙　（振作地）娘子讲下去，你讲下去。

白　蛇　（接唱）　断桥初识郎君面，
我羡你貌俊美、风度翩，
笛声悠扬心良善，
因此湖上把船颠，
西湖岸边红绳牵。

许　仙　（犹有余悸地）原来如此……

白　蛇　（接唱）　我也曾典钗助你开药店，
我也曾刺血救人把命延。
我也曾求丹涉过万重险，
我也曾舍命鏖战金山前。
你也曾抛下娇妻把心变，
你也曾轻信法海是非言。
你也曾一去金山无消息，
你也曾空教为妻苦挂牵。
官人哪，为什么白蛇爱你心一片，
你却总对我留半边？
纵使我今日怀着你的后，

你还是一半儿真诚，一半儿周旋。
官人哪，白蛇做人图什么，
但求真情两心间。

［白蛇痛心，青蛇愤恨，许仙早已泣不成声。

许　仙　娘子，你不要再说了……

（唱）　听娘子诉原委振聋发聩，
一字字一句句饱含伤悲。
娘子啊，你那里来做人做得憔悴，
却难抵红尘雨总相凌摧。
你那里怀痴情痴情如醉，
我却是防异类阳奉阴违。
自幼儿无依靠也无安慰，
终日里小着心谨防是非。
是娘子给予我无私情爱，
是娘子才让我吐气扬眉。
我不该信谗言鸳誓违背，
我不该上金山一去不回。
我不该怀私心疑神疑鬼，
我不该不顾你生命安危。
娘子啊，管什么人与蛇难成婚配，
我爱你你爱我任凭它流言蜚语世俗常规
雪欺霜侵雨打风吹！

白　蛇　官人！

许　仙　娘子！

［许仙与白蛇紧相依偎，难舍难分。青蛇忽然转身欲去。

白　蛇　（敏感地）青妹，你要到哪里去？

青　蛇　（慢慢回过身）姐姐！

（唱）　莫怪青妹总任性，
我还是宁愿信神不信人。
在人间目睹太多虚与假，
再不敢相信人生有真诚。
纵使仙界很寂寞，
却没有是是非非和纷争。
姐姐呀，你是位千年不二痴情种，
古往今来独一人。
青妹我原本和人无牵挂，
随兴来随兴去恩怨皆了一身轻。
愿只愿从此人间不负你，
夫妻爱骨肉情永远与你不离分。
倘若真有那一日，
青妹我天上人间也欢欣。

白　蛇　好青妹，难道你真的要抛下姐姐，独自成仙吗？

青　蛇　我意已决。许仙，不，姐夫，姐姐就拜托你了！（下跪）

许　仙　青妹，我对不起你，姐夫对不起你呀……

白　蛇　好青妹，让姐姐、姐夫送你一程！

［三人行，默默无语。

［主题歌："血在淌，泪在流，
忍住这千悲万愁。
付出情，付出爱，
只为那一点温柔。
人世间风雨骤最难相守；
我心如磐石坚覆水难收。
不叹息，不放弃，
执著向前走；

我期待，那一天，

阳光照心头。”

［青蛇下。小沙弥乙鬼鬼祟祟地上。

沙弥乙　卖花冠！卖花冠！哎，那不是许仙吗？

许　仙　你是金山寺的小师弟？

沙弥乙　嗨，我如今还俗了！许仙，买只花冠吧，戴在你家娘子头上一定漂亮。

许　仙　娘子你看，这花冠倒也编得精巧。来，戴上，戴上。

［许仙为白蛇戴上花冠，白蛇顿觉不适。

白　蛇　官人，快把花冠取下来，我头痛！

许　仙　（竟已摘不下来）啊，小师弟，这是怎么回事？

沙弥乙　许仙，这事可跟我无关，是师傅把他的金钵变成花冠，让我骗你娘子戴上。你看，师傅他来了！

许　仙　法海他在哪里？

沙弥乙　在那里——

［小沙弥乙乘许仙寻望，一溜烟逃下。

白　蛇　（痛不能支地）官人，我痛、我痛呀……

许　仙　娘子，娘子，想我许仙好不容易才和你团聚，却不料又亲手为你戴上了枷锁，我真悔、我真恨、我真是一点用都没有呀！娘子……

［法海的声音：“蛇妖擅自兴水，触犯天规，本法师替天行道，前来擒妖。将白蛇镇于西湖雷峰塔下，永劫不复！”

许　仙　（四处寻望着）法海和尚，你生生拆散我夫妻骨肉，我许仙恨你、诅咒你、我和你势不两立呀——

［法海的笑声：“哈哈哈……”

［白蛇头上的花冠化作一道金光，自上而下。金光罩住白蛇，隔开许仙。

许　仙　娘子，不管他们把你带到哪里，镇在何处，许仙我都陪伴你、守护你、直到永远！直到永远！天地为证——

［许仙高声呐喊，天地久久回应……

第八场

［西子湖畔，雷峰塔前，大雪飘飞，隆冬季节。

［许仙捧一束梅花，献在塔下。

许　仙　雪下了，梅开了，多么美丽的西湖，多么美好的世界，娘子，你能看得见吗？

（唱）　白雪为你下，
红梅为你开，
北风为你送消息，
秋尽冬又来。

［许仙脱下衣衫，覆盖住塔身，自己却冻得瑟瑟发抖。

许　仙　（呵着手）啊，娘子，许仙再为你吹一支笛曲，解解烦闷吧，你可要仔细听好、听好了！

［许仙吹了几声曲，不觉黯然神伤。

许　仙　（深长一叹）唉！

（唱）　耳边寒风阵阵紧，
眼前飞雪乱纷纷。
冷冷一座雷峰塔，
生生隔断夫妻情。
娘子最爱西湖景，
却在西湖遭囚禁。

娘子最爱人世间，
却教人世伤透心。
想从前，许仙半睡半是醒，
到如今，心头唯存一片真。
娘子啊，我愿护塔护到老，
我愿等你到满头银。
这牢笼若是你永劫不复的葬身地，
它便是许仙死后的埋尸坟。

［许仙复又吹曲，曲音哀婉低沉。

［雷峰塔内，渐渐显出白蛇身影。

白　蛇（唱）雷峰塔内四壁冷，
但觉心头暖如春。
许郎终日守护我，
殷殷之情感动深。
孤独有花香，
寂寥听笛声。
日夜相依偎，
片刻不离身。
白蛇来到人世间，
总算享受到真情。
许郎啊，官人哪，
你日日无人送茶饭，
夜夜身边少温存。
一件衣衫覆盖我，
任凭无情北风凌。
我恨不能用力将塔来推倒，
以身温暖你的心。

啊，顿觉腹中疼痛紧，

莫非胎儿将临盆？

许郎，许郎，我要出去！

许　仙（唱）　猛听娘子声声唤，

定是婴儿快降生。

娘子，娘子，我听见了！

白　蛇（唱）　雷峰塔，你可以千年万载镇白蛇，

你不能，扼杀无辜小生灵。

许　仙（唱）　苍天哪，纵然有九死罪名我担待，

祈求你，保我后代有太平。

白　蛇（唱）　这是我爱情的见证！

许　仙（唱）　这是我幸福的结晶！

白　蛇（唱）　这是我苦恋的回报！

许　仙（唱）　这是我希望的再生！

白　蛇（唱）　爱情见证！

许　仙（唱）　幸福结晶！

白　蛇（唱）　苦恋回报！

许　仙（唱）　希望再生！

白　蛇（唱）　许郎、官人——

许　仙（唱）　娘子、夫人——

白蛇许仙（合唱）　啼血唤、天地应；

不尽爱、换新生！

［白蛇与许仙彼此呼喊着，雷峰塔发出隆隆巨响。

［幕内唱："真情关不住，

生命囚锁难；

声声呼唤里，

冲破万重关！"

[蓦地，天地间一片安宁，安宁过后是雷峰塔的轰隆倒塌，随着倒塌声，一声婴啼惊天而起——久久地、久久地回响在天地之间……

[烟尘散尽，白蛇怀抱婴儿，站立废墟。

许　仙　娘子……

白　蛇　官人……

许　仙　孩子！

白　蛇　孩子！

[许仙迎接白蛇走下废墟，他们双双捧起了婴儿。

[蓬莱圣母的声音："白蛇，你愿以神仙永恒，换取百年人生，生老病死，只此一回吗？"

[白蛇的心声："我愿意，我就是要做一个人，一个妻子，一个母亲。"

[蓬莱圣母的声音："那好，你就做一个最普通的女人吧。"

[白蛇的心声："多谢圣母大慈大悲！多谢上苍给我生命！"

[熙攘的人群走上，他们手持鲜花，向许仙一家送上最美好的祝愿……

[白蛇换上最普通的衣裙，她抱着婴儿，与许仙依偎着，平凡朴素但却神情庄严地向我们走来、走来……

[主题歌："血在淌，泪在流，

忍住这千悲万愁。

付出情，付出爱，

只为那一点温柔。

人世间风雨骤最难相守；

我心如磐石坚覆水难收。

不叹息，不放弃，

执著向前走；

我期待，那一天，

阳光照心头。”

［剧终。

越剧

柳如是

人　物　柳如是——号河东君，江南歌女，后嫁钱谦益

钱谦益——号牧斋，江南鸿儒，明末遗臣

冒辟疆——江南才子

董小宛——江南歌女

钱　宗——钱谦益管家

红　杏——柳如是婢女

郑妥娘——江南歌女

韩公公——南明太监

秦淮河游客、商贩以及难民、官役等等

时　间　明末乙酉年，即南明弘光元年

第一幕

[十里秦淮，一片嘈杂。歌女唱曲、小贩叫卖、难民行乞……构成秦淮河特有的繁喧。

[幕内歌女唱："莫攀我，

攀我心太偏；

我是曲江池边柳，

这人摘去那人攀，

恩爱一时间……"

小贩甲 胭脂口红鸭蛋粉，栀子玉兰茉莉花！

小贩乙 回卤干，回卤干，香喷喷的回卤干！

[冒辟疆悠闲上。

冒辟疆 （唱）

生不逢时世道变，

内患外扰祸连天。

离乱之年停科比，

读书不值一文钱。

秦淮河边，熙熙攘攘，稍不留神，竟将董小宛丢了！小宛，小宛——（四处寻唤）

[郑妥娘气喘吁吁上。

郑妥娘 冒公子，大事不好了！

冒辟疆 郑妥娘，出什么事了？

郑妥娘　冒公子呀！

（唱）　　小宛路上遭不幸，

撞见权相马士英。

被逼酒楼去陪宴，

强迫灌酒受欺凌。

小宛不从频躲闪，

无意碰碎“一壶春”。

冒辟疆　什么“一壶春”？

郑妥娘　就是马士英的一只小茶壶，是只古玩，听说价值连城哩！

冒辟疆　活该！好个马士英，不思忧患国家，反倒欺凌歌女，真是岂有此理！啊，妥娘，小宛现在何处？

郑妥娘　被马士英拘为人质。

冒辟疆　啊？待我前去评理。

郑妥娘　公子且慢，那马士英官居首辅，人多势众，公子此去岂不白白挨打。

冒辟疆　可我总不能明知小宛受辱，袖手旁观吧？

郑妥娘　马士英让我传话给冒公子，若想解救董小宛，除非原物赔偿。

冒辟疆　这不是存心要挟人嘛！

郑妥娘　不管怎么说，冒公子，你得想想办法。

冒辟疆　我到哪里去想办法呀……（团团转）

郑妥娘　（忽然敏感地）公子，你听！

［远处传来柳如是的歌喉，歌声渐近……

［柳如是内唱：“茫茫人世行路难，

几度明月几重关。

人生知己何处有，

寻遍绿水与青山……”

冒辟疆　柳如是……

郑妥娘　是她！柳如是与董小宛最为要好，为人仗义，交友广阔，不妨请她想想办法。

冒辟疆　说的是，妥娘，快，拦下柳如是的画舫，请她岸上说话。

郑妥娘　（大呼）柳如是——

冒辟疆　如是姐姐——

［郑妥娘、冒辟疆奔下。

［舞台旋转，场景迁移，嘈杂声迅即远去……

［露天水榭。郑妥娘，冒辟疆挥手迎上。

［柳如是内唱："风帆一叶到金陵——"

［一只题有"雪篷浮居"的精美画舫徐徐驶上。船头，柳如是怡然卓立，风情万种；船尾，婢女红杏掌舵。

红　杏　小姐，又到秦淮河了！

柳如是　（接唱）　游江河访名胜满船诗情。
柳如是画舫为家泊上居，
吴山越水任我行。
回首都是漂流路，
浮萍柳絮叹无根。

红杏小姐你看，那不是郑妥娘姐姐和冒辟疆公子吗？

柳如是　正是他们，红杏，靠岸。

［画舫停泊，柳如是登岸。

柳如是　哈哈，妥娘，冒公子，别来无恙？

郑妥娘　死丫头，一别数月，又疯到哪里去了！

柳如是　大千世界，无遮无拦，哪里不好去玩。怎么，冒公子身边居然不见董小宛？

冒辟疆　如是姐姐来得正好，小宛正有事求助你呢。

柳如是　小宛有事，请小宛自己来讲，冒公子何必越俎代庖。

冒辟疆　如是姐姐有所不知，只因今日小宛随我出来闲游，无意间走散，岂料竟被那马士英截去，强迫陪宴。小宛心头不快，失手碰坏了他的一只古玩呀。

柳如是　（不经意地）什么宝贝东西，值得大惊小怪？

冒辟疆　“一壶春”！

柳如是　（亦甚吃惊）“一壶春”，这可是无价之宝哇！

郑妥娘　到底是柳如是，见多识广。

柳如是　冒公子快讲，小宛她现在怎么样了？

冒辟疆　被那马士英扣为人质，马士英传话要我原物赔偿，否则便不放小宛了。

柳如是　（猛吸一口气）这下麻烦大了。

冒辟疆　如是姐姐与小宛乃手帕姐妹，万望想个计策救她才是！

柳如是　只怕就是卖掉我柳如是，也换不来那“一壶春”呀！

冒辟疆　如此说来，小宛便无救了？

柳如是　（思索着）难……

郑妥娘　怎么，连你柳如是也没有办法？

柳如是　难呐……

冒辟疆　为了董小宛，莫非要我冒辟疆去求那马士英么？

郑妥娘　冒公子莫急，就是典首饰，卖衣裳，我们也要把小宛赎回来。

柳如是　（忽有所得地）哎，我倒是听说有位名士手中也有此物。

冒辟疆　谁？

柳如是　常熟钱谦益。

冒辟疆　东林前辈，文坛祭酒？

郑妥娘　人称牧斋先生的？

柳如是　正是他！

（唱）　钱谦益一代鸿儒名气响，
道德文章天下扬。

他也曾东林党内称魁首，

他也曾官居礼部右侍郎。

虽然退隐在常熟，

威望依旧压朝堂。

郑妥娘 说这些废话干什么，快讲“一壶春”。

柳如是 妥娘且听着！

（唱） 素闻此公性慷慨，

乐善好施又大方。

倘若登门去求借，

可免小宛祸一场。

郑妥娘 等等等等，我且问你，你和那钱牧斋是亲？

柳如是 非亲。

郑妥娘 是故？

柳如是 非故。

郑妥娘 那你们总见过面啰？

柳如是 也不曾见过。

郑妥娘 好啊！既非亲非故，又未曾见过，你凭什么去要人家的宝贝呢？

柳如是 妥娘，这你可就不懂了。

（唱） 我与他虽无面交神来往，

文章赠和数载长。

几番相邀去造访，

无奈行色总匆忙。

郑妥娘 我明白了，原来你是要借董小宛的题目，去做自己的文章？柳如是啊柳如是，你可真是个鬼机灵哟！

柳如是 （敏感地）妥娘此话何意？

郑妥娘 （连连摆手）哎，别多心，我不过随便说说。不过，我倒也曾听人说起，那钱谦益乃是个怜香惜玉的好好先生哩！

柳如是　（突然一甩手）算了，不去了！免得日后传出闲话来说不清楚！（佯装生气）

冒辟疆　（责怪地）妥娘！

郑妥娘　哦、哦、哦，我说错了，我臭嘴！我自打耳光！还不行吗？（央求地）小姑奶奶，你就别生气了。

柳如是　（噗哧笑出）我哪里就会当真呢？唉，都是患难姐妹，莫说为董小宛去趟常熟，就是上刀山，下油锅，我又何惧之有？

冒辟疆　多谢如是姐姐。

郑妥娘　早去早回。

柳如是　告辞！

冒辟疆　等等！（将柳如是拉至一边）如是，近来民谣盛传，唱道“大明兴，文举钱牧斋，武举史道邻”，依我看，那钱谦益就要东山再起了。

柳如是　（点头）我也正为此事高兴呢。

冒辟疆　代我转告钱谦益先生，就说江南后学无不翘首以待。

柳如是　放心吧。

［柳如是登舟，红杏撑篙离岸……

［幕内伴唱：“匆匆相会又分手，

为谁奔走为谁忧。”

［河上重又传来柳如是的歌声，声渐远去……

第二幕

［舞台旋转，场景迁移……

［柳如是内唱:“好风送我常熟行——”

［柳如是儒服折扇,翩翩上场;红杏扮书僮跟上。

柳如是 （唱） 一领青衫遮住了千娇百媚女儿身。

柳如是平素喜着男儿装,

只缘风尘路不平。

钱先生托诗传情非一日,

字里行间早留心。

大河难测深与浅,

小心翼翼到如今。

望江南阴霾沉沉战云近,

雷雨前雏燕仰目盼苍鹰。

红　杏 小姐,前面就是半野堂了。

柳如是 红杏,你叫我什么?

红　杏 哦,公子!

柳如是 (一笑)快走吧。

［红杏、柳如是下。

［半野堂。钱谦益手捧“一壶春”悠悠踱上。

钱谦益 （念） 一十六载林下困,

忍将豪情付诗文。

书斋耗尽英雄岁——也好!（吟）

天下大事少烦心。

［钱宗上。

钱谦益 钱宗,有塘报么?

钱　宗 没有。

钱谦益 有官函否?

钱　宗 也没有。

钱谦益 那么,有什么名流造访么?

钱　宗　(咂咂嘴)谈不上,只有一个年少书生,想见见老爷。

钱谦益　我又不是什么稀罕之物,有什么好见的。

钱　宗　嗐,不就是您的仰慕者嘛!在我看来无非就是想讨本诗集,索个签名,然后自个儿出去大肆吹嘘,借此标榜而已。

钱谦益　(一笑)这倒也是。钱宗,依照老规矩,送本书,盖方印,打发了走人。

钱　宗　我就说您忙,忙死了!

[钱宗刚欲下,柳如是径自大摇大摆地走上。

柳如是　(东张西望地)嘻呼呀!果然鸿儒书斋,气度不凡!

钱　宗　哎哎哎,你怎么不请自入?

柳如是　(仍自踱着步)久闻钱府藏书甚丰,今日方知此言不谬。

钱　宗　哎,你听见没有?快出去,出去!

钱谦益　(看在眼里,隐忍不悦)钱宗,既然有客来访,岂可拿大撵人,还不看座待茶。

钱　宗　这……

钱谦益　哎,这位公子,你请坐呀。

柳如是　(照样坐下)啊,牧斋先生在上,晚生这厢有礼了。

钱谦益　不敢当,看公子一身华丽,面目娇美,想必是位贵家子弟吧?

柳如是　哪里,晚生乃江湖上人。

钱谦益　江湖上人。哈哈,我看你倒像个纨袴弟子。钱宗,送客!

钱　宗　快走,快走,哪里不好玩,跑到半野堂来捣什么乱!

柳如是　(站起来,并不动怒地)哈,我以为半野堂主人如何平易近人,原来这般装腔作势。告辞!

钱谦益　转来!

柳如是　做什么?

钱谦益　(招呼她靠近,柔声细语地)公子慢走!

柳如是　你！（拂袖而下，故意遗落名帖）

钱　宗　（开心大笑）哈哈……好个轻狂少年，竟敢对咱老爷端臭架子。老爷做得对，对这号公子哥儿，就当如此！（越想越好笑）哈哈……

钱谦益　（呷一口茶，不无得意地）年少无知！

钱　宗　（捡看名帖）柳如是……老爷，这个少年名叫柳如是。

钱谦益　胡说！

钱　宗　老爷你看，柳如是，号河东君，明明写着呢。

钱谦益　（接看名帖，霎时慌神）哎呀不好！久闻柳如是喜着男装，莫非改扮来访？钱宗，快将客人请回来！

［钱宗欲下，柳如是哈哈笑上。

柳如是　不用了，我还是不请自来！

钱谦益　（愣了愣，旋一揖到地）啊呀呀！不知河东君大驾光临，真是多有得罪，得罪了！

柳如是　学生冒犯老前辈，恕罪呀恕罪！（亦深深一揖）

［二人频频揖拜，你来我往，不期碰了额头。

钱　宗　（凑趣地）哎哎哎，当心，当心，老爷，看来你们是老相识嘛！

钱谦益　老相识？哎，对、对、对，老相识，老相识！哈哈……这真是暮暮朝朝，客到堂前浑不晓。

柳如是　刻刻时时，人去十里方相知！

钱谦益　啊？

柳如是　啊？

钱谦益　哈哈……

柳如是　哈哈……

［二人郑重落座，钱宗奉茶。

钱谦益　（仔细打量地）啊，河东君一身儒服，堂堂仪表，端的美男子呀！

柳如是 先生豪情似火，目光灼人，俨然白头少年！

钱谦益 什么，白头少年？哈哈……河东君真会说话！

柳如是 本来如此嘛！

钱谦益 （惬意地把玩着“一壶春”，慢条斯理地）啊，不知河东君此番来访，有何教谕？

柳如是 既蒙先生动问，学生也就直说了吧。先生！

（唱） 无事不敢扰清静，

今有难题始登门。

人间遍求一珍宝，

特来府上问行情。

钱谦益 什么东西，值得阁下如此看重？

柳如是 （唱） 此器乃是一古玩，

品名叫做“一壶春”。

钱谦益 （下意识保护）“一壶春”……

柳如是 （故意视若不见）先生，听说此物十分神奇，捧玩在手，冬暖夏凉；不过，又听说此物十分稀罕，乃是西周的陶制呢，并且，世间唯有一匹。

钱谦益 不错，一只在马士英之手，另一只么……（有点犹豫）

柳如是 先生请明示。

钱谦益 呶、呶、呶，就在谦益手中。（小心递过）

柳如是 哎呀呀，果然妙不可言！（故意一闪失）

钱谦益 （惊呼）当心！

柳如是 （小心递还）粗手大脚，原不配捧此珍玩。（长叹一口气）唉——

钱谦益 （观察地）其实，字画呀，古玩啦，戳穿了都是撑门面，摆架势，究竟多少实惠，自欺欺人罢了。

柳如是 （复又长叹）唉！

钱谦益　河东君因何长吁短叹，教人听了怪惆怅的。

柳如是　（斟酌地）先生想必知道董小宛吧？

钱谦益　知道，秦淮河出名的美人，怎么啦？

柳如是　先生！

（唱）　当朝首辅马士英，
无缘无故作难人。
小宛陪宴未留意，
失手打坏一壶春。

那马士英拘押了董小宛，勒令冒辟疆限期归还原物。否则，便要强占了他的恋人呀。

钱谦益　哦，这与河东君有何干系呢？

柳如是　患难姐妹，生死相交，董小宛与我又何分彼此？

钱谦益　如此说来，河东君是要我割舍一壶春，去救那董小宛？

柳如是　岂敢，先生之爱，学生焉能擅夺。

钱谦益　（用心抚摩着，忽然猛一跺脚）哎，河东君何不早说！

柳如是　先生你……

钱谦益　（爽快地）河东君有所不知，钱某一生就好打抱不平！想那董小宛，用情冒公子，蔑视权贵，我岂能不拔刀相助。倒是马士英之流，国难当头还飞扬跋扈，实在是罪不容赦呀！来，就请河东君将这一壶春转交冒公子，就说常熟钱谦益成全他们的一段姻缘！

柳如是　如此，多谢先生！

钱谦益　拿去，拿去吧！

［柳如是双手欲接，忽又止住。

钱谦益　哎，又怎么了？

柳如是　（沉吟有顷，感慨地）“一壶春”虽然珍贵，却只能救得一人；学生此行，愿先生解救万民。

钱谦益　此话何意？

柳如是　先生！

（唱）　数月来一叶孤帆江上行，

两岸情景揪人心。

清军南下风声紧，

逃难黎民一群群。

怕只怕风景如画的美江南，

一朝沦落蒙血腥。

钱谦益　（先自一怔，旋即玩世不恭地）河东君，这可就是你的不是了！

（唱）　救国自有良臣在，

危难岂关老秀才。

半野堂上只做诗，

不论天下兴与衰。

柳如是　（唱）　君不见半壁山河已破碎，

君不闻百姓呼号似惊雷。

江南局势如累卵，

先生安能不皱眉？

先生，“大明兴，文举钱牧斋，武举史道邻”，这唱遍大江南北的歌谣，难道先生竟一无所闻，一无所动吗？

钱谦益　（触及痛处地）“大明兴，文举钱牧斋，武举史道邻”——（惨笑）哈哈……河东君，只怕你我就要变成大明的遗民喽！

柳如是　先生因何如此悲观？

钱谦益　阁下又如何懂得钱某苦衷！

（唱）　莫以为我昏然独睡唤不醒，

我这是创痛过巨灰了心。

少年壮志下宦海，

几经荣辱与浮沉。
我也曾殚精竭虑伴君侧，
我也曾鞠躬尽瘁为黎民。
不提防官场遭厄运，
莫须有被贬退山林。
眼见得庸碌之辈竟高升，
我好似被人遗忘局外人。
看今朝，神州破败江山倾，
武将怕死文官昏。
江南小朝纵歌舞，
忧国忧民剩几人。
十六年来怀孤愤，
黑发盼作白发人。

事到如今，大势将去，纵然出山，还有何为？

柳如是 先生且听学生道来！

（唱） 听君一番肺腑声，
学生不才也同情。
朝廷从来欠公道，
英雄多半隐山林。
先生啊，针砭时弊虽精辟，
立论未免偏消沉。
男儿有志应施展，
危难始见赤子心。
天下事看似将了终未了，
总有那回旋余地供驰骋。
君不见，多少壮士举义旗，
君不见，多少少年去投军。

学生风尘虽卑贱，
也知大局关自身。
望先生仕林之中作表率，
不负如是常熟行。

钱谦益 难得河东君丈夫情怀，谦益由衷敬佩，可是……

柳如是 以先生之宏才，难道真的自甘老死一隅吗？

钱谦益 老死一隅……唉！（仍矛盾）

柳如是 （灵机一动地）对了，学生欲借弦琴，为先生弹唱一曲。

钱谦益 好哇，难得听见河东君的妙音！

［柳如是调琴弹唱。

柳如是 （唱） 埋没英雄芳草地，
耗磨岁序夕阳天。
洞房清夜秋灯里，
共简庄周说剑篇。

钱谦益 （震动）啊，这是我的诗……

柳如是 我的曲……

钱谦益 （一把抓住她，激动得不能自已）河东君，知音也！

柳如是 （亦紧攥住他）先生，你……

钱谦益 河东君不用说了，只要朝廷委用，谦益出山就是！

柳如是 先生！

钱谦益 河东君！

［二人执手久久，竟无语凝噎。

钱谦益 河东君，你怎么哭了？

柳如是 先生，你怎么也哭了……

钱谦益 我说不清楚……

柳如是 我也说不清楚……

钱谦益 （看着她，神情慈祥地）河东君，记住我的话，无论何时何地，倦了，累了，病了，半野堂的门永远对你敞开着，啊？

柳如是 （频频拭泪）谢谢先生……

［钱谦益将一壶春郑重交给柳如是，柳如是鞠躬收下。

钱谦益 （依依不舍地）就要走吗？（见柳如是点头）不能多留一日？就一日……（见柳如是摇头）那，何年何月再能见到河东君呢……

柳如是 （想了想）本月十五，学生诚邀先生秦淮赏月。

钱谦益 （扳扳指头）好，好，谦益一定如约而至！

柳如是 先生送我一程……

钱谦益 （求之不得地）好，送，送河东君！

柳如是 先生请吧。

钱谦益 河东君请。

［舞台旋转，场景迁移……钱谦益、柳如是并肩而行。

［幕内伴唱："默默无言默默行，
默默之间自传情。
莫道两情不相称，
同是天涯沦落人。"

第三幕

［月夜秦淮，半月桥边，"雪篷浮居"泊于桥下。画舫里，柳如是在灯下弹琴；壁上，挂有一把倭刀。

［钱谦益内唱："老夫聊发少年狂——"

［钱谦益白须染青，容光焕发，健步而上；钱宗气喘咻咻跟上。

钱谦益 （唱） 喜匆匆会佳人满心欢畅。

浆声灯影秦淮河，

轻歌曼舞温柔乡。

莫道风情老无分，

偏有芳草向夕阳。

钱宗，你看我作甚？

钱　宗 老爷胡须一染，仿佛年轻许多！

钱谦益 这叫人逢喜事精神爽，焕然一新少年郎嘛，哈哈……

钱　宗 老爷快看，半月桥下有只画舫。

钱谦益 “雪篷浮居”，正是河东君的画舫，待我唤来！河东君，我来了，啊呀，琴声淹了我的呼喊声了！

钱　宗 老爷，干脆跳上去！

钱谦益 非请擅入，岂非唐突？（想了想）也罢，跳就跳吧！

钱　宗 老爷，快跳呀！

钱谦益 （犹豫着）数尺之遥，只怕不能一蹴而就，万一失足落入河中，岂不斯文扫光。

钱　宗 老爷再叫，大声叫！

钱谦益 （大声地）河东君，河东君，牧斋来也！啊呀呀，她横竖听不见！

钱　宗 那就耐心等着吧。

钱谦益 还等什么？不来帮我一把！（多方尝试，终无结果）真是老不中用的东西！（泄气）

［一曲终了，柳如是与红杏一直在暗暗打量着钱谦益，相互窃笑着。

柳如是 红杏，去把钱先生请上船吧。

红　杏 （故意高声地）喂，是谁呀，怪怕人的呢！

钱谦益 是我，我是钱先生，钱谦益！

红　杏　哎呀，是钱先生来了嘛，小姐，钱先生来了呀！

柳如是　快快有请啊！

［红杏移动画舫，搀扶钱谦益上船；钱宗欲跟上，红杏示意他，钱宗会意，与红杏同下。

［画舫中，钱谦益一脚踏入，大声夸赞。

钱谦益　啊呀呀，满船书香，一舱斯文，河东君风流雅居，名不虚传！

柳如是　先生见笑，先生快请坐。

钱谦益　坐，坐。啊，河东君长年水上漂流，恐怕未必都是诗情画意吧？

柳如是　先生！

（唱）　浮宅泛家虽清苦，
　　　　慰藉幸有一船书。
　　　　春华秋实尽兴赏，
　　　　明月朝阳当画图。
　　　　江川秀色净肺腑，
　　　　吐纳情怀写山湖。

钱谦益　话虽如此，毕竟单身女子，四海漂流，终究不是长久之计呀！

柳如是　那就过一日算一日吧。先生，用茶。

钱谦益　好，好。（寻着话题）河东君，你应该有个家了。

柳如是　家？这不就是我的家吗？柳如是的家在水中，在船上，在……（沉默）

钱谦益　河东君！

（唱）　独居兰舟虽风雅，
　　　　长年颠簸苦难当。
　　　　横风斜雨怎靠岸，

大雪封河谁相帮。

青春年华尚可度，

老来归所寄何方？

［柳如是默默听着，忽然信手取下倭刀，亮出把玩。

钱谦益 哎，河东君你弄刀作甚？

柳如是 先生不爱刀吗？

钱谦益 读书人以笔为刀，你快放下吧。

柳如是 （仍旧玩耍着）先生，这柄倭刀令我想起一个人来。

钱谦益 哪一个？

柳如是 宋辕文。

钱谦益 听说过此人，松江府的年轻才子，怎么？

柳如是 他与学生有段故事，先生想听么？

钱谦益 这个……略知一二，不说也罢。

柳如是 先生，学生还是说说吧。

钱谦益 河东君要说，必有说的道理，谦益洗耳恭听。

柳如是 （唱） 想当年学生年少好任性，

在松江爱上才子宋辕文。

他赠我一把倭刀表心意，

说什么宁可断头不断情。

钱谦益 （即兴评论）倒也出手不凡。

柳如是 （唱） 从此后两人同行在画舫，

整三月死去活来爱得深。

钱谦益 就在这只画舫吗？

柳如是 正是，先生耻笑了。

钱谦益 不不不，年轻人嘛，难免，难免……后来呢？

柳如是 （唱） 忽一日，他酒后吐出真心话，

他说道风尘女子休想跨入宋家门。

钱谦益 原来他并无真情,那么你呢?

柳如是 (唱) 死心儿爱他爱得烈,

巴巴地盼他救风尘。

谁知道盟誓都是假,

到头来不过一场风月情。

钱谦益 既然如此,你又如何处置?

柳如是 (唱) 我怨天怨地怨自身,

一刀挥断七弦琴。

钱谦益 痛快! 再后来呢?

柳如是 (唱) 看透了情场心寒冷,

再不信男女之间有真情。

钱谦益 这也难怪河东君。譬如钱某,官场上吃够苦头,久而久之,心也会冷的。不过,情场毕竟不是官场,须知真爱河东君者,还是有的。

柳如是 只怕也是风流一场,过眼烟云吧?

钱谦益 (欲言又止地)怎么说呢,河东君,你看先生我老是不老?

柳如是 先生何谈老,先生今日仿佛又年轻了二十岁哩。

钱谦益 是么,我也仿佛返老还童了呢。(鼓足勇气)河东君,我知道你曾立下誓言,非明媒正娶不嫁,你正眼看看,谦益还能配得上阁下么?

柳如是 (小心戒备地)先生莫非是在做诗……

钱谦益 不,不,不,明月作证,须髯为凭,我是当真要娶你为妻呀!

柳如是 (看着他,仍不敢轻信)不,不……先生在说笑话……

钱谦益 怎么,你还是不信? 也罢,我就与你先在这只兰舟上拜过天地,你来,你来呀!(噗嗵跪下)

柳如是 (久久看着,蒙脸大哭)先生!

钱谦益 (兀愣着)怎么,是我一把年纪委屈了你?

柳如是 不，是我不配，是学生配不上先生！

钱谦益 （怏怏站起身，摆一摆手）好了，算我什么也没说，不过，先生确是真心爱你的。

柳如是 我知道，知道……先生……

（唱） 先生一片慈悲心，
勾起我满腹辛酸与不平。
生来不知谁家女，
七岁转卖三户人。
九岁沦落到青楼，
从此挣扎在风尘。
十数年欢颜强笑忍凌辱，
谁对我真心相待问寒温？
这兰舟，多少人翩翩裘马来听曲，
多少人为求一笑掷百金。
你惺惺，他惺惺，山盟海誓终负心；
你卿卿，他卿卿，一朝散去如烟云。
看透了人生戏一场，
我只把心头真爱对诗琴。
自幼儿，早把先生敬，
诗词文章最留心。
我爱君豪情如捧一团火，
我爱君忧国忧民创痛深。
先生啊，苍鹰翼下避风雨，
老树枝前纳广阴。
蒙君错爱三生幸，
怎敢擅越充下陈。
如是本是寒风柳，

只求收容做学生。(跪礼)

钱谦益 河东君快快请起!

(唱) 辛酸身世和泪讲,

铁石心肠也动情。

你漂泊风尘经霜雨,

我浮游宦海历艰辛。

风瑟瑟一双身影皆孤寒,

路迢迢两行足印都不平。

如是啊,莫将我当作风流客,

我这里手捧胡须诉真情。

我本想老死不问天下事,

蒙教诲决意奋起冲一程。

雄鹰不飞犹罢了,

一旦振翼必穿云。

但愿今宵良缘定,

佳人着鞭老骥奋蹄行。

柳如是 (终于投向他)先生!

钱谦益 如是!

[秦淮分月,如梦如幻。钱谦益无意抬头,大吃一惊。

钱谦益 啊,秦淮分月,每在冬月十五,阳春三月,怎会突现奇观?想必是亡国征兆……啊,如是,看来出山之事,还须斟酌!

柳如是 先生再看!

[月圆如初。

柳如是 半月合圆,预示南北一统,江山合璧,先生,此乃瑞兆呀!

钱谦益 还是如是聪明!

[钱宗、红杏引冒辟疆、董小宛、郑妥娘上,柳如是、钱谦益闻声迎出画舫。

红　杏　小姐，冒公子他们来了。

冒辟疆　小宛，快见过钱谦益先生。

董小宛　多谢先生解救之恩！

钱谦益　小宛姑娘，不用多礼。

柳如是　（爱怜地）小宛。

董小宛　（依偎着）姐姐……

［太监韩公公上。

韩公公　好你个钱牧斋，害我白跑一趟常熟！

钱谦益　韩公公？

韩公公　哟嗬，一别十几年，亏你还记得。老朋友，你又出头了！

钱谦益　公公何意？

韩公公　听读圣旨：钦令钱谦益为礼部尚书。怎么样，官儿不小吧？来，把圣旨接好，别愣着啦！

钱谦益　万岁在上，钱谦益接旨！

［韩公公下。众人顿时活跃。

冒辟疆　好了，这下江南有望了！

众　恭喜先生！贺喜先生！

钱谦益　（久久捧着圣旨，突然放声大笑）哈哈……（笑声化为哽咽）

柳如是　（深切理解地）牧斋……

［钱谦益忽然返入画舫，擎出倭刀，急步登上高处。

钱谦益　（朗诵诸葛亮《前出师表》）“臣亮言：先帝创业未半而中道崩殂，今天下三分，益州疲弊，此诚危急存亡之秋也……”

［众人交头接耳。

郑妥娘　他在说什么？

柳如是　诸葛亮《前出师表》！

郑妥娘　（崇拜地）到底是钱先生！

［舞台旋转，场景迁移……

［幕内传来歌女吟唱："莫攀我，

攀我心太偏。

我是曲江池边柳，

这人摘去那人攀。

恩爱一时间……"

［钱柳紧相依偎，众人交口称赞，群情亢奋。

第四幕

［金陵钱府客堂，风声，雨声……

［柳如是独自端坐在黑暗中。钱宗，红杏落帘，点灯，轻手轻脚下。

柳如是　（唱）　华堂兰舟大不同，

总疑还在波涛中。

听惯了江上来潮湖上风，

终日闲坐生倦慵。

牧斋他每日上朝责任重，

但见来去急匆匆。

［钱谦益大步流星地上。

钱谦益　夫人，快，与我更换衣裳。

柳如是　牧斋，天色已晚，风大雨急，还要出去吗？

钱谦益　夫人哪！

（唱）　圣上摆宴武英殿，

要听传奇《燕子笺》。

内阁奉旨传口谕，

群僚陪驾到殿前。(换着衣服,津津乐道地)

听说,今儿个唱正旦的乃是江南出名的金嗓子,我倒想见识见识。(摸出胡梳,细心梳理)好了,我就去了,夫人不要等我。

柳如是 等等!牧斋,你坐下。

钱谦益 夫人有话快讲,还坐什么?

柳如是 坐。

钱谦益 好,坐就坐,夫人有话快讲吧!

柳如是 (异常亲热地)牧斋,你告诉我,那《燕子笺》不是阮大铖阮胡子写的吗?

钱谦益 是他,这个阉儿子,攀上马士英,竟混进朝廷。

柳如是 牧斋却也心甘情愿与他为伍吗?

钱谦益 不情愿,可也没办法,圣上还格外器重他呢。真是不可思议!

柳如是 牧斋,难道这听传奇的事情,还非得你一品尚书亲自作陪吗?

钱谦益 圣上旨意,谁敢不从?这叫做应酬,应酬吧。

柳如是 牧斋,我看你再这样下去,都快变成"应酬先生"了。

钱谦益 "应酬先生"?哈哈,夫人真会编排名词。

柳如是 牧斋啊!

(唱) 自从你肩负重任入宫廷,
多少人满怀希望在你身。
想当初你言辞铿锵天地震,
到如今大功一件未告成。
终日赶场去陪宴,
到处应酬是何因?
难道你忧国忧民都是假,

说是说来行是行？

钱谦益 夫人啊！

（唱） 莫以为一品尚书职位显，

在朝中礼部事务如帮闲。

迎来送往选嫔妃，

婚丧嫁娶撰对联。

纵怀抱负难施展，

一腔壮志空对天。

柳如是 那你就自甘无为，长此混迹下去啰？

钱谦益 那我还出山做什么？

柳如是 你又做了什么？

钱谦益 （忽然立起身，振振有词地）我自有韬晦之计！

柳如是 韬晦之计？

钱谦益 夫人哪！

（唱） 休把这“应酬”二字等闲看，

多少学问在里边。

官场好比交际场，

功名成败有关联。

不善应酬必遭贬，

巧妙周旋可升迁。

你方散席他摆宴，

功夫全在举杯间。

柳如是 牧斋，这可不像你说的话。

钱谦益 对，想我钱谦益从前就是过于耿介，才落了个官罢职丢的下场，一十六年——好不触目惊心！如今，总算学乖了。对，我就是要应酬、应酬、应酬！我不信，凭我钱谦益的人品才学，没有入阁拜相的一天！

柳如是　入阁拜相?

钱谦益　此乃钱某终生抱负!

柳如是　终生抱负?

钱谦益　是的,夫人,如今这内阁首辅,便是当年的宰相,宰相、宰相,一人之下,万人之上。唯有做了宰相,才能实现我的救国主张啊。

柳如是　(恍然大悟)哦,我明白了。原来你钱牧斋出山就是为了当宰相。

钱谦益　夫人,不是我自作多情,我看皇上就要重用于我,入阁拜相——为期不远了!(神情陶醉)

柳如是　(纵声大笑)哈哈……

钱谦益　(吃了一惊)你笑什么?

柳如是　(唱)　扬州局势已告紧,

朝廷尚未发援兵。

一旦孤城被攻破,

战火顷刻到金陵。

只怕你宰相交椅没坐稳,

先自做了亡国臣。

钱谦益　扬州乃长江屏障,一旦失守,危及金陵,我焉不知局势之严峻?正因如此,我才食不香,睡不稳,一日紧似一日地应酬呀!

柳如是　我且问你,就目前的局势,纵使你当上首辅,还有回转余地吗?

钱谦益　这——俗话说,谋事在人,成事在天,只要万众一心,众志成城,也没有办不到的事情。

柳如是　可是你万一把名声弄坏,谁还会相信你呢?

钱谦益　(叹了口气)唉,士大夫焉不知名节之可贵,可是,为了国家，为了百姓，只得苟且一时，屈志救国了。好了，我该走了。

柳如是 （严肃地）牧斋，我再问你一句话。

钱谦益 夫人请讲。

柳如是 若是你既当不上首辅，又救不了百姓，如何向世人交待？

钱谦益 （一昂首）一死以谢江南！

柳如是 一死以谢江南……（痛苦重复，旋即挥手）既然如此，你就去应酬，应酬吧……（十分疲惫）

［忽然一记惊雷，钱柳均着一惊。闪电里，董小宛急急而上。

董小宛 如是姐姐，牧斋先生！

柳如是 小宛，你怎么来了，冒公子呢？

董小宛 （未说先哭）姐姐，冒公子回如皋奔丧，马士英乘机派人把我抓走，关进阮大铖的石巢园。那阮大铖令我练习他的《燕子笺》，说是要演给皇上看。今日，我趁着入宫途中，跳下轿子逃跑。姐姐，我害怕进宫，害怕皇上，你要救我一救哇！（又哭）

柳如是 （不由分说地）红杏，你带小宛内室躲避；钱宗，速去门外望风。

［红杏等分头而下，钱谦益如同泥塑一般。

柳如是 牧斋，牧斋！

钱谦益 （突然缓过神来）哎呀夫人，大事不好了！

柳如是 （胸有成竹地）牧斋何必如此恐慌？

钱谦益 夫人呐！

（唱） 我知道小宛是你好姐妹，
不能将她门外推。
当年割舍一壶春，

牧斋可曾皱过眉？

柳如是 这我知道。

钱谦益 可是如今……

柳如是 如今你待怎样？

钱谦益 （唱） 只怕君王不好惹，

一旦怪罪必自危。

入阁拜相成泡影，

救国救民指望谁？

到头来非但救不了小宛，还要连累夫人你我呀！

柳如是 我一个女流之辈，怕些什么？

钱谦益 那你总得为我想想呀？

柳如是 为你想想？

钱谦益 对，上不负君，下不负民，退而不负姐妹之情，夫人聪慧过人，必能想出一个万全之计。

柳如是 万全之计？

钱谦益 对，万全之计！

柳如是 好吧。

（唱） 万全之计恐无有，

倒有一计袭上心。

留住小宛在府内，

如是顶替去宫廷。

你看如何？

钱谦益 不妥，不妥，堂堂尚书夫人，岂能去唱传奇。

柳如是 此计不灵验，我倒还有一计。

钱谦益 夫人快说！

柳如是 （唱） 手捧乌纱去面君，

当庭斥责误国臣。

倘若罢官重归隐，

如是伴你弄诗文。

钱谦益 这个……我又岂能甘心！

柳如是 那我也就没有办法了。

钱谦益 再想，再想……（团团踱步）

［钱宗上。

钱　宗 老爷，门外有位韩公公，要见老爷。

钱谦益 啊，此事莫非已惊动圣上？

钱　宗 老爷，看样子来者不善，门外还围着不少兵呢。

柳如是 告诉他，钱谦益病了，来人一概拒见。

钱谦益 等等！（若有所思地）还是我亲自去打发吧。

柳如是 牧斋，你……

钱谦益 夫人放心，牧斋自会周旋一番，万一……也求夫人体谅于我。

柳如是 （急阻）不，我不能让你出去！

［韩公公突上。

韩公公 哟嗬，两口子在吵架呀？

钱谦益 （又一惊）公公，你……

［韩公公一招手，数名官役上，入内，旋拘董小宛上。

柳如是 你们不能带走她！

钱谦益 小宛，先生对不起你了……

董小宛 如是姐姐、钱先生，我不怪你们，我只望有朝一日还能出来，还能和冒公子团圆……

柳如是 小宛……

韩公公 带走！

［董小宛被押下。

韩公公 （阴阳怪气地）钱大人，你看这事……

［钱谦益一把拉过韩公公，二人袖着手，似在讨价还价。

韩公公 （爽快地）行，我就说从路上抓到的。不过，老朋友你可也得当心，听说你在运筹入阁，这是大事情，须格外小心啊！

钱谦益 多谢公公。

韩公公 我走了。

钱谦益 不送了。

［韩公公下。

钱谦益 （转向柳如是赔小心地）夫人，谦益担保不出三日，便将小宛索要回来，你放心吧。（见她坐着不动，示意钱宗、红杏下去，温顺地坐在她身边）夫人，人都走了，你该说该骂，牧斋全听着。

柳如是 （忽然指着远处）钱牧斋，你听……

钱谦益 风声……不，像是雷声……

柳如是 是清军的炮声！

钱谦益 （再听）啊，莫非长江已经失守？夫人，这可怎么办哪？

柳如是 （厉声）钱牧斋，你听着，自古武将死战，文官死谏，我要你即刻去见圣上，马上罢宴！

钱谦益 我……

柳如是 你去不去？

钱谦益 我……去。

柳如是 你快去呀！

钱谦益 是、是、是……（急急而下）

柳如是 天哪，难道我这尚书夫人，竟这么快就做到头了么……

［风声、雨声、雷声、炮声……柳如是静坐久久，没入黑暗。

第五幕

［舞台旋转，场景迁移……

［难民蜂拥过场，冒辟疆、郑妥娘亦裹在人群中上。

［幕内伴唱："炮声轰鸣振天响，
　　十万清兵过长江。
　　铁蹄隆隆山河震，
　　金陵城内人心慌。"

郑妥娘　冒公子，小宛有下落吗？

冒辟疆　无有下落呀。

郑妥娘　那你打算怎么办？

冒辟疆　兵荒马乱，先逃命吧。

郑妥娘　那就快走吧。

［冒辟疆、郑妥娘下。

［钱府花园，一池新荷。

［柳如是神情镇定，临池梳妆；钱宗、红杏在铺排酒席。

柳如是　（唱）凭雕栏照碧水细梳云鬓，
淡描眉薄敷粉重点红唇。
水中荷似含愁怏怏如病，
莫不是自嗟叹逊我三分。
尘世间争羡我天生丽品，
今始知柳如是果然迷人。
承造化赋予我超凡禀性，
怎甘心空消受生死平平。

［钱谦益忧心忡忡地上。

钱谦益　（唱）　逃难声里心沉痛，

又听古刹鸣警钟。

为何皇上未临朝，

宫门紧闭不透风。

奇寂之内埋异响，

惶恐不安虑重重。

钱　宗　老爷回来了，夫人正等着你呢。

钱谦益　啊，夫人，外面兵荒马乱，你倒还悠闲赏花。

柳如是　（依然平静地）牧斋，听说朝廷官员，俱已陆续逃散，是吗？

钱谦益　差不多走空了。

柳如是　听说清兵十分凶残，扬州城杀了足足十日，把瘦西湖都染红了，是吗？

钱谦益　是啊，真是惨绝人寰呀！

柳如是　听说清军就要兵临城下，若是再不出城，便想走也出不去了，是吗？

钱谦益　是啊，是啊，牧斋正为此要与夫人商量哩！夫人，你看……

柳如是　（并不正面回答）牧斋，你知道今天是什么日子？

钱谦益　什么日子？

柳如是　乃是端午节，是屈大夫的沉江之日。

钱谦益　是啊，是啊，我竟一时忘了。

柳如是　（斟酒，奉上）来，牧斋，你我为屈大夫干上一杯。

钱谦益　什么时候了，夫人还有雅兴饮酒？

柳如是　哎，端阳佳节，岂能无酒无诗。

钱谦益　什么，夫人还要吟诗？

柳如是　牧斋，你看这一池新荷，开得正鲜，你我就以这池塘为题，赋诗凭吊屈大夫吧，你看可好？

钱谦益　(观察地)如此,夫人先请吧。

柳如是　那我便抢先一步。

(吟诗)　大夫秉节殉国殇,

从此五月祭端阳。

于今庭前一泓水,

应同昔日汨罗江。

钱谦益　(大惊)应同昔日汨罗江……这个……

柳如是　牧斋,轮到你了。

钱谦益　是,谦益且和夫人。

(吟诗)　英雄不遇自沉江,

常使后人泪千行。

岸边看客应援手,

莫教遗民哭忠良。

柳如是　"莫教遗民哭忠良"……哈哈……牧斋不愧大手笔,文章做得滴水不漏。

钱谦益　(拭汗)夫人哪里又肯含糊?

柳如是　饮酒。

钱谦益　干。

[钱柳二人一饮而尽。

钱谦益　夫人,诗也做了,酒也喝了,收拾一番,赶快走吧。

柳如是　牧斋,你说的这个走,是走到哪里去?

钱谦益　出城,回常熟!

柳如是　回常熟?

钱谦益　对,强如留在城里,活活等死。

柳如是　哦,牧斋的意思是要逃?

钱谦益　夫人,话不能这样讲,想大明之祸,由来已久;亡国之罪,罪不在你我,我们又何必为它殉葬呢?

柳如是 可你乃是朝廷官员，乃是万人仰慕的钱牧斋，乃是一个堂堂正正的士大夫啊。

钱谦益 那又怎么样？想这改朝换代，也是常有之事；大难当头，总要趋利避害。夫人，你可千万不能转不过弯来。

柳如是 不，我已拿定了主意。

钱谦益 但不知夫人拿定了什么主意？

柳如是 （走近他，恳切地）牧斋！

（唱） 趁着清兵未入城，
何不自把归所寻。
万一城破必受辱，
干脆清白了此身。

钱谦益 这个……

柳如是 牧斋，你怕了？

钱谦益 不不不，夫人让我想一想，让我想一想……

（唱） 自古烈女出风尘，
生死二字看得轻。
决心既下难更改，
不可强阻勉力行。（紧张踱步，渐渐镇定）

夫人！夫人既把决心定，
谦益何必独自生。
一个死字虽不惧，
未知怎样化蝶魂？

柳如是 牧斋你看！

（唱） 荷花池塘多明净，
共效屈子水中沉。

钱谦益 （唱） 怎奈池塘水太冷，
一旦被救窘煞人。

柳如是 （唱） 砒霜下酒腹中咽，

高歌豪饮泣鬼神。

钱谦益 （唱） 青头紫脸容貌改，

妨碍观瞻辱斯文。

柳如是 （唱） 夫妻同做刀下鬼，

热血合在一处喷。

钱谦益 （唱） 此刀原是负情物，

岂可用来断真情。

柳如是 （嗖地抖出一条白绫）牧斋！

（唱） 一条白绫两头牵，

比翼轻扬上九天。

在地结成百年好，

在天厮守一万年。

钱谦益 （拍手叫好）对、对、对！比翼双飞，夫妻化蝶，夫人究竟聪明！

（唱） 一生未做痛快事，

临了一桩惊鬼神。

夫妻联袂殉国难，

风仪千古昭后人。（摩拳擦掌，跃跃欲试）

柳如是 （仍不敢完全相信地）牧斋，你真的不怕死了？

钱谦益 不怕，士大夫名节第一，死又算得什么！怎么，夫人不相信我？

柳如是 （连连点头）我相信，相信！（走近他，忽然悲从中来）牧斋，你的胡须又白了……

钱谦益 唉，能不白嘛。

柳如是 （深情地）牧斋，你怨恨我吗？

钱谦益 （有点心不在焉地）怨恨？我凭什么怨恨夫人。

柳如是 若不是我再三再四劝你出山，或许……

钱谦益 哎，读书人么，功名二字原是看不破的。

柳如是 牧斋，我对不起你……（抱紧他，泣不成声）

钱谦益 夫人不必这样，不必这样！（亦伤感抹泪）

柳如是 （万种柔情地）牧斋！

（唱） 事到如今无遗恨，
唯有离情撕扯心。
你不惧世俗迎娶我，
你是我救苦救难的大恩人。
我也曾暗自心头怀怨愤，
今方知百无一用是书生。
到此刻是是非非都化解，
只愿你将出豪情看死生。
牧斋呀，多少人把你当作圣贤敬，
万不能十里秦淮落骂名。

钱谦益 我知道，我知道！（复高举酒壶）夫人，来，你我再喝个痛快！

柳如是 牧斋还要喝酒？

钱谦益 喝！喝个酩酊大醉，喝个人事不醒，喝个——

柳如是 也好，那就喝吧！

［钱柳频斟频饮，钱谦益暗中把酒洒地。

柳如是 （尽收眼底）啊，牧斋，如是喝得有些醉了……（摇晃）

钱谦益 （亦摇晃着）啊，夫人，谦益也喝得有些醉了……

［柳如是、钱谦益先后扑倒。稍顷，钱谦益一跃而起。

钱谦益 钱宗、红杏，速将夫人抬上官轿，马上出城！

柳如是 （忽然立起大笑）哈哈……

钱谦益 （惊恐万状地）啊，夫人没醉……

柳如是　醉？你太小看我了！（捧壶直灌）

钱谦益　夫人不要喝了，不要喝了！

柳如是　不，我要喝！喝个酩酊大醉，喝个人事不醒，喝醉了就看不到你的这副样子……可是，我怎么就喝不醉呢！（抛壶，伤心）

钱谦益　夫人不要这样，不要这样！

柳如是　（推开他）钱牧斋，你太教我伤心了……

［钱宗叹息，红杏抹泪，钱谦益痛捶自己……

［韩公公捧“一壶春”上。

韩公公　哟嗬，两口子又吵架了？

钱谦益　你又来干什么？

韩公公　老朋友，你看这是什么。

钱谦益　“一壶春”？

韩公公　对，是“一壶春”，老朋友，这玩艺儿转了一圈，又归你了。

钱谦益　这是何意？

韩公公　好意！钱大人把它赔给马士英，马士英又把它献给皇上，皇上如今再赐给你。老实说吧，皇上命我传个口谕，任你为代理首辅，留守金陵，让你捧着“一壶春”，替皇上看守朝廷哩。

钱谦益　什么，皇上任我为代理首辅？

韩公公　是啊，大人不是一直盼着入阁拜相吗？今儿个总算功成名就了。

钱谦益　你且实话告诉我，皇上现在何处？

韩公公　走了，三天前就跟马士英，阮大铖走了。

钱谦益　那么，这金陵城里还有多少守军？

韩公公　没有，一个也没有，就你一个光杆宰相，还是代理呢。

钱谦益　（举起一壶春，忿然砸碎，大吼）王八蛋！

韩公公　哎，哎，哎，你别冲我发火呀。不管怎么说，这大明最后一任首辅也是要载入史册的。好了，公公我侍候朱家一辈子，也该换个主儿了。（摸出一条假辫戴好，拱拱手）老朋友，咱们清朝见！

钱谦益　滚！

［韩公公溜下。柳如是惨然大笑。

柳如是　哈哈……

钱谦益　（无地自容地）夫人，你在笑话我？

柳如是　（敛笑）不，我在为你哭，为你哭哇……（放声大哭）

钱谦益　夫人，我真是太窝囊了……

（唱）　一生辛苦忙做官，
枉把心血都耗干。
入阁拜相图什么，
事到如今好惘然。
多少年青灯黄卷，
多少年苦心攀援。
多少年一腔抱负盼施展，
多少年满腹牢骚作旁观。
能干不想干，
想干患无权。
干又干不成，
不干心不甘。
就这样说说谈谈等等看看，
把一生岁月蹉跎完。
夫人哪，牧斋不是英雄汉，
你错嫁郎君配错鞍。

柳如是　钱牧斋……钱大人……钱——先——生！

（唱） 你一声错嫁风样儿轻，

枉负我如山的重托似海的情。

我问你兰舟如何起的誓？

我问你小宛如何出的门？

我问你人前如何说的话？

我问你书中如何做的人？

早知今日是错嫁，

何必当初太多情。

我虽是烟柳章台一女子，

两肋偏不媚骨生。

我敬你浊世清流享盛誉；

我敬你文章道德贯儒林；

我敬你山林不曾忘忧患；

我敬你知冷知热的老先生。

谁知你一朝为官性情改，

谁知你却也随俗逐虚名。

也怪我事事顺从太轻信，

到头来落得个死不能死生又不能生。

牧斋呀，先生哪……

一个“死”字算什么，

学生我走在前头为你壮壮行！

钱谦益 夫人且慢，牧斋与你牵手而去！

钱 宗 （突然阻挡地）不，老爷，你不能去死！

钱谦益 钱宗，你为何拦我？

钱 宗 老爷，你不能就这样一死了之啊！

钱谦益 那你要我做什么？

钱 宗 老爷，这金陵城里还有数十万手无寸铁的无辜百姓，你怎么能只顾自己死后的名节，而对他们不管不顾呢？

钱谦益　你要我怎样？

钱　宗　我要老爷去献城！

钱谦益　什么，你要我去献城？当降臣……我打死你！

钱　宗　老爷打吧，奴才说出这种话来，就不打算活了！（嚎啕着）老爷，奴才一辈子侍候你，一辈子没见你做过一件像样的事，今日，奴才跪求老爷献城，求老爷用一人之名节，换取数十万无辜百姓的身家性命，老爷，难道你连这点东西都舍不得丢掉嘛，老爷……（连连叩头）

钱谦益　（气得上气不接下气）混账东西，你这是要我生不如死啊！

钱　宗　（抱紧他）老爷……

柳如是　（一直惊愣着，忽然招呼红杏）红杏，我们走！

钱谦益　（敏感地）慢着！（转身看着她）夫人为何突然要走……

柳如是　我……

钱谦益　你为何一言不发……

柳如是　我……（痛苦地紧咬着嘴唇）

钱谦益　夫人，钱宗的话你都听见了，你要对我说句话，亲口说——

柳如是　我……我不知道。

钱谦益　不，夫人应当明白，从今往后，钱谦益将失去亲人，失去朋友，失去一切爱戴我的学生，可是我不能再失去你了，我的夫人！

柳如是　牧斋，事到如今，我也不知道该怎样，不该怎样……可是，我唯有走，唯有离你而去……

钱谦益　我明白了。夫人，你走吧，走得愈远愈好。我知道，你是不愿亲眼看到，看到你那心中火把，生生灭了。

柳如是　（痛苦地）牧斋！

钱谦益 （伸出手）夫人！

柳如是 （跪下去）牧斋，就让我远远地向你辞行吧……

钱谦益 （亦跪下）夫人……

柳如是 （唱） 牧斋呀，莫怪如是总任性，
嫁君别君都是情。

钱谦益 （唱） 如是啊，须念白发年高迈，
寂寞余生苦伶仃。

柳如是 （唱） 从今后，再难听你朗声笑，
再难见你阔步行。

钱谦益 （唱） 再难与你共品诗，
再难与你赏月明。

柳如是 （唱） 我愿化作池边柳，
为君婆娑舞衣裙；
我愿化作枝头鸟，
为君放歌为君吟。

钱谦益 （唱） 你与我既然结成百年好，
就不该半路分离各自行。
你曾道荣辱相共同生死，
怎忍心撇下谦益独一身。

柳如是 （唱） 我愿把美好时光当梦境，
心头长明一盏灯。
他日夫君百年后，
我是披麻戴孝人。

钱谦益 如是，你再让我看一眼，好吗？

［柳如是摇头，向后退着……

钱谦益 如是，谦益有生之年，还想再见到你，你能再回来吗？

柳如是 （仍是摇头）不知道……

钱谦益 不管怎样，牧斋等着你，夫人不回，我死不瞑目！

柳如是 那你就等着，等着……

［幕内重又唱出柳如是出场时的歌：

“茫茫人世行路难，
几度明月几重关。
人生知己何处有，
寻遍绿水与青山。”

［柳如是缓缓离去，红杏跟下。

钱　宗 老爷，夫人走了，奴才也该走了，老爷多多保重！（一拜而下，旋即传来入水之声）

钱谦益 （长跪）天哪——

［一声巨响，仿佛天崩地裂。

尾　声

［舞台旋转，场景迁移……

［字幕：十五年后，清顺治十七年。

［秦淮故地，物是人非。郑妥娘叫卖回卤干；韩公公市民装束，擎鸟笼随兴闲步；钱谦益老态龙钟，拄杖而上……有游客在向钱谦益唾沫掷物，钱谦益似乎浑然不觉；他临岸站立，目视水天，如同一株枯树。

［冒辟疆依旧风流上。

冒辟疆 （唱）　一十五载秦淮梦，
尽在悠悠河水中。
怎奈人生容易老，

但见长江流向东。

郑妥娘 冒公子！

冒辟疆 郑妥娘！

郑妥娘 董小宛有消息吗？

冒辟疆 谁？哦，一十五年了，哪还有什么消息。

郑妥娘 （招呼他靠近，神秘兮兮地）我听说顺治皇帝身边的董鄂妃就是她！

冒辟疆 （紧张四顾）妥娘，你胡说什么！

郑妥娘 （不满地）看把你吓的！

［一叶画舫驶上，是柳如是的"雪篷浮居"，显见旧了。柳如是穿着旧时服装，静静上岸。

柳如是 （陌生地）这便是昔日秦淮么……

郑妥娘 （打量她）夫人从哪里来，怎么还穿着明朝的衣裳？

柳如是 你是郑妥娘吧？

郑妥娘 柳如是……

冒辟疆 不错，是柳如是。（朝着钱谦益）钱牧斋，你的柳如是回来了！

［钱谦益一动未动。

郑妥娘 （抹着泪）看他也怪可怜的，每天站在那里，一站就是太阳落山。

［柳如是平静地走过去，钱谦益回身看着她，二人久久无语。

钱谦益 你回来了？

柳如是 回来了。

钱谦益 还走吗？

柳如是 走不动了。

钱谦益 若是走得动呢？

柳如是 还走。

［钱柳复又久久无话。

冒辟疆 （感慨着）唉，整整十五年。

郑妥娘 （抽泣着）总算都过去了。

韩公公 （拍拍他们）哎哎哎，各干各的！

冒辟疆 哦，对了，我还有事呢。（急下）

郑妥娘 回卤干，回卤干，香喷喷的回卤干——（叫卖下）

韩公公 （摇头摆尾地）袅晴丝吹来闲庭院……（哼唱下）

［一轮硕大的月亮升起，明月辉映之下，柳如是与钱谦益手杖牵连，一前一后，踽踽走去……

［幕内唱主题歌："茫茫人世行路难，
几度明月几重关。
人生知己何处有，
寻遍绿水与青山。"

［剧终。

越剧

梅龙镇

人　物　正德皇帝　李凤姐　皇太后　老太师　大牛　周勇

大太监、众侍卫、众大臣、众小太监、众村姑等

时　间　明朝正德年间

序

[雄鸡报晓，晨钟频敲。

[幕内唱："雄鸡闹，晨钟敲，

文武百官上早朝。

左等右等不见皇帝到，

惊动了皇太后她大发雷霆怒气高。"

[幕内："皇太后驾到！"

[大太监引皇太后急急上，数名太监、宫女跟上。

皇太后 这还了得，这还了得，堂堂大明皇帝，竟然误了早朝。

大太监 太后不要着急，皇上他还是个孩子嘛。

皇太后 一十六岁了，还是孩子？与我唤太师。

大太监 太师哪里？

太　师 （上）老臣叩见太后。

皇太后 哼，你教的好学生。

太　师 皇上误朝，老臣失职，请太后恕罪。

皇太后 快去把皇上找来，快去呀！

太　师 是是是。（急下）

[大太监安慰着皇太后下，随从太监、宫女跟下。

[幕内唱："朝堂之上乱哄哄，

后宫里面静悄悄。

大明天子在哪里，
他在沉沉睡大觉。”

第一场

［幕启。乾清宫。正德皇帝手执小小拨浪鼓，倒地沉睡。四周横躺着几个鼾睡的小太监。

正　德　（梦语般唱）　郎里格郎，郎里格郎，
我家有个小儿郎。
刮风下雨都不怕，
一觉睡到大天光。

［一小太监忽然惊醒。

太监甲　皇上醒醒，皇上醒醒！

正　德　（睡眼惺忪地）朕这是在哪里呀？

太监甲　皇上是在自己的宫里。

正　德　朕的手中怎么还抓着拨浪鼓？

太监甲　皇上昨夜教奴才们唱戏文，睡得太晚了。

正　德　现在什么时辰？

太监甲　天早亮了，太阳已经升高了。

正　德　（忽地爬起来）不好，朕误了早朝了。快起来，快起来，这下可糟了！
（唱）　一夜来乾清宫里不太平，
吹拉弹唱到天明。
谁知天明梦未醒，
误了上朝大事情。

急忙整冠金殿去——

太监甲　皇上，你手里的拨浪鼓。

正　德　快收起来。

太监乙　不好了，老太师来了！

正　德　快，快把檀板胡琴都藏起来，把那些宫文奏章都摊开，摊开！

（唱）　做一个勤勉样子暂蒙混。

［众小监们避下，正德佯装读书未醒。太师寻上。

太　师　（察看）《资治通鉴》，这么好的一个皇帝，竟还要误会他！（瞥见案几旁的唱本）

《秋胡戏妻》，好哇，原来偷看唱本。

正　德　（一把抢过来，变戏法似的）哪里有什么唱本，明明是《资治通鉴》。

太　师　难道是我老眼昏花？

正　德　这才是唱本！哈哈……

太　师　看我不去禀告皇太后。

正　德　太师，人无完人，皇帝也难免做错事情，你就不要告诉母后，朕下不为例就是。

太　师　下不为例？

正　德　下不为例！

太　师　也罢，老臣就再替你瞒过一回。不过，文武百官面前总要有个交待。

正　德　就说朕通宵读书，累了，病了，说不定呀，他们还夸朕是个明君哩。

太　师　唉，为皇帝讳，虽不光明磊落，却也无可奈何。

正　德　多谢太师！

太　师　你呀，总也长不大！

［皇太后怒容上，大太监跟上。

皇太后　师徒二人，讲些什么？

正　德　母后来了，朕给母后请个早安。

皇太后　还早安呢，都午时了。

正　德　是么，朕还以为天刚亮。

皇太后　请问皇上，昨夜是否勤政未眠，故而今早起不来了？

正　德　正是，正是，昨夜读了通宵，实在太累，故而今晨起得晚了。

皇太后　皇上如此勤政，倒教母后心疼。

正　德　母后不必心疼，不必心疼。

皇太后　（正色）皇上！

（唱）　莫将这读书假象来蒙混，
我知你通宵胡闹到天明。
乱哄哄艳词俚曲少正经，
活脱脱伶工戏子带班人。
我问你堂堂明朝大皇帝，
为什么不把社稷放在心。

正　德　母后不必动怒，朕知错了。

太　师　是呀，人无完人，皇帝也难免犯一回错，太后——

皇太后　都是你，教授不严，还虚言诿过。

太　师　老臣失职。

皇太后　（向内招手）抬上来。

［官役肩扛手提，俄顷运上一大堆公文。

正　德　啊，母后，朕早就说过，朕的印章就是母后的印章，母后何必非要朕多一遍麻烦。

皇太后　这是什么话，皇帝是你做的，不是母后，母后怎能总是代替你行事。况且，你也长大了，也该学会处理国家大事。

太　师　皇上，太后说得对！

正　德　如此，朕答应母后就是。

皇太后　（打了个呵欠）皇上公务，闲人回避，还有太师你，也回避吧。

太　师　是，太后。

［皇太后等下。正德翻阅公文，百无聊赖。

正　德　（唱）　面对着一摊公务暗叫苦，
不由得一阵一阵犯糊涂。
命乖蹇生在皇家道了孤，
便无辜少了闲兴和欢娱。
人道是皇帝至尊百样好，
有谁知九五龙廷是畏途。
愈思愈想愈无趣，
慰藉唯有一把鼓。（离开书案，玩弄拨浪鼓）

正　德　（唱）　郎里格郎，郎里格郎，
我家有个小儿郎。
刮风下雨都不怕，
一觉睡到大天光。

［侍卫周勇带一风筝，生气勃勃地上。

周　勇　拜见皇上！

正　德　周勇，你回来了？

周　勇　回来了皇上，不瞒皇上说，周勇在江南探亲，都不想回来了。

正　德　难道江南胜过皇都？

周　勇　不一样，江南是自然风光，天高气爽，草绿花香。哪像皇宫里，总是气闷得很。

正　德　周勇，你手中拿的什么？

周　勇　皇上，这是风筝。

正　德　风筝是做什么用的?

周　勇　放飞,风一吹,翱翔天空,就像一只展翅大鹏。

正　德　哦,它能飞出宫墙?

周　勇　能!

正　德　它能飞上天空?

周　勇　能!

正　德　它能自由自在地看到外面世界?

周　勇　大千世界,一览无余。

正　德　那么,何不让它飞起来!

[正德玩风筝,小太监们一哄而上。

正　德　(唱)　这风筝飞出高高宫墙院——

周　勇　(唱)　宫墙外面车马喧。

正　德　(唱)　这风筝飞出皇宫入云端——

周　勇　(唱)　山高湖阔天地宽。

正　德　(唱)　这风筝扶摇直飞到了江南——

周　勇　(唱)　杏花春雨艳阳天。

正　德　那山——

周　勇　山美!

正　德　那水——

周　勇　水美!

正　德　那人呢?

周　勇　人更美呀!

正　德　(一击掌)好哇!

(唱)　既有如此好去处,

何不出宫去游玩。

周勇,朕想去那江南一游。

周　勇　皇上乃一国之君,岂可随便出宫。

正　德　朕，难道还不及一只纸扎的风筝自由么！

（唱）　叹什么苦，上什么朝，

索性烦恼一把抛。

自幼儿宫墙羁困似笼鸟，

展翅翼试一试水阔天也高。

急忙忙拨浪鼓怀中藏好，

大明朝正德皇帝下江南自在逍遥！（一挽周勇）

周勇，走！

周　勇　皇上，使不得呀！

正　德　快走吧！哈哈哈……

[幕内唱："好一个小皇帝顽皮任性，

悄悄儿溜出了内宫皇城。

此一去恰好比断线风筝，

无拘束任驰骋自由飞腾。"

第二场

[一群乡村少女，嬉闹着上。大牛寻唤上。

大　牛　凤姐！凤姐！

一少女　大牛，你找凤姐做什么？

大　牛　（唱）　我找凤姐做游戏；

众少女　做什么游戏？

大　牛　（唱）　唐明皇与杨贵妃。

我做个唐朝皇帝游月宫；

众少女　那凤姐呢？

大　牛　（唱）　她做个贵妃娘娘来相会。

众少女　还有我们呢？

大　牛　（唱）　都做仙女来伴舞，

开开心心玩一回。

众少女　好！

大　牛　好什么，贵妃娘娘还没有找到呢！

众少女　你快去找呀！

大　牛　喏，在那里！

[大牛蹑足下，众少女包抄着下，旋即传来众人追逐凤姐的嬉笑声。

[江南梅龙镇，山清水秀，古朴清新。

[幕内唱："杏花春雨江南美，

山也秀来水也清。

信马由缰心驰骋——"

[正德内声："周勇，快走！"二人上。

正　德　（接唱）　好一处梅龙镇古朴清新！

周　勇　皇上。

正　德　哎，你叫我什么？

周　勇　（一拍额头）哦，朱德正，朱相公。

正　德　哈哈哈，朕变成一个相公了。（被村姑的笑声吸引，赞美地）呀！

（唱）　吴侬软语，

布衣素裙，

不施庸粉，

未染俗唇，

俏鲜花斜插在云鬓，

好一派天真！

好一派天真!

啊呀呀,

可人,爱人,更迷人!

[李凤姐笑着逃上,大牛和少女们追上。正德与周勇兴趣盎然地观望着。

李凤姐　啊,我就不要做娘娘!

大　牛　凤姐,派你做娘娘是因为你生得最漂亮,反正就是做戏嘛,又不是真的。

李凤姐　假的我也不要做,反正我就不要做娘娘嘛。

大　牛　你不做娘娘,我这个皇帝也做不成了。本来大家讲好,玩唐明皇游月宫,可光有皇帝和仙女,没有贵妃娘娘还怎么玩呀?

少女甲　是啊,我们想做还做不上呢!

李凤姐　不过要我做娘娘也可以,但是大牛不能做皇帝。

大　牛　为什么?

李凤姐　你太丑,不像唐明皇。

大　牛　你嫌我丑,配不上你?我问你,皇帝就一定漂亮吗?你又没有看见过皇帝什么样。

李凤姐　反正不像你这个样子。

大　牛　我就像!

李凤姐　你就不像!

大　牛　就像!

李凤姐　就不像!

大　牛　像!

李凤姐　不像!

正　德　(饶有兴致地)这位姑娘,你看我像不像一个皇帝?

大　牛　你是谁,从哪里冒出来的,跑来跟我争皇帝?

正　德　在下姓朱，名德正，乃京城里的读书人。这位姑娘，我与你做一对皇帝伉俪，你看如何？

李凤姐　（打量地）你么……

正　德　怎么，难道我也不像么？

李凤姐　像大概像，可就是没有胡须。

正　德　难道皇帝就非要有胡须么？

李凤姐　我也不知道，皇帝应该是大人，大人自然是要有胡须的。

大　牛　听听，你呀白生了一张小白脸，皇帝还是我来做。看，我这里还有副假胡须！

李凤姐　（看看正德，看看大牛）大牛，把胡子让给这位相公，我要他做皇帝。

大　牛　你叫我把皇帝让给他？我不让！

李凤姐　到底让不让？

大　牛　不要说来了个小白脸，就是真皇帝来了我也不让！

李凤姐　那我不玩了！（赌气）

大　牛　好，好，好，我让，我让！

李凤姐　这还差不多。（一把抢过假胡子，递给正德）算你走运，皇帝让给你了。

正　德　多谢姑娘，多谢姑娘！（与周勇相视一笑）

大　牛　凤姐，皇帝让给他了，那我做什么呀？

周　勇　兄弟，我看你合适做个太监。

大　牛　你又是谁，也敢欺负我？

正　德　他是我的朋友，周勇。兄弟不要生气，依我看，你不妨做个吴刚。

李凤姐　对，大牛不做太监，做吴刚。

大　牛　呃，我做吴刚，专为你们斟酒，对不起，我不做！

李凤姐　你做不做？

大　牛　我做！唉，算我倒楣，好好的皇帝被人抢走了。好，开锣啦！（煞有介事地拉开架势）仓仓仓仓仓，仓仓仓仓仓。皇帝游月宫，娘娘来出迎。嫦娥舞广袖，吴刚把酒斟。一杯，两杯，三杯……

［正德与凤姐姐相互依偎，大牛不是滋味。

大　牛　喂喂喂，靠得太近了，太近了！

李凤姐　（白他一眼）烦死了，管头管脚，戏还怎么演。

大　牛　好吧，想怎么演就怎么演，我还是坐在一边看戏吧。

李凤姐　（演戏）啊，皇帝，你怎么才来呀，你把我等得急死了。

正　德　（配合着）啊，妃子，朕这不是来了么？

李凤姐　（等着他的台词）往下说呀？

正　德　我不会。

李凤姐　不会还跟大牛抢皇帝。

正　德　大牛兄弟，下面怎么说？

大　牛　想怎么说就怎么说，就看你有没有本事。（嘀咕）做不来皇帝非要做，活受罪！

正　德　（清清嗓音）好，看我如何做皇帝。（一把抱紧李凤姐）啊，妃子，妃子呀！

（唱）　你是那倾国倾城的貌，
　　　　我是那多愁多病的身。

周　勇　相公唱得好！

众少女　唱得真好！

大　牛　不要叫好叫得太早，看他做下去。

正　德　（不由地投入感情）妃子，你要看着朕的眼睛！

（唱）　自那日马嵬坡前殒了命，
　　　　好一似掏走心肝带去魂。
　　　　而今重逢梅龙镇，

半是怀旧半是新。
那月宫遥遥相距千万里，
你却是与我鼻息两相闻。
可叹我佳人见过多多少，
怎及你出水新荷别样亲。

李凤姐　（被他逼视，感到紧张）皇帝，这位相公，你抱得我太紧了，我有些喘不过气。

正　德　（唱）　莫以为我长吟短叹在做戏，
须懂得戏文里面藏真情。

李凤姐　（暗自叫苦）唉！

（唱）　他那里脸颊贴近，
我这里乱了心神；
他那里手臂缠紧，
我这里怎能脱身。
抬眼睛看着他眼睛，
却只见目光闪耀灼伤人。
莫名地心害怕，
莫名地战兢兢，
莫名地虚汗淌，
莫名地气不均，
欲待挣脱偏抱紧，
哎呀，真是急死人！（终于跳开）

啊，不玩了，我不玩了，我说过不要做娘娘，你们非要我做，如今撞在这个皇帝手上，他把我——（欲言又止）

大　牛　凤姐，他是不是想对你要流氓，要是，看我不收拾他。

李凤姐　不是，不是的。

大　牛　不是你叫什么？

李凤姐　我想叫我就叫，碍你什么事了，我还叫呢，啊，啊，啊！

［凤姐叫，叫了又笑，逗得正德、周勇乐不可支。

大　牛　（摸不着头脑地）凤姐这是怎么了？

正　德　请问姑娘，刚才我这皇帝做的还像么？

李凤姐　不像，太不像了。

正　德　怎么不像？

李凤姐　（唱）　做皇帝，要端庄，

行为不可太轻狂。

看人要用鼻子看，

走路迈得四方方。

不像你，讲话像讲话，

一点不拿腔；

看人还真看，

教人心发慌。

分明就像普通人，

一举一动太平常。

周　勇　原来她心中的皇帝是这样的。

正　德　难怪她不要做娘娘，哈哈……

大　牛　（幸灾乐祸地）哈哈哈，我说你做不像就做不像，我做个皇帝给你们看看。

李凤姐　天不早了，大牛，今天晚上哥哥要陪嫂嫂回娘家，我要早点回去。

大　牛　好吧，下次再玩，看谁还来跟我争皇帝！

正　德　（故意戏弄地）啊，妃子，你怎么不和皇帝道别一声就走呢？

大　牛　谁是你的妃子？告诉你，她叫李凤姐，是梅龙镇酒家店主的妹妹。

正　德　兄弟，那你呢？

大　牛　本人是梅龙镇酒家酒保，大牛。

正　德　请问酒保兄弟，梅龙镇酒家坐落在何处？

大　牛　就在前面的小桥边上，桥头还有棵大树。哎，我干嘛告诉你？

李凤姐　大牛，听这位相公的意思，是要来我们梅龙镇酒家吃酒？好呀，欢迎，欢迎！（习惯地舞了舞手绢，仿佛招徕顾客）

正　德　（就势捏住她的手绢，暗暗往怀里拽）放心，我们一定去！

李凤姐　（见他把手绢藏入袖中，狠狠瞪一眼）来不来随便。大牛，我们走！（气呼呼地下）

大　牛　（对正德扮个鬼脸）哈哈，唐明皇和杨贵妃走了。仙女们，我们都走吧！

众少女　走了！（纷纷散下）

正　德　周勇，我们也走。

周　勇　哪里去？

正　德　梅龙镇酒家。

周　勇　相公还真去呀？

正　德　那是当然！哈哈哈……

［幕内唱："说风流，道风流，

大明天子真风流；

说潇洒，道潇洒，

正德皇帝最潇洒。

酒家少女李凤姐，

梅龙镇上撞着他。"

第三场

[李凤姐、大牛张望着上。

李凤姐　（唱）　天色将黑客无影；

大　牛　（唱）　客人不来正开心。

李凤姐　（唱）　当面允诺竟失信；

大　牛　（唱）　随口答应还当真。

李凤姐　（唱）　兄嫂邻村去探亲；

大　牛　（唱）　吩咐大牛管好门。

李凤姐　（唱）　我若是眼巴巴一场空等；

大　牛　（唱）　凤姐她果然是自作多情。

李凤姐　（唱）　我若是扫了兴关门打烊；

大　牛　（唱）　让那个小白脸吃上一杯闭门羹。

李凤姐　大牛，你一个人在说什么？

大　牛　凤姐，你一个人在说什么？

李凤姐　我自言自语。

大　牛　我也自言自语。

李凤姐　天色不早，关门打烊吧。

大　牛　你去收拾厨房，我来关店门。

李凤姐　你去收拾厨房，我来关店门。

大　牛　好，你关就你关。

[大牛入内。李凤姐又张望一番，终于失望。正德执拨浪鼓悄上，闪在凤姐身后跟进店堂。凤姐关门上栓。

[梅龙镇酒家内。

李凤姐　（莫名地深长一叹）唉！

正　德　（也调皮地深长一叹）唉！

李凤姐　谁呀？

正　德　（摇响拨浪鼓）是我！

李凤姐　（夺过拨浪鼓，用劲敲打他）该死的，你怎么进来的，你不是说好要来吗，我都等得急死了！

正　德　（戏腔）哎，朕这不是来了嘛！

李凤姐　店都打烊了，你想吃什么都吃不成了。

正　德　那不要紧，下回再来吃嘛。凤姐，你为何叹气呀？教人听了怪心疼的！

李凤姐　（正没好气地）我叹气呀！

（唱）　叹你把我手绢抢；

叹你到来已打烊；

叹你今晚见一面；

叹你明天不知又去何方。

都怪我不该让你做唐明皇，

这一做呀，我的心就像野马脱了缰。

唉，唉，唉！

正　德　好了，好了，不要再叹了，都怪我不好，不该抢大牛的皇帝做，我向你赔个礼，作个揖，还不行吗？

李凤姐　嘘——大牛在里面呢！

正　德　凤姐，告诉你，我虽不是唐明皇，可我喜欢你这个杨玉环，巴不得与你再游一回月宫。

李凤姐　（看看他，羞涩地别过脸）其实，我也是。

正　德　真的，凤姐！（想亲近她）

李凤姐　（制止地）哎，做戏归做戏，可不能当真的。

正　德　为什么不能当真，我就是当真的了。（掏出那方手绢）喏，这是你送我的手绢。

李凤姐　谁送你了，明明是你抢去的。

正　德　好好好，就算抢吧，不过你也抢了我的拨浪鼓呀。

李凤姐　什么宝贝东西，还给你，还给你。

正　德　这可是我的心肝宝贝呀。

李凤姐　一只拨浪鼓，还心肝宝贝。

正　德　凤姐，你哪里知道。

（唱）　这把小小拨浪鼓，
时刻带在我身旁。
看着它回忆儿时亲情暖，
看着它想起童年好时光。
世间多少霓裳曲，
不及此声最悠扬。
郎里格郎，郎里格郎，
我家有个小儿郎。

李凤姐　（唱）　刮风下雨都不怕，
一觉睡到大天光。

正　德　你也会唱？

李凤姐　会唱，这是哄孩子睡觉的儿歌。

正　德　对对对，是儿歌。

李凤姐　你呀，真像一个大孩子。

正　德　凤姐，答应我。

李凤姐　答应你什么呀？

正　德　我要带你到京城去。

李凤姐　到京城做什么？

正　德　嫁给我，做我的贵妃娘娘。

李凤姐　又来了，又来了，我说过不要做贵妃娘娘。

正　德　那就做我的皇后。

李凤姐　皇后我也不要做。

正　德　那你要做什么，你说？

李凤姐　（认真想着）我要做——娘子！

正　德　娘子？

李凤姐　娘子，你懂不懂？

正　德　懂，懂，娘子就娘子！

李凤姐　（满意地一笑）好了，你可以走了。

正　德　为什么走？

李凤姐　去托媒人呀，找我哥哥嫂嫂求婚，说你要娶我。

正　德　那倒不用，我的事情我自己作主。

李凤姐　不行不行，我们梅龙镇的姑娘是最守规矩的。你去不去，不去我明天就嫁给大牛。

正　德　我去，我去！

［大牛内声："凤姐，你在和谁讲话？"

李凤姐　不好，大牛听见了。快躲起来！

正　德　往哪里躲？

李凤姐　桌子下面，酒柜上头，你还是走吧，你快走吧。

大　牛　凤姐，你到底在和谁说话，我要过来看看。

李凤姐　哎呀，来不及了，要不你先躲到我的阁楼上去，去呀！

正　德　凤姐，这恐怕不妥吧？

李凤姐　什么妥不妥的，你快上去呀！

正　德　好，好！（爬上阁楼）

［大牛挟铺盖卷上。

大　牛　凤姐，门关好了没有？

李凤姐　哦，关好了，关好了。

大　牛　关好了就好。今晚你哥哥嫂嫂不在家，我要在门上加一把锁。

李凤姐　加一把锁？那你把钥匙给我，万一我有事要出去，怎么办？

大　牛　这么晚了，还要出去，该不会是去会那个唐明皇吧？

李凤姐　哦，不会，不会。

大　牛　好了，今晚我就睡在店堂里，替你守着门，你上阁楼去睡觉吧。

李凤姐　哦，大牛哥哥，我不困。

大　牛　去睡吧。

李凤姐　我真的不困。

大　牛　不困也上楼歇着，我可是困了。

李凤姐　好吧，大牛哥哥，今晚可是你逼着我上阁楼的，可不是我自己要上的。

大　牛　不错，是我逼着你上阁楼的，你给我上去，快上去！

李凤姐　上就上！（气呼呼爬上阁楼，砰地关上门）

大　牛　凤姐今晚怎么了，说话颠三倒四，该不会被那个小白脸迷住了吧？我得多留个心眼防备着，不能让他把凤姐勾走了。对，我用这把锁把凤姐的房门反锁上，防备她趁我睡着了溜出去。（悄悄锁上凤姐阁楼房门）这下可以放心睡大觉了。（展铺盖睡下）

［阁楼上。凤姐与正德正屏息偷听。

李凤姐　听，大牛睡着了，你快下楼翻窗子出去。

正　德　好，好。

李凤姐　（拉门不开）不好，大牛把房门也反锁上了。（拍门）大牛，大牛！

正　德　轻点，轻点！你不怕吵醒大牛，把我痛打一顿？

李凤姐　打你倒不要紧，要是大牛告诉哥哥嫂嫂，说是我把你带到闺房里做了什么见不得人的事，那我可就惨了！

正　德　凤姐，告诉我，你害怕吗？

李凤姐　怕！

正　德　怕我会欺负你？

李凤姐　可是你不会的，是吧？

正　德　（拉着她的手，十分友爱地）凤姐，来，我们索性坐下说话。

李凤姐　（顺从地）说什么呀。

正　德　你说我们今晚的见面，像不像上天的有意安排？

李凤姐　该死的天！

正　德　不要骂，不要骂，这就叫作姻缘，姻缘你懂不懂？

李凤姐　（点点头，又摇头）懂，不懂！

正　德　（欣赏着她，由衷地欢喜）凤姐，说真的，我喜欢你。

李凤姐　你是京城读书人，我是乡下酒家女，你喜欢我什么呀？

正　德　（唱）　喜欢你天生一派无羁性，

喜欢你任情任为女儿心。

你就像红尘之外一池水，

清澈见底不染尘。

李凤姐　这算什么呀，本来就是这个样子嘛。

正　德　说得好，说得好！

（唱）　须知这本来二字最珍贵，

世俗人间难搜寻。

李凤姐　你说的话，我好像懂又好像不懂。

正　德　懂也好，不懂也罢，都不要紧，要紧的是你也喜欢我吗？

李凤姐　我……

正　德　喜欢？

李凤姐　你……

正　德　不喜欢？

李凤姐　（着急地一点他）你呀！

（唱）　说你笨，你真笨，
貌似一个聪明人。
说你蠢，你真蠢，
一点不懂女儿心。
我若不是喜欢你，
怎会和你唱戏文。
我若不是喜欢你，
手绢怎会在你身。
我若不是喜欢你，
早就把你赶出门。
我若不是喜欢你，
怎会和你这样亲。

正　德　哈哈哈，说得对，我笨，我蠢！

李凤姐　其实呀，喜欢是说不清楚的，就好像你来做唐明皇，我的心就别别别乱跳。你要我看着你的眼睛，我看了，可心里头却嘭嘭嘭发慌。深更半夜，明明知道两个人在一起不好，可就是既害怕又不情愿放你走，担心你这一走呀，就再也见不到你了。

正　德　我不走，我不走，我不走！（一把抱起她）

李凤姐　（想挣扎，又顺从着）天哪！

［幕内唱："小小阁楼万籁静，
卿卿我我两销魂。
纵然明日成陌路，
情到此间怎由人。"

［灯暗，鸡鸣，拍门声。周勇、老太师等上。

周　勇　皇上开门，皇上开门！

大　牛　(惊醒)谁呀,该不是那个唐明皇找来了吧?啊……这一夜睡得真香!

［大牛开门,周勇、老太师一拥而入。

太　师　皇上在哪里,皇上!

大　牛　什么皇上,这是梅龙镇酒家!

正　德　大牛兄弟,快开开门!

大　牛　啊,唐明皇怎么游到凤姐闺房去了?

周　勇　不要胡说,他乃是当今皇上。快去开门。

［大牛手忙脚乱开锁,正德与凤姐走下阁楼。

太　师　老臣叩见皇上!

李凤姐　相公,他叫你什么?

正　德　凤姐,实不相瞒,我便是当今皇上。

李凤姐　你是真皇帝?啊呀……(晕倒)

正　德　凤姐,凤姐!

太　师　周勇,快到外面把风,不可将皇上私情传扬出去!

周　勇　是!

太　师　(数落着正德)你呀,你呀!

正　德　(怀抱着李凤姐)凤姐醒来,凤姐醒来!

第四场

［数月后,京都郊外,香山书院。

［太师上。

太　师　(唱)　皇帝皇帝太任性,

凤姐凤姐太痴情。

一个是任性少年动了心，
一个是痴情女儿认了真。
好言好语来相劝，
相劝皇上早回京。
谁知他定要带上李凤姐，
还把那酒保大牛带上同路行。
明知太后难允准，
因此香山去藏身。
只怕隐情瞒不住，
早晚要出大事情。

［大牛穿着太监衣服，与一群小太监嬉闹着上。

大　牛　好玩真好玩，酒保当太监。

太　师　大牛，你怎么到处乱跑？这里可不比梅龙镇，你要学着点规矩。

大　牛　嘻嘻，是太师呀，酒保大牛，不对，太监大牛叩见老太师！不过我可不是真太监哦。

太　师　不许油腔滑调！大牛，速去禀告皇上，太后马上要来香山，让他把李凤姐藏好了。

大　牛　是！

太　师　还有你，也要避开一些，不要让太后看见你是个生人。

大　牛　知道了！

太　师　待我前去迎接太后。

［太师返下。

大　牛　（玩兴又起）太后还没来，我们再玩一会儿。

［大牛领头，小太监们跟着他一哄而下。

［凉亭上。

［正德埋头处理公文，凤姐一边绣着婴儿的红肚兜。

正　德　（头未抬地）娘子，你在绣什么？

李凤姐　没有什么？

正　德　拿来给我看看。

李凤姐　不给你看。

正　德　为什么？

李凤姐　不给你看就是不给你看。

正　德　也罢，娘子研墨。

李凤姐　是。

正　德　娘子上茶。

李凤姐　是。

正　德　娘子替朕盖上玉玺。

李凤姐　是。

正　德　哎，拿反了，拿反了。对，盖上去，盖上去！

李凤姐　（累得一屁股坐下）哎哟，皇帝可真是个苦差事！

正　德　哎呀，你怎么坐在朕的奏折上？

李凤姐　（赶紧站起来）对不起，对不起！

正　德　（拿起红肚兜）娘子，这是什么？

李凤姐　快还给我！

正　德　（端详着，似有所悟）娘子，你莫非——

李凤姐　（羞涩）哎呀，你快还给我嘛。

正　德　（高兴地跳起来）哈哈！

（唱）　一见娘子身有孕，
不由顿时喜上心。
乐滋滋我把娘子问，
问娘子，你为何不及早对我说分明。
从今后我要倍加殷勤呵护你，
再不会差你研墨奉茶盖章捧印受苦辛。

李凤姐　相公!

（唱）　未料想假戏真做与你做鸾凰，

未料想与你结伴双飞离家乡。

未料想那性情少年真的是皇上，

未料想昨日我还是小姑娘明日竟然要当娘。

皇上啊，尊卑贵贱未曾想，

只想陪伴你身旁。

难为你把我带到京城来，

难为你将我悄悄郊外藏。

难为你总是对我这般好，

难为你给了我做母亲的滋味和希望。

皇上啊，我知你也有为难处，

早或晚，凤姐都要回家乡。

我只想多几个太阳和月亮，

我只想多几个日夜伴随你身旁。

纵然相聚难长久，

这一段真情爱今生今世永难忘。

正　德　（唱）　听娘子一番言语含悲声，

我为你细细擦去泪水痕。

自从离开梅龙镇，

香山书院暂藏身。

与你京郊筑鹊巢，

与你共享爱与情。

凤姐呀，你不会花言巧语，

你不爱穿金戴银。

你不屑后妃名分，

你不生是非纷争。

虽然终日陪天子，
不失质朴与清新。
你还是开开朗朗的笑，
你还是淡淡雅雅的裙。
你还是朴朴实实的爱，
你还是甜甜蜜蜜的情。
如今你腹中又有了新生命，
更和我爱上加爱亲上加亲难舍难离又难分！（兴奋地手舞足蹈）
郎里格郎，郎里格郎，
我家有个小儿郎。
刮风下雨都不怕，
一觉睡到大天光！

［小太监甲急急上。

太监甲 皇上，皇上，太后娘娘来了，快把李凤姐藏起来。

正　德 大牛呢？

太监甲 大牛被皇太后捉起来了。

正　德 什么，大牛被母后捉起来了？

太监甲 刚才太师来报信，说太后娘娘马上要到香山来。想不到，太后娘娘到香山撞见了大牛，把大牛捉起来了。大牛怕挨打，他把什么事都招了。

正　德 啊？

太监甲 皇上，快把李凤姐藏起来吧。

李凤姐 啊，相公，怎么办？怎么办？

［凤姐慌乱中，皇太后静静上，大牛也被押解着上，玉师、周勇、大太监等跟上。

正　德 （挥着手，豪气冲天地）怕什么，怕什么，朕是皇上，母后也要听朕的！

皇太后　呵，口气不小呀！

正　德　啊……母后，母后怎么不通报一声就静悄悄地来了？（示意李凤姐赶快躲避）

皇太后　（故意视而不见地）皇上，母后派人送来的奏章可曾批阅？

正　德　批阅了，批阅了，娘子——不，待朕亲自捧给母后，母后请看。

皇太后　皇上，这金印怎么盖得歪歪斜斜，七上八下？

正　德　朕下次一定盖好，一定盖好。

大　牛　皇上，救命呀！

正　德　母后，他是谁啊？

大　牛　皇上，我是大牛！

正　德　大牛是谁呀？

大　牛　就是你从梅龙镇和李凤姐一同带进京城的酒保呀！

正　德　（暗自责备他）闭嘴，你怎么全招出来了。

大　牛　我不招，太后娘娘不要打死我呀？刚才还说你是皇上，太后也要听你的，怎么连我大牛都不敢相认，还要凤姐躲、躲、躲，藏、藏、藏，可惜这里没有阁楼，皇上呀皇上，看来你连一个酒家女胆量都不如！

正　德　（无地自容）大牛，你不要讲了！

皇太后　要讲，讲讲你在江南的风流韵事，讲讲你在香山书院的金屋藏娇，讲讲你这个皇帝的任性荒唐。我的皇上！

（唱）自从江南回京后，
母后我并未对你深追究。
你佯装反省上香山，
明里收敛暗风流。
书院藏匿酒家女，

还把酒保身边留。

哄骗母后是何理，

堂堂帝王把情偷。

多少回劝你选妃立皇后，

你却是不恋凤凰恋斑鸠。

事到如今怎由你——

来呀，将李凤姐和大牛一同赶出京城，遣送回乡。

把皇上请回宫加派禁卫严防守！

正　德　不，母后呀！

（唱）　李凤姐天生丽质人聪明，

从无有半点攀龙附凤心。

朕与她青春遭遇成知己，

她对朕只重情义不重帝王身。

似这等真心女儿宫中少，

朕与她两情缱绻不能分。

恳求母后相眷顾，

容她伴驾在宫廷。

朕应你一不立她为皇后，

二不封她做妃嫔。

件件名分都不要，

但求相爱共此生。

倘若母后不应允——

皇太后　怎样？

正　德　（唱）　朕只好双膝跪地求娘亲。

皇太后　男儿膝下有黄金，身为一朝天子，看你那点儿出息。还不站起来。

大　牛　凤姐，我看算了吧，我们不要为难他，我们走就是了。

李凤姐　(不舍地)相公,我们走了?

正　德　慢!我那母后呀!

(唱)　跪地求情亦无用,

反将羞辱添几分,

罢罢罢,辞去天子苦差事,

不当皇帝做平民。

皇太后　好呀,不当皇帝做平民,那你就走呀,和你的凤姐、大牛一起走,走!

正　德　走就走,凤姐,大牛,我们走!

大　牛　走!

[正德果然拉起凤姐、大牛一起下。

皇太后　不像话,不像话,他还真的走了!周勇,快去把皇上追回来!

周　勇　是!(追了几步,又赶回来,抓起正德的拨浪鼓,奔下)

[皇太后蓦地看见了婴儿的红肚兜。

太　师　太后,凤姐有喜了,皇室有后了,老臣恭喜皇太后!

皇太后　(久久回不过神来)这……

[幕内童声唱:"郎里格郎,郎里格郎,

我家有个小儿郎。

刮风下雨都不怕,

一觉睡到大天光……"

第五场

[又过数月,江南梅龙镇。

[大牛采购上。

大　牛　（念）　梅龙镇，来贵宾，
他的名字叫朱德正。
只因爱上酒家女，
京城姑爷倒插门。
倒插门，倒插门，
不愧是个读书人。
写字算账样样会，
掐进掐出门坎精。
门坎精，门坎精，
养个儿子重九斤。
夫妻二人感情好，
每天笑声加歌声。
笑声声，歌声声，
大牛听了蛮开心。
采买回来带小跑，
赶快回去抱外甥、抱外甥！

［大太监便服悄上。

大太监　大牛！

大太监　大牛，不认识了，我可是皇太后身边的公公呀！

大　牛　公公，你来做什么？

大太监　（招呼他，神秘兮兮地）告诉你，太后到梅龙镇来了。

大　牛　太后来了，她来干什么，我们又没请她。

大太监　我可是瞒着皇太后，悄悄前来给皇上报信的。

大　牛　你不是太后身边的人么？

大太监　那又怎么样，我们都喜欢皇上。

大　牛　那就快跟我走吧。

［大牛、大太监下。

[梅龙镇酒家。李凤姐哄婴儿,周勇吆喝,正德拨打算盘。

正　德　(唱)　乒乒乓乓乒乒乓,
算盘珠儿响声长。
尤家赊去饭一桌,
贺家欠下银二两。
笔笔进出都留账,
这个家也不好当。
往日只叹皇帝苦,
今日才知百姓忙。
人生行行皆不易,
酸甜苦辣都要尝。
二一添作五,
四五十一双,
三下五除二,
赵钱孙李张。

李凤姐　(唱)　郎里格郎,郎里格郎,
我家有个小儿郎。
刮风下雨都不怕,
一觉睡到大天光。

正　德　娘子轻点哄孩子,我的账都被你弄糊涂了。

凤　姐　我看你呀,还是丢下账本,来抱儿子吧!

正　德　好吧,抱儿子,抱儿子,我的儿子! 哈哈哈,凤姐,我们的儿子怎么拳打脚踢?

李凤姐　都像你,一刻也不安分。

正　德　哈哈哈,像就像吧。不过话说回来,孩子嘛,还是多少要学点本事,就说我吧,皇帝不好好当,账又常常出错,长此下去,岂不一事无成。

李凤姐　依我看呀，自从你当上父亲，管了账房，倒是一天比一天长大，一天比一天懂事了。

正　德　是呀是呀，亲民才知百姓苦，养儿方晓父母恩呀！

［大牛带大太监上。

大　牛　掌柜的，宫里来人了。

大太监　皇上！

大　牛　嘘——掌柜的！

大太监　掌柜的，掌柜的，启禀掌柜的。皇太后娘娘——

大　牛　嘘——又说错了！

大太监　哦，是掌柜的高堂大人和掌柜的私塾先生一同下江南来了！

正　德　他们来做什么？

大太监　他们是要请掌柜的回去，还要把掌柜的和李凤姐生的孩子一同带进宫。

正　德　他们现在哪里？

大太监　已经到了梅龙镇，就要到梅龙镇酒家了。

周　勇　掌柜的，怎么办？

大　牛　她会不会又把你们分开？

李凤姐　相公，我怕……

正　德　凤姐不要怕，听我吩咐！

（唱）　叫声娘子莫害怕，
吩咐酒菜与香茶。
有客不远千里来，
岂可无理慢待她。
奉请兄嫂亲下厨，
梅龙特色样样拿。
周勇门前做迎宾，

英俊后生仪貌佳。

大牛公公当酒保，

微笑服务要到家。

台上收银且归我，

照账买单不容差。

唯有娘子莫动手，

闲做阁楼抱娃娃。

且看高堂是何意，

她不问话你莫答。

假如相认万般好，

如若不认自由她。

反正脚下各有路，

木头已经做成筏。

[各就各位，李凤姐抱婴儿上楼。皇太后一行人走上。

皇太后 这就是梅龙镇酒家。

周　勇 在下周勇，恭迎贵客！

皇太后 周勇，我让你追人，你倒把自己也追丢了。

（唱） 追人追到梅龙镇，

害我担心在京城。

今日江南见了面，

先要把你训一声。

周　勇 周勇知错，周勇知错。（后退）

大　牛 酒保大牛迎接贵客！

皇太后 这不是大牛太监么？

（唱） 记得香山见过面，

捉住一个假太监。

今日太监变酒保，

变来变去你烦不烦？

大　牛　不烦，不烦，烦。（后退）

大太监　酒保，不，奴才，不，在下侍候贵客！

皇太后　这又是谁呀？平素看你慢吞吞，今日小腿跑得快！

（唱）　貌似奴才相，
却是白眼狼！

大太监　（吓得东倒西歪）是，是，奴才该死……

皇太后　（一路披荆斩棘）哎哟，那位大掌柜好大架子，客人来了也不招呼？看起来这平头百姓的日子也不那么好过吧？

正　德　哈哈哈……

（唱）　世人都说皇宫好，
不知皇宫有烦恼。
皇宫只知小民苦，
不知小民乐陶陶。

大　牛　朱德正，你娘到了！

正　德　（故作惊讶地）啊呀母亲大人到了，母亲大人因何屈尊纡贵，来到这穷乡僻壤？

皇太后　（唱）　听说江南景致美，
山温水软草木香。
因此一路来赏玩，
果然到处好风光。

正　德　（唱）　好风光，好风光，
人到江南不思乡。
母亲千里来寻访，
难道只为赏风光？

皇太后　（唱）　听说酒家名气响，
金字招牌亮堂堂。

酒香菜美人缘好，
何不亲自尝一尝。

正　德　（唱）　尝一尝，尝一尝，
金字招牌不敢当。
为飨口福行千里，
难道只为酒菜香？

皇太后　（唱）　听说朱门又有后，
母亲心头喜洋洋。
急忙赶赴梅龙镇，
亲手抱抱小儿郎。

正　德　（唱）　小儿郎，小儿郎，
一见生人哭声长。
若要抱他也容易，
先去问过儿的娘。

皇太后　（唱）　我是孩子亲祖母，
抱抱孙儿又何妨？

正　德　（唱）　她是孩儿亲生母，
孩儿怎能离开娘？

皇太后　（唱）　他也知孩儿不能离开娘，
你为何抛下亲娘泪汪汪。

正　德　（唱）　只因为京城难容儿的妻，
儿只好赌气与妻回家乡。

皇太后　（唱）　事到如今你怎样想，
难道要放弃大业恋小康？

正　德　（唱）　大业又如何，
小康又怎样？

皇太后　（唱）　图大业带着孙儿回京都，

恋小康便把后代托于娘。

正　德　(唱)　带走孩儿谁抚养?

皇太后　(唱)　母后亲自来承当。

正　德　(唱)　孩儿长大非容易,

皇太后　(唱)　再用个一十六年又何妨?

正　德　(唱)　我要孩儿常欢乐,

皇太后　(唱)　我要孙儿读书忙。

正　德　(唱)　我要孩儿有性情,

皇太后　(唱)　我要孙儿识纲常。

正　德　(唱)　我要孩儿见闻广,

皇太后　(唱)　我要孙儿知兴亡。

正　德　(唱)　我要孩儿先做人,

皇太后　(唱)　我要孙儿镇朝堂。

正　德　(唱)　要他先做人,

皇太后　(唱)　要他镇朝堂。

正　德　(唱)　要他知疾苦,

皇太后　(唱)　要他驭万方。

正　德　(唱)　不失本真,

皇太后　(唱)　须知兴亡。

正　德　(唱)　懂得善恶,

皇太后　(唱)　识得忠良。

正　德　(唱)　人情,

皇太后　(唱)　国邦。

正　德　(唱)　至爱,

皇太后　(唱)　昌盛。

正　德　(唱)　图大业,兼小康,

皇太后　(唱)　大业小康怎相通,

正　德　（唱）人团圆，

万年长！

皇太后　说得好，说得好，儿子离开母亲，孙儿不见祖母的团圆，能叫团圆么？（饮泣）

正　德　母亲，你……

皇太后　你让母亲太伤心了！

［李凤姐怀抱婴儿、执拨浪鼓走下阁楼。

李凤姐　（唱）李凤姐怀抱婴儿下楼来，

酒家女恭恭敬敬拜三拜。

第一拜，拜得高贵皇太后，

请哺养未满百日小婴孩。

第二拜，拜得仁爱老太师，

教婴儿长大成人莫学坏。

第三拜，拜得孩子亲生父，

从今后凤姐和你两分开。

事到如今我无悔，

总算是真真切切爱过这一回。

皇太后　（抱过婴儿，摇响拨浪鼓，唱）

郎里格郎，郎里格郎，

我家有个小儿郎。

刮风下雨都不怕，

一觉睡到大天光。

［众人意外，面面相觑。

皇太后　（换了一个人，极尽温柔）儿啊，还记得母亲从前给你讲的那个皇后娘娘的故事么？

正　德　记得，那个皇后娘娘原是个山村女子，只因当朝皇帝爱上了她，把她带进了宫廷。入宫之后，那个娘娘受尽了歧视，受尽了欺侮。

皇太后　那是为什么？

正　德　因为她来自民间，也是个乡村女儿。

皇太后　后来呢？

正　德　后来她当了娘娘，做了皇后，她的儿子又成为一代新君。

皇太后　再后来呢？

正　德　再后来，母后没有讲下去。

皇太后　再后来，她的儿子也爱上了一个乡村姑娘，也要把她带进京城，可是那个皇后娘娘，也就是后来的皇太后，她是无论如何都不能答应，她生生把他们拆散了。儿啊，你说她这样做是为了什么？

正　德　因为她怕。

皇太后　她怕什么？

正　德　怕那个乡下姑娘再步她的后尘，怕那个皇帝会遭到朝廷的非议，怕——母后，你讲的那个皇后娘娘，莫非就是你自己？

皇太后　十七年了，我的故事总算讲完了。

太　师　是啊，皇上，老臣亲闻目睹，太后这些年不容易呀！

正　德　（唱）　母后呀，你为何不把身世对儿明处讲，
你为何把那辛酸往事肚里藏。
儿只知怨你对儿欠体谅，
却不知母后心中曾受伤。
见母后头上白发又添几缕，
那儿时历历往事又涌上心房。
还记得儿时一个风雨夜，
雨夜中惊雷炸醒叫亲娘。
只见你伫立窗前人不语，

回过身脸上挂着泪千行。

儿是又惊又怕扑向娘，

娘把我紧抱怀中贴在胸膛。

你哼着小曲将儿哄，

唱得就是小儿郎。

儿只知小曲一唱心花放，

又怎懂这小曲后面的忧与伤。

孩儿如今已长大，

两番私访见识长。

但请母后宽心放，

从今后朕要做一个好的儿子好的丈夫好的父亲好的——

皇太后 好的君王！

正　德 母后！

皇太后 凤姐，叫我一声婆婆！

李凤姐 婆婆！

皇太后 （幸福地）哎！我们一同回宫。

正　德 （唱） 人团圆，万年长！

［幕内童声合唱："郎里格郎，郎里格郎，

我家有个小儿郎。

刮风下雨都不怕，

一觉睡到大天光！"

［剧终。

越剧

青衫·红袍

剧中人物 郑元和、李亚仙——一对少年夫妇

朱买臣、崔　氏——一对青年夫妇

司马相如、卓文君——一对中年夫妇

李　白——一位老者

一位评书人

一个小书僮

几名官府衙役

（郑元和、朱买臣、司马相如、李白可由一人兼饰）

时　　间 中国古代，汉代、唐代。

第一回　郑元和纵情声色　李亚仙剔目劝学

（取材自明传奇《绣襦记》）

［评书人上场。

评书人（唱）　自古文人痴迷，总想仕途得意。少年苦读到白头，猛回首空游戏。本来脱离苦海，偷得两情相宜。偏有多情烟花女，劝诫宦门子弟。

这首词名为《西江月》，是道古来文人才子，一生一世，抛不下“功名”二字，到头来不知人生意义何在？却有一位宦门子弟，名叫郑元和，此人原也十载寒窗，立志科比。谁料进京赶考途中，邂逅名妓李亚仙。按说风流枕上但风流，风流过后各西东。偏偏这对露水鸳鸯鸟，定要结成百年并蒂花。于是，郑元和用尽千金，流落街头；李亚仙自赎其身，死心跟随。二人租了一个小院，过起夫妻生活。不是蛮好么？嗨，麻烦来了，本该攻读上进的郑元和却要游戏人生，本该游戏人生的李亚仙却要苦劝郑元和攻读上进。正是：

（唱）　人云女儿痴，
我云女儿迷。
须知功名后，
两情便分离。

章回大意，交待分明，说多了想必各位不耐烦。如此，请看正戏。

［评书人下场。

［春，月夜，竹林掩映中的一间书房。

［李亚仙捧书卷上。

李亚仙 （唱） 一轮明月上中天，
万缕清辉洒窗前。
谁道风尘无真爱，
郑郎情义重如山。
他为我功名二字抛得远，
他为我沦落异乡忘家园。
深情厚意怎回报？
　我应该督他上进劝他苦读盼他一朝红袍换青衫。

明月当头，万籁俱静，正是读书人用功时分，相公，相公，读书了！

［郑元和内应："娘子，相公来也！"，郑元和穿丐衣打"莲花落"上。

郑元和 （唱） 郑元和，李亚仙，
少年夫妻最缠绵。
房前树，窗外月，
心底眉梢是春天。
我这里莲花落子正消遣，
她那里挑灯劝学管得严。
啊呀莲花莲花落也……

李亚仙 哎呀相公，想这莲花落原是乞儿为人哭丧唱的曲儿，你怎么就爱唱它。

郑元和 哎，娘子，想我虽是宦门子弟，可也曾沦为乞儿，为人哭

丧,若非学得这一技之长,恐怕早就冻死饿死了哩。

李亚仙　今日不比当初,你我已经有了安定之所,就该收拢心来,发奋攻书。来,相公,快把这乞儿衣裳脱了吧。

郑元和　娘子,你呀不要总劝我读那些劳什子书,我不爱读。

李亚仙　相公,你呀不要总唱那些劳什子莲花落,我不爱听。

郑元和　我偏要唱。

李亚仙　我偏要你读。

郑元和　我唱、唱、唱!

李亚仙　你读、读、读!

[二人追逐。

郑元和　(又唱)　我也曾长豪门、住高楼;
我也曾啖鱼肉、衣锦绣;
我也曾守寒窗、经史修;
我也曾入帝京,功名求。
谁料想与你邂逅烟花楼,
便把浮名逐水流,
哩哩莲花落。
我爱你纤纤手、婉转喉、美目顾盼恁风流,
我与你一见忘却万古愁。
你为何要我撇了莲花仕途走,
只怕是恩爱从此难聚头,
哩哩莲花哩哩莲花落也!

[李亚仙劝阻不住,赌气坐下。

郑元和　娘子生气了?好好好,我不唱,不唱了。我读书,读书。娘子笑一笑,笑一笑,娘子笑了,笑了,哈哈哈……

李亚仙　(拿他没办法)唉,其实我又何尝真的生气,我是怕相公沉湎声色,虚抛光阴,这才好心好意劝你呀。来,把花棒给我，我拿去当柴烧。

郑元和　啊，当柴烧？那可不行！

李亚仙　给我。

郑元和　不。

李亚仙　快给我。

郑元和　就不。

李亚仙　好好好，你把它放在一边，安静读书吧。你看，天色已经不早了！

郑元和　天色不早？哎，娘子，你我睡了吧？

李亚仙　相公还是读一会儿书再睡吧。

郑元和　既然娘子不要睡，那我们就到外面走走。

李亚仙　外面走走？

郑元和　娘子，你看窗外呀！

（唱）　今夜晚月照疏林映窗花，
书房外婆娑花枝竹影斜。
你与我少年夫妻承恩爱，
就应该吟诗赏月说情话。
这书房之乎者也冰冰冷，
怎比得和风月下品香茶。
寂寞闲庭春意闹，
莫负这多情落花，锦绣年华。

李亚仙　我的相公呀！

（唱）　圣人云，好男儿修身治国平天下；
圣人云，好男儿大鹏振翅走天涯；
圣人云，好男儿不可堕了凌云志；
圣人云，好男儿莫教须白空自嗟。

郑元和　圣人云，圣人云，娘子就没有自己要说的话吗？

李亚仙　圣贤之言，句句至理，我还能说出什么高明的道理？

郑元和　不，你要说少年夫妻，闹春天气，情投意合，执手相依，窗前临风望月，林中饮酒赋诗，这，才是你娘子要说的话哩！

李亚仙　不不不，那是要耽误相公功名前程的。

郑元和　什么功名？什么前程？想我郑元和进京不赶考，逍遥烟花市，不就是因为喜欢你，喜欢和你在一起吗？如今，你我终于有了一个家，这不就是我的功名前程吗？你呀，不要与我说那些大道理，我比你懂！

李亚仙　我知道你比我懂，可是我如今成了你的妻子，就要学会妇道，规劝丈夫，日后盼你博个功名，扬眉吐气，这才是我的本分，我的至理呀！来吧相公，读书。

郑元和　你还要我读书？

李亚仙　读书，读书。

郑元和　也罢，我依你读书，你也依我一件。

李亚仙　哪一件？

郑元和　我读一会儿书，唱一会儿莲花落。

李亚仙　那可不行。

郑元和　娘子不依这一件，那就换一件也行。

李亚仙　换哪一件？

郑元和　读一会儿书，看你一会儿。

李亚仙　看什么呀，天天都在一起，还有什么看不厌。

郑元和　看不厌，看不厌，只有多看一会儿娘子，那书才能读进去。

李亚仙　既然如此，那你就快看吧。

郑元和　（扶她坐下，细细欣赏）啊，娘子美，啊，娘子真是美呀！哈哈哈……

（唱）　脸如芙蓉含朝露，

微波两点通情愫。

倾国倾城神仙貌，
落雁沉鱼赛画图。
书中哪有颜如玉，
怎及你月貌花容惊沙鹭。
有这般绝色佳人相陪伴，
我意惹情牵还读得什么劳什子书。

李亚仙 好了，好了，玩也玩了，看也看了，还不快些读书去。

郑元和 且读一会儿书，再玩，再看。（随手抄书，摇头晃脑）“关关雎鸠，在河之洲，窈窕淑女，君子好逑”……

李亚仙 相公，你怎么总是读那几句呀？

郑元和 （换了本书，再读）“子曰，学而时习之，不亦悦乎，有朋自远方来，不亦乐乎”……

李亚仙 （听着读书声，身心舒泰）呀……

（唱） 夜悄悄，烛光摇，
书声朗朗慰寂寥。
他灯前朗读圣贤句，
一声低来一声高。
你看他眉乍敛，头轻摇，
时而沉思时而笑。
这时的相公多沉静，
教人百看百般好。
红袖添香夜读书，
愿他腾飞万里遥。

[李亚仙低头针线，郑元和悄悄为她画像，两人目光不期而遇。

李亚仙 相公不看书，看我作甚？

郑元和 我在看娘子绣的鸳鸯呀，鸳鸯成对，双双戏水，好似娘子与我一般。

李亚仙　你又想入非非了，我到外面去绣。

郑元和　（急拦）哎哎哎，圣人云"红袖添香夜读书"，你到外面绣，我还怎么读书？你怎么连圣人的话也不听了？

李亚仙　那好，我转过身去，不让你看。

郑元和　哎，转过来，转过来……（比照画像）

李亚仙　啊，你画的什么？拿来给我！

郑元和　哎哎哎，娘子不要抢，不要抢，娘子你看画像中的你，像吗？

李亚仙　你不好好读书，又在画像，让我撕了它。

郑元和　不能撕，不能撕，撕了娘子可就破相了。娘子你看，我画的你这一双美目，多么传神。

李亚仙　我不要看，不要看。

郑元和　求求娘子，就看一眼嘛。

李亚仙　看什么，人人都有的一双眼睛，有什么好看。

郑元和　好看，好看，圣人云："硕人颀颀，衣锦䌹衣。齐侯之妹，卫侯之妻。齿如编贝，领如蝤蛴。巧笑倩兮，美目盼兮"。

李亚仙　圣人的这一番话，你倒是记得熟啊？

郑元和　是啊是啊，滚瓜烂熟，圣人之言，可是句句都要听的！哈哈哈……

李亚仙　你再这样胡闹，我真的不理你了！（又背身赌气）

郑元和　（转到她的面前）好，娘子就这样坐好，让我再仔细地看看！

李亚仙　（起身）我出去了！

郑元和　（按坐）娘子坐下，坐下！我说娘子，你怎么一点都不通情理呢？我的书读不进去，你不能都怪我不用功啊，要怪也要怪你生得太美了，怪你生了一双勾魂摄魄的美目。你生得如此娇媚，如此迷人，却要我去读那冷冰冰的书，娘子这样做，也未免有欠公允吧？啊？娘子你说呢？

李亚仙　你说什么，你不好好读书，却怪我生了这双眼睛？

郑元和　本来就是嘛！娘子还记得我们初次相会吗？你在楼上，我在楼下，你那流波轻轻一扫，我的马鞭失手坠落。自那以后，我就迷上了你的一双眼睛。要知道，你这一双美目呀，就好比两把金钩，把我的魂魄儿都勾走了。今生今世，只要能天天守着娘子，看着娘子的眼睛，我就什么功名，什么前程，都不要，都不要了！哈哈哈……

李亚仙　（微微一震，一把抱住他）相公，你说的这些，都是真话？

郑元和　（仍不知轻重地）自然是真话了！只要有娘子的这双美目在，你呀就不要想我好好读书！（又用画像逗她）娘子你看，像吧？美吧？哈哈哈……

李亚仙　（暗自叫苦）天哪！

（唱）　劝他读书读不进，

看罢眼睛画眼睛。

难道分心皆因我，

无计可施急煞人。

急煞人，你看他心不静来神不宁；

急煞人，你看他顽皮模样笑吟吟；

急煞人，你看他游戏无休又无止；

急煞人，你看他哪像一个攻书人。

罢罢罢，今日把他来教训，

我要他，从此安静求功名。（见郑元和又拿画像逗她，愈加惊心动魄）

郑元和　娘子，美呀，美呀，美呀，哈哈哈……

李亚仙　（忍住泪水，挤出惨惨的笑）相公，你再看看我的眼睛吧。

郑元和　娘子，我在看呀！

李亚仙　美吗？

郑元和　美！

李亚仙　爱吗？

郑元和　爱！

李亚仙　你可要记住了，娘子的这一双眼睛，可是为你而生啊！

郑元和　我知道！

李亚仙　那你就再看一眼吧……

郑元和　我在看呀！

李亚仙　再、再看一眼……

郑元和　好看，好看，哎呀真是好看！哈哈哈……（手舞足蹈）

［李亚仙拔簪剔目，郑元和见之大惊。

郑元和　啊，娘子，你这是做什么……

李亚仙　相公，娘子的眼睛不再美了，你可安心攻读了吧？

郑元和　娘子剔目劝学？

李亚仙　剔目劝学……

郑元和　可是……我是和娘子开玩笑的呀！娘子，我就是不想读书，不爱做官，这与你的眼睛又有何干呀！

（唱）　鲜血淋淋剔去了一双凤眼，
珠泪滚滚尽是些糊涂语言。
双手颤颤捧起这粉红颜面，
心痛阵阵似尖刀扎在胸间。
娘子啊，你盼我青云路上鸿图展，
怎知道乌纱红袍我不恋。
你只知男儿出路在仕途，
又怎知情入官场不团圆。
自幼儿，陪伴唯书卷，

幸遇你，风尘一婵娟。

我爱你，佼佼芙蓉面，

我爱你，呖呖歌声甜。

我爱你，清澈明眸闪，

我爱你，玉手弄冰弦。

唯愿与你长相伴，

快乐一天是一天。

如今你狠心剔损一双眼，

美目不再，灵窗已关。

碎了梦，

断了缘，

金簪儿刺进我心尖，

娘子娘子你不该把身残。

双目唯见血惨惨，

待要找回难、难、难！

娘子稍待，我去请郎中！

李亚仙 相公回来，我自己去……

郑元和 让我背娘子去！

李亚仙 （挣开他）不，不要……相公，你只要答应我，从此不再迷恋声色，不再贪玩，今夜起安心读书，奋发向上，日后博一个功名，便是不枉了我，不枉了我这一双美目呀！你要答应我，答应我！

郑元和 为什么！（顿足）

李亚仙 不要问我为什么，我不知道，不懂……我只知道你是读书人，读书人就应当读书，应当做官。你去读书，去读书，去读书呀！（也顿足）

郑元和 （痛苦地）好，我读书，我读书，读出个新科状元，读出个打马游街,读、读、我读呀……

[郑元和奔到案前,悬梁刺股,俨然进入苦读境界。

郑元和 子曰:“譬如为山,未成一篑,止吾止也;譬如平地,虽覆一篑,进吾进也……”

[李亚仙去而复返,侧耳聆听,俄顷神色欣然。

第二回　朱买臣高中得意　崔氏女马前受辱

(取材自清传奇《烂柯山》)

[评书人上场。

评书人 (唱) 人云女儿痴,
我云女儿迷。
须知功名后,
两情便分离。

适才在下唱这四句,看官恐怕并未留意。不知何故,古来聪明女子,都欢喜督促丈夫。殊不知那丈夫真出息了,却未必还专情于你。一回言罢,且道二回。话说贫贱书生朱买臣娶妻崔氏,苦读寒窗,屡试不中。那崔氏不耐贫寒,逼休退婚。数年后,买臣得中状元,衣锦还乡,旧日夫妻又在马前相见。从前戏文,都表买臣得意,羞辱前妻。今番演绎,却不明白褒贬。在下套用冯梦龙《喻世明言》16回的开篇曲《结交行》,作为戏引。冯氏原意是说朋友结交,富贵容易,贫贱最难。这里借来表说夫妻。看官听仔细了:

(唱) 种树莫种垂杨柳,

结交莫结轻薄儿。

杨枝不耐秋风吹，

轻薄易结还易离。

君不见昨日书来两相忆，

今日相逢不相识?

[评书人下场。

[夏，清晨，一处高坡，市井在目。

[幕内高喊:"新科状元，衣锦荣归。披红挂彩，打马游街!"

[未见其人，先闻其笑:"哈哈哈……"笑声中众衙役鸣锣上。

[朱买臣内唱:"书生何事兴冲冲——"打马疾上。

朱买臣 (又一阵大笑)哈哈哈……

(接唱) 夹道欢呼震耳聋。

人来随我高坡上——(上高坡，指点着)

你们看，你们看，哈哈哈……

满城争看锦袍红!

[崔氏内声:"哎呀夫君——"

朱买臣 (敏感地)何人叫唤?

衙役甲 是个年轻妇人。

朱买臣 年轻妇人……生得何种模样?

衙役甲 大大的眼睛，高高的鼻梁，薄薄的嘴唇，浅浅的酒窝，实实的美人哪!

朱买臣 待我看来……啊，是她!

(唱) 蓦地里两耳喧闹皆不闻，

但只觉一种快意涌上心。

回乡来耀武扬威做什么?

就为着羞辱这个下贱人。

曾几时书生潦倒受穷困，
曾几时青衫不名盖补丁。
曾几时发妻逼休成笑柄，
曾几时孤灯寒衾咽悲声。
如今是红袍加身入青云，
无奈心头总难平。

来呀，与我分开众人，敞开通道，教那妇人前来见我！还有，备一木盆，盛满清水，稍时要用。

[衙役甲、乙应声分别下。朱买臣下马。

朱买臣 （接唱）欲见伊，怕见伊，
欲提怕提旧话题。
为泻当年心头火，
驻马街头羞前妻。

[衙役乙端水盆，衙役甲引崔氏，两边分上。

衙役乙 启禀状元公，水到。

朱买臣 放在中央。

衙役甲 启禀状元公，那年轻妇人带到。

朱买臣 教她近前。

[崔氏近前，头低着，毕竟羞愧。

崔　氏 啊，夫——夫君……

衙役甲 哎哎哎，你叫状元公什么？

崔　氏 叫他夫君。

衙役甲 什么，状元公是你夫君？

崔　氏 从前是，现在不是……

衙役甲 哦，你是状元公前妻？

崔　氏 正是……（下跪）

朱买臣 下跪何人，报上名姓。

崔　氏　不敢报名。

朱买臣　为何不敢？

崔　氏　心中有愧。

朱买臣　哦，你也知道心中有愧！抬起头来。

崔　氏　不敢抬头。

朱买臣　为何不敢？

崔　氏　无颜相对。

朱买臣　既然无颜相对，为何来到马前？

崔　氏　这……

朱买臣　讲啊？

崔　氏　听说夫君——不不，前夫得中状元，我想会他一面，毕竟夫妻十载呀。

朱买臣　你还知道夫妻十载？可你忘了当初是如何地逼他写下休书，又如何地抛夫改嫁，你、你、你……难道都忘了吗？

崔　氏　俗话说，"嫁汉嫁汉，穿衣吃饭"，当初也是不得已而为呀。

朱买臣　不得已而为？呵呵，说得好听！那么今日呢？

崔　氏　今日前夫高中，我也为他高兴呀！

朱买臣　你为我高兴？哈哈哈哈，难道你就不想破镜重圆，同享荣华富贵吗？

崔　氏　怎么会不想，只是不便说出罢了。

朱买臣　无妨，无妨，说出来听听。

崔　氏　要说？

朱买臣　说吧。

崔　氏　不见笑吗？

朱买臣　见笑？（干笑）哈，哈哈，哈哈哈，我还哪里笑得出！

崔　氏　（站起身，胆子大了些）好吧，我先让你看件东西。（掏出一纸休书，递给朱买臣）

朱买臣　(接看)啊,休书?你、你、你……竟敢还把它拿来?

崔　氏　(连连摇手)不是,不是,那不是休你的书,是休他的书,你看仔细了。

朱买臣　(再看)休他的书?你又休了现在的丈夫?

崔　氏　休了,休了,当初休你,是要跟他吃饭;今日休他,是要跟你享福。只要你不计前嫌,我便再跟你走。原马配原鞍,夫妻还是元配的好,你说呢?

朱买臣　(望着她,气得无话可说)对,对,元配的好,元配的好!

崔　氏　你答应了?我们又可以破镜重圆,再续鸳鸯梦了?哈哈哈……(手舞足蹈)

朱买臣　好个不知羞耻的下贱妇人!

(唱)　好一个破镜重圆鸳鸯梦,
她竟然说出话来脸不红。
今日里对着大庭与广众,
定教她丑态百出无地容。(换了一副神情,故意亲昵地)

哎,你过来,你过来呀!

崔　氏　(有点不敢相信地)啊,状元公……不不,前夫……不不不,夫君——你是在招呼我吗?

朱买臣　我在招呼你。

崔　氏　招呼我做什么?

朱买臣　你看我头上戴的?

崔　氏　乌纱帽。

朱买臣　身上穿的?

崔　氏　大红袍。

朱买臣　骑的是?

崔　氏　大马。

朱买臣 坐的是？

崔　氏 官轿。

朱买臣 喜欢么？

崔　氏 喜欢。

朱买臣 羡慕么？

崔　氏 羡慕。

朱买臣 威风么？

崔　氏 威风。

朱买臣 想要么？

崔　氏 想要。（一把就抓过去）

朱买臣 （避让，把她拽到水盆边）你看这是什么？

崔　氏 这是一盆水。

朱买臣 水面如镜，照见了什么？

崔　氏 照见了你，也照见了我。

朱买臣 还照见了什么？

崔　氏 照不见了。

朱买臣 再照，再照。

崔　氏 还是照不见呀？

朱买臣 这水如镜，镜如水，它能照见你我的从前……

崔　氏 从前……

朱买臣 （唱） 一盆水，明如镜，
照见当年夫妻们。

崔　氏 （唱） 天作合，地作美，
新婚夫妻情意深。

朱买臣 （唱） 也曾经郎才女貌人称羡，
也曾经夫唱妇随难离分。

崔　氏 （唱） 也曾经红袖添香夜读书，

也曾经夫为爱妻点朱唇。

朱买臣 （唱） 只因我三试未中情景改，
从此后夫妻不闻笑语声。

崔　氏 （唱） 也是你一门心思死读书，
直读得家产用尽赤膊贫。

朱买臣 （唱） 可怜我既要攻读勤发奋，
又要听你叱骂声。

崔　氏 （唱） 也是你人穷偏又少技能，
腿不活来手不勤。

朱买臣 （唱） 可怜我茶不周来饭不济，
终日忍气又吞声。

崔　氏 （唱） 可怜我娘家陪送都当尽，
卖了钗环典衣裙。

朱买臣 （唱） 你不该逼我出门去借贷，
你不该将我诗书当柴薪。

崔　氏 （唱） 无奈我没有柴烧烧书本，
嫁了个穷生我要受饥贫。

朱买臣 （唱） 须知我宁可三餐无一饱，
我也要有朝鲤鱼跳龙门。

崔　氏 （唱） 须知我宁可丈夫做屠宰，
我也要日间有饱夜有温。

朱买臣 （唱） 你是目光浅、欺人甚，
每每恶语总伤人！

崔　氏 （唱） 你是贫里酸、酸里贫，
百无一用是书生！

朱买臣 （唱） 噫吁兮，
贫贱夫妻百事哀，

寒窗狮吼受欺凌，
教我终日不开心！

崔　氏　（唱）哎哟喂，
如花美眷嫁穷生，
忍饥挨饿又受冷，
还要酸倒牙齿根！

朱买臣　（唱）何日里瘦蛟龙上青云，
大红官袍换青衿。

崔　氏　（唱）何日里病树藤再逢春，
嫁个不愁吃穿人。

朱买臣　（唱）大雪弥漫天，
借贷回家门。

崔　氏　（唱）写好一休书，
就等他签名。

朱买臣　（唱）我是求求求——
啊呀妻呀，求你莫把夫来抛，
夫君双膝跪埃尘，
求你姑念结发情！

崔　氏　（唱）我是逼逼逼——
骂声穷酸，行个方便让我走，
赶快签字放我行，
青春年少不等人！

朱买臣　（唱）我便含泪具了名！

崔　氏　（唱）我便欢喜嫁了人！

朱买臣、崔氏　（同唱）
倏忽三年整，
又见逼休人……

朱买臣　（得意的笑）哈哈，哈哈，哈哈哈……

崔　氏　（尴尬的笑）嘻嘻，嘻嘻，嘻嘻嘻……

朱买臣　你笑什么？

崔　氏　你笑什么？

朱买臣　我笑你当初逼休。

崔　氏　我笑你今日高中。

朱买臣　羞么？

崔　氏　羞的。

朱买臣　悔么？

崔　氏　悔的。

朱买臣　这乌纱，这红袍，这大马，这官轿，你还想要么？

崔　氏　想……要……

朱买臣　你再看那水中倒影，应有尽有，你去用手捞呀？

崔　氏　（想了想，果然卷起袖口向水里捞）这是乌纱……这是红袍……这是大马……这是官轿……哎呀，怎么捞不起来，真急死人了！（一阵乱抓）

朱买臣　（快意地）你是捞不到的！哈哈哈……

［朱买臣笑，众衙役笑，笑声汇成一片。

［蓦地，崔氏立起身，甩甩手，也纵声大笑。崔氏一笑，众人倒不笑了。

朱买臣　哎，你倒是笑的什么呀？

崔　氏　我笑你这个人哪，总是得意忘形，你是在拿我开心吧？

朱买臣　是又怎样呢？

崔　氏　（一伸手）拿来。

朱买臣　什么？

崔　氏　休书。

朱买臣　（从地上捡起休书递给她）拿好，拿好，你呀鸡飞蛋打了！

崔　氏　实不相瞒，我还留了一手，我跟他说，太阳下山之前我若回去，我们就还是夫妻。你看，太阳还在上头，我要赶快回去了！

［崔氏撕碎休书，扬天一撒，嘻嘻哈哈，扬长而去。

［朱买臣木愣地望着崔氏走远，忽然恨恨地端起水盆，一把泼掉。

朱买臣　（拿过一面锣，用力敲打）喂——新科状元，衣锦荣归！披红挂彩，打马游街——

众衙役　（大声起哄地）喂——喂——喂——

朱买臣　（一抖精神）走！

［朱买臣刚欲上马，不慎被自己泼出的水滑了一跤。

朱买臣　（爬将起来，掩饰尴尬地）哈哈，哈哈，哈哈哈……

［朱买臣笑，众衙役笑，笑声如潮……

第三回　隐林泉相如卖赋　捧香茶文君当歌

（改编自郭启宏昆剧《司马相如》）

［评书人上场。

评书人　（唱）　士子愁，官瘾最难收。每每春风得意后，风起叶落便是秋。抱恨隐山丘。隐山丘，翘首望高楼。不见高楼相招手，这一世怎肯罢休。郁闷缠心头。

这首《望江南》，唱古来士子，无不得意时红光满面，牛气冲天；失意后面如死灰，一蹶不振。直把人生悲喜，都系于官场得失。唉，可叹，可悲，可怜！适才二回，道那新科状元朱买臣春风得意，马前戏妻。这第三回么，说说汉朝才子司马相如宦海触礁，罢官归隐。说来那司马相如也是个会作的人，好好的一个名人才子，到处写写赋，办办讲座，既实惠，又受追捧，加上还有位才女兼美人兼秘书的卓文君陪伴着，真是够幸福了吧？他却偏要挖空心思做官，做了官又做不好。这不，又受挫折，又归隐了！正是：

（念） 仕途坎坷最难料，
罢官归来仿渔樵。
心中隐痛谁知晓，
唯有患难伴寂寥。

［评书人下场。

［秋，深山闲亭，枫林暮色，残蝉嘶鸣。

［司马相如独自博弈，煞有介事。

［卓文君捧酒盏悠闲地上。

卓文君 （唱） 三杯淡酒荼蘼架，
伴我郎君看落花。

郎君，你在做什么？

司马相如 夫人来看这盘棋。

卓文君 这盘棋怎么了。

司马相如 常言道，治大国如烹小鲜，操棋局如运世界，你看，你看嘛。

卓文君 （并不拿眼看地）我看你呀，端的又是纸上谈兵，自作多情。

司马相如 谁自作多情了，我是说下棋。

卓文君 自己设局自己解，还不算自作多情？

司马相如 好好好，我不下了，不下了。啊，请问夫人，今日可有官员来访？

卓文君 无有。

司马相如 朋友呢?

卓文君 也无有。

司马相如 那么前来拜访的青年学子也无有么?

卓文君 也无有啊。

司马相如 这回司马相如可真算隐了,隐了!

卓文君 身虽隐了,心却还未必隐吧?

司马相如 此话怎讲?

卓文君 身在局外,心在局内,你呀总怕被人忘记了。

司马相如 是么,我怕被人忘记了? 也罢,隐,隐,身隐,心隐,这一回我要隐得彻底,隐得干净,隐,隐,隐!(跺脚)

卓文君 (一笑)哈哈哈,我看你呀,还是来饮酒吧!

司马相如 对,饮酒,饮酒! 哈哈哈……

[二人对饮对酌,一派闲适。

司马相如(唱) 饮村酒,

卓文君 (唱) 品村茶;

司马相如(唱) 说闲话,

卓文君 (唱) 看闲花;

司马相如(唱) 红尘外,

卓文君 (唱) 白云下;

司马相如(唱) 任逍遥,

卓文君 (唱) 在天涯;

司马相如(唱) 也无风,

卓文君 (唱) 也无雨;

司马相如(唱) 也无惧,

卓文君 (唱) 也无怕;

司马相如(唱) 管什么天塌地塌,

卓文君（唱）　管什么富贵荣华；

司马相如（唱）　管什么浮沉进退，

卓文君（唱）　管什么官袍乌纱；

司马相如（唱）　我只要有酒有诗，

卓文君（唱）　我只要有花有茶；

司马相如（唱）　我只要有情有爱，

卓文君（唱）　我只要有夫有家；

相如文君（合唱）　啊，深山里，我独大！

［书童捧礼盒叫上。

书　童　老爷——老爷——

司马相如　哎呀，你怎么屡教不改？老爷夫人饮酒，多好的意境，都被你搅了！

书　童　对不起，老爷，朝廷来人了。

司马相如　朝廷来人了，在哪里，在哪里么？

书　童　在外边候着呢！老爷过来，过来呀。是朝廷的公公，送老爷三样东西。

司马相如　朝廷公公，送我三样东西，什么东西？

书　童　喏，一千两黄金，一件四品官袍，还有一位……

司马相如　什么？

书　童　（附耳）小美人！

司马相如　（环顾）没有呀？

书　童　公公说，那要等事成之后。

司马相如　事成，什么事成？

卓文君　（走过来）啊，郎君，你们在说什么呀？

书　童　哦，夫人，老爷，是这么一回事情。朝廷来了一位公公，那公公说，皇上一向喜欢的陈皇后近来失宠了，她是终日以泪洗面，十分可怜。

卓文君 皇后失宠，与我们何干？

司马相如 夫人听下去，听下去。

书　童 那公公说，皇后想写一篇赋打动皇上，再挽回皇上的心。

卓文君 那她就去写呀？

书　童 那公公说，皇后除了会唱唱曲，扭扭腰，赋倒是写不来的。

卓文君 如此说来，美人儿也有做不到的事情。

司马相如 夫人听下去，听下去嘛。

书　童 那公公说，皇后仰慕我家老爷的才名，愿出个大价钱，求我家老爷代笔，买老爷的赋。

卓文君 什么，陈皇后愿出大价钱，求你家老爷捉刀代笔，买他的赋？

书　童 是啊，这是一千两黄金，这是四品官袍，还有……

卓文君 还有什么？

司马相如 （暗示地）就这些，就这些了。

卓文君 郎君，你看呢？

司马相如 这个……我看你郎君的文章写到如此境界，也算大大地有名了。

卓文君 我是问你是否愿为这黄金官袍，捉刀代笔，出卖文章？

司马相如 这个么……夫人你看呢？

卓文君 我看你不会。

司马相如 为什么？

卓文君 （唱）　郎君从来性孤傲，

千两黄金岂折腰。

锦绣文章不卖钱，

耻向裙裾要官袍。

司马相如 夫人说得好，说得好哇！

（唱）　世间无价相如赋，

自古文章出肺腑。

真情实意怎变卖，

爱财不是你丈夫。

卓文君 那就快把东西退回去。

司马相如 对，退回去！

卓文君 郎君真硬气！

司马相如 硬气！

书 童 老爷，我可真去退了？

卓文君 退！

司马相如 等等。

卓文君 郎君，你？

司马相如 夫人，容我再想想，再想想。

卓文君 退就退了，还想什么？

司马相如 我在想，今日乃是什么日子？

卓文君 什么日子？什么日子都不是。

司马相如 既然不是，为何吉星高照，财源滚滚而来？

卓文君 只怕不是吉是凶，不是财是灾吧？郎君你想啊，那皇家的事情，岂能容得旁人多言？我看你还是早些退了好呀！

司马相如 倒也是，倒也是，退了，退！再等等。

卓文君 又等什么？

司马相如 夫人，我在想，那皇后送的东西自当退还，可是送东西来的公公却应当招待呀？

卓文君 为什么？

司马相如 你想么，皇帝皇后身边的人，可是最最不能得罪的，万一……

卓文君 这倒也是。（对书童）好酒好菜伺候，不可慢待公公。

书 童 知道了，夫人、老爷放心。

［书童返身下。司马相如往来踱步。

卓文君　郎君走来走去，在想什么？

司马相如　想写文章。

卓文君　写文章？

司马相如　是啊，文章长久不写，恐怕文思枯竭。

卓文君　那你就快写呀。

司马相如　写什么呢？

卓文君　想写什么写什么，总是有感而发。

司马相如　有感而发……那我就写这篇皇后要的赋吧。

卓文君　啊？你当真要为她写赋？

司马相如　不是为她写，是为我自己写。

卓文君　为你自己写？

司马相如　是啊夫人，那陈皇后前来索赋，倒不禁勾起了我的才思，我若不把它写将下来，不是也很可惜吗？

卓文君　等等，等等，你是想借那陈皇后买赋的由头，抒写自己的胸臆，是也不是呀？

司马相如　正是，正是！啊呀，夫人真聪明！

卓文君　哼，你那文人的习性我还猜不到？

司马相如　猜到了，猜到了！夫人，还不快备纸笔，你家郎君要写文章了！

卓文君　好吧，奴、家、遵、命！嘻嘻嘻……

司马相如　你看她，你看她，哈哈哈……

［司马相如摩拳擦掌，卓文君展纸研墨。

司马相如　（握笔在手，胸有成竹）哈，想那陈皇后开出天价，无非要买一封情书。莫看我堂堂须眉，照样写透女儿之心。夫人，你听好了。

卓文君　洗耳恭听。

司马相如　（大声地）《长门赋》。

卓文君　以地名为题，不算新鲜。虽然点出了陈皇后冷居的长门宫，但也算不得高明。

司马相如　“夫何一佳人兮，步逍遥以自虞……”

卓文君　开篇平平，不过倒也开门见山。（见他住笔凝思）怎么，刚才起了个头，就写不下去了？

司马相如　（轻摇着手，感情投入地）“魂逾佚而不返兮，形枯槁而独居……”

卓文君　唔，渐入佳境。

司马相如　“雷隐隐而响起兮，声象君之车音……”

卓文君　听见雷声隐隐，想起凤车辚辚。虽不明写思念之情，但是思念之情更深。妙，妙呀！

司马相如　（加快地）“忽寝寐而梦想兮，魂若君之在旁。惕寤觉而无见兮，魂迋迋若有亡……”

卓文君　不要念，不要念，我要自己看……（看着，居然擦拭泪水）日思夜想，如君在旁；忽然惊醒，失魂落魄……好，好，真是好文章啊……

司马相如　念下去，念下去，更好的还在后头呢。

卓文君　不念了，不念了，实在念不下去了……（掩面抽泣）

司马相如　哎，夫人念赋，怎么念得哭起来了？

卓文君　（擦着泪，半泣半笑着）该死的，文章怎么可以写得这样动人，这样动人啊……

司马相如　其实，我也就是随手写来，可一不当心，就如此动人了。

卓文君　可你终究不是女人，不是那陈皇后呀？怎么一写出来就比陈皇后还陈皇后，比女人还女人呢？

司马相如　你看，你看，又不懂了吧？这就叫官场情场，一模一样。想我司马相如，也曾做官罢官，得宠失宠，这起起落落，分分合合，个中滋味，都在其中呀！

卓文君　哦，原来你把自己的魂儿，附在陈阿娇身上，一同入宫见皇上？

司马相如　这个么……是又不是，不是又是。总之虚虚实实，实实虚虚呀。

卓文君　说来说去，我看你还是身隐而不肯心隐啊。

司马相如　身隐……心隐……（深长一叹）唉——不说了，不说了，夫人与我沏杯茶来。

卓文君　好吧，念你今日写了一篇动人文章，心甘情愿侍候你。说，喝什么？

司马相如　大红袍！

卓文君　啊？

司马相如　碧螺春，碧螺春！

卓文君　好咧，碧螺春一壶哇！

［卓文君笑下。司马相如心潮难平。

司马相如　夫人说得对呀，这篇《长门赋》，哪里写的是陈皇后，分明写的是我自己呀……想我司马相如自幼读书，经纶满腹，几番红袍加身，几番繁华落尽。我一介书生，做过什么错事？不就是文才高，文章好，性情孤傲，目中无人，这才落得隐居田亩，困顿林间，看似悠闲潇洒，实则度日如年，我是上不能报效国家，下不能安抚黎民，生不能建功立业，死不能青史留名，就是这一手盖世文章也白白地、白白地浪费了哇！我、我、我实在是不甘心，不甘心哪……

（唱）　长门赋情浓辞巧，
　　　　逞英华垂芳流藻。
　　　　好文章拿去买笑，

大文豪无奈折腰……(边欣赏自己文章边抽泣起来)

写得好……写得好……写得怎么这样好啊……真是横扫天下文人……

吟美赋兮望庙堂，
抚华章兮呼君王。
怀宏愿兮弃下野，
顾青衫兮寸断肠。
盼效劳兮委重任，
列翰林兮之中央。
料相如兮骋独笔，
把庸才兮一扫光。
似鲲鹏兮而翱翔，
似雄鹰兮而飞扬，
似骏马兮而奔驰，
似蛟龙兮而腾浪。
梦兮梦兮新纱帽，
魂兮魄兮若有亡。
梦兮梦兮紫红蟒，
身兮心兮入帝乡……

[司马相如幻觉：乌纱乱滚，官袍飘摇……他向往地扑闪着、追逐着……

司马相如 啊，那是乌纱……啊，那是蟒袍……

(唱) 满地里大大小小乌纱帽，
到处是飘飘摇摇大红袍。
说什么隐逸林泉无限好，
须知道终南山下不逍遥。

自古书生畏寂寥，

从来不甘世外抛。

每日三省又三问，

身在荒野心在朝。

恬淡闲适无滋味，

经国济世意气豪。

生当惊天与动地，

死亦青史把名标。

我戴戴戴，头顶无有乌纱帽；

我穿穿穿，身上无有大红袍；

我登登登，足下无有入朝靴；

我摸摸摸，腰间无有宝剑鞘。

戴戴戴、穿穿穿、登登登、摸摸摸，

捉捉捉、捞捞捞、求求求、跑跑跑……

[司马相如圆场、身段……忽然幻觉消失，趔趄在地。

司马相如 （唱） 一跤被跌倒，

泪湿青衫袍。

[司马相如抽泣久久，慢慢立起身。

司马相如 不，不，不……我不能埋没终生，我不能老死山林，我要重返朝廷，我要施展才能，圣上！明君！你在哪里呀——

（唱） 急切切文章封好，

静悄悄送入内朝。

慌忙忙呼叫书童，

出山林再建功劳。

[司马相如唤上书童，急急叮嘱。卓文君托茶盏上。

卓文君 碧螺春到！

司马相如　(一推书童)快去!

[书童捧赋急下。卓文君见之,茶盏失手坠地。

司马相如　(尴尬地)文君……

第四回　传诏令天门重开　卧江舟捉月李白

[评书人上场。

评书人　(唱)　君不见黄河之水天上来,奔流到海不复回。君不见高堂明镜悲白发,朝如青丝暮成雪。人生得意须尽欢,莫使金樽空对月。天生我才必有用,千金散尽还复来……

不错,李白的诗,何等清高,何等潇洒! 不过据说李白先生年轻时也并不潇洒。“学成文武才,货与帝王家”,读书做官本来就是古代文人士大夫的一条不归路嘛。唯有经历了,这才明白,才觉悟。从郑元和到朱买臣到司马相如再到李白,看着他们一路走来,真是蛮辛苦,蛮累的。其实,就譬如你我平常人生吧,不是也要经过那人生四季,才多少明白了一些人生事理么? 啊呀,离题,离题了,各位客官,请看吧。

[评书人下场。

[冬,浔阳江上,积雪皑皑,满目清辉。

[李白内声:“月儿呀月儿,你慢些走,慢些走,李白来也……”

[皓月行空,李白执酒醉步上。

李　白　(唱)　诗酒月,吾最爱,

浪迹天涯鬓毛衰。

我形我影邀明月，

三人碰盏乐开怀。

明月——你来；李白——你来；我们——干杯！哈哈哈……

［幕内声："李白听旨！"

李　白　（本能回首）什么声音……

［幕内声加重："李白听旨！"

李　白　是传圣旨……

［幕内声："新君初立，搜罗才俊。诏令李白入朝，候补左拾遗。钦此。"

李　白　什么，朝廷又想起我李白，要召我入朝为官，还候补左拾遗？对不起，太晚了！李白这回不去，我不去了！李白要捉月儿，捉月儿！哈哈哈……

也曾经步金殿，论妙台；

也曾经着蟒袍，佩玉带；

也曾经驰经纬，骋高才；

也曾经卧丹墀，醉宫闱。

坐下是高车驷马，

头上是乌纱华盖。

呼吸是锦绣华章，

谈吐是名士气概。

俱往矣，俱往矣，

老来唯余须发白！

莫回首，时光不再来，

举杯饮，天地豁然开。

水长东，奔流到大海，

月长在，千秋照襟怀！

[幕内声:“新君初立,搜罗才俊。诏令李白入朝,候补左拾遗。钦此。”

[李白置若罔闻,顾自饮酒捉月。

李　白　月儿呀月儿,你慢些走,慢些走,李白来也……

[李白笑着舞蹈着,身影渐渐融进了月色……

[评书人上场。

评书人　演出到此结束,诚谢各位大驾光临!

[演员谢幕。

[全剧终。

越剧

玲珑女

（根据高峰同名作品改编创作）

时　间　清末民初

地　点　江南古镇

人　物　刘玉指　新选出的扇面美人

袁小照　青年画师，刘玉指恋人

秋洗月　留法青年画家，秋莲蓬侄子

柳　诗　新选出的扇面美人，秋洗月法裔未婚妻

金双枝　又名蝶姐，早年扇面美人，刘玉指生母

秋莲蓬　玲珑扇业庄主，秋氏大族族长，刘玉指生父

秋三春　秋氏大族少管家

张妈、王妈　绘影楼女管事

玲珑少女、扇面美人、扇商、族老、族监、女佣、记者等

序　幕

[月光下的江南古镇玲珑镇远景，似一幅静静铺开的水墨画。

[流花河边，玲珑桥下，年轻时的金双枝将襁褓包裹着的婴儿和一把玲珑团扇轻轻放入一只木桶，轻轻将木桶推向水面。木桶载着啼哭的婴儿顺流漂去，金双枝双手合十，默默祷告。

[玲珑桥上，年轻时的秋莲蓬在紧张望风，他不时催促着桥下的金双枝。

[蓦地，人声鼎沸，火把通明。金双枝示意秋莲蓬藏身桥下，自己则摇着美人团扇，步态悠闲地向着火把通明处款款走去。

[手持火把的玲珑镇族监涌上，押解金双枝的队列仿佛是迎接她的仪仗。

[幕内唱："扇子扇凉风，
　　　　四季在手中。
　　　　若要问奴借，
　　　　须待奴命终。"

第一场

[十八年后。

[景物如前，碧空如洗。

[三三两两的玲珑镇少女，人手一把素面团扇，仪态优雅地走过玲珑桥，走向玲珑镇。

[幕内唱："玲珑团扇天下闻，
团扇之上画美人。
美人都是真人绘，
美扇美人传美名。"

刘玉指 （内唱） 玲珑山水玲珑心——

[少女刘玉指执素扇匆匆上。

刘玉指 （接唱） 玲珑女儿十八春。
手执素扇去选美，
频频回望心上人。

[青年画师袁小照追赶上。

袁小照 玉指妹妹，你慢些走！

刘玉指 小照哥哥，你不要拦我，拦我也无用。

袁小照 妹妹真的要去祠堂选美么？

刘玉指 年满十八岁的玲珑镇少女，人人都要去祠堂竞选扇面美人，这是祖上传下来的规矩。

袁小照 一旦选上，你我婚事便无望了。

刘玉指 玲珑镇三千户人家，十八九岁少女何止百人，为何独我选上？

袁小照　因为你是玲珑镇最美的女儿。

刘玉指　我是玲珑镇最美的女儿？我和那些选上的美人，和那些画在团扇上的美女一样美吗？

袁小照　一样美，一样美！

（唱）　玲珑镇美人扇天下闻名，
谁不知最美美在扇中人。
妹妹是天生丽质非凡品，
宛如仙姝降埃尘。
此番竞选必选中，
一旦选中两离分。
须知道扇面美人虽闻名，
美名之下藏不幸。
高墙困自由，
重门掩青春。
深居绘影楼，
远离亲与邻。
孤阁孤影孤灯孤琴，
孤冷孤愁孤枕孤衾。
寂寂寥寥冷冷清清，
漫漫长夜紧锁春心。
情网不开微澜不惊，
恪守女贞维护名声。
倘有私情大祸临身，
轻则毁容重则毙命。
六年绘影六年息影，
一十二载年华耗尽。
直到她绘影的扇儿沪杭京城都售罄，

方能重回自家门。

到那时，芳菲凋零容颜老，

青丝恋枉作白头吟。

刘玉指 小照哥哥，你说的这些我都知道。

（唱）族规古法早已定，

幸与不幸怎由人。

玲珑镇上玲珑女，

世代都为扇面生。

我若违命不参选，

举家逐出玲珑镇。

我若违命不参选，

终身不许嫁男人。

玉指我原是流花河上一浮婴，

多亏你好心的爹娘水上救起养育成。

爹爹视我如亲闺女，

娘亲她待我胜亲生。

哥哥你自幼呵护我，

我与你两小订下百年姻。

叹只叹如今爹爹年迈娘多病，

只靠你小小画师月俸几分银。

漏雨老屋无力补，

亲友欠债如山沉。

纵然你我两相爱，

哪来银钱结成亲？

妹妹倘若被选中，

不幸之中也万幸。

六年绘影六百洋，

六年息影两倍薪。

一十二载扇面女，

换回一千两百银。

养了爹爹的老，

治了娘亲的病，

修了漏雨的屋，

报了养育的恩。

还有……

袁小照 还有什么？

刘玉指 （唱） 哥哥你娶妻生子趁年轻，

找一位贤德女子侍奉我那慈爱双亲。

袁小照 不！

（唱） 世间女儿千千万，

袁小照此生只爱你一人。

刘玉指 哥哥你要等我？

袁小照 倘若选中，等你归来。

刘玉指 可是十二年呀？

袁小照 纵然一辈子，也等。

刘玉指 此话当真？

袁小照 天地为凭！

刘玉指 如此，妹妹告辞！（深深鞠躬，转身疾去）

袁小照 （失魂落魄地）她会选中，她一定会选中……

［留洋画家秋洗月偕法裔女友柳诗上。

秋洗月 柳诗，玲珑镇到了。

柳　诗 玲珑镇，玲珑镇！

秋洗月 （唱） 留西洋倏忽七载回乡里，

柳　诗 （唱） 走进了东方古国叹神奇。

秋洗月 （唱） 与柳诗相识相爱在巴黎，

柳　诗 （唱） 伴洗月回归桑梓两相依。

秋洗月 （唱） 你看这江南景色多秀丽，

柳　诗 （唱） 果然是人间天堂令人迷。

秋洗月 （唱） 耳边忽闻声悲凄，

柳　诗 （唱） 见一位温婉如玉美男子愁容满面泪沾衣。

秋洗月 （唱） 走上前去问仔细——

这位仁兄，何事伤心？

独立桥头暗悲啼？

袁小照 （拭泪，辨认）你是秋洗月？

秋洗月 你是袁小照？

袁小照 洗月！

秋洗月 小照！

袁小照 洗月，你从法国留学回来了？

秋洗月 回来了。柳诗，这是我儿时的伙伴袁小照。小照，这是我在法国的同学，如今的未婚妻柳诗。

袁小照 未婚妻，你要娶洋人太太？

柳　诗 （自来熟地）应该说是我要嫁中国郎君。这位兄台，仿佛中国画里的白面书生，儒雅俊逸，玉树临风。

袁小照 洗月，她会说中国话？

柳　诗 实不相瞒，家父早年曾到过贵国，在苏州吴县做过传教士，所以我这一口中国话，还带点苏州口音。哪能，阿哆？

袁小照 哆，哆。

秋洗月 哈哈哈，亲爱的，小照兄可是擅描古今美人的丹青高手，十二三岁便聘为绘影楼的扇面画师了。

柳　诗 失敬，失敬！

袁小照 岂敢，岂敢。

秋洗月　小照兄，怎么不见你家收养的那个女孩儿刘玉指，记得你们可是幼年订亲，形影不离，如今她也该长成大姑娘了，你们成亲了？

袁小照　洗月，你忘了，玲珑镇年届十八岁的少女，都要去选扇面美人，落选之后，方可论嫁，今日正逢选美之期。

秋洗月　哦，那刘玉指出落得漂亮吗？

袁小照　镇上长者说，刘玉指就像十八年前的扇面美人金双枝。

秋洗月　传说中红遍大江南北，一把绘影团扇价值十两黄金，后来败露了私情惨遭毁容的金双枝？

袁小照　刘玉指像金双枝，她就一定会选中。

秋洗月　如此说来，玲珑镇甄选扇面美女的族规还在？

袁小照　祖制古法，焉能更改。

秋洗月　还是青鱼吻影，红鱼沉缸，两条鲤鱼来做裁定？

袁小照　是呀，两条百年鲤鱼，决定女子一生。

秋洗月　如若选中了，还是六年绘影，六年息影，一十二载方可成亲？

袁小照　是，是！

秋洗月　洗月离乡还是大清，如今归来已是民国。这旧时代的老规矩也该改改了。

（唱）　新世纪文明风吹遍世界，
正向着玲珑镇烈烈吹来。
三百年旧风俗理应更改，
须把那新时代风气重开。

袁小照　族长是你伯父，你是秋家唯一嫡传，族长送你留洋，兼修中西绘画，就是为了让你有朝一日继承玲珑镇祖传扇业。洗月，你可不能眼看着一代又一代玲珑女老死在绘影楼呀。

秋洗月　小照兄放心，无论刘玉指是否当选扇面美人，你我都不能让她锁在绘影楼里一十二春。

袁小照 多谢秋家大少爷！

秋洗月 你我永远是兄弟！

柳　诗 （好奇地）青鱼吻影，红鱼沉缸，不就是中国成语里说的落雁沉鱼么？

秋洗月 两条老鱼，主宰人生，真是荒唐。

柳　诗 中国传统文化真是太神奇了！亲爱的，我要去看东方选美。

［又一群玲珑女三三两两上。柳诗被眼前景象吸引，脱下高跟鞋，学着玲珑女步态，兴致勃勃地尾随下。

秋洗月 柳诗，慢走！

［成群结队的玲珑女走上，犹如一把展开的美丽扇面。

［幕内唱："扇子扇凉风，
　　四季在手中。
　　若要问奴借，
　　须待奴命终。"

第二场

［富丽堂皇的秋氏大族祠堂，俨然一座古今扇子文化陈列馆。

［幕内唱："玲珑镇坐落在杭嘉天堂，
　　自古来便是个礼仪之乡。
　　这一方虽不出帝王将相，
　　出一把凉扇儿举世无双。"

［族监、女佣前导，族老、扇商礼让，络绎而上。年轻的少

管家秋三春长袖善舞，热情迎宾，仿佛在做着解说。

秋三春　（唱）说扇儿道扇儿扇儿来讲，
这把扇那把扇来历悠长。
你看那王母扇配着仪仗，
你看那老君扇逍遥道场。
你看那罗汉扇芭蕉摇晃，
你看那药王扇煨火煎汤。
你看那孔明扇风流倜傥，
你看那济公扇扇骨癫狂。
你看那宫廷扇富丽堂皇，
你看那情侣扇配对成双。
宫扇羽扇风扇火扇金扇银扇便扇折扇，
绢扇纨扇蕉扇纸扇竹扇秸扇麻扇葵扇，
还有这巧夺天工天工巧夺的玲珑团扇——
玲珑团扇上，
绘着美人像。
如梦亦如幻，
活色又生香。
这真是天下名扇在江南，
江南名扇在本乡。
本乡名扇数团扇，
团扇美在真人香。

［众人喝彩，啧啧称奇。

秋三春　有请玲珑镇扇业庄主、秋氏大族族长秋莲蓬！

众　人　有请秋先生！

［一身清式装束的秋莲蓬手执一把洒金折扇，意气风发地上。秋洗月、柳诗跟随上。

秋莲蓬 哈哈哈……

（唱） 艳阳照进扇花窗，

宾客盈门喜洋洋。

黄道吉日选秀女，

玲珑团扇美名扬。

良辰美景添乐事，

贤侄留学回家乡。

愿他留洋莫崇洋，

传承祖业百代长。

侄儿洗月，见过各路扇商。

秋洗月 晚生秋洗月，拜见众位商家。

扇商甲 秋少爷一表人才，学贯中西！

众扇商 一表人才，学贯中西！

秋莲蓬 贤侄洗月，幼失双亲，莲蓬妻室早丧，膝下无子，因而贤侄洗月，如同亲生。七年之前，我送他留洋，如今学成归来，愿他早日担当重任，光大祖业。

扇商甲 玲珑扇业，代有传人！

众扇商 代有传人！

族老甲 莲蓬，洗月身旁怎么有位洋女人？

秋洗月 哦，此乃晚辈法国女友，此番偕归，想在家乡办一场中国婚礼。

族老甲 秋氏大族要娶洋媳妇？

众族老 （摇头）不可，不可。

柳　诗 （落落大方地）各位前辈在上，小女子芳名柳诗，桃红柳绿的柳，诗情画意的诗，柳诗是也！（团团施礼）

扇商甲 （窃语）秋少爷的女友，好像洋货上的商标女人。

扇商乙 洋女人，洋味道，别有风情。

众扇商 别有风情！

柳　诗 各位前辈说什么？

扇商甲 我们夸柳小姐美。

柳　诗 我比玲珑团扇上的美人还美么？

众扇商 还美，还美！

秋洗月 （见秋莲蓬不耐烦，示意柳诗）柳诗，长辈面前，少说多听。

柳　诗 是，相公！（好奇地四处走动）

秋莲蓬 洗月，管住你的柳小姐，不要随意走动，这是祠堂。

柳　诗 请问族长伯父，祠堂是何所在？

秋莲蓬 供奉祖先，族中议事，既是庙堂，也是公堂。

柳　诗 还是唱戏的舞台，选美的秀场？

秋莲蓬 这……

众族老 不像话，不像话！

秋洗月 （制止她）柳诗，多听少问。

柳　诗 （戏腔）奴家遵命！

［扇商哄笑，族老摇头。

秋莲蓬 （解嘲）哈哈哈，真是一个洋尤物！少管家秋三春，请出青红二鱼。

秋三春 请出青鱼红鱼！

［霎时安静。随着移动鱼缸的声响，传来鱼在水中畅游的声音，时而轻疾，时而强劲。

秋三春 百年老鱼请到。

秋莲蓬 唱名照影，甄选美人。

秋三春 （唱名）白雪梅、金簪儿、郑含嫣、董佳丽、袁小曼……

［被唱到名的玲珑女素扇遮面，依序走上。

秋三春 素女垂扇，鱼缸照影。

［玲珑女一个个忐忑不安地走近鱼缸，垂扇照影。

秋三春 青鱼不吻，红鱼不沉，落选一名；青鱼不吻，红鱼不沉，落选一名；落选、落选、落选……

［落选的玲珑女有人羞愧，有人释然，有人跳脚，有人嚎啕，陆续退下。

秋三春 缪洁海、陈瑶群、张萍露、祝欢欢、刘玉指……

［又一列被唱到名的玲珑女素扇遮面，依序走上，最后走上的是刘玉指。

秋三春 素女垂扇，鱼缸照影。

［玲珑女又一个个忐忑不安地走近鱼缸，垂扇照影。

秋三春 青鱼不吻，红鱼不沉，落选一名；青鱼不吻，红鱼不沉，落选一名；落选、落选——慢！

［鸦雀无声。

［刘玉指款款垂下素扇，宛如一幅仕女图，动静之间，无不典雅。一边，袁小照不安地上。

［传来鱼在缸里猛烈翻身的声响，声响强劲有力，震撼人心。

刘玉指 （唱） 款款地将素扇移开颜面，
但只见鱼缸里乍起波澜。
红鱼儿摇着尾把我探看，
青鱼儿游过来蠕动唇环。
两条鱼在水中上下翻卷，
长长的鱼身儿三尺有三。
鱼呀鱼，既然你们有慧眼，
应识姑娘非等闲。
十八女儿都爱美，
百里挑一难上难。
扇面绘影人称羡，

五洲四海美名传。
平凡人家生女儿，
只靠选美把身翻。
但愿爹娘老有养，
但愿双亲福寿延。
鱼儿鱼儿显灵验，
速速将我来成全。
猛然瞥见小照哥，
愁容满面在一边。
不忍看，不能看，
不敢看，不要看，
刹那时心中酸楚珠泪涟。
啊，青鱼近前来吻影，
红鱼幽幽似沉船。

秋三春 青鱼吻影，红鱼沉缸，刘玉指当选扇面美人！

［掌声四起。

众　人 美，真美！刘玉指中选扇面美人，当之无愧！

秋莲蓬 （打量她）你是谁家女儿，生得如此出众？

刘玉指 玲珑镇口，流花桥边，小小一爿裱糊店。家父姓袁，随母姓刘。

秋莲蓬 袁家裱糊店的女儿刘玉指。刘玉指，你好像一个人。

刘玉指 真的像么？我刘玉指真的像她那样美吗？

秋莲蓬 你知道我说的是谁？

刘玉指 知道，镇里上了岁数的人看见我都说我和她长得像。国色天香，风华绝代，谁不闻名，谁不景仰，只可惜生来已晚，无缘相见。

秋莲蓬 刘玉指，你是这些年里最令我惊艳的玲珑女，也是十八年来最完美的扇面佳人。

刘玉指　多谢族长。

秋莲蓬　来呀，为新晋美人刘玉指更衣亮影，随后送进绘影楼。

袁小照　（失声）玉指！

秋莲蓬　谁在叫唤？

袁小照　（跪下）在下袁小照，跪见大族长！

秋莲蓬　袁小照，袁画师，你有什么话要说？

袁小照　小照实情禀告，我与新晋美人刘玉指乃幼年订亲。

秋莲蓬　幼年定亲，那又如何？

袁小照　我想……

秋莲蓬　你想什么？

袁小照　（唱）　我与她两小无猜共长大，
只盼着一朝结成连理花。
倘若她今日成了扇面女，
从此后劳燕分飞隔天涯。
求族长念我双亲已衰老，
念我盼望早成家。
念我情意难放下，
念我难舍难离她。

秋莲蓬　（唱）　你也是自幼生长玲珑镇，
世代领受玲珑恩。
你也是玲珑扇业来喂养，
十三岁做了绘影人。
你也是风度翩翩一才俊，
知书达理好后生。
殊不知玲珑选美凭天命，
怎由你凄凄苦苦诉悲情。

还不站起来！

刘玉指 （扶他站起）小照哥哥，你不是发了誓愿等我吗？你的未来妻子她是一位扇面美女，你难道不该为她高兴吗？

袁小照 我高兴，我高兴……（掩泣）

秋三春 族长已经吩咐，为新晋美人刘玉指更衣亮影，还不送美人下去。

［一行女佣上，围住刘玉指。刘玉指不疾不徐，从容不迫地随女佣下。

秋洗月 （终于按捺不住）伯父，我有话说。

秋莲蓬 洗月，你要说什么？

秋洗月 请问伯父，扇面美人六年绘影，六年息影，十二载不得回家不可嫁人的规矩，真的是祖宗定下的吗？

秋莲蓬 是。

秋洗月 如今已是民国时代，这规矩能改一改吗？

秋莲蓬 不能。

秋洗月 伯父！

（唱） 扇面美人十二载，
毁了多少情和爱。
玲珑女儿非草木，
逝去青春不再来。
小照玉指情意在，
自幼相好两无猜。
活活一对比翼鸟，
就此生生被拆开。

秋莲蓬 （唱） 玲珑扇儿玲珑女，
玲珑女儿玲珑身。
玲珑身儿玲珑影，

玲珑影儿玲珑名。
应着十二月花信，
修成一颗玲珑心。
倘若女儿蒙了尘，
玲珑扇失玲珑魂。

侄儿，你懂了吧？

秋洗月 不懂，还是不懂。

众族老 扇面美人规矩不能改。

众扇商 扇面美人规矩改了，谁还买玲珑扇？

众　人 不能改，不能改！

秋三春 （惊呼）你们看——

［柳诗手执素扇，念念有词，独自在鱼缸前照影。

柳　诗 青鱼红鱼，你们看看我，法国女郎可是全世界最典雅也最时髦的女人，我不但喜欢中国男人，我也喜欢中国文化，我还会唱你们的昆山腔呢！

（吟唱昆曲《牡丹亭》）

“原来姹紫嫣红开遍，
似这般都付与断井颓垣。
良辰美景奈何天，
赏心乐事谁家院……”

［鱼在水中畅游的声响，众人神色不安地面面相觑。

秋洗月 柳诗，快离开鱼缸！

柳　诗 青鱼不吻，红鱼不沉，我就一直唱下去。

（接唱）“朝飞暮卷，
云霞翠轩；
雨丝风片，
烟波画船……”

秋洗月　柳诗，快到我身边来！

柳　诗　（兀自沉醉着，接唱）

“锦屏人忒看的这韶光贱……”

秋洗月　傻柳诗，你快离开！（欲冲上去拉她）

秋莲蓬　（忽然）不要拉她，让她照影！

［鱼在水中剧烈翻腾的声响，声响渐趋于平静。

秋三春　青鱼吻影，红鱼沉缸，洋女子当选中国扇面美人！

秋洗月　不，她不是中国人，她也不是玲珑女，她不懂规矩，她不要做扇面美人。

柳　诗　（仍在自我欣赏）沉鱼落雁，闭月羞花，小奴家乃是天上嫦娥月中仙……

秋莲蓬　（缓缓走近她）柳诗小姐，恭喜你了！

秋洗月　（跪下）伯父，柳诗初来乍到，懵懂无知，你就当她在做游戏吧。

秋莲蓬　青鱼吻影，红鱼沉缸，岂能当作游戏？

扇商甲　玲珑扇绘上洋女人，倒也中西合璧。

扇商乙　还可以打开洋人市场，把玲珑团扇卖到外国去。

众扇商　好，好！

秋洗月　（挽起柳诗）柳诗，我们回巴黎吧，我们不在中国办婚礼了，现在就走。

柳　诗　（轻轻拂开他）不，我要做扇面美人，我要把自己的美丽绘在团扇上。

秋莲蓬　来呀，为新晋美人柳诗更衣亮影，随后与刘玉指一同送进绘影楼。

秋洗月　不，不，不！

［秋洗月奋力阻拦，被族监拉开。柳诗向秋洗月款款送去一个飞吻，兴高采烈地跟随女佣下。

秋洗月　柳诗，亲爱的，你要后悔的！

扇商甲　两位新晋美人的绘影团扇，本扇行各订一千把。

秋莲蓬　每把可是十块龙洋？

扇商甲　好说！

扇商乙　本扇行也各订一千把。

扇商丙　本扇行各订一千五百把。

扇商丁　本扇行各订三千把。

秋莲蓬　（连连作揖）多谢，多谢了！哈哈哈，苍天佑我，玲珑团扇永盛不衰！

秋洗月　伯父，你这不是卖玲珑扇，你这是卖玲珑女，你连亲侄儿的未婚妻也要一起卖么？

秋莲蓬　（不理睬他）少管家，与我打开绘影楼，将所有绘影息影的扇面美人都请将出来，秋某今日要让天下扇商大开眼界。

秋三春　打开绘影楼，请所有扇面美人祠堂亮影！

［长长一列穿凤衣戴凤冠披凤袍的扇面美人上，每人手中各执着一把款式不同的绘影团扇，婷婷袅袅，婀娜多姿。队列中，刘玉指娴静，柳诗调皮，扇面美人虽年岁风韵不同，却都美丽无比。

众扇商　美，美，美！

秋莲蓬　哈哈，哈哈，哈哈……

袁小照　（痛心地）玉指妹妹！

秋洗月　柳诗，我一定要救你出来，我要亲手毁掉绘影楼！

［美的女性，美的气息，美到令人窒息。

［幕内唱：“扇子扇凉风，

四季在手中。

若要问奴借，

须待奴命终。”

第三场

[半月后。

[玲珑剔透的绘影楼，掩映在幽深的园林里，有一种近乎死亡的安静。

[幕内唱："雕楼轩亭莲花池，

竹径琴台杨柳丝。

江南园林幽秘处，

疑是画卷疑是诗。"

[若断若续的无字歌声，仿佛女子的呻吟，一色白衣白裙的扇面美人漫无目的地游走着，口中喃喃作声，像飘逸的仙女，像游荡的魂灵。

[一个戴着面纱轻摇团扇的曼妙女子款款走上，美人们见之，纷纷退避。她是蝶姐，也是传说中的绝代扇面美人金双枝。

金双枝　(且行且吟李煜词)"风情渐老见春羞，到处销魂感旧游。多谢长条似相识，强垂烟态拂人头。"

[女管事张妈、王妈上。

张妈王妈　蝶姐，蝶姐。

金双枝　(不怒自威)张妈、王妈，唤我何事？

张妈王妈　两位画师，前来绘影。

金双枝　取影何人？

张妈王妈　刘玉指，柳诗。

金双枝　柳诗近日是否安静？

张　妈　安静，安静，安静得像一只波斯猫。

王　妈　这个洋美人，刚进来时调皮捣蛋，各事新鲜，可是新鲜一过，便吵着闹着要出去，软硬服不住。还好蝶姐吩咐给她上了规矩，不出三天，母狮子就变成小乖猫了。

金双枝　那个刘玉指如何？

张　妈　刘玉指可是天生的扇面美人，每天除了习琴就是绘画，活像一个女道士。

王　妈　不是像女道士，是像女仙子。

张　妈　对，女仙子，简直一点烟火气都没有。对了，蝶姐，刘玉指好像一个人。

金双枝　像谁呢？

张　妈　像一位扇面美人？

金双枝　像哪位扇面美人？

张　妈　蝶姐不妨看看手中团扇。

金双枝　团扇怎么了？

张　妈　蝶姐团扇上的绘影女，像不像刘玉指？

金双枝　（不经意看一眼）你们看，她像我么？不，像我团扇上的美人么？

张　妈　像！

王　妈　像！

金双枝　（再看，吃惊）果然有点像！

张　妈　不是有点像，是太像了。蝶姐，你手不离扇，扇不离身，这扇面上的绘影女子，到底是谁呀？

金双枝　是……管她是谁呢。好了，请画师内苑取景，唤刘玉指、柳诗下楼绘影。

张妈王妈　是。

金双枝　慢着，记得绘影的规矩么？

张　妈　不许交谈，不许走近。

王　妈　不许逗留，不许问名。

金双枝　去吧。

张妈王妈　是，蝶姐。

［张妈、王妈分头下。

金双枝　（端详扇面，心潮起伏）新晋的扇面美人刘玉指像我，我居然未曾察觉。

（唱）　悠悠岁月似流水，
一十八载面纱垂。
十八年来隐名讳，
无人知晓我是谁。
也曾落雁沉鱼美，
也曾羞花闭月眉。
也曾一扇黄金贵，
也曾远近声名蜚。
也曾难耐愁滋味，
也曾忘却安与危。
也曾懵懂陷情网，
也曾贸然犯族规。
犹记那一日，
月色洒清晖。
怀抱私生女，
忍痛含着悲。
声声婴啼逐流水，
悠悠载去头不回。
多少回夜来不成寐，
多少回独自把泪挥。

多少回梦里母女会，
多少回醒时肝肠摧。
十八年来掩真相，
十八年来锁心扉。
十八年来难追悔，
十八年来前尘飞。
蝶姐原是金双枝，
昔日青丝今成灰。
唯余一把旧团扇，
朝兮暮兮相伴随。
蓦然到来刘玉指，
搅乱心池往事追。
莫非今生又相逢，
难道美人也轮回？

［若断若续的无字歌声又起，白色衣裙的扇面美人又在漫无目的地游走。金双枝回转身，美人们纷纷散去。

金双枝 （且行且吟李白诗）“美人卷珠帘，深坐蹙娥眉。但见泪痕湿，不知心恨谁。”……（亦飘然下）

［张妈、王妈分头上。

张　妈 王妈过来。

王　妈 张妈何事？

张　妈 知道今天来给刘玉指和柳诗绘影的画师是谁吗？

王　妈 谁呀？

张　妈 刘玉指的未婚夫袁小照和留洋回来的秋家少爷秋洗月。

王　妈 族长不是三令五申，不许这两个人踏进绘影楼么？

张　妈 秋少爷找了大管家秋三爷，秋三爷让你我行个便。秋三爷说，秋少爷早晚要接族长的班，可不要得罪他。不过，秋三爷又说，只许绘影，不许交谈，你我只要守住规矩就行。

王　妈　对，守住规矩。

［张妈、王妈分头返下。

［袁小照、秋洗月、刘玉指、柳诗幕内齐唱：

“心底呼唤千万声——”

［张妈、王妈分别引袁小照和秋洗月、刘玉指和柳诗上。袁小照、秋洗月身穿画师素袍；刘玉指抱琴、柳诗持箫，二人身穿清宫仕女装。

“四人”　（接唱）　静悄悄来到了绘影楼前小轩亭。

袁小照　（唱）　小轩亭，小轩亭，
竹帘轻垂半暗明。

秋洗月　（唱）　半暗明，半暗明，
一炷檀香袅袅升。

刘玉指　（唱）　袅袅升，袅袅升，
朦胧琴台朦胧影。

柳　诗　（唱）　朦胧影，朦胧影，
画中人儿心不平。

刘玉指　（唱）　我这里轻抚瑶琴，

柳　诗　（唱）　我这里叹吐愁闷。

袁小照　（唱）　我这里握笔凝望，

秋洗月　（唱）　我这里无意丹青。

刘玉指　（唱）　琴声曲声一声声，
琴曲遥寄相思心。

柳　诗　（唱）　箫声怨声一阵阵，
呼唤我的心爱人。

袁小照　（唱）　咫尺相隔难相认，

难描难画笔端情。

秋洗月 （唱） 眼前唯见愁与闷，

方知扇女幽怨深。

［绘影如仪，如诗如画。

［幕内唱古琴曲《瑶池燕》：

“飞花成阵，

春心困，

寸寸别肠，

多少愁闷。

无人问，

偷啼自揾残妆粉。

抱瑶琴，

寻出新韵，

玉纤趁，

南风未解幽愠。

低云鬟，

眉峰眉晕，

娇和恨。”

袁小照 （唱） 听她琴曲心澄静，

仿佛寺院诵经文。

秋洗月 （唱） 听她箫音含悲愤，

仿佛哀哀独呻吟。

袁小照 （唱） 扇面上绘出了一种娴静，

娴静里有多少寂寞孤零。

秋洗月 （唱） 扇面上绘出了万般幽恨，

幽恨里有多少委屈伤心。

刘玉指 （唱） 娴静里又何尝无有恻隐，

哪一日不惦念爹娘双亲。

柳　诗　（唱）　幽恨里也怪我好奇任性，

到如今失自由难以脱身。

刘玉指　（唱）　权将这好年华当作祭品，

美人扇留下我美丽青春。

柳　诗　（唱）　却原来美人儿这般不幸，

却原来美人扇血泪淋淋。

袁小照　（唱）　绘影楼描绘过多少佳丽，

这一位玲珑女断肠销魂。

秋洗月　（唱）　手中笔涂抹过多少风景，

这一幕美人图触目惊心。

袁小照　（唱）　泪眼蒙眬悄声问：

玉指呀，你可知今日绘影是何人？

秋洗月　（唱）　一腔忧愤放悲声：

柳诗呀，连累你异国他乡受欺凌。

刘玉指　（唱）　耳边听闻熟悉声，

帘外画师是何人？

柳　诗　（唱）　分明洗月在说话，

挑开竹帘看分明。

秋洗月　柳诗！

柳　诗　洗月！

袁小照　玉指！

刘玉指　小照！

“四人”　（齐唱）　一时间恍若梦会月中人！

张　妈　不许交谈！

王　妈　不许走近！

张　妈　不许逗留！

王　妈　不许问名！

秋洗月　你们都给我走开！

张妈王妈　（毕竟惧怕）是，秋少爷。

［秋洗月与柳诗、袁小照与刘玉指分别冲到一起，紧紧相拥。

［幕内唱：“泪眼看泪眼，

相对竟无言。

多少离别话，

尽在凝噎间。”

柳　诗　洗月，我不想待在这个地方，我恨这个地方！那个蒙着面纱的师傅，她让人虐待我，白天让我穿上百扣衣。百扣衣你知道么，就是缝了一百只盘扣的衣裳，穿在身上气都透不过来呀。到了晚上，她让人给我端来冷水盆，要我浸井水足，说是可以祛除杂念，可以寡欲清心。她还每天逼我学古人说话走路，逼我练字练画练琴练曲。我爱中国文化，但是不接受别人强迫我，不接受别人限制我的自由。我说这样的扇面美人我不要做了，我放弃，我要出去找我的爱人。可她怎么都不答应，她这是非法囚禁我，我要告她。（越说越伤心）

秋洗月　（像呵护受伤小鸟）我知道，我知道，亲爱的，你受委屈了。

柳　诗　（捶打他）洗月，我恨你带我来到这个地方，你怎么会有这样的家乡？

秋洗月　我也恨，我也恨，我会带你离开这里，你不要怕。

柳　诗　（拼命吻他）洗月，我想你！

秋洗月　（抱紧她）柳诗，我也想你！

［柳诗与秋洗月深情相拥，久久沉浸。

［刘玉指松开袁小照怀抱，努力克制住感情。

刘玉指　爹娘可好?

袁小照　好,你也好么?

刘玉指　也好。

袁小照　你要真心做一个扇面美人,无怨无嗔?

刘玉指　是,我要真心做一个扇面美人,无怨无嗔。

袁小照　秋家少爷已经把这里的事情报告了上海法国领事馆。民国政府就要派人前来解救柳诗,查抄绘影楼,你也许就要回家了。

刘玉指　秋少爷何必如此,他只要带走柳诗也就是了。

袁小照　莫非你不想回家,不想见到爹娘,不想早日与我成亲?(见她点头)你想?(见她摇头)你不想?玉指,你究竟在想什么?

刘玉指　我在想三百年来玲珑扇,多少代人玲珑女,我的一十二年算不得什么。

袁小照　你心甘情愿为玲珑扇殉节?

刘玉指　不是殉节是宿命。小照哥哥,你我都是玲珑镇的儿女,从小吃着玲珑饭,穿着玲珑衣,用着玲珑扇,爱着玲珑女,理所当然有颗玲珑心呀。

袁小照　理所当然玲珑心……玉指妹妹,你说得是,我怎么从未这样想。也罢,三百年来玲珑扇,多少代人玲珑女,我这一十二年也算不得什么,就让我的这颗玲珑心守着你的玲珑心吧。

刘玉指　袁画师,你要用心为我绘影。

袁小照　我用心。

刘玉指　我要做三百年来最美的扇面美人。

袁小照　我要做三百年来最好的美人画师。

刘玉指　请。

袁小照 请。

[刘玉指轻摇团扇，袁小照为她绘影。

[柳诗忽然推开秋洗月，情绪异常激动。

柳　诗 我要出去，我现在就要出去！

秋洗月 柳诗，你听我说，我已悄悄将绘影楼的事报告了上海法领馆。他们就会派人前来解救你，解救所有的玲珑女。

柳　诗 我等不了。我是法国人，你们不可以剥夺我的人身自由。

秋洗月 这里不是法国是中国，古老的中国，族规家法可以高过法律，你懂吗？

柳　诗 我不懂。秋洗月，我问你，你爱我吗？

秋洗月 爱！

柳　诗 爱我就带我走，现在就走！

秋洗月 没有族长的手谕，你走不出绘影楼，我们也走不出玲珑镇。柳诗，请相信我，再忍耐几天。

柳　诗 我忍耐不了，我会被这里的空气窒息而死。我要活着出去，活着出去！

[金双枝上。

金双枝 柳诗，你又在胡闹。

柳　诗 你是谁，你凭什么管教我，凭什么让我穿百扣衣，浸冷水足，凭什么？

金双枝 凭我是你师傅，穿百扣衣，浸冷水足，那是扇面女人人必修的功课，是为了你美。

柳　诗 不，那是摧残人性，是虐待，你是一个虐待狂！

金双枝 张妈，将柳美人请进绘影楼。

张　妈 柳美人请。

柳　诗 洗月，救救我！

秋洗月 亲爱的，我会救你，一定会救你！

［张妈强扭柳诗下。刘玉指亦向袁小照告别。

金双枝　刘玉指，你等等。

刘玉指　师傅有何见教？

金双枝　我听说你和袁画师原是一对恋人？

刘玉指　从前是。如今他是画师，我是扇面美人。

金双枝　我还听说你是袁家裱糊店的养女，是么？

刘玉指　是，我是袁家裱糊店的养女。师傅还要问什么？

金双枝　刘玉指，你看我手中的这把团扇，扇面上的绘影美人你知道她是谁么？

刘玉指　知道。

金双枝　知道？你怎么会知道？你告诉我她是谁？

刘玉指　我不说，可是我能猜到，扇面上的美人就是你。

金双枝　是我？你看不到我的容颜，却能说出是我？

刘玉指　面纱可以遮住师傅的容颜，但遮不住师傅的美，师傅的美无处不在，如影随形。

金双枝　刘玉指，你太神奇了。

刘玉指　是师傅神奇，师傅能否揭开面纱，让弟子看上一眼？

金双枝　刘玉指，你去吧。

刘玉指　（向金双枝鞠躬）师傅珍重！（向袁小照鞠躬）袁画师珍重！

［刘玉指平静地下。金双枝、袁小照目送她的背影。

金双枝　张妈、王妈，送两位画师出门。

张妈王妈　二位画师请吧。

［金双枝下。秋三春上，几名族监随上。

秋三春　来呀，遵照族长吩咐，把秋洗月赶出玲珑镇。

秋洗月　秋三春，你这是何意？

秋三春　秋洗月，秋少爷，我原以为你是个情种，想不到你是个叛逆，你竟然跑到上海法领馆和县政府把玲珑镇告了。你这是想毁掉绘影楼，毁掉玲珑扇么？真是个不孝之子！

秋洗月 是我告到了法领馆，告到了县政府，我就是要毁掉这把吃人的团扇！

秋三春 将他赶走！

众族监 走！

秋洗月 慢，我要带着我的爱人柳诗一起走。

秋三春 休想！

秋洗月 那好，我便留在绘影楼陪伴她。

秋三春 秋洗月，你！

袁小照 （忽然向秋洗月深深一鞠躬）洗月，你走吧。

秋洗月 小照，你？

袁小照 刘玉指说得对，我们都是玲珑镇的儿女，从小吃着玲珑饭，穿着玲珑衣，用着玲珑扇，爱着玲珑女，我们理所当然要有一颗玲珑心呀。

秋洗月 可是这颗心在流泪在流血，我的小照兄！

袁小照 流泪流血也是爱，也是情，没有玲珑女，哪有玲珑扇，没有玲珑扇，哪有玲珑人？

秋洗月 （哑然失笑）好，好，我走，今生今世永不回头。可是我已经发下了誓愿，我要救出柳诗，救出绘影小楼里所有的扇面美人，我要毁掉这座埋葬活人的陵墓。秋莲蓬，秋三春，还有你袁小照，你们等着，等着吧！

［秋洗月大声呐喊着，头也不回地下。

［一条“我要出去！”的长幅从绘影楼顶上悬挂下来，柳诗站在楼顶上手舞足蹈。

柳　诗 我要出去，我要出去，我要出去！

［雷声在远方滚动，天空频现闪电。

［绘影楼前，重又响起无字歌，重又游走着扇面女。

[幕内唱:“扇子扇凉风,
四季在手中。
若要问奴借,
须待奴命终。”

[惊雷炸响,暴雨倾注。

第四场

[数日后。

[秋氏祠堂,雷雨之夜。秋莲蓬独坐在祠堂里,显得异常疲惫。

[秋三春上。

秋三春 族长,蝶姐到了。

秋莲蓬 请她进来。

[秋三春下。秋莲蓬强打起精神,迎接金双枝。金双枝上。

金双枝 莲蓬!

秋莲蓬 双枝!

金双枝 外面的雨,下得好大。

秋莲蓬 是呀,一场秋雨一场凉。来,双枝,坐到我身边来。

金双枝 莲蓬,听说秋洗月把你告了。

秋莲蓬 放心,已经摆平了。白县长说,外国领事馆无权干涉所在国风俗,县政府尊重扇行与玲珑女签订的契约,一切仍复如前。

金双枝 柳诗还在绘影楼里,秋洗月岂肯罢休?

秋莲蓬 这个忤逆子，竟敢在上海申报发表文章，把绘影楼说成人间地狱，什么玲珑女十二年守贞是非法囚禁，摧残人性，闹得满城风雨。

金双枝 莲蓬，放了柳诗，人家毕竟是外国人。

秋莲蓬 放了柳诗，等于放了秋洗月，秋洗月是我一手带大的，他是秋氏大族唯一的嫡传子孙，这么多年来我苦心栽培他，不能白费了心血。

金双枝 我看秋洗月不像是你的传人，他早晚会毁掉你的扇业。

秋莲蓬 他还年轻嘛，等他阅历深了，慢慢就懂了，知道祖宗传下来的都是宝贝。

金双枝 但愿如此。

秋莲蓬 双枝，把面纱揭下来，让我看看你，好么？

金双枝 不要，万一被人看见，你这个族长可就不好当了。

秋莲蓬 无妨，就看一眼。（欲揭面纱）

金双枝 （制止他）莲蓬，不要任性。你让秋三爷接我来祠堂，是有什么话说吗？

秋莲蓬 没有，就是感到累，心累，想让你陪陪我。

金双枝 莲蓬，我倒有件事跟你商量，你不找我来，我也要来找你。

秋莲蓬 什么事，这么紧急？

金双枝 莲蓬，我先问你，你想我们的女儿吗？

秋莲蓬 我们的女儿，十八年前丢在流花河里的女儿，怎么说起这个？

金双枝 我们的女儿她还活着，而且长大成人了，她或许就在你我身边。

秋莲蓬 哦，她是谁？

秋莲蓬 你看。

（唱） 这把团扇上，

绘着我的像。

竟有一个人，

与她同模样。

秋莲蓬 你是说新晋的扇面美人刘玉指吧？刘玉指是很像年轻时的金双枝，可这与我们丢掉的女儿有何关联？

金双枝 我托人去流花桥打听了，刘玉指可能就是我们的孩子。

秋莲蓬 哦？

金双枝 莲蓬！

（唱）双枝我本是玲珑镇上玲珑女，

你是族长家的大少爷。

那年选美你我祠堂乍见面，

你见我痴痴呆呆无一语，

我见你忐忐忑忑乱心弦。

未料想那日选中的偏是我，

临去时头回转只见你怅然若失立堂前。

我对你有意无意施一笑，

你对我扪心无语胜有千万言。

两颗心从此埋下相思种，

绘影楼墙里墙外长挂牵。

那相思翻腾作邪火魔念，

这挂牵终变成私语缠绵。

大着胆我买通管事行方便，

传书柬邀你相会在藕池边。

顾不得绘影禁地有风险，

顾不得扇面美人规矩严。

终于以身来相许，

珠胎暗结我苦不堪言。

为防败露紧束身，
百扣衣层层包裹密密缠。
足月产下了私生女，
你带我月夜潜至石桥边。
把婴儿放进小小木桶内，
看着她随波逐流漂向前。
忽然耳边人声喧，
熊熊火把照亮天。
那管事眼看事大告了密，
老族长亲自带人来捉奸。
我要你藏身桥下莫露面，
天坍地陷由我一人担在肩。
严刑逼供不招认，
不忍让你受牵连。
老族长一怒之下犯了病，
他命你亲手将我容颜毁。
你瞒过了族人保全了我，
从此后我面垂黑纱化名蝶姐绘影楼内悄无声息十八年。
只道是尘念已灭心已死，
想不到隔断的亲情又到身边。
莲蓬呀，顾念我十八年为你守秘密；
顾念我十八年为你黑纱悬；
顾念我十八年为你尽忠心；
顾念我十八年为你不见天。
你要遂我一桩愿，
再不能把女儿的青春活活埋葬十二年。

莲蓬，你答应我，假如我认了女儿，你要让我带她出去，出去过一种寻常人的生活，男婚女嫁，生儿育女，好不好呀？

秋莲蓬 你又如何断定，那刘玉指一定是你的女儿？

金双枝 打我用心看她的那一眼，我就断定了她是我的女儿。

秋莲蓬 那么她又如何凭借你这一眼，断定你是她的母亲？

金双枝 也许我们不知道她，而她早就知道了我们。

秋莲蓬 此话怎讲？

金双枝 记得那天晚上，我将木桶轻推入水，有心在婴儿襁褓上放了一把团扇。

秋莲蓬 团扇上绘有你的名字和画像，你想给女儿留下一点念想？

金双枝 纵使哪位好心人收养了她，那把团扇放在当年也值十两黄金。

秋莲蓬 若在今日，更是无价之宝。

金双枝 打听消息的人还告诉我，那把团扇就挂在刘玉指的床头，从她小的时候就一直挂在床头。

秋莲蓬 如此说来，刘玉指早就猜到那把团扇与她身世有关？

金双枝 我敢断言，刘玉指生来就为了做扇面美人，做扇面美人就为了找寻母亲。莲蓬呀莲蓬，我们丢弃的女儿她自己找上门了。

秋莲蓬 找上门了，那又怎样？做了扇面美人，就要在绘影楼里住上一十二春，这可是三百年谨守不变的规矩。

金双枝 规矩，规矩，这规矩毁了你，毁了我，还要毁了她么？

秋莲蓬 祖宗立的规矩，我有什么办法，况且秋莲蓬是玲珑扇的十八代传人。

金双枝 你是，我不是，她更不是。莲蓬，你答应我，让我们母女二人离开玲珑镇，我们走得远远地，我想在谁都不认识我们的地方，揭开脸上这层面纱，我想让我美貌的女儿看到她同样美貌的妈妈。

秋莲蓬 你们走了，我怎么办，我当何去何从，你为我想过没有？

金双枝 对不起，我没有想，也不敢想。

秋莲蓬 为什么？

金双枝 你放不下玲珑镇，放不下玲珑女，放不下玲珑扇。

秋莲蓬 说得是，我放不下，放不下，放不下，双枝！

（唱） 我何曾不想现在就放下，
我何曾不想揭开你面纱。
我何曾不想认下亲生女，
我何曾不想拥有一个家。
自从我接手这把玲珑扇，
这身上就如套上一副枷。
那一年你我隐情败露后，
老父亲一怒之下病在榻。
临终时他要我守住这把玲珑扇，
业可兴不可废世代承传增光华。
无奈时势变化大，
这团扇一年年景况愈守愈不佳。
原承想送洗月出去留洋学西画，
也为了玲珑扇跟上潮流新步伐。
谁知他学了洋人忘祖宗，
焚琴煮鹤反目成仇生生与我结成了冤家。
风风雨雨十八载，
豪情渐衰心绪差。
这十八年唯有对你怀愧疚，
这十八年耗尽了你的好年华。
这十八年从未牵手在阳光下，

这十八年鬓已斑白眼也昏花。

罢罢罢，

要走你就快走吧，

从今后相忘江湖在天涯。

金双枝 你真的放我走了？

秋莲蓬 你走吧，可是刘玉指不能走。

金双枝 为何？

秋莲蓬 双枝，我想秋洗月的话也许是对的，三百年前订的规矩是该改一改了。就从刘玉指这一届扇面美人开始，今后凡是选中扇面美人的玲珑女，只须奉献三年青春，三年届满，即刻回家。如此，既守住了祖宗规矩，保住了玲珑团扇，又顺乎了社会潮流，顺乎了时代民心。等刘玉指三年届满，我亲自带她去找你，找她的母亲，找我的爱人，你看好吗？（见她在喁喁哭泣，赶紧抚慰）双枝，你怎么哭了？

金双枝 莲蓬，我不想走。

秋莲蓬 为什么，是舍不得女儿？

金双枝 我舍不得女儿，更舍不得你。莲蓬，你为这把玲珑扇活得太累了！

秋莲蓬 双枝，你为我秋莲蓬活得太苦了！

金双枝 莲蓬！

秋莲蓬 双枝！

[二人相拥而泣。

[幕内唱："默默厮守默默恋，

默默关怀若许年。

默默之中默默爱，

默默情在两心田。"

[秋三春急急上，秋莲蓬与金双枝急忙分开。

秋三春　族长，不好了，那个洋美人柳诗放火把绘影楼点着了。

秋莲蓬　快将院门打开，放出扇面美人。

秋三春　院门钥匙在蝶姐身上。

金双枝　哦，天哪！

秋莲蓬　快，快去绘影楼救火！

［金双枝、秋三春慌忙下。

秋莲蓬　列祖列宗，保佑玲珑扇，保佑玲珑女！

［雷声雨声。

第五场

［秋洗月幕内唱："为救柳诗返古镇——"秋洗月上，几名记者跟上。

秋洗月　（接唱）　挑开这绘影小楼帷幕层层！

记者甲　请问秋先生，那个洋人柳诗是正宗的法国血统吗？

记者乙　秋先生和秋莲蓬到底是什么关系，你会不会是他的私生子呢？

记者丙　秋先生，绘影楼究竟有多少扇面美人，能透露下准确数字吗？

记者丁　请问秋先生，作为玲珑镇的后人，你是否从文化保存的角度思考过扇面美人的习俗，你不认为甄选扇面美人也是一种国粹吗？

秋洗月　好了，到了绘影楼，你们自然就明白。

记者甲　看，那边起火了！

秋洗月　啊！

（唱） 但只见绘影楼浓烟滚滚，

一霎时魂魄散慌忙疾行。

柳诗，柳诗！

［秋洗月疾步下，记者追赶下。

［烟雾腾腾的绘影楼。柳诗在楼顶上手舞足蹈，美人在庭院里到处狂奔。

张　妈　绘影楼失火了，快救火呀！

［金双枝、秋三春、秋莲蓬冲上，金双枝打开院门，扇面美人一涌而出。

金双枝　张妈，王妈，刘玉指在哪里？

张　妈　啊，刘玉指，没看见。

王　妈　会不会裹在美人堆里跑出去了？

金双枝　快找！

张妈王妈　找，找！

秋莲蓬　赶快救火！

秋三春　快救火！

［族监、女佣救火上。金双枝紧张欲倒。

秋莲蓬　（抱住她）双枝！

金双枝　莲蓬，求求你快救火，快救刘玉指！

［楼顶上，柳诗忽然"啊"地一声栽了下去。

秋莲蓬　快救柳诗，快救！

金双枝　（挣脱着秋莲蓬）让我去救刘玉指，让我去救她——

秋莲蓬　（脱去外衣，准备亲赴火场）秋三爷，你听着，我若被火烧死，你要告诉族人，蝶姐就是十八年前的金双枝，她为玲珑扇付出了一生，秋氏族人要好好待她，好好敬她，她是我秋莲蓬今生今世最亲最爱的女人。

秋三春　族长，你要干什么？

秋莲蓬　那个新晋的扇面美人刘玉指，是我与金双枝的女儿，我要亲自去火中救她，救我亲生的女儿。

秋三春　族长，你不能去！

秋莲蓬　救不出刘玉指，金双枝活不了，我秋莲蓬也活不了。

秋三春　（脱去外衣）族长，让我去救刘玉指。（忽有所见）你们看！

［刘玉指与柳诗正相互搀扶着从火场中艰难地冲出来，绘影楼在她们的身后倒塌。

［袁小照、秋洗月冲上。

袁小照　玉指！

秋洗月　柳诗！

柳　诗　洗月！

［柳诗扑向秋洗月，刘玉指踉跄着走到金双枝面前扑通跪下。

刘玉指　（深深地拜下去）女儿刘玉指，大难不死，跪见生身亲娘。

金双枝　我可怜的女儿，你是如何知道自己身世的？

刘玉指　（唱）　我有一个女儿梦，

十八年来总是空。

我有一个女儿梦，

日思夜想在心中。

我有一个女儿梦，

父慈母爱情意浓。

我有一个女儿梦，

一家团聚乐融融。

我的这个女儿梦，

生来便与人不同。

襁褓之内被丢弃，

险些河上性命终。

幸亏遇到好心人，
把我领养到家中。
寻常人家虽贫穷，
却有善良好家风。
一粥一饭来喂养，
教我书画与女红。
双亲疼爱哥哥宠，
我是家中娇芙蓉。
我的这个女儿梦，
忽然变得雾蒙蒙。
十三岁上那一日，
意外发现在家中。
箱底一把美人扇，
扇上美人笑喁喁。
我看她来她看我，
依稀梦里曾相逢。
她看我来我看她，
无言之中心相通。
从此美人挥不去，
噩梦连连心忡忡。
记住了扇面美人名和姓，
知道了我的去脉与来龙。
这团扇定是我生母留下来，
我要去梦里寻访美人踪。
为了寻梦来选美，
终与梦中人相逢。
人世间哪有容颜一般样，

哪有心灵不相通。

哪有母女不相见，

哪有亲人不相逢。

亲娘呀，你的美貌遮不住，

今日里女儿我要真真切切仔仔细细，

亲亲热热热热亲亲看到那日思夜想魂牵梦萦的慈母真容。

金双枝 （犹豫）这……

刘玉指 （再拜）母亲……

秋莲蓬 双枝，让我为你揭下面纱。

金双枝 不，我自己揭下。

［金双枝扶起刘玉指，挽着她，一人一把美人团扇，缓缓轻摇，慢慢行走……蓦地，金双枝华丽转身，露出绝代容颜。母女紧紧相拥。

［记者拍照，镁光灯频闪。

柳　诗 （安静地躺在秋洗月的怀抱里，低声啜泣）洗月，抱紧我，把我当成握在你手中的一把美人团扇。

秋洗月 （轻轻摇晃她，轻轻吟唱）

扇子扇凉风，

四季在手中。

若要问奴借，

须待奴命终……

秋莲蓬 （拭净泪水）洗月，我知道你志存高远，伯父不勉强你留下。你说得对，扇面美人的规矩是要改改了。从今以后，凡年满十八岁的玲珑镇少女，皆可自愿参选扇面美人，三年一期，届满回家。不过，三年内必须秉持操守，清心寡欲。不要问我为什么，因为这是一把玲珑扇，玲珑扇就是要有玲珑扇的规矩。

秋洗月 伯父,我懂了。

秋莲蓬 少管家,你与我知会族人,扇面美人刘玉指新晋为玲珑扇嫡系传人。

秋三春 刘玉指晋升为玲珑扇第十九代传人!

[绘影楼废墟上,盛装的扇面美人络绎不绝上,她们人手一把美人扇,风姿绰约,步态款款,金双枝、刘玉指、柳诗被簇拥在美人中央。

[幕内唱:“扇子扇凉风,

四季在手中。

若要问奴借,

须待奴命终。”

[剧终。

黄梅戏

孔雀东南飞

人　物　刘兰芝　焦仲卿　焦　母

刘　兄　刘　嫂　东　奔（男孩）　西　跑（女孩）

焦仲卿的三位姨妈　演员扮成的老水牛

合唱和舞蹈的演员

第一场　心灵之约

[东汉年间，皖南潜水河边；一衣带水，村舍相望。舞台设有两个表演区。

[水车伊呀，炊烟轻淡，鸡犬之声相闻，一幅农耕社会的古朴画卷。

[一头老水牛悠闲踱上，蓦地，响起琴龠之声，老水牛若有所闻，卧地聆听。

[水之西北，刘兰芝的闺房，兰芝正在弹奏箜篌。

[水之东南，焦仲卿的书房，仲卿正在吹奏骨龠。

[合唱："孔雀东南飞，
　　五里一徘徊
　　十三能织素，
　　十四学裁衣。
　　十五弹箜篌，
　　十六诵诗书。
　　十七——"

[合唱声戛然而止，兰芝、仲卿同时诧异举头。

刘兰芝　谁在吹奏骨龠？

焦仲卿　谁在弹奏箜篌？

[水车风鸣，老牛好奇地东瞅西瞅。

兰芝仲卿　噢，是水车风鸣。

［老牛摇摇头，兰芝、仲卿各又弹吹。

刘兰芝　（有顷，还是停下来）不，是吹籥，是吹籥！你听，那风声里分明有骨籥之音。它在东南，在东南！

焦仲卿　（也停了下来）不，是箜篌，是箜篌！你听，那风声里分明有箜篌之音。它在西北，在西北！

刘兰芝　可是，那吹籥之人又是谁呢？

焦仲卿　可是，那弹箜篌之人又是谁呢？

刘兰芝　抑或，是兰芝的心在吹籥？

焦仲卿　抑或，是仲卿的心在弹琴？

兰芝仲卿　可我为何又总能听到，而且总也放之不下，挥之不开……

刘兰芝　算了吧，织布，织布。

焦仲卿　算了吧，读书，读书。

［兰芝放下箜篌织布，仲卿放下骨籥读书，二人好像安静了许多。老牛见之无趣，也慢慢地耷下了头。

刘兰芝　（一声叹息）唉——

（唱）　莫名地籥音吹奏，
细聆听却无来由。
是何人装神弄鬼，
缕缕地缠上心头？
拿起织布梭，
撇下响箜篌。
挥去窗外乐，
来把魂魄收。
这手儿虽在线上走，
那心儿却在云中游。

教人凭空生忧愁，

问那弄曲人，知否知否？

［兰芝复又放下织梭，弹奏箜篌。

焦仲卿　（被箜篌声干扰，只得又放下书，也一声叹息）唉——

（唱）　这箜篌，声声飞扬如倾诉，

却教我，哪有心思再读书？

我听见，琴音溢出灵与秀，

我听见，弦声藏着愁和孤。

这琴声明明灭灭，

这琴声飘飘忽忽，

这琴声说无时有，

这琴声说有时无。

［仲卿和着箜篌，吹奏骨龠，兰芝的弹拨与仲卿的吹奏构成和鸣，并且愈奏愈响，愈奏愈有默契。老牛也慢慢直起身，兴奋地摇头摆尾。

焦仲卿　（唱）　日里夜里我曾经听过！

刘兰芝　（唱）　睡里梦里我曾经见过！

焦仲卿　（唱）　心里意里我曾经念过！

刘兰芝　（唱）　苦里乐里我曾经想过！

焦仲卿　（唱）　她定是一个情妹妹！

刘兰芝　（唱）　他定是一个情哥哥！

［合唱："啊……

日里夜里听过；

睡里梦里见过；

心里意里念过；

苦里乐里想过。

情哥哥，情妹妹，

情妹妹，情哥哥……”

［兰芝和仲卿均不能自已，撇下乐器向远处顾盼——老牛也“哞哞”地往来奔跑撒欢。

［兰芝和仲卿竟然神奇地冲出了家门、趟过了潜水、越走越靠近——最后，两人之间仅隔着那头跪卧的老水牛，他们索性调皮地骑上了牛背。

刘兰芝　我就猜到，你一定是位男子！

焦仲卿　我也猜到，你一定是位女子！

刘兰芝　你今年几岁了？

焦仲卿　十八，你今年几岁？

刘兰芝　十七。

焦仲卿　男大当婚，我一定要娶一位会弹箜篌的娘子。

刘兰芝　女大当嫁，我也一定要嫁一位会吹龠的夫君。

焦仲卿　那就是你了！

刘兰芝　那就是你了！

焦仲卿　是你！

刘兰芝　是你！

焦仲卿　你！

刘兰芝　你！

兰芝仲卿　哈哈哈……

［兰芝和仲卿击掌大笑，未料老牛忽然直起身，仰着头“哞”地一声长鸣，二人被掀翻，惶恐地抱头鼠窜。老牛自鸣得意地撂蹄摆尾。

刘兰芝　（逃回自己闺房，仍兴奋不已）就是他，就是他！他就在东南，在东南！

焦仲卿　（逃回自己书房，也不能平静）就是她，就是她！她就在西北，在西北！

刘兰芝　来人，来人哪，哥哥！嫂嫂！

焦仲卿　来人，来人哪，母亲！三位姨妈！

［兰芝一则，刘兄和刘嫂上；仲卿一则，焦母和仲卿的三位姨妈上。

刘　兄　来啦、来啦、来啦！

焦　母　么事、么事、么事呀？

刘兰芝　哥，嫂，我要嫁人！

焦仲卿　母亲，三位姨妈，我要娶亲！

刘　兄　（拭拭她的头）不发烧呀？

焦　母　（亲亲他的脸）没有病呀？

刘　嫂　奇怪，兰芝不巴天，不巴地，怎么巴出这么一句话来？

姨妈们　奇怪，仲卿不叫饿，不叫冷，怎么要起老婆来？

刘　兄　（轻唤她）兰芝，兰芝！

焦　母　（慢哄他）仲卿，仲卿！

兰芝仲卿　（双双不耐烦地）干什么！

刘　嫂　哎呦，是有些不对。

姨妈们　哎呦，像病得不轻。

刘兰芝　哥、嫂，我没有病，我就是想嫁人。

刘　兄　嫁人？妹子今年十七岁，是好嫁人了。可是一无媒，二无聘，你想嫁给哪家呢？

刘兰芝　（朝东南一指）我就嫁给他——

刘兄刘嫂　（茫然地）他……

焦仲卿　母亲，三位姨妈，我没有病，我就是想成家。

焦　母　成家？儿子今年十八岁，是好成家了。可是一无聘，二无媒，你想娶哪家女儿呢？

焦仲卿　（朝西北一指）我就要娶她——

焦　母　（亦茫然地）她……

刘兰芝　他十八岁，会吹龠！

焦仲卿　她十七岁，会弹箜篌！

刘　兄　正好十八岁，还要会吹龠？

焦　母　正好十七岁，还要会弹箜篌？

众　这么巧的事情，到哪里去找？

兰芝仲卿　你们听着！

（同唱）　他/她在那天柱山下，

他/她在那潜水之滨。

云雾之中，藏着他/她的身影，

田野的风，识得他/她的姓名。

西北/东南二十里，

他/她在那里将我等。

快去快去快去吧，

找来我的心上人！

刘　兄　好吧，东奔——

焦　母　好吧，西跑——

［东奔和西跑奔跑着应上。

东　奔　（向刘家）我是东奔，刘家有么事呀？

西　跑　（向焦家）我是西跑，焦家有么事呀？

刘　兄　东奔，兰芝小姐的话你都听到了吗？

东　奔　听到了，东南方，十八岁，会吹龠的少男！

焦　母　西跑，仲卿少爷的话你都听到了吗？

西　跑　听到了，西北方，十七岁，会弹箜篌的少女！

众　赶快去找！

［“急急风”，东奔和西跑满台奔跑。

东　奔　找了五里，没有吹骨龠的未婚男子！

西　跑　找了五里，没有弹箜篌的待嫁女子！

众　再找、再找！

［东奔和西跑继续奔跑。

东　奔　找了十里，找到了，会吹龠，也是男子——六十岁！

刘兰芝　不对不对，再找！

刘兄刘嫂　再找！

［东奔继续奔跑。

西　跑　找了十里，找到了，会弹箜篌，也是女子——刚十岁！

焦仲卿　不对不对，再找！

焦　母　再找！

姨妈们　再找！

［西跑与东奔交叉奔跑后，一同往回奔。

东　奔　找到了，找了二十里，十八岁，会吹龠，名叫焦仲卿！

西　跑　找到了，找了二十里，十七岁，会弹箜篌，名叫刘兰芝！

刘兰芝　是他！

焦仲卿　就是她！

刘　兄　焦仲卿……

焦　母　刘兰芝……

刘　嫂　赶快下聘！

姨妈们　赶快托媒！

众　（欢呼地）哈哈，找到了——

［焦母忽然出人意料地大哭起来，众人一时面面相觑。

焦　母　我的仲卿儿呀……

焦仲卿　母亲为何哭了？

焦　母　啊，我哭了吗？

姨妈们　大姐，你哭得还真伤心呢！

焦　母　是嘛，我也不知道为什么忽然伤心，为什么就是想哭……

姨妈们　大姐是乐极生悲！

焦仲卿　天赐良缘，母亲你应当高兴才是！

焦　母　高兴？我高兴？对，对，高兴！可是我就是想哭、哭！（拖着哭腔的笑）嘀嘀、嘀嘀、嘀嘀……

众　人　（大笑）哈哈哈……

［合唱："找到了，找到了，
　　哪怕找到梦境里，
　　哪怕找到天之涯！
　　找到了，找到了，
　　刘兰芝和焦仲卿，
　　神交往、心描画、意中他/她！"

［一台欢笑，老牛也发出一声高鸣"哞——"

第二场　雀台之盟

［孔雀台前孔雀舞。老牛披红挂彩，满场乱窜。

［合唱："孔雀台，舞起来，
　　牵起情，挽起爱；
　　有情的，花烛拜，
　　有缘的，花轿抬；
　　月老红绳两头拽，
　　新郎拽出新娘来！"

［喜乐喧天，西跑引领焦家迎亲仪仗、东奔引领刘家送亲仪仗、两支队伍迎面而上，东奔把红绸的一端交给仲卿，仲卿牵引着，牵出另一端头顶盖头的兰芝。

焦仲卿　（拥着她，悄悄撩了撩盖头）呀！

（唱） 西北向东南，

有女貌恬恬；

西北向东南，

有女意绵绵。

今日有佳期，

春光也烂漫。

春光也烂漫，

满怀里喜庆更教我心潮翻！

心潮翻，喜庆的红花戴胸前，

心潮翻，喜庆的红穗挂耳边。

心潮翻，喜庆的红日照着喜庆的脸，

心潮翻，喜庆的红绸在我手中牵。

刘兰芝 （也悄悄撩了撩盖头）呀！

（唱） 冥冥天地间，

红绳早已拴。

举目相窥望，

蹁跹一少年。

今日为君嫁，

百鸟也欢喧。

红盖头遮不住这望夫婿的眼，

红绣鞋又怎怕把那些泥土沾。

我真想依在他的怀抱里化一堆花瓣，

送出缕缕香，芬芳在君前！

就让我踩着他的脚步儿走——

焦仲卿 （唱） 就让我随着她的心意儿旋——

刘兰芝 （唱） 就让我逐着他的气味儿行——

焦仲卿 （唱） 就让我伴着她的身影儿转！

［合唱:“踩着脚步走;
随着心意旋;
逐着气味行;
伴着身影转!”

刘兰芝　（唱）　只可惜呀,我轿子里坐得闷,
你马背上颠得烦。
何不就田垄上走,
手把手儿来牵?
又自由,又自在,
又爽快,又新鲜!

焦仲卿　对呀!

（唱）　她轿子里坐得闷,
我马背上颠得烦。
何不就田垄上走,
手把手儿来牵?
又自由,又自在,
又爽快,又新鲜!

［合唱:“垄上走,手来牵,
又自由,又新鲜!”

［仲卿欲去揭兰芝的盖头,兰芝索性自己把盖头掀掉。

刘兰芝　焦仲卿!

焦仲卿　刘兰芝!

刘兰芝　就是你!

焦仲卿　就是你!

兰芝仲卿　（相拥大笑）哈哈哈……

刘兰芝　（深情款款地）仲卿!

（唱）　早就该下地走,

早就该掀盖头。

这满眼的春光早熟透，

你看那草绿花红风儿柔。

更有你梦想成真的美夫婿，

教我看也看不够！

焦仲卿　（也深情款款地）兰芝！

（唱）　　且莫管祖上规矩由来久，

依我看盖头遮脸太俗流。

哪比这面当面来手拉手，

孔雀台前头挨头？

刘兰芝　（唱）　　头挨头，手拉手，

让我这深情的双眸把你看从头。

仲卿啊，兰芝我心中梦中描画你，

这高矮——

焦仲卿　（唱）　　这胖瘦——

刘兰芝　（唱）　　这投足——

焦仲卿　（唱）　　这举手——

刘兰芝　（唱）　　一静一动——

焦仲卿　（唱）　　一惊一喜——

刘兰芝　（唱）　　一言一笑——

焦仲卿　（唱）　　一嗔一羞——

兰芝仲卿　（合唱）　正是我心中想呀意里求！

刘兰芝　（唱）　　我吟过关关雎鸠；

焦仲卿　（唱）　　我诵过在河之洲。

刘兰芝　（唱）　　我唱过窈窕淑女；

焦仲卿　（唱）　　我和过君子好逑。

刘兰芝　（唱）　　我弹过高山流水；

焦仲卿 （唱） 我奏过月上高楼。

兰芝仲卿 （合唱） 高山长流水，

同步上高楼！

［仲卿挽着兰芝登上孔雀台。

焦仲卿 兰芝你看，这就是我们焦家畈的孔雀台，大凡有情之人到此，都要拜上一拜。

刘兰芝 为何？

焦仲卿 拜了孔雀台，夫妻永和谐呀？

刘兰芝 夫妻永和谐，白头直到老？

焦仲卿 对，对呀！

刘兰芝 可是仲卿，你我真能白头到老吗？

焦仲卿 这是什么话，不白头到老，难道还半道分——

刘兰芝 （急忙堵住他的嘴，轻轻摇头）不要说，不要说，一说就中！

焦仲卿 （赶紧咽下去）是你先说的。

刘兰芝 我只是担心呀。

焦仲卿 你担心什么？

刘兰芝 我担心梦想成真的姻缘，未免太美妙，太虚幻，虚幻得教人有些害怕，有些不敢当真了。

焦仲卿 那我们就拜拜孔雀台，求孔雀仙子保佑我们。

刘兰芝 对，求求孔雀仙子保佑。

［仲卿与兰芝双双跪地，老牛饶有兴致地看着他们。

焦仲卿 老水牛，你为何看着我们？

刘兰芝 仲卿，牛通人性，就请它来为我们做证吧。老牛，你答应吗？

［老牛点点头，“哞”地应了一声。

焦仲卿 老牛，你真的答应了？

［老牛再点点头，“哞”地又应一声。

［仲卿、兰芝行拜大礼。

焦仲卿 （唱） 拜一拜孔雀仙子多保佑；

刘兰芝 （唱） 保佑我美好姻缘到白头。

焦仲卿 （唱） 拜一拜披红挂绿的老水牛；

刘兰芝 （唱） 这一个好时刻你要牢记在心头。

焦仲卿 好了，拜过了！

刘兰芝 这一拜，你我也就拜成了夫妻？

焦仲卿 对，是夫妻，是夫妻呀！

刘兰芝 （无比舒展地）啊，夫妻，夫妻！

［雷声隐隐，乌云密聚，狂风骤起。

焦仲卿 不好，要下雨了，兰芝，我们快上路吧。

［暴雨突下，东奔、西跑和众人惊叫着四处躲雨下。

［风狂雨暴，电闪雷鸣，地动山摇。

焦仲卿 兰芝，快，快躲到我的身边来！

［兰芝与仲卿紧相拥抱，风雨无情地把他们打散，他们呼喊着，挣扎着，仿佛经历着生与死的考验。风雨中，老牛在关注着他们。

焦仲卿 啊，兰芝，风太大！

刘兰芝 仲卿，我不怕！

焦仲卿 啊，兰芝，雨太狂！

刘兰芝 仲卿，你不要慌！

焦仲卿 兰芝，我、我想找个地方躲一躲！

刘兰芝 天无盖，地无檐，哪里去躲？

焦仲卿 啊，兰芝，我、我想躺下来了……

刘兰芝 仲卿，你不能，不能啊！

焦仲卿 （挣扎着，忽然显得极为无助地）啊，母亲，母亲，你在哪里呀……

［焦母应着仲卿的呼叫时隐时现。

焦　母　啊，仲卿，母亲听到了，听到了！儿啊，母亲千不该万不该，不该不陪着你去迎亲，可谁又知道会下这么大的雨呢！

焦仲卿　啊，母亲，快给我一把伞，一把伞……

焦　母　母亲这就给你送来，给你送来！

［焦母消失，仲卿倒地不起。

［陡地，风也住了，雨也停了，云中现出了彩虹。

刘兰芝　（终于奔到仲卿身边，将他扶起）仲卿，雨停了。

焦仲卿　（回着神）啊，雨停了，兰芝，你没有事吧？

刘兰芝　没有，仲卿，你刚才在叫谁呀？

焦仲卿　（想了想）我在叫谁，我没有呀？哦，兰芝，天不早了，我们快上路回家吧，母亲要等得急了。

［东奔、西跑和众人返上。

东奔西跑　公子小姐，上路吧。

焦仲卿　（渐渐又恢复了潇洒）兰芝，来，我们手挽手回家。

刘兰芝　（一把挽住他）仲卿，我跟你回家。

［焦母内声："慢点走——"焦母捧姜汤上，姨妈们跟上。

焦　母　（小心翼翼地）儿啊，快，快把这碗姜汤喝下去！

焦仲卿　母亲，你怎么来了？

焦　母　母亲不放心，怕你受风寒。你看，母亲为你送来了蓑衣，带来了雨伞，这碗姜汤母亲一路捧着，捧着，母亲怕儿被雨淋着生病呀，儿啊，快点喝下去吧，啊？

［仲卿被焦母呵护着有些尴尬，兰芝则在一边看着发笑。

焦仲卿　啊，兰芝，快来见过婆婆。

刘兰芝　（十分讨人喜欢地）兰芝见过婆婆！

焦　母　（异样地看着她）你就是我焦家的媳妇……

姨妈们　（窃窃私语着）新娘子怎么自己把盖头揭了……

焦仲卿　(把姜汤捧给兰芝)兰芝,你把姜汤喝了吧,这可是母亲的一片心意。

刘兰芝　不,还是你喝吧。

焦仲卿　还是你喝吧。

刘兰芝　你喝!

焦仲卿　你喝!

[兰芝与仲卿推让之间,汤碗失手打翻。焦母和姨妈们大惊失色。

兰芝仲卿　(反觉着好玩地)哈哈哈……

焦　母　(忽然沉下脸)新娘子戴上红盖头,新郎倌骑上高头马,赶快上路回家吧!

[焦母言罢,转身径下。姨妈们慌张地跟下。

焦仲卿　(捡起地上的盖头,犹豫着)兰芝,你看这盖头……

刘兰芝　(故意看着他)你看呢?

焦仲卿　(想了想,慢慢揣入怀中)不戴就不戴吧。

刘兰芝　(挽起他,依然无拘无束地)仲卿,走吧!

[喜乐再起,仪仗出发,兰芝与仲卿手挽手、肩并肩,相互依偎着下。

[老牛目送兰芝和仲卿背影,冷不防抖动了一下,高鸣:"哞——"

[合唱:"孔雀东南飞,
任情又任为。
孔雀东南飞,
一路相依偎,
孔雀孔雀东南飞,
徘徊徘徊喜徘徊……"

第三场　新婚之夜

［雀鸟鸣啭，流水声声，春日黄昏的奏鸣。

［合唱：“孔雀东南飞，

五里一徘徊。

十七为君夫，

心中常悲苦……”

［新婚当夜，仲卿与兰芝的新房，一方平塌上并列着三只枕头。

［木屐声由远及近……稍顷，焦母仰着头、仲卿颔着首、兰芝左右顾盼着，三人拖着木屐，依序而上。

［焦母坐定，仲卿和兰芝并排站着。

焦　母　坐下吧。

［仲卿、兰芝坐下。

焦　母　仲卿，兰芝，今天是你们的大喜之日。

仲卿兰芝　（对视一眼，甜蜜蜜地）大喜之日……

焦　母　洞房花烛。

仲卿兰芝　（再一对视，双双低头）洞房花烛……

［焦母闭目养神。

焦仲卿　（挪近）母亲大人何不回房歇息？

刘兰芝　（也挪近）明日一早儿媳过去请安。

焦　母　（睁开眼睛）哦，我不困。

焦仲卿　（故意打个呵气）我困了！

刘兰芝　（也故意打个呵气）我也困了！

焦　母　（大声咳嗽）咳！

焦仲卿　（振作）不困，不困！嘻嘻……

刘兰芝　（也振作）我也不困，不困！嘻嘻……

焦　母　（伸个懒腰）兰芝，你背过身去，我对仲卿有话说。

［兰芝背过身，仲卿挪向前。

焦　母　我来问你，是你在迎亲路上揭了新娘子的盖头？

焦仲卿　（想隐瞒）我……

刘兰芝　（掉头抢答）婆婆，不是他，是我！

焦　母　不是问你！仲卿，你讲。

焦仲卿　（看着她，垂下头）……是我。

焦　母　我再问你，是你在孔雀台前和兰芝拜了大礼？

焦仲卿　（想抵赖）不不，没有，没有！

刘兰芝　（又掉头抢答）有，我们拜了孔雀台。不信，你去问老水牛！

焦　母　不是问你！仲卿，你讲。

焦仲卿　（看着她，把头埋深）……是我。

焦　母　好了，你背过身去，我对兰芝有话说。

［仲卿背过身，兰芝挪向前。

焦　母　我问你，你哥哥是在哪里做事？

刘兰芝　在官府呀。

焦　母　在哪一级官府，做什么事？

刘兰芝　在县府，做杂事，就是跑跑腿，送送信。

焦　母　不是说他在州府做事嘛？

焦仲卿　（掉头抢答）那是媒人瞎胡说，母亲你还当真！

焦　母　不是问你！兰芝，我原想仲卿就要到州府当小吏了，若是你兄长在那里当官，日后也好有个照应，可是……

焦仲卿　（又掉头抢话）母亲，儿是找老婆，又不是投靠山，管他县府还是州府！

焦　母　不是问你！兰芝，你的属相是——

刘兰芝　属龙，大龙；仲卿说婆婆你属蛇，是小龙；对吗？

焦　母　对，对！你是大龙，我是小龙；可你是我的媳妇，我是你的婆婆；你懂吗？

刘兰芝　（看着她，埋下头）……懂，婆婆。

焦　母　好了，仲卿，你也转过身来。

［仲卿转身挪近，与兰芝并排坐着，二人显然老实多了。

焦　母　（抱着一只枕头，站起身来）仲卿，兰芝，你们都睡吧。

焦仲卿　（以为她要走）哦，我不困！

焦　母　你困了。

焦仲卿　我真的不困！

焦　母　（加重语气）你真的困了！

焦仲卿　母亲，你……

焦　母　听话，母亲说你困了你就困了。

焦仲卿　（无奈地）那好吧，母亲说我困了我只好困了。

［仲卿不情愿地抱着一只枕头躺下。

焦　母　兰芝，你也困了吧？

刘兰芝　婆婆，我倒是真的不困。

焦　母　不，我看你是困了。

刘兰芝　哎，我明明是不困嘛？

焦　母　（再加重语气）你明明是困了嘛！

刘兰芝　婆婆，你……

焦仲卿　（支起身）兰芝，母亲说你困了你就困了，不困也困。

焦　母　对，婆婆我若是说你不困，你困也不困。

刘兰芝　（似懂非懂地）哦，我好像懂了，婆婆说我困了，我不困也困；婆婆若是说我不困，我困也不困；婆婆是吗？

焦　母　你也还算聪明。

刘兰芝　那……

焦　母　什么？

刘兰芝　假如我要说，婆婆你困了呢？

焦　母　嗯？

焦仲卿　兰芝，长辈是不能说的，这是焦家的规矩！

刘兰芝　（也无奈地）那好吧，婆婆说兰芝困了，兰芝不困也困！

［焦母示意仲卿和兰芝分睡两侧，自己则把枕头安放在了中间。

焦仲卿　母亲也睡在这里？

刘兰芝　婆婆要睡在洞房？

焦　母　（不动声色地）是的，我睡在这里，睡在洞房。怎么，看样子好像我不能睡？

仲卿兰芝　能睡，能睡！啊……（同时厥倒）

焦　母　不要啊，不要啊，我这都是为你们好！想想你们也闹腾了一天，仲卿身子骨本来就单薄，我睡在你们中间，也好有个照看。好了，好了，都给我老老实实地睡、睡、睡吧！

［焦母熄灭了蜡烛，三人入睡。

［雀鸟鸣啭，流水声声，春日夜晚的美妙奏鸣。

［合唱："鸟叫雀鸣流水响，
　　三人同卧一张床。
　　辗转反侧难入睡，
　　双眼睁到大天光。"

焦仲卿　（翻个身）唉……

刘兰芝　（也翻个身）唉……

焦　母　（平静地）怎么，都睡不着？

焦仲卿　睡不着。

刘兰芝　睡不着。

焦　母　睡不着也睡，睡！

焦仲卿　睡。

刘兰芝　睡。

［好像安静了，焦母还起了鼾声。

［雀又鸣，鸟又叫，水又淌……

［兰芝坐起——

刘兰芝　（唱）　洞房夜，难入睡，

婆婆鼾声响如雷。

自从盘古开天地，

没见过这样的婆婆和家规。

［兰芝躺下。仲卿坐起——

焦仲卿　（唱）　洞房夜，难入睡，

母亲鼾声响如雷。

平日打呼不觉嘈，

今夜入脑又入髓。

［仲卿躺下。焦母坐起——人虽清醒，鼾声未停。

焦　母　（唱）　洞房夜，难入睡，

一见儿媳心就灰。

兰芝天生不讨喜，

只怕仲卿要吃亏。

［焦母躺下。兰芝坐起——

刘兰芝　（唱）　没听说母亲哄着新郎睡，

没听说新娘还要婆婆陪。

［兰芝躺下。仲卿坐起——

焦仲卿　（唱）　母亲啊，你既然为儿娶了妻，

就应该让儿独自伴蛾眉。

［仲卿躺下。焦母坐起——

焦　母　（唱）　我生怕娶了媳妇丢了儿，

我要她进门先知婆婆威。

［焦母躺下。兰芝坐起——

刘兰芝　（唱）　真教我哭笑不得暗垂泪！

［仲卿坐起——

焦仲卿　（唱）　真教我左右为难心头悲！

［焦母坐起——

焦　母　（唱）　真教我思前想后难安枕！

三　人　（齐唱）　真教我夜不能寐思绪飞！

［三人同时躺下。

［雀鸣，鸟叫，流水……

焦　母　（有顷，试探地摸索仲卿）仲卿，仲卿！

［仲卿鼾声。

焦　母　（再摸索兰芝）兰芝，兰芝！

［兰芝鼾声。

焦　母　到底睡着了！

［焦母躺下，鼾声渐趋均匀……

焦仲卿　（坐起摸索）母亲，母亲……

刘兰芝　（也坐起摸索）婆婆，婆婆……

［焦母鼾声放大……

焦仲卿　兰芝……

刘兰芝　听见了！

焦仲卿　母亲睡着了。

刘兰芝　睡着了！

焦仲卿　你过来……

刘兰芝　你过来……

焦仲卿　（抬脚想跨过焦母，吓得又缩回去）兰芝，还是你过来……

刘兰芝　（也抬脚想跨过焦母，吓得也缩回去）仲卿，还是你过来……

焦仲卿　那我就绕到你那边去。

刘兰芝　那我也绕到你那边去。

［仲卿、兰芝分别绕过焦母，却又分别绕了个空，于是再分别绕回去，绕来绕去总算绕在了一起。

刘兰芝　仲卿，你抱紧我，我害怕……

焦仲卿　兰芝，你抱紧我，我也害怕……

刘兰芝　仲卿，我们这就叫结婚吗？

焦仲卿　是，不是；不是，也是。

刘兰芝　仲卿，我想和你睡在一起。

焦仲卿　兰芝，我也想和你睡、睡在一起。

刘兰芝　可是婆婆她……

焦仲卿　母亲她……

刘兰芝　仲卿，我们轻一点，好吗？

焦仲卿　轻一点，轻一点……

［仲卿和兰芝先是调皮地搂抱着，慢慢地又躺了下去，二人在平塌上往来翻滚着，滚得小心翼翼，滚得忘乎所以……

［蜡光大亮——焦母怒目圆睁。

［僵局久久……

焦仲卿　（先自软下来）母亲，我……

焦　母　你——去读书！

刘兰芝　婆婆，我……

焦　母　你——去织布！

焦仲卿　可是母亲，今日乃是洞房花烛呀！

焦　母　洞房花烛也要读书！

刘兰芝　可是婆婆，今日乃是新婚之夜呀！

焦　母　新婚之夜也要织布！去，都去，快去！

焦仲卿　（委曲地哭泣着）母亲要儿子读书，儿子只好去读书……（冲下）

刘兰芝　（也委曲地哭泣着）婆婆要儿媳织布，儿媳只好去织布……（也冲下）

焦　母　（长舒一口气）我倒不信，还制服不了你们！

［焦母将三只枕头重新排放整齐，独自儿在当中躺下。

［兰芝机房织布、仲卿书房读书剪影；机声、书声此起彼伏。

［焦母又均匀地响起了鼾声。

［晨鸡叫——灯暗。

［舞台前沿：仲卿背行囊上，焦母送上；仲卿似在哀求焦母，焦母神情漠然；仲卿望着兰芝剪影，痛苦地下。

［三位姨妈上。

姨妈们　大姐，大姐，把我们姐妹叫来，有么事吗？

焦　母　有事，三位妹子到边上去说话。

［一侧，焦母低语，三位姨妈动容。

二姨妈　原来刘家既无钱又无权，那我大侄儿仲卿凭什么娶他妹子？

三姨妈　半路上就拜夫妻，刘兰芝胆子也太大了吧？

四姨妈　结婚三月不见喜，怕是不下蛋的母鸡吧？

二姨妈　休了她，我是仲卿二姨妈，我做主。

三姨妈　休了她，我是仲卿三姨妈，我做主。

四姨妈　休了她，我是仲卿四姨妈，我做主。

姨妈们 （同声）休！休！休！

焦　母 轻点，轻点！左邻右舍听见了，以为婆婆我不容她。

［三位姨妈一吐舌头，拥着焦母下。

［舞台前沿另一侧，刘兄、刘嫂上。

刘　兄 听说兰芝在焦家过得不好，那婆婆对兰芝可凶呢。

刘　嫂 是啊，听说焦母每天逼兰芝织布，没日没夜地织。

刘　兄 那仲卿又到州府听差，难得回家。

刘　嫂 难得回家就难得下种，都一年多了，兰芝还不见喜。

刘　兄 照此下去，兰芝早晚要被焦家休掉。

刘　嫂 休掉就休掉，休掉再嫁。

刘　兄 你倒说得轻巧，把你休掉，我看你嫁？

刘　嫂 嫁就嫁，啧！

刘　兄 看我不擂死你！

［刘兄追打刘嫂下。

［静场——唯闻兰芝织布的机声和缓缓直下的布匹。

［忽然，兰芝仿佛想站起来，她摇晃着，支撑着，终于慢慢倒下。

［合唱："孔雀东南飞，
五里一徘徊。
鸡鸣入机织，
夜夜不得息。
三日断五匹，
大人故嫌迟。
非为织作迟，
君家妇难为……"

第四场　机房之欢

［焦家织布机房外。

［冬日飞雪，寒风肆虐。兰芝担水上。

［合唱："孔雀东南飞，

五里一徘徊。

君既为府吏，

守节情不移。

贱妾留空房，

相见常日稀……"

刘兰芝　（唱）天寒地冻身上冷，

不及兰芝心里寒。

婆婆差使如奴役，

踩雪汲水行路难。

嫁到焦家近三年，

心中委曲对谁言？

为什么，婆婆无端生我怨？

为什么，百般虐待相摧残？

为什么，夫君婚后难见面？

为什么，他心中有怨却也不敢言？

为什么，为什么，为什么，

为什么刘兰芝要忍气吞声低眉顺眼心甘情愿受熬煎？

［兰芝撂下水桶，却又无奈地提起。

刘兰芝 （接唱） 扪心自问有答案，

仲卿装在我心间。

我与他既是天作之合好姻缘，

为什么就不能感动婆婆添爱怜？

忍了吧，忍了吧，忍了吧，

我不能再给仲卿添麻烦。

可是呀，漫漫人生怎度过？

美好年华怎偿还？

离别夫妻怎团聚？

心中伤痛怎补连？

我问问风，

风不语；

问问雪，

雪不言；

问问天，

天不应；

问问地，

地默然；

问风、问雪、问地、问天，

天那天——

你为何不言不语，不闻不见，

眼开眼闭作旁观？

你呀你，枉然被人叫作天——

天、天、天哪……

［兰芝伤心久久，她把水桶提下后，回身走进机房。

［机房里，仲卿冷不防闪出。

焦仲卿 兰芝！

刘兰芝　仲卿？是你，你怎么回来了？啊，身上都是落雪，手也是冰冷的，快，快把手放在我的怀里，暖和暖和。

焦仲卿　（急步去把门掩上）兰芝，我是因公经过，顺路回家。

刘兰芝　哦！

焦仲卿　我是瞒住了母亲，先来看你。

刘兰芝　哦！

焦仲卿　兰芝，我就是想和你见一见面，想和你亲一亲，抱一抱，我真的好想好想你呀！

刘兰芝　啊，不，不……

焦仲卿　兰芝，快，快到我的身边来，让我抱紧你！

刘兰芝　（吓得直往后退）不不不……仲卿，这可是机房，是机房呀！

焦仲卿　（奔过去）兰芝！

刘兰芝　（避让着）不要！不要……万一被婆婆看见，遭罪的可是我……

焦仲卿　（从背后搂住她）兰芝，我可亲可爱可怜可悲的妻呀……（泣不能言）

刘兰芝　（由他搂着，泪流满面）仲卿，仲卿，我的夫呀……

焦仲卿　兰芝，难道你一点都不想我嘛！

刘兰芝　我想，想……（猛然回身抱紧他，不能自制地）仲卿……

焦仲卿　兰芝……

［仲卿与兰芝在机房里的痛苦交欢。

［焦母推门而入。

焦　母　仲卿回来了？

焦仲卿　（手忙脚乱地）啊，母亲，儿回、回来了……

焦　母　兰芝呢？

刘兰芝　（显得比仲卿平静）兰芝在，婆婆……

焦　母　水缸挑满了?

刘兰芝　挑满了。

焦　母　柴禾劈完了?

刘兰芝　劈完了。

焦　母　饭呢,也烧了吗?

刘兰芝　也烧了。

焦　母　我儿仲卿的帽子为何没戴好?

焦仲卿　母亲,你不要怨她,儿自己戴好,戴好。

焦　母　鞋子为何也没穿好?

焦仲卿　儿这就穿好,穿好。

焦　母　我儿穿戴整齐,先出去吧。

焦仲卿　是,儿出去,出去。

焦　母　等等,稍时母亲有话对你说。

焦仲卿　是,母亲,儿等着,等着。(欲下又止)

焦　母　走啊?

焦仲卿　儿这就走,这就走……(于心不忍地看着兰芝,痛心地下)

焦　母　兰芝,你也把脸洗洗。

刘兰芝　洗了。

焦　母　头梳梳。

刘兰芝　梳了。

焦　母　袖子放下。

刘兰芝　放下了。

焦　母　明明有一只没放下。

刘兰芝　这一只不放了。

焦　母　为什么?

刘兰芝　方便。

焦　母　方便?

刘兰芝　织布纺纱、担水劈柴、烧茶煮饭。

焦　母　还有呢，说呀？

刘兰芝　我知道婆婆你要说的意思，那也方便。

焦　母　好，方便，方便，我这就为你刘兰芝行个大方便！

［焦母气呼呼地下，兰芝望着她离去，忽然纵声大笑。

刘兰芝　哈哈哈……哈哈哈……喃、喃、喃……

［兰芝转笑为啼，她捧出了久置的箜篌，拂去灰尘，轻声弹唱。

刘兰芝　（唱）　孔雀孔雀东南飞，
东南飞……
五里五里一徘徊，
一徘徊……

［弦断——兰芝抱琴痛哭。

刘兰芝　（唱）　良宵一刻如梦魇，
多少悲欣在其间。
三年委曲与离散，
转瞬化作云和烟。
我不悔，我不怨，
不叫苦，不抱怨，
不把愁容挂在脸，
不把涩泪背后弹。
我守住这一份恩情一份爱，
我守住这女儿心头一片天。
任凭风和雨，
珍藏一百年。

［焦母持休书上。

焦　母　刘兰芝，这是你的休书，你拿去吧。

刘兰芝 我的休书?

焦　母 休你的书。

刘兰芝 休我,你?

焦　母 是我。

刘兰芝 婆婆休媳妇?

焦　母 这又有何不可?

刘兰芝 既然是婆婆要休媳妇,媳妇便有几句话要问一问婆婆。

焦　母 你问吧。

刘兰芝 请问婆婆,兰芝嫁到焦家,有无过犯?

焦　母 无有过犯。

刘兰芝 有无逾规?

焦　母 无有逾规。

刘兰芝 好吃吗?

焦　母 不好吃。

刘兰芝 懒做吗?

焦　母 不懒做。

刘兰芝 那一定是不奉夫婿,不敬婆婆,不睦邻居,不怜亲小?

焦　母 倒也不是。

刘兰芝 那一定是招惹了是非,得罪了亲戚,冲撞了乡老,败坏了名誉?

焦　母 一概都不是。

刘兰芝 那就奇怪了,既然这也不是,那也不是,请问婆婆,你又何故要休媳妇呢?

焦　母 我倒也说不清,道不明。

刘兰芝 不不不,婆婆你要说,说清楚;你要道,道明白。否则,兰芝我是休得不服,走得不甘,我不能把这清白名声,夫妻名分,婆媳恩情,女儿痴心,就这么不明不白,不清不楚,不疼不痒，不甜不苦地生生咽、咽、咽下去呀！婆婆啊婆婆，你教我刘兰芝从今往后如何做人，如何立身，如何处世，如何正名，你呀你，真是好狠的心肠、好毒的用心、好没有父母长辈的恻隐之心哪！

焦　母　你竟敢教训我？刘兰芝，你——

刘兰芝　我——！我刘兰芝一不贪吃、二不贪睡、三不偷懒、四不逾规、五不串门、六无过犯、七不搬弄是非、八不偷听墙角、九不虐待婆婆、十不刻薄丈夫——我一入焦门、二心全无、三年未到、四肢不闲、五更即起、六庭扫除、七日断布、八匹有余、九分力气、十分用足——婆婆呀婆婆！人皆有父母之亲、人皆有儿女之情，你把心问问口、将心比比心、我刘兰芝到底哪一点有亏、哪一点有愧、哪一点又对不起你焦家母子，你、你、你教我是有苦难言、有口难辩、有家难回、有亲难奔，我是实实的难服、实实地难忍、实实地难吞，我心里冤、冤、冤、冤——哪！

焦　母　（被她追问得抱头逃窜，终于歇斯底里地大吼）不要说了！

刘兰芝　（反而淡然地）我也说完了。

焦　母　（拉下脸，团团转）刘兰芝，我也实话告诉你，我就是看你不顺眼，不顺心！自打你和仲卿在迎亲的路上揭了盖头拜了堂，我就一直耿耿于怀；一进家门，看见你那潇潇洒洒，无拘无束的样子，就好像你是前世与我结了仇，上辈子和我积了怨，是我命中注定的倒霉克星！虽然，你也聪明，也勤快，也不招惹是非，也不藐视长辈；可我，就是顺不过眼也顺不过心来。我也明明知道这没有什么道理，可是我没有办法，没有办法！只要一看到你和仲卿粘在一起，那个亲亲热热甜甜蜜蜜的样子，我就恨不得把你们都赶出门去！恨不得把房子都烧了！恨不能拿刀去杀人、杀人！你说说，我整天过着这样的日子，能宽厚、能慈祥、能开朗、能舒心、能不把你休、休、休了嘛！啊？

刘兰芝 天哪……你就是我伺候了三年的婆婆，就是把仲卿哺养成人的母亲……

焦　母 （旋又恢复常态）我知道，我知道，我知道你心里想什么。你在想，焦仲卿母亲一定是年轻守寡，好生妒忌，好生猜疑，她最容不下旁人，最看不得人好，她有心病！是吧，啊？哈哈哈……

刘兰芝 不，婆婆大人；不不，仲卿母亲，你可千万不要这样，你这样不但是要毁了兰芝，还会毁了仲卿，毁了你自己呀！

焦　母 （一抬手，极其冷静地）放心吧，我自己有数。我会照顾好自己，也会照顾好儿子，我还会再为仲卿找一个好儿媳，你也不要真的当我是不明事理。好了，这封休书，仲卿已经亲手画押，你拿着它回娘家去吧。

刘兰芝 不，这绝不是仲卿的意思，是你逼他的！

焦　母 逼他不逼他，押总归要他亲手画，你也就不必计较什么了。

刘兰芝 我要见一见仲卿，我要他亲口对我说，说他仲卿休了兰芝。

焦　母 仲卿公务在身，他已经走了。

刘兰芝 那我就等他回来，我等他。

焦　母 这又何必？刘兰芝，我再对你说句实话吧，仲卿他已另择了高门！

刘兰芝 啊，你说什么，仲卿他、他、他已另择高门……

焦　母 是的，有钱也有势，与你那娘家不可比。那个姑娘么，名叫秦罗敷，是远近闻名的大美人！

刘兰芝 我不信，不信，仲卿他绝不会答应，他不会，不会！

焦　母 不答应他还会亲手画押吗？再说了，他是我儿子，我能管得他！

刘兰芝　你……

焦　母　不过你也放心，对那个罗敷女么，我可不会再像对你这样，我也要学着当个好婆婆啊！哦，对了，忘了告诉你，那罗敷女可不属龙，她属羊，属羊！哈哈哈……

刘兰芝　（终于绝望）这……

焦　母　把休书拿好了，一出门就不要再想着我家仲卿，也不要再弹那劳什子箜篌，弄得仲卿神魂颠倒，招晦气上门！

［焦母放下休书，刚欲出门，忽又转身扑向箜篌，高高捧起，忿然掷地。

刘兰芝　（终于忍无可忍地）焦母，你、你、你——

［兰芝逼向焦母，焦母恐惧地连连倒退。

焦　母　刘兰芝，你、你想干什么，干什么，啊，来人哪——

［焦母惊呼逃下。兰芝捧起箜篌，伤心欲绝。

［外面雪花飞舞，寒风呼啸。

［兰芝伤心地走出焦家机房，走向弥漫的风雪。

［合唱："孔雀东南飞，

五里一徘徊。

妾不堪驱使，

徒留无所施。

便可白公姥，

及时相遣归……"

第五场　潜水之悲

［风雪中的孔雀台。老牛满身积雪，静卧在地，像一座石雕。

［兰芝身背箜篌，浑若雪人，一路茫然走来……风狂雪大，兰芝倒地昏迷。老牛见之霍然立起，抖落积雪，奔跑过去，它环绕着兰芝打转低鸣，一匝又一匝，一声接一声，终于，兰芝苏醒了。

刘兰芝 （神志已然恍惚）我这是在哪里呀……满眼是风，满眼是雪，满眼是白茫茫的世界……我怎么看不见亲人，看不见仲卿，也看不见自己的家，家……我的家在哪里？哪里又是我的家？我是被那绝情的婆婆赶出了家门，她无缘无故地就把我休、休了呀……她、她、她还摔坏了我和仲卿传情的箜篌……她这是为什么，为什么呀……

［兰芝伤心哭泣，老牛卧在身边，默默看着她。

刘兰芝 是老水牛……老水牛，你在看着我难过，陪着我伤心吗？

［老牛点点头。

刘兰芝 老水牛，谢谢你，我走不动了，你把我扶起来。

［老牛低下头，兰芝抱着老牛的犄角站起来。

刘兰芝 （背对着孔雀台，双肩久久颤抖）孔雀台，孔雀台，孔雀台！

（唱） 蓦然间又来到孔雀台前，
那一个结拜人又在哪边？
昔日的孔雀群今日不见，
当年的新娘子孤苦泪涟。
也曾经对雀台许下宏愿；
也曾经对孔雀祈求百年；
也曾经发誓言不弃不散；
也曾经拜夫妻把手来牵。
到如今呀，天上孔雀难见面，
人间孔雀不团圆。

［老牛呵护兰芝，兰芝抱着老牛痛哭。

刘兰芝 老水牛啊老水牛，你也生着一双眼睛，你可是我的活见证呀……

（唱） 想当初你也曾披红挂绿当着面，
你也为人间喜事乐开颜。
你也曾见证兰芝拜天地，
你也曾来来往往跑得欢。
你不知，兰芝焦家少温暖；
你不知，兰芝三载受熬煎；
你不知，兰芝心头滴着血；
你不知，兰芝委曲埋心田。
老水牛啊老水牛，为何人生多仇怨，
不及你畜牲懂爱怜？

［老牛恸哭，“呜呜”有声，兰芝抱紧它，痛不欲生。

［隐约传来奔马声，兰芝敏感谛听。

刘兰芝 啊，好像是马蹄声，莫非仲卿追赶我来了……啊，老水牛，老水牛，你听见了吗，是马蹄声，马蹄声呀！

［老牛辨听，向兰芝摇头。

刘兰芝 啊，你说不是马蹄声，是风声？不不，是马蹄声，马蹄声，是仲卿骑着骏马追赶我来了，他要带我回家，带我回家呀！你听，你听，你听！啊，仲卿，仲卿，仲卿——

［兰芝呐喊狂奔，老牛奋蹄追赶，兰芝摔倒，又一次昏迷，老牛艰难地把兰芝拖到避风处，用身体温暖她，兰芝又醒过来。

刘兰芝 （一把抱紧牛头，竟把老牛当成仲卿）啊，仲卿，你来了，你终于来了，兰芝就知道你会来，唯有你，才知道兰芝的委曲……

［老牛避让兰芝，兰芝抱得更紧。

刘兰芝 （唱） 仲卿仲卿你莫劝，
兰芝与你把家还。
兰芝想，定是夫君难离异，
驰马追到雀台前。
兰芝既为君家妇，
怎会记恨在心间。
你乘骏马前边走，
我骑牛背随后边。
行到村口并一骑，
你握缰绳我执鞭。
招呼四邻来观看，
兰芝重把焦家返。
天上孔雀成双对，
地上夫妻又团圆。

［老牛对着兰芝使劲摇头。

刘兰芝 啊，仲卿，你为什么摇头？你是说我刘兰芝太痴情、太忠厚、太善良，可兰芝这还不都是因为你嘛，只要能守住你的这份情，这份爱，别的我又在乎什么？仲卿，你怎么不说话呢？哦，你还要我猜？那好吧，我猜我猜……

（接唱） 兰芝想，定是亲友来相劝，
三位姨妈费周旋。
要你分家立门户，
免得婆媳生忌嫌。
如此兰芝倒不忍，
抛下婆婆也可怜。
亲人还是团聚好，
其乐融融情意绵。

只要婆婆不嫉恨，
儿媳怎会挂心间。
从此不生是和非，
你也不再把心担。
十天八日见一面，
幸福人家比蜜甜。

[老牛还是使劲对兰芝摇头。

刘兰芝 仲卿，你怎么还摇头？你说我刘兰芝太痴心、太单纯、太幼稚，可兰芝这还不都是因为你嘛，只要能守住你的这份情，这份爱，别的我又在乎什么？仲卿，你怎么还不说话呢？哦，你还要我猜？那好吧，我猜我猜……

（接唱） 兰芝想，定是婆婆心意转，
后悔待我太苛严。
想想兰芝诸般好，
不看儿媳看儿男。
况且家事传出去，
难免也有公正言。
就是九人薄兰芝，
也有一人会伸冤。
谁人没有年轻时，
谁家夫妻不缠绵？
人人也都会变老，
敬老爱小是美谈。
兰芝决不怨婆婆，
只怨自己欠周全。
婆婆敬我有一分，
我敬婆婆有一千。

婆媳谦让生和气，

你在外面心才安。

［兰芝不厌其烦地对着老牛倾诉，老牛已显得极不耐烦。

刘兰芝 仲卿，你怎么一直就摇头，摇头？你说我刘兰芝太傻、太傻、太傻，可兰芝我再傻也还不都是因为你嘛，只要能守住你的这份情，这份爱，别的我又在乎什么？你怎么还不说话，你还要我猜？对不起，我不猜了，我也猜不出，猜不出……

［兰芝又想去抱老牛，老牛终于忍无可忍地冲着她一声大吼，兰芝猝不及防，惊坐在地。

刘兰芝 啊，你不是仲卿，你是老牛……

［老牛对她点头。

刘兰芝 如此说来，仲卿他根本就没有来，他也没有骑马来追，兰芝所思所想只是一场虚幻，是虚幻，虚幻……

［兰芝瘫坐，老牛让她倚靠着。

［合唱："破了——眼前的幻影；

灭了——心底的光明；

别了——难忘的恋人；

醒了——浪漫的爱情……"

刘兰芝 （陡然站起身，激情澎湃地）不，不，不！

（唱） 没有破——焦仲卿是刘兰芝永远的幻影！

没有灭——焦仲卿是刘兰芝永远的光明！

没有别——焦仲卿是刘兰芝永远的恋人！

没有醒——焦仲卿是刘兰芝永远的爱情！

幻影、明灯、恋人、爱情！

不破、不灭、不别、不醒！

焦仲卿、刘兰芝！

刘兰芝、焦仲卿！

[蓦地,远处传来了仲卿的骨龠声,龠声清晰邈远,委婉缠绵……

刘兰芝　(亢奋着,大声地)老水牛,你听——

[老牛应着兰芝的激动情绪,"哞"地叫了一声。

刘兰芝　(登上孔雀台,更大声地)老水牛,你再听——

[老牛也跃上孔雀台,连连叫了两声"哞——哞——"

刘兰芝　(仿佛在向天地呐喊)老水牛,你再听啊——

[天地回应……老牛歇斯底里地仰天长鸣"哞——哞——哞——"

刘兰芝　(大笑)哈哈哈……哈哈哈……

[龠音放大,笑声放大,老牛鸣叫放大……

[兰芝吐血了……血色染红天地,染红白雪,染红孔雀台……

[一派血红里,一群红色的孔雀漫天飞舞……

[整个舞台仿佛被燃烧着,激情洋溢,美轮美奂……

[终于,兰芝慢慢地、慢慢地跌倒……老牛鸣叫着向她飞奔、飞奔……

[幻觉和声响渐渐消失,舞台复归为寂静的银白世界。

[老牛俯身驮起兰芝,艰难地慢步走来……

[合唱:"孔雀孔雀东南飞,
　　五里五里一徘徊……"

尾声　天地之薨

[还是孔雀台前,又见春光烂漫。老牛恹恹地伏着,显见

更老迈了。

［东奔、西跑各领一支婚礼队伍，迎面吹打上。

东　奔　停下来，停下来，我们小姐要拜孔雀台！

西　跑　停下来，停下来，我们公子要拜孔雀台！

东　奔　你是西跑？

西　跑　你是东奔？

东　奔　又是你！

西　跑　又是你！

东　奔　西跑，来，边上说话。

［两支队伍对面站定。

东　奔　西跑，焦家公子娶了哪家姑娘？

西　跑　叫秦罗敷，大户人家。哎，东奔，刘家小姐嫁到谁家？

东　奔　叫孙五郎，太守儿子。哎，西跑，你还记得刘家小姐和焦家公子三年前成亲，也是今天。

西　跑　记得，真凑巧！

东　奔　刘家小姐关照，一定要从孔雀台经过，她说有个人在等她，否则不嫁。

西　跑　是啊，焦家公子也这么说。

东　奔　莫非他们还想见面？

西　跑　肯定是！

东　奔　西跑你看，他们真见面了。

西　跑　那我们赶快把人支开，不要坏了他们的名声。

东　奔　说得对。

［东奔、西跑招呼众人走下。

［兰芝抱箜篌，仲卿执龠，二人默默地对面走上。

［兰芝的心声："你还记得？"

［仲卿的心声："记得……"

[兰芝的心声:“你也想到了?”

[仲卿的心声:“想到了……”

[兰芝走上孔雀台,仲卿也跟着走上去。

[兰芝把箜篌摆在老牛背上弹唱,仲卿倚在兰芝身后吹龠。

[合唱:“孔雀东南飞、东南飞、东南飞……
　　五里一徘徊、一徘徊、一徘徊……”

[一曲终了,兰芝靠在仲卿胸前沉沉睡去,仲卿望着她,一往情深。

[情的世界,诗的意境。

[兰芝醒了,她节制地收起箜篌,向仲卿深深一揖,仲卿也还以一揖。

[兰芝的心声:“仲卿,我走了……”

[仲卿的心声:“兰芝,我也走了……”

[兰芝和仲卿先后步下孔雀台,分别走下。老牛支撑起来,它颤抖的喉咙里已经发不出鸣叫声。

[静场久久……

[渐渐地,远处流淌出活水……天上飘下来白绫……老牛拼尽力气迸出最后一声哀鸣“哞——!”慢慢地,老牛倒地而毙。

[合唱:“孔雀东南飞,
　　五里一徘徊。
　　皖水何凄凄,
　　皖山何哀哀。
　　举身赴清池,
　　自挂东南枝。
　　孔雀徘徊云天外,

孔雀何日再回来。

孔雀东南飞，

五里一徘徊……”

[剧终。

羅懷臻劇作集

THE DRAMATIC WORKS OF LUOHUAIZHEN

上海人民出版社

目　录

甬剧

典　妻

（根据柔石小说《为奴隶的母亲》改编创作）

人　物　妻

夫

秀　才

大　娘

刘　妈

黄　妈

轿夫甲

轿夫乙

第一场

［字幕：民国初年，浙东乡村，妻的家。

［天已黄昏，雨在淅淅沥沥地下着。

［幕内，妻与春宝的母子对话：

春　宝　姆妈，我饿，我冷，我身上疼，姆妈！

妻　春宝不哭，春宝爹爹出门挣钱去了，等爹爹回来，春宝就不饿，不冷，也不疼了。

春　宝　姆妈，我不哭，我等爹爹回来，姆妈，你抱抱我。

妻　姆妈抱，姆妈抱，姆妈哄春宝睡觉，睡觉……

［稍顷，妻自内房走上。

妻　落雨了，春宝爹爹怎么还不回来？

（唱）　春宝病中哭声哀，
丈夫出门不回来。
米桶里面没有米，
柴灶里面没有柴，
油灯里面没有油，
水缸里面没有水，
整整三天未吃饭，
心急火燎盼夫归。

［雨声。

妻　雨落得这样大，他会不会被淋着？

［妻找出一把破旧雨伞，犹豫后，又退回来。

妻　（唱）　一把破伞怎遮雨，

春宝昏睡牵心肺。

但求菩萨多保佑，

催我丈夫平安回。

［夫醉态上，踉跄着撞进家门。

妻　谁呀？

夫　春宝娘，为何不上灯？

妻　没有油了。

夫　为何不生灶？

妻　没有柴了。

夫　为何不做饭？

妻　没有米了。

夫　春宝呢，为何也听不到他的哭声？

妻　一直叫疼，叫冷，叫饿，我刚才把他哄睡了。

夫　（摇摇钱袋）春宝娘，你听！

妻　什么声音，叮叮当，哗哗响……

夫　春宝娘，你把蜡烛点上，我让你看！

［蜡烛燃亮，夫抖落银元。

妻　啊，这是什么？

夫　银大洋。

妻　这么多，眼睛都看花了！

夫　没见过吧？

妻　春宝爹，你发财了？

夫　发财了，总共一百块。

妻　是挣来的？

夫　不是。

妻　是借来的？

夫　不是。

妻　难道是偷来抢来的？

夫　不是偷也不是抢。

妻　到底是怎么来的呀？

夫　是……

妻　你说。

夫　是……

妻　你快说呀？

夫　春宝娘，我……

妻　春宝爹，你喝酒了？

夫　是，喝了。

妻　你到底碰到了什么好事情，为何反要吞吞吐吐地？

夫　我……我把自己的妻子典给人家了。

妻　把妻子典给人家，春宝爹爹，什么是典吖？

夫　就是借。

妻　嫁？我已经嫁给你了，还嫁什么呀？

夫　不是嫁人的嫁，是借东西的借。

妻　借东西，借什么东西？春宝爹，你说的是什么话呀？

夫　（双腿一跪）春宝娘，我对不起你！

妻　起来讲，起来讲，春宝爹，到底是什么意思呀？

夫　春宝娘啊！

（唱）　都怪我贪上酒杯学会赌，
把一点家当挥霍无。
如今浑身都是债，
连累妻儿同受苦。

山穷水尽已无路，

真想一死去投湖。

妻　（唱）这些话你赌咒发誓已无数，

我对你从来怨言一句无。

只要你真心实意恶习除，

再苦的日子我能度。

夫　（唱）昨日撞见一债主，

他笑我头枕烧饼却挨饿。

他说道咸鱼若要翻转身，

求人不如求老婆。

妻　求我有什么用，我又不能为你生出钱来。

夫　你能生，你能生。

妻　生什么？

夫　生儿子。

妻　生什么儿子？

夫　春宝娘，你听我讲啊！

（唱）有户人家家道富，

主人才过五十五。

可惜大娘不生养，

要借一个传代妇。

借期共三年，

借主是丈夫。

现场就画押，

大洋一笔付。

轿子已在家门口，

我乘回来你上路。

［妻惊讶。门外轿夫走上。

妻　春宝爹,你说的这些都是醉话吧?

夫　春宝娘,现洋在面前放着,轿夫在门外等着,趁着天黑左邻右舍看不见,你就梳梳洗洗上路吧!

妻　啊……

[雷声,雨声。

[幕内唱:“雷声响,暴雨狂,
天地旋,五内伤。
丈夫做主典妻子,
这笔交易太荒唐。”

妻　不,我不去,我不去!

夫　钱也收了,押也画了,你不去我还怎么做人哪?

妻　我不管,不管!我走,我走!

夫　走到哪里去?你的娘家又没有人!

妻　我去死,我死!

夫　你死了,我怎么办?春宝怎么办?这笔钱,我是用它来还赌债,来做小本,来给春宝治病的。你不去,大家都等着饿死呀?

妻　我……不去,我不去!

夫　春宝娘,去吧。说句心里话,我这心里也难过,也窝囊!本来,我也是好好的一个人,好好的一个家,我在外头打打短工,做做小买卖,一家人也还能活得下去。可这两年年成不好,世道也乱,短工无处打,买卖都蚀本,春宝儿又一直患病,总是治不好。看着你为我操心受苦,忍饥挨饿,我这心里……

妻　你不要说了,说了也无用,反正我是不会去的,我丢不下我的春宝。

夫　其实,那户人家倒也不错,主人是个秀才,大娘人也厚道,他们还留我吃饭，给我酒喝，三杯下肚，我也就爽快答应了。反正，就是借给他们三年，生下个儿子，期满之后人还是回来的。再者说，人嘛，信用还是要讲的。春宝娘，听我的话，去吧，啊？

妻　不，不，不！

［春宝内声："姆妈，爹爹，我饿，我冷，我身上疼啊！"

夫　（抱出春宝）春宝，听爹爹对你说，春宝姆妈要出远门了。

春宝　姆妈，姆妈，你到哪里去，你带着我吗？

夫　春宝和爹爹在家，等着姆妈回来。

妻　春宝，姆妈……

春宝　姆妈，姆妈，我不让你走，不让你走！姆妈，我饿！我冷！我身上疼！

妻　（心碎）春宝！

春宝　姆妈！

妻　（唱）　春宝儿，哭声放，

声声搅动娘肝肠。

儿叫饿来儿喊冷，

儿呼疼来儿唤娘。

亲娘爱儿却无奈，

只有伤心泪两行。

娘望儿，儿望娘，

母子相对泪汪汪。

我该怎么办，怎么办，怎么办哪？

春宝　姆妈，我饿，我冷，我身上疼啊！

妻　姆妈知道，姆妈知道，姆妈……

（唱）　为了儿子不挨饿，

为了儿子有衣裳，

为了儿子治好病，

亲娘痛别亲儿郎！（抹泪）

春宝爹，你过来。

夫　春宝娘，你答应了？

妻　天上的雷在响着，外面的雨在下着，你要当面答应我三件事，否则，我死也不离开春宝。

夫　我答应，我答应，你讲吧。

妻　我要你戒酒戒赌……

［雷声滚过……

夫　我戒，我戒！

妻　我要你带好春宝……

［雷声再滚过……

夫　我带好，带好！

妻　三年期满，我要回家，我要看见一个健康的儿子，一个争气的丈夫！

夫　我……

［雷声炸响，夫本能跪地。

夫　我答应你，我全都答应！

［妻转身欲下，春宝大哭。

春　宝　姆妈！

妻　春宝！

夫　春宝，来，跟你没志气的爹爹一起跪下，送你的亲娘上轿吧！

［夫跪地，妻痛苦出门上轿。

［幕内唱："新娘上轿花盖红，

寡妇上轿没顶篷。

春宝姆妈撑把伞，

不遮风雨遮面容。”

[轿子抬下。

[雨声，雷声。

第二场

[幕内唱：“一夜风雨路难行，

轿子进门天已明。

千愁万苦先放下，

凡事小心顺从人”。

[字幕：妻典到秀才家的当日。

[秀才家内房，富贵气加迂腐气，有一架雕花大床。

[大娘端坐床前，佣人刘妈侍陪着，黄妈走上。

黄　妈　大娘子，那个典来的小妇人已经到了。

大　娘　给她吃点饭，洗个澡，把我不能穿的衣裳给她穿上。

黄　妈　小妇人骨架小，大娘衣裳恐怕太大了。

大　娘　穿吧，还讲究什么。

黄　妈　是。（下）

大　娘　（掩口一笑）嘻嘻……

刘　妈　老爷典妻，大娘子倒蛮开心嘛？

大　娘　（咬牙切齿地）开心，开心！

（唱）　我开心，大娘子脸上笑吟吟；

我开心，老东西典来小妇人；

我开心，三十年肚皮不生养；

我开心，一百块大洋肉里疼！

刘　妈　就是嘛，再添五十块，好买一房妾，可你却非要老爷典。

大　娘　你懂什么？

（唱）　告诉你，典来的娘子不是人，

我要她，屙个儿子就出门。

买姨娘，哎呀姨娘千万买不得，

买来就是一尊神。

刘　妈　看样子大娘心里并不好受啊！

大　娘　（唱）　不好受，也要忍；

不好忍，也要吞。

谁让自己不争气，

棒槌不曾养一根。

刘　妈　三年呢，大娘子可有得忍。

大　娘　我看这老东西明里是想生个儿子，暗里是想玩年轻女人，男人哪，没有一个是老实的。

［黄妈又上。

黄　妈　大娘子，那个小妇人饭也吃了，澡也洗了，衣裳也换了，是不是让她先来拜拜大娘？

大　娘　叫她进来吧。

黄　妈　（向内）小妇人，大娘子叫你进来呢。

［妻穿着一身特别宽大的衣裳，低眉走上。

妻　见过大娘，见过黄妈、刘妈。

大　娘　啧啧啧，谁说衣裳太大，我看蛮合身嘛！（见妻背身拭泪）小妇人，你在哭吗？

妻　大娘子，我……

大　娘　我可告诉你，你可不是我们老爷抢来拐来的，是你那没志气的丈夫自己求上门，要我们老爷典你来的。你要想淌眼泪就回家去淌，我才不要看你这张寡妇脸。

妻　是。

大　娘　是什么，那眼泪还在脸上挂着呢！

妻　我揩掉，我揩掉。大娘，对不起……（挤出一丝笑）

大　娘　哎，你又笑什么？是笑我不如你年轻漂亮，笑我养不出儿子，笑我这个堂堂正正的元配夫人反要看你的脸色吗，啊？

妻　不不不，大娘子不要多心，不要多心……（垂手低头，不知所措）

大　娘　（斜瞟着她，满足地笑了）哈哈……其实呀，我是和你开玩笑！

妻　开玩笑？大娘，你……

大　娘　来，小妇人，到我的身边来。

妻　大娘，我怎么敢。

黄　妈　大娘叫你去你就去嘛。

妻　是，多谢大娘。

大　娘　来，把手伸给我。

妻　啊，大娘，我怎么配。

刘　妈　大娘叫你伸你就伸嘛。

妻　是，大娘请多关照。

大　娘　小妇人，不，小娘子，不不，我的妹子呀！

（唱）　叫声小妹妹，
把手牵一回。
妹妹甜甜嘴，
妹妹弯弯眉。
妹妹年轻又貌美，
教人既羡又伤悲。
从今后你我就像是一家人，

你只管死心塌地把老爷陪。
只要你能代姐姐接个种，
姐姐我就是铺床叠被倒茶递水扫地抹桌捶腰敲背也不亏。

妻　不不不，大娘，大娘啊！

（唱）大娘切莫这样讲，
姐妹相称不敢当。
来到府上无奢望，
凡事不争短与长。
冷了只求有件衣，
饥了只求有口粮。
三年期满回家转，
我家中还有丈夫和儿郎。（饮泣）

大　娘　你看你看，你怎么又哭了？

妻　对不起，对不起。

大　娘　不要哭，不要哭，来也来了。放心吧，我们老爷是通情达理的读书人，三年期满，一定放你回家。就是老爷不放人，大娘子我也一定要他放！

妻　那我就先谢过大娘了。

大　娘　不用谢，不用谢。哎呀真是不巧，老爷一早出门收租，要等天黑才能回来。我看你淋了一夜的雨，人也累了，就在这房里先歇歇，等中饭好了，刘妈来叫你。

妻　是。

大　娘　黄妈、刘妈，我们走吧。

妻　送大娘，送黄妈、刘妈。

［大娘与黄妈、刘妈下。

［鸟鸣啾啾。妻在房内惶惑打量。

妻　这就是我要住满三年的家吗？

（唱）房内无人静悄悄，

凄凄惶惶四下瞧。

旧家怎与新家比，

新家怎比旧家好。

想起旧家心头酸，

心头一酸泪滔滔。

那大娘看似爽快人厚道，

却分明句句话里都藏刀。

她忽然热来忽然冷，

忽然温和忽然又暴躁。

弄得我，哭也不敢哭，

笑也不敢笑，

亲又不敢亲，

逃又不敢逃，

近了不是远了又不好，

好比鸟儿看见猫。

不知那主人秀才又是个什么样，

想到此，心鼓就像乱槌敲。

［鸟鸣更欢，鸟鸣声忽然变成了朗朗书声："关关雎鸠，在河之洲。窈窕淑女，君子好逑……"

妻　谁，是谁呀？

［又书声："参差荇菜，左右流之。窈窕淑女，寤寐求之……"

妻　啊，房里有人，在哪里，在哪里……

［蚊帐撩起，秀才立在床头。

秀　才　哈哈……是我！

妻　你是谁……

秀　才　我是你现在的丈夫！

妻　啊，你就是秀才老爷？

秀　才　不要叫我老爷，要叫我老公！哈哈……

妻　老，老爷为何躲在帐子里？

秀　才　（跳下来）不是躲，是迎，我在迎接你！哈哈……大娘一早发配我出门收租，想让我晚一点看到小娘子，没想到我一回身就藏起来了。我就是想早一点看到小娘子，给小娘子一个惊喜！

妻　可是，可是你把我吓了一跳。

秀　才　（想摸她的手）小娘子受惊了，小娘子现在还怕吗？

妻　（缩回来）不，不怕了。

秀　才　（想扑她的肩）不怕就好，不怕就好！

妻　（避让着）老爷，老爷可真顽皮呀。

秀　才　（环绕着她）说得对，说得对，老爷我是个老顽童！哈哈……

［秀才终于搂住了妻的腰。

秀　才　告诉我，你刚才是不是在想前夫？

妻　不，不是……

秀　才　那就是想你和前夫生的儿子？

妻　没，没有……

秀　才　既然都没有，你哭什么呢？

妻　我……

秀　才　其实想就是想，这也是人之常情嘛。

妻　是的，我想，想……

秀　才　想就好，想就好，想就是你有良心。不过，现在我可是你的丈夫了，我和你马上也会有儿子的，到那个时候，你也许就不再想他们了，对吗？

妻　不，我会想，会想的。老爷，你放开我，我难过！

秀才　好好好，我放开你，放开你，不过，你要先叫我一声老公！

妻　老……老爷不要难为我，老爷！（挣开）

秀才　不要动，不要动，就这样站好，让我仔细地瞧瞧！

［妻僵伫着，秀才夸张地审视她。

秀才　（唱）手如柔荑，

肤如凝脂。

领如蝤蛴，

齿如瓠犀。

螓首蛾眉，

巧笑倩兮。

美目盼兮，

美目盼兮……

妻　老爷说得什么，我一句都听不懂。

秀才　嗨，我想套几句《诗经》讨好她，可惜她一窍不通。小娘子，老爷我是在夸你生得美呀！

妻　什么美不美的，我知道老爷是在笑话我，长得又瘦又小。

秀才　不不，这叫小鸟依人。

妻　我面色黄。

秀才　哪里，是粉雕玉琢。

妻　我眉心紧。

秀才　病西施。

妻　人中短。

秀才　正是福。

妻　耳根低。

秀才　（脱口而出）薄命妻！啊呀打嘴，打嘴，呸！呸！

妻　老爷倒是说了一句实话。

秀　才　本来是有这一说，可如今你到了我家，命也就变了。

妻　是变好了还是变坏了？

秀　才　当然是变好了！

妻　（看着他，深叹一口气）唉，谁又知道呢！

秀　才　哎呀，小娘子不可叹气，不可叹气！

（唱）　你不要唉声长来哭声低，
眉头紧锁苦凄凄。
既然来到我家里，
便是你有好福气。
我一见你，就欢喜；
一见你，改主意；
只要你把儿子养，
不是姨娘便是妻。

小娘子，你信不信？

妻　老爷不要哄我，老爷家有大娘。

秀　才　她算什么东西，一个不下蛋的老母鸡，我早就厌烦了！

妻　老爷轻点，老爷不要给我招惹是非。再说了，我也不愿意呀。

秀　才　我知道，我知道，你是担心前夫不答应。你那个前夫呀，只要给足他钱，什么都会答应的。

妻　不，老爷！

（唱）　老爷是大恩大德大仁义，
老爷是家有钱财也有妻。
小女子典入高门不得已，
从今后买妻纳妾莫再提。
我亲夫一时困顿借妻子，
却也是人到绝处把头低。

纵然我无奈典进老爷家，
可心中并未与他两分离。
但愿三年偿了债，
还是回到自家里。

秀　才　好，好，好，我不和你争，来，小娘子，你把手伸给我。

妻　老爷要做什么？

秀　才　你看，这是一只青玉戒，算是我送给你的见面礼。

妻　我不要，我不要。

秀　才　来，来吧！（戴在她的指上）实话相告，我还有一只白玉戒，那可是祖上传下来的，若是有朝一日我也送给了你，你也就一定是我家里的人了。不过，这话你可不能告诉大娘。

妻　老爷，我还是不要，不要。

［刘妈上。

刘　妈　啊呀，老爷怎么回来了？

秀　才　老爷我根本就没走嘛。

刘　妈　老爷，大娘叫小娘子过去吃饭。

秀　才　告诉大娘，我们马上就到。

刘　妈　是，老爷，我去告诉大娘。

［刘妈下。秀才赶紧关门插栓。

秀　才　小娘子，来，我们先睡觉，后吃饭。

妻　啊，老爷，大白天的，你要做什么？

秀　才　哎，给我养儿子呀，早养儿子不就早回家了吗？

妻　不，不不，老爷不要这样急，老爷不要……

秀　才　又不是黄花姑娘，还何必不好意思？来，来嘛！

妻　老爷，我求求你，求求你……

［秀才横拉竖拖着把妻抱上床，放下蚊帐。

第三场

［字幕：妻典到秀才家一年后。

［幕内唱："一年春来秋又尽，

代人受孕添子孙。

今朝宴庆百日喜，

知是奴隶是母亲？"

［秀才家的客堂，张灯结彩，鞭炮齐鸣。大娘、秀才盛装上，刘妈、黄妈陪上。

大　娘　要挂一百盏红灯！

秀　才　对，挂一百盏红灯！

刘妈黄妈　挂一百盏红灯——

大　娘　要点一百支红烛！

秀　才　对，点一百支红烛！

刘妈黄妈　点一百支红烛——

大　娘　要送一百只红蛋！

秀　才　对，送一百只红蛋！

刘妈黄妈　送一百只红蛋——

大　娘　去叫秋宝的婶娘，把我和老爷的儿子抱出来见客。

秀　才　对，叫秋宝婶娘抱小少爷见客！

刘妈黄妈　秋宝婶娘抱小少爷见客——

［妻内应："来啦！"

［妻怀抱秋宝上。

妻　（唱）　耳边阵阵爆竹响，

眼前灯笼亮晃晃。

怀中秋宝看不够，

半是欢喜半悲伤。

啊呀老爷，爆竹声太响了，不要吓坏了小少爷。

秀　才　对对对，太响，太响，不要再放了！

刘妈黄妈　不要放了——

妻　啊呀大娘，红灯笼太亮了，照得少爷眼睛睁不开。

秀　才　对对对，太亮，太亮，把灯笼都灭了！

刘妈黄妈　灯笼灭了——

妻　啊，老爷、大娘，这是你们的儿子秋宝，你们自己抱去见客吧。

大　娘　来，给我吧。

［大娘抱过秋宝，秋宝啼哭不止。

大　娘　奇怪呀，我的儿子，怎么一到怀里就哭个不停。

秀　才　来，让我抱他。

［秀才抱过秋宝，秋宝仍是啼哭。

秀　才　看来还是要婶娘抱。

大　娘　我倒不信。

［大娘再抱过秋宝，秋宝哭得更凶。

秀　才　算了，算了，就让秋宝婶娘抱着见客吧，反正大家都知道的。

妻　也好，我就代大娘抱一抱。

［妻抱过婴儿，婴儿居然笑了。

秀　才　哈哈……亲不亲，肚里明，不要看他小，什么都知道！秋宝婶娘，我们走吧。哈哈……

［妻抱着婴儿，秀才护着她，刘妈、黄妈簇拥着下。大娘落寞着。

大　娘　好哇，她倒成了亲娘，我倒成了婶娘！

（唱）　咬牙切齿心头恼，

捶胸顿足泪水抛。

忍气吞声图什么，

就图个借腹代我生宝宝。

看他们欢欢喜喜乐陶陶，

我这里孤孤单单多萧条。

我只怕天长日久内外要颠倒，

儿子骄生母也贵斑鸠占了黄雀巢。

这妇人初来乍到像根草，

到如今白白嫩嫩像团糕。

乍来时馊饭剩菜喂不饱，

到如今冷热咸淡竟要挑。

最可恨老爷对她总讨好，

她也就顺着梯子爬得高。

叹只叹生为妇人不生养，

人前人后都直不起腰。（忽有所见，警觉地）

那是谁，好像是小妇人的丈夫，他怎么到这里来了？（避下）

［夫垂头丧气地上。

夫　（唱）　世道无情欺善良，

人到穷途志气丧。

一丧丧得典家产，

二丧丧得典妻房，

三丧丧得典廉耻，

典了廉耻脸无光。

妻子代人来生养，

丈夫心头愧难当。

为了救活儿子命，

硬起头皮上厅堂。

[夫东张西望着。大娘探了一次头。

[妻慵倦地返上。

妻　（唱）满耳听得恭维声，

几分是假几分真。

乘兴喝了两杯酒，

头重脚轻回房门。

[妻惊见有人，夫忙躲藏。大娘又探了一次头。

妻　是谁，谁呀？啊，窃贼，有窃贼！

夫　不要叫，不要叫，我是你男人！

妻　啊，是你，春宝爹！

夫　是我，春宝娘，你都让我认不出了。（见她在自己身后张望）春宝娘，你在找什么？

妻　春宝呢，怎么不见我们的春宝？

夫　春宝在家呢，我是一个人出门的。

妻　你为何不把春宝带来呢？也好让我看看他呀！

夫　带他到这里来，不是也不方便嘛。

妻　怎么不方便，都一年多了，你知道我为他做过多少噩梦吗？春宝爹，春宝的病治好了吧？

夫　春宝娘，你也不问问我是来做什么？

妻　你来做什么？

夫　我……

妻　你就快点说呀，你来做什么？

夫　我说，我说，我是来给你和秀才老爷贺喜的。你看，这是我送给小少爷的见面礼，不成敬意。

妻　你呀你，你把春宝撇在家里，就为了来送这么一个礼？

夫　我也想顺便来看看你。

妻　看我做什么，我不是好好的嘛。

夫　是好好的，我看得出。

妻　（左右看看）春宝爹，你快走吧，让人看见像什么？

夫　好，我走，我就走。

妻　等等。春宝爹，你还没回答我的话呢，你可要实话对我说。

夫　好的，我实话对你说。

妻　你的赌戒了吧？

夫　戒了。

妻　酒呢？

夫　也戒了。

妻　那我们儿子春宝的病也一定治好了，是吧？春宝他一定还记得自己的姆妈吧？啊？

夫　这……唉，自己的姆妈他怎么会不记得。

妻　春宝他也一定很想我吧？啊？

夫　想，想！春宝每天都在叫姆妈，日里叫，夜里叫，冷了叫，饿了叫，做梦也在叫，叫得我心都碎了！

妻　春宝，我的儿，姆妈对不起你呀……（伤心）

夫　（亦伤感地）春宝娘，我把实话都告诉你吧。

（唱）　春宝生来讨债命，
害得一家不安宁。
出了娘胎就带病，
不死不活到如今。
我也曾带他四处去求医，
我也曾带他庙里拜观音。
无奈百药治不好，

他——

妻　他怎么样？

夫　（唱）　他一把骨头瘦伶仃。

妻　啊，春宝的病还没有治好？

夫　春宝娘，你再听我说呀！

（唱）　我本想还清赌债留小本，
留下小本做经营。
谁知为了医春宝，
又把小本也用尽。
无奈何只好钱庄去借贷，
却不料高利打滚似催命。
如今身上又背债，
只好向你把手伸。

妻　啊，一百块大洋都用完了？

夫　早就用完了，今天我就是来向你借钱的。

妻　向我借钱，我是谁？我哪里有钱借给你？春宝爹呀春宝爹，你教我又有什么办法呢？

夫　我也是为了我们的儿子春宝嘛，总不能等到你三年期满回到家，春宝他已经病死了吧？

妻　那……你要我为他做什么？

夫　钱，就是钱，有了钱就什么都不用愁了。

妻　可是，我没有钱呀？

夫　没有钱，那怎么办？哎，你手上的戒指不是可以换钱吗？来，你给我吧。

妻　不，这个戒指不能给你。

夫　春宝娘，你还是给我吧！（强捋下来）

［大娘又探了一次头。

夫　好了，春宝娘，我走了！（急急地下）

妻　天哪，这就是我的丈夫，就是我春宝儿的爹爹！我的春宝，春宝，可怜的儿呀……

［妻压抑着哭声，秀才喜滋滋地上。

秀才　给小娘子请安！

妻　（下意识地转头扑向他）老爷，我好命苦哇……

秀才　哎哎哎，小娘子怎么哭了，是不是大娘又欺负你了？

妻　不是……

秀才　不是？哦，我懂了，你是多吃了酒，心里高兴就哭了。人啊，就是这样，伤心的时候想哭，开心的时候也想哭，比如我现在就想哭，哭……（故意放声嚎哭）

妻　老爷，你不要这样，不要这样嘛。

秀才　（哈哈大笑）哈哈……你还当我真哭？

妻　老爷开玩笑？

秀才　对，开玩笑。秋宝婶娘，我还有一个玩笑要对你开呢！

妻　老爷还要开什么玩笑？

秀才　（扶她坐下，一本正经地）我想加五十块现洋，再典你两年。

妻　（一怔，马上立起身）加五十块现洋，再典我两年？

秀才　对呀，我想让你把秋宝再带带大，也想让你再陪陪我，我还想再生个儿子呢。

妻　老爷，请你不要说了，我是不会答应的。

秀才　为什么，难道你还是忘不了从前的家？

妻　是的，我忘不了从前的家，忘不了自己的丈夫和儿子。我还以为老爷真的想把我长远留下来。其实，老爷根本就没有把我当成一个人。

秀才　（愣了一愣）嗨，我不是说了嘛，这是一句玩笑，你怎么当真了？

妻　老爷说的都是实话。

秀　才　你看看，你看看，居然把玩笑当真的了。不要忘了，秋宝的名字还是你取得呢，而我明明知道你的那个儿子叫春宝，还是用了秋宝的名字，我的心思难道你还不懂吗？

妻　老爷又是什么心思呢？

秀　才　娶你过来呀？日后连同春宝也一齐带过来，这不就圆满了吗？

妻　老爷真是这样想？

秀　才　当然啦，我还准备把这只白玉戒也送给你呢。

妻　（久久看着他，不禁苦笑出声）哈哈……老爷说的每一句话，恐怕连老爷自己都不会相信吧？哈哈……

秀　才　（叹一口气）唉，其实我也不知道我的话里，有几句是真，几句是假。

［一阵乱锣，大娘扭送夫上。黄妈好奇上，刘妈抱婴儿亦上。

大　娘　老爷，抓住一个窃贼！

夫　秀才老爷，误会了，我没有偷你们的东西。

秀　才　是你？这是怎么回事？

夫　老爷，我是来向你们道喜的。

秀　才　你，道喜？

大　娘　道什么喜，分明是贼，老爷你看！（抬起夫的一只手）

秀　才　我的青玉戒，秋宝婶娘，你……

夫　秀才老爷，这青玉戒可不是我偷的，是我老婆送给我的。

秀　才　（看着妻）真是你送给他的？

妻　是我送给他的，老爷，我的儿子春宝要钱治病，我让他拿戒指去换钱。

大　娘　好哇，千好万好亲夫好，你竟敢把老爷送给你的戒指送给他，你呀你，枉费了老爷的一片心！

妻　老爷，对不起。

秀　才　（一挥手）不要说了！算我瞎了眼睛，养了一条白眼狼！

夫　老爷，你不要骂人嘛。

秀　才　（拉下脸）我骂了，怎么样？我出了你一百块大洋，我就是她的老公，不要说骂，我还要打！

大　娘　对，打，打死这个吃里扒外的小女人！

秀　才　不，我不打，我舍不得打。（故意搂住妻，阴阳怪气地）嘿嘿，我要她陪我睡觉，为我养儿子，带宝宝，你么，只好看着！

夫　你——老畜牲！

秀　才　（大笑）哈哈……

妻　春宝爹，你走，你快走吧！

夫　春宝娘，你也跟我一同回家吧。

大　娘　回家，没那么便宜，三年典期还没到呢！

夫　春宝娘，我好后悔呀！

妻　春宝爹，你快走吧，你要把春宝的病治好，等着我回家！

秀　才　把他赶走！

夫　春宝娘！

［夫被赶下，妻倒在地。

大　娘　黄妈，刘妈，放一条被子在灶披间，把小妇人搬过去。从今以后，什么苦事脏事都派给她做。

刘　妈　这……

大　娘　还有，除了给秋宝喂奶，再不许她碰我的儿子。

刘　妈　是。

大　娘　老爷，客人还等着，我们抱秋宝去收礼钱吧。

[大娘从刘妈怀中抱过婴儿，婴儿又是大哭，大娘顾自用力拍打着，下。刘妈跟下。

秀　才　(又换一副面孔)秋宝婶娘……(见妻低头不语)其实，我也是一时之气，要知道，我心里还是疼你的。(见妻避开他，叹了口气)唉，古人说得不错，唯女人和小人最难养，此言不谬，此言不谬啊……(摇头晃脑地下)

妻　春宝，我的春宝……

[传来秋宝哭声。

妻　秋宝，我的秋宝……

[爆竹声大作，红灯笼大亮，妻抱着头，眩晕栽倒。

[幕内唱："镜花水月成泡影，
罔顾四周皆无情。
满眼一片黑漆漆，
唯有儿啼连着心。"

第四场

[字幕：三年期满，妻回家的日子。

[景同前场。秀才显见衰老了，大娘为他捶着背，刘妈黄妈侍陪着。妻孤零零地立在一边，腋下仍挟着来时的伞，妻也失去了原来的光泽。

[幕内秋宝的叫声："婶娘，婶娘，要婶娘！"

[妻敏感地抬起了头。

[幕内唱："三年典期期已满，
待要走时却也难。

秋宝声声叫得惨，

听得婶娘泪潸潸。”

大　娘　黄妈，带秋宝到别人家去玩，等小妇人走了再带回来。

黄　妈　秋宝婶娘，我就不送你了。

妻　黄妈保重。

［黄妈抹泪下。

大　娘　刘妈，再把小妇人身上摸一摸，不要带走东西。

刘　妈　大娘，不是摸过了嘛。

大　娘　叫你摸你就摸。

刘　妈　秋宝婶娘，对不起了。（上下摸遍）大娘，除了剩下一把骨头，什么都没带走。

大　娘　那就好。刘妈，我让你雇的轿子雇好了吗？

刘　妈　雇好了，马上就到。

大　娘　轿子有篷无篷？

刘　妈　照大娘吩咐，无篷。

大　娘　无篷就对了。按规矩只能把她送到半程，剩下的应该是她丈夫来接。刘妈，你到门外等着，轿子一到马上就送她走。

刘　妈　秋宝婶娘，我去等轿子了。

妻　辛苦刘妈。

［刘妈也抹泪下。

大　娘　小妇人，你过来，我再关照你两句话。

妻　大娘就请讲吧。

大　娘　第一句，从今以后你与老爷两无相干。

妻　这我知道。

大　娘　知道就好。第二句，一生一世不许来看秋宝。

妻　这……

大　娘　怎么，秋宝虽然是你生下来的，可他是我的亲儿子，你懂吗？

妻　我懂。

大　娘　好了，你是不是再吃碗饭走？

妻　不吃了，我想再看一眼秋宝。

大　娘　何必呢，回家去看你的春宝，看一个够。

秀　才　（忽然不耐烦地）该死的轿夫怎么还不来！

大　娘　是啊，等得人心烦！

秀　才　大娘，你去看看。

大　娘　啊？也好，我亲自去催。

［大娘下。秀才挪近妻，伸出一只手。

秀　才　秋宝婶娘，拿去吧。

妻　什么？

秀　才　五块钱，还有那只青玉戒。

妻　钱我收下，戒指不要。

秀　才　秋宝娘，其实我是舍不得你走呀。

妻　老爷，事到如今，还说这些话做什么。

秀　才　秋宝婶娘啊！

（唱）　我知你一颗心已飞回家，
　　　　我也知身子好留心难留。
　　　　纵然是三年多有亏待处，
　　　　饱暖二字总无忧。

妻　秀才老爷说得不错。

（唱）　饱暖二字是无忧，
　　　　无奈做人总低头。
　　　　人前吞下汤和饭，
　　　　人后独自把泪流。

秀　才　（唱）　我知你一把泪水流那边，

一把泪水流这头。

妻　（唱）　还有一把流自己，

一直流到心里头。

秀　才　（唱）　你不念秋宝孩儿年尚幼，

你不念他叫唤婶娘泪长流？

妻　（唱）　我也念春宝孩儿年也小，

我也念他日里叫亲娘叫到夜里头。

秀　才　（唱）　你不怕回到穷家苦难受，

你不怕吃了上顿下顿愁？

妻　（唱）　无奈我生来就是贫贱命，

我只求穷苦人家长聚头。

秀　才　（唱）　你不怕亲夫恶习总难改，

你不怕他穷极之时把你典卖到青楼？

妻　（唱）　我亲夫原本心地也善良，

我料他不会再将我辜负。

倘若他果然丧心似禽兽，

我情愿怀抱春宝把湖投。

秀　才　说一千，道一万，你是舍不得你的春宝。

妻　是的，我舍不得，舍不得。

秀　才　难道秋宝就不是你的儿子？

妻　不是，我只是秋宝的婶娘，是老爷和大娘的佣人。可春宝他叫我亲娘，我是他的姆妈。

秀　才　秋宝婶娘，不，春宝姆妈，假如我答应你把春宝也一同带来，你能死心塌地留下来，带好我的秋宝吗？

妻　那我算什么呢？还是婶娘，还是下人，还是不能亲自己的儿子，不能听他叫我一声姆妈吗？

秀　才　那我就正式娶你过来，让你当这两个儿子的姆妈。

妻　那大娘呢，大娘又算什么？

秀　才　我可以去求族长，让族长做主，休了大娘。总之，只要我的秋宝能平安长大，我什么都可以去做，你信不信？

妻　我不信。

秀　才　你不信？

妻　不信。我不信秀才老爷会为了我休掉元配夫人，我更不信秀才老爷能容得了我和前夫生的儿子。老爷，你就不要再哄我了！

秀　才　既然如此，我还能说什么呢？我唯有等你那不争气的丈夫养不活你，再来求我；等你熬不住苦日子，自己找回来；等你那儿子的病治不好——

妻　（高声地）不要说了！我就是饿死也不会再回来的，你就死了心吧！

秀　才　可是，那秋宝终究是你肚皮里养出来的，你就是死了恐怕也放不下他吧，啊，秋宝婶娘？

妻　（捶打自己）我真恨哪……

秀　才　来，拿着这枚戒指，看见它就如同看见我，看见了你的儿子秋宝。

［妻不情愿地由秀才把戒指戴上。

［大娘上。

大　娘　轿子已在门外等着了，小妇人，快走吧。（见妻欲下，忽又生疑地）把手伸给我。

［妻自己捋下戒指，抛还给她。

大　娘　（戳着秀才脑袋）老东西！

［秀才大步下，大娘骂咧咧追下。

［幕内又传来秋宝的叫声："婶娘，婶娘，要婶娘！"

妻　　秋宝，秋宝，婶娘对不起你！婶娘走了……

［妻艰难出门，秀才家的门在妻身后关上。

第五场

［字幕：妻回家路上。

［青山绿水，山道弯弯。

［唢呐声咽。轿夫甲、乙抬妻上，妻仍撑着那把旧伞，行轿。

［幕内唱：“满腹苦水向谁吐，
伤心走上归家路。
去时一把旧雨伞，
回时两个老轿夫。”

妻　（唱）　轿杠悠悠泪悠悠，
行到途中又回头。
如闻秋宝叫婶娘，
如见秋宝涕泪流。
想春宝，往前走，
三岁离儿心愧疚；
想秋宝，总回头，
从此母子无干休。
这一边呀情难舍，
那一边呀人难留；
一边是愁，
一边是忧，
我心头总是怨愁两幽幽。

妻　二位老哥哥,停轿,停轿。

[停轿。

妻　二位老哥哥,半程已到,你们请回吧。

轿夫甲　小娘子接下去的路,怎么走?

妻　我的丈夫他会雇轿子来接我的。

轿夫甲　你的丈夫他会雇轿子来接你?

妻　是啊。

轿夫乙　小娘子,你就不必要面子了,你那丈夫雇不起轿子,他也不会来接你的。

妻　那,我就自己走回家。

轿夫乙　走回家,那怎么行? 我看小娘子怪可怜的,干脆我们把你送到家吧。

轿夫甲　对,秀才无情,亲夫无钱,我们送你回家。

妻　如此,辛苦二位老哥哥。

[雷声滚过。

轿夫乙　小娘子,快上轿,就要落雨了!

[行轿。

妻　(唱)　天上滚滚雷声响,
地下漫漫道路长。
我的两脚悬着空,
我的魂灵何处放?
嫁了一个人,
生了一个郎;
做了一回妻,
当了一回娘;
破了一个家,
断了一回肠;

迈出了一道旧门槛——

飘飘忽忽，悠悠荡荡，浑浑噩噩，踉踉跄跄，

无知无觉，若生若死，一脚又跌进了新门墙。

新门墙，魂难放，

心头总是一个慌。

陌生一个老秀才，

横拉竖拖就上床。

来年生下了儿秋宝，

这秋宝儿从此牵住了我心房。

离旧家，儿哭娘；

别新家，娘哭郎；

我把一个儿抛下；

又把一个撇一旁！

天哪天——

我是万般伤心总无奈，

这世上哪有亲娘舍得亲儿郎？

我冤啊冤，

我悔啊悔，

我恨啊恨，

我痛啊痛，

我是双手捧着一颗心，

不知能在何处放？

[有儿童嬉闹声，俄顷弥漫一片。

妻 两位老哥哥，停轿，快停轿！

[停轿。

妻 二位老哥哥，你们看，你们看呀！

轿夫甲 是一群孩子做游戏。

轿夫乙　大大小小，三五成群。

妻　(寻找着)春宝，谁是我家的春宝？春宝！春宝！

[春宝的叫声响起："姆妈！姆妈！姆妈！"

妻　(追逐着)春宝！春宝！春宝！

[春宝的叫声远去："姆妈，姆妈，姆妈……"

[秋宝的叫声又响起："婶娘！婶娘！婶娘！"

妻　啊，秋宝，我家的秋宝追来了，秋宝！秋宝！秋宝！

[秋宝的叫声也远去："婶娘，婶娘，婶娘……"

妻　秋宝，春宝！春宝，秋宝！

[雷声炸响，妻惊倒在地。

轿夫甲　小娘子，你怎么了？

轿夫乙　小娘子怎么倒在地上？

妻　(茫然地)啊，二位老哥哥，我这是在哪里呀？

轿夫甲　在你回家的路上。

轿夫乙　就快到你自己的家了。

妻　我在回家的路上，就快到我自己的家了？

轿夫甲　是啊，你看，要落雨了。

轿夫乙　快上轿吧。

妻　上轿……回家……(忽地爬起来)二位老哥哥，我们快走吧！

[雷声轰鸣，轿夫急行，妻情绪亢奋。

妻　(唱)　急急盼呀急急行，
前面就是自家门。
我看见春宝爹在将我等，
我听见春宝儿在叫娘亲。
我把那三年悲苦都忘尽，
我还要亲亲热热热热亲亲一家人！

春宝爹，春宝！春宝，春宝爹！我回来啦，我回来啦——

［行轿如飞……妻的叫喊声响彻天地……

尾　声

［字幕：妻从前的家。

［蛙噪蝉鸣，欲雨黄昏。春宝病重弥留，夫喝着闷酒。

［妻急步上，兴奋地撞进家门。

妻　春宝爹，为何不上灯？

夫　没有油了。

妻　为何不生灶？

夫　没有柴了。

妻　为何不做饭？

大　没有米了。

妻　春宝呢，为何也听不到他的哭声？

夫　病得重，已经治不好了，就等你回来看一眼。

妻　啊，春宝爹，我这里有五块钱，你快拿去买吃的，买好吃的，一定要让我们的春宝吃饱，吃饱了！

夫　哎，我去给春宝买吃的，我去买！（抱着酒壶急下）

［妻靠近春宝。

妻　春宝，是姆妈回来了，姆妈回来了呀！

春　宝　姆妈……

妻　（抱紧他，难过地不能自已）春宝，我的儿，姆妈想你，姆妈想你呀……

春　宝　姆妈，你还走吗？

妻　姆妈不走，姆妈永远不走了！

春　宝　（搂住她，死死地不肯放松）姆妈，我不饿，我不冷，我身上也不疼……

妻　姆妈知道，春宝饿，春宝冷，春宝身上疼，可是姆妈……

［忽然，春宝僵硬地撒开了手，他死了。

妻　啊！春宝，春宝，春宝啊……

［雷声，雨声，风声……

［妻僵硬地抱着死去的春宝坐到雨前，麻木地等待着什么。

妻　（自语着）春宝，姆妈不走了，姆妈死也和你在一起……

［大雨如注，妻浑然无觉。

［剧终。

琼剧

下南洋

人　物　文昌——海南籍新加坡华侨

琼娘——文昌在海南的妻子

星姐——文昌在新加坡的妻子

海亮——文昌和琼娘的儿子

阿龙——文昌在海南的堂兄

凤鸣——阿龙的妻子

文翔——文昌和星姐的孙子

其他根据剧情发展不断变化身份的群众角色

序幕　海南 1918

［白日，大海，椰林，沙滩。

［老年阿龙怀抱椰胡自拉自唱琼州戏《四郎落番》。

阿　龙　（唱）　杨四郎独坐宫院自思叹，

回想起当年之事心凄然。

我的爹娘呀，

要相见除非是梦境里面再团圆……

［一幅青壮男人别离故土出海下南洋的伤心画卷……阿龙隐下。

［文昌背木箱上，琼娘怀抱婴儿送上。

文　昌　琼娘，回去吧。

琼　娘　孩子刚出世，阿爸就去番，文昌，你带上我们一起走吧？

文　昌　不，琼娘，你上不了船，也去不了番。

琼　娘　你也不去，好吗？

文　昌　为了安葬我死去的爹，为了修补那几间房，为了娶青梅竹马的你，文昌我已经背了一身的债，我若不去番，拿什么钱还债呀？

琼　娘　我怕你一去不回。

文　昌　我要回，我一定要回！琼娘，带好我们的儿子海亮，等着我，一定要等着我！

琼　娘　文昌，我们等着你，等着你！

［幕内唱海南民谣：

“今夜送郎下南洋，
郎下南洋侬断肠。
眼汁滴落在床下，
床下一摊苦水塘。”

［文昌忍痛下。

［海潮汹涌，浊浪排空。

琼　娘　（紧追几步）文昌，我们等你，等你！

第一场　新加坡 1921

［字幕：三年后，新加坡时属英国殖民地。

［美芝律街，俗称“海南街”，鳞次栉比的小商铺，来来往往的行人，一幅20世纪初南洋街市流动图。乞丐在人群中流蹿。

乞　丐　（唱）　都说南洋钱好看，
花花绿绿照人眼。
都说南洋钱好赚，
军港锡矿橡胶园。
都说南洋风光好，
海岛月亮分外圆。
偏偏南洋乞丐多，
大街小巷到处蹿。

［市声渐息，路灯初上。典型的海南人经营的楼式街面咖

啡馆，楼上挂着“怡和”招牌。文昌捧咖啡上。

文　昌　（唱）　南洋街头咖啡香，
住店打工三载长。
小工跑堂先做起，
升到头手炒锅掌。
我冲的咖啡人夸奖，
我炒的咖啡美名扬。
攒足工钱回海南，
置田买地造新房。

［星姐哼着小曲，推着自行车由店堂内出。

文　昌　（毕恭毕敬地）小姐出门呀？

星　姐　我看戏去了，文昌，你可要好好干活，不许偷懒。

文　昌　小姐放心，小姐早去早回！（忽有所思）小姐，我陪你去看戏吧？

星　姐　（打量他，笑出来）你，这副样子，还陪我看戏？

文　昌　哦，小姐，老板出门交代，要我照顾好小姐，你一人出门，我不放心。

星　姐　放心吧，我又不是小孩子。不过，难得你这一句话！文昌，好好干，我让爸爸给你长工钱。拜拜！

［星姐愉快地骑上自行车下。

［文昌殷勤地应付店面。

［阿龙拖着一条残腿卖唱上。

阿　龙　（唱）　我好比笼中鸟有翅难展，
我好比浅水龙被困沙滩……

文　昌　（被戏曲吸引，好奇地）请问老哥，是海南人吧？

阿　龙　是，海南人。

文　昌　这段《四郎落番》，把我眼泪都听出来了。

阿　龙　（意外地）你是文昌？我是你堂兄阿龙呀！

文　昌　我堂兄阿龙？

阿　龙　是我呀，文昌！

文　昌　是阿龙哥，阿龙哥快坐下，来，先喝杯咖啡。

阿　龙　文昌，听琼州会馆的人说，你在咖啡馆打工，还做了头手，看样子混得不错。

文　昌　托祖宗福，还过得去，老板一家对我很好，工钱也一年一年长。阿龙哥，听说你去了马来亚锡矿，怎么到星洲来了？阿龙哥，你的这条腿？

阿　龙　（深长一叹）文昌兄弟！

（唱）　三年之前同出海，

开采锡矿去马来。

谁知不幸遭矿难，

被砸伤残成废材。

得知兄弟在狮城，

辗转过海求援来。

文　昌　堂兄有难处尽管说，堂弟我岂能袖手旁观。

阿　龙　我想买张船票回家。

文　昌　好，明天我就去为阿龙哥订船票。阿龙哥，我还想请你为我带信带钱给我的琼娘和海亮。

阿　龙　兄弟放心，阿龙哥一定给你带到。

文　昌　阿龙哥！

（唱）　遇堂兄勾起我心中思念，

文昌我真想与你同行回家园。

我思念空房独守的琼娘妻，

我思念无依无靠的小儿男。

多少次订了船票想要回家转，

又总是情不愿也心不甘。
我还想留在南洋拼几载，
我还想勤劳节俭多赚钱。
今日为人来打工，
明日自己当老板。

阿　龙　说得好，说得好，文昌兄弟有志气！兄弟，想想你我九死一生漂洋过海，不就是想在南洋混出个名堂，有朝一日揣着大把大把的洋钞票，衣锦还乡么？可惜阿龙哥废了，不能再打拼了，只好回到家乡种田，可兄弟你是好好的，你要留下来，熬下去，拼它个出人头地！唯有如此，才对得起祖宗，对得起妻小，对得起成千上万漂洋过海的海南弟兄呀！

文　昌　可是我也想老婆，想儿子，想家！（唏嘘）

阿　龙　阿龙哥会把你的想念带回家，我会照顾好你的妻儿，你就放心留在南洋闯荡吧。

文　昌　阿龙哥！

阿　龙　天不早了，阿龙哥寄宿在琼州会馆，我明天再来找你吧。

文　昌　阿龙哥请稍等。

［文昌取了件衣服和一些零钱给阿龙。

文　昌　阿龙哥，先把衣服换了，这点零钱先用着。

阿　龙　兄弟真是有情有义，阿龙哥先谢谢了！

［阿龙下。

星　姐　（内声）救命呀！

文　昌　（紧张地）星姐！

［星姐骑自行车逃上，几个醉汉追上。

文　昌　（冲上去挡住歹徒）站住，你们想干什么！

一醉汉　嘿嘿，唐山人，打！

［众醉汉殴打文昌，文昌护着星姐，寡不敌众，被醉汉打倒。

［警哨声，醉汉闻声一哄而散。

星　姐　（关切地）文昌，你不要紧吧？

［文昌挣扎着站起来，用手捂住伤口，走了几步，重又栽倒。

星　姐　（哭泣着）文昌，对不起，我错了，我不该不听你的话，我不该一个人去看戏，下次再也不会了，文昌你醒醒，你醒醒呀……

文　昌　（又挣扎起来）星姐，我没事，真的，没事！

［文昌收拾凌乱了的店面，星姐默默地望着他……文昌不经意瞥见星姐目光，二人均敏感避开……忽然，星姐紧紧抱住了文昌……

［幕间，老年阿龙唱《四郎落番》。

阿　龙　（唱）　非是我娶了娇妻忘糟糠，
非是我身在异邦忘高堂……

第二场　新加坡 1928

［字幕：七年后。

［琼娘拿着地址寻上。

琼　娘　（唱）　夫妻离别十岁冬春，
海南家中守望空门。
见钱见物也见书信，
唯独不见我那夫君。

恐他辛劳恐他生病，
恐他孤苦恐他变心。
乘船过海前来探寻，
疑疑惑惑到了狮城。（寻找着下）

［夜晚，怡和咖啡馆，文昌埋头算账，星姐在店里收拾。

星　姐　相公，我累了，你忙吧。以后，这个咖啡馆就全交给你了。

文　昌　娘子说得不对，不是一个咖啡馆，是两个、三个，五个。日后，我们还要开饭庄，造旅馆，我就是要把你阿爸留下的这副家业做好做大！

星　姐　相公，你说得真好，娘子我先上楼歇息了？

文　昌　娘子上楼歇息，我把今日账目算了就来。

［星姐上楼。

文　昌　（感情复杂地）相公……娘子……

（唱）　身在异乡为异客，
恍然筑起安乐窝。
故园妻儿何曾忘，
每当独处泪婆娑。
十载离愁心头锁，
漫漫疼痛与谁说。
遥望琼崖情难舍，
眼前炽爱怎分割。

［琼娘对照着地址上。

琼　娘　怡和咖啡馆，到了！

［琼娘走进店堂。

琼　娘　请问这是怡和咖啡馆吧？

文　昌　（头未抬地）是，对不起，关门了。

琼　娘　关门不要紧，我找一个人。

文　昌　你找谁？

琼　娘　（打量他）你把头抬起来，让我看一看。

［文昌抬头，二人同时错愕。

文　昌　琼娘？

琼　娘　文昌？

文　昌　真的是你！

琼　娘　真的是你！

［幕内唱："十年分别乍相认，
　　一半疑来一半生。
　　执手相看两泪眼，
　　不知从何说分明。"

文　昌　琼娘，你怎会来到星洲？

琼　娘　我向阿龙哥问了地址，独自坐船来的。

文　昌　为何不事先告知，我也好去码头接你？

琼　娘　我就是想悄悄地来，就是想亲自到南洋来看望你。对不起，文昌，我没把儿子带来，我把他寄在阿龙哥家，你不怪我吧？

文　昌　不，琼娘，你一个女人家坐船航海，已经够难了，你先告诉我，我们的儿子海亮他好吗？

琼　娘　海亮是个好孩子，乖孩子，你放心吧。

文　昌　琼娘，你坐，你坐。

琼　娘　文昌，我们有十年不见了。

文　昌　（看着她）十年，十年。（一把抱紧她，悲喜交加）琼娘，我的妻呀！

琼　娘　文昌！

文　昌　（忽然松开她）啊，琼娘，文昌我对不起你！

星　姐　（内声）相公，你在跟谁说话？

文　昌　(掩饰地)哦,没有跟谁说话,没有……

星　姐　相公,你不上楼,我睡不着。

文　昌　哦,娘子,我马上就来,马上就来。

琼　娘　(发觉异常)她是谁?

文　昌　是……

琼　娘　是谁?

文　昌　她叫星姐,是老板的女儿。

琼　娘　老板的女儿,可她为何叫你相公,你又为何叫她娘子?文昌,你莫非在南洋又成了家?

文　昌　不,不是……不是,也是……

琼　娘　到底是还不是?你要实话对我说,对我讲呀!

文　昌　琼娘,你教我一时如何说得清楚呀!

琼　娘　说不清楚?文昌,你好狠的心呀!

(唱)　可怜我十载倚门家中等,
原来你有了新人忘旧人。
我问你为何十载不回乡,
我问你为何辜负结发情?
琼娘我独自为你把家守,
你的儿日夜盼父回家门。
谁知你独自沉醉温柔乡,
做了个无情无义负心人。

文　昌　(唱)　亲人匆匆来相认,
又是欢喜又是惊。
漫长十载不归程,
蓦然之间怎说明。
琼娘呀,且莫追问她是谁,
我只道她是你结发夫君大恩人。

琼　娘　这到底是为什么，为什么？

星　姐　（内声）相公，你怎么还不上楼睡觉呀！

文　昌　这就来，这就来。琼娘，求求你轻声，轻声……

（唱）　对面不敢放高声，
凄凄切切诉离情。
头三年咖啡馆里打长工，
起早睡晚倍辛勤。
后三年老板对我渐信任，
放手让我来经营。
我把薪酬入股份，
新开几家旺铺门。
谁知操持太拼命，
一场大病险丧生。
三月卧床病势转，
全赖他父女二人延医求药端汤送水不舍不弃再造康宁。
受人深恩不思报，
文昌枉为琼崖人。
因此决定留下来，
辜负了家中妻小望潮人。

琼娘，你要恨就恨我吧，你要打要骂我也不怨！

琼　娘　（抬起手，又放下）不，原来你在南洋吃了那么多苦，受了那么多罪，可是你在信里为何从来都不提一句呢？

文　昌　海南人下南洋就是来受苦受罪的，提了又有什么用。我只想有朝一日衣锦还乡，把你和儿子接到南洋来，可是我未曾想到……

（唱）　吃苦受累我不怕，

无奈难处是感情。
那星姐与我共经危与难，
天长日久爱慕生。

琼　娘　（唱）你就该家中实情对她讲，
万不该隐瞒无辜懵懂人。

文　昌　（唱）我把那实情讲了千百遍，
她却道明知不可欲罢又不能。

琼　娘　（唱）你就该收拾行装回乡转，
莫忘了琼海岸边望潮人。

文　昌　（唱）谁料想就在临别那夜晚，
我恩重如山她相依为命的老父亲猝然病死在家门！

琼　娘　这下你还能走得了么？

文　昌　走不了，走不了！
（唱）星姐她爱我勤劳与克俭，
她说道此生非我不嫁人。
她不求明媒正娶名和分，
她只要真心相许一段情。

琼　娘　于是你就留下来和她做了夫妻？
［阁楼上，星姐在倾听。

文　昌　我和星姐虽以夫妻名义同居，却未登记结婚，我是中国人，我不能入了外国籍，不能剪断了我海南的根，所以我一直对星姐说，我再陪你打拼几年，再多开几家分店，再投资一点实业，再干一番事业，总之，早晚我文昌是要回海南的。

琼　娘　那我们现在就走。文昌，我离不开你，孩子需要你，你这就跟我回去吧！

文　昌　我想跟你回去见儿子，可星姐她、她、她偏偏这个时候怀孕了！

琼　娘　（绝望地颤抖）天哪……

文　昌　琼娘，我知道对不起你，对不起你千里万里来到南洋，你知道了我在南洋的艰难，知道了我在异国的苦衷，你能体谅和宽恕我一二么？

琼　娘　我能体谅宽恕你，可你那留在家乡的儿子海亮，他能体谅宽恕你么？你下南洋的时候，他还没有满月呀！

文　昌　（震动）海亮，儿呀，阿爸对不起你呀！

琼　娘　你对不起儿子，对不起我，你也对不起人家！

文　昌　先祖在上，不肖子孙文昌我究竟该怎么办，怎么办呀！（悲恸）

［星姐默默低头下楼，手中提着文昌离乡时的那只木箱。

星　姐　（努力克制着）文昌，琼娘，对不起，我听了你们的私房话。

文　昌　星姐，文昌对不起你！

星　姐　不，是我对不起你，对不起琼娘姐，我向你们道歉！（深深鞠躬）

琼　娘　星姐，好人，琼娘我不怨你，不恨你，我只求你把我的丈夫，不，把我儿子的父亲还给他，我求你了！（跪地）

星　姐　（唱）　自酿苦酒自己吞，
星姐我终了还是多余人。
我不悔患难一场爱恋深，
我只悔留住人家好郎君。
我不悔痴情一片少名分，
我只悔腹中遗孤成单亲。
不长不短一个梦，
有恩有爱一段情。
猝不及防美梦醒，

留下终身大悲欣。

这家财本是文昌辛苦挣，

他本想在南洋闯一番事业做成一番大事情。

如今悉数相奉送，

愿你们回到家乡买田造房供子读书恩恩爱爱享太平。

这一边，等到孩子长大后，

我带着渡海琼崖回归故里认祖归宗拜望儿的生身父亲。

琼　娘　不，我不能要你的钱，不能要！

星　姐　不是我的，是我和他的，琼娘姐，你就收下吧。

琼　娘　文昌，你说话，你说话呀！

文　昌　（痛苦地看着琼娘，痛苦地看着星姐，忽然向琼娘沉重跪下）琼娘，你就让我在南洋再打拼几年吧！

［琼娘惊讶，星姐惊讶，文昌痛不欲生……

［幕内唱海南民谣：

“下南洋，下南洋，

老了娇妻死了娘。

下南洋，下南洋，

不达富贵不还乡。”

第三场　海南 1936

［字幕：又八年，新落成的文家大院。

［张灯结彩，宾客盈门。

［文昌、琼娘、星姐等送客上。

文　昌　哈哈哈，真是一场盛宴呀！

（唱）　十里村庄幼与长，

三百乡党聚一堂。

置酒宰羊唱琼戏，

文家大宅喜洋洋。

捐资助学修庙宇，

桑梓之情来报偿。

怎奈一事不圆满，

归来未见亲儿郎。

阿龙哥，凤鸣嫂，托你们打听我儿海亮下落，有消息吗？

阿　龙　钱也花了，人也托了，就是打听不到海亮侄儿的下落。

凤　鸣　我还烧了香，求了签，可就是不灵验。

文　昌　琼娘，你说海亮这孩子，是不是存心不见我？

琼　娘　你回来的头天晚上，他还在家，可你一回来，他就不见了。

文　昌　说一千，道一万，是我这个阿爸有负于他呀。阿龙哥，凤鸣嫂，拜托你们再找，无论如何，我要见到亲生儿子。

阿　龙　好，我们去找。

［阿龙夫妇下。

文　昌　天色不早，星姐，你先回房歇息吧。

星　姐　琼娘姐，我先回房了。

［星姐下。

琼　娘　文昌，我也回房了。

文　昌　琼娘，我们说说话吧？

琼　娘　（略一犹豫）好吧。

［中堂，文昌、琼娘礼让坐下。

琼　娘　请用茶。

文　昌　谢谢。

琼　娘　用茶呀。

文　昌　谢谢！（捉住她的手）琼娘……

琼　娘　（收回手）文昌，祖宗牌位下，你想说什么？

文　昌　我就是想问问，海亮这孩子为什么不愿见我？你看，这是我为海亮买的英国单车，他骑上去一定很神气！

琼　娘　乡下路坑坑洼洼，只怕用不上吧。不过，我还是要代海亮谢谢你。

文　昌　谢什么，我是他阿爸。

琼　娘　文昌，听说你在那边已经有了三个儿女，孩子们都好吧？

文　昌　都好，都在英国人办的学堂和幼稚园里读书，本来星姐要我带上他们一起回来，可管家的说恐怕耽误孩子们的学业，那就下次，下次吧。琼娘，我问你海亮的事，你怎么总不回答我？

琼　娘　文昌，你让我如何回答是好呀？

（唱）　母子俩在家乡相依相傍，
十八年甘与苦唯有自尝。
海亮儿懂事早让我心放，
更有那阿龙哥照应周详。
承蒙你不间断寄回钱粮，
十岁时我把儿送入学堂。
指望他在人前有模有样，
指望他勤读书自立自强。
总算儿子还争气，
品学兼优慰心肠。

文　昌　谢谢你，谢谢你，为我教养出一个好儿郎呀！

琼　娘　且慢谢，且慢谢。

（唱） 自海亮听说你就要返乡，

仿佛是忽然间变了模样。

几天前他对我把话言讲，

他说要去县城数日时光。

知他一时想不开，

知他怨气在心房。

怎奈苦劝劝不住，

果然你回他躲藏。

文　昌　我的亲生儿子，竟然不想见我，这真是我的报应呀。

琼　娘　对不起，文昌，我没有当面把儿子交给你，当着你文氏先人的牌位，也求你宽恕我一二。

文　昌　不，是我亏欠了儿子，是我对不起他。现在，我只想见到海亮，好好赎补我一十八年对他的亏欠。

琼　娘　文昌，你不要难过，海亮是个好孩子，他早晚会懂得你的。

文　昌　无论如何，我不能失去亲生的儿子，我要找回和海亮的父子感情，我要把你们一起带到星洲去。

琼　娘　什么？你要把我们带到星洲去？

文　昌　是呀，我要给你一个无忧无虑的后半生，我要给海亮一个光明的前程。

琼　娘　还有呢？

文　昌　还有……星姐也是这个心愿。

琼　娘　我不跟你们去，海亮也不会跟你们走，我要留在海南，留在自己的家。

文　昌　难道那边就不是你的家吗？

琼　娘　不是，我的家在海南，南洋没有我的家，那边只是你的家，你的儿女你的家财你的事业都在那边，你应该留在那边发展，我去做什么，去了又算什么？那边的一切都和我无关。

文　昌　有我在那边，怎说与你无关？

琼　娘　无关。从前我的丈夫在那边，我千里万里去找他。今天，我的儿子在这边，我要尽心尽力陪伴他。你走吧，到那边和星姐补办个婚礼，一心一意待人家。不管到了哪一天，我都是你曾经的妻子，这里都是你的家。

文　昌　琼娘，当着祖宗的面，我求你跟我们走吧，你为我守了十八年，为我把儿子带大，你不去南洋，我这一颗心到死都不能安呀！（抱住她）

琼　娘　（用力挣开）夜深了，我要去睡了，你也早点歇着吧。

文　昌　不，琼娘，你不要离开我，今夜不要离开我。

琼　娘　今夜，为什么今夜？难道我琼娘除去那新婚的一年，就剩下这一个今夜了吗？

文　昌　（抱紧她）琼娘，我苦命的妻呀！

琼　娘　（痛苦地挣开）不，不！

［琼娘慌乱奔下，文昌暗自饮泣。

［海亮穿着带血衬衫，惊恐地上。

文　昌　（惊觉）谁？

海　亮　（也吓一跳）你是谁？

文　昌　半夜三更，翻墙而入，你是土匪还是强盗？（掏出手枪）

海　亮　我不是土匪，也不是强盗，我……

文　昌　站住！你不站住，我就开枪了！

［琼娘闻声上，用身体护住海亮。

琼　娘　文昌，你做什么？他是你的儿子海亮呀！

文　昌　（再打量）海亮……

海　亮　（也打量）阿爸……

［幕内唱："心底呼唤千万声，

待到相逢若路人。

目不转睛仔细看，

有喜有悲更有惊。”

文　昌　海亮，这是阿爸给你买的英国单车。

琼　娘　海亮，快去叫你阿爸呀？

海　亮　阿妈，我……不想叫他。

琼　娘　为什么？

海　亮　不为什么，就是不想叫。

琼　娘　（发现海亮身上血迹）啊，海亮，你受伤了？

海　亮　（拉琼娘到一边，低下头）阿妈，我把人砍伤了。

琼　娘　你说什么，你把人砍伤了？

海　亮　我砍伤了赌场的老板，他是警察局长的儿子。

琼　娘　啊？

海　亮　这几天我在县城里闲逛，是他硬把我拉进赌场，他把我的钱赢去不算，还要我的手表和衣裳，我不给他，他就要拿刀砍我，我一急夺过他的刀，我，我就把他砍伤了。

琼　娘　你怎么可以拿刀伤人？

海　亮　我不伤他，他就伤我呀。

琼　娘　你就不该跟他去赌场。

海　亮　阿妈，我知道我错了。

文　昌　儿呀，你闯大祸了！

海　亮　你不要叫我儿子，我是阿妈的儿子，我闯下大祸也不用你管。

文　昌　可是法律要管，那警察局长会报复你。儿呀，你不该这样意气用事呀！

海　亮　我就是意气用事了，与你何干？

文　昌　我是你阿爸，我有义务管教你，你给我在祖宗面前跪下，跪下！

海　亮　你现在才想起要管教我，晚了！

文　昌　（一时无语）你……

琼　娘　海亮，来，到阿妈身边来。

海　亮　（走近她）阿妈。

琼　娘　阿妈我来管教你！（狠狠打他一记耳光）

海　亮　阿妈打我，阿妈从小到大可从来都没打过海亮？

琼　娘　阿妈今天就是要打你，你可以不认你阿爸，可你不能不好好做人，不能给阿妈我在外面闯祸，你要知道，阿妈就你这一个儿子，你要是有个三长两短，阿妈还怎么活下去呀！

海　亮　阿妈，我知道错了，你要救救我，阿妈！

琼　娘　糊涂的儿子，你教阿妈如何救你呀！（抱住他痛哭）

海　亮　（为她擦眼泪）阿妈，你不要哭，海亮既然闯了祸，海亮就自己担着。海亮死了不要紧，可谁来照顾我的阿妈，我可怜的阿妈！

琼　娘　儿子，你起来，你过去求他，他是你的亲生阿爸，你快去求他呀！

文　昌　（伸出手）海亮，儿呀，想不到阿爸这样和你见面。来，到阿爸身边来，阿爸有枪，阿爸可以保护你，阿爸就是拼了性命也要救自己的儿子！

海　亮　不，我不要你这个阿爸救我，我宁可死！

文　昌　海亮，难道你就这么怨恨阿爸吗？

海　亮　我怨，我怨！

（唱）　怨你刚在儿生下，
离开阿妈走天涯。
怨你抛下妻和子，
十八年来不回家。

记得海亮在学堂，
人人争把父亲夸。
唯有海亮不作声，
低下头来泪哗哗。
多少年被人讥来遭人骂，
忍在心田咬碎牙。
多少年受人欺来挨人打，
回家装作笑哈哈。
你只知花花绿绿钞票寄回家，
你不知儿子要的是什么。
人家是阿爸阿妈多欢喜，
海亮是没有阿爸唯有妈。

文　昌　（痛心不已）海亮，我的儿呀！

（唱）　十八年来不相认，
相认不知谁是谁。
问海亮，一十八载怎度过，
儿知否，阿爸思乡泪长垂？

海　亮　（唱）　儿只知，狠心阿爸去南洋，
抛下了，孤儿寡母一双悲。

文　昌　（唱）　问海亮，一十八载望潮涌，
儿知否，阿爸魂魄伴潮归？

海　亮　（唱）　儿望潮，唯见天边无情水，
那潮水，都是母子伤心泪。

文　昌　（唱）　问海亮，从小是个好儿郎，
儿知否，一朝犯错头难回？

海　亮　（唱）　伶仃儿，本是自立自刚强，
恍然间，闻听父归心如灰。

文　昌　（唱）　问海亮，为何不怜生身母，
儿知否，阿妈为你心操碎？

海　亮　（唱）　父问子，为何不怜生身母，
子问父，十八年来胡不归？

文　昌　（唱）　儿啊儿，逝去年华难追悔，
容来日，百倍千倍把儿赔。

海　亮　（唱）　把儿赔，把儿赔，
只愿阿妈不泪垂。
荣华富贵儿不要，
只愿一家长相随。

文　昌　可是，阿爸十八年的辛苦，十八年的打拼都留在了南洋，阿爸又如何放得下呢？

海　亮　既然如此，你还回来做什么？

文　昌　阿爸想带你走。

海　亮　带我走？带我下南洋？不，我不去，我恨南洋！

文　昌　你恨南洋？阿爸这一代人，不，我们祖祖辈辈多少代海南人下南洋的辛酸苦痛，你又懂得几许？

海　亮　我不懂，我只知道你对不起我阿妈，你也不配做我的阿爸，你走吧！

文　昌　海亮，你太让阿爸伤心了！

［嘈杂声，阿龙、凤鸣上，星姐闻声也上。

阿　龙　不好了，海亮砍伤了警察局长的儿子，警察局长亲自带人来抓海亮了！

星　姐　他就是海亮？啊，文昌，不管海亮出了什么事情，你都要帮他呀！

文　昌　我知道，我知道。哼，纵容劣子，贻害青年，开设赌场，败坏风化，我倒要与警察局长论一论理。

阿　龙　文昌不能去，这个警察局长本是土匪出身，他不会和你讲理的。

星　姐　那我们就赔偿他钱，要多少都赔给他。

阿　龙　警察局长带了几十个人，几十条枪，看样子他们要的是海亮的命呀！

琼　娘　海亮不能死，我儿子不能死，文昌，你要救救我的儿子呀！

星　姐　是啊，文昌，你要想个办法救海亮呀！

文　昌　事到如今，别无他路，只有带着海亮下南洋。阿龙哥，速去找一条船，马上从文教河买路出海。

阿　龙　好办法，我去弄船。

［阿龙急下。

琼　娘　文昌，你真的要把我儿带走？

文　昌　走！

海　亮　不，阿妈，我不跟他们走，我不下南洋，我不要离开阿妈。

文　昌　（异常慈祥地）海亮，你过来，听阿爸讲几句话。

琼　娘　（推海亮过去）海亮，去，听你阿爸说。

文　昌　（抚爱着他）儿啊，我们海南的男人，在家是条虫，出海是条龙呀，你是一个男子汉，怎么能甘心一辈子守在家里，不出去闯荡呢？是的，外面有风险，有巨浪，还有血和泪，可你是男人呀，只有经历了风险和巨浪，只有流过了血和泪，你才能百炼成钢，变成一个真正的男子汉呀！去，向你阿妈磕头，告诉她儿子海亮长大了，今天也要跟随阿爸下南洋了，无论天涯海角，无论风险巨浪，你都会坚强，都是她的好儿子，你也永远都不会忘记阿妈，不会忘记这个家。去吧！

海　亮　（果然异样地走向琼娘跪下）阿妈，儿子走了，儿子永远牵挂着阿妈！

琼　娘　（克制着情感，上下抚摸他）儿啊，你阿爸说得对，你就跟着你阿爸下南洋闯荡去吧。你只要记住，日后回来了，阿妈我要看到一个真正的男子汉！

海　亮　阿妈放心！（磕头）

文　昌　（拉海亮）儿呀，我们走！

［文昌拉海亮下。

星　姐　（深情拥抱她）琼娘姐，你要保重自己呀！

琼　娘　（俯伏在地）妹妹，拜托了！

［星姐下。传来枪声、警笛声。

琼　娘　（整理衣服，擦净泪水）来人，把电灯打开，把灯笼点上，把文家大院给我照得亮亮堂堂！

［灯光通明，灯笼点亮，琼娘坐定中堂，闭目捻珠。

［幕内唱海南民谣：

今夜送郎下南洋，
郎下南洋侬断肠……

［幕间，老年阿龙唱《四郎落番》。

阿　龙　（唱）　谯楼又起四更鼓，
四郎心中如刀裁。
舍不得娘亲年高迈，
舍不得兄弟姐妹与荆钗……

第四场　新加坡 1942

［字幕：又六年，日本占领时期，新加坡被易名“昭南岛”。

［怡和咖啡馆。招牌依旧，楼房早已翻建一新，咖啡馆门

前贴着一张醒目告示。

[远处传来与告示内容相同的英语电台广播:“昭南岛上凡18至50岁所有华人男子,必须自备干粮,于2月21日正午前到指定地点集中,听候良民登记,如违者处死。”

[警车鸣叫声,街上行人神情慌张,步履匆匆。

文　昌　(内唱)　侥幸逃出鬼门关……

[文昌举着盖过印戳的手臂,失魂落魄地上。

文　昌　(接唱)　日本兵占星洲烧杀抢掠真凶残。

说什么青壮侨民大检证,
分明要把全岛华人都杀完。
多少同胞被他们赶下海,
机枪横扫血色染红水一片。
多少同胞被他们活埋葬,
还被逼着自己挖坑自己填。
年长体弱过了险,
担心海亮验关难。
四处寻找无踪影,
心头如灌万斤铅。

[文昌进门,星姐惊恐迎上。

星　姐　文昌,检过了?

文　昌　检过了。

星　姐　谢天谢地!(欲擦掉他臂上的印戳)

文　昌　不能擦,这可是救命符。三个孩子呢?

星　姐　都锁在楼上。

文　昌　好,好。(颓然坐下,打开收音机,听到检证告示广播即关掉)

星　姐　文昌,海亮呢?

文　昌　没找到。

星　姐　没找到人，还是没找到尸呀？

文　昌　没找到人。

星　姐　（松口气）海亮会不会还在英国人的银行做事呢？

文　昌　岛上的英国人都投降了，哪里还有英国人的银行开着。

星　姐　那他会去哪里呢？今天可是日本人检证的最后一天，万一漏过了被查出来，那可就是一个死呀！

文　昌　海亮这年纪，去检证是死，不去检证也是死，若是藏在家里被查到，那更是一家大小都要死！不行，我要找到海亮，帮他逃出星洲。

星　姐　你是男人，出门危险，还是我去找吧。

文　昌　（惊觉地）外面有人。

［海亮背吉他吹口哨上，他在门口张望一下，顺手把墙上告示揭下来。

海　亮　（进门）阿爸，星妈，我回来了。

文　昌　（一把抱住他）儿子，检过了？

海　亮　（诡秘地亮出胳膊）检过了。

文　昌　（试着擦了擦）假的？

海　亮　假的。

星　姐　海亮，你怎么敢？

海　亮　阿爸，星妈，我知道我这个年纪，日本人是绝不会轻易放我过关的，既然如此，我就骗骗他们，骗过去是活，骗不过去我也不能等着他们拿刺刀来捅我。

文　昌　你想怎样？

海　亮　（掏出手枪）阿爸，这是你给我防身用的手枪，里面一共有六颗子弹，一颗子弹打死一个日本兵，我拿他们六条命换我一条命，这买卖不亏。

文　昌　胡说！阿爸让你防身，不是让你送命，你要为你阿爸，为你阿妈，为你星妈和三个小弟妹躲过这场劫。儿子，你不是一直想去美国留学吗，等危险过去了，阿爸送你去，阿爸就是想把你培养成为栋梁之材，你要听阿爸的话，一定要活下来，啊？

海　亮　我知道了，阿爸。

星　姐　海亮，快上楼吧，弟妹们都在楼上，楼下危险。

文　昌　海亮，快上去呀！

海　亮　不，我还是离开家里好。

星　姐　你说什么，离开家里，外面都快变成屠场了，快上楼去！（推他）

海　亮　不，星妈，阿爸，我不能连累你们，更不能连累三个年幼的弟弟妹妹，我已经想好了，我去一个无人知晓的地下室藏起来，那里很安全，日本兵肯定找不到。

文　昌　儿子，你说的地下室，真的有吗？

星　姐　真的安全吗？

海　亮　真的真的，请星妈给我准备几件衣服，我给弟弟妹妹弹一首歌曲。

文　昌　儿子，你要轻点弹！

［文昌、星姐下。

海　亮　放心吧，阿爸！放心吧，星妈！放心吧，我亲爱的弟弟妹妹！放心吧，我远方的亲阿妈！我永远爱你们！

［海亮深情弹唱《梅娘曲》：

“哥哥，你别忘了我呀，
我是你亲爱的梅娘；
你曾坐在红河的岸旁，
我们祖宗流血的地方，

送我们的勇士还乡；
我不能和你同来，
我是那样的惆怅……”

[警笛声响起，伴着军靴的奔跑声，由远及近。

海　亮　（放下吉他，缠上义勇军头带）阿爸，你的儿子参加了南洋义勇军，他要为抗日而捐躯了。阿爸，星妈，弟妹们，永别了！（冲出去）

文　昌　（欲追出）海亮，你回来！

星　姐　（死死抱住他）文昌，你不能白白送死，你还有三个孩子呀！

[空旷的街头，海亮舞蹈般地奔跑、射击，清晰入耳的六声枪响，继之一阵疯狂的排射，海亮倒下，血色弥漫了夜空。

[文昌俯在海亮尸体上悲恸痉挛，痛苦不堪。

文　昌　海亮，我的好儿子……

第五场　海南 1980

[字幕：又过去三十八年，已显古旧的文家大院。

[老年琼娘满头白发，神情木讷，向海默默眺望。老年阿龙和凤鸣陪伴着琼娘。

[海浪声声，琼娘仿佛在熟睡。

[一行人上，文昌怀抱海亮骨灰盒坐在轮椅上，孙子文翔推着他，星姐陪伴着上。

[幕内唱：“游子回乡路漫长，
走到近前两鬓霜。

亲人相对均无语，

不知从何话悲凉。”

琼　娘　（本能地迎上去）你们回来了？

文　昌　我们回来了。

琼　娘　海亮也回来了？

文　昌　也回来了。海亮，你看，阿妈在等你。

琼　娘　（接过骨灰盒，端详着遗像）三十八年了，为何才把我儿子送回来？

文　昌　我没能让海亮活着回来见你，三十八年了，我没有脸见你，不敢回来呀。

琼　娘　不，我儿子是义勇军，是英雄，他对得起祖宗。

文　翔　海亮伯伯是抗日英雄，新加坡人民一直没有忘记他。

琼　娘　你是谁，和海亮走的时候一般年岁。

星　姐　他叫文翔，是我们的孙子，也是你的孙子。

文　翔　大婆，我是陪阿公阿婆回乡寻根祭祖的，我在美国哥伦比亚大学读书，就是海亮伯伯生前最想去的学校。

琼　娘　不，不，海亮最想去的地方是海南，是他自己的家……（仿佛怀抱婴儿）海亮，儿呀，到家了……

（唱）　到家了，

我儿要走好；

到家了，

阿妈手搀牢；

到家了，

我儿应欢笑；

到家了，

阿妈愁苦消。

儿啊儿，

这是你从前爬过的树；

这是你从前掏过的巢；

这是你从前住过的房；

这是你从前读书的包。

我的儿今日终于回家了，

妈的苦妈的忧妈的愁妈的恼从此一笔都勾销。

从此阿妈把你陪，

共度暮暮与朝朝。

［文昌从轮椅中挣扎站起，跪拜于地。

文　昌　列祖列宗在上，游子文昌，漂泊南洋，今日回乡，请罪来了。

（唱）　游子归来深深拜，

两行老泪挂满腮。

背井离乡数十载，

多少辛酸装在怀。

为求生息下南洋，

少小离家老归来。

老归来，难偿结发情义债；

老归来，昔日新宅变旧宅；

老归来，异邦亲人难抛舍；

老归来，案上增添新灵牌。

一颗心捧着出去捧回来，

捧回来还要生生捧着再离开。

游子痛，游子悲，

游子苦，游子哀，

游子一代又一代，

魂兮魄兮两徘徊。

不肖儿男，余生不长；唯恐日后，再难返乡；先祖有灵，佑我桑梓，繁荣富强；佑我子孙，延绵兴旺；泣泪跪拜，伏唯尚飨……

一杯清酒和着泪，
无尽乡愁祭灵台。
嘱咐后生须牢记：
无论经过多少代，
无论经过多少载，
无论身家在何处，
无论沉浮与荣衰，
你的根你的脉你的情你的爱生生不已都在脚下的土里埋。

星　姐　文翔，阿公的话，你都记住了吗？

文　翔　记住了，记住了，中国是我不断的根，海南是我永远的家，无论走到哪里，我都是炎黄的子孙，海南人的后代。

琼　娘　说得好，说得好。阿龙哥，给你侄孙唱一段琼剧，让他记住海南的声音。

阿　龙　好，好。

［阿龙自拉自唱《四郎落番》。

阿　龙　（唱）　杨四郎独坐宫院自思叹，
回想起当年之事心凄然。
我的爹娘呀，
要相见除非是梦境里面再团圆……

［琼娘捧着海亮骨灰，听着琼剧，慢慢耷下了头，她死了。

文　翔　阿公，大婆她……

［阿龙弹唱戛然而止。

文　昌　（梳理着她的满头白发，令人心颤地）琼娘……琼娘啊……

[幕内唱海南民谣：

“今夜送郎下南洋，
郎下南洋侬断肠。
眼汁滴落在床下，
床下一滩苦水塘。”

[海潮汹涌，惊涛拍岸。

[旧日文家大院，渐化为一道久远的历史影像。

[剧终。

沪剧

海上梦

时代背景　20世纪20年代至40年代的中国上海

人　　物　费　梦——20岁出头,苏州评弹艺人

姚镇良——20多岁到40多岁,富家子弟,费梦恋人,后为书场杂役,改名姚笑侬

晓　露——不到20岁,新式女性,酷爱苏州评弹

姚　母——40多岁,姚镇良母亲,有钱有闲的女人

蒋幼安——50多岁,费梦唱评弹的搭档

王　阳——20多岁,爱慕晓露的新式青年

姚廷章——40多岁,姚镇良父亲,费梦旧时情人,剧中只出现了背影和声音

张太太、李太太、王太太——姚母的牌友

警察甲、警察乙,女佣张妈、福嫂,车夫、听客、行人,等等

(费梦、晓露可由一位女演员兼饰)

第一场

［幕启。

［夜色朦胧玉茗楼，寂静无人旧书场。

［幕内一男一女评弹艺人弹唱苏州弹词，音调邈远空灵。

男艺人 （唱） 昨夜爱恋昨夜恨，

女艺人 （唱） 爱恨遗落不夜城。

男艺人 （唱） 胭脂盒锁再生缘，

女艺人 （唱） 玉茗楼掩旧泪痕。

男艺人 （唱） 费梦晓露双生蕊，

女艺人 （唱） 惊世骇俗两代情。

［弹词声渐远，灯光渐亮。

［字幕：20 世纪 40 年代，上海。

［书场立柱上书一副对联："非花非雾似朝露，梦醒梦散无觅处"。中年姚镇良在清扫地面。稍顷，姚镇良拿出酒壶酒杯，自斟自饮。

姚镇良 （自吟自唱地） 非花非雾似朝露，

梦醒梦散无觅处……

费梦，你在哪里？你撇下我姚镇良独自一人，好不凄凉啊！不，费梦，如今我不叫姚镇良，叫姚笑侬了，你说什么，我笑侬？不不不，我笑的是我自己呀！哈哈，哈哈，哈

哈……(狂饮如醉)

[青年女学生晓露静悄悄窥视上。

晓　露　(唱)　　晓露我下了学堂赶书场，

听书要比听课忙。

洋文古文白话文，

怎及三笑点秋香。

我叫晓露，一个女学生。我顶顶欢喜听弹词，我也会唱。这个玉茗楼书场我是天天来，夜夜听，就是听不厌。听着听着，我就发现了一个人，就是他——(接唱)

玉茗楼书场杂役有名堂，

看光景扑朔迷离非寻常。

每夜晚曲终人散余寂静，

他总是狂饮悲歌叹凄凉。

这情况忽然勾起我思想，

暗地里细心打探解谜藏。

姚镇良　费梦，费梦……

晓　露　他又在叫费梦?

[姚镇良操起三弦，唱弹词《杜十娘》。

姚镇良　(唱)　　窈窕风流杜十娘，

自怜身落在平康。

她是落花无主随风舞——

晓　露　(试探地，接唱)　飞絮飘零泪数行。

姚镇良　(并无觉察，唱)　青楼寄迹非她愿——

晓　露　(索性放大声唱)　有志从良配一双，

姚镇良、晓露　(同唱)　但愿荆钗布裙去度时光!

晓　露　姚先生。

姚镇良　(惊异)费梦，费梦……

晓　露　姚先生，我不是费梦，我是晓露！

姚镇良　晓露，就是那个每夜散场总是要偷偷摸摸跑回来，不是忘记了帽子，就是忘记书包，今朝你又是忘记了什么，是这把阳伞吗，收好了。

晓　露　姚先生，不好意思，外面真的落雨了。

姚镇良　落雨了就快点回家吧，夜已深了。

晓　露　谢谢，姚先生，夜深了，你怎么还不回家呢？

姚镇良　我是玉茗楼书场的清扫工，白天我把这个书场当作我的家，夜里这个小舞台就是我的床。你还要问什么，快回家吧。

晓　露　我还想问问姚先生，每天夜里散场，你总是一个人，一壶酒，边讲边喝，边喝边唱，嘴里还口口声声叫着一个名字，费梦。那个费梦她是你啥人，你为啥总是这样一往情深地叫她呢？

姚镇良　对不起，我要休息了，你快回家吧。

晓　露　我再问一句话就走，好不好？

姚镇良　就一句，你问吧。

晓　露　姚先生！

（唱）　曾经听过人家讲，
上海滩有一位弹词女艺人不寻常。
她的名字叫费梦，
人如其名长得一副花模样。
先生久驻玉茗楼，
年岁应与她相仿。
莫非你们本相识，
原是当年一双档？

姚镇良　你问得太多了。

晓　露　（唱）　问先生为何不愿实话讲？

问先生为何躲闪我目光？

问先生为何对联里面含意深？

问先生为何费梦两字内中藏？

“非花非雾似朝露，梦醒梦散无觅处”，上联一个“非”，下联一个“梦”，连起来不正是“费梦”吗？

姚镇良　（忍无可忍地）你好走了！

晓　露　（并不动怒地看着他）姚先生，你为何发这么大的火呢？

姚镇良　（背转身去）快走！

［王阳叫着晓露的名字上。

王　阳　晓露，晓露，这么晚了，书场人早散了，你怎么还不回去，深更半夜和一个打扫书场的人讲点啥？我们快走吧。

晓　露　（不耐烦地）王阳，我对你讲过多少遍，不要到书场来接我，你怎么又来了。

王　阳　外面落雨，我不放心。

晓　露　好了，要走你先走，我还有事情向姚先生请教。

王　阳　就这个打扫书场的，你向他能请教点啥？

姚镇良　两位年轻人，要走请早走，我要关门上锁了。

王　阳　哎，你这是啥意思？你要把我们关在书场过夜吗？

姚镇良　我请你们快走。

晓　露　姚先生，不好意思，打扰你了。不过，明朝我还会再来的，再会！

王　阳　（挽起晓露，把头一甩）晓露……

［晓露大步流星地下，王阳举着雨伞追下。

姚镇良　（看着晓露背影）晓露……费梦……像，真像……（复又痛苦寻唤下）

［幕内唱弹词。

男艺人 （唱） 一声呼唤长夜惊，

女艺人 （唱） 一副对联隐真情。

男艺人 （唱） 一曲弹词胭脂冷，

女艺人 （唱） 一杯浊酒道悲欣。

男艺人 （唱） 扑朔迷离费思忖。

女艺人 （唱） 二十年前往事如烟还须从头说分明。

第二场

［字幕：20 世纪 20 年代。

［姚镇良家，一座花园洋房的客厅，有楼梯和上面相通。

［一桌麻将牌，四个阔太太。女佣张妈、福嫂一旁站立着。

王太太 姚太太，今朝你这身旗袍嗲哦。

姚　母 嗲啊，昨天去宁波裁缝那里做的，嗲啥嗲，人老了再嗲也不灵了呀。

张太太 人不老，你人高，穿了嗲的。你的先生在国外，你打扮的介漂亮，当心人家盯牢侬哦。

姚　母 吃。今朝好不容易吃到你一口，你盯牢我这么紧。

李太太 姚太太，我们现在人老了就怕没人盯了。我们老公老是在外面盯牢小女人呢。

张太太 对了，姚先生去了国外，怎么也不见你那个宝贝儿子姚镇良啊？

姚　母 哎呀，不要讲了，我又当冲头哉！

（唱） 今朝牌桌不走运，

提起儿子怒气生。

卖相生得蛮像样，
怎奈不求上进心。
读书读个三分三，
武不武又文不文。
看看年纪已不小，
好说歹说不成亲。
估计是个败家子，
一天到夜没正经。

张太太 不文不武就是能文能武，十八般武艺样样精。

王太太 对了，姚太太，不是听说你儿子镇良在洋行里做事吗？

姚　母 哎哟，不要提起我这个宝贝儿子啊，提起我就头痛，他一日到夜就知道听弹词，昨天夜里听到天亮才刚刚回来，到现在还没起来上班呢。唉，倒霉弹词，害人啊！

李太太 姚太太，你不要讲，这个弹词是好像有魔力的，我也是很欢喜的，嗲哦！

姚　母 欢喜啥人不欢喜，但不能当它饭吃，当它事情做。我晓得你们都欢喜弹词，今朝呢特地请了一对双档到此地来唱堂会，大家一起听听哪能？

李太太 哎呀，姚太太，你早点讲啊，有得弹词听，我饭也不要吃了。

王太太 我也不回去了。

张太太 人呢，哪能不看见人呢？

姚　母 人哪能还没有来。

王　妈 太太，侬请的弹词双档早就到了，正在边门等着。

姚太太 那就快去请他们进来，太太们都等不及了。

王　妈 两位先生请。

蒋幼安 孟斐，进来吧。

［张妈下，旋引蒋幼安上，蒋幼安回身向内招呼。

费　梦　（内唱）　一袭长衫掩风流——

［费梦女扮男装，风度儒雅，手中提着胭脂盒，款款而上。

费　梦　（接唱）　堂会上来应酬身背琵琶手提妆盒为谋生计我又从头。

往事不堪再回首，

苦涩泪水肚中流。

唯有弹词能解我，

知我欢喜知我忧。（逐一施礼）

蒋幼安　快来，见过各位太太！

姚太太　（挥着手）坐吧，坐吧，随便唱些熟书，助助牌兴。王妈，上两杯茶。

费　梦　多谢，多谢！

［费梦、蒋幼安落座，福嫂奉茶。

蒋幼安　各位太太，在下蒋幼安，这位孟斐乃是我的新搭档，请各位太太多多关照。

费　梦　孟斐今朝与蒋幼安师傅拼档，前来为各位太太助兴，深感荣幸。

李太太　赞，美男子嘛，卖相不输给唱京戏的梅兰芳！

王太太　我看比梅兰芳还要漂亮交关！

姚　母　卖相好有啥用场，吃开口饭顶要紧是唱腔好，听了再讲。

［费梦、蒋幼安弹唱《杜十娘》。

费　梦　（唱）　窈窕风流杜十娘，

自怜身落在平康。

［一座惊讶，齐声叫好。

李太太　啧、啧、啧，真是又亮又糯又干净！

姚　母　你们不觉得这个孟斐……长得有点妖吗？

众太太　（轻声地）是有点妖！哈哈哈……

费　梦　（接唱）　她是落花无主随风舞，

飞絮飘零泪数行。

［姚镇良穿着睡衣从楼上冲出来。

姚镇良　姆妈，啥人在唱弹词？

姚　母　快过来见见各位阿姨。

姚镇良　（直奔费梦，上下打量她）咦，你不是在汇泉楼书场唱弹词的孟斐么，今朝怎么到我此地来了？还有蒋幼安先生，今朝真是贵客临门了！

蒋幼安　不敢，不敢，孟斐，看来少爷是我伲评弹的老听客，幸会，幸会！

费　梦　姚家少爷，幸会！

姚镇良　请问二位先生，难能今朝到我镇良屋里来了？

姚　母　两位先生是我请得来唱堂会的！

姚镇良　孟斐，你知道我找了你多少地方，多少年吗？这三年你都到哪里去了？

费　梦　姚家少爷，对不起，我不认得你。

姚镇良　我认得你，你在台上唱，我在台下听，不知道听了你多少回书。姆妈，还记得？我当初是为啥迷上弹词？我就是听了孟斐的《三笑》才深深迷上了弹词，想不到刚刚唱红的孟斐却销声匿迹了，想不到销声匿迹了的孟斐又回到我的屋里了，这一切真是不可思议，不可思议！姆妈，你们讲这是不是缘分？

姚　母　啥叫缘分？人家到处跑场子做生意，侬认得伊，伊不认得侬，这个很正常，有啥大惊小怪。快点上楼换衣裳，不要让阿姨们笑话。

姚镇良　各位阿姨，你们记得吗？当时孟斐在汇泉楼书场唱的《三笑》，真把全上海的书场都盖了。

（唱）　三年前汇泉楼上听新档，
孟斐弹词《三笑》惊书场。
记得你唇红齿白赛潘安，
眉目清秀端的是一表人才少年郎。
脆生生字字道白贯耳爽，
绵糯糯句句行腔几绕梁。
从此万事无滋味，
只想书场听花郎。
谁知那夜成绝唱，
伊人消失三载长。
三年来我把你的音讯访，
三年来你的悲你的喜你的腔你的样日夜萦绕我心房。

费　梦　（唱）　大少爷一番热情话儿讲，
未料想你新派青年也会进书场。
三年前汇泉楼上把书唱，
曾经也小试清声名播扬。
只道是昔日风光早淡忘，
难得你旧时书友挂心上。
三年来心中有悲亦有喜，
三年里我的隐衷他怎知详。
尊声姚家大少爷，
相逢何必究短长。
我孟斐三年之前离浦江，
感念你牵记在怀不敢当。

姚镇良　孟斐，你还没有回答我，你这三年到哪里去了？我几乎找遍了全中国的书场，看不到你的人，听不到你的名字，你究竟在做啥？

费　梦　这有啥好讲的？台上唱书，台下生活，我也和你一样是个普通人嘛。孟斐我有时为了生活，不得不放下一些事，去做一些事呀。

姚镇良　那你究竟在做啥事？

费　梦　这个么，我嘛是生了一场病。

姚镇良　啊，你生病了，生了什么病，好了没有啊？

费　梦　少爷，你就不要再问了，我们是来唱堂会的。

蒋幼安　是啊少爷，太太们还要听书呢！

姚镇良　好吧，不过你们要等等再唱，让我上楼换件行头。姆妈，你代我把孟斐看看牢，不要让伊又消失了！

［姚镇良刚欲转身上楼，忽然看见费梦的胭脂盒，饶有兴致地捧玩着。

姚镇良　这个胭脂盒真漂亮。（打开）口红？你是男人，怎么盒里有女人的胭脂口红？

费　梦　登台化妆，不免要用一些女人的化妆品。

姚镇良　化妆品，对，化妆品。（意味深长地下）

姚　母　你们看看，我这个没出息的儿子，叫伊上班没精神，看到唱词弹的，魂灵头都没了。

李太太　小人么是好白相，现在年轻不白相，啥辰光白相。让伊去好了，我们打牌。孟斐，听镇良少爷讲你《三笑》唱得好，你就再唱一段《三笑》给我们听听吧？

费　梦　我们就再唱一段《三笑》，请众位太太不吝赐教。

［费梦调弦，姚镇良穿着长衫急急下来。

姚镇良　孟斐，孟斐，你看，哪能？

费　梦　（敷衍地）姚少爷一表人才，穿啥总归是有样的。

姚镇良　实不相瞒，这件长衫是我特地定做的。孟斐，我要拜侬为师，收下我这个徒弟吧。

姚　母　镇良,白相相可以,不好当真的哦?

姚镇良　我就是当真的了,孟斐,收下我这个徒弟吧。

费　梦　少爷,这可万万使不得。

姚　母　辰光不早,你好去上班去了。

姚镇良　姆妈,你不要催好不好,我自己的事体自己做主。

费　梦　少爷,你还是赶快去上班吧。

姚镇良　那你先答应我,要么地址留给我,改日我登门拜访。

姚　母　哎哟,越来越不像话了! 好了好了,今朝堂会也不要唱了,王妈,付钞票送人吧。

王　妈　两位先生,请吧。

费　梦　多谢各位太太。

蒋幼安　告辞,告辞!

［蒋幼安、费梦欲下,姚镇良忽然按住了费梦的胭脂盒。

费　梦　姚少爷,请你把这个盒子还给我,里面可都是我要命的东西。

姚镇良　把地址告诉我。

费　梦　少爷,真的要地址吗?

姚镇良　我是诚心诚意要向你学弹词的。

费　梦　那我只说一遍。

姚镇良　好,讲。

［费梦附耳低语,姚镇良奉还胭脂盒。费梦、姚镇良对视一眼,姚镇良忽然打了一个长长的哈欠。

姚镇良　姆妈,我上班去了。

姚　母　上班要穿西装。

姚镇良　我看这身长衫么,不是蛮好格?

［姚镇良哼着弹词兴奋地冲上楼,又兴奋地夹着公事包冲下楼,与众太太潇洒地打着招呼,一溜烟下。

［费梦、蒋幼安步出姚家客厅。

［费梦、蒋幼安下。洗牌声又起。

［幕内唱弹词。

男艺人 （唱） 富家子弟爱弹词，
几分率真几分痴。

女艺人 （唱） 为何见他面儿善，
为何见他乱心志。

男艺人 （唱） 他道是三年苦寻无觅处，

女艺人 （唱） 她却是无限感念动心池。

第三场

［次日。一座两层独院小洋房，是费梦山阴路旧里的家。

费　梦 （唱） 人去楼已空，
无语诉情衷。
一纸旧房契，
了结胭脂红。
费梦我小楼深锁三长载，
非女非男易妆容。
终于迈出小家院，
重操旧业丝弦弄。
谁知首次堂会上，
惹来一位多情种。
有心无心地址留，
不知是吉还是凶。

［姚镇良西装革履，提着一只名贵珐琅胭脂盒上。

姚镇良 （唱） 兴冲冲转过外滩到虹口，

山阴路上把伊寻。

山阴路 88 号，到了！

院门虚掩静幽幽，

玉兰飘香正宜人。

孟斐！

［费梦出迎。

费　梦 你来了。

姚镇良 来了。

费　梦 街面门牌都没有记错。

姚镇良 没有记错。

费　梦 请。

姚镇良 好！

费　梦 想用点啥，红茶，花茶，绿茶，还是咖啡，洋酒？

姚镇良 洋酒。

费　梦 好。

［费梦倒酒敬酒，二人一时无话。

费　梦 （打破沉默）姚先生，哪能对坐无语呀？

姚镇良 哦，孟、孟先生，今朝我有一样东西要送给你，还望笑纳。（献上胭脂盒）

费　梦 胭脂盒！

姚镇良 我晓得你会欢喜。

费　梦 好像太名贵了吧？

姚镇良 正宗瑞士货，听说欧美上流社会女人人手一只。

费　梦 姚先生，莫非你搞错了，孟斐我乃是一个男儿啊。

姚镇良 我晓得，我晓得。实不相瞒，今朝我还有一件女人的礼物要送给你呢。

费　梦　啥个女人的礼物?

[姚镇良打开胭脂盒。

费　梦　(本能一惊)旗袍！姚先生,你这又是啥意思呢?

姚镇良　昨天跟你分手以后,我连夜赶到了南京路特意赶制了这件鸿衣锦旗袍,今朝我就是想验证我的眼睛,验证我的心,看看我是不是看错了人。

费　梦　啥看错人不看错人,我不明白侬的意思。

姚镇良　你明白的。

费　梦　我不明白。

姚镇良　你明白。

费　梦　我……不明白。

姚镇良　孟斐,孟小姐,三年前汇泉楼一别,想不到三年后竟在我的家中再次见到了你,就在我打开你胭脂盒的时候,我明白了所有的一切。原来我姚镇良不仅仅迷恋的是弹词,而是一个如梦的女子,真是非花非雾似朝露,让我梦醒梦散无觅处呀!

费　梦　(惊讶)你连我的本名也晓得?

姚镇良　你的本名叫?

费　梦　费梦是我的本名。

姚镇良　费梦,费梦,多么美妙的名字！你就试一试这件旗袍,我相信只要你穿上它,就是上海滩上的第一梦美人!

[费梦终于动心点点头,羞怯地捧着旗袍上楼。

[幕内唱:羞羞怯怯战战兢兢寸步入闺房,
　　犹犹豫豫掩掩藏藏芳心似鹿撞。
　　袅袅婷婷飘飘荡荡蓦然现春光,
　　恍恍惚惚踉踉跄跄如饮迷魂汤。

［穿上旗袍的费梦，宛然一位绝色佳人。

姚镇良 （唱） 却原来孟斐果然是娇娘，

费　梦 （唱） 不提防生撞上多情的魔王。

姚镇良 （唱） 花也想容云也想衣裳，

费　梦 （唱） 日思夜想还我女儿装。

费　梦 姚少爷，你看我还像是个女人吗？

姚镇良 费梦，你是一个真正的女人！

费　梦 你看我还算得上漂亮吧？

姚镇良 不是漂亮，是美，太美了！

费　梦 姚少爷，你这一双眼睛呀！

（唱） 谢谢你今朝送我新衣裳，
这旗袍日也思来夜也想。
谢谢你今朝送我胭脂盒，
这妆盒名贵雅致又大方。
谢谢你用心用情看透我，
看透我混迹风尘女红妆。
谢谢你重又圆我女儿梦，
女儿梦天然本性最舒畅。
谢谢你，谢谢你，
谢谢你告诉我送衣送物为的是哪一条来哪一桩？

姚镇良 （唱） 哪一条，哪一桩，
只为心中谜团藏。
我问你为啥要着男儿装，
我问你为啥东躲又西藏。
我问你为啥书场弹词唱，
我问你为啥独居这楼房。
为什么，为什么，

谜样人谜样事谜样的来历费梦费梦你可否对我说端详?

费　梦　(唱)　着男装只为书场无有女先生,
躲又藏恐怕改变风俗不应当。
进书场无非为了生计来坐场,
外来人单身独居有何不寻常?

姚镇良　你是从啥地方来的,是苏州?

费　梦　是的。

(唱)　从姑苏到申江怀着憧憬与幻想,
果然是梦中境花花世界好地方。
半羞怯半孟浪登上汇泉楼书场,
一夜里就唱红声名鹊起不提防。

姚镇良　费梦,你刚刚唱红就突然消失了,这究竟是为什么?

费　梦　这个……说来话长,姚少爷还是不要问了吧,免得倒了你的胃口。

姚镇良　要问,我想无非是三种情况,一生病了,二回了家乡,这三么……

费　梦　姚少爷不要猜了,你也是猜不到的。

姚镇良　嫁人了?

费　梦　嫁人?哈哈哈,姚少爷真是聪明可爱,可惜我费梦既非生病,也非回乡,我是……被人包养了。

[姚镇良一愣。

费　梦　是,就在这个房子里,整整三年。

姚镇良　(张着嘴,本能地从沙发上弹起来)哦……

费　梦　姚少爷,你怎么了?

姚镇良　他……不会回来吧?

费　梦　不会,三个月前他留下房契,永远地走了。

姚镇良 死了?

费　梦 不是死,是去了国外。不过,也算死了吧,因为他再也不会回来了。

姚镇良 哦……

费　梦 (细心观察着他)姚少爷,你是不是觉得费梦美人的味道,有点变了?

姚镇良 我没想到你会把你的身世告诉我,不过你在我眼里,还是那样的美,还是那样的迷人。

费　梦 姚少爷,你是我见过最阳光最单纯的也是最会哄女人开心的男人,对了,我还不知道你的身世?

姚镇良 你是不是觉得我的生活一直是无忧无虑,其实我心里正烦着呢!

(唱) 镇良十九离家乡,
独自赴美去留洋。
读了文凭回上海,
进了荷兰人银行。
原本人生很上进,
升任襄理前程广。
谁知一事不称心,
从此心情变沮丧。
只因家父强逼婚,
强逼镇良做新郎。
对方家住义乌镇,
老式女子小脚娘。
不从父命家失和,
父子母子关系僵。
不久前家父经商去国外,

临行时又把婚期安排当。

大礼就是九月九，

小脚女人就要来到上海圆新房。

费　梦　哎哟，还有不到一个月，姚少爷就要做新郎了，真是恭喜恭喜呀！

姚镇良　费梦，我不想违背父母，可义乌的小脚女人，我是实在不欢喜呀！

费　梦　婚期都定了，不欢喜又怎么办呢？女人不满意婚姻可以逃婚私奔，你一个在大银行里做事的体面人，总不能那样任性吧？

姚镇良　不，现在是20世纪了，难道还要屈从父母包办婚姻吗？我是新世纪的都市青年，我要有自己的婚姻，要有自己的爱情！

费　梦　哈哈哈，我若是义乌的那个小脚女人，可就惨了！

姚镇良　你不是义乌的那个小脚女人，你是我姚镇良梦里最欢喜的女人。

费　梦　姚少爷，你不要开玩笑，这种话可不是随便讲的，啊？

姚镇良　费梦，我想摆脱这桩婚姻，我想搬出父母的家，我想把荷兰银行的工作也辞掉，我要独立，我要真正地独立！

费　梦　辞掉工作你又能做啥？

姚镇良　跟你学弹词，有一天，我们在上海滩上拼一副男女双档，唱红汇泉楼，唱红大上海，我们台上是一对搭档，台下是一对夫妻，双宿双飞，夫唱妇随，恩恩爱爱，白头到老——

费　梦　姚少爷，你……你太冒失了！

姚镇良　你难道不想以一个女儿之身，光明磊落地去唱弹词吗？

费　梦　（被他深深感染）我想，我做梦都想，可这终究只是一场梦啊！

姚镇良 费梦，请你相信，我说到做到。

费　梦 说到做到，你真的要逃婚吗？

姚镇良 真的！

费　梦 真的要从家里搬出来？

姚镇良 真的！

费　梦 真的要辞退工作和我唱弹词，还双飞双宿？

姚镇良 真的，真的，真的！为我的梦，为你的梦，放弃一切的一切！

［费梦久久看着他，慢慢低下了头。

费　梦 姚少爷，你欢喜这处房子吗？

姚镇良 有你就欢喜。

费　梦 那你愿意住在这里，永远陪伴着我吗？

姚镇良 我愿意。

费　梦 从明天起，我就教你唱弹词，我们做一对男女双档，好吗？

姚镇良 好！

费　梦 再说一遍。

姚镇良 好！

费　梦 再说一遍！

姚镇良 好！好！好！

［姚镇良忽然又打了一个长长的哈欠，人也忽然变得烦躁起来。费梦并不动问，只是默默地从橱柜里捧出一套鸦片烟具。

费　梦 你能看懂我，我也能看懂你，上次在你家我就发现你是位瘾君子。这套烟具，是他留下来的，三年里，我就是这样侍候他听弹词，侍候他吸鸦片，侍候他喝酒喝茶喝咖啡，浑浑噩噩，醉生梦死，人不像人，鬼不像鬼，我恨透了这种生活呀！姚少爷，不，镇良，你一定要答应我，我要和你走出这个房子,到阳光下过一种真正的生活!

姚镇良 费梦,我答应你,我戒,我一定戒!

费　梦 为了我,也为了你。

姚镇良 为了你,全都为了你!

［姚镇良与费梦紧紧相拥。

［幕内唱弹词。

男艺人 （唱） 小楼一夜雨丝长,

女艺人 （唱） 缠缠绵绵两鸳鸯。

男艺人 （唱） 谁知繁华上海滩,

女艺人 （唱） 最是风暴雨雪狂。

第四场

［数月后。玉茗楼书场化妆间。

［恢复了女装的费梦在专心化妆。蒋幼安匆匆上。

蒋幼安 费梦,辰光差不多了,镇良到现在还没来呀!

费　梦 时候还早,先生不要慌嘛。今朝是我和镇良的第一次正式亮相,他平常学习又是那么用功,临到正式上场,一定不会搭僵的,先生,你就放心吧!

蒋幼安 但愿如此,但愿如此!

［观众入场的嘈杂声。

费　梦 听众进场了,听动静人还不少。

蒋幼安 我去前台看看。

［蒋幼安下,姚镇良兴冲冲捧着一副楹联上。

姚镇良 费梦,你看?

费　梦　镇良，辰光不早了，先生寻不到你，都快急疯了。

姚镇良　我知道，我知道。今朝我特地写了这副对联。上联……

费　梦　非花非雾似朝露，

姚镇良　下联……

费　梦　梦醒梦散无觅处。

姚镇良　费梦！

费　梦　亏你想得到。

姚镇良　今天就是要挂在玉茗楼书场，讨个好的彩头。

费　梦　辰光不早，先来化妆吧。

姚镇良　哎呀，我不会化妆呢！

费　梦　自然是我帮你化了。

姚镇良　真啊？（赏玩着胭脂盒）想不到这个胭脂盒还真派用场了。（抓起胭脂盒里的烟枪）现在国民政府可是明令禁止，万一被人看见了，可要坐班房的。

费　梦　你呀，说戒总是戒不了，我是以防万一，也好有个准备。

姚镇良　你想得真周到。不过今天是啥日子，我还会有那个心思，你就放心吧。

费　梦　老实点，妆也化不好了。

姚镇良　我老实，老实。

费　梦　其实我心里也是没有底，不晓得头一回唱男女档，听众是否会满意。

姚镇良　满意，一定满意。

费　梦　为啥？

姚镇良　现在是文明时代了，我一定要让你大大方方地走上舞台唱弹词。

费　梦　镇良，你今朝台词都记熟了吧？

姚镇良　熟，滚瓜烂熟。

费　梦　好了，自己看看还满意吗？

姚镇良　（照镜）比我自己漂亮多了。好，现在我就把对联挂上去。

费　梦　镇良，这副对联还是不要挂了，好吗？

姚镇良　为啥？

费　梦　朝露似梦，我总觉得有点不吉利。

姚镇良　啥个不吉利？非花非雾，梦醒梦散，多好的诗，多美的意境。

［蒋幼安上。

蒋幼安　镇良，费梦，听众都进场了，票子一张都不剩，连过道都站满了人呀！

姚镇良　蒋先生，请你把这副对联挂上去，我要讨个好彩头。

蒋幼安　好，好，看起来今朝必定一炮打响！哈哈哈……（兴奋地下）

费　梦　镇良，听众催场了，我们出场吧？

姚镇良　啊？（明显地神情不对）对，出场，出场。

费　梦　镇良，走呀？

姚镇良　啊？让我喝口茶。

费　梦　（看在眼里）镇良，慢慢喝，我们晚一歇出场也不要紧的。

姚镇良　（拭汗）可是我这头上的汗怎么总也揩不干呀！

［费梦警惕四顾，无奈地递给他烟枪。

姚镇良　（接过烟枪，内疚地看着费梦）费梦，我……（见费梦背身掩泪，狠狠地扇自己一记耳光，大喝一声）出场！

费　梦　（回身看着他，一把紧紧抱住）镇良！

姚镇良　（完全换了一个人）费梦，我们现在离台口只有短短的几步路，我们只要跨出这几步，就是我们的天，我们的地，我们新的生活！

费　梦　嗯。走！

［姚镇良、费梦手挽手，迎着舞台强光和掌声走下，旋即欢

呼声如潮。

[蒋幼安手捧茶壶退上,悠然笃定坐下。

姚镇良 (内声)我,姚镇良。

费　梦 (内声)我,费梦。

镇良费梦 (内声)今朝我们要开一开先风,唱一回男女双档。

[幕内掌声。

蒋幼安 (品评着)嗯,开宗明义,蛮好!

姚镇良 (内声)多谢大家,多谢大家!我们今朝唱啥呢,熟篇新唱。

费　梦 (内声)篇名——长篇弹词《三笑》。

蒋幼安 (喷茶)哈哈哈……熟篇嘛就是熟篇,还啥新唱,噱头好来兮,姚镇良呀姚镇良,真是个人才呀!

姚镇良 (内唱)　格种苏州人连名带姓叫我祝枝山,
　　人人称我叫活玄坛。

[幕内掌声喝彩声。

蒋幼安 字正腔圆,味道交关赞!

费　梦 (内唱)　倷阿晓得我家中有多少屋,
　　一共房廊有千万间。

蒋幼安 就凭这几句,这对男女双档要想在上海滩上不红,已经是不可能的了!

[幕内掌声喝彩声忽然变成倒彩谩骂声。

蒋幼安 (越听越慌)哎,这是为啥,这是为啥?

[费梦、姚镇良倒退着上。

蒋幼安 费梦,镇良,出啥事情了?

费　梦 蒋师傅,完了,完了,想不到镇良母亲指使一帮子人,把书场砸了……

[警察甲、乙上,姚母与张太太、王太太、李太太凶神恶煞地上。

警察甲　姚太太，这个就是你的儿子姚镇良吗？

姚　母　是我不争气的儿子。

警察甲　那个就是女扮男装上门勾引你儿子的戏子孟斐？

姚　母　是女妖精！

李太太　老早子就看出来伊妖了，想不到真是个女人！上海滩上的文明风气都被她败坏了！

张太太　促气，真促气！

蒋幼安　太太们有话好好讲，俗话讲掀屋掀房不掀书场，太太们做事也不好太过分呀。

姚　母　过分？啥人过分！你是什么人，有啥资格在此地跟我讲话！

众太太　滚开去，老瘪三！

蒋幼安　哎，太太们讲话也不要忘记自家身份，哪能可以开口骂人嘛！

姚　母　骂你哪能了，走开！你这个不争气的东西呀！

（唱）　骂声镇良不上进，
下海卖艺辱门庭。
还不赶快回家去，
闭门思过重做人。

姚镇良　（唱）　怨声姆妈太欺人，
不该干涉我事情。
弹词卖艺我情愿，
不偷不抢不丢人。

姚　母　（唱）　骂声费梦太过分，
破坏他人好婚姻。
今朝让你知厉害，
剥下画皮露出你人妖精。

费　梦　（唱）　尊一声镇良母亲你老且莫怒气盛，

我这厢移座奉茶赔上小心加小心。

今日我不怕当着众人面，

坦白我原是女儿身费梦是我名。

只因为书场不容女艺人，

无奈何女扮男装化名孟斐混。

原以为从此后男人就要做下去，

多亏了姚家少爷他让我做回了真女人。

他说道如今是文明新世纪，

何必要女扮男装掩真性。

瞒瞒藏藏太可怜，

应该昂首见光明。

他要我勇敢迈出这一步，

他不惜牺牲前程陪我下海闯人生。

太太们，你们皆为女儿身，

为什么不能体谅我的女儿心？

太太们，你们既然爱弹词，

为什么反拿艺人不当人？

须知我长衫掩着幽幽恨，

须知我汪汪泪水肚里吞。

总算是上苍赐我真知己，

他真情爱我我也死心爱他人。

太太们呀，你们不是在砸书场，

你们砸的是我们的爱我们的情我们的梦想与前程。

姚　母　警察先生，我对你们讲，今朝这个场子我是砸定了，你们局长我是关照过了，儿子我要领回去，这个女妖精你们也一定要抓起来。

警察甲 可是，抓人也要有道理呀？

姚　母 勾引男人，非法同居，这道理还不够抓吗？

警察甲 哎，有道理。勾引男人，非法同居，倒是可以抓的。

警察乙 他又不是有妇之夫。

姚　母 我儿子姚镇良指腹为婚，早有婚约。

警察甲 既然如此，抓！

众太太 对，抓！

姚镇良 慢，你们要抓她就连我一起抓。

警察甲 我说姚家少爷，你一个读书人，为了这么一个女人，弄得举家不和，值得吗？就凭她伪装身份，冒充男人，我们就可以抓她，像这种不三不四的女人，连在四马路当妓女都不配。

姚镇良 再说一遍！

警察甲 哼，你还想打警察？

姚镇良 我打的就是你这个王八蛋！

［姚镇良随手抱起胭脂盒，狠狠砸过去，烟枪从盒里掉出。

警察乙 烟枪！

警察甲 好，吸食鸦片，还殴打警察。（掏出手枪）统统带走！

姚　母 警察先生，求求你不要抓我的儿子。

警察乙 （也掏出枪）不可以，带走！

姚镇良 姆妈，我告诉侬，我不会再回那个家，我恨侬这个姆妈！

［姚镇良、费梦被警察甲乙带下。

姚　母 （一屁股坐在地上）镇良，你这个不争气的东西……

李太太 姚太太，起来，快起来！

王太太 不要哭了，腔调也没了。

姚　母 现在几点钟了？

王太太 快九点了。

姚　母　不好，镇良父亲十点钟到上海，我要到十六铺码头去接伊，把今朝的事情告诉伊，让伊自己来管教伊的儿子。

张太太　对，都告诉伊，我们陪你去，快走吧。

姚　母　等等，我要带上这只胭脂盒，让伊看看伊儿子如何堕落成了烟鬼戏子！

［姚母翻检胭脂盒，意外发现了一张房契。

姚　母　房契？山阴路88号，姚廷章！

众太太　姚廷章不是你先生吗？

姚　母　啊……（眩晕）

［幕内唱弹词。

男艺人　（唱）　艳阳初透一线天，

女艺人　（唱）　但愿相守到百年。

男艺人　（唱）　谁知一纸旧房契，

女艺人　（唱）　抖出人间怨难言。

男艺人　（唱）　分明风雨将来到，

女艺人　（唱）　无限惊恐袭心间。

第五场

［当夜，费梦的家。姚镇良和费梦撑着雨伞同上。

姚镇良　费梦，我不明白，为啥我们这么快就放出来了。

费　梦　一定是有人暗中帮了忙。

姚镇良　啥人呢？我倒是想不出。

费　梦　不要想了，总归会知道的。

姚镇良　房里灯亮着，会不会是蒋先生？

费　梦　不会呀，除了你和我，别人没有钥匙。

［姚镇良、费梦进门。姚母端坐在暗处。

姚镇良　姆妈，侬怎么会在这里？

姚　母　我为啥不能在这里。

费　梦　镇良，侬先到楼上去，让我和侬姆妈谈谈。

姚镇良　（不情愿地）

费　梦　我知道，侬放心，我们不会吵的。

［姚镇良带着怨气上楼去。

费　梦　镇良姆妈，今朝是侬保我们出来的？

姚　母　我可没有这么大的本事，是这个房子的主人保你们出来的。

费　梦　侬讲啥？是伊，伊回来了？

姚　母　回来了，这是他留着的另一把钥匙，他还想着再来找你呢。

费　梦　不，不可能，我绝不会再见伊。可是侬是怎么认得他的？

姚　母　是你们留下的房契告诉我，他才是山阴路88号真正的主人，此地也就是我的家。

费　梦　你究竟是姚廷章的什么人？

姚　母　实不相瞒，我是他的太太。

费　梦　太太？那么镇良他——

姚　母　你到现在还没有弄明白啊，镇良是我和姚廷章的亲生儿子。

费　梦　（如遭雷击）天哪！（团团转）镇良姆妈，我求求侬，千万不要把实话讲出来，镇良他不知道，啥都不明白，他是无辜的，镇良姆妈，我求求侬……（向她跪下）

姚　母　（恨并痛苦着）哈哈，哈哈，哈哈……其实讲穿了也没啥，父子两人碰巧玩过同一个情人，也算不上啥伤天害理，怕就怕其中一个当真了，还当伊当作是真正的爱情，那才是可怜可笑也可悲呀！

费　梦　不，都怪我，怪我曾经年幼无知，怪我曾经轻信男人，如今我只想和镇良真心相爱，真心相守，我们实在是离不开呀！镇良姆妈，我求求侬，求侬可怜我这个孤苦无依的女人吧！

姚　母　不是侬来求我，是我要来求侬，我求求侬把我丈夫的情，把我儿子的爱统统还给我，我求求你了！（深深鞠躬）

费梦姚母　（同唱）　听她言语如利刃，
　　　　　　　　　　刀刀扎进我的心。

费　梦　（唱）　恨只恨阴差阳错的苦命运，

姚　母　（唱）　恨只恨她一手夺走我两代人。

费　梦　（唱）　那姚廷章把我当作占有品，
　　　　　　　　玩弄在掌却从不动真情。

姚　母　（唱）　难怪我夫妻多年两生分，
　　　　　　　　却原来他辟了外室另有因。

费　梦　（唱）　镇良他一片痴情有真爱，
　　　　　　　　谁知道前番孽缘却是他父亲。

姚　母　（唱）　也怪丈夫出国我怕冷清，
　　　　　　　　听什么倒霉弹词亲手把野鬼引进门。

费　梦　（唱）　她要夺走我的爱，

姚　母　（唱）　她要毁我母子情。

费梦姚母　（同唱）　女人从来是冤家，
　　　　　　　　　　百般哀求枉费心。

［费梦、姚母相视而哭、相视而笑，相视哭了又笑。

［姚镇良上场。

姚镇良　姆妈，费梦，你们这样到底在做啥？

姚　母　你看看这个，看了你就什么都明白了。

姚镇良　（接过房契）山阴路88号，姚廷章。姆妈，这房子是我父亲买的？

姚　母　你父亲不但买了这套房子，还在房子里包养了一个情人，这个情人不是别人，就是——

姚镇良　（忽然敏感到了）不要讲！不要讲……

姚　母　你父亲已经从国外回来了，让他自己来收拾这副残局。

姚镇良　姆妈，你也不要叫我父亲来，你就让我和费梦在此地安安静静再住一晚，好吗？

姚　母　镇良！

姚镇良　姆妈，我求你了！（下跪）

姚　母　镇良，只要我儿子能回心转意，只要我这个家能平平安安，不要说一套房子，就是一幢楼，我也情愿买给她！

［姚母哭泣着下。费梦、姚镇良久久相对无语。

姚镇良　（忽然痛苦地抱住她）

费　梦　（木雕般地）镇良，你恨我吗？

姚镇良　不……

费　梦　那么你还爱我吗？

姚镇良　爱！

费　梦　镇良，我愿意永远陪侬住在山阴路88号，永远住在我们两个人的梦幻里……镇良，你晓得吗，我虽然陪伴了侬父亲三年，可这三年我没有一天真正地开心过，我甚至觉得我已经不是一个人，一个女人，一个正常的女人。可是回到一个正常的女人，居然是我长长的一个梦呀……终于，我的梦实现了，台下是，台上也是，镇良，我感谢你让我以一个女艺人的身份在玉茗楼书场正大光明地唱了一回弹词，虽然只唱了几句，可是我知足了，知足了！镇良，我这一辈子只属于你，下一辈子也只属于你，生生死死，变牛变马都只属于你，镇良，我爱你！（几乎是喊出来）

姚镇良　（紧拥着她，万种爱怜）费梦……

（唱） 你有黄连一般苦的命，
你有玉兰一般纯的心。
你有梦幻一般美的貌，
你有海洋一般深的情。
我浑浑噩噩几多载，
懵懵懂懂数十春。
时至今日方开窍，
世间何为真感情。
自幼我生长富贵家庭里，
衣食住行从来不用我操心。
我的言我的行我的路我的亲，
一切皆由父母来决定。
别人看我样样好，
我却一点不开心。
直到书场遇见你，
犹如清风一缕吹进我的心。
从此我打开心胸世界看，
看见了人生无限好风景。
只道从此迎新生，
谁知瞬息化泡影。
遥想日后心胆寒，
爱人生也畏人生。
倒不如永远拉着你的手；
倒不如永远守着你的情。
缠缠绵绵到亘古，
生生死死不离分。

费　梦（唱） 让我静静看着你，

附耳轻轻诉心声：
谢谢你敢爱敢恨，
谢谢你救助风尘。
谢谢你不舍不弃，
谢谢你生死恋情。
我愿做你好妻子，
我愿与你牵手行。
我愿为你烧茶饭，
我愿伴你度晨昏。
我愿和你夫妻档，
我愿夜里唱天明。
我愿为你生儿女，
我愿共你满头银。
哪怕到了地狱里，
我也与你不离分。

费　梦　镇良，你怕死吗？

姚镇良　不怕。

费　梦　我也不怕。

［费梦调制安眠药酒。

姚镇良　费梦，你在干什么？

费　梦　调酒，你愿意和我一起安静地睡去，一起做梦，再也不醒吗？

姚镇良　一起做梦，再也不醒？

费　梦　嗯。

姚镇良　那你说我们下辈子还会在一起吗？

费　梦　会。

姚镇良　会不会彼此找不到？

费　梦　不会。

姚镇良 为什么?

费　梦 我会等你,你也会等我。我们永远不分离。

姚镇良 对,我们永远不分离。

[费梦举起酒杯,姚镇良上去拿酒杯,二人双双举杯。

费　梦 (唱) 告别了,花样年华正青春,

姚镇良 (唱) 告别了,滚滚红尘世俗情。

费　梦 (唱) 告别了,风风雨雨过来路,

姚镇良 (唱) 告别了,苦辣酸甜与悲欣。

费　梦 (唱) 从此后,再也不必强欢笑,
再也不必忍欺凌。

姚镇良 (唱) 从此后,再也不必装正经,
再也不必假斯文。

[烛光摇晃,窗帘飘飞,细雨声密……费梦、姚镇良端坐如仪。

[闪电,跳闸,黑暗,惊雷。

[救护车的鸣叫声……

[幕内唱弹词。

男艺人 (唱) 悲情鸳鸯共赴死,

女艺人 (唱) 来生相约续萝丝。

男艺人 (唱) 二十年来光阴倏,

女艺人 (唱) 深埋痛楚谁人知。

第六场

[20世纪40年代。玉茗楼书场,夜。

[书场已显古旧,立柱上的对联翻起了一只角,未老先衰

的姚镇良蹒跚着修复对联。

姚镇良 （唱） 冷清清空壶残酒人已老，

夜茫茫白发旧书愁未消。

姚镇良生不如死二十年，

为什么见到晓露不是欢喜就是笑。

晓露学艺天分好，

勤学苦练悟性高。

每夜书场人散尽，

师徒同把丝弦调。

怎奈越教越蹊跷，

她一举一动一颦一笑仿佛费梦复活了。

莫非费梦又重生，

九泉有知慰寂寥。

不，回忆斯人只应愧，

她理当化作厉鬼前来索命赴阴曹。

费梦啊，你在哪里，你在哪里？

二十年呼你唤你千万声，

空荡荡只闻回声梦邈邈。

［晓露穿旗袍上，身材容貌宛似费梦再生。

姚镇良 费梦，费梦！

晓　露 先生，侬又把我当作费梦了，我是晓露。

姚镇良 哦，晓露，你怎么穿着鸿衣锦旗袍？

晓　露 先生，侬的眼睛真厉害呀！

姚镇良 晓露，费梦，像，真像。

晓　露 先生讲得不对，她比我年长二十岁，我比她更年轻。

姚镇良 不，她是不会老的，她永远那样年轻。

晓　露 先生，我问侬，侬为啥要取这样一个名字，姚笑侬，先生侬笑啥人呢?

姚笑侬　我笑天,我笑地,我笑自己老而不死,枉活人世。

晓　露　不对,先生是笑侬多情,笑侬情痴。

姚笑侬　晓露,侬不要这样。

晓　露　不,先生,学生今天就是想解开一个谜。

姚镇良　谜?

晓　露　先生,侬告诉我,侬是不是那个二十年前抛弃费梦的负心郎君姚镇良?

姚镇良　不,不是。

晓　露　是。

姚镇良　不是。

晓　露　是!

姚镇良　你——你为什么要揭开他人的伤疤!

晓　露　因为我是费梦的外甥女,费梦是我未曾见过面的小姨妈。

姚镇良　啊?

晓　露　我从苏州来到上海,不但为了读书,更是为了一个梦,小姨妈就是我心中永远挥之不去的海上之梦啊!

姚镇良　海上之梦……

晓　露　先生!

(唱)　费梦晓露两代人,
同生在评弹世家姑苏城。
姨妈她从小任性又聪明,
喜弹词爱唱本就想下海做艺人。
瞒着家庭到上海,
女扮男装自谋生。
想不到姨妈后来为情困,
年纪轻轻丧了命。

晓露从小听故事，
很为姨妈抱不平。
因此求学到上海，
寻找当年负心人。
初识你一半疑来一半恨，
走近你一半怨来一半是伤心，
拜师后一半同情一半又是敬，
到今日没有了仇没有了恨没有了怨也没有了愤，
唯有这说不清道不明五味杂陈的师徒情。
先生啊，光阴匆匆如流水，
斯人已去难复生。
先生两鬓悲白发，
打开心胸向光明。

姚镇良 不，不，不，我不能原谅自己，我不该苟且偷生，我应该在二十年前就追随侬小姨妈而死呀……

晓　露 不，先生，侬用了整整二十年的岁月忏悔，二十年的时间怀念，先生的情已经够深了！如今已经是四十年代了，新的生活，新的观念，新的爱情。先生，爱，不是绝望的死，而是希望的生呀！

姚镇良 爱，不是绝望的死，而是希望的生！

（唱）听罢晓露一席话，
字字声声如惊雷。
暗夜长长二十载，
生不如死一片灰。
每天念叨这句话，
悔不当初死相陪。
这句话教我食而无味，

这句话教我寝而无寐。
这句话教我生而无趣，
这句话教我死而有愧。
如今忽然被惊醒，
打开胸襟展双眉。
我活着就应该为了她活出滋味，
就应该为了她有所作为。
就应该完成她未了心愿，
就应该让她的芳魂来归。
眼前分明是晓露，
恍然却似费梦归。
两代人痴情一片爱弹词，
仿佛是前世今生又轮回。

晓　露　先生，你还记得明天是什么日子吗？

姚镇良　二十年前的今天，是我和费梦搭档，费梦第一次穿上鸿衣锦旗袍在玉名楼唱弹词的日子。

晓　露　今天我就穿着和小姨妈一模一样的旗袍，和你在这个舞台上唱男女双档，实现你和小姨妈当年的梦想。先生，你愿意吗？

姚镇良　我愿意，我愿意！（忽然放声）费梦，我终于等到了你，我终于对得起这二十年了，你在哪里，你在哪里呀——

［王阳上。

王　阳　晓露，这是我给报馆的新闻，明天一早就登出来了。（念）“当年费梦，恍若前世今生续弹词；新人晓露，又偕昔日响档重开篇。”

晓　露　王阳，你看！

［姚镇良捧出那只胭脂盒，从里面抖出一件长衫，仔仔细

细穿起来。

[晓露与姚镇良并排坐下，操起了琵琶。

姚镇良 （唱） 窈窕风流杜十娘，
自怜身落在平康。

晓　露 （唱） 她是落花无主随风舞，
飞絮飘零泪数行。

姚镇良 （唱） 青楼寄迹非她愿，
有志从良配一双。

姚镇良、费梦 （同唱） 但愿荆钗布裙去度时光……

[姚镇良和晓露的弹唱久久回响在书场里。

[王阳鼓掌。

[掌声如潮……

[剧终。

滑稽戏

阿　福

人　物　阿　福——一位住在上海老城厢历经了百年沧桑的普通市民

阿　新——阿福的妻子，在他 70 岁时离开了他

阿　香——阿福的迷恋者，在他 100 岁时回到了他身边

吴大哥——卖艺人，早年参加同盟会，后为中共秘密联络员

八　爷——民国时的地段警察，见证了阿福 70 多年的人生

贾老爷——宁波籍老商人，生命在剧中只是回光返照了一下

贾　大——贾老爷 60 岁的长子，剧中也就陪他父亲演了一场戏

彩　萍——阿福的女儿

留　根——阿福的儿子

阿　庆——彩萍的儿子

晓　雅——阿庆的妻子

留根屋里——留根的妻子

留根阿囡——留根的女儿

好、来、西——阿福的三个重孙重孙女

游客、香客、行人、摊贩、警察以及各色人等

第一幕

［字幕：阿福的少年时代。民国七年，即公元1918年。

［上海老城厢。城隍庙前，节庆气氛，有一种昔日市井的繁华和喧闹，摊贩、香客、游客、手艺人络绎不绝……

［吴大哥操山东口音上海话，拉场子吆喝。

吴大哥　南来的，北往的，烧香的，拜佛的，有事无事来城隍庙白相相的，爷爷奶奶叔叔婶婶先生小姐老少爷们儿，都来看，都来瞧，都来听，都来白相相！俺这里表演活动人头拉洋片，不好看，不稀奇，俺不收你们一分钱！

［游客驻足围观。警察八爷上。

八　爷　跑到此地瞎混，也不看看世面，看样子是新来的。我啥人，此地通吃的警察，人称八爷，对，苏北话，拔牙！你就是有颗金牙镶在嘴里，我也有办法拔出来。（悠悠踱过去）是玩杂耍吧？

吴大哥　不是，杂耍有什么稀奇。

八　爷　西洋镜？

吴大哥　西洋镜档次太低。

八　爷　口气不小，玩魔术的？

吴大哥　啥？魔术，俺会玩那种骗人的小把戏嘛？

八　爷　不要噱头好来兮，到底玩什么地！

吴大哥　俺刚才吆喝你没听见，俺不是玩把戏，俺也不是玩魔术，俺是玩表演艺术，俺是表演艺术家。

八　爷　表演艺术家？没听说过。

吴大哥　你是没听说过，俺问你，活动人头晓得吧？

八　爷　晓得。

吴大哥　俺晓得你晓得，拉洋片也晓得吧？

八　爷　也晓得。

吴大哥　俺也晓得你也晓得，不过活动人头加拉洋片你就不晓得了吧？

八　爷　不晓得。

吴大哥　那俺给你讲讲。真的人头稀奇吗？

八　爷　不稀奇。

吴大哥　假的洋片稀奇吗？

八　爷　也不稀奇。

吴大哥　真人头表演的假洋片稀奇不稀奇？

八　爷　稀奇真稀奇！

吴大哥　这就对了嘛。人头是俺中国人的，洋片是外国人传进来的，俺中国人的头在外国人的洋盒子里表演，不就是中外结合的新文明吗？

八　爷　民族化，国际化，古典艺术现代化！

吴大哥　对了，正宗的海派！哎，你是干什么的？

八　爷　我是警察。

吴大哥　警察是干什么的。

八　爷　警察是维持秩序的。

吴大哥　那你还傻站着干什么，赶紧维持秩序呀！

八　爷　好，好，我倒要看看你这个山东汉子的表演艺术！

［八爷吹哨子维持秩序，围观人群静了下来。

吴大哥　表演开始了！

［吴大哥变戏法地掀开幕布，现出一对嵌在箱子里的活动人头，是少年阿福和阿新，二人的模样十分招人喜爱。

吴大哥　来，给看官朋友眨眨眼。

［阿福、阿新调皮地眨眨眼。

吴大哥　给看官朋友伸伸舌头。

［阿福、阿新调皮地伸伸舌头。

吴大哥　给看官朋友拜个年。

阿福、阿新　新年好！新年好！新年好！

吴大哥　给看官朋友自报家门。

阿　福　（苏北口音）我叫阿福，今年10岁，苏北人。

阿　新　（苏州口音）我叫阿新，今年8岁，苏州人。

阿　福　我是男伢子。

阿　新　我是女娃娃。

吴大哥　你们两个给看官朋友唱一段小热昏，请大家捧捧场。

阿　福　请大家捧捧场！

阿　新　请大家捧捧场！

阿　福　（瞟她一眼）阿新，你先唱。

阿　新　（也瞟他一眼）阿福，你先唱。

阿　福　（又瞟她一眼）好吧，女不争先，男不落后，阿福先唱就先唱。吴大哥！

吴大哥　哎！

阿　福　弦子拉起来哦！

吴大哥　晓得喽！

［吴大哥行弦起调，围观者情绪高涨。

阿　福　（唱）　正月十五闹新春，

阿　新　（唱）　阿福阿新到申城。

阿　福　（唱）　城隍庙前拜个年，

阿　新　（唱）　唱上一段小热昏。

阿　福　（唱）　小热昏，小热昏，

城隍老爷来附身。

阿　新　（唱）　想要做官有官运，

想要富贵有金银。

阿　福　（唱）　想要长寿过百岁，

想要健康病不生。

阿　新　（唱）　想要求子添儿女，

想要福气多子孙。

阿　福　（唱）　想要经商财源广，

想要赌钱独家赢。

阿　新　（唱）　想要年轻黑发长，

想要美貌赛观音。

阿　福　（唱）　想要男人有男人，

想要女人有女人。

阿　新　（唱）　想要想要都想要，

阿　福　（唱）　不掏赏钱万不能！

［众人叫好，踊跃掷钱，吴大哥拾钱道谢。

吴大哥　多谢各位，多谢各位！

八　爷　哈哈，生意经还唱得不错嘛。（向吴大哥一伸手）拿来。

吴大哥　什么？

八　爷　管理费。

吴大哥　什么管理费？

八　爷　还有维持秩序的劳务费、地头税。

吴大哥　（护着钱）俺是个卖艺的，没有。

八　爷　没有？你知道我是干什么的？

吴大哥　警察。

八　爷　警察是干什么的？

吴大哥　维持秩序的。

八　爷　还有呢？

吴大哥　抓坏人的。

八　爷　说的不错，抓的就是你！（逮住他）

吴大哥　（挣扎）你凭什么抓人？

众　人　哎，凭什么抓人！

八　爷　凭什么？就凭这个！

［八爷放开吴大哥，把阿福阿新揪着辫子从箱子里拎出来，阿福、阿新负痛大哭。

阿　福　疼哦，疼哦！

阿　新　痛煞哉！

吴大哥　放下他们！

众　人　不要虐待儿童！

［阿福、阿新一左一右咬了八爷的手，八爷叫着松开。

八　爷　哎哟，小东西，敢咬你八爷，看我不把你们的乳牙拔下来。（追逐）

吴大哥　（护卫着）警察怎么能打人，俺们到此地卖艺，又没有惹你。

八　爷　什么活动人头表演艺术，分明是拐卖儿童的人贩子。

吴大哥　谁是人贩子，你血口喷人！

八　爷　人赃俱在，还敢抵赖，走，跟我去警察局。

阿　福　（挺身而出）住手，谁是人贩子，谁拐卖儿童了，谁呀，谁呀，谁呀！他是我们的师傅，你晓得吧？

八　爷　嗬哟，小嘴巴吧吧吧吧吧吧蛮会讲的，我问你，你是哪块人？

阿　福　苏北。

八　爷　她呢？

阿　福　苏州。

八　爷　他呢？

阿　福　山东。

八　爷　一个苏北，一个苏州，一个山东，浑身不搭界的三个地方，怎么会到一起的？

吴大哥　你听俺给你讲嘛。

阿　福　师傅，你不要讲，我来讲。师傅，你把板子打起来，各位看官，你们听了！（唱道情）

说身世，道凄凉，
未曾开言泪双行。
苏北本是我家乡，
八岁之上两亲亡。
一路漂流到上海，
城隍庙前讨饭忙。
幸好遇见吴大哥，
学会说唱做歌郎。

阿新，接下来你唱吧。

阿　新　好格。（唱苏州弹词）

窈窕少女唤阿新，
自怜身落在浦江。
她是跟随父母人走散，
飞絮飘零泪数行。
多亏师傅来收养，
还有阿福小歌郎。
搭档卖艺非我愿，
望求长大配成双，

但愿荆钗布裙去度时光。

众　人　(七嘴八舌)好！好！一个会唱道情，一个会唱弹词，两个小把戏真是顶呱呱的绝配，将来上海滩上肯定唱红。

八　爷　不要吵，不要闹，我问你们，你到底是上海人还是外地人？

众　人　上海人怎么样，外地人又怎么样？

八　爷　是上海人的就不要响，是外地人的自报家门。

［众人面面相觑。

八　爷　大家不响，说明大家都是上海人，是上海人，就不要捧外地乡下人的场。

游客甲　报告警察，我是陕西人！

游客乙　报告警察，我是东北人！

游客丙　报告警察，我是四川人！

游客丁　报告警察，我是天津人！

八　爷　哪能都是外地人，乡下人！

众　人　外地人怎么了，乡下人怎么了，上海人祖宗八代都是外地人，乡下人！阿福，阿新，不要怕他，唱小热昏，唱道情，唱弹词，我们欢喜听。

［众人又踊跃向阿福、阿新掷钱。

［一声枪响，又冲上来两个警察。

警察甲　不要动！(指吴大哥)把他绑起来！

八　爷　对，绑起来，敢跟我作对，看我不拔了你的满口黄斑牙！

警察乙　跑开点，跑开点，这是总局抓的逃犯。

八　爷　逃犯，对，拐卖人口的逃犯！

警察乙　自说自话，同盟会晓得吧？

八　爷　晓得，革命党，专门造反杀洋人的。

警察乙　他就是同盟会的，在广东革了命，又逃回山东老家打洋人，现在又逃到上海来了。带走！

阿福、阿新 （嚎啕着抱住吴大哥）吴大哥，吴大哥，我们不让你走啊……

吴大哥 （哽咽着）阿福、阿新，吴大哥对不起你们，吴大哥没有对你们说实话，是的，吴大哥追随过孙中山，参加过同盟会，在广东参加过讨袁运动，逃回山东老家本来不打算再革命了，谁知道洋鬼子欺负了俺妹子，俺的革命烈火烧起来，一发狠就把那个洋鬼子的命根子给铰了。吴大哥这一走，最不放心的就是你们，你们要相互帮衬，相依为命，在上海滩混下去，混出个样子来。日后长大了，要相亲相爱，养一大群儿孙，吴大哥就是被枪毙了，心里也是欢喜的。

警察甲 不要听他啰嗦了，带走！

［吴大哥被带走，阿新撕心裂肺地哭。

阿　福 阿新，不要哭，不要哭，记住吴大哥的话，我们要在上海滩上混下去，混出个人样子来，长大了……可是我们外地人在人家上海能混得下去，能长大吗？（想想又哇地哭起来）

阿　新 （反过来劝他）阿福哥哥，侬也不要哭，不要哭，上海人是人，我们也是人，凭什么我们就不能在上海长大，我们就是要在上海长大，在上海相亲相爱，在上海养一群儿孙。

阿　福 （搂着她，抹去泪）对，阿新妹妹，我们要在上海混下去，要把小热昏唱下去！

（唱） 正月十五闹新春，

阿福阿新到申城。

城隍庙前拜个年，

唱上一段小热昏……（拉着阿新向众人下跪）

叔叔阿姨行个好，可怜可怜我们吧……

[众人向阿福、阿新撒钱。

[暗场换景。

[八爷复上。

八　爷　这个阿福，还真想不到，几年辰光，把个小热昏唱红了上海滩，死人也能被他唱活了。你不要不相信，南市有个宁波商人贾老爷晓得吧？上海滩有钱人数得上他。老头子八十二岁了，还能娶一房小老婆。芳龄多少？二十八？老了！告诉你，十八！十八岁的扬州瘦马，名叫阿香。你问瘦马啥意思？我讲把侬听。“腰缠十万贯，骑鹤下扬州”听说过吧？背着自家老婆带那么多钱到扬州干什么，就是去讨小老婆、买瘦马。这个瘦马就是扬州一般人家养的小丫头，从小打乡下买来，在家里养着，教会她吹拉弹唱，琴棋书画，烹饪女红，床上床下，不为别的，就为了讨好男人，服侍老公。到了十六七岁，卖给有钱人当小妾，做填房，捞个好价钱。这个贾老爷自从买进阿香，整天是心花怒放，痴头呱脑，有天忽然来兴头，要跟阿香比赛吃汤团，看啥人吃的多。哪晓得贾老爷吃到第 66 只汤团，一口气噎住了，这口气是上又上不来，下又下不去，活活把老头子憋死了。贾老爷人虽死了，丧还没发，那个阿香也算会事，想着老夫君一生一世就欢喜听看滑稽戏，每天就把戏班子朝家里请，对着贾老爷唱，对着贾老爷演。唱也是白唱，演也是白演。阿香讲了，不图别样，就图老夫君欢欢喜喜过鬼门关，走奈何桥，上黄泉路，进枉死城。还真亏她想的出！今朝，终于是三请五邀，花了两根半金条把在老城厢唱小热昏演滑稽戏的阿福也请到了。人家阿福讲了，堂会不唱的，要唱拿金条，还要现的。乖乖，金条阿福到了，我还要替他维持秩序。唉，警察不是人做的，拔牙算什么稀奇，人家阿福拔金条。服帖！

[八爷吹哨子吆喝人下。

第二幕

[字幕：阿福的青年时代。民国十七年，即公元1928年。

[老城厢石库门前门，宁波会馆。空空如也的会馆内放着一把硕大无比的太师椅，太师椅上覆盖着薄薄的绸缎，下面仿佛躺着一个人。青年时代的阿香正靠在太师椅边上打瞌睡。

阿　香　(悠悠地醒了，一口扬州话)这个杀千刀的阿福，怎么到现在还不来？不瞒你们各位讲，我家老爷将将死，就躺在这块，我是请了阿福阿老板来给他唱小热昏冲喜，送我家老爷快乐上路。你不晓得，我跟我家老爷多少欢喜阿福的小热昏，欢喜地个没得命。要讲阿福阿老板的明星架子也是太大了，我阿香是出了他两根半金条呀，你看他到现在还是没来。花这么高的出场费请堂会，还巴巴地等着人家，怪啥人呢？要怪只好怪自己，啥人叫我粉丝阿福阿老板，粉丝地个不要命，我只要一听到阿福唱小热昏，魂就粉得变成丝了。不要说两根半金条，就是把老爷留把我的遗产顺带我这身粉蒸肉都倒贴把他，我还不要他找零头呢！(看看太师椅，一伸舌头)这个话不能瞎说，老爷还没出殡呢！

[铃声，阿福神气活现地坐黄包车上，八爷气喘吁吁跟上。

阿　福　(顾盼生风地)这就是宁波人的会馆，是吗？

八　爷　(服侍他下车、打发车夫下)是的,这就是宁波人的会馆。阿福阿老板。

阿　福　贾老爷就是宁波会馆的会长,是吗?

八　爷　是的,贾老爷就是宁波会馆的会长。阿福阿老板。

阿　福　贾老爷的小娘子阿香花两根半金条请我阿福唱堂会,是吗?

八　爷　是的,只有你阿老板的滑稽,才值两根半金条。

阿　福　这桩事情全上海滩都知道了吗?

八　爷　都知道了。阿福阿老板。

阿　福　梅兰芳梅老板知道吗?

八　爷　知道。

阿　福　周信芳周老板知道吗?

八　爷　知道。

阿　福　马樟花马老板知道吗?

八　爷　知道。

阿　福　周杰伦周老板也知道了吗?

八　爷　周杰伦?不知道。

阿　福　他怎么会不知道呢?

八　爷　知道,知道,连王汝刚王老板也知道了。阿福阿老板。

阿　福　这还差不多。好了,阿新在家里坐月子,我本来是不想来赚死人钱的。可是阿香放了话,说是哪个能把贾老爷逗开心了,让贾老爷笑眯眯上路,就把这个宁波会馆也赏给他。

八　爷　宁波会馆赏给你,阿香真是这么说的?

阿　福　我骗你干什么,瘪三。

八　爷　不过,要把死人唱得笑眯眯,那不变活人了?阿老板不要上人家圈套。

阿　福　死人戏都是唱把活人听的，活人开心了，死人还会不开心吗？

八　爷　（领悟）哦，搞大了，搞大了，阿老板今朝是来拔宁波会馆的。

阿　福　拔宁波会馆，拔山西会馆，拔福建会馆，拔，拔，拔，啥人让我滑稽唱得介好，名气介响。为死人唱滑稽，也是人文精神，临终关怀嘛。不过话又说回来，我阿福可不是上海滩上的拆白党，我这是撑阿拉上海人的面子，长上海艺人的志气。八爷。

八　爷　小的在。

阿　福　带话到我屋里，告诉我老婆阿新，准备明朝搬场。

八　爷　搬场？

阿　福　对，宁波会馆。

八　爷　乖乖……

［八爷眩晕着下。阿福阔步迈进会馆。

阿　香　（尖叫）阿福！

阿　福　（明星做派地）阿香！

阿　香　（仰视着他，兴奋不能自已，唱“白局”小调）

叫一声阿福哥哥你来的好，
妹妹我想你暮暮朝朝。
老爷厥了气，
年也没过好，
本来想去看滑稽，
去又去不了。
我的阿福哥哥哎，
你今天来了妹妹就没烦恼。

阿　福　（唱）　叫一声阿香娘子哥哥我来到，

阿福我不是想你两根半金条。

你我是老乡，

同在上海漂，

难得你平时多捧场，

破费真不少。

我的阿香妹妹呀，

哥哥我今天理应走一遭。

［贾大探了探头。

阿　香　（痴痴地笑）嘻嘻……

阿　福　阿香，你笑什么？

阿　香　（就是笑）嘻嘻嘻……

阿　福　阿香，你有话就讲，不要痴头呱脑笑，好不好？

阿　香　（越发笑得痴）嘻嘻嘻嘻……

阿　福　阿香，你再笑下去，我就要哭了哦？

阿　香　（先自抽泣起来）呜呜……

阿　福　你怎么先哭了？

阿　香　（越哭越伤心）呜呜呜……

阿　福　还真的哭了？

阿　香　（索性嚎啕大哭）呜呜呜呜……

阿　福　哎呀阿香，你这是怎么搞的嘛，一歇歇笑，一歇歇哭，到底是什么意思嘛？不要哭，不要哭，有什哩心思就对我阿福讲嘛。

阿　香　（忽然一抹泪儿）算了，不哭了。阿福哥哥，不不不，阿福阿老板请坐。

阿　福　阿香妹妹，不不不，贾太太，贾师母，贾夫人，侬请坐。

阿　香　今天劳驾阿老板大驾光临，所为何事，想必阿老板清楚吧？

阿　福　禀夫人，在下清楚，夫人赏小的两根半金条，命小的来为贾老爷唱滑稽冲喜。

阿　香　说得不错。

阿　福　还有呢？

阿　香　你讲啥。

阿　福　（东张西望着）这座会馆造得不错哦，梁是梁，柱是柱哦，还有这个小戏台好不玲珑小巧哦，走进来蛮有艺术气氛哦？

阿　香　阿老板不要玩噱头了，你的意思我明白，我阿香说出去的话一定算数。

阿　福　肯定算数？

阿　香　一定肯定以及笃定。

阿　福　好的，灵堂设在哪块，让我为老人家唱段小热昏。

阿　香　阿老板请！

［阿香揭开盖在太师椅上的绸缎，露出穿着寿衣的贾老爷。

阿　福　（扭头就跑）哎喂我的妈妈……

阿　香　阿老板站住！

阿　福　（魂飞魄散，一副哭腔）阿香妹妹，不不不，贾太太，贾夫人，贾奶奶，我是真的没承想要对着死人唱，我还以为死人钉在棺材里看不见，哪想到他老人家就坐在这块，跟活的一样，不要说唱滑稽，就是看他一眼我的魂就没得了。算了，会馆我不想了，金条我也还把你，求你高抬贵手，放阿福哥哥，不不不，放小的一马，小的下回专门为贾奶奶你一个人唱，唱到嗓子眼冒烟，唱到喉咙管吐血，唱、唱、唱！可是今天，贾奶奶，你就放我走吧！

阿　香　（重把绸缎盖住贾老爷，痴痴地又笑了）嘻嘻……奶奶我不信，还就治不了你了。

阿　福　（惊魂甫定）奶奶，奶奶，奶奶笑了……

阿　香　不许再叫奶奶！

阿　福　是，贾太太！

阿　香　太太也不许叫，叫阿香。

阿　福　阿香，阿福我不曾得罪过你，你为何要治小的呢？

阿　香　阿福，我来问你，我请人带过一根金条一封信把你，收到了吗？

阿　福　收到了，金条留下来，信退回去了。

阿　香　为什么？

阿　福　我……不想学坏。

阿　香　什哩叫学坏？

阿　福　我不想瞒着自家老婆跟人家老婆轧姘头，我对不起自家老婆阿新，也对不起自家良心。

阿　香　啊呸！哪个想跟你轧姘头，人家就是欢喜听你唱滑稽，想约你到豫园湖心亭上吃杯茶，谈谈心，认个老乡，交个朋友，你看你想到哪块去了。想我堂堂贾夫人，跟你个臭卖艺的江北佬轧姘头，啊呸，呸！

阿　福　嘻嘻……

阿　香　你笑什哩呀？

阿　福　嘻嘻嘻……

阿　香　还笑什哩呀？

阿　福　嘻嘻嘻……

阿　香　到底笑什哩呀？

阿　福　阿香，你不也是江北人嘛，江北人看不起江北人，多没得意思啊。

阿　香　我哪块是看不起你，我是太看得起你了，哼，算我瞎了眼睛！

阿　福　阿香，你不要生气嘛，其实你欢喜听阿福唱滑稽，也是欢喜我阿福这个人，你每次到东到西捧我场子，我心里都一清二楚的。讲句心里话把你听，你要不要听？

阿　香　（故意不感兴趣地）你讲沙。

阿　福　算了，结过婚的男人对结过婚的女人，还对着结过婚的女人的男人，还是不要讲了吧。

阿　香　讲就讲嘛，这个男人反正是个死人，又没得关系的。

［贾老爷在绸缎下面抖了一下。

阿　福　（全然不觉）那我就讲了？

阿　香　讲嘛，有什哩稀奇的。

阿　福　我真的讲了？

阿　香　讲！

［贾老爷又抖了一下。

阿　福　算了，还是不要讲，讲出来你家男人说不定还真活过来了。

阿　香　哎哟喂，叫你讲你就讲，你是想把奶奶我急出一头汗来才舒心哪？

阿　福　好吧，阿香，讲句心里话，我也蛮……欢喜你的！

［贾老爷频繁地抖起来。贾大又探了探头。

［阿香先是受宠若惊，旋即沉默不语，继而低声抽泣。

阿　福　（不自信了）阿香，你怎么了？我知道我是有老婆的人了，老婆阿新待我也好，我们就跟天上头掉下，娘胎里带来的一对一样，好的实在不能再好了。我知道，我不该对你说这些混账的话，你男人尸骨未寒，我跟你在这块轧姘头，不对；谈朋友，也不对；吊膀子，更加不对！唉，我都不晓得要跟你讲什哩了，反正，反正，我的心思你明白……（低头）

阿　香　阿福，我不怪你，要怪怪我的命苦，阿福哥哥哎！（唱“杨柳青”小调）

叫啊你这么里来，
你啊就来了。
拔根的芦柴花花，
清香那个玫瑰玉兰花儿开。
蝴蝶那个恋花啊牵姐那个看呀，
鸳鸯那个戏水要郎猜。
小小的郎儿呐，
月下芙蓉牡丹花儿开了。

阿　福　（唱）叫啊我这么里来，
我啊就来了。
拔根的芦柴花花，
清香那个玫瑰玉兰花儿开。
蝴蝶那个恋花啊牵姐那个看呀，
鸳鸯那个戏水要郎猜。
小小的郎儿呐，
月下芙蓉牡丹花儿开了。

［阿福、阿香牵手起舞，异常开心，撅着的嘴渐渐就往一起凑了……

［贾老爷直起了身子……偷窥的贾大也看直了眼……

［终于，阿福、阿香同时松手……贾老爷复又躺倒。

阿　香　（平静许多）阿福哥哥说得对，我们要对得起阿新，对得起自家良心。

阿　福　阿香，对不起，我本来不想说的，唱戏的跟戏迷搞不清爽我顶不欢喜。

阿　香　说了好，说了好，想我阿香，三岁被爹娘卖给人家当瘦马养，十六岁嫁给八十岁的贾老爷，在这个家里，孙子都比我岁数大，他们明的把我当一回事情，背地里恨不得我比老头子还早死。幸亏老头子还算疼我，我也费了多少心思哄他为我写了遗书，落了他不少的财产。可是我也怕呀，老爷一旦尸首出门，他们会这么容易就放我过门吗？我又是一个人，没个三亲六眷，哪个肯替我撑腰作主，打抱不平？想来想去就想到了你。你心眼好、头子活，靠自己在上海滩上混，不容易。所以我就想把这个宁波会馆做个套子送把你，日后就算给你做个二房也愿意。可是你刚才讲得话把我感动了，我为你们家阿新高兴，他没嫁错人。不过阿福，我还是想认你做个哥哥，以后我们就做一对结拜兄妹，你要是不嫌弃，我现在就想叫你一声阿哥哥。

阿　福　阿香，我也想叫你一声阿妹妹。

阿　香　阿哥哥！

阿　福　阿妹妹！

［阿福、阿香重又开心地抱在一起。

阿　福　不对，阿香，结拜兄妹要拜过天地才算呢！

阿　香　那就拜沙！

［阿福、阿香跪下，行三拜礼。

阿　福　一拜天地……二拜家乡……夫妻对拜……

阿　香　哎呀阿福，不好了，我们拜成夫妻了。

阿　福　是我说漏嘴了，打嘴，打嘴！

阿　香　不要打，阿哥哥，说不定哪年哪月哪天，我们还真有夫妻缘分哩。

阿　福　这个……

［贾老爷忽然打了一个巨响的嗝，坐起来鼓掌。一边，贾

大先是看得目瞪口呆，随即咬牙切齿地下。

贾老爷　（宁波方言）唱得好，唱得好，多亏你们把我这口气唱出来了。

阿　香　哎呀老爷，侬真的活过来了？

贾老爷　我本来就没有死嘛，老爷我属于深度昏迷。阿香，还不赶快谢谢人家阿福的救夫之恩。

阿　福　贾老爷，你这记玩笑开大了，你活过来，差点把我吓死了。

贾老爷　不要怕，不要怕，贾老爷还没听够阿福的小热昏，没看够阿老板的滑稽，阿香，我的小娘子，老爷我也是舍不得你呀！

阿　香　对对对，老爷最心疼小娘子，老爷才是我阿香的靠山嘛。老爷，这回可是多亏了阿福哦？（示意阿福上前套近乎）阿福，阿老板，你今天的戏真是唱得太好了，把我家死人老爷都唱活了。

阿　福　贾老爷，刚才我跟你家阿香娘子，没唱什么出格的戏哦。

贾老爷　明明唱了，你还客气，阿老板不要客气，不要客气嘛。

阿　福　这个事体要客气的，不客气要吃生活的。

贾老爷　侬放心，阿拉宁波人别样不行，做生意行，哪怕深度昏迷，别人讲的生意经，照样听得飒飒清。

阿　香　老爷，我可没跟阿老板讲什哩生意哦。

贾老爷　阿香，你把宁波会馆的房契交给阿福吧，好让人家明朝看房子搬场嘛。

阿　香　啊，老爷真的听见了？

贾老爷　宁波人做生意讲信用，答应人家的事情就要兑现，去拿吧。

阿　香　是，老爷，小娘子我照老爷的吩咐办。（瞟阿福一眼，不无得意地）阿福，你看见了吧，我家老爷不亏是宁波商人。

阿　福　（毕竟心虚）不，阿香，不不，贾太太，我谢谢贾老爷的好心,宁波会馆阿福不要,不敢要。

贾老爷 这是为什么?

阿　福 因为……阿福今天没唱好。

贾老爷 唱得好,唱得好,你把我这个死人都唱活了。不过,我还是听得有些不过瘾,阿拉宁波滩簧不知道阿老板唱得来唱不来?

阿　福 贾老爷想听,阿福我就唱。

贾老爷 算了,滩簧还是太土气,阿老板还是唱两段四明南词吧。

阿　香 对,阿老板的四明南词唱得呱呱叫。

贾老爷 阿香,我不是也教你唱过几段吗?你就跟阿老板拼一副双档。

阿　香 没得问题。阿老板,请!

阿　福 献丑了!(唱"四明南词")

毕竟西湖妙不同,
间株杨柳隔桃红。

阿　香 (唱) 远望青山重叠翠,
近闻南屏晚敲钟。

贾老爷 (听得津津有味)这个唱的是《西湖十景》。

阿　福 (唱) 恨只恨咫尺画堂深如海,
只落得月明空照半衾床。

阿　香 (唱) 害得奴,心如醉,意难忘,
牵撚有丝万丈长,
奴家枕被半空床。

贾老爷 这个唱的是《果报录·试唐》。好了,阿老板的滑稽戏在上海滩也算唱到头了。贾大,我晓得侬一直在监视阿福和侬姆妈,现在侬可以出场了!

[贾大率精壮家丁上。

贾　大　把这个臭唱滑稽的阿福吊起来，打！

［家丁一哄而上，捆绑阿福。

阿　福　阿香娘子，救命哪！

阿　香　贾大，你凭什哩把老爷的救命恩人绑起来？

贾　大　凭什么，爹爹尸骨未寒，不是，爹爹黄粱未醒，你们就大胆私会，暗度陈仓，还算计家产，拜堂成亲，真是岂有此理。来呀，把阿香也绑了！

阿　香　老爷，我冤枉啊！

贾老爷　贾大住手，哪有儿子捉姆妈的奸。阿香，侬过来。

阿　香　老爷，我们是冤枉的。

贾老爷　冤枉不冤枉，老爷都明白，你还真的当我没看见没听见呀？来，把遗书还给我。

阿　香　老爷？

贾老爷　还给我。

阿　香　老爷……（伤心）

贾　大　爹爹，这样年轻的女人，早晚靠不住，还是趁早把她赶出去吧。

贾老爷　其实，也没有发生什么事情，也就是精神出轨罢了。

贾　大　精神出轨比肉体出轨更可怕，爹爹！

贾老爷　我不这样看，出轨就是出轨，没出轨就是没出轨。不管怎么说，是阿香把阿福请到会馆来，我才活过来了。所以嘛，阿香还是我的小娘子，她也就还是你贾大的姆妈。来，儿子，叫她姆妈。

贾　大　爹爹！

贾老爷　叫！

贾　大　姆妈……

贾老爷　哈哈……

阿　香　（撒娇地）老爷！

贾老爷　不要哭，不要哭，老爷把遗书再还给你就是了。来，拿着，跟老爷笑一笑，笑一笑！

阿　香　（笑得比哭难看）嘻嘻，嘻嘻，嘻嘻嘻嘻……

贾老爷　贾大，把阿福也放了，表演艺术家嘛，逢场作戏总是难免的。

［阿福被松绑。

贾老爷　阿老板，今天演砸了吧？

阿　福　贾老爷，交关抱歉，交关不好意思，交关惭愧，以及交关对不起。

贾老爷　阿老板交关不必如此。阿老板，既然你和阿香拜了兄妹，那么你也就是我贾某人的阿哥哥了。贾大，把饭菜端过来，我和你姆妈请我们的阿哥哥一起吃顿元宵饭。

贾　大　是，爹爹，姆妈，以及爹爹姆妈的阿哥哥，你们请用膳。

阿　香　让我亲自来服侍老爷。

阿　福　阿香，还是让我来服侍贾老爷吧。

［阿福殷勤地向贾老爷喂食，贾老爷又噎住了，这一噎，贾老爷就真的倒毙了。阿福紧张，众人大惊失色。

阿　香　阿福，你喂了老爷什哩呀？

阿　福　汤团！

阿　香　哎哟喂，杀千刀的！

［一片嚎哭，全场大乱，阿香催促阿福快走，阿福逃下。

［暗场换景。

［八爷复上。

八　爷　汤团，哈哈，哈哈，汤团，可怜贾老爷从阴曹地府爬上来才一歇歇，又被汤团噎回去了。倒霉的阿福，这回在上海滩上可算是演砸了。演砸了不要紧，爬起来再演嘛。可是不行,阿福做不到,阿福太讲究自己的面子,阿福发誓从此不唱小热昏,也不演滑稽了。阿福要改行炒股票、做黄牛生意。聪明人总归是聪明人,上海滩阿福照样兜得转。眨眼民国三十七年了,这一年上海就是一个字,乱！股市乱,金市乱,米市乱,房市乱,整个市面都在乱。中国乱了,上海乱了,人心乱了,我这个维持治安的小警察,日子也一天不如一天好过了。拔牙？不要拿我开玩笑,我八爷还敢拔啥人牙呀？人家不拔我的牙就算蛮好了。

[八爷提心吊胆地下。

第三幕

[字幕:阿福的中年时代。民国三十七年,即公元 1948 年。

[老城厢石库门后门,阿福的家。阿新做着针线,彩萍、留根在唱歌。

彩萍、留根 （唱） 夜上海,夜上海,
你是个不夜城;
华灯齐,乐声响,
歌舞升平。
只见她,笑脸迎,
谁知她内心苦闷;
夜生活,都为了,衣食住行。
酒不醉人人自醉,
胡天胡地蹉跎了青春。

阿　新 彩萍,不要唱了,替姆妈把针穿上。

彩　萍　姆妈，你缝的这是啥？

阿　新　是侬阿爸的衬衫。

彩　萍　阿爸的衬衫怎么只有领子呢？

阿　新　衬衫领子就是只有领子嘛。

彩　萍　既然只有领子，那就不叫衬衫，叫领子。

阿　新　总归都一样。

彩　萍　不一样，衬衫是可以单独穿的，领子只能穿在外套里面装装样子。

阿　新　有辰光样子也是要装装的，像侬阿爸这样经常要跟人打交道的场面人，进来出去，衬衫必要每天换的。

彩　萍　可是阿爸并没有换衬衫，就是换了一个小领子呀？

阿　新　阿爸不是为了节省钞票，供你们读书嘛。

彩　萍　那么阿爸不装这个面子不可以吗？

留　根　姐姐侬这就不懂了，这就是男人的腔调，腔调侬懂吧？

彩　萍　不懂。

阿　新　留根讲得对，在上海滩上混的，不管是男人女人，腔调总归是要讲的，要不伊就不像是阿拉上海人了。

彩　萍　好奇怪哦，像上海人就必要戴假领子？真是弄勿懂。

阿　新　弄得懂，弄勿懂，等你们长大自家紧巴巴过日脚，就都懂了。

［阿福在阁楼上探出头。

阿　福　阿新，衬衫帮我准备好，皮鞋帮我擦擦亮，领带帮我熨熨直，我马上要出门，有应酬。

阿　新　知道了，侬放心。

［阿福拎着一只手提箱下楼，还是一副风风火火给人很有自信的样子。

彩萍、留根　阿爸！

阿　福　(特别疼爱子女)哎,彩萍,阿爸的乖囡囡。留根,阿爸的乖儿子。学堂就快开学了吧?书包姆妈都准备好了吧?阿爸关照过姆妈,这趟开学书包必定要新的,衣裳必定要新的,鞋子必定要新的,样样都必定要新的,阿福的孩子,不好含糊一眼眼,也不好推板一眼眼,里里外外必定要一个字,新!阿新,照顾好彩萍、留根,没得事体不要出门去,外面乱得很。彩萍、留根,阿爸外面有应酬,中饭、晚饭都不回来吃了。你们没有事情就在家里看看书,陪陪姆妈。(看到桌子上面的小笼)咦,昨晚带回来的小笼馒头,怎么到现在还没舍得吃?不要省,不要省,阿爸今朝夜里还要带小笼馒头回来把你们吃,好了,阿爸出门了。

彩　萍　阿爸,我不要吃侬带回来的小笼馒头。

阿　福　为啥?

彩　萍　小笼要吃热的,现蒸的,你带回来都是隔夜货,一包猪油有啥吃头。

阿　福　我家彩萍现在胃口好来,城隍庙的小笼也勿要吃了哦。

彩　萍　勿要吃,勿要吃,我要阿爸在家陪陪我,陪陪阿弟,陪陪姆妈。

阿　福　可是阿爸要出门做事情,阿爸要为屋里赚钞票呀。

彩　萍　阿爸,侬是做啥事情赚钞票呀?

阿　福　哎哟乖囡,阿爸赚钞票的事体多是多得来——

彩　萍　我要侬讲把我听听嘛。

阿　福　好,讲把侬听,阿爸做股票,卖彩票,陪人家谈生意,阿爸进进出出不是大饭店、大宾馆,就是交易所、上流社会。比方讲,阿爸今朝就是去和平饭店跟外国人打交道,晚上还要到豫园湖心亭陪有钱人谈生意经,阿爸忙是忙的来,辰光不早,阿爸要出门了,拜拜!

彩　萍　（大声地）阿爸！

阿　新　彩萍，侬今朝哪能了，为啥老是不让阿爸出门？

彩　萍　（不忍心讲）哦，没啥。对了，阿爸，姆妈，阿哥有消息了。

阿　福　阿强，我的大儿子，有消息了？

阿　新　啥，阿强有消息，彩萍，侬为啥不早点对姆妈讲，阿强在啥地方，做啥事体，伊都半年没回屋里了。

彩　萍　阿爸，姆妈，刚才我出门买酱油，碰见阿哥大学里一个朋友，伊偷偷告诉我，阿哥到江北去了。

阿　福　（捂住阿新的嘴，看看四下无人）轻点！江北现在是好去的吗？去江北就是和国民政府作对，被警察晓得要杀人的！

阿　新　彩萍，你的意思阿强去江北是……

阿　福　嘘！

阿　新　我的阿强……（抹泪）

彩　萍　姆妈，阿爸，你们不要这样害怕，或许阿强哥哥的选择是对的。

阿　福　就算对，也要通知家里一声呀！

留　根　告诉家里，你们还会放他走吗？

阿　福　彩萍，留根，不管阿强是不是去了江北，这件事情都不能对外头讲，讲出去我们一家子就不要再想有太平日子过。你们是阿爸的乖囡囡、乖儿子，可不要学阿强，胆子大的不要命。乖乖地在家里读书，练毛笔字，长大了凭本事，靠手艺吃饭，别的都不管我们小老百姓的事。

阿　新　记住阿爸的话，留根，听见了吗？

留　根　听见了，姆妈。

阿　新　彩萍，侬呢？

彩　萍　（忽然伤感起来）阿爸，你过来，女儿问你一件事体，你要当着姆妈和阿弟的面，老实讲。

阿　福　阿爸的乖囡囡，你讲，阿爸听着呢。

彩　萍　阿爸，你真的是在做股票，谈生意经吗？

阿　福　（有点意外）是啊。

彩　萍　（爆发地）阿爸，你不是！阿爸的那点小股票早就在股市里赔空了！（打开阿福的手提箱，倒出一堆擦皮鞋用的小物件）姆妈，阿弟，你们看，这就是阿爸的股票，这就是阿爸的生意经。

阿　福　（还想掩饰）彩萍！

彩　萍　姆妈，阿弟，阿爸他是瞒牢姆妈，瞒牢我和阿弟，在和平饭店为洋人擦皮鞋。我的同学看见了，他们笑话我，可是我不觉得阿爸丢人，我就是可怜阿爸，阿爸他每天装得忙忙碌碌的样子，就是要让我们对生活有信心，对阿爸有信心呀，我可怜的阿爸……

阿　新　（痛心地）阿福，侬这又是何苦哇……

留　根　阿爸就是每天擦皮鞋，还要给我和阿姐买新书包？阿爸……（抱住他哭了）

阿　福　（强堆着笑脸）嘻嘻，我是阿爸，嘻嘻嘻，我是阿爸嘛。

彩　萍　姆妈，阿弟，你们都不要哭，我还要告诉你们一桩事体。

阿　新　还有啥事体？

彩　萍　（捧起小笼）我要当着姆妈的面，讲讲这个小笼馒头的来历。

阿　福　（抢过小笼）彩萍，不要讲，给阿爸留点面子好不好？阿爸今朝拍侬马屁，帮你去买现蒸小笼，好不好呀？

彩　萍　（一挥手把小笼打翻）我不要吃你的小笼，我嫌它臭，我恶心！

阿　新　彩萍，勿要瞎讲，阿爸昨夜带回来的小笼，怎么就臭了，我来闻闻看。

彩　萍　姆妈，你是什么都不晓得。

阿　新　你要姆妈晓得什么？

彩　萍　（见阿福频频对她使眼色作揖，愈加忿忿地）阿爸，你不要对我挤眼睛作揖，我今天是非要讲出来不可了。姆妈，每天下午靠五点钟光景，阿爸都要在豫园湖心亭茶楼跟一个珠光宝气的有钱女人约会，还陪着她吃点心，唱小热昏，两个人窃窃私语，眉开眼笑，我已经盯牢他们几个号头了。你们都不知道，这个小笼馒头就是阿爸和那个臭女人吃剩下来带回来哄我和阿弟的。（对着阿福）阿爸侬讲，那个女人她是谁，侬为啥要瞒着姆妈在外面轧姘头，会野女人，侬快讲呀！

阿　福　（抬手打了彩萍一个耳光）不许你胡说！

彩　萍　姆妈，阿爸瞒牢侬在外面轧姘头会野女人，还打我！

阿　福　（自知失手，内疚万分）彩萍，对不起，对不起，阿爸头一回打你……

彩　萍　（大哭）姆妈，阿爸真不是个好阿爸……

阿　新　（如遭雷击）阿福，阿福……阿新我从八岁起跟着你，风风雨雨三十年，你、你竟然瞒牢我在外头轧姘头，做相公，我还替你熨衣裳，做假领子……你手捂良心想一想，你对得起一群儿女，对得起我阿新，对得起山东人吴大哥吗？阿福，阿福，你让我死了算了……

留　根　（义愤填膺地）阿福阿爸，你要对姆妈好好讲清楚，如若不然，我就跟阿姐带着姆妈，一道去江北！

阿　福　我讲，我讲，我讲……阿新，彩萍，留根，阿福我不是一个好丈夫，也不是一个好阿爸，更不是一个好男人呀……（努力着不掉泪）是的，炒股票，赔了；买彩票，打水漂了；找不到事情做，唱小热昏喉咙又不比从前了，就是想唱滑稽连自己都笑不出来了。外头一天世界地乱，我到哪里去赚钞票？赚不到钞票，我的老婆啥人养，我的囡囡儿子怎么读书？我不硬着头皮擦皮鞋还能做什么……和平饭店，洋人，擦皮鞋，不错，我不就是图他们多给几个钱嘛！我想我的老婆穿得光光鲜鲜，我想我的儿女进好学堂，等他们长大了堂堂正正地在上海滩上做体面人，可是，可是我这个擦皮鞋的阿爸不能丢你们的脸呀……豫园，湖心亭，女人，不错。阿新，你还记得那个宁波会馆的阿香吗？

阿　新　（愈加愤怒地）就是伊呀，狐狸精，原来你们假戏真做，真戏假做，瞒牢我偷情偷了整整二十年呀！阿福，你这个杀千刀的，你挖了我的心，捣碎了我的肝了，我、我、我跟你拼了吧……（没命地打他）

彩　萍　姆妈，你不要这样，听阿爸讲下去嘛！

阿　福　（嘴角流出了血）不，彩萍，让你姆妈打，多打几下，阿爸的确该打呀！不过，阿爸我对天发誓，阿爸我跟你们阿香阿姨绝没有越轨，绝没有！那个贾老爷的遗书上有一行字："人在财有，人走财留"。只要阿香改嫁人，贾老爷的财产就一样不能带走。阿香有什么办法，只好在贾老爷的灵堂前守活寡。

留　根　阿爸，你不要讲为了我们，你变成了一个吃软饭的吧？

阿　福　你阿爸其他都不可以不要，面子要的，我也是一条顶天立地的男子汉。阿香是啥人，是你阿爸的粉丝，偶像吃粉丝的软饭，你当是粉丝煲啊？二十年前，她是我的戏迷，可是我都二十年不唱了，她还是对我好。看着她寡妇一人，也蛮可怜的，她要人陪她说说话，想听几口小热昏，我也不犯什么难嘛。她也是聪明人，暗地里派人跟踪我，发现我的生活其实还蛮艰苦的。其他不帮，听到阿强读大学，偷偷把私房钱送到学校，要求校长作为奖学金年底发给阿强，等于转手送到我家里。你阿香阿姨心好啊，救济我们，还讲究方式方法，我嘴里不讲，心里厢是眼泪水嗒嗒滴。

彩　萍　怪不得阿哥总是讲拿到的是特别奖学金，比人家都要多，原来是……

阿　福　老婆啊，你放心，有一条我阿福脑子飒清，我和阿香讲好了，绝不亲嘴，也不拉手，更不做对不起家人的事情。今天，这个私生活终于暴露了，我知道我负了老婆的情，伤了儿女的心，我改，我改，我发誓一生一世再也不见她了……（蒙住脸大哭，哭得极其伤心）

彩　萍　唉，阿爸，叫我怎么说你呢！（抹眼泪）

留　根　姆妈，阿爸嘴巴被你打出血了！

阿　新　（用手绢为他细心擦着）阿福，对不起，我又没说你跟阿香越轨，你急什么呀，告诉我，痛吗？

阿　福　（冒出一句）阿新，我想吴大哥……

阿　新　（和他抱头痛哭）阿福……

彩　萍　（拿出来一只信封）阿爸，刚才有人送来一只信封，我看落款是宁波会馆，本不想给你看的，现在交把你。

阿　福　给你姆妈看吧。

阿　新　（拆信封，掉落一叠现金）美钞？

阿　福　（阅信）阿香走了。

阿　新　她到哪里去了？

阿　福　香港，被贾老爷大儿子一道带去香港了。

阿　新　她还回来吗？

阿　福　不知道……

阿　新　(不知道是恨还是怜地)阿香,阿香,你这个扬州女人,整整迷恋我男人二十年,二十年,可是你我都还没见过面,阿香妹妹,阿新姐姐我想见见你呀……

[八爷引吴大哥上。

八　爷　阿福,阿新,你们看,我替你们带来啥人了?

吴大哥　阿福,阿新!

阿福、阿新　吴大哥?

吴大哥　哈哈,这哪里还是三十年前在城隍庙唱小热昏的阿福阿新嘛,哈哈……

阿　福　吴大哥,吴大哥,你还活着,你怎么一点不见老呀?

吴大哥　(还保留着点三十年前的架势)哎,三十年了,还能不老?三十年了,大家都变了,世界也变了,中国更加要变了。哈哈……

阿　新　彩萍,留根,叫吴伯伯。

彩萍、留根　吴伯伯好!

吴大哥　好,好,孩子们都好!阿福,阿新,这些年我把全中国的江湖都跑遍了,可是兜来兜去,还是回到了上海老城厢,我打算第二次从老城厢出发,去江北。

阿　福　(捂住吴大哥的嘴)嘘!你怎么也要去江北?(将吴大哥拉至一侧)吴大哥,说话要留神,八爷是国民党警察。

八　爷　阿福,你不要嘀嘀咕咕地,我都听到了。我还不瞒你讲,吴大哥已经拿我八爷搞路子搞清爽了,怎么混出上海,怎么投奔江北,飒飒清爽。阿福,啥辰光了,还拎勿清,这里水深火热,只有江北才是一片光明。我是人在上海滩,情系大苏北。哪能,路子清爽吧?倒是对你阿福的路子我还弄不清爽,所以吴大哥来了三天,我还轻易不敢让他跟你见面。

阿　福　这是什么话，我家阿强也去江北了，我送阿强上大学，就是为了去江北，长期规划，你好跟我比？

吴大哥　哈哈，不讲了，大家都是江北。

阿　福　吴大哥，你讲，你们现在要我阿福做啥，除了打枪不会，旁的都行。

吴大哥　好，很好，我们慢慢交讲。

［尖利的警笛声，由远及近。

八　爷　不好，听声音好像是朝这边来了。

吴大哥　不要紧张，有后门吗？

阿　福　我们家前门从来不开的，走的都是后门。

吴大哥　走后门好，如果我被抓住了，你们都要装作不认识我。好了，孩子们，不要为吴大哥担心，吴大哥只是一个传说，再会！

八　爷　慢着，把我的警服穿上。

阿　福　八爷，你……

八　爷　不要多啰嗦，我，光棍一条，你们，一大家子，我现在还是国民党的警察，他们能把我怎么样，快呀！

吴大哥　好吧，八爷先生，我谢谢你。

八　爷　后会有期！

［八爷与吴大哥换装，分头下。

阿　新　彩萍，留根，你们刚才唱的歌蛮好听的，再唱，唱给你们阿爸听。

阿　福　我们一起唱，唱得响点！

全　家　（齐唱）　夜上海，夜上海，

你是个不夜城；

华灯齐，乐声响，

歌舞升平。

只见她，笑脸迎，
谁知她内心苦闷；
夜生活，都为了，衣食住行。
酒不醉人人自醉，
胡天胡地蹉跎了青春。

［警笛声远去。

［暗场换景。

［八爷捂着嘴，慢吞吞地上，八爷的警服也换了便装。

八　爷　（明显地口齿不清）拔牙，拔牙，我这一口牙齿这趟总算是被拔光了。

妈妈的警察局，非要我供出吴大哥是去江北投奔新四军了，还要把阿福一家子都供进去。哼哼，我八爷拿小偷、审流氓三十好几年了，什么招式没用过，想要我招供，哼哼，我没介戆。我假使把他们一个个都招出来，我八爷不就是共产党的地下联络员了？我这条小命还能保得住吗？哼哼，不招！不招他们就拿老虎钳子拔我的牙，问一句，拔一颗，问一句，拔一颗，一歇歇功夫，二十八颗牙齿都拔光了。牙齿拔光，又关了十天，总算把我放出来了，可是警察衣裳不让我穿了。不穿就不穿吧，反正你们也穿不了几天了！哼哼，哼哼，哼哼……（满嘴漏风地唱）

夜上海，夜上海，
你是个不夜城；
华灯齐，乐声响，
歌舞升平。
只见她，笑脸迎，
谁知她内心苦闷……（下）

第四幕

［字幕：阿福的老年时代。公元 1978 年。

［拥挤破败的石库门，阿福家的屋顶，屋顶有个延伸的简易楼梯口。屋顶上托着一口鸽笼，鸽笼是用阿福阿新当年卖艺时拉洋片的箱子改造的。满天是鸽子在上空盘旋的哨音。

阿　福　（好似当年卖艺拉洋片一样从鸽笼里面探出头，摘下口罩，拿出望远镜四处张望）哎哟，到底年纪大了，老早子拉洋片箱子里跑进跑出灵活的不得了，现在不来赛了。还是鸽子自由呀，想飞就飞，飞吧，飞到你们想去的地方去，再也不要飞回来了。那只飞得顶高的鸽子是阿强，我的阿强在解放上海的战斗中牺牲了，我把飞得最高的鸽子取名叫阿强，阿强，你是阿爸的好儿子，阿爸知道你想回家，自从你牺牲了，阿爸姆妈一天都没有忘记你，三十年了，我们家里吃饭从来都没忘记放上你的一双筷子。今天，阿爸要对你说一声对不起了。你知道吗？彩萍儿子的媳妇——括号还没过门，她怀孕了，没得地方住，阿爸跟姆妈商量好，让他们在家里补办婚礼，阿爸跟姆妈把房间让出来给他们住。你彩萍妹妹就是心强命不强，年轻时响应号召支援内地，在安庆结了婚，没想到彩萍先生早早得病死了，彩萍一个人拖着儿子阿庆回到上海，把儿子带大，不容易呀！还有你留根阿弟，也四十好几了，一家三口也住在老房子里。你想，阿爸就这两间半房子，能不拥挤吗？楼下东面一间是留根一家，西面一间本来是彩萍住的，现在腾出来给彩萍的儿子阿庆结婚住。彩萍怎么办？阿爸想来想去就让彩萍跟你姆妈住那半间阁楼，阿爸暂时跟你姆妈分居，临时住鸽子笼。阿强你也不要难过，这鸽子笼蛮好，没得这个鸽子笼就没得你阿爸姆妈，也没得你们。（用望远镜寻找）哎哟，那只虎头虎脑的鸽子叫吴大哥吧，不要飞回来，不要飞回来，我晓得上个号头组织上替你平反了，你是被冤枉的好人，造反派把你斗争死了那是不对的，最后把清白还给你那才是对的，你可以含笑九泉了。不过，阿福我今天不欢迎你，没得办法，我不能跟你们一群鸽子住在一个笼子里。相信希望总归是有的，房子总归也会有的。告诉你们一个好消息，我们国家改革开放了，改革开放嘛，我们这个老城厢就要拆迁造新房子了。开心吧？开心就好！比如阿福放你们一个长假，到处去游山玩水，等宽敞房子造好了再欢迎你们回来。（从怀里摸出一只雪白的鸽子）阿香，本来想把你留下来，可是你们的名字都是阿新取的，她顶认得你了，我要是单单把你留下，那不是存心气她吗？算了，你也游山玩水去吧……（依依不舍地把手中的鸽子放飞）

［满天鸽哨嗡响，阿福狠着心驱赶着它们，鸽哨声渐渐远去。

［阿庆挽着新娘晓雅喜气洋洋地爬上屋顶。

阿　庆　外公，刚刚去寻侬，伊拉讲侬住到屋顶了，我只好爬上来寻你。

阿　福　你叫我一声就是了，我可以爬下来的啊。

阿　庆　你年纪介大，哪能可以让你爬上爬下的，你拿着望远镜做啥？

阿　福　外公年纪大了，看不清楚，拿望远镜看鸽子，看老朋友。

阿　庆　外公，屋顶上介高，你不吓的呀？

阿　福　吓啥？家里地位摆死的，我总归要在最高头，站到高，看得远，有句古诗你们读过吧，欲穷千里目，更上一层楼。（差点摔下去）

阿　庆　（赶快扶住）哎哟，外公你当心点啊，你最高了，不要再上一层楼了，没有楼了。你住在这里我不放心，你住回去，我还跟姆妈住一个房间。

阿　福　哎，那可不行，我的大外孙媳妇今天进门了，怎么好还跟姆妈住。

阿　庆　那有什么关系，晚上拉一道帘子，白天把帘子拉开，好多人家不都是这样的吗？

阿　福　那是人家家，阿福的外孙不可以这样的，让人家知道了要笑话外公。（近距离用望远镜看晓雅）你就是晓雅吧，今天算正式嫁过来了？

阿　庆　晓雅，叫外公。

晓　雅　外公，侬好！

阿　福　乖乖，我的大外孙媳妇，长得鼻子是鼻子，眼睛是眼睛，外公外婆早就想把你接到家里来了，对不起哦，让你们住集体宿舍钻路边花园都好几年了，听说你已经有三个号头了，对吗？

晓　雅　对格，有了，正好三个号头。（对阿庆）侬哪能早早讲出去，弄得我台型都没了。

阿　福　没得关系，没得关系，改革开放了。阿庆，晓雅，扶外公下楼，外公和外婆才分居半天，就想得没得命了。

［阿庆、晓雅小心翼翼地把阿福扶下楼来。中年彩萍抹着眼泪上。

阿　福　（还是拿着望远镜看）彩萍，你怎么了？

彩　萍　阿爸，姆妈她……

阿　庆　姆妈，外婆哪能了？

彩　萍　外婆知道晓雅今天进门，几天前就兴奋得睡不着了，伊本来是个病人，刮刮风就要倒，这两天又是腾房子，又是为晓雅肚皮里的孩子做小人衣裳，还上上下下腾房子，搬家什，看看忙得差不多了，今朝一清早又起来包饺子，做汤团，做好了又翻箱倒柜找出一身旗袍穿起来，还化了妆，说是要漂漂亮亮迎接大外孙媳妇进门。啥都忙好了，人倒不行了，现在是立都立不起来了。

阿　庆　（哇地就哭了）外婆！

晓　雅　姆妈，对不起，我让你们一家门受苦受累了。

阿　福　乖乖，不要这样讲，是我们一家门委屈你了。阿新！（用望远镜找）

［老年阿新在阁楼上悠悠地直起身，今日的她，显得异样地风姿绰约。

阿　新　啥人讲我立勿牢，我蛮好格……（头一歪，又倒了）

阿　福　阿新！

彩　萍　姆妈！

阿　庆　外婆！

［一阵忙乱，阿庆把阿新从阁楼上背了下来，留根夫妇和他们的阿囡跟着都下来，大家围着阿新叫唤。

阿　新　（醒来，无比慈祥地）阿庆，外婆顶顶顶顶极其交关以及没得命地欢喜的大外孙子，这位小姐阿就是侬格小娘子晓雅吧？来，让外婆仔细看看……阿庆，侬交关有福气，娶了介标致的小娘子，外婆看见伊就开心。

晓　雅　外婆才是顶顶标致的外婆，晓雅看见外婆就好像看电视剧一样。

阿　新　格是侬外公功劳，一生一世不让外婆出门做事体，不让外婆出门晒太阳，不让外婆出门吹风淋雨，就是把外婆养在家里相夫教子享清福。晓雅侬手来，阿庆侬手来，彩萍侬手来，留根侬手来，留根屋里侬手来，留根阿囡侬手来，阿福侬阿把手伸过来……

［大家向阿新伸出手，阿新拿出一枚又一枚金戒指，为他们一一戴上。

众　金戒指……

阿　新　对，金戒指。阿福当年唱死人堂会赚了两根半金条，几十年来我一直把它藏着，现在改革开放了，可以戴金戒指了，我把它拿到城隍庙金店加工了，今天都分给你们，这一只，我自己戴上。昨天看晚报，听讲时装公司模特儿已经穿旗袍了，这是我年轻辰光顶顶欢喜的一身旗袍，今朝阿庆大喜，我也特地穿上了，我还是觉得中国女人穿旗袍顶顶标致，阿福，孩子们，你们看我今朝标致吗？

阿　福　标致，标致……

众　阿新外婆顶顶标致……

阿　新　（心满意足地）我就是要标标致致地来，标标致致地走。晓雅，侬听外婆给侬唱段沪剧……（唱沪剧）

外婆穿上新衣裳，
有话对侬晓雅讲。
你们成了亲，
外婆称心肠。
无奈人多没有住房。
问晓雅呀侬格心中可悲伤？
问阿庆呀侬要好好待新娘！

晓　雅　（唱）　晓雅我是个好姑娘，

嫁人勿是嫁新房。

只要人嫁对，

别样不用讲，

四代同堂也无妨。

叫外婆呀侬就尽管宽心肠，

叫外婆呀一家平安喜洋洋。

［满天的鸽哨又响了，阿新弥留般地仰望着天空。

阿　新　阿福，侬过来……

阿　福　（拉着她的手）阿新……

阿　新　今朝侬做错了一桩事体，阿晓得？

阿　福　不晓得。

阿　新　（唱）　阿福侬今朝太鲁莽，

做啥要把鸽笼抢？

鸽子漫天飞，

满耳哭声响，

夜黑风高何处是家乡。

问阿福呀为何这般薄情义，

问阿福呀怎能如此狠心肠？

阿　福　（唱）　阿新你不要泪水淌，

阿福今朝不像样。

宁可打地铺，

不占鸽子房，

患难与共不下堂。

问阿新呀你的心事可曾放，

问阿新呀你的眉头可舒扬？

阿　新　（点头）屋里住房紧张，侬可以在天井里搭只棚棚，做啥必要住鸽子笼，你把它们都赶走了，它们到哪里去安生，哪里又是它们的家？阿强，吴大哥，阿香，还有彩萍先生，你真的当它们都是鸽子吗？它们都是我们的亲人，哪能可以让它们无家可归呢？

阿　福　阿新，我错了！

阿　新　知错就改，还是好阿福。对了，明朝你要亲手挑一只干净标致的鸽子，取名阿新，看到它就比如看见了我，我要和阿强、吴大哥、阿香、彩萍先生它们一起，白天飞来飞去，自由自在，夜里陪着你们，看着你们，听着你们，永远和你们在一起，阿福，侬阿记牢了……

阿　福　阿福记牢，记牢……

［众人开始哭泣。

阿　新　彩萍、留根，这几天哪能没有八爷的消息，八爷八十多岁了，你们平时一定要照顾好他老人家，阿记牢了？

彩　萍　姆妈，侬放心……

阿　新　阿庆大喜，也不好忘记八爷，快去把他老人家请来，陪侬阿爸喝几杯。

八　爷　（内声）阿福，阿新，我来了。

［八爷老态龙钟地上，手上拿着一只红包，怀里抱着一只鸽子。

众　（恭敬地）八爷！

八　爷　哎，这就是阿庆媳妇吧？（递红包）恭喜，恭喜。

阿　福　晓雅，谢谢八爷。

晓　雅　谢谢八爷！

八　爷　不谢，不谢！阿福，阿新，你们家的鸽子飞到我家阳台上了，我记得这一只叫阿香，阿对呀？阿福，阿新，我也正要来告诉你们，今天早上听广播电台，阿香从美国发回来寻人启事了。想不到吧，阿香她在美国。

阿　新　（还是很敏感地）啥，阿香有消息了？这个阿香妹妹，大脚片子赶得倒蛮紧哦。八爷，侬过来，把阿香给我……（抱过那只鸽子，细心抚摸着，随后摘下自己的那枚金戒指，套在鸽子的腿上）阿香，假使还有那么一天，这就是阿新送给你的结婚戒指，侬要代我好好照顾你的阿哥哥……

阿　福　阿新……

阿　新　（唱）　窈窕风流名阿香，

自怜身落在平康。

她是落花无主随风舞，

飞絮飘零泪数行。

异国寄迹非她愿，

难忘当年小情郎，

但愿荆钗布裙共度时光……（忽然站立起来，异样兴奋地）

阿庆，晓雅，今朝是你们大喜的日子，大家都要开开心心地，来呀，送他们入洞房！

阿　福　阿庆，晓雅，当着外婆的面，你们一定要开开心心地，现在就成亲，来，一拜天地，二拜高堂，夫妻对拜，送入洞房……

［众人强颜欢笑中，阿新含笑死去。

［一片悲恸……满天的鸽哨震耳欲聋……

［暗场换景。

［八爷颤颤巍巍返上。

八　爷　阿福娘子阿新死了……阿福子孙满堂，他是幸福的，我不如他。不过，我能活到八十几岁，也知足了。阿新死后，我也死了，阿福带着一群儿女为我送葬，我死得很有台型，很辉煌……我死了以后，阿福把一只大嘴巴的鸽子取名八爷，我都晓得……哎呀，上海的城市越来越漂亮了，漂亮得让我这个老上海都不认得了。老城隍庙还是跟过去一样闹猛，人山人海，游人如梭，连拉洋片的都回来了……就是老城厢的旧房子拆得差不多了，到处都是新房子、新天地，老弄堂是找不到了，找不到就不找了吧……各位，八爷我这是最后一趟交代情节，下去就不再返场了。我跟你们大家道声再会，再会了……

［八爷蹒跚着下场。

尾　声

［字幕：阿福的百岁之年。公元2008年。

［现代化建筑背景的辉映下，阿福老房子的旧址，旁边是一片现代化街边花园。

［阿福望远镜也不用了，基本失明，看不出了，坐着轮椅，被一群叽叽喳喳的后辈儿女簇拥着上。

彩　萍　（拿出奶油蛋糕）阿爸，闹，今朝你一百岁生日，女儿奶油蛋糕又买好了！

阿　福　买了做啥？阿爸有糖尿病的，不能吃的。

彩　萍　我晓得的，所以是低糖的。

阿　福　吃不下去的，听到奶油两个字就饱了。彩萍啊，你也是70岁的人了，奶油蛋糕这种东西要少吃点。现在生活条件好了，不是阿爸那个辰光，清淡点，清淡点。

留　根　（拿出一幅字）阿爸，彩萍弄不清爽，你看我送的礼物。

阿　福　啥东西啊?

留　根　百寿图,一百个不同的寿字写法,祝侬活到一百岁!

阿　福　那么我今朝几岁啊?

留　根　一百岁!

阿　福　嘎么侬意思,我今朝就结束了? 到此为止,不要活下去了?

留　根　我,不是这个意思,不是这个意思。

阿　福　好来,我活到现在,也蛮结棍来,自己还没想到。你们要是有孝心,就多带我回到老地方看看,顺便帮我放放几只新品种的鸽子……(从随身的鸽笼里捧出一只只鸽子)这是阿新,这是阿强,这是吴大哥,这是八爷,这是彩萍先生,不对,应当是彩萍的前夫……还有我自己,一个戆头戆脑、犟头犟脑、噱头噱脑的老阿福。好好,来来,西西。

[三个重孙辈围拢过来。

好来西　太爷爷!

阿　福　小乖乖,小小乖乖,小小小乖乖们,把鸽子拿去放飞,放飞回忆,放飞梦想,放飞希望……

好来西　放鸽子喽!

[鸽哨响起,子孙们的欢呼。

阿　福　飞吧,飞吧,飞吧……看看过去的老城厢,看看今天的新上海,一百年了,凭良心讲,阿拉上海人,就数现在顶开心……

[子孙们的笑声。

阿　福　开心归开心,可惜他们没看到……

[子孙们沉默。

阿　福　开心归开心,可惜阿福太老了……

[子孙们劝慰他。

阿　福　(又从怀里捧出一只鸽子)开心归开心,可惜阿香没回来,还是不算顶开心……

[蓦地，传来阿香“杨柳青”的歌喉……

[百龄阿香坐轮椅上。

阿　香　阿福……

阿　福　阿香……

阿　香　阿哥哥，生日快乐！

阿　福　阿妹妹，阿哥哥想死你了！

[满天的鸽哨，阿福、阿香的两副轮椅靠到了一起……

阿　福　（依然含情脉脉地）阿妹妹，你想不想听阿哥哥唱小热昏呀？

阿　香　阿哥哥，阿妹妹想呢！

阿　福　来，靠近点，再靠近点，今朝阿哥哥过生日，就唱把阿妹妹一个人听……

[阿福凑在阿香耳边，喃喃有声，渐渐地二人依偎着竟神奇地站立起来。

[子孙们爆发出热烈的掌声、笑声。

阿　福　（殷勤地向天上指着）那是阿新……那是阿强……那是吴大哥……那是八爷……那是阿妹妹……那是我，你的阿福阿哥哥，我们一大家子，夯不浪当，飞在上海老城厢的天上，飞呀，飞呀……

[悠扬诗意的鸽哨，经久不息……

[剧终。

（本剧创作参考王辉荃先生滑稽戏遗作《复兴之光》）

瓯剧

秀　芬

（根据琦君小说《橘子红了》改编创作）

人　物　秀　芬——周家三房姨太

周　平——老爷同胞弟弟，在城里读书

大　娘——老爷元配妻子

老　爷——周家之主，在城里做官

阿　川——周家长工

秀芬兄——秀芬娘家阿哥

男佣、女佣——周家佣人

第一场　廊桥接亲

[民国初年，温州瞿溪。

[残月，廊桥，古镇。

[一盏黑灯笼引路，秀芬蒙黑纱罩黑衫跟随秀芬兄上。

[幕内唱：“夜深深万籁俱静，

望门寡月下过门。

黄花女出嫁为妾，

黑布衫罩住泪人。”

秀芬兄　秀芬，走过廊桥就是瞿溪镇，到了瞿溪就是周家人，嫁到夫家就再也不要走回头路了。

[秀芬伫立桥头，踟蹰不前。

秀芬兄　秀芬，走吧！

[秀芬过桥，秀芬兄在她身后挥舞着斧头。

秀芬兄　（唱）　斩斩斩，斩尽晦气接喜气；

劈劈劈，劈开枷锁脱藩篱。

砍砍砍，砍断寡妇回头路；

剁剁剁，剁碎孽缘缔良缘！

[四女佣挑灯笼、四男佣抬花轿，周家长工阿川率人迎亲上。

阿　川　（念）　周家接新娘，

来至廊桥旁。

除去黑布衫，

换上新衣裳。

接亲！

秀芬兄 且慢！

阿　川 （扔过一袋银元）过数！

秀芬兄 （过数）一双、两双、三双、四双、五双……

［放大的银元碰击声中，接亲仪式。

阿　川 （念）　望门寡，贴墙根，

众佣人 （念）　四乡人，看不清。

阿　川 （念）　望门寡，入后门，

众佣人 （念）　避晦气，躲凶神。

阿　川 （念）　望门寡，猪栏进，

众佣人 （念）　阻霉运，挡煞星。

阿　川 （念）　望门寡，换衣裙，

众佣人 （念）　丧变喜，一身新！

［接亲仪式中，秀芬除去黑纱黑衫，换上红袄红裙。霎时，鞭炮齐响，彩星四溅，秀芬青春美丽的容颜映衬在漫天摇曳的火花里，显得分外娇媚。

阿　川 美！

众佣人 真美！

秀芬兄 娘家三百块银元收讫，告辞！

秀　芬 （颤声）阿哥！

秀芬兄 （背身）秀芬，嫁入富豪人家，是你今生造化，莫要伤心，快上轿吧！

阿　川 请新人上轿！

众佣人 新人上轿！

秀　芬　(凄然)上轿……

(唱)　流泪人换新妆满目苍凉，

谁知晓此一去地狱天堂?

阿　川　起轿!

众佣人　起轿!

[幕内唱:“十八望门寡，

年少美如花。

青青一鲜荷，

植入富豪家。”

第二场　拜堂成亲

[周宅厅堂，佣人侍立。

[大娘手捻佛珠，蹭着小脚上。

大　娘　(念)　阿弥陀佛女儿喜，

大了嫁人不由己。

阿弥陀佛女儿愁，

最怕夫妻不到头。

阿弥陀佛女儿乐，

子孙满堂乐呵呵。

阿弥陀佛女儿悲，

不会生育泪空垂。

[阿川上。

阿　川　大娘，新人梳洗干净，等着上堂了。

大　娘　阿川，我先问你，小娘昨晚是住在牛栏里吗?

阿　川　小娘在牛栏里坐了一夜。

大　娘　小娘进门之前，跨过猪圈没有？

阿　川　跨过了，望门寡妇过门规矩，小娘一样没省。

大　娘　听说小娘订的是娃娃亲，八岁上男人就得病死了，她那个娘家阿哥也不是一娘所生。

阿　川　小娘亲娘是填房，刚生下她就得产后风死了，小娘跟亲爹过到十三岁，亲爹又死了，小娘那个同父异母阿哥娶不起老婆，就等着小娘这笔彩礼成亲呢！

大　娘　死娘死爹死丈夫，小娘的命可真硬哪！

阿　川　是呀，小娘是个苦命人。

大　娘　阿川，老爷在城里养着二娘的事，你对小娘说了吗？

阿　川　照大娘的吩咐，没对小娘说。

大　娘　小娘念过几年新学堂，难免有点新思想，说早了我怕她不乐意。不过现在人已进门，就不必瞒了。阿川，你去把小娘请来，让她先跟老爷的衣冠拜堂。

阿　川　我去请小娘。

［阿川下。佣人请出一副男人的长衫马褂和礼帽。

大　娘　阿弥陀佛！

（唱）　百家选，千家挑，
挑来一个女窈窕。
年岁要她小，
脸庞要她娇。
腰身要她瘦，
屁股要她翘。
眉毛要她像柳叶，
嘴巴要她似樱桃。
最好还读过几年书，

通情达理又勤劳。

这真是磨穿铁鞋无处找，

海底捞起针一苗。

花好稻好，都是媒人说的，到底怎么样，我还一眼没见到呢。

［阿川引秀芬上，两女佣随上。

秀　芬　（唱）　一夜无眠到天亮，

独对烛影话凄凉。

纵不信命命该此，

多少无奈在衷肠。

主人家只因元配不生养，

三百彩礼纳妾房。

闻听大娘性和善，

偷眼观瞧面慈祥。

躬身上前拜大礼，

祝大娘万万福无病无灾永宁康。

大　娘　阿弥陀佛，啧啧啧，小巧玲珑，如描如画，果然名不虚传！

（唱）　青春照人眼，

赛过女婵娟。

一声万万福，

滋润到心田。

来来来，这是大娘给你的见面礼：

杭州城的绸缎，

苏州城的丝绢，

扬州城的香粉，

湖州城的项链，

还有一件无价宝，

你要睁大眼睛仔细看!

秀　芬　瓷娃娃。

大　娘　瓷娃娃,这可是我亲自到普陀山,从观音菩萨那里求来的。

秀　芬　我已经不是小孩子了,大娘还送我娃娃玩。

大　娘　不是给你玩,是要你照着养,替周家养个白白胖胖的大娃娃。

秀　芬　(低下头)我懂了,多谢大娘。

大　娘　来,跪在老爷的衣冠面前,跟老爷拜堂。

秀　芬　(意外地)他,不在家?

大　娘　老爷是上海市政府的工部局长,最近政务繁忙,无暇回来。不过,老爷知道你今日进门。老爷信上说,等到橘子红了,便回乡下尝鲜。

秀　芬　尝鲜?

大　娘　呵呵,就是圆房。

秀　芬　哦。

大　娘　过去磕头吧,小娘。

秀　芬　大娘还是叫我的名字秀芬吧。

大　娘　为啥不叫小娘?

秀　芬　我不喜欢。

大　娘　好,秀芬,秀芬!

［秀芬与衣冠拜堂。

阿　川　一拜天地,二拜祖先,三拜夫君,四拜大娘!

大　娘　阿弥陀佛!好了好了,就算拜过堂成过亲了。阿川,你们把这些东西都拿到小娘房里去,我要对小娘,对秀芬说说话。

［阿川与佣人收拾衣物下。

大　娘　（笑嘻嘻地）三太太！

秀　芬　大娘在叫谁呀？

大　娘　叫你呀，我是大太太，你是三太太。

秀　芬　你是大太太，我是三太太，难道还有二太太？

大　娘　有，老爷一共三房太太。

秀　芬　三房太太，可媒人说周家只有大娘一房原配呀？

大　娘　秀芬，你听我道来！

（唱）　秀芬秀芬仔细听，
听我念念这本经。
大娘我二八年华嫁进周家门，
新婚未百日，
丈夫赴东瀛，
参加孙文同盟会，
天南地北不见人。
可怜我二十多年守活寡，
年将半百未添丁。
革命成功老爷封官进了城，
他说要把我接到上海享受现代新文明。
我日日盼、夜夜等，
谁知他又在城里娶了亲。
那女人是个上海交际花，
霸了我的人也迷了他的情。
害得我团圆美梦化泡影，
你道我伤心不伤心。

秀　芬　大娘对我说这些做什么呢。

（唱）　我本不愿入豪门，
我本不愿做小星。

怎奈兄长逼迫紧，
望门寡妇卑贱命。
可叹我新娘罩上黑布衫，
过门只能暗夜行。
走街过沿跨猪圈，
衣冠拜堂来成亲。
谁知还要受欺骗，
委委屈屈冷冷清清做了个空房守望的三夫人。
一如豪门心寒冷，
不如掉头转回程。

大　娘　阿弥陀佛，只怕你那个娘家哥哥收了三百块彩礼，打死也不肯退亲吧？

秀　芬　这……

大　娘　我说秀芬呀秀芬，你虽是黄花闺女，可毕竟做了一回望门寡，现在门也进了，堂也拜了，再回去就是个二寡女人，难道你这辈子都不想再嫁人了吗？

秀　芬　这是什么世道，什么风俗，我为何就做不了自己的主哇！

大　娘　谁说你不能做自己的主，只要你听我的话，就能自己做主。

秀　芬　你说吧。

大　娘　你看老爷这身长衫马褂，多体面，多神气，老爷可是文武全才，仪表堂堂，民国精英。虽说年过半百，可那正是男人的风光年华，能给这样的男人做小，你还委屈什么？

秀　芬　我不要像你这样，一辈子在乡下为他守寡。

大　娘　说得好，我们就是要把老爷从城里的那个女人手上夺回来，光明正大地进城做老爷的夫人。告诉你吧，那个二娘虽然跟了老爷三年，可到现在也没生养，老爷虽是新派官员，可他也要传宗接代。男人嘛，不孝有三，无后为大，他就是民国大总统，照样过不了子孙关。（忽然神经质地）秀芬，你听见了什么没有？

秀　芬　没有。

大　娘　再听，笃笃笃，笃笃笃，高跟皮鞋走路的声音。

秀　芬　高跟皮鞋？

大　娘　对，高跟皮鞋。去年老爷从法国回来，我在他皮箱里翻到一双城里女人穿的高跟鞋，我猜肯定是给二娘买的。你知道么，有人在报纸上看见二娘相片，就是穿的高跟鞋，还穿着开衩旗袍，两条膀子两根大腿白花花地露在外面，活脱脱一个上海交际花。老爷迷上狐狸精，作孽呀！你等等。（翻出那双高跟鞋）瞒着老爷，我把高跟鞋藏起来了。闲着无事，就拿它出气，咒它被汽车撞死，咒她养不出儿子。秀芬，你也穿上试试，来，试试嘛。

秀　芬　不，我不是城里女人，不要穿，不会穿。

大　娘　穿上走几步，走几步。

［大娘硬为秀芬套上高跟鞋，秀芬试着走路，踉跄跌倒。

大　娘　（开怀大笑）哈哈……城里女人真是妖怪，好好的皮鞋钉上高跟，还不及我这双小脚走路轻快，哈哈……（忽又神经质地）不好，二娘来了，高跟鞋来了，秀芬，你听，你听！

秀　芬　（不禁也紧张起来）在哪里，在哪里？

大　娘　院子里，走廊上，屋顶上，笃笃笃，笃笃笃，听见了吗？

秀　芬　好像听见了。

大　娘　（一把攥紧她）秀芬，求求你，帮帮老爷，帮帮我！

秀　芬　我，帮你们？

大　娘　也是帮你自己。

秀　芬　帮我自己？

大　娘　等到橘子红了，老爷回来，你要乖乖地跟老爷圆房，乖乖地服侍老爷，为老爷传宗接代，只要你跟老爷生出儿子，老爷就永远是你和我的，懂么？

秀　芬　不懂，不懂，不懂！

大　娘　（扑通跪下）秀芬，求你了！

秀　芬　天哪！

（唱）　这是怎样的婚姻，
这是怎样的感情。
这是怎样的家庭，
这是怎样的人生。
教我进不能又退不能，
好似踩进烂泥坑。
看大娘满面惊恐满面嗔，
满面泪水满面痕。
满面凄苦满面愁，
满面绝望的可怜人。
罢罢罢，事到如今任由命，
青春葬进大宅门。

你，起来吧。

大　娘　多谢小娘，多谢秀芬，阿弥陀佛！

［秀芬与大娘无言相对，各自饮泣。

［幕内唱："满腹悲伤满腹怨，
满腹屈辱对谁言？"
环顾四周冰冰冷，
任由泪水挂腮前。

第三场　橘园相会

[一月后。

[周宅门前橘园，木屋，晴天，橘子将红未红之时。

[幕内周平唱：“秋高气爽心欢畅——”，周平一身青年装，朝气蓬勃上。

周　平　（唱）　秋高气爽心欢畅，
江南山水好风光。
杭州城里求新知，
田野采风回家乡。
停步老宅门前望，
但闻橘园草木香。
草木香，草木香，
来到橘园小屋旁。
小小木屋旧时样，
几回他乡入梦乡。
百年老宅太幽暗，
门前橘园有芬芳。
儿时常捧一本书，
藏身小屋读书忙。
小木屋见证我成长，
小木屋永在我心房。

小木屋，小木屋，你的主人回来了。

[木屋里似有人影晃动。

周　平　是谁，谁在我的小木屋里？

［秀芬从木屋里走出。

秀　芬　请问，你是要问路吗？

周　平　我不要问路，请问你是谁？

秀　芬　（打量他，惊喜地）周平，你是周平！

周　平　你怎么知道我的名字？

秀　芬　周平，你认不出我了？

周　平　有些面熟，一时想不起来。

秀　芬　再想想。

周　平　对不起，想不起来。

秀　芬　我是你小学低班同学，我叫秀芬！

周　平　秀芬，我的低班同学？

秀　芬　是呀，你比我高两班，还是我们公选的学生自治会长，不过我们女生都不叫你周平会长，而叫你周平学长，还记得吧？

周　平　学校有好多女生，哪能都记住名字。

秀　芬　记不住名字，总还记得有个绰号叫小柳枝的低班女生吧，我那个小柳枝的绰号还是你给起的呢！

周　平　你就是那个身材娇小，仿佛被风一吹会摇摆的小学妹？

秀　芬　是呀，我叫秀芬，秀丽的秀，芬芳的芬！

周　平　（仔细打量她）弱不禁风的小柳枝，出落成了大姑娘。对，小柳枝，对，秀芬！

秀　芬　周平学长！

周　平　秀芬学妹！

［周平抱起秀芬，团团打转，二人开心地笑着，仿佛回到学生时代。

秀　芬　周平学长，放开我，放开我！

周　平　秀芬学妹，不要动，让我好好看看你。

秀　芬　看我什么？

周　平　秀芬，还记得我们最后一次见面，是在小学校的篮球场上。

秀　芬　你在场上比赛，我在场下助威。

周　平　我把一只球投飞了，你撒腿去追。

秀　芬　我追呀追呀，一不小心，摔了个大跟头。

周　平　你被石头磕破了头，额上鲜血直流。

秀　芬　你赶紧把我背到镇上医院，包扎好了还要送我回家。

周　平　你说你家住在山上，路不好走，担心我晚上回来迷路，执意独自回家。

秀　芬　我已经走了很远很远，你还站在原地，一动不动看着我。

周　平　我看着你单薄的身影消失在无尽的夜幕里，心里好内疚好内疚，想不到自那以后就再也没有见到你。

秀　芬　已经过去了五年，你还记得这么清楚。

周　平　忘不了，忘不了。秀芬，让我看看你头上留下疤痕没有。

秀　芬　你看吧。

周　平　还是留下了。

秀　芬　我用头发遮住就看不见了。

周　平　真对不起，秀芬学妹！

（唱）　恍然一别五年整，
离开瞿溪到杭城。
谁料宅前小木屋，
走出少年同学人。

秀　芬　（唱）　恍然一别五年整，
又见少年同学人。
多少记忆被唤醒，

点点滴滴都温馨。

周　平　（唱）　问秀芬，为何那日惜别后，

校园不见你身影？

秀　芬　（唱）　只因家父病亡故，

贫寒无助把学停。

周　平　（唱）　问秀芬，为何不常回母校，

莫非淡忘同学情？

秀　芬　（唱）　最难忘怀同学情，

最怕经过学校门。

周　平　（唱）　问秀芬，为何五年无音讯，

别后如何度光阴？

秀　芬　（唱）　为人刺绣补家用，

恍然隔世几冬春。

周　平　（唱）　问秀芬，为何到了瞿溪镇，

橘园木屋来现身。

秀　芬　（唱）　一月之前出了嫁，

老宅住着夫家人。

周　平　你就是我大嫂刚为大哥娶的那个乡下三——

秀　芬　你大哥大嫂？

周　平　我是周家老宅的六少爷，是大哥大嫂的六弟。

秀　芬　听大娘说，有个在杭州念书的六叔，这两天要回来，原来那个六叔就是你？

周　平　秀芬学妹，不，秀芬嫂子，嗨，我都不知道该怎么称呼你了。

秀　芬　你还是称我秀芬吧。

周　平　秀芬！

（唱）　一月前大哥上海来书信，

信上说大嫂在乡下为他新娶了一房人。

阅信后我越思越想越气愤，

回信中奉劝大哥三思行。

如今是民国提倡一妻制，

怎能还保留封建旧脑筋。

秀　芬　你真的写信了？

周　平　写了。

秀　芬　真的寄出了？

周　平　寄出了。

秀　芬　那你大哥他怎么说？

周　平　（唱）　大哥很快回了信，

他说是大嫂已经把新人娶进门。

他责怪大嫂做事欠思忖，

无奈何木已成舟难辞亲。

想不到新娶的新人竟是你，

昔日小学妹，

今日嫂夫人！

秀　芬　原来你大哥只听你大嫂的话，不听你这个弟弟的。

周　平　大哥知道大嫂也是为了周家好，所以迁就了大嫂。不过，大哥乃是新式官员，更是个通情达理的人，如果他知道你是我的小学妹，知道你并不乐意这桩亲事，他一定不会勉强你，大哥会让大嫂把你送回娘家去。

秀　芬　你是说退亲？

周　平　大哥毕竟过了五十岁，而你还这般年轻，况且又是三房，不像话，不般配，也太委屈了你。

秀　芬　可亲事是两家说好的，现在反悔还来得及吗？

周　平　你只需告诉我，是否出自情愿？

秀　芬　不情愿，也没办法，我的命运由家兄做主。

周　平　秀芬，如今已是民国了，男女平权，婚姻自主，恋爱自由，女人既不是男人的生育工具，更不是男人的私有财产，你上过学，念过书，应该有新时代女性的觉悟。

秀　芬　新时代女性的觉悟，可是……

周　平　你想说什么？

秀　芬　我想说，这里不是上海，不是杭州，是乡下。

周　平　乡下怎么样？

秀　芬　乡下有乡下的习俗，乡下有乡下的规矩，乡下有乡下的无奈。

周　平　习俗，规矩，无奈，你究竟想说什么？

秀　芬　周平学长！

（唱）　你可知我幼年订下娃娃亲，
八岁就做了望门人。

周　平　什么娃娃亲，望门人，都是封建时代的包办婚姻。

秀　芬（唱）　望门人，刻薄命，
被人看作丧门星。
路人见到绕着走，
媒人不肯走进门。
寻常人家不愿娶，
更难奢望意中人。
出嫁须罩黑布衫，
送亲挑灯暗夜行。
我本死心不想嫁，
怎奈家兄严逼婚。
无可奈何含悲愤，
三百银元卖了身。
谁知来到周家后，

方知还是三房人。
事已至此唯认命，
可怜我流干了泪水，
叹尽了五更，
断绝了欲念，
黯淡了精神，
告别了欢笑，
锁闭了心灵，
熄灭了幻想，
埋葬了青春，
无悲无喜，
无趣无情，
无知无觉，
无怨无嗔，
无爱无恨，
无寒无温，
无昼无夜，
无晨无昏，
浑浑噩噩一天天，
度过长夜又黎明！
百无聊赖一卷书，
小屋里面求安宁。
想不到重逢昔日周学兄，
说不清道不明百感交集五味杂陈涌上心。

周　平（唱）秀芬学妹泪水滚，
周平学长感慨生。
多少婚姻含不幸，

多少青春忍凋零。

秀芬呀，三百银元算什么，

金钱岂能买人生。

古人英台尚自主，

独立求学赴杭城。

这笔彩礼我来偿，

还你清白自由身。

与我同往杭州去，

再续当年同学情。

你看这满园橘树多茂盛，

好比你含苞待放正青春。

如今是新的时代新生活，

你要找回梦想走出封闭大宅门。

摆脱旧枷锁，

跳出这火坑，

拥抱新生活，

做个新女性，

让阳光照进你的心，

迎接人生新光明！

秀　芬　新生活，新女性，新光明。周平学长，你的这番话，是对我说的吗？

周　平　是！秀芬，不要说你有过两次有名无实的婚姻，就是真的嫁过人，离过婚，那精神也是独立的，人格也是平等的，身体也是自由的。

秀　芬　精神独立，人格平等，身体自由。谢谢你，周平学长，谢谢！

（唱）　谢谢你一番话将我唤醒，

忽然间敞心胸天地清明！

周平学长，你等等。（返回木屋，取来一个笔记本）周平，还记得那天分手的时候，你送给我的这个笔记本吗？

周　平　记得，你还珍藏着？

秀　芬　这是我少女时代最美好的回忆，看见它，就仿佛时光倒转。

周　平　怎么一个字还没写呢？

秀　芬　舍不得，我的字不好看，配不上它。

周　平　我先写下一行，你再接着写下去。

秀　芬　好。

周　平　写什么呢？

秀　芬　把你刚才对我说的话写上去。

周　平　挣脱旧枷锁，走进新时代。寄语秀芬学妹，共迎美好明天。

秀　芬　（双手接过）谢谢你，周平学长！

［雷声隐隐，秀芬忽然焦躁不安。

秀　芬　天上打雷了，就要落雨了。

周　平　再下两场雨，橘子就红了。

秀　芬　你说什么，橘子红了？

周　平　是呀，再过几天，橘子就红了。

秀　芬　你大嫂说，橘子红了的时候，你大哥就要从上海回来。

周　平　那我一定要赶在橘子红了之前，去上海见大哥。

秀　芬　你不会忘了吧？

周　平　不会，绝不会。

秀　芬　那我就放心了。

周　平　放心，放心！

［阿川上。

阿　川　秀芬，要落雨了，大娘让我给你送伞，叫你回屋吃饭。

周　平　阿川，把伞给我。

阿　川　六叔回来了。

周　平　阿川，告诉大嫂，把饭送到橘园小木屋来，我要和秀芬学妹在雨中赏景。

阿　川　好，六叔，我去告诉大娘。

［阿川下。

［雷隐隐，雨沥沥，周平撑着雨伞，挽着秀芬在雨中漫步。

［幕内唱："天上雷隐隐，
地下雨淋淋。
橘子将红时，
园中最多情。"

第四场　橘子红了

［数日后。

［汽车喇叭声。

［阿川招呼佣人进进出出，一番忙碌景象。

［幕内唱："满园橘子红彤彤，
主人如约回家中。
百年老宅张灯彩，
红蜡烛又红灯笼。"

［大娘上。

大　娘　（似笑似哭地）阿弥陀佛！

（唱）　园里的橘子红了，
城里的老爷归了。

屋里的灯笼亮了，

房里的蜡烛明了。

家里的事情办了，

肚里的结扣解了。

嘴里的笑声放了，

眼里的泪水淌了。

阿弥陀佛，我这到底是欢喜还是伤心呀？阿川，快把秀芬叫来，我要亲自把她送进老爷的卧房。

阿　川　秀芬，大娘叫你！

［秀芬手托橘盘上。

大　娘　秀芬，快把橘子送到老爷卧房去，请老爷尝尝。

秀　芬　大娘，我可是说好了，就是给老爷送橘子。

大　娘　送橘子，送橘子，大娘陪你送进去，还不放心吗？

秀　芬　（想了想）还是大娘自己送吧。

大　娘　我说秀芬呀秀芬，伺候老爷是你前世修的福分，不要不好意思，啊？

秀　芬　我，不想见他。

大　娘　那怎么行，老爷那么忙，专为你回来，你总要和他见个面嘛。有什么话，你对老爷当面说，老爷对女人是最体贴的。

秀　芬　那好吧。

［大娘劝着秀芬下。佣人交头接耳，窃窃发笑，被阿川哄下。

［周宅主卧房，俨然现代都市陈设，蚊帐、沙发、自鸣钟、留声机一应俱全。老爷穿着高档西式睡袍，跷着二郎腿看报纸，报纸将老爷的面孔严实地遮着。

［大娘、秀芬上。

大　娘　(毕恭毕敬地)小娘来了,给老爷送橘子。

老　爷　嗯。

大　娘　小娘还是黄花闺女,什么都不懂。

老　爷　嗯。

大　娘　小娘上过几年学,会认字。

老　爷　嗯。

大　娘　老爷鞍马劳顿,早点安歇吧。(轻推秀芬)把橘子递到老爷嘴边去,去呀!

秀　芬　(有点怕)我……不敢。

大　娘　怕什么,老爷又不吃人,去呀!

[秀芬蹑手蹑脚地靠进老爷,迅速放下橘盘。大娘示意她把橘子掰开,秀芬手忙脚乱地掰开橘子,放下就走。

[大娘已悄悄退至房外,把门反锁上。秀芬拉门不开,想叫又不敢高声。

秀　芬　大娘,大娘……

大　娘　(窃听有顷,揣好钥匙)阿弥陀佛!

[大娘下。

[老爷仍在看报纸,老爷跷起的二郎腿悠闲地晃荡着。

[秀芬退到一边的躺椅坐下,躺椅忽然翘起摇晃,秀芬惊叫。

秀　芬　啊!

[老爷没反应,二郎腿依旧晃荡。

[秀芬蜷在躺椅上,一动不敢动。老爷交换着二郎腿,专心致志看报。

[自鸣钟的指针应着老爷的腿机械地摆动着,秀芬与老爷久久地无声对峙。

[秀芬倦了,本能地打了个呵气,又本能地把嘴捂住。

秀　芬　啊……！

［秀芬憋住了呵气，老爷却连连咳嗽起来，老爷的身体左右摇摆，好像在找痰盂。

［秀芬看不过去，迅捷地递过痰盂，又迅捷地退守回来。老爷吐了痰，又找清水漱口，秀芬迅捷地递上水杯，又迅捷地退守回来。老爷终于长长地舒了一口气，秀芬也长长地舒了一口气。老爷舒了气，又安静了。老爷安静了，秀芬又紧张起来。

［蓦地，老爷放响了留声机，留声机里播放的交谊舞曲吓了秀芬一跳。

秀　芬　啊！

［柔和的交谊舞曲响着，应着舞曲，老爷优雅地摆动起上身，老爷手中捏着的报纸，仿佛是他的舞伴。

［秀芬由惊吓到好奇，由好奇到欣赏，由欣赏到身不由己地跟着舞曲节拍扭动起身姿。

［老爷终于放下了报纸，果然，老爷相貌堂堂，一表人才，还戴着一副金丝边的眼镜，手上戴一只硕大的翡翠戒指。

［秀芬看着老爷，有点意外，有点发呆。

老　爷　（语调极其温和地）秀芬，跳个舞吧？

秀　芬　（退两步，进一步，手足无措）老……爷，我不会跳舞。

老　爷　新时代的女性，怎么能不学会跳舞，来，我教你。

秀　芬　（往后赖着）不，我不学，我不跳，我又不是城里女人。

老　爷　今天不是，焉知明天不是？来吧，把手给我，我带着你跳。

秀　芬　（犹豫着，终于还是伸出了手）那好吧，老爷不要笑话我笨。

老　爷　你先等等。（取出一双包装讲究的高跟鞋）来，把这个穿上。

秀　芬　啊，高跟鞋！

老　爷　正宗的美国品牌，好莱坞明星都穿它。来，穿上试试。

［老爷轻轻将秀芬抱起来，放在沙发上，亲手为她换上鞋子。

老　爷　ok，ok，这双高跟鞋穿在你的脚上，正巧合适。站起来，搭住我的肩膀，轻一点，再轻一点，对，对，秀芬真聪明！走起来，走起来，一二三，一二三……

［秀芬在老爷牵引下，居然鬼使神差地跳起了舞，而且越跳越有兴致，越跳越自觉配合，更加不可思议的是秀芬居然开心地笑了，她被老爷无声的幽默逗得咯咯咯地大笑不止。

［舞曲终了，唱针停转，秀芬猛然意识到了自己的失态，她迅捷挣开他，迅捷脱掉高跟鞋，迅捷恢复提防姿态，但是此刻的提防已经显得毫无力量。

老　爷　（依然绅士风度）秀芬，来，尝尝巴西咖啡。

秀　芬　（犹豫着接过来，学着他浅浅呡一口）苦，苦！

老　爷　苦，正是咖啡的味道，给你加点糖。

秀　芬　（一口灌下去，抹抹嘴）还是苦。

老　爷　习惯了就不苦了。秀芬！

（唱）　你是一位聪明女性，
　　　　眉宇之间透出机灵。
　　　　你是一位美丽佳人，
　　　　白璧无瑕未染风尘。
　　　　你是一位善良妇女，
　　　　为了家人甘愿牺牲。
　　　　你是一位进步青年，
　　　　爱好读书亲近斯文。

你是我眼中的好女儿，
令我喜欢又怜悯。
你是我眼中的好妹妹，
令我愉快又开心。
你是我眼中的好知己，
令我心仪又倾情。
你是我眼中的好学生，
令我回忆起青春。
女儿、妹妹、知己、学生，
秀芬呀秀芬，
你是否感到别样爱，
是否感到别样情？

秀　芬　老爷太有文采了，我肚里墨水不多，不好意思开口。

老　爷　有什么说什么，我洗耳恭听。（为她倒一杯水，静静坐下来）

秀　芬　老爷，我就对你说说老实话吧。
（唱）　秀芬年少丧父母，
贫困女儿感孤独。

老　爷　嗯。

秀　芬　（唱）　秀芬虽有一兄长，
手足情义从来无。

老　爷　嗯。

秀　芬　（唱）　秀芬身边少朋友，
寂寞相伴唯有书。

老　爷　嗯。

秀　芬　（唱）　秀芬时常念师恩，
谆谆教诲铭肺腑。

老　爷　嗯。

秀　芬　（唱）　秀芬倘若有慈父，

纵然梦里也幸福。

老　爷　嗯。

秀　芬　（唱）　秀芬倘若有兄长，

他应将我来呵护。

老　爷　嗯。

秀　芬　（唱）　秀芬倘若有知己，

愿把心事对他吐。

老　爷　嗯。

秀　芬　（唱）　秀芬倘若有先生，

还想续学去读书。

老　爷　很好，很好，你愿意把我看作父亲吗？

秀　芬　老爷，我愿意。

老　爷　你愿意把我看作兄长吗？

秀　芬　老爷，我愿意。

老　爷　你愿意把我看作知己吗？

秀　芬　老爷，我愿意。

老　爷　你愿意把我看作老师吗？

秀　芬　老爷，我愿意，我愿意，我都愿意！

老　爷　那么，你就譬如是我的女儿、妹妹、知己、学生！

秀　芬　多谢老爷，多谢老爷！（连连鞠躬）

老　爷　（哈哈一笑，语调仍然温和）秀芬，听说六弟周平是你学兄？

秀　芬　是呀，周平学长学习好，品行也好，我们全校女生都喜欢他。

老　爷　六弟回来看过你？

秀　芬　是，他回来过，我们见到好兴奋好开心，他还说要为我去上海找你呢!

老　爷　六弟为你去上海找我,没有呀?

秀　芬　没有?他说要去上海找你谈谈。

老　爷　六弟找我谈谈,谈什么呢,你知道吗?

秀　芬　我……周平学长他真的没去上海找你?

老　爷　我这个六弟,就是易冲动,不稳重,说过的话,转眼就忘了。

秀　芬　忘了?可他明明说要去上海,他说他一定要赶在橘子红了之前见到你。

老　爷　橘子已经红了,可六弟近来连一点消息都没有。

秀　芬　这么说,他真的没去上海?

老　爷　没有。

秀　芬　也没给你写信?

老　爷　没有。

秀　芬　连电话也没给你打?

老　爷　没有,没有,都没有。

秀　芬　(深深失望)周平学长他居然忘了,忘了……

老　爷　秀芬,六弟他究竟要找我说什么呢?

秀　芬　说……

老　爷　什么?

秀　芬　对不起,老爷,我心里乱,我也不知道周平他要找你说什么。

老　爷　秀芬,来,你看着我,你看着老爷,老爷在用眼睛对你说话,对你许愿,你是个聪明的女孩,你懂。

[秀芬与老爷久久地对视着,自鸣钟的摆动声仿佛是秀芬被放大了的心跳。

秀　芬　(声音很轻很轻地)老爷,我有点冷,你抱抱我,好吗?

老　爷　你说什么？

秀　芬　（大声地、如哭泣般地）老爷，你抱抱我！

［老爷静静坐下，点燃一支雪茄。

［秀芬吹灭蜡烛，吹灭一支又一支，气喘吁吁地……

［唱机又响了，是杨小楼与梅兰芳的京剧《霸王别姬》。

［蜡烛全部熄灭，雪茄也被掐灭，卧房里一片漆黑。

［梅兰芳懒洋洋的京剧唱段。

第五场　橘园重逢

［三月后。

［橘园，木屋，橘子已经落尽，橘园一片凋零。

［幕内唱："西风紧树叶落三月度过，
乡村路乡村景乡村生活。
城里来城里去匆匆如客，
寻常事寻常人寻常寂寞。"

［大娘鬼鬼祟祟地上，阿川抱枯枝迎面上。

大　娘　阿川，阿川！

阿　川　大娘，什么事？

大　娘　听说二娘要下乡了。

阿　川　二娘下乡？

大　娘　老爷娶小娘的事，一直瞒着二娘，二娘如今知道了，要来乡下捉小娘。

阿　川　二娘捉小娘？

大　娘　我是大娘，她拿我没办法。

阿　川　老爷准许二娘下乡吗？

大　娘　老爷怕她下乡胡闹，一甩膀子出国了。

阿　川　老爷出国，二娘一个人不敢下乡。

大　娘　二娘要是一个人敢下乡，我一把老鼠药毒死她！

阿　川　但愿小娘平平安安。

大　娘　阿弥陀佛！

［大娘、阿川下。

［秀芬上。

秀　芬　大娘，阿川！都到哪里去了，饭做好了，也不来吃。（下意识向木屋里张望，见有人影晃动）是谁，谁在我的小木屋里？

［周平从木屋里走出。

秀　芬　是你？

周　平　秀芬学妹，是我。

秀　芬　六叔回来了，六叔回家怎么也不说一声。大娘，阿川，六叔回来了！

周　平　秀芬，不要叫，我马上就走。

秀　芬　还没进屋就要走？

周　平　大哥给我申请了公学，也给我买好了船票，过几天我就去日本了，我是背着大哥回来的，看看你就走。

秀　芬　哦……请六叔以后不要叫我学妹，也不要叫秀芬，叫我小嫂子、三姨太，少奶奶，都行。

周　平　秀芬，我对不起你！

秀　芬　六叔这是什么话，一家人有什么对得起对不起的，你大哥说得不错，六叔就是易冲动，不稳重，还有说过的话，转眼就忘了。六叔忘了，我也忘了，过去的事情就当它没发生过。走，我们回家，六叔。

周　平　秀芬，我只想问你一句话，就一句，好吗？

秀　芬　你问吧。

周　平　你还想出去读书吗？

秀　芬　不想。

周　平　还想做新时代女性吗？

秀　芬　不想。

周　平　还有理想还有梦吗？

秀　芬　没有了。六叔已经问了三句。

周　平　好吧，我不问了。这座老宅，我本不想再回来，可是为了你，还是回来了，今后，再不会回来。秀芬，不，大哥的三姨太，告辞了！（欲下）

秀　芬　站住！

周　平　你……

秀　芬　我也问你一句话，好吗？

周　平　你问吧。

秀　芬　为什么骗我？

周　平　我，骗你？

秀　芬　你骗我，骗得我好狼狈，好惨！你在我心里放了一把火，却忘了它还在烧，烧，周平学长，你好无聊，好坏！

周　平　我知道你为什么说我骗你，知道你为什么这么恨我，我回来就是想对你解释清楚，让你知道我的心里有多痛。秀芬，你知道我被大哥锁在他上海的公馆里，整整锁了三个月吗？

秀　芬　你大哥锁了你三个月，那是因为我吗？

周　平　秀芬！

（唱）　别后直奔上海滩，

兄弟相见沟通难。

他说我不该干涉他的事，
又说我学潮上了黑名单。
言语不合红了脸，
旧账新账一起翻。
明里担心我闯祸，
暗里怕我添麻烦。
强行软禁在公馆，
一直看守到今天。

秀　芬　想不到他那么斯文，还会做出这样的事，原来是他骗我。

周　平　也是我太软弱，太无用，我反抗不了大哥，也反抗不了传统，我没能赶在橘子红了之前说服大哥，我对不起你！

秀　芬　（苦涩地摇着头）晚了，晚了，一切都晚了……

周　平　不晚，永远都不晚。秀芬，还记得我对你说过，男女平权，婚姻自主，无论你是否嫁过人，离过婚，那精神也是独立的，人格也是平等的，身体也是自由的。

秀　芬　不，我不独立，不平等，不自由！对不起，六叔，我已经不是过去的那个秀芬，你也不用再对我说这些新潮话，我是不可能再回到从前的我了。

周　平　为什么，除非你爱上了大哥，你说，你爱大哥吗？

秀　芬　我不知道这算不算爱，我只知道我愿意做他的女人，愿意为他传宗接代，无论他是否爱我，我都只能如此。

周　平　你这是在毁灭自己！

秀　芬　可谁又能给我新的出路？

周　平　我。

秀　芬　你？

周　平　我！

秀　芬　哈哈哈……

周　平　你笑什么？

秀　芬　笑你只会空谈，还不如你大哥实在，告诉你吧，我爱你大哥。

周　平　荒唐，荒唐！一个十八岁的少女，爱上了五十岁的男人，而那个男人仅仅和她生活了几天，就占据了她的心。

秀　芬　你不懂，不懂。他是你大哥，也是我丈夫，你看他那么从容，那么自信，那么霸道，他的语调那么轻柔，他的胸膛那么宽阔，在他的怀抱里，我就仿佛躲进了一个温暖的山洞，没有风，没有雨，没有寒冷，没有恐惧，我真想一生一世躲在他的山洞里，永远不出来，可他的温暖总是太短暂，太虚假，不过他会经常回来的，我愿意等他，只能等他，等他……（异常平静地）周平，祝福我吧，我有了，我就要为你们周家添丁了，无论如何，你都应该给你的小学妹一个祝福吧？

周　平　（早已泣不成声）秀芬学妹，我……祝福你！

秀　芬　（也是笑中带泪）周平学长，我……谢谢你！

周　平　（唱）　祝福你，一瓣心香留给你；

秀　芬　（唱）　谢谢你，谢谢你的真情意。

周　平　（唱）　祝福你，我会时常回忆起；

秀　芬　（唱）　谢谢你，往日美好埋心底。

周　平　（唱）　祝福你，从此挂念千万里；

秀　芬　（唱）　谢谢你，千里万里自珍惜。

周　平　（唱）　祝福你，平平安安度生计；

秀　芬　（唱）　谢谢你，学成归来会有期。

周　平　（唱）　莫忘记，同学数载好情意；

秀　芬　（唱）　莫忘记，崇拜你的小柳枝。

周　平　（唱）　莫忘记，别后重逢在橘园；

秀　芬（唱）　莫忘记，小木屋旁欢笑时。

周　平（唱）　莫忘记，今日分手惜别话；

秀　芬（唱）　莫忘记，一字一句牢牢记。

周　平（唱）　莫忘记，泪眼相看流泪眼；

秀　芬（唱）　莫忘记，一声一声共啜泣。

周　平（唱）　我看着你，你看着我；

秀　芬（唱）　你看着我，我看着你。

周平、秀芬（同唱）　一看一行泪，

一看一悲啼。

周　平　秀芬，我走了！

秀　芬　再等等！（拿出贴身笔记本）你看，笔记本上已经写满了字，每当寂寞的时候，我就躲进小木屋里，写呀写呀，这上面都是学妹写给学兄的话，都蘸着学妹的泪水，代表着学妹的心情，你若不介意，就带上它，闲时随手翻翻，权当一段回忆。

周　平　我带着、带着，一个字、一个字地看、看！

秀　芬　六叔，不留你了，山高水远，善自珍惜！（深深鞠躬）

周　平　珍惜，珍惜！（深深鞠躬）

［幕内唱：　“山一重，

水一重。

路一重，

人一重。

山重水重，

路重人重。

此一去也，

何处逢。”

［周平下。秀芬放声大哭。

［大娘、阿川急急上。

大　娘　秀芬，不好了！

秀　芬　大娘，怎么了？

大　娘　二娘杀到乡下来了。

秀　芬　二娘来了，老爷呢？

大　娘　老爷不知道二娘下乡，二娘得知你怀上了孩子，想把你带到城里去，这个交际花，肯定不怀好意，肯定想谋害你的孩子。

秀　芬　谋害我的孩子？

大　娘　是呀，你快回娘家躲躲吧。

秀　芬　回娘家，我一个人回去？

大　娘　来，拿上包裹，慢慢走，路上自己小心。你听，高跟鞋的声音，城里女人杀过来了，你快逃，快逃呀！

秀　芬　（紧张地）我逃，我逃……

［秀芬惊恐地下。雷声随即炸响，暴雨突然落下。

大　娘　不好，下雨了，秀芬路上有危险。阿川，你说刚才看见六叔回来了，你去找找他，追上秀芬，千万要保住孩子，那是我的孩子！

阿　川　我去找六叔！

［阿川急下，大娘亦下。

第六场　风雨行路

［景同第一场。

［雷声，雨声。

［秀芬幕内唱：“雷声响，暴雨狂！”，秀芬怀抱包裹踉跄上。

秀　芬　（唱）　雷声响暴雨狂急急忙忙把路上，

这路上泥泞泞水汪汪，

青苔湿滑乱石满岗，

斜雨迷眼怎辨方向，

寸步难移步踉跄，

一脚不稳身摇晃，

哎呀呀，一跤滑倒在路旁！（解开包裹，吃了一惊）

啊，瓷娃娃跌碎了，瓷娃娃跌碎了……

［周平、阿川呼喊秀芬的声音。

秀　芬　高跟鞋的声音，二娘追来了，二娘追来了……（挣扎起来，继续奔跑）

（唱）　雷呀雷呀你炸得响，

紧紧追赶欺善良。

风呀风呀你刮的狂，

教我如何把路上。

雨呀雨呀你下得狠，

打在脸上似刀枪。

炸雷狂风和急雨，

不及脚步追得忙。

高跟鞋，高跟鞋！二娘，二娘！啊，啊……

［秀芬逃下。周平、阿川撑伞上。

周　平　秀芬，你在哪里？

阿　川　小娘，六叔追你来了！

［周平、阿川风雨行路，跌扑滚翻，呼唤着下。

［秀芬披头散发上。

秀　芬　（唱）　忽然又到廊桥旁，

匆匆数月似梦乡。

来时一弯残月亮，

悲悲戚戚做嫁娘。

身罩黑衣过廊桥，

洒下泪水几多行。

今天又把廊桥过，

除了泪水添惊慌。

小心迈步桥头往，

猛然间见兄长挡住去路桥中央。

秀　芬　阿哥，阿妹要回家。

秀芬兄　望门寡出嫁，不许回娘家。

秀　芬　是大娘要我回娘家躲躲。

秀芬兄　夫家纠纷，娘家不管。

秀　芬　阿哥，风大雨急，放我过桥吧。

秀芬兄　周家豪门大户，阿哥不敢招惹，你快回去吧。

秀　芬　阿妹身怀有孕，阿哥就可怜可怜我吧。

秀芬兄　不，你回去，回去，回去！

［秀芬想过桥，秀芬兄殴赶她，推推搡搡中，秀芬重重跌坐。

秀　芬　（负痛）啊……普天下的男人为何都这么狠呀！

秀芬兄　（毕竟于心不忍地）阿妹，阿哥带你回家吧。

秀　芬　（挣扎站起，大惊失色）血，血……（昏厥）

秀芬兄　阿妹！

［周平、阿川上。

阿　川　六叔，秀芬的孩子掉了！

周　平　秀芬！

［哀鸣的雷声，血红的雨水。

［幕内唱："破了，可怜的梦；

碎了，屈辱的心。

别了，卑微的爱；
醒了，自由的人。”

尾声　再别廊桥

[半月后，景同前场，一道绚丽的彩虹横跨廊桥。

[阿川上。

阿　川　六叔听从他大哥安排，去了日本念书。老爷公务出国，顺便带上二娘旅行。秀芬娘家阿哥娶上了老婆，两口子在镇上开了一爿店。秀芬孩子掉了，大夫说她这辈子都不能再生育了。老爷怜悯秀芬，让大娘给了她一笔钱，让她自寻出路。大娘又跑到普陀山，求来一个瓷娃娃，这两天又跑东跑西地为老爷挑小娘了。老爷说，等到橘子红了，他还会回来圆房。我终于见到传说中的二娘了，其实，二娘倒没有大娘想得那么坏，也不是什么交际花，二娘就是不放心乡下的接生婆，想把秀芬接到城里养孩子，这也是老爷的意思。想不到……唉，城里人，乡下人，也不知道是谁造了孽。

[大娘蹭着小脚，捧着瓷娃娃，飞快地过场。

[秀芬一身学生装束，手提小皮箱上。

阿　川　秀芬姑娘，一路走好！

[秀芬回望阿川，笑了一笑，然后走上廊桥，极目远眺。

[幕内唱“走过廊桥又重生，
　　　　秀芬独自远方行。”

[剧终。

音乐剧

大唐皇妃

剧中人物 杨玉环——即杨贵妃，李隆基的宠妃

李隆基——即唐明皇，晚年逊位，称太上皇

李　瑁——李隆基第六子，杨玉环前夫，曾封寿王

梅　妃——曾经是李隆基的宠妃

安禄山——胡将，李隆基的干儿子，后兴兵叛唐

李龟年——宫廷乐师

高力士——太监，李隆基、杨玉环爱情的见证人

杨玉环的三个哥哥，杨玉环的三个姐姐，蓝旗御林军，赤旗胡军以及宫廷太监、宫女，梨园子弟等合唱、群舞人员若干

故事背景 唐玄宗李隆基在位在世时期

第一幕　骊山猎场

[丛林掩映，晨曦初现，一片安宁。

[年轻时的宫廷乐师李龟年正从高坡上走下来。

[第1首歌曲《太阳出来了》。

李龟年　（唱）　在宇宙环绕的中央，

在万国朝拜的地方，

是泱泱中华，

是巍巍大唐。

中华大唐的皇帝，

他是不落的太阳！

哦，看哪——

晨曦初透，

一线霞光；

万物静肃，

捧出朝阳！

[丛林尽染，满目金黄，李隆基出场仪式。

[李瑁带领的蓝旗御林军从台左上场。

蓝旗军　（唱）　太阳出来了……

[安禄山带领的赤旗胡军从台右上场。

赤旗军　（唱）　太阳出来了……

［台中，宫廷太监和梨园子弟簇拥着李隆基，衬着一轮鲜红的大太阳从高坡后缓缓上升。

梨园子弟 （唱） 太阳出来了……

众　人 （唱） 太阳出来了！

［舞蹈和第2首歌曲《更高更强》。

众　人 （唱） 辉映着光芒万丈的太阳，
托举着至高无上的君王。
欢呼声掀起巨浪，
明晃晃擎起刀枪。

李　瑁 （唱） 我，蓝旗头领，是皇帝的第六位王子；

蓝旗军 （唱） 王子，他是英姿勃发的寿王！

安禄山 （唱） 我，赤旗统帅，也是天子宠爱的干儿；

赤旗军 （唱） 干儿，他是威猛强悍的胡将！

梨园子弟 （唱） 看一看蓝旗与赤旗的较量，
比一比谁更高更强。

众　人 （唱） 较量！较量！
更高！更强！

［第3首歌曲《要把猎物当成朋友》。

李隆基 （唱） 要把猎物当成朋友，
是生灵就不要视为对头。
设围场不过是一种游戏，
人和兽绝没有相残的理由。
当人间的野兽消灭以后，
猎人失去了对手，
围场变成了荒丘！
记住，嗜血乃莫大罪孽，
滥捕要严加追究。

看着猎物流血其实并没有乐趣，
乐趣是和它们同场竞技角逐胜优。

众　人　（唱）　啊，精辟的狩猎宣言，
啊，高尚的游戏追求！

［舞蹈《设围》，全体隐没于丛林山后。

［杨玉环挽着三个哥哥和三个姐姐，探头探脑地上。

［舞蹈和第 4 首歌曲《乡下人》。

杨玉环　（唱）　乡下人土里土气，
乡下人生性好奇。
乡下人敢闯禁地，
乡下人想看看皇帝。

杨家兄妹　（唱）　乡下人，乡下人，乡下人！

杨玉环　（唱）　乡下人土里土气，
乡下人生性好奇。
乡下人总想进城，
乡下人要出人头地。

杨家兄妹　（唱）　乡下人，乡下人，乡下人！

杨玉环　（唱）　乡下人土里土气，
乡下人天生迷你。
乡下人被皇家选中，
乡下人变成皇帝儿媳。

杨家兄妹　（唱）　乡下人，乡下人，乡下人！

杨家三兄　（唱）　子丑寅卯辰巳午，

杨家三姐　（唱）　一二三四五六七；

杨家三兄　（唱）　三个哥哥三个姐，

杨家三姐　（唱）　玉环小妹最出息！

杨玉环　（唱）　乡下人，乡下人，乡下人——

[舞蹈《围猎》。埋伏者突然出现，展开一场恶作剧似的大围捕，杨家兄妹狼狈逃窜。渐渐地，场上只剩下杨玉环在周旋。

[舞蹈和第 5 首歌曲《我是只被围困的小鹿》。

杨玉环 （唱） 我是只被围困的小鹿，
奋蹄在猎场中奔突。
到处是围捕的鼙鼓，
到处是震耳的杀戮。
脚下遍布着陷阱，
四遭切断了退路。
我只有舍命地逃，
凄厉地哭，
无助地喊，
狼狈地突，
喊呀喊，
突呀突……

[包围圈渐渐缩小，走投无路的杨玉环一头撞进李隆基的怀抱，昏厥过去。

[第 6 首歌曲《为什么拿活人当作猎物》。

李隆基 （唱） 为什么拿活人当作猎物，
紧紧围困苦苦追逐？
啊，真像只受惊的鹿！
你是谁家的孩子，
误入猎场，陷进埋伏？
真可怜，怀抱中还在奔跑，
真可怜，昏迷中还在啼哭。
睡吧，好可怜的孩子，

睡吧，好可爱的小花鹿。

[第7首歌曲《悄悄地睁开眼睛》。

杨玉环 （唱） 悄悄地睁开眼睛，

恍惚间四边安静。

抱得这样紧，

靠得这样近，

像父亲……

真想多睡一会儿，

让呼吸变得均匀。

一切仿佛都遥远，

只剩懒懒的温馨。

像梦境……

他就是万人朝拜的天子？

他就是上天降临的神明？

他就是至高无上的皇帝？

他就是我新婚丈夫的父亲？

哦，抱得这样紧，

靠得这样近，

真要命！

[李瑁与安禄山推搡着被缚的杨家兄妹上。

[第8首歌曲《闯入者》。

李　瑁 （唱） 闯入者，

违反了猎场的禁令；

安禄山 （唱） 闯入者，

破坏了游戏的心情；

李　瑁 （唱） 闯入者，

惊动了皇帝的圣驾；

安禄山 （唱） 闯入者，

犯下了必死的罪行。

杨家兄妹 （唱） 放了我们吧，

我们是皇帝的亲戚；

放了我们吧，

我们是一群乡下人。

那个倒在皇帝怀抱中的女子，

就是我们的小妹，我们的亲人！

李 瑁 （唱） 是你，我刚娶回的王妃？

是你，我刚买回的美人？

在你温柔娇憨的背后，

竟隐藏着如此不羁的野性！

回去，带走你那帮乡下的穷亲戚！

回去，我已经收回了你王妃的身份！

［第 9 首歌曲《**不羁的心**》。

杨玉环 （唱） 不羁的心惹出来事情，

不羁的心怎么能平静；

不羁的心总是难安分，

不羁的心属于不羁的人。

走就走吧，

何苦要压抑本性；

走就走吧，

本来就彼此陌生。

临走时禁不住回眸一笑，

哈哈！这一笑马上恢复了我的信心。

无数双眼睛，

无数双眼睛，

不管沉默，
不管吃惊，
不管年长，
不管年轻，
都一样，都一样，都一样！
哦，沐浴在注视中的女人感觉真好，
它让你充满信心。
无论乡下，
无论京城，
无论山野，
无论宫廷，
都一样，都一样，都一样！
哦，女人天生需要被注视，
活就要活出信心。

［舞蹈。奇迹发生了，李瑁向杨玉环表示歉意，杨玉环不理不睬，径自在众人的瞩目下漫步，像检阅、像巡礼……安禄山忽然扛起杨玉环想跑，李瑁追上去，与安禄山扭打成一团……蓦地，场上安静了，李隆基正一步一步地走向倒在地上的杨玉环，慢慢地俯下身体……杨玉环冷不防用双手勾住了他……全场愕然！李隆基托着杨玉环向舞台高坡走去，在他身后，杨家兄妹跪下去，安禄山跪下去，全体跪下去，最后是李瑁也慢慢地跪下去……

高力士 （旁观者似的，唱）

汉皇重色思倾国，
御宇多年求不得。
杨家有女初长成，
养在深闺人未识。

天生丽质难自弃，
一朝选在君王侧。
回眸一笑百媚生，
六宫粉黛无颜色。

众　人　（突然爆发地，唱）
太阳出来了！
太阳出来了！
太阳！太阳！太阳！

第二幕　大唐皇宫

［华清宫长生殿。宫殿宽敞，背景遥远，一派盛唐景象。

［舞台前区，乐工在试弦，伶人在走场，李龟年忙上忙下调度。

［舞蹈和第 10 首歌曲《开演之前》。

李龟年　（唱）　来吧！来吧！
随着那欢快的节拍，
展现你青春的风采。
趁着开演前一刻，
作一次最后的彩排。

伶　人　（唱）　来吧！来吧！
宫廷里伶人戏子最痛快，
不管是见谁都敢耍无赖。
人生在世就是要舍得把名利看看开，
活到老乐到老自由自在。

宫　女（唱）　来吧！来吧！

旋进那沸腾节拍疯狂摇摆，

不束腰不减肥照样好身材。

世俗间烦恼都因为无限夸大了爱，

一天天消瘦一天天肥胖精神苍白。

［杨家兄妹衣饰华美地上，迅即融入歌舞场面。

杨家兄妹（唱）　来吧！来吧！

都说是一人得宠全家光彩，

爱情灵感并不是天生带来。

这也是对现实世界的一种告诫，

有出息管他是男孩女孩。

众　人（唱）　来吧！来吧！

随着欢快的节拍，

展现你青春的风采。

趁着开演前一刻，

作一次最后的彩排。

来吧！来吧——

［音乐戛然而止。全体屏声息气——舞台后区，杨玉环出浴场面……

高力士（旁观者似的，唱）

春寒赐浴华清池，

温泉水滑洗凝脂。

后宫佳丽三千人，

三千宠爱在一身。

［第 11 首歌曲《最美的是你》。

李隆基（唱）　脱去一切多余的雕饰，

哦，最美的是你；

回归人的朴素的自然，
哦，最美的是你；
天上的流云不再行走，
哦，注视着你；
泉水也殷勤涌动，
哦，呵护着你。
人间的精灵是你，
自然的骄女是你；
连花儿也显得做作，
庸俗得不能拿来装扮你；
已经是很多了，
哪怕只是一片薄纱，薄如蝉翼！

［第12首歌曲《自由自在》。

杨玉环 （唱） 沐浴在水中自由自在，
沐浴在爱中快乐开怀。
没有人对我这样赞美，
没有人对我如此宠爱。
我从生来就渴望自由，
我从生来就渴望自在。
可是我一直很少快乐，
可是我一直不曾开怀。
唯有你，
给予我这样的赞美；
唯有你，
给予我如此的宠爱。
我愿意裸露一切，
接受你唯一的爱。

哦，沐浴在水中自由自在，

哦，沐浴在爱中快乐开怀……

［李瑁、梅妃、安禄山分别上场，目睹李隆基、杨玉环的爱情，心情复杂。

［第 13 首歌曲《失落的爱》。

李　瑁　（唱）失落的爱转眼不再，

失落的爱找不回来。

失落的爱消逝在炫目的阳光下，

失落的爱埋葬在记忆的坟台。

曾经是慈爱的父亲，

掠夺了我的女人；

曾经是柔顺的妻子，

造成了我的悲哀。

哦，我被一种心态击垮了，

失去潇洒，

失去豪迈，

失去矜持，

失去气概。

失去一个可爱的女人其实并不重要，

重要的是失去了一种心态——

这才是男人的灭顶之灾！

［第 14 首歌曲《移情别恋》。

梅　妃　（唱）移情别恋是男人的本色，

移情别恋是女人的悲哀。

男人的成就是在女人之间犹豫，

女人的失败是在男人心中徘徊。

假如你清瘦，

他会移情富态；

假如你红润，

他会别恋苍白。

假如你顺从，

他会移情放纵；

假如你好强，

他宁可别恋痴呆。

太难了！太难了！太难了！

与其疯狂比赛，

不如默默忍耐。

与其默默忍耐，

不如暂时离开。

男人总会在新奇得到满足之后，

重拾过去的旧爱。

[第 15 首歌曲《废话少讲》。

安禄山 （唱） 废话少讲，

只相信力量；

废话少讲，

只迷信刀枪。

人生如同猎场，

弱者如同羔羊。

你强你就是狼，

你弱你就是羊。

是狼就要吃羊，

是羊就要喂狼。

狼来了，

你要装成是一只羊；

羊来了，

你要从羊再变回狼。

狼有时候是羊，

羊有时候是狼。

狼不是羊，羊不是狼；

狼就是羊，羊就是狼。

狼、狼、狼，羊、羊、羊，

人生就是猎场，

从来不相信善良！

［第 16 首歌曲《美是一种距离》。

李龟年 （唱） 美是一种距离，

爱美要远远回避。

太近了会灼伤眼睛，

太亲了会失去神奇。

美是一种距离，

爱美要远远回避。

占有美等于打碎了美，

打碎了美也就失去了爱美的意义。

美是一种距离，

爱美要远远回避。

因为美时常伴随着危险，

不留意就毁灭了自己。

［掌声雷动，全场欢呼，李隆基与杨玉环从舞台后区走向前区。

［第 17 首歌曲《真诚地发出邀请》。

李隆基 （唱） 真诚地发出邀请，

请大家相聚在宫廷。

希望得到你们的肯定，

肯定我再一次变得年轻。

众　人　（似响应又似嘲讽地，唱）

哦——

杨玉环　（唱）　真诚地发出邀请，

请大家相聚在宫廷。

希望听到你们的赞扬，

赞扬我又一次获得新生。

众　人　（似响应又似嘲讽地，唱）

哦——

李隆基　（唱）　感谢上苍，

赐予我幸福；

杨玉环　（唱）　感谢上苍，

赐予我爱情。

李隆基　（唱）　你让我痴痴入迷的何止容貌，

你让我痴痴入迷的更是聪明。

杨玉环　（唱）　你让我深深崇敬的何止权位，

你让我深深崇敬的更是才情。

李隆基　（唱）　你就是一行华美的诗句，

抒写在我日渐衰老的年轮。

杨玉环　（唱）　你就是一曲高贵的玄音，

弹奏在我年轻幼稚的心灵。

李隆基　（唱）　我会执著地呵护你，

包括呵护你的任性。

众　人　（唱）　哦——

杨玉环　（唱）　我会执著地崇敬你，

只要你不对我变心。

众　人　（唱）　哦——

李隆基
杨玉环 （唱） 执著呵护，

执著崇敬，

执著相爱，

直到永恒——

众　人 （完全像在起哄，唱） 哦！哦！哦——

［舞蹈《霓裳羽衣曲》。李隆基席地抚琴，杨玉环翩翩起舞，乐工、宫女伴奏伴舞。一曲终了，掌声四起。

［舞蹈和第18首歌曲《戴上面具》。

众　人 （唱） 戴上面具，

隐藏真实自我；

戴上面具，

为了面对生活。

面具是一把心锁，

锁住真实的你我；

面具是一把钥匙，

开启崭新的生活。

戴上面具吧，

肉麻会变成有趣；

戴上面具吧，

吹捧才不显得过火。

如果你还想得到，

面具就不能脱落；

如果你不想一直失去，

那就一定要学会做作。

哦，心灵上负担太重太重！

哦，生活中顾虑太多太多！

[第 19 首歌曲《真想认一个妹妹》。

梅　妃（唱）真想认一个妹妹，
手牵手亲密相随。
好教我羡慕呀，
妹妹的青春妹妹的美；
好教我妒忌呀，
妹妹的眉毛妹妹的嘴。
在别人，肥胖是病，
在妹妹，美正是肥。
自从看见了你的容貌，
我知道了惭愧；
自从看见了你的舞姿，
我懂得了自卑。
哦，你得到了天子的专宠，
应该是当之无愧！
对不起，原谅我先走一步，
因为我有点儿累。

[梅妃摘下面具，落寞地下。

[第 20 首歌曲《太阳和月亮》。

李　瑁（唱）太阳和月亮，
高悬在天上；
太阳和月亮，
光芒照四方。
太阳就是光芒万丈的父皇，
月亮就是柔情万种的娘娘。
日月辉映着大地，
大地铺满着吉祥。

儿臣愿永怀着忠诚，
深情仰望着天上。
啊，太阳！
啊，月亮！
对不起，请允许我先走一步，
我去为日月站岗。

[李瑁摘下面具，痛苦地下。

[第 21 首歌曲《胡儿是马》。

安禄山 （唱） 胡儿是马，
任你骑来任你打；
胡儿是马，
走遍天涯认得家；
胡儿是马，
冲锋陷阵都不怕；
胡儿是马，
永远做皇上的乖娃娃。
对不起，胡儿走了，
胡儿去胡地守边卡；
胡儿很快就回来，
来接胡儿的干妈妈！

[李隆基、杨玉环哈哈大笑，安禄山摘下面具，阴险地下。

[第 22 首歌曲《干嘛要走》。

杨家兄妹 （唱） 干嘛要走，
应该留下来享受；
干嘛要走，
应该等待封侯。
皇宫多好，

吃喝拉撒什么都有；
皇宫多好，
荣华富贵样样不愁。

梨园子弟 （唱） 还有我们，
梨园子弟伶人俳优；
我们愿意永远陪伴着娘娘陛下，
天天好心情，
夜夜竞风流。

［烛光点点，帷幕飘飘，李隆基、杨玉环沉浸在艺术与爱情的氛围中。

高力士 （旁观者似的，唱）：
姊妹弟兄皆列士，
可怜光彩生门户。
春宵苦短日高起，
从此君王不早朝。
缓歌曼舞凝丝竹，
尽日君王看不足。
渔阳鼙鼓动地来，
惊破霓裳羽衣曲！

［蓦地，战鼓惊天，马蹄声迫近，李隆基、杨玉环恐惧地四周巡望，梨园子弟大呼小叫，到处奔逃……

第三幕　马嵬坡

［景似第一幕，山势峻峭，地形险恶，是一处人生的猎场。

［安禄山带领赤旗胡军上场。

［第 23 首歌曲《女人和战争》。

安禄山 （唱） 女人和战争密不可分，
女人和战争天生是情人。
女人靠战胜男人得到世界，
男人靠战胜世界得到女人。
无数次的反目，
无数次的纷争，
无数次的搏杀，
无数次的仇恨，
哪一次不是为了女人！
不要为战争寻找借口，
女人是真正的原因。
谁能像我这样坦率？
谁能像我这样顶真？
为了得到女人不惜兴兵反叛，
不在乎背上千秋万代骂名。
这才称得上英雄壮举，
这才无愧于伟大爱情。

赤旗军 （唱） 啊，英雄的壮举，
啊，伟大的爱情！

［安禄山带领赤旗胡军“设围”，隐没下场。

［李瑁带领蓝旗御林军上场。

［第 24 首歌曲《背叛》。

李　瑁 （唱） 背叛是因为背叛，
负心是清算负心。
救援的脚步故意停顿，

是因为走不出过去的阴影。
背叛是因为背叛，
负心是清算负心。
救援的脚步故意停顿，
是因为有一种报复的兴奋。
背叛是因为背叛，
负心是清算负心。
救援的脚步故意停顿，
是要检验生死不渝的爱情。
天塌了，山盟还在不在？
地陷了，海誓还信不信？
这才是一场真正的游戏，
让人玩一个过瘾！

[李瑁带领蓝旗御林军掉转方向下场。

[杨家兄妹探头探脑地上，回身招手，高力士等搀扶着李隆基和杨玉环上场。

[第 25 首歌曲《真不方便》。

李隆基 （唱） 真不方便，
少带了宫女太监；
真不方便，
疏忽了管笛丝弦；
真不方便，
寻不到一隅宫殿；
真不方便，
连方便都不方便！

[杨家兄妹围成一圈，李隆基方便后，放松了些。

李隆基 （唱） 回望长安，

救驾援军还不见；

回望长安，

粗茶苦酒怎下咽；

回望长安，

马嵬坡前难安寝；

回望长安，

山风野气透骨寒。

问贵妃玉环，

你怎么一声不怨？

[第 26 首歌曲《因为有了你》。

杨玉环 （唱） 因为有了你，

我才没有忧伤；

因为有了你，

我才变得坚强。

这么艰难的日子，

你一直对我倾诉；

这么漫长的旅途，

你始终和我依傍。

尽管生活变了样，

我不会改变方向；

尽管未来是个谜，

我对你一如既往。

有过的爱怎么能遗忘，

有过的爱铭刻在心房。

不管未来怎么样，

我相信路长情更长。

[杨玉环呵拍李隆基入睡。杨家兄妹重又围成一圈，为他

们遮风。

[第 27 首歌曲《睡吧，睡吧》。

杨玉环 （唱） 睡吧，睡吧，

合上你疲乏不堪的双眼；

睡吧，睡吧，

收敛你照耀万里的光芒。

帝王也有常人的困倦，

太阳也会沉落在山冈。

带着我对你的深深崇敬，

带着我对你的无尽遐想，

忘记烦恼，

进入梦乡。

睡吧，睡吧，我的爱人！

睡吧，睡吧，我的太阳！

杨家兄妹 （久久哼鸣着）“啊……啊……啊……”

[舞蹈《围猎》。气氛陡转，安禄山带领胡军突然出现，一场人与人之间的围猎。

[第 28 首歌曲《快！》。

杨玉环 （唱） 快！掩护陛下向前冲——

杨家兄妹 （唱） 前面是层层敌兵重重围堵！

杨玉环 （唱） 快！掩护陛下向后退——

杨家兄妹 （唱） 后面是滔滔大河末路穷途！

杨玉环 （唱） 快！掩护陛下向南走——

杨家兄妹 （唱） 南面是悬崖峭壁陷阱埋伏！

杨玉环 （唱） 快！掩护陛下向北逃——

杨家兄妹 （唱） 北面是天罗地网猎手屠夫！

杨玉环 （唱） 啊！怎么办？怎么办？怎么办？

杨家兄妹　（唱）　听！寿王的军号，援兵的战鼓！

［舞蹈《混战与决斗》。李瑁带领的蓝旗军上场与安禄山带领的赤旗军混战，李瑁则与安禄山单挑决斗……渐渐地，安禄山带领赤旗军掩旗下场。

［一波未平，一波又起。蓝旗军忽然形成合围之势，向李隆基和杨玉环压迫而去……李瑁横在中间，似乎在阻止反叛……

［第29首歌曲《包围》。

蓝旗军　（唱）　阻圣驾兮困马嵬，
犯君颜兮合包围！

李　瑁　（唱）　后退！
快解除包围！
你们已惊动圣驾！
你们已吓坏贵妃！

李隆基　（唱）　为什么，瑁儿？

杨玉环　（唱）　为什么，寿王？

杨家兄妹　（唱）　为什么？

蓝旗军　（唱）　军不发兮除杨氏，
清君侧兮止祸水！

李　瑁　（唱）　后退！
快解除包围！
他们在声讨杨氏！
他们要处死贵妃！

李隆基　（唱）　为什么，瑁儿？

杨玉环　（唱）　为什么，寿王？

杨家兄妹　（唱）　为什么？

蓝旗军　（唱）　杀杨氏兮六兄妹，

悬白绫兮缢贵妃！

李　瑁　（唱）　啊，他们已决定处死杨氏！

啊，他们已决定吊死贵妃！

啊，他们的行为真让我痛苦！

啊，纵然我痛苦却无力挽回！

李隆基　（唱）　不，瑁儿——

杨玉环　（唱）　不，寿王——

杨家兄妹　（唱）　不——

［第 30 首歌曲《救救我》。

杨玉环　（唱）　啊，救救我，

是我的错！

是我蒙昧无知的爱情，

导致了一场大祸！

啊，救救我，

是我的错！

是我美丽绝色的容颜，

让天子蒙受诱惑！

啊，救救我，

是我的错！

是我能歌善舞的才艺，

使皇帝忽略了治国！

可是，这是错吗？

如果对一切美好的迷恋都可以称之为罪恶，

那么我不禁要问一声——

为什么？

杨家兄妹　（唱）　为什么？为什么？为什么！

［李瑁回避杨玉环的追问，蓝旗军士亦沉默不语，杨玉

环死死抱住李隆基。

［第 31 首歌曲《不能回答你》。

李隆基 （唱） 不能回答你的追问，
只能手捂住良心。
你的貌是那样的美，
你的情是那样的深，
你的心是那样的善，
你的爱是那样的真！

杨玉环 （唱） 我的貌因你而美，
我的情因你而深，
我的心因你而善，
我的爱因你而真！

李隆基 （唱） 如果我不是我，
你也许一生平静。

杨玉环 （唱） 我不后悔！

李隆基 （唱） 如果我不是我，
你也许不会伤心。

杨玉环 （唱） 我不伤心！

李隆基 （唱） 如果我不是我，
你也许没有威胁。

杨玉环 （唱） 我不害怕！

李隆基 （唱） 如果我不是我，
你也许活得太平。

杨玉环 （唱） 你会庇护我和我的家人，
是吗，我最崇敬的人？

李隆基 （唱） 原谅我，不能回答你的追问，
只能手捂住良心！

杨玉环 （唱） 告诉我，至高无上的君主，

你——后悔吗？

李隆基 （唱） 我——不后悔！

杨玉环 （唱） 告诉我，万乘之君的皇帝，

你——怨恨吗？

李隆基 （唱） 我——不怨恨！

杨玉环 （唱） 谢谢，谢谢了，

我的君主！

谢谢，谢谢了，

我的皇帝！

有了你这一句承诺，

死，对于我已经很轻很轻！

［第 32 首歌曲《让我们去死》。

杨家兄妹 （唱） 让我们去死，

留下你，我们最爱的小妹；

让我们去死，

留下你，我们最亲的亲人！

杨家三兄 （唱） 记得你童年的时候总爱对我们撒娇，

可是由于我们的放纵却带来你的不幸。

杨家三姐 （唱） 记得你童年的时候总是对我们谦让，

可是因为我们的贪欲却危及了你的生命。

杨玉环 （唱） 让我再撒一次娇吧，

甜甜地叫一声哥哥姐姐！

让我再作一回谦让吧，

把生机留给我的亲人！

杨家兄妹 （唱） 不，我们最爱最爱的小妹，

我们舍不得你！

杨玉环 （唱） 不，我那最亲最亲的亲人，

我也舍不得你们！

杨玉环
杨家兄妹 （唱） 那就让我们一同去死吧，

让我们牵着手来世再生。

还做亲兄妹，

还是一家人！

［第33首歌曲《请带上我》。

李隆基 （唱） 请带上我，

我已经被你们的真情感动；

请带上我，

我愿意牵手在你们当中。

看哪，这里有一壶残酒，

等我把这残酒慢慢喝尽、喝尽，

啊，我竟喝醉了，我醉了，醉了……

我要与你们牵手飞翔、飞翔……

飞翔上太空！

［李隆基砰然倒地不醒，蓝旗军冲了上来。

［第34首歌曲《你不能醉》。

杨玉环 （唱） 啊，你不能醉，

你醉了谁去阻止他们！

［杨家三兄被绑下。

杨玉环 （唱） 啊，你醒一醒，

他们已经在屠杀我的亲人！

［杨家三姐被拖走。

杨玉环 （唱） 啊，你真的喝醉了！

啊，你真的不能醒！

[杨家兄妹的尸身升上天幕，一道白绫从天降下。

杨玉环 （唱） 就剩下我，

茫然无助！

就剩下我，

孤单一人……

[李瑁走近杨玉环，似乎想表白什么，杨玉环狠狠抽了他一记耳光，转身扑在李隆基身上。

[第 35 首歌曲《让我再紧紧拥抱你》。

杨玉环 （唱） 让我再紧紧拥抱你，

啊，我不能忘记！

让我再深深吻别你，

啊，我不能忘记！

多少美丽的回忆我带去，

多少未尽的心意留给你。

哪怕是在天堂地狱，

亲爱的，我也等你、等你，永远等着你！

不要以为我会责怪你，

亲爱的，因为你喝醉了；

不要担心我会怨恨你，

亲爱的，因为你没有醒。

这不过是一个小小的过失，过失而已，

亲爱的，我能原谅你！

我走了，

走得很远很久。

临走时不能等你醒来话别，

亲爱的，这使我很不过意！

让我再紧紧拥抱你，

啊，我不能忘记！
让我再深深吻别你，
啊，我不能忘记！

［李瑁再次走近杨玉环，似乎还想表白什么，杨玉环不理不睬，径自向白绫走去，那神情很高贵，那步态很悠闲……在她身后，李瑁跪下去，监旗将士跪倒一片……

［李隆基仿佛睁开了眼睛，在偷偷地哭泣……

高力士　（一切尽收眼底，声音哽塞地，唱）
翠华摇摇行复止，
西出都门百余里。
六军不发无奈何，
宛转蛾眉马前死。
花钿委地无人收，
翠翘金雀玉搔头。
君王掩面救不得，
回看血泪相和流。

第四幕　长生殿

［字幕：许多年以后，李隆基已经逊位，称太上皇。

［年老的李龟年一身落魄，背琵琶上场。

［第 36 首歌曲《不提防》——改自洪昇《长生殿》词。

李龟年　（唱）　不提防江山换了代，
不提防少年鬓发白，
不提防梨园遭遣散，

不提防落魄在长街。

流浪天涯，

只留得琵琶在；

江湖卖艺，

却无人喝声彩。（席地而坐，弹奏琵琶）

［三五听客聚拢而来。

李龟年　（弹唱）　唱不尽梦幻兴亡，

弹不尽感叹悲伤。

忆当年皇家猎场，

逐鹿儿竞赛奔忙。

［听客交头接耳，兴趣盎然。

李龟年　（接唱）　野精灵从天而降，

投怀抱娇娥嫩娘；

封贵妃呵护在掌，

通心曲羽衣霓裳。

［听客纷纷摇头，表示不屑。

李龟年　（接唱）　美佳人占了情场，

香歌台弛了朝纲。

扑突突渔阳鼓响，

吓煞煞败走仓皇。

［听客幸灾乐祸，拍手称快。

李龟年　（接唱）　密匝匝六军犯上，

恶狠狠人生猎场。

娇滴滴美人难舍，

凄惨惨泪洒千行。

［听客不由得生出同情，唉声叹气。

李龟年　（接唱）　啊呀呀，

眼见得贵妃殒命在那马嵬坡上；

啊呀呀，

眼见得君王醉卧在那黄土陇冈——

[琵琶弦断，李龟年抱歉作揖。听客扫兴地骂着下，李龟年收拾琵琶亦下。

[景似第二幕，华清宫长生殿。明月照窗，帷幔摇漾。老态龙钟的太上皇李隆基仿佛一直在谛听着墙外的弹唱，同样老态龙钟的高力士在一旁侍陪。

李隆基 （喃喃地，情绪异常激动，唱）

眼见得贵妃殒命在那马嵬坡上，

眼见得君王醉卧在那黄土陇冈——

[李隆基忽然脚下失重，扑通栽倒。高力士见势不妙，向内招手——李瑁、梅妃上，他们也显见老了。一大群御医、宫人齐上，大家七手八脚将李隆基抬上御榻，似乎在施行抢救。

[仙乐飘飘，杨玉环一如出浴时的青春娇美，在杨家兄妹簇拥下翩翩而上。

[第 37 首歌曲《徘徊》。

杨玉环 （唱） 徘徊，

徘徊在仙凡地带；

等待，

等待在海上蓬莱。

杨家兄妹 （唱） 不能忘怀的是一段情，

不能抛开的是一份爱。

杨玉环 （唱） 年年七夕，

月光里窥一眼往昔恋人；

杨家兄妹 （唱） 岁岁忌日，

黑幕中游一回旧时歌台。

杨玉环 （唱） 不要责备他活得太久太久，

杨家兄妹 （唱） 也许他不知道你在等待。

杨玉环 （唱） 不要笑话他老得太快太快，

杨家兄妹 （唱） 在天上一切都可以推倒重来。

杨玉环 （唱） 啊，他怎么啦？

杨家兄妹 （唱） 他好像在接受抢救！

杨玉环 （唱） 啊，他不能死！

杨家兄妹 （唱） 痴种！他不死怎么能到达天界？

杨玉环 （唱） 祝愿他逢凶化吉！

杨家兄妹 （唱） 祝愿他呜呼哀哉！

杨玉环 （唱） 啊，徘徊，徘徊……

杨家兄妹 （唱） 哦，等待，等待！

［第 38 首歌曲《走出躯壳》。李隆基脱出衣冠，从御榻上悠悠下来。

李隆基 （唱） 走出躯壳，

试探地迈出脚步；

恍恍惚惚，

生命已到了穷途。

茫然回首，

还存着几分眷顾；

用力挣扎，

舍不得人间世俗。

啊，我仿佛看见了贵妃，

她向我走来，

她是否要带我到不可知的去处？

她是否想与我再做死后的夫妇？

啊，我害怕，

因为我还不想死；

啊，我恐惧，

因为我手上沾着她的血污！

让我回去！

让我回去！

让我回去——

［舞蹈：众人围绕在李隆基的卧榻旁形成一个圈，李隆基想冲进去，人群把他推开……李隆基又想躲开杨玉环，杨家兄妹似乎对他也展开了一场围猎。

［第39首歌曲《我在痴痴地等着你》。

杨玉环 （唱） 我在痴痴地等着你，

我的圣上！

我在痴痴地等着你，

我的君王！

我在痴痴地等着你，

我的爱人！

我在痴痴地等着你，

我的太阳！

李隆基 （唱） 可是我已经不再年轻，

杨玉环 （唱） 在我心里你永远年轻！

李隆基 （唱） 可是我已经不再强壮，

杨玉环 （唱） 在我心里你永远强壮！

李隆基 （唱） 可是我已经不再潇洒，

杨玉环 （唱） 在我心里你永远潇洒！

李隆基 （唱） 可是我已经不再辉煌，

杨玉环 （唱） 在我心里你永远辉煌！

李隆基 （唱） 原谅我吧，

我对你有太多太多的亏欠。

杨玉环 （唱） 你并不亏欠我什么，

我的圣上！

李隆基 （唱） 饶恕我吧，

我心里有很深很深的创伤。

杨玉环 （唱） 过去的恩怨早已了结，

我的君王！

李隆基 （唱） 诅咒我吧，

我并不是一个真正的情种。

杨玉环 （唱） 你的情足以令天下人感动，

我的爱人！

李隆基 （唱） 抛弃我吧，

我知道我只应该沉进地狱。

杨玉环 （唱） 你的伟大应该在天界永恒，

我的太阳！

［**李隆基终于安静下来，面对着杨玉环。**

［第 40 首**歌曲《忏悔》**。

李隆基 （唱） 忏悔——面对你忠贞的情，

忏悔——面对你苦涩的泪，

忏悔——面对你无悔的爱，

忏悔——面对我犯下的罪！

明知会失去你的爱，

明知会加重我的罪。

可是我无法逃避，

只能忏悔！

不要相信我真的喝醉了才失去了对你的保护，

要相信我其实根本就没有喝醉！

[形势突转，杨家兄妹迅即逃离李隆基，像逃避瘟疫。

[第 41 首歌曲《无言的泪水》。

杨玉环 （唱） 无言的泪水，
伴着心碎；
残酷的骗局，
怎么面对？
我真傻，
居然从不会怀疑；
我真傻，
居然一直还在陶醉！
爱人爱得选择了死亡，
爱人爱得灵魂都憔悴。
哦，爱情的本质竟是这样荒诞！
哦，美丽的结局竟是这样可悲！
忘了他吧，
别再流泪；
忘了他吧，
别再伤悲；
忘了他吧，
别再等待；
忘了他吧，
别再后悔！
假面已经撕碎，
爱情付诸流水！

[第 42 首歌曲《再看我一眼》。

李隆基 （唱） 再看我一眼吧，

我知道你心中有怨；
再看我一眼吧，
听着我最后的遗言。
那时我欺骗了你，
因为还惦记着生命；
那时我辜负了你，
因为还留恋着江山。
当你真的离开我的时候，
我的生命其实已经暗淡；
当我再也找不回你的时候，
江山和我其实已经无关。
没有伴侣，
只剩孤单；
没有知音，
只剩空弦；
没有欢爱，
只剩噩梦；
没有未来，
只剩今天。
今天，假如我愿意为你放弃一切，
你，是否还愿意和我团圆？

［第 43 首歌曲**《女人最害怕心软》**。

杨家三姐 （唱） 女人最害怕心软，
心软又回到从前。
从前是一块破镜，
破镜就不能重圆！

杨家三兄 （唱） 女人最害怕心软，

心软又回到从前。

从前是无数遗憾，

遗憾就永远是遗憾！

杨玉环（唱）　女人最害怕心软，

心软又回到从前。

从前也有欢喜，

从前也有遗憾。

女人总不免心软，

心软是留恋从前；

今天把噩梦驱赶，

明天能否有甘甜？

［第44首歌曲《重新面对》。

杨玉环（唱）　重新面对，

像面对着一道风景；

李隆基（唱）　重新面对，

像映照着一面心镜。

杨玉环（唱）　风景里的恋人已经变得很老；

李隆基（唱）　镜子中的自我显得无比卑微。

杨玉环（唱）　他在流泪……

李隆基（唱）　我在忏悔……

杨玉环（唱）　他在痛苦……

李隆基（唱）　我在伤悲……

李隆基
杨玉环（唱）　哦，心碎了！心碎了！心碎了！

李隆基（唱）　请把手伸给我，

重新来过！

杨玉环（唱）　快把手递给他，

再赌一回！

杨家兄妹 （唱） 哦，原来女人并不是天生都心软，

而是女人太追求结局完美。

李隆基
杨玉环 （唱） 只要还有今天，

只要还有明天，

就不要说后悔，

就不要说责备，

就不要说放弃，

就牵手一齐飞。

哦，飞呀，飞呀，飞——

杨家兄妹 （唱） 飞呀，飞呀，飞——

［舞蹈——李隆基忽然又缩回了手，杨玉环与杨家兄妹大惊失色——是众人在加紧对李隆基的“抢救”，李隆基又徘徊在两难之间……蓦地，李瑁似乎在御榻上掐住了李隆基的喉咙，李隆基感觉到了阵阵的窒息……梅妃似乎也正在坐住了李隆基的双腿，李隆基感到死期将至……终于，李隆基抓住杨玉环递过来的手奋身一跃——他解脱了，他感觉到了一种从未有过的自由和轻松。

［第 45 首歌曲《解脱》。

李隆基 （唱） 哈哈，解脱，

终于挣开了名利的枷锁！

哈哈，解脱，

终于摆脱了尘世的束缚！

哈哈，解脱，

终于结束了灵肉的折磨！

哈哈，解脱，

终于迎来了崭新的生活！

告别皮囊，灵魂又获得新生；

抛弃过去，爱情再变得红火。

看哪，天堂正开启理想的大门，

听啊，仙界已奏响精神的颂歌！

[人间是太上皇的隆重葬礼，天上是迎接李隆基、杨玉环的辉煌仪式……

[音乐大作，像挽歌，更像颂歌……

高力士 （仍如旁观者似的，但神情显得无比欣慰，唱）

七月七日长生殿，

夜半无人私语时。

在天愿作比翼鸟，

在地愿为连理枝。

天长地久有时尽，

此恨绵绵无绝期。

[大幕在圣洁诗化的场面中落下。

音乐剧

梁山伯与祝英台

人　物	梁山伯	祝英台	马文才
	祝员外	马太守	众学子
	不良少年	众家丁	蝴　蝶

序幕　一路同行

[明媚江南，大地回春，生命觉醒，万物复苏。

[鲜花在静静地绽放，泉水在汩汩地流淌，雀鸟在啾啾地鸣唱，蝴蝶在自由地飞翔……如梦如幻的“蝶之舞”，唱《蝴蝶恋曲》之一：

春光烂漫百花开，
翩翩蝴蝶双飞来。
人间也有蝴蝶在，
梁山伯与祝英台。

[蓦地，气氛陡转，人声喧哗，身背书囊的青年学子意气风发地上，走在前面的正是梁山伯与祝英台。

[众学子青春朝气的“同行舞”，唱第一首歌曲《一路同行》：

众学子　（唱）一路同行，
用青春绘成风景；
一路同行，
感受着世纪清明；
一路同行，
你和我携手共进；
一路同行，
同龄人火样热情。

祝英台 （唱） 一路同行，

谁辨我女儿身份；

一路同行，

祝英台走出闺门；

一路同行，

是这样令人兴奋；

一路同行，

求新知赴学杭城。

梁山伯 （唱） 一路同行，

梁山伯边走边忖；

一路同行，

道路旁景色宜人；

一路同行，

感慨着农夫辛苦；

一路同行，

思量着珍惜光阴。

众学子 （唱） 一路同行，

留下了青春脚印；

一路同行，

邂逅着生命激情；

一路同行，

春天是如此美丽；

一路同行，

结下这兄弟情深。

一路同行，

我们肩并肩手挽手一路同行，

一路同行！

一路同行！

［梁山伯与祝英台彼此发现、相互牵手，与众学子唱着歌、跳着舞，一路同行……

第一幕　共读情深

［绿荫掩映中的万松书院，到处悬挂着书画，像瀑布，像飞帘，像风筝。

［蝴蝶在柳荫间自由飞舞，唱《蝴蝶恋曲》之二：

夏日炎炎荷花开，
蝴蝶飞去又飞来。
清凉池边柳荫下，
莘莘学子读书台。

［众学子活泼有趣的"行吟舞"，唱第二首歌曲《子曰》：

梁山伯　（领唱）　子曰诗三百一言以蔽之曰思无邪……

众学子　（合唱）　子曰子曰……

祝英台　（领唱）　子曰学而时习之不亦乐乎……

众学子　（合唱）　子曰子曰……

梁山伯　（领唱）　子曰君子不重则不威学则不固……

众学子　（合唱）　子曰子曰……

祝英台　（领唱）　子曰有朋自远方来不亦乐乎……

众学子　（合唱）　子曰子曰……
子曰就是老祖宗的谆谆教诲和告诫，
子曰就是后学者的行为规范和格言。
子曰就是应试教育的标准题目和答案，

子曰就是显示素养念念不忘的口头禅。

子曰就是传统，

子曰就是现代。

子曰就是遗产，

子曰就是资源。

子曰就是先锋，

子曰就是经典。

子曰就是历史，

子曰就是今天。

我们在子曰中子曰着子曰，

子曰在子曰中子曰着我们。

我们在子曰中子曰着转变，

子曰在我们中子曰着发展。

梁山伯 （领唱） 子曰子曰……

祝英台 （领唱） 子曰子曰……

众学子 （合唱） 子曰子曰……

子曰子曰……

［众学子三三两两，交流切磋。梁山伯与祝英台形影不离，情投意合。

［马文才带领几个不良少年横冲直撞上，众学子纷纷躲避开。马文才与不良少年狂歌劲舞，气焰嚣张。马文才唱第三首歌曲《疯狂少年》：

马文才 （唱） 疯狂少年，

快乐天天。

不用做工，

不用下田。

疯狂少年，

快乐天天。

不愁吃穿，

不愁花钱。

疯狂少年，

快乐天天。

早晨不起，

晚上不眠。

疯狂少年，

快乐天天。

纸牌摸摸，

游戏玩玩。

疯狂少年，

快乐天天。

有学不上，

游手好闲。

疯狂少年，

快乐天天。

今天快乐，

哪管明天。

［马文才与不良少年恶作剧般地闹学，众学子纷纷鄙视他。祝英台唱第四首歌曲《害群之马》：

梁山伯 （唱） 害群之马，

众学子 （唱） 太不像话。

梁山伯 （唱） 清净书院，

众学子 （唱） 岂容喧哗。

梁山伯 （唱） 害群之马，

众学子 （唱） 斯文太差。

梁山伯（唱）行为举止，

众学子（唱）有辱风雅。

梁山伯（唱）害群之马，

众学子（唱）妄自尊大。

梁山伯（唱）请君自重，

众学子（唱）莫负年华。

［马文才指使不良少年推搡梁山伯，祝英台试图劝说不良少年，被推倒在地，梁山伯挺身护卫祝英台，慷慨陈词。

梁山伯唱第五首歌曲《青春因你们汗颜》：

梁山伯（唱）青春因你们汗颜；

圣贤因你们难堪；

斯文因你们蒙羞；

友爱因你们割断。

看着你们横冲直撞肆无忌惮，

心底涌起万丈波澜。

青春是我们的本钱；

圣贤是我们的典范；

斯文是我们的底线；

友爱是我们的证言。

子曰是可忍孰不可忍也，

岂容你们动手动脚侮辱良善。

手挽手维护青春之高洁；

肩并肩捍卫圣贤之尊严；

心连心高扬斯文之风帆；

声迭声谴责劣行之荒诞。

挺身而出，保护同伴，

制止粗暴，净化校园。

［不良少年放过祝英台，转而群殴梁山伯，梁山伯奋力招架，寡不敌众。

［众学子忍无可忍，放下斯文，围攻马文才和不良少年。众学子抒发正气的“示威舞”，唱第六首歌曲《不平则鸣》：

众学子 （合唱） 不平则鸣，
放下斯文。
不平则鸣，
同学深情。
不平则鸣，
群情激愤。
不平则鸣，
棍棒相迎。
不平则鸣，
撵走野马。
不平则鸣，
恢复清明。

［马文才与不良少年不敌众学子，逃窜着一哄而散。

［下课钟响，众学子与梁山伯陆续散下。

［夜色降临，月明如镜，满台字画变成一领巨大透明的蚊帐。

［蝶舞翩跹。祝英台唱第七首歌曲《静夜思》：

祝英台 （唱） 静夜思，思绪远，
凝望梁兄心潮翻。
谁说山伯性木讷，
见义勇为好儿男。
静夜思，思绪远，
同窗共读整三年。

形影不离常相伴，
梁兄不识女婵娟。
静夜思，思绪远，
女儿心事对谁言。
英台暗暗许心愿，
要与梁兄缔良缘。

[唱《蝴蝶恋曲》之三：

日有所思梦有幻，
要与梁兄缔良缘。
山伯英台同罗帐，
不离不散共百年。

[祝英台的主观视觉：蚊帐染上了红色，寝室幻化成喜堂，蝴蝶牵引着红绸，祝英台恢复了女装。蝴蝶引梁山伯上，与祝英台拜堂成亲……喜庆热闹的“洞房舞”……幻觉消失，祝英台怅然四顾，默立良久……

[一封家书半空飘落，祝英台展读家书，踌躇两难。祝英台唱第八首歌曲《一封家书》：

祝英台 （唱） 一封家书，
愁上眉头。
高堂患病，
欲走还留。
多少爱深藏未露，
多少情比蜜还稠。
生怕着一旦分手，
真情义何处再求。
同学少年，
意气相投。

时光飞逝，

就要分手。

临别时多想对他袒露心迹，

多想和他通宵畅谈一醉方休。

明天的路就要独自去走，

曾经的他是否懂得是否守候依旧。

啊，欲走还留；

啊，欲走还留……

[梁山伯闻讯和众学子上，梁山伯牵住祝英台的手，凝视着她。梁山伯唱第九首歌曲《望着你流泪的双眼》：

梁山伯 （唱） 望着你流泪的双眼，

听见你心中的呜咽。

宽慰着朝夕相处的同学，

回忆着我们曾经的从前。

你是我最好最亲的兄弟，

我们趣味相投形影不离从来没有红过脸。

你那儒雅举止过人才气，

已经深深镌刻在我记忆的心田。

请向令堂转达我深深的祝愿，

道一声珍重子曰百善孝为先。

[祝英台忽然伏在梁山伯肩头伤心地哭了，梁山伯接唱第九首歌曲：

梁山伯 （唱） 望着你流泪的双眼，

听见你放声的呜咽。

再次拍拍你的肩膀和你面对着面，

请再绽放一回我最熟悉的笑靥。

一年三百六十五个日夜，

三年共有着一千个今天。

每一个过去的昨天都值得怀念，

每一个美好的今天都充满新鲜。

今天让我送你一程再送你一程，

请相信我们还将拥有一个共同的明天！

[梁山伯劝慰着祝英台，与她牵手同行，众学子送别……

第二幕　送行许亲

[风景江南，如诗如画，濛濛细雨，一片烟霞。

[梁山伯与祝英台撑着彩伞，从独木桥上踽踽走来，祝英台在桥上摇晃了一下，梁山伯伸手托住她，祝英台既喜又羞地挽住了梁山伯的臂膀，二人小心翼翼地走过独木桥。

[蝴蝶环绕着梁山伯与祝英台翩翩飞舞。

[西湖风景，断桥在望。

[祝英台、梁山伯并肩漫步，对唱第十首歌曲《西子湖上》：

祝英台　（唱）　西子湖上好风光，

烟雨濛濛雾茫茫。

游人漫步断桥上，

对对情侣配成双。

梁山伯　（唱）　西子湖上好风光，

带笠渔翁正下网。

风雨无阻江湖上，

为谁辛苦为谁忙。

祝英台　（唱）　行行止止断桥上，

想起蛇仙白娘娘。
痴情一片来做人，
却在断桥断了肠。

梁山伯　（唱）　行行止止断桥上，
谁人不敬白娘娘。
只为心中真情爱，
修行千载也平常。

祝英台　（唱）　美丽传说人称颂，

梁山伯　（唱）　爱情故事永流芳。

祝英台　（唱）　英台若是白素贞，
梁兄愿否配成双？

梁山伯　（唱）　可惜你是祝英台，
不是白娘女红妆。

［祝英台欲言又止，与梁山伯继续前行。

［风雨钱塘，雷电交加。蝴蝶避雨飞散。

［祝英台、梁山伯牵手疾行，对唱第十一首歌曲《风雨钱塘》：

祝英台　（唱）　送行送到钱塘江，
雷鸣电闪暴雨狂。

梁山伯　（唱）　手挽英台慢慢走，
梁兄在此莫惊慌。

祝英台　（唱）　莫惊慌，莫惊慌，
问你梁兄事一桩。
头上雷公和雨婆，
神仙是否也成双？

梁山伯　（唱）　神仙是否也成双，
你我凡人怎知详。
快到岩下去避雨，

风雨过后赶路忙。

祝英台 （唱） 飞岩之下一池塘，

恩恩爱爱两鸳鸯。

一雌一雄在避雨，

好比梁兄在身旁。

梁山伯 （唱） 在身旁，在身旁，

英台胡乱打比方。

你我只好比兄弟，

比作鸳鸯笑断肠。

[梁山伯哈哈大笑，祝英台无奈苦笑。雨过天晴，祝英台、梁山伯继续前行。

[蝴蝶坡上。山花烂漫，蝴蝶飞旋。

[祝英台、梁山伯兴奋地追逐奔跑，对唱第十二首歌曲《蝴蝶坡》：

祝英台 （唱） 登上美丽蝴蝶坡，

回首召唤梁哥哥。

哥哥哥哥你来看，

蝴蝶双双舞婆娑。

梁山伯 （唱） 蝴蝶坡是爱情坡，

双飞双宿情意和。

甜蜜伴侣谁不羡，

自由自在众香国。

祝英台 （唱） 爱情坡，众香国，

再问一声梁哥哥。

英台若是一雌蝶，

梁兄愿否共婀娜？

梁山伯 （唱） 英台又把笑话说，

竟将蝴蝶比你我。

倘若贤弟是女子，

山伯一定把媒托！

［梁山伯态度认真，祝英台心满意足。祝英台唱第十三首歌曲《我家有个小九妹》：

祝英台（唱）我家有个小九妹，

聪明伶俐又贤惠。

一样的胖瘦一样的高，

一样的杏眼一样的眉。

倘若梁兄有心意，

英台为你做红媒。

请收好，这是一把订亲扇，

七月七，等你求亲在香闺。

［梁山伯接过蝶扇，唱第十四首歌曲《思忖》：

梁山伯（唱）思忖……

折扇把玩在手惊诧萦绕在心；

思忖……

贤弟为我做媒亲口为我提亲；

思忖……

那个女孩她会是怎样的风景；

思忖……

禁不住凝眸久久思绪如飞云。

她是否同样灵性？

她是否同样聪明？

她是否同样率真？

她是否同样心情？

七七之期并不遥远，

七七之约一定践行。

挥挥手道声珍重，

共守候相逢时分。

［祝英台深深拜别，梁山伯目送祝英台远去。

［蝴蝶环绕梁山伯舞蹈，唱《蝴蝶恋曲》之四：

十八里相送到长亭，

山伯难辨女儿身。

英台几回来提醒，

哥哥耶，你可真是木头人！

［梁山伯好奇地展开扇面，扇面上画着一对双飞蝴蝶，梁山伯恍然觉醒。

［蝴蝶坡后，众学子一哄而上，众学子调皮地围绕梁山伯劲飙"祝福舞"，梁山伯与众学子齐唱第十五首歌曲《九妹》：

梁山伯 （唱） 九妹九妹来相会，

众学子 （唱） 九妹九妹她是谁？

梁山伯 （唱） 九妹九妹柔似水，

众学子 （唱） 九妹九妹是娥眉。

梁山伯 （唱） 九妹她牵动我的情，

众学子 （唱） 九妹她让我欢喜让我悲。

梁山伯 （唱） 九妹她教我猜不透，

众学子 （唱） 九妹她原来就是那九妹。

梁山伯 （唱） 九妹九妹我爱你，

众学子 （唱） 九妹九妹好妹妹。

梁山伯 （唱） 九妹她是我心中的美蝴蝶，

众学子 （唱） 九妹我愿意和你一起飞。

梁山伯 （唱） 一起飞，

九妹；

众学子 （唱） 九妹，

一起飞。

梁山伯 （唱） 飞，

飞，

飞；

众学子 （唱） 九妹，

九妹，

九妹——

［满眼蝴蝶，满眼青春，满眼兴奋，梁山伯登上高处，挥舞蝶扇……

［遥远处，祝英台悠然回首，灿烂一笑……

第三幕　抗婚密盟

［祝英台家。高大的屋宇，宽敞的客厅，有扶梯通向楼上。

［蝴蝶舞蹈，唱《蝴蝶恋曲》之五：

梁山伯与祝英台，

蝴蝶坡前两分开。

相约七七重相会，

天涯望断怎不来？

［楼台上，祝英台推开窗棂，瞩目远望，唱第十六首歌曲《等待》：

祝英台 （唱） 等待，

一天天这样难耐；

等待，

一夜夜如此难挨；
等待，
消瘦了闺中粉黛；
等待，
瞩望在寂寞楼台。
他一定会来，
我和他情深似海；
他一定会来，
我和他怎能分开；
他一定会来，
我和他郑重有约；
他一定会来，
我和他共向未来。
数着日夜，
时间过得太慢太慢；
到了今天，
觉着七七说来就来。
啊，焦急在等待……
啊，鹿儿来撞怀……
啊，莫名长叹息……
啊，徘徊复徘徊……

［祝英台深长一叹，闭上窗棂。

［梁山伯手捧蝶扇喜匆匆上，唱第十七首歌曲《佳期》：

梁山伯 （唱） 佳期有约兴冲冲，
佳期有约步匆匆。
佳期有约心切切，
佳期有约意浓浓。

佳期哪顾水迢迢，

佳期哪顾山重重。

佳期之前多懵懂，

佳期来访女儿红。

佳期喜鹊来报喜，

佳期欢笑眉目中。

佳期约定百年好，

佳期来了我梁兄。

[马府送订亲礼的家丁络绎不绝上，梁山伯被众家丁推挤到一旁。

[祝员外从门内迎上，礼让马太守和马文才父子进门。

[大门掩上，梁山伯被隔在门外，梁山伯不解地在门外谛听。

[厅堂上，祝员外一箱箱清点着彩礼，笑逐颜开。祝员外唱第十八首歌曲《天作之合》：

祝员外 （唱） 天作之合，

这一对姻缘真是绝配。

天作之合，

美女和财宝相映生辉。

天作之合，

权势加富贵更是门当户对。

天作之合，

父辈们称心如意儿女们自然会夫唱妇随。

[祝员外的笑，马太守的笑，马文才的笑，梁山伯在门外听见如坠地狱。

[梁山伯急切敲门，门开，梁山伯拱手而进，急切表白，梁山伯唱第十九首歌曲《请听我说》：

梁山伯 （唱） 请听我说，

躬身伯父拜一拜，

我是会稽梁山伯。

请听我说，

三载同窗许九妹，

如约求亲祝家坡。

请听我说，

一把蝶扇是媒妁，

还望成全来撮合。

请听我说，

请听我说，

请听我说……

［梁山伯向众人殷勤地出示着蝶扇，众人均哈哈大笑，不以为然，唯有马文才，仿佛被激发了野性，唱第二十首歌曲《原来如此》：

马文才 （唱） 原来如此，

木讷的梁山伯原来不笨；

原来如此，

三载同窗他们早已相亲。

哈哈哈，先前不过是听从父命，

而今却演变成男人之间的战争。

门第财富是我制胜的法宝，

相比之下他是多么寒碜清贫。

哈哈哈，我为即将赢得胜利莫名兴奋，

我为马上获取猎物倍添信心。

自古婚姻就是交易，

财富从来欺压爱情！

［梁山伯与马文才的“求婚舞”，众家丁伴舞为马文才造势，梁山伯向祝员外恭敬地奉上蝶扇，马文才骄傲地向祝员外展示彩礼，祝员外把梁山伯的蝶扇抛掷在地，喝令众家丁赶他出门，梁山伯挣扎反抗着，马太守示意制止住众家丁，唱第二十一首歌曲《尊重年轻人的选择》：

马太守 （唱） 尊重年轻人的选择，
婚姻不是强迫的事情。
既然他们早已就相识，
便让他们自己作出决定。
尊重年轻人的选择，
这是做家长的聪明。
捆绑既然成不了夫妻，
何不就由着他们的本性。
尊重年轻人的选择，
有什么大不了的事情。
纵然一千年之后的文明，
年轻人还是会表露出现实的聪明。

［众人无语，齐刷刷地看着楼上，祝英台缓缓走下楼梯，唱第二十二首歌曲《我在看，我在听，我在想》：

祝英台 （唱） 我在看，
我在听，
我在想：
这一边，
气也粗，
财也大，
势也强。
财大气粗非我想，

爱情不是比势强。
我在看，
我在听，
我在想：
那一旁，
气不粗，
财不大，
势不强。
诚实人品我所爱，
风雨人生有依傍。
我在看，
我在听，
我在想：
这一边，
有香车，
有豪宅，
有田庄。
英台不做金丝鸟，
向往自由自飞翔。
我在看，
我在听，
我在想：
那一旁，
没香车，
没豪宅，
没田庄。
勤劳双手谋生计，

粗茶淡饭也清香。
我在看，
我在听，
我在想：
这一边，
那一旁，
早已作选择；
那一边，
这一旁，
何须再思量。
对不起，
原谅我耽于幻想；
对不起，
原谅我更重善良；
对不起，
原谅我追求解放；
对不起，
原谅我自作主张。
这一把双飞蝶扇，
胜过那黄金万两！
这一份青春约定，
坚守到地久天长！

［沉默……祝英台、梁山伯、马文才三人凝望久久。梁山伯、马文才、祝英台唱第二十三首歌曲《凝望久久》：

梁山伯　（唱）　凝望久久……

马文才　（唱）　凝望久久……

祝英台　（唱）　凝望久久……

梁山伯 （唱） 冰清玉洁，
素颜依旧。
马文才 （唱） 惊若仙人，
美不胜收。
祝英台 （唱） 昔日同窗，
如此聚首。
梁山伯 （唱） 我心中阵阵痛，
只见她泪横流。
马文才 （唱） 我垂下三尺涎，
都只为美人愁。
祝英台 （唱） 望着他有喜有爱有愧疚，
再看他除却厌恶是隐忧。
梁山伯 （唱） 奉上蝴蝶扇，
盟约在上头。
马文才 （唱） 打开百宝箱，
让你好享受。
祝英台 （唱） 蝶扇溢清香，
财宝泛铜臭。
梁山伯 （唱） 向你伸出手——
马文才 （唱） 向你伸出手——
祝英台 （唱） 这双手，那双手——
梁山伯 （唱） 与你共白头。
马文才 （唱） 劝你跟我走。
祝英台 （唱） 只为爱牵手。
梁山伯 （唱） 牵手——
马文才 （唱） 牵手——
祝英台 （唱） 牵手——

梁山伯祝英台马文才 （合唱） 牵手牵手！

［梁山伯和祝英台的手紧紧地牵在了一起。马文才失望，祝员外恼怒，马太守愤怒。祝员外、马文才、马太守唱第二十四首歌曲《你真傻》：

马文才 （唱） 你真傻……

祝员外 （唱） 你真笨……

马太守 （唱） 你真犟……

马文才 （唱） 不行不行，
岂能由着她任性。
换一个女人做老婆有什么要紧，
要紧的是不能丧失男人的自尊。

祝员外 （唱） 不行不行，
岂能由着她任性。
长辈都是为着儿女们好，
不能眼看她从米屯掉进糠屯。

马太守 （唱） 不行不行，
岂能由着她任性。
虽然这个新式女性我并不欢喜，
但是必须维护我官场上的面子。

马文才 （唱） 把他赶出去，
撕碎他手中的隐晦物品！

祝员外 （唱） 把他赶出去，
再也不许走进我的家门！

马太守 （唱） 把他赶出去，
还要他记住今天的教训！

马文才、祝员外、马太守 （合唱）
当着她的面，

好生教训！

撕碎蝴蝶扇，

棒打出门！

［众家丁凶神恶煞般的“棍棒舞”，祝英台无力救助梁山伯，梁山伯被众家丁打得满地翻滚。忽然祝英台紧紧抱住梁山伯，向祝员外和马太守发出哀求。祝英台唱第二十五首歌曲《我嫁我嫁》：

祝英台 （唱） 我嫁我嫁，

不要打他。

我嫁我嫁，

嫁进马家。

请听我三桩心愿，

你们要件件应答。

第一件以礼相待进奉香茶，

请容我与山伯同学说一说别离话。

第二件备高车还要配驷马，

护送我被你们打伤的梁兄平安回到家。

第三件迎亲时我要在蝴蝶坡前停一下，

祝英台曾经在坡上逗留坡下玩耍，

曾经追逐过自由的蝴蝶采摘过生命的鲜花，

我要祭奠那一去不返的青春和永不再来的好年华。

［祝员外、马文才、马太守交换意见，点头应允，他们招呼着众家丁下。

［厅堂上唯剩祝英台和梁山伯，他们泪眼相视，无言久久，忽然紧相拥抱，放声大哭。祝英台、梁山伯唱第二十六首歌曲《是我连累了你》：

祝英台 （唱） 是我连累了你，

害得你承受棒打，
遍体鳞伤，
鲜血淋淋。

梁山伯 （唱） 是我连累了你，
害得你遭受辱骂，
父女失和，
忍受欺凌。

祝英台 （唱） 是我连累了你，
害得你日夜飞奔，
来时欢喜，
回时伤心。

梁山伯 （唱） 是我连累了你，
害得你苦苦守望，
一朝相见，
断了红绳。

祝英台 （唱） 是我连累了你，
害得你怀揣梦想，
半步来迟，
面对惨景。

梁山伯 （唱） 是我连累了你，
害得你心割一块，
情也难舍，
爱也难分。

祝英台 （唱） 我们不说后悔，

梁山伯 （唱） 我们不说怨恨。

祝英台 （唱） 我们不说放弃，

梁山伯 （唱） 我们不说离分。

祝英台、梁山伯 （合唱）

不后悔不怨恨，
不放弃不离分。
共祭起定情蝶扇，
对天地同把誓盟。

［祝英台和梁山伯各从地上捡起半片被撕碎的蝶扇，捧在手中，庄严盟誓。祝英台与梁山伯合唱第二十七首歌曲《密盟》：

祝英台、梁山伯 （合唱）

密盟，
天知地也懂；
密盟，
誓言两情衷。
密盟，
蝴蝶坡再见；
密盟，
众香国重逢。
且放下世俗的痛，
长留住青春的梦。
预约好永恒的爱，
共呼吸自由的风。
与四季同生长，
与虫鸟相秋冬。
与蝴蝶永为伴，
与花果作友朋。
密盟，
再也不用说分手；

密盟，

等待着最后一次喜相逢！

[祝英台与梁山伯默默行礼，一拜天地，二拜祖先，彼此对拜……仿佛是提前完成了婚礼仪式，二人脸上绽放出超脱与幸福的笑容。

[祝员外、马文才、马太守上。

[梁山伯与祝英台彬彬有礼地相互作揖、作揖、作揖……

[家丁搀扶梁山伯下，祝英台默默走上楼台。

尾声　化蝶永生

[蝴蝶舞蹈，唱《蝴蝶恋曲》之六：

七七重逢成噩梦，

聚散离合两匆匆。

梁祝决绝盟密誓，

生不同衾死同冢。

[蝴蝶坡。绵绵的雪花，圣洁的天地，世界显得无比庄严，无比安静。

[远处的吹打声，蜿蜒流转的红灯笼，引出盛装的祝英台。

[另一侧，梁山伯服白迎面走上。

[霎时，迎亲的红灯笼变成了白灯笼，祝英台的婚装也褪成素服。

[迎亲仪仗退下。

[祝英台与梁山伯彼此靠近，亲昵牵手，并肩同行，他们从容地走上高高隆起的蝴蝶坡，对唱第二十八首歌曲《怎么

能够分开》：

祝英台 （唱） 怎么能够分开，

分开将留下永难愈合的伤害；

梁山伯 （唱） 怎么能够分开，

分开便意味着永远不会再来；

祝英台 （唱） 怎么能够分开，

因为我们是彼此唯一的深爱；

梁山伯 （唱） 怎么能够分开，

分开就等于宣判了死亡到来。

祝英台 （唱） 听我说，

你在我梦境里早已存在；

梁山伯 （唱） 听我说，

我在你生命中一直等待；

祝英台 （唱） 听我说，

你和我原本就是人世间一对蝴蝶；

梁山伯 （唱） 听我说，

这一对蝴蝶就叫作梁山伯与祝英台。

祝英台 （唱） 看哪，冬雪正在消融，

鲜花将在我们的洞房里盛开。

梁山伯 （唱） 听啊，春天已经不远，

百鸟就会欢唱在婚庆的楼台。

祝英台 （唱） 五色鲜花将编织成锦绣头盖，

梁山伯 （唱） 七彩蝴蝶会引导着嘉宾到来。

祝英台 （唱） 啊，这是多么神圣的婚礼，

梁山伯 （唱） 啊，这是多么隆重的安排。

祝英台 （唱） 让我们手牵着手，

走上通向永恒的红地毯。

梁山伯 （唱） 让我们面对着面，

登临象征爱情的蝴蝶崖。

祝英台 （唱） 我们向着世界坦荡拥抱，

梁山伯 （唱） 我们对着历史放声说爱。

祝英台 （唱） 爱！

梁山伯 （唱） 爱！

祝英台 （唱） 爱！

梁山伯 （唱） 爱！

[蝴蝶飞舞，唱《蝴蝶恋曲》之七：

蝴蝶蝴蝶永相爱，

生生死死不分开。

人间自有真情在，

梁山伯与祝英台。

[祝英台和梁山伯登临蝴蝶坡的最高处，好像去赴一个庄严神圣的仪式，渐渐地、渐渐地消失在蝴蝶坡后……

[久久的寂静……唯有美丽的蝴蝶曼舞在圣洁的世界……

[鲜花在静静地绽放，泉水在汩汩地流淌，雀鸟在啾啾地鸣唱，蝴蝶在自由地飞翔……

[冬雪消融，大地回春，生命觉醒，万物复苏。

[又是一季身背书囊的青年学子上，他们唱着青春的歌曲，跳着青春的舞步，一路同行……

[蓦地，蝴蝶坡后升腾起一对硕大的连体彩蝶，那是祝英台和梁山伯羽化而成，梁祝化成的蝴蝶振动起美丽的翅膀，巨大的翼展开合着舞台，包裹着世界。

[满台蝴蝶，五彩斑斓，如梦如诗，美轮美奂……

[行路的学子仰望祝英台和梁山伯，发出由衷赞叹……

[众学子重复唱第一首歌曲《一路同行》：

众学子 （唱）一路同行，
用青春绘成风景；
一路同行，
感受着世纪清明；
一路同行，
你和我携手共进；
一路同行，
同龄人火样热情。
一路同行，
留下了青春脚印；
一路同行，
邂逅着生命激情；
一路同行，
春天是如此美丽；
一路同行，
结下这兄弟情深。
一路同行，
我们肩并肩手挽手一路同行，
一路同行！
一路同行……

［剧终。

舞剧

朱　鹮

时　间　古代　近代　现代

领　舞　洁：一只隐喻长生的朱鹮，剧中化身为鹮仙、鹮女、鹮后、老鹮后

俊：一位逾越千年的男子，剧中化身为舞者、僧徒、爱鸟者、老人

独　舞　出现在三个不同时代的一只小朱鹮

群　舞　一群朱鹮

序　幕

邈远的古乐，弥漫的佛音，宁馨的寰尘。

歌词《朱鹮赋》："仪态古雅兮，

动也诗情，

静也画意；

圣鸟吉祥兮，

聚也相依，

散也相依；

曾几时以为失去你，

归来兮，

永珍惜。"

一片洁白的羽毛在半空中飘扬，起起落落，忽远忽近。

一位盘膝而坐的现代男性舞者，天体裸露，静念冥思。

羽毛如有灵性，飘落在舞者掌中。舞者手捧羽毛，起身寻觅。

遥远处，一只美丽典雅的鹮仙款款而来，仿佛赴一个亘古的约定。

舞者与鹮仙久久凝视，无数次相拥，其情悱恻，其状动人。

蓦地，一道闪电般的光束射来，光束如一支离弦的利箭，刺伤了鹮仙的双眼，鹮仙抽搐痉挛，痛苦不堪。

无数道光束从四面八方向鹮仙照射，如同从四面八方向她发射的激光子弹，光束照射中裹挟着刺耳的汽车喇叭声和嘈杂的人声……舞者向四周呐喊、对鹮仙施援……光束编织的天罗地网里，鹮仙倒毙在舞者怀中。

光束消逝，唯余黑暗，黑暗中一片死寂。

佛音再起，天地复明。

舞者手中，一片带血的羽毛。

羽毛摇曳而起，缓缓飞逝；舞者寻寻觅觅，一往情深。

第一幕　山林之恋

幕前引言

字幕：朱鹮，象征幸福吉祥的美丽珍禽，被称为吉祥之鸟。在很久以前的农耕时代，朱鹮与人类和谐共处，相伴相生。在人类的记忆深处，朱鹮是一种多情的鸟类，它们矜持、典雅、洁净、高贵，同时也敏感、脆弱和多疑。那时节，朱鹮与人类是多么亲近友善，多么情深意长……

古代。

幽静的山林，淙淙的流水，云雾中掩映着一座古寺。

晨钟敲响，一声、两声、三声……

朱鹮出没，一对、两对、三对……

钟声渐渐消逝，代之以诵经之声。俄顷，诵经声弥漫了天地。

朱鹮成群结队，翩跹而至，应着诵经声翩翩起舞。

一曲终了，炊烟升腾，远处传来悠扬的笛声。

踩着欢快的笛声，俊——一位肩负柴薪的年轻僧徒迤逦行来。

僧徒行走中，鹮群故意拦截。鹮群调皮地戏弄僧徒，僧徒亲善地逗引朱鹮。人与鸟和睦相处，鸟与人亲密无间。

僧徒躲开了鹮群的围堵，疾步向山上走去。

洁——一只气质高雅的鹮女挡住了僧徒去路。

僧徒惊艳止步，鹮女优雅地回眸僧徒，柴薪从僧徒肩头滑落。

鹮女三次回眸僧徒，柴薪从僧徒肩头三次滑落。

鹮女走近僧徒，与之起舞。僧徒先是含蓄拘谨，渐次焕发热情，随后奔放地脱下了僧衣。

鹮女与僧徒舞蹈，柔美与强健结合，温情与力量对比，灵逸与野性合一。

在鹮女与僧徒的感染下，鹮群纷纷结伴起舞。稍时，整个山林都被舞蹈点缀着飘扬起来，绚丽起来，而从寺庙传出的诵经声好似被放大的舞曲，恣肆汪洋，美不胜收。

一只调皮的小朱鹮被树杈挂住了翅膀，小朱鹮咕咕咕地发出哀鸣的求救声。

僧徒撇下鹮女，用斧头砍断树杈，小朱鹮被解救下来。

小朱鹮的羽翼受伤了，僧徒用泉水为它清洗，用布头为它包扎。僧徒的善举，鹮女看在了眼里，鹮群也看在了眼里，它们感受到了人类的善良和慈悲。

晨钟化为暮鼓，夜幕慢慢降下，诵经声若断若续，渐化为无。

小朱鹮还在咕咕鸣叫，分明在向僧徒撒娇。僧徒听着频频催促的暮鼓，欲去不忍，欲留不能。

僧徒终于还是决定留下来，他把砍来的柴薪铺开，为小朱鹮搭建成一张床，他见小朱鹮寒冷，再次脱下僧衣为它覆盖。小朱鹮终于安静地睡着了，僧徒团身躺在小朱鹮身边，小心翼翼地守护着它。

洒满月光的夜晚，朱鹮三三两两地栖息在山林之间。唯有鹮女与僧徒相对无眠，他们相敬如宾，心有灵犀，默默无言中传递着彼此关爱的情愫。人鸟共宿的山林之夜如此神圣，如此温馨。

夜深了，山风习习，寒露滴滴，僧徒禁不住寒冷来袭，蜷缩起裸露的身躯。

鹮女犹豫着抖开洁白的翼展，极尽温柔地、拥抱般地覆盖住僧徒。

僧徒在鹮女温暖的翼下，抚摸着她的片片羽毛，深情款款，款款深情。

感受着羽毛被抚摸的鹮女，心情并不平静，她的羽毛在僧徒的抚摸中渐渐地抖动起来，愈抖愈烈，愈抖愈烈。

鹮女神奇地脱落了羽翼，幻化成一位美丽的姑娘。

僧徒情不自禁地拥抱了鹮女，鹮女尽情地享受着僧徒的拥抱，感动久久，久久感动。

一声鸡鸣，晨钟再响，天边升起曙光，清晨不期而至。

惊恐的僧徒，惊恐的鹮女，重新穿好僧衣的僧徒蓦然回首，鹮女又披上了鸟的羽翼。鹮女还是鹮女，僧徒还是僧徒。

秋风烈烈，树叶飘零，鹮女将随鹮群离开山林，向远方迁徙。

鹮群向僧徒道别，一对飞走了，又飞走了一双。

那只受伤的小朱鹮也在成年朱鹮的护卫中依依不舍地振翅飞去。

剩下最后的鹮女，鹮女柔情万种地环绕着僧徒，低飞三匝，不忍离别，其情何以堪，其状何其怜。

年轻的僧徒，又何尝不是难舍难分。

美好的爱恋，动人的情感，艰难的别离，如痴如醉，如梦如幻，如泣如诉，催人泪下。

晨钟一声紧一声地敲，经声一阵紧一声地念。

鹮女强忍着疼痛，从羽翼上噙下一管羽毛，她把羽毛敬献给僧徒。

僧徒亲吻着鹮女的羽毛，与鹮女指天扪心，海誓山盟。

鹮女终于凄婉地飞走了，僧徒仰望云天，怅然若失。

圣洁的钟声，圣洁的山林。

僧徒手持羽毛，仰望苍穹，喃喃有声。

空中飘扬着洁白的羽毛，两片三片，若隐若现……

第二幕　在水一方

幕间引言

字幕：不知自何时起，“吉祥之鸟”渐渐淡出了人类视线。人类在向现代化与城市化的快速奔跑中，不经意间忽略了朱鹮生存环境的恶化。野生朱鹮繁衍所必须的蓝天净水和宁静自然的栖息生态，已经变得越来越狭小，越来越险恶了。20世纪中后叶，野生朱鹮种群在全球范围内濒临绝迹。

近代。

一片湖泊，一片草滩，一片白云，远处有一柱冒着青烟的烟囱。

湖泊旁，草滩上，朱鹮三三两两，起起落落，或低飞，或涉水，或嬉戏，没有任何危险的征兆。

“突突突突……”一艘机帆船从湖面经过，传来刺耳的噪音。

鹮群好奇地引颈观望，却被机帆船经过激起的水浪惊飞。

少顷，又有一只机帆船经过，鹮群又一次被惊飞。

响着马达、鸣着汽笛的各种机械轮船轮番经过，水浪一次比一次来势汹涌，鹮群一次比一次惊讶惶恐。

湖面渐归平静，鹮群复归安闲。

俊——一位年轻的爱鸟者，手执竹篙、自驾小船，驶出湖面。爱鸟者向朱鹮抛洒食物，从湖面上捞起垃圾。

朱鹮与爱鸟者亲近，争前恐后追逐着小船，小朱鹮索性坐到爱鸟者的肩头，手舞足蹈，自由自在。

人与鸟，仿佛又回到了和谐相处的年代。

洁——化身为一位仪态高雅气度非凡的鹮后。鹮后突然降临，巡视湖面，心情凝重地做出了一个决定：马上离开草滩，集体迁徙。

朱鹮列队集结，等待鹮后发出指令。

爱鸟者挽留朱鹮，鹮后指着冒烟的烟囱和湖面上到处漂浮的垃圾，向爱鸟者说明迁徙理由。爱鸟者试图说服鹮后，请求鹮后相信他也相信人类，人类会保护好这一片洁净的湖泊。

鹮后与爱鸟者争执起来，朱鹮纷纷加入论辩，一派朱鹮支持鹮后，执意迁徙；一派朱鹮支持爱鸟者，主张留下。

冷不防马达又响起来，烟囱开始冒出浓烟，湖边出现了排污管道，管道正向湖里倾泻废水。

嘈杂声越来越响，震耳欲聋；天空里布满烟霾，越来越浓；排水管污水汹涌，越流越快。

夜幕陡降，四面八方射来灯束，灯束如同一支支肆虐的利箭，无情地射向夜空，射向湖滩，刺向朱鹮。

噪音、烟霾、电光，组成了恐怖的天罗地网，置身于罗网中的朱鹮受惊尖叫，慌乱奔突，霎时间，半空中纷纷扬扬，羽毛飞溅。

爱鸟者愤怒地向四周发出呐喊，声音被喧嚣之声淹埋。

爱鸟者奋起精神，挥舞竹篙，他与鹮后一同率领鹮群大规模迁徙。

暗夜沉沉，罗网重重，迁徙之旅变成了突围之旅、逃亡之旅、死亡之旅。爱鸟者的小船变成了引渡朱鹮的诺亚方舟。

艰苦的突围，悲愤的飞翔，一只又一只朱鹮倒毙在路上。

艰苦的逃亡，悲愤的飞翔，鹮后告别了一只又一只猝死的朱鹮，坚韧地率领鹮群飞翔、飞翔。

终于，噪音减弱，烟霾消散，鹮后带领鹮群来到一处寂静滩涂，示意作短暂休憩。

步履疲惫，惊魂未定，饥寒交迫的鹮群东倒西歪，筋疲力尽，它们原本洁白如玉的羽毛也因为沾染了污渍，变得肮脏灰暗。

爱鸟者把仅有的一点食物给了鹮后，鹮后把食物分散给几只朱鹮，朱鹮们相互推让着，谁也不忍心吃掉那一丁点救命的食物。

小朱鹮实在太饿了，它偎缩在鹮后的怀抱里咕咕咕地哀叫着，鹮后把自己手中的一点食物塞进口中，又反哺给小朱鹮，小朱鹮不忍把含着的食物咽下去，再反哺给鹮后，一口食物在鹮后和小朱鹮的口中多次反哺，传递出动人心魄的母性之爱和孝敬之情。

与此同时，食物也在一对对朱鹮的口中反复互哺。

爱鸟者汲来一壶湖水，首先喂给小朱鹮，小朱鹮感恩地饮下了爱鸟者饲喂的水。

鹮群饥渴难耐，纷纷奔向水源，争先恐后地向湖中吸水。

鹮后忽然感到不安，她坚决地阻止了向湖中吸水的朱鹮。爱鸟者似乎也预感到某种可能发生的灾难。

果然，小朱鹮出现了中毒后的痉挛，饮过污染湖水的朱鹮也陆续开始抽搐。鹮后不解地向爱鸟者发出疑问，鹮群纷纷围着爱鸟者向他询问原因。爱鸟者面对鹮后和鹮群的质询，神色惶恐，有口难辩。

小朱鹮央求鹮后和同类不要围攻爱鸟者，小朱鹮仍然亲近着爱鸟者，她依偎在爱鸟者的怀里，听他讲述鸟和人的历史。

在爱鸟者的讲述中，小朱鹮的眼中出现了幻觉，小朱鹮的幻觉中再现出人鸟和谐共处的美好时代——

那时候，天是蓝的，水是清的……

那时候，到处弥漫着佛音禅境，世界是那样地温馨安宁……

那时候，人与鸟曾经爱恋……

小朱鹮的幻觉中，鹮后化作了那位古代的鹮女，爱鸟者化作了古代的那位僧徒，他们在小朱鹮的面前相爱相拥着、缠绵悱恻着……

一切又回归到现实，现实是如此冷酷：鹮后与鹮群纷纷逃避着爱鸟者，好像逃避着最危险的敌人。

奄奄一息的小朱鹮仍然幸福地依偎着爱鸟者，仍然深陷在美好的想象中……

小朱鹮的眼睛瞎了，但是它看见在遥远的地方有一处寂静的山林，山林中传来一阵阵远古的佛音，小朱鹮拼尽全力，试图展开羽翼飞去，可它几经努力，几次栽倒，却不放弃。

小朱鹮终于奇迹般地飞了起来，向着那虚无缥缈的遥远佛国悲壮一翔，迅即重重地摔倒在地，抽搐不已。

小朱鹮死了，死在爱鸟者的怀抱中。

情天恨海，悲天悯地，爱鸟者捶胸顿足，痛悔不已，爱鸟者的痛，几近痛到疯狂的地步。

鹮后之痛，鹮群之痛，鸟之殇，人之殇。

接踵而至的是成片的朱鹮中毒死亡，死亡的朱鹮尸体堆积一地。

爱鸟者快要疯了，他挥舞着竹篙，满场飞奔，是自责，是控诉，是凭吊，是招魂！

爱鸟者的奔跑中，一片羽毛不经意间从他的衣襟里掉落，鹮后看见了那片羽毛。

一片神奇的羽毛，瞬间打通了千年的情脉，鹮后与爱鸟者四目惊愕，久久对视，仿佛被唤醒了沉睡千年的情愫。

是他！

是她！

鹮后与爱鸟者百感交集，爱恨交织，他们时而执手相看，时而紧紧相拥，时而伤心欲绝。

远处又隐隐约约传来了马达声。爱鸟者恍然惊觉，一把推开了鹮后，他一反温情脉脉的君子做派，凶狠地拿竹篙驱赶鹮后，驱赶鹮群。

鹮后懂得爱鸟者的用心，她温柔地劝抚他、安慰他，她决定带领剩下的六只朱鹮离开湖滩，离开爱鸟者，她向爱鸟者依依告别。

爱鸟者不敢看也不忍看见鹮后离去，他只是别着头，挥着手，只是流着伤心的泪。

鹮后再次把那片羽毛赠还给爱鸟者，再次伤心欲绝地围绕爱鸟者低飞三匝，随后，鹮后带着地球上仅存的六只朱鹮凄厉地飞走了。

爱鸟者蓦然回首，朱鹮已了无痕迹。

爱鸟者捧起小朱鹮僵硬的尸体，耳边想起了神秘的佛音。

第三幕　再生之缘

现代。

既像是繁华都市里的一片绿洲，又像是一处未经污染的原始生态园，远处可见现代都市的高楼。

三三两两的朱鹮在信步，在栖息，在飞翔。

俊——一位骨骼清奇的现代老人，步履蹒跚，目光深远，像在散步，像在寻找。

老人从栖息的朱鹮身旁经过，朱鹮看看老人，老人看看朱鹮，彼此彬彬有礼，相互十分熟稔。

忽然，鹮群开始交头接耳，好像传递着什么讯息。

零星的朱鹮聚拢成形，它们在静静地等候着什么。

洁——仿佛一只长生不死的老鹮后，鹮后翩翩而至，此时的鹮后已然苍老了，羽毛也已凋落，然而她依然不失高贵，不失矜持，不失典雅与美丽，依然还有一种君临天下的王者气势。

鹮后发现了老人，老人也发现了鹮后，他们含笑凝望，意味深长，犹如一对久别重逢的恋人，执手相看间，脸上洋溢着欣慰的神情。

老人捧出那片珍藏的羽毛，举着羽毛向鹮后深深三鞠躬——是行礼，是悔恨，也是谢罪。

鹮后扶起老人，抚摸他沧桑的脸颊和银白的头发，是爱恋，是原谅，也是宽恕。

老人陪伴鹮后漫步，行走在绿洲旁、树荫下，喁喁私语，耳厮鬓摩。

一对朱鹮抱来两只鹮蛋，鹮后松开老人的手，缓缓展开稀松的羽毛，匍匐在地，孵化幼鹮。

老人为鹮后的举止感动，也俯下身，张开臂膀，搂护着匍匐的鹮后。鹮后孵化着幼鹮，老人呵护着鹮后，安静而宁馨，温暖而柔情，霎时间，世界显得无比安详。

诵经声响起，佛乐声高扬，天地间充盈着苦禅的意境。

蓦地，老人发现鹮后已经涅槃，他颤抖着抱起了她。

一对破壳后的幼鹮咕咕咕地张大着嘴巴，愣愣地扑打着羽翼，趔趄着撒腿奔跑，新的生命诞生了！

老人静静地整理着鹮后的羽毛，好像摆弄着一具鸟的标本。

鹮后的尸体被安放在醒目的高处，犹如一尊玉质雕塑，依然高贵典雅，依然美丽动人。

剧终结语

字幕：1981 年 5 月，中国科学家在陕西洋县意外发现了七只野生朱鹮，在中日等国科学家的共同努力下，一度濒临绝种的“吉祥之鸟”重新走进人类视线。今天，在中国、日本、韩国以及东西伯利亚，在人类越来越自觉的精心保护和悉心爱护下，朱鹮又出现了物种复苏的吉祥征兆。为了曾经的失去，呼唤永久的珍惜。

朱鹮栖息，朱鹮起舞，朱鹮飞翔。

人与鸟，情未了。

漫漫佛音，不绝如歌……

歌词《朱鹮赋》：“仪态古雅兮，
动也诗情，
静也画意；
圣鸟吉祥兮，
聚也相依，
散也相依；
曾几时以为失去你，
归来兮，
永珍惜。”

——剧终

歌剧

一江春水向东流

（根据蔡楚生、郑君里编导同名电影及罗周编剧、喻江作词首演本改编创作）

剧中人物 张忠良 男中音，一个时代的落伍者，出场时约 28 岁

于素芬 女高音，张忠良之妻，出场时约 23 岁

王丽珍 女高音，张忠良女友，出场时约 22 岁

何文艳 女中音，王丽珍表姐，出场时约 30 岁

庞浩公 男低音，王丽珍干爹，出场时约 45 岁

张忠民 男高音，张忠良之弟，出场时约 20 岁

温儒林 男高音，何文艳之夫，出场时约 40 岁

韦 嫂 女高音，王丽珍女佣，出场时约 40 岁

合唱演员扮演抗战军民、舞女、名流、募捐学生、码头监工及劳工、难民、水警、船客、棒棒军、市民等……

序　幕

[1937 年，中华民族全面抗战即将爆发。

[天空阴郁，长江浩淼，中国军民在滔滔江水中载沉载浮，威武不屈。

合　唱　一江春水向东流，
流到天际，
流过心头。
心事浩渺江中留，
爱也悠悠，
恨也悠悠。
问君能有几多愁？
君不见凶残的敌寇，
践踏了我美丽神州。
君不闻铁蹄下的呻吟，
同胞们发出了抗战怒吼。
前方浴血的勇士，
胸膛，正对着枪口。
看哪，繁华都会的舞场，
还飘荡着莺莺歌声。
问君能有几多愁？

问君能有几多愁?
问君能有几多愁?
恰似一江春水向东流!

第一幕

第一场

[上海,百乐门舞厅。

[灯红酒绿,名流云集,王丽珍周旋在舞池中央,长袖善舞。

王丽珍 跳舞吧,跳舞吧,
把烦恼统统遗忘。
唱歌吧,唱歌吧,
享受这偷来时光。

庞浩公 百乐门舞场最好,
霓虹下飘着酒香。
谁是今夜的皇后,
最美最亮——快讲!

众名流 王丽珍,王小姐!
上海滩风流名媛,
百乐门红牌舞娘,
今夜晚最美最靓。

王丽珍 不敢当,不敢当,
小女子生日舞会,

全靠了干爹帮忙，

才有这盛大排场。

庞浩公 哈哈哈，应当，应当！

干女儿虽不是亲生，

却比亲生更要惯养。

众名流 哈哈哈，

干女儿虽不是亲生，

却比亲生更要惯养。

［温儒林偕珠光宝气的何文艳上。

何文艳 表妹，我们来晚了，

陪你姐夫去了一趟生意场。

温儒林 庞公，我们来晚了，

醉意朦胧刚走出日本洋行。

王丽珍 表姐给我带了什么礼物？

何文艳 法国产，非洲钻，

祝你早日配新郎。

众名流 昂贵钻戒，

配对成双。

庞浩公 战事已经迫近，

温老板还跟日本人来往？

温儒林 商人只管赚钱，

管什么家国兴亡。

只要大炮一响，

转手黄金万两。

众名流 只要大炮一响，

转手黄金万两。

庞浩公 上海会不会开战？

温儒林 东方巴黎，万国租界，

日本人不会轻易打仗。

众名流 东方巴黎，万国租借，

日本人不会轻易打仗。

庞浩公 但愿上海成为世外桃源，

繁华不败，

十里洋场。

众名流 世外桃源，

繁华不败，

十里洋场。

［**嘈杂声里，张忠良带领学生募捐队上。**

张忠良 东北已经沦丧，

上海就要变成战场。

就在这危急的关口，

靡靡歌声犹在飘荡。

走出钟爱的课堂，

怀抱募捐的纸箱。

带着救亡的学生，

一路上大声宣讲：

不愿做奴隶的人们，

请解开你们的私囊。

援助前方的将士，

送去御寒的衣装。

哪怕是一枚铜板，

也寄托爱国热肠。

众学生 国之存亡，

吾辈肩上。

众擎易举，
铁壁铜墙。

庞浩公 外面传来阵阵声浪，

何文艳 好像是学生们募捐救亡。

温儒林 扔几只铜板打发他们走远，

王丽珍 依我看，大家不妨解点私囊。

［张忠良带着几个学生走进舞厅。

张忠良 打扰了诸位的清静，
我们是募捐的师生。
请为抗战捐款捐物，
请为前线做点牺牲。

庞浩公 谁让你扰乱清静？

温儒林 谁让你闯进舞厅？

何文艳 这里不允许随便乞讨，

王丽珍 请带走你的学生。

张忠良 我们不是进来乞讨，
说话请讲究文明。

温儒林 你不看看这是什么地方，
满座都是上流社会文明人。

张忠良 文明不在于外表，
文明更在于良心。

庞浩公 你说我们没有良心？

温儒林 你竟敢恶语伤人。

张忠良 文明须懂得爱国，
有良心请拿出热情。

庞浩公 不像话，不像话！

温儒林 赶出去，赶出去！

众名流 赶出去!

[众名流驱赶张忠良和学生。

王丽珍 等一等!

今晚是我的生日舞会,

不可败坏了诸位心情。

我想问问这位爱国者,

你的尊姓大名?

张忠良 张忠良。

王丽珍 忠诚的“忠”,善良的“良”?

张忠良 是。

王丽珍 会跳舞吗?

张忠良 会。

王丽珍 请。

张忠良 不。

王丽珍 为什么?

张忠良 跳舞需要心情。

王丽珍 而你正在忧国忧民?

张忠良 社稷危亡,赤子之心。

王丽珍 拳拳之意,令人钦敬。

张忠良 谢谢,告辞!

王丽珍 再等等!

何文艳 表妹,你要干什么?

王丽珍 表姐,你看这位年轻人,

有情怀还如此英俊,

义愤中仍透着斯文。

张忠良,张先生,

我想请你跳个舞。

张忠良 恕不奉陪。

王丽珍 要知道想和我跳舞的可都是名流大亨。

张忠良 对不起,我只是个穷书生。

温儒林 真不识抬举!

何文艳 人家不领你的情!

庞浩公 干爹愿意陪你跳。

王丽珍 不,我就要他陪我跳!

陪我跳一支舞曲,

捐出三百块大洋,

你信不信?

张忠良 陪你跳一支舞曲,

捐出三百块大洋?

我不相信。

王丽珍 来吧,伸出你的臂膀把我抱紧,

就当是为抗战做点牺牲。

张忠良 好,我跳!

[张忠良步入舞池,与王丽珍结伴起舞,二人配合异常默契。

庞浩公 真看不出,他的舞跳得还真好;

温儒林 庞公留意,卖油郎把花魁拐跑;

何文艳 风流蕴藉,只钟情于青春年少;

众名流 酸酸甜甜,这才是舞场里味道。

[张忠良与王丽珍满场飞旋,越跳越欢。一曲终了,王丽珍亲自捧起募捐箱向庞浩公、温儒林、何文艳及一众名流强索募款,募捐箱很快被捐款填满。王丽珍得意地捧到张忠良面前。张忠良刚要伸手接,王丽珍又收了回去。

王丽珍 我想告诉你,

跳舞和爱国并不矛盾。

张忠良 谢谢你的热情。

王丽珍 我想告诉你，

富有不等于没有良心。

张忠良 原谅我的激愤。

王丽珍 我想告诉你，

你是我遇到的最佳舞伴。

张忠良 颇有同感，诚谢邀请。

王丽珍 最后，请伸出你的手掌心。

［张忠良伸手，王丽珍拿在他掌心里写下了名字。

张忠良 王丽珍，你的名字？

王丽珍 记住我的名字，

后会有期，

爱国书生。

张忠良 记住了，

后会有期，

舞厅佳人。

［王丽珍把募捐箱交到张忠良手上。张忠良捧着募捐箱招呼学生下。

王丽珍 对不起干爹，

生日舞会闯进来陌生人。

庞浩公 干爹提醒你，

接触思想左翼的年轻人可要当心。

何文艳 年轻真是一笔财富呀，

好羡慕表妹还是单身。

温儒林 偏激与卑微总是同行，

这种人骨头轻不值分文。

王丽珍 跳舞吧，跳舞吧，

把烦恼统统遗忘。

唱歌吧，唱歌吧，

享受这偷来时光。

众名流 跳舞吧，跳舞吧，

把烦恼统统遗忘。

唱歌吧，唱歌吧，

享受这偷来时光。

［舞会照旧，纸醉金迷。

第二场

［愚谷邨。上海新式里弄，一间阁楼。张忠良的家，幽静，温馨。张忠良妻子于素芬在哄睡婴儿。

于素芬 睡吧，睡吧，我亲爱的宝贝，

睡吧，睡吧，我亲爱的宝贝。

你在我的怀抱中，

像一朵含苞的花蕾。

细细看你，睡得这样甜蜜，

轻轻吻你，浮起丝丝香味。

因为有了你，

家，才变得完美；

因为有了你，

家，才不能破碎。

你的爸爸要走了，

他报名参加了抗日救护队，

你的爸爸要上前线，

为国家抗击倭贼。
今夜,你我都要忍住哭泣,
不要用哭声拖住亲人后腿。
可是不知为什么,
孩子的泪总是挂在腮边抹不干净,
妈妈的泪也总是抹干净了它又垂。
为什么,为什么,为什么?
难道说这是一种不祥预兆,
预示着分别的泪水将从此与我们母子伴随?
今天的皇历上赫然写着春分,
是分别、分离、分开、分手,
还是生生死死永不再见的伤悲?
啊,不敢想,不能想,不愿想,
但愿这只是一次春天的小别,
秋天到来一家人又能重新相会。
擦干泪水,
不要哭泣;
擦干泪水,
不要伤悲。
今宵的月亮如此圆满,
预示着普天下的家庭永世和美。
永世和美,
永世和美……

[张忠良和弟弟张忠民身着国民军军装上。

张忠良 素芬!

于素芬 忠良!

张忠民 嫂子!

于素芬　忠民！

兄弟俩都穿上了军装，

忠民也要弃学从戎去往前方？

张忠民　日本人要亡我中华，

哪里还有安静读书的地方。

我要开赴到抗战的最前线，

与侵略者面对面枪对枪。

临行前再亲亲可爱的侄儿，

为了下一代的幸福，我们义无反顾奔赴疆场。

［张忠民亲了亲熟睡的婴儿，向张忠良和于素芬告别。

张忠民　哥哥，嫂子，侄儿，我走了，

也许我和哥哥会相逢在战场，

也许我会在前线把热血流光。

如果真的是那样，

希望活着看到胜利的人好好珍惜幸福时光。

张忠良　再见！

张忠民　保重！

于素芬　等着你回来！

［张忠民雄赳赳走下，步伐汇入威武行进中的队列。

军　人　开赴到抗战最前方，

与侵略者面对面枪对枪。

为了下一代的幸福，

义无反顾奔赴疆场。

［张忠良、于素芬挥别张忠民，两人忽然抱在了一起。

张忠良　素芬！

于素芬　忠良！

张忠良　救护队天亮就要开拔，

离别是为了社稷的兴亡。
更是为了我们幼小的孩子，
不受奴役，健康成长。

于素芬 我懂得你的报国情怀，
我痛恨东洋人侵犯我们的家邦。
今夜我和孩子都忍住哭泣，
一直陪伴你到天亮。

张忠良 我走了，重担都落在你肩上，
如果上海沦陷，你带孩子逃回家乡。

于素芬 放心吧，
你上前线，我回家乡。
就是再苦再累再难我都不怕，
只要你平平安安回到我们身旁。

张忠良 素芬，还记得我们的理想么？

于素芬 记得，记得。

张忠良 在一处美丽的田园，

于素芬 有一所安静的学堂。

张忠良 学堂里有无数的孩童，

于素芬 我们就像是他们的家长。

张忠良 应着报晓的鸡鸣起床，

于素芬 听着溪水潺潺地歌唱。

张忠良 学校里布满了绿荫，

于素芬 课堂上普照着阳光。

张忠良 多么美好的愿望，
多么美丽的梦想。

于素芬 忽然到来的动荡，
一切都变得迷茫。

张忠良 等到赶走侵略者，
我们就告别繁华回到山乡。
于素芬 告别繁华，
回到山乡……（目光深远，心驰神往）
张忠良 今夜的月儿又圆又亮，
我们静静地遥望它，
它静静地把我们遥望。
将我们的思念挂在天上，
月亮深情的注视就是我们心心相印的目光。
无论四季如何转换，
无论雨急还是风狂；
只要一轮明月还在，
情意就会地久天长。
于素芬 无论四季如何转换，
无论雨急还是风狂；
只要一轮明月还在，
情意就会地久天长。
哦，本来忍住的泪水，
终于汹涌流淌。
张忠良 我爱你，素芬！
于素芬 我爱你，忠良！
张忠良 无论四季如何转换，
于素芬 无论雨急还是风狂；
张忠良 只要一轮明月还在，
于素芬 情意就会地久天长。
张忠良 四季转换，
于素芬 雨急风狂。

张忠良 一轮明月，

于素芬 地久天长。

张忠良 **于素芬** 一轮明月，
地久天长。

［静谧的夜晚，阁楼合上了窗。

第二幕

第一场

［1938 年，武汉。汉江码头，难民如潮。监工在吆喝着劳工搬运物资。

众难民 上海已经沦陷，
战火快烧到了武汉。
大地变成了砧板，
百姓在砧板上逃难。

众劳工 上海已经沦陷，
战火快烧到了武汉。
天空变成了血色，
劳工在血色下流汗。

监　工 搬，快搬！

众劳工 步枪大炮和子弹。

监　工 搬，快搬！

众劳工 工厂学校和机关。

监　工 搬，快搬！

众劳工 黄金白银和细软。

监　工 搬，快搬！

典籍字画和古玩。

众难民 上海沦陷，

十里洋场变成了魔鬼家园。

监　工 搬，快搬！

众难民 南京沦陷，

三十万民众遭无辜屠杀惨绝人寰。

监　工 搬，快搬！

众难民 中原沦陷，

黄河决口水上漂浮的尸体成片成片。

监　工 搬，快搬！

难民一 谁看见我五岁的孩子，

他在路途中走散。

众难民 孩子，孩子！

难民二 谁看见我年迈的母亲，

她步履艰难破衣烂衫。

众难民 母亲，母亲！

难民三 谁看见我怀孕的妻子，

她眼看着就要分娩。

众难民 妻子，妻子！

难民四 谁给我一点食物，

我已经三天没有吃饭。

众难民 吃饭，吃饭！

谁给我们吃饭，

逃难，逃难！

快让我们上船。

监　工　拦，快拦！

这是开往重庆的航班。

拦，快拦！

不准放一个难民上船。

［警笛尖叫，水警阻止难民登船，监工更加凶狠地吆喝劳工。

监　工　搬，快搬！

把所有财富都搬上甲板，

搬，快搬！

把整个中国都搬上船。

［推搡的人潮中，张忠良、王丽珍分别拥挤着上。

王丽珍　船，最后一班开往重庆的船，

张忠良　船，最后一班离开武汉的船。

王丽珍　幸好我提前预订了船票，

张忠良　没有船票只能干瞪着眼。

王丽珍　张忠良？

张忠良　王丽珍？

王丽珍　是你！

张忠良　是你！

王丽珍　我从上海来到武汉，

眼看武汉也要沦陷。

现在我想去往重庆，

听说重庆比较安全。

张忠良　救援队与日军遭遇激战，

战友们纷纷牺牲在阵前。

子弹把我的肩前后洞穿，

昏死后又醒来侥幸生还。

王丽珍 昨天的爱国书生，

今天的抗战勇士，

了不起，

你让我刮目相看！

张忠良 部队被敌人打散，

我成了难民一员。

王丽珍 何去何从？

张忠良 正在打算。

王丽珍 想回上海？

张忠良 遍地烽烟。

王丽珍 想去重庆？

张忠良 不上了船。

王丽珍 走！

张忠良 去哪里？

王丽珍 重庆，

算你我今世有缘！

张忠良 手里没有一张船票，

囊中没有一块银元。

王丽珍 本来我有一个伴，

临走时病了上不了船。（递给他一张船票）

快走！

［王丽珍挽着张忠良，两人飞快地下。

监　工 搬，快搬！

劳　工 把所有财富都搬上甲板。

监　工 搬，快搬！

把整个中国都搬上船。

［汽笛声伴着难民的呼救声，不绝于耳。

第二场

［夜行船。船客三三两两走上甲板，迎着江风，满面愁容。

众船客 一江春水向东流，
流到天际，
流过心头。
心事浩渺江中留，
爱也悠悠，
恨也悠悠，
问君能有几多愁？

［张忠良捧着一支玉兰花，踽踽徘徊上。

张忠良 一支馨香，
满腹凄惶。
夜航船上，
无限感伤。
浩浩荡荡的江水，
渐行渐远的家乡，
日思夜想的亲人，
身在何处，魂寄何方？
离别之后无音讯，
战火阻断各一方。
友人辗转报凶信，
母子蒙难在家乡。
素芬啊，后悔劝你离上海，
落得家破妻儿丧。
身上伤，犹可忍，

心里伤，痛断肠。

我的国——今安在？

我的乡——成坟场。

我的家——已破碎，

我的身——在流亡。

载沉载浮的航船上，

一怀愁绪万丈长。（遥望月亮，不胜感伤）

你看那离别之夜的月亮，

还挂在原来的方向。

默默地注视着江河，

默默地播洒着清光。

素芬，这是你最爱的玉兰花，

此刻我搂在怀中把你想。

无论你是否还在人世，

请与我一同把明月望。

这轮月它见证过我们的离别，

这轮月它聆听过我们的理想；

这轮月它抚慰过我们的情感，

这轮月它映照过我们的帘窗。

我说过无论四季如何转换，

我说过无论雨急还是风狂；

我说过只要一轮明月还在，

我说过情意就会地久天长。

可是、可是、可是——

别时明月今犹在，

亲人生死两茫茫。（痛不欲生）

［**一扇贫民区阁楼的老虎窗打开，露出于素芬憔悴的面庞。**

于素芬 何处飘来淡淡馨香，
一缕芬芳沁入心房。
窗前还是别时的月亮，
亲人却不知身在何方？
你走后，日寇攻占了上海，
我们逃难到了家乡。
一场残酷的屠杀，
险些就见了阎王。
那一天，日本兵强征军粮遭遇反抗，
法西斯丧心病狂血洗了村庄。
无论妇孺老人与青壮，
全部枪杀在坟场。
幸亏公公与婆婆，
把我们母子地窖藏。
躲过浩劫返申城，
为人帮佣洗衣裳。
我说过：
苦，我不怕；
累，我不怕；
难，我不怕；
就怕黑夜降临难入梦，
想起那惨死的公婆、你的亲爹娘。
啊，忠良，你在哪里？
是在抗敌的战场，
还是在露宿的营帐？
是否平安，
是否健康？

能否听到妻儿的呼唤，
会不会正在把我们念想？
天上那一轮月亮，
是你我交集的目光。
等到你打败日寇胜利归来，
我们再重续那浪漫理想……（深情地、憧憬地）

于素芬 在一处美丽的田园，

张忠良 有一所安静的学堂。

于素芬 学堂里有无数的儿童，

张忠良 我们就像是他们的家长。

于素芬 应着报晓的鸡鸣起床，

张忠良 听着溪水潺潺地歌唱。

于素芬 学校里布满了绿荫，

张忠良 课堂上普照着阳光。

于素芬 多么美好的愿望，

张忠良 多么美丽的梦想。

于素芬 忽然到来的动荡，

张忠良 一切都变得迷茫。

［于素芬消失在夜幕中，张忠良怅然若失。

［王丽珍静静走上，把一件睡衣轻轻披在张忠良身上。

王丽珍 夜深了，
江面上冷风凄凄。
不忍打搅你，
只为你披上寒衣。
整整一个晚上，
你在甲板上徘徊哭泣。
漫长一段旅程，

未见你有半点笑意。
昔日的爱国书生，
曾经的抗战勇士，
如今这般消沉、落魄如此，
怎不令人深感惋惜。
你的情怀我也许不懂，
你的伤感我或许明白万一。
身为男儿，凛然七尺，
报国无为，护家无力，
连一张逃难的船票都买不起，
能不长叹息？
在这条夜行的船上，
失意的人并不只有你。
或许在你清高的眼里，
我，不过是上海滩上的交际花、伴舞女，
浑浑噩噩，醉生梦死，
卖弄风情，一文不值。
要知道我的心也曾经孤傲，
那些一掷千金虚情假意的流氓大亨我从心底鄙夷。
无奈人生苦短，
奋斗无期，
在那繁华奢靡而又无情无义的花花世界里，
金钱才是唯一的皇帝。
终夜置身在华丽，
感情却无所归依。
身心布满了伤痛，
却无处可以哭泣。

算了，不说了，谢谢你忍着自己的忧伤，

倾听了我忧伤的故事。

张忠良 记得小时候，

熟诵白居易。

如今叹你我，

江上沦落时。

“我闻琵琶已叹息，

又闻此语重唧唧。”

王丽珍 “同是天涯沦落人，

相逢何必曾相识。”

[张忠良、王丽珍默默相视，无语凝噎。稍顷，张忠良把睡衣让给王丽珍，王丽珍坚持着又让给他。最后，两人一同披上。

张忠良 问卿意何为？

王丽珍 与君共相惜。

张忠良 往事挥不去，

王丽珍 日久无痕迹。

张忠良 我只会教书写字，

王丽珍 许多事不妨学习。

张忠良 战乱时能有何出息？

王丽珍 不是照样有人升官发财春风得意。

张忠良 重庆是我的陌生之地，

王丽珍 到处有我的人脉关系。

张忠良 谢谢你，总出现在我为难之际，

王丽珍 谢谢你，难得的重情重义。

张忠良 哦，这支玉兰花送给你——

王丽珍 过去的回忆应该让它沉入江底。

[王丽珍随手将玉兰花抛入江中，一把挽住了张忠良手臂。张忠良负痛惊叫，王丽珍殷勤地为他抚摩，张忠良冲动地抱住了王丽珍。

[江水滔滔，一望无际。

众船客 一江春水向东流，

流到天际，

流过心头。

心事浩渺江中留，

爱也悠悠，

恨也悠悠。

问君能有几多愁？

恰似一江春水向东流……

[汽笛鸣叫，船在前行。

第三幕

[1945年，重庆，抗战胜利前夕。

[山城里，一群挑夫组成的棒棒军。

棒棒军 嗨哟嗨哟嗨哟，

号子满城响哟；

嗨哟嗨哟嗨哟，

来了棒棒军哟。

嗨哟嗨哟嗨哟，

晴天毒日晒哟；

嗨哟嗨哟嗨哟，

阴天雨水淋哟。
嗨哟嗨哟嗨哟，
下船就上坎哟；
嗨哟嗨哟嗨哟，
出门就爬坡哟。
嗨哟嗨哟嗨哟，
头上炸弹丢哟；
嗨哟嗨哟嗨哟，
地下血肉飞哟。
嗨哟嗨哟嗨哟，
流血又流汗哟；
嗨哟嗨哟嗨哟，
扛起大后方哟。
嗨哟嗨哟嗨哟嗨哟，
一根棒棒两条绳哟，
一副垫肩两脚蹬哟。
棒棒号子满城响哟
街边码头四方行哟。
不叫苦也不怕累哟，
不畏死也不惧生哟。
棒棒挑起大后方哟。
棒棒扛起一座城哟。
嗨哟嗨哟，
挑起大后方哟！
嗨哟嗨哟，
扛起一座城哟！
嗨哟嗨哟嗨哟，

嗨哟嗨哟嗨哟嗨哟……

[棒棒军散落在山城里。

[张忠良和王丽珍的重庆寓所，宽敞舒适，不失讲究。张忠良穿着睡袍叼着雪茄捧着报纸听着留声机，留声机里唱着李香兰的《何日君再来》。

[远处传来棒棒军的号子声，张忠良关上了临江的窗。

张忠良 抗战还在进行，
我成了局外人。
从底层职员到高级襄理，
一晃过去了五六载光阴。
没经过攀爬怎知道艰辛，
没见过富有不懂得清贫。
回想贫寒的日子，
真是虚度了人生。
纵然在敌机轰炸的重庆，
有人饥寒交迫，
有人穿金戴银，
有人抛家舍命，
有人投机钻营，
信仰、主义、良心，
亲情、爱情、热情，
在活着与活好面前，
都显得太轻太轻。

[韦嫂拿着一封信上。

韦　嫂 张先生，你的信，
好像是从上海辗转寄来的家信。

张忠良 韦嫂，信封没有拆开，

你如何知道写信的人?

韦　嫂　我随口说说,

张先生不必认真。

张忠良　记住,不许窥探我的私情。

韦　嫂　您是我的主人。

张忠良　我是你主人的丈夫,

你的主人是王丽珍。

[韦嫂尴尬退下。张忠良拆信。

张忠良　果然是一封家信,

素芬,熟悉的字迹熟悉的名。

这封信足足在路上走了七年,

信封已褪色破损。

她说什么,

母子俩侥幸活命,

他们又回到上海,

等待离别的亲人。

七年了,七年了,

他们在上海靠什么生存?

七年了,七年了,

这个家在我心中已淡然无痕。

哦,忽然把记忆唤醒,

一时间隐隐的痛幽幽的疼。

为什么,只收到七年前的信,

而后来,却再也没有音讯?

[韦嫂扶着醉醺醺的王丽珍上,张忠良赶紧把信揉成一团丢进痰盂。韦嫂看在眼里,默默退下。

张忠良　丽珍,你又喝酒了?

王丽珍　忠良，我不开心。

张忠良　为何不开心，
谁怠慢了我的宝贝夫人？

王丽珍　我讨厌这个地方，
又土又脏又乱，
整天雾气沉沉。
连一家像样的舞厅都没有，
哪有上海繁华文明。
我想回上海了，
一天都不想再待在重庆。

张忠良　战争还没有结束，
一路上很不太平。
如果实在想跳舞，
让我陪你过过瘾。

王丽珍　这还差不多，
当初在百乐门就是这样被你勾引。

张忠良　你看你看，明明是你勾引我，
还说被我勾引。

王丽珍　就是你，就是你，
装正经，假惺惺！

［张忠良呵呵笑着调换唱片。留声机里放出舞曲，二人缠绵着舞起来，跳着跳着，王丽珍睡着了，张忠良将她安放在沙发上。

［韦嫂又拿着一封信上，见女主人睡着了，转身欲下。张忠良夺过她手中的信，挥手让她下去。韦嫂无可奈何地退下。张忠良悄悄拆信偷看，看完后又把信封好，轻轻放在王丽珍手边。

[留声机里唱着懒洋洋的歌。张忠良匆忙更换了衣服，收拾好一只皮箱，临行时给王丽珍留下一张字条，随后轻手轻脚地下。

[韦嫂窥探着上，偷偷看了字条后，赶紧把王丽珍叫醒。

韦　嫂　丽珍，快醒醒！

丽珍，快醒醒！

王丽珍　刚才还在跳舞，

怎么忽然睡得这样沉。

忠良——

韦　嫂　他走了！

王丽珍　走了？

[韦嫂先把张忠良留下的字条给王丽珍看。

王丽珍　忠良回上海，

为何突然动身？

[韦嫂再从痰盂里捞起那封信，铺开给王丽珍看。

王丽珍　啊，我要杀人，

我要杀人！

张忠良前妻还活着，

他竟敢抛下我去续旧情。

啊，我要杀人，

我要杀人！

我要追到上海去，

责问他有没有良心。

他张忠良能混到今天，

不全是靠我王丽珍？（气得要晕过去，韦嫂安慰着她）

[庞浩公急急上。

庞浩公　丽珍，张忠良在哪里？

我要带他回上海办件事情。

王丽珍 干爹来得正好，

张忠良回上海了，

我要你帮我讨回爱情！（哭着扑进他怀里）

庞浩公 张忠良回上海了？

王丽珍 他背叛了我，

这是他前妻的信。

［**韦嫂忽然想起了第二封信。她找到信，拆开来给王丽珍和庞浩公看。**

王丽珍 啊，表姐急信，

表姐夫被人暗杀在外滩。

庞浩公 罪名是发国难财，

勾结东洋人，卖国汉奸。

王丽珍 表姐害怕受到株连，

要我速回上海转移资产。

庞浩公 她想把全部资产寄到你的名下，

以此避过风险。

王丽珍 可是我人在重庆，

又能怎么办？

庞浩公 丽珍你看，

我也收到了温儒林的信，

是在他出事之前。

温儒林要向我转让工厂，

请我速回上海洽谈。

告诉我，丽珍，

你表姐何文艳的信他看到没有？

王丽珍 张忠良？

不知道。

韦　嫂　我敢肯定，

他已经偷看。

庞浩公　丽珍，我们回上海吧，

搭乘今天转道上海的私营航班。

王丽珍　现在就走？

庞浩公　现在就走，

要快，

否则就要等上七天。

王丽珍　好吧，张忠良，你等着，

你居然为了旧爱背弃新欢。

庞浩公　哈哈哈，你小看他了，

旧爱也好，

新欢也罢，

我看他是另有打算。

［一架飞机，呼啸着从头顶掠过。

庞浩公　为时已晚，

为时已晚！

王丽珍　我要杀人，

我要杀人！

［蓦地，锣鼓喧天，重庆军民庆祝抗战胜利的欢呼声此起彼伏。

军　民　前方后方，

黄河长江。

欢庆胜利，

歌声响亮。

山城水城，

四面八方。
全民抗战，
意志刚强。
打败日寇，
山河重光！

第四幕

第一场

[1945 年，上海，抗战胜利之后。
[何文艳居住的花园洋房。

何文艳 哦，还是不敢相信，
幸福来得太突然，
突然得让人眩晕！
翩翩公子，
空中降临，
紧张刺激，
幽会偷情，
简直就是好莱坞电影。
最宝贵的财富，
是他的贫苦出身。
意想不到的事情，
是他和丽珍过得并不开心。
是啊，表妹经历的男人太多，

哪里还会动真情。

她的脾气又任性，

日子久了男人不免失去耐心。

哪个女人能像我这样，

傻傻地就会温柔体贴顺从男人。

那一个粗鲁的温儒林死了，

这一个儒雅的张忠良光临。

谁说财富与爱情不可兼得，

偏偏我就是这么幸运。

都归你，都归你，

船厂纱厂药厂，

房产地产黄金，

还有这幢花园洋房和住在洋房里的女人，

统统都归在你的名下，

统统都让你去经营。

哦，还是不敢相信，

幸福来得太突然，

突然得让人眩晕！

［**张忠良拎着皮箱上。**

张忠良 文艳，我回来了，

先过来让我亲亲。

何文艳 忠良，我的小亲亲，

你已经办完了事情？

张忠良 办完了，外面在庆祝胜利乱得很，

现在就等你再签个名。

何文艳 签名，给我拿一支笔来，

哦，我怎么忽然有点头晕。

［张忠良扶着何文艳坐下，殷勤地为她按摩。

何文艳 忠良，你真的爱我么？

张忠良 爱，你怎么总不相信？

何文艳 相信，相信，

虽然相信得有点眩晕。

［张忠良取下手上的戒指，为何文艳带上。

张忠良 法国产，非洲钻，

送给我的心上人。

何文艳 哦，我真是幸福死了！

等等，这只戒指我怎么看着它不陌生？

张忠良 戒指只是一种证明，

证明着崭新的爱情。

何文艳 来，签名，签名！

张忠良 谢谢，我最爱的人！

［张忠良迅速收好何文艳签过名的文书，拎起皮箱就要走。

何文艳 亲爱的，你又要出去？

张忠良 对了，去拜望一位要人。

何文艳 把箱子放在家里，

带出门我不放心。

［何文艳伸手去接皮箱，张忠良本能地一把抱紧。

张忠良 不要动，

这是我的！

何文艳 亲爱的，为什么？

为什么这样神经过敏？

张忠良 哦，亲爱的，

我有点头晕。

何文艳 快把箱子放下，

我陪你去看医生。

张忠良 不用了，

我约了一笔交易，

需要赶紧出门。（急急欲下）

［**庞浩公、王丽珍迎面上。**

庞浩公 张忠良，你动作真快下手真狠！

王丽珍 张忠良，你竟敢对我这样负心？

张忠良 你们都回来了，

啊，我们终于盼来了抗战胜利，

天下太平。

王丽珍 哼，假惺惺！

我们回来找你算账，

老实说是不是跑回来重续旧情？

张忠良 旧情，什么旧情？

丽珍，我会慢慢向你说清楚所有事情。

庞浩公 张忠良，你手上的皮箱一定很沉？

张忠良 哪里，一只普通皮箱，平常得很。

何文艳 那皮箱里可是我的全部身家性命，

暂时寄在他的名下替我保存。

庞浩公 何文艳，你上当了！

王丽珍 啊，原来你是为了这个离开重庆？

张忠良，你不但欺骗了我的感情，

还想把我表姐的巨额财产鲸吞。

何文艳 什么，欺骗？

你们说张忠良是骗子？

这么说我不但被他骗了财产还骗了身？

天哪，真不敢相信他会做出这样缺德的事情！（把戒指还给王丽珍）

王丽珍 好哇，表姐送给表妹的婚戒，

你竟用它表白了对表姐的爱情？

王丽珍 **何文艳** 哦，还是不敢相信，

意外来得太突然，

突然得让人眩晕！

王丽珍 我要杀人！

何文艳 我要杀人！

王丽珍 我要杀了张忠良！

何文艳 我要杀了我自己！

［韦嫂领着于素芬上。

韦　嫂 又来了一个女人，

也是来寻找爱情。

［于素芬看见张忠良，喜不自禁。

于素芬 忠良！

张忠良 是你？

于素芬 是我，我是你的素芬！

张忠良 素芬，你怎么找到这里？

于素芬 有人在街上看见你，

说你已经回到申城。

我四处打听你的住处，

总算找到了久别的亲人。

［王丽珍、何文艳双双惊叫，双双晕倒。

王丽珍 啊，我的感情被撕成了碎片，

每一片都鲜血淋淋。

何文艳 啊，我的遭遇如此不幸，

比好莱坞电影还触目惊心。

庞浩公 啊，我真为干女儿惋惜，

托付了这么一个负心人。

于素芬 啊，你们凭什么这样对待我的丈夫，

他究竟做错了什么事情?

张忠良 啊，汗水仿佛是一场豪雨，

顷刻间湿透了我的全身。

王丽珍 我必须跟他算账，

这口恶气我无法忍。

何文艳 我必须拿回财产，

这个人已经让我恶心。

庞浩公 我有办法教会他投机，

也有手段做掉他小命。

如若输在他的手上，

还有什么脸在上海滩混!

于素芬 忠良，你告诉我，

他们都是什么人?

忠良，我的丈夫，回家吧，

已经九岁的孩子日夜盼望着父亲。

张忠良 不，不，不，不——

我只要把这只箱子抱紧、抱紧、抱紧!

［韦嫂又上。

韦　嫂 外面门上贴了告示，

汉奸财产悉数充公。

还有这幢花园洋房，

马上住进新的房东。

庞浩公 新房东，他是谁?

韦　嫂　听说是一位副市长。

王丽珍　哈哈哈，

真痛快，

真圆满！

何文艳　哈哈哈，

全没收，

一起完！

庞浩公　哈哈哈，

新权贵，

新财团。

于素芬　忠良，来，素芬为你擦把汗。

张忠良　悔恨已晚，

悔恨已晚！（扔掉皮箱，抱住于素芬）

素芬，我对不起你……

于素芬　对不起我，为什么？

王丽珍　让我来告诉你，

你是他的结发之妻，

我是他的抗战夫人，

她是他的富贵娘娘——

不过现在已经一贫如洗！

哈哈哈……

于素芬　这不是真的，

我不敢相信。

我不敢相信，

忠良他绝不是这样的人！（左看右看，终于相信）

不，不，不——（痛苦地跑下）

张忠良　素芬，素芬，素芬——（追下）

王丽珍 张忠良，你给我站住！（追下）

何文艳 小白脸，伪君子，我要跟你算一笔感情账！（追下）

庞浩公 文艳！文艳！

韦　嫂 丽珍小姐！

［庞浩公、韦嫂也跟着追下。

［雷声，雨声……

第二场

［上海外滩，夜幕降临，灯火璀璨。外白渡桥，暴雨倾泻，雷鸣电闪。

［于素芬漫无目的地跑上桥面。

于素芬 月亮消失的夜晚，
是这样一片黑暗。
受到重创的心灵，
是这样孤独无援。
经历了八年苦难，
没尝到胜利甘甜。
送往前线的丈夫，
相见时已然遥远。
十里洋场的灯光，
依然那么耀眼。
富人洋人进出的饭店，
还是名流权贵的盛宴。
棚户区的民宅还是日夜漏雨，
南京路的乞丐还在沿街要饭。
什么都已经变了，

什么又都没有变。

唯有苦心的厮守，

无奈何化作云烟。

我说过我是个能够忍住眼泪的女人，

今天，我更要迎着这漫天大雨把冰冷的雨水泪水往肚里吞咽。

从乡间，到城市；

从校园，到教员；

从相识，到相恋；

从相守，到分别；

从分别，到挂念；

从挂念，到离散；

为什么举国都在欢庆胜利，

而我的小家却再不能团圆。

何去何从?

何去何从?

我问自己?

也问苍天!

［**张忠良雨中找来，奔上桥面。**

张忠良 素芬，你到哪里?

我在雨中奔走，

雨中寻觅，

雨中呼唤你!（看见了她）

张忠良 素芬，你就不能原谅我么，

毕竟我们是结发夫妻。

于素芬 不，不能原谅你!

张忠良 念着我们共同的孩子，

还有我们往日的情意。

于素芬 不，不能原谅你！

张忠良 你已经苦守了八年，

不就是等着我归来团聚？

于素芬 不，不能原谅你！

张忠良 你忘了我们曾经的理想，

乡村教学，

田园诗意，

归去来兮？

于素芬 不，不能原谅你！

张忠良 为什么？

于素芬 因为你已经不是我曾经爱过的你。

张忠良 原谅我。

于素芬 不！

张忠良 原谅我。

于素芬 不！

张忠良 原谅我！

于素芬 不，不，不！

张忠良 好吧，告诉我，你将何去何从？

于素芬 明天，我将带着孩子离开这里。

张忠良 回到乡下去？

于素芬 乡村教学，

自食其力，

新的生活重新开始。

[于素芬神情坚毅，头也不回地走下桥面。张忠良一路呼喊追赶着。

张忠良 素芬！素芬——

［王丽珍、何文艳追到了桥上。

王丽珍 张忠良，还我青春！

何文艳 张忠良，还我感情！

王丽珍 你欺骗了我整整七年！

何文艳 你害得我没有脸见人！

王丽珍 我要你狠狠抽打自己耳光！

何文艳 我要你跪下来向我们求情！

王丽珍 自打耳光！

何文艳 下跪求情！

张忠良 我凭什么自打耳光？

我凭什么下跪求情？

王丽珍 你骗走了我的芳心，

张忠良 是你的芳心骗走了我的良心。

何文艳 你利用了我的信任，

张忠良 是你自己又傻又笨。

哈哈哈，下跪；

哈哈哈，求情；

哈哈哈，妄想；

哈哈哈，痴心；

要怨只怨你们自作自受自作多情！

王丽珍 表姐，打他！

何文艳 表妹，打！

［王丽珍与何文艳在外白渡桥上与张忠良厮打。

何文艳 好了，总算出了我这一口恶气，

呸！

王丽珍 不行，我要干爹派人把他赶出申城，

滚！

［王丽珍、何文艳气呼呼地下。

张忠良 都走了，

都走了，

夜幕下真安静。

都走了，

都走了，

留下我一个人。

雷声滚滚，

暴雨纷纷。

思绪紊紊，

脚步沉沉，

想到爹娘，

不能孝敬。

想到妻儿，

不能亲近。

想到学生，

不能为训。

想到前程，

一片灰心。

苏州河在桥下汩汩流淌，

黄浦江在面前滚滚不停。

我像江中水草河里浮萍，

随波逐流，

载浮载沉，

到头来一无所有一无是处枉度人生。

眺望外滩盛景，

此刻如此安静。

早晨一夕醒来，

又是攘攘纷纷。

黄金滩，繁华地，

冒险园，欲望城。

几人噩噩几人醒，

几人富贵几人贫。

几人留下爱与恨，

几人过往几人停。

别了，我的上海，

别了，我的青春。

别了，我的欲望，

别了，我的家人。（爬上桥栏，跃跃欲试）

等等，我好像看见了弟弟忠民……

［**张忠民出现在夜空中，他的精神依然振奋。**

张忠民 忠良，我的同胞兄长，

忠民我已经战死在沙场。

敌人的炮火再猛，

不能把抗战的勇士阻挡。

经受了苦难的民族，

会变得更加坚强。

我无悔青春的选择，

我们所抛洒的热血会铸成未来的希望。

张忠良 忠民，

我的同胞兄弟！

你是时代的精英，

你是家族的荣光。

你无愧于人生，

你将千古流芳。

[张忠民消失在夜空中。

[张忠良向着滔滔江水，纵身一跃。

[海关大钟，响打六响。

[雨还在下，雷还在炸……

合 唱 一江春水向东流，

流到天际，

流过心头。

心事浩渺江中留，

爱也悠悠，

恨也悠悠。

问君能有几多愁？

恰似一江春水向东流！

[剧终。

中国歌剧

归　鸿

时　间　汉献帝兴平二年至建安十二年

亦即公元 195 年—207 年间

人　物　蔡文姬　名琰，文学家，21 岁—33 岁

曹　操　字孟德，东汉建德将军至丞相，41 岁—53 岁

董　祀　字公胤，屯田都尉至中郎将，蔡文姬汉朝丈夫，21 岁

左贤王　蔡文姬匈奴丈夫，28 岁—40 岁

卞夫人　曹操正妻，45 岁

阿　迪　蔡文姬与左贤王长子，11 岁

阿　眉　蔡文姬与左贤王次子，9 岁

蔡　安　蔡文姬家仆，50 岁—62 岁

老　军　左贤王随从，60 岁

担任合唱和舞蹈的汉家女、汉将、汉兵、汉臣、歌舞伎以及匈奴骑兵、匈奴将军、匈奴兵、匈奴民众等

第一场　流　离

[东汉献帝兴平二年，即公元195年。

[函谷关前，乌云蔽日。剽悍的匈奴骑兵挟持着一群汉族妇女，如滚滚浊流从函谷关内奔涌而出。身穿孝服的青年蔡文姬裹挟在人群中，她时而奋力挣扎，时而仰面哀号。

蔡文姬　（唱）　啊，悲愤，
天柱倾兮大地沉沦；

汉家女　（唱）　天倾地沉！

蔡文姬　（唱）　啊，伤情，
遭乱世兮身若浮萍；

汉家女　（唱）　乱世浮萍！

蔡文姬　（唱）　啊，哀号，
出中原兮乡关去远；

汉家女　（唱）　乡关去远！

蔡文姬　（唱）　啊，痛心，
受凌辱兮形同畜生；

汉家女　（唱）　形同畜生！

蔡文姬　（唱）　回顾汉朝兮不见救兵，
瞻望前途兮漫漫沙尘。

一路惊恐兮哀哭阵阵，

举步迟迟兮踯躅难行。

汉家女 （唱） 放了我们吧，

我们不愿离别故土抛撇亲人。

汉女甲 （唱） 可怜我堂上有年迈双亲；

汉女乙 （唱） 可怜我半月前刚才成婚；

汉女丙 （唱） 可怜我家中有待哺婴儿；

汉家女 （唱） 可怜我们是汉家女儿、妻子和母亲。

蔡文姬 逃！

汉女甲 逃！

汉家女 逃！

［蔡文姬与汉家女四散逃跑，匈奴骑兵驱马追赶，挥鞭拦截。

匈奴骑兵 （唱） 休想逃遁，

你们是我们俘获的战利品。

随我们去到草原，

做匈奴人的女儿、妻子和母亲。

［汉家女被追回来，吓得缩成一团。蔡文姬挣脱着冲上高坡，就要纵身跃下。左贤王拍马赶到。

左贤王 当心！

蔡文姬 不要走近我！

左贤王 （唱） 路途上一直在默默打量，

这一位汉家女非比寻常。

人群中藏不住她的高贵，

悲愤里透露出动人哀伤。

告诉我，你为何如此悲愤？

告诉我，你为何如此哀伤？

告诉我，你为何如此绝望？

告诉我，你为何如此凄惶？

蔡文姬　你是谁？

左贤王　南匈奴王储，左贤王。

蔡文姬　（唱）　我悲愤，因为遭逢战乱；

我哀伤，因为背井离乡；

我绝望，因为不甘受辱；

我凄惶，因为无助流亡。

左贤王　（唱）　我再问你：

为谁服丧？

姓甚名谁？

家住何方？

蔡文姬　（唱）　姓蔡名琰字文姬，

原郡陈留居洛阳。

一场祸乱长安起，

家父京都把命亡。

披麻戴孝去奔丧，

不幸路途遇兵殃。

随行家仆又走散，

胡骑掳我去远方。

如其异域受凌辱，

不如绝命在道旁。

左贤王　（唱）　我若放了你，

你意欲何往？

蔡文姬　这……

左贤王　去长安？

蔡文姬　（唱）　长安血雨腥风，

帝都变成屠场。

左贤王 回洛阳?

蔡文姬 (唱) 洛阳满城大火,

家宅焚烧精光。

左贤王 家人亲友,都没有了?

蔡文姬 (唱) 家人俱已走散,

亲友都在逃亡。

左贤王 你将何去何从?

蔡文姬 (唱) 一时惘然,

四顾迷茫。

左贤王 既然如此,何不随我去往匈奴。

蔡文姬 (唱) 我乃中原汉家女,

岂能随你去异邦。

左贤王 蔡文姬,你听着。

(唱) 汉朝内乱连年纷争,

中原哪里还有太平。

塞外草原水绿山青,

穹庐之下牛羊成群。

帐篷里有香茶米酒,

篝火侧畔胡笳声声。

快快坐上我的骏马,

去到远方寻求安宁。

那里有一片一片湛蓝的天,

那里有一朵一朵洁白的云。

蔡文姬 (唱) 宁做汉朝鬼,

不做匈奴人。

汉家女 (唱) 宁做汉朝鬼,

不做匈奴人。

[人喊马嘶，烟尘滚滚。

一匈奴将军 看，一支中原兵马正向函谷关奔驰而来。

蔡文姬 （唱） 中原兵马，

天朝救星。

汉家女 我们有救了！

左贤王 （唱） 载上汉家女，

驰马向西行！

[匈奴骑兵纷纷挟持汉家女上马，左贤王亦不由分说地挟持蔡文姬同乘一骑，一片哀哭，一阵马嘶，匈奴骑兵呼啸着冲下。

[时任汉献帝建德将军的曹操驰马上，蔡文姬家仆蔡安跟上。

汉将甲 将军，胡骑挟持汉家女，冲出关隘，绝尘而去。

曹　操 传令前军，停止追赶。

蔡　安 将军为何停止追赶？

曹　操 中原骑兵，如何追得上匈奴快马。

蔡　安 那就眼睁睁看着蔡文姬和汉家女被胡人掳走了？

曹　操 匈奴胆敢逞强，概因汉朝势弱。孤军深入，险机重生。

蔡　安 怪我没有照看好主人，途中把蔡文姬丢了，我对不起她。曹操将军，你是蔡文姬父亲蔡邕先生的生前友好，文姬幼年口口声声叫你曹世叔，你可不能不追回她呀！

曹　操 （登高远眺）文姬，世叔来晚了！

（唱） 一望烟尘远，

仗剑伫关前。

何日靖国难，

迎取孤女还。

第二场　送　还

［十二年后，南匈奴。广袤草原，白云蓝天。

［身着匈奴服装的蔡文姬骑着马在匈奴人阿迪与阿眉陪伴下，神态悠闲地上，动静之间俨然一幅边塞风情画。

蔡文姬　（唱）　白云悠悠草色青，
春日暖阳马上行。
一双幼儿随左右，
忽近忽远胡笳声。

［阿迪、阿眉驰马射箭，争强斗胜。

蔡文姬　（唱）　塞外男儿善骑射，
阿迪阿眉马上争。
小小少年多矫健，
生龙活虎猛后生。

阿　迪　阿眉弟弟，你来追我呀！

阿　眉　阿迪哥哥，我来追你了！

［阿迪阿眉围着蔡文姬骑马追赶，蔡文姬看着兴起，不禁也参与追逐，母子三人，争先恐后。

［左贤王心事重重地上。

左贤王　（唱）　晴空下笑声朗一派欢腾，
谁知我心头上罩着愁云。
数月来汉朝边境风声紧，
暗调防屯重兵神秘莫测为何因？
今晨汉使传书信，

方把原委来道明：
大汉权臣曹丞相，
要赎当年流亡人。
黄金玉璧作先礼，
倘若违抗而后兵。
恩威并施索汉女，
眼见夫妻将离分。
当初虽然强掳掠，
今日送还却伤情。
耳听着母与子笑语缤纷，
猛男儿一颗心痛楚万分。

蔡文姬　阿迪，阿眉，你们看谁来了？

阿迪阿眉　阿爸！

左贤王　阿迪，阿眉，我的儿子。

蔡文姬　（彬彬有礼地）王爷来了，王爷也来和阿迪阿眉赛马么？

左贤王　我在远处看了许久，王妃的骑术真是越来越精了。

阿　迪　听阿爸的意思是要跟阿妈赛马？

阿　眉　太好了，阿爸和阿妈赛马！

左贤王　阿迪、阿眉，你们且回毡房读书，阿爸陪着阿妈在这春天的大草原上遛一遛马，说一说话。

阿　眉　阿爸，就让我和哥哥一同陪着你和阿妈吧。

左贤王　阿眉，听话。

阿　迪　阿眉弟弟，我们读书去。

阿　眉　好吧。

［阿迪、阿眉下。

蔡文姬　王爷真的要陪我遛马？

左贤王　王妃，来，你我并骑而行。

蔡文姬　这……王爷不怕被人笑话？

左贤王　王妃坐在王爷的马上，谁敢笑话？把手给我。

［蔡文姬牵手跃上左贤王马背，二人并骑缓行。

左贤王　王妃，我想问你，你喜欢草原么？

蔡文姬　回禀王爷，喜欢。

左贤王　你也喜欢草原上的人，譬如我？

蔡文姬　我是王爷的正妃，还谈什么喜欢不喜欢。

左贤王　好吧，你更喜欢我们的孩子，阿迪和阿眉？

蔡文姬　王爷说什么话呢，王爷今天怎么了？

左贤王　我只想问问，问问……

（唱）　问王妃，匈奴栖身十二载，
你心头，是否还有怨和忿？

蔡文姬　（唱）　禀王爷，孤女被掠虽不幸，
到今日，异域他乡有亲人。

左贤王　（唱）　问王妃，大漠风霜寒彻骨，
你身上，是否依旧冷如冰？

蔡文姬　（唱）　禀王爷，冰雪霜冻纵寒冷，
毡房内，遮风避雨暖如春。

左贤王　（唱）　问王妃，茹毛饮血啖膻腥，
哪堪比，中原饭食味道精。

蔡文姬　（唱）　禀王爷，米酒砖茶鲜羊奶，
一件件，非但可口亦可心。

左贤王　（唱）　问王妃，倘若有朝返中原，
你是否，舍得草原与亲情？

蔡文姬　（唱）　禀王爷，游子日日思故土，
十二载，夜夜梦里忆乡音。

左贤王　如此说来，你是一天也未曾忘却中原。

蔡文姬　我是汉家女儿，中原是我故乡，纵然王爷待我好，纵然我是阿迪与阿眉的阿妈，可要我忘却故土，也是万万做不到的。

左贤王　（扶她下马，交给她一封信函）汉朝来信了，你拿去看。

蔡文姬　（接读信函）大汉丞相曹操……曹丞相他要接我回归汉朝。

左贤王　是呀，曹操要接你回归汉朝。你高兴么？（见她摇头）你不高兴？（见她又摇头）你到底是愿意回去还是不愿意呢？

蔡文姬　我说不清楚……

左贤王　说不清楚？

蔡文姬　我只想一哭……

左贤王　你想哭？（见她真的抽泣起来）王妃，我知道你心里纠结，难过，你惦记着中原，也舍不下草原。如今中原强盛了，曹操虽派了使臣，送来一对玉璧与千两黄金，但同时汉朝的数万兵马也已集结边境，虎视眈眈。我若不送你走，一场大战势必难免，可是我左贤王不想与汉朝交战呀，我的王妃！

（唱）　你只能回，
汉朝已大兵压境一触即战；
你只能回，
否则便两国交兵血流成川；
你只能回，
只怪我当年种下了苦果今日必须偿还；
你只能回，
但愿胡汉相亲永不相犯。

蔡文姬　王爷说得是，不过，曹丞相召我归汉，还有更重要的嘱托。

（唱） 我只能回，

为了承接先父遗志，

完成他的未了心愿；

我只能回，

为了续写《后汉记》，

这责任重如泰山；

我只能回，

这是与生俱来的使命，

更是先人在天的召唤。

我只能回，

文姬归汉续文脉，

抛亲别雏回中原。

左贤王 曹操不惜代价，恩威并施，就是为了接你回去写一部书？

蔡文姬 这部《后汉记》，乃是继司马迁《史记》、班固《汉书》之后的一部社稷重典。家父生前穷大半生心血，辛勤编撰，可惜死于祸乱，留下遗憾。我乃蔡邕之女，承接遗稿，责无旁贷。

左贤王 汉人重文脉，如重血脉。也罢，念着曹操对你的器重，念着汉朝对你的重托，念着胡汉两家不生战事，念着我曾经对汉朝犯下的过错，你回去吧。

蔡文姬 王爷还须依我一事。

左贤王 说吧，只要不带走阿迪阿眉。

蔡文姬 给我一个篝火夜晚，给我一场歌舞盛宴。我曾呼天抢地地来，不想哭哭啼啼地走。王爷，你能明白我的心么？

左贤王 我明白，明白……（不禁伤感）

［篝火在月色下燃起，宴席在草原上铺开。匈奴民族的劲歌劲舞，狂饮狂欢……

蔡文姬 （唱） 我来时一路上呼天抢地，
悲愤悲怆悲伤悲泣；
我去时不愿再凄凄戚戚，
怨天怨地怨人怨己。
我的离别切莫向族人走漏消息，
更不要告诉两个年幼的兄弟。
临行之夜请求一场通宵狂欢，
铺排宴席，
香飘十里；
熊熊篝火，
照亮天际；
美酒鲜奶，
浸入心脾；
劲歌劲舞，
放纵不羁。
请为我斟满杯中酒；
请为我切下大块肉；
请为我奏起胡笳琴；
请为我吹响羌人笛；
请在我离别草原之夜，
来一个劲舞狂歌，
喝一回烂醉如泥。
留住记忆，
今夜的匈奴王妃；
告别今夕，
明日的汉朝文姬。

［狂欢过后，一片静谧。蔡文姬哄睡了阿迪阿眉，与几位

当年一同被掳到匈奴的汉家女，向着众人依依道别……

［胡笳声咽，气氛转悲。幕内唱蔡文姬的《胡笳十八拍》：

“今别子兮归故乡，
旧怨平兮新怨长。
泣血仰头兮诉苍苍，
胡为生我兮罹此殃……”

第三场　迎　归

［汉朝宫殿，宾客满座。汉朝的歌舞，汉朝的音乐，汉朝的礼仪，汉朝的服饰，满目中流光溢彩，美不胜收。

［《踏歌》舞蹈，众人看得入迷，不禁击节和之。唯独蔡文姬，一副落寂神情。

歌舞伎　（且舞且唱）　阳春三月柳色新，
踏歌女子垄上行。
绿丝条条拂人意，
道它无情却有情。
花黄黄，草青青，
牧童笛声报佳音。
喜鹊殷勤来引路，
远方之人转回程。

卞夫人　（细心观察着蔡文姬，对曹操私语）如此美妙歌舞，她竟无动于衷。

曹　操　（也在默默观察着）仿佛人归来了，心还未曾归来。（靠近她，关怀备至地）文姬！

（唱）　曾几时函谷关前一声叹息，

亲眼见你被掳走死别生离。

我知你委身异族非愿意，

屈辱十二载，

总算有归期。

从今后世叔百倍呵护你，

你便是我夫妇的亲闺女，

朝野上下谁敢欺？

忆当年令尊风光谁堪比，

蔡伯喈蔡中郎锦绣文章最风靡。

曹某我也曾府上勤造访，

请教诗文切磋琴艺称师道友乐此不疲。

想不到汉祚衰危狼烟起，

断文脉毁神器风流散尽不堪提。

如今中原渐安定，

倡礼乐兴文学迎还才女蔡文姬。

蔡文姬　多谢曹世叔，多谢卞夫人！

（唱）　十二年背井离乡家国远，

十二年孤女遗落在天边。

十二年两眼望穿归来路，

十二年每夜入梦回中原。

蓦然一声唤，

抛雏衔命还。

去国一腔怨，

归来泪难干。

满座前辈旧时友，

唯独不见我慈严。

天国家人不相见，
世上亲子难团圆。
触景伤感起悲恸，
孤影茕茕情何堪。
想不到去时难兮归来竟也难，
一怀离愁两难全。

曹　操　你流泪了？

蔡文姬　对不起！

卞夫人　文姬，你看！

（唱）　这是汉帝赏赐给你的绫罗绸缎，
这是我亲手为你缝制的御寒衣衫。
这些都是你父亲的生前友好，
为你捐赠的财物银钱。
助你造一座书楼，
助你修一所庭院，
愿你回归汉朝后，
早日安下心，
每天绽笑颜。

众　（齐唱）愿你回归汉朝后，
早日安下心，
每天绽笑颜。

蔡文姬　我代九泉下的先人叩谢诸位前辈恩德。

曹　操　为了储积军粮，奖掖农桑，曹某刚刚颁发了禁酒令。今日只好以茶代酒，为文姬接风。大家共敬文姬一杯，饮！

蔡文姬　饮！

众　饮！

曹　操　文姬侄女精通音律，琴艺超群，何不当着众人弹奏一曲。

卞夫人　说得是，拿琴来。

［下人捧琴上，蔡文姬调试好琴弦，下意识地又一声长叹，情不自禁地弹唱起悲愤沉郁的《胡笳十八拍》。

蔡文姬　（唱）“我生之初尚无为，

我生之后汉祚衰。

天不仁兮降乱离，

地不仁兮使我逢此时……”

卞夫人　你听听，还是一怀愁绪，满腹悲伤。

曹　操　（不由得也深长一叹）唉！

［董祀内声：“文姬夫人，且慢唱来！”

曹　操　谁在堂下喧嚷？

汉臣甲　禀告丞相，堂下有位英俊少年，请求登入正堂，与蔡文姬切磋琴曲。

曹　操　英俊少年，登入正堂，与文姬切磋琴曲。他叫何名字，是何官职？

汉臣甲　屯田都尉，董祀。

曹　操　屯田都尉董祀，是他，军旅中难得的一位懂音律的武官。传董祀登堂。

［传唤声里，董祀英气勃勃地抱琴上。

董　祀　见过曹丞相，见过卞夫人，见过久闻大名的旷世才女蔡文姬。

蔡文姬　阁下是？

董　祀　在下董祀，字公胤，与夫人同郡，陈留人氏，乃曹丞相手下的屯田都尉。

蔡文姬　都尉大人有何教喻？

董　祀　不敢，只因喜好诗文，略识宫商，不揣浅陋，请教夫人。

蔡文姬　但请明示。

董　祀　文姬夫人适才弹唱的词曲可是《胡笳十八拍》？

蔡文姬　正是，足下也知道我的《胡笳十八拍》？

董　祀　知道，知道，文姬夫人的《胡笳十八拍》，可谓声声泣泪泣血，拍拍断肠断魂。夫人一路归汉，一路弹唱，《胡笳十八拍》已然一路在中原传开，只是……

蔡文姬　如何？

董　祀　未免太悲。

蔡文姬　本是伤怀之曲，焉能不悲。

董　祀　文姬夫人！

（唱）　胡笳琴曲十八拍，
拍拍唱来肝肠催。
闻听夫人归途上，
一程山，一程水，
一程泪，一程悲，
一程伤心到中原，
回到中原犹泪垂。
夫人呀，战乱频仍家园毁，
哪一户不是妻离子散历艰危。
如今中原已安定，
丞相接你故园归。
你就该胡笳翻作汉歌唱，
悲颜一扫绽笑眉。
不负丞相迎还意，
不枉平生这一回。

蔡文姬　（诧异）胡笳翻作汉歌唱，悲颜一扫绽笑眉……说得好哇！

（唱）　恍若知音从天降，
寥寥数语暖胸膛。

说什么胡笳翻成汉歌唱，
愁苦化作笑声扬。
蔡文姬离别匈奴尚自持，
却为何回到家乡反颓唐。
我不能一味忧伤思过往，
更不能辜负丞相热心肠。
默默将他来打量，
军旅中竟有这善解人意的少年郎。

公胤先生金玉良言，承教，承教，哈哈哈……（解嘲大笑）

董　祀　（觑着她，也不禁大笑）哈哈哈……

蔡文姬　先生因何大笑？

董　祀　不好说。

蔡文姬　但说无妨。

董　祀　原以为文姬夫人是位呼天抢地的悲愤女神，却原来既可敬也可亲，仿佛朝夕相处的——

蔡文姬　什么？

董　祀　（靠近她，压低声）邻家姐姐！

蔡文姬　（心情极好）哈哈哈……公胤先生言语率真，可亲可爱，倒真的像是一位——

董　祀　什么？

蔡文姬　等等，敢问公胤先生贵庚几何？

董　祀　二十有三，文姬夫人呢？

蔡文姬　正好长你一旬。（也靠近他，压低声）你呀，真像是一位邻家弟弟！（越看越亲）哈哈哈……

曹　操　你们看，文姬笑了！

卞夫人　是呀，文姬笑了！

众　文姬笑了！

蔡文姬　你们说什么，我笑了，蔡文姬笑了，自从踏上归汉之路，我可还未曾笑过。

董　祀　你笑了！

蔡文姬　我笑了？

众　　笑了！

董　祀　哈哈哈……

蔡文姬　哈哈哈……

众　　哈哈哈……

董　祀　文姬夫人若不嫌弃，下官想与你共奏一曲。

蔡文姬　共奏何曲？

［董祀并不回答，埋头抚琴。蔡文姬心有灵犀，与之合奏。一曲《高山流水》，境界大开。

［众人屏声息气，凝神倾听。曹操悄声对卞夫人指点着蔡文姬和董祀，卞夫人心领神会，频频点头。

第四场　情　伤

［数月后。蔡文姬与董祀新婚寓所。蔡安陪卞夫人上。

卞夫人　蔡安，你是蔡家旧仆，可要照顾好文姬。

蔡　安　夫人放心！

卞夫人　新婚之日，不便久留，我回去了。

蔡　安　我送夫人。

［蔡安送卞夫人下。

［蔡文姬盛装由内上，落座，照镜。

蔡文姬　（唱）　总觉事来太匆匆，

匆匆之间又披红。

情知非梦还疑梦，

恍若置身云雾中。

照菱花，理妆容，

毕竟今昔大不同。

大漠寒霜十二载，

青春消逝岁月中。

［董祀盛装由外上，迟疑，彷徨，蔡文姬热情起迎。

蔡文姬 丞相走了？

董　祀 走了。

蔡文姬 宾客散了？

董　祀 散了。

蔡文姬 累了吧，请坐下，文姬为你奉茶。

董　祀 不敢劳驾。

蔡文姬 夫君请用茶。

董　祀 放下吧。

蔡文姬 文姬为你捧盏。

董　祀 我让你放下。

蔡文姬 夫君请！

董　祀 不要靠近我！

蔡文姬 夫君？

董　祀 不要叫我夫君！

蔡文姬 这是为何？

董　祀 我不是，我不配，我不要！

蔡文姬 你不是，你不配，你不要？夫君，你这是怎么了？

董　祀 蔡文姬呀蔡文姬，想不到你我一曲《高山流水》，竟成了百年夫妻。

蔡文姬 高山流水，百年夫妻，岂不正合你的心意？

董　祀 非也！

蔡文姬 非也？

董　祀 文姬夫人呀！

（唱） 容我道声对不起，
你是我心中一传奇。
从小听着你的故事长大，
长大为你的命运叹息。
因为爱好诗文，
所以仰慕你的名气；
因为迷恋琴瑟，
所以佩服你的才艺。
心中唯一的遗憾，
就是不曾见过你。
许多年寻访你的足迹，
许多年打探你的消息。
得知你被异族掠去胡地，
还被迫做了胡人之妻。
曾经为你的不幸扼腕，
曾经为你的命运叹惜。
终于，听说你回到了中原，
心中的激动，真是无法比拟。
庆幸，终于见到了心仪的才女，
庆幸，还能当面向你请教琴艺。
可是我只能向你道声对不起，
对不起，对不起，对不起！
原谅我高攀梧桐本无意，

原谅我无奈穿上新郎衣。
原谅我鹧鸪凤凰难比翼，
原谅我勉从人意把头低。
称姐唤弟心欢喜，
实难承受做夫妻。

蔡文姬 （惊诧不已，努力自持）公胤先生，我来问你，你可要实话实说。

董　祀 你问吧，我实说。

蔡文姬 （唱） 自从那日初见面，
再后来丞相夫妇是否又召见过你？

董　祀 （唱） 我也正想问，
那日后丞相夫妇是否又召见过你？

蔡文姬 （唱） 卞夫人召见了我，
曹丞相召见了你？

董　祀 （唱） 曹丞相召见了我。
卞夫人召见了你？

蔡文姬 （唱） 卞夫人与我来说媒，
替你向我把婚提。

董　祀 （唱） 曹丞相与我论婚嫁，
向我夸奖蔡文姬。

蔡文姬 （唱） 夫人说董都尉爱慕久矣，
说你非文姬莫娶？

董　祀 （唱） 丞相道蔡文姬一见心仪，
道你愿嫁我为妻。

蔡文姬 （唱） 听得我大感诧异，

董　祀 （唱） 听得我汗水淋漓。

蔡文姬 （唱） 我何曾说过非你莫嫁？

董　祀 （唱） 我何曾道过非你莫娶？

蔡文姬、董祀 （唱） 原来是丞相夫妇媒妁计，

捆绑你我做夫妻。

蔡文姬　你我相差十二岁，如何结得伉俪？我这就去见曹丞相，还你自由之身。

董　祀　你不能去。

蔡文姬　为何不能去？

董　祀　曹丞相的旨意，谁敢违抗。

蔡文姬　你怕他？

董　祀　我怕，朝野上下，谁敢不怕？就是当朝汉帝，面对曹操，也只能低声下气。

蔡文姬　我不怕。

董　祀　不怕你也不能去。

蔡文姬　为何？

董　祀　一则曹相之言重于九鼎，既然出口，便难收回；二则么……

蔡文姬　二则如何？

董　祀　夫人恕我直言。夫人少女时节，曾经一嫁河东卫仲道，未料不到一年，丈夫患病而终。中平年，夫人被掳，流落漠北，不得已二嫁匈奴左贤王。归汉之后，丞相夫妇怜惜夫人，为了使你早日安定身心，故而一厢情愿，撮合你我，累你三嫁。中原乃礼仪之邦，不比匈奴，夫人三嫁之事，已然议论纷纷，倘若你我再匆匆聚合，匆匆离散，那些道貌岸然的士大夫们，岂不生生将你唾死？这些你都想过没有？

蔡文姬　（不寒而栗）这……先生有教于我，我当何去何从？

董　祀　既然丞相夫妇有意将你我捆绑一起，便是你我的前世姻缘。董祀不才，愿与夫人维持名分，出门夫妻，回家姐弟，举案齐眉，相敬如宾。

蔡文姬　如此岂不误你平生？

董　祀　活在曹丞相治下，幸与不幸，都只能自甘认命。时候不早了，我自歇息。你若想歌哭你便歌哭，你若想抚琴你便抚琴，千万不要压抑自己。

［董祀进入内室。蔡文姬欲哭无泪，复又弹唱《胡笳十八拍》。

蔡文姬　（唱）“身归国兮儿莫知随，
心悬悬兮长如饥。
四时万物兮有盛衰，
唯有愁苦兮不暂移。
山高地阔兮见汝无期，
更深夜阑兮梦汝来斯。
梦中执手兮一喜一悲，
觉得痛吾心兮无休歇时……”

［琴弦折断。蔡安上。

蔡　安　夫人，外面有两个孩子，哭着闹着要见你。

蔡文姬　两个孩子？

蔡　安　大的叫阿迪，小的叫阿眉，好像是胡人的后代。

［阿迪、阿眉内声：“阿妈！阿妈！”

蔡文姬　阿迪、阿眉，我的儿子……

［蔡文姬急奔几步，晕厥倒地。

蔡　安　夫人！

第五场　探　访

［左贤王驿馆。左贤王上，侍从老军迎上。

左贤王 阿迪、阿眉呢?

老　军 吵着要去找他们的阿妈,拦都拦不住。

左贤王 不是拦不住,是你不想拦。

老　军 是我不想拦。孩子想见阿妈,本是人之常情。

左贤王 但愿阿迪阿眉,真能见到他们的阿妈。

（唱）年年汉朝晋贡品,
今年亲自中原行。
带上阿迪与阿眉,
前来探望儿母亲。
觐见汉帝拜曹相,
好言好语慰我心。
但愿胡汉永修好,
和和睦睦长安宁。

［阿迪阿眉雀跃上。

阿迪阿眉 阿爸!

左贤王 阿迪、阿眉,见到你们阿妈了吗?

阿　眉 见到了!

左贤王 见到了?

阿　迪 没见到!

左贤王 没见到?到底见到了还是没见到?

阿　迪 (示意阿眉)没见到,阿妈她早就把我们给忘了!

左贤王 没见到怎么知道她把我们给忘了?

阿　眉 阿爸,阿迪哥骗你,阿爸你看!

［蔡文姬静静上,左贤王惊得目瞪口呆。

蔡文姬 王爷。

左贤王 你……

蔡文姬 王爷别来无恙。

左贤王　哦，听说你刚刚改嫁，不知道该怎么称呼？

蔡文姬　王爷称我文姬夫人吧。

左贤王　文姬夫人，快给文姬夫人上茶，上中原最好的茶。

蔡文姬　有羊奶么，王爷，我想喝羊奶。

左贤王　有，有，阿迪、阿眉，快给阿妈端羊奶！

［阿迪阿眉给蔡文姬端上羊奶。

阿　迪　（唱）　新鲜的羊奶敬阿妈，

阿　眉　（唱）　对阿妈说句悄悄话。

阿　迪　（唱）　这羊奶可是阿爸刚挤下，

阿　眉　（唱）　羊儿是和我们一起离开了草原遥远的家。

阿　迪　（唱）　阿爸说要让阿妈喝上新鲜的奶，

阿　眉　（唱）　一路上我们吆喝着羊群走天涯。

阿　迪　（唱）　可惜道路难行风沙大，

阿　眉　（唱）　百只羊羔死得死亡得亡渐行渐少没办法。

阿　迪　（唱）　到后来父子三人一人一只羊羔怀里抱，

阿　眉　（唱）　总算有新鲜的羊奶捧给我们的亲阿妈。

阿迪阿眉　（合唱）　亲阿爸，亲阿妈，

一家团圆笑哈哈！

哈哈哈……

左贤王　文姬夫人，你快喝呀！

蔡文姬　我喝，我喝……

阿　迪　阿妈怎么就喝了一口？

蔡文姬　阿妈咽不下去……

阿　眉　阿妈为何咽不下去？

蔡文姬　阿妈就是咽不下去……（抽泣）

阿　眉　阿妈喝羊奶怎么喝哭了？

左贤王　阿迪、阿眉，你们出去玩耍，阿爸和阿妈说几句话。

老　军　阿迪、阿眉，走，我陪你们出去玩。

［阿迪阿眉不情愿地跟着老军下。左贤王与蔡文姬相对局促。

左贤王　文姬夫人，再喝一碗吧。

蔡文姬　我喝，我喝……

左贤王　文姬夫人，你都好么？

蔡文姬　王爷，你也都好么？

左贤王　我好……

蔡文姬　我也好……

左贤王　（唱）　一声好，心如捣，

蔡文姬　（唱）　一声好，累滔滔。

左贤王　（唱）　一声好，怎相告，

蔡文姬　（唱）　一声好，暗悲号。

左贤王　（唱）　多谢夫人来探望，
不忘匈奴旧时交。

蔡文姬　（唱）　多谢王爷一碗奶，
无限关怀上心梢。

左贤王　（唱）　问夫人，归来日月可安好？

蔡文姬　（唱）　问王爷，别后怎度暮与朝？

左贤王　（唱）　问夫人，再适之人可周到？

蔡文姬　（唱）　问王爷，为何不筑新鹊巢？

左贤王　（唱）　问夫人，是否仍把胡笳弄？

蔡文姬　（唱）　问王爷，是否还唱旧歌谣？

左贤王　（唱）　问夫人，问夫人，
万千话语难言表？

蔡文姬　（唱）　问王爷，问王爷，
一怀愁绪怎画描？

蔡文姬　王爷，我想跟你们回去。

左贤王　你说什么，你想跟我们回匈奴，此话当真？

蔡文姬　当真。

左贤王　我这不是做梦？

蔡文姬　不是做梦。

左贤王　不，是做梦，是自打你离开匈奴以后，我和两个孩子每日每夜都在做的一个梦呀！

（唱）　文姬夫人多抱愧，
恕我不能带你归。
你已嫁为汉人妇，
怎能再把匈奴回。
刚才我在朝堂上，
汉帝赐婚许娥眉。
青春年少汉翁主，
去做匈奴新王妃。
胡汉联姻大局系，
于情于理不便推。
你可知漠北为你勒石像，
匈奴后代永世不忘擅弄胡笳的汉王妃。

蔡文姬　（无地自容）天哪……

（唱）　悲莫悲兮悲莫悲，
不知乡关何处兮不知魂魄之所归。
身还中原兮情系大漠北，
一把浊泪兮胡汉两地挥。
谢王爷千里迢迢一碗羊奶水，
谢王爷十二年难忘怀的乐与悲。
谢王爷悉心呵护我的两幼子，

谢王爷常去我那石像前把旧时的胡笳吹。

莫念我，我自当平复怨怼；

莫念我，我自当夫唱妇随；

莫念我，我自当自珍自爱；

莫念我，我自当舒展愁眉。

深深一拜我去也，

愿你父子平安回。

王爷珍重！

左贤王 夫人珍重！

［阿迪阿眉冲上，死死抱住蔡文姬。

阿迪阿眉 阿妈你不要走，我们不能没有阿妈！

［胡笳再起，如诉如泣。

［幕内合唱《胡笳十八拍》：

“十六拍兮思茫茫，

我与儿兮各一方。

日东月西兮徒相望，

不得相随兮空断肠……”

第六场 相 惜

［半年后，风雪天，蔡文姬与董祀寓所。蔡安上。

蔡 安 董祀一夜未回转，文姬通宵难入眠。名为夫妻实为友，彼此倒也两相安。要说这两个人哪，和谐真和谐，冷淡真冷淡。文姬对董祀，爱护在心里，从来无怨言。董祀对文姬，大恭敬里夹着小任性，还时不时地弄出一些小麻烦。

我看他们俩,早晚有真正恩爱的那一天!(拨弄炭火,下)

[蔡文姬执卷上。

蔡文姬 (唱) 乍暖还寒归汉朝,

抬头已见雪花飘。

一种冰冷侵入骨,

别样暖意上心梢。

且把旧怨收拾好,

珍惜眼前暮与朝。

[董祀微醺归来。

董　祀 (念) 高朋满座酒肉臭,

怎比文姬茶饭香。

文姬姐姐,我回来了!

蔡文姬 (为他掸雪)公胤弟弟,你在外面喝酒了?

董　祀 轻声,不知道丞相颁发了禁酒令?

蔡文姬 既然知道,还明知故犯。

董　祀 文姬姐姐,你听我说!

(唱) 孔融大夫把女嫁,

应邀道贺去他家。

三杯两盏喝下肚,

酸甜苦辣五味杂。

蔡文姬 为什么?

董　祀 我真后悔不该去!

(唱) 这顿酒喝得我心肺炸,

这顿酒喝得我咬碎牙。

这顿酒喝得我肝火大,

这顿酒喝得我怒气发。

蔡文姬 到底发生了什么事,值得你如此大动肝火?

董　祀　（唱）　婚宴上孔融拿我当笑话，
士大夫一片恶语来相加。
嘲笑我董祀娶了三嫁女，
说什么半老徐娘可当妈。
还道你委身胡人大节亏，
是一支蒙上污垢的败柳残花。

蔡文姬　大汉朝竟有这等衣冠禽兽！

董　祀　诽谤我的夫人，与诽谤董祀何异？我将手中酒杯重重抛掷在地，然后吐出八个字，拂袖而归。

蔡文姬　吐出八个什么字？

董　祀　高华皎月，玉洁冰清。

蔡文姬　高华皎月，玉洁冰清。

董　祀　（唱）　蔡文姬大节大爱何须与尔等论高下，
董公胤夫人清誉绝不容许人践踏！

蔡文姬　这八个字乃是你对文姬姐姐的评价么？

董　祀　是。

蔡文姬　你是当着孔融的面说的？

董　祀　当着孔融的面，也当着满座士大夫。

蔡文姬　公胤弟弟，你对姐姐真好！（捧起他的手，为他呵气取暖）

董　祀　是你对我真好！

蔡文姬　我是你邻家姐姐，你是我邻家弟弟，都是应该的。

董　祀　不对，你是我的妻子，我是你的夫君。

蔡文姬　那是当着外人，当着丞相和夫人，面上的夫妻。

董　祀　不只是面上，也是心里。

蔡文姬　邻家弟弟，还记得你说过的一番话么？

董　祀　既然丞相夫妇有意将你我捆绑一起，便是你我的前世姻缘。董祀不才，愿与夫人维持名分，出门夫妻，回家姐弟，举案齐眉，相敬如宾。

蔡文姬　莫非忘了？

董　祀　没有忘，却没有做好。

蔡文姬　有你这份心，已经足够了！

（唱）　感君一番情义在，
青春逝去不再来。
一日相伴一日爱，
日日珍惜在心怀。
文姬半生遭离乱，
总算把心安下来。
愿君身康泰，
愿君笑口开。
愿君无灾害，
愿君展宏才。
姐姐我自从送走贤王后，
便立志不再泪洒梳妆台。
就为你孔融府中一席话，
也不枉挥泪别雏归汉来。

董　祀　文姬夫人，你若愿意，我想从头再来。

蔡文姬　何处是头？

董　祀　自今日始，真情相守，真心相爱。

蔡文姬　真情相守，真心相爱。

董　祀　文姬，夫人！

蔡文姬　慢来，是文姬夫人，还是文姬、夫人？

董　祀　文姬夫人，我的夫人！

蔡文姬　不是邻家姐姐了？

董　祀　不是了！

蔡文姬　(咀嚼着,默然泪下)邻家姐姐……我的夫人……

董　祀　哎呀,你怎么又哭了?

蔡文姬　(急忙掩泪)不是哭,是笑,是笑!

董　祀　哈哈哈,夫人终于又笑了!啊,夫人,你我久不抚琴,已然荒疏了。

蔡文姬　夫君请!

董　祀　夫人请!

[蔡文姬与董祀,一人一张琴,对弹对吟,相爱相亲。

蔡文姬　(唱)　隆冬寒气侵,

董　祀　(唱)　一围炉炭生。

蔡文姬　(唱)　向火闲无事,

董　祀　(唱)　四周有余温。

蔡文姬　(唱)　十指弄琴瑟,

董　祀　(唱)　相对两知音。

蔡文姬　(唱)　但等雪融尽,

董　祀　(唱)　携手共游春。

蔡文姬　董　祀　(合唱)　但等雪融尽,

携手共游春。

[蔡安上,汉将乙率数名汉兵上。

蔡　安　夫人,丞相派人前来抓捕姑爷。

汉将乙　丞相有令,董祀在孔府宴乐,违反朝廷禁酒令,着即抓捕。

董　祀　设宴置酒的孔融,如何处置?

汉将乙　孔融召合徒众,结党营私,还私自饮酒,图谋造反,已被满门抄斩。

董　祀　那些座上之宾呢?

汉将乙　统统拘拿治罪。

董　祀　也罢,与他们一同治罪,也算出了我这口恶气。

蔡文姬　敢问将军，丞相欲治我夫君何罪？

汉将乙　丞相言道，董祀胁从饮酒，本无大罪，然藐视丞相，阳奉阴违，故而罪加一等，判令斩决。

蔡文姬　啊，丞相所言藐视，意指何为？

汉将乙　夫人应当比末将清楚。丞相夫妇听说，董都尉至今还与你姐弟相称，气得丞相一咬牙，一跺脚，狠狠说了句“杀了算了！”

董　祀　啊呀夫人，董祀辜负丞相，咎由自取，怎奈这份真情来得太慢，我是悔之已晚。倘若还有来生，董祀绝不会再错过你，绝不会辜负你呀，我的夫人！

蔡文姬　我的好夫君，文姬倘若不能救你活命，也情愿与你去做一对阴曹夫妻。

汉将乙　把董祀带走！

董　祀　夫人珍重！

蔡文姬　我的夫君！

［董祀被绑缚下。

第七场　求　告

［曹操府邸书斋。曹操凭案抚琴，吟诵《短歌行》。

曹　操　（唱）“青青子衿，
悠悠我心。
但为君故，
沉吟至今……”

［卞夫人上。

卞夫人　文姬来了，站在门外。

曹　操　冰天雪地，她是如何来的？

卞夫人　裸着一双光脚，穿着一件单衣，蓬头垢面，惨不忍睹，一路上哭着喊着跪着爬着，总算挣扎到了相府门前。

曹　操　啊，还不赶快请她进来。来人哪，与我取夫人的衣袜，煮一锅汤，温一壶茶，譬如出嫁的女儿回娘家。

［卞夫人招呼蔡文姬上，蔡文姬一身凌乱，冻得瑟瑟发抖。

曹　操　文姬，我的侄女儿，什么话都不要说，先把衣服换上，喝一口热汤。

蔡文姬　（双膝跪地，泪流满面）不，我要先求情，再换衣裳。

曹　操　先求情，为董祀？

蔡文姬　是是是，为董祀，为我那犯法的夫君。

曹　操　可据我夫妇所知，那董祀对你并无恩爱。

蔡文姬　不不不，丞相和夫人只知其表，不知其里。

曹　操　其表如何，其里怎样？

蔡文姬　二位长辈容禀！

（唱）　未言泪先淌，
哀哀诉衷肠。
回望过来路，
一程一重伤。
十七从父母，
嫁与少年郎。
成婚未经岁，
丈夫暴病亡。
新寡遭离乱，
胁迫到北疆。
孤女陷异邦，

勉从左贤王。
漫漫十二载，
终得返故乡。
幼子忍离弃，
泪湿干衣裳。
欲留欲归去，
左右两彷徨。
又适董都尉，
三做新嫁娘。
知其非本意，
也曾怨上苍。
无奈后路断，
离合惹惆怅。
喜他少城府，
喜他心善良。
喜他识音律，
喜他好文章。
但愿能长久，
终可效凤凰。
不料处斩刑，
孑孑遗孤孀。

想我蔡文姬，生逢离乱，命运乖蹇，一嫁死别，二嫁生离，三嫁虽非本意，却也彼此珍惜，倘若就此到头，难道还真的要四嫁五嫁不成么？（泣不成声）

卞夫人 不要说了，听得人肝肠寸断……（抹泪）

蔡文姬 丞相、夫人，文姬虽然闭塞，那士林之中的滔滔谤讪，也偶有所闻。什么“才辩可敬，节烈有亏”，我一柔弱女子，如何自主沉浮？事到如今，唯求丞相大人顾念先人荫德，免董祀一死，大恩大德，譬如再生，蔡文姬有生之年，万死难报！

曹　操　听你如此一番倾诉，世叔倒是于心不忍了。董祀处死文状已发，此刻恐已押赴法场，纵然宽免，已是晚矣！

蔡文姬　丞相厩马万匹，虎士成林，何惜疾足一骑，刀下存命。

曹　操　如此，立遣飞骑，追回文状，赦免董祀！

汉将甲　是，追回文状，赦免董祀！（急下）

卞夫人　赶快与我的文姬侄女更衣奉汤。

蔡文姬　啊……（力竭瘫倒）

卞夫人　文姬醒来！

［卞夫人怀抱蔡文姬，为她披上干净衣裳，曹操亲手喂汤。

［汉将引董祀上。

卞夫人　文姬，你睁开眼睛，看看谁来了。

蔡文姬　夫君！

董　祀　夫人！

［蔡文姬与董祀抱头痛哭。卞夫人抹泪，曹操叹气。

曹　操　以为是两只鸳鸯，原来是一对冤家！哈哈哈……

卞夫人　（指点他）你呀！

蔡文姬　夫君，快去谢过丞相不杀之恩。

董　祀　拜谢丞相不杀之恩！

曹　操　（沉下脸）救尔命者，乃是文姬，要谢去谢你的贤夫人。

董　祀　拜谢夫人再生之德！

蔡文姬　（忽有所思地拉起他的手，掉头就走）夫君，快走！

曹　操　嗳，文姬，你怎么说走就走呀？

蔡文姬　丞相迎归文姬，原不是要看我哭哭啼啼，更不是要我来府上求情，而是要我继承父志，奋发有为，早日完成《后汉记》。

曹　操　说得不错！

蔡文姬　丞相你想，文姬我还能再蹉跎下去么？

董　祀　夫人所言极是，董祀愿辞去官职，回归书斋，一心辅佐夫人。

曹　操　（不禁击掌）好，好，好，蔡文姬呀！

（唱）　聊充月老牵红线，
愿你归汉把心安。

卞夫人　（唱）　孰料善意添磨难，
庆幸劫后又团圆。

董　祀　（唱）　悔恨年少太愚顽，
险些葬送好姻缘。

蔡文姬　（唱）　慈悲心，赤子爱，
点点滴滴润心田。
但愿报答三春暖，
从此悲愤换笑颜。
曹丞相忧患深深兴文运，
蔡文姬不负汉祚建安年。

［蔡文姬与董祀，曹操与卞夫人，两对夫妇深深礼拜，殷殷道别。

［幕内唱蔡文姬《胡笳十八拍》，兴味已然有别：

“胡笳本自出胡中，
绿琴翻出音律同。
十八拍兮曲虽终，
响有余兮思未穷。”

话剧

兰陵王

登场人物　兰陵王　北齐名将

齐　后　北齐皇后

齐　主　北齐皇帝

郑　儿　民间艺伎

尉迟琳　青年将领

左仆射　先主遗臣

右丞相　先主遗臣

伶　官　宫廷乐官

伶人、朝臣、侍卫、将士等

历史背景　北齐王朝，公元 550—577 年

楔　子

[幕启。

[一副狰狞的神兽大面。

[一阙壮怀激烈的《兰陵王入阵曲》。

[一位妆扮成兰陵王头戴大面仗剑起舞的演员。

[纯正的宫廷雅乐，华美的古典服饰，精湛的俳优表演。

[场景逐渐隐去。

[兰陵王素服走上，延续着大面演员的优雅姿态。

兰陵王　（吟哦着）音容兼美兮貌柔心壮，诞于皇族兮身陷罗网，头戴大面兮性情掩藏，孰为羔羊兮孰为豺狼……

[另一表演区，郑儿走上。

兰陵王　（心仪地）郑儿，我的恋人，唯一可以让我去除戒心真情相待的人。你看她，天然秀色，不事雕琢，恬静的相貌下却有一颗向往自由的心。她从长安启程，独步跋涉，一路卖艺卖唱，一路采集民风，不期在陌生的齐国遭遇了我。不，是她君临了我的世界。

郑　儿　（自言自语地）殿下，兰陵王殿下，你知道么，郑儿本来是要用这一双脚丈量三山五岳的，可是我的行旅却在与你目光交集的那一瞬间停止了。此刻思量起毅然决然背井离乡独自远行的因由，我只能说，是缘分，也是宿命。记得我对你说过，还是在不谙世事的少女时节，郑儿我就周旋在长安东市繁华酒楼的炫目光影里了。说实在的，我的心底始终有一个声音提醒我，我是过客，长安的过客，江湖的过客，人生的过客。唯有遇到你，方才令我有了结束漂泊的归宿感。不为别的，就因为你我都痴迷舞蹈，一动一静间便能意会到彼此的心情。

［兰陵王与郑儿遥遥相对，翩翩起舞，心领神会，美轮美奂。

［郑儿幻化成了齐后，兰陵王与齐后的舞蹈怎么也合不上拍。

兰陵王　柔情似水的郑儿，怎么变成了冷若冰霜的齐后？（欲回避）

齐　后　（叫住他）殿下留步！

兰陵王　（应着声，头却没回）哦，皇后，有吩咐么？

齐　后　殿下有意回避我。

兰陵王　没有，皇后误会了。

齐　后　殿下与我越来越生分了。

兰陵王　皇后不要猜疑，兰陵王一直尊敬着皇后。

齐　后　尊敬，为何不是亲近？（见他缄口不答）我想问问殿下，儿时的事情还能记得否？

兰陵王　儿时，儿时是几时？

齐　后　比如殿下九岁时的事情，还能记得吗？按说人在五岁时就有记忆了。

兰陵王　对不起，皇后，我只记得九岁以后的事。

齐　后　只记得九岁以后的事，不至于吧，殿下至少记得身边最亲近的人。

兰陵王　身边最亲近的人？

齐　后　比如父亲、母亲。

兰陵王　父亲、母亲，对不起，不记得，真的不记得。

齐　后　殿下在回避我的目光。

兰陵王　皇后，你应该去陪伴皇帝了，他在新落成的神武宫正等着你。

齐　后　我想和殿下多说一会儿话。

兰陵王　臣送皇后。

齐　后　殿下！

兰陵王　臣跪送皇后！

齐　后　好吧，我还是不愿相信你真的把过去的事忘了，更不愿相信那个英雄辈出的铁血世家竟然生出你这样没有血性的子孙。

［皇后下。

兰陵王　（默默跟从几步）你看，我总能让皇后感到不快，感到失望。皇后的不快，正是我的平安；皇后的失望，正是我的希望。我就是希望皇后以为我把过去的事都忘了，希望朝野上下都以为我失去了英雄世家的血性。唯有如此，我才能在狼群中活命。唯有如此，我才能在宫廷里存身。呵呵，好，原来我是个天生的伶人。

［伶官寻唤上。

伶　官　殿下！殿下！

兰陵王　伶官，唤我何事？

伶　官　禀告殿下，齐主诏见。

兰陵王　齐主，大齐国的皇帝，皇后的夫君，他诏见我？

伶　官　是，殿下，齐主诏见你。齐主与齐后在新落成的神武宫摆下盛宴，举行庆典，齐主要殿下亲自率领宫里的伶人前去献艺。齐主还特别嘱咐，要殿下妆扮成女人。齐主说，他最喜欢殿下身着女妆，那个美，那个媚，那个醉……（已然陶醉）

兰陵王　好了，伶官。你去回禀齐主齐后，说我即刻就来。

伶　官　是，殿下。哦，差点忘了，殿下，齐主听说你新近结识了一位来自秦地的江湖艺女，他命你也一并带进宫去。

兰陵王　齐主命我带郑儿进宫，他怎么知道我身边有了一位郑儿？

伶　官　齐主什么都知道。齐主说了，在大齐国内休想有事瞒过他。

兰陵王　你去回复齐主，就说郑儿病了，郑儿不能陪王伴驾。

伶　官　好，我去说。不过殿下可得快点儿，不要让齐主等得不耐烦。

兰陵王　我知道了。

伶　官　（边走边绘声绘色地）齐主喜欢殿下的女妆，殿下的才艺，殿下的容颜，啧啧啧，力压群芳，羞煞三千粉黛！（下）

兰陵王　（摸出一支簪花，插在头上）齐主喜欢我妆扮成女人。不错，在齐主和王公大臣面前，我就是一个女人，一个味道十足的女人。但凡女人喜欢的，譬如花粉呀胭脂呀环佩首饰呀，都是我的最爱。女人，伶人，尤物。对了，尤物，兰陵王乃是上天降落于人世的尤物。哈哈哈，我是尤物，英雄世家的尤物，哈哈哈……（笑得妩媚，笑得放纵，笑得别有隐衷，稍倾深深呼吸，镇定心情）好吧，我还是那个可人儿，可人儿，陪王伴驾，皇宫去者！

［兰陵王扭扭捏捏地下。

第一折

［神武宫。宫殿宽敞，金碧辉煌。

［伶官扮丑角上。

伶　官　伶官，专司皇家娱乐宫廷演艺的文化官员，从六品，享受地州一级副职俸禄。寻常宴乐，不必亲自下场，唯有遇到重大节庆，方才敷上粉墨。不管怎么说，今天是属于伶人的日子。大齐国皇帝皇后和朝廷文武官员云集新落成的神武宫大殿，集体欣赏伶人的表演。每当此时，真正的主角不是帝王将相，也不是后妃嫔姬，而是他们——伶人。伶人们凭借各自练就的独门绝技拿手好戏淋漓尽致地展示着天分与才华，他们竟把一座专为帝王修造的宽敞宫殿变成了自己的华丽胜场，而在他们或滑稽突悌或匪夷所思或精彩绝伦叹为观止的精湛才艺面前，无论你是多么高贵的看客，都会身不由己地露出一副面相。什么面相？对了，傻相。如若不信，稍后齐主入座了，你们看他，像不像一只獒，好吧，藏獒。

［号角声、礼乐声奏响，齐主齐后率一干文武大臣徐徐走上。

齐　主　（落座）左仆射，右丞相。

二老臣　臣在。

齐　主　你们是先王的旧臣，又是朕的新臣。以你们看，朕这座新建成的神武宫，比起先王生前的排场如何？

二老臣　先王戎马半生，英年早逝，何曾有过陛下这般排场。

齐　主　皇后，你看呢？

齐　后　先王平天下，陛下享荣华，英雄世家几代人打下的这座锦绣江山，眼见着就要立国了，却让陛下坐享其成。

齐　主　哈哈哈，谁让先王立国之前，死于非命，也是活该他命短，无福消受九五之尊。（对众臣）你们说，是不是？

众　臣　极是，极是！

齐　主　皇后，你说呢？

齐　后　天网恢恢，终将报偿。

齐　主　普天之下莫非王土，率土之滨莫非王臣，难道这不就是报偿么？伶官！

伶　官　陛下！

齐　主　宴乐开始！

伶　官　伶人进献百戏！

［一众伶人上，展示百戏，精彩纷呈。齐主看得津津有味。

伶　官　（背躬）看见没，傻相出来了。

齐　主　（傻相）呵呵，呵呵……

伶　官　伶人退场，舞伎炫艺！

［舞伎上，争相炫艺。

伶　官　（背躬）你们再看，像不像一头藏獒？

齐　主　（傻笑）嘻嘻，嘻嘻……

［舞伎舞罢，场上霎时安静下来。

齐　主　伶官，怎么安静下来了？

伶　官　陛下不要说话，兰陵王殿下就要出场了！

齐　主　哦，兰陵王，可人儿！

［喧闹的音乐，炫目的灯光，兰陵王男扮女妆，惊艳出场。众人击掌跺脚，疯狂应和。众声喧哗中兰陵王独舞领诵。

兰陵王　樱桃小口一点红！

众　人　一点红！

兰陵王　胭脂花粉赛芙蓉！

众　人　赛芙蓉！

兰陵王　杨柳细腰摆如风！

众　人　摆如风！

兰陵王　安能辨我为雌雄！

众　人　为雌雄！

［齐主高声嘶吼，忘情和之。

齐　主　小亲亲风情万种！

众　人　风情万种！

齐　主　教娥眉尽拜下风！

众　人　尽拜下风！

齐　主　粉妆面胭脂花红！

众　人　胭脂花红！

齐　主　香扑扑揽入怀中！

众　人　揽入怀中！

［众人起哄，齐主满场追逐兰陵王，兰陵王故意避让着，仿佛牵引着一只夔。

兰陵王　（收放自如地）看见了么，这便是大齐国的当朝皇帝，凶狠，残暴，荒淫，难怪后世史家将我北齐称作禽兽王朝。殊不知，我北齐始祖乃英雄血统，铁蹄平天下，戎马度生涯。我那生身父亲，更是一代天骄，万众敬仰。正是他，南征北战，开疆拓土，方才奠定了大齐国基。孰料，未及称帝，罹遭大祸，竟在深宫之内被人膳食投毒，一命夭亡。这位貌似憨厚实质奸诈之人，乃是我先父生前的追随者，鞍前马后，称兄道弟，我父丧命之后，他便接掌兵权，号令三军，宣布大齐立国，不费吹灰之力登上九五龙廷。是年，我方九岁，年幼无助，不得已臣服于皇权之下，担了个徒有虚名的兰陵王封号。据说后世史家考证，兰陵王有父无母，无母，我从何处来？史书称我生母无从稽考。总之，兰陵王的母亲成了千古之谜。诸位请看——当今皇后，何其端庄，何其典雅，又何其忧抑，心事重重，眼前的五光十色，红男绿女，仿佛都不在她的眼中。每每见到皇后，我会想起先王，想起我的父亲。记得儿时，父亲教我研习兵法，操练武功，母亲每每静坐一旁，用她温柔慈爱的目光注视着我，欣赏着我。那时节，我是多么幸福，多么快乐。而后来，她竟心甘情愿地陪伴起一个形貌丑陋的弑君魔王。是的，我忘记了过去，忘记了她，我就是要让她知道，我忘记了生身的母亲，我怨恨她！身陷狼群的九岁稚童，谁也保护不了他，包括他的母亲。唯有他自己，方才是他自己的救星。

［兰陵王不经意闪了一下。齐主乘势将他按倒，肆意蹂躏。

齐　主　嘻嘻嘻，朕的可人儿！

兰陵王　（故意嗲声嗲气地）陛下，人家可是男儿身。

齐　主　男儿身，女儿身，朕都喜欢！

兰陵王　陛下不可乱来。

［兰陵王闪至齐后身后，齐主绕着圈捉他，齐后忍无可忍。

齐　后　放肆！

兰陵王　陛下，皇后发火了。

齐　主　皇后因何大发雷霆？

齐　后　堂堂皇宫，乌烟瘴气，成何体统。

齐　主　可人儿，快去哄哄皇后。

兰陵王　（殷勤地凑上去）皇后生气了，皇后真的生气了？好吧，都怪可人儿不好，冷落了皇后，可人儿陪皇后共舞一曲，如何？

齐　后　（不无陌生地上下打量他）殿下究竟是兰陵王还是可人儿，抑或，究竟是男儿还是女流，我怎么越来越不认识殿下了？

兰陵王　我是兰陵王，也是可人儿，抑或，我是男儿，也是女流，莫非皇后不喜欢我的这副模样？（故意扭捏着靠近她）

齐　后　不要靠近我。

兰陵王　皇后何必如此生分。

齐　后　(反感地推开他)不要碰我,你让我感到浑身上下不舒服,你令我感到一种深深的耻辱,深深的厌恶。

兰陵王　皇后你在说什么?你说我令你感到耻辱,感到厌恶。呵呵,好,真好!想我可人儿,身为男儿躯,学作女儿态,偏偏我的这副模样,邀得宫闱上下,人人宠爱,可是唯有皇后你却看不惯我,还当着满朝文武大臣的面斥责我,羞辱我,让我在大庭广众之下颜面尽扫,无地自容,你教我何以自处?(气呼呼地一屁股坐在地下,抹起泪儿)

齐　主　皇后言重了。

齐　后　我知道,皇上喜欢他的这副模样。

齐　主　是的,朕喜欢,朕也知道,皇后你不喜欢。

齐　后　皇上这是要将须眉变成娥眉,将猛士变成弄臣。

齐　主　说得对,而今乃太平之世,朕就是要将天下猛士都变成弄臣,将豺狼都变成羔羊。

齐　后　我真后悔。

齐　主　后悔什么?

齐　后　后悔做了你的皇后。告退!

齐　主　皇后慢走!(对兰陵王)兰陵王,可人儿,你去央求皇后,央求她收回刚才说过的话。

兰陵王　皇上要我央求皇后,央求她收回刚才说过的话。请问陛下,是哪一句话?

齐　主　她说她后悔做了我的皇后。你让她把这句话收回去。

兰陵王　哦,皇后说她后悔做了陛下的皇后。陛下让皇后把这句话收回去。

齐　主　是的,马上收回去。

齐　后　我不收回。

兰陵王　收回吧皇后，哪有做了皇后还说后悔的。

齐　后　你不要插言，你不明白。

兰陵王　何必呢皇后，我可是看不出你不乐意做陛下的皇后。

齐　后　你——(隐忍着，倔强地)我绝不收回。

兰陵王　陛下听见了么？皇后说她绝不收回。

齐　主　也罢。皇后不是讨厌朕有杖打大臣的癖好么？今日正好有两个大臣得罪了朕。朕要当着满朝官员和皇后的面，活活杖毙他们。带将上来！

［两大臣被带上，齐主亲手执杖。

齐　主　你们两个听着，朕今日要亲手执杖，活活棒杀你们，除非皇后为你们求情。

［齐主杖打大臣，两大臣被打得满地打滚，痛苦哀嚎。

两大臣　皇后救命！皇后救命！

齐　后　你这是在拿人命要挟我。

齐　主　是的，要挟你，只要你不顺从朕的意愿，朕便活活杖毙了他们。朕还告诉你，你若是不收回刚才说过的话，朕还要做一件更加令你不堪的事。你能猜到是什么事么？

齐　后　我不想猜，我只要你赶快收手，不要殃及他人。

齐　主　你猜不到，让朕告诉你吧。朕要亲手把可人儿给阉了。你不是不喜欢他雌雄莫辨的模样么，朕索性让你更加不喜欢。来呀，拿刑具来，朕要亲手施刑。

兰陵王　(魂飞魄散)啊，皇后救我！

齐　后　(扑通跪下)我收回，我收回，我不后悔做陛下的皇后，我也喜欢可人儿现在的模样，恳请陛下饶了他，也饶了两位大臣。对不起，对不起，是我错了！(连连磕头)

齐　主　(扶起她，心满意足地)皇后起来，其实朕就是想看看，有谁胆敢藐视朕，胆敢挑衅朕的威严。

齐　后　（既委屈，又恐怖）臣妾不敢，臣妾再也不敢了。

齐　主　哈哈哈，可人儿，拿出你的看家本事，哄皇后开心。

兰陵王　（顺从着）是，陛下。（见皇后还在流泪，殷勤地为她擦拭）皇后不要难过，陛下只是说说，不会真的那么做。今后凡事顺从着陛下，不违拗陛下，那么大家就都是太平的。就好比陛下喜欢可人儿身着女装，可人儿就迎合着陛下的喜好，又有何不可？做臣子的怎么能对陛下说不字呢？实话对你们说吧，我呀还就是喜欢女人的东西，但凡男人喜欢的我还偏偏都不喜欢，什么刀枪剑戟，什么富贵功名，什么江山权位，什么儿女私情，都有什么意思？我所喜欢的也正是男人们所不屑的，譬如歌舞，譬如戏弄，譬如胭脂，譬如长裙，多有意思。哪怕是一支做工精巧的簪花，只要我真心喜欢，我都愿意拿王爵跟他交换，你们信不信？（神情极为认真）

齐　主　朕信，朕信，哈哈哈……

齐　后　（痛苦地摇着头）天哪，他已经把自己阉了。

兰陵王　好了，歌也歌了，舞也舞了，喜怒哀乐也都有了，陛下与皇后也疲乏了，今日的庆典是否到此收场？

齐　主　慢着，朕还要见识一个新人儿，朕听说她的才艺天下无双，宫里最好的舞伎都不及她的万分之一，她的名字唤作郑儿。

兰陵王　（大惊）啊，郑儿，陛下派人把她带来了？

齐　主　可人儿称郑儿身体有恙，不能进宫献舞。朕派人去看，却是无恙。伶官，传唤郑儿！

伶　官　郑儿上殿！

［郑儿踩着《踏歌》舞步，且舞且歌上。

郑　儿　（唱）　阳春三月柳色新，

踏歌女子陇上行。

绿丝条条拂人意，

道它无情却有情。

［郑儿舞毕，众人称赞。

齐　主　郑儿容颜才艺，果然名不虚传。可人儿，你过来。

兰陵王　陛下有何训示。

齐　主　这个郑儿，朕甚喜欢，留在宫里，你可愿意？

兰陵王　陛下不可。

齐　主　为何不可？

兰陵王　不瞒陛下说，这个女子，可人儿喜欢。

齐　主　可人儿刚才不是说，男人喜欢的东西你都不喜欢么？

兰陵王　唯有郑儿例外。

齐　主　为何例外？

兰陵王　陛下眼中郑儿只是个美女，可人儿心里郑儿乃是位知音。不知何故，可人儿一见郑儿便心生爱意，可人儿正要奏请陛下，封郑儿为兰陵王妃，不知陛下肯否应允？

齐　主　可人儿莫非要与朕争夺美人？

兰陵王　不，不不，陛下误会了，郑儿她……

齐　主　她怎样？

兰陵王　郑儿与我，我与郑儿，心心相印，难离难分。

齐　主　心心相印，难离难分？

兰陵王　陛下如若不信，不妨问过郑儿。

齐　主　郑儿听着，朕且问你，你是愿意入宫，还是愿意随他？

郑　儿　郑儿愿随兰陵王殿下，生死不弃。

齐　主　兰陵王。

兰陵王　臣在。

齐　主　可人儿。

兰陵王　陛下。

齐　主　朕再问你一遍,你是要与朕争夺美人么?

兰陵王　这个……

齐　主　快说。

兰陵王　我……我……(汗如雨下)

齐　后　伶牙俐齿的可人儿,怎么忽然语塞了,皇上要把你的心上人儿留在宫里,难道你也愿意?

郑　儿　殿下,你怎么不说话,你快说话呀?

兰陵王　我……我……(痛苦万状)

齐　主　来人啦,暂且将郑儿收进乐坊,待朕择定良日,册封为妃。

郑　儿　(求援地)殿下!

齐　后　兰陵王,郑儿在向你求援!

兰陵王　(惶惶无措地)我……我……我这是在什么地方?

齐　主　你在朕的神武宫,朕在对你发号施令。

兰陵王　神武宫。陛下,臣,臣万万未曾料到,陛下拥有三千宫女,竟还垂涎臣的女人。臣请陛下网开一面,高抬贵手,臣……

齐　主　(不由分说地)伶官,带下郑儿,即刻散宴。

伶　官　散宴!

兰陵王　郑儿!

郑　儿　殿下!

[伶官带郑儿下,众臣簇拥齐主下,伶人们亦下。

兰陵王　(兀自愣着)郑儿……陛下……

齐　后　(向他招手)可人儿,你过来。

兰陵王　皇后还有何吩咐?

齐　后　(照着他的脸,恨恨一唾)卑微的弄臣!(忿忿地下)

兰陵王　(抹着脸,一副茫然)请问二位老臣,皇后这是为何?

左仆射 皇后她哀你不幸，怒你不争。

右丞相 皇后为先王有你这样的后人深感痛心。

兰陵王 那么，我要成为怎样的人，皇后才不痛心？

左仆射 殿下至少要像个堂堂正正的男人。

兰陵王 堂堂正正的男人？（苦笑）不不不，我可不要做男人，我只要做女人，哪怕做个不是女人的女人。

［左仆射、右丞相下。青年将领尉迟琳悄上。

尉迟琳 殿下！

兰陵王 又是谁在叫我？

尉迟琳 殿下，是我！

兰陵王 你是？

尉迟琳 殿下认不出我了，我是殿下儿时伙伴，宫廷卫将尉迟琳。

兰陵王 尉迟兄弟，是你。

尉迟琳 是我，殿下随我去一处地方。

兰陵王 随你去一处地方，那是什么地方？

尉迟琳 殿下去了便知。

兰陵王 好吧，念着儿时交情，我随你去。

尉迟琳 殿下请。

兰陵王 稍等。（满地寻找）

尉迟琳 殿下在找什么？

兰陵王 （捡起那支簪花，仔细插在头上）尉迟兄弟，走吧。

第二折

［先王庙宇。先王头戴大面，金盔金甲，驾金马车塑像。

马车四周，俑将环卫，仿佛一支行进中的军队。

[先王塑像开始摇晃，忽然张口说话。

[先王的声音："兰陵王，我的儿子，先王的亡灵对你说话，你要用心倾听。是当朝齐主毒死了你的生父，夺走了你的生母，他把你豢养在宫中，是为了销蚀你的血性，消解你的仇恨，他要把你驯化成一个俯首贴耳的弄臣，你明白么？记住了，你是兰陵王，不是可人儿……"

[左仆射、右丞相从先王塑像身后钻了出来。

右丞相 你的声音，真像先王。

左仆射 但愿能把兰陵王殿下蒙混过去。

[齐后上。

齐　后 二位老臣，一切都安排妥当了？

右丞相 安排妥当了，皇后放心吧。

齐　后 先王遇害以后，二位老臣韬光养晦，忍气吞声，暗中庇护着我们孤儿寡母，今天我要当着先王的面，谢谢二位忠臣。

右丞相 皇后不要这么说。

左仆射 我们永远是先王的追随者。

齐　后 二位老臣，我还是不明白，九岁的孩子为什么回忆不起自己的母亲。

右丞相 皇后这句话已经说过无数遍了，以臣的眼睛察看，殿下是记得皇后的。

齐　后 你说他记得，那么他就是故意装作不记得，他记恨我？

右丞相 是的，也许殿下记恨皇后。

齐　后 记恨我在他父亲尸骨未寒之时嫁给了他的叔叔？

右丞相 臣以为殿下会这么想。殿下当年毕竟才九岁，他爱自己的父亲和母亲。

齐　后　十余年来，我忍辱负重苟且偷生为的是什么，他能明白么？

左仆射　也许殿下明白，也许殿下不明白。

齐　后　我看他是不明白，在他身上我看不到一丝先王的血性，也看不出他对当今齐主的深仇大恨，不知不觉中他已经被齐主驯化成了弄臣，甚至还不及弄臣，简直就是一个戏子，十足的戏子。每天看着他醉生梦死的样子，我的心都痛成了碎片。说实话，我不能再这样等下去了，必须把真相告诉他。

左仆射　皇后决定铤而走险？

齐　后　对，我之所以愿意牺牲名节，与狼共眠，就是为了保全先王的骨血，有朝一日，中兴神庙，雪耻澄冤。可他却走向了我愿望的反面，变成了齐主淫乐的玩偶。我冀望借助先王的神性，唤醒他已然麻木的心灵，哪怕找回他一点点儿的羞耻心，我都甘冒断头风险。

右丞相　皇后，尉迟琳来了。

［尉迟琳上。

尉迟琳　拜见皇后，见过二位老臣。

齐　后　尉迟将军，兰陵王殿下请到了？

尉迟琳　请到了，殿下已经等在庙堂外。

齐　后　请殿下进来吧。（对左仆射、右丞相）还要麻烦二位老臣，合演一出双簧。

［尉迟琳与左仆射、右丞相分头下。

［尉迟琳引兰陵王上。

兰陵王　尉迟兄弟，此乃何处？阴气森森，毛骨悚然。

齐　后　殿下。

兰陵王　皇后也在这里？

齐　后　殿下，你过来。

兰陵王　(本能地摘掉簪花，向后退缩)皇后又要唾我？

齐　后　皇后不唾你，可皇后为何唾你，你应该明白？

兰陵王　明白。

齐　后　明白什么？

兰陵王　皇后不喜欢可人儿涂脂抹粉，阴阳怪气。

齐　后　皇后看见你的心上人被人抢了，你却还温良恭俭，如同羔羊。

兰陵王　羔羊不好么？豺狼才好么？皇后究竟要我何为？

齐　后　殿下，你可知此乃何处？

兰陵王　不知。

齐　后　殿下举目观望。

兰陵王　穹庐罩头顶，不见大青天。

齐　后　殿下跨步上前。

兰陵王　俑兵俑将，军阵威严。

齐　后　殿下左顾右盼。

兰陵王　金盔金甲金马车，五彩神兽狰狞面。三军主帅，一马当先，赫赫军威，气象万千。

齐　后　那主帅，神圣么？

兰陵王　神圣。

齐　后　庄严么？

兰陵王　庄严。

齐　后　威武么？

兰陵王　威武。

齐　后　敬畏么？

兰陵王　敬畏。

齐　后　殿下知道他是谁么？

兰陵王　是谁?

齐　后　大齐先主,殿下生父。

兰陵王　大齐先主,我的生父?

齐　后　此乃先主陵庙,供着不死英魂。

兰陵王　为何我一无所知?

齐　后　当今齐主,就是要你忘记过去,沉湎声色,他要将你驯化成为一个优伶。

兰陵王　又来了,优伶如何,饱食终日,插科打诨,活得何等开心?难道非要金刚怒目,舞刀弄枪、打打杀杀,那才好么?(且看,且走,且想,边说)奇怪,皇后一直讨厌我与伶人为伍,其实皇后也不看看我的长相,一个温润如玉弱不禁风的标致男人,天生就是伶人的命。假如让我披上铠甲,手握砍刀,横眉怒目,想想都很可笑,哈哈哈……(仰视先王,肃然起敬)这是先王,我的父亲?果然如传说中那样英武,那样神圣。你看他,手持长剑,昂立战车,俨然一尊威武天神。可是,先王为何将我生得这般俊秀呢?堂堂七尺须眉,容貌美艳如花,受人讥讽,遭人笑骂,还要被人当作美女一般肆意蹂躏。既然如此,我也就索性做个美女好了,我也凭借容颜色相戏弄男人。胭脂、口红、花粉,钗钏、环佩、长裙,弄戏、唱曲、抚琴,卖乖邀宠,游戏宫廷,嘻嘻嘻,倒也不失一种快意人生。不过,你们也别真的以为我麻木了,沉醉了,我在心里清楚地知道,我是一个顶天立地的须眉。须眉,娥眉,谁能真正看透我的心思?我就是存心这么笑着、疯着、忍着、等着,等到终于有那么一天,我要堂堂正正地做回男人,不,男人中的男人!(警惕地环顾四周)好了,不说了,时辰不早,我要回宫去了。皇后,尉迟兄弟,你们在哪里?奇怪,怎么都不见了?

［齐后、尉迟琳已在兰陵王不知不觉中隐下。

兰陵王　都走了，也好，让我再看一眼先王。(定睛仰望，渐觉异常)先王，我的生父，我在看你，你也在看我么，为何不对我说几句话，告诉我，我究竟是谁，应该何去何从？

［先王的声音："兰陵王，我的儿子……"

兰陵王　先王真的说话了。先王在上，我是兰陵王，是你的儿子。

［先王的声音："当朝齐主毒死了你的生父，夺走了你的生母，你知道么……"

兰陵王　我知道。

［先王的声音："当今齐主把你豢养在宫里，就是要销蚀你的血性，消解你的仇恨，把你驯化成弄臣，你也明白么……"

兰陵王　我明白。

［先王的声音："你是兰陵王，不是可人儿……"

兰陵王　我是兰陵王，不是可人儿。

［先王的声音："你是王者，不是弄臣……"

兰陵王　我是王者，不是弄臣。

［先王的声音："戴上先王的大面，找回英雄的尊严……"

兰陵王　戴上大面，找回尊严。

［先王的声音："记住，不可效法先王，嗜杀成性，不可无缘无故，种植仇恨……"

兰陵王　不可……记住……啊！

［先王大面，哐然坠地，先王声音随即消失。

兰陵王　(捧起大面，无比欣赏)多么狰狞的神兽大面，这大面多么美呀！(试着戴上大面，顿时神情亢奋)啊，热血奔腾，骨骼作响，忽然之间经脉贯通，神清气爽，难道这副神兽面具竟有一种神奇的力量？父王说得对，我是王者，不是弄臣，王者，王者，归来兮——

［兰陵王取下泥塑手中的兵器演练。

兰陵王　（吟哦）少年习武艺，身手何曾荒。明处伶人样，暗里真性藏……

［尉迟琳上，兰陵王冷不防一剑刺向他。

兰陵王　看剑！

尉迟琳　殿下头戴大面，手持长剑，好不英武，好不威严。

兰陵王　少说废话，仗剑过来！

尉迟琳　好，你我比武，重返少年！

［尉迟琳拔剑招架，二人打斗，难分难解。忽然，大面从兰陵王脸上脱落下来，兰陵王顿时气虚。

尉迟琳　（收势）殿下身手，依然矫健。

兰陵王　（俨然变了一个人）尉迟兄弟，你且过来。

尉迟琳　殿下要说什么？

兰陵王　尉迟兄弟，你说怪是不怪，这副大面，甫一戴上，便觉力大无穷，只想厮杀，可是一旦脱落，顿时心慌意乱，斗志全消。

尉迟琳　殿下不能总戴着大面，总在厮杀。不过，尉迟喜欢殿下头戴大面的模样，狰狞，精神，也美，教人乍一看见，胆战心寒。

兰陵王　尉迟兄弟，你听我说，我呀就好像做了一个长梦，刚刚醒来。

尉迟琳　殿下醒来想到什么？

兰陵王　想到你我年少时校场习武，驰马射箭，那情景恍若就在眼前。

尉迟琳　殿下还想到什么？

兰陵王　想到我的叔父，就是当今齐主，不让我去校场习武，倒把我送进乐坊。

尉迟琳 还有呢?

兰陵王 想到我怎么就喜欢上了胭脂花粉。

尉迟琳 殿下已经分不清自己是男是女了。

兰陵王 而今知道了,我是王者,不是弄臣。

尉迟琳 殿下怎么会把过去的事情全忘了呢?

兰陵王 九岁那年,先王遇害,叔父登基,过去的事情,就只想忘记。

尉迟琳 殿下想不起来的往事,何不去问皇后?

兰陵王 皇后,不,不,不要问她。(又下意识地戴上大面)

[齐后与左仆射、右丞相上,兰陵王莫名其妙地大吼一声。

兰陵王 看剑!

齐　后 (被刺中臂膀)啊……

尉迟琳 (打掉兰陵王的剑并摘下他的大面)殿下,这是皇后呀!

兰陵王 哦,是皇后,皇后受伤了?

齐　后 不妨事,不妨事,方才看见殿下头戴大面,奋力刺杀,就好像看见先王再世,殿下这一剑刺得好,殿下这一剑纵然刺死了我,我也心甘情愿。

兰陵王 这是为何?

齐　后 因为千呼万唤的兰陵王,终于归来了。

兰陵王 皇后说得是,可人儿死了,兰陵王归来,兰陵王要做一个真正的猛士,真正的王者。

齐　后 殿下说得太好了!殿下,你来看,这是右丞相,这是左仆射,都是跟随先王的老臣。还有他,忠良之后尉迟琳,自幼与你为伴,情同手足,如今他们都是你的心腹,愿意辅佐于你。

兰陵王 辅佐于我,我能做些什么?

右丞相 殿下,据边关战报,大周国调动数万兵马,就要大举伐齐。

左仆射 周国觊觎大齐江山,由来久矣。

尉迟琳　据末将所知，朝廷已在调集兵马，准备应战，只是挂帅之人，难以挑选。

右丞相　殿下不妨请缨出征。

兰陵王　我，请缨出征？

右丞相　齐主贪生怕死，不会亲赴边关，殿下若以亲王名分代替御驾亲征，齐主必然求之不得。

兰陵王　齐主明明知道我不会打仗，岂肯轻易授我兵权？

左仆射　殿下乃先王亲生，庸主篡位，名分不正，故而必欲加害殿下，以除后患，怎奈碍于皇后，难于下手，加之殿下沉湎声色，并无威胁，齐主方才容忍至今，长久下去，终究是他的心病。

右丞相　大敌当前，殿下主动请缨，就如羔羊送进狼群，齐主权衡利害，抑或应允。

兰陵王　我若得胜，齐祸可免；我若战败，将我处决。

左仆射　殿下一旦兵权在握，又岂能任他裁决。

兰陵王　若是朝廷只拨给我少许兵马，齐主故意求败，又当如何？

右丞相　这个……还须三思而行。

兰陵王　哈哈哈……

右丞相　殿下笑什么？

兰陵王　（戴上大面）国恨家仇，吞噬我心，纵然单枪匹马，也要报仇雪恨！

齐　后　殿下稍安勿躁，我这里还有一计。

兰陵王　皇后有何计策？

齐　后　我看郑儿性情刚烈，虽已送进乐坊，绝然不肯入宫，我想游说齐主，把郑儿领到身边，谎称慢慢开导她，我让齐主钦点殿下出征御敌，就说一旦殿下抛尸沙场，那郑儿自然断念。

兰陵王　此计可行。尉迟兄弟，愿随我出征么？

尉迟琳　愿随殿下，冲锋陷阵。

兰陵王　我有先王大面，如有英魂附身，挂帅出征，无所畏惧。（卸下大面，戴上簪花，旋又恢复女子情态）皇后，二位老臣，可人儿暂且告辞。（欲下）

齐　后　殿下等等。

兰陵王　皇后还有事么？

齐　后　殿下此去，凶吉难卜，临别之时，不想问问我是谁么？

兰陵王　你是皇后。

齐　后　陛下真的不记得自己的生母？

兰陵王　你就是皇后，当今齐主的皇后。

齐　后　可我也是你的——

兰陵王　（制止地）不要说，不要说，待我报了国恨家仇，再说不迟。

齐　后　好吧，我等着殿下凯旋归来。

兰陵王　尉迟兄弟，走！

尉迟琳　是，殿下！

［兰陵王哼着小曲，扭着腰身，尉迟琳手捧大面跟随着，二人下。齐后紧追几步，望着兰陵王远去背影，默默挥手。

右丞相　看，皇后在落泪。

左仆射　殿下醒悟了，皇后应该高兴才是。

齐　后　我高兴，可又总想哭，二位还记得先王说过的一句话么？

左仆射　一旦戴上大面，卸下可就难了。

右丞相　除非亲人热血，方可将之消融。

齐　后　所以，先王既爱这副大面，又恨这副大面。

［左仆射、右丞相默默点头。

第三折

[古战场。

[兰陵王率领大齐将士威武雄壮上，行进队列。

兰陵王　(吟诵)立马横枪上战场，一路奔袭赴洛阳。雄风赳赳军威壮，三千猛士赛虎狼。

尉迟琳　禀报主帅，已近邙山。

兰陵王　窥探敌情，登高瞭望。

尉迟琳　敌军情况，了如指掌。

兰陵王　所设阵形？

尉迟琳　八卦阵形。

兰陵王　相距几许？

尉迟琳　二十里许。

兰陵王　骑军听令！铁蹄逼近邙山岗，周营虚实探周详。隐没山林暂藏匿，等待夜幕出平冈。

骑　军　骑军得令！

兰陵王　步军听令！夜幕降临明月朗，正是突袭好时光。但听一声军鼓响，克敌入阵兰陵王。

步　军　步军得令！

[骑军、步军分别下。

[静夜，篝火，朗月，徐风。

[《兰陵王入阵曲》铿锵奏响，乐曲由缓至疾，由弱及强。

[兰陵王头戴大面，神秘亮相，尉迟琳率军跟随，入阵舞蹈。

［人喊马嘶，血色夜空，兰陵王指挥齐军，愈战愈勇。

兰陵王　呼剌剌趁夜色跃出山冈，

骑　军　趁夜色，出山冈。

兰陵王　明晃晃手执着剑戟刀枪，

步　军　明晃晃，执刀枪。

兰陵王　齐刷刷降下了天兵天将，

骑　军　齐刷刷，天兵将。

兰陵王　威赫赫入敌阵急虎饿狼，

步　军　威赫赫，虎与狼。

兰陵王　乒乓乓戟与矛如何抵挡，

骑　军　戟与矛，怎抵挡。

兰陵王　骨碌碌血头颅滚落一旁，

步　军　血头颅，滚一旁。

兰陵王　乱哄哄北周兵熙熙攘攘，

骑　军　乱哄哄，熙攘攘。

兰陵王　笑哈哈卷旌旗败走仓皇，

步　军　笑哈哈，走仓皇。

骑　军　哈哈哈……

步　军　哈哈哈……

众　军　哈哈哈……

［乐曲戛然而止。

尉迟琳　禀报主帅，敌阵已破。

兰陵王　敌阵已破，敌军何踪？

尉迟琳　偃旗息鼓，退守洛阳。

兰陵王　人人头戴大面，个个手执利刃，一鼓作气，大举攻城。

尉迟琳　攻城！

［大面军攻城舞蹈。

尉迟琳　禀报主帅，攻克洛阳。

兰陵王　清点人马，犒劳将士。

尉迟琳　捕获周军主帅，作何处置？

兰陵王　杀！

尉迟琳　百员降将？

兰陵王　杀！

尉迟琳　万余士卒？

兰陵王　杀，杀，杀！

尉迟琳　这个……得令！

兰陵王　凯旋还朝！

［排山倒海的欢呼声："兰陵王！兰陵王！兰陵王！"

兰陵王　（志满意得地）哈哈，哈哈，哈哈哈……

［军号声中，齐军整齐列队，威武而下。

［伶官上。

伶　官　不好了，不好了，兰陵王还朝了！（一想不对）嗳，兰陵王还朝有何不好？要说不好，那是齐主想加害兰陵王的计谋破了，兰陵王凭借三千猛士，奇兵突袭，一鼓作气，攻克洛阳，打败了大周国整整五万军马。兰陵王，了不起，了不起、兰陵王！喂——兰陵王凯旋喽！

［众伶人跑上，奔走相告。

众伶人　兰陵王凯旋喽——

［伶官、伶人奔下。

［神武宫。

［齐主宴乐，郑儿献舞，齐后、左仆射、右丞相等在座。

齐　主　左仆射，右丞相，兰陵王代驾出征，可曾送回战报？

二老臣　无有战报。

齐　主　好，郑儿近前说话。

郑　儿　陛下又要说什么？

齐　主　告诉你，可人儿已经死了。

郑　儿　有何为证？

齐　主　你想么，朕只拨给他三千兵马，而周军却有五万之众，可人儿未曾带过兵，打过仗，如何获胜。实话告诉你，朕就是送他去死，好让你也死心。

郑　儿　郑儿活要见人，死要见尸。

齐　主　朕岂能由得了你。

郑　儿　陛下如若强逼，郑儿宁愿一死。

齐　主　你！

齐　后　这就是陛下的不是了。陛下原本说好，让郑儿暂居乐坊，待我细细开导她，使之回心转意。陛下为了断绝郑儿对兰陵王殿下的念想，不惜以大齐国安危作为代价，钦点兰陵王为齐军主帅，代驾出征，以卵击石，而今兰陵王殿下生死未明，陛下便要强迫郑儿顺从。陛下身为一国之君，未免有失帝王尊严了吧？陛下，你说呢？

齐　主　朕何曾强迫郑儿？

齐　后　前方将士的生死都在陛下的掌握之中。其实，只要等兰陵王尸骸运回，郑儿自然断念。

齐　主　那就等吧。

［伶官上。

伶　官　陛下，陛下，兰陵王殿下回来了！

齐　主　快将他的尸首抬上来，让郑儿看看。

［兰陵王头戴大面，身披战袍，威风八面地上，尉迟琳率领将士列队上。

齐　主　（走近他，上下打量）你是可人儿？

兰陵王　我是兰陵王。

齐　主　兰陵王就是可人儿，可人儿就是兰陵王。

兰陵王　可人儿就是可人儿，兰陵王就是兰陵王。

齐　主　朕且问你，这副大面，从何得来？

兰陵王　拜先主所赐。

齐　主　你去了先主庙堂？

兰陵王　去了。

齐　主　何人引你前去？

兰陵王　皇后。

齐　主　是你？

齐　后　是我。

齐　主　是你告诉他，先主是他生父？

齐　后　是我告诉他，先主是他生父。

齐　主　是你劝朕钦点他为主将，挂帅出征？

齐　后　是我劝你钦点他为主将，挂帅出征。

齐　主　如今他已不是可人儿，而是兰陵王？

齐　后　他本来就不是可人儿，而是兰陵王。

齐　主　朕真后悔。

齐　后　后悔何来？

齐　主　后悔让你做了皇后，后悔不曾斩草除根。

齐　后　我更后悔。

齐　主　后悔何来？

齐　后　后悔隐忍了十数载的家仇国恨。

齐　主　将她拿下！

兰陵王　将他拿下！

［齐主被擒。

齐　主　你敢弑主？

兰陵王　弑主者是你！（指着他）弑主篡位，滔天大罪。毒害亲兄，命丧宫闱。忍辱含恨，年年岁岁。雪耻澄冤，剪除国贼。国贼，还不如实招来！

齐　主　好，我招，我招，我如实招，你可要看好了。伶官，还记得朕曾经要你们编排的一出偶戏《杀宫》么？

伶　官　这个……（看着兰陵王，见兰陵王默许）这个记得。

齐　主　来，与朕一同敷演。

伶　官　好，敷演齐主的《杀宫》！

［齐主表述伶人配合表演的第一种《杀宫》情节：先主与皇后同坐一席，昏昏欲睡……一名御厨鬼鬼祟祟捧膳食上……御厨趁先主和皇后不备，暗中向酒中下毒……皇后把酒敬先主，先主饮酒暴毙……皇后惊呼，御厨欲逃，齐主冲上，刺死御厨，皇后与齐主跪抚先主尸体大恸……稍倾，皇后摘下先主冠冕，将先主冠冕敬献给齐主，齐主拒绝再三，终于在皇后哀求下勉强戴在头上，皇后随即扑倒在齐主怀中……

齐　后　不，殿下，他这是颠倒黑白，血口喷人。

兰陵王　皇后说不是这样，那么又是怎样呢？

齐　后　有劳伶人，随我敷演。

伶　官　好，敷演皇后的《杀宫》！

［齐后表述伶人配合表演的第二种《杀宫》情节：先主与皇后同坐一席，相敬如宾……一名御厨捧膳食上，皇后斟酒敬先主，先主饮酒暴毙……皇后惊呼，御厨欲逃，齐主闪上，刺死御厨，皇后与齐主跪抚先主尸体大恸……稍倾，齐主摘下先主冠冕，戴在自己头上，然后强行将皇后拉入怀中，齐后挣扎着，呼喊着，誓死不从……齐主示意齐后，以杀死先主与皇后的幼子相威胁……皇后震惊，痛苦久久，被动地倒在齐主怀中……

齐　主　她是谎言，我是真的。

齐　后　我是真的，他是谎言。

兰陵王　你们都不要争了。伶人们，随我敷演。

伶　官　是，敷演殿下的《杀宫》！

［兰陵王表述伶人配合表演的第三种《杀宫》情节：先主与皇后同坐一席，相敬如宾……少年兰陵王在帷幔旁安静读书……兰陵王发现齐主鬼鬼祟祟探上，好奇地藏身在帷幔后探望……齐主招呼御厨捧膳食上，齐主偷偷向酒里下毒……皇后斟酒敬先主，先主饮酒暴毙……皇后惊呼，御厨欲逃，齐主拔剑，刺死御厨，皇后与齐主跪抚先主尸体大恸……稍倾，齐主摘下先主冠冕，戴在自己头上，然后与皇后拉拉扯扯，皇后拒绝再三，终于倒在齐主怀中……帷幔后，少年兰陵王瑟瑟发抖，痛苦不堪……

［众人惊讶。

众　人　啊，原来兰陵王殿下亲眼得见！

郑　儿　一场祸乱，各执一端，请问殿下，究竟哪个是真，哪个是假？

兰陵王　以你之见呢？

郑　儿　我相信殿下，更相信皇后。

兰陵王　为何更相信她？

郑　儿　郑儿虽然没做过母亲，但我相信普天下做母亲的心。

左仆射　当年杀宫，原来殿下见证在旁。

右丞相　殿下小小年纪，竟能隐忍一十数载。

齐　主　可人儿，你不是羔羊，你是豺狼，披着羊皮的豺狼！

兰陵王　来呀，将逆贼羁押监房，待天明之后，绑赴先王庙堂，斩首献祭，告慰英灵。押下去！

［齐主被押解下。

齐　后　（走近兰陵王，万种怜爱地）想不到当年悲惨一幕，殿下竟亲闻目睹，可怜九龄稚童，情何以堪，伤何其重，难怪殿下心怀怨恨，故意装作忘记了母亲。今日，母亲要对你说一声对不起，真的对不起……（深深一躬）

左仆射　皇后屈从逆贼，实是出之无奈。

右丞相　舐犊之情，人神共鉴。

齐　后　殿下卸下大面，让母亲看一看你。

兰陵王　（冷漠地）皇后不要碰我。

齐　后　这是为什么，我的儿子？

兰陵王　不要叫我儿子，我没有母亲。天下人都知道兰陵王没有母亲。

齐　后　可是你的母亲就站在这里，她一直都在默默保护你，默默为你忍受着奇耻大辱。

兰陵王　我的母亲，先王的爱妻，竟然在我父亲尸骨未寒之时，当着九岁孤儿的面，做了杀父仇人的皇后。

齐　后　原谅我，我不知道，我没看见。

兰陵王　可是我看见了！我的心在流泪，在滴血！十数年来，我把痛苦埋在心底，为了活命，失去人形，为了讨齐主欢心，我装男变女，涂脂抹粉！而你却头顶后冠，与贼共眠。你说你是为了我才忍辱负重，与狼共枕，可我并没有看见你为我做了什么。我看见的只是你对我的不满，对我的呵斥，甚至对我的当众唾弃。

齐　后　原谅我，我那是恨铁不成钢，是一种绝望的表达。

兰陵王　不，你是不理解我，不爱我，你不体恤我的痛苦与恐惧。每当我看见自己的母亲在杀父仇人面前恭恭敬敬温柔小心的样子，我就恨不得冲上去唾你骂你，恨自己竟有你这个母亲！

齐　后　（感到无地自容）求殿下不要再说，不要再说，求你了！

兰陵王　来人，将齐后送进先王陵庙，为先王守陵，一直守到她死。

左仆射　殿下不可如此对待皇后。

右丞相　亲者痛，仇者快，殿下是气糊涂了吧。

兰陵王　还有你们，右丞相，左仆射，先王生前的患难兄弟。先王被害以后，你们做了什么？忍气吞声，苟延性命，甘做贰臣，昧尽良心。你们对得起先王的在天之灵么？

左仆射　我们蜷伏爪牙，韬光养晦，暗中保护皇后，也保护着你。

兰陵王　明明贪生怕死，还要文过饰非。来呀，将这两个先王遗臣也送进陵庙，面壁悔过。

郑　儿　殿下！

兰陵王　郑儿，你要说什么？

郑　儿　郑儿也曾献歌献舞，郑儿也曾违心奉承，郑儿也曾忍气吞声，殿下若是不能宽恕强权下苟活的人们，那就把郑儿也一同送进陵庙吧！郑儿愿以一颗女儿之心，陪伴一位忍辱负重的母亲，伟大圣洁的母亲。

兰陵王　郑儿，你不要逼我，逼我对你无情。

尉迟琳　殿下，你莫非是疯了么？

兰陵王　（猛然拔出剑）尉迟琳，你也想去为先王守陵么？

尉迟琳　（也拔出剑）尉迟只想奉劝殿下，不要被仇恨泯灭了良知。

郑　儿　尉迟将军，请把剑收起来，我相信殿下只是一时激愤，我们的兰陵王他会重新回到我们身边。

尉迟琳　（收起剑）郑儿说得是，我们不能意气用事，不能离开殿下，我们要守在殿下身边，保护着殿下。

兰陵王　押下去，都押下去！还有你们，尉迟琳、郑儿，我一个都不想看见，不想看见！

［尉迟琳示意侍卫押解皇后和二老臣下。尉迟琳与郑儿亦暂时退下。

[夜色降临,烛光摇曳。兰陵王的高大身影投射在宫墙上。

兰陵王　(依然不可一世地)那是谁?披挂战袍,身穿铠甲,头戴大面,手握长剑。高大,英武,神圣,威严,一个背影就占据了整座宫殿,一支长剑便挑破了万里河山。那是我么?是我!曾经的伪婆娘,如今的猛将军;昔日的可人儿,今朝的兰陵王。兰陵王,兰陵王,曾几何时,胭脂花粉,苟且偷生,仰人鼻息,战战兢兢,如今我扬眉吐气,雄风赳赳,指点江山,不可一世。我的仇报了,我的耻雪了,我把积压在心底的种种不畅不快都一丝不剩地发泄得一干二净,我终于可以毫无顾忌地纵声大笑了,哈哈哈,哈哈哈,哈哈哈……周边怎么忽然这般安静?安静得使我想起九岁时的那个夜晚。那是一个多么令人恐怖的夜晚呀,它从此改变了我的一生,也种下了我仇恨的根苗。多少年来,我痛苦,我压抑,我自怨自艾,我自卑自怜,我在人前的每一种神情姿态都是装出来的,我的每一句话都不是出自于本心。我的本心从来都不敢示人,不敢示人。今日,我终于可以畅畅快快,一抒胸怀。可惜,无人喝彩……无形的大面卸下了,有形的大面再戴上。唯有戴上这副大面——冷峻的狰狞的让人望而生畏闻风丧胆的神兽大面,我,兰陵王,方才是英雄,方才是猛士,方才是战无不胜攻无不克的斗战大神,神,神,神,我是神!哈哈哈……

[梆声报更,邈远空灵。兰陵王试着想卸下大面,努力了几次,却怎么也卸不下来。兰陵王索性戴着大面,枕着长剑,倒卧歇息。

[齐主鬼鬼祟祟地上。

齐　主　收我入监房，监房暗道藏。侥幸捡条命，不死大齐王。

［齐主招手，两个伶人暗上。

齐　主　我命你们准备的两样东西准备好了么？

伶人甲　准备好了，这是陛下要的尖刀。

伶人乙　这是陛下要的火苗。

齐　主　尖刀刺穿他的心脏，火苗让他葬身在宫墙。

伶人甲　伶人不敢。

伶人乙　伶人害怕。

齐　主　朕是大齐皇帝，谁敢违抗圣旨。

伶人甲　要去陛下自己去吧。

伶人乙　我等赶快溜之大吉。

［伶人甲乙放下尖刀火苗，一溜烟儿逃下。

［齐主点燃了帷幔，火势迅速蔓延开。

兰陵王　（惊醒）谁在宫里放火？尉迟琳，郑儿，你们在哪里？

［尉迟琳与郑儿闻声上？齐主从帷幔后冲出，郑儿见状用身体护住兰陵王，自己却被齐主手中的利刃洞穿。

尉迟琳　（打翻齐主）昏君，你竟敢行刺殿下！

兰陵王　（挥剑猛辟齐主）昏主，淫君，恶魔，还我先王，还我母亲！

［齐主被兰陵王乱剑辟死。

尉迟琳　殿下快来看看郑儿。

兰陵王　（撇下剑）啊，郑儿，郑儿！

郑　儿　（仍然一往情深地）殿下，殿下……

兰陵王　郑儿，你是为了我而受重创，堂堂兰陵王竟要一个柔弱女子保护，我真惭愧呀！

郑　儿　我想看看从前的殿下，那个未曾戴上大面的殿下，殿下，你把大面摘下来，让我看看，再看看，好么，哪怕就看一眼。

兰陵王 尉迟兄弟，帮我把大面卸下来。

尉迟琳 （试着卸，怎么都卸不下）殿下，这大面它卸不下来了。

兰陵王 （抱着大面，团团打转）为什么，为什么，为什么！

尉迟琳 殿下，火势越来越猛，我们赶紧背着郑儿出宫吧。

兰陵王 我要卸下大面，我要卸下大面，我要卸下大面！

郑　儿 殿下，火越烧越大，再不出宫就来不及了。尉迟将军，你快与殿下出宫去！

［熊熊燃起的大火已经将郑儿与兰陵王和尉迟琳隔开。兰陵王、尉迟琳已经难以接近郑儿。

郑　儿 殿下，你们快出去，不要和我一起烧死在宫里，你们快走！

兰陵王 尉迟，你快去救郑儿！

尉迟琳 已经来不及了，殿下，我们快出宫吧！

郑　儿 殿下，快走吧，郑儿只要殿下记住，郑儿永远爱着兰陵王！

［大火腾空而起，郑儿舞蹈着奔向烈火，仿佛凤凰涅槃。

［一根坠下的横梁砸伤了兰陵王，尉迟琳背起他冲出火场。

第四折

［先王庙宇。

［受伤的兰陵王戴着大面，安静地枕在齐后怀里，齐后哼着童谣，仿佛哄着熟睡的幼儿。

齐　后 （吟唱）　日头头落下月头头亮，
望门门娃儿盼着他娘。
娃儿娃儿成人后，
他娘望门盼儿郎。

兰陵王　谁在吟唱歌谣，这是儿时母亲唱给我的歌。

齐　后　是母亲在为儿吟唱。

兰陵王　母亲九岁那年抛下我，从此再也听不见母亲的歌。

齐　后　母亲歌谣为儿唱，唱在心里从未断。

兰陵王　我这是在哪里？

齐　后　在先王的陵庙。

兰陵王　先王他在哪里？

齐　后　先王他在天上。

兰陵王　谁能为我卸下这副大面，我要被它闷死了。

齐　后　先王生前说过，戴上大面，卸下则难。

兰陵王　为什么？

齐　后　先王说，因为这是一副嗜血大面，戴上它，既可以无敌天下，也可能种下仇恨。母亲不得已让你继承了这副大面，本意是要唤醒你的英雄血性，却不料又一次导致了悲剧的发生，此时此刻，我真的不知道应该庆幸还是后悔。

兰陵王　你们引导我走进先王陵庙，诱使我戴上这副大面，为什么？

齐　后　因为爱，因为恨。

兰陵王　因为爱？因为恨？

齐　后　事到如今，恨的深渊，只能用爱填平。

兰陵王　我只想卸下大面。

齐　后　若想卸下大面，除非最亲最爱的人，用她心上流出的血，方能将之融化。

兰陵王　谁是我最亲最爱的人，谁又是我的亲人爱人，我的爱人郑儿她被大火活活烧死了，如今我没有亲人，没有爱人，唯有仇人，唯有怨恨，我只能一生一世戴着这副大面，度过余生。

左仆射　殿下最亲最爱的人，除了被火烧死的郑儿，就是殿下的母亲。

兰陵王　不，儿时的母亲是，后来的皇后不是。

齐　后　（将他抱紧了）儿啊，告诉我，你能听到母亲的心跳么？

兰陵王　能。

齐　后　你能闻到母亲的气味么？

兰陵王　能。

齐　后　你能看到母亲的泪眼么？

兰陵王　能。

齐　后　你叫我一声母亲，好么？

兰陵王　我……

齐　后　叫我母亲，最后再叫一声。

兰陵王　不，不，不！（还是痛苦地推开了她，挣扎着站起来）兰陵王没有母亲，没有，没有，没有！

齐　后　兰陵王有母亲，普天下的儿女都有母亲，普天下所有的母亲也都爱着自己的儿女，只是你我母子的这份爱被伤害被扭曲被人为地曲解了。记得母亲年轻的时候邂逅了你同样年轻的父亲，他高大、威猛，雄心勃勃，气壮如山。我们是在营帐里举行了婚礼。此后，我便伴随他南征北战，风餐露宿，我们是真正的戎马伴侣，患难夫妻。你的父亲，大齐国的奠基者，先王，他武艺超群，能征惯战，冲锋陷阵，所向无敌，每当遭遇强敌，你看他头戴大面，一马当先，抖擞精神，恍若天神，所攻必破，所当必摧，英勇无畏，所向披靡。终于有一天他对我说，他想卸下大面，建立王朝，罢黜征战，结束纷争。他说他杀了太多的人，也殃及了许多的无辜者，因此他时常在梦中看见冤魂，时常从梦里惊醒。先王，你的父亲，他把这副大面高高挂起，诅咒道，英雄世家，铁血精神，滥施暴行，必遭报应。想不到这个报应匆匆来了，先是那个曾经与他称兄道弟阴暗歹毒的追随者弑主篡位，继之这个恶魔又以杀孤要挟，逼迫母亲委身于他，而后见你喜欢女儿饰物，便将你送进乐坊，教习歌舞，扭曲性情。为了重振世族雄风，母亲不惜冒险与两位老臣密谋，把你引进先王陵庙，让那一面为英雄家族带来无上荣光的神兽大面，激发你沉睡的斗志，想不到这副大面，它不但唤醒了你的血性，也激起了你的兽行，它狰狞可怖地戴在你的脸上，已经卸都卸不下来了。（久久啜泣，不能自已）也罢，母亲种下的苦果，自当母亲吞咽。大面卸下之时，我儿应当相信，世间有情，世间有爱，世间有义，而母亲就是那个最亲最爱你的人。

［齐后拔下针簪，刺进心房，她紧抱着兰陵王，让鲜血浇注在他的脸颊上，终于，大面寂然脱落。

兰陵王　（恍然觉悟，抱紧齐后）啊……母亲，母亲，我的母亲！

齐　后　（深情望着他，露出欣慰笑容）兰陵王，我骄傲的儿子……

［齐后死去，众人呜咽。

［纯正的雅乐，华美的服饰，精湛的舞蹈，一名由演员饰演的兰陵王伴着《兰陵王入阵曲》仗剑舞蹈。

［一副巨型神兽面具从天而降，面具眼眶里神奇地溢出血泪。

［剧终。

电影

伐　楚

片头

黄昏。茫茫原野，一江如线。一轮血红的落日静悬于江天。

落日里，穿行一线车队。

平静的江面上倒映着落日与车队。

微风徐来，吹皱江面，吹碎落日与车队。

江岸上，车马肃静。唯见旌旗猎猎，车轮辚辚。

车队中央，拱卫着一辆宽大华丽的车辇。车辇前面的丝质掩帘被风吹拂着，有些摇曳，帘后一位盛装女子端坐着的身影若隐若现。

华辇前侧，两名骑马的楚国使节护卫着，右边是武将伍子胥，左边是文臣费无极。

旁白："故事是从一个女人开始的。她叫孟嬴，是秦国的公主，嫁到楚国去，嫁给楚平玉的儿子太子建。往迎秦公主的使节，一个叫做费无极，另一个就是本片的主人公伍子胥了。说来神奇，就在伍子胥和费无极往迎秦公主返回楚国的途中，风，偶然吹拂起了孟嬴坐车的丝帘，一次……"

风过，丝帘卷起一道优美的弧线。

骑在马上的伍子胥偶一回头……

孟嬴的眼神——梦幻而神秘。

丝帘舒展下去。

伍子胥定一定神，继续前行。

旁白："两次……"

风又过，丝帘又一次卷起一道优美的弧线。

伍子胥下意识地又一次回头……

孟嬴的眼神——梦幻而神秘。

丝帘舒展下去。

伍子胥略略带慢了点缰绳，仍旧前行。

旁白："第三次……"

风再过，丝帘再一次卷起一道优美的弧线。

伍子胥猛然回首，神色惊奇……

与此同时，费无极也鬼使神差地把头别转过去……

孟嬴忽闪着梦幻而神秘的眼神，向左向右分别注视了一瞬。

一声尖厉的马嘶，马头高高昂起，伍子胥被坐骑重重地抛掷于地。

又一声尖厉的马嘶，马头高高昂起，费无极也被坐骑重重地抛掷在地。

丝帘舒展下去。

伍子胥与费无极双双爬起，目瞪口呆。

风骤起，丝帘高高抛飞，终于现出孟嬴摄人魂魄的绝色容颜。

群马昂嘶，车队阻滞，一片混乱……

伍子胥上马，试图恢复秩序。坐骑却载着他狂奔乱跳。

孟嬴浅浅一笑。

落日沉没，天光骤暗。

坐骑又将伍子胥掀下地，径直冲下江岸，冲进江中。

炸雷凌空，暴雨突降。

一匹马在汹涌的江面载沉载浮……

旁白："秦公主的到来引发了楚国的一连串事变，费无极谗言邀宠，楚平王父占子妻，伍子胥一族则因此而蒙受大难……"

片名——伐　楚

雷声……马嘶声……

伍子胥的坐骑渐渐沉没于黑涛之中……

寥台湖　日

湖水汤汤，艳阳炫目。

湖畔一片开阔地，伍氏一族三百余人面水而跪。

湖畔四周高坡上，拥挤着黑压压一片围观的楚民。

伍奢须发苍苍，跪地默语："天，可怜我伍氏一族三百零七口，就要冤死于这寥台湖中啦……"

伍奢儿媳、伍子胥之妻贾氏（画外）："父亲大人，您算错了，是三百零八口呢！"

伍奢回过头，说话的贾氏正跪在他的后侧用手轻轻地抚摸着高耸的腹部。

贾氏："父亲大人，您瞧您的孙儿正拿小脚踹儿媳的肚皮呢！"

伍奢微微点头，缓缓移开目光向周围看去……

伍氏族人一张张惊恐绝望的面孔。

伍奢仰天长叹，泪水长流。

郢都城门　日

一辆六骥战车隆隆驶出城门。

城门两旁的卫士扬戟高呼："楚王万岁！楚王万岁！"

战车上立着高大雄健的楚平王和獐头鼠目的费无极。

楚平王铁青着脸，一副不可一世的神态。

郢都城外　日

楚平王所乘的六骥战车忽然紧急掣停。

道路当中，跪着老臣晏鞅。

楚平王冷冷地："晏鞅大夫，是为伍奢一族说情吗？"

晏鞅激动地张着手："大王，伍奢一门三代忠良，大王切不可无故屠杀，臣只恐大王此举要失德于天下呀！"

楚平王:“是伍奢陷寡人于不德,寡人才要杀他!”

晏鞅:“大王父纳子媳,有悖常理,伍太师父子犯颜直谏,错在何处?”

楚平王咬牙切齿地:“错在何处,错在他串联百官上朝群谏,错在他教寡人当众难堪!寡人乃是楚王啊,你教寡人今后如何面对朝野,如何立于天地之间?再者说,此乃寡人的私家之事,何用他人置喙呢!让开,否则碾碎你的筋骨!”

晏鞅索性躺倒:“大王,不要连逆天意,天意不可违呀!”

楚平王仰面狂笑:“天意?天就是寡人!寡人就是天!”

战车突然启动,隆隆向前狂奔……

晏鞅绝望的惨叫。

寥台湖　日

围观的楚民忽然起了骚动,人群争先恐后地向前涌动着:“大王来了!大王来了!……”

楚平王战车直冲过来。

楚民纷纷向前跑着跪倒,企图阻挡战车去路。

楚民一迭声地:“大王,伍太师冤哪!……”

战车上,费无极看看楚平王,显得有些惊慌。

楚平王一脚蹬开驭者,亲自驾车。

战车风驰电掣般冲下湖坡。

楚民见势纷纷奔逃。

战车终于缓慢停下。碾过之处,一条血肉通道。

远处,伍奢拧头向这边看着。

楚平王气息未平,遥指伍奢:“费无极,去,叫伍奢来见寡人!”

湖坡上,楚民重新聚拢,无声地在四周围观着。

伍奢平静地向楚平王走来,平静地面对平王跪下。

伍奢:“老臣伍奢率族人三百余口跪见大王。”

楚平王忽然减了锐气,背手踱着步:“寡人其实也难!寡人不杀你,恐怕遮不住众口;寡人杀了你,又免不了遭后世唾骂!既然寡人话已经出口了,伍太师,你也就不要太记恨寡人了。你知道寡人从来是一不做二不休的。怎么样,还有什么要教导寡人的吗?说,快说吧,反正,寡人打做太子起就一直听太师的教训,这一次,是最后一次了!”

伍奢仍旧平静地:“伍奢之后,可任申包胥为太师。”

楚平王点头:“行。还有什么?”

伍奢叹口气,摇了摇头:“大王虽屠我伍氏一族,然却无碍伍氏三世忠名。臣为今一虑,乃虑臣次子伍员侥幸漏捕。此子耿勇顽直,且兼有扛鼎拔山之力、经文纬武之才。能忍大辱,敢当重负,只恐有朝一日将私族之怨,加祸于国,如此,必坏我宗庙清白呀!”

伍奢道来平缓,平王听得震动。

楚平王:“立刻颁令,缉捕伍子胥,有获其首级者,赐粟万石,拜上大夫!”

费无极惊慌失措地:“快!快!颁令捉拿伍子胥!”

湖坡上,楚民面呈意外,交头接耳:“伍子胥逃了,伍子胥!伍子胥……”

郢都城门　日

伍子胥手舞节鞭,单骑直冲入城。

寥台湖　日

伍奢向族人走去。

楚王宫　日

伍子胥跌跌撞撞沿回廊狂奔。

楚王宫内　日

安静宽敞的大殿。

丹墀上，孟嬴独自盘坐，神情专注地在摆弄几枚贝壳，似棋局，又似游戏。她随意地哼着一种音符，很奇妙，很诗意，很美。

伍子胥忽然奔了进来，高呼："公主救我一族！"

孟嬴似毫无知觉。

伍子胥跪在丹墀下，以头碰阶："公主救我一族……"

孟嬴的眼神——梦幻而神秘。

伍子胥怆然泪下："公主……"

孟嬴似乎在注视伍子胥，微微地点了几下头。

寥台湖　日

楚平王吩咐费无极："念伍奢不记恨寡人，赐他一族全尸。"

费无极应声向伍氏族人走去。

太子宫　日

深垂幽暗的帷幔背后，太子建一头青筋，猥琐地做着手淫，口中则呼叫着孟嬴的名字。

帷幔忽被撩飞，光线直射太子建苍白浸汗的瘦脸。

"太子！"伍子胥直直跪下，双手托着一柄细长的短剑。

太子建慌乱不已："伍员，你、你要干什么？"

伍子胥双目期待地："求殿下救我一族免死！"

太子建踉跄后退："我，救、救你……"

寥台湖　日

伍奢率先立起身，向湖水走去。

贾氏等伍氏族众一个个、一排排起身……

伍奢领头，贾氏等族众随后，全族呈雁字形走向湖水……

太子宫　日

太子建接过伍子胥手上的短剑，犹豫着："伍将军要我杀君夺位，重娶孟嬴为妻……可是，就凭这一支短剑……"

伍子胥："此乃臣世代家传之珍宝，鱼肠利剑，只要殿下靠近平王，稍一着力，便可直取平王性命！"

太子建还是犹豫："可是，孟嬴公主她、她答应吗？"

孟嬴向太子建走来。

伍子胥："殿下，你看，秦公主何等年轻，何等美丽，秦公主与殿下匹配，何等相宜！"

太子建看见孟嬴反而更加慌乱："可是，可是秦公主已经是属于父王的了，我……"

伍子胥费力地将太子建拉至孟嬴面前，大叫："殿下，你难道真的不动心吗！"

太子建气喘吁吁地看着孟嬴，似要等待她的一个答复。

孟嬴的眼神——梦幻而神秘。

太子建哆嗦着用短剑挑破孟嬴的衣襟……一层，又一层……终于露出了孟嬴洁白而丰腴的前胸……

太子建两眼直勾勾地愣着，忽然奇怪地大叫了一声"母后！"然后迅即掉转剑锋，刺进自己心窝，双腿一软，"扑通"跪伏。

鲜血从太子建背后迸出，溅满孟嬴前胸。

孟嬴漫不经心地将胸前鲜血从容拭去。

伍子胥号啕大哭："天哪！天哪！伍氏一族亡矣！"

寥台湖　日

湖水汤汤，湖面平静，湖岸边已不见伍氏一族身影。

一宫尉仓皇跌下湖坡，奔向楚平王。

宫尉："大王，伍子胥冲入王宫，刺杀了太子！"

楚平王大惊失色："啊，伍子胥果是楚国大患！快，关闭城门，捕杀伍子胥！"

宫尉："伍子胥已经冲出城门啦！"

一阵狂风掠过，楚平王猝不及防，被吹得退了几步。

楚平王声嘶力竭地："杀伍子胥！杀伍子胥……"

狂风大作，楚平王与费无极被吹得团团打转。

楚平王的六骥战车忽然向着湖心奔去……

湖坡上，楚民换上了白衣孝服。沿湖一周，只闻嚎哭声哀哀，只见白丧幡飘动。

六骥战车正迅速沉入湖水之中……

天空暗沉，日为月蚀。

湖水翻卷，浊浪排空。

风沙里，楚平王与费无极在艰难挣扎……

楚平王："异兆，异兆，难道真是天在罚我？"

费无极："大王别信那些，天就是大王，大王就是天！"

楚平王忽然"扑通"栽倒，风沙顿时将楚平王覆盖。

费无极费力将平王拖出，只见平王眼斜嘴歪，口水涟涟。

费无极恐怖地："大王，大王怎么啦？快，快抓伍子胥！抓伍子胥——"

郢都城下　夜

簇簇马队从城门涌出，举着火把，奔向四方。

旷野　夜

马蹄声……

火把如流星般飞曳……

寥台湖　晨

伍子胥迷惘的一双眼睛。

湖面上浮满死尸。

伍子胥跪下，悲泪无声地涌流。

一声婴儿的啼哭打破了晨的寂静。

伍子胥惊讶地抬头寻找。

哭声发自湖中央。

伍子胥下湖水，向湖心游去……

伍子胥游过族人漂浮的死尸……游过父亲伍奢尸旁……

湖心浅渚上，群鸟栖集低飞。

伍子胥在浅水中站了起来。

伍子胥寻觅着婴儿的哭声，忽有所触，大步奔了过去……（升格）

群鸟款款飞起……（升格）

群鸟起飞之处，一蓬干草，伍子胥之妻贾氏静静仰卧。贾氏裙下，一片血迹和一个赤裸蹬足的婴儿。

伍子胥注视婴儿，婴儿顿时安静止哭。

伍子胥抱起了婴儿……（升格）

群鸟在伍氏头顶盘旋低飞，呱呱鸣叫……

血红的太阳在群鸟的背后升起。

伍子胥忽然只手倒提婴儿，大步流星。

伍子胥下半截身充满画面。

伍子胥画外："儿呀，爹要你睁开眼睛看着，儿的祖父，儿的生母,儿一族的亲眷长幼,都冤死在了这万劫不复的寥台湖中! 儿啊,我父子与楚国不共戴天哪!”

倒置中的婴儿果然睁开了眼,他的眼中,天地完全颠倒。

世界在轰轰作响,天地间反复回响着伍子胥的那一句:“不共戴天……”

满湖的死尸飘浮在天上,日红似血,一切都在晃动,一切都是红色……

一行清泪,从婴儿的眼眶中溢出,随着身体的晃动,泪珠飞溅四周。然而,婴儿却没有哭声。

湖堤上　晨

一张弓搭上箭镞。

一排弓搭上箭镞。

布满堤坡的楚军弓箭手,齐齐瞄准了堤下的伍子胥。

伍子胥左手托孤,右手抽出贴身的鱼肠剑。

堤坡上,一员骑将注视着伍子胥,他叫窦槐。

堤坡下,伍子胥双目怒视着窦槐。

窦槐下马,伸手抬高了一楚卒的弓箭。

所有的弓箭呼应般自觉上翘。

窦槐叫了一声“放!”同时向马尾部用力一拍。

乱箭纷飞,尽入半空;窦槐坐骑则一跃而向伍子胥奔去。

伍子胥会意地向窦槐点一点头,向马迎去。

窦槐身边,另一骑将武城黑突然手指着他高喝:“窦槐,你放走伍子胥,是要置我等众人于死地吗?”

窦槐微笑着倒握长戟:“武城将军放心,你可将我的首级拿去抵罪!”

窦槐自戕而死。

大道上　日

伍子胥背负婴儿，驰马狂奔。

道路边，偶有楚民驻足翘首，兴奋地指点着。

楚民：“伍子胥，伍将军！”

追缉伍子胥的骑队尾随而至，为首的是武城黑。

纪南城　日

城门洞开，守军松懈，城门上隐约悬着通缉榜文。

伍子胥驰马冲入城内。

武城黑率骑队紧追入城。

城门出口，伍子胥穿城而出。

伍子胥马上回望：

“纪南”城额醒目。

武城黑率骑队追出城门。

城门边，数名守军悠闲地看着热闹。

山野　日

一匹马倒在山脚下，口吐血沫。

伍子胥背着婴儿，爬上山坡，钻入树丛。

大队楚兵赶到，列阵于山脚下。

费无极冲武城黑喝喊：“快，搜山！搜山！”

江边　傍晚

江面宽阔，江水如霞。

江边堤下，一茅舍冒出袅袅炊烟。

伍子胥抱着婴儿向茅舍走去。

伍子胥怀中，婴儿双眼紧闭，嘴唇干裂，气息奄奄。

茅舍内　傍晚

一腔炉火，一膛干柴，一双抽动风箱的女人手臂。

伍子胥走进茅舍，目光搜寻着。

炉火辉映中，女人鼓胀的双乳和襟前湿漉的奶渍。

抽送风箱的手慢慢停住，女人抬头费力地看着。这是一张质朴而充满母爱的脸。

伍子胥将婴儿递给了妇女。

妇女犹豫着撩开前襟，将乳头送进婴儿口中。

婴儿吮吸乳汁，泪水竟神奇地从眼中溢出。

女人闭上眼，神情仿佛陶醉。

伍子胥感激地转过头去。

婴儿吸足了奶，安静睡去。

女人俯身端详婴儿，泪珠叭叭直落。

伍子胥屈膝踞坐，小心问话："大嫂的孩子呢？"

女人："死了，只活了七天。"

伍子胥："大嫂的丈夫……"

女人："在江上摆渡。"

伍子胥："大嫂，留个名字吧，日后也好报答。"

女人看看伍子胥，将婴儿递还："大丈夫沦落至此，还妄言什么报答。"

女人起身，揭开锅，捣弄了几下食物，然后将锅盖仔细盖好，深深叹了一口气。

江边　傍晚

岩石上，女人抱一石块正要跳江。

伍子胥追上来，急问："大嫂，莫非我做错什么啦？"

女人："君子没有错，君子有舐犊之情。"

伍子胥："那么大嫂为何自寻短见？"

女人："君子想啊，我与君子私处相会，手手相触，我以我乳哺君子婴儿，纵使人不以我为耻，我亦无颜自言清白。君子若不渡江，可自去；君子如要渡江，就等着我丈夫回来。不过，君子不必说我已经死了，拜托！"

女人纵身入水。

伍子胥欲阻不及，大叫："大嫂！"

江面　傍晚

一舟行于江面。

伍子胥坐于舟中，闷头不语。

渡者是一乐呵呵的壮汉，他看着伍子胥，表情显得十分快乐。

渡者："在下如没猜错，你就是伍子胥伍将军吧？"

伍子胥一骇，看着渡者，不置可否。

渡者呵呵一笑："伍将军放心，在下久闻伍氏三代忠名，今日能与伍将军父子打个照面，平生足慰！"

伍子胥递过鱼肠剑，诚恳地："此乃伍氏传家珍宝，送与大哥吧。"

渡者又一声大笑："放着上大夫不做，竟收你一柄短剑，伍将军错看人啦！"

伍子胥点头，斟酌着字眼："子胥恐怕追兵赶到，万一再逼迫大哥摆渡，子胥岂不被捉拿？"

渡者点点头，意味深长地："倒也是，纵然追兵借他人之舟过江，在下也无法向将军证明清白了。"

伍子胥连连摇头："大哥误会！"

渡者笑而不语。

江对岸　天暗

伍子胥上岸。渡者猛一点篙,小舟迅即离岸。

舟在江心,渡者手执渔网,高声叫道:“伍将军,你可放心走远了!”

岸上,伍子胥向渡者招手致谢。

渡者忽然将渔网向天一撒,渔网张开落下,渡者趁隙将舟船用力一蹬,飞身跃起——渔网扣定渡者,如绳缚身,直坠江底。

伍子胥大叫:“大哥!”

江面唯见空舟打转。

伍子胥怆然下跪:“真乃大义夫妇……”

空舟横陈,江面复归平静。

江面上,圆月如镜。

昭关　晨

守军林立,戒备森严。

城墙上,画有伍子胥背负婴儿的图形。

图形前,人头攒动,戚戚议论。

关隘出口处,费无极吩咐武城黑:“昭关乃伍子胥必经之地,他早晚会露面的!”

武城黑:“费大夫放心,昭关就是伍子胥的鬼门关!”

伍子胥身背竹篓,头顶竹笠,挤在人群中观察。

费无极似有所察,朝武城黑做了个手势。

武城黑不动声色地暗示几个军士围上。

伍子胥敏感到威胁,疾步离开人群走远。

费无极:“快!闭关!闭关!追上去,追!”

关前一片混乱。

市井　日

伍子胥大步奔逃。

武城黑指挥军士随后紧追。

拐角处,伍子胥正犹豫不决,忽然斜刺里冲来一辆马车,伍子胥见势转头就跑,马车紧紧追上。

伍子胥逃得越快,马车追得越紧。眼看车轮就要撞上伍子胥,车篷里忽然伸出一双大手将他带上车。

马车驰去……

马车上　日

颠簸的车篷里,伍子胥拔剑的手被另一只手紧紧攥住。那人急促的声音:"子胥,是我!"

"申包胥……"伍子胥惊讶的神情。

申包胥相貌堂堂,一脸正气。

申包胥轻唤:"子胥!"

伍子胥惨声:"包胥!"

原野　黄昏

马车停于一棵枯树前。

伍子胥与申包胥立于树下。

申包胥:"平王原差我去吴国寻访剑匠欧冶子,为楚国锻造兵器,谁知刚出昭关便又密令我还都。"

伍子胥:"平王实为一代乱主,万世淫君! 包胥兄岂能再为其效力?"

申包胥叹口气:"包胥不做,难道要让位于佞臣费无极么? 何况申氏世代事楚,真要我做,也是不得不做呀!"

伍子胥:"包胥兄救我,不怕毁了前程?"

申包胥洒脱一笑:“谁让你我曾有八拜之交呢?”

伍子胥注视申包胥,诚信地点了点头。

申包胥瞅一眼伍子胥怀中酣睡的婴儿:“费无极亲自督关,恐你难以出逃。况且,你又怀抱公子,既易暴露,又不方便,万一连带婴儿,同遭拘捕,那,伍氏家族可就真的灭了!”

伍子胥:“可怜我一门忠烈,仅剩我父子二人,苍天无眼,必欲斩尽杀绝么!”

申包胥:“若还信得过我,便将公子留在楚国吧,有我申包胥在,就有你父子团圆的一天。”

申包胥欲接下婴儿,伍子胥犹豫着转身走开。

伍子胥在犹豫。

申包胥在等待。

丛林中　夜

一堆篝火。

伍子胥席草而卧,大睁着双眼仰视林梢明月。

伍子胥身旁,婴儿安详入睡。

篝火迸出几朵火星。

伍子胥忽然翻身而踞,双手捧视婴儿。

婴儿在梦中露出笑靥。

伍子胥回望申包胥——

不远处,隐约可见申包胥的车马。

伍子胥脱下上衣铺展在杂草上,抱起婴儿,小心地解开襁褓,然后把婴儿赤裸地放置在衣服上。

篝火已熄,唯见一地月辉,圣洁明亮。

月辉下,婴儿浑然无觉,依旧酣睡。

伍子胥背向婴儿,悄悄拔出了鱼肠利剑。

婴儿忽然哆嗦一下，蓦地睁圆双眼。

伍子胥忽见婴儿睁眼，本能地把剑藏于身后。

婴儿注视伍子胥，双眼一眨不眨。

伍子胥握剑的手微微颤抖。

婴儿仍双目圆睁，一动不动。

伍子胥躲避着婴儿的目光……

婴儿目光跟踪着伍子胥……

伍子胥终于镇定住自己，强制着与婴儿对视并俯身贴近婴儿。

鱼肠剑从伍子胥身后渐渐移至胸前，一道寒光直向婴儿射去。

剑光下，婴儿两眼忽然涌出了泪水。

婴儿的泪水似乎刺激了伍子胥，伍子胥眼中蓦地也有两行泪水涌出。

伍子胥哽咽着："吾儿，不要注视着父亲，把头转过去！"

婴儿顺从地转过头，看着一边。

伍子胥的泪珠滴落在婴儿的脸颊上："父亲就要逃亡异国了，父亲欲将你留在楚国，又放心不下。怕你天长日久，忘了家仇；更怕你忘了自己是伍氏家族仅有的后人。所以，父亲要将一族三百零七口的血债刻在你的心上，日后它便是你复仇澄冤的凭证。事关重大，吾儿你要忍、忍着……"

婴儿似有灵犀相通，转过头，合上目，神态奇妙的平静，奇妙的安详。

伍子胥试着用剑锋在婴儿体肤上划了一下。

婴儿本能地抖动一下，伤口刹时渗出鲜血。

一缕白发竟从伍子胥的头上神奇地挂落下来。

伍子胥咬咬牙，又划了一剑。

婴儿体肤又一道血线。

伍子胥头上又一缕白发挂落。

丛林中群鸟陡然炸林，纵横扑飞。

婴儿体肤渐成血团……（叠化）

伍子胥乌发渐变全白……（叠化）

云渐遮月，归于黑沉……

丛林中　晨

伍子胥一头如雪白发，他无力地倚着树干，似在昏睡。婴儿重又裹上襁褓，被伍子胥双手抱着。

申包胥异样地打量着伍子胥，忽然拍手大笑。

伍子胥惊醒。

申包胥："咦，奇了奇了，伍子胥怎么一夜白了头！"

伍子胥捋着白发，两眼发直："天，天！怎么父仇未报，家恨未消，一夜之间人竟老了？天，天……"

申包胥一把抱过婴儿，拉起伍子胥："此乃吉兆，子胥，你可不用乔装，直出昭关了！"

伍子胥愣着，似解似不解地点了点头。

原野枯树旁　晨

申包胥将婴儿捧近伍子胥："子胥，再看一眼吧。"

伍子胥躲避地别着头："不必了，一切均拜托包胥兄了！"

申包胥向马车驭者招一招手。

驭者下车走过来。

申包胥示意驭者转过身去，驭者听从地转过身，申包胥忽然抽出佩剑，送进驭者后背。驭者无声扑倒死去。

伍子胥望着死去的驭者，感激地向申包胥拱了拱拳。

申包胥拭剑还鞘，神色如常地："未知子胥欲投何处？"

伍子胥叹息："父母之仇，不共戴天，唯有他投别国，借兵复仇!”

申包胥:“平王虽无道,却是楚国之君,伍氏家族世代为楚国之臣,君臣名分早已定下,而以世代楚臣仇一代国君,则是为不忠啦!”

伍子胥:“无道之君,人人得而诛之! 淫君不除,良臣安在?”

申包胥:“那也应该先除佞臣! 据包胥风闻,乃费无极在平王面前夸饰秦公主之美艳,方才撩动平王纳媳之心。”

伍子胥:“有此淫君,方有此佞臣,子胥只向楚王问罪!”

申包胥:“王即楚国,兴兵问罪楚王,即以楚国为敌,子胥,你可断不能以一己私仇而嫁祸于故国呀!”

伍子胥正色:“如此,包胥兄何不拿我,为楚国除凶?”

申包胥亦正色:“谬也! 包胥倘临危不救,是为不义;若纵你仇楚,是为不忠! 大丈夫唯其两全,方为完人!”

伍子胥冷冷一笑:“好吧,山高水长,你我各行其是吧!”

伍子胥拔腿就走,申包胥目送他。

伍子胥走出较远,忽然转头高呼:“申包胥,我若伐楚,君当如何?!”

申包胥正要登上马车,闻言略一停顿,没有回答。

伍子胥久等着,不无失望地摇了摇头。

申包胥的马车辚辚驰去。

马车上　晨

申包胥驾车而行。

身后的车篷里传出婴儿的啼哭。

马车停下。

申包胥钻进车篷,只见婴儿号啕不止,襁褓外渗出缕缕鲜血。

申包胥小心解开襁褓,一团血肉,赫然在目。

一声惊天霹雳，震下如注暴雨。

申包胥大惊失色，咬牙恨呼：“伍子胥，你恨莫深焉！”

大道上　日

伍子胥在雨中大步行走。

申包胥的马车飞速赶来。

伍子胥驻足，回身。

申包胥左手托孤，右手驾辕，怒容高喝：“伍子胥！尔若伐楚，吾必安楚！尔若亡楚，吾必兴楚！”

又一声霹雳，伍子胥被震得目瞪口呆。

马车急驰而去。

伍子胥紧追两步：“申包胥，留下吾儿！”

马车在风雨中远去，消失……

昭关　日

大雨瓢泼……

城门下，伍子胥蓑衣斗笠，状如老翁，随人流急步出关。

城门外，伍子胥蓦然回首，恨声起誓：“二十年内，伍子胥必亡楚国！”

霹雳惊空，暴雨如注……

闪电中，伍子胥面貌狰狞。

风雨中，昭关隐约颤抖。

伍子胥甩掉斗笠，起步飞跑，其矫健身影在闪电中飞速消失。

楚王宫　夜

雨仍在下，雷仍在响……

一道闪电挟着一股劲风，忽剌剌掠过王宫上空，掀起几片檐瓦。

整座王宫在雷雨中动荡飘摇……

楚王宫内　夜

烛火摇曳，烛光昏红，层层帷幔忽起忽落。

宽榻上，楚平王仰天而卧。平王的神情痛苦而恐惧。

榻边，申包胥默默地看着楚平王。费无极及几个要臣也恭立在四周。

一边，孟嬴大着肚子，独自在案几上摆放着那几枚贝壳。周围的一切，似乎都和她无关。

楚平王忽然用手指指申包胥，又歪过头来看了看腆着大腹的孟嬴，眼神里流露出期待的神情。

费无极解释似的重复了一次平王的动作，对申包胥："太师明白大王的意思了吧？"

申包胥似懂非懂地点了点头。

费无极挥一挥手："好了，退，退吧！"

申包胥等鱼贯而出。

申包胥私邸　夜

烛光下，申包胥亲自为婴儿的伤口敷药。

婴儿静静地躺着，似乎在忍耐着敷药的痛苦。

申包胥叹着气，痛心地摇摇头。

楚王宫　日

一声婴啼从王宫内传出。

费无极踮着脚在王宫回廊上奔跑着。

平王病榻旁，费无极气喘吁吁地报告："恭喜大王，王后生下一个儿子!”

病榻上,平王口中垂涎,目露喜色。

楚王宫　日

殿堂上,费无极颐指气使地对一班楚臣:“大王立秦公主之子为太子,取名轸。举国同庆三日!”

众楚臣唯唯应声:“大王万岁!”

丹墀上,孟嬴怀抱太子轸,端庄而坐。

费无极挥挥手:“退,退吧!”

楚王宫　日

回廊上,费无极叫住前行的申包胥。

费无极:“申太师留步!”

申包胥皱皱眉,放慢脚步。

费无极追上去,并肩走着:“申太师主外,无极主内,楚国便是你我二人的了。”

申包胥停步:“费无极,听说大王纳子媳为后,是你出的主意?”

费无极不无得意地:“是,是啊!”

申包胥:“伍太师一族被诛,也是你向大王献的计?”

费无极咂一咂嘴:“其实也怪伍氏父子多管闲事,还闹出个群谏,惹怒了大王,否则……”

申包胥:“如今伍子胥衔恨在逃,大王又一病如此,楚国百姓俱恨不得扒你的皮,抽你的筋,你也知道吧?”

费无极嘿嘿一笑,不以为然地:“知道,知道!”

申包胥正色:“奸邪小人!只图逞眼前一时之快,不知忧国家社稷利害于久远!真如腐肉之蝇,溃痈之蛆!”

费无极一愣,一时竟反应不及。

申包胥："从今以后，小心做人，勿再心生邪念，惑主乱朝！"

费无极愣着神，下意识地唯唯点头。

申包胥仰目轻语："近忧远虑，只怕楚国从此多难了！"

费无极回过神，申包胥已经远去。

费无极咂着嘴，茫然地摇了摇头。

吴市街头　日

伍子胥冠脱发散，衣衫褴褛，踞地吹箫行乞。

字幕：时距伍氏家族被屠四年。

行人匆匆，观者冷漠，偶有一、两枚小钱掷于伍子胥面前钵中。

箫声凄凉，曲音哽咽。

围观者中，一后生问老者："这老翁是谁，怎么经年累月地跪在此处吹箫？"

老者："他可是大名鼎鼎的楚国人伍子胥，一族被楚平王灭了，独个儿逃来吴国向大王借兵伐楚，大王不想与楚国交恶，没有搭理他。"

后生："都快老死了，还复什么仇呢！"

老者："他可不老，顶多也不过三十。没听说么，伍子胥过昭关，一夜白了头！"

伍子胥一头白发，瞑目吹箫。

楚王宫　日

楚平王半瘫在病榻上，申包胥在为他揩拭口水。

费无极气急败坏地呵斥着两名跪在地上的太医："治了几年还是治不好大王的病，若再不见起色，我杀尽楚国的郎中！"

两名太医伏地瑟瑟发抖。

申包胥冷冷地："杀尽郎中，你为大王治病？"

费无极收敛地:“申太师,楚国不能一日无大王啊!”

申包胥:“大王虽不能临朝,可神志仍然清醒,大王还是大王,你怕什么?”

费无极凑近:“我是怕伍子胥万一回来复仇……”

申包胥:“你现在才知道怕?”

费无极向后缩缩,转身迁怒于两名太医:“滚!滚出去!”

申包胥转头威严地:“轻点!大王睡着了。”

楚王鼾声奇响,一脸傻相。

吴市街头　日

大雪静静地落,一条野狗匆匆跑过冷清的街市。

箫声如丝如缕。

伍子胥白发与雪花融为一色,但却依然有一副刚强顽直的身架。

一滴鲜血自箫管内滴下,又一滴……

雪地上溶入点点殷红。

字幕:时距伍氏家族被屠六年。

一行脚印,一双蹬靴的脚走向伍子胥。

一名面皮白净的男子在伍子胥面前止步,深深一揖,又深深一揖。

伍子胥抬眼看看他,仍自吹箫。

男子蹲下身,声音亲切地:“伍员兄,伍子胥!怎么,不记得一个叫伯嚭的朋友了吗?”

伍子胥停住吹箫,咀嚼着:“伯嚭……”

伯嚭:“对,你我都是楚国人,令尊与家父乃是世交,十年前家父犯法被楚王判夷族之罪,只有我伯嚭一个人逃出来了!而今,我可是锦衣玉食,乐不思楚啦!”

伍子胥正视他:“吴王重用你了?”

伯嚭左右看看,压低声:“不是吴王,是吴王的弟弟姬光,姬光大人仰慕伍员兄大名,有意结识伍将军,成就大事……”

伯嚭声音弱下去,伍子胥不解地眨着眼睛。

姬光私邸　日

一席酒宴。姬光与伍子胥对席,伯嚭陪宴。

伍子胥换掉了褴褛粗服,临席吹箫。姬光英气勃勃地凝神品曲。

曲音开阔沉雄。姬光频频颔首。

一曲终了,姬光扶案而起:“闻将军箫音,挟风裹雷,藏龙卧虎,大有吐纳山川、翻动乾坤之势,实非凡人可识!”

伍子胥眼睛一亮:“入吴六载,足下乃第一知音!”

姬光:“以将军之才,自可比渭水垂钓之姜子牙,可惜……”

伍子胥:“可惜吴王不是文王!”

姬光叹息着点点头:“对!”

伯嚭举杯邀伍子胥和姬光:“现在的吴王不是文王,日后的吴王却未尝不是。来,为日后的文王和姜尚干杯!”

伍子胥惊诧。

姬光和伯嚭对视一眼,默默地看着伍子胥。

伍子胥忽然放下酒盅,转身就走。

伯嚭:“伍员兄!”

伍子胥回身直指伯嚭:“伯嚭,你听着!我伍子胥乃堂堂正正的英雄,绝不会与你做那蝇营狗苟,阴谋乱主之事!”

姬光平和地上前一步:“在下听说伍将军曾有劝子弑父之举,莫非误传?”

伍子胥:“那是在楚国!子胥要杀的乃是一个荒淫的乱主!”

姬光:“将军如今已在吴六载,难道不知吴王也是个昏庸的国君?”

伍子胥:“楚国之臣,岂能谋吴国之主?”

姬光:“将军思之,将军还能再做楚臣吗?”

伍子胥黯然。

伯嚭把酒盅递给伍子胥:“良禽择木而栖,良臣择主而事!伍员兄,昨日楚囚,明日吴臣,三思!”

伍子胥犹豫着,又一次把酒盅搁下。

姬光:“将军文韬武略,出将入相,纵使不惜埋没才具,也该记住家仇族恨,有朝一日,一泄怨气吧?”

伍子胥缓缓握起了酒盅。

姬光:“将军助我成事,我助将军复仇!”

伍子胥缓缓举起酒盅,猛然与姬光一碰。

伍子胥住处　夜

伍子胥醺醺带醉,急急地抖开包袱,里层抖出带鞘的短剑。

伍子胥念叨着:“复仇,复仇……”猛地拔剑出鞘。

鱼肠剑蚀刃,唯见斑斑血锈。

伍子胥惊呼:“宝剑失锋,莫非天作报应?”

姬光私邸　日

姬光临案端详着手中的鱼肠剑。伯嚭随侍在侧。

姬光:“行刺姬僚,唯此宝剑,怎么名剑也会锈蚀呢?”

伯嚭:“伍子胥说,名剑一旦饮亲人之血,便会锈蚀,除非访到当年造剑人的后代,重新冶炼,也许可以还锋。”

姬光:“寻到造剑者的后代了吗?”

伯嚭:“就在吴国,叫欧冶子!”

昆吾山冶剑场　日

依山造炉，炉高齐崖，炉火已旺。

炉道四周，硕大的皮囊鼓动送风。

一色红衣的三百童男童女推挤风囊，喧哗着，嬉闹着，一片天真的童趣。

风囊凸凹，炉火通红，炉心里，鱼肠剑依然锈迹斑斑。

炉前祭台边，伍子胥有趣地看着童男童女，脸上现出慈祥的微笑。

伍子胥走近炉膛，目光赫然触及到鱼肠剑，脸上顿时布满阴霾。

鱼肠剑上叠印出一儿童布满伤疤的身影。

伍子胥痛苦地别转头。

寥台湖　日

一男孩赤身露体地奔跑在湖坡上。阳光照耀下，男孩身上的遍体疤痕似鱼鳞龙纹，幽幽泛光。

申包胥远远寻唤着："鱼鳞儿！鱼鳞儿！"

鱼鳞儿嬉笑躲藏着，一头跃进湖水之中。

湖水中，鱼鳞儿似一尾欢快的鱼，跃上潜下。

申包胥赌气地坐于堤上。

鱼鳞儿游向岸边，认错地低头向申包胥走来。

申包胥指指扔在湖坡上的衣服，鱼鳞儿乖乖地穿好。

申包胥牵着鱼鳞儿在湖堤上行走。

申包胥："再三不许你到寥台湖游水，总是不听！"

鱼鳞儿："可是孩儿就喜欢来寥台湖游水，孩儿只有在水中才是快乐的！"

申包胥停步蹲下身："鱼鳞儿，你该读书了！明天，跟父亲进宫,与太子一起读书。”

鱼鳞儿点点头,爬上申包胥肩头。

申包胥掮着鱼鳞儿向前走去。

昆吾山冶剑场　黄昏

伍子胥在炉火旁巡逡踱步。

不远处,姬光与伯嚭在轻声说话。

姬光:“还需多少时日?”

伯嚭:“剑师说需要十年,要将三百童男童女十年的精血都炼进去。”

姬光:“伍子胥等得,我可等不得!”

伯嚭:“除非把这些童儿都送进炉膛。”

姬光沉吟一下,示意伯嚭一道走过去。

风囊凸凹,童儿鼓风正欢。

炉膛里,鱼肠剑仍一身锈迹。

风囊边,姬光猛然挺剑将风囊刺破……

一队童儿失重,骨碌碌鱼贯跌入炉火。

伍子胥闻声回首,大惊失色。

另一风囊又被伯嚭刺破,又一队童儿惊叫着跌进炉火。

伍子胥吼叫着冲了过来,伯嚭与姬光均神情惊骇。

蓦地,冶剑炉轰然炸响,炉中火焰嘶鸣着飞溅四方。

伍子胥收足,伯嚭、姬光避躲……

鱼肠剑闪着熠熠新光,飞跃出炉,鸣叫着直落于伍子胥脚下。

伍子胥拾起剑,泪水夺眶而出。

申包胥私邸　夜

鱼鳞儿猛然从睡梦中惊醒,翻滚痛嚎:“痛!痛……”

申包胥披衣秉烛，闻声过来看望："鱼鳞儿，儿，怎么啦？"

鱼鳞儿扯着内衣内裤，一脸痛苦："父亲，痛，我痛！"

申包胥举烛照耀鱼鳞儿，鱼鳞儿周身血红。

申包胥放平鱼鳞儿，两手在他身上抚摸。

鱼鳞儿稍安，哭泣抽噎着扭头问申包胥："父亲，为什么我身上会和别人不一样？"

申包胥缄口不答。

鱼鳞儿跃起搂紧申包胥："父亲！为什么我身上会那么痛？"

申包胥爱抚着他，唯见哽噎。

楚宗庙　夜

呼啸声化为一声霹雳。

一株古柏被雷电拦腰截断。

申包胥私邸　夜

申包胥哄着惊恐的鱼鳞儿，闻雷声悚然一惊。

楚王宫　日

申包胥匆匆走上大殿："臣昨日夜观天象，见天狼星升于东南，横贯北斗，主大凶。今日入朝，又见宗庙千年古柏遭雷电腰斩。因此，臣请大王加强东南关防！"

御榻上，平王颤颤点头。

费无极惊恐万状地奔进大殿："大王！伍子胥助姬光刺杀了吴王，姬光夺位改称吴王阖闾，欲用伍子胥为上将军，只怕要起兵伐楚啦！"

群臣窃窃私议。

平王哆嗦着，企盼着看申包胥。

申包胥镇定地:“但以目前楚吴两国兵力而言,阖闾尚不敢贸然犯楚;然若拜伍子胥为将,吴王国力必将日益增长。为楚国计,一是大王须摒弃前嫌,设法召返伍子胥;二是……”

平王期待的目光。

群臣期待的目光。

申包胥严峻地:“以恶抗恶,以强抗强……”

姑苏台　日

兵戟如丛,战旗似林。

兵士一片欢呼:“大王万岁！大王万岁!”

阖闾(姬光)登上姑苏台,神采奕奕。

兵士:“上将军！上将军!”

伍子胥登上姑苏台,深吸一口气。

阖闾:“上将军今日登坛,以何赐教寡人?”

伍子胥:“子胥不才,唯四字敬献大王,即富国强兵!”

阖闾:“愿闻其详?”

伍子胥侃侃而谈:“今诸侯蜂起,天下纷争,实乃弱肉强食之世,巧取豪夺之时。吴国四周,南有强楚,西有大秦,东有夷越,北有郑齐,大王置身四面强敌之中,唯有自强方可强人。所以,为大王计,唯有秣马厉兵,自强不息!”

阖闾连连点头:“上将军果如寡人之子牙！不过,将军伐楚复仇之事……”

伍子胥:“灭族之冤,如仇山恨海,子胥无一日不在苦海中浸泡煎熬。然而以大王目下兵力,又如何犯得世代强楚呢?”

阖闾感慨地:“对对对,大英雄报仇,二十年不晚！伍将军英雄！大英雄!”

阖闾与伍子胥执手走向姑苏台。

士兵狂呼:“大王万岁! 大王万岁! ……”

楚太子宫　日

字幕:时距伍氏家族被屠十年。

一间教室,满架书简。

鱼鳞儿手执竹简,边走边吟诵:“天必欲人之相爱相利,而不欲人之相恶相贼也……”

太子轸临案而伏,一脸狐疑地揣摩着案头上的一方太极图帛。

鱼鳞儿忽有所见,叫道:“父亲大人!”

申包胥一脸严肃地走进。

鱼鳞儿与太子轸并排坐好,两人年相仿佛,面目也有几分相像。

申包胥静默有顷,忽然朗声:“太子轸!”

太子轸立起:“学生在!”

申包胥:“你忘了楚国的忧患吗?”

太子轸:“学生不敢忘!”

申包胥:“鱼鳞儿!”

鱼鳞儿:“孩儿在!”

申包胥:“你忘了楚国的忧患吗?”

鱼鳞儿:“孩儿不敢忘!”

申包胥:“楚患何在?”

太子轸、鱼鳞儿齐声:“患之在吴!”

申包胥满意地:“唔,坐下吧。”

太子轸忽然立起:“请教太师,楚国之患为何患之在吴,而不患之在秦,患之在鲁呢?”

申包胥一怔。

鱼鳞儿亦立起:“请教父亲,圣者不是倡言兼爱非攻吗?”

申包胥又一怔，旋示意二人坐下，不无快慰地："好，很好！你们终于开始提问，懂得思辨了！"

寥台湖　夜

湖心沉着一轮月影。

鱼鳞儿斯文地坐在湖边石上，托腮想着心事。

申包胥走过来，为鱼鳞儿裹上外衣："儿子，你在想什么？"

鱼鳞儿："父亲，孩儿在想自己是不是水中的鱼儿变的。"

申包胥意外地："为什么有这种古怪想法？"

鱼鳞儿："你想么，父亲！我叫鱼鳞儿，从小就和湖水最亲，到了水里，鱼儿就过来跟我玩耍，这时候我就觉得我是一尾鱼，是鱼长大了变成的人，要不我身上为什么还挂着鱼儿的鳞纹呢？我想这就是鱼儿告诉我，要我记住我原是鱼儿变的，是湖水中鱼儿的伙伴。"

申包胥："不要胡说，鱼儿是不会变成人的！"

鱼鳞儿："不不不，会的，会的！父亲不是，太子轸也不是，可孩儿是！"

鱼鳞儿表情认真。

申包胥默默起身，回避鱼鳞儿的问题。

鱼鳞儿又将申包胥拉坐下："听说寥台湖里有三百零七个冤鬼，是吗？"

申包胥看着他。

鱼鳞儿："听说这湖里的三百零七个冤鬼都是被大王害死的，是吗？"

申包胥仍看着他。

鱼鳞儿愈说愈激动："如果是这样的话，那么父亲所说的楚国之患，就应该患之在大王啦，是不是？"

申包胥猛地甩开鱼鳞儿:“胡说!”

鱼鳞儿讨价还价地:“父亲,孩儿再问一句话,好吗?”

申包胥颤栗地等待着。

鱼鳞儿裸出上身:“孩儿身上的鱼纹为什么是三百零七条?”

申包胥大惊失色:“你怎么知道是三百零七,而不是三百零六、零八……”

鱼鳞儿不慌不忙地边穿上衣边说:“孩儿请太子轸数过。”

申包胥一扬巴掌将鱼鳞儿打倒。

鱼鳞儿捂着脸,陌生地看着申包胥,脸上布满恐惧。

申包胥掉头就走。

鱼鳞儿追上去,抱着申包胥的双腿嚎啕大哭:“父亲!孩儿再不胡说了……”

申包胥克制着,泪水夺眶而出。

楚王宫　日

空空荡荡的大殿。

丹墀上,太子轸立在一侧看孟嬴摆弄贝壳。

太子轸:“母亲!”

孟嬴不应。

太子轸三次叫唤,孟嬴似若未闻。

太子轸尝试着移动一只贝壳,孟嬴迅即抬头看他。

太子轸与孟嬴对视。

孟嬴的眼神——梦幻而神秘。

太子轸的眼神——机警而小心。

孟嬴爬行到大殿中央。

太子轸亦爬行着尾随在孟嬴之后。

孟嬴与太子轸在大殿上匍匐往来,似在玩一场猫鼠游戏。

孟嬴开心地大笑，太子轸也开心地大笑，母子俩开心地笑着、玩着……

姑苏城外　日

战车滚滚，战旗猎猎。

字幕：时距伍氏家族被屠十六年。

伍子胥班师凯旋。

伍子胥盔甲裹身，威风凛凛，昂首立于战车之上。

伍子胥的战车在夹道欢迎中涌进城门。

姑苏台前　日

吴王阖闾率伯嚭等群臣迎候在姑苏台上。

伯嚭："伍子胥此番凯旋，恐要提伐楚之事了！"

阖闾："你以为现在伐楚时机如何？"

伯嚭："至少还要再等三年。"

阖闾："哦？"

伯嚭："伍子胥伐楚，要的是楚王人头；大王伐楚，要的是楚国疆土。所以，必须准备充足！"

阖闾满意地点点头："走，寡人亲自将伍子胥迎上姑苏台。"

伍子胥战车正威风凛凛地驰来……

伍子胥私邸　夜

万籁俱寂，箫音哀鸣。

窗棂上，伍子胥蓬发吹箫的剪影。

伍子胥私邸门前　夜

申包胥凝神倾听着箫音。

一边，申包胥的随从与伍子胥的门卫正交涉着。

伍子胥私邸　夜

烛光昏暗，杯盘狼藉。

伍子胥独自吹箫，满面泪痕。

卫官走进来："将军，将军，门外有将军故友来访！"

箫音中断。

伯嚭私邸　夜

伯嚭急急地悬挂着腰剑："没有弄错？是申包胥吗？"

一男子："肯定是，直往伍将军私邸去了！"

伯嚭："走！"

伍子胥私邸　夜

伍子胥衣冠整齐，与申包胥对席而座。

申包胥："大王自那场冤案，便一病而瘫。十六年来，无日不精神焦虑，悔恨前愆！楚国也曾多次致书足下，望你重返故国，为何竟一无回复呢？"

伍子胥静静地听着，一言不发。

申包胥："而今眼见得大王老了，过去的恩怨也应该慢慢化解，何况你毕竟是楚国的人。"

伍子胥："子胥既已事吴，便是吴人了；吴王以上将军拜我，我自当为吴王效力。楚人？不，不，伍子胥只是楚国的冤鬼！"

伍子胥站起来踱着步："一十六年了，伍员衔恨怀仇，忍辱负重，我图得个什么呢？就是为了有朝一日借兵伐楚，替父报仇！伍氏与楚王乃不共戴天！"

申包胥亦站起，神情严肃地："难道一代忠臣孝子，真的要变成逆子叛臣么?”

伍子胥大笑:“淫君不除,何谓之忠?父仇不报,何谓之孝?包胥兄勿再叨言游说啦!”

伍子胥挥挥手,背转身去。

几名卫官涌进,欲强迫申包胥离开。

申包胥动情地上前几步:“伍氏一脉,尚在楚国,你难道毫无顾忌?”

伍子胥转身痛苦地:“伍子胥既然托孤在楚,就已将父仇置于亲情之上。吾儿是死是活,是仇是亲,亦是由不得我啦!”

申包胥摇着头,泪水顿出:“天大冤屈,终可化解;骨肉亲情,岂可不念?子胥呀子胥!你这是把故国情、骨肉亲、朋友义一古脑儿地抛弃干净了……”

申包胥泣不成声。

伍子胥亦潸然泪下:“故国之情,何尝不念?骨肉之亲,何尝不思!朋友之义,何尝不痛……然则仇之深!恨之切!伍子胥纵入地府黄泉,亦不能消化,不能忘怀……包胥兄请去,子胥复仇之志,生不可改也……”

申包胥抱紧伍子胥,痛不欲生:“子胥!子胥!”

伍子胥亦抱紧申包胥,大声嚎啕:“包胥!包胥……”

伍子胥私邸　夜

伯嚭已带兵包围了住宅。

门开处,伍子胥陪同申包胥走出。

伯嚭欲上去擒拿申包胥,被伍子胥一把搡开。

伯嚭不解地:“伍将军……”

伍子胥一挽申包胥手臂:“包胥兄,走吧。”

吴兵让开通道……

楚王宫　日

申包胥的马车在宫门外停下，申包胥急急跳下马车。

一楚臣走来，热情地招呼申包胥："申太师，多日不见！"

申包胥一把搡开楚臣，大步向宫内走去。

楚臣不解的神色。

太子宫　日

成年的太子轸在一方白帛上手绘着太极图形。

申包胥铁青着脸走进来。

太子轸袖起白帛，热情相迎："太师回来了？"

申包胥突喝："太子轸！你忘了楚国的忧患吗？"

太子轸本能地一脸严肃："学生不敢忘！"

申包胥："楚患何在？"

太子轸响亮地："患之在吴！"

太子轸的声音回响着，申包胥已经大步走了出去。

太子轸严峻思索的神情……

旷野　日

山坡上，成年的鱼鳞儿悠闲地吹着一支短笛。

山坡下，爬满一群群羔羊。

申包胥雄赳赳大步走来。

鱼鳞儿见着申包胥，一跃而起，快跑着迎接他。

鱼鳞儿："父亲！父亲大人！"

申包胥忽然立定。

鱼鳞儿停步，异样地注视着申包胥。

申包胥大声："鱼鳞儿！你忘了楚国的忧患吗？"

鱼鳞儿愣了愣，嘴里嗫嚅着："没，没有……"

申包胥再喝:“鱼鳞儿!你忘了楚国的忧患吗?”

鱼鳞儿一笑:“父亲大人,你这是……”

申包胥暴怒地操起一竿牧羊鞭,凌空甩了一响:“鱼鳞儿!你忘了楚国的忧患吗?”

鱼鳞儿本能地恢复严肃:“没有,孩儿不敢忘!”

申包胥再甩一响:“楚患何在?说!”

鱼鳞儿:“患之在吴!”

申包胥“唔”了一声,松弛地委坐在地。

鱼鳞儿走近关切地:“父亲,你怎么了?”

申包胥攥着鱼鳞儿的手,气喘吁吁地:“儿子,咱们楚国就要有难了!”

鱼鳞儿:“是吴国要伐楚吗?”

申包胥:“是的,伍子胥要回楚国复仇!大王老了,父亲也老了,楚国就靠太子轸和你了!”

鱼鳞儿脸上掠过一道阴影:“父亲要孩儿去抗击伍子胥吗?”

申包胥:“你是楚国的臣民,应该捍卫自己的国家!”

鱼鳞儿松开与申包胥握着的手:“可是孩儿一直觉着伍氏家族是冤屈的,孩儿也一直同情伍子胥,孩儿甚至怀疑……”

申包胥敏感地:“怀疑什么?”

鱼鳞儿:“不,孩儿知道伍氏家仇乃是小私,楚国安危方是大义!”

申包胥认可地点点头,旋把牧羊鞭递给鱼鳞儿,顺手指了指坡下的羊群。

鱼鳞儿郑重地接过牧羊鞭。

山坡下　日

羊群在往来奔跑,仿佛是一支被训练着的军队。

鱼鳞儿裸露着的上身雄壮而健美，他身上的疤痕在阳光的照耀下显得格外醒目。

牧羊鞭在飞舞，空中爆着连连鞭响。

楚王宫　夜

烛影摇曳，帷幔飘动。

平王独自在病榻上昏睡。

一个人影悄然走近平王，向他俯下身去。

是成年的太子轸，只见他两眼直视地看着平王，似在读解着什么秘密。

平王忽然敏感地睁开眼睛，眼光中充满恐惧。

太子轸目光凶狠，一把扼住了平王的喉咙。

太子轸："父王！你下半辈子活得太沉重了！你一直活在伍子胥的阴影下，一直活在对往事的恐惧中……你是大王，你赎的什么罪呢？窝囊！可怜！你看看你的儿子，像不像你的过去？死去吧，你这可怜的老头！让儿子掀去你平庸的 [illegible]章！"

平王挣扎，太子轸用一条白帛缠住他的脖颈，用力绞、绞着……

平王安静下去，眼角上挂着两颗泪珠。

太子轸展开白帛，覆盖住平王的脸。

白帛上，画着一幅太极图案。

太子轸拍一拍手，神态异常平静。蓦地，太子轸仿佛看见了什么，神色大变。

病榻一侧，孟嬴居然一直在玩贝壳。

太子轸稍事镇定，惊奇地面对孟嬴跪下去。

太子轸："母后！"

孟嬴不应。

太子轸三次叫唤，孟嬴似若未闻。

太子轸干脆还是移动贝壳，孟嬴又是迅即抬头看他。

太子轸与孟嬴对视。

孟嬴的眼神——梦幻而神秘。

太子轸的眼神——凶狠而贪婪。

孟嬴猫着腰向一边爬去，太子轸一跃而扑住她……

太子轸与孟嬴扑躲着团团打滚，犹如一头恶豹捕获着一只麋鹿……

烛影摇晃，帷幔飞飘，楚王宫一片动荡……

吴王宫　日

阖闾正左拥右抱，饮酒作乐。

忽见寒光一闪，一支剑直钉在案桌上。

“鱼肠剑！”阖闾大惊抬头。

伍子胥一身重孝地立在案前。

阖闾心慌：“伍将军这是……”

伍子胥吐出：“平王死了！”

阖闾：“平王死了？好！好啊！平王乃将军死敌，他的死正是伍将军的快乐，因何反为他服孝呢？”

伍子胥：“子胥非为平王服孝，乃为自己哭丧！哭我生不能亲斩平王之首，延宕异国十余载未报父仇，我生同于死啊！天，天！伍子胥何颜直立于人世……”

伍子胥说及痛处，放声大哭。

阖闾劝慰地：“父仇子报，父债子偿，寡人助你伐楚复仇，断不食言！”

伍子胥稍稍平歇：“子胥今日来请大王，让我独自回楚国为平王吊丧。”

阖闾:“为什么? 将军岂不是自投罗网?”

伍子胥:“子胥在吴国为官,便是吴国的使臣。子胥此去,一来为祭奠家父,二来为探听虚实,三来领回在楚国生长的儿子。”

阖闾:“好! 将军此去,寡人即调集人马,陈兵边境,以作将军后盾。待将军返吴,便商定伐楚大计!”

伍子胥感恩地跪下:“大王真如子胥再生父母!”

楚王宫　日

费无极紧张地上奏着:“吴王派伍子胥来楚国吊丧,恐怕要借机伐楚!”

一楚臣:“先王原与伍子胥有君臣名分,伍子胥吊丧,也在情理之中。”

费无极:“三百余口性命,伍子胥焉能淡忘? 依无极之见,不如乘机斩草除根!”

另一楚臣:“伍子胥既受吴王之命,便为邻国使臣,两国之间,岂能妄杀来使?”

楚昭王(太子轸)征询地看着申包胥。

申包胥亦探询地反问:“昭王以为呢?”

昭王:“寡人,不,学生愿闻太师高见!”

申包胥扫视一眼群臣,不急不慢地:“伍子胥此人,秉性如火似钢,此番还楚,其意自不在吊丧。依臣之见,是要先做三件事情……”

申包胥走近昭王,声音弱下去。

昭王连连点头。

伍氏宗祠　日

伍氏宗祠的祠匾半埋在土里。

断裂的碑牌,残破的颓壁,伍氏宗祠已为废墟。

昭王率申包胥等楚臣恭敬祭祀。

昭王拈香朗诵："先王误杀忠良，致使伍氏一族满门冤鬼，寡人唯恨不早生，劝阻冤狱，思之能不痛心疾首……"

昭王挤着眼泪。

群臣一片静穆。

昭王出神有顷，忽然一冲而扑倒，嚎啕大哭："皇天后土，天日昭昭，伍氏一家冤重如山啊……"

楚臣一齐跪倒，一片恸哭……

申包胥兀自立着，双目紧闭，泪流满面。

黑压压围观的楚民，唏嘘声此起彼伏……

昭关　日

关隘前，人头攒动，熙熙攘攘。

人群嘈杂："看！伍子胥回来了……"

关外一簇人马徐徐而来。"吴"字旌旗下，伍子胥骑在马上。

人群自觉地让开通道。

人群指点着，透出惊奇和陌生。

一后生："伍子胥是谁呀？"

一老者："楚臣！遭了大冤，如今回来给平王吊丧！"

后生："伍子胥不记仇吗？"

老者："大丈夫不记仇，记恩，毕竟是咱楚国人！"

马上，伍子胥脸色沉郁，目光如火。

楚王宫　日

伍子胥下马，目中无人地向宫殿走来。

夹道仪兵，默默地垂下剑戟……

大殿门首，费无极望见伍子胥，掉头就往里逃。

费无极奔进大殿，瑟瑟发抖："伍……伍子胥……到了！"

大殿，一片素幔，装点成灵堂。

申包胥率楚臣层层而跪，丹墀上隐隐跪着楚昭王。

伍子胥一入大殿，所有的人哭声顿响。

伍子胥目不旁顾地直奔平王灵柩。

哭声顿时暗哑。

费无极恐惧地看着……

申包胥冷静地看着……

丹墀上，"楚昭王"侧着身回望伍子胥。昭王是由鱼鳞儿假扮的，因为相像，又隔着帷纱，绝难为人识破。

伍子胥走近平王灵柩站住。忽然一用力移开棺盖……

棺椁中，平王脸上的病态和痛楚全然不见，他面色如生，似在沉睡。

群臣面面相觑……

伍子胥久久看着……

忽然，伍子胥放声大哭："噢——平王！平王……你怎么就这么走了……可怜我伍子胥等得太久……太久了……你一走了之，我怎么办哪……噢——噢——噢——"

申包胥落泪……

鱼鳞儿落泪……

大殿上一片抽泣……

伍子胥头撞棺椁，血流如注，申包胥令人拉住伍子胥，伍子胥挣扎着向棺椁俯仰……

鱼鳞儿忽然奔至伍子胥面前跪下："伍将军，伍将军！"

伍子胥一愣，刹时止住了哭。

申包胥紧张地把群臣往后推赶。

群臣纷纷往后退着。

鱼鳞儿仰着脸，期待地看着伍子胥。

伍子胥低头注视着鱼鳞儿。

鱼鳞儿："伍将军，化解怨仇，回到楚国来吧！好吗？"

伍子胥托起鱼鳞儿的下巴："你就是平王之子昭王吗？"

鱼鳞儿摇摇头，又点了点，他的表情是天真无邪和深情关切的。

伍子胥托住鱼鳞儿下巴的手重重一送，鱼鳞儿仰面坐地。

伍子胥冷冷地："记住！父债子偿，父仇子报！伍子胥今日来为平王吊丧，便是来与你的楚国作个了断！明日，我将亲率大军，伐楚复仇！掘尔的祖坟，枭尔的人头，不如此，难雪我伍氏家族的血海深仇！尔小心等着！"

伍子胥言罢，掉头就走。

鱼鳞儿忽然高叫："伍将军！"

伍子胥本能回首。

鱼鳞儿犹豫着似要扯开衣领……

申包胥大惊失色："鱼鳞儿！"

伍子胥不解地看着鱼鳞儿，又看看申包胥。

申包胥正色："大王不要失却国主风范！"

鱼鳞儿痛苦捶地，嚎啕大哭。

伍子胥鄙视地咧一咧嘴角，转身从容而去……

伍氏宗祠　日

伍子胥眼角带泪，跪地默语："地下冤鬼有知，伍子胥就要伐楚复仇了……"

一阵风骤起，新立的"伍氏宗祠"门碑忽然断裂。

伍子胥感慨："天神有灵，敦促子胥赶快伐楚！"

郢都城下　日

伍子胥一行吊丧人马正缓缓而来。

城门内，一块空地上，五匹马牵着五根绳，绳端系在费无极的头和四肢上。

楚民观望如堵，人群纷纷向费无极抛砸砖石。

伍子胥立马观望。

五名骑士上马，呼应着同时加鞭。

五马奔突，传来费无极绝望的一声嘶喊。

伍子胥面不改色。

昭关　日

伍子胥一行人向关外走去。

一辆马车追赶着兜到前面，阻住去路。

马车上走下申包胥。

伍子胥骑在马上，一动不动。

申包胥拱手走近："子胥兄，下马谈谈吧！"

伍子胥鞭指申包胥："我只问你一句话，我的儿子在哪里？"

申包胥："死啦！"

伍子胥："谁杀的，是你？"

申包胥："不，是伍子胥，用他祖传的鱼肠宝剑！"

伍子胥"哦"了一声，默默地闭上眼睛。

申包胥："三百零七剑，伍子胥，你好狠呀！"

伍子胥忽然睁开眼，哈哈大笑："始作俑者，其无后乎！伍子胥如今无牵无挂也！哈哈哈哈……"

伍子胥笑出了泪水。

申包胥："不！你还有父母之邦！还有朋友之谊！还有我，申包胥！"

伍子胥掏出鱼肠剑,割袍血书,书罢抛给申包胥。

申包胥展读,血书:“覆楚”。

申包胥亦取佩剑,割袍血书,然后抛给伍子胥。

伍子胥展读,血书:“复楚”。

申包胥凛然的目光。

伍子胥冷峻的神情。

申包胥与伍子胥久久对视,交臂而过。

伍子胥一行车马辚辚驰向关外。

申包胥上车,马车起动狂驰……

夕阳之下,昭关昂首而立。

湖泊　日

风声嘶吼,千倾波涛,漫天狂飙……

旷野　日

风声强劲,飞沙走石,一片漫漫黄尘……

山峦　日

风大如暴,摧林拔树,风过地动山摇……

姑苏城外　日

风仍在吼,雪漫天飘……

一望无际的白色旌旗……

一望无际的白甲军阵……

一面巨大的白色“吴”字帅旗下,伍子胥满头银丝,白须拂胸,重孝加身,面色严峻,他缓步登上阅兵台,目光如炬。

伍子胥身后站着吴王阖闾、伯嚭和一干战将。

高高的阅兵台下，三军尽皆缟素。

巨大的战鼓，八锤齐落，惊心动魄。

颀长的军号，队队齐鸣，撼地震天。

伍子胥手执鱼肠短剑，蓦地泪水直下……

鼓号骤停，一片令人窒息的寂静。

字幕：时距伍氏家族被屠十九年。

伍子胥："楚故臣伍员，入吴经有十年又九载；衔父仇，怀族恨；食不沾肉腥，寐不卧褥席；忍辱负重，茹苦含辛；暑天当阳而励志，冬日抱冰以自醒；忍体肤之饿，耐筋骨之劳，承心志之苦；唯家族大仇，不敢稍怠于心！吾三代为臣，有功于楚；外御强虏，内持政务；称王嗣之师表，为群臣之效尤；德高望重，文治武功；在朝无矜夸之色，在野无彪功之喜；民无私议，官无微辞；对上坦坦荡荡，对下谦谦徐徐；人皆视为父母，人皆视为子女，人皆视为兄弟，人皆视为友朋；问之何故？唯忠、唯孝、唯义、唯恕、唯勇！然则，如许功勋世家，簪缨之族，却因一奸佞小人之媚言嫔语，毁于旦夕！王者不王，君者不君，功者不功，臣者不臣；一时间月沉日落，天覆地倾，波起涛涌，雨血风腥；可怜我白头之父，妊娠之妻，阖族三百余众，尽溺寥台湖中……此冤，冤莫大兮；此仇，仇莫深兮；冤头债主，楚平王耶！今平王虽死，续有昭王；伍氏虽毙，尚有子胥；是谓父债子偿，父仇子报，焉有穷期！天怜地悯，假我以王师；干戈旌旗，展我之素志；强将勇兵，壮我之怀抱；冰雪寒风，知我之哀思；白发、霜虬、素袍、银胄，天地服白，三军举孝，为我大起哀师！伍子胥怀恨衔仇，隐忍一十九载，今日谢天地，敬鬼神，祈告列祖列宗，保佑我伐楚成功！纵功成身败，死而无憾！"

伍子胥跪地三拜。

吴军高呼："伐楚！伐楚！伐楚！……"

雪崩于峰……

冰裂于河……

雪花漫卷，狂风大作……

昭关　晨

四匹马急急冲进关隘。是报警的使臣。

纪南城　夜

四匹马急急冲进城门。

郢都　日

四匹马急急冲进城门。

楚王宫　日

四名使臣急急地奔向宫殿。

昭关　日

城门紧闭。

守军如临大敌。

一守吏敲鼓吆喝："伍子胥就要来了，诸位父老乡亲，快上城墙，帮武城将军守城啊！"

集市上，人群漠然地望着声嘶力竭的守吏，无动于衷。

一商人："伍子胥是向楚王复仇，又不是向我们老百姓复仇，我们怕什么！"

另一商人："哎哎哎，做我们的交易，你看什么热闹！"

昭关城楼上　日

武城黑在指挥士卒搬运檑石。

武城黑从怀中掏出一酒葫芦，刚欲沾口。

一军校忽然敏感地："来啦！"

武城黑的酒葫芦一惊坠地，他急急地扑向城垛。

先是风声，风声里裹挟着一种万马千军向前滚动的压力；渐渐地，遥远处现出了一片白色的吴国旌旗……

武城黑眨眨眼，疑惑地用力向前看着。

白色旌旗犹如一团飘来的云雾，紧接着便现出了连天的兵马，同时隐约听到了马蹄声……

武城黑目瞪口呆，本能地向后退仰。

"白雾"顿散，吴军兵马清晰地向前奔来……

武城黑绝望大叫："昭关完啦！快，快！开城献关！"

守军恐慌四散。

昭关城下　日

城门大开，武城黑率降卒黑压压跪倒一片。

大地颤抖，昭关摇晃，巨大的轰鸣声排山倒海般压来。

武城黑吓得哭出了声，降卒哭成一片。

城外，吴军正啸啸着冲来。

伍子胥雄立战车，凛凛生威，举着剑突在前沿。

武城黑哭叫："伍子胥！伍将军！我们已经献关啦——"

众降卒哭叫："我们献关啦——"

武城黑与降卒的叫喊为巨大的轰响所淹没。

武城黑忽地爬起来："逃！快逃哇！"

武城黑话音未落，吴军的兵马已经没过了他的头顶，没过了满地挣扎的降卒……

吴军如一股白色激流，汹涌地涌入了城门，漫向四方……

先前做着交易的两个商人还兀自愣愣地看着，两支长戟已贯通了他们的胸膛。

集市大乱，楚民哭喊着四处奔逃。

骑兵追逐，步卒杀戮……

一片风的呼啸，血的喷涌……

霎时归于安静……一幅屠杀场景。

吴王阖闾的豪华战车悠悠驰进城门，是伯嚭为阖闾驾辕。

伍子胥的战车迎向吴王。

吴王指指点点，潇洒如仪："好！好！什么雄关漫漫，怎经我上将军剑戟一点，即刻化为灰烟，哈哈……"

伍子胥节制地拱一拱手："冤有头，债有主，伍员已约束部将，不得再滥杀无辜！"

伯嚭："伍将军差矣！将军一门忠烈与楚王何仇？不是照样一个不赦！伍将军天天想着伐楚伐楚，怎么刚一到楚国，就忘记了过去的仇恨呢？伍将军不要忘了，伯嚭也是楚国人哩，在我的眼里，楚国没有无辜者！"

吴王赞同着伯嚭："伍将军不要忘记，你现在是寡人的爱将，吴国的猛士！"

伍子胥醒悟地点了点头，旋即大声吩咐佐将："拆除关隘，推倒城墙，将昭关夷为平川！"

吴王赞赏地连连点头。

伍子胥催战车急急驰去……

楚王宫　日

群臣站立，气氛紧张，昭王召集群臣议事。

昭王："伍子胥以哀兵为名，大举伐楚；吴王倾一国之师，意在将楚国吞并。而今，吴军以三十万之众，三倍于我，楚国危在旦夕！然，寡人所虑者，并不在胜负，而在于人心。先王冤戮伍氏，虽已过去一十九载，但百姓对伍氏的同情之心未减，伍子胥在楚国的威望犹在。如此局面，教寡人如何号召民众，齐心御敌？寡人思之再三，唯有向吴王称臣！”

昭王蒙面而泣。

群臣束手无策。

申包胥：“昭王仁义之心，天地共知；奈何伍子胥丧心病狂，一意孤行。昭王所虑者在于人心，昭王所幸者也正在于人心呀！”

昭王抬起泪眼，不解地看着申包胥。

申包胥上前一步：“伍子胥复仇，必然大举杀戮；吴王阖闾督师，必然一路掠夺。昭王如若亲自督阵，引诱伍子胥，伍子胥必然疯狂追杀！如此，一面是昭王的爱国之心，一面是伍子胥的血腥屠杀，楚国百姓目睹此情此景，能不激起冲天怨恨！到那时，楚国与伍子胥交战的就不是十万兵勇，而是百万民众了！”

昭王意会地点头：“太师此乃纵恶之计？”

申包胥冷峻地：“以眼还眼，以牙还牙，以恶抗恶……”

寥台湖　黄昏

湖堤上，申包胥与鱼鳞儿并肩而行。

鱼鳞儿：“以恶抗恶……为什么不能以善化恶呢？”

申包胥：“事不得已，唯有这一条路了。”

鱼鳞儿叹一口气：“好端端的骨肉同胞，君臣兄弟，弄得相仇相残，令人痛心啊！”

申包胥看着鱼鳞儿：“奇怪，你怎么养成一副妇人心肠！”

鱼鳞儿指一指寥台湖：“你应该问一问寥台湖！”

申包胥立住：“什么意思？”

鱼鳞儿回身：“我是伍子胥的儿子，是吗？”

申包胥一怔。

鱼鳞儿："寥台湖是我的生养之地，是吗？"

申包胥一言不发。

鱼鳞儿微微一笑："我知道，父亲大人是不会告诉我的，可是我自己早就明白了！"

申包胥异样地看着鱼鳞儿。

鱼鳞儿不动声色地："三百零七条冤魂，三百零七条鱼纹，真巧，也许是神的指示。"

申包胥冷冷地："那不是鱼纹，是剑伤！"

鱼鳞儿一愣："什么？剑伤？为什么，我的父亲……"

申包胥："对，你的父亲，伍子胥！他疯狂了，他要你记住三百零七口的仇恨！他是疯子！"

鱼鳞儿痛苦地："不，他不是疯，是病、病！他是个病人……"

申包胥喝止地："听着！鱼鳞儿，你首先是楚国的臣民！然后才是伍子胥的儿子！一个被他致残的儿子……"

申包胥大步走去。

鱼鳞儿望着申包胥的背影，泪流满面……

江边　日

伍子胥面水而跪，默默祈祷。

不远处，当年为鱼鳞儿哺乳的妇女所住的茅屋在风中摇曳着。

伍子胥站起身，示意兵士将大把碎钱掷入水中。

忽然传来一阵悠扬的乐声，伍子胥循声张望。

江堤上，一行仪仗正徐徐行驶。中间一辆马车，华盖高轮，绚丽多彩，车上仿佛坐着楚昭王，那神态、那仪容，显得雍容大方。

伍子胥看得目瞪口呆。

吴兵欲冲上堤岸，被伍子胥喝止。

伍子胥："不要妄动！看他逃往何处。"

纪南城　黄昏

“昭王”一行人马辚辚驰入城中。

江边　夜

伍子胥在督促士兵搬运石块，堵截江流。

江中，堤坝已将合拢，偶有士兵不慎被豁口的激流冲走。

纪南城　夜

城门紧闭，城池静卧，一片安静。

风声渐起，大地抖动，风声裹挟着一种江河奔流的浩荡气势。

远处一片白色云雾，云雾向前滚动着，渐渐跳动起白色的浪涛。

浪涛汹涌向前……

纪南城内　夜

一片漆黑，只听见人群形形色色的哭救：

“快逃哇！伍子胥淹城啦——”

“天杀的伍子胥！罪人哪——”

江堤上　夜

伍子胥高立于战车上，一脸冷漠。

纪南城　晨

一片汪洋，满目浮尸。

晨日升起，照着死样的岑寂。

江堤上　晨

一佐将报告：“上将军，没有找到楚昭王的尸体！”

战车上，伍子胥微闭双目，一动不动。

山道　晨

山脚下，停着昭王的华辇，"昭王"正被人搀扶着下车。

大道　晨

伍子胥的大队人马正隆隆滚来……

山道　晨

"昭王"一行人步行上山。

山脚下，"昭王"丢弃的车马仪杖。

"昭王"行走中回首顾盼，是鱼鳞儿假扮的楚昭王。

山脚下　日

伍子胥的战车停下。

石头上一行字迹："愿与吴军决一死战"，落款："楚昭王轸"。

伍子胥冷冷一笑。

山道阳面　日

庞大的吴军兵阵向山上移动。

山道阴面　日

散乱委顿的楚军兵卒向山上慢行。

山道阳面　日

伍子胥目光仰视，一往无前。

山道阴面　日

鱼鳞儿频频回首，一脸悲悯。

大峡谷　日

天高云淡，豁然开朗。空中鹫旋鹰翔。

谷底一片开阔，四周莽林森森。

开阔地带如一方棋盘，吴军一色为白，楚军一色为绛，两色相对，各据一方。

长久的对峙。

一条山涧小溪，悠闲地向山下流着。

军号声突鸣。

战鼓声突响。

惊心动魄的鼓号声，惊起林中飞鸟。

阳峰之巅，伍子胥白发飘拂，一脸杀气。

阴峰之巅，鱼鳞儿双目紧闭，痛苦不堪。

谷底，绛白两军开始运动旋转……

先是绛白两色分明……

渐次两色混合掺杂……

最后绛色消失，只剩下白色……

伍子胥扬眉吐气的神态……

鱼鳞儿痛苦掩面的神情……

山溪流淌着……

先是清清溪流……

渐次溪水中带入了血丝……

最后溪水完全变成血红，而且流速飞快……

小溪化为血瀑，横挂山川……

郢都　日

大批楚民拥在城下，推挤着向城外看着。

人群嘈杂着："大王回来了！大王战败了……伍子胥是楚国的罪人……快，迎接我们的大王，大王——"

"昭王"一行人马逶迤而来，显出一副惨败相。

鱼鳞儿端坐在车辇里，痛苦地放下掩帘。

楚民拥戴着、跪伏着，一片静穆和崇拜。

"昭王"车马静静地驶过人群夹道。

车上，鱼鳞儿泪流满面。

人群目送"昭王"入城，忽然骚动起来：

"杀吴兵……杀伍子胥……"

"踩平伍氏宗祠，走哇！"

楚民人山人海，势如怒潮……

新修的伍氏宗祠　日

楚民发疯般地冲来。

楚民在敲击宗祠碑牌……

楚民踩踏灵位……

楚民在合力推墙……

宗祠瞬息间化为废墟。

楚民仍然叫喊着"走，参加楚王的军队，打伍子胥呀！"

楚民蜂拥而去。

郢都　夜

一行车马悄悄地驰出城门。

车上，申包胥与楚昭王并肩坐着。

昭王假惺惺地："君民如同鱼水，寡人不忍弃民而去！"

申包胥劝慰地:“昭王不是还在宫里吗?”

昭王:“那是鱼鳞儿,不是寡人!”

申包胥:“都一样,昭王的车辇在哪里,民心就在哪里!”

昭王做出痛苦的样子,夸张地叹了口气。

郢都　晨

载着鱼鳞儿的昭王御辇缓缓地驰向城外。

御辇后边,跟着大队的战车、马车以及列队行走的步卒。

大批楚民操着各式代用武器,紧紧尾随着队伍。

楚民激情洋溢,斗志昂扬。

御辇中,鱼鳞儿默默自语:“父亲,你的死期已经不远了……”

郢都城内,一望空空如也。

旷野　夜

风声又起,吴军的大队人马在伍子胥的策引下,正排山倒海般压向郢都。

吴军前方,现出一线城垣。

一所民宅　夜

楚昭王坐在土榻上浸脚,申包胥忙上忙下地伺候他。

昭王:“太师,郢都怎样了?”

申包胥:“一座空城,百姓都已随鱼鳞儿撤出,昭王放心!”

昭王:“接下去伍子胥还做什么?”

申包胥:“毁城,焚宫,拆庙,掘坟,无恶不作!”

昭王奇怪地笑了笑:“他倒是真的成了叛臣逆子,民贼独夫了!”

申包胥叹口气:“唉,疯子,疯子!”

昭王忽有所思地:“鱼鳞儿呢,他以寡人的名义到处招摇,究竟募集了多少人马?”

申包胥:“全民皆兵,百万之众!”

昭王:“能战胜吴兵吗?”

申包胥:“能。不过老臣还须亲自往秦国借兵,请秦国去抄吴军的后路,这样吴王阖闾就只能退兵了!”

申包胥揩干昭王双脚,端汤准备出去。

昭王:“太师,你觉得鱼鳞儿这个人可靠吗?”

申包胥一怔:“昭王什么意思?”

昭王:“寡人在问你呢!”

申包胥严肃地看着楚昭王,语气含着分量:“昭王只需明白,鱼鳞儿是老臣之子,楚国之臣,再无别的!”

申包胥言罢即去。

昭王看着申包胥离去,冷冷一笑。

土榻一边,孟嬴在摆弄贝壳。

昭王下榻蹲在孟嬴身旁,似对孟嬴,又似自言自语:“奇怪,一天天,一年年,母后总是在玩这几只贝壳,那么专心,那么致志,周围的一切,好像从来就不在你的眼里。可是孩儿有时又想,楚国二十年来所发生的事情,到底与母后有没有关联?就像这几枚贝壳,很随意,也很神奇。说它是一盘棋局,是又不是,不是又是……”

孟嬴的神态,很高贵,很神秘……

昭王的表情,很世俗,很傻……

郢都　晨

城门大开。

伍子胥战车在前,吴王御辇在后,长驱而入。

吴兵欢呼:“吴王万岁!吴王万岁!……”

吴军大队人马入城。

城内空空荡荡。

旷野　晨

鱼鳞儿乘坐的昭王御辇停在一处高坡上。

几队人马正从四方向高坡集结。

到处是“楚”字旌旗……

到处是悄无声息的兵民……

楚王宫　日

吴王落坐在楚王的座位上，兴高采烈。

伯嚭抱来大堆图简，摊在吴王面前。

吴王：“这是什么？”

伯嚭：“都是楚国的地图名册，大王有用处！”

吴王感兴趣地翻检着：“伍子胥呢？”

伯嚭：“到处找人复仇，像个疯子！”

吴王一笑：“让他去！”

楚王宫前　日

几名楚臣反剪手跪在地上。

伍子胥背手拿着节鞭，往来踱步：“冤有头，债有主，伍员本意不想难为各位，只要你们说出平王葬在哪里，昭王人在何处，我们仍旧还是同胞，还是兄弟。否则，你们便都是我的对头！”

楚臣个个昂首，人人怒目。

一楚臣向伍子胥唾了一口。

伍子胥仰脸叹息：“天，伍子胥复仇，何其难耳！”

楚臣已全部被屠。

伍子胥咆哮:“听着,有交出平王墓葬、昭王人头者,伍员谢以万金,拜为父母!”

王宫前空空荡荡,唯见地上几具死尸。

郢都城下　日

伍子胥亲驾战车,轰隆隆冲出城门。战车后,跟随着大队吴兵。

楚国宗庙　日

人声鼎沸。

成群结队的楚民自发地将宗庙围得水泄不通。

伍子胥驾战车正隆隆冲来。

楚民手挽手,肩并肩,不分男女老幼,齐声高歌:

神兮神兮,庇我大楚;

神兮神兮,佑我宗庙……

伍子胥远远驻望,目瞪口呆。

战车前,忽然站起一个独腿独臂的老人,是老臣晏鞅。

晏鞅手指伍子胥,双目喷火:“伍子胥,小儿! 当年楚平王碾碎我半爿筋骨,想不到这一半今天要由你来碾了!”

伍子胥愣了一愣,好言相劝地:“老晏鞅,论辈分我应该叫你祖宗,让开路,不要逼孙辈做出忤逆之事!”

晏鞅:“小子! 你引狼入室,私仇加国,已经忤逆了天意。听老祖宗的话,赶快让吴王退兵,悬崖勒马,否则你小子要遗臭万年呀!”

伍子胥:“楚王杀我父,灭我族,我复仇有何错处!”

晏鞅:“楚王负你,楚国不负你! 你为何毁祖宗宗庙?”

伍子胥:“楚国即楚王,楚王即楚国,我要断楚王国脉!”

晏鞅躺倒大骂:“小子,来吧!从祖宗头上碾过去!”

伍子胥气得目眦爆裂,猛然一顿缰绳,战车风驰电掣。

车轮下,晏鞅一声惨叫。

宗庙前,楚民冷漠而视,似一群雕塑。

吴军排排站定,形成半圆。

一张弓搭上箭镞。

一排弓搭上箭镞。

伍子胥一挥手:“放!”

一排箭呼啸而去……

伍子胥疯狂地:“放!放!放——”

乱箭齐发,如漫天流星……

宗庙之前,一副惨状,楚民东倒西歪,尽被射毙。

伍子胥余怒未消地:“烧!放火烧!”

宗庙起火,火势熊熊。

伍子胥掉转战车,呼啸而去……

战车碾过之处,晏鞅神奇地向前蠕动……

旷野　晨

一辆四骥车在狂奔。

驾车者是申包胥。

山道　日

四骥车变成三骥车,仍在飞奔。

车上,申包胥焦灼的神情。

江堤　夜

三骥车变成两骥车,车轮忽然脱轴而飞。

马车倾覆，申包胥被甩落在地。

申包胥满脸血污地爬起来，攀上一匹马的马背。

河滩　晨

申包胥弃马下水，跋涉而行。

驿道　日

大雨滂沱。路边一方“秦”字界石。

申包胥抱住界石，放声干嚎。

楚国宗庙　夜

大火仍在熊熊燃烧。

旷野　夜

无数火把遍布原野。

火把有规则地移动开合。

一面“楚”字大旗下，团团火把辉映着鱼鳞儿乘坐的那一辆楚王御辇。

郢都　夜

伍子胥驾着战车在城中横冲直撞……

楚王宫　夜

吴王阖闾左拥右抱，与伯嚭彻夜寻欢……

秦王宫　日

申包胥一身褴褛地被人领进大殿。

秦王丹墀上，空空如也。

申包胥四周一望，坐倒便哭。

申包胥："楚国危如累卵，秦王岂能见死不救！谁人没有父母……谁人没有家邦……谁人没有祖宗呀！……"

大殿四周，宫尉无动于衷。

丹墀上，几个宫女窃窃私笑。

申包胥不管三七二十一，只管哭、哭……

申包胥声音哭得嘶哑了……（叠化）

申包胥眼睛哭得血红，嘴角喷出血沫……（叠化）

申包胥哭不出声音，只剩下断断续续的嚎……（叠化）

申包胥坐哭的地方已经陷成一个浅坑……（叠化）

申包胥终于哭不动了，身体一晃栽倒下去。

秦王丹墀上，仍然空无一人。

宫尉全部背着身，不忍再看申包胥。

宫女同情申包胥，嘤嘤地低头掩泣。

一只脚轻轻踢了一下申包胥，申包胥霎时坐了起来。

一秦臣堆着笑脸，不急不慢地："申包胥，你以为你在秦廷哭了七天七夜，就能感动我们大王了？告诉你，楚昭王许了秦国二十个郡县，秦王才发了兵。此刻秦国兵马已经抄了吴王的姑苏城，你还不赶紧回去！哭什么球！"

申包胥愣愣地站起来走了几步，忽又轰然栽倒。

寥台湖　日

数百名楚民男女面湖而跪，一如当年楚平王屠杀伍氏情景。

伍子胥挥舞节鞭怒喝："说！平王葬在哪里，不说全部赶下寥台湖！"

楚民默然跪着，无人应答。

一个血肉模糊的东西在伍子胥脚下蠕动。

伍子胥一见大骇:“你是谁?”

是晏鞅,晏鞅抬起沾满血污的脸,艰难说话:“伍子胥来,老祖宗带你去见平王……”

晏鞅艰难蠕动,伍子胥目光跟随着他。

晏鞅终于挪移到湖水边,回头看看伍子胥,团身滚下水去。

晏鞅顷刻沉没。

跪着的楚民齐声恸哭。

伍子胥似乎意会到了什么,大声吩咐吴兵:“将他们都赶下水,把湖水填干!”

吴兵一涌而上,驱赶楚民。

楚民反抗着,怒骂着,纷纷被逼下水。

湖水中,楚民在挣扎,在呼救,一个个被淹死沉没。

湖堤上,吴兵又押着大批楚民过来。

湖水边,楚民被赶着一排一排下水,一层一层垒叠,溺死者愈来愈众。

湖坡前,伍子胥面水跪地,默然祈念。

人尸垒起了堤坝……

堤坝愈垒愈高……

楚王宫　日

一片狼藉。

伯嚭在吆喝吴兵搬运财宝:“快! 能拿走的尽量拿走!”

吴王在大殿上焦躁踱步:“想不到秦王乘虚而入!”

伯嚭回过头来:“秦王这叫不露声色,利益双收,秦王厉害!”

吴王:“伍子胥呢?”

伯嚭:“管他干什么!”

寥台湖　日

湖水干涸处，一口巨大的棺材正被吴兵抬上岸来。

伍子胥急切地等在岸上。

湖中，一围惨不忍睹的尸堤。

棺盖起处，平王身上一幅字帛，书“倒行逆施必自毙”。

平王尸尚未腐，面仍如生。

伍子胥久久注视平王，忽然猛一探身揪起平王，嚎叫着奋力上抛——

平王尸首在半空中腾起……下落……腾起……下落……最后终于重重着地……

伍子胥扬鞭抽打平王尸，一下、两下、鞭如雨下……

伍子胥鞭打着，吼叫着，白发飞舞，泪珠飞溅……（升格）

平王尸首须臾化为血泥。

伍子胥撇掉节鞭，放声大哭：“嗷——嗷——嗷——”

吴兵劝慰伍子胥，伍子胥愈哭愈凶……

蓦地，伍子胥站了起来，茫然地张手发问：“昭王呢？平王的儿子昭王呢？他在哪里……在哪里？”

寥台湖忽然起风，湖水涌起巨涛。

湖堤上，蓦地涌来了大批楚民，一色白服，一片丧幡，同声恸哭，哭声惊天动地。

天光黯淡，日为月蚀。

狂风大作，走石飞沙，伍子胥在风沙中团团打转。

伍子胥仍声嘶力竭地叫着：“昭王！我要杀昭王！”

遥远的山峰，立着一个人影。

是鱼鳞儿，鱼鳞儿一脸悲悯、一脸苦难地向这边看着。

楚王宫前　日

伍子胥跳下战车，高叫着奔了过来："吴王不能撤兵！你不能走！"

吴王不动声色地站住。

伍子胥气喘吁吁地："大王，子胥大仇未报，你不能丢下我！你要讲信用！"

吴王冷冷地："将军不是鞭了平王的尸了吗？"

伍子胥："那是平王！还有昭王，昭王！大王明白吗？"

吴王神情鄙夷地："那好，将军就留在楚国，慢慢复仇吧！"

伍子胥趴下来阻挡吴王："大王不能走！不能走！"

吴王不动声色地从伍子胥身上跨过，扬长而去。

伍子胥跳起来大骂："阖闾！姬光！你小子忘恩负义！"

吴王跳上伍子胥的战车，伯嚭一抖缰绳，战车轰隆而去。

伍子胥紧追几步："回来！回来！"

吴王已驰出城门。

楚王宫　日

伍子胥奔进大殿，狂呼乱叫："昭王！你出来！出来呀——"

丹墀上，孟嬴神奇地走了下来。

伍子胥喘着气，睨着眼，慢慢地迎着孟嬴。

孟嬴蹲下身，顾自玩自己的贝壳。

伍子胥在孟嬴身旁蹲下，费解地读着贝局。

孟嬴忽然扭头看伍子胥，伍子胥本能地向后一仰。

孟嬴的眼神——梦幻而神秘。

伍子胥向后退着……孟嬴缓缓地向他爬来……

伍子胥退得愈快，孟嬴距离他愈近……

伍子胥忽然大叫一声，撒腿就跑——

孟嬴脸上掠过一丝不易察觉的笑意……

郢都城下　日

鱼鳞儿乘坐的昭王御辇正辚辚驰入城来。御辇四周是大队人马的楚军和同仇敌忾的楚民。

入城的楚国军民，浩浩荡荡。

一辆独骥马车裹在人流中悄然而入。

车上，坐着一脸阴沉的楚昭王。

楚王宫前　日

伍子胥奔出宫殿，大惊失色。

宫前广场上，漫无边际的楚民、楚军。鱼鳞儿乘坐的昭王御辇显赫地停在中央。

伍子胥惊恐的眼神。

楚军民一双双愤怒的眼睛。

久久的对峙，久久的安静……

伍子胥忽然返身奔进宫殿，旋即举着一支火把而出。

伍子胥："谁敢上来，我就烧了楚王宫，烧了楚国都城！"

一片安静，一片沉闷，唯见伍子胥手中火把熊熊燃烧。

蓦地，鱼鳞儿从昭王的御辇中缓缓走出。只见鱼鳞儿穿戴着楚昭王的衣冠，风度儒雅，气质高贵，顾盼之间透着广博的爱意和深切的关怀。

鱼鳞儿平静地向广场中央走去，步履从容，神态安详。

伍子胥惊讶的神情。

楚军民一片惊呼："昭王！"

鱼鳞儿站定回首，频频向军民示意。

有人开始哭泣，哭泣声迅即连成一片，哭声动地撼天。

楚军民齐齐跪下，仿佛为鱼鳞儿送行。

鱼鳞儿向人群作最后一瞥……（升格）

伍子胥抛掉火把，抽出鱼肠剑向鱼鳞儿走去……（升格）

鱼鳞儿淡淡的笑容……（升格）

伍子胥飘动的白发……（升格）

鱼鳞儿与伍子胥相隔咫尺，站定。

伍子胥仇视的目光。

鱼鳞儿包容的神态。

伍子胥哼了一声。

鱼鳞儿淡淡一笑。

伍子胥："你来了？"

鱼鳞儿："来了。"

伍子胥："我等得你好苦。"

鱼鳞儿："我也是。"

伍子胥："我要杀了你，替父报仇。"

鱼鳞儿："这样你便可以不再仇恨了吗？"

伍子胥点点头。

鱼鳞儿平静地："那好，你请吧。"

鱼鳞儿合上眼睛，一脸安详。

伍子胥向后慢退几步，双手抱着鱼肠剑，奋身一扑。

人群大恸："昭王——"

鱼鳞儿倒了，咽喉间扎着鱼肠剑。

伍子胥拔回鱼肠剑，哈哈大笑。

鱼肠剑正在迅速钝蚀、迅速起锈……

伍子胥浑然未觉。

申包胥忽然从人群中走出，走向伍子胥。

伍子胥敛住笑，挑衅地看着他。

申包胥在伍子胥面前站定,怜悯地看着伍子胥手中的剑。

伍子胥:“申包胥,你来干什么?”

申包胥:“包胥身为人臣,已经尽完了忠;现在,我来向朋友悔过,悔过我的不义。”

伍子胥不解地:“你?不义?”

申包胥点点头:“是的,申包胥葬送了伍子胥的儿子,我愧对朋友!”

申包胥说话间抽出佩剑,泰然自裁。

申包胥死得坦坦荡荡,伍子胥看得目瞪口呆。

忽然,伍子胥发现了鱼肠剑的异变,恐慌地扑向鱼鳞儿,一把扯开鱼鳞儿的前襟。

鱼鳞儿胸前,斑斑剑痕,赫然在目。

伍子胥大惊,慌乱地撕扯着鱼鳞儿的衣裳,战栗地点数剑伤……

伍子胥白发飘飘,汗如雨下,口中念叨着:“不,不是,不是我的儿子,不是……”

传来楚昭王的声音,声音冷酷无情:“是你的儿子,他叫鱼鳞儿!”

伍子胥蓦地抬头:“鱼鳞儿!你是……”

楚昭王远远地立着,一脸阴沉和霸气:“我是昭王,楚昭王!”

伍子胥摇手:“不!你不是!他……”

伍子胥仍想数清鱼鳞儿身上的伤疤。

楚昭王:“不用数了,一共三百零八剑!”

伍子胥纠正地:“不,是三百零七,零七!”

楚昭王一指咽喉:“这里,还有你致命的一剑!”

伍子胥“哦!”了一声,恍然大悟。

人群已全部站起,议论纷纷……

伍子胥痛彻肺腑地嚎叫:“鱼鳞儿!儿——”

并头而死的鱼鳞儿和申包胥,一个安详,一个痛苦。

楚昭王背手而去,步态潇洒,步态悠闲。

人群复又跪倒一片,高呼:“楚王万岁!楚王万岁……”

楚昭王扬着一只手,频频向人群示意……

郢都城下　日

伍子胥身披长枷,背竖丧幡,踽踽出城。

人群夹道,向伍子胥抛掷杂物。

人群:“叛臣!逆子!祸国殃民……”

伍子胥面无表情,默默行走。

人群中,一妇女哄吓啼哭的儿童:“哭!让你撞上伍子胥!”

旷野　日

风沙蔽日,伍子胥蹒跚而行。

伍子胥惨声呼号:“鱼鳞儿——”呼声随风回旋。

山道　日

阳光灿烂,一片明净。

悠扬的细乐声若隐若现,由远及近……

山道间行走的伍子胥回过头来。

炫目的阳光里,移来一线车队。

车队中央,是孟嬴入楚时乘坐的那辆华辇。

伍子胥傻傻地立在路边望着,头上的白发在阳光里飘拂、闪亮。

华辇的丝质掩帘又被风神奇地吹飘起来,卷着道道优美的弧线。

车座上，孟嬴依然年轻，依然梦幻，依然美奂美轮。

丝帘第三次卷起——

伍子胥眼中蓦然溢出了血泪。

孟嬴的华辇与伍子胥交臂而过。

车队远去，乐声远去，伍子胥佝偻的背影久久伫立。

旁白："楚王没有杀伍子胥，只是把他逐出了楚国。孟嬴又回秦国去了，这一去，就再也没有回来。据后人考证，秦国当时并没有这个公主，可是又有人称有。一说她聪明绝顶，神机妙算；一说她生来弱智，并且是哑巴。聪明也好，弱智也罢，反正没过许多年楚国就亡了。接着吴国也亡了。再后来，就只剩下一个国家——秦国。"

天地放大，伍子胥渐渐走远，消失……

天地之间，伍子胥呼唤鱼鳞儿的声音仍在回荡……

字幕：时距伍氏家族被屠二十年。

罗怀臻剧本创作年表

独幕话剧《栀子花开》(1981 年)

淮剧《韩信之死》(1981 年)

独幕话剧《生命之门》(1982 年)

话剧《相见时难》(1983 年)

京剧《古优传奇》(1984 年)

电视剧《世上的路》《市长的阑尾》(1985 年)

越剧《真假驸马》(1986 年)

电视连续剧《酒魂》(1987 年,与乔谷凡合作)

越剧《西施归越》(1989 年)

越剧《风月秦淮》(1990 年,与纪乃咸合作)

越剧电视连续剧《秦淮烟云》(1990 年,与纪乃咸合作)

越剧《梨园天子》(1990 年)

越剧电视剧《南冠草》(1990 年)

《西施归越——罗怀臻探索戏曲集》(1990 年)

淮剧现代戏《寒梅》(1991 年)

越剧《紫玉钗》(1991 年,与吴兆芬合作)

越剧电视剧《人比黄花瘦》(1992 年,与徐进合作)

淮剧《金龙与蜉蝣》(1993 年)

京剧《归越情》(1993 年)

越剧《白蛇与许仙》(1994 年)

京剧《西施归越》(1995 年)

电影《伐楚》(1996 年,与宋继高合作)

京剧独角戏《暴风雨》(1998 年)

淮剧《西楚霸王》(1999 年)

京剧《宝莲灯》(1999 年)

汉剧《柳如是》(1999 年)

越剧《梅龙镇》(2000 年)

越剧《李清照》(2000 年)

昆剧《班昭》(2001 年)

芭蕾舞剧《梁山伯与祝英台》(2001 年)

音乐剧《大唐皇妃》(2001 年)

《九十年代——罗怀臻剧作选》(2002 年)

甬剧《典妻》(2002 年)

黄梅戏《孔雀东南飞》(2003 年,与王长安合作)

黄梅戏《长恨歌》(2003 年)

豫剧《曹公外传》(2003 年,与姚金成合作)

越剧《蛇恋》(2003 年)

越剧《荣华梦》(2004 年)

京剧《李清照》(2004 年)

昆剧《一片桃花红》(2004 年)

越剧《青衫・红袍》(2005 年,与龚孝雄合作)

京剧独角戏《李慧娘》(2006 年)

川剧《李亚仙》(2007 年)

秦腔《杨贵妃》(2007 年)

《罗怀臻戏剧文集》(六卷,2008 年)

滑稽戏《阿福》(2008 年)

琼剧《下南洋》(2008 年)

沪剧《胭脂盒》(2009 年)

锡剧《云湖女》(2009 年)

音乐剧《梁山伯与祝英台》(2009 年)

晋剧《麦田守望》(2009 年)

京剧《建安轶事》(2010 年)

越剧《董小宛与冒辟疆》(2011 年)

昆剧《影梅庵忆语》(2012 年)

舞剧《朱鹮》(2013 年)

瓯剧《秀芬》(2013 年)

《罗怀臻剧作集》(三卷,2013 年)

越剧《大面》(2014 年)

越剧《玲珑女》(2014 年)

话剧《大面》(2015 年)

歌剧《一江春水向东流》(2015 年)

歌剧《归鸿》(2016 年)

《烈酒与清茶——罗怀臻剧作自选集》(2017 年)

淮剧《武训先生》(2017 年)

京剧《大面》(2017 年)

话剧《兰陵王》(2017 年)

芭蕾舞剧《杜丽娘》(2017 年,与魏睿合作)

《罗怀臻剧作集》(三卷,增订版,2018 年)

《罗怀臻演讲集》(三卷,2018 年)

再版说明

本书为2013年上海人民出版社出版的《罗怀臻剧作集》增订版。本次增订，增加了自2013年以来创作或改编的7部新剧本。封面重新设计，版式未作改变。

凡属改编作品，均已在书中注明原著名称与作者大名。凡属合作作品，谨在此一并说明，分别为：昆剧《影梅庵忆语》，沈杏莲；越剧《青衫·红袍》，龚孝雄；沪剧《海上梦》，陈力宇；豫剧《斗笠县令》，姚金成；黄梅戏《孔雀东南飞》，王长安；电影《伐楚》，宋继高。以上6位或为挚友，或为学生，对于他们的合作，谨表诚挚感谢。

感谢毛时安先生作序，感谢廖奔先生题写书名。

感谢责任编辑赵蔚华女士，感谢美术编辑陈楠女士。

感谢上海市委宣传部、上海市文化广播影视管理局以及上海市剧本创作中心对我的创作活动与本书出版给予的大力支持。

图书在版编目(CIP)数据

罗怀臻剧作集/罗怀臻著.—上海:上海人民出版社,2018

ISBN 978-7-208-15015-7

Ⅰ.①罗… Ⅱ.①罗… Ⅲ.①地方戏剧本-作品综合集-中国-当代 Ⅳ.①I236

中国版本图书馆CIP数据核字(2018)第024180号

责任编辑 赵蔚华

封面设计 陈 楠

封面题签 廖 奔

罗怀臻剧作集

罗怀臻 著

出　　版 上海人民出版社

(200001 上海福建中路193号)

发　　行 上海人民出版社发行中心

印　　刷 江阴金马印刷有限公司

开　　本 635×965 1/16

印　　张 92.75

插　　页 15

字　　数 11,106,000

版　　次 2018年4月第1版

印　　次 2018年4月第1次印刷

ISBN 978-7-208-15015-7/I·1695

定　　价 480.00元